隋树森 编

全元散曲

（简体校订本）

上

中华书局

图书在版编目(CIP)数据

全元散曲:简体校订本/隋树森编. —北京:中华书局,2020.9
(2023.11 重印)
ISBN 978-7-101-14704-9

I. 全… II. 隋… III. 散曲-作品集-中国-元代 IV. I222.9

中国版本图书馆 CIP 数据核字(2020)第 152172 号

书　　名	全元散曲(简体校订本)(全二册)	
编　　者	隋树森	
责任编辑	许庆江	
责任印制	陈丽娜	
出版发行	中华书局	
	(北京市丰台区太平桥西里 38 号　100073)	
	http://www.zhbc.com.cn	
	E-mail:zhbc@zhbc.com.cn	
印　　刷	三河市中晟雅豪印务有限公司	
版　　次	2020 年 9 月第 1 版	
	2023 年 11 月第 2 次印刷	
规　　格	开本/850×1168 毫米　1/32	
	印张 42⅞　插页 4　字数 1280 千字	
印　　数	3001-3900 册	
国际书号	ISBN 978-7-101-14704-9	
定　　价	198.00 元	

出版说明

《全元散曲》,隋树森编。隋树森先生(一九〇六——一九八九),字育楠,山东招远人,生于北京。一九三二年毕业于国立北平师范大学,一九四九年后历任中央人民政府出版总署编辑,人民教育出版社编辑、特约编审。另编撰有《古诗十九首集释》《元曲选外编》等。

隋先生有感于元人散曲罕见难得、较为零散,且乏精刊精钞本,阅读不便,决心编成一部元代散曲全集,一九四七年开始搜集编校工作,历时十七年,编成《全元散曲》。该书搜集元明两代的散曲总集、别集、选本、曲谱,还从词集、笔记、道藏等文献中广为辑佚,是目前较为详备的元代散曲总集。每曲对不同版本的著录情况作简明提要,详列异文,有重要的参考价值。

《全元散曲》一九六四年出版,成书时卷末附有补遗,收"云龛子"条及无名氏小令若干。一九八〇年重印时,隋先生对原书进行订补并撰写《订补说明》,改正了初版的讹误,为部分曲目补写了案语。同时增加了唐圭璋、卢润祥二先生钞示的篇目和原书失收的无名氏小令若干,是为《补遗》。罗振玉旧藏本《阳春白雪》发现后,隋先生又据以作《续补遗》,补全及新增了若干曲目。这里对补遗所涉篇目略作说明:

一、谢应芳小令二首,系唐圭璋钞示。

二、张雨小令双调《水仙子》(归来重整旧生涯)，赵秉文小令小石调《青杏儿》(风雨替花愁)，无名氏小令中吕《满庭芳》(风尘艳娃)、中吕《红绣鞋》(手腕儿白似鹅翅)、双调《拨不断》(老书生)五首，系卢润祥钞示。

三、一九八〇年，辽宁省图书馆发现了一种元曲家杨朝英编选的《阳春白雪》，残存六卷，系明钞本，罗振玉旧藏(本书简称"罗本《阳春白雪》")。隋先生根据这个本子，补全了八套残曲，并新辑出套数十一套。所涉篇目及内容均见各曲校语，兹不详列。

限于当时条件，以上历次修订均附于书后。

此次重排新版，为了集中体现隋先生数十年研究成果，也为读者提供一个较为便利的读本，我们根据隋先生撰写的《订补说明》，对正文作了相应修订。历次补遗的内容，按原书编次体例，补入正文相应位置。作家姓名别号索引和作品曲牌索引，则据增订后的内容重新编制，附于书后。

谨以此书，向隋树森先生在元曲研究领域作出的杰出贡献，致以崇高的敬意与深切的缅怀。

中华书局编辑部
二〇一八年十月

目　录

上　册

自序 ································· 1

凡例 ································· 1

引用书目 ······························ 1

元好问 小令九　残套数一 ················· 1

孙梁 小令一 ·························· 3

杨果 小令一一　套数五 ·················· 4

刘秉忠 小令一二 ······················ 8

商衟 小令四　套数八　残套数一 ············· 11

王修甫 套数二 ························ 20

杜仁杰 小令一　套数四　残套数一 ··········· 21

张子益 残套数一 ······················ 27

王和卿 小令二一　套数二　残套数一 ·········· 28

盍志学 小令一 ······················· 35

盍西村 小令一七　套数一 ················· 36

阎志学 套数一 ························ 39

张弘范 小令四 ······················· 40

商挺 小令一九 …………………………………………………… 41

胡祇遹 小令一一 …………………………………………………… 44

严忠济 小令二 ……………………………………………………… 47

刘因 小令二 ………………………………………………………… 48

伯颜 小令一 ………………………………………………………… 48

不忽木 套数一 …………………………………………………… 49

徐琰 小令一二 套数一 ………………………………………… 52

鲜于枢 套数一 …………………………………………………… 57

彭寿之 套数一 …………………………………………………… 58

魏初 小令一 ………………………………………………………… 59

王嘉甫 套数一 …………………………………………………… 60

王恽 小令四一 …………………………………………………… 61

卢挚 小令一二〇 残小令一 ………………………………… 67

孔文升 小令一 …………………………………………………… 91

赵岩 小令一 ………………………………………………………… 92

荆幹臣 套数二 …………………………………………………… 92

陈草庵 小令二六 ………………………………………………… 95

马彦良 套数一 …………………………………………………… 100

奥敦周卿 小令二 套数二 …………………………………… 101

关汉卿 小令五七 套数一三 残套数二 ………………… 103

白朴 小令三七 套数四 ………………………………………… 131

姚燧 小令二九 套数一 ………………………………………… 141

刘敏中 小令二 …………………………………………………… 148

高文秀 套数三 …………………………………………………… 149

郑庭玉 残套数一 ………………………………………………… 151

庾天锡 小令七 套数四 ………………………………………… 152

马致远 小令一一五 套数二二 残套数四 ········· 157

李文蔚 ·· 193

侯克中 套数二 残句一 ····················· 193

赵孟頫 小令二 ······························ 197

张怡云 残小令一 ····························· 198

阿里耀卿 小令一 ··························· 199

吴昌龄 套数一 ······························ 199

王德信 小令一 套数二 残套数一 ········· 200

李寿卿 小令一 ······························ 205

滕斌 小令一五 ······························ 205

邓玉宾 小令四 套数四 ····················· 209

于伯渊 套数一 ······························ 215

王廷秀 套数一 ······························ 218

姚守中 套数一 ······························ 219

李好古 ·· 222

王伯成 小令二 套数三 ····················· 222

赵明道 套数三 残套数一 ··················· 228

阿里西瑛 小令四 ··························· 231

冯子振 小令四四 ··························· 232

珠帘秀 小令一 套数一 ····················· 242

贯云石 小令七九 套数八 ··················· 244

贯石屏 套数一 ······························ 266

鲜于必仁 小令二九 ························· 268

史骡儿 残小令一 ····························· 274

邓玉宾子 小令三 ··························· 274

张养浩 小令一六一 套数二 ················· 275

廖毅　残套数二　············　307

白贲　小令二　套数三　残套数一　············　308

赵雍　小令二　············　312

李子中　套数一　············　312

康进之　套数一　············　313

石子章　套数一　············　314

狄君厚　套数一　············　315

刘唐卿　小令一　············　316

郑光祖　小令六　套数二　············　317

范康　小令四　套数一　············　320

曾瑞　小令九五　套数一七　············　322

孔文卿　套数一　············　362

沈和　套数一　············　364

范居中　套数一　············　366

施惠　套数一　············　367

孛罗御史　套数一　············　368

睢景臣　套数三　残套数一　············　370

睢玄明　套数二　············　374

周文质　小令四三　套数五　············　376

赵禹圭　小令七　············　389

乔吉　小令二〇九　套数一一　············　391

苏彦文　套数一　············　444

刘时中　小令七四　套数四　············　445

阿鲁威　小令一九　············　468

王元鼎　小令七　套数二　············　472

虞集　小令一　············　476

张雨　小令五　·· 476

邓学可　套数一　····································· 478

萨都剌　套数一　····································· 479

李泂　套数一　··· 480

薛昂夫　小令六五　套数三　残小令一·· 481

仇州判　小令一　····································· 497

吴弘道　小令三四　套数四　············· 497

赵善庆　小令二九　································· 506

马谦斋　小令一七　································· 513

张可久　小令八五三　套数九　········· 517

下　　册

沈禧　套数八　··· 693

任昱　小令五九　套数一　················· 697

张子坚　小令一　····································· 709

高栻　小令一　套数一　····················· 709

吴镇　小令一　··· 712

黄公望　小令一　····································· 712

钱霖　小令四　套数一　····················· 713

徐再思　小令一〇三　····························· 715

蒲道源　小令一　····································· 735

孙周卿　小令二三　································· 736

宋褧　小令二　··· 741

顾德润　小令八　套数二　················· 742

李齐贤　小令一　····································· 746

曹德　小令一八　····································· 747

高克礼 小令四 ………………………………………… 750

陆登善 套数一 ………………………………………… 752

王晔 小令一六 套数一 ……………………………… 753

朱凯 ………………………………………………………… 758

王仲元 小令二一 套数四 …………………………… 759

董君瑞 套数一 ………………………………………… 766

高安道 套数三 ………………………………………… 768

蒲察善长 套数一 ……………………………………… 771

大食惟寅 小令一 ……………………………………… 774

张子友 小令一 ………………………………………… 774

亢文苑 套数四 ………………………………………… 774

吕止庵 小令三三 套数四 …………………………… 777

李茂之 套数三 ………………………………………… 786

孙叔顺 套数四 ………………………………………… 788

王仲诚 套数二 残套数一 …………………………… 791

陈子厚 套数一 ………………………………………… 793

真氏 小令一 …………………………………………… 794

李邦基 套数一 ………………………………………… 794

景元启 小令一五 套数一 …………………………… 795

吕侍中 套数一 ………………………………………… 799

吕济民 小令四 ………………………………………… 800

查德卿 小令二二 ……………………………………… 801

吴西逸 小令四七 ……………………………………… 806

武林隐 小令一 ………………………………………… 814

卫立中 小令二 ………………………………………… 815

赵显宏 小令二一 套数二 …………………………… 815

唐毅夫　小令一　套数一　……………………………………　821

李爱山　小令四　套数一　……………………………………　822

王爱山　小令一四　…………………………………………　825

□爱山　小令四　……………………………………………　827

朱庭玉　小令四　套数二六　…………………………………　828

李伯瑜　小令一　……………………………………………　847

李德载　小令一〇　…………………………………………　847

程景初　小令一　套数一　……………………………………　849

赵彦晖　小令二　套数五　……………………………………　850

杜遵礼　小令二　……………………………………………　856

孙季昌　套数三　……………………………………………　857

秦竹村　套数一　……………………………………………　862

李致远　小令二六　套数四　…………………………………　863

童童学士　套数二　…………………………………………　873

沙正卿　套数二　……………………………………………　875

吕天用　套数二　……………………………………………　877

杨立斋　套数一　……………………………………………　879

王氏　套数一　………………………………………………　881

张鸣善　小令一三　套数二　…………………………………　885

赵莹　小令一　………………………………………………　891

邦哲　小令三　………………………………………………　891

李伯瞻　小令七　残小令一　…………………………………　892

杨舜臣　套数一　……………………………………………　893

王大学士　套数二　…………………………………………　894

杨朝英　小令二七　…………………………………………　897

宋方壶　小令一三　套数五　…………………………………　902

陈德和　小令一〇　·················· 910

丘士元　小令八　·················· 912

王举之　小令二三　·················· 914

张彦文　套数一　·················· 919

于志能　残小令一　·················· 920

柴野愚　小令二　残套数一　·················· 920

方伯成　套数一　·················· 921

贾固　小令一　·················· 922

周德清　小令三一　套数三　残句六　·················· 923

班惟志　套数一　·················· 934

钟嗣成　小令五九　套数一　·················· 935

邵元长　小令一　·················· 951

周浩　小令一　·················· 951

邾经　小令一　·················· 952

汪元亨　小令一〇〇　套数一　·················· 952

孟昉　小令一三　·················· 968

黑老五　套数一　·················· 970

刘伯亨　套数一　·················· 972

一分儿　小令一　·················· 976

张玉莲　残小令二　·················· 976

全普庵撒里　小令联句一　·················· 977

刘婆惜　小令联句一　·················· 977

萧德润　套数一　·················· 978

杨维桢　套数一　·················· 979

倪瓒　小令一二　·················· 981

夏庭芝 小令二 ‥‥‥‥‥‥‥‥‥‥‥‥‥‥‥‥‥ 984

刘庭信 小令三九 套数七 ‥‥‥‥‥‥‥‥‥‥‥‥ 985

赵君祥 套数一 ‥‥‥‥‥‥‥‥‥‥‥‥‥‥‥‥‥ 1004

李邦祐 小令四 ‥‥‥‥‥‥‥‥‥‥‥‥‥‥‥‥‥ 1005

邵亨贞 小令三 ‥‥‥‥‥‥‥‥‥‥‥‥‥‥‥‥‥ 1006

梁寅 小令二 ‥‥‥‥‥‥‥‥‥‥‥‥‥‥‥‥‥‥ 1007

舒頔 小令三 ‥‥‥‥‥‥‥‥‥‥‥‥‥‥‥‥‥‥ 1008

季子安 套数一 ‥‥‥‥‥‥‥‥‥‥‥‥‥‥‥‥‥ 1009

杨景华 ‥‥‥‥‥‥‥‥‥‥‥‥‥‥‥‥‥‥‥‥‥ 1011

高明 小令二 套数一 ‥‥‥‥‥‥‥‥‥‥‥‥‥‥ 1011

陈克明 套数一 ‥‥‥‥‥‥‥‥‥‥‥‥‥‥‥‥‥ 1015

汤式 套数六八 小令一七○ 残套数一 ‥‥‥‥‥ 1017

杨讷 小令二 套数一 ‥‥‥‥‥‥‥‥‥‥‥‥‥‥ 1119

李唐宾 小令一 套数一 残套数一 ‥‥‥‥‥‥‥‥ 1121

王元和 套数一 ‥‥‥‥‥‥‥‥‥‥‥‥‥‥‥‥‥ 1123

兰楚芳 小令九 套数三 ‥‥‥‥‥‥‥‥‥‥‥‥‥ 1126

李子昌 套数一 ‥‥‥‥‥‥‥‥‥‥‥‥‥‥‥‥‥ 1133

胡用和 套数二 ‥‥‥‥‥‥‥‥‥‥‥‥‥‥‥‥‥ 1136

谷子敬 套数二 ‥‥‥‥‥‥‥‥‥‥‥‥‥‥‥‥‥ 1139

詹时雨 套数一 ‥‥‥‥‥‥‥‥‥‥‥‥‥‥‥‥‥ 1142

张碧山 套数一 ‥‥‥‥‥‥‥‥‥‥‥‥‥‥‥‥‥ 1143

张氏 套数一 ‥‥‥‥‥‥‥‥‥‥‥‥‥‥‥‥‥‥ 1144

云龛子 小令二七 ‥‥‥‥‥‥‥‥‥‥‥‥‥‥‥‥ 1146

徐㽇 小令一 ‥‥‥‥‥‥‥‥‥‥‥‥‥‥‥‥‥‥ 1150

谢应芳 小令二 ‥‥‥‥‥‥‥‥‥‥‥‥‥‥‥‥‥ 1150

王玠　小令五 ……………………………………………………… 1151

赵秉文　小令一 …………………………………………………… 1152

无名氏　自然集（套数五　残套数一）
　　　　小令六二六　套数七〇　残小令二　残套数五
　　　　附录无名氏南曲小令四　套数七 …………………… 1153

作家姓名别号索引 ………………………………………………… 1321

作家曲牌索引 ……………………………………………………… 1327

自　序

　　散曲是金、元两代新兴的一种歌曲,是当时人民群众和文人学士雅俗共赏喜闻乐见的一种通俗文学。在元代文学史上,散曲夺得了"词"的地位,成为当时最活跃最有生命力的诗体。自从元代以来,就有不少文学批评家认为散曲和杂剧——即所谓"元曲"——是有元一代的绝艺,认为元曲可以和唐诗、宋词相媲美。我们应该承认,元曲的产生的确丰富了我国的古典韵文,无论在思想性或艺术性上,元曲都有一些特点。元代如果没有流传下来的这些散曲和杂剧,那么谈到文学史上的元代文学,就难免会使人感到相当的寥落和寂寞了。当然,元曲是封建社会的产物,里面也有许多糟粕。

　　研究我国的古典文学,尤其研究我国古代文学史,总要看看元人散曲的。但是现在研究元人散曲,只就找材料来说,就有三种比较大的困难:第一,现存的曲集,无论是元人别集或元、明选本,其中都有一些罕见的本子,有几种还是海内孤本,想要找到这些书,不是很容易的。第二,元代的散曲作家,有别集流传下来的只有张养浩、乔吉、张可久、汤式四人,其馀作家的作品,都是零碎地分散在若干种曲选、曲谱、词集以及不属于词曲类的书里面。想要知道元代都有哪些散曲作家,每位散曲作家各写过哪些作品,这也不是很容易的。尤其元代散曲作家流传下来的作品数量一般比较少，即使是一位比较重要的作家，往往也未必有几十首甚至未必有十几首曲子，研究这些作家，更有看到他们现存全部作品的必要。第三，元曲是一种通俗文学，曲集的精刊本和精钞本比较少，如果不经过一番整理和校勘，读起来往往很不方便。

因为有以上这三种情况，我觉得把现存所有的元人散曲加以搜集和整理，编成一部元代散曲全集，使专门研究古典文学的人们可以很方便地看到元人散曲的全貌，这一工作不是没有意义的。因此，在一九四七年我就开始进行编校《全元散曲》的工作。

当时我粗略地先把现存最重要的几种元、明散曲总集和元人散曲别集，如《阳春白雪》《太平乐府》《梨园乐府》（一名《乐府新声》）《乐府群玉》《雍熙乐府》《北宫词纪》《云庄乐府》《乔梦符小令》《张小山北曲联乐府》等书中的元人散曲，做了断句。又利用南京图书馆、南京国学图书馆和北京图书馆的一些善本曲书，进行辑佚和校勘。为了辑佚，曲书以外的书也翻阅了不少，可是找到的材料很有限。自己那时认为这部书很快地就可以编成。但是时间一天天地过去，书始终编不好。解放以后，我继续编这部书。再一次地利用各方面的书，其中也有相当重要或很重要的，如钞本《乐府阳春白雪》、天一阁本《小山乐府》、稿本《南北词广韵选》、残本《北宫词纪外集》等，于是又增辑佚曲，补作校勘。经过了较长的时间，才把全书编成。清朝严可均校辑《全上古三代秦汉三国六朝文》，他说："肆力九年，草创粗定。又肆力十八年，拾遗补阙，抽换之，整齐之，画一之。已，于事而竣。"（见严书的《总序》）经过这次的工作，我深深地体会到校辑一部总集，排比整理材料和拾遗补阙，那是加倍费时间的事。

现在谈谈校辑《全元散曲》这部书的大概情况。

先谈关于材料的收集。编一部元人散曲全集，最重要的当然是尽量搜集元人的散曲别集和元、明、清的曲选。但是这类书流传下来的实在有限。清朝初年有名淹博的学者朱彝尊收集材料编《词综》的时候，想从曲选里找一些混进去的词，就已经感觉到曲选流传之少和难得。他在《词综》的《发凡》里说："……又如《百一选曲》《太平乐府》《诗酒馀音》《仙音妙选》《乐府新声》《乐府群珠》《乐府群玉》，曲海之内，定有词章可采，惜俱未之见也。"现在离朱彝尊编《词综》的时间又将近三百年，古代书籍随着人世的变化，毫无疑问地又有一些亡佚。尽管《太平乐府》《乐府新声》《乐府群玉》《乐府群珠》这四种长时间不易见到的曲选，因为有了新印本已经随时可得，可是他所说的《百一选曲》《诗酒馀音》《仙音妙选》这些书，直到现在还没有出现。就别集来说，元代散曲作家有别集流传到现在的，仅有张养浩、乔吉、张可久、汤式四人。汤式是元末明初人，一直活到永乐年间。如果把他作为明人，那就只有三位作家。现存元人散曲别集和选本的数量实在太少，不仅不能与元人诗文集的数量相比，就是与元人词集相比，也差得很远。如果只从现存元人散曲别集和元、明、清人的曲选中找材料辑成一部《全元散曲》，那工作比较容易做，意义也就比较小。所以元人散曲别集和元、明、清人的曲选，固然是编元人散曲全集的头等重要材料，但是同时也还必须另找零碎的材料，必须费极大的精力做辑佚的工作。

　　从曲别集、曲选以外的书中辑元人散曲，我主要是利用曲谱、词集、笔记一类的书。《太和正音谱》和《北词广正谱》是辑元人散曲最重要的两种曲谱。《九宫大成南北词宫谱》里面的材料便很有限了。元人词集也是辑元人散曲的一块园地。由于词牌的名称和曲牌相似，甚至有的完全相同，词曲又都是长短句，词和曲中的小令有时就会互相混淆。朱彝尊想从曲选里找词，而词集之内,也往往有小令可辑。例如王恽的《秋涧乐府》里就有不少小令。元好问的《遗山乐府》、张弘范的《淮阳乐府》、沈禧的《竹窗词》,以及其他元人的词集,也偶然有夹杂着散曲的。元、明人的笔记杂书里,也能发现少量的小令和套数。可惜的是往往费很多时间,而得不到什么材料。

这里特别谈一谈我在辑元人散曲时利用《雍熙乐府》的情形。《雍熙乐府》里面,收集了不少元、明人的散曲和戏曲曲文,应该是辑佚的一大宝库。遗憾的是这部书有一个大缺点,那就是书里面有百分之九十几的曲子,都不注作者姓名,因此从里面找材料就相当困难。尽管这样,它仍然是辑元、明佚曲必不可少的一部书,辑戏曲要用它,辑散曲也要用它。以《录鬼簿》《太和正音谱》《北词广正谱》这些书里所引的元人散曲的只句、单支作线索,有时就可以从《雍熙乐府》中找到完整的曲子。例如《录鬼簿》说苏彦文有"'地冷天寒'越调及诸乐府极佳",现存的曲选里,都没有明题苏彦文作的曲子;《雍熙乐府》卷十三有越调斗鹌鹑"地冷天寒"套数,可是没有注作者。以《录鬼簿》作根据,就可以从《雍熙乐府》中辑得苏彦文的一套曲子。又如《太和正音谱》引《月上海棠》(尘蒙金锁闲朱幌)一支,注云"李唐宾散套"。这套完整的曲子,在《雍熙乐府》中也是有的,即卷十二之双调《风入松》(落花轻惹暖丝香)套,但《雍熙乐府》未注作者。《北词广正谱》引有《刮地风犯》(则为他撇正庞甜)和《四门子》(步花阴几度临池沼)两支曲子,注云汤舜民撰"银甲挑灯"套。这套曲子现存汤舜民的《笔花集》里没有,而在《雍熙乐府》卷一黄钟《醉花阴》里是有的,但也没有注明作者。又如《南曲九宫正始》第一册黄钟《降黄龙》(宦势门楣)曲后引有刘时中北调《一枝花》"着小生怎生来有福消任"一句,从《雍熙乐府》里也可以找到它的全套(在卷九,首句是"偷传袖里情"，不注作者)。《盛世新声》和《彩笔情辞》也收有此套，同《雍熙乐府》一样，都没有注刘时中作。为了缜密地利用《雍熙乐府》辑佚和作校勘，我曾把《雍熙乐府》里每一支曲子的首句都制成索引。《全元散曲》里还有一些散曲残文，有的是片言只句，有的是套数里的整支，这些曲子的全文，我都在《雍熙乐府》里找过，但是没有找到。

　　再谈关于校勘。《全元散曲》所收的散曲，对于曲子作者的异说、题目的差异、字句的不同等等，都附有比较详细的校勘记。元人曲书大部分刊刻不精，脱字脱句，误字衍文，所在多有。同一首曲子，在不同的选本里，文字上常有很大的出入，题目和作者也往往不一致。就文字来说，例如马致远有八首描绘八景的《落梅风》小令，见《阳春白雪》，而《梨园乐府》中也有这八首小令，未注作者。两书的文字异同很大，其中《远浦帆归》《平沙落雁》《渔村夕照》三首，仅末句全同，前四句皆异。《潇湘夜雨》《江天暮雪》两首，竟然完全不同。如果因此便说两本书里的这八首曲子根本不是一个人作的，那又不一定对。明人编的《盛世新声》《词林摘艳》《雍熙乐府》等曲选里所收的元人散曲，往往与元人曲书里的同一作品文字上有很大的差异。一套元人的套数，如果同时见于几种明人的曲选，撰写关于它的校勘记，所用的字数往往比原来的曲文还要多，个别的长套，有时用一天的时间不能把它校完。例如关汉卿的二十换头双调《新水令》(玉骢丝鞚锦鞍鞯)，原曲共约八百字，最早见于《梨园乐府》，明人的选本《盛世新声》《词林摘艳》《雍熙乐府》《北宫词纪》也都选了它，《太和正音谱》等曲谱也徵引了其中一些零支的曲子。根据这些资料，写详细的校勘记，至少也要写两千多字。就元人现存的曲别集来看，只有《张小山北曲联乐府》与各种选本的文字差异较少；至于像张养浩的《云庄乐府》和汤舜民的《笔花集》里的曲子,与选入《雍熙乐府》里的同一首曲子相比,文字上往往有不少的出入。校勘元人散曲是很费时间的工作,《全元散曲》的校勘记可能失于琐碎,但对专门研究者也许有些方便。

再谈关于编排。《全元散曲》的编排,是以作家的时代先后为次序。元代散曲作家,有些是当时的"公卿大夫居要路者",他们的生卒年代容易考得,次序很好排列。有些作家虽然不是当时的显贵,但在钟嗣成的《录鬼簿》里有名字。《录鬼簿》里的作家,大体是根据他们的世次、存殁排列的。这一部分作家,也比较不难处理。还有若干作家,近人做过考证,有的可供编次时的参考。此外也有一些作家,他们的生平还没有查考出来,很难排列得恰当。这只有等待将来发现了新材料再作调整。

再谈关于所收作品的出处。总集中所收的作品如果不注出处,对读者是非常不方便的。《全元散曲》在每首曲子的末尾,不仅注出它最早见于何书,并且把其他选有这首曲子的书名,也不厌其详地一一写出。套数里面的一支或几支曲子,有被《太和正音谱》《北词广正谱》《九宫大成》等曲谱徵引的,也注在该套的末尾。这对读者至少有这些方便:一,把材料来源向读者作了交代,读者如果觉得有什么问题,可以覆检原书。二,读者看了书名,就很容易知道某一首曲子都有哪些选本选过它,因此也就知道哪些曲子以往比较为人们所喜爱。三,专家们根据所注的书名,可以判断把这首曲子归某一作家,其可信的程度如何。譬如《全元散曲》在关汉卿名下收了一套南曲套数仙吕《桂枝香》(因他别后恹恹消瘦),曲末注明见《词林白雪》和《南宫词纪》,校勘记中注明《词林白雪》属关汉卿,《南宫词纪》属无名氏。读者想到《词林白雪》是明末的书,而且这部选本中所注的作者姓名不尽可信,这套套数又是南曲,那就会知道这套《桂枝香》究竟是否为关汉卿作不无可疑。至于《全元散曲》之所以收这套曲子,因为我觉得编纂一代文学作品的全集,既然交代了出处,不妨略持"宁滥勿缺"的态度,在找不出坚强有力的反证的时候,可疑的作品,还是不妨辑录。对于那些确实可以不辑录的曲子,也分别在各家曲后说明在某一部书里还有他的什么曲子,为什么没有收。

《全元散曲》共辑得元人小令三千八百八十五首,套数四百七十八套,残曲在外。《全唐诗》共收诗四万八千馀首,《全宋词》共收词约二万馀首,都是蔚然巨帙。元人散曲流传下来的数量,相形之下远比唐诗、宋词为少。这可能有三种原因:一,词和曲最初都是民间文学,在早期不为正统文人所承认。朱彝尊《词综》的《发凡》说:"唐、宋以来,作者长短句每别为一编,不入集中,是以散佚最易。"词为什么"不入集中"?很明显,那就是因为正统文人认为词没有资格与诗文并列。词尚如此,那么元代新兴的散曲,当然连词也不如了。事实也正是这样,宋、元人的诗文集,毕竟还有把词编成卷次,附在诗文之后的,而元代诗文集里附成卷散曲的,那就一种也没有。至于民间的作家,在当时没有社会地位,他们所作的曲子,更根本就编不成集子。二,元代当时编刻的散曲选本是有一些的,现在流传下来的就有四种。至于散曲别集,也许根本不多。就现存的几种来看,《张小山北曲联乐府》在元朝是刊刻过的。天一阁钞本《小山乐府》是否刊刻过很难说。现行的《云庄乐府》的祖本,是明朝成化年间刻的;它还有更早的本子,元刻明刻不得而知。乔吉的《文湖州集词》,元朝未必有刻本,而且这个书名很奇怪——宋朝的文学家兼画家文同做过湖州太守,所以人们称他文湖州,元人乔吉的散曲集怎么会是《文湖州集词》呢?《乔梦符小令》《张小山小令》都是明中叶以后的辑本。《笔花集》最早是明朝永乐年间编成的。元人散曲别集流传到今天的固然寥寥可数，就是在元朝，也未必能像词集那么多。三，元代立国仅九十馀年，而唐代却有二百九十年，两宋共三百二十年。唐、宋两朝的时间，比元朝多两倍、三倍以上。有前两种情形，于是有些元人散曲就会自生自灭；有第三种情形，元人散曲的数量，也就越发难以和唐诗、宋词相比了。

编任何全集的人，总想把材料网罗得十分完全。我也迫切地希望能看到更多的元人散曲。尽管想要在现存的元人散曲选本和别集之外再发现几种，那也许是过大的奢望，但是直到今天还没有出现的明人编的散曲选本，可能是有的，我还没有看到的散见于群书中的元人小令或套数，肯定是有的。同志们如果不吝以珍贵的资料见示，增补拙辑的挂漏，那不仅编者要衷心地感谢，对本书的读者也是有益的。是为序。

凡　例

一　本书旨在汇辑所有现存之元代散曲,供给古典文学研究者广泛的资料,辑录标准从宽,与严别真伪专取精英之选本不同。

一　本书以作者为经,以时代为纬。生卒年代可知之作者,及生卒年代虽不可知而其姓名犹见于《录鬼簿》者,皆约略据其时代先后排列之。《阳春白雪》《太平乐府》所收之曲,其作者时代难考者,概置选集者杨朝英之前。

一　作家小传主要根据《录鬼簿》《录鬼簿续编》《元史》及《元诗选》,兼采近人可信之考证。生平不详者则阙如。

一　每家之曲,先列小令,后列套数。宫调曲牌次第,北曲皆依李玉《北词广正谱》,附录南曲皆依沈璟《南曲谱》。张养浩、张可久、汤式三家别集犹传,编次一仍其旧;辑补之曲,则斟酌情形置于卷中或卷末,并注明其出处。乔吉别集今存《文湖州集词》及《乔梦符小令》二种,前者甚不完备,后者所辑较富而编次为晚,兹重辑之。

一　各曲曲末皆详注该曲见于何书。重要曲书全注,展转钞引之书则不尽注。近人所辑元人曲别集以及自他书中抽印之选本如《万花集》《南北小令》等,则一概不注。全据曲别集者,别集中之曲不再注并见何书。所注书名次序,略依成书年代。曲谱徵引套数多为只曲,故套数之末所注书名,曲总集在前,曲谱在后;

对其他徵引只曲之书亦然。

一　本书曲文一般皆从曲末所注书名最前之一种,据曲别集编次者以曲别集为准。如有校改之字,则书于校勘记。

一　本书校勘记旨在详记元人散曲在各书中之异同,不论其文字是否出于明人臆改,亦不论各本文意之短长。散曲题目出于明人追撰者,亦概入校记。校记之关于作家、题目、以及说明曲文出处等事者在前,关于曲牌校正以及文字异同者在后,中间加○以分隔之。

一　校勘记一般只记其与本书异者,不记其与本书同者。例如一曲见两书,曲文下注有甲乙两书名,校勘记云甲书撰人作某,题目作某、而本书之撰人及题目又与甲书异,则本书所从者自为乙书;云乙书某字作某,则本书所从者自为甲书,一般不再明注今从某书。

一　近人所辑元人曲别集以及最近数十年依元明旧本刊刻或排印之曲选等,因其所据之祖本俱在,故本书校记于新印本仅间引其比较有关之异文,一般皆不互校。又如胡莘皞钞本《小山乐府》实为李开先辑《张小山小令》之过录本,其与李辑《小令》同者,本书校记则但称李辑《小令》,不兼及《小山乐府》;与李辑《小令》异者,则择其有关者撰为校记。又如明程明善之《啸馀谱》、清康熙敕撰之《曲谱》,对辑佚及校勘功用殊微,本书于前者仅偶有徵引,于后者概未引用。

一　《九宫大成》《中原音韵·定格》于所引只曲皆不注撰人,本书校记引及此二书之曲,一般不再说明原未注撰人。《盛世新声》于所收之曲皆未注撰人,但因引《盛世新声》时几皆涉及《词林摘艳》,而《词林摘艳》因版本不同,有注撰人者,有不注撰人者,故校记中同时说明《盛世新声》未注撰人。

一　曲书中之通俗语辞,各书文字每不相同,如"付能"之与"甫能","挨到"之与"睚到","唱道"之与"畅道","则索"之与"子索"等,本书不作统一。元代曲家用字与今略异者,如以"它"为"他"之类,以及元明曲书中之一般简体字,则皆改为现在习用之字。

一　曲牌多有异名,本书一般不作统一,其误标者则正之,并记于校勘记。

一　一曲有二主名,其难以断定为何人所作者,则或两处互见(仅限小令),或置于一处而于另一处之校勘记中作说明;其确可断定主名误注者,亦于其人小传后或曲末附校语,以便读者寻检。

一　元人曲书类聚起调相同之套数于一处,一般仅于第一套之前以大字标出宫调及起调之曲牌,以下各套,首曲不重标宫调曲牌,本书亦如之。散曲有有题目者,有无题目者;元人曲书类聚同一牌调之曲于一处,其有题目者,一般不注明属于此题之曲共为几首,此下紧接之曲如无题目,一般不标失题,本书亦然。读者审之。

一　元人散曲绝大部分为北曲。本书于北曲无论其为全阕或逸句,概行网罗。无名氏南曲则仅辑其完整者附于书末,只注曲之来源及题目等,不作文字的校勘。见于《九宫正始》之南曲套数零只则舍之。

一　本书冀得元代散曲之全,编者末学,见闻不广,如有挂漏,敬希读者惠示,以便增补。

引用书目 附简称

乐府新编阳春白雪前集五卷后集五卷（简称阳春白雪或白雪）　元杨朝英辑　元刊本（最早见于阳春白雪之曲文，本书多依此本。）清南陵徐氏影元刊本　任讷散曲丛刊校本

乐府阳春白雪前集四卷后集五卷　元杨朝英辑　明钞本（曲数较前书为多，有编者校本，书名新校九卷本阳春白雪。）

乐府新编阳春白雪残存前集二卷　元杨朝英辑　元刊本（简称残元本）

朝野新声太平乐府九卷（简称太平乐府或太平）　元杨朝英辑元刊本（或谓此本实为明刊。一般据黄丕烈跋称之为元刊，本书从黄跋。曲文最早见于太平乐府者，本书多依此本。此本即四部丛刊本之祖本。）　民国陶珙影元刊本　瞿氏铁琴铜剑楼藏明刊本（简称瞿本）　清何梦华钞本（简称何钞本）

朝野新声太平乐府八卷（仅前八卷）　元杨朝英辑　元刊本（简称元刊八卷本）　明大字本（据郑骞校记引用，称明大字本。）

梨园按试乐府新声三卷（简称梨园乐府或梨园）　元无名氏辑元刊本　四部丛刊影元刊本

类聚名贤乐府群玉五卷（简称乐府群玉或群玉）　元无名氏辑吴梅校新过录本　任讷散曲丛刊校本　上虞罗氏心井庵钞本

自然集　元无名氏辑　明正统本道藏同字号

鸣鹤馀音九卷　元彭致中辑　明正统本道藏随字号

盛世新声十二卷(简称盛世) 明无名氏辑 明正德刊本 文学古籍刊行社影印本

词林摘艳十卷(简称摘艳) 明张禄辑 原刊本(有文学古籍刊行社影印本) 徽藩本 重刊增益本(有惜馀轩写印本) 万历内府本 (词林摘艳卷一有陈乃乾印单行本,名南北小令。)

万花集 明无名氏辑 今人黄缘芳校本(即盛世新声最后二卷,惟各曲多注作者。)

词谑 李开先撰 卢前校本(与一笑散〔有文学古籍刊行社影印本〕为一书。全元散曲校辑曲文据词谑,必要时始引一笑散。)

乐府群珠四卷(简称群珠) 明无名氏辑 明钞本

雍熙乐府二十卷(简称雍熙) 明郭勋辑 四部丛刊影明嘉靖本

新编南九宫词八卷(简称南九宫词) 明三径草堂编刊 郑振铎影印本

南北词广韵选(简称广韵选) 明徐复祚撰 稿本

新镌古今大雅南宫词纪六卷、北宫词纪六卷、北宫词纪外集残存四、五、六卷(简称南宫词纪或词纪、北宫词纪或词纪、词纪外集) 明陈所闻辑 明万历刊本(外集为吴晓铃藏钞本,最近有中华书局排印本,附于南北宫词纪校补一书之后,卷次改为卷一、二、三。)

新镌出相词林白雪八卷(简称词林白雪) 明窦彦斌辑 影钞明刊本

吴骚集 明王稚登辑 上海杂志公司排印本

吴歈萃雅四卷(简称萃雅) 明周之标辑 明万历刊本

词林逸响四卷(简称逸响) 明许宇辑 明天启刊本

彩笔情辞十二卷(简称情辞) 明张栩辑 明天启刊本 (坊贾改名青楼韵语广集)

白雪斋选订乐府吴骚合编四卷(简称吴骚合编) 明张楚叔辑

四部丛刊影明崇祯刊本

　　新镌出像点板怡春锦曲六卷（简称怡春锦）　　明冲和居士辑
明刊本（此书原名新镌出像点板缠头百练，怡春锦曲系坊贾改名）

　　新刻出像点板增订乐府珊珊集四卷（简称乐府珊珊集或珊珊
集）　　明周之标辑　　明崇祯刊本

　　太平清调迦陵音（简称迦陵音）　　明叶华辑　　故宫博物院影明
刊本

　　北曲拾遗（简称拾遗）　　明无名氏辑　　任讷卢前校印本

　　元明小令钞（简称小令钞）　　清孔广林编　　稿本

　　天籁集附摭遗　　元白朴撰　　清杨希洛刊本

　　东篱乐府一卷　　元马致远撰　　任讷散曲丛刊辑本

　　云庄休居自适小乐府（简称云庄乐府）　　元张养浩撰　　孔德图书
馆石印本

　　文湖州集词一卷（简称集词）　　元乔吉撰　　明无名氏辑　　丁丙藏
明蓝格钞本　　何梦华藏清钞本

　　乔梦符小令一卷（简称小令）　　元乔吉撰　　明李开先编　　明隆庆
刊本　　清厉鹗刊本

　　梦符散曲二卷　　元乔吉撰　　任讷散曲丛刊辑本

　　张小山北曲联乐府三卷外集一卷（简称北曲联乐府或联乐
府）　　元张可久撰　　汲古阁钞本　　清劳平甫钞校本

　　小山乐府（称天一阁本小山乐府）　　元张可久撰　　天一阁旧藏明
影元钞本

　　张小山小令二卷（简称李辑小令或小令）　　元张可久撰　　明李
开先编　　明嘉靖刊本

　　小山乐府六卷（简称胡本小山乐府）　　元张可久撰（序末伪署天
池山人徐渭序）　　北京图书馆藏清人胡莘皡钞本

小山乐府六卷　元张可久撰　任讷散曲丛刊校本

酸甜乐府二卷　元贯云石徐再思撰　任讷散曲丛刊辑本

笔花集　元汤舜民撰　明钞本

元人散曲三种　任讷辑　上海中原书局排印本

中原音韵(简称音韵)　元周德清撰　民国影印明钞本

太和正音谱二卷(简称正音谱)　明朱权撰　民国影印明钞本

旧编南九宫谱(简称南九宫谱)　明蒋孝撰　明嘉靖刊本

南九宫十三调曲谱(简称南曲谱)　明沈璟撰　明刊本

广缉词隐先生增定南九宫词谱(简称南词新谱)　明沈自晋撰
北京大学影印本

啸馀谱十卷　明程明善辑　清坊刻本

南曲九宫正始(简称九宫正始或正始)　清徐子室钮少雅编订
民国影印朱墨钞本

北词广正谱(简称广正谱)　清李玉撰　北京大学影摹石印本

纳书楹曲谱　清叶堂撰　坊刻本

九宫大成南北词宫谱(简称九宫大成或大成)　清庄亲王撰
古书流通处影印内府本

金史　元脱脱等撰　同文书局本

元史　明宋濂等撰　同文书局本

新元史　民国柯劭忞撰　开明书店二十五史本

录鬼簿　元钟嗣成撰　中华书局影印天一阁藏明蓝格钞本　孟称舜
本　楝亭十二种本　王国维校注本

录鬼簿续编　明无名氏撰　中华书局影印天一阁藏明蓝格钞本

天下同文集　元周南瑞撰　文津阁本

宋元戏曲史　民国王国维撰　商务印书馆排印本

元曲家考略　孙楷第撰　上杂出版社排印本(此书续编部分陆续发

表于文学研究期刊中)

方诸馆曲律四卷(简称曲律)　明王骥德撰　清康熙绿荫堂刊本

曲藻　明王世贞撰　新曲苑本

雨村曲话　清李调元撰　函海本

顾曲麈谈　民国吴梅撰　商务印书馆排印本

遗山乐府　元元遗山撰　双照楼影明弘治高丽晋州刊本

遗山先生新乐府　元元遗山撰　鉏月山房校本

淮阳乐府　元张弘范撰　宋元三十一家词、王氏家塾本

樵庵词　元刘因撰　宋元三十一家词本

秋涧乐府　元王恽撰　强村丛书本

中庵集　元刘敏中撰　文津阁本

中庵诗馀　元刘敏中撰　强村丛书本

中庵乐府　元刘敏中撰　校辑宋金元人词本

松雪斋乐府　元赵孟頫撰　续刊景宋金元明词本

赵待制词　元赵雍撰　强村丛书本

贞居词　元张雨撰　强村丛书本

竹窗词　元沈禧撰　诵芬室钞本

梅花道人词　元吴镇撰　强村丛书本

顺斋乐府　元蒲道源撰　强村丛书本

益斋长短句　元李齐贤撰　强村丛书本

蚁术词选　元邵亨贞撰　清光绪第一生修梅华馆丛书本

石门词　元梁寅撰　强村丛书本

贞素斋诗馀　元舒頔撰　强村丛书本

龟巢集　元谢应芳撰　善本书室钞本

花草粹编　明陈耀文纂　国学图书馆影明万历刊本

词林万选　明杨慎撰　汲古阁本

词品　明杨慎撰　丛书集成影天都阁藏书本

词品拾遗　同右

词苑　历代诗馀引

词综　清朱彝尊撰　清坊刻本

历代诗馀　清沈辰垣等编　蟫隐庐影殿版本

词律　清万树撰　四部备要本

词律拾遗　清徐本立撰　四部备要本（与词律合刊）

词律补遗　清杜文澜撰　四部备要本（与词律合刊）

静修先生文集　元刘因撰　四部丛刊本

秋涧先生大全文集　元王恽撰　四部丛刊本

梧溪集　元王逢撰　知不足斋丛书本

倪云林先生诗集　元倪瓒撰　四部丛刊影明本

崔公入药镜注解　元王玠（混然子）注　明正统本道藏成字号

还真集　元王玠撰　明正统本道藏夫字号

元诗选　清顾嗣立辑　清康熙秀野草堂刊本

古今诗话　历代诗馀引

归田诗话　明瞿佑撰　丛书集成本

静斋至正直记　元孔齐撰　旧钞本

青楼集　元夏伯和撰　古今说海本　明钞说集本

辍耕录　元陶宗仪撰　四部丛刊影元刊本　津逮秘书本

庶斋老学丛谈（简称老学丛谈）　元盛如梓撰　旧钞本

珊瑚木难　明朱存理撰　适园丛书本

留青日札　明田艺衡撰　明刊本

草木子　明叶子奇撰　明刊本

见只编　明姚士麟撰　盐邑志林本

尧山堂外纪（简称外纪）　明蒋一葵撰　明刊本

瓠里子笔谈　明姜南撰　艺海珠尘本

徐氏笔精　明徐𤊱撰　清康熙鳌峰汗竹斋刊本

珊瑚网　明汪砢玉撰　清刊本

孙氏书画钞　明孙凤撰　涵芬楼秘笈本

梨云寄傲　明陈铎撰　坐隐先生精订陈大声乐府全集本

月香亭稿　同右

秋碧乐府　明陈铎撰　饮虹簃所刻曲本

列朝诗集　清钱谦益辑　清刊本

浙江通志　清嵇曾筠等撰　商务印书馆影印本

坚瓠集　清褚人获撰　通行本

宸垣识馀　清吴长元撰　昭代丛书本

永乐大典第一四三八一寄字韵、二○三五三席字韵　明解缙
等编　中华书局影印本

古今图书集成（文学典词曲部）　清蒋廷锡等编　中华书局影印本

　　　附注：作者小传重要参考书亦列入本书目

元好问

好问字裕之。号遗山。太原秀容人。七岁能诗。有神童之目。年十四。从郝天挺学。六年而业成。下太行。渡大河。为箕山琴台等诗。礼部赵秉文见之。以为近代无此作也。于是名震京师。谓之元才子。金宣宗兴定间登进士第。不就选。往来箕颍者数年。除南阳令。调内乡。历尚书省掾。左司都事员外郎。天兴初。入翰林知制诰。金亡不仕。元世祖在藩邸闻其名。将以馆阁处之。未用而卒。年六十八。其诗以五言为雅正。而出奇于长句杂言。乐府不用古题。新意特出。晚年尤以著作自任。谓金源氏实录。在顺天张万户家。国亡史作。己所当任。乃言于张。愿为撰述。既而为人所沮而止。乃构亭于家。名曰野史。采摭所闻。辄为记录。至百馀万言。自汴京覆亡。故老都尽。遗山蔚为一代宗工。以文章独步者几三十年。有遗山集。中州集。壬辰杂编等。

小令

〔黄钟〕人月圆

卜居外家东园

重冈已隔红尘断。村落更年丰。移居要就。窗中远岫。舍后长松。 十年种木。一年种谷。都付儿童。老夫惟有。醒来明月。醉后清风。遗山乐府下

玄都观里桃千树。花落水空流。凭君莫问。清泾浊渭。去马来
牛。 谢公扶病。羊昙挥涕。一醉都休。古今几度。生存华屋。
零落山丘。_{遗山乐府下 花草粹编四}

〔仙吕〕后庭花破子

玉树后庭前。瑶华妆镜边。去年花不老。今年月又圆。莫教偏。
和花和月。大家长少年。_{遗山乐府下}

夜夜璧月圆。朝朝琼树新。贵人三阁上。罗衣拂绣茵。后庭人。
和花和月。共分今夜春。_{遗山乐府下}

〔中吕〕喜春来

春　宴

春盘宜剪三生菜。春燕斜簪七宝钗。春风春酝透人怀。春宴排。
齐唱喜春来。_{太平乐府四 乐府群珠一}

梅残玉靥香犹在。柳破金梢眼未开。东风和气满楼台。桃杏折。
宜唱喜春来。_{太平乐府四 乐府群珠一}
> 元刊太平乐府柳破作柳皱。他本及乐府群珠俱作柳破。

梅擎残雪芳心奈。柳倚东风望眼开。温柔樽俎小楼台。红袖绕。
低唱喜春来。_{太平乐府四 乐府群珠一}
> 此曲及次曲乐府群珠题作陵阳客舍偶书。属卢挚。曲上注玉太二字。知亦见旧
> 本乐府群玉。○群珠绕作客。

携将玉友寻花寨。看褪梅妆等杏腮。休随刘阮到天台。仙洞窄。
且唱喜春来。_{太平乐府四 乐府群珠一}
> 元刊太平乐府友作反。兹从明大字本何钞本及群珠。群珠到天台作访天台。

〔双调〕骤雨打新荷

绿叶阴浓。遍池塘水阁。偏趁凉多。海榴初绽。妖艳喷香罗。老燕携雏弄语。有高柳鸣蝉相和。骤雨过。珍珠乱糁。打遍新荷。　　人生有几。念良辰美景。一梦初过。穷通前定。何用苦张罗。命友邀宾酖赏。对芳樽浅酌低歌。且酩酊。任他两轮日月。来往如梭。太平乐府二　辍耕录九　太和正音谱下　花草粹编九　尧山堂外纪七〇　古今词话　北词广正谱　历代诗馀五九　遗山先生新乐府补遗　九宫大成六六　元明小令钞　词律拾遗三

元刊八卷本瞿本太平乐府任他俱作任从。辍耕录池塘作池亭。五句作朵朵蹙红罗。老燕携雏作乳燕雏莺。有高柳作对高柳。珍珠乱糁作似琼珠乱撒。人生作人生百年。一梦初过作休放虚过。穷通作富贫。酖赏作宴赏。对芳樽浅酌作饮芳醑浅斟。任他两轮日月作从教二轮。花草粹编历代诗馀并同辍耕录。尧山堂外纪古今词话北词广正谱遗山先生新乐府九宫大成元明小令钞词律拾遗亦同辍耕录。惟外纪词律拾遗穷通俱作富贵。词话遗山先生新乐府人生俱作人世百年。穷通俱作富贵。新乐府蹙作蔟。罗作螺。广正谱小令钞念良辰作会良辰。大成张罗作奔波。

残　曲

〔双调〕新水令

一声啼鸟落花中。惜花心又还无用。深院宇。小帘栊。点检春工。夕阳外绿阴重。北词广正谱

〔乔牌儿〕病将愁断送。愁把病搬弄。春山两叶愁眉纵。断肠诗和泪封。北词广正谱

孙　梁

梁字正卿。中山人。

小令

〔仙吕〕后庭花破子

柳叶黛眉愁。菱花妆镜羞。夜夜长门月。天寒独上楼。水东流。
新诗谁寄。相思红叶秋。遗山乐府下

杨　果

　　果字正卿。号西庵。祁州蒲阴人。幼失怙恃。以章句授徒为业。
金正大初登进士第。为偃师令。到官以廉干称。元初杨奂征河南课
税。起正卿为经历。史天泽经略河南。正卿为参议。中统元年。拜北
京宣抚使。明年拜参知政事。至元六年。出为怀孟路总管。以老致
政。卒于家。年七十五。谥文献。正卿性聪敏。美风姿。善谐谑。闻
者绝倒。文采风流。照映一世。工文章。尤长于乐府。著有西庵集。

小令

〔越调〕小桃红

碧湖湖上采芙蓉。人影随波动。凉露沾衣翠绡重。月明中。画
船不载凌波梦。都来一段。红幢翠盖。香尽满城风。阳春白雪前
集五

满城烟水月微茫。人倚兰舟唱。常记相逢若耶上。隔三湘。碧
云望断空惆怅。美人笑道。莲花相似。情短藕丝长。阳春白雪前
集五

采莲人和采莲歌。柳外兰舟过。不管鸳鸯梦惊破。夜如何。有
人独上江楼卧。伤心莫唱。南朝旧曲。司马泪痕多。阳春白雪前
集五

碧湖湖上柳阴阴。人影澄波浸。常记年时对花饮。到如今。西

风吹断回文锦。羡他一对。鸳鸯飞去。残梦蓼花深。<small>阳春白雪前集五</small>

玉箫声断凤凰楼。憔悴人别后。留得啼痕满罗袖。去来休。楼前风景浑依旧。当初只恨。无情烟柳。不解系行舟。<small>阳春白雪前集五</small>

芰花菱叶满秋塘。水调谁家唱。帘卷南楼日初上。采秋香。画船稳去无风浪。为郎偏爱。莲花颜色。留作镜中妆。<small>阳春白雪前集五</small>

锦城何处是西湖。杨柳楼前路。一曲莲歌碧云暮。可怜渠。画船不载离愁去。几番曾过。鸳鸯汀下。笑煞月儿孤。<small>阳春白雪前集五</small>

采莲湖上棹船回。风约湘裙翠。一曲琵琶数行泪。望君归。芙蓉开尽无消息。晚凉多少。红鸳白鹭。何处不双飞。<small>阳春白雪前集五</small>

采莲女

采莲湖上采莲娇。新月凌波小。记得相逢对花酌。那妖娆。殢人一笑千金少。羞花闭月。沉鱼落雁。不惹也魂消。<small>太平乐府三</small>
采莲人唱采莲词。洛浦神仙似。若比莲花更强似。那些儿。多情解怕风流事。淡妆浓抹。轻颦微笑。端的胜西施。<small>太平乐府三</small>
采莲湖上采莲人。闷倚兰舟问。此去长安路相近。恨刘晨。自从别后无音信。人间好处。诗筹酒令。不管翠眉颦。<small>太平乐府三</small>

套数

〔仙吕〕赏花时

秋水粼粼古岸苍。萧索疏篱偎短冈。山色日微茫。黄花绽也。

妆点马蹄香。

〔胜葫芦〕见一簇人家入屏帐。竹篱折补苔墙。破设设柴门上张
着破网。几间茅屋。一竿风旆。摇曳挂长江。

〔赚尾〕晚风林。萧萧响。一弄儿凄凉旅况。见壁指一似桑榆侵
着道旁。草桥崩柱摧梁。唱道向红蓼滩头。见个黑足吕的渔翁
鬓似霜。靠着那驼腰拗桩。瘿累垂脖项。一钩香饵钓斜阳。阳春
白雪后集二　雍熙乐府五　北宫词纪四

　　北宫词纪题作旅况。○（赏花时）元刊阳春白雪鄰鄰作鄰鄰上。钞本与雍熙乐
　　府词纪皆作鄰鄰。（胜葫芦）元刊白雪屏帐作帲帐。兹从钞本。雍熙词纪俱作
　　屏障。词纪折作拆。（赚尾）元刊白雪瘿作瘦。钞本作瘦。雍熙柱摧梁作摇催
　　舵。见个作见一个。足吕作出律。驼腰作舵腰。累作嗓。脖作膊。词纪四五句
　　作。无数桑榆侵道旁。草桥崩荡漾孤航。以下同雍熙。

水到湍头燕尾分。桥掂河梁龙背稳。流水绕孤村。残霞隐隐。
天际褪残云。

〔么〕客况凄凄又一春。十载区区已四旬。犹自在红尘。愁眉镇
锁。白发又添新。

〔煞尾〕腹中愁。心间闷。九曲柔肠闷损。白日伤神犹自轻。到
晚来更关情。唱道则听得玉漏声频。搭伏定鲛绡枕头儿盹。客
窗夜永。有谁人存问。二三更睡不得被儿温。阳春白雪后集二　雍熙
乐府五

　　阳春白雪失注撰人。雍熙乐府同。北词广正谱仙吕赚煞附注属杨西庵。兹从
　　之。○（赏花时）雍熙桥掂作樯抵。天际作天气。（么）白雪犹自作由自。兹改
　　正。元刊白雪十作上。兹从旧校及钞本。雍熙十载作年纪。犹自作日日。（煞
　　尾）雍熙心间闷作心间阔。枕头儿作枕头上。人存问作睬问。睡不得作挨
　　不得。

花点苍苔绣不匀。莺唤垂杨语未真。帘幕絮纷纷。日长人困。
风暖兽烟喷。

〔么〕一自檀郎共锦衾。再不曾暗掷金钱卜远人。香脸笑生春。旧时衣裉。宽放出二三分。

〔赚煞尾〕调养就旧精神。妆点出娇风韵。将息划损苔墙玉笋。拂掉了香冷妆奁宝鉴尘。舒开系东风两叶眉颦。晓妆新。高绾起乌云。再不管暖日朱帘鹊噪频。从今听鸦鸣不嗔。灯花谁信。一任教子规声啼破海棠魂。阳春白雪后集二　词谑　雍熙乐府五　北宫词纪六　北词广正谱引赏花时

> 阳春白雪失注撰人。雍熙乐府同。词谑北宫词纪北词广正谱俱属杨西庵。兹从之。词纪题作春情。○（赏花时）雍熙词纪帘幕俱作帘外。（么）元刊白雪裉作褐。字画讹误。词谑首二句作沽得香醪自近邻。卜小金钱盼远人。香脸作粉脸。放出作放。（赚煞尾）元刊白雪划作到。兹从钞本及词谑词纪。元刊白雪今听作今新。兹从钞本。词谑宝鉴作镜台。谁信作难信。雍熙划作到。墙作垣。鉴作镜。舒作舒展。朱作珠。嗔作听。任教作任他。词纪鉴作镜。舒作舒展。朱作珠。词谑雍熙词纪今听俱作今后。

丽人春风三月天。准备西园赏禁烟。院宇立秋千。桃花喷火。杨柳绿如烟。

〔么〕倚定门儿语笑喧。来往星眸厮顾恋。彼各正当年。花阴柳影。月底共星前。

〔尾〕口儿咶。心儿怨。时急难寻轻便。天也似闲愁无处展。蘸霜毫写满云笺。唱道各办心坚。休教万里关山靠梦传。不是双生自专。小卿紧劝。只休教花残莺老了丽春园。阳春白雪后集二　雍熙乐府五　彩笔情辞四

> 阳春白雪失注撰人。雍熙乐府同。彩笔情辞注元人辞。题作春情。北词广正谱属杨西庵。兹从之。○（赏花时）雍熙丽人春风作丽日和风。如烟作垂烟。情辞俱同。广正谱丽人作丽日。（么）白雪彼各作比各。兹改。雍熙情辞俱作彼此。雍熙末句无共字。（尾）白雪展作着。雍熙首二句儿下各衬里字。时急作急切里。轻便作空便。写满作写。万里作千里。靠作劳。末句无了字。情辞唱道作畅道是。馀同雍熙。

〔仙吕〕翠裙腰

莺穿细柳翻金翅。迁上最高枝。海棠零乱飘阶址。堕胭脂。共谁同唱送春词。

〔金盏儿〕减容姿。瘦腰肢。绣床尘满慵针指。眉懒画。粉羞施。憔悴死。无尽闲愁将甚比。恰如梅子雨丝丝。

〔绿窗愁〕有客持书至。还喜却嗟咨。未委归期约几时。先拆破鸳鸯字。原来则是卖弄他风流浪子。夸翰墨。显文词。枉用了身心空费了纸。

〔赚尾〕总虚脾。无实事。乔问候的言辞怎使。复别了花笺重作念。偏自家少负你相思。唱道再展放重读。读罢也无言暗切齿。沉吟了数次。骂你个负心贼堪恨。把一封寄来书都扯做纸条儿。

阳春白雪后集二　雍熙乐府五　太和正音谱引绿窗愁　北词广正谱引金盏儿绿窗愁　九宫大成六引全套

　　元刊阳春白雪失注撰人。雍熙乐府同。钞本阳春白雪及太和正音谱北词广正谱俱属杨西庵。〇(翠裙腰)元刊白雪雍熙九宫大成翻俱作开。兹从钞本白雪。(绿窗愁)白雪雍熙拆破俱作折破。兹从正音谱广正谱及大成。(赚尾)雍熙花笺作花笺锦字。无偏字。负作欠。沉吟下无了字。堪恨作忒恨。大成俱同。

刘秉忠

　　秉忠字仲晦。初名侃。拜官后更名秉忠。邢州人。年十七。为邢台节度使府令史。寻弃去。隐武安山中为僧。名子聪。后游云中。元世祖在潜邸。海雪禅师被召。过云中。闻其博学多才艺。邀与俱行。既入见。应对称旨。遂留侍左右。至元初。拜光禄大夫。位太保。参预中书省事。卒年五十九。赠太傅。封赵国公。谥文贞。成宗时。加赠太师。谥文正。仁宗时。进封常山王。秉忠自幼好学。至老不衰。斋居蔬食。终日澹然。自号藏春散人。每以吟咏自适。有藏春散人集。

小令

〔南吕〕干荷叶

干荷叶。色苍苍。老柄风摇荡。减了清香。越添黄。都因昨夜一场霜。寂寞在秋江上。<small>阳春白雪后集一　太和正音谱下　乐府群珠二　雍熙乐府二○　尧山堂外纪六九　词品一　词综二七　历代诗馀二　九官大成五二元明小令钞</small>

　　<small>乐府群珠此八曲题作即名漫兴。○尧山堂外纪末句无在字。词品词综历代诗馀九官大成四句俱无了字。一场俱作一番。末句俱无在字。</small>

干荷叶。映着枯蒲。折柄难擎露。藕丝无。倩风扶。待擎无力不乘珠。难宿滩头鹭。<small>阳春白雪后集一　乐府群珠二　雍熙乐府二○</small>

　　<small>乐府群珠四句无下有力字。雍熙乐府次句无着字。折柄作柄折。四句作藕丝芜。乘珠作成珠。难宿作难盖宿。</small>

根摧折。柄欹斜。翠减清香谢。恁时节。万丝绝。红鸳白鹭不能遮。憔悴损干荷叶。<small>阳春白雪后集一　乐府群珠二　雍熙乐府二○　九官大成五二</small>

干荷叶。色无多。不奈风霜剉。贴秋波。倒枝柯。宫娃齐唱采莲歌。梦里繁华过。<small>阳春白雪后集一　乐府群珠二　雍熙乐府二○</small>

　　<small>乐府群珠不奈作不禁。雍熙作不耐。</small>

南高峰。北高峰。惨淡烟霞洞。宋高宗。一场空。吴山依旧酒旗风。两度江南梦。<small>阳春白雪后集一　乐府群珠二　雍熙乐府二○　尧山堂外纪六九　词品一　北词广正谱　元明小令钞</small>

夜来个。醉如酡。不记花前过。醒来呵。二更过。春衫惹定茨蘼科。拌倒花抓破。<small>阳春白雪后集一　乐府群珠二　雍熙乐府二○</small>

雍熙醉如作醉颜。四句呵作何。

干荷叶。水上浮。渐渐浮将去。跟将你去。随将去。你问当家
中有媳妇。问着不言语。阳春白雪后集一　乐府群珠二　雍熙乐府二〇

　　白雪群珠四句跟作根。雍熙六句无中字。

脚儿尖。手儿纤。云鬓梳儿露半边。脸儿甜。话儿粘。更宜烦
恼更宜忺。直恁风流倩。阳春白雪后集一　乐府群珠二　雍熙乐府二〇

　　钞本阳春白雪忺作欢。雍熙末字作茜。

〔双调〕蟾宫曲

盼和风春雨如膏。花发南枝。北岸冰销。夭桃似火。杨柳如烟。
穰穰桑条。初出谷黄莺弄巧。乍衔泥燕子寻巢。宴赏东郊。杜
甫游春。散诞逍遥。阳春白雪前集二　乐府群珠三　雍熙乐府一七

　　乐府群珠题作四时游赏联珠四曲。雍熙乐府题作四季。〇元刊阳春白雪桑条作
　　柔条。散诞作散但。下同。此从钞本。乐府群珠六句作袅袅柔条。雍熙盼作
　　看。次句作南枝花发。如烟作垂烟。六句作风摆柔条。莺弄作鹂啭。燕子作紫
　　燕。宴赏作待上。末句作只落得散淡逍遥。下三首同。

炎天地热如烧。散发披襟。纨扇轻摇。积雪敲冰。沉李浮瓜。
不用百尺楼高。避暑凉亭静扫。树阴稠绿波池沼。流水溪桥。
右军观鹅。散诞逍遥。阳春白雪前集二　乐府群珠三　雍熙乐府一七

　　乐府群珠首句作炎天地酷热如烧。积雪敲冰作敲冰浸酒。避暑下有爱字。雍熙
　　首句作避炎天四野如烧。轻摇作频摇。四句作敲冰浸酒。百尺上无不用二字。
　　避暑三句作。祛暑在凉泉最好。绿树浓绵柳随桥。待上池沼。

梧桐一叶初雕。菊绽东篱。佳节登高。金风飒飒。寒雁呀呀。
促织叨叨。满目黄花衰草。一川红叶飘飘。秋景萧萧。赏菊陶
潜。散诞逍遥。阳春白雪前集二　乐府群珠三　雍熙乐府一七

　　雍熙梧桐上有见字。次句作时逢盛世。佳节作节至。飒飒作飘飘。寒雁句作寒
　　鸦声噪。满目四句作。满园槐黄花瑞草。风飒飒秋景萧萧。待上东篱。陶潜

赏菊。

朔风瑞雪飘飘。暖阁红炉。酒泛羊羔。如飞柳絮。似舞胡蝶。
乱剪鹅毛。银砌就楼台殿阁。粉妆成野外荒郊。冬景寂寥。浩
然踏雪。散诞逍遥。<small>阳春白雪前集二　乐府群珠三　雍熙乐府一七</small>

<small>雍熙朔风作促梅开。如飞三句作。风摆林梢。乱剪鹅毛。遍满荒郊。银砌就作
玉妆成。粉妆成二句作。银罩就园圃池沼。待上名岩。</small>

商　　衟

衟字正叔。或作政叔。曹州济阴人。其先本姓殷氏。避宋宣祖赵
弘殷讳。改姓商。兄衡。字平叔。金崇庆进士。正大末充秦蓝总帅府
经历。元兵劫之使降。不屈死。衟滑稽豪爽。有古人风。曾编双渐小
卿诸宫调。今不传。官至学士。与元好问辈游。好问有商正叔陇山行
役图诗。兄衡之子挺。亦有曲传于世。

小令

〔越调〕天净沙

寒梅清秀谁知。霜禽翠羽同期。潇洒寒塘月淡。暗香幽意。一
枝雪里偏宜。<small>阳春白雪前集五</small>

剡溪媚压群芳。玉容偏称宫妆。暗惹诗人断肠。月明江上。一
枝弄影飘香。<small>阳春白雪前集五</small>

野桥当日谁栽。前村昨夜先开。雪散珍珠乱筛。多情娇态。一
枝风送香来。<small>阳春白雪前集五</small>

雪飞柳絮梨花。梅开玉蕊琼葩。云淡帘筛月华。玲珑堪画。一
枝瘦影窗纱。<small>阳春白雪前集五</small>

套数

〔正宫〕月照庭

问 花

万木争荣。各逞娇红嫩紫。呈浓淡。斗妍蚩。为谁开。为谁落。何苦孜孜。吾来问。汝有私。

〔幺〕云幕高张。捧出天然艳质。颜如玉。体凝脂。绿罗裳。红锦帔。貌胜西施。蒙君问。尽妾词。

〔最高楼〕发生各自随时。艳冶非人所使。铅华满树添妆次。远胜梨园弟子。

〔喜春来〕清香引客眠花市。艳色迷人殢酒卮。东风舞困瘦腰肢。犹未止。零落暮春时。

〔六幺遍〕听花言。巧才思。直待伴落絮游丝。披离满径点胭脂。干忙煞燕子莺儿。芳苞拆尽谁挂齿。道杏花不看开时。早寻人做主遮护你。煞强如花貌参差。凭谁赋断肠诗。

〔幺〕妾斟量。自三思。正芳年不甚心慈。仗聪明国色两件儿。觑五陵英俊因而。渐消香减玉剥幽姿。但温存谁敢推辞。想游蜂戏蝶有正事。向眼前面配了雄雌。闪下我害相思。

〔尾〕先生教妾感承。妾身言君试思。如今罗纨锦故人何似。阑珊了春事。惜花人谁肯折残枝。太平乐府六　雍熙乐府二　北词广正谱引月照庭六幺遍尾

　　雍熙乐府不注撰人。○(六幺遍)雍熙芳苞拆作方苞折。杏花作好花。煞强作索强。明大字本太平乐府北词广正谱披离俱作离披。(幺)元刊太平乐府幽姿作几咨。明大字本作姿儿。雍熙面配作匹配。

〔南吕〕一枝花

远　寄

粘花惹草心。招揽风流事。都不似今日个这娇姿。伶变知音。雅有林泉志。合欢连理枝。两意相投。美满夫妻相似。

〔梁州第七〕甘不过轻狂子弟。难禁受极纣勤儿。撞声打怕无淹润。倚强压弱。滴溜着官司。轰盆打甏。走踢飞拳。查核相万般街市。待勉强过从枉费神思。是他惯追陪济楚高人。见不得村沙谎厮。钦不定冷笑孜孜。可人。举止。为他十分吃尽不肯随时。变除此外没瑕玼。聚少离多信有之。古今如此。

〔赚煞〕好姻缘眼见得无终始。一载恩情似弹指。别离怨草次。感恨无言谩搔耳。后会何时。唱道痛泪连洒。花笺闷写相思字。托鱼雁寄传示。我志诚心一点无辞。无辞悼去伊身上死。_{梨园乐}

府上　雍熙乐府一〇　北词广正谱引全

雍熙乐府题作离情。不注撰人。〇（一枝花）雍熙三句作。生前同带绾。今世遇娇姿。伶变二句作。伶便容仪。知音有林泉志。合欢上有恰字。两意上有喜孜孜三字。美满作美甘甘。广正谱不似作不是。伶变作灵变。（梁州第七）梨园乐府举止作举指。雍熙极纣作村纣。查核作查胡。济楚作沛楚。钦作脸。孜孜作咨咨。吃尽作吃静。瑕玼作投玷。（赚煞）雍熙痛泪连洒作无限风流。脱末句。广正谱三句怨作恨。

叹秀英

钗横金凤偏。鬓乱香云辫。早是身是名染沉痾。自想前缘。结下何因果。今生遭折磨。流落在娼门。一旦把身躯点污。

〔梁州第七〕生把俺殃及做顶老。为妓路划地波波。忍耻包羞排场上坐。念诗执板。打和开呵。随高逐下。送故迎新。身心受

尽摧挫。奈恶业姻缘好家风俏无些个。纣擞丁走踢飞拳。老妖
精缚手缠脚。拣挣勤到下锹镢。甚娘。过活。每朝分外说不尽
无廉耻。颠狂相爱左。应有的私房贴了汉子。恣意淫讹。

〔赚煞〕禽唇撮口由闲可。殴面枭头甚罪过。圣长里厮搽抹。倒
把人看舌头厮缴络。气杀人呵。唱道晓夜评薄。待嫁人时要财
定囫囵课。惊心碎諕胆破。只为你没情肠五奴虔婆。毒害相扶
持得残病了我。梨园乐府上

〔南吕〕梁州第七

戏三英

暖律回春过腊。融和布满天涯。禁城元夜生和气。况金吾不禁。
良宵欢洽。九衢三市。万户千门。重重绣帘高挂。列银烛荧煌
家家斗骋奢华。玉帝灯细撚琼丝。金莲灯匀排艳葩。栀子灯碎
剪红纱。壁灯儿。巧画。过街灯照映纱灯戏灯机关妙。滚灯转
颧灯耍。月灯高悬水灯戏。将天地酬答。

〔么〕彩结鳌山对耸。箫韶鼓吹喧哗。仕女王孙知多少。宝鞍锦
轿。来往交叉。酒豪诗俊。谢馆秦楼。会传杯笑饮流霞。见游
女行歌尽落梅花。向杜郎家酒馆里开樽。王厨家食店里饭罢。
张胡家茗肆里分茶。玉人。娇姹。爱云英辨利绛英天然俊。共
联臂同把。偶过平康赏茗妭。越女吴姬。

〔赚煞〕绮罗珠翠金钗插。兰麝风生异香撒。弦管相煎声咿哑。
民物熙熙。谁道太平无象。听歌舞见风化。酩酊归来。控玉骢
不记得还家。唱道玉漏沉沉。楼头仿佛三更打。灯影伴月明下。
醉醺醺婉英扶下马。梨园乐府上

　　（梁州第七）纱灯原作沙灯。（么）么字原作〇。吴姬失韵。疑应作吴娃。

〔双调〕新水令

彩云声断紫鸾箫。夜深沉绣帏中冷落。愁转增。不相饶。粉悴
烟憔。云鬓乱倦梳掠。

〔乔牌儿〕自从他去了。无一日不唬道。眼皮儿不住了梭梭跳。
料应他作念着。

〔雁儿落〕愁闻砧杵敲。倦听宾鸿叫。懒将烟粉施。羞对菱花照。

〔挂玉钩〕这些时针线慵拈懒绣作。愁闷的人颠倒。想着燕尔新
婚那一宵。怎下得把奴抛调。意似痴。肌如削。只望他步步相
随。谁承望拆散鸾交。

〔乱柳叶〕为他为他曾把香烧。怎下的将咱将咱抛调。惨可可曾
对神明道。也不索。和他和他叫。紧交。誓约。天开眼自然报。

〔太平令〕骂你个短命薄情才料。小可的无福怎生难消。想着咱
月下星前期约。受了些无打算凄凉烦恼。我呵。你想着。记着。
梦着。又被这雨打纱窗惊觉。

〔豆叶黄〕不觉的地北天南。抵多少水远山遥。一个粉脸儿。他
身上何曾忘却。钟送黄昏鸡报晓。昏晓相催。断送了愁人。多
多少少。

〔七弟兄〕懊恼。这宵。受煎熬。被凄凉一弄儿相刮躁。画檐间
铁马儿晚风敲。纱窗外促织儿频频叫。

〔梅花酒〕孤帏儿静悄悄。烛灭烟消。枕剩衾薄。扑簌簌泪点抛。
急煎煎眼难交。睡不着。更那堪雨潇潇。

〔收江南〕淅零零和泪上芭蕉。孤眠独枕最难熬。绛绡裙褪小蛮
腰。急煎煎瘦了。相思满腹对谁学。

〔尾〕急煎煎每夜伤怀抱。扑簌簌泪点腮边落。唱道是废寝忘飧。
玉减香消。小院深沉。孤帏里静悄。瘦影儿紧相随。一盏孤灯

照。好教我急煎煎心痒难揉。则教我几声长吁到的晓。_{梨园乐府}

上　盛世新声午集　词林摘艳五　雍熙乐府一一　太和正音谱下引乱柳叶豆叶黄
北词广正谱引雁儿落挂玉钩乱柳叶豆叶黄

　　原刊本徽藩本词林摘艳题作闺怨十段锦。与梨园乐府俱注商政叔作。他本摘艳
无题。与盛世新声雍熙乐府俱不注撰人。雍熙乐府题作别恨。〇（新水令）盛
世摘艳雍熙转增俱作闷添。粉悴上俱有折倒的三字。盛世重增本摘艳绣纬上俱
有则在这三字。（乔牌儿）盛世次句作好着我无一日不颠倒。三句了作的。末
句他本来。摘艳俱同。雍熙次句作无一日不颠倒。馀同盛世。（雁儿落）盛世
各本摘艳北词广正谱起俱衬这些时三字。盛世重增本内府本摘艳宾鸿上俱有那
字。盛世重增本摘艳烟粉上俱有我这二字。原刻本徽藩本摘艳羞对作羞把。盛
世重增本摘艳俱作羞对把。雍熙愁闻作这些时愁闻的。宾鸿上有的字。烟粉上
有那字。菱花上有这字。（挂玉钩）盛世次句作烦恼的人无颠倒。想着下有俺
字。七句作指望待步步儿相随。折散下有了字。摘艳俱同。盛世重增本摘艳针
线上有这些时三字。他本摘艳无。内府本摘艳怎下得句作今日共别人欢笑。指
望上有当初二字。雍熙次句作烦恼的无颠倒。想着下有那字。五句作好着意似
痴。末二句同盛世。惟七句起衬当初二字。广正谱次句同盛世。想着下有咱
字。把奴作将奴。上多到如今无消耗一句。末二句同盛世。惟待作他。（乱柳
叶）梨园乐府报作招。太和正音谱惨作磣。神明二字叠。四句无也字。紧交作
尽教。报作照。啸馀谱并同。惟四句有也字。盛世首句作为才郎曾把那香烧。
将咱待咱作把奴。神明道着神灵告。四句以下作。也不索和他闹。枉惹的傍
人笑。尽交。失约。有一日天开眼自然报。摘艳俱同。内府本摘艳天开眼三字
叠。雍熙首句作为才郎曾把曾把香烧。惨作磣。四句以下作。也不索和他和他
闹。空惹的傍人傍人笑。尽教。势要。天开眼三字叠。馀俱同盛世。广正谱同
雍熙。惟把奴二字叠。神灵作神明神明。空作枉。二字句作。怎消。誓约。
（太平令）盛世骂作我骂。薄情作薄倖。无怎生二字。咱作俺。受了上有为你
呵三字。凄凉作凄凄凉凉。我呵至梦着作。我心儿里想着。口儿里念着。梦儿
里梦着。何曾道是忘了。摘艳俱同。雍熙骂你个作我骂你。咱作那。我呵句
作。我呵心儿里想着。梦儿里梦着。末句无这字。馀同盛世。惟受了上无为你
呵三字。（豆叶黄）正音谱一个作将个。盛世不觉的作忽剌巴。三句作将一个
粉脸儿何曾忘了。愁人作离人知他是。摘艳俱同。内府本摘艳何曾忘上有他身

上三字。雍熙钟送上有怕的是三字。馀同盛世。惟巴作八。何曾上有他身上三字。广正谱同雍熙。惟怕的作愁的。（七弟兄）盛世首二句作。一会家懊恼。自憔。相刮躁作闲咶噪。铁马下无儿字。摘艳俱同。雍熙起衬一会家三字。相刮躁作闲聒噪。（梅花酒）梨园乐府枕剩作枕盛。潇潇作箫箫。兹改正。盛世摘艳此支俱作。呀。罗帏中静悄悄。烛灭的烟消。枕冷衾薄。梦断魂消。扑簌簌泪点儿抛。呀。敢急煎煎眼难熬。百般的睡不着。更那堪雨潇潇。雨潇潇夜迢迢。夜迢迢最难熬。最难熬晚风敲。内府本摘艳烛灭的作烛灭。眼难熬作眼难交。雍熙首句作罗帏中静也悄悄。烟作香。剩作冷。下多呀。梦断魂劳一句。泪点下有儿字。眼难交以下全同盛世。（收江南）盛世首句作呀。则听的渐零零细雨儿洒芭蕉。裙褪作裙宽掩过。下句作即渐的瘦了。摘艳俱同。雍熙首句同盛世。惟则听作蓦听。裙褪作裙宽褪了。下句作疾渐的瘦了。相思上有自俺这三字。（尾）盛世摘艳俱缺。雍熙泪点下有儿字。唱道下无是字。瘦影下无儿紧二字。教我作教人。末句作则教我千万声长吁到不的晓。

〔双调〕夜行船

风里杨花水上萍。踪迹自来无定。席上温存。枕边㑈倖。嫁字儿把人来领。

〔幺〕花底潜潜月下等。几度柳影花阴。锦机情词。石镌心事。半句儿几时曾应。

〔风入松〕都是些钞儿根底假恩情。那里有倘买的真诚。鬼胡由眼下唵光阴。终不是久远前程。自从少个苏卿。闲煞豫章城。

〔阿那忽〕合下手合平。先负心先赢。休只待学那人薄倖。往和他急竟。

〔尾声〕俏家风。说与那小后生。识破这酒愁花病。再不留情。分开宝镜。既曾经。只被红粉香中赚得醒。梨园乐府上　北词广正谱引尾声

（幺）阴字失韵。疑应与上影字易位。（尾声）梨园乐府说与那作兑那与。兹从北词广正谱。

〔双调〕风入松

嫩橙初破酒微温。银烛照黄昏。玉人座上娇如许。低低唱白雪阳春。谁管狂风过处。那知瑞雪屯门。

〔乔牌儿〕画堂更漏冷。金炉篆烟尽。厮偎厮抱心儿顺。百年姻两意肯。

〔新水令〕晓鸡三唱凤离群。空回首楚台云褪。枕上欢。衾儿恩。漏永更长。怎支持许多闷。

〔搅筝琶〕萦方寸。两叶翠眉颦。万想千思。行眠立盹。半世买风流。费尽精神。呆心儿掩然容易亲。噢不过温存。

〔离亭燕煞〕客窗夜永愁成阵。冷清清有谁存问。汉宫中金闺梦断。秦台上玉箫声尽。昨夜欢。今宵恨。都只为风风韵韵。相见话偏多。孤眠睡不稳。梨园乐府上　雍熙乐府一二　北词广正谱引风入松离亭燕煞

　　雍熙乐府题作佳配。不注撰人。○（新水令）雍熙衾儿作衾时。支持作支吾。
　　（搅筝琶）雍熙掩作阄。

暮云楼阁景萧疏。秋水泛萍湖。几双鸣鹭兼葭浦。昏鸦噪争宿林木。锁闲愁朱扉半掩。约西风绣帘低簌。

〔乔牌儿〕倦将鸳被舒。愁把黛眉蹙。戍楼寒角声凄楚。引初更催禁鼓。

〔新水令〕夜深香烬冷金炉。对银釭甚娘情绪。和泪看。寄来书。诉不尽相思。尽写做断肠句。

〔搅筝琶〕心怵恀。刚道不思虑。除饮香醪。醉时节睡足。但合眼见他来。欲语从初。言不尽受过无限苦。恰欲待欢娱。

〔离亭宴煞〕秋声儿也是无情物。忽惊回楚台人去。酒醒时鸾孤凤只。梦回时枕剩衾馀。塞雁哀。寒蛩絮。会把离人对付。翠

竹响西风。苍梧战秋雨。梨园乐府上　盛世新声午集　词林摘艳五　词谑　雍熙乐府一二　北宫词纪六　南北词广韵选引离亭宴煞　九宫大成六七

梨园乐府此套列商政叔新水令彩云声断套之后。失注撰人。盛世新声无题。不注撰人。原刊本徽藩本词林摘艳题作秋思。注侯正卿作。重增本内府本无题。不注撰人。词谑云商政叔作。南北词广韵选同。雍熙乐府题作秋梦。不注撰人。北宫词纪题作忆别。注高政叔作。高当系商之讹。兹从词谑广韵选词纪属政叔。〇(风入松)梨园低簌作伭簌。盛世摘艳几双鸣鹭俱作几行鸥鹭。原刊本徽藩本摘艳昏鸦噪俱作噪昏鸦。词谑无秋水二字。争宿作争。雍熙萍湖作萍芜。几双鸣鹭作几行鸥鹭。词纪秋水作无绪。昏鸦句作昏鸦向林木喧呼。九宫大成俱同词纪。(乔牌儿)盛世摘艳首句俱起衬这些时三字。戍楼下有中字。词纪九宫大成戍楼俱作城楼。(新水令)盛世烬作尽。看作开。尽写做都写在。摘艳俱同。词谑词纪大成末句俱无尽字。雍熙烬作尽。看作开。尽写作都写。大成甚娘作甚般。(搅筝琶)盛世怵忏作惆怅。道作不道。言不尽上有想起俺那当初六字。末句无欲字。摘艳俱同。内府本摘艳首句不道仍作道。雍熙怵忏作踌躇。言不尽上有想起当时四字。末句无欲字。词纪大成时节俱作时。(离亭宴煞)盛世也是作本是。酒醒作觉来。塞雁上有呀呀的三字。会把作你可便会把俺。摘艳俱同。雍熙首句作这秋声儿本是无情物。酒醒作觉来。梦回作酒醒。雁哀作雁来。词纪三句作酒醒时凤孤凰只。大成也是作本是。酒醒作觉来。梦回作酒醒。

残曲

〔商调〕玉抱肚

渭城客舍。微雨过陌尘轻浥。丝丝嫩柳摇金。情袅为谁牵惹。海棠影里啼子规。落花香乱迷胡蝶。物华表。景色凄。芳菲歇。正值暮春时节。云归楚岫。鸾孤凤只。钗分鉴破。瓶坠簪折。北词广正谱商调　九宫大成五九

〔幺〕好风光又逢花谢。美姻缘又遭离缺。似无情一派长波。声声渐替人鸣咽。这一声保重言未绝。珠泪痛流双颊。怨满怀。

恨万叠。愁千结。两情牵惹。玉纤捧杯。星眸擎泪。羞蛾蹙损。檀口咨嗟。北词广正谱商调　九宫大成五九

〔三煞〕只有今宵无明夜。都因自家缘分拙。更做道走马儿恩情。甚前时聚会。昨宵饮宴。今朝祖送。来日离别。北词广正谱般涉调

〔么〕千种恩情对谁说。酒醒时半窗残月。哭啼啼远送人来。怎下得教他回去。欲留无计。欲辞难舍。北词广正谱般涉调

〔随调煞〕阳关曲莫讴彻。酒休斟宁奈些。只恐怕歌罢酒阑人散也。北词广正谱商调　九宫大成五九

王修甫

东平人。王恽有送王修甫东还水调歌头。又有赠王修甫。挽王修甫诗。俱见秋涧文集。

套数

〔仙吕〕八声甘州

春闺梦好。奈觉来心情。向人难学。锦屏斜靠。尚离魂脉脉难招。游丝万丈天外飞。落絮千团风里飘。似恁这般愁。着甚相熬。

〔六么遍〕自春来到春衰老。帘垂白昼。门掩清宵。闲庭杳杳。空堂悄悄。此情除是春知道。寂寥。唾窗纱缕两三条。

〔后庭花煞〕无心绣作。空闲却金剪刀。眉蹙吴山翠。眼横秋水娇。正心焦。梅香低报。报道晚妆楼外月儿高。阳春白雪后集二　雍熙乐府五

（八声甘州）元刊阳春白雪招作拈。字画讹误。兹从钞本及雍熙乐府。钞本白雪万丈作十丈。雍熙脉脉作默默。似下无恁字。（六么遍）元刊白雪及雍熙清

宵俱作青宵。兹从钞本白雪。雍熙春知道作天知道。唾窗纱缕作唾绒缕。(后庭花煞)元刊白雪梅香作梅花。兹从钞本及雍熙。雍熙蹙作变。眼横秋水娇作恨横秋水高。下有想多娇三字。

〔越调〕斗鹌鹑

阙盖荷枯。辞柯叶舞。败叶苍苍。残花簌簌。露滴梧桐。霜欺翠竹。景消疏。人凄楚。心上离愁。腮边泪珠。

〔小桃红〕半帘花影也扶疏。冷落了迎风户。噪晚寒蝉断肠处。谩惆怅。西风夜送帘纤雨。清灯一点。知人潇洒。相伴影儿孤。

〔醉中天〕彩扇空题句。锦纸谩修书。海角天涯鱼雁疏。千里云山阻。寂寞闲庭院宇。芳心一寸。愁眉两叶难舒。

〔天净沙〕正欢娱阻隔欢娱。道心毒果是心毒。生拆散吹箫伴侣。不堪言处。痛伤怀凤只鸾孤。

〔金蕉叶〕没缘受似水如鱼。有分受些枕冷衾寒。地狱海誓山盟。肺腑对何人告诉。

〔眉儿弯煞〕难由绪。没是处。吃紧有统馒的姨夫。果必是个风流俊人物。又不敢道间阻。间阻。免得那些月底星前悄受苦。梨园乐府上　北词广正谱引眉儿弯煞

(眉儿弯煞)梨园乐府悄作俏。兹从北词广正谱。

杜仁杰

仁杰字仲梁。号止轩。原名之元。字善夫。济南长清人。金正大中。尝偕麻革信之。张澄仲经隐内乡山中。以诗篇倡和。名声相埒。元至元中。屡征不起。子元素仕元。任福建闽海道廉访使。仁杰以子贵。赠翰林承旨。资善大夫。卒谥文穆。仁杰性善谑。才宏学博。气锐而笔健。业专而心精。平生与李献能钦叔。冀禹锡京父二人最为友

善。元好问送仲梁出山诗有云。平生得意钦与京。青眼高歌望君久。
其相契之深。可知也。诗集有善夫先生集一卷。见元诗选三集甲集。

小令

〔双调〕雁儿落过得胜令

美　色

他生得柳似眉莲似腮。樱桃口芙蓉额。不将朱粉施。自有天然
态。　半折慢弓鞋。一搦俏形骸。粉腕黄金钏。乌云白玉钗。
欢谐。笑解香罗带。疑猜。莫不是阳台梦里来。太平乐府三

套数

〔般涉调〕耍孩儿

庄家不识构阑

风调雨顺民安乐。都不似俺庄家快活。桑蚕五谷十分收。官司
无甚差科。当村许下还心愿。来到城中买些纸火。正打街头过。
见吊个花碌碌纸榜。不似那答儿闹穰穰人多。

〔六煞〕见一个人手撑着椽做的门。高声的叫请请。道迟来的满
了无处停坐。说道前截儿院本调风月。背后么末敷演刘耍和。
高声叫。赶散易得。难得的妆哈。

〔五〕要了二百钱放过咱。入得门上个木坡。见层层叠叠团圝坐。
抬头觑是个钟楼模样。往下觑却是人旋窝。见几个妇女向台儿
上坐。又不是迎神赛社。不住的擂鼓筛锣。

〔四〕一个女孩儿转了几遭。不多时引出一夥。中间里一个央人
货。裹着枚皂头巾顶门上插一管笔。满脸石灰更着些黑道儿抹。
知他待是如何过。浑身上下。则穿领花布直裰。

〔三〕念了会诗共词。说了会赋与歌。无差错。唇天口地无高下。巧语花言记许多。临绝末。道了低头撮脚。爨罢将么拨。

〔二〕一个妆做张太公。他改做小二哥。行行行说向城中过。见个年少的妇女向帘儿下立。那老子用意铺谋待取做老婆。教小二哥相说合。但要的豆谷米麦。问甚布绢纱罗。

〔一〕教太公往前那不敢往后那。抬左脚不敢抬右脚。翻来复去由他一个。太公心下实焦懆。把一个皮棒槌则一下打做两半个。我则道脑袋天灵破。则道兴词告状。划地大笑呵呵。

〔尾〕则被一胞尿。爆的我没奈何。刚挨刚忍更待看些儿个。枉被这驴颓笑杀我。太平乐府九 雍熙乐府七

雍熙乐府不注撰人。○(耍孩儿)雍熙吊作吊着。(六煞)何钞太平乐府哈作合。雍熙刘作留。(五)太平乐府叠叠作垒垒。元刊太平向台作面台。陶刻太平作向台。兹俱从雍熙。瞿本太平是个上有将字。(四)太平夥作火。待作○。(三)太平撮脚作撮却。(二)雍熙末句甚作甚么。(一)元刊太平及雍熙俱脱则道脑袋天灵破七字。兹从瞿本太平。雍熙懆作躁。词作词讼。(尾)瞿本太平则被上有我字。雍熙爆作暴。

喻　情

我当初不合鬼擘口和你言盟誓。惹得你鬼病厌厌挂体。鬼相扑不曾使甚养家钱。鬼厮赴刁蹬的心灰。若是携得歌妓家中去。便是袖得春风马上归。司狱司蹬弩劳神力。望梅止渴。画饼充饥。

〔哨遍〕铁球儿漾在江心内。实指望团圆到底。失群孤雁往南飞。比目鱼永不分离。王屠倒脏牵肠肚。毛宝心毒不放龟。老母狗跳墙做得个挟势。把我做扑灯蛾相戏。掠水燕双飞。

〔五煞〕腊月里桑采甚的。肚脐里爆豆实心儿退。木猫儿守窟瞧他甚。泥狗儿看家守甚黑。天长观里看水庵相识。济元庙里口

愿把我抛持。

〔四〕唐三藏立墓铭空费了碑。闲槽枋里趄酒无巴避。悲田院里下象无钱递。左右司蒸糕省做媒。蓼儿洼里太庙干不济。郑元和在曲江边担土。闲话儿把咱支持。

〔三〕泥捏的山不信是石。相扑汉卖药干陪了擂。镜台前照面你是你。警巡院倒了墙贼见贼。大虫窝里蒿草无人刈。看山瞎汉。不辨高低。

〔二〕小蛮婆看染红担是非。张果老切鲙先施鲤。布博士踏鬼随机而变。囊大姐传神反了面皮。沙三烧肉牛心儿炙。没梁的水桶。挂口休提。

〔一〕秦始皇鞋无道履。绵带子拴腿无绳系。开花仙藏撅过瞒得你。街道司衙门諕得过谁。尉迟恭捣米胡支对。蜂窝儿呵欠。口口是虚脾。

〔尾〕楮树下梯要摘梨。葬瓶中灰骨是个不自由的鬼。谷地里瓜儿单单的记着你。太平乐府九　雍熙乐府七

雍熙乐府不注撰人。○（耍孩儿）雍熙厌厌作恹恹。（哨遍）元刊太平乐府及雍熙掠俱作掉。兹从瞿本太平乐府。雍熙挟势作样势。无灯字。（五煞）元刊太平乐府及雍熙黑俱作嘿。兹从何钞太平乐府。太平乐府末句口下之字似愿字。陶刻本作头。兹从雍熙作愿。（四）太平乐府悲田作悲天。支持作埴持。雍熙巴避作巴壁。太庙作太广。（一）雍熙绳作条。（尾）太平乐府葬作藏。

〔商调〕集贤宾北

七　夕

暑才消大火即渐西。斗柄往坎宫移。一叶梧桐飘坠。万方秋意皆知。暮云闲聒聒蝉鸣。晚风轻点点萤飞。天阶夜凉清似水。鹊桥图高挂偏宜。金盆内种五生。琼楼上设筵席。

〔集贤宾南〕今宵两星相会期。正乞巧投机。沉李浮瓜肴馔美。把几个摩诃罗儿摆起。齐拜礼。端的是塑得来可嬉。

〔凤鸾吟北〕月色辉。夜将阑银汉低。斗穿针逞艳质。喜蛛儿奇。一丝丝往下垂。结罗成巧样势。酒斟着绿蚁。香焚着麝脐。引杯觞大家沉醉。樱桃妒水底红。葱指剖冰瓜脆。更胜似爱月夜眠迟。

〔斗双鸡南〕金钗坠金钗坠玳瑁整齐。蟠桃宴蟠桃宴众仙聚会。彩衣彩衣轻纱织翠。禁步摇绣带垂。但愿得同欢宴团圆到底。

〔节节高北〕玉葱纤细。粉腮娇腻。争妍斗巧。笑声举。欢天喜地。我则见管弦齐动。商音夷则。遥天外斗渐移。喜阴晴今宵七夕。

〔耍鲍老南〕团圈笑令心尽喜。食品愈稀奇。新摘的葡萄紫。旋剥的鸡头美。珍珠般嫩实。欢坐间夜凉人静已。笑声接青霄内。风淅淅。雨霏霏。露湿了弓鞋底。纱笼罩仕女随。灯影下人扶起。尚留恋懒心回。

〔四门子北〕画堂深寂寂重门闭。照金荷红蜡辉。斗柄又横。月色又西。醉乡中不知更漏迟。士庶每安。烽燧又息。愿吾皇万岁。

〔尾〕人生愿得同欢会。把四季良辰须记。乞巧年年庆七夕。盛世新声申集　词林摘艳七　雍熙乐府一四　北词广正谱引凤鸾吟　九宫大成五九引凤鸾吟七三引节节高

　　　盛世新声增本内府本词林摘艳俱无题。与雍熙乐府俱不注撰人。原刊本徽藩本词林摘艳题作七夕。注杜善夫作。雍熙题作庆七夕。北词广正谱双调套数分题及凤鸾吟注。亦云杜善夫作。○（集贤宾北）雍熙闲作轩。盆作盘。（集贤宾南）内府本摘艳把几个上有胜蓬莱图画里堪游戏。一处处拜月瞻星齐赞礼。是看二十一字。雍熙齐拜礼三字叠。（凤鸾吟北）盛世摘艳斟着俱作斟酌。内府本摘艳妒水底红作柘水滴红。雍熙辉作又辉。引作饮。妒作突。广正谱九宫大

成俱同雍熙。雍熙广正谱底红俱作低红。大成作菱红。(斗双鸡南)盛世重增本摘艳蟠桃宴三字不叠。雍熙彩衣二字不叠。(节节高北)盛世摘艳争妍俱作争云。雍熙齐动作齐奏。遥天作见瑶天。末句上有呀字。大成六句则听得管弦齐奏。遥天作见瑶天。(耍鲍老南)内府本摘艳叠末句。雍熙三四句俱无的字。五句无般字。接作直接。(四门子北)雍熙红作绛。烽燧作兵燹。末句作愿丰年稔岁。

〔双调〕蝶恋花

鸥鹭同盟曾自许。怕见山英。怪我来何暮。风度修然林下去。琴书共作烟霞侣。

〔乔牌儿〕去绝心上苦。参透静中趣。春潮尽日舟横渡。风波无赖阻。

〔金娥神曲〕世俗。看取。花样巧番机杼。乾坤腐儒。天地逆旅。自叹难合时务。

〔二〕仕途。文物。冠盖拥青云得路。恩诏宠金门平步。出入里雕轮绣毂。坐卧处银屏金屋。

〔三〕是非。荣辱。功名运前生天注。风云会一时相遇。雷霆震一朝天怒。荣华似风中秉烛。品秩似花梢露。

〔四〕至如。有些官禄。辨甚么贤共愚。更那。有些金玉。谶甚么亲共疏。命福。有些乘除。问甚么有共无。

〔离亭宴带歇指煞〕天公教富须还富。人心待足何时足。叮咛寄语玉堂臣。休作抱官囚金谷。民谩作贪才汉。铜山客枉教看钱虏。脱尘缘隐华山。远市朝归盘谷。云林杜曲。种青门数亩邵平瓜。酿白酒五斗刘伶醁。赏黄花三径渊明菊。诵漆园秋水篇。读屈原离骚赋。一任番云覆雨。看乌兔走东西。听渔樵话今古。

残曲

〔双调〕乔牌儿

世途人易老。幻化自空闹。蜂衙蚁阵黄粱觉。人间归去好。太和
正音谱下　九宫大成六五

太和正音谱注谓此系杜善夫散套。北词广正谱又谓马致远有世途人易老散套。
罗本阳春白雪全套署马致远作，兹列马曲中。

张子益

字里不详。官平章。

残曲

〔大石调〕鹧鸪天

蝶懒莺慵。北词广正谱
〔卜金钱〕清晓楼台。黄昏庭院。绣帘窄地无人卷。蕊珠宫。蓝
桥殿。彩云遮断春风面。北词广正谱
〔喜秋风〕解佩情。于飞愿。自从别似天远。凤箫声断人不见。
望中芳草碧连天。北词广正谱　九宫大成四五
〔催花乐〕锦笺写恨仗谁传。青鸟不来。芳音难遣。不念春归离
恨牵。自叹今生缘分浅。北词广正谱
〔好观音〕北词广正谱
〔随煞〕北词广正谱

全套套式见北词广正谱大石调套数分题。今鹧鸪天残。好观音随煞二曲
阙。○(喜秋风)九宫大成三句作自从一别似天远。

王和卿

　　和卿大名人。与关汉卿同时而先卒。滑稽佻达。传播四方。常讥谑汉卿。汉卿虽极意还答。终不能败。中统初。燕市有一胡蝶。其大异常。王赋醉中天小令挣破庄周梦云云。由是其名益著。见辍耕录。今人或以和卿即汴梁通许县尹王鼎。恐未必确。

小令

〔仙吕〕醉扶归

我嘴揾着他油髭鬓。他背靠着我胸皮。早难道香腮左右偎。则索项窝里长吁气。一夜何曾见他面皮。则是看一宿牙梳背。阳春白雪后集一　雍熙乐府二○　北宫词纪外集六　彩笔情辞六

　　阳春白雪此首之前为吕止轩醉扶归三首。雍熙乐府并此首于前三首之末。仍注止轩作。彩笔情辞因其误。兹从阳春白雪。北宫词纪外集题作风情。注元人作。○钞本阳春白雪二句无着字。元刊本与雍熙情辞合。白雪髭鬓作特髻。雍熙窝作窝儿。见他作见。末句作眼觑着牙梳背。词纪外集胸皮作软胸皮。窝作窝儿。末二句作。比及你意转心回。咱也须推着睡。情辞俱同雍熙。

〔仙吕〕醉中天

别　情

瘦了重加瘦。愁上更添愁。沈瘦潘愁何日休。削减风流旧。一自巫娥去后。云平楚岫。玉箫声断南楼。太平乐府五

　　瞿本旧校削减作清减。

咏大胡蝶

蝉破庄周梦。两翅架东风。三百座名园一采个空。难道风流种。

謔杀寻芳的蜜蜂。轻轻的飞动。把卖花人搧过桥东。_{太平乐府五}
辍耕录二三　徐氏笔精六　尧山堂外纪六八　方诸馆曲律三　北宫词纪外集五

　　明大字本太平乐府蝉作弹。徐氏笔精同。何钞太平乐府辍耕录尧山堂外纪方诸
　　馆曲律蝉俱作挣。北宫词纪外集作嘽。辍耕录尧山堂外纪座俱作处。寻芳下俱
　　无的字。末句俱无把字。个俱作一个。笔精曲律难道俱作谁道。轻轻下俱无的
　　字。曲律个作一个。

咏俊妓

裙系鸳鸯锦。钗插凤凰金。俊的是庞儿俏的是心。更待褒弹甚。
掺土也似姨夫斗侵。交他一任。知音的则是知音。_{太平乐府五}

　　系原作糸。当系系之讹。元刊本褒弹作保弹。兹从明大字本。

〔仙吕〕一半儿

题　情

鸦翎般水鬓似刀裁。小颗颗芙蓉花额儿窄。待不梳妆怕娘左猜。
不免插金钗。一半儿鬅松一半儿歪。_{太平乐府五　梨园乐府中　尧山堂}
外纪六八

　　元刊太平乐府一半儿歪作一样儿歪。兹从明大字本及梨园乐府尧山堂外纪。梨
　　园乐府般水作云。二句作淡扫蛾眉宫样窄。待不梳妆作不梳妆又。不免插作插
　　只短。

书来和泪怕开缄。又不归来空再三。这样病儿谁惯耽。越恁瘦
岩岩。一半儿增添一半儿减。_{太平乐府五}

　　一半原俱作一样。兹改。

将来书信手拈着。灯下姿姿观觑了。两三行字真带草。提起来
越心焦。一半儿丝挦一半儿烧。_{太平乐府五}

　　元刊本拈作粘。兹从瞿本及明大字本。

别来宽褪缕金衣。粉悴烟憔减玉肌。泪点儿只除衫袖知。盼佳

期。一半儿才干一半儿湿。_{太平乐府五　尧山堂外纪六八}

〔中吕〕阳春曲

春　思

柳梢淡淡鹅黄染。波面澄澄鸭绿添。及时膏雨细廉纤。门半掩。春睡殢人甜。_{太平乐府四　乐府群珠一}

题　情

情粘骨髓难揩洗。病在膏肓怎疗治。相思何日会佳期。我共你。相见一般医。_{太平乐府四　乐府群珠一　雍熙乐府一九}

雍熙乐府不注撰人。○雍熙情粘作情传。二三句作。愁灌肌肤怎受持。相思离苦总成疾。一般作一时。

〔商调〕百字知秋令

绛蜡残半明不灭寒灰看时看节落。沉煙烬细里末里微分间即里渐里消。碧纱窗外风弄雨昔留昔零打芭蕉。恼碎芳心近砌下啾啾唧唧寒蛩闹。惊回幽梦丁丁当当檐间铁马敲。半欹单枕乞留乞良挨彻今宵。只被这一弄儿凄凉断送的愁人登时间病了。_{太平乐府五　北词广正谱　九宫大成五九　元明小令钞}

九宫大成残作烧。微分间作微分。近砌下作砌下。檐间二字在丁丁当当上。单枕下有教我二字。

〔越调〕小桃红

胖　妓

夜深交颈效鸳鸯。锦被翻红浪。雨歇云收那情况。难当。一翻

翻在人身上。偌长偌大。偌粗偌胖。压匾沈东阳。太平乐府三　北
官词纪外集五　北词广正谱　九宫大成二七　元明小令钞

太平乐府雨下无歇字。瞿本太平乐府旧校于难当上补一最字。北宫词纪外集雨
歇作雨散。四句作最难当。

春　寒

春风料峭透香闺。柳眼开还闭。南陌蓑针不全翠。恨芳菲。上
林花瘦莺声未。云兜香冷。乌衣何处。寒勒海棠迟。太平乐府三

元刊本恨芳菲作眼芳菲。兹从瞿本及何钞本。

〔越调〕天净沙

咏　秃

笠儿深掩过双肩。头巾牢抹到眉边。款款的把笠檐儿试掀。连
荒道一句。君子人不见头面。太平乐府三　尧山堂外纪六八

〔双调〕拨不断

大　鱼

胜神鳌。夯风涛。脊梁上轻负着蓬莱岛。万里夕阳锦背高。翻
身犹恨东洋小。太公怎钓。太平乐府二

元刊本夯作券。兹从元刊八卷本及瞿本。明大字本及何钞本作卷。

绿毛龟

绿毛稠。绕池游。口中气吐香烟透。卖卦的先生把你脊骨飙。
十长生里伴定个仙鹤走。白大夫的行头。太平乐府二

长毛小狗

丑如驴。小如猪。山海经检遍了无寻处。遍体浑身都是毛。我道你有似个成精物。咬人的箸箒。太平乐府二

元刊八卷本瞿本三句俱无了字。

自　叹

恰春朝。又秋宵。春花秋月何时了。花到三春颜色消。月过十五光明少。月残花落。太平乐府二

王大姐浴房内吃打

假胡伶。骋聪明。你本待洗腌臜倒惹得不干净。精尻上匀排七道青。扇圈大膏药刚糊定。早难道外宣无病。太平乐府二　尧山堂外纪六八

偷情为获

鸡儿啼。月儿西。偷情方暂出罗帏。兢兢业业心儿里。谁知又被人拿起。含羞忍耻。何钞本太平乐府二

胖妻夫

一个胖双郎。就了个胖苏娘。两口儿便似熊模样。成就了风流喘豫章。绣帏中一对儿鸳鸯象。交肚皮厮撞。太平乐府二

明大字本便似作便是。

套数

〔南吕〕一枝花

为打球子作

夭桃绽锦囊。嫩柳垂金线。梨花喷白雪。芳草绿铺茵。春日郊园。出凤城闲游玩。选高原胜地面。就华屋芳妍。将步蹴家风习演。

〔梁州〕列俊逸五陵少年。簇豪家一代英贤。把人间得失踏遍。输赢胜败则要敬爱相怜。忘机乘兴。花径斜穿。高场上舺处盘旋。要高名天下人传。头捧急钻彻云烟。二六紧巧妙两全。高场中扶辊能眠。非是过口身不到。三斗声名显。论出远更休选。折抹待占。事画团乐莫施展。占镇中原。

〔三煞〕四周浓绿围屏甸。一簇深红罩短垣。习行打远乐霞川。据那义让谦和。有仁德高低无怨。要知左右识髋面。担捧笼叫须奴趁圈。尽日连年。

〔二〕轻轮月杖惊花片。慢辊星丸荡柳线。一行步从紧相连。诸传戏都难。唯摇丸元无酌献。自古与流传。想常胜寻思意非浅。但犯着死处休言。

〔一〕旧作杖结束得都虬健。绒约手扎拴的彩色鲜。锦衣抛胜各争先。得胜的欣然。画方基荷茵庭院。安员王将袖梢先卷。觑上下。观高低。望远近。料得周正无偏。

〔尾〕唱道引臂员搚。棒过处飞星如箭。茂林中法头不善。指觑窝落在花柳场边。不吊上也无一步远。罗本阳春白雪后集卷二

　　(尾)北词广正谱牌名作随煞。林中作林恶。觑作亲。末句一作三。

〔大石调〕蓦山溪

闺　情

冬天易晚。又早黄昏后。修竹小阑干。空倚遍寒生翠袖。萧郎宝马。何处也恣狂游。

〔么篇〕人已静。夜将阑。不承望今番又。大抵为人图甚么。况彼各青春年幼。似恁的厮禁持。寻思来白了人头。

〔女冠子〕过一朝。胜九秋。强拈针线。把一扇鞋儿绣。蓦听的马嘶人语。不甫能盼的他来到。他却又早醺醺的带酒。

〔好观音〕枉了教人深闺候。疏狂性惯纵的来自由。不承望今番做的漏斗。衣纽儿尚然不曾扣。等的他酒醒时将他来都明透。

〔雁过南楼煞〕问着时节只办的摆手。骂着时节永不开口。我将你耳朵儿揪。你可也共谁人两个欢偶。我将你锦片也似前程。花朵儿身躯。遥望着梅梢上月牙儿咒。盛世新声寅集　词林摘艳九　词谱　北宫词纪六　太和正音谱上引蓦山溪么篇　北词广正谱引好观音以外四支　九宫大成引蓦山溪么篇女冠子

盛世新声无题。不注撰人。题从词林摘艳。词谱无题。北宫词纪作冬闺。○（蓦山溪）盛世摘艳阑干俱作琅玕。太和正音谱萧郎作潇潇。末句无也恣二字。词谱易晚作易晓。馀同正音谱。词纪北词广正谱九宫大成萧郎俱作萧萧。末句同正音谱。（么篇）盛世摘艳俱脱牌名。正音谱三句作不信今宵又。五句无况字。寻思来作兀的不。词谱词纪广正谱大成俱同正音谱。正音谱大抵作待得。广正谱彼作比。（女冠子）盛世摘艳牌名俱误作好观音。词谱一朝作一宵。强拈作且将。末二句作甫能来到。却又早十分䣾酒。词纪广正谱大成俱同词谱。（好观音）自此至篇末。盛世曲牌误作雁过南楼。摘艳曲牌误作雁过南楼带净瓶煞。兹从词谱词纪等分为好观音及雁过南楼煞。词谱此支作。枉了教人深闺里候。疏狂性奄然依旧。不成器乔公事做的泄漏。衣纽不曾扣。待伊酒醒明白究。词纪同词谱。（雁过南楼煞）盛世摘艳身躯俱作身奇。原刊本摘艳

锦片也似作那锦片似。重增摘艳锦片上有那字。朵儿下有般字。词谱此支作。问着时只办着摆手。骂着时悄不开口。放伊不过耳朵儿扭。你道不曾共外人欢偶。把你爱惜前程。遥指定梅梢月儿咒。词纪同词谱。惟二句无时字。广正谱俱同词谱。

残曲

〔黄钟〕文如锦

病恹恹。柔肠九曲闲愁占。精神绝尽。情绪不忺。茶饭减。闷愁添。宝钏松。罗裙掩。翠淡柳眉。红销杏脸。愁在眼底。人在心上。恨在眉尖。对妆奁。新来瘦却。旧时娇艳。

〔么〕空搋金莲搓玉纤。贩茶客船。做了搬愁旅店。谁人不道。何人不咭。娘意悭。恩情险。两行痛泪。千点万点。读书人窘。贩茶客富。爱钱娘严。不中粘。准了书箱。当了琴剑。

〔愿成双〕我待甘心守秀士挨齑盐。忍寒受饥无厌。娘爱他三五文业钱。把女送入万丈坑堑。

〔么〕想才郎于俺话儿甜。意悬悬一心常欠。这厮影儿般不离左右。罪人也似镇常拘钳。

〔挂金索〕

〔随煞〕推眼痛悄悄泪偷淹。佯咳嗽袖儿里作念。则被你思量杀小卿也双渐。太和正音谱上引前四支　北词广正谱及九宫大成七九俱引五支
据北词广正谱黄钟宫套数分题。此套尚有挂金索一支。今未辑得。○（文如锦）广正谱忺作攽。九宫大成柳眉作蛾眉。（愿成双）太和正音谱将愿成双与文如锦混为一阕。广正谱以愿成双为文如锦之三四么篇。均误。九宫大成将其分清。兹从之。大成受饥作忍饥。（么）大成一心作一点心。影儿上无这厮二字。

盍志学

官学士。见录鬼簿。太和正音谱有盍西村。又有阚志学。不知是

否即一人。兹将其曲分辑之。

小令

〔双调〕蟾宫曲

陶渊明自不合时。采菊东篱。为赋新诗。独对南山。泛秋香有酒盈卮。一个小颗颗彭泽县儿。五斗米懒折腰肢。乐以琴诗。畅会寻思。万古流传。赋归去来辞。阳春白雪前集二　乐府群珠三

乐府群珠题作咏渊明。

盍西村

西村盱眙人。

小令

〔越调〕小桃红

临川八景

东城早春

暮云楼阁画桥东。渐觉花心动。兰麝香中看鸾凤。笑融融。半醒不醉相陪奉。佳宾兴浓。主人情重。合和小桃红。太平乐府三 梨园乐府下

元刊太平乐府题作临川八景。瞿本太平乐府及梨园乐府俱作鲸川八景。梨园于此四字下。有长芦二小字。早春作春早。〇元刊太平乐府梨园乐府陪奉俱作倍奉。兹从明大字本太平乐府。

西园秋暮

玉簪金菊露凝秋。酿出西园秀。烟柳新来为谁瘦。畅风流。醉

归不记黄昏后。小糟细酒。锦堂晴昼。抃却再扶头。<small>太平乐府三梨园乐府下</small>

> 梨园露凝作露华。再扶作在扶。

江岸水灯

万家灯火闹春桥。十里光相照。舞凤翔鸾势绝妙。可怜宵。波间涌出蓬莱岛。香烟乱飘。笙歌喧闹。飞上玉楼腰。<small>太平乐府三梨园乐府下</small>

> 元刊太平乐府江岸作红岸。兹从明大字本。梨园乐府作冰岸。○梨园相照作相映。楼腰两字误倒。

金堤风柳

落花飞絮舞晴沙。不似都门下。暮折朝攀梦中怕。最堪夸。牧童渔叟偏宜夏。清风睡煞。淡烟难画。掩映两三家。<small>太平乐府三梨园乐府下</small>

> 梨园晴沙作清沙。

客船晚烟

绿云冉冉锁清湾。香彻东西岸。官课今年九分办。厮追攀。渡头买得新鱼雁。杯盘不干。欢欣无限。忘了大家难。<small>太平乐府三梨园乐府下</small>

> 太平乐府题作客船晚期。○元刊太平及梨园办俱作辨。兹从元刊八卷本及瞿本太平。太平官课作客课。梨园清湾作秋弯。

戍楼残霞

戍楼残照断霞红。只有青山送。梨叶新来带霜重。望归鸿。归鸿也被西风弄。闲愁万种。旧游云梦。回首月明中。<small>太平乐府三梨园乐府下</small>

> 元刊太平乐府月明作明月。兹从明大字本及梨园。

市桥月色

玉龙高卧一天秋。宝镜青光透。星斗阑干雨晴后。绿悠悠。软

风吹动玻璃皱。烟波顺流。乾坤如昼。半夜有行舟。<small>太平乐府三梨园乐府下</small>

　　梨园青光作清光。顺流作须流。

莲塘雨声

忽闻疏雨打新荷。有梦都惊破。头上闲云片时过。泛清波。兰舟饱载风流货。诸般小可。齐声高和。唱彻采莲歌。<small>太平乐府三梨园乐府下</small>

　　太平乐府忽闻作急闻。

杂　咏

市朝名利少相关。成败经来惯。莫道无人识真赝。这其间。急流勇退谁能辨。一双俊眼。一条好汉。不见富春山。<small>梨园乐府下</small>

古今荣辱转头空。都是相般弄。我道虚名不中用。劝英雄。眼前祸患休多种。秦宫汉冢。乌江云梦。依旧起秋风。<small>梨园乐府下</small>

杏花开候不曾晴。败尽游人兴。红雪飞来满芳径。问春莺。春莺无语风方定。小蛮有情。夜凉人静。唱彻醉翁亭。<small>梨园乐府下</small>

　　人静原作人情。

海棠开过到蔷薇。春色无多味。争奈新来越憔悴。教他谁。小环也似知人意。疏帘卷起。重门不闭。要看燕双飞。<small>梨园乐府下</small>

淡烟微雨锁横塘。且看无风浪。一叶轻舟任飘荡。芰荷香。渔歌虽美休高唱。些儿晚凉。金沙滩上。多有睡鸳鸯。<small>梨园乐府下</small>

绿杨堤畔蓼花洲。可爱溪山秀。烟水茫茫晚凉后。捕鱼舟。冲开万顷玻璃皱。乱云不收。残霞妆就。一片洞庭秋。<small>梨园乐府下</small>

晚来群雀噪茅檐。渐渐云收敛。但觉新凉入藤簟。喜幽潜。佳人学得皆勤俭。闲情幽怨。新愁旧恨。不许上眉尖。<small>梨园乐府下</small>

　　闲情原作闲清。

淡黄杨柳月中疏。今古横塘路。为问萧郎在何处。近来书。一帆又下潇湘去。试问别后。软绡红泪。多似露荷珠。_{梨园乐府下}

〔双调〕快活年

闲来乘兴访渔樵。寻林泉故交。开怀畅饮两三瓢。只愿身安乐。笑了重还笑。沉醉倒。_{梨园乐府下　太和正音谱下　北词广正谱　九宫大成六六}

　　梨园乐府不注撰人。兹从太和正音谱北词广正谱。○九宫大成闲来下有时字。

套数

〔正宫〕脱布衫

春　谑

柳花风微荡香埃。梨花雪乱点苍苔。锦绣云红窗缥缈。麝兰烟翠帘瑗䍐。

〔小梁州〕珠箔银屏次第开。十二瑶阶。蔷薇洞侧牡丹台。神仙界。何必到天台。

〔么〕金笼鹦鹉舌头快。向人前说的明白。翠槛边。雕栏外。金沟一派。只许燕莺来。

〔醉太平〕梁园赋客。金谷英才。吴歌楚舞玳筵排。有猩唇豹胎。珊瑚树拂珍珠盖。鸳鸯衫束麒麟带。芙蓉鬓髽凤凰钗。千金怎买。_{雍熙乐府二　北官词纪一}

　　雍熙乐府无题。不注撰人。

阚志学

　　　　生平不详。

套数

〔仙吕〕赏花时

香径泥融燕语喧。彩槛风微蝶影翩。飞絮擘香绵。娇莺时啭。惊起绿窗眠。

〔煞尾〕惜花愁。伤春怨。萦系杀多情少年。何处狂游袅玉鞭。谩教人暗卜金钱。空写遍翠涛笺。鱼雁难传。似这般白日黄昏怎过遣。青鸾信远。紫箫声转。画楼中闲杀月明天。阳春白雪后集二　雍熙乐府五　北宫词纪六

阳春白雪失注撰人。雍熙乐府同。北宫词纪属阙志学。兹从之。词纪题作春怨。〇（赏花时）钞本白雪翩作翻。元刊白雪香作秀。雍熙词纪影俱作翅。擘俱作舞。（煞尾）雍熙词纪转俱作断。雍熙涛作诗。词纪作云。

张弘范

弘范字仲畴。河内人。蔡国公柔之第九子。中统初。授行军总管。至元元年。进顺天路管民总管。二年。移守大名。寻授益都淄莱等路行军万户。攻宋襄阳。拔之。元兵渡江南侵。弘范为前锋。直至建康。以功改亳州万户。后赐名拔都。宋降。师还。授镇国上将军江东道宣慰使。宋张世杰立广王昺于海上。弘范为蒙古汉军都元帅。督兵往攻之。执宋丞相文天祥于五坡岭。破张世杰陆秀夫于崖山。因以亡宋。勒石纪功而还。未几瘴疠疾作。端坐而卒。年四十三。封淮阳王。谥献武。弘范善马槊。颇能为歌诗。幼尝学于郝经。天资甚高。虽观书大略。率意吐辞。往往踔厉奇伟。有淮阳集及淮阳乐府等。

小令

〔中吕〕喜春来

金妆宝剑藏龙口。玉带红绒挂虎头。旌旗影里骤骅骝。得志秋。喧满凤凰楼。淮阳乐府　梨园乐府中　草木子四　乐府群珠一　尧山堂外纪六九

　　梨园乐府乐府群珠俱不注撰人。群珠题作赞武功。○尧山堂外纪金妆作金装。旌旗作绿杨。喧作名。

〔越调〕天净沙

梅梢月

黄昏低映梅枝。照人两处相思。那的是愁肠断时。弯弯何似。浑如宫样眉儿。淮阳乐府

西风落叶长安。夕阳老雁关山。今古别离最难。故人何处。玉箫明月空闲。淮阳乐府

〔双调〕殿前欢

襄阳战

鬼门关。朝中宰相五更寒。锦衣绣袄兵十万。枝剑摇环。定输赢此阵间。无辞惮。舍性命争功汗。将军战敌。宰相清闲。淮阳乐府

商　挺

　　挺字孟卿。一作梦卿。衢之侄。年二十四。汴京破。北走依赵天

锡。与元好问杨奂游。元初为行台幕官。入事世祖于潜邸。为京兆宣抚司郎中。就迁副使。中统元年。改宣抚司为行中书省。遂佥行省事。明年。进参知政事。坐言事罢。起为四川行枢密院事。至元元年。入拜参知政事。六年。同佥枢密院事。累迁枢密副使。后以疾免。二十五年卒。年八十。赠太师开府仪同三司上柱国鲁国公。谥文定。孟卿善隶书。自号左山老人。著诗千馀篇。惜多散佚。幼子琦。字德符。官至秘书卿。善画山水。墨竹自成一家。

小令

〔双调〕潘妃曲

绿柳青青和风荡。桃李争先放。紫燕忙。队队衔泥戏雕梁。柳丝黄。堪画在帏屏上。阳春白雪前集四

闷向危楼凝眸望。翠盖红莲放。夏日长。萱草榴花竞芬芳。碧纱窗。堪画在帏屏上。阳春白雪前集四

败柳残荷金风荡。寒雁声嘹唳。闲盼望。红叶皆因昨夜霜。菊金黄。堪画在帏屏上。阳春白雪前集四

元刊本金作今。兹从钞本。

暖阁偏宜低低唱。共饮羊羔酿。宜醉赏。宜醉赏蜡梅香。雪飞扬。堪画在帏屏上。阳春白雪前集四

小小鞋儿连根绣。缠得帮儿瘦。腰似柳。款撒金莲懒抬头。那孩儿见人羞。推把裙儿扣。阳春白雪前集四　梨园乐府下　雍熙乐府二〇
北词广正谱　九宫大成六五　元明小令钞

梨园乐府雍熙乐府俱不注撰人。〇梨园乐府帮儿作尖尖。三句作孩儿温更柔。末句作低头推卷衫儿袖。雍熙乐府首句少一小字。帮儿作脚儿。三句作俏冤家温共柔。款撒作款步。末二句作。见人呵脸儿差。推卷衫儿袖。

小小鞋儿白脚带。缠得堪人爱。疾快来。瞒着爹娘做些儿怪。你骂噢敲才。百忙里解花裙儿带。阳春白雪前集四　北词广正谱　元明小

令钞

元刊阳春白雪做些作佐些。兹从残元本钞本及北词广正谱。广正谱解花作解脱。元明小令钞俱同广正谱。

冷冷清清人寂静。斜把鲛绡凭。和泪听。蓦听得门外地皮儿鸣。则道是多情。却原来翠竹把纱窗映。阳春白雪前集四

带月披星担惊怕。久立纱窗下。等候他。蓦听得门外地皮儿踏。则道是冤家。原来风动荼蘼架。阳春白雪前集四　梨园乐府下　雍熙乐府二〇

梨园乐府雍熙乐府俱不注撰人。〇雍熙乐府带月作戴月。白雪雍熙担俱作耽。梨园全首作。带月披星担惊怕。独立在花阴下。等待他。撒撒地鞋尖将地皮踏。我只道是劣冤家。却元来是风摆动荼蘼架。雍熙久立以下三句作。独立花阴下。真心儿等他。猛听得响撒撒。风动作是风摆动。

月缺花残人憔悴。冷落了鸳鸯被。望天涯人未归。满目残霞景凄凄。塞鸿希。有信凭谁寄。阳春白雪前集四

元刊本塞鸿作寒鸿。兹从钞本。

早是离愁添秋兴。那堪镜破金钗另。懒将云鬓整。哭啼啼泪盈盈。照得镜儿明。羞睹我脸上相思病。阳春白雪前集四　北词广正谱九宫大成六五　元明小令钞

肠断关山传情字。无限伤春事。因他憔悴死。只怕傍人问着时。口儿里强推辞。怎瞒得唐裙裉。阳春白雪前集四

元刊本强作不。兹从钞本。

目断妆楼夕阳外。鬼病恹恹害。恨不该。止不过泪满旱莲腮。骂你个不良才。莫不少下你相思债。阳春白雪前集四

不该原作万该。兹从任校。

可意娘庞儿谁曾见。脸衬桃花片。贴金钿。似月里嫦娥坠云轩。玉天仙。醉离了蟠桃宴。阳春白雪前集四

元刊本玉作二。兹从钞本。

闷酒将来刚刚咽。欲饮先浇奠。频祝愿。普天下心厮爱早团圆。

谢神天。教俺也频频的勤相见。阳春白雪前集四

金缕唐裙鸳鸯结。偏趁些娘撇。包髻金钗翠荷叶。玉梳斜。似云吐初生月。阳春白雪前集四

一点青灯人千里。锦字凭谁寄。雁来稀。花落东君也憔悴。投至望君回。滴尽多少关山泪。阳春白雪前集四

宝髻高盘堆云雾。钗插荆山玉。离洛浦。天仙美貌出尘俗。更通疏。没半点儿包弹处。阳春白雪前集四

煞是你个冤家劳合重。今夜里效鸾凤。多情可意种。紧把纤腰贴酥胸。正是两情浓。笑吟吟舌吐丁香送。阳春白雪前集四

只恐怕窗间人瞧见。短命休寒贱。直恁地胳膝软。禁不过敲才厮熬煎。你且觑门前。等的无人呵旋转。阳春白雪前集四　梨园乐府下　雍熙乐府二〇

梨园乐府雍熙乐府俱不注撰人。〇元刊阳春白雪无转字。兹从钞本。梨园短命作死势儿。怎地胳膝作恁般膝盖。禁不过敲才作吃不过牢成。末二句作。望门前。觑得没人时旋。雍熙全首作。怕窗间人瞧见。死势儿休寒贱。直恁膝盖儿软。喫不过热厮煎。且去觑门前。没人呵疾忙转。

胡祗遹

祗遹字绍开。号紫山。磁州武安人。少孤。既长读书。见知于名流。中统初。张文谦宣抚大名。辟员外郎。入为中书详定官。至元元年。授应奉翰林文字。寻兼太常博士。累转左右司员外郎。时阿合马当国。进用群小。官冗事烦。祗遹建言省官莫如省吏。省吏莫如省事。以是忤权奸。出为太原路治中兼提举本路铁冶。以最闻。改河东山西道提刑按察副使。元灭宋后。为荆湖北道宣慰副使。十九年。为济宁路总管。升山东东西道提刑按察使。所至抑豪右。扶寡弱。以敦教化。以厉士风。召拜翰林学士。不赴。改江南浙西道提刑按察使。

末几以疾归。二十九年。征耆德者十人。祗遹为之首。以疾辞。三十年卒。年六十七。赠礼部尚书。谥文靖。有紫山大全集。

小令

〔仙吕〕一半儿

四　景

轻衫短帽七香车。九十春光如画图。明日落红谁是主。漫踌躇。一半儿因风一半儿雨。<small>太平乐府五</small>

纱橱睡足酒微醒。玉骨冰肌凉自生。骤雨滴残才住声。闪出些月儿明。一半儿阴一半儿晴。<small>太平乐府五</small>

　　末句原脱一字。

荷盘减翠菊花黄。枫叶飘红梧干苍。鸳被不禁昨夜凉。酿秋光。一半儿西风一半儿霜。<small>太平乐府五　梨园乐府中</small>

　　梨园乐府不注撰人。〇元刊太平乐府西风上脱儿字。梨园乐府荷盘作败荷。花作添。二句作梨叶翻红梧叶苍。鸳作绣。

孤眠嫌煞月儿明。风力禁持酒力醒。窗儿上一枝梅弄影。被儿底梦难成。一半儿温和一半儿冷。<small>太平乐府五</small>

　　温和上脱儿字。兹按格律补。

〔中吕〕阳春曲

春　景

几枝红雪墙头杏。数点青山屋上屏。一春能得几晴明。三月景。宜醉不宜醒。<small>太平乐府四　乐府群珠一</small>

残花酝酿蜂儿蜜。细雨调和燕子泥。绿窗春睡觉来迟。谁唤起。窗外晓莺啼。<small>太平乐府四　中原音韵　乐府群珠一</small>

中原音韵题作春思。○音韵残花作闲花。乐府群珠同。音韵春睡作蝶梦。窗外作帘外。

一帘红雨桃花谢。十里清阴柳影斜。洛阳花酒一时别。春去也。闲煞旧蜂蝶。太平乐府四　乐府群珠一

〔中吕〕快活三过朝天子

赏　春

梨花白雪飘。杏艳紫霞消。柳丝舞困小蛮腰。显得东风恶。野桥。路迢。一弄儿春光闹。夜来微雨洒芳郊。绿遍江南草。蹇驴山翁。轻衫乌帽。醉模糊归去好。杖藜头酒挑。花梢上月高。任拍手儿童笑。太平乐府四　乐府群珠一　太和正音谱引快活三　北词广正谱同　九官大成同

明大字本太平乐府驴作卫。瞿本作驴。太和正音谱北词广正谱九宫大成杏艳俱作杏尊。

〔双调〕沉醉东风

月底花间酒壶。水边林下茅庐。避虎狼。盟鸥鹭。是个识字的渔夫。蓑笠纶竿钓今古。一任他斜风细雨。阳春白雪前集三

渔得鱼心满愿足。樵得樵眼笑眉舒。一个罢了钓竿。一个收了斤斧。林泉下偶然相遇。是两个不识字渔樵士大夫。他两个笑加加的谈今论古。阳春白雪前集三　梨园乐府中

梨园乐府不注撰人。○元刊阳春白雪及梨园乐府得鱼俱作得渔。兹从钞本阳春白雪。钞本白雪林泉下作泉石。梨园心满作平生。钓竿作钓钩。林泉作林叶。渔樵作吾官。吾疑无之讹。末句作笑呷呷谈今论古。

赠妓朱帘秀

锦织江边翠竹。绒穿海上明珠。月淡时。风清处。都隔断落红尘土。一片闲情任卷舒。挂尽朝云暮雨。辍耕录二〇　青楼集　尧山堂外纪七〇　彩笔情辞二　词品拾遗

彩笔情辞挂尽作挂尽了。

严忠济

忠济一名忠翰。字紫芝。长清人。严实之子。仪观雄伟。善骑射。袭东平路行军万户。治为诸道最。世祖攻宋。诏率师。所向多捷。大臣有言其威权太盛者。遂召还。命其弟忠范代之。忠济治东平日。借贷于人代部民纳逋赋。及谢事。债家执文券来征。帝闻之。悉命发内藏代偿。至元二十三年。特授资德大夫中书左丞行江浙省事。以老辞。三十年卒。谥庄孝。

小令

〔越调〕天净沙

宁可少活十年。休得一日无权。大丈夫时乖命蹇。有朝一日天随人愿。赛田文养客三千。阳春白雪前集五

宁可原作能可。兹从任校。元刊本残元本钞本田文俱作常君。兹从元刊本旧校及徐本。

〔双调〕寿阳曲

三闾些。伍子歌。利名场几人参破。算来都不如蓝采和。被这几文钱把这小儿瞒过。阳春白雪前集三

元刊本残元本儿下俱有人字。兹从钞本。

刘　因

　　因字梦吉。保定容城人。将生之夕。其父梦神人以马载一儿至其家。故名之曰骃。字梦骥。后改名因。字梦吉。因天资绝人。三岁识书。六岁能诗。长而深究周程张邵朱吕之学。杜门深居。不为苟合。不妄交接。公卿使者过之。多逊避不与相见。人或以为傲。弗恤也。爱诸葛孔明静以修身之语。表所居曰静修。尝游郎山雷溪间。号雷溪真隐。又号樵庵。至元十九年。征拜右赞善大夫。以母疾辞归。二十八年。召为集贤学士。以疾固辞。越二年卒。年四十五。延祐中。赠翰林学士。追封容城郡公。谥文靖。所著有静修集。四书精要等。

小令

〔黄钟〕人月圆

自从谢病修花史。天意不容闲。今年新授。平章风月。检校云山。门前报道。曲生来谒。子墨相看。先生正尔。天张翠幕。山拥云鬟。静修先生文集一五　樵庵词　历代诗馀一八

樵庵词翠幕作翠盖。

茫茫大块洪炉里。何物不寒灰。古今多少。荒烟废垒。老树遗台。太行如砺。黄河如带。等是尘埃。不须更叹。花开花落。春去春来。静修先生文集一五　樵庵词　花草粹编四

樵庵词太行作太山。

伯　颜

　　伯颜姓八邻氏。蒙古部人。父晓古台。从宗王旭烈兀居西域。至元初。伯颜奉使于朝。世祖见其貌伟。听其言厉。遂留之。寻拜中书

左丞相。七年。迁同知枢密院事。十一年。复拜中书左丞相。总兵攻宋。十二年秋入觐。进中书右丞相。受命还军。明年春。宋亡。第功增食邑六千户。复拜同知枢密院事。二十六年。进金紫光禄大夫。知枢密院事。出镇和林。成宗立。加太傅录军国重事。是岁卒。年五十九。赠太师开府仪同三司。追封淮安王。谥忠武。伯颜文质高厚。风神英伟。其攻宋也。将二十万众犹将一人。毕事还朝。囊惟衣被。口不言功。诗文乃其馀事。王恽玉堂嘉话云。初。宋未下时。江南谣云。江南若破。百雁来过。当时莫喻其意。及宋亡。盖知指伯颜也。

小令

〔中吕〕喜春来

金鱼玉带罗襕扣。皂盖朱幡列五侯。山河判断在俺笔尖头。得意秋。分破帝王忧。<small>太平乐府四　草木子四　乐府群珠一　尧山堂外纪六九</small>

此曲草木子及尧山堂外纪云伯颜作。太平乐府及乐府群珠属姚牧庵。兹互见两家曲中。参阅姚曲校记。

不忽木

不忽木一名时用。字用臣。世为康里部大人。康里即汉高车国也。父燕真。从元世祖征战有功。未及大用而卒。不忽木姿禀英特。进止详雅。世祖奇之。命给事东宫。师事赞善王恂祭酒许衡。至元十四年。授利用少监。十五年。出为燕南河北道提刑按察副使。二十一年。召参议中书省事。擢吏工刑三部尚书。以疾免。二十七年。拜翰林学士承旨知制诰。兼修国史。欲用为丞相。固辞。拜平章政事。成宗即位。拜昭文馆大学士平章军国事。大德二年。特命行中丞事兼领侍仪司事。四年疾作。引觞满饮而卒。年四十六。武宗时赠太傅开府仪同三司上柱国鲁国公。谥文贞。

套数

〔仙吕〕点绛唇

辞　朝

宁可身卧糟丘。赛强如命悬君手。寻几个知心友。乐以忘忧。愿作林泉叟。

〔混江龙〕布袍宽袖。乐然何处谒王侯。但樽中有酒。身外无愁。数着残棋江月晓。一声长啸海门秋。山间深住。林下隐居。清泉濯足。强如闲事萦心。淡生涯一味谁参透。草衣木食。胜如肥马轻裘。

〔油葫芦〕虽住在洗耳溪边不饮牛。贫自守。乐闲身翻作抱官囚。布袍宽褪拿云手。玉箫占断谈天口。吹箫仿伍员。弃瓢学许由。野云不断深山岫。谁肯官路里半途休。

〔天下乐〕明放着伏事君王不到头。休休。难措手。游鱼儿见食不见钩。都只为半纸功名一笔勾。急回头两鬓秋。

〔那吒令〕谁待似落花般莺朋燕友。谁待似转灯般龙争虎斗。你看这迅指间乌飞兔走。假若名利成。至如田园就。都是些去马来牛。

〔鹊踏枝〕臣则待醉江楼。卧山丘。一任教谈笑虚名。小子封侯。臣向这仕路上为官倦首。枉尘埋了锦带吴钩。

〔寄生草〕但得黄鸡嫩。白酒熟。一任教疏篱墙缺茅庵漏。则要窗明炕暖蒲团厚。问甚身寒腹饱麻衣旧。饮仙家水酒两三瓯。强如看翰林风月三千首。

〔村里迓鼓〕臣离了九重宫阙。来到这八方宇宙。寻几个诗朋酒友。向尘世外消磨白昼。臣则待领着紫猿。携白鹿。跨苍虬。

观着山色。听着水声。饮着玉瓯。倒大来省气力如诚惶顿首。

〔元和令〕臣向山林得自由。比朝市内不生受。玉堂金马间琼楼。控珠帘十二钩。臣向草庵门外见瀛洲。看白云天尽头。

〔上马娇〕但得个月满舟。酒满瓯。则待雄饮醉时休。紫箫吹断三更后。畅好是休。孤鹤唳一声秋。

〔游四门〕世间闲事挂心头。唯酒可忘忧。非是微臣常恋酒。叹古今荣辱。看兴亡成败。则待一醉解千愁。

〔后庭花〕拣溪山好处游。向仙家酒旋篘。会三岛十洲客。强如宴公卿万户侯。不索你问缘由。把玄关泄漏。这箫声世间无。天上有。非微臣说强口。酒葫芦挂树头。打鱼船缆渡口。

〔柳叶儿〕则待看山明水秀。不恋您市曹中物穰人稠。想高官重职难消受。学耕耨。种田畴。倒大来无虑无忧。

〔赚尾〕既把世情疏。感谢君恩厚。臣怕饮的是黄封御酒。竹杖芒鞋任意留。拣溪山好处追游。就着这晓云收。冷落了深秋。饮遍金山月满舟。那其间潮来的正悠。船开在当溜。卧吹箫管到扬州。阳春白雪后集二 雍熙乐府四 太和正音谱下引鹊踏枝 北词广正谱引那吒令鹊踏枝柳叶儿 九官大成五引鹊踏枝

　　雍熙乐府误割此曲为两套。前段至寄生草为一套。后段自村里迓鼓起为又一套。前套题作退休。后套无题。俱不注撰人。○（点绛唇）雍熙赛强作索强。（混江龙）雍熙无愁作无忧。深住作深处。隐居作幽居。谁参透作都参透。胜如作胜强如。（油葫芦）元刊阳春白雪玉箫作玉霄。兹从钞本及雍熙。白雪仿作访。雍熙抱官作抱关。吹箫弃瓢下俱有的字。谁肯下有向字。（天下乐）元刊白雪名上脱功字。钞本与雍熙俱作功名。雍熙伏事作扶侍。（那吒令）雍熙无这字。至如作至如俺。（鹊踏枝）阳春白雪锦带作锦袋。太和正音谱臣向下无这字。倦首作倦守。尘埋作沈埋。雍熙小子作拜相。向这作向那。首作手。末句作枉沉埋锦带吴钩。北词广正谱首作手。尘作沉。带作袋。九官大成向这作向。首作手。尘作沉。（寄生草）元刊白雪炕作坑。钞本炕作杋。看作着。

雍熙但下有愿字。问甚作问甚么。腹饱作腹暖。强如下无看字。(村里迓鼓)元刊白雪玉瓯作巨瓯。兹从钞本及旧校与徐本。雍熙来到下无这字。尘世作尘。领着作要引着。携下跨下俱有着字。玉瓯作巨瓯。(元和令)钞本白雪珠帘作朱帘。白雪自由作自游。雍熙首句无芝字。朝市内作市朝中。控作挂。天尽作天际。(上马娇)白雪畅好是下无休字。雍熙三句无则待二字。醉时作醉方。吹断作吹辙〔彻〕。(游四门)雍熙挂作恼。兴亡上无看字。则待上有臣字。(后庭花)元刊白雪公卿作功臣。雍熙作公臣。兹从钞本白雪。雍熙向作饮。强如下有你字。玄关作机关。强口上无说字。(柳叶儿)雍熙则待下有要字。市曹作市廛。山明与物穰各叠二字。雍熙广正谱穰俱作攘。(赚尾)雍熙君恩作君王。六句作趁着这晚霞收。当溜作当流。

徐　琰

　　琰字子方。号容斋。一号养斋。又自号汶叟。东平人。严实领东平行台。招诸生肄进士业。迎元好问试校其文。预选者四人。阎复为首。徐琰。李谦。孟祺次之。世名四杰。翰林承旨王磐荐子方才。至元初为陕西行省郎中。二十三年。拜岭北湖南道提刑按察使。二十五年。以侍御中丞董文用荐。拜南台中丞。建台扬州。日与苟宗道。程钜夫。胡长儒等互相唱和。极一时之盛。二十八年。迁江南浙西肃政廉访使。召拜翰林学士承旨。大德五年卒。谥文献。子方人物魁岸。襟度宽洪。有文学重望。尝与侯克中。姚燧。王恽等游。东南人士翕然归之。有爱兰轩诗集。

小令

〔双调〕沉醉东风

赠歌者吹箫

金凤小斜簪髻云。似樱桃一点朱唇。秋水清。春山恨。引青鸾

玉箫声韵。莫不是另得东君一种春。既不呵紫竹上重生玉笋。阳
春白雪前集三

　　元刊本残元本似樱桃俱作注樱桃。兹从钞本。

御食饱清茶漱口。锦衣穿翠袖梳头。有几个省部交。朝廷友。
樽席上玉盏金瓯。封却公男伯子侯。也强如不识字烟波钓叟。阳
春白雪前集三

　　元刊本漱口作嫩口。兹从残元本及钞本。

〔双调〕蟾宫曲

青楼十咏

一　初见

会娇娥罗绮丛中。两意相投。一笑情通。傍柳随花。偎香倚玉。
弄月抟风。堪描画喜孜孜鸾凤妒宠。没褒弹立亭亭花月争锋。
娇滴滴鸭绿鸳红。颤巍巍雨迹云踪。凤世上未了姻缘。今生则
邂逅相逢。雍熙乐府一七　彩笔情辞四

　　雍熙乐府不注撰人。每首之前有小题。彩笔情辞注徐子方作。前有总题作青楼
十咏。小题与雍熙同。但在每首之末。〇情辞今生则作今生里。

二　小酌

聚殷勤开宴红楼。香喷金猊。帘上银钩。象板轻敲。琼杯满酌。
艳曲低讴。结凤世鸾交凤友。尽今生燕侣莺俦。语话相投。情
意绸缪。拚醉花前。多少风流。雍熙乐府一七　彩笔情辞四

　　情辞聚作叙。语话相投作色笑优游。

三　沐浴

酒初醒褪却残妆。炎暑侵肌。粉汗生香。旋摘花枝。轻除蹀躞。
慢解香囊。移兰步行出画堂。浣冰肌初试兰汤。回到闺房。换

了罗裳。笑引才郎。同纳新凉。雍熙乐府一七　彩笔情辞四

　　情辞侵肌作侵肤。香囊作罗囊。七八两句位置互易。移兰步句作移莲步款出华堂。九十两句作。绡袂徐芳。纨扇徐扬。才郎作多才。

四　纳凉

纳新凉纨扇轻摇。金井梧桐。丹桂香飘。笑指嫦娥。戏将织女。比并妖娆。坐未久风光正好。夜将深暑气潜消。语话相嘲。道与多娇。莫待俄延。误了良宵。雍熙乐府一七　彩笔情辞四

　　情辞首句作纳新凉飖飖轻飚。道与作悄向。莫待作莫恁。

五　临床

并香肩素手相携。行入兰房。拴上朱扉。香爇龙涎。簟舒寒玉。枕并玻璃。相会在绣芙蓉青纱帐里。抵多少泛桃花流水桥西。困倚屏帏。慢解罗衣。受用些雨怯云娇。煞强如月约星期。雍熙乐府一七　彩笔情辞四

　　情辞拴上作慢掩。帐里作幕里。慢解作笑解。

六　并枕

殢人娇兰麝生香。风月弥漫。云雨相将。绣幕低低。银屏曲曲。凤枕双双。赛阆苑和鸣凤凰。比瑶池交颈鸳鸯。月射纱窗。灯灭银釭。才子佳人。同赴高唐。雍熙乐府一七　彩笔情辞四

　　情辞绣幕作绣幄。

七　交欢

向珊瑚枕上交欢。握雨携云。倒凤颠鸾。簌簌心惊。阴阴春透。隐隐肩攒。柳腰摆东风款款。樱唇喷香雾漫漫。凤爇龙蟠。巧弄娇抟。恩爱无休。受用千般。雍熙乐府一七　彩笔情辞四

　　情辞肩攒作眉攒。腰摆作腰欹。凤爇作虎踞。

八　言盟

结同心尽了今生。琴瑟和谐。鸾凤和鸣。同枕同衾。同生同死。

同坐同行。休似那短恩情没下梢王魁桂英。要比那好姻缘有前程双渐苏卿。你既留心。俺索真诚。负德辜恩。上有神明。雍熙乐府一七 彩笔情辞四

情辞尽了作尽老。无没下梢及有前程六字。

九 晓起

恨无端报晓何忙。唤却金乌。飞上扶桑。正好欢娱。不防分散。渐觉凄凉。好良宵添数刻争甚短长。喜时节闰一更差甚阴阳。惊却鸳鸯。拆散鸾凰。尤恋香衾。懒下牙床。雍熙乐府一七 彩笔情辞四

情辞报晓作唱晓。唤却作唤起。

十 叙别

惠青楼兴却阑珊。仆整行装。马鞴雕鞍。叹聚会难亲。想恩爱怎舍。奈心意相关。是则是难留恋休掩泪眼。去则去好将惜善保台颜。便休道凤只鸾单。枕冷衾寒。他日来时。不似今番。雍熙乐府一七 彩笔情辞四

情辞首句作伫青楼兴早阑珊。难亲作难常。恩爱作恩情。休掩作休淹。台颜作朱颜。便休作却休。

套数

〔南吕〕一枝花

间 阻

风吹散楚岫云。水潆断蓝桥路。死分开莺燕友。生拆散凤鸾雏。想起当初。指望待常相聚。谁承望好姻缘遭间阻。月初圆忽被阴云。花正发频遭骤雨。

〔梁州〕他为我画阁中倦拈针指。我因他在绿窗前懒看诗书。这些时不由我心忧虑。这些时琴闲了雁足。歌歇骊珠。则我这身

心恍惚。鬼病揶揄。望夕阳对景嗟吁。倚危楼朝夜踌躇。我我我觑不的小池中一来一往交颈鸳鸯。听不的疏林外一递一声啼红杜宇。看不的画檐间一上一下斗巧蜘蛛。景物。态度。蜘蛛丝一丝丝又被风吹去。杜宇声一声声唤不住。鸳鸯对一对对分飞不趁逐。感起我一弄儿嗟吁。

〔尾声〕再几时能够那柔条儿再接上连枝树。再几时能够那暖水儿重温活比目鱼。那的是着人断肠处。窗儿外夜雨。枕边厢泪珠。和我这一点芳心做不的主。盛世新声巳集　词林摘艳八　雍熙乐府九　北宫词纪六　词林白雪一　北曲拾遗　南北词广韵选五引梁州尾声

盛世新声无题。不注撰人。原刊本徽藩本词林摘艳题作间阻。注明侯正夫作。他本摘艳无题。不注撰人。雍熙乐府题作间阻。不注撰人。南北词广韵选谓元人不知作者。北宫词纪题作怨别。词林白雪属闺情类。两书并注徐子方作。兹据以属徐氏。北曲拾遗无题。不注撰人。○（一枝花）原刊本内府本摘艳死分作硬分。雍熙词纪同。雍熙指望作止望。频遭下有着字。词纪想起作暗想。指望待作实指望。谁承望作怎知道。遭间阻作成间阻。正发频作正放顿。词林白雪俱同词纪。北曲拾遗岫云作云岫。待常相作常完。阴云作云遮。（梁州）雍熙为我下有在字。这些时作近新来。闲了作闲。则我这身作我神。鬼病上有更和这三字。朝夜作朝夕。听不的看不的上俱有我我我三字。态度作太毒。又被作又被那。不趁逐作各趁逐。末句作不由我感叹嗟吁。广韵选他为我作我为他。我因他在作他为我。懒看作懒诵。三四句作。过时不见心忧虑。琴闲雁足。身心上无则我这三字。朝夜作朝暮。觑不的上无我我我三字。檐间作檐前。景物态度作事虚望孤。词纪词林白雪俱同广韵选。广韵选绿窗作晓窗。小池作水池。北曲拾遗中倦作内慵。我因他在作我为我。三四句作。近新来不由的心忧虑。这几日琴闲雁足。无则我这三字。八九句作。倚雕栏昼夜寻思。望斜阳对景嗟吁。我我我觑不的作看不上。听不的疏林作疏帘。画檐上无看不的三字。态度作太毒。一丝丝又作忽。此句以下作。锦鸳鸯不完聚。杜宇声声唤不如。感叹嗟吁。（尾声）雍熙几时上无再字。再接作栽接。二句作暖水重温比目鱼。断肠作肠断。和我作知我。广韵选词纪首句再几时能够那俱作几时得。二句俱无再几时能够六字。末句和我俱作则我。广韵选那的是作那些

儿。词林白雪同词纪。北曲拾遗首三句作。几时得柔条儿再接上连理枝树。暖水重温比目鱼。一桩桩一件件都是动人情处。窗儿作纱窗。和我这作好教我。阳春白雪有徐容斋蟾宫曲赠千金奴小令一首。乐府群珠录之。亦注徐作。惟静斋至正直记云。此曲是孔退之代作。其说应可信。参阅孔曲校记。兹不重出。

鲜于枢

　　枢字伯机。渔阳郡人。至元间以材选为浙东宣慰司经历。改江浙行省都事。意气雄豪。每晨出。则载笔椟。与其长廷争是非。一语不合。辄飘飘然欲置章绶去。渔猎山泽间而后为快。轩骑所过。父老环聚。指目曰。此我鲜于公也。及日晏归。焚香弄翰。取数十百年古鼎彝器。陈诸阶除。搜抉断文废款。若明日急有所须而为之者。宾至。则相对吟讽林竹之间。或命觞径醉。醉极作放歌怪字。亦足自悦。见者以为世外奇崛不凡人也。公卿以词翰屡荐入馆阁。不果用。迁太常典簿。晚年懒不耐事。闭门谢客。营一室。名曰困学之斋。自号困学民。又号直寄老人。大德六年卒。伯机居钱塘时。吴兴赵子昂常貌其神。蜀郡虞伯生赞之曰。敛风沙裘剑之豪。为湖山图史之乐。翰墨轶米薛而有馀。风流拟晋宋而无怍。当时伯机文望。亦与子昂相伯仲云。有困学斋集。

套数

〔仙吕〕八声甘州

江天暮雪。最可爱青帘摇曳长杠。生涯闲散。占断水国渔邦。烟浮草屋梅近砌。水绕柴扉山对窗。时复竹篱旁。吠犬汪汪。〔么〕向满目夕阳影里。见远浦归舟。帆力风降。山城欲闭。时听戍鼓䴔䴖。群鸦噪晚千万点。寒雁书空三四行。画向小屏间。夜夜停釭。

〔大安乐〕从人笑我愚和戆。潇湘影里且妆呆。不谈刘项与孙庞。近小窗。谁羡碧油幢。

〔元和令〕粳米炊长腰。鳊鱼煮缩项。闷携村酒饮空缸。是非一任讲。恣情拍手棹渔歌。高低不论腔。

〔尾〕浪滂滂。水茫茫。小舟斜缆坏桥桩。纶竿蓑笠。落梅风里钓寒江。阳春白雪后集二　雍熙乐府五　北宫词纪三　太和正音谱下引八声甘州大安乐　北词广正谱引八声甘州大安乐尾　九宫大成五引么大安乐尾

　　（八声甘州）元刊阳春白雪近砌之近字模糊。兹从钞本及雍熙乐府等。元刊白雪水绕上有溪字。应是衍。兹据钞本白雪等删去。元刊白雪吠犬汪汪作吠吠旺旺。兹从钞本白雪。太和正音谱雍熙乐府北宫词纪等俱作犬吠汪汪。雍熙词纪长杠俱作长江。北词广正谱从元刊白雪衍溪字。（么）元刊白雪醶醶作醉醉。雍熙词纪并作逢逢。兹从钞本白雪及正音谱广正谱九宫大成。元刊白雪釭作钲。正音谱雍熙等作缸。兹从钞本白雪及大成。广正谱夕阳作斜阳。（大安乐）正音谱妆呆作徜徉。词纪大成同。雍熙首句和作痴。妆呆作妆憨。广正谱小窗作日窗。（元和令）元刊白雪棹作嘽。雍熙词纪棹渔歌俱作唱山歌。（尾）元刊白雪茫茫作床床。兹从钞本白雪。雍熙词纪广正谱大成俱作淙淙。雍熙词纪缆俱作锁。词纪首句作雪茫茫。大成风里作风坐。

彭寿之

　　生平不详。

套数

〔仙吕〕八声甘州

平生放荡。俏倬声名。喧满平康。少年场上。只恐舌剑唇枪。机谋主仗风月景。局断经营旖旎乡。回首数年间。多少疏狂。

〔混江龙〕知音幸遇。不由人重上欠排场。花朝月夜。酒肆茶坊。

相见十分相敬重。厮看承无半点厮隄防。风流事赞之双美。悔则俱伤。

〔元和令〕合着两会家。相逢一合相。怜新弃旧短姻缘。强中更有强。偷方觅便俏家风。当行识当行。

〔赚尾〕一片志诚心。万种风流相。非是俺着迷过奖。燕子莺儿知几许。据风流不类寻常。唱道好处难忘。花有幽情月有香。想着樽前伎俩。枕边模样。不思量除是铁心肠。阳春白雪后集二　雍熙乐府五　北词广正谱引赚尾

（八声甘州）元刊阳春白雪主仗作主杖。兹从钞本。雍熙乐府俏倬作俏绰。只恐作只。主仗作主张。局下无断字。（赚尾）钞本白雪志作至。雍熙俺作我。

魏　初

初字太初。顺圣人。魏璠从孙。璠无子。以初为后。初好读书。尤长于春秋。为文简而有法。比冠有声。中统初。始为中书省掾史。兼长书记。未几。以祖母老辞归。隐居教授。复起为国史院编修官。寻拜监察御史。疏陈时政。多见采纳。累官至南台御史中丞。卒年六十一。有青崖集。

小令

〔黄钟〕人月圆

为细君寿

冷云冻雪褒斜路。泥滑似登天。年来又到。吴头楚尾。风雨江船。但教康健。心头过得。莫论无钱。从今只望。儿婚女嫁。鸡犬山田。青崖词

王嘉甫

生平不详。王恽秋涧文集有送王嘉父及寄赠王嘉父诗。疑即此
人。雍熙乐府北宫词纪作王嘉用。系字画漫漶。

套数

〔仙吕〕八声甘州

莺花伴侣。效卓氏弹琴。司马题桥。情深意远。争奈分浅缘薄。
香笺寄恨红锦囊。声断传情碧玉箫。都为可憎他。梦断魂劳。

〔六么遍〕更身儿倬。庞儿俏。倾城倾国。难画难描。窄弓弓撇
道。溜刀刀渌老。称霞腮一点朱樱小。妖娆。更那堪杨柳小
蛮腰。

〔穿窗月〕忆双双凤友鸾交。料应咱没分消。真真彼此都相乐。
花星儿照。彩云儿飘。不隄防坏美众生搅。

〔元和令〕谩赢得自己羞。空惹得外人笑。多情却是不多情。好
模样歹做作。相逢争似不相逢。有上梢没下梢。

〔赚尾〕那回期。今番约。花木瓜儿看好。旧路高高筑起界墙。
尽今生永不踏着。唱道言许心违。说的誓寻思畅好脱卯。待装
些气高。难禁脚拗。不由人又走了两三遭。阳春白雪后集二　雍熙乐
府五　北宫词纪六　彩笔情辞九　九宫大成五引穿窗月

　　雍熙乐府北宫词纪彩笔情辞撰人并误作王嘉用。词纪题作怨别。情辞题作怀
美。○（八声甘州）元刊阳春白雪囊作裹。兹从钞本及雍熙词纪等。雍熙词纪
情辞弹琴俱作听琴。可憎他俱作可憎才。词纪情辞香笺俱作香残。（六么遍）
各本渌作六。兹改。元刊白雪倬作车。朱作珠。兹俱从钞本白雪。雍熙倬作
单。撇道作撇刀。溜刀刀作光溜溜。朱樱作朱唇。词纪情辞身儿倬俱作心儿
聪。馀同雍熙。（穿窗月）雍熙词纪没分俱作无分。雍熙都作俱。词纪三句作

风前月下同欢乐。末五字作好处成烦恼。情辞九宫大成俱同词纪。（元和令）白雪歹作反。雍熙词纪情辞外人俱作傍人。（赚尾）词纪情辞旧路高高俱作锦绣窝巢。情辞三句作花木瓜谁教看好。筑起作筑。唱道作畅道是。下句作盟誓寻思已脱卯。

王 恽

恽字仲谋。别号秋涧。卫辉汲人。仕中统大德间。历官国史编修监察御史。出判平阳路。迁燕南河北按察副使。福建按察使。授翰林学士。大德五年求退。得请归。八年卒。赠翰林学士承旨资善大夫。追封太原郡公。谥文定。秋涧在省院则有经纶黼黻之才。任台察则有弹击平反之誉。作为文章。不蹈袭前人。操觚染翰。经旨之义理。史传之铺陈。子集之英华。古今体制。间见叠出。雄深雅健。辞古而意不晦。绾持文柄。独步一时。字画遒婉。以鲁公为正。所书卷帖。为世珍玩。自少至老。未尝一日不学。易箦方停笔。著有秋涧先生大全文集。

小令

〔正宫〕双鸳鸯

柳圈辞 六首

暖烟飘。绿杨桥。旋结柔圈折细条。都把发春闲懊恼。碧波深处一时抛。秋涧先生大全文集七七　秋涧乐府四

秋涧乐府朱孝臧校记云。原阙调名。按此即下合欢曲。亦即正宫之双鸳鸯。兹从之。

野溪边。丽人天。金缕歌声碧玉圈。解被不祥随水去。尽回春色到樽前。秋涧先生大全文集七七　秋涧乐府四

问春工。二分空。流水桃花飏晓风。欲送春愁何处去。一环清

影到湘东。秋涧先生大全文集七七　秋涧乐府四

步春溪。喜追陪。相与临流酹一杯。说似碧茵罗袜客。远将愁
去莫徘徊。秋涧先生大全文集七七　秋涧乐府四

秉兰芳。俯银塘。迎致新祥袯旧殃。不似汉皋空解珮。归时襟
袖有馀香。秋涧先生大全文集七七　秋涧乐府四

醉留连。赏春妍。一曲清歌酒十千。说与琵琶红袖客。好将新
事曲中传。秋涧先生大全文集七七　秋涧乐府四

乐府合欢曲

读开元遗事去取唐人诗而为之。一名百衲锦。因观任南麓所画华清宫
图而作。

驿尘红。荔枝风。吹断繁华一梦空。玉辇不来宫殿闭。青山依
旧御墙中。秋涧先生大全文集七七　秋涧乐府四

　　案乐府合欢曲即双鸳鸯。详前校语。

乱横戈。奈君何。扈从人稀北去多。尘土已消红粉艳。荔枝犹
到马嵬坡。秋涧先生大全文集七七　秋涧乐府四

岁东巡。洛阳城。天乐宫中夜彻明。不忆李谟偷曲去。酒楼吹
笛有新声。秋涧先生大全文集七七　秋涧乐府四

雨霖铃。却归秦。犹是张徽一曲新。长记上皇和泪听。月明南
内更无人。秋涧先生大全文集七七　秋涧乐府四

忆开元。掌中仙。入侍深宫二十年。长记承天门上宴。百官楼
下拾金钱。秋涧先生大全文集七七　秋涧乐府四

　　秋涧大全集四句宴作燕。

锦城头。锦江流。回望长安帝尽愁。那更血魂来梦里。杜鹃声
在散花楼。秋涧先生大全文集七七　秋涧乐府四

驿坡前。掩婵娟。惨乱旌旗指望贤。无复一生私语事。柘黄袍

袖泪潸然。<small>秋涧先生大全文集七七 秋涧乐府四</small>

九龙池。百花时。乐按梁州爱急吹。揭手便拈金碗舞。上皇惊笑勃拿儿。<small>秋涧先生大全文集七七 秋涧乐府四</small>

信音沉。泪沾襟。秋雨铃声阁道深。人到愁来无会处。不关情处也伤心。<small>秋涧先生大全文集七七 秋涧乐府四</small>

〔正宫〕黑漆弩

游金山寺 并序

邻曲子严伯昌尝以黑漆弩侑酒。省郎仲先谓余曰。词虽佳。曲名似未雅。若就以江南烟雨目之。何如。予曰。昔东坡作念奴曲。后人爱之。易其名曰酹江月。其谁曰不然。仲先因请余效颦。遂追赋游金山寺一阕。倚其声而歌之。昔汉儒家畜声妓。唐人例有音学。而今之乐府。用力多而难为工。纵使有成。未免笔墨劝淫为侠耳。渠辈年少气锐。渊源正学。不致费日力于此也。其词曰。

> 秋涧乐府无并序二字。序末于此下有可字。朱孝臧秋涧乐府校记云。音学学疑乐误。为侠耳侠亦疑误。案任讷曲谐卷二改侠作狭。或是。

苍波万顷孤岑矗。是一片水面上天竺。金鳌头满咽三杯。吸尽江山浓绿。　蛟龙虑恐下燃犀。风起浪翻如屋。任夕阳归棹纵横。待偿我平生不足。<small>秋涧先生大全文集七六 秋涧乐府三</small>

曲山亦作言怀一词遂继韵戏赠

休官彭泽居闲久。纵清苦爱吾子能守。幸年来所事消磨。只有苦吟甘酒。　平生学道在初心。富贵浮云何有。恐此身未许投闲。又待看凤麟飞走。<small>秋涧先生大全文集七六 秋涧乐府三</small>

〔仙吕〕后庭花

晚眺临武堂

绿树连远洲。青山压树头。落日高城望。烟霏翠满楼。木兰舟。
彼汾一曲。春风佳可游。秋涧先生大全文集七七　秋涧乐府四　词综二七
历代诗馀二　词律补遗二

　　首句连远从秋涧大全集。他书俱作远连。

〔越调〕平湖乐

平湖云锦碧莲秋。香泡兰舟透。一曲菱歌满樽酒。暂消忧。人
生安得长如旧。醉时记得。花枝仍好。却羞上老人头。秋涧先生大
全文集七七　秋涧乐府四

　　曲牌原作平湖乐。即小桃红。秋涧乐府历代诗馀词综词律补遗皆于第四句之三
字句下留一空格。案小桃红无换头。秋涧先生大全集是。

鉴湖秋水碧于蓝。心赏随年淡。柳外兰舟莫空揽。典春衫。舣
船一棹汾西岸。人间万事。暂时放下。一笑付醺酣。秋涧先生大全
文集七七　秋涧乐府四

　　秋涧乐府揽作缆。醺酣大全集原缺。兹从秋涧乐府。

平阳好处是汾西。水秀山接翠。谁道微官淡无味。锦障泥。路
人争笑山翁醉。西山残照。关卿何事。险忙杀暮鸦啼。秋涧先生大
全文集七七　秋涧乐府四

秋风袅袅白云飞。人在平湖醉。云影湖光淡无际。锦幪围。故
人远在千山外。百年心事。一樽浊酒。长使此心违。秋涧先生大全
文集七七　秋涧乐府四　词综二七　历代诗馀八

采菱人语隔秋烟。波静如横练。入手风光莫流转。共留连。画
船一笑春风面。江山信美。终非吾土。问何日是归年。秋涧先生大
全文集七七　秋涧乐府四　词林万选四　词综二七　历代诗馀八

词林万选词综历代诗馀采菱俱作采莲。

秋风湖上水增波。水底云阴过。憔悴湘累莫轻和。且高歌。凌波幽梦谁惊破。佳人望断。碧云暮合。道别后意如何。秋涧先生大全文集七七　秋涧乐府四　词林万选四　词综二七　历代诗馀八

绿荷相背倚西风。凉露烟霏重。翠盖银瓶醉时捧。使君公。径须倾倒玻璃瓮。青山城郭。暮云楼阁。高下一重重。秋涧先生大全文集七七　秋涧乐府四　词林万选四

词林万选银瓶作银屏。

安仁双鬓已惊秋。更甚眉头皱。一笑相逢且开口。玉为舟。新词淡似鹅黄酒。醉归扶路。竹西歌吹。人道似扬州。秋涧先生大全文集七七　秋涧乐府四　词林万选四　词综二七　历代诗馀八　词律补遗二

历代诗馀词律补遗似扬州俱作是扬州。补遗归扶作扶归。

水边杨柳绿丝垂。倒影奇峰坠。万叠苍山洞庭水。碧玻璃。一川烟景涵珠媚。会须满载。百壶春酒。挝鼓荡风猗。秋涧先生大全文集七七　秋涧乐府四

朱校记云。钞本苍山作君山。秋涧乐府猗作漪。

黄云罢亚卷秋风。社瓮春来重。父老持杯十分送。使君公。秋成不似今年痛。太平天子。将何为报。万寿与天同。秋涧先生大全文集七七　秋涧乐府四

朱校记云。今年痛痛疑误。

乙亥三月七日宴湖上赋

春风吹水涨平湖。翠拥秋千柱。两叶兰桡斗来去。万人呼。红衣出没波深处。鳌头游赏。浣花风物。好个暮春初。秋涧先生大全文集七七　秋涧乐府四

秋涧乐府鳌头作邀头。

山阴修禊说兰亭。似觉平湖胜。春服初成靓妆莹。玉双瓶。兴

来径入无何境。使君高宴。年年此日。歌舞乐升平。秋涧先生大全
文集七七　秋涧乐府四

　　　秋涧大全集高宴作高燕。次首平湖宴作平湖谦。

柳边飞盖簇晴烟。人在平湖宴。碧溆瑶翻映歌扇。绮罗筵。人
生几度春风面。江山画里。一时人物。斜日重留连。秋涧先生大全
文集七七　秋涧乐府四

尧庙秋社

社坛烟淡散林鸦。把酒观多稼。霹雳弦声斗高下。笑喧哗。壤
歌亭外山如画。朝来致有。西山爽气。不羡日夕佳。秋涧先生大全
文集七七　秋涧乐府四

　　　自此首起。曲牌原作绛桃春。朱校记云绛桃春即平湖乐而异其名。案平湖乐即
　　　小桃红。见前。○秋涧乐府秋社作春社。以曲文证之。误。

寿李夫人 六首

眼明欣见太平人。环佩婴香润。洞里瑶华自高韵。八千春。袅
烟已报长生信。一杯更买。麻姑苍海。安坐看扬尘。秋涧先生大全
文集七七　秋涧乐府四

谢林高韵本萧然。百岁春风面。白发儿孙羡康健。诰鸾鲜。彩
云扶下长生殿。乡间盛说。一家荣养。初不羡鱼轩。秋涧先生大全
文集七七　秋涧乐府四

　　　秋涧大全集鲜作解。失韵。

南枝消息小春初。香满闲庭户。见说仙家旧风度。寿星图。瑞
光浮动云衢婺。绣筵开处。散花传盏。彩袖不曾扶。秋涧先生大全
文集七七　秋涧乐府四

小园不惜买花钱。妆点蟠桃宴。传语风光莫流转。百来年。人
生几度春风面。细思谁似。君家阿妈。康健地行仙。秋涧先生大全

文集七七　秋涧乐府四

　　秋涧大全集宴作燕。

牙牙长忆点妆红。曾得含饴弄。此日筵前一杯捧。白头翁。紫
箫吹断繁华梦。百年留在。故都琼树。依旧动春风。<small>秋涧先生大全</small>
文集七七　秋涧乐府四

慈亲康健说谁家。李氏人难亚。镂凤筵中见多暇。醉簪花。肩
舆胜似宫门画。从今看取。君家馀庆。门户烂生华。<small>秋涧先生大全</small>
文集七七　秋涧乐府四

寿府僚

锦貂千骑朔方豪。瀚海渊波浩。画戟清香看倾倒。醉仙桃。秋
光虽晚人难老。煙花紫禁。玉鱼金带。新宠照朝袍。<small>秋涧先生大全</small>
文集七七　秋涧乐府四

辛卯九月二十五日夜解衣欲睡适有饮兴顾樽湛馀醁灯缀玉虫而乐之然酒味颇酷乃以少蜜渍之浮大白者再觉胸中浩浩殊酣适也仍以乐府绛桃春歌之

少年鲸吸酒如川。甘苦从人劝。老大含饴最深恋。要中边。一
甜掩尽黄柑酽。更怜中有。百花风味。一笑为君妍。<small>秋涧先生大全</small>
文集七七　秋涧乐府四

笑分花露出妆奁。香软金杯潋。满着华池润吾咽。展眉尖。坡
仙酿法真堪羡。却怜蜜课。蜂儿官府。辛苦为谁甜。<small>秋涧先生大全</small>
文集七七　秋涧乐府四

卢　挚

　　　挚字处道。一字莘老。号疏斋。又号嵩翁。涿郡人。至元五年进

士。博洽有文思。累迁少中大夫河南路总管。大德初。授集贤学士大
中大夫。出持宪湖南。迁江东道廉访使。复入为翰林学士。迁承旨
卒。著有疏斋集。元初中州文献。东人往往称李阎徐。推能文辞有风
致者。曰姚卢。盖谓李谦受益。阎复子靖。徐琰子方。姚燧端父。及
疏斋也。而推诗专家。必以刘因静修与疏斋为首。疏斋尝著文章宗旨
云。大凡作诗。须用三百篇与离骚。言不关于世教。义不存于比兴。
诗亦徒作。又云。清庙茅屋谓之古。朱门大厦。谓之华屋可。谓之古
不可。太羹玄酒谓之古。八珍谓之美味可。谓之古不可。知此。可与
言古文之妙。其散曲今存者尽为小令。贯云石序阳春白雪。谓疏斋之
词媚妩。如仙女寻春。自然笑傲。

小令

〔黄钟〕节节高

题洞庭鹿角庙壁

雨晴云散。满江明月。风微浪息。扁舟一叶。半夜心。三生梦。
万里别。闷倚篷窗睡些。太平乐府五　太和正音谱上　北词广正谱　九官大
成七三　元明小令钞

〔正宫〕黑漆弩

晚泊采石醉歌田不伐黑漆弩因次其韵
寄蒋长卿金司刘芜湖巨川

湘南长忆崧南住。只怕失约了巢父。舣归舟唤醒湖光。听我篷
窗春雨。故人倾倒襟期。我亦载愁东去。记朝来黯别江滨。又
弭棹蛾眉晚处。永乐大典一万四千三百八十一寄字韵引卢疏斋集

〔南吕〕金字经

崧南秋晚

谢公东山卧。有时携妓游。老我崧南画满楼。楼外头。乱峰云锦秋。谁为寿。绿鬓双玉舟。阳春白雪后集一　乐府群珠二　雍熙乐府一九

> 此首及次首阳春白雪列于吴仁卿金字经十一首之内。乐府群珠以此二首属疏斋。并依次全收吴仁卿之其馀九首。而于应列此二首处。作空白。似确有所据。始将此二首剔除者。又。白雪及雍熙乐府俱无题。题据群珠。〇白雪崧南画作松南书。雍熙作江南书。雍熙楼外头仅作一楼字。乱峰作诸峰。

宿邯郸驿

梦中邯郸道。又来走这遭。须不是山人索价高。时自嘲。虚名无处逃。谁惊觉。晓霜侵鬓毛。阳春白雪后集一　乐府群珠二　雍熙乐府一九

> 阳春白雪雍熙乐府俱无题。题据群珠。〇白雪时自嘲仅作一嘲字。雍熙来走作来是。不是上无须字。时自嘲仅作一噐字。

〔中吕〕朱履曲

访立轩上人于广教精舍作此命佐樽者歌之阿娇杨氏也

相约下禅林闲士。更寻将乐府娇儿。鹤唳松云雨催诗。你听疏老子。划地劝分司。他只道人生行乐耳。乐府群珠四
恰数点空林雨后。笑多情逸叟风流。俊语歌声互相酬。且不如携翠袖。撞烟楼。都是些醉乡中方外友。乐府群珠四
这一等烟霞滋味。敬亭山索甚玄晖。玉颊霜髯笑相携。快教歌宛转。直待要酒淋漓。都道快游山谁似尔。乐府群珠四

雪中黎正卿招饮赋此五章命杨氏歌之

数鼗后兜回吟兴。六花飞惹起歌声。东道西邻富才情。这其间
听鹤唳。再索甚趁鸥盟。不强如孟襄阳干受冷。乐府群珠四
恰才见同云旋磨。便相邀老子婆娑。似台榭杨花点青蛾。那些
是风流处。这才是雪儿歌。便有竹间茶也不用他。乐府群珠四
虽不至捋绵扯絮。是谁教剪玉跳珠。是谁把溪山粉妆梳。且图
待添些酒兴。管甚冻了吟须。看乘风滕六舞。乐府群珠四
又没甚金吾呵夜。剩寻将玉女来也。一曲阳春助清绝。便章台
街闲信马。曲江岸误随车。且不如竹窗深闲听雪。乐府群珠四
泛公子樽中云液。倩佳人掌上金杯。浅酌清歌翠颦眉。直喫到
银烛暗。玉绳低。雪晴时人未归。乐府群珠四

天宁北山禅老招饮于双松精舍

春意满禅林葱蒨。艳歌听倚竹婵娟。掩映云龛敞风轩。顿医回
摩诘病。强半是散花仙。原来这醉乡离朝市远。乐府群珠四
脂粉态前生缘业。笑渠侬一剗心邪。才诵罢楞严礼释伽。管甚
空色梦。你且近前些。与这老双松作个娇侍者。乐府群珠四

〔中吕〕普天乐

湘阳道中

岳阳来。湘阳路。望炊烟田舍。掩映沟渠。山远近。云来去。
溪上招提烟中树。看时见三两樵渔。凭谁画出。行人得句。不
用前驱。乐府群珠四

〔中吕〕喜春来

赠伶妇杨氏娇娇

香添索笑梅花韵。娇殢传杯竹叶春。歌珠圆转翠眉颦。山隐隐。留下九皋云。<small>乐府群珠一</small>

陵阳客舍偶书

梅擎残雪芳心耐。柳倚东风望眼开。温柔樽俎小楼台。红袖客。低唱喜春来。<small>太平乐府四　乐府群珠一</small>

　　<small>此首及次首太平乐府属元好问。为春宴四首之后二首。乐府群珠属卢疏斋。兹互见两家曲中。参阅元好问曲校记。</small>

携将玉友寻花寨。看褪梅妆等杏腮。休随刘阮访天台。仙洞窄。别处喜春来。<small>太平乐府四　乐府群珠一</small>

和则明韵

骚坛坐遍诗魔退。步障行看肉阵迷。海棠开后燕飞回。□暂息。爱月夜眠迟。<small>乐府群珠一</small>

　　<small>暂息上原脱一字。</small>

春云巧似山翁帽。古柳横为独木桥。风微尘软落红飘。沙岸好。草色上罗袍。<small>乐府群珠一</small>

春来南国花如绣。雨过西湖水似油。小瀛洲外小红楼。人病酒。料自下帘钩。<small>乐府群珠一</small>

〔商调〕梧叶儿

赠歌妓

红绡皱。眉黛愁。明艳信清秋。文章守。令素侯。最风流。送

花与疏斋病叟。梨园乐府下　雍熙乐府一七

　　梨园乐府红绡作红销。雍熙乐府信清秋作倚清秋。下三句作。文章客。恬澹守。金紫侯。送花与作花送。

席间戏作四章

花间坐。竹外歌。颦翠黛转秋波。你自在空蹰躇。我如何肯恁么。却又可信着他。没倒断痴心儿为我。梨园乐府下

　　梨园乐府此四曲前未明注撰人。然其前一曲为卢疏斋赠歌妓。且此四曲之第二首见北词广正谱。第三首见雍熙乐府。俱明注疏斋作。梨园乐府既题为席间戏作四章。则应全属疏斋矣。

低声语。娇唱歌。韵远更情多。筵席上。疑怪他。怎生呵。眼挫里频频地觑我。梨园乐府下　北词广正谱　元明小令钞

　　北词广正谱首句作低攀话。末句挫作搓。频频下无地字。元明小令钞俱同。

新来瘦。忒闷过。非酒病为诗魔。纤腰舞。皓齿歌。便俏些个。待有甚风流罪过。梨园乐府下　雍熙乐府一七

　　雍熙乐府忒作时。病为作被。纤腰舞作柳腰细。便俏作消。末句无待字。

全不见白髭鬓。才四十整。有家珍无半点儿心肠硬。醇一味。庞道儿。□锦片也似好前程。到健如青春后生。梨园乐府下

　　锦片上一字原本模糊不可识。左旁为木字。原本整字亦模糊。姑从四部丛刊影印本。此曲似有讹夺。

邯郸道。不再游。豪气傲王侯。琴三弄。酒数瓯。醉时休。缄口抽头袖手。雍熙乐府一七

平安过。无事居。金紫待何如。低檐屋。粗布裾。黍禾熟。是我平生愿足。雍熙乐府一七

〔越调〕小桃红

寿筵添上小桃红。妆点壶天供。茜蕊冰痕半浮动。彩云中。生

香唤醒罗浮梦。银杯绿蚁。琼枝清唱。金胜醉鳌峰。<small>北词广正谱</small>
<small>元明小令钞</small>

〔双调〕沉醉东风

秋　景

挂绝壁松枯倒倚。落残霞孤鹜齐飞。四围不尽山。一望无穷水。
散西风满天秋意。夜静云帆月影低。载我在潇湘画里。<small>太平乐府二</small>

对　酒

对酒问人生几何。被无情日月消磨。炼成腹内丹。泼煞心头火。
葫芦提醉中闲过。万里云山入浩歌。一任傍人笑我。<small>太平乐府二</small>

避　暑

避炎君频移竹榻。趁新凉懒裹乌纱。柳影中。槐阴下。旋敲冰
沉李浮瓜。会受用文章处士家。午梦醒披襟散发。<small>太平乐府二　梨</small>
<small>园乐府中　太和正音谱下　九宫大成六五　元明小令钞</small>

　　<small>梨园乐府炎君作暑。柳影中作柳影边。文章作清闲。太和正音谱炎君作炎暑。</small>
　　<small>梦醒作梦回。九宫大成元明小令钞俱同正音谱。</small>

举　子

辞辛苦桑枢瓮牖。夸荣华凤阁龙楼。脱布衣。披罗绶。跳龙门
独占鳌头。今日男儿得志秋。会受用宫花御酒。<small>太平乐府二</small>

叹　世

拂尘土麻绦布袍。助江山酒圣诗豪。乾坤水上萍。日月笼中鸟。
叹浮生几回年少。破屋春深雪未消。白发催人易老。<small>太平乐府二</small>

适　兴

舞低簇春风绛纱。歌轻敲夜月红牙。金橙泛绿醽。银鸭烧红蜡。煞强如冷斋闲话。沉醉也更深恰到家。不记的谁扶上马。_{太平乐府二　梨园乐府中}

元刊太平乐府记作计。兹从元刊八卷本瞿本明大字本太平乐府及梨园乐府。元刊八卷本瞿本太平乐府末句俱无的字。醽俱作醁。梨园簇作簌。醽作醁。鸭作烛。六句作酒醉更深却到家。

七　夕

银烛冷秋光画屏。碧天晴夜静闲亭。蛛丝度绣针。龙麝焚金鼎。庆人间七夕佳令。卧看牵牛织女星。月转过梧桐树影。_{太平乐府二　梨园乐府中}

太平乐府五句作度人间佳令。此从梨园乐府。梨园乐府二句作碧天凉清夜闲庭。焚作喷。看上无卧字。

重　九

题红叶清流御沟。赏黄花人醉歌楼。天长雁影稀。月落山容瘦。冷清清暮秋时候。衰柳寒蝉一片愁。谁肯教白衣送酒。_{太平乐府二}
瞿本旧校改清流为情流。瞿本赏黄花作宴黄花。元刊八卷本宴字模糊。

退　步

南柯梦清香画戟。北邙山坏冢残碑。风云变古今。日月搬兴废。为功名枉争闲气。相位显官高待则甚底。也不入麒麟画里。_{太平乐府二}

明大字本官高作高官。

闲　居

雨过分畦种瓜。旱时引水浇麻。共几个田舍翁。说几句庄家话。
瓦盆边浊酒生涯。醉里乾坤大。任他高柳清风睡煞。太平乐府二
恰离了绿水青山那答。早来到竹篱茅舍人家。野花路畔开。村
酒槽头榨。直喫的欠欠答答。醉了山童不劝咱。白发上黄花乱
插。太平乐府二
学邵平坡前种瓜。学渊明篱下栽花。旋凿开菡萏池。高竖起荼
蘼架。闷来时石鼎烹茶。无是无非快活煞。锁住了心猿意马。太
平乐府二

春　情

残花酿蜂儿蜜脾。细雨和燕子香泥。白雪柳絮飞。红雨桃花坠。
杜鹃声又是春归。纵有新诗赠别离。医不可相思病体。太平乐府二

〔双调〕蟾宫曲

碧波中范蠡乘舟。殢酒簪花。乐以忘忧。荡荡悠悠。点秋江白
鹭沙鸥。急棹不过黄芦岸白苹渡口。且湾在绿杨隄红蓼滩头。
醉时方休。醒时扶头。傲煞人间。伯子公侯。阳春白雪前集二　乐府
群珠三
　　群珠题作乐隐。○群珠点作妆点。六句无急字。
想人生七十犹稀。百岁光阴。先过了三十。七十年间。十岁顽
童。十载尪羸。五十岁除分昼黑。刚分得一半儿白日。风雨相
催。兔走乌飞。子细沉吟。都不如快活了便宜。阳春白雪前集二　乐
府群珠三
　　群珠题作劝世。○群珠十载作十岁。除分作平分。相催作相随。兔走乌飞作白

发相催。沉吟作思量。

奴耕婢织生涯。门前栽柳。院后桑麻。有客来。汲清泉。自煮茶芽。稚子谦和礼法。山妻软弱贤达。守着些实善邻家。无是无非。问甚么富贵荣华。阳春白雪前集二　乐府群珠三　北词广正谱　九宫大成六五　元明小令钞

群珠题作田家。○钞本阳春白雪茶芽作芽茶。群珠客来作客来时。汲作汲取。北词广正谱九宫大成元明小令钞自煮俱作自煎。实善俱作宝善。

沙三伴哥来嗏。两腿青泥。只为捞虾。太公庄上。杨柳阴中。磕破西瓜。小二哥昔涎刺塔。碌轴上渰着个琵琶。看荞麦开花。绿豆生芽。无是无非。快活煞庄家。阳春白雪前集二　乐府群珠三

钞本阳春白雪昔涎作音涎。

海　棠

恰西园锦树花开。便是春满东风。燕子楼台。几处门墙。谁家桃李。自芬尘埃。记银烛红妆夜来。洞房深掩映闲斋。醉眼吟怀。林下风流。海上蓬莱。梨园乐府中　乐府群珠三

白　莲

映横塘烟柳风蒲。自一种仙家。玉雪肌肤。净洗炎埃。轻摇羽扇。琼立冰壶。又猜是耶溪越女。怕红裙不称情姝。香动诗臞。鸥鹭同盟。云水深居。太平乐府一　梨园乐府中　乐府群珠三

太平乐府琼立作琼注。元刊太平乐府情姝作清姝。元刊八卷本瞿本太平乐府俱作青姝。

丹　桂

说秋英媚妩嫦娥。共金粟如来。示现维摩。月下幽丛。淮南胜韵。招隐谁呵。管因为清香太多。这些时学我婆娑。纵览岩阿。

抚节高歌。时到无何。_{太平乐府一}　_{梨园乐府中}　_{乐府群珠三}

　　梨园乐府乐府群珠题目俱作木犀。○又。媚妩嫦娥俱作妖媚姮娥。元刊八卷本瞿本太平乐府胜韵俱作胜句。何钞太平乐府三句示字旁有朱校笔果字。梨园乐府岩阿作岩峒。

红　梅

缀冰痕数点胭脂。莫猜做人间。繁杏枯枝。天竺丹成。山茶茜染。照映参差。共倚竹佳人看时。索饶他风韵些儿。脉脉奇姿。应解痴翁。鉴赏妍娥。_{太平乐府一}　_{梨园乐府中}　_{乐府群珠三}　_{北词广正谱}　_{九官大成六五}　_{元明小令钞}

　　太平乐府莫猜做作猜是。无天竺丹成四字。共倚作若倚。北词广正谱九官大成元明小令钞俱同。梨园乐府四句作天岂丹城。

橙　杯

摘将来犹带吴酸。绣縠轻纹。颜色深黄。纤手佳人。用并刀剖出甘穰。波潋滟宜斟玉浆。样团圞雅称金觞。酒入诗肠。醉梦醒来。齿颊犹香。_{太平乐府一}　_{乐府群珠三}

　　明大字本太平乐府题作黄橙。○群珠用并刀作却用并刀。句断。

咏　别

离人易水桥东。万里相思。几度征鸿。引逗凄凉。滴溜溜叶落秋风。但合眼鸳鸯帐中。急温存云雨无踪。夜半衾空。想像冤家。梦里相逢。_{太平乐府一}　_{乐府群珠三}

　　明大字本太平乐府引逗作引起。群珠溜溜下有的字。秋下脱风字。

记相逢二八芳华。心事年来。付与琵琶。密约深情。便如梦里。春镜攀花。空恁底狐灵笑耍。劣心肠作弄难拿。到了偏咱。到底亏他。不信情杂。忘了人那。_{太平乐府一}　_{乐府群珠三}

瞿本太平乐府狐灵作狐狸。明大字本作孤灵。群珠作狐疑。

丽　华

叹南朝六代倾危。结绮临春。今已成灰。惟有台城。挂残阳水绕山围。胭脂井金陵草萋。后庭空玉树花飞。燕舞莺啼。王谢堂前。待得春归。太平乐府一　乐府群珠三

元刊太平乐府及乐府群珠题目并作郦华。他本太平乐府不误。

萧　娥

梵王宫深锁娇娥。一曲离箫。百二山河。炀帝荒淫。乐淘淘凤舞莺歌。琼花绽春生画舸。锦帆飞兵动干戈。社稷消磨。汴水东流。千丈洪波。太平乐府一　乐府群珠三

群珠梵王作晋王。元刊八卷本瞿本太平乐府及群珠锦帆飞俱作锦帆归。明大字本太平乐府淘淘作陶陶。

杨　妃

玉环乍出兰汤。舞按盘中。一曲霓裳。羯鼓声催。闹垓垓士马渔阳。梧桐雨雕零了海棠。荔枝尘埋没了香囊。痛杀明皇。蜀道艰辛。唐室荒凉。太平乐府一　乐府群珠三

群珠垓垓下有的的二字。雕零作雕残。

西　施

建姑苏百尺高台。贪看西施。杏脸桃腮。月暗钱塘。不隄防越国兵来。吴王冢残阳暮霭。伍员坟老树苍苔。范蠡贤哉。社稷功成。烟水船开。太平乐府一　乐府群珠三

群珠不隄防上有并字。

绿　珠

后堂深翠锦重重。绿软红娇。留住春风。万劫情缘。想人生乐
事难终。宝鉴破香消玉容。凤楼空酒冷金钟。金谷成空。过了
繁华。洛水流东。<small>太平乐府一　乐府群珠三</small>

<small>群珠想作料想。宝鉴作宝镜。</small>

小　卿

暮云遮野寺山城。渡口风来。一叶帆轻。宿雁惊飞。冷清清败
苇寒汀。吴江阔澄波万顷。楚天遥明月三更。金斗苏卿。一首
新诗。万古离情。<small>太平乐府一　乐府群珠三</small>

<small>元刊太平乐府暮云作蓦云。兹从元刊八卷本瞿本。群珠暮云作春云。冷作
冷冷。</small>

巫　娥

想巫山仙子风流。不念襄王。多病多愁。梦断阳台。冷清清玉
殿珠楼。会暮雨灯昏绿牖。望朝云帘卷金钩。离恨悠悠。旧约
新盟。往事难酬。<small>太平乐府一　乐府群珠三</small>

<small>群珠冷作冷冷。</small>

商　女

水笼烟明月笼沙。淅沥秋风。哽咽鸣笳。闷倚篷窗。动江天两
岸芦花。飞鹜鸟青山落霞。宿鸳鸯锦浪淘沙。一曲琵琶。泪湿
青衫。恨满天涯。<small>太平乐府一　乐府群珠三</small>

<small>群珠动上有摆字。</small>

洛阳怀古 河南

杜鹃声啼破南柯。恨流尽繁华。洛水寒波。金谷花飞。天津老树。几被消磨。向司马家儿问他。怎直教荆棘铜驼。老子婆娑。放着行窝。不醉如何。梨园乐府中　乐府群珠三
　　梨园放着作故着。

夷门怀古 汴梁

想邹枚千古才名。觉苑文辞。气压西京。汴水煙波。隋隄困柳。柱共春争。恰鼓板声中太平。鹧鸪啼惊破青城。河岳丹青。临眺枯荣。陶冶襟尘。梨园乐府中　乐府群珠三

咸阳怀古 京兆

对关河今古苍茫。甚一笑骊山。一炬阿房。竹帛烟消。风云日月。梦寐隋唐。快寻趁王家醉乡。见终南捷径休忙。茅宇松窗。尽可栖迟。大好徜徉。梨园乐府中　乐府群珠三

邺下怀古 彰德

笑征衣伏枥悲吟。才鼎足功成。铜爵春深。软动歌残。无愁梦断。明月西沉。算只有韩家昼锦。对家山辉映来今。乔木空林。几度西风。憾慨登临。梨园乐府中　乐府群珠三
　　群珠征衣作征西。铜原作相。兹改。

颖川怀古 颖州

笑邯郸奇货难居。似帷幄功成。身退谁欤。颖水东流。崧丘西去。临眺踌躇。记游宦三川故都。尽龙门风物何如。吾爱吾庐。

欲倩林泉。纳下樵渔。<small>梨园乐府中　乐府群珠三</small>

汝南怀古 <small>蔡州今汝宁</small>

记元戎洄曲奇勋。被雪鹅池。惊倒骡军。谁杂声沉。无端世故。几度兵尘。有客子经过汝坟。望飞来辽海愁云。奄冉西昏。倚遍幽轩。吟断兰生。<small>梨园乐府中　乐府群珠三</small>

　　群珠西昏作西曛。奄冉原作掩冉。兹改。

广陵怀古 <small>扬州</small>

对平山懒赋芜城。笑荳蔻枝头。惹住歌行。风调才情。青楼一梦。杜牧三生。更谁看桥边月明。是谁留花里飞琼。欲问承平。牛李宾朋。怀断江声。<small>梨园乐府中　乐府群珠三</small>

　　梨园惹住作惹狂。

京口怀古 <small>镇江</small>

道南宅岂识楼桑。何许英雄。惊倒孙郎。汉鼎才分。流延晋宋。弹指萧梁。昭代车书四方。北溟鱼浮海吞江。临眺苍茫。醉倚歌鬟。吟断寒窗。<small>梨园乐府中　乐府群珠三</small>

　　梨园南宅作宅南。鬟作环。群珠何许上有问字。流延作流涎。七句按谱应七字。原脱一字。

吴门怀古 <small>平江</small>

倚夕阳麋鹿荒台。对平楚江空。老树苍崖。季子风高。阊门陈迹。抚事兴怀。谁种下吴宫祸胎。苎萝山华鸟飞来。伏节英才。倾国佳人。几度尘埃。<small>梨园乐府中　乐府群珠三</small>

　　群珠伏节作仗节。

钱塘怀古 杭州

问钱塘佳丽谁边。且莫说诗家。白傅坡仙。胜会华筵。江潮鼓吹。天竺云烟。那柳外青楼画船。在西湖苏小门前。歌舞留连。栖越吞吴。付与忘言。梨园乐府中　乐府群珠三

金陵怀古 建康

记当年六代豪夸。甚江令归来。玉树无花。商女歌声。台城畅望。淮水烟沙。问江左风流故家。但夕阳衰草寒鸦。隐映残霞。寥落归帆。呜咽鸣笳。梨园乐府中　乐府群珠三

宣城怀古 宁国

对江山吟断高斋。想甲第名园。棠棣花开。晓梦歌钟。高城草木。废沼荒台。快吹尽陵峰暮霭。等麻姑空翠飞来。渺渺予怀。天淡云闲。万事浮埃。梨园乐府中　乐府群珠三
　　群珠棠棣作棠柳。

浔阳怀古 江州

笑元规尘涴清谈。便尽自风流。用世何堪。陶谢醺酣。香消莲社。禅悦谁参。琵琶冷江空月惨。泪痕淹司马青衫。恼乱云岧。我欲寻林。结个茅庵。梨园乐府中　乐府群珠三
　　梨园笑作唤。梨园群珠涴俱误作婉。兹改正。

武昌怀古 旧鄂州

问黄鹤惊动白鸥。甚鹦鹉能言。埋恨芳洲。岁晚江空。云飞风起。兴满清秋。有越女吴姬楚酒。莫虚负老子南楼。身世虚舟。

千载悠悠。一笑休休。_{梨园乐府中　乐府群珠三}

江陵怀古　古荆州

慨星槎两度南游。想神女朝云。宋玉清秋。汉魏名流。临风吹
笛。作赋登楼。谁学下宫腰种柳。又添些眉黛新愁。渔父回舟。
应笑湘累。不近糟丘。_{梨园乐府中　乐府群珠三}

　　梨园星槎作星楼。梨园群珠宋玉俱作宋女。兹改正。

长沙怀古　潭州

朝瀛洲暮舣湖滨。向衡麓寻诗。湘水寻春。泽国纫兰。汀洲搴
若。谁与招魂。空目断苍梧暮云。黯黄陵宝瑟凝尘。世态纷纷。
千古长沙。几度词臣。_{梨园乐府中　乐府群珠三}

　　梨园湖滨作潮滨。

襄阳怀古

鹿门山尽好幽栖。且听甚群儿。争唱铜鞮。抚节怀予。平生传
癖。须曰书痴。谁醉著花间接篱。更谁家日暮习池。憾慨兴衰。
欲问沙鸥。正自忘机。_{梨园乐府中　乐府群珠三}

　　群珠于予字旁注一贤字。于须曰旁注顷日二字。

箕山感怀

巢由后隐者谁何。试屈指高人。却也无多。渔父严陵。农夫陶
令。尽会婆娑。五柳庄甃瓯瓦钵。七里滩雨笠烟蓑。好处如何。
三径秋香。万古苍波。_{梨园乐府中　乐府群珠三}

扬州汪右丞席上即事

江城歌吹风流。雨过平山。月满西楼。几许华年。三生醉梦。

六月凉秋。按锦瑟佳人劝酒。卷朱帘齐按凉州。客去还留。云树萧萧。河汉悠悠。<small>梨园乐府中　乐府群珠三</small>

　　<small>群珠锦瑟上一字模糊。似按字。梨园作快。</small>

广帅饯别席上赠歌者江云

问江云何处飞来。全不似寻常。舞榭歌台。溟海星槎。清秋月窟。流水天台。准备下新愁送客。强教他眉黛舒开。楚楚离怀。香动罗襦。梦绕金钗。<small>梨园乐府中　乐府群珠三</small>

寒食新野道中

柳濛烟梨雪参差。犬吠柴荆。燕语茅茨。老瓦盆边。田家翁媪。鬓发如丝。桑柘外秋千女儿。髻双鸦斜插花枝。转昢移时。应叹行人。马上哦诗。<small>梨园乐府中　乐府群珠三</small>

云台醉归

灏灵宫畔云台。日落秦川。半醉归来。古道西风。荒丛细水。老树苍苔。万古潼关过客。尽清狂得似疏斋。翠壁丹崖。题罢新诗。玉井莲开。<small>乐府群珠三</small>

醉赠乐府珠帘秀

系行舟谁遣卿卿。爱林下风姿。云外歌声。宝髻堆云。冰弦散雨。总是才情。恰绿树南薰晚晴。险些儿羞杀啼莺。客散邮亭。楚调将成。醉梦初醒。<small>乐府群珠三</small>

赠歌者蕙莲刘氏

问何人树蕙芳洲。便春满词林。香满歌楼。纨扇微风。罗裙纤

月。作弄新秋。好客呵风流太守。怎生般玉树维舟。樽酒迟留。醉墨乌丝。当得缠头。<small>乐府群珠三</small>

赠歌者刘氏

白沙翠竹柴门。弭节山家。已待黄昏。林下琼枝。灯前金缕。满意芳樽。谁恁地教人断魂。是东风吹堕行云。宝靥罗裙。浅笑轻颦。不枉留春。<small>乐府群珠三</small>

阳翟道中田家即事

颍川南望襄城。邂逅田家。春满柴荆。翁媪真淳。杯盘罗列。尽意将迎。似鸡犬樵渔武陵。被东君画出升平。桃李欣荣。兰蕙芳馨。林野高情。<small>乐府群珠三</small>

濠江舟中值雨

雨霏霏画舫亭亭。谁唤起江妃。惊动山灵。万壑千岩。空濛雾帐。掩映云屏。想猜是孤槎客星。待温存湖海飘零。且向南溟。应笑虚名。不负平生。<small>乐府群珠三</small>

六月望西湖夜归

看西湖休比谁呵。才说到西施。便似了东坡。宝瑟鸣泉。烟鬟翠领。玉镜晴波。数十处芙蓉画舸。对三山楼观嵯峨。问夜如何。月下婆娑。恰似姮娥。<small>乐府群珠三</small>

冬夜宿丞天善利轩

听星簪送响云林。是江上学仙。方外知音。饮瀣餐松。含宫嚼羽。戛玉钟金。向方丈蓬莱夜深。莫吹笙不用鸣琴。思满冲襟。

一曲将终。万籁俱沉。乐府群珠三

敬亭赠别丁太初宪使

映苍崖磊砢孤松。待树蕙滋兰。分付春工。梦短歌残。霜寒木落。岁晚江空。且莫说邯郸道中。听吾诗目送飞鸿。归棹春容。政尔孙刘。未害为公。乐府群珠三

太初次韵见寄复和以答

论诗家剪取吴淞。与众鸟孤云。琢句谁工。一笑斋名。三生旧梦。思满春空。算今日东风座中。寄新词两度鳞鸿。惊动山容。唤起江声。谁更如公。乐府群珠三

正月十四日嵇秋山生日

记春星初度今朝。甚却在秋山。梅阵松巢。笑掩蒙庄。金纱雾散。玉友神交。飞琼唱偏宜洞箫。似麻姑痒处能搔。有客超摇。一刻千金。最是灯宵。乐府群珠三
　　群珠能搔原作能抓。失韵。兹改正。

贾皓庵楼居即事

这先生会与云闲。偏独自楼居。揽断溪山。客子寻真。林端税驾。雪意凭阑。想竹叶知人病懒。共梅花笑倒春寒。萧散襟颜。办下新声。少个仙鬟。乐府群珠三

正卿寿席

问东君借得春来。早云绿歌鬟。香动梅腮。初度筵开。金兰宾友。玉树庭阶。恰侵晓交晖香霭。寿星明相近三台。林壑襟怀。

文采风流。琼映霜台。乐府群珠三

肃政黎公庚戌除夜得孙翌日见招作此以贺

映梅林修竹高邻。恰今旦开年。昨晚生孙。抚节邀宾。银釭照夜。宝篆留春。快传语江东缙绅。剩歌谣天上麒麟。昭代人门。准备诗书。等候风云。乐府群珠三

辛亥正月十日游胡仲勉家园

办乌丝准备挥毫。倩昨暮东风。照缀今朝。吟断兰陔。香浮竹叶。玉绽梅梢。唱白雪新声阿娇。万两金一刻春宵。归路休教。灯月光中。踏破琼瑶。乐府群珠三

〔双调〕寿阳曲

银台烛。金兽烟。夜方阑画堂开宴。管弦停玉杯斟较浅。听春风遏云歌遍。阳春白雪前集三

金蕉叶。银蓲花。卷长江酒杯低亚。醉书生且休扶上马。听春风玉箫吹罢。阳春白雪前集三

诗难咏。画怎描。欠渔翁玉蓑独钓。低唱浅斟金帐晓。胜烹茶党家风调。阳春白雪前集三

残元本首句作诗谁咏。

攒江酒。味转佳。刻春宵古今无价。约寻盟绿杨中闲系马。醉春风碧纱窗下。阳春白雪前集三

任校本改首句江作缸。

别珠帘秀

才欢悦。早间别。痛煞煞好难割舍。画船儿载将春去也。空留

下半江明月。<small>太平乐府二　尧山堂外纪六九</small>

<small>尧山堂外纪痛煞煞作痛杀俺。</small>

夜　忆

窗间月。檐外铁。这凄凉对谁分说。剔银灯欲将心事写。长吁
气把灯吹灭。<small>雍熙乐府二〇　彩笔情辞一二</small>

<small>雍熙乐府题作夜忆。共四首。不注撰人。彩笔情辞亦收此四曲。题作寄妓珠帘
秀。注卢疏斋作。惟首曲与阳春白雪前集卷三马致远云笼月一首大半相同。彩
笔情辞属疏斋。未知何据。兹姑录之。</small>

灯将残。人睡也。空留得半窗明月。孤眠心硬熬浑似铁。这凄
凉怎挨今夜。<small>雍熙乐府二〇　彩笔情辞一二</small>

灯将灭。人睡些。照离愁半窗残月。多情直恁的心似铁。辜负
了好天良夜。<small>雍熙乐府二〇　彩笔情辞一二</small>

<small>情辞直恁的作的直恁。</small>

灯下词。寄与伊。都道是二人心事。是必你来会一遭儿。抵多
少梦中景致。<small>雍熙乐府二〇　彩笔情辞一二</small>

<small>雍熙会一遭作会一遭。兹据情辞改。情辞会一遭作会一宵。景致作情致。</small>

〔双调〕湘妃怨

西　湖

湖山佳处那些儿。恰到轻寒微雨时。东风懒倦催春事。嗔垂杨
袅绿丝。海棠花偷抹胭脂。任吴岫眉尖恨。厌钱塘江上词。是
个妒色的西施。<small>阳春白雪前集二</small>

朱帘画舫那人儿。林影荷香雨霁时。樽前歌舞多才思。紫云英
琼树枝。对波光山色参差。切香脆江瑶脍。擘轻红新荔枝。是
个好客的西施。<small>阳春白雪前集二</small>

苏隄鞭影半痕儿。常记吴山月上时。闲寻灵鹫西岩寺。冷泉亭
偏费诗。看烟鬟尘外丰姿。染绛绡裁霜叶。酿清香飘桂子。是
个百巧的西施。阳春白雪前集二

梅梢雪霁月芽儿。点破湖烟雪落时。朝来亭树琼瑶似。笑渔蓑
学鹭鸶。照歌台玉镜冰姿。谁偞傯鸱夷子。也新添两鬓丝。是
个淡净的西施。阳春白雪前集二

〔双调〕殿前欢

寿阳妆。更何须兰被借温芳。玉妃不卧鲛绡帐。月户云窗。前
村远驿路长。空惆怅。凭谁问花无恙。被春愁晓梦。瘦损何郎。
残元本阳春白雪二　钞本阳春白雪前集三

　　残元本绡作梢。恙作志。钞本借作俏。

万花丛。㧑韶光肯放彩云空。痴騃騃未解三生梦。娇滴滴一捻
春风。歌喉边笑语中。秋波送。依约见芳心动。被啼莺恋住。
江上归鸿。残元本阳春白雪二　钞本阳春白雪前集三

　　残元本喉作疾。

海棠庭。这红妆也见主人情。被东风吹软新歌咏。都为花卿。
黄鹄飞白鹿鸣。山林兴。佳丽相辉映。是烟霞翠袖。锦帐云屏。
残元本阳春白雪二　钞本阳春白雪前集三

　　残元本阙咏字。钞本是作足。

小楼红。隔纱窗斜照月朦胧。绣衾薄不耐春寒冻。帘幕无风。
篆烟消宝鼎空。难成梦。孤负了鸾和凤。山长水远。何日相逢。
残元本阳春白雪二　钞本阳春白雪前集三　梨园乐府中

　　梨园乐府不注撰人。〇残元本阳春白雪冻作束。难作谁。梨园乐府首二句作。
　　画楼东。印纱窗斜月淡朦胧。冻作重。幕无作卷东。鸾和作丹山。山长水远作
　　千山万水。

作闲人。向沧波濯尽利名尘。回头不睹长安近。守分清贫。足

不袜发不巾。谁嗔问。无事萦方寸。烟霞伴侣。风月比邻。_{残元}
_{本阳春白雪二　钞本阳春白雪前集三}

　　残元本向作白。

寿阳人。玉溪先占一枝春。红尘驿使传芳信。深雪前村。冰梢
上月一痕。云初褪。瘦影向纱窗上印。香来梦里。寂寞黄昏。_残
_{元本阳春白雪二　钞本阳春白雪前集三}

　　残元本寿作弄。占作古。

酒杯浓。一葫芦春色醉山翁。一葫芦酒压花梢重。随我奚童。
葫芦干兴不穷。谁人共。一带青山送。乘风列子。列子乘风。_残
_{元本阳春白雪二　钞本阳春白雪前集三　雍熙乐府一九　北宫词纪外集五}

　　残元本阳春白雪翁上之山字模糊。

酒频沽。正花间山鸟唤提壶。一葫芦提在花深处。任意狂疏。
一葫芦够也无。临时觑。不够时重沽去。任三闾笑我。我笑三
闾。_{残元本阳春白雪二　钞本阳春白雪前集三　雍熙乐府一九　北宫词纪外集五}
_{钞本阳春白雪间作开。此曲雍熙乐府北宫词纪外集俱作。酒频沽。一葫芦山鸟}
_{唤醒醐。一葫芦醒也问有无。擎樽凝觑。道饮彻还沽去。疏狂趣。枕琴卧在花}
_{深处。三闾笑我。我笑三闾。}
_{案雍熙乐府卷十九北宫词纪外集卷五皆有殿前欢四首。雍熙题作八葫芦。不注}
_{撰人。词纪外集题作咏八葫芦。注元人作。两书之第三第四两首。即前列之酒}
_{杯浓。酒频沽二首。据题目及句式观之。第一二两首亦必疏斋作。兹辑录}
_{于次。}

酒新笃。一葫芦春醉海棠洲。一葫芦未饮香先透。俯仰糟丘。
傲人间万户侯。重醅后。梦景皆虚谬。庄周化蝶。蝶化庄周。_雍
_{熙乐府一九　北宫词纪外集五}

　　雍熙乐府重醅作重甘。

酒频倾。一葫芦风味扶诗兴。一葫芦杖挑相随定。荷插银瓶。
爱诗家阮步兵。宽沽兴。身世都休竞。螟蛉蜾蠃。蜾蠃螟蛉。_雍
_{熙乐府一九　北宫词纪外集五}

词纪外集风味扶诗作诗思勃然。银瓶作刘伶。

残曲

〔中吕〕朱履曲

虽不至维摩居士。但将睹杨氏娇姿。恰如亲见早梅枝。……乐府
群珠四

杨氏上原有一娇字。应是衍。兹删去。

孔文升

　　文升字退之。曲阜圣裔。居溧阳。幼从戴表元游。至元末。补建
康书吏。非其志也。卢疏斋雅相推重。一游一谯。莫不与退之同处。
或赋诗词。必先书见示。一日。廉使徐容斋云。书中有女颜如玉。戏
谓退之曰。试为我属一对。俗语尤佳。退之即应曰。路上行人口似
碑。容斋大喜。又尝以律诗呈容斋。容斋喜而书于后曰。退之天资颖
异。笔力过人。擅江淮之英。本邹鲁之气云云。

小令

〔双调〕折桂令

赠千金奴

杏桃腮杨柳纤腰。占断他风月排场。鸾凤窝巢。宜笑宜謷。倾
国倾城。百媚千娇。一个可喜娘身材儿是小。便做天来大福也
难消。檀板轻敲。银烛高烧。万两黄金。一刻春宵。阳春白雪前集
二　乐府群珠三

　　此曲阳春白雪注徐容斋作。乐府群珠从之。唯据孔齐静斋至正直记应是孔文升
作。静斋至正直记云。一日。有歌妓千金奴者。请赠乐府。容斋属之先君。即
席赋折桂令一阕。容斋大喜。举杯度曲。尽兴而醉。由是得名。亦由是几至被

勃。而以容斋人品高。且尚文物之时。偶免此患。其曲今书坊中已刊行。见于阳春白雪内。但题作徐容斋赠云。案子叙其父事。且又指明阳春白雪误题。当可信也。○群珠倾国倾城作倾城倾国。是小作最小。

赵　岩

　　岩字鲁瞻。长沙人。居溧阳。宋丞相赵葵之裔。遭遇鲁王。尝在太长公主宫中应旨。立赋八首七言律诗。公主赏赐甚盛。出门。凡金银器皿皆碎为分。惠宫中从者及寒士。后遭谤。遂退居江南。鲁瞻醉后可顷刻赋诗百篇。时人皆雅慕之。因不得志。日饮酒。醉病而死。遗骨归长沙。

小令
〔中吕〕喜春来过普天乐

琉璃殿暖香浮细。翡翠帘深卷燕迟。夕阳芳草小亭西。间纳履。见十二个粉蝶儿飞。

一个恋花心。一个揽春意。一个翩翻粉翅。一个乱点罗衣。一个掠草飞。一个穿帘戏。一个赶过杨花西园里睡。一个与游人步步相随。一个拍散晚烟。一个贪欢嫩蕊。那一个与祝英台梦里为期。 静斋至正直记一

荆幹臣

　　幹臣家世东营。虽生长豪族。能折节读书。自幼游学于燕。后官参军。王恽秋涧文集有送荆书记幹臣北还诗并序。谓幹臣素能诗。东征日本。曾参戎机。军中书檄。有出其手者。阳春白雪选中古今姓氏。有京幹臣。当即一人也。

套数

〔黄钟〕醉花阴北

闺 情

鸳鸯浦莲开并蒂长。桃源洞春光艳阳。花解语玉生香。月户云窗。忽被风飘荡。分莺燕。拆鸾凰。总是离人苦断肠。

〔画眉序南〕虚度了好时光。枕剩衾馀怎不凄凉。肠拴万结。泪滴千行。愁戚戚恨在眉尖。意悬悬人来心上。暗伤。何日同鸳帐。难挨地久天长。

〔喜迁莺北〕自别来模样。瘦恹恹病在膏肓。难当。越添惆怅。恰便似柳絮随风上下狂。心劳意攘。一会家情牵恨惹。一会家腹热肠荒。

〔画眉序南〕欲待要不思量。若不思量都是谎。要相逢除是梦里成双。冰上人不许欢娱。月下老难为主张。暗伤。何日同鸳帐。难挨地久天长。

〔出队子北〕心怀悒怏。无一时不盼望。尘蒙了锦瑟助凄凉。香尽了金炉空念想。弦断了瑶琴魂荡漾。

〔神仗儿南〕人离画堂。人离画堂。枕剩鸳鸯。钗分凤凰。想当初樽前席上共双双。偎红倚翠。浅斟低唱。歌金缕韵悠扬。依腔调按宫商。

〔刮地风北〕当初啜赚我的言词都是谎。害的人倒枕垂床。鸾台上尘锁无心傍。有似风狂。寂寞了绿窗朱幌。空闲了绣榻兰房。行时思坐时想甚时撒漾。你比那题桥的少一行。闪的我独自孤媚。望禹门三汲桃花浪。你为功名纸半张。

〔耍鲍老南〕手抵着牙儿自思想。意踌蹰魂荡漾。玉减香消怎不悲伤。几番欲待不思量。医相思无药方。

〔四门子北〕玉容寂寞娇模样。饭不拈。茶不汤。一会家思。一会家想。你莫不流落在帝京旅店上。一会家思。一会家想。你莫不名标在虎榜。

〔闹樊楼南〕锦被堆堆空闲了半床。怎揉我心上痒。越越添惆怅。共谁人相傍。最难挨苦夜长。

〔古水仙子北〕我我我自忖量。他他他仪表非俗真栋梁。傅粉胜何郎。画眉欺张敞。他他他风流处有万桩。端的是世上无双。论聪明俊俏人赞扬。更温柔典雅多谦让。他他他衡一片俏心肠。

〔尾声南〕攀蟾折桂为卿相。成就了风流情况。永远团圆昼锦堂。

盛世新声丑集　词林摘艳九　雍熙乐府一　北宫词纪六　词林白雪一　北词广正谱引醉花阴喜迁莺

　　盛世新声重增本内府本词林摘艳俱无题。与雍熙乐府皆不注撰人。雍熙题作盼郎贵显。原刊本词林摘艳题作闺情。注明唐以初作。北宫词纪题作春怨。词林白雪属闺情类。俱注荆幹臣作。兹从之。北词广正谱注唐以初作。同摘艳。○(醉花阴北)重增本摘艳鸾凰作鸾凤。雍熙末句苦作也。广正谱末句作正是离人愁断肠。(画眉序南)内府本摘艳暗伤上有合字。雍熙词纪词林白雪戚戚恨俱作蹙蹙闷。雍熙人来作又来。(喜迁莺北)雍熙词纪词林白雪恨惹俱作意惹。广正谱自别来模样这愁怀悒怏。瘦伤闷。便似伴便是。(画眉序南)内府本摘艳暗伤上有合字。雍熙二句无若字。除是作除非是。词纪词林白雪俱同雍熙。(出队子北)词纪词林白雪一时俱作一日。尘蒙作尘埋。(神仗儿南)雍熙词纪词林白雪首句俱不叠。雍熙金缕作音吕。(刮地风北)雍熙词纪词林白雪当初上俱有想字。望俱作止望。雍熙兰房作兰床。甚时作甚日。闪的我作闪的俺。(耍鲍老南)盛世摘艳曲牌俱作神仗儿。兹据雍熙词纪词林白雪改正。雍熙魂作神。词纪词林白雪同。(四门子北)内府本摘艳后二家字俱无。(闹樊楼南)内府本摘艳挨作敖。雍熙三句作越越的添悲怆。词纪词林白雪俱作越越的添凄怆(古水仙子北)雍熙五句及末句他字皆不叠(尾声南)雍熙攀作扳。

〔中吕〕醉春风

红袖霞飘彩。翠裙香散霭。都将窃玉偷香心。改。改。改。半夜星前。五更月下。九霄云外。

〔么篇〕旖旎金钗客。相莲花阵侧。欢娱一笑拚千金。买。买。买。珊枕浓欢。绮窗幽梦。锦堂深爱。

〔喜春来〕玉鞭杨柳春风陌。绣毂梨花夜月街。楚云湘雨梦阳台。休分外。花柳暗尘埃。

〔双鸳鸯〕玉箫哀。立闲阶。彩凤人归更不来。隐隐遥山行云碍。萋萋芳草远烟埋。

〔喜春来〕茶不茶饭不饭恹恹害。死不死活不活强强挨。相思何日得明白。愁似海。烦恼早安排。

〔卖花声煞〕俺疑他指不过走智儿猜。他只俺除将罢字儿揣。厮等待心肠各宁奈。女貌郎才怎难摘。志诚心看谁先败。梨园乐府上

梨园乐府中引喜春来前一支　太和正音谱上引双鸳鸯　乐府群珠一及雍熙乐府一九引喜春来两支　北词广正谱引醉春风前篇及双鸳鸯　九宫大成三三引双鸳鸯

案此套中喜春来玉鞭杨柳一支。又以小令收于梨园乐府卷中。乐府群珠及雍熙乐府则两支喜春来并收。三书俱不注撰人。当系摘套数为小令者。○(醉春风)北词广正谱只一个改字。(喜春来)梨园卷中四句脱外字。又与雍熙街俱作阶。(喜春来)群珠强强作病强。雍熙首二句作。不茶不饭恹恹害。不死不活强挣挨。

陈草庵

官中丞。

小令

〔中吕〕山坡羊

伏低伏弱。装呆装落。是非犹自来着莫。任从他。待如何。天
公尚有妨农过。蚕怕雨寒苗怕火。阴。也是错。晴。也是错。_梨
园乐府中　乐府群珠一　雍熙乐府二○

　　乐府群珠有山坡羊二十五首。题作叹世。注谓梨园乐府云陈草庵。案此二十五
　　首见于梨园乐府者。实仅十五首。梨园乐府共收草庵山坡羊十六首。馀一首亦
　　见群珠。惟另列于一处。雍熙乐府有山坡羊三十九首。题作叹世。不注撰人。
　　其最前之二十三首。据梨园乐府及群珠。知俱为草庵作。○群珠弱落易位。雍
　　熙同。群珠待作得。雍熙三四句作。是非多由自家招。一任他。

身无所干。心无所患。一生不到风波岸。禄休干。贵休攀。功
名纵得皆虚幻。浮世落花空过眼。官。也梦间。私。也梦间。_梨
园乐府中　乐府群珠一　雍熙乐府二○

　　雍熙浮世作浮生。官作公。

林泉高攀。蔺盐贫过。官囚身虑皆参破。富如何。贵如何。闲
中自有闲中乐。天地一壶宽又阔。东。也在我。西。也在我。_梨
园乐府中　乐府群珠一　雍熙乐府二○

　　群珠攀作卧。雍熙首句作当休高歌。官囚身虑作皮囚身肤。

青霄有路。黄金无数。劝君万事从宽恕。富之馀。贵也馀。望
将后代儿孙护。富贵不依公道取。儿。也受苦。孙。也受苦。_梨
园乐府中　乐府群珠一　雍熙乐府二○

　　群珠五句作贵之馀。雍熙同。雍熙望将作枉将。

繁华般弄。豪杰陪奉。一杯未尽笙歌送。恰成功。早无踪。似
昨宵一枕南柯梦。人世枉将花月宠。春。也是空。秋。也是空。
梨园乐府中　乐府群珠一　雍熙乐府二○

　　梨园繁华作繁花。陪奉作倍俸。群珠雍熙南柯俱作游仙。雍熙般作搬。无
　　似字。

有钱有物。无忧无虑。赏心乐事休辜负。百年虚。七旬疏。饶君更比石崇富。合眼一朝天数足。金。也换主。银。也换主。梨园乐府中　乐府群珠一　雍熙乐府二〇

风波实怕。唇舌休挂。鹤长凫短天生下。劝渔家。共樵家。从今莫讲贤愚话。得道多助失道寡。贤。也在他。愚。也在他。梨园乐府中　乐府群珠一　雍熙乐府二〇

　　群珠凫作龟。讲作说。多助作助时。雍熙实怕作惯怕。莫讲作休说。多助作多兮。

阴随阴报。阳随阳报。不以其道成家道。枉劬劳。不坚牢。钱财人口皆凶兆。一旦祸生福怎消。人。也散了。财。也散了。梨园乐府中　乐府群珠一　雍熙乐府二〇

　　群珠钱财人口作钱物今日。雍熙作钱物算来。两书怎消俱作渐消。

须教人倦。须教人怨。临危不与人方便。喫腥膻。着新鲜。一朝报应天公变。行止不依他在先。饥。也怨天。寒。也怨天。梨园乐府中　乐府群珠一　雍熙乐府二〇

　　雍熙人怨作人冤。三句作立心不好为方便。依作似。

休争闲气。休生不义。终身孝悌心休退。去他疑。掩人非。得官休倚官之势。家富莫骄贫莫耻。天。也顺你。人。也顺你。梨园乐府中　乐府群珠一　雍熙乐府二〇

　　群珠雍熙四五句俱作。掩人非。去人疑。群珠家富作富贵。雍熙倚官之作仗官人。家富作富而。

官资新受。功名将就。折腰为在儿曹彀。赋归休。便抽头。黄花恰正开时候。篱下自教巾漉酒。功。也罢手。名。也罢手。梨园乐府中　乐府群珠一　雍熙乐府二〇

　　群珠受作授。将就作相就。曹彀作孙勾。下二句作。便抽头。好归休。教作将。雍熙俱同。

三闾当日。一身辞世。此心倒大无萦系。涅其泥。啜其醨。何须自苦风波际。泉下子房和范蠡。清。也笑你。醒。也笑你。梨

园乐府中　乐府群珠一　雍熙乐府二〇

　　　梨园滉作曲。此从雍熙。群珠作录。群珠三句与六句易位。泉下作若见。清作醉。雍熙俱同。

争夸聪慧。争夸手艺。乾坤一浑清浊气。察其实。不能知。时间难辨鱼龙辈。只到禹门三月里。龙。也认得。鱼。也认得。梨园乐府中　乐府群珠一　雍熙乐府二〇

　　　梨园慧作惠。群珠手作才。浑作混。难辨作鸡鹤。雍熙首句争作哗。其实作虚实。难辨作难识。曲末龙鱼易位。馀同群珠。

生涯虽旧。衣食足够。区区自要寻生受。一身忧。一心愁。身心常在他人彀。天道若能随分守。身。也自由。心。也自由。梨园乐府中　乐府群珠一　雍熙乐府二〇

　　　梨园此首脱落区区至人彀二十字。兹据群珠及雍熙补。梨园首句作生须依旧。雍熙人彀作人后。

天于人乐。天于人祸。不知此个心何若。叹萧何。反调唆。未央宫罹惹韩侯过。千古史书难改抹。成。也是他。败。也是他。梨园乐府中　乐府群珠一　雍熙乐府二〇

　　　梨园反作及。罹作罗。群珠雍熙史书俱作文书。雍熙罹惹作赚。

晨鸡初叫。昏鸦争噪。那个不去红尘闹。路迢遥。水迢迢。功名尽在长安道。今日少年明日老。山。依旧好。人。憔悴了。梨园乐府中　乐府群珠一

　　　群珠不去作不出。迢遥作遥遥。

愁眉紧皱。仙方可救。刘伶对面亲传授。满怀忧。一时愁。锦封未拆香先透。物换不如人世有。朝。也媚酒。昏。也媚酒。乐府群珠一　雍熙乐府二〇

　　　雍熙昏作暮。

风流人坐。玻璃盏大。采莲学舞新曲破。饮时歌。醉时魔。眼前多少秋毫末。人世是非将就我。高。也亦可。低。也亦可。乐府群珠一　雍熙乐府二〇

新修宅院。多开门面。要图久远儿孙佃。恣专权。横堆钱。更
临危不与人方便。一日过深业贯满。天。也降愆。人。也做冤。

乐府群珠一　雍熙乐府二〇

群珠贯原作觑。兹据雍熙改。雍熙此句作一日恶深夜贯满。宅作田。堆作鸠。
临上无更字。

江山如画。茅檐低厦。妇蚕缫婢织红奴耕稼。务桑麻。捕鱼虾。
渔樵见了无别话。三国鼎分牛继马。兴。休羡他。亡。休羡他。

乐府群珠一　雍熙乐府二〇

群珠二句原作茅洨低厦。于洨旁又书一檐字。兹从檐字。无别作无则。兹从雍
熙。雍熙二三句作。茅茨低凹。妻蚕女织儿耕稼。见了作来访。继作易。休羡
俱作也任。

风波时候。休教遥受。少年场上堪驰骤。酒盈瓯。锦缠头。休
令人老花残候。花退落红人皓首。花。也自羞。人。也自羞。乐
府群珠一　雍熙乐府二〇

雍熙次句作休作俱。堪作逞。候作后。

渊明图醉。陈抟贪睡。此时人不解当时意。志相违。事难随。
不由他醉了齁睡。今日世途非向日。贤。谁问你。愚。谁问你。

乐府群珠一　雍熙乐府二〇

群珠此作比。兹从雍熙。雍熙自六句起作。由他醉者由他睡。今朝世态非昨
日。贤。也任你。愚。也任你。

花开花谢。灯明灯灭。百年梦觉庄周蝶。兴时节。快活些。明
朝绿鬓添霜雪。石氏邓通今谩说。人。不见也。钱。不见也。乐
府群珠一　雍熙乐府二〇

雍熙梦觉作劳似。霜作白。石氏作石崇。不见也俱作也散者。

尧民堪讶。朱陈婚嫁。柴门斜搭葫芦架。沸池蛙。噪林鸦。牧
笛声里牛羊下。茅舍竹篱三两家。民。田种多。官。差税寡。乐
府群珠一　雍熙乐府二〇

群珠葫芦架作萌芦深。雍熙讶作画。沸作吠。末三句作。竹篱茅舍两三家。

民。也种瓜。官。也种瓜。

红尘千丈。风波一样。利名人一似风魔障。恰馀杭。又燉煌。
云南蜀海黄茅瘴。暮宿晓行一世妆。钱。金数两。名。纸半张。
<small>乐府群珠一　雍熙乐府二〇</small>

　　雍熙有山坡羊八首。题作警戒。不注撰人。此首及次首。为其第五第六首。〇
雍熙一似作似。钱作利。数作半。

尘心撇下。虚名不挂。种园桑枣团茅厦。笑喧哗。醉麻查。闷
来闲访渔樵话。高卧绿阴清味雅。栽。三径花。看。一段瓜。<small>乐</small>
<small>府群珠一　雍熙乐府二〇</small>

　　群珠高卧作高似。兹从雍熙。雍熙团作圌。查作花。看作种。

马彦良

　　彦良。名天骥。磁州人。至元间官都事。

套数

〔南吕〕一枝花

春　雨

润夭桃灼灼红。洗芳草茸茸翠。蝶愁搧香粉翅。莺怕展缕金衣。
堪恨堪宜。耽阁酿蜂儿蜜。喜调和燕子泥。游春客怎把芳寻。
斗巧女难将翠拾。

〔梁州〕看了些一阵阵锁层峦行云岭北。一片片泛桃花流水桥西。
我醉来时怎卧蓑茵地。难登紫陌。怎着罗衣。圃苑岑寂。每日
家阴雨霏霏。几曾见丽日迟迟。辛苦杀老树头增巧鸣鸠。凄凉
也古墓上催春子鴂。阑散了绿阴中弄巧黄鹂。酒盃。食罍。可
怜不见春明媚。正合着襄阳小儿辈。笑杀山翁醉似泥。四野

云迷。

〔尾〕叮咛这雨声莫打梨花坠。风力休吹柳絮飞。留待晴明好天气。穿一领布衣。着一对草履。访柳寻春万事喜。盛世新声巳集

词林摘艳八　雍熙乐府八　南北词广韵选四　北宫词纪四　词林白雪四

此套盛世新声无题。不注撰人。原刻本词林摘艳题作春景行乐。注无名氏。雍熙乐府南北词广韵选题俱作雨。雍熙不注撰人。广韵选注元人。北宫词纪词林白雪俱注马彦良作。词纪题作春雨。词林白雪属咏物类。○（一枝花）雍熙斗巧作闲巧。广韵选同。（梁州）雍熙广韵选北宫词纪看了些作看。蓑作莎。增巧作憎妇。子鴂作子规。北宫词纪怎着罗衣下有乾坤惨淡句。阛作园。广韵选三句无我字。六七八句作园鸟岑寂。花卉离披。每日家檐溜垂垂。阑散作阑珊。盃作杯。雍熙广韵选弄巧作舌巧。叠作垒。北宫词纪弄巧作巧舌。叠作樋。（尾）广韵选这雨声作怎雨师。风力作风伯。末句作随柳依花印香迹。

奥敦周卿

周卿元初人。白朴天籁集有木兰花慢词。题作覃怀北赏梅同参政西庵杨丈和奥敦周卿府判韵。张之翰西岩集。有赠奥屯金事周卿诗。

小令

〔双调〕蟾宫曲

西山雨退云收。缥缈楼台。隐隐汀洲。湖水湖烟。画船款棹。妙舞轻讴。野猿搦丹青画手。沙鸥看皓齿明眸。阆苑神州。谢安曾游。更比东山。倒大风流。阳春白雪前集二　乐府群珠三

乐府群珠题作咏西湖。次首同。○群珠雨退作雨过。

西湖烟水茫茫。百顷风潭。十里荷香。宜雨宜晴。宜西施淡抹浓妆。尾尾相衔画舫。尽欢声无日不笙簧。春暖花香。岁稔时康。真乃上有天堂。下有苏杭。阳春白雪前集二　乐府群珠三　北词广正

谱　九宫大成六五　　元明小令钞

　　残元本元刊本阳春白雪笙簧俱作笙篁。钞本作笙簧。乐府群珠等同。群珠宜西施作宜比西施。无日不作日日。钞本阳春白雪北词广正谱九宫大成元明小令钞西施上俱无宜字。

套数

〔南吕〕一枝花

远　归

年深马骨高。尘惨貂裘敝。夜长鸳梦短。天阔雁书迟。急觅归期。不索寻名利。归心紧归去疾。恨不得袅断鞭梢。岂避千山万水。

〔梁州〕龟卦何须再卜。料灯花已报先知。并程途不甫能来到家内。见庭间小院。门掩昏闺。碧纱窗悄。斑竹帘垂。将个柅门儿款款轻推。把一个可喜娘脸儿班回。急惊列半响荒唐。慢朦腾十分认得。呆答孩似醉如痴。又嗔。又喜。共携素手归兰舍。半含笑半擎泪。些儿春情云雨罢。各诉别离。

〔尾〕我道因思翠袖宽了衣袂。你道是为盼雕鞍减了玉肌。不索教梅香鉴憔悴。向碧纱幮帐底。翠帏屏影里。厮揾着香腮去镜儿比。钞本阳春白雪后集三

　　钞本阳春白雪曲前撰人仅题奥敦二字。目录同。案阳春白雪选中古今姓氏表中有奥敦周卿。今所知元曲作家姓奥敦者又仅一人。应列于此。

平林暮霭收。远树残霞敛。疏星明碧汉。新月转虚檐。院宇深严。人寂静门初掩。控金钩垂绣帘。喷宝兽香篆初残。近绣榻灯光乍闪。

〔梁州〕一会客上心来烦烦恼。恨不得没人处等等潜潜。想俺闷乡中直恁欢娱俭。本是连枝芳树。比翼鸣鹣。尺紧他遭坎坷。

俺受拘箝。致欠得万种愁添。不离了两叶眉尖。自揽场不成不
就姻缘。自把些不死不活病染。自担着不明不暗淹煎。情思不
欢。这相思多敢是前生欠。憔悴损杏桃脸。一任教梅香冷句儿
咶。苦痛淹淹。

〔尾〕蓝桥平地风浪险。袄庙腾空烈火炎。不由我意儿想。心儿
思。口儿念。央及煞玉纤纤。纤纤。不住的偷弹泪珠点。罗本阳
春白雪后集卷二

关汉卿

　　号己斋叟。汉卿其字也。大都人。或云祁州人。曾为太医院尹。
然不知时在金世抑元世。元初。大名王和卿滑稽佻达。传播四方。汉
卿与之善。王尝以讥谑加之。汉卿虽极意还答。终不能胜。王忽坐
逝。而鼻垂双涕尺馀。人皆叹骇。汉卿来吊唁。询其由。或曰。此释
家所谓坐化也。复问鼻悬何物。又对曰。此玉箸也。汉卿曰。我道你
不识。不是玉箸。是嗓。咸发一笑。或戏汉卿云。你被王和卿轻侮半
世。死后方还得一筹。凡六畜劳伤。则鼻中常流脓水。谓之嗓。又爱
讦人之过者。亦谓之嗓。故云尔。汉卿为元代曲家巨擘。并时作者杨
显之。梁退之。费君祥等。皆与之交。著杂剧六十馀种。今存十八
种。调风月。哭存孝。胡蝶梦。单刀会。救风尘。拜月亭。金线池。
双赴梦。切鲙旦。玉镜台。绯衣梦。窦娥冤。谢天香。陈母教子。张
君瑞庆团圆（即西厢记第五本）。裴度还带。五侯宴。鲁斋郎。惟裴
度还带或据录鬼簿续编属贾仲名作。张君瑞庆团圆或以为仍为王德信
作。五侯宴或以为非元人作。散曲亦富。贯云石序阳春白雪。谓汉卿
庚吉甫造语妖娇。却如小女临杯。使人不忍对殢。近人对于汉卿之时
代。或认为其应生于金宣宗兴定年间。卒于元成宗大德初年云。

小令

〔正宫〕白鹤子

四时春富贵。万物酒风流。澄澄水如蓝。灼灼花如绣。太平乐府三

花边停骏马。柳外缆轻舟。湖内画船交。湖上骅骝骤。太平乐府三

鸟啼花影里。人立粉墙头。春意两丝牵。秋水双波溜。太平乐府三

香焚金鸭鼎。闲傍小红楼。月在柳梢头。人约黄昏后。太平乐府三

〔仙吕〕醉扶归

秃指甲

十指如枯笋。和袖捧金樽。挡杀银筝字不真。揉痒天生钝。纵
有相思泪痕。索把拳头揾。中原音韵　词林摘艳一　尧山堂外纪六八　留青
日札二一　方诸馆曲律三　北宫词纪外集五

　　　题从中原音韵及词林摘艳。北宫词纪外集题作嘲妓秃指甲。音韵不注撰人。摘
　　　艳注无名氏。留青日札方诸馆曲律词纪外集俱谓元人作。未书姓名。尧山堂外
　　　纪属关汉卿。兹从外纪。○日札揉痒作搔痒。外纪同。

〔仙吕〕一半儿

题　情

云鬟雾鬓胜堆鸦。浅露金莲簌绛纱。不比等闲墙外花。骂你个
俏冤家。一半儿难当一半儿耍。太平乐府五　尧山堂外纪六八

碧纱窗外静无人。跪在床前忙要亲。骂了个负心回转身。虽是
我话儿嗔。一半儿推辞一半儿肯。太平乐府五　尧山堂外纪六八　北宫词
纪外集六

银台灯灭篆烟残。独入罗帏淹泪眼。乍孤眠好教人情兴懒。薄

设设被儿单。一半儿温和一半儿寒。_{太平乐府五}

多情多绪小冤家。迤逗得人来憔悴煞。说来的话先瞒过咱。怎知他。一半儿真实一半儿假。_{太平乐府五}

〔南吕〕四块玉

别　情

自送别。心难舍。一点相思几时绝。凭阑袖拂杨花雪。溪又斜。山又遮。人去也。_{太平乐府五　乐府群珠二}

闲　适

适意行。安心坐。渴时饮饥时餐醉时歌。困来时就向莎茵卧。日月长。天地阔。闲快活。_{太平乐府五　乐府群珠二　太和正音谱下　九宫大成五二}

　　　太和正音谱三句作渴时饮呵醉时歌。九宫大成分为两句。作。渴时饮。醉时歌。

旧酒投。新醅泼。老瓦盆边笑呵呵。共山僧野叟闲吟和。他出一对鸡。我出一个鹅。闲快活。_{太平乐府五　乐府群珠二}

　　　何钞本太平乐府投作没。

意马收。心猿锁。跳出红尘恶风波。槐阴午梦谁惊破。离了利名场。钻入安乐窝。闲快活。_{太平乐府五　乐府群珠二}

　　　元刊太平乐府意马下脱一字。元刊八卷本瞿本太平乐府及乐府群珠俱作意马收。兹从之。明大字本太平乐府作意马拴。

南亩耕。东山卧。世态人情经历多。闲将往事思量过。贤的是他。愚的是我。争甚么。_{太平乐府五　乐府群珠二}

〔中吕〕朝天子

从嫁媵婢

鬓鸦。脸霞。屈杀了将陪嫁。规模全是大人家。不在红娘下。巧笑迎人。文谈回话。真如解语花。若咱。得他。倒了葡萄架。

太平乐府四　词林摘艳一　词品一　尧山堂外纪六八

　　词品尧山堂外纪俱谓此曲汉卿作。太平乐府词林摘艳俱属周德清。兹互见两家曲中。校记参阅周曲。

〔中吕〕普天乐

崔张十六事

普救姻缘

西洛客说姻缘。普救寺寻方便。佳人才子。一见情牵。饿眼望将穿。馋口涎空咽。门掩梨花闲庭院。粉墙儿高似青天。颠不剌见了万千。似这般可喜娘罕见。引动人意马心猿。

西厢寄寓

娇滴滴小红娘。恶狠狠唐三藏。消磨灾障。眼抹张郎。便将小姐央。说起风流况。母亲呵怕女孩儿春心荡。百般巧计关防。倒赚他鸳鸯比翼。黄莺作对。粉蝶成双。

酬和情诗

玉宇净无尘。宝月圆如镜。风生翠袖。花落闲庭。五言诗句语清。两下里为媒证。遇着风流知音性。惺惺的偏惜惺惺。若得来心肝儿敬重。眼皮儿上供养。手掌儿里高擎。

随分好事

梵王宫月轮高。枯木堂香烟罩。法聪来报。好事通宵。似神仙
离碧霄。可意种来清醮。猛见了倾国倾城貌。将一个发慈悲脸
儿朦着。葫芦提到晓。酪子里家去。只落得两下里获铎。

封书退贼

不念法华经。不理梁皇忏。贼人来至。情理何堪。法聪待向前。
便把贼来探。险把佳人遭坑陷。消不得小书生一纸书缄。杜将
军风威勇敢。张秀才能书妙染。孙飞虎好是羞惭。

虚意谢诚

东阁玳筵开。不强如西厢和月等。红娘来请。万福先生。请字
儿未出声。去字儿连忙应。下工夫将额颅十分挣。酸溜溜螫得
牙疼。茶饭未成。陈仓老米。满瓮蔓菁。

母亲变卦

若不是张解元识人多。怎生救咱全家祸。你则合有恩便报。倒
教我拜做哥哥。母亲你忒虑过。怕我陪钱货。眼睁睁把比目鱼
分破。知他是命福如何。我这里软摊做一垛。咫尺间如同间阔。
其实都伸不起我这肩窝。

隔墙听琴

月明中。琴三弄。闲愁万种。自诉情衷。要知音耳朵。听得他
芳心动。司马文君情偏重。他每也曾理结丝桐。又不是黄鹤醉
翁。又不是泣麟悲凤。又不是清夜闻钟。

开书染病

寄简帖又无成。相思病今番甚。只为你倚门待月。侧耳听琴。
便有那扁鹊来。委实难医恁。止把酸醋当归浸。这方儿到处难

寻。要知是知母未寝。红娘心沁。使君子难禁。

莺花配偶

春意透酥胸。春色横眉黛。新婚燕尔。苦尽甘来。也不索将琴操弹。也不索西厢和月待。尽老今生同欢爱。恰便似刘阮天台。只恐怕母亲做猜。侍妾假乖。小姐难挨。

花惜风情

小娘子说因由。老夫人索穷究。我只道神针法灸。却原来燕侣莺俦。红娘先自行。小姐权落后。我在这窗儿外几曾敢咳嗽。这殷勤着甚来由。夫人你得休便休。也不索出乖弄丑。自古来女大难留。

张生赴选

碧云天。黄花地。西风紧。北雁南飞。恨相见难。又早别离易。久已后虽然成佳配。奈时间怎不悲啼。我则厮守得一时半刻。早松了金钏。减了香肌。

　　　北雁原作白雁。兹据西厢记杂剧改。

旅馆梦魂

为功名。伤离别。可怜见关山万里。独自跋涉。楚阳台朝暮云。杨柳岸朦胧月。冷清清怎地挨今夜。梦魂儿这场抛撇。人去也。去时节远也。远时节几日来也。

喜得家书

久客在京师。甚的是闲传示。心头眼底。横倘莺儿。趁西风折桂枝。已遂了青云志。盼得他一纸音书。却是断肠诗词。堪为字史。颜筋柳骨。献之羲之。

远寄寒衣

想张郎。空偬傸。缄书在手。写不尽绸缪。修时节和泪修。嘱付休忘旧。寄去衣服牢收授。三般儿都有个因由。这袜儿管束你胡行乱走。这衫儿穿的着皮肉。这裏肚常系在心头。

夫妇团圆

为风流。成姻眷。恩情美满。夫妇团圆。却忘了间阻情。遂了平生愿。郑恒枉自胡来缠。空落得惹祸招愆。一个卖风流的志坚。一个逞娇姿的意坚。一个调风月的心坚。乐府群珠四

右普天乐崔张十六事。往往齺括西厢记杂剧语。题关汉卿作。殊可疑。兹姑辑之。

〔商调〕梧叶儿

别　情

别离易。相见难。何处锁雕鞍。春将去。人未还。这其间。殃及杀愁眉泪眼。中原音韵　尧山堂外纪六八

中原音韵不注撰人。

〔双调〕沉醉东风

咫尺的天南地北。霎时间月缺花飞。手执着饯行杯。眼阁着别离泪。刚道得声保重将息。痛煞煞教人舍不得。好去者望前程万里。阳春白雪前集三

钞本刚道作刚则道。痛煞煞作痛煞。

忧则忧鸾孤凤单。愁则愁月缺花残。为则为俏冤家。害则害谁曾惯。瘦则瘦不似今番。恨则恨孤帏绣衾寒。怕则怕黄昏到晚。
阳春白雪前集三

伴夜月银筝凤闲。暖东风绣被常悭。信沉了鱼。书绝了雁。盼雕鞍万水千山。本利对相思若不还。则告与那能索债愁眉泪眼。

阳春白雪前集三

夜月青楼凤箫。春风翠髻金翘。雨云浓。心肠俏。俊庞儿玉软
香娇。六幅湘裙一搦腰。间别来十分瘦了。阳春白雪前集三

面比花枝解语。眉横柳叶长疏。想着雨和云。朝还暮。但开口
只是长吁。纸鹞儿休将人厮应付。肯不肯怀儿里便许。阳春白雪前
集三

〔双调〕碧玉箫

黄召风虔。盖下丽春园。员外心坚。使了贩茶船。金山寺心事
传。豫章城人月圆。苏氏贤。嫁了双知县。天。称了他风流愿。
阳春白雪前集四　北词广正谱　九宫大成六六

北词广正谱九宫大成黄召俱作黄肇。

怕见春归。枝上柳绵飞。静掩香闺。帘外晓莺啼。恨天涯锦字
稀。梦才郎翠被知。宽尽衣。一搦腰肢细。痴。暗暗的添憔悴。
阳春白雪前集四

钞本暗暗的作暗地的。

盼断归期。划损短金篦。一搦腰围。宽褪素罗衣。知他是甚病
疾。好教人没理会。拣口儿食。陡恁的无滋味。医。越恁的难
调理。阳春白雪前集四

元刊本陡作陟。兹从钞本。

帘外风筛。凉月满闲阶。烛灭银台。宝鼎篆烟埋。醉魂儿难挣
挫。精彩儿强打挨。那里每来。你取闲论诗才。台。定当的人
来赛。阳春白雪前集四

你性随邪。迷恋不来也。我心痴呆。等到月儿斜。你欢娱受用
别。我凄凉为甚迭。休谎说。不索寻吴越。咱。负心的教天灭。
阳春白雪前集四

元刊本教天灭作教天识者。兹从钞本。

席上樽前。衾枕奈无缘。柳底花边。诗曲已多年。向人前未敢

言。自心中祷告天。情意坚。每日空相见。天。甚时节成姻眷。

阳春白雪前集四

膝上琴横。哀愁动离情。指下风生。潇洒弄清声。锁窗前月色
明。雕阑外夜气清。指法轻。助起骚人兴。听。正漏断人初静。

阳春白雪前集四

红袖轻揎。玉笋挽秋千。画板高悬。仙子坠云轩。额残了翡翠
钿。髻松了荷叶偏。花径边。笑撚春罗扇。搧。玉腕鸣黄金钏。

阳春白雪前集四

秋景堪题。红叶满山溪。松径偏宜。黄菊绕东篱。正清樽斟泼
醅。有白衣劝酒杯。官品极。到底成何济。归。学取他渊明醉。

阳春白雪前集四

笑语喧哗。墙内甚人家。度柳穿花。院后那娇娃。媚孜孜整绛
纱。颤巍巍插翠花。可喜煞。巧笔难描画。他。困倚在秋千架。

阳春白雪前集四

〔双调〕大德歌

春

子规啼。不如归。道是春归人未归。几日添憔悴。虚飘飘柳絮
飞。一春鱼雁无消息。则见双燕斗衔泥。阳春白雪前集四　雍熙乐府
一六

雍熙乐府有河西六娘子套数一套。题作觇赏。内羼入此曲。该套系拼辏而成。
其小梁州二支。为贯酸斋作。○雍熙五句作扑簌簌泪点儿垂。末句作正是燕子
斗衔泥。

夏

俏冤家。在天涯。偏那里绿杨堪系马。困坐南窗下。数对清风

想念他。蛾眉淡了教谁画。瘦岩岩羞带石榴花。阳春白雪前集四

元刊本数对作教对。兹从钞本。

秋

风飘飘。雨潇潇。便做陈抟睡不着。懊恼伤怀抱。扑簌簌泪点抛。秋蝉儿噪罢寒蛩儿叫。渐零零细雨打芭蕉。阳春白雪前集四　北词广正谱

冬

雪纷纷。掩重门。不由人不断魂。瘦损江梅韵。那里是清江江上村。香闺里冷落谁瞅问。好一个憔悴的凭阑人。阳春白雪前集四

元刊本瞅问作秋问。兹从钞本。

粉墙低。景凄凄。正是那西厢月上时。会得琴中意。我是个香闺里钟子期。好教人暗想张君瑞。敢则是爱月夜眠迟。阳春白雪前集四

元刊本粉墙作粉儿。兹从钞本。

绿杨隄。画船儿。正撞着一帆风赶上水。冯魁喫的醺醺醉。怎想着金山寺壁上诗。醒来不见多姝丽。冷清清空载月明归。阳春白雪前集四

钞本水作小。

郑元和。受寂寞。道是你无钱怎奈何。哥哥家缘破。谁着你摇铜铃唱挽歌。因打亚仙门前过。恰便是司马泪痕多。阳春白雪前集四

元刊本挽作晚。兹从残元本及钞本。元刊本残元本因打俱作因把。兹从钞本。

谢家村。赏芳春。疑怪他桃花冷笑人。着谁传芳信。强题诗也断魂。花阴下等待无人问。则听得黄犬吠柴门。阳春白雪前集四

雪粉华。舞梨花。再不见烟村四五家。密洒堪图画。看疏林噪

晚鸦。黄芦掩映清江下。斜揽着钓鱼艖。阳春白雪前集四　太和正音谱
下　九官大成三九　元明小令钞

　　　元刊阳春白雪艖作叉。兹从钞本阳春白雪及太和正音谱。九官大成作槎。九官
　　　大成元明小令钞末句俱无着字。

吹一个。弹一个。唱新行大德歌。快活休张罗。想人生能几何。
十分淡薄随缘过。得磨陀处且磨陀。阳春白雪前集四

套数

〔黄钟〕侍香金童

春闺院宇。柳絮飘香雪。帘幕轻寒雨乍歇。东风落花迷粉蝶。
芍药初开。海棠才谢。

〔么〕柔肠脉脉。新愁千万叠。偶记年前人乍别。秦台玉箫声断
绝。雁底关河。马头明月。

〔降黄龙衮〕鳞鸿无个。锦笺慵写。腕松金。肌削玉。罗衣宽彻。
泪痕淹破。胭脂双颊。宝鉴愁临。翠钿羞贴。

〔么〕等闲辜负。好天良夜。玉炉中。银台上。香消烛灭。凤帏
冷落。鸳衾虚设。玉笋频搓。绣鞋重撷。

〔出队子〕听子规啼血。又西楼角韵咽。半帘花影自横斜。画檐
间丁当风弄铁。纱窗外琅玕敲瘦节。

〔么〕铜壶玉漏催凄切。正更阑人静也。金闺潇洒转伤嗟。莲步
轻移呼侍妾。把香桌儿安排打快些。

〔神仗儿煞〕深沉院舍。蟾光皎洁。整顿了霓裳。把名香谨爇。
伽伽拜罢。频频祷祝。不求富贵豪奢。只愿得夫妻每早早圆备
者。阳春白雪后集五　太和正音谱上引侍香金童降黄龙衮　北词广正谱引侍香金童
前篇降黄龙衮前篇神仗儿煞　九官大成七三引侍香金童神仗儿煞

　　（侍香金童）北词广正谱目录院字作夜雨。疑偶误。（降黄龙衮）太和正音谱九

宫大成无个俱作无便。广正谱愁临作慵临。（神仗儿煞）广正谱院舍作院宇。
伽伽作深深。九宫大成俱同。

〔仙吕〕翠裙腰

闺　　怨

晓来雨过山横秀。野水涨汀洲。阑干倚偏空回首。下危楼。一
天风物暮伤秋。

〔六么遍〕乍凉时候。西风透。碧梧脱叶。馀暑才收。香生风口。
帘垂玉钩。小院深闲清昼。清幽。听声声蝉噪柳梢头。

〔寄生草〕为甚忧。为甚愁。为萧郎一去经今久。玉台宝鉴生尘
垢。绿窗冷落闲针绣。岂知人玉腕钏儿松。岂知人两叶眉儿皱。

〔上京马〕他何处。共谁人携手。小阁银瓶斝歌酒。早忘了咒。
不记得低低耨。

〔后庭花煞〕掩袖暗含羞。开樽越酿愁。闷把苔墙画。慵将锦字
修。最风流。真真恩爱。等闲分付等间休。太平乐府六　雍熙乐府
四　北宫词纪六　词林白雪一　太和正音谱下引翠裙腰六么遍上京马　北词广正谱
引翠裙腰六么遍上京马后庭花煞　九宫大成五引翠裙腰六么遍

　　雍熙乐府不注撰人。词林白雪属闺情类。○（翠裙腰）太平乐府山横秀作山横
绣。兹从雍熙乐府北宫词纪等。雍熙九宫大成风物俱作风雾（六么遍）北词广
正谱风口作风嘴。九宫大成闲清昼作闲闲清昼。（寄生草）雍熙大成经今俱作
今经。北宫词纪词林白雪俱作经年。（上京马）太和正音谱词纪词林白雪广正
谱大成银瓶俱作银屏。

〔南吕〕一枝花

赠朱帘秀

轻裁虾万须。巧织珠千串。金钩光错落。绣带舞蹁跹。似雾非

烟。妆点就深闺院。不许那等闲人取次展。摇四壁翡翠浓阴。
射万瓦琉璃色浅。

〔梁州〕富贵似侯家紫帐。风流如谢府红莲。锁春愁不放双飞燕。
绮窗相近。翠户相连。雕栊相映。绣幕相牵。拂苔痕满砌榆钱。
惹杨花飞点如绵。愁的是抹回廊暮雨萧萧。恨的是筛曲槛西风
剪剪。爱的是透长门夜月娟娟。凌波殿前。碧玲珑掩映湘妃面。
没福怎能够见。十里扬州风物妍。出落着神仙。

〔尾〕恰便似一池秋水通宵展。一片朝云尽日悬。你个守户的先
生肯相恋。煞是可怜。则要你手掌儿里奇擎着耐心儿卷。_{钞本阳}
_{春白雪后集三}

　　北词广正谱引一枝花首句及梁州凌波殿前。亦注关汉卿作。○（一枝花）末二
　　句应对。浓阴疑应作阴浓。（梁州）十里原作千里。杜牧赠别诗云。春风十里
　　扬州路。兹改千为十。（尾）悬原作县。

杭州景

普天下锦绣乡。寰海内风流地。大元朝新附国。亡宋家旧华夷。
水秀山奇。一到处堪游戏。这答儿忒富贵。满城中绣幕风帘。
一哄地人烟凑集。

〔梁州〕百十里街衢整齐。万馀家楼阁参差。并无半答儿闲田地。
松轩竹径。药圃花蹊。茶园稻陌。竹坞梅溪。一陀儿一句诗题。
行一步扇面屏帏。西盐场便似一带琼瑶。吴山色千叠翡翠。兀
良望钱塘江万顷玻璃。更有清溪。绿水。画船儿来往闲游戏。
浙江亭紧相对。相对着险岭高峰长怪石。堪羡堪题。

〔尾〕家家掩映渠流水。楼阁峥嵘出翠微。遥望西湖暮山势。看
了这壁。觑了那壁。纵有丹青下不得笔。_{太平乐府八　雍熙乐府一○}

　　雍熙乐府不注撰人。○（一枝花）雍熙寰海作寰宇。宋家作宋代。一到处作一

处处。这答儿作一答答。凑作辏。(梁州)明大字本太平乐府行一步扇面作一步儿一扇。雍熙整齐作齐整。并无作并无那。花蹊作蔬畦。竹坞作花坞。行一步作一步步。便似作恰便似。兀良作兀的。更有作更有那。(尾)雍熙末句下不得作难下。

不伏老

攀出墙朵朵花。折临路枝枝柳。花攀红蕊嫩。柳折翠条柔。浪子风流。凭着我折柳攀花手。直煞得花残柳败休。半生来折柳攀花。一世里眠花卧柳。

〔梁州〕我是个普天下郎君领袖。盖世界浪子班头。愿朱颜不改常依旧。花中消遣。酒内忘忧。分茶攧竹。打马藏阄。通五音六律滑熟。甚闲愁到我心头。伴的是银筝女银台前理银筝笑倚银屏。伴的是玉天仙携玉手并玉肩同登玉楼。伴的是金钗客歌金缕捧金樽满泛金瓯。你道我老也。暂休。占排场风月功名首。更玲珑又剔透。我是个锦阵花营都帅头。曾玩府游州。

〔隔尾〕子弟每是个茅草岗沙土窝初生的兔羔儿乍向围场上走。我是个经笼罩受索网苍翎毛老野鸡蹅踏的阵马儿熟。经了些窝弓冷箭蜡枪头。不曾落人后。恰不道人到中年万事休　我怎肯虚度了春秋。

〔尾〕我是个蒸不烂煮不熟搥不匾炒不爆向珰珰一粒铜豌豆。恁子弟每谁教你钻入他锄不断斫不下解不开顿不脱慢腾腾千层锦套头。我玩的是梁园月。饮的是东京酒。赏的是洛阳花。攀的是章台柳。我也会围棋会蹴踘会打围会插科。会歌舞会吹弹会咽作会吟诗会双陆。你便是落了我牙歪了我嘴瘸了我腿折了我手。天赐与我这几般儿歹症候。尚兀自不肯休。则除是阎王亲自唤。神鬼自来勾。三魂归地府。七魄丧冥幽。天哪。那其间

才不向烟花路儿上走。雍熙乐府一〇　彩笔情辞五　北词广正谱引一枝花隔
尾尾

　　雍熙乐府于一枝花下注汉卿不伏老。彩笔情辞北词广正谱俱注关汉卿作。
〇(一枝花)雍熙直煞得作直熬得。情辞折柳攀花作弄柳拈花。北词广正谱首
二句攀作攀尽。折作折尽。红蕊作香蕊。折柳攀花作折桂攀蟾。柳败作将败。
折柳攀花作倚翠偎红。(梁州)情辞锦阵花营上无我是个三字。末句作四海遨
游。(隔尾)广正谱作三煞。注谓雍熙改作隔尾。尽失本来。全支曲文作。他
是个初出窝嫩雏儿怎敢向我围场上走。我是个经笼罩受网索花翎毛老野鸡端的
是战马熟。怕什么窝弓弩箭铁枪头。我也曾南北东西走。我正是锦营中花丛内
都帅首。我也曾翫府游州。(尾)情辞我是个作我却是。子弟下无每字。谁教
下无你字。攀作扳。此句以下作。我也会吟诗。会篆籀。会弹丝。会品竹。我
也会唱鹧鸪舞垂手。会打围会蹴踘。会围棋会双陆。我嘴作我口。天赐与作天
与。亲自作亲舍。末句无天哪二字。广正谱作收尾云。我正是个蒸不熟煮不烂
炒不爆捶不碎打不破响当当一粒铜菀豆。你是个揪不折拽不断推不转揉不碎扯
不开慢腾腾千层锦套头。我曾玩梁园月饮渭城酒。簪洛阳花插章台柳。会吟诗
会射柳。琴又会操筝又会挢。会围棋会双了头折了手。那其间尚兀自未肯休。
又尾声云。直等待阎王亲自唤。神鬼自来勾。三魂归地府。七魄赴冥州。那其
间收了筝篮罢了斗。又注云。此章雍熙与收尾混作一章。群珠截出。

〔中吕〕古调石榴花

怨　别

颠狂柳絮扑帘飞。绿暗红稀。垂杨影里杜鹃啼。一弄儿断送了
春归。牡丹亭畔人寂静。恼芳心似醉如痴。恹恹为他成病也。
松金钏褪罗衣。

〔酥枣儿〕一自相逢。将人来萦系。樽前席上。眼约心期。比及
道是配合了。受了些闲是闲非。咱各办着个坚心。要拨个终缘
之计。

〔催鲍老〕当初指望成家计。谁想琼簪碎。当初指望无抛弃。谁

想银瓶坠。烦烦恼恼。哀哀怨怨。哭哭啼啼。回黄倒皂。长吁
短叹。自跌自堆。

〔鲍老三台滚〕俺也自知。鸾台懒傍尘土迷。俺也自知。金钗环
弹云鬓堆。俺也自知。绝鳞翼。断信息。几时回。乍别来肌如
削。早是我多病多愁。正值着困人的天气。

〔墙头花〕守香闺。镇日情如醉。闷懊恼离愁空教我诉与谁。愁
闻的是紫燕关关。倦听的黄莺呖呖。

〔卖花声煞〕愁山闷海不许当敌。好着我无个刮划。奈心儿多陪
下些恓惶泪。呼使婢将绣帘低窄。把重门深闭。怕莺花笑人憔
悴。盛世新声辰集　词林摘艳三　雍熙乐府七　北词广正谱引全套　九官大成一三
引酥枣儿催鲍老鲍老三台滚卖花声煞

　　盛世新声重增本内府本词林摘艳俱无题。不注撰人。题据原刊本徽藩本摘艳。
后二书及北词广正谱俱注关汉卿作。雍熙乐府题作闺思。不注撰人。〇(古调
石榴花)北词广正谱引乐府群珠。成病也作成病矣。雍熙寂静作寂寞。褪罗衣
句以下尚有数句。为群珠盛世摘艳所无。曲云。拆散燕莺期。总是伤情别离。
则这鱼书雁信冷清清杳无踪迹。更有谁知。到何时共我成连理。乍离别玉减香
消。俊庞儿亦憔悴。(酥枣儿)重增本摘艳咱各作咱却。广正谱引乐府群珠是
配了作配合了时。受了些作受了多少。咱各作各。末句作要卜个终身之计。
雍熙七八句作。咱各办一个坚心。要博个终缘活计。以下尚有十句。云。想佳
期梦断魂劳。衾寒枕冷。寂寞罗帏。瘦损香肌。闷恹恹鬼病谁知。同欢会。不
隄防半路里簪折瓶坠。两下相抛弃。把腰肢瘦损。废寝忘食。九官大成同广正
谱。(催鲍老)广正谱引乐府群珠五句作早则不烦烦恼恼。自堆作自推。雍熙
大成回黄倒皂俱作悲悲切切。自堆俱作自推。雍熙又于此支后。多鲍老儿一
支。曲云。故人何处。冷清清染疾病。相思证转添。受凄凉。挨朝夕。细濛濛
雨儿。淅淅飒飒晚风窗儿外吹。扑簌簌的鼓声。滴滴点点玉漏不住催。添愁
闷。独自知。子这心自悔。再团圆几时。一处共相随。(鲍老三台滚)广正谱
引乐府群珠无三四句。五句作道是俺也自知。早是我作早是俺。末句无的字。
雍熙环弹作款弹。末句无的字。大成俱同雍熙。(墙头花)盛世摘艳雍熙俱以

次曲卖花声煞之首三句列此曲之末。详次曲校记。广正谱引乐府群珠闷作漫。空作却。听的作听的是。雍熙三句无空字。(卖花声煞)广正谱析前三句为随煞。后三句为卖花声。盛世摘艳雍熙皆误以前三句属墙头花。后三句则盛世摘艳俱标作卖花声尾声。雍熙标作尾声。兹从广正谱所引群珠改正。广正谱引群珠不许作怎教人。低窄作低放。把重门作任重门。内府本摘艳奈心上有我则索三字。低窄作低簇。末句怕上有则是二字。雍熙不许作怎着。着我无个作教我无一个。陪下作垂下。使婢作侍婢。低窄作低放。大成俱同雍熙。

〔大石调〕青杏子

离　情

残月下西楼。觉微寒轻透衾裯。华胥一枕蹰跧觉。蓝桥路远。吴峰烟涨。银汉云收。

〔么〕天付两风流。番成南北悠悠。落花流水人何处。相思一点。离愁几许。撮上心头。

〔荼蘼香〕记得初相守。偶尔间因循成就。美满效绸缪。花朝月夜同宴赏。佳节须酬。到今一旦休。常言道好事天悭。美姻缘他娘间阻。生拆散鸾交凤友。

〔么〕坐想行思。伤怀感旧。各辜负了星前月下深深咒。愿不损。愁不煞。神天还祐。他有日不测相逢。话别离情取一场消瘦。

〔好观音煞〕与怪友狂朋寻花柳。时复间和哄消愁。对着浪蕊浮花懒回首。快快归来。原不饮杯中酒。

〔尾〕对着盏半明不灭的孤灯双眉皱。冷清清没个人瞅。谁解春衫纽儿扣。太平乐府七　雍熙乐府一五　北宫词纪六　彩笔情辞九　太和正音谱上引荼蘼香　北词广正谱引荼蘼香尾　九宫大成三九引青杏子二〇引荼蘼香

　　雍熙乐府题作思情。不注撰人。彩笔情辞题作夜怀。〇(青杏子)雍熙蹰跧觉作蹰跧后。路远作路阻。吴峰作玉峰。情辞九宫大成俱同。(么篇)雍熙人何处作知何处。情辞大成俱同。(荼蘼香)元刊太平乐府尔作耳。兹从明大字本

太平乐府及雍熙等。太和正音谱北宫词纪情辞到今俱作到今日。北词广正谱大
成月夜俱作月下。（么篇）正音谱北宫词纪情辞三句俱无各字。（尾）明大字本
太平乐府及广正谱首句俱无的字。

〔越调〕斗鹌鹑

女校尉

换步那踪。趋前退后。侧脚傍行。垂肩弹袖。若说过论搽头。
欣答板搂。入来的掩。出去的兜。子要论道儿着人。不要无拽
样顺纽。

〔紫花儿〕打的个桶子欣特顺。暗足窝妆腰不揪。拐回头。不要
那看的每侧面。子弟每凝眸。非是我胡诌。上下泛前后左右瞅。
过从的圆就。三鲍敲失落。五花气从头。

〔天净沙〕平生肥马轻裘。何须锦带吴钩。百岁光阴转首。休闲
生受。叹功名似水上浮沤。

〔寨儿令〕得自由。莫刚求。茶馀饭饱邀故友。谢馆秦楼。散闷
消愁。惟蹴踘最风流。演习得踢打温柔。施逞得解数滑熟。引
脚蹬龙斩眼。担枪拐凤摇头。一左一右。折叠鹘胜游。

〔尾〕锦缠腕叶底桃鸳鸯扣。入脚面带黄河逆流。白打赛官场。
三场儿尽皆有。太平乐府七　雍熙乐府一三

雍熙乐府不注撰人。○（斗鹌鹑）雍熙若说作若说着。搽作茶。板作扳。出去
下无的字。子要下有你字。顺纽作嫩纽。（紫花儿）元刊太平乐府诌作邹。兹
从明大字本太平乐府及雍熙。雍熙特顺作忒顺。腰么。揪作秋。八九句作。
过论的将就。三抱巧失落。（天净沙）明大字本太平乐府无似字。雍熙闲作嫌。
无似字。任校云。此曲与本题无涉。应是他套羼入者。（寨儿令）明大字本太
平乐府消愁作消忧。雍熙施逞作施呈。末二句作。一左右。摺叠拐鹘膝游。
（尾）太平乐府扣作叩。何钞太平乐府桃作挑。雍熙次句无带字。白打上有斗
字。末句儿作踢。

又

蹴踘场中。鸣珂巷里。南北驰名。寰中可意。夹缝堪夸。胞声尽喜。那唤活。煞整齐。款侧金莲。微那玉体。唐裙轻荡。绣带斜飘。舞袖低垂。

〔紫花儿〕打得个桶子欤特硬。合扇拐偏疾。有一千来挡拾。上下泛匀匀的论道儿。直使得个插肩来可戏。板老巢杂。足窝儿零利。

〔小桃红〕装跷委实用心机。不枉了夸强会。女辈丛中最为贵。煞曾习。沾身那取着田地。赶起了白踢。诸馀里快收拾。

〔调笑令〕喷鼻。异香吹。罗袜长粘见色泥。天生艺性诸般儿会。折末你转花枝勘欤当对。鸳鸯扣体样如画的。到啜赚得校尉每疑惑。

〔秃厮儿〕粉汗湿珍珠乱滴。宝髻偏鸦玉斜堆。虚蹬落实拾蹍起。侧身动。柳腰脆。丸惜。

〔圣药王〕甚旖旎。解数儿希。左盘右折煞曾习。甚整齐。省气力。旁行侧脚步频移。来往似粉蝶儿飞。

〔尾〕不离了花畔柳影间田地。关白打官场小踢。竿网下世无双。全场儿佔了第一。太平乐府七　雍熙乐府一三　北词广正谱引秃厮儿　九官大成二七引小桃红

雍熙乐府题作蹴踘。不注撰人。〇(斗鹌鹑)雍熙胞作抛。微那作微舒。(紫花儿)元刊太平乐府挡作邹。匀匀作云云。兹从明大字本及雍熙。雍熙戏作喜。板老巢杂作扳搂抄杂。零利作伶俐。(调笑令)瞿本太平乐府及雍熙末句俱无啜字。雍熙粘见作沾现。(秃厮儿)元刊八卷本及瞿本太平乐府脆俱作桅。何钞太平乐府身动作动身。北词广正谱脆作桅。丸惜作丸滕。(圣药王)太平乐府旁行作劳行。雍熙希作稀。(尾)元刊太平乐府畔作半。兹从明大字本。雍熙畔作前。关作斗。场儿作场儿上。

〔双调〕新水令

楚台云雨会巫峡。赴昨宵约来的期话。楼头栖燕子。庭院已闻鸦。料想他家。收针指晚妆罢。

〔乔牌儿〕款将花径踏。独立在纱窗下。颤钦钦把不定心头怕。不敢将小名呼咱。则索等候他。

〔雁儿落〕怕别人瞧见咱。掩映在酴醾架。等多时不见来。则索独立在花阴下。

〔挂搭钩〕等候多时不见他。这的是约下佳期话。莫不是贪睡人儿忘了那。伏冢在蓝桥下。意懊恼却待将他骂。听得呀的门开。蓦见如花。

〔豆叶黄〕髻挽乌云。蝉鬓堆鸦。粉腻酥胸。脸衬红霞。袅娜腰肢更喜恰。堪讲堪夸。比月里嫦娥。媚媚孜孜。那更挣达。

〔七弟兄〕我这里觅他。唤他。哎。女孩儿。果然道色胆天来大。怀儿里搂抱着俏冤家。揾香腮悄语低低话。

〔梅花酒〕两情浓。兴转佳。地权为床榻。月高烧银蜡。夜深沉。人静悄。低低的问如花。终是个女儿家。

〔收江南〕好风吹绽牡丹花。半合儿揉损绛裙纱。冷丁丁舌尖上送香茶。都不到半霎。森森一向遍身麻。

〔尾〕整乌云欲把金莲屧。纽回身再说些儿话。你明夜个早些儿来。我专听着纱窗外芭蕉叶儿上打。阳春白雪后集五　雍熙乐府一二北词广正谱引豆叶黄　九宫大成六六引豆叶黄六五引梅花酒

　　　元刊阳春白雪此套撰人仅题汉卿。未书姓氏。兹从钞本白雪雍熙乐府及北词广正谱属关汉卿。○(新水令)雍熙次句无的字。料想他家作料应伊家。(乔牌儿)雍熙次句无在字。三句作战兢兢把不住心头怕。小名下有儿字。(雁儿落)白雪瞧见作照见。雍熙末二句作。等候多时不见他。独影在花阴下。(挂搭

钩)雍熙却待作恰待。蓦见作早见。(豆叶黄)元刊白雪挣误作净。兹改。钞本白雪及雍熙等作撑。雍熙次句作鬓觯乌鸦。堪讲作堪羡。九宫大成俱同雍熙。(七弟兄)雍熙无哎字。以下二句作。他是个女孩儿家。虽道我色胆有天来大。悄语作笑语。(梅花酒)白雪蜡作烛。雍熙兴转佳作意转加。烧作点。低低的作低低。女儿作女孩儿。九宫大成俱同雍熙。(收江南)雍熙花作芽。舌尖上作舌上。(尾)元刊白雪我专作我等。兹从钞本白雪及雍熙。雍熙屡作牷。三句无个字。

〔二十换头〕〔双调〕新水令

玉骢丝鞚锦鞍鞯。系垂杨小庭深院。明媚景。艳阳天。急管繁弦。东楼上恣欢宴。

〔庆东原〕或向幽窗下。或向曲槛前。春纤相对摇纨扇。闲凭着玉肩。双歌采莲。斗抚冰弦。遂却少年心。称了于飞愿。

〔早乡词〕九秋天。三径边。绽黄花遍撒金钱。露春纤把花笑撚。捧金杯酒频劝。畅好是风流如五柳庄前。

〔挂打沽〕浅浅江梅驿使传。乱剪碎鹅毛片。旋剖温橙列着玳筵。玉液着金瓶旋。酒晕红。新妆面。人道是穷冬。我道是虚言。

〔石竹子〕夜夜嬉游赛上元。朝朝宴乐赏禁烟。密爱幽欢不能恋。无奈被名缰利锁牵。

〔山石榴〕阻鸾凰。分莺燕。马头咫尺天涯远。易去难相见。

〔么〕心间愁万千。不能言。当时月枕歌眷恋。到如今番作阳关怨。

〔醉也摩挲〕真个索去也么天。真个索去也么天。再要团圆。动是经年。思量杀俺也么天。

〔相公爱〕晚宿在孤村闷怎生眠。伴人离愁月当轩。月圆。人几时圆。不似他南楼上斗婵娟。

〔胡十八〕天配合俏姻眷。分拆开并头莲。思量席上与樽前。天生的自然。那些儿体面。也是俺心上有。常常的梦中见。

〔一锭银〕心友每相邀列着管弦。却子待劝解动凄然。十分酒十分悲怨。却不道怎生般消遣。

〔阿那忽〕酒劝到根前。只办的推延。桃花去年人面。偏怎生冷落了今年。

〔不拜门〕酒入愁肠闷怎生言。疏竹萧萧西风战。如年。如年似长夜天。正是恰黄昏庭院。

〔金盏子〕咱无缘。风流十全。尽可怜。芙蓉面。腕松着金钏。鬓贴着翠钿。脸朵着秋莲。眼去眉来相思恋。春山摇。秋波转。

〔大拜门〕玉兔鹘牌悬。怀揣着帝宣。称了俺男儿深愿。忙加玉鞭。急催骏骕。恨不乘到俺那佳人家门前。

〔也不罗〕只听得乐声喧。列着华筵。聚集诸亲眷。首先一盏拦门劝。走马身劳倦。

〔喜人心〕人丛里遥见。半遮着罗扇。可喜的风流业冤。两叶眉儿未展。百般的陪告。一创的求和。只管里熬煎。他越将个庞儿变。咱百般的难分辨。

〔风流体〕胡猜咱。胡猜咱居帝辇。和别人。和别人相留恋。上放着。上放着赐福天。你不知。你不知神明见。

〔忽都白〕我半载来孤眠。信口胡言。枉了把我冤也么冤。打听的真实。有人曾见。母亲根前。凭儿情愿。一任当刑宪。死而心无怨。

〔唐兀歹〕不付能告求的绣帏里头眠。痛惜轻怜。斩眼不觉得绿窗儿外月明却又早转。畅好是疾明也么天。

〔尾〕腰肢困摆垂杨软。舌尖笑吐丁香喘。绣帐里无人。并枕低言。畅道美满姻缘。风流缱绻。天若肯为人。为人是今生愿。尽老同眠。也者也强如雁底关河路儿远。　　梨园乐府上　盛世新声午集

词林摘艳五　雍熙乐府一一　北宫词纪六　太和正音谱下引早乡词至唐兀歹共十六曲胡十八未引　北词广正谱引早乡词石竹子醉也摩挲相公爱不拜门金盏子大拜门喜人心忽都白　九官大成六七引全套

梨园乐府无题。盛世新声无题。不注撰人。原刊本徽藩本词林摘艳题作题情。重增本内府本摘艳无题。不注撰人。雍熙乐府题作驸马还朝。不注撰人。北宫词纪题作忆别。○(新水令)梨园首句丝作系。锦作金。盛世摘艳粘俱作鞚。东楼上俱有我向二字。雍熙首句作玉骢丝控金鞍辔。小庭作小亭。三句起衬欣逢。四句起衬喜遇。五句起衬摆列著。六句起衬在这。词纪九宫大成俱同雍熙。惟金仍作锦。(庆东原)盛世首二句俱无或向二字。槛前作槛边。相对下有著字。闲凭作闲并。双歌下有著字。斗抚作对抚着。遂却上有赤紧的三字。称了作如今早称了俺。摘艳俱同。内府本摘艳四句起衬往往常我三字。雍熙首二句同盛世。四句起衬往常时。双歌作双和着。以下二句同盛世。末句称了作如今便称了。词纪俱同雍熙。大成双歌作双歌着。馀同雍熙。(早乡词)盛世首句作正值着九秋天。遍撒作乱撒。捧作我这里捧。摘艳俱同。雍熙绽作则这绽。把花作将花。捧作我这捧着。末句畅好是下有那字。馀同盛世。词纪首句同盛世。绽作则这绽。捧作我这里捧着。北词广正谱俱同盛世。惟我这里作我见他。大成首句同盛世。绽作则这绽。捧我这里捧。(挂打沽)太和正音谱次句无碎字。温橙列着作香橙列。着金瓶作金壶。盛世浅浅上有我见三字。乱剪上有雪也二字。三句作我与你旋剖金橙列玳筵。玉液著作玉液向。虚言作丰年。摘艳雍熙俱同盛世。惟雍熙三句列作列著。词纪俱同雍熙。惟二句无碎字。金瓶作金壶。大成二句作乱剪鹅毛片。金瓶作金壶。馀同盛世。(石竹子)正音谱不能作不能够。无无奈二字。盛世摘艳密爱俱作则俺那美爱。雍熙密爱则俺这美爱的。词纪三句起衬则俺这。不能作不能够。广正谱二句赏作胜。三句密爱作则我这美爱。大成密爱作则俺这美爱。不能作不能够。(山石榴)盛世摘艳末句俱作今日个意去也难留恋。雍熙马头下有前字。末句同盛世。词纪同雍熙。惟末句意作易。留恋仍作相见。大成俱同雍熙(么)盛世摘艳牌名俱误作醉娘子。梨园首句心字误作阴文。混于牌名中。眷恋作眷变。兹从任校。正音谱歌眷恋作歌声转。盛世摘艳三四句俱作。当初月枕歌声转。今日个生扭做阳关怨。雍熙首句起衬你字。三四句同盛世。惟月枕作月底。词纪三句同雍熙。末句番作作生扭做。大成俱同雍熙。(醉也摩挲)梨园首句既叠。

而于首句之天字下。复有一〻。疑衍。兹删去〻。正音谱首二句真个上俱有莫不二字。盛世摘艳起俱作你莫不真家待要去也波天。又。再要咱团圆。又。疑又示各叠全句。动是俱作动岁。雍熙俱同盛世。惟于前一又处叠第一句。于后一又处仅叠咱团圆三字。词纪首二句起俱有你莫不三字。再要作再要咱。动是作动岁。广正谱首二句真个索俱作你莫不真个待要。下二句同词纪。思量作兀的不思量。大成同广正谱。惟末句同此。(相公爱)正音谱伴作照。四句作知他是人几时圆。不似他作不能够。盛世及各本摘艳首句缺怎字。惟内府本摘艳不缺。盛世伴作照。不似他作不觉的。上作外。摘艳俱同。内府本摘艳人几时圆作月圆人未圆。雍熙伴人作照人的。末句同盛世。词纪伴人作照人的。馀同正音谱。广正谱伴作照。四句作月圆人几时圆。不似他作不似那。大成作照人的。末二句作。月圆人几时圆。不觉南楼外斗婵娟。(胡十八)盛世首句作天配合一对儿俏姻缘。分拆作生拆。四五两句易位。以下作。哎。也是心上有也者。常常的在梦中见。摘艳俱同。惟原刊本摘艳姻缘作姻婿。内府本摘艳的在作则在。雍熙俱同盛世。惟姻缘作姻眷。次句开作散。末二句无也者及的在四字。词纪大成俱同雍熙。(一锭银)梨园劝解作欢解。兹据正音谱等改。正音谱首句无着字。次句作望解劝凄然。悲作哀。末句无殷字。盛世首句无着字。次句作特的来欢娱一齐欣然。悲怨作家哀劝。末句作端的是怎生来消遣。摘艳俱同盛世。雍熙同正音谱。惟末句同盛世。词纪大成俱同雍熙。(阿那忽)正音谱推延作俄延。桃花上有不见二字。盛世摘艳次句俱作你怎生只办的俄俹。桃花上俱有想字。重增本摘艳末句无生字。雍熙劝到下有你字。次句作你可也只管的俄延。三句同盛世。词纪大成俱同雍熙。(不拜门)盛世摘艳首句言俱作眠。正是恰俱作这早晚恰。雍熙酒入作酒解。(金盏子)正音谱脸朵句作脸衬秋莲。裙拖素练。思恋作留恋。摇作远。盛世三句尽作愿。松著作松了这。下二句作三句。云。裙拖着素练。脸衬着秋莲。鬂贴着翠钿。思恋作留恋。春山作春衫。摘艳俱同盛世。惟内府本摘艳三句尽作天。曲末仍作春山。雍熙三句作愿天可怜。松着作松了这。朵衬。秋莲下有裙拖着素练五字。思恋作留恋。词纪自七句起同雍熙。惟摇作遥。广正谱首句起衬都则为。二句起衬想着他。三句作杨柳腰。腕松作腕鸣。以下二句作三句。云。裙拖着素练。脸衬着秋莲。额贴着花钿。思恋作留恋。春山上有则这二字。大成摇作遥。馀同雍熙。(大拜门)梨园乘到作圣到。兹从正音谱。正音谱深愿作心愿。盛世三句作今日个称了俺男儿每心愿。忙加玉鞭下有𠣤。示重一句。急催作急催着。末句作恨不的行来到俺佳人的门前。摘艳俱同盛世。雍熙首句作玉兔鹘上牌悬。三句作今日个称了俺这男儿的心愿。忙加急催下俱有着字。末句作根不的行到俺那佳人的这门前。词纪俱同雍熙。惟首句无上字。广正谱三句作今日个早称了俺男儿的心愿。四五两句同雍熙。乘到作的飞到。家门作的门。大成同词纪。惟行到作飞到。佳人作家人。（也不罗）正音谱只听作謈听。二句无著字。末句作道是走马也身劳倦。盛世只听作我则听。次句无著字。末句走马上有他道是三字。摘艳俱同盛世。雍熙只听作謈听。一盏作一杯。次句末句俱同盛世。词纪大成俱同雍熙。惟走马下有也字。词纪一杯仍作一盏。（喜人心）正音谱可喜的作正是那。未展作不展。一创作只管。越将个作越把。盛世首句作我去那人丛里瞧见。三句作正是俺可嬉娘风流的业冤。未展作微展。陪告作哀告。一创的作一盏。越将个作越把。摘艳俱同盛世。雍熙首句同盛世。可喜的作正是俺。未展作不展。陪告作哀告。一创作只管。越将个作越把。词纪同雍熙。惟瞧仍作遥。广正谱首句作我在那人丛里瞧见。三句作正是俺可喜娘的风流业冤。展作舒展。下句作我将他百般的哀告。一创作半晌。越将个作越把那。咱作空着我。大成前三句同盛世。惟无的字。未展作不展。陪告作哀告。一创作半晌。越将个作越把。（风流体）正音谱起作你则么胡猜咱。赐福作阳福。神明作须有神灵。盛世起作你可要胡猜咱。和别人上有你道三字。赐作阳。明作灵。摘艳俱同盛世。惟内府本摘艳你可要作你休要。赐作仰。雍熙前半同盛世。惟你可要作你可休。胡猜俱作疑猜。以下赐福天作阳府青天。神明作自有神灵。词纪首句作你怎么胡猜咱。神明作须有神灵。馀俱同盛世。大成首句作你休要疑猜咱。二句胡猜作疑猜。三句作你道我和别人。末三字作自有神灵见。（忽都白）正音谱首句无我字。次句作受了些熬煎。三句无了字。母亲作妳妳。盛世首四句作。我受了半载也那孤眠。信口也那胡言。你便枉了把我冤也波冤。你若是打听的真实。母亲作妳妳。摘艳雍熙俱同盛世。惟雍熙二句无也那二字。三句无便枉了三字。末句无怨作不怨。词纪首句我作我受了。二句作受了些熬煎。三句无了字。么作波。以下俱同盛世。广正谱首二句作。我受了半载孤眠。你如今信口胡言。四句以下同盛世。大成俱同雍熙。（唐兀歹）梨园三句无觉字。兹据正音谱词纪补。正音谱告求作求和。里头作里。三句作不觉得纱窗外月儿转。盛世首句作不付能哀告的在绣帏里眠。三句作睡眼观纱窗外月明又早转。末作叠句。摘艳俱同盛世。惟内府本摘艳瞒眼作转眼。雍熙首句作不付能求和的他绣帏里眠。三句作展眼窗儿外明月转。词纪首句同雍熙。三句作不觉的纱窗外月儿转。大成俱同雍熙。（尾）盛世摘艳俱作。银台画烛轻风剪。戍楼残角声音转。锦帐罗帏。情语多言。唱道美满夫妻。风流缱绻。天若肯随人随人今生愿。尽老团圆。索强似雁底关河路儿远。雍熙俱同。惟四句作悄语低言。词纪大成俱同雍熙。

〔双调〕乔牌儿

世情推物理。人生贵适意。想人间造物搬兴废。吉藏凶凶暗吉。〔夜行船〕富贵那能长富贵。日盈昃月满亏蚀。地下东南。天高西北。天地尚无完体。

〔庆宣和〕算到天明走到黑。赤紧的是衣食。凫短鹤长不能齐。且休题。谁是非。

〔锦上花〕展放愁眉。休争闲气。今日容颜。老如昨日。古往今来。怎须尽知。贤的愚的。贫的和富的。

〔么〕到头这一身。难逃那一日。受用了一朝。一朝便宜。百岁光阴。七十者稀。急急流年。滔滔逝水。

〔清江引〕落花满院春又归。晚景成何济。车尘马足中。蚁穴蜂衙内。寻取个稳便处闲坐地。

〔碧玉箫〕乌兔相催。日月走东西。人生别离。白发故人稀。不停闲岁月疾。光阴似驹过隙。君莫痴。休争名利。幸有几杯。且不如花前醉。

〔歇拍煞〕恁则待闲熬煎闲烦恼闲萦系。闲追欢闲落魄闲游戏。金鸡触祸机。得时间早弃迷途。繁华重念箫韶歇。急流勇退寻归计。采蕨薇洗是非。夷齐等巢由辈。这两个谁人似得。松菊晋陶潜。江湖越范蠡。钞本阳春白雪后集四　梨园乐府上收锦上花清江引碧玉箫　太和正音谱下引锦上花碧玉箫　北词广正谱引庆宣和　九宫大成六五引庆宣

和六六引锦上花碧玉箫

钞本阳春白雪此曲之前失注撰人。但于该书目录明注关汉卿作。太和正音谱引锦上花碧玉箫二支。北词广正谱引庆宣和一支。又于双调套数分题列举此套牌名次第。亦俱注关汉卿作。似此当系关作无疑。梨园乐府仅收锦上花清江引碧玉箫三支。且紧接于马致远行香子无也闲愁套之下。当系曲文讹脱。〇（庆宣和）钞本阳春白雪次句脱赤字。（锦上花）梨园恁须作你。末句无和字。正音谱九宫大成和俱作共。（么）梨园三句起作。受用了一日是便宜。人活百岁七十稀。急急光阴。淘淘如逝水。正音谱九宫大成便宜上俱有是字。逝水上俱有如字。（清江引）钞本阳春白雪闲坐地作坐闲地。梨园三四两句作。马足车尘间。蚁阵蜂衙里。（碧玉箫）梨园乌兔作昏晚。人生作最苦。五句起作。岁月催。光阴如过隙。君且莫催。休争闲气。则不如花前醉。

〔仙吕〕桂枝香

因他别后。恹恹消瘦。粉褪了雨后桃花。带宽了风前杨柳。这相思怎休。这相思怎休。害得我天长地久。难禁难受。泪痕流。滴破芙蓉面。却似珍珠断线头。

〔不是路〕万种风流。今日番成一段愁。泪盈眸。云山满目恨悠悠。谩追求。情如柳絮风前斗。性似桃花逐水流。沉吟久。因他数尽残更漏。恁般僝僽。恁般僝僽。

〔木丫叉〕雾锁秦楼。雾锁秦楼。云迷楚岫。御沟红叶空流。偷香韩寿。锦帐中枉自绸缪。蹙破两眉头。小蛮腰瘦如杨柳。浅淡樱桃樊素口。空教人目断去时舟。又不知风流浪子。何处温柔。

〔么篇〕月下砧声幽。月下砧声幽。风前笛奏。断肠声无了无休。捣碎我心头。又加上一场症候。顿使我愁人不寐。襄王梦雨散云收。

〔馀文〕薄情忘却神前咒。一度思量一度愁。把往日恩情付水流。

南宫词纪三　词林白雪一

南宫词纪题作秋怀。注亡名氏作。词林白雪属闺情类。注关汉卿作。然此为南
曲。殊可疑。兹姑辑之。〇（桂枝香）词纪断作脱。（木丫叉）词纪温柔作淹留。
（么篇）词纪砧声幽俱作砧皷。（徐文）词纪恩情作相思。

残 曲

〔大石调〕失牌名

律管灰飞。

〔归塞北〕人闹处。忽见一多娇。一点樱桃樊素口。半围杨柳小
蛮腰。云鬓弹金翘。

〔催拍子〕碧天上斗柄回杓。墙角畔腊雪才消。渐日长天道。听
唱卖春燕春鸡。雪柳玉梅插好。稳色轻妙。向晚来碧天外。万
里无云。月明风渺。画竿相照。青红碧绿。刻玉雕金。像生灯
儿。排门儿吊。转灯儿巧。壁灯儿笑。最□□京水灯纱窗。灯
衮灯闹。六街上绮罗香飘。

〔随煞〕快快归来情如悄。灯火阑珊寂寞。高楼上住却笙箫。月
转梅梢天渐晓。北词广正谱

〔般涉调〕哨遍

百岁………

〔么篇〕………月为烛。云为幔。北词广正谱

彩笔情辞卷五收青杏子花月酒家楼套。注关汉卿作。惟太平乐府太和正音谱及
北词广正谱等皆以此曲属曾瑞。疑情辞编者因太平乐府此曲之前有关汉卿青杏
子残月下西楼套。遂致偶误。曲及校记俱列曾瑞卷。兹不重出。据钞本阳春白
雪目录。阳春白雪后集卷五新水令套数闲争夺鼎沸了丽春园。搅闲风吹散楚台
云。寨儿中风月早经谙。凤凰台上忆吹箫第四套。皆关汉卿作。兹因书内曲前未
明注撰人。又无他证。仍辑入无名氏曲中。

白　朴

　　朴字太素。一字仁甫。号兰谷。隩州人。后居真定。故又为真定人。祖元遗山为作墓表。所谓善人白公是也。父华。字文举。号寓斋。仕金贵显。为枢密院判。仁甫为寓斋仲子。于遗山为通家侄。甫七岁。遭壬辰之难。寓斋以事远适。明年春。京城变。遗山遂挈以北渡。自是不茹荤血。人问其故。曰。俟见吾亲则如初。数年。寓斋北归。以诗谢遗山云。顾我真成丧家狗。赖君曾护落巢儿。居无何。父子卜筑于滹阳。律赋为专门之学。而仁甫有能声。为后进翘楚。遗山每遇之。必问为学次第。尝赠之诗曰。元白通家旧。诸郎独汝贤。仁甫学问博览。然自幼经丧乱。仓皇失母。便有满目山川之叹。逮亡国。恒郁郁不乐。以故放浪形骸。期于适意。中统初。史天泽将以所业荐之于朝。再三逊谢。栖迟衡门。视荣利蔑如也。至元一统后。徙家金陵。从诸遗老放情山水间。日以诗酒优游。用示雅志。诗词篇翰。在在有之。后以子贵。赠嘉议大夫。掌礼仪院太卿。仁甫尤工于曲。与关汉卿。马致远。郑光祖称四大家。有词集天籁集。清初杨友敬掇拾其散曲附于集后。曰摭遗。著杂剧十六种。今存三种。梧桐雨。墙头马上。东墙记。所作散曲杂剧。以绮丽婉约见长。与王德信为一派。梧桐雨一剧。尤为有名。

小令

〔仙吕〕寄生草

饮

长醉后方何碍。不醒时有甚思。糟醃两个功名字。醅渰千古兴亡事。曲埋万丈虹蜺志。不达时皆笑屈原非。但知音尽说陶潜是。中原音韵　雍熙乐府一九　尧山堂外纪六八　北宫词纪外集六　天籁集摭遗

题从中原音韵。尧山堂外纪以此曲为白朴作。天籁集摭遗从之。中原音韵雍熙
乐府俱不注撰人。北宫词纪外集注范子安作。而于此首之后尚有花尚有重开
日。绿珠娇人无比。形影随红尘化三首。今案四曲分咏酒色财气。词纪外集范
作说似可信。此首姑重出于此。李调元雨村曲话谓马致远作。不足据。雍熙亦
四首连列。题作道情。○雍熙外纪等不醒俱作不醉。兹从中原音韵。雍熙词纪
外集长醉俱作常醉。

〔仙吕〕醉中天

佳人脸上黑痣

疑是杨妃在。怎脱马嵬灾。曾与明皇捧砚来。美脸风流杀。叵
奈挥毫李白。觑着娇态。洒松烟点破桃腮。太平乐府五　　中原音韵
尧山堂外纪六八　　天籁集摭遗

　　太平乐府以此曲属杜遵礼。中原音韵不注撰人。尧山堂外纪属白朴。又云。或
　　以为杜遵礼作。天籁集摭遗从外纪。兹互见两家曲中。校记参阅杜曲。

〔中吕〕阳春曲

知　　几

知荣知辱牢缄口。谁是谁非暗点头。诗书丛里且淹留。闲袖手。
贫煞也风流。太平乐府四　　乐府群珠一
今朝有酒今朝醉。且尽樽前有限杯。回头沧海又尘飞。日月疾。
白发故人稀。太平乐府四　　乐府群珠一　　雍熙乐府一九

　　雍熙乐府不注撰人。下二首同。○雍熙又尘飞作尽尘飞。

不因酒困因诗困。常被吟魂恼醉魂。四时风月一闲身。无用人。
诗酒乐天真。太平乐府四　　乐府群珠一　　雍熙乐府一九

　　雍熙风月作风景。无用人作虽无甚。

张良辞汉全身计。范蠡归湖远害机。乐山乐水总相宜。君细推。

今古几人知。<small>太平乐府四　乐府群珠一　雍熙乐府一九</small>

<small>元刊太平乐府辞汉作辞道。兹从元刊八卷本瞿本何钞本太平乐府及群珠雍熙。雍熙总作两。君细推作消息儿。</small>

题　情

轻拈斑管书心事。细摺银笺写恨词。可怜不惯害相思。则被你个肯字儿。迤逗我许多时。<small>太平乐府四　乐府群珠一</small>

鬓云懒理松金凤。烟粉慵施减玉容。伤情经岁绣帏空。心绪冗。闷倚翠屏风。<small>太平乐府四　乐府群珠一</small>

慵拈粉扇闲金缕。懒酌琼浆冷玉壶。才郎一去信音疏。长叹吁。香脸泪如珠。<small>太平乐府四　乐府群珠一</small>

从来好事天生俭。自古瓜儿苦后甜。妳娘催逼紧拘钳。甚是严。越间阻越情忺。<small>太平乐府四　乐府群珠一</small>

<small>太平乐府甚是作苗是。兹从群珠。</small>

笑将红袖遮银烛。不放才郎夜看书。相偎相抱取欢娱。止不过迭应举。及第待何如。<small>太平乐府四　梨园乐府中　乐府群珠一　尧山堂外纪六八　北宫词纪外集六　天籁集撷遗</small>

<small>梨园乐府不注撰人。○梨园三句作一更才尽二更初。及第上有不字。北宫词纪外集迭作的。撷遗迭作赶。</small>

百忙里铰甚鞋儿样。寂寞罗帏冷篆香。向前搂定可憎娘。止不过赶嫁妆。误了又何妨。<small>太平乐府四　乐府群珠一　尧山堂外纪六八　北宫词纪外集六　天籁集撷遗</small>

〔越调〕小桃红

歌姬赵氏常为友人贾子正所亲携之江上有数月留后予过邓径来侑觞感而赋此俾即席歌之

云鬟风鬓浅梳妆。取次樽前唱。比著当时□江上。减容光。故

人别后应无恙。伤心留得。软金罗袖。犹带贾充香。<small>天籁集下</small>

〔越调〕天净沙

春

春山暖日和风。阑干楼阁帘栊。杨柳秋千院中。啼莺舞燕。小桥流水飞红。<small>阳春白雪前集五　天籁集摭遗</small>

夏

云收雨过波添。楼高水冷瓜甜。绿树阴垂画檐。纱幮藤簟。玉人罗扇轻缣。<small>阳春白雪前集五　天籁集摭遗</small>

秋

孤村落日残霞。轻烟老树寒鸦。一点飞鸿影下。青山绿水。白草红叶黄花。<small>阳春白雪前集五　天籁集摭遗</small>

冬

一声画角谯门。半庭新月黄昏。雪里山前水滨。竹篱茅舍。淡烟衰草孤村。<small>阳春白雪前集五　天籁集摭遗</small>

　　<small>元刊阳春白雪庭作亭。摭遗同。兹从钞本白雪。</small>

春

暖风迟日春天。朱颜绿鬓芳年。挈榼携童跨蹇。溪山佳处。好将春事留连。<small>阳春白雪前集五　太平乐府三　天籁集摭遗</small>

　　<small>此首及以下三首太平乐府属朱庭玉。疑澹斋初选阳春白雪误属仁甫。后选太平乐府乃改正。今姑与朱曲互见。校记见朱曲。</small>

夏

参差竹笋抽簪。累垂杨柳攒金。旋趁庭槐绿阴。南风解愠。快哉消我烦襟。阳春白雪前集五　太平乐府三　天籁集撷遗

秋

庭前落尽梧桐。水边开彻芙蓉。解与诗人意同。辞柯霜叶。飞来就我题红。阳春白雪前集五　太平乐府三　梨园乐府中　天籁集撷遗

冬

门前六出花飞。樽前万事休提。为问东君消息。急教人探。小梅江上先知。阳春白雪前集五　太平乐府三　梨园乐府中　天籁集撷遗

〔双调〕驻马听

吹

裂石穿云。玉管宜横清更洁。霜天沙漠。鹧鸪风里欲偏斜。凤凰台上暮云遮。梅花惊作黄昏雪。人静也。一声吹落江楼月。阳春白雪前集三　天籁集撷遗

钞本阳春白雪霜天作雪天。

弹

雪调冰弦。十指纤纤温更柔。林莺山溜。夜深风雨落弦头。芦花岸上对兰舟。哀弦恰似愁人消瘦。泪盈眸。江州司马别离后。阳春白雪前集三　天籁集撷遗

元刊阳春白雪温作揾。兹从钞本及撷遗。

歌

白雪阳春。一曲西风几断肠。花朝月夜。个中唯有杜韦娘。前
声起彻绕危梁。后声并至银河上。韵悠扬。小楼一夜云来往。_阳
春白雪前集三　天籁集摭遗

舞

凤髻蟠空。袅娜腰肢温更柔。轻衫莲步。汉宫飞燕旧风流。谩
催鼍鼓品梁州。鹧鸪飞起春罗袖。锦缠头。刘郎错认风前柳。_阳
春白雪前集三　天籁集摭遗

　　元刊阳春白雪衫莲作移远。兹从钞本白雪及摭遗。

〔双调〕沉醉东风

渔　夫

黄芦岸白苹渡口。绿杨隄红蓼滩头。虽无刎颈交。却有忘机友。
点秋江白鹭沙鸥。傲杀人间万户侯。不识字烟波钓叟。_{中原音韵}
盛世新声午集新水令越王台无道似摘星楼套　词林摘艳五同　词谱同　尧山堂外纪
六八　天籁集摭遗

　　中原音韵不注撰人。尧山堂外纪属白朴。盛世新声词林摘艳词谱所收新水令越
王台无道似摘星楼套中皆有此曲。摘艳谓此套为赵明道范蠡归湖杂剧第四折。
词谱云范子安所作。○盛世首句起衬棹不过三字。次句起衬且湾在那四字。虽
无作虽无那。却有作有几个。末句起衬我是个三字。摘艳俱同。

〔双调〕庆东原

忘忧草。含笑花。劝君闻早冠宜挂。那里也能言陆贾。那里也
良谋子牙。那里也豪气张华。千古是非心。一夕渔樵话。_{阳春白}
雪前集三　天籁集摭遗

钞本阳春白雪闻早作及早。

黄金缕。碧玉箫。温柔乡里寻常到。青春过了。朱颜渐老。白发雕骚。则待强簪花。又恐傍人笑。阳春白雪前集三　天籁集撷遗

暖日宜乘轿。春风宜讯马。恰寒食有二百处秋千架。对人娇杏花。扑人飞柳花。迎人笑桃花。来往画船边。招飐青旗挂。阳春白雪前集三　梨园乐府上新水令四时湖水镜无瑕套　天籁集撷遗　九官大成六五

　　此曲又见马致远新水令四时湖水镜无瑕套数中。参阅本书马曲校记。

〔双调〕得胜乐

春

丽日迟。和风习。共王孙公子游戏。醉酒淹衫袖湿。簪花压帽檐低。残元本阳春白雪二　钞本阳春白雪前集三　天籁集撷遗

　　太和正音谱北词广正谱俱以得胜乐入双调。九官大成据两世姻缘出中之将罗袖卷曲。以之入仙吕。○撷遗簪花作筵花。

夏

酷暑天。葵榴发。喷鼻香十里荷花。兰舟斜缆垂杨下。只宜铺枕簟向凉亭披襟散发。残元本阳春白雪二　钞本阳春白雪前集三　天籁集撷遗

秋

玉露冷。蛩吟砌。听落叶西风渭水。寒雁儿长空嘹唳。陶元亮醉在东篱。残元本阳春白雪二　钞本阳春白雪前集三　太和正音谱下　北词广正谱　天籁集撷遗　九官大成五

　　太和正音谱起作玉露泠泠蛩吟砌。落叶西风渭水。北词广正谱九官大成俱同。

冬

密布云。初交腊。偏宜去扫雪烹茶。羊羔酒添价。胆瓶内温水
浸梅花。残元本阳春白雪二　钞本阳春白雪前集三　天籁集撷遗

又四首

独自寝。难成梦。睡觉来怀儿里抱空。六幅罗裙宽褪。玉腕上
钏儿松。残元本阳春白雪二　钞本阳春白雪前集三　天籁集撷遗

独自走。踏成道。空走了千遭万遭。肯不肯疾些儿通报。休直
到教担阁得天明了。残元本阳春白雪二　钞本阳春白雪前集三　天籁集撷遗
　　残元本阳春白雪天明作大明。

红日晚。遥天暮。老树寒鸦几簇。咱为甚妆妆频觑。怕有那新
雁儿寄来书。残元本阳春白雪二　钞本阳春白雪前集三　天籁集撷遗
　　妆妆疑应作桩桩。残元本阳春白雪寄作既。撷遗寄作飞。

红日晚。残霞在。秋水共长天一色。寒雁儿呀呀的天外。怎生
不捎带个字儿来。残元本阳春白雪二　钞本阳春白雪前集三　天籁集撷遗　九
官大成五
　　钞本阳春白雪雁作鸦。个作金。撷遗寒雁作塞雁。九宫大成全曲作。红日晚夕
　　阳犹在。碧水共长天一色。雁儿嘎。呀呀云外。雁儿嘎。却怎生不带将一个价
　　字儿来。

套数

〔仙吕〕点绛唇

金凤钗分。玉京人去。秋潇洒。晚来闲暇。针线收拾罢。
〔幺〕独倚危楼。十二珠帘挂。风萧飒。雨晴云乍。极目山如画。
〔混江龙〕断人肠处。天边残照水边霞。枯荷宿鹭。远树栖鸦。
败叶纷纷拥砌石。修竹珊珊扫窗纱。黄昏近。愁生砧杵。怨入

琵琶。

〔穿窗月〕忆疏狂阻隔天涯。怎知人埋怨他。吟鞭醉袅青骢马。莫喫秦楼酒。谢家茶。不思量执手临岐话。

〔寄生草〕凭阑久。归绣帏。下危楼强把金莲撒。深沉院宇朱扉扃。立苍苔冷透凌波袜。数归期空画短琼簪。揾啼痕频湿香罗帕。

〔元和令〕自从绝雁书。几度结龟卦。翠眉长是锁离愁。玉容憔悴煞。自元宵等待过重阳。甚犹然不到家。

〔上马娇煞〕欢会少。烦恼多。心绪乱如麻。偶然行至东篱下。自嗟自呀。冷清清和月对黄花。梨园乐府上　太和正音谱下引穿窗月　北词广正谱引穿窗月上马娇煞　九宫大成五引穿窗月七四引上马娇煞

　　（点绛唇）梨园乐府原脱么字。兹补。（穿窗月）梨园乐府青骢作青骏。莫喫作莫知。北词广正谱阻隔作远隔。九宫大成青骢作青骝。（寄生草）莲原作运。（元和令）从上原脱一字。兹臆补自字。（上马娇煞）梨园乐府冷清清作冷清一。一当系 之讹。即清字。

〔大石调〕青杏子

咏　雪

空外六花翻。被大风洒落千山。穷冬节物偏宜晚。冻凝沼沚。寒侵帐幕。冷湿阑干。

〔归塞北〕貂裘客。嘉庆卷帘看。好景画图收不尽。好题诗句咏尤难。疑在玉壶间。

〔好观音〕富贵人家应须惯。红炉暖不畏初寒。开宴邀宾列翠鬟。拚酡颜。畅饮休辞惮。

〔么〕劝酒佳人擎金盏。当歌者款撒香檀。歌罢喧喧笑语繁。夜将阑。画烛银光灿。

〔结音〕似觉筵间香风散。香风散非麝非兰。醉眼朦腾问小蛮。多管是南轩蜡梅绽。太平乐府七　盛世新声寅集　雍熙乐府一五　天籁集摭遗　太和正音谱上引好观音　北词广正谱引好观音上阕

　　盛世新声雍熙乐府俱不注撰人。盛世无题。○(青杏子)明大字本太平乐府侵作浸。雍熙洒作撒。(好观音)太和正音谱北词广正谱初寒俱作严寒。(么)元刊太平乐府佳人作家人。兹从明大字本太平及正音谱等。正音谱三句作罗绮交杂笑语繁。(结音)盛世首句散作细。失韵。雍熙朦腾作朦胧。

〔小石调〕恼煞人

又是红轮西坠。残霞照万顷银波。江上晚景寒烟。雾濛濛。风细细。阻隔离人萧索。

〔么篇〕宋玉悲秋愁闷。江淹梦笔寂寞。人间岂无成与破。想别离情绪。世界里只有俺一个。

〔伊州遍〕为忆小卿。牵肠割肚。凄惶悄然无底末。受尽平生苦。天涯海角。身心无个归着。恨冯魁。趋恩夺爱。狗行狼心。全然不怕天折挫。到如今划地吃耽阁。禁不过。更那堪晚来暮云深锁。

〔么篇〕故人杳杳。长江风送。听胡笳呖呖声韵聒。一轮皓月朗。几处鸣榔。时复唱和渔歌。转无那。沙汀蓼岸。一点渔灯相照。寂寞古渡停画舸。双生无语泪珠落。呼仆隶指泼水手。在意扶柁。

〔尾声〕兰舟定把芦花过。橹声省可里高声和。恐惊散宿鸳鸯。两分飞也似我。太和正音谱上引全套　北词广正谱同　天籁集摭遗　九宫大成三九引全套

　　此套天籁集摭遗谓见阳春白雪后集第六卷。案今所见两种阳春白雪俱无第六卷。摭遗所据当系别本。○(恼煞人么)摭遗岂无作岂有。(伊州遍)太和正音谱摭遗九宫大成狗行俱作狗倖。兹从广正谱。(么篇)正音谱呖呖作沥沥。摭

遗同。大成作历历。

〔双调〕乔木查

对　景

海棠初雨歇。杨柳轻烟惹。碧草茸茸铺四野。俄然回首处。乱红堆雪。

〔么〕恰春光也。梅子黄时节。映日榴花红似血。胡葵开满院。碎剪宫缬。

〔挂搭沽序〕倏忽早庭梧坠。荷盖缺。院宇砧韵切。蝉声咽。露白霜结。水冷风高。长天雁字斜。秋香次第开彻。

〔么〕不觉的冰澌结。彤云布朔风凛冽。乱扑吟窗。谢女堪题。柳絮飞。玉砌长郊万里。粉污遥山千叠。去路赊。渔叟散。披蓑去。江上清绝。幽悄闲庭。舞榭歌楼酒力怯。人在水晶宫阙。

〔么〕岁华如流水。消磨尽自古豪杰。盖世功名总是空。方信花开易谢。始知人生多别。忆故园。谩叹嗟。旧游池馆。翻做了狐踪兔穴。休痴休呆。蜗角蝇头。名亲共利切。富贵似花上蝶。春宵梦说。

〔尾〕少年枕上欢。杯中酒。好天良夜。休辜负了锦堂风月。太平乐府六　天籁集摭遗　太和正音谱下引乔木查　北词广正谱引乔木查挂搭沽序　九宫大成六五同

　　（乔木查么）啸馀谱末二句作蜀葵开满院。剪碎宫缬。九宫大成胡葵作葵花。宫缬作香缬。（挂搭沽序）太平乐府牌名只一序字。兹据北词广正谱及九宫大成补全。（么）摭遗冰澌作冰厮。

姚　燧

　　燧字端甫。号牧庵。河南人。姚枢之从子也。少孤。随枢学于苏

门。及长。以所作就正于许衡。衡赏其辞。至元间。提举陕西四川中兴等路学校。除陕西汉中道提刑按察司副使。调山南湖北道。入为翰林直学士。迁大司农丞。元贞元年。以翰林学士与侍读高道凝总裁世祖实录。大德五年。出为江东廉访使。移病太平。九年。拜江西行省参知政事。至大元年。入为太子宾客。进承旨学士。寻拜太子少傅。明年授荣禄大夫翰林学士承旨知制诰兼修国史。四年得告归。皇庆二年卒。年七十六。谥曰文。所著有牧庵集。元史称其文闳肆该洽。豪而不宕。刚而不厉。舂容盛大。有西汉风。宋末弊习。为之一变。济南张养浩序其集曰。公才驱气驾。纵横开阖。纪律惟意。约要于繁。出奇于腐。江海驶而蛟龙拿。风霆薄而元气溢。时元宅天下已百馀年。倡鸣古文。群推牧庵一人。拟诸唐之昌黎。宋之庐陵云。

小令

〔中吕〕满庭芳

天风海涛。昔人曾此。酒圣诗豪。我到此闲登眺。日远天高。山接水茫茫渺渺。水连天隐隐迢迢。供吟笑。功名事了。不待老僧招。阳春白雪前集五

任校本改吟笑为吟啸。

帆收钓浦。烟笼浅沙。水满平湖。晚来尽滩头聚。笑语相呼。鱼有剩和烟旋煮。酒无多带月须沽。盘中物。山肴野蔌。且尽葫芦。阳春白雪前集五

元刊本须作影。兹从钞本。钞本尽作画。

〔中吕〕普天乐

浙江秋。吴山夜。愁随潮去。恨与山叠。塞雁来。芙蓉谢。冷雨青灯读书舍。待离别怎忍离别。今宵醉也。明朝去也。宁奈些些。阳春白雪前集五 中原音韵 词林摘艳一

阳春白雪误以此曲作满庭芳。中原音韵不误。音韵题作别友。不注撰人。词林摘艳题同音韵。作无名氏撰。○元刊白雪青灯作清灯。兹从钞本白雪及音韵摘艳。音韵塞雁作鸿雁。八句作怕离别又早离别。宁奈作留恋。摘艳俱同音韵。

〔中吕〕醉高歌

感　怀

十年燕月歌声。几点吴霜鬓影。西风吹起鲈鱼兴。已在桑榆暮景。太平乐府四　中原音韵　词品　尧山堂外纪六九　花草粹编四　词律拾遗一
中原音韵燕月作燕市。吹起作吹老。已在作晚节。案醉高歌每阕四句。花草粹编等以此阕及次阕总为一阕。如词之双叠。殊误。

荣枯枕上三更。傀儡场头四并。人生幻化如泡影。那个临危自省。太平乐府四　词品　尧山堂外纪六九　花草粹编四　词律拾遗一
词品尧山堂外纪花草粹编词律拾遗场头俱作场中。那个俱作几个。历代诗馀一一九引词品临危作当机。天都阁本词品仍作临危。

岸边烟柳苍苍。江上寒波漾漾。阳关旧曲低低唱。只恐行人断肠。太平乐府四

十年书剑长吁。一曲琵琶暗许。月明江上别溢浦。愁听兰舟夜雨。太平乐府四

〔中吕〕阳春曲

墨磨北海乌龙角。笔蘸南山紫兔毫。花笺铺展砚台高。诗气豪。凭换紫罗袍。太平乐府四　乐府群珠一
乐府群珠题作志气。

石榴子露颜回齿。菡萏花含月女姿。不知张敞画眉时。甚意思。墨点了那些儿。太平乐府四　乐府群珠一

乐府群珠题作面容黑痣。〇元刊八卷本太平乐府及群珠花含月俱作颜回美。瞿本太平乐府旧校改月女为美女。

金鱼玉带罗袍就。皂盖朱幡赛五侯。山河判断笔尖头。得志秋。分破帝王忧。太平乐府四　草木子四　乐府群珠一　尧山堂外纪六九

此曲据草木子为伯颜作。尧山堂外纪从之。太平乐府属牧庵。乐府群珠从之。群珠题作得志。兹互见两家曲中。〇草木子袍就作襕扣。赛作列。笔尖作在俺笔尖。得志作得意。外纪俱同。

笔头风月时时过。眼底儿曹渐渐多。有人问我事如何。人海阔。无日不风波。太平乐府四

〔越调〕凭阑人

博带峨冠年少郎。高髻云鬟窈窕娘。我文章你艳妆。你一斤咱十六两。阳春白雪前集五

马上墙头瞥见他。眼角眉尖拖逗咱。论文章他爱咱。睹妖娆咱爱他。阳春白雪前集五

元刊本拖逗作它逗。兹从钞本。

织就回文停玉梭。独守银灯思念他。梦儿里休呵。觉来时愁越多。阳春白雪前集五

宫髻高盘铺绿云。仙袂轻飘兰麝薰。粉香罗帕新。未曾淹泪痕。阳春白雪前集五

徐本阳春白雪改淹作添。

羞对鸾台梳绿云。两叶春山眉黛颦。强将脂粉匀。几回填泪痕。阳春白雪前集五

寄与多情王子高。今夜佳期休误了。等夫人熟睡着。悄声儿窗外敲。阳春白雪前集五

钞本高作乔。

两处相思无计留。君上孤舟妾倚楼。这些兰叶舟。怎装如许愁。

阳春白雪前集五

寄征衣

欲寄君衣君不还。不寄君衣君又寒。寄与不寄间。妾身千万难。

太平乐府三　尧山堂外纪六九

〔双调〕蟾宫曲

博山铜细袅香风。两行纱笼。烛影摇红。翠袖殷勤捧金钟。半露春葱。唱好是会受用文章巨公。绮罗丛醉眼朦胧。夜宴将终。十二帘栊。月转梧桐。阳春白雪前集二　乐府群珠三

　　案录鬼簿刘唐卿条。谓唐卿在王彦博左丞席上。赋博山铜细袅香风。阳春白雪于此曲注牧庵作。乐府群珠从之。未知孰是。兹互见两家曲中。群珠题作夜宴。

〔双调〕寿阳曲

酒可红双颊。愁能白二毛。对樽前尽可开怀抱。天若有情天亦老。且休教少年知道。阳春白雪前集三　梨园乐府中　雍熙乐府二〇　北宫词纪外集六

　　梨园乐府雍熙乐府俱不注撰人。北宫词纪外集注元人。雍熙题作随缘。词纪外集题作自警。〇梨园颇有异文。全曲作。有酒红双脸。愁多染二毛。向樽前且开怀抱。天若有情天也老。消磨了五陵年少。雍熙首二句作酒红脸。愁白毛。以下同梨园。词纪外集俱同雍熙。

红颜褪。绿鬓凋。酒席上渐疏了欢笑。风流近来都忘了。谁信道也曾年少。阳春白雪前集三

襄王梦。神女情。多般儿酿成愁病。琵琶慢调弦上声。相思字越弹着不应。阳春白雪前集三

咏李白

贵妃亲擎砚。力士与脱靴。御调羹就餐不谢。醉模糊将吓蛮书便写。写着甚杨柳岸晓风残月。阳春白雪前集三

元刊本便写作使写。兹从钞本。

〔双调〕拨不断

四　景

草萋萋。日迟迟。王孙士女春游戏。宫殿风微燕雀飞。池塘沙暖鸳鸯睡。正值着养花天气。太平乐府二

芰荷香。露华凉。若耶溪上莲舟放。岸上谁家白面郎。舟中越女红裙唱。逞娇羞模样。太平乐府二

楚天秋。好追游。龙山风物全依旧。破帽多情却恋头。白衣有意能携酒。好风流重九。太平乐府二

雪漫漫。拥蓝关。长安远客心偏惮。瀹玉瓯中冰雪寒。销金帐里羊羔镟。这两般任拣。太平乐府二

元刊本冰雪作雪冰。兹从明大字本。

〔正宫〕黑漆弩

吴子寿席上赋

丁亥中秋遇观堂对月。客有歌黑漆弩者。余嫌其与月不相涉。故改赋呈雪崖使君。

青冥风露乘鸾女。似怪我白发如许。问姮娥不嫁空留。好在朱颜千古。〔么〕笑停云老子人豪。过信少陵诗语。更何消斫桂婆娑。早已有吴刚挥斧。永乐大典二万零三百五十三席字韵引姚牧庵集

套数

〔双调〕新水令

冬 怨

梅花一夜漏春工。隔纱窗暗香时送。篆消金睡鸭。帘卷绣蟠龙。去凤声中。又题觉半衾梦。

〔驻马听〕心事匆匆。斜倚云屏愁万种。襟怀冗冗。半欹鸳枕恨千重。金钗剪烛晓犹红。胆瓶盛水寒偏冻。冷清清。掩流苏帐暖和谁共。

〔乔牌儿〕闷怀双泪涌。恨锁两眉纵。自从执手河梁送。离愁天地永。

〔雁儿落〕琴闲吴爨桐。箫歇秦台凤。歌停天上谣。曲罢江南弄。

〔得胜令〕书信寄封封。烟水隔重重。夜月巴陵下。秋风渭水东。相逢。枕上欢娱梦。飘蓬。天涯怅望中。

〔沽美酒〕龙涛倾白玉钟。羊羔泛紫金觥。兽炭添煤火正红。业身躯自拥。听门外雪花风。

〔太平令〕悔当日东墙窥宋。有心教夫婿乘龙。见如今天寒地冻。知他共何人陪奉。想这厮指空。话空。脱空。巧舌头将人搬弄。

〔水仙子〕朔风掀倒楚王宫。冻雨埋藏神女峰。雪雹打碎桃源洞。冷丁丁总是空。簌湘帘翠霭重重。写幽恨题残春扇。敲郁闷听绝暮钟。数归期曲损春葱。

〔折桂令〕数归期曲损春葱。鱼深潜鸭头绿寒波。雁唳残羊角转旋风。碎寒金照腕徒黄。收香鸟藏烟近黑。守宫砂点臂犹红。雪一番霰一阵时间骤拥。云一携雨一握何处行踪。途路西东。烟雾溟濛。魂也难通。梦也难通。

〔尾声〕这冤雠怀恨千钧重。见时节心头气拥。想盼的我肠断眼睛儿穿。直捆的他腮颊脸儿肿。_{雍熙乐府——　北宫词纪六}

雍熙乐府无题。不注撰人。○(驻马听)词纪晓犹作烧犹。冷清清作离思拥。(雁儿落)词纪江南作江东。(得胜令)词纪起处有呀字。夜月作夜色。(太平令)词纪脱空作一步步脱空。(尾声)词纪腮颊脸作脸皮。

刘敏中

敏中字端甫。济南章丘人。幼卓异不凡。乡先生杜仁杰爱其文。亟称之。至元中。拜监察御史。劾桑哥奸邪不报。遂辞职归。既而起为御史台都事。出为燕南肃政廉访副使。入为国子司业。迁翰林直学士兼国子祭酒。大德间。宣抚辽东山北。除东平路总管。擢陕西行台治书侍御史。召为集贤学士。商议中书省事。武宗立。授太子赞善。拜河南行省参知政事。改治书侍御史。出为淮西肃政廉访使。转山东宣慰使。召为翰林学士承旨。以疾还乡里。延祐五年卒。年七十六。赠光禄大夫柱国。追封齐国公。谥文简。端甫援据今古。雍容不迫。为文辞理备辞明。有中庵集。

小令

〔正宫〕黑漆弩

村居遣兴

长巾阔领深村住。不识我唤作伧父。掩白沙翠竹柴门。听彻秋来夜雨。　闲将得失思量。往事水流东去。便宜教画却凌烟。甚是功名了处。_{中庵集　中庵诗馀　中庵乐府}

中庵乐府长作高。宜教作直教。

吾庐却近江鸥住。更几个好事农父。对青山枕上诗成。一阵沙头风雨。　　酒旗只隔横塘。自过小桥沽去。尽疏狂不怕人嫌。
是我生平喜处。中庵集　中庵诗馀　中庵乐府

中庵乐府却作恰。阵作障。

高文秀

文秀东平府学生员。早卒。都下人号小汉卿。为元初杂剧大家。
著杂剧三十四种。今仅存五种。赵元遇上皇。双献头。须贾诨范叔。
襄阳会。保成公径赴渑池会。惟渑池会或云非元人作。

套数
〔双调〕行香子

丫髻镮绦。草履麻袍。翠岩前盖座团标。块石作枕。独木为桥。
摘藤花。挑竹笋。采茶苗。
〔乔木查〕掩柴扉静悄。不许红尘到。皓月清风为故交。肩将藜
杖挑。闲访渔樵。
〔拨不断〕景潇潇。性飘飘。龙中自有真修妙。黄叶成堆任俺烧。
白云满地无人扫。叹人间长笑。
〔搅筝琶〕嫌喧花。不挂许由瓢。玉兔金乌。从昏至晓。时复饮
浊醪。且吃的沉醉陶陶。把人间万事都忘。到大来散诞逍遥。
〔离亭宴煞〕醉时节独把青松靠。醒时节自取瑶琴操。操的是
鹤鸣九皋。听水声观山色掀髯笑。也不指望归阆苑超蓬岛。直
恁的清闲到老。阶说得利名轻。消磨得是非少。罗本阳春白雪后集
卷三

〔南吕〕一枝花

咏惜花春起早

花间杜宇啼。柳外黄莺哢。银河清耿耿。玉露滴涓涓。潜入花园。露湿残妆面。风吹云鬓偏。画阁内绣幕犹垂。锦堂上珠帘未卷。

〔梁州〕恰行过开烂熳梨花树底。早来到喷清香芍药栏边。海棠颜色堪人羡。桃红喷火。柳绿拖烟。蜂飞飏飏。蝶舞翩翩。惊起些宿平沙对对红鸳。出新巢燕子喧喧。怕的是罩花丛玉露濛濛。愁的是透罗衣轻风剪剪。盼的是照纱窗红日淹淹。近前。怕远。蹴金莲懒把香尘践。忒坚心。忒心恋。休辜负美景良辰三月天。堪赏堪怜。

〔尾声〕则为这惜花懒入秋千院。因早起空闲鸳枕眠。废寝忘餐把花恋。将花枝笑撚。斜插在鬓边。手执着菱花镜儿里显。盛世新声已集　词林摘艳八　雍熙乐府九　北宫词纪五　词林白雪四

　　盛世新声无题。不注撰人。原刊本徽藩本词林摘艳题作咏惜花春起早。注明王舜耕散套。重增本内府本摘艳无题。与雍熙乐府俱不注撰人。雍熙题作惜花春起早。此套之后。尚有一枝花爱月夜眠迟。掬水月在手。弄香花满衣三套。不知是否并为一人作。北宫词纪此套注高文秀作。题同雍熙。词林白雪此套属美丽类。注康进之作。兹姑列为文秀作。○(一枝花)盛世潜入作践入。湿作滴湿。未卷作半卷。重增本摘艳俱同。雍熙清作回。潜入作暂入。绣幕作罗幕。词纪俱同雍熙。(梁州)盛世颜色作娇艳。桃红上有你看那三字。是照作是那照。淹淹作炎炎。近前作进前。忒心恋作不心恋。重增本摘艳俱同。雍熙颜色作娇艳。桃红作桃花。柳绿作杨柳。出新巢作又见出新巢。玉露作晓雾。愁的作避的。盼的作耀的。淹淹作恹恹。近前作进前。香尘作残红。忒坚至辜负作。忒心坚。怕心倦。怎肯辜负了。词纪词林白雪飏飏作闪闪。馀俱同雍熙。(尾声)盛世重增本摘艳镜上俱有则在这三字。雍熙首二句作。为惜花不入秋

千院。因早起致将鸳枕闲。把花作把他。手执作犹自古手执。镜儿里作镜儿。
词纪词林白雪俱同雍熙。

〔黄钟〕啄木儿

朦胧睡巧梦成。偶一佳人伴瘦形。正温存云雨将兴。被黄鹂弄
声惊醒。觉来恍惚心不定。无端阻我阳台兴。凤友鸾交化作尘。
〔前腔〕襄王梦仍又成。俨似当年杨太真。正欢娱再结同心。被
谯楼又打三更。思思想想愁无尽。纱窗月转移花影。把我二字
姻缘不得成。
〔玉抱肚〕静中思省。这娇人何方姓名。素不曾识面调情。平白
地将人勾引。魂飞魄散。使我战兢兢。觅尽天涯不见形。
〔滴溜子〕思量起。思量起。怎不动情。丹青手。丹青手。难描
俊英。为你。殷勤帮衬。虽然梦寐间。风流当尽。堪恨姻缘。
两字欠成。
〔馀文〕佳期不得同欢庆。梦儿里和伊言甚。盼杀鸡声天又明。词
林白雪一

> 词林白雪此套注高文秀作。词既不佳。且为南曲。殊可疑。姑辑之。○（前
> 腔）花影原作花移。
>
> 词林白雪卷四有一枝花芳姿腻腻娇套数一套。注高文秀作。案此套见汤式笔花
> 集。北宫词纪彩笔情辞亦以之属汤氏。兹不收。

郑庭玉

> 庭玉彰德人。著杂剧二十三种。今仅存疏者下船。后庭花。金凤
> 钗。忍字记。看钱奴五种。馀佚。庭玉或作廷玉。

残　曲

〔商调〕失牌名

金山寺

〔高平煞〕本真心思虑转猜疑。不觉的长吁叹息。可知道雁杳鱼沉。逐得人犬走鸡飞。畅道急别了僧人。怀着那一天闷走到兰舟内。骂你个负心的雌李勉。大胆的女姜维。对着神祇。指着身己。说不尽碜可可山盟怎离得。北词广正谱

庾天锡

　　天锡字吉甫。大都人。中书省掾。除员外郎中山府判。著杂剧骂上元。琵琶怨。兰昌宫等十五种。今俱不存。贯云石序阳春白雪。品骘当代乐府。以吉甫与关汉卿并论。谓其造语妖娇。却如小女临杯。使人不忍对殢。案天一阁旧藏明蓝格钞本录鬼簿。谓吉甫名天福。兹据曹栋亭本作天锡。

小　令

〔双调〕蟾宫曲

环滁秀列诸峰。山有名泉。泻出其中。泉上危亭。僧仙好事。缔构成功。四景朝暮不同。宴酣之乐无穷。酒饮千钟。能醉能文。太守欧翁。阳春白雪前集二　乐府群珠三

　　乐府群珠题作拟醉翁亭记。〇元刊阳春白雪缔构作缔樽。钞本作构构。兹从徐本及群珠。群珠四景作四时。

滕王高阁江干。佩玉鸣銮。歌舞斓珊。画栋朱帘。朝云暮雨。南浦西山。物换星移几番。阁中帝子应笑。独倚危阑。槛外长

江。东注无还。_{阳春白雪前集二　乐府群珠三}

乐府群珠题作拟滕王阁记。○笑字失韵。似误。

〔双调〕雁儿落过得胜令

春风桃李繁。夏浦荷莲间。秋霜黄菊残。冬雪白梅绽。　四季
手轻翻。百岁指空弹。谩说周秦汉。徒夸孔孟颜。人间。几度
黄粱饭。狼山。金杯休放闲。_{阳春白雪前集四}

名缰厮缠挽。利锁相牵绊。孤舟乱石湍。羸马连云栈。　宰相
五更寒。将军夜渡关。创业非容易。升平守分难。长安。那个
是周公旦。狼山。风流访谢安。_{阳春白雪前集四　梨园乐府下}

梨园乐府不注撰人。下二首同。○元刊阳春白雪渡关作时还。兹从钞本白雪及
梨园乐府。元刊白雪是周公作似周公。兹从钞本。梨园乐府缠挽作绾缠。牵作
萦。石湍作□滩。守分作守亦。无是字。狼山上有对字。下二首同。访作学。

韩侯一将坛。诸葛三分汉。功名纸半张。富贵十年限。　行路
古来难。古道近长安。紧把心猿系。牢将意马拴。尘寰。倒大
无忧患。狼山。白云相伴闲。_{阳春白雪前集四　梨园乐府下}

元刊阳春白雪古道近作古官近。兹从钞本。梨园乐府古道近作求官过。纸半张
作一片纸。相伴作深处。

荒荒时务艰。急急光阴换。一局棋未终。腰斧柯先烂。　百岁
霎光间。莫惜此时闲。三两知心友。鲸杯且吸干。休弹。玉人
齐声叹。狼山。兴亡一笑间。_{阳春白雪前集四　梨园乐府下}

钞本阳春白雪未终作未残。梨园乐府艰作难。换作趱。三句作局棋犹未了。霎
光作霎时。莫惜此时作且借此身。三两作会几个。且吸作吸要。休弹作吹弹。
叹作咂。

从他绿鬓斑。欹枕白石烂。回头红日晚。满目青山矸。　翠立
数峰寒。碧锁暮云间。媚景春前赏。晴岚雨后看。开颜。玉盏
金波满。狼山。人生相会难。_{阳春白雪前集四}

元刊本钞本矸俱作碎。兹从残元本。钞本绿鬓作丝发。春前赏从徐本。他本俱
作春前看。

套　数

〔商角调〕黄莺儿

怀古。怀古。废兴两字。干戈几度。问当时富贵谁家。陈宫后主。
〔踏莎行〕残照底西风老树。据秦淮终是帝王都。爱山围水绕。
龙蟠虎踞。依稀睹。六朝风物。

〔盖天旗〕光阴迅速。多半晴天变雨。待拣搭溪山好处。吞一杯。
嚎数曲。身有欢娱。事无荣辱。

〔应天长〕引一仆。着两壶。谢老东山。黄花时好去。适意林泉
游未足。烟波暮。堪凝伫。谪仙诗句。

〔尾〕一线寄乌衣。二水分白鹭。台上凤凰游。井口胭脂污。想
玉树后庭花。好金陵建康府。阳春白雪前集二　北词广正谱引踏莎行盖天
旗　九官大成五九同

　　　（盖天旗）元刊本数曲之曲字模糊。钞本与北词广正谱九官大成俱作曲。大成
　　　搭作答。（应天长）牌名原作垂丝钓。误。

怀古。怀古。物换千年。星移几度。想当时帝子元婴。阎公都督。
〔踏莎行〕彩射龙光。云埋铁柱。迷津烟暗。渡水平湖。高士祠
堂。旌阳殿宇。洪恩路。藕花无数。

〔盖天旗〕残碑淋雨。留得王郎佳句。信步携筇。登临闲伫。雁
惊寒。衡阳浦。秋水长天。落霞孤鹜。

〔应天长〕东接吴。南甸楚。绀坞荒村。苍烟古木。俯挹遥岑伤
未足。夕阳暮。空无语。昔人何处。

〔尾〕孤塔插晴空。高阁临江渚。栋飞南浦云。帘卷西山雨。观
胜概壮江山。叹鸣銮罢歌舞。阳春白雪前集二　太和正音谱下引全套　北

词广正谱引后四支　九宫大成五九同

（黄莺儿）太和正音谱当时作当日。（应天长）元刊阳春白雪昔人作皆人。钞本作背人。九宫大成甸作连。

别　况

无语。无语。闷人怕到。江天日暮。大都来一种相思。柔肠万缕。

〔幺〕嫩玉。肌肤。会调弦理管。能歌妙舞。从别后有谁拘束。

〔垂丝钓〕求神问卜。道须有团圆一处。奈目下佳期。未得相逢愁最苦。正值着秋光。暮天凄楚。

〔应天长〕愁成阵。更压着宋玉。便是铁石人。也今宵耽不去。早是恓惶能对付。难禁处。凄凉景。窗儿外眼撮聚。

〔随煞〕起一阵菊花风。下几点芭蕉雨。风送得菊花香。雨打得芭蕉絮。芭蕉雨敌庭梧。菊花风战槛竹。太平乐府七　雍熙乐府一六

北词广正谱引前三支

太平乐府此套牌名么原作踏莎行。垂丝钓原么。应天长原作盖天旗。雍熙乐府同。均误。兹改正之。雍熙不注撰人。〇（幺）广正谱有谁拘束四字叠。（垂丝钓）元刊太平乐府团圆二字作□□。兹从明大字本太平乐府及雍熙北词广正谱。（应天长）元刊八卷本太平乐府眼作眼前。

〔商调〕定风波

思　情

迤逦秋来到。正露冷风寒。微雨初收。凉风儿透洌襟袖。自别来愁万感。遣离情不堪回首。

〔金菊香〕到秋来还有许多忧。一寸心怀无限愁。离情镇日如病酒。似这等恹恹。终不肯断了风流。

〔凤鸾吟〕题起来羞。这相思何日休。好姻缘不到头。饮几盏闷酒。醉了时罢手。则怕酒醒了时还依旧。我为他使尽了心。他为我添消瘦。都一般减了风流。

〔醋葫芦〕人病久。何日休。恩情欲待罢无由。哎。你个多情你可便怎下的辜负。子我知伊主意。料应来倚仗着脸儿羞。

〔尾声〕本待要弃舍了你个冤家。别寻一个玉人儿成配偶。你道是强似你那模样儿的呵说道我也不能够。我道来胜似你心肠儿的呵到处里有。盛世新声申集　词林摘艳七　雍熙乐府一六　彩笔情辞六　太和正音谱下引凤鸾吟　北词广正谱引定风波凤鸾吟尾声　九宫大成五九同

盛世新声重增本内府本词林摘艳俱无题。与雍熙乐府皆不注撰人。雍熙题作离情。原刊本徽藩本词林摘艳题作思情。彩笔情辞题作叹闪。三书与北词广正谱俱注庾吉甫作。太和正音谱引凤鸾吟注无名氏小令。〇(定风波)盛世透冽作透烈。雍熙情辞九宫大成俱作透裂。雍熙大成愁万感俱作情万感。离情俱作离愁。广正谱四句无冽字。五句作蓦听得残蝉噪衰柳。(金菊香)盛世重增本摘艳心怀下俱有着我二字。离情俱作情怀。情辞离情作恹恹。末二句作。只恁般心上眉头。终不肯断绸缪。(凤鸾吟)盛世重增本摘艳及雍熙俱无此曲。太和正音谱引此曲注无名氏小令。广正谱亦引之。属此套。正音谱时还作重还。内府本摘艳儿盏作一杯。六句作醒来时依然还又。我为他与他为我易位。消瘦作憔瘦。减作减尽。情辞六句作只怕酒醒时相思还似旧。大成盏作杯。尽了作尽。(醋葫芦)盛世摘艳子我俱作了我。连上作一句。脸儿羞俱作脸儿好。盛世重增本摘艳料应下俱无来字。雍熙恩情作思情。多情你可便五字作冤家二字。情辞二句作怨日稠。末三句作。哎。你可怎下得便把人辜负。这意儿知否。料应来倚仗着脸娇柔。(尾声)盛世人儿成作人重。模样儿作模样。胜似你作寻一个胜似你的。末句的呵作的敢。重增本摘艳同。内府本摘艳说道我也作大古来。雍熙冤家作多情。一个作个。成配作重配。三句作强似你的模样儿的呵做道我不能够。我道来胜似你作胜似你的。末句呵下有敢字。情辞一个作个。三句无那字。说道我作可。道来作道是。末句呵下有敢字。广正谱九宫大成人儿成作人重。末句的呵作的敢。

马致远

致远号东篱。大都人。任江浙行省务官。与关汉卿。郑光祖。白
朴四人以杂剧并称。谓之关马郑白。著杂剧十五种。今存汉宫秋。荐
福碑。岳阳楼。黄粱梦。青衫泪。陈抟高卧。任风子七种。散曲亦
富。涵虚子论曲。谓其词如朝阳鸣凤。又谓其词典雅清丽。可与灵光
景福相颉颃。有振鬣长鸣。万马皆喑之意。又若神凤飞鸣于九霄。岂
可与凡鸟共语哉。宜列群英之上。

小令

〔仙吕〕青哥儿

十二月

正　月

春城春宵无价。照星桥火树银花。妙舞清歌最是他。翡翠坡前
那人家。鳌山下。<small>梨园乐府下　太和正音谱下　北词广正谱　九宫大成五　元
明小令钞</small>

二　月

前村梅花开尽。看东风桃李争春。宝马香车陌上尘。两两三三
见游人。清明近。<small>梨园乐府下</small>

三　月

风流城南修禊。曲江头丽人天气。红雪飘香翠雾迷。御柳宫花
几曾知。春归未。<small>梨园乐府下</small>

四　月

东风园林昨暮。被啼莺唤将春去。煮酒青梅尽醉渠。留下西楼

美人图。闲情赋。_{梨园乐府下}

五　月

榴花葵花争笑。先生醉读离骚。卧看风檐燕垒巢。忽听得江津
戏兰桡。船儿闹。_{梨园乐府下}

六　月

冰壶瑶台天远。逃炎蒸莫要逃禅。约下新秋数日前。闲与仙人
醉秋莲。凌波殿。_{梨园乐府下}

七　月

梧桐初雕金井。月纤妍人自娉婷。独对青娥翠画屏。闲只管银
河问双星。无蹊径。_{梨园乐府下}

八　月

铜壶半分更漏。散秋香桂娥将就。天远云归月满楼。这清兴谁
教庾江州。能消受。_{梨园乐府下}

九　月

前年维舟寒濑。对篷窗丛菊花开。陈迹犹存戏马台。说道丹阳
寄奴来。愁无奈。_{梨园乐府下}

十　月

玄冥偷传春信。只多为腊蕊冰痕。山远楼高雪意新。锦帐佳人
会温存。添风韵。_{梨园乐府下}

十一月

当年东君生意。在重泉一阳机会。与物无心总不知。律管儿女
漫吹灰。闲游戏。_{梨园乐府下}

十二月

隆冬寒严时节。岁功来待将迁谢。爱惜梅花积下雪。分付与东

君略添些。丰年也。_{梨园乐府下}

> 梨园乐府青哥儿十二首失注撰人。题作十二月。太和正音谱北词广正谱并征引
> 正月一首。注马致远小令。元明小令钞从之。如正音谱等所注不误。则以下十
> 一首皆应属东篱。兹全辑之。

〔南吕〕四块玉

恬　退

绿鬓衰。朱颜改。羞把尘容画麟台。故园风景依然在。三顷田。
五亩宅。归去来。_{太平乐府五　乐府群珠二}

> 乐府群珠改作败。

绿水边。青山侧。二顷良田一区宅。闲身跳出红尘外。紫蟹肥。
黄菊开。归去来。_{太平乐府五　乐府群珠二}

翠竹边。青松侧。竹影松声两茅斋。太平幸得闲身在。三径修。
五柳栽。归去来。_{太平乐府五　乐府群珠二}

> 明大字本太平乐府闲身作身闲。

酒旋沽。鱼新买。满眼云山画图开。清风明月还诗债。本是个
懒散人。又无甚经济才。归去来。_{太平乐府五　乐府群珠二}

天台路

采药童。乘鸾客。怨感刘郎下天台。春风再到人何在。桃花又
不见开。命薄的穷秀才。谁教你回去来。_{梨园乐府下　乐府群珠二}

紫芝路

雁北飞。人北望。抛闪煞明妃也汉君王。小单于把盏呀剌剌唱。
青草畔有收酪牛。黑河边有扇尾羊。他只是思故乡。_{梨园乐府下}
_{乐府群珠二}

梨园乐府河边作河远。乐府群珠于远字旁注一边字。兹从之。

浔阳江

送客时。秋江冷。商女琵琶断肠声。可知道司马和愁听。月又明。酒又醒。客乍醒。梨园乐府下　乐府群珠二

乐府群珠酒又醒作酒又醒。

马嵬坡

睡海棠。春将晚。恨不得明皇掌中看。霓裳便是中原患。不因这玉环。引起那禄山。怎知蜀道难。梨园乐府下　乐府群珠二

凤凰坡

百尺台。堆黄壤。弄玉吹箫送萧郎。送萧郎共上青霄上。到如今国已亡。想当初事可伤。再几时有凤凰。梨园乐府下　乐府群珠二

乐府群珠台作楼。

蓝桥驿

玉杵闲。玄霜尽。何敢蓝桥望行云。裴航自有神仙分。原是个窃玉人。做了个赏月人。成就了折桂人。梨园乐府下　乐府群珠二

洞庭湖

画不成。西施女。他本倾城却倾吴。高哉范蠡乘舟去。那里是泛五湖。若纶竿不钓鱼。便索他学楚大夫。梨园乐府下　乐府群珠二

临筇市

美貌才。名家子。自驾着个私奔坐车儿。汉相如便做文章士。

爱他那一操儿琴。共他那两句儿诗。也有改嫁时。<small>梨园乐府下　乐府群珠二</small>

<small>　　梨园乐府美貌下脱才字。兹从乐府群珠。</small>

巫山庙

暮雨迎。朝云送。暮雨朝云去无踪。襄王谩说阳台梦。云来也是空。雨来也是空。怎挨十二峰。<small>梨园乐府下　乐府群珠二</small>

海神庙

彩扇歌。青楼饮。自是知音惜知音。桂英你怨王魁甚。但见一个傅粉郎。早救了买笑金。知他是谁负心。<small>梨园乐府下　乐府群珠二</small>

<small>　　救疑应作收。</small>

叹　世

两鬓皤。中年过。图甚区区苦张罗。人间宠辱都参破。种春风二顷田。远红尘千丈波。倒大来闲快活。<small>梨园乐府下　乐府群珠二</small>

子孝顺。妻贤惠。使碎心机为他谁。到头来难免无常日。争利名。夺富贵。都是痴。<small>梨园乐府下　乐府群珠二</small>

<small>　　妻贤惠原作妻贤会。兹改正。梨园乐府无常日作无常目。兹从乐府群珠。</small>

带野花。携村酒。烦恼如何到心头。谁能跃马常食肉。二顷田。一具牛。饱后休。<small>钞本阳春白雪后集一　梨园乐府下　乐府群珠二　雍熙乐府一八</small>

<small>　　此首及次首据钞本阳春白雪及乐府群珠则为刘时中作。雍熙乐府亦以此首为时中作。群珠据梨园乐府录马致远四块玉。径删此二曲。兹姑据梨园乐府重出于此。参阅刘曲校记。</small>

佐国心。拿云手。命里无时莫刚求。随时过遣休生受。几叶绵。一片绸。暖后休。<small>钞本阳春白雪后集一　梨园乐府下　乐府群珠二　雍熙乐府一八</small>

带月行。披星走。孤馆寒食故乡秋。妻儿胖了咱消瘦。枕上忧。马上愁。死后休。<small>梨园乐府下　乐府群珠二</small>

白玉堆。黄金垛。一日无常果如何。良辰媚景休空过。琉璃钟琥珀浓。细腰舞皓齿歌。倒大来闲快活。<small>梨园乐府下　乐府群珠二</small>

风内灯。石中火。从结灵胎便南柯。福田休种儿孙祸。结三生清净缘。住一区安乐窝。倒大来闲快活。<small>梨园乐府下　乐府群珠二</small>

月满轮。花成朵。信马携仆到鸣珂。选一间岩嵌房儿坐。浅斟着金曲卮。低讴着白雪歌。倒大来闲快活。<small>梨园乐府下　乐府群珠二</small>

<small>乐府群珠四句无选字。</small>

甑有尘。门无锁。人海从教斗张罗。共诗朋闲访相酬和。尽场儿喫闷酒。即席间发淡科。倒大来闲快活。<small>梨园乐府下　乐府群珠二</small>

<small>乐府群珠次句无作空。六句无间字。</small>

〔南吕〕金字经

絮飞飘白雪。鲈香荷叶风。且向江头作钓翁。穷。男儿未济中。风波梦。一场幻化中。<small>阳春白雪后集一　梨园乐府下　乐府群珠二　雍熙乐府一九</small>

<small>梨园乐府此三首失注撰人。与吴仁卿及无名氏金字经杂列。吴曲亦不注撰人。雍熙乐府则并于吴仁卿金字经之后。误。乐府群珠题作渔隐。○梨园乐府此曲作。絮添芦花雪。鲈香荷叶风。我待江湖作钓翁。穷。也属画图中。风波梦。一声烟寺钟。乐府群珠首句同梨园乐府。</small>

担头担明月。斧磨石上苔。且做樵夫隐去来。柴。买臣安在哉。空岩外。老了栋梁材。<small>阳春白雪后集一　梨园乐府下　乐府群珠二　雍熙乐府一九</small>

<small>乐府群珠题作樵隐。○元刊阳春白雪栋梁作梁栋。兹从钞本白雪及梨园乐府乐府群珠等。梨园首句作担挑山头月。且做做个。老了下有也字。群珠首句同梨园。</small>

夜来西风里。九天雕鹗飞。困煞中原一布衣。悲。故人知未知。

登楼意。恨无天上梯。阳春白雪后集一　梨园乐府下　乐府群珠二　雍熙乐府一九

乐府群珠题作未遂。〇阳春白雪雕作鹏。梨园乐府西风里作秋风力。群珠首句里作动。雍熙乐府天上作上天。

〔中吕〕喜春来

六　艺

礼

夙兴夜寐尊师行。动止浑绝浮浪名。身潜诗礼且陶情。柳溪中。人世小蓬瀛。雍熙乐府一九

乐

宫商律吕随时奏。散虑焚香理素琴。人和神悦在佳音。不关心。玉漏滴残淋。雍熙乐府一九

射

古来射席观其德。今向樽前自乐心。醉横壶矢卧葭阴。且闲身。醒踏月明吟。雍熙乐府一九

御

昔驰铁骑经燕赵。往复奔腾稳似船。今朝两鬓已成斑。机自参。牛背得身安。雍熙乐府一九

书

笔尖落纸生云雾。扫出龙蛇惊四筵。蛮书写毕动君颜。酒中仙。一凭醉长安。雍熙乐府一九

数

盈虚妙自胸中蓄。万事幽传一掌间。不如长醉酒垆边。是非潜。

终日乐尧年。雍熙乐府一九

〔越调〕小桃红

四公子宅赋

春

画堂春暖绣帏重。宝篆香微动。此外虚名要何用。醉乡中。东风唤醒梨花梦。主人爱客。寻常迎送。鹦鹉在金笼。阳春白雪前集五

夏

映帘十二挂珍珠。燕子时来去。午梦薰风在何处。问青奴。冰敲宝鉴玎珰玉。兀的不胜如。石家争富。击破紫珊瑚。阳春白雪前集五

秋

碧纱人歇翠纨闲。觉后微生汗。乞巧楼空夜筵散。袜生寒。青苔砌上观银汉。流萤几点。井梧一叶。新月曲阑干。阳春白雪前集五

冬

两轩修竹凤凰楼。雪压玲珑翠。惯得闲人日高睡。赖花医。扶头枕上多风味。门前怪得。狂风无力。家有辟寒犀。阳春白雪前集五

〔越调〕天净沙

秋　思

枯藤老树昏鸦。小桥流水人家。古道西风瘦马。夕阳西下。断

肠人在天涯。梨园乐府中　中原音韵　庶斋老学丛谈　词林摘艳一　尧山堂外
纪六八　词综三〇　历代诗馀一一九

梨园乐府无题。中原音韵词林摘艳尧山堂外纪题目俱作秋思。庶斋老学丛谈于
曲前书云。北方士友传沙漠小词三阕。馀二阕本书辑于无名氏曲中。外纪属马
致远。馀书不注撰人或作无名氏。〇老学丛谈枯作瘦。小桥作远山。夕阳作斜
阳。人在作人去。历代诗馀及词综引别本老学丛谈。人家作平沙。西风作
凄风。

〔双调〕蟾宫曲

叹　世

东篱半世蹉跎。竹里游亭。小宇婆娑。有个池塘。醒时渔笛。
醉后渔歌。严子陵他应笑我。孟光台我待学他。笑我如何。倒
大江湖。也避风波。太平乐府一　乐府群珠三

乐府群珠失注撰人。次首同。〇群珠竹里作竹宇。

咸阳百二山河。两字功名。几阵干戈。项废东吴。刘兴西蜀。
梦说南柯。韩信功兀的般证果。蒯通言那里是风魔。成也萧何。
败也萧何。醉了由他。太平乐府一　乐府群珠三

〔双调〕清江引

野　兴

樵夫觉来山月底。钓叟来寻觅。你把柴斧抛。我把鱼船弃。寻
取个稳便处闲坐地。太平乐府二

绿蓑衣紫罗袍谁是主。两件儿都无济。便作钓鱼人。也在风波
里。则不如寻个稳便处闲坐地。太平乐府二

山禽晓来窗外啼。唤起山翁睡。恰道不如归。又叫行不得。则
不如寻个稳便处闲坐地。太平乐府二

天之美禄谁不喜。偏则说刘伶醉。毕卓缚瓮边。李白沉江底。则不如寻个稳便处闲坐地。_{太平乐府二}

楚霸王火烧了秦宫室。盖世英雄气。阴陵迷路时。船渡乌江际。则不如寻个稳便处闲坐地。_{太平乐府二}

林泉隐居谁到此。有客清风至。会作山中相。不管人间事。争甚么半张名利纸。_{太平乐府二　梨园乐府下}

梨园乐府此首及下二首俱失注撰人。○梨园会作作欲作。

西村日长人事少。一个新蝉噪。恰待葵花开。又早蜂儿闹。高枕上梦随蝶去了。_{太平乐府二　梨园乐府下}

明大字本太平乐府又早作又遭。梨园乐府花开作花放。

东篱本是风月主。晚节园林趣。一枕葫芦架。几行垂杨树。是搭儿快活闲住处。_{太平乐府二　梨园乐府下}

明大字本太平乐府本是作本是个。梨园乐府二句作晚咸圆成聚。几行作两行。搭儿作一搭。

〔双调〕寿阳曲

山市晴岚

花村外。草店西。晚霞明雨收天霁。四围山一竿残照里。锦屏风又添铺翠。_{阳春白雪前集三　梨园乐府中}

梨园乐府亦收此八景小令八首。惟排列次序不同。并失注撰人。○梨园外作畔。草店作柳岸。三句作晚风凉雨晴天气。气应为霁之讹。一竿作两竿。

远浦帆归

夕阳下。酒旆闲。两三航未曾着岸。落花水香茅舍晚。断桥头卖鱼人散。_{阳春白雪前集三　梨园乐府中}

梨园乐府作。垂杨岸。红蓼滩。一帆风送船着岸。孤村满林鸦噪晚。末句同。

平沙落雁

南传信。北寄书。半栖近岸花汀树。似鸳鸯失群迷伴侣。两三
行海门斜去。<small>阳春白雪前集三　梨园乐府中</small>

　　梨园乐府作。征鸿度。落日晡。正秋江野人争渡。若西风不留滩上宿。末
句同。

潇湘夜雨

渔灯暗。客梦回。一声声滴人心碎。孤舟五更家万里。是离人
几行情泪。<small>阳春白雪前集三　梨园乐府中</small>

　　钞本阳春白雪渔灯作渔烛。梨园乐府曲文全异。作。潇湘夜。雨未歇。响萧萧
满川红叶。细听来那些儿情最切。小如萤一灯茅舍。

烟寺晚钟

寒烟细。古寺清。近黄昏礼佛人静。顺西风晚钟三四声。怎生
教老僧禅定。<small>阳春白雪前集三　梨园乐府中</small>

　　梨园乐府寒作炊。清作晴。三句作山堂月明人静。顺西风作报黄昏。末句作怕
惊回夜深禅定。

渔村夕照

鸣榔罢。闪暮光。绿杨隄数声渔唱。挂柴门几家闲晒网。都撮
在捕鱼图上。<small>阳春白雪前集三　梨园乐府中</small>

　　梨园乐府作。夕阳外。古渡傍。两三家不成圈巷。一簇儿聚船人晒网。末
句同。

江天暮雪

天将暮。雪乱舞。半梅花半飘柳絮。江上晚来堪画处。钓鱼人

一蓑归去。阳春白雪前集三　梨园乐府中

梨园乐府曲文全异。作。彤云布。瑞雪飘。爱垂钓老翁堪笑。子猷冻将回去了。寒江怎生独钓。

洞庭秋月

芦花谢。客乍别。泛蟾光小舟一叶。豫章城故人来也。结末了洞庭秋月。阳春白雪前集三　梨园乐府中

梨园乐府作。茶船近。野店歇。辜负了好天良夜。豫章城故人来到了也。末句同。

春将暮。花渐无。春催得落花无数。春归时寂寞景物疏。武陵人恨春归去。阳春白雪前集三

一阵风。一阵雨。满城中落花飞絮。纱窗外蓦然闻杜宇。一声声唤回春去。阳春白雪前集三

云笼月。风弄铁。两般儿助人凄切。剔银灯欲将心事写。长吁气一声欲灭。阳春白雪前集三　雍熙乐府二〇　彩笔情辞一二

雍熙乐府题作夜忆。不注撰人。彩笔情辞以此首为卢挚作。不知何据。参阅卢曲。〇元刊本及钞本阳春白雪弄铁俱作弄雨。兹从残元本。雍熙前三句作。窗间月。檐外铁。这凄凉对谁分说。末四字作把灯吹灭。

磨龙墨。染兔毫。倩花笺欲传音耗。真写到半张却带草。叙寒温不知个颠倒。阳春白雪前集三

从别后。音信绝。薄情种害煞人也。逢一个见一个因话说。不信你耳轮儿不热。阳春白雪前集三

元刊本末句脱信字。不热作头热。兹从钞本。

从别后。音信杳。梦儿里也曾来到。问人知行到一万遭。不信你眼皮儿不跳。阳春白雪前集三

元刊本同人作间人。兹从钞本。

心间事。说与他。动不动早言两罢。罢字儿碜可可你道是耍。

我心里怕那不怕。阳春白雪前集三

人初静。月正明。纱窗外玉梅斜映。梅花笑人休弄影。月沉时
一般孤另。阳春白雪前集三

人千里。愁万缕。望不断野烟汀树。一会价上心来没是处。恨
不得待跨鸾归去。阳春白雪前集三

价原作加。兹从任校。钞本上心作上。

研香汁。展素纸。蘸霜毫略传心事。和泪谨封断肠词。小书生
再三传示。阳春白雪前集三

汁原作汗。兹从任校。

实心儿待。休做谎话儿猜。不信道为伊曾害。害时节有谁曾见
来。瞒不过主腰胸带。阳春白雪前集三

元刊本休做作休佐。兹从残元本及钞本。钞本为伊作为谁。

江梅态。桃杏腮。娇滴滴海棠颜色。金莲肯分迭半折。瘦厌厌
柳腰一捻。阳春白雪前集三

思今日。想去年。依旧绿杨庭院。桃花嫣然三月天。只不见去
年人面。阳春白雪前集三 雍熙乐府二〇

雍熙乐府题作相思。不注撰人。〇雍熙依旧下有在字。庭作深。嫣然作艳色。
只作却。

蝶慵戏。莺倦啼。方是困人天气。莫怪落花吹不起。珠帘外晚
风无力。阳春白雪前集三

他心罢。咱便舍。空担着这场风月。一锅滚水冷定也。再揣红
几时得热。阳春白雪前集三

元刊本罢作罪。兹从钞本。

相思病。怎地医。只除是有情人调理。相偎相抱诊脉息。不服
药自然圆备。阳春白雪前集三

心窝儿兴。奶陇儿情。低低的喂声相应。舌尖抵着牙缝冷。半
晌儿使的成病。阳春白雪前集三

元刊本半晌作半合。兹从钞本。

香罗带。玉镜台。对妆奁懒施眉黛。落红满阶愁似海。问东君故人安在。<small>阳春白雪前集三</small>

青纱帐。白象床。晚凉生月轮初上。谁家玉箫吹凤凰。教断肠人越添惆怅。<small>阳春白雪前集三</small>

如年夜。人乍别。角声寒玉梅惊谢。梦回酒醒灯尽也。对着冷清清半窗残月。<small>阳春白雪前集三</small>

蔷薇露。荷叶雨。菊花霜冷香庭户。梅梢月斜人影孤。恨薄情四时辜负。<small>阳春白雪前集三</small>

元刊本霜冷作开红。兹从残元本钞本及徐本。

琴愁操。香倦烧。盼春来不知春到。日长也小窗前睡着。卖花声把人惊觉。<small>阳春白雪前集三</small>

元刊本残元本小窗前俱作小窗前〱。〱示重一字。徐本刻作小窗前一。兹从钞本。

因他害。染病疾。相识每劝咱是好意。相识若知咱就里。和相识也一般憔悴。<small>阳春白雪前集三</small>

〔双调〕湘妃怨

和卢疏斋西湖

春风骄马五陵儿。暖日西湖三月时。管弦触水莺花市。不知音不到此。宜歌宜酒宜诗。山过雨颦眉黛。柳拖烟堆鬓丝。可喜杀睡足的西施。<small>阳春白雪前集二</small>

喜原作戏。元刊本旧校云。戏疑作喜。兹从之。

采莲湖上画船儿。垂钓滩头白鹭鸶。雨中楼阁烟中寺。笑王维作画师。蓬莱倒影参差。薰风来至。荷香净时。清洁煞避暑的西施。<small>阳春白雪前集二</small>

金卮满劝莫推辞。已是黄柑紫蟹时。鸳鸯不管伤心事。便白头
湖上死。爱园林一抹胭脂。霜落在丹枫上。水飘着红叶儿。风
流煞带酒的西施。<small>阳春白雪前集二</small>

人家篱落酒旗儿。雪压寒梅老树枝。吟诗未稳推敲字。为西湖
撚断髭。恨东坡对雪无诗。休道是苏学士。韩退之。难妆煞傅
粉的西施。<small>阳春白雪前集二</small>

　　元刊本残元本末句俱无煞字。兹从钞本。

〔双调〕庆东原

叹　世

拔山力。举鼎威。喑呜叱咤千人废。阴陵道北。乌江岸西。休
了衣锦东归。不如醉还醒。醒而醉。<small>太平乐府二</small>

　　明大字本不如作倒不如。

明月闲旌斾。秋风助鼓鼙。帐前滴尽英雄泪。楚歌四起。乌骓
漫嘶。虞美人兮。不如醉还醒。醒而醉。<small>太平乐府二</small>

三顾茅庐问。高才天下知。笑当时诸葛成何计。出师未回。长
星坠地。蜀国空悲。不如醉还醒。醒而醉。<small>太平乐府二</small>

夸才智。曹孟德。分香卖履纯狐媚。奸雄那里。平生落的。只
两字征西。不如醉还醒。醒而醉。<small>太平乐府二</small>

　　卖履元刊本作贾履。元刊八卷本及瞿本作买履。兹改正。明大字本落的作落
　　得。无只字。

画筹计。堕泪碑。两贤才德谁相配。一个力扶汉基。一个恢张
晋室。可惜都寿与心违。不如醉还醒。醒而醉。<small>太平乐府二</small>

珊瑚树。高数尺。珍奇合在谁家内。便认做我的。岂不知财多
害己。直到东市方知。则不如醉还醒。醒而醉。<small>太平乐府二</small>

　　元刊本财多作才多。兹从明大字本。

〔双调〕拨不断

九重天。二十年。龙楼凤阁都曾见。绿水青山任自然。旧时王谢堂前燕。再不复海棠庭院。_{阳春白雪前集三}

叹寒儒。谩读书。读书须索题桥柱。题柱虽乘驷马车。乘车谁买长门赋。且看了长安回去。_{阳春白雪前集三}

路傍碑。不知谁。春苔绿满无人祭。毕卓生前酒一杯。曹公身后坟三尺。不如醉了还醉。_{阳春白雪前集三}

怨离别。恨离别。君知君恨君休惹。红日如奔过隙驹。白头渐满杨花雪。一日一个渭城客舍。_{阳春白雪前集三}

　　　一个之一原脱。兹从任校。

孟襄阳。兴何狂。冻骑驴灞陵桥上。便纵有些梅花入梦香。到不如风雪销金帐。慢慢的浅斟低唱。_{阳春白雪前集三}

笑陶家。雪烹茶。就鹅毛瑞雪初成腊。见蝶翅寒梅正有花。怕羊羔美酝新添价。拖得人冷斋里闲话。_{阳春白雪前集三}

　　　钞本美酝作美酒。

菊花开。正归来。伴虎溪僧鹤林友龙山客。似杜工部陶渊明李太白。洞庭柑东阳酒西湖蟹。哎。楚三闾休怪。_{阳春白雪前集三　乐府群玉三}

　　　乐府群玉菊作梅。正作笑。伴虎溪僧作做伴的虎溪僧。洞庭上有有字。蟹下无哎字。楚上有道与二字。

浙江亭。看潮生。潮来潮去原无定。惟有西山万古青。子陵一钓多高兴。闹中取静。_{阳春白雪前集三}

酒杯深。故人心。相逢且莫推辞饮。君若歌时我慢斟。屈原清死由他恁。醉和醒争甚。_{阳春白雪前集三}

　　　钞本且莫作只莫。清死作沉死。

瘦形骸。闷情怀。丹枫醉倒秋山色。黄菊雕残戏马台。白衣盼

杀东篱客。你莫不子猷访戴。阳春白雪前集三

元刊本醉下无字。格中作〇。兹从钞本作倒。徐刻本作映。系臆补。

布衣中。问英雄。王图霸业成何用。禾黍高低六代宫。楸梧远
近千官冢。一场恶梦。太平乐府二

元刊太平乐府王图作图王。兹从元刊八卷本瞿本。

竞江山。为长安。张良放火连云栈。韩信独登拜将坛。霸王自
刎乌江岸。再谁分楚汉。太平乐府二

子房鞋。买臣柴。屠沽乞食为僚宰。版筑躬耕有将才。古人尚
自把天时待。只不如且酩子里胡挨。太平乐府二

莫独狂。祸难防。寻思乐毅非良将。直待齐邦扫地亡。火牛一
战几乎丧。赶人休赶上。太平乐府二

立峰峦。脱簪冠。夕阳倒影松阴乱。太液澄虚月影宽。海风汗
漫云霞断。醉眠时小童休唤。乐府群玉二　北词广正谱

乐府群玉属李致远。北词广正谱属马致远。疑广正谱误。兹互见两家曲中。

套数

〔仙吕〕赏花时

长江风送客

冯客苏卿先配成。愁杀风流双县令。扑簌簌泪如倾。凄凉愁损。
相伴着短檠灯。

〔幺〕愁恨厌厌魂梦惊。两处相思一样情。风送片帆轻。天涯隐
隐。船去似驭云行。

〔赚煞〕碧波清。江天静。既解缆如何住程。灭烛掀帘风越紧。
转回头又到山城。过沙汀。烟水澄澄。千里洪波良夜永。蛾眉
月明。恰才风定。猛抬头观见豫章城。太平乐府六

孤馆雨留人

鞍马区区山路遥。月暗星稀天欲晓。云气布荒郊。前途店少。仅此避风雹。

〔么〕客舍骎骎过几朝。雨哨纱窗魂欲消。离故国路途遥。柴门静悄。无意饮香醪。

〔赚煞〕听林间。寒鸦噪。野店江村未晓。风刮得关山叶乱飘。料前村冷落渔樵。闷无聊。心内如烧。昏惨惨孤灯不住挑。浓云渐消。月明斜照。送清香梅绽灞陵桥。太平乐府六

（赏花时）元刊本仅此作仅北。兹从明大字本及瞿本旧校。

掬水月在手

古镜当天秋正磨。玉露瀼瀼寒渐多。星斗灿银河。泉澄潦尽。仙桂影婆娑。

〔么〕不觉楼头二鼓过。慢撒金莲鸣玉珂。离香阁近花科。丫鬟唤我。渴睡也去来呵。

〔赚煞〕紧相催。闲笃磨。快道与茶茶嬷嬷。宝鉴妆奁准备着。就这月华明乘兴梳裹。喜无那。非是咱风魔。伸玉指盆池内蘸绿波。刚绰起半撮。小梅香也歇和。分明掌上见嫦娥。太平乐府六

（赏花时）元刊本潦作源。兹从元刊八卷本及瞿本。（么）明大字本渴睡作瞌睡。

弄花香满衣

丽日迟迟帘影筛。燕子来时花正开。闲绣阁冷妆台。兜鞋信步。后园里遣闷怀。

〔么〕万紫千红妖弄色。娇态难禁风力摆。时乱点尘埃。见秋千挂起。芳草上层阶。

〔赚煞〕猛观绝。宜簪带。行不顾香泥绿苔。晓露未晞移绣鞋。爱寻香频把身挨。喜盈腮。折得向怀揣。就手内游蜂斗争采。不离人左侧。风流可爱。贴春衫又引得个粉蝶儿来。
太平乐府六

（赏花时）元刊本闷怀作闺怀。兹从何钞本。（赚煞）何钞本带作戴。元刊本绣鞋作绣袜。兹从何钞本及明大字本。

〔南吕〕一枝花

惜　春

夺残造化功。占断繁华富。芳名喧上苑。和气满皇都。论春秀谁如。一任教浪蕊闲花坞。正是断人肠三月初。本待学煮海张生。生扭做游春杜甫。

〔梁州〕齐臻臻珠围翠绕。冷清清绿暗红疏。但合眼梦里寻春去。春光堪画。春景堪图。春心狂荡。春梦何如。消春愁不曾两叶眉舒。殢春娇一点心酥。感春情来来往往蜂媒。动春意哀哀怨怨杜宇。乱春心乔乔怯怯莺雏。春光。怎如。绿窗犹唱留春住。怎肯把春负。长要春风醉后扶。春梦似华胥。

〔隔尾〕休耽阁一天柳絮如绵舞。满地残花似锦铺。九十日春光等闲负。云窗月户。狂风骤雨。休没乱杀东君做不得主。太平乐府八　雍熙乐府一〇　北宫词纪六

雍熙乐府不注撰人。〇（一枝花）太平乐府谁如作谁知。北宫词纪春秀作春兴。（梁州）雍熙词纪留春住俱作留春曲。词纪春心狂荡二句作。春山秀丽。春野蘼芜。一点心酥上有常子是三字。（隔尾）词纪末句无休字。

咏庄宗行乐

宠教坊荷叶杯。踏金顶莲花斝。常忘了治国心。背记了谒食酸。

镜新磨无端。把李天下题名儿唤。但传喧声嗔里喘。教得些年小的宫娥。都唱喜春来和风渐暖。

〔梁州〕听得那静鞭响焦焦聒聒。听得杖鼓鸣恰早喜喜欢欢。近着那独杨宫创盖一座宜春馆。则这是治梨园的周武。掌乐府的齐桓。向三垂岗左右。湖柳坡周遭。则见沙场上白骨漫漫。别人见心似锥剜。那里也石敬瑭全部先锋。周德威行营的总管。那里也二皇兄乐乐停銮。这社稷则是覆盆硗梁江山。生纽做宋天下。结髦儿是狗家。撞投至刹了朱温。坏了黄巢。占得汴梁。刚得那半载儿惚宽。

〔隔尾三煞〕不肯省刑法。薄税敛。新条款。每每殢酒色。恋俳优。恣淫乱。国政民修心无叛。可惜英君十三。上石门寺里保驾。朱节儿镇谋十五载。朝属梁。暮属晋。刚挣揣得个散乐伶官。

〔二〕内藏院本三千段。抹上搽炭数百般。愿求在坐一席欢。天子龙袍扇面儿也待团栾。贯金线细沿伴。他那里颤颤巍巍带着一顶纛巾。知它是何代衣冠。

〔尾〕迟和疾。内藏库内无了歪镘。早晚尚书省散了些火伴。守下次的官家等交换。做杂剧那院酸。拴些艳段。我则怕长朝殿里勾栏儿做不满。罗本阳春白雪后集卷二

〔中吕〕粉蝶儿

寰海清夷。扇祥风太平朝世。赞尧仁洪福天齐。乐时丰。逢岁稔。天开祥瑞。万世皇基。股肱良庙堂之器。

〔迎仙客〕寿星捧玉杯。王母下瑶池。乐声齐众仙来庆喜。六合清。八辅美。九五龙飞。四海升平日。

〔喜春来〕凤凰池暖风光丽。日月袍新扇影低。雕阑玉砌彩云飞。才万里。锦绣簇华夷。

〔满庭芳〕皇封酒美。帘开紫雾。香喷金猊。望枫宸八拜丹墀内。衮龙衣垂拱无为。龙蛇动旌旗影里。燕雀高宫殿风微。道德天地。尧天舜日。看文武两班齐。

〔尾〕祝吾皇万万年。镇家邦万万里。八方齐贺当今帝。稳坐盘龙亢金椅。钞本阳春白雪后集四　北词广正谱引尾

　　北词广正谱以此套为无名氏作。○（喜春来）簇原作族。兹改。

〔大石调〕青杏子

姻　缘

天赋两风流。须知是福惠双修。骖鸾仙子骑鲸友。琼姬子高。巫娥宋玉。织女牵牛。

〔憨郭郎〕当垆心既有。题柱志须酬。莫向风尘内。久淹留。

〔还京乐〕标格江梅清秀。腰肢宫柳轻柔。宜止兰心蕙性。不进皓齿明眸。芳名美誉。镇平康冠金斗。压尽溥阳十丑。体面妖娆。精神抖擞。作来酒令诗筹。坐间解使并州客。绿鬓先秋。飞燕体翩翩舞袖。回鸾态飘飘翠被。遏云声嘹喨歌喉。情何似情何在。恐随彩云易收。丁香枝上。豆蔻梢头。

〔净瓶儿〕莫效临岐柳。折入时人手。许持箕帚。愿结绸缪。娇羞。试穷究。博个天长和地久。从今后。莫教恩爱等闲休。

〔随煞〕休道姻缘难成就。好处要人消受。终须是配偶。偏甚先教沈郎瘦。太平乐府七　雍熙乐府一五　北宫词纪五　词林白雪四　北词广正谱引净瓶儿　九宫大成二〇引憨郭郎至随煞

　　雍熙乐府不注撰人。词林白雪属美丽类。○（青杏子）雍熙乐府北宫词纪福惠俱作福慧。（憨郭郎）雍熙九宫大成题柱俱作题桥。雍熙风尘东风。（还京乐）瞿本太平乐府旧校宜止作岂止。雍熙翩翩作翩翩。飘飘作飘飘。北宫词纪词林白雪体面俱作容貌。何似俱作何在。词林白雪不进作不数。九宫大成翩翩作翩

翩。飘飘飒作飘飘。何似作何在。任讷校辑元四家散曲。改不进作不惟。(净瓶儿)雍熙博个作拨个。九宫大成同。

悟 迷

世事饱谙多。二十年漂泊生涯。天公放我平生假。剪裁冰雪。追陪风月。管领莺花。

〔归塞北〕当日事。到此岂堪夸。气概自来诗酒客。风流平昔富豪家。两鬓与生华。

〔初问口〕云雨行为。雷霆声价。怪名儿到处里喧驰的大。没期程。无时霎。不如一笔都勾罢。

〔怨别离〕再不教魂梦反巫峡。莫燃香休剪发。柳户花门从潇洒。不再踏。一任教人道情分寡。

〔摇鼓体〕也不怕薄母放讶掏。谙知得性格儿从来织下。颠不剌的相知不绻他。被莽壮儿的哥哥截替了咱。

〔赚煞〕休更道咱身边没捎剥。便有后半毛也不拔。活缬儿从他套共榻。沾泥絮怕甚狂风刮。唱道尘虑俱绝。兴来诗吟罢酒醒时茶。兀的不快活煞。乔公事心头再不罣。太平乐府七　盛世新声寅集　雍熙乐府一五　北词广正谱引摇鼓体赚煞　九宫大成二〇引摇鼓体

此套盛世新声不注撰人。无题。无赚煞一支。曲文校勘从略。雍熙乐府不注撰人。〇(青杏子)元刊太平乐府平生假作平生暇。兹从明大字本何钞本太平乐府及雍熙。(怨别离)雍熙魂梦作梦魂。何钞本太平乐府再踏作曾踏。(摇鼓体)元刊太平乐府不绻作不倦。莽壮儿的哥哥作莽注儿的歌歌。兹从雍熙及九宫大成。明大字本太平乐府亦作不绻。元刊八卷本瞿本及何钞本太平乐府歌亦俱作哥。北词广正谱无也不二字。莽壮作莽性。哥字不叠。九宫大成薄母作鸨母。性格儿作性格。(赚煞)太平乐府榻作揭。雍熙三句无活字。

〔般涉调〕哨遍

张玉嵒草书

自唐晋倾亡之后。草书扫地无踪迹。天再产玉嵒翁。卓然独立根基。甚纲纪。胸怀洒落。意气聪明。才德相兼济。当日先生沉醉。脱巾露顶。裸袖揎衣。霜毫历历蘸寒泉。麝墨浓浓浸端溪。卷展霜缣。管握铜龙。赋歌赤壁。

〔么〕仔细看六书八法皆完备。舞凤戏翔鸾韵美。写长空两脚墨淋漓。洒东窗燕子衔泥。甚雄势。斩钉截铁。缠葛垂丝。似有风云气。据此清新绝妙。堪为家宝。可上金石。二王古法梦中存。怀素遗风尽真习。料想方今。寰宇四海。应无赛敌。

〔五煞〕尽一轴。十数尺。从头一扫无凝滞。声清恰似蚕食叶。气勇浑同猊抉石。超先辈。消翰林一赞。高士留题。

〔四〕写的来狂又古。颠又实。出乎其类拔乎萃。软如杨柳和风舞。硬似长空霹雳摧。真堪惜。沉沉着着。曲曲直直。

〔三〕画一画如阵云。点一点似怪石。撇一撇如展鹍鹏翼。弯环怒偃乖龙骨。峻峭横拖巨蟒皮。特殊异。似神符堪咒。蚯蚓蟠泥。

〔二〕写的来娇又嗔。怒又喜。千般丑恶十分媚。恶如山鬼拔枯树。媚似杨妃按羽衣。谁堪比。写黄庭换取。道士鹅归。

〔一〕颜真卿苏子瞻。米元章黄鲁直。先贤墨迹君都得。满箱拍塞数千卷。文锦编挑满四围。通三昧。磨崖的本。画赞初碑。

〔尾〕据划画难。字样奇。就中浑穿诸家体。四海纵横第一管笔。

太平乐府九 雍熙乐府七 九宫大成七三引哨遍

雍熙乐府不注撰人。题作赠张玉嵒。○（么）元刊太平乐府完备作儿备。兹从

何钞本太平及雍熙九宫大成。(五煞)雍熙牌名作耍孩儿。误。太平乐府高士
作高上。雍熙翰林上无消字。(三)瞿本太平乐府横拖作横斜。雍熙末句蚯蚓
上有如字。(一)雍熙颜真卿上有更有那三字。(尾)雍熙首句作据着这划画难。

半世逢场作戏。险些儿误了终焉计。白发劝东篱。西村最好幽
栖。老正宜。茅庐竹径。药井蔬畦。自减风云气。嚼蜡光阴无
味。傍观世态。静掩柴扉。虽无诸葛卧龙冈。原有严陵钓鱼矶。
成趣南园。对榻青山。绕门绿水。

〔耍孩儿〕穷则穷落觉囫囵睡。消甚奴耕婢织。荷花二亩养鱼池。
百泉通一道清溪。安排老子留风月。准备闲人洗是非。乐亦在
其中矣。僧来笋蕨。客至琴棋。

〔二〕青门幸有栽瓜地。谁羡封侯百里。桔槔一水韭苗肥。快活
煞学圃樊迟。梨花树底三杯酒。杨柳阴中一片席。倒大来无拘
系。先生家淡粥。措大家黄虀。

〔三〕有一片冻不死衣。有一口饿不死食。贫无烦恼知闲贵。譬
如风浪乘舟去。争似田园拂袖归。本不爱争名利。嫌贫污耳。
与鸟忘机。

〔尾〕喜天阴唤锦鸠。爱花香哨画眉。伴露荷中烟柳外风蒲内。
绿头鸭黄莺儿嗁七七。梨园乐府上　词谑

(哨遍)梨园乐府卧龙冈作卧重岗。(耍孩儿)词谑五六句作。有馀豪兴嘲风月。
无复闲言讲是非。下句无亦字。(三)梨园譬原作匹。兹改。词谑一片作一身。
譬如作惊看。不爱作不会。嫌贫污耳作野猿作主。与鸟作海鸟。(尾)词谑三
句无伴字。末句作更有那绿头鸭黄口鹦金衣公子声韵美。

〔般涉调〕耍孩儿

借　马

近来时买得匹蒲梢骑。气命儿般看承爱惜。逐宵上草料数十番。

喂饲得膘息胖肥。但有些秽污却早忙刷洗。微有些辛勤便下骑。有那等无知辈。出言要借。对面难推。

〔七煞〕懒设设牵下槽。意迟迟背后随。气忿忿懒把鞍来鞴。我沉吟了半晌语不语。不晓事颓人知不知。他又不是不精细。道不得他人弓莫挽。他人马休骑。

〔六〕不骑呵西棚下凉处拴。骑时节拣地皮平处骑。将青青嫩草频频的喂。歇时节肚带松松放。怕坐的困尻包儿款款移。勤觑着鞍和辔。牢踏着宝镫。前口儿休提。

〔五〕饥时节喂些草。渴时节饮些水。着皮肤休使粗毡屈。三山骨休使鞭来打。砖瓦上休教稳着蹄。有口话你明明的记。饱时休走。饮了休驰。

〔四〕抛粪时教干处抛。尿绰时教净处尿。拴时节拣个牢固桩橛上系。路途上休要踏砖块。过水处不教践起泥。这马知人义。似云长赤兔。如益德乌骓。

〔三〕有汗时休去檐下拴。渲时休教侵着颓。软煮料草铡底细。上坡时款把身来耸。下坡时休教走得疾。休道人忒寒碎。休教鞭飑着马眼。休教鞭擦损毛衣。

〔二〕不借时恶了弟兄。不借时反了面皮。马儿行嘱付叮咛记。鞍心马户将伊打。刷子去刀莫作疑。则叹的一声长吁气。哀哀怨怨。切切悲悲。

〔一〕早晨间借与他。日平西盼望你。倚门专等来家内。柔肠寸寸因他断。侧耳频频听你嘶。道一声好去。早两泪双垂。

〔尾〕没道理没道理。忒下的忒下的。恰才说来的话君专记。一口气不违借与了你。太平乐府九　雍熙乐府七

雍熙乐府不注撰人。○（七煞）太平乐府三句鞴作背。（六）太平西作面。雍熙怕作性。（五）太平稳作隐。元刊太平及雍熙粗俱作尘。兹从瞿本。（四）太平

尿绰作绰。益德作翊德。雍熙不教作休教。又与瞿本太平义俱作意。(三)元
刊太平鏇底细作前底细。兹从何钞本。雍熙作鏇细。太平马眼作马。雍熙首句
休去作休在。末二句俱无教字。末句损作损了。(二)瞿本太平将伊作将衣。
雍熙缺首句。反了作歹了(尾)雍熙君专作若专。

〔商调〕集贤宾

思　情

天涯自他为去客。黄犬信音乖。日日凌波袜冷。湿透青苔。向
东风不倚朱扉。傍斜阳也立闲阶。扑通地石沉大海。人更在青
山外。倦题宫叶字。羞见海棠开。

〔么〕春光有钱容易买。秋景最伤怀。他便似无根蓬草。任飘零
不厌尘埃。假饶是线断风筝。落谁家也要个明白。近来自知浮
世窄。少负他惹多苦债。别离期限数。占卜卦钱排。

〔金菊香〕敢投了招婿相公宅。多就了除名烟月牌。迷留没乱处
猜。柳叶眉儿好。等你过章台。

〔浪来里〕更漏永。怎地挨。砧声才住角声哀。有灯光恨杀无月
色。是何相待。姮娥影占了看书斋。

〔尾〕听夜雨无情。悄纱窗紧慢有三千解。韵欺蛩入耳。点共泪
盈腮。疏竹响。晚风筛。划地将芭蕉叶儿摆。意中人何在。猛
随风雨上心来。太平乐府七　太和正音谱下引浪来里　北词广正谱引集贤宾浪
来里　九宫大成五九引浪来里

　　(集贤宾)元刊太平乐府湿透作沉透。倦题宫叶字作倦颜宫华。兹俱从何钞本
　　太平乐府及北词广正谱。(浪来里)九宫大成才住作才动。灯光作灯花。姮娥
　　作嫦娥。(尾)太平乐府悄作悄。何校改作悄。兹从之。

〔双调〕新水令

题西湖

四时湖水镜无瑕。布江山自然如画。雄宴赏。聚奢华。人不奢华。山景本无价。

〔庆东原〕暖日宜乘轿。春风堪信马。恰寒食有二百处秋千架。向人娇杏花。扑人衣柳花。迎人笑桃花。来往画船游。招飐青旗挂。

〔枣乡词〕纳凉时。波涨沙。满湖香芰荷兼葭。莹玉杯。青玉斝。恁般楼台正宜夏。都输他沉李浮瓜。

〔挂玉钩〕曲岸经霜落叶滑。谁道是秋潇洒。最好西湖卖酒家。黄菊绽东篱下。自立冬。将残腊。雪片似江梅。血点般山茶。

〔石竹子〕锦绣钱塘富贵家。簪缨画戟官宦衙。百岁能欢几时价。可惜韶华过了他。

〔山石榴〕橹摇摇。声嗏呀。繁华一梦天来大。风物逐人化。虚名争甚那。孤舟驾。功名已在渔樵话。更饮三杯罢。

〔醉娘子〕真个醉也么沙。真个醉也么沙。笑指南峰。却道西楼。真个醉也么沙。

〔一锭银〕欲赋终焉力不加。囊箧更俱乏。自赛了儿婚女嫁。却归来林下。

〔驸马还朝〕想像间神仙宫类馆娃。俯仰间飞来峰胜巫峡。葛仙翁郭璞家。几点林樱似丹砂。

〔胡十八〕云外塔。日边霞。桥上客。树头鸦。水亭山阁日西斜。哎。老子。醉么。宜阆苑泛浮槎。

〔阿纳忽〕山上栽桑麻。湖内寻生涯。枕头上鼓吹鸣蛙。江上听甚琵琶。

〔尾〕渔村偏喜多鹅鸭。柴门一任绝车马。竹引山泉。鼎试雷芽。但得孤山寻梅处。苦间草厦。有林和靖是邻家。喝口水西湖上快活煞。梨园乐府上　盛世新声午集　词林摘艳五　雍熙乐府一一　北词广正谱引枣乡词山石榴醉娘子驸马还朝　九官大成六五引庆东原六六引枣乡词石竹子至尾

盛世新声重增本内府本词林摘艳俱无题。与雍熙乐府皆不注撰人。雍熙题作西湖。原刊本徽藩本词林摘艳题作感怀。与北词广正谱皆注王伯成作。兹从梨园乐府。○（新水令）梨园次句首字模糊。似不字。盛世摘艳俱作不。兹从雍熙作布。内府本摘艳雄作堆。雍熙聚作足。山景作山共水。（庆东原）此曲阳春白雪前集卷三列为白仁甫小令。堪信马作宜讯马。向人作对人。扑人衣作扑人飞。游作边。盛世摘艳三句俱无有字。七句俱无游字。雍熙堪信马作堪驭马。有作早right。杏花。柳花。桃花。上均有的是二字。九官大成同雍熙。（枣乡词）雍熙香作中。莹玉杯作用金杯。青作斟。正宜作最宜。都输他作也子索输与他。北词广正谱四五句作。倒金杯。斟玉斝。大成同雍熙。（挂玉钩）梨园盛世摘艳牌名俱误作挂打沽。内府本摘艳及雍熙不误。雍熙叶滑作翠华。次句无是字。最好作最好是。将作交。末二句雪片上有有字。似字般字俱作也似。（石竹子）梨园盛世摘艳俱以此曲作山石榴。以下曲作石竹子。兹从内府本摘艳雍熙及大成改正。雍熙富贵家作十万家。篝缨画戟作画戟篝缨。衙作家。能欢几时价作能熬得几多暇。大成同雍熙。惟次句末字仍作衙。（山石榴）广正谱大成俱析第五句以下为么篇。内府本摘艳及雍熙嗟呀俱作咿哑。雍熙逐人化作遂人心。大成嗟呀作咿哑。（醉娘子）雍熙首尾两句真个俱作真个是。首句不叠。南峰作南山。广正谱么沙作摩挲。大成俱同雍熙。惟么沙亦作摩挲。（一锭银）梨园乐府卷下小令一锭银中。亦有此支。赋作卜。无更字。自赛作等赛。内府本摘艳赋终焉作向中原。次句作我可便囊箧消乏。末二句作。直等的男婚女嫁。恁时节却归林下。雍熙此支在胡十八之后。曲文同内府本摘艳。惟无我可便三字。大成同雍熙。（驸马还朝）梨园盛世摘艳类俱作内。内府本摘艳及雍熙葛仙句俱作恰道仙翁葛氏家。雍熙末句作数点林莺胜丹砂。大成同雍熙。惟仍作林樱。（胡十八）内府本摘艳老子醉么叠一句。宜作疑。泛作胜。雍熙日边作岸边。五句作水村山馆日斜挂。下无哎字。宜作疑。泛作胜。大成

俱同雍熙。(阿纳忽)盛世摘艳末句俱无甚字。雍熙栽作种些。湖内寻作湖上
觅些。枕头上作枕上听些。大成末句听其作听些。馀同雍熙。(尾)盛世摘艳
喜多下俱衍一喜字。内府本摘艳不衍。内府本末句无西字。雍熙多作添。一任
作镇掩。山泉作清泉。但得上有唱道二字。苦间草厦作苦几间茅厦。有作靠
着。西湖上作在西湖。大成俱同雍熙。

〔双调〕乔牌儿

世途人易老。幻化自空闹。蜂衙蚁阵黄粱觉。人间归去好。

〔锦上花〕选甚谁低谁高。谁强谁弱。则不如开放柴扉。打下浊
醪。山展屏风。列一周遭。花不知名。分外□娇。

〔么〕磁瓯喜潋滟。听水任低高。偃仰在藤床上。醉魂漂渺。啼
鸟惊回。叽叽淘淘。窗外三竿。红日未高。

〔清江引〕都想着吃登登马头前挑着照道。闹炒炒昏鸦噪。点点
铜壶催。滟滟残星落。立在紫微垣天未晓。

〔碧玉箫〕便有敕牒官诰。则是银汉鹊成桥。便有钞堆金窖。似
梁间燕营巢。为甚石崇睡不着。陈抟常睡着。被那转世宝。隔
断长生道。怎若肯抄。摆着手先来到。

〔歇指煞〕千钟苟窃人之好。一瓢知足天之道。有那等愚浊尽教。
尽教向愚海内钻。红尘中骤。白身里跳。争如俺拂袖归。掀髯
笑。怎头见三径边。渊明醉倒。怕不怎北阙利名多。我道俺东
篱下是非少。罗本阳春白雪后集卷二

> 北词广正谱征引以上锦上花。么篇。碧玉箫三曲。注马致远世途人易老套。案
> 以世途人易老五字领起。则首曲当为乔牌儿。太和正音谱有杜善夫散套乔牌儿
> 一支。首句即此五字。疑两谱中之曲。原为一套。而作者或有马杜二说。或有
> 一谱偶误。正音谱乔牌儿世途人易老一支。见本书杜氏曲中。兹从略。

〔双调〕夜行船

酒病花愁何日彻。劣冤家省可里随斜。见气顺的心疼。脾和的

眼热。休没前程外人行言说。

〔么〕但有半米儿亏伊天觑者。图个甚意断恩绝。你既不弃旧怜新。休想我等闲心趄。合受这场抛撤。

〔鸳鸯煞〕据他有魂灵宜赛多情社。俺心合受这相思业。牵惹情怀。愁恨千叠。唱道但得半米儿有担擎底九千纸教天赦。怕有半米儿心别。教不出的房门化做血。钞本阳春白雪后集四

　　(鸳鸯煞)教天赦原作交天赦。兹改交为教。

百岁光阴一梦蝶。重回首往事堪嗟。今日春来。明朝花谢。急罚盏夜阑灯灭。

〔乔木查〕想秦宫汉阙。都做了衰草牛羊野。不恁么渔樵没话说。纵荒坟横断碑。不辨龙蛇。

〔庆宣和〕投至狐踪与兔穴。多少豪杰。鼎足虽坚半腰里折。魏耶。晋耶。

〔落梅风〕天教你富。莫太奢。没多时好天良夜。富家儿更做道你心似铁。争辜负了锦堂风月。

〔风入松〕眼前红日又西斜。疾似下坡车。不争镜里添白雪。上床与鞋履相别。休笑巢鸠计拙。葫芦提一向装呆。

〔拨不断〕利名竭。是非绝。红尘不向门前惹。绿树偏宜屋角遮。青山正补墙头缺。更那堪竹篱茅舍。

〔离亭宴煞〕蛩吟罢一觉才宁贴。鸡鸣时万事无休歇。何年是彻。看密匝匝蚁排兵。乱纷纷蜂酿蜜。急攘攘蝇争血。裴公绿野堂。陶令白莲社。爱秋来时那些。和露摘黄花。带霜分紫蟹。煮酒烧红叶。想人生有限杯。浑几个重阳节。人问我顽童记者。便北海探吾来。道东篱醉了也。梨园乐府上　中原音韵　盛世新声午集　词林摘艳五　词谑　雍熙乐府一二　尧山堂外纪六八　南北词广韵选一四　北宫词纪一　词林白雪五　太平清调迦陵音　太和正音谱下引夜行船风入松离亭宴煞　九宫

大成六七引全套

梨园乐府盛世新声词谑雍熙乐府俱无题。盛世不注撰人。中原音韵尧山堂外纪题目俱作秋思。原刊本徽藩本词林摘艳及北宫词纪俱作秋兴。重增本内府本词林摘艳不注撰人。无题。南北词广韵选题作警世。词林白雪属谯赏类。太平清调迦陵音不注撰人。题作闲情。○（夜行船）中原音韵一作如。今日作昨日。明朝作今朝。阑作筵。太和正音谱同音韵。惟仍作夜阑。词谑广韵选迦陵音今日俱作昨日。明朝俱作今朝。外纪词纪词林白雪俱同音韵。惟仍作一梦。九宫大成阑作筵。（乔木查）音韵无想字。都做了作做。无幺字。没作无。盛世及各本摘艳幺俱的。内府本摘艳般。词谑无想字。无幺字。外纪没作无。馀同词谑。雍熙广韵选词纪词林白雪大成不恁么俱作一恁。广韵选无想字。迦陵音同外纪。（庆宣和）梨园踪作纵。音韵词谑外纪广韵选迦陵音三句俱作鼎足三分半腰折。盛世摘艳三句俱无里字。内府本摘艳虽坚作三分。雍熙投至作投至得。虽坚作三分。魏耶上有知他是三字。词纪词林白雪大成三句同音韵。末句同雍熙。（落梅风）音韵首句无你字。莫太作不待。没多作无多。四句作看钱奴硬将心似铁。末句争作空。无了字。盛世一四句俱无你字。儿作郎。末句无了字。摘艳俱同盛世。内府本摘艳良夜作凉夜。末句争作休。词谑广韵选词纪俱同音韵。惟钱俱作财。词纪无多作没多。词林白雪俱同词纪。雍熙莫太作莫待。争作休。馀同音韵。惟钱作财。外纪同音韵。惟不待作莫太。迦陵音同外纪。大成同词纪。惟看财奴作富家郎。（风入松）音韵不争镜里作晓来清镜。与作和。休笑巢鸠作莫笑鸠巢。一向作一就。正音谱不争作晓来。一向作且自。盛世摘艳一向俱作一样。内府本摘艳不争作晓来。词谑不争作晓来。与作和。一向作一样。雍熙不争作晓来。外纪同音韵。惟一向作一恁。广韵选同词谑。词纪大成不争镜里俱作晓来青镜。与俱作和。词纪休笑下有我字。迦陵音同外纪。惟和作与。一向作一恁。词林白雪俱同词纪。（拨不断）音韵屋角作屋上。末句与词谑外纪广韵选词纪词林白雪迦陵音大成俱无更那堪三字。（离亭宴煞）梨园攘攘上无急字。那些下有个字。音韵首句无罢字。次句无时字。三句作争名何何年是彻。四句无看字。急攘攘作闹穰穰。秋来下无时字。分作烹。人生上无想字。下句作几个登高节。人问我作嘱付俺。正音谱鸣作唱。何年上有争名利三字。乱纷纷作闹吵吵。争血作竞血。九句作其实爱秋来那些。分作烹。人问我作嘱付你个。便作恐。盛世四句无看字。争血作竞血。爱秋来

时作到秋来。分作烹。浑作能。重阳作登高。问我下有时字。便作恐。摘艳俱
同盛世。内府本摘艳人问我作嘱咐你个。词谱外纪广韵选迦陵音俱同音韵。惟
词谱广韵选俱仍作急攘攘。迦陵音何下无年字。广韵选争名利作争名夺利。嘱
付俺作嘱付。雍熙词纪俱有争名利三字。无看字。无时字。分作烹。重阳作登
高。雍熙浑作能。人问我作分付。便作恐。词纪人生上无想字。几个上无浑
字。人问我作分付俺。词林白雪大成俱同词纪。惟大成便作恐。

天地之间人寄居。来生去死嗟吁。就里荣枯。暗中贫富。人力
不能除取。

〔乔牌儿〕自然天付与。强得来也不坚固。有人参透其中趣。何
须巧对付。

〔锦上花〕富贵无骄。贫穷何辱。贫不忧愁。富莫贪图。富依公。
天能祐护。贫富人生。各人命福。富呵享富来。贫呵乐贫去。
就里无钱。尚良欢娱。袖有黄金。到有嗟吁。一日勾来。如何
做做主。

〔江儿水〕人生百年如过驹。暗里流年度。似晓露红莲香。落日
夕阳暮。没可里使心干受苦。

〔碧玉箫〕春满皇都。快兴到金壶。凉意入郊墟。何可忆鲈鱼。
量有无。好光阴不可辜。携着良友生。觅着闲游处。四景又俱。
羡甚功劳部。

〔离亭宴带歇指煞〕公卿自有公卿禄。儿孙自有儿孙福。神心自
语。恁麒麟阁上图。凤凰池中立。不如俺鹦鹉州边住。黄纸上
名。不如俺软瓯中物。谁知野夫。列翠围四屏山。引寨练一溪
水。盖蜗舍三椽屋。我头低气不低。身屈心难屈。一任教风云
卷舒。饭饱一身安。心闲万事足。罗本阳春白雪后集卷二　北词广正谱
九宫大成六六

九宫大成北词广正谱引碧玉箫。○（碧玉箫）九宫大成凉意作凉。部作簿。（离
亭宴带歇指煞）软疑为饮之误。寨疑为寒之误。

帘外西风飘落叶。扑簌簌落满阶砌。晚景消疏。秋声呜噎。又是断肠时节。

〔乔牌儿〕寸心愁万叠。业眼怎交睫。孤帏难挨半夜。凄凉何日彻。

〔风入松〕劣冤家真个负心别。徒恁的随邪。好姻缘取次磨灭。谩交人感叹伤叹。楚岫被云遮。祆庙火烧绝。

〔鸳鸯煞〕谁承望半路里他心起。待刚来自家冤业。宝鉴分开。玉簪掂折。唱道薄幸亏人。神天觑者。到如今着坚心儿挨。不消分别。负德辜恩见去也。

又

一片花飞春意减。休直到绿愁红惨。夜拥鸳衾。晓鸾镜。病恹恹粉憔胭淡。

〔风入松〕再休将风月檐儿担。就里尴尬。付能挨得离坑陷。又钻入虎窟蛟潭。使不着狂心怪胆。恁却甚饱轻谙。

〔阿忽令〕才见了明暗。且做些搠渰。倘忽间被他啜赚。那一场羞惨。

〔鸳鸯煞〕有魂灵晓事伊台鉴。没寻思休惹人嚼啖。恁便坐守行监。少不得个面北眉南。唱道小可何堪。他亲怎敢。恁那鬼厮扑恩情忺。得时暂委实受过吃苦难甘。恁时节冤家信得俺。罗本阳春白雪后集卷二

夜行船

不合青楼酒半酣。据些呵小生该斩。楚岫云迷。蓝桥水渰。没气性休交人啜赚。

〔风入松〕对人前排得话儿岩。就里尴尬。謊破风流胆。这一场

吃苦难甘。相知每无些店三。般得人面北眉南。

〔阿忽令〕觑了他行赚。听了它言谈。动不动口儿泼忏。道的人羞惨。

〔鸳鸯煞〕尽教他统馒的姨夫喊。岂无晓事相知鉴。俺不是曾花里钻延。酒楼上贪婪。唱道俺气般看他。他心肝般看俺。想这场聚散别离寻思好淡。若是奶奶肯权耽。俺这合死的敲才再不敢。罗本阳春白雪后集卷二

〔双调〕行香子

无也闲愁。有也闲愁。有无间愁得白头。花能助喜。酒解忘忧。对东篱。思北海。忆南楼。

〔庆宣和〕过了重阳九月九。叶落归秋。残菊胡蝶强风流。劝酒。劝酒。

〔锦上花〕莫莫休休。浮生参透。能得朱颜。几回白昼。野鹤孤云。倒大自由。去雁来鸿。催人皓首。位至八府中。谁说百年后。则落得庄周。叹打骷髅。爱煞当年。鲁连乘舟。那个如今。陶潜种柳。

〔清江引〕青云兴尽王子猷。半路里干生受。马踏街头月。耳听宫前漏。知他恁羡甚么关内侯。

〔碧玉箫〕莺也似歌喉。佳节若为酬。傀儡棚头。题甚么抱官囚。自也羞。则不如一笔勾。锦瑟左右。红妆前后。朦胧醉眸。觑只头黄花瘦。

〔离亭宴带歇指煞〕花开但愿人长久。人闲难得花依旧。夕阳暂留。酒中仙。尘外客。林间友。黄橙带露时。紫蟹迎霜候。香醪羡笃。酒和花。人共我。无何有。细杖藜。宽袍袖。断送了西风罢手。常待做快活头。永休开是非口。梨园乐府上　北词广正谱

引行香子锦上花碧玉箫离亭宴带歇指煞　九宫大成六六引碧玉箫

　　梨园乐府马致远行香子无也闲愁套数之后。尚有锦上花清江引碧玉箫三支。案
此三支原为关汉卿乔牌儿世情推物理套数中之曲。见钞本阳春白雪。兹辑入关
氏曲中。○（碧玉箫）末句只字疑误。广正谱只头作只先。九宫大成从之。任
辑四家散曲作白头。皆臆改。（离亭宴带歇指煞）梨园曲牌作歇指煞。兹从广
正谱。广正谱羡笞作旅笞。旅应作旋。

残曲

〔黄钟〕女冠子

枉了闲愁。细寻思自古名流。都曾志未酬。韩信乞饭。傅说版
筑。子牙垂钩。桑间灵辄困。伍相吹箫。沈古歌讴。陈平宰社。
买臣负薪。相如沽酒。

〔么篇〕上苍不与功名候。更强更会也为林下叟。时乖莫强求。
若论才艺。仲尼年少。便合封侯。穷通皆命也。得又何欢。失
又何愁。恰似南柯一梦。季伦锦帐。袁公瓮牖。

〔出队子〕若朝金殿。时人轻马周。李斯岂解血沾裘。亚父争如
饥丧囚。到老来终不将秦印收。

〔么篇〕圣贤尚不脱阴阳彀。都输与范蠡舟。周生丹凤道祥禽。
鲁长麒麟言怪兽。时与不时都总休。

〔黄钟尾〕且念鲰生自年幼。写诗曾献上龙楼。都不迭半纸来大
功名一旦休。便似陆贾随何。且须缄口。著领布袍虽故旧。仍
存两枚宽袖。且遮藏著钓鳌攀桂手。北词广正谱

　　北词广正谱黄钟宫套数分题内。以女冠子起者仅一式。计曲四支。即女冠子。
出队子。么。黄钟尾。今于谱中所辑出者。以上各调俱全。故此套大约完整。

〔中吕〕粉蝶儿

至治华夷。正堂堂大元朝世。应乾元九五龙飞。万斯年。平天

下。古燕雄地。日月光辉。喜氤氲一团和气。

〔醉春风〕小国土尽来朝。大福荫护助里。贤贤文武宰尧天。喜。喜。五谷丰登。万民乐业。四方宁治。

〔啄木儿煞〕善教他。归厚德。太平时龙虎风云会。圣明皇帝。大元洪福与天齐。<small>北词广正谱</small>

〔商调〕集贤宾

金山寺可观东大海。游客镇常斋。恰恨他来看玩。殿阁齐开。谁知是金斗郡苏卿。嫁得个江洪茶员外。便似洛伽山观自在。行行里道娘狠毒害。眼流江上水。裙拂径中苔。<small>北词广正谱</small>

〔么篇〕玉容上带著些寂寞色。随喜罢无可安排。俗子先登旅岸。佳人尚立僧街。向椒红壁上题诗。去伽蓝庙里述怀。更俄延又恐怕他左猜。那村汉多时孤待。酷吟得诗句稳。忙写得字儿歪。
<small>北词广正谱　　九宫大成五九</small>

〔随调煞〕出山门长老行啼哭著拜。僧归藜杖懒。风送画船开。留后语。寄多才。也做了长江贩茶客。若到豫章城相见。抵多少月明千里故人来。<small>太和正音谱下　　北词广正谱　　九宫大成五九</small>

　　（随调煞）太和正音谱山门作三门。北词广正谱寄多才作盼多才。

〔商调〕水仙子

暑光催。镇日不将帘幕垂。喷火榴花红如茜。近水亭轩槐影低。燕莺不语空来往。搧著那粉翅儿困蝶飞。

〔么篇〕怨恨自己。镇日伤怀思向日。受了多少闲烦恼。喫了亲娘些厮央及。傍人冷咶热缀尚古自痴心儿不改移。姻缘事不退。重相见学取本情意。

〔金菊香〕况兼潇洒忒孤凄。闷闷恹恹把珊枕敧。迷留没乱千百起。空顿著纱幮独自个怎存济。

〔尾声〕眼前不见风流婿。痛思量只办得个垂珠泪。哭的来困也
意如痴。空抱定一个春罗扇儿睡。北词广正谱　　九宫大成五九

　　任讷辑东篱乐府云。广正谱目录套数分题内。虽无以水仙子领起之式。但谱内
　　自首至尾。四调相联。其为原文如此无疑。故亦认为完备之套。今案广正谱征
　　引套数。其曲如为第一支。则于套数二字之下。仅注撰人。其曲如非第一支。
　　则于套数二字之下。既注撰人。复注此套之首句。今谱中于商调水仙子套数二
　　字之下。仅注撰人。则此支应为领起此套之首曲。此亦可为此套大约完整之
　　一证。

　　清人李调元雨村曲话。自周德清中原音韵定格中摘取小令曲句十馀则。极称其
　　命意造语之妙。并指为马致远作。案此十馀首小令。犹见阳春白雪太平乐府等
　　书。作者姓氏。几皆可考。全非马致远作。兹不详辨。

李文蔚

　　文蔚真定人。江州路瑞昌县尹。著杂剧十二种。今存圮桥进履。
燕青博鱼二种。
词林摘艳卷五有新水令一帘飞絮滚风团套。原刊本徽藩本并注李文蔚作。案此
套见汤式笔花集。疑摘艳误注撰人。

侯克中

　　克中字正卿。号艮斋。真定人。幼丧明。聆群儿诵书。不终日悉
能记其所授。稍长习词章。自谓不学可造诣。既而悔之。以为刊华食
实。莫首于理。原易以求。乃为得之。于是精意读易。著书名大易通
义。尝与曲家徐琰。胡祗遹。白朴等游。年九十馀卒。有艮斋诗集十
四卷。其诗多涉理路。颇近击壤一派。著杂剧春风燕子楼。今不存。

套数

〔黄钟〕醉花阴

凉夜厌厌露华冷。天淡淡银河耿耿。秋月浸闲亭。雨过新凉。梧叶雕金井。

〔喜迁莺〕困腾腾鬒弹鸾钗不欲整。正是更阑人静。强披衣出户闲行。伤情处。故人别后。黯黯愁云锁凤城。心绪哽。新愁易积。旧约难凭。

〔出队子〕阑干斜凭。强将玉漏听。十分烦恼恰三停。一夜恓惶才二更。暗屈春纤紧数定。

〔刮地风〕短叹长吁千万声。几时到得天明。被宾鸿唤回离愁兴。雨泪盈盈。天如悬馨。月如明镜。桂影浮。素魄辉。玉盘光静。澄澄万里晴。一缕云生。

〔四门子〕恰遮了北斗杓儿柄。这凄凉有四星。望鸳鸯尽老无孤另。乍分飞可惯经。日日疏。迤逦生。逐朝盼望逐日候等。行里焦。梦里惊。心不暂停。

〔水仙子〕甚识曾。半霎儿他行不至诚。气命儿般看成。心肝般钦敬。倒将人草芥般轻。瞒不过天地神明。说来的咒誓终朝应。亏心神鬼还灵圣。肠欲断泪如倾。

〔塞雁儿〕牢成。牢成。一句句骂得心疼。据踪迹疏狂似浮萍。山般誓。海样盟。半句儿何曾应。

〔神仗儿〕他待做临川县令。俺不做庐州小卿。学亚仙元和。王魁桂英。心肠儿可怜。模样儿堪憎。往常时所事依凭。虽愚滥。可惯经。

〔节节高犯〕近新来特改的心肠硬。全不问人绣帏帐罗衾剩。接双栖鸳枕共谁并。你纵宝马。跳金鞍。酞玉京。迷恋着良辰媚景。

〔挂金索〕懵懂心肠。挨不过风流病。短命冤家。断不了疏狂性。
第一才郎。俺行失信行。第二佳人。自古多薄倖。

〔柳叶儿〕冷落了绿苔芳径。寂寞了雾帐云屏。消疏了象板鸾笙。
生疏了锦瑟银筝。

〔黄钟〕锦帏绣幕冷清清。银台画烛碧荧荧。金风乱吹黄叶声。
沉煙潜消白玉鼎。槛竹筛酒又醒。塞雁归愁越添。檐马劣梦难
成。早是可惯孤眠。则这些最难打挣。

〔尾〕痛恨西风太薄倖。透窗纱吹灭残灯。倒少了个伴人清瘦影。

梨园乐府上　盛世新声丑集　词林摘艳九　雍熙乐府一　南北词广韵选一五引尾
北词广正谱引喜迁莺刮地风四门子节节高犯柳叶儿　九宫大成七三引醉花阴喜迁莺
刮地风四门子水仙子塞雁儿神仗儿节节高犯尾

> 盛世新声不注撰人。原刊本词林摘艳题作秋夜。注明耿子良作。误。重增本内
> 府本摘艳无题。与雍熙乐府俱不注撰人。雍熙题作离恨。南北词广韵选注元
> 词。〇(醉花阴)盛世厌作恔恔。闲亭作闲庭。摘艳俱同。雍熙凉夜作良夜。
> 梧叶作梧叶儿。北词广正谱引首句厌厌作迢迢。九宫大成同雍熙。(喜迁莺)
> 盛世困腾腾下有瘦了身形四字。并以此句及鬓嚲鸾钗不欲整。属醉花阴作尾。
> 更阑上无正是二字。伤情处故人别后作。伤情。越添了孤另。我则见。哽作
> 惊。摘艳俱同。雍熙无困腾腾至正是十二字。前曲醉花阴多对景谩伤情。鬓嚲
> 鸾钗不欲整两句作尾。伤情处故人别后作。那能。恨咱孤另。愁云作愁人。心
> 绪哽作心不定。广正谱亦无困腾腾至正是十二字。伤情下无处字。黯黯下有的
> 字。大成同雍熙。惟愁人仍作愁云。(出队子)盛世强将下有那字。恓惶作凄
> 凉。紧数定作十数程。摘艳俱同。重增本摘艳阑干斜凭作衡杆斜儿。雍熙强将
> 下有那字。才二更作恰二更。暗屈作暗曲。紧数定作数去程。(刮地风)盛世
> 几时到得作怎能够挨到。唤回作唤醒。天如至云生作。不觉的玉露零零。银汉
> 澄澄。桂影横。素魄辉。月明如镜。恰长空万里晴。又被那一缕云生。摘艳俱
> 同。雍熙几时到得作怎能够得到。月如作月似。浮作横。辉作鲜。晴作清。广
> 正谱短叹上有则我这三字。到得作得到。唤回作唤起。雨泪作两泪。月如作月

似。静作净。大成俱同雍熙。(四门子)盛世这凄凉上有呀敢二字。鸳鸯作天
涯。无孤另作成孤另。可惯作不惯。迤逦作渐渐。逐朝下有家字。候等作等。
焦作又憔。惊作又惊。摘艳俱同。内府本摘艳焦作憔。不作又憔。雍熙无孤另
作成孤另。可惯作谁惯。迤逦作渐渐。逐朝作终朝。候等作等。焦上惊上俱有
又字。广正谱以首二句属刮地风作尾。这凄凉上有敢字。望作盼。无孤另作成
孤另。可惯作不惯。日日作日月又。迤逦作迤逦又。候等作等。行作行坐。梦
作梦寐。心不上有莫不是三字。大成俱同雍熙。(水仙子)倒原作到。兹改。
梨园乐府瞒不过作慢不过。盛世摘艳雍熙曲牌俱作古水仙子。盛世及摘艳全曲
作。我我我有信行。是是是半霎儿他行不志诚。我我我气命儿般看承。敢敢敢
心肝儿般钦敬。他他他将人似草芥轻。瞒不过天地神明。说来誓盟都要应。将
将将亏心的神鬼施灵圣。肠欲断。泪如倾。内府本摘艳气命下无儿字。雍熙首
二句作。并不曾。半霎儿不志诚。看成作看承。心肝句作心肝儿般看敬。草芥
般作做草芥。说来下无的字。终朝作终着。神鬼还作的神鬼须。欲断作如断。
九宫大成俱同雍熙。(塞雁儿)盛世及摘艳此下各曲全阙。惟内府本摘艳仅有
尾声一支。此曲曲牌据梨园。大成谓应作古塞儿令。雍熙曲牌作赛儿令。疏狂
作狂。海样作海般。(神仗儿)雍熙不做作似不的。学亚仙元和作李亚仙和。
所事下有儿字。愚滥作渔滥。(节节高犯)梨园曲牌作接接高。兹据广正谱改
正。大成作块玉节节高。雍熙无此支。梨园剩作盛。广正谱问人作问我。帏帐
作帏空。纵仗只管纵。跳作跨。媚作美。大成俱同广正谱。(挂金索)梨园懵
懂作业重。兹从雍熙。俺行作淹行。兹据雍熙改淹作俺。雍熙病作应。俺行作
先与俺。自古下有来字。(柳叶儿)雍熙三句作鸾凤风笙无人听。下多自孤另
泪珠倾六字。广正谱三句作空间了鸾笙象板。(黄钟)雍熙阙。(尾)倒原作到。
兹改。梨园残灯上衍一灯字。兹从内府本摘艳及雍熙。内府本摘艳雍熙南北词
广韵选清瘦影俱作愁瘦身躯憔悴影。广韵选残灯作银灯。大成同雍熙。

〔正宫〕菩萨蛮

客中寄情

镜中两鬓皤然矣。心头一点愁而已。清瘦仗谁医。羁情只自知。
〔月照庭〕半纸功名。断送关山。云渺渺。草萋萋。小楼风。重

门月。应盼人归。归心急。去路迷。

〔喜春来〕家书端可驱邪祟。乡梦真堪疗客饥。眼前百事与心违。不投机。除赖酒支持。

〔高过金盏儿〕举金杯。倒金杯。金杯未倒心先醉。酒醒时候更凄凄。情似织。招揽下相思无尽期。告他谁。

〔牡丹春〕忽听楼头更漏催。别凤又孤栖。暂朦胧枕上重欢会。梦惊回。又是一别离。

〔醉高歌〕客窗夜永岑寂。有多少孤眠况味。欲修锦字凭谁寄。报与些凄凉事实。

〔尾〕披衣强拈纸与笔。奈心绪烦多书万一。欲向芳卿行诉些憔悴。笔尖头陶写哀情。纸面上敷陈怨气。待写个平安字样。都是俺虚脾拍塞。一封愁信息。向银台畔读不去也伤悲。蜡炬行明知人情意。也垂下数行红泪。太平乐府八　太和正音谱引菩萨蛮高过金盏儿牡丹春　北词广正谱引菩萨蛮牡丹春尾　九宫大成三三引菩萨蛮五引高过金盏儿五九引牡丹春三三引尾

（尾）北词广正谱拍塞作拍惜。九宫大成同。

残　曲

失宫调牌名

授鞍和袖挽丝韁。录鬼簿

词林摘艳卷五有风入松暮云楼阁景消疏套。注侯正卿作。案此套词谱南北词广韵选及北宫词纪俱属商政叔。兹列商氏曲中。

赵孟頫

孟頫字子昂。号松雪道人。宋秦王德芳之后。四世祖秀王子偁。

实生孝宗。赐第湖州。故孟頫为湖州人。宋末为真州司户参军。宋亡
家居。益自力于学。至元中。以程钜夫荐。授兵部郎中。迁集贤直学
士。出同知济南路总管府事。历江浙等处儒学提举。延祐中。累擢翰
林学士承旨。荣禄大夫。得请南归。至治二年卒。年六十九。追封魏
国公。谥文敏。所著有尚书注。有琴原。乐原。得律吕不传之妙。又
有松雪斋集。孟頫诗文清邃奇逸。篆籀分隶真行草书。无不冠绝古
今。遂以书名天下。画山水木石竹花人马尤精致。

小令

〔黄钟〕人月圆

一枝仙桂香生玉。消得唤卿卿。缓歌金缕。轻敲象板。倾国倾
城。几时不见。红裙翠袖。多少闲情。想应如旧。春山澹澹。
秋水盈盈。松雪斋乐府　历代诗馀一八

〔仙吕〕后庭花

清溪一叶舟。芙蓉两岸秋。采菱谁家女。歌声起暮鸥。乱云愁。
满头风雨。戴荷叶归去休。松雪斋乐府　词综二七　历代诗馀二
松雪斋乐府及词综末句戴俱作带。

张怡云

怡云元初倡优。能诗词。善谈笑。赵松雪商正叔高房山皆为写怡
云图以赠。姚牧庵阎静轩亦与之善。怡云尝佐贵人樽俎。姚阎二公在
焉。姚偶言暮秋时三字。阎曰。怡云续而歌之。张应声作小妇孩儿。
曰暮秋时云云。贵人曰且止。遂不成章。见青楼集。

残曲

〔双调〕小妇孩儿

暮秋时。菊残犹有傲霜枝。西风了却黄花事。青楼集　尧山堂外纪六
九　宸垣识馀

阿里耀卿

生平不详。子阿里西瑛亦能曲。

小令

〔正宫〕醉太平

寒生玉壶。香烬金炉。晚来庭院景消疏。闲愁万缕。胡蝶归梦
迷溪路。子规叫月啼芳树。玉人垂泪滴珍珠。似梨花暮雨。太平
乐府五

吴昌龄

昌龄西京人。著杂剧十一种。今存张天师。东坡梦二种。今本西
游记杂剧。题吴昌龄撰。据今人孙楷第考证。为杨景贤作。

套数

〔正宫〕端正好

美　妓

墨点柳眉新。酒晕桃腮嫩。破春娇半颗朱唇。海棠颜色红霞韵。
宫额芙蓉印。

〔滚绣球〕藕丝裳翡翠裙。芭蕉扇竹叶楣。衬缃裙玉钩三寸。露春
葱十指如银。秋波两点真。春山八字分。颤巍巍雾鬟云鬓。胭脂
颈玉软香温。轻拈翠靥花生晕。斜插犀梳月破云。误落风尘。

〔倘秀才〕莫不是丽春园苏卿的后身。多应是西厢下莺莺的影神。
便有丹青画不真。妆梳诸样巧。笑语暗生春。他有那千般儿可人。

〔脱布衫〕常记的五言诗暗寄回文。千金夜占断青春。厮陪奉娇
香腻粉。喜相逢柳营花阵。

〔醉太平〕这些时春寒绣茵。月暗重门。梨花暮雨近黄昏。把香
衾自温。金杯不洗心头闷。青鸾不寄云边信。玉容不见意中人。
空教人害损。

〔随煞〕想当日一宵欢会成秦晋。翻做了千里关山劳梦魂。漏永
更长烛影昏。柳暗花遮曙色分。酒酽花浓锦帐新。倚玉偎红翠
被温。有一日重会菱花镜里人。将我这受过凄凉正了本。词林摘

艳六　雍熙乐府二　北宫词纪六　词林白雪一　北词广正谱引醉太平

　　雍熙乐府题作忆美妓。北宫词纪同。词林白雪属闺情类。雍熙不注撰人。
○(端正好)内府本词林摘艳颜色作娇色。雍熙眉新作眉颦。红霞作江梅。词
纪词林白雪俱同雍熙。(滚绣球)重增本摘艳翠靥作翠钿。雍熙露作剥。点真
作眼明。误落风尘作世上绝伦。又与词纪词林白雪楣俱作樽。缃裙俱作凌波。
胭脂俱作槎圆。(倘秀才)内府本摘艳后身作俊身。雍熙多应作多管。不真作
不成。妆梳作梳妆。末句作有千般可人。又与词纪词林白雪便有俱作便有那。
笑语俱作语笑。(醉太平)雍熙香衾上无把字。闷作恨。(随煞)雍熙柳暗作柳
映。偎红作偎香。词纪俱同。雍熙末句作再不索搭伏着鲛绡枕头儿盹。词纪更
长作更深。末句这受过作受过的。词林白雪俱同词纪。

王德信

　　德信字实甫。大都人。约与关汉卿同时。著杂剧十四种。今存西

厢记。丽春园。破窑记三种。西厢记尤脍炙人口。涵虚子论曲。谓实甫之词如花间美人。又曰。铺叙委婉。深得骚人之趣。极有佳句。若玉环之出浴华清。绿珠之采莲洛浦。

小令

〔中吕〕十二月过尧民歌

别　情

自别后遥山隐隐。更那堪远水粼粼。见杨柳飞绵滚滚。对桃花醉脸醺醺。透内阁香风阵阵。掩重门暮雨纷纷。　怕黄昏忽地又黄昏。不销魂怎地不销魂。新啼痕压旧啼痕。断肠人忆断肠人。今春。香肌瘦几分。搂带宽三寸。中原音韵　尧山堂外纪六八

中原音韵不注撰人。○尧山堂外纪忽地作不觉。

套数

〔商调〕集贤宾

退　隐

撚苍髯笑擎冬夜酒。人事远老怀幽。志难酬知机的王粲。梦无凭见景的庄周。抱孙孙儿成愿足。引甥甥女嫁心休。百年期六分甘到手。数支干周遍又从头。笑频因酒醉。烛换为诗留。

〔逍遥乐〕江梅并瘦。槛竹同清。岩松共久。无愿何求。笑时人鹤背扬州。明月清风老致优。对绿水青山依旧。曲肱北牖。舒啸东皋。放眼西楼。

〔金菊香〕想着那红尘黄阁昔年羞。到如今白发青衫此地游。乐桑榆酬诗共酒。酒侣诗俦。诗潦倒酒风流。

〔醋葫芦〕到春来日迟迟庭馆春。暖溶溶红绿稠。闹春光莺燕语

啾啾。自焚香下帘清坐久。闲把那丝桐一奏。涤尘襟消尽了古
今愁。

〔么〕到夏来锁松阴竹坞亭。载荷香柳岸舟。有鲜鱼鲜藕客堪留。
放白鹤远邀云外叟。展楸枰消磨长昼。较亏成一笑两夐收。

〔么〕到秋来醉丹霞树饱霜。绽金钱篱菊秋。半山残照挂城头。
老菱香蟹肥堪佐酒。正值着登高时候。染霜毫乘醉赋归休。

〔么〕到冬来搅清酤鸡语繁。漾茅檐日影稠。压梅梢晴雪带花留。
倚蒲团唤童重荡酒。看万里冰绡染就。有王维妙手总难酬。

〔梧叶儿〕退一步乾坤大。饶一着万虑休。怕狼虎恶图谋。遇事
休开口。逢人只点头。见香饵莫吞钩。高抄起经纶大手。

〔后庭花〕住一间蔽风霜茅草丘。穿一领卧苔莎粗布裘。捏几首
写怀抱歪诗句。喫几杯放心胸村醪酒。这潇洒傲王侯。且喜的
身登身登中寿。有微资堪赡䐃。有亭园堪纵游。保天和自养修。
放形骸任自由。把尘缘一笔勾。再休题名利友。

〔青哥儿〕呀。闲处叹蜂喧蜂喧蚁斗。静中笑蝶讪蝶讪莺羞。你
便有快马难熬我这钝炕头。见如今蔬果初熟。浊酒新篘。豆粥
香浮。大叫高讴。睁着眼张着口尽胡诌。这快活谁能够。

〔尾声〕醉时节盘陀石上眠。饱时节婆娑松下走。困时节布衲里
睡齁齁。偶乘闲细将玄奥剖。把至理一星星参透。却原来括乾
坤物我总浮沤。雍熙乐府一四　北宫词纪三　词林白雪六　九宫大成六〇引
全套

　　雍熙乐府不注撰人。词林白雪属栖逸类。〇(集贤宾)词纪词林白雪五六句俱
　　作。免饥寒桑麻愿足。毕婚嫁儿女心休。(逍遥乐)雍熙词纪词林白雪舒啸俱
　　作舒笑。词纪词林白雪无愿俱作身外。(醋葫芦)词纪词林白雪庭馆春俱作兰
　　蕙芳。红绿俱作桃杏。(么)词纪词林白雪云外叟俱作云外友。(么)词纪词林
　　白雪篱菊秋俱作菊弄秋。(后庭花)词纪词林白雪亭园俱作园亭。

〔南吕〕四块玉_北

信物存。情词在。想着他美貌端庄。锦绣文才。好教我病恹恹愁冗冗看看害。害的我头懒抬。头懒抬眼倦开。锦繁花无心戴。

〔金索挂梧桐_南〕繁花满目开。锦被空闲在。劣性冤家误得人忒毒害。前生少欠他今世里相思债。失寐忘餐。倚定着这门儿待。房栊静悄如何挨。

〔骂玉郎_北〕冷清清房栊静悄如何挨。独自把围屏倚。知他是甚情怀。想当初同行同坐同欢爱。到如今孤另另怎刮划。愁戚戚酒倦酾。羞惨惨花慵戴。

〔东瓯令_南〕花慵戴。酒慵酾。如今燕约莺期不见来。多应他在那里那里贪欢爱。物在人何在。空劳魂梦到阳台。则落得泪盈腮。

〔感皇恩_北〕呀。则落得雨泪盈腮。多应是命里合该。莫不是你缘薄。咱分浅。都一般运拙时乖。怎禁那搅闲人是非。施巧计栽排。撕挦碎合欢带。硬分开鸾凤钗。水漱塌楚阳台。

〔针线箱_南〕把一床弦索尘埋。两眉峰不展开。香肌瘦损愁无奈。懒刺绣。傍妆台。旧恨新愁教我如何挨。我则怕蝶使蜂媒不再来。临鸾镜也问道朱颜未改。他早先改。

〔采茶歌_北〕改朱颜瘦了形骸。冷清清怎生挨。我则怕梁山伯不恋我这祝英台。他若是背义忘恩寻罪责。我将这盟山誓海说的明白。

〔解三酲_南〕顿忘了誓山盟海。顿忘了音书不寄来。顿忘了枕边许多恩和爱。顿忘了素体相挨。顿忘了神前设下千千拜。顿忘了表记香罗红绣鞋。说将起傍人见了珠泪盈腮。

〔乌夜啼北〕俺如今相离了三月如隔数载。要相逢甚日何年再。则我这瘦伶仃形体如柴。甚时节还彻了相思债。又不见青鸟书来。黄犬音乖。每日家病恹恹懒去傍妆台。得团圆便把神羊赛。意厮投。心相爱。早成了鸾交凤友。省的着蝶笑蜂猜。

〔尾声南〕把局儿牢铺摆。情人终久再归来。美满夫妻百岁谐。盛世新声巳集　词林摘艳八　雍熙乐府九　北宫词纪六　九宫大成五二引四块玉骂玉郎感皇恩

盛世新声重增本词林摘艳雍熙乐府俱不注撰人。原刊本摘艳注明王子安作。北宫词纪注王实甫作。殊可疑。兹姑辑之。盛世重增摘艳俱无题。原刊摘艳题作闺情。雍熙题作牵挂。北宫词纪题作题情。○(四块玉)雍熙想着他作看了他。头懒抬三字不叠。词纪九宫大成俱同。(金索挂梧桐)雍熙失寐作废寝。下句无着这二字。词纪曲牌作梧桐树。误。曲文同雍熙。(东瓯令)词纪四句无他字。(感皇恩)雍熙词纪分浅俱作命蹇。词纪运拙作运。大成同雍熙。(针线箱)雍熙词纪我则怕俱作只怕。(采茶歌)雍熙词纪三句我俱作你个。(解三酲)雍熙香罗作香囊。说将起作说将起来。词纪俱同。(乌夜啼)雍熙词纪如隔俱作恰便似隔了。词纪成了作成就了。

残曲

〔双调〕失牌名

得又如何。北词广正谱

〔搅筝琶〕人间世。一目饱经过。日月双轮。乾坤六合。麟阁将。玉堂臣。总被消磨。人生幻化待则甚么。便似一梦南柯。北词广正谱

〔离亭宴煞〕闲来膝上横琴坐。醉时节林下和衣卧。畅好快活。乐天知命随缘过。为伴侣唯三个。明月清风共我。再不把利名侵。且须将是非趓。北词广正谱　九宫大成六六

(离亭宴煞)九宫大成注谓据雍熙乐府。惟雍熙无此曲。大成膝上作膝下。二句无节字。

尧山堂外纪卷六十八有王实甫山坡羊云松螺髻一首。案此曲太平乐府属张小山。且见张小山北曲联乐府。兹列小山曲中。

李寿卿

　　寿卿太原人。将仕郎除县丞。著杂剧十种。今存度柳翠。伍员吹第二种。

小令

〔双调〕寿阳曲

金刀利。锦鲤肥。更那堪玉葱纤细。添得醋来风韵美。试尝道甚生滋味。阳春白雪前集三　中原音韵　录鬼簿续编

中原音韵题作切鲙。不注撰人。录鬼簿续编兰楚芳条。谓此曲系兰楚芳与刘婆惜合作。云。时有名姬刘婆惜。筵间切鲙。公因随口歌落梅风云。金刀细。锦鲤肥。更那堪玉葱纤细。刘接云。得些醋成风味美。诚当俺这家滋味。才子佳人。诚不多见也。案兰楚芳时代较晚。续编说似未可信。○音韵添得作若得。道甚作着这。续编两细字复见。试尝误作诚当。应从阳春白雪。

滕　斌

　　斌一名宾。字玉霄。黄冈人。或云睢阳人。风流笃厚。往往狂嬉狎酒。韵致可人。其谈笑笔墨。为人传诵。宝爱不替。其谢徐承旨启有云。贾谊方肆于文才。诸老或忌其少。阮生稍宽于礼法。众人已谓之狂。至大间。任翰林学士。出为江西儒学提举。后弃家入天台为道士。有玉霄集。

小令

〔中吕〕普天乐

酒

谪仙强。刘伶缪。笑豪来鲸吸。有甚风流。聊复尔。无何有。酝酿潮红春风透。兴来时付与觥筹。频频到口。轻轻呷啖。少过咽喉。梨园乐府下　乐府群珠四

<small>尔原作耳。兹改。</small>

色

百年身。千年债。叹愚夫痴绝。云雨阳台。人易老。心犹在。独倚阑干春风外。算人间少甚花开。春光过也。风僝雨僽。一叶秋来。梨园乐府下　乐府群珠四

财

一瓢贫。千钟富。是天生分定。何必枉图。锦步障。黄金坞。狗苟蝇营贪不足。为妻儿口体区区。君家饱暖。他人冻馁。于汝安乎。梨园乐府下　乐府群珠四

<small>枉原作狂。兹改。</small>

气

少年时。风云志。记篇诗杯酒。颠倒群儿。吾善养。今方是。唾面来时休教拭。看英雄自古如痴。前程万里。饶人一步。却是便宜。梨园乐府下　乐府群珠四

柳丝柔。莎茵细。数枝红杏。闹出墙围。院宇深。秋千系。好

雨初晴东郊媚。看儿孙月下扶犁。黄尘意外。青山眼里。归去
来兮。<small>梨园乐府下　乐府群珠四　雍熙乐府一八</small>

　　此首连下三首乐府群珠题作归去来。雍熙乐府不注撰人。题作归去来兮四
　　时词。

昼偏长。人贪睡。新蝉高树。乳燕低飞。荷荡中。湖光内。款
棹兰舟闲游戏。任无情日月东西。钓头锦鲤。杯中美酝。归去
来兮。<small>梨园乐府下　乐府群珠四　雍熙乐府一八</small>

　　雍熙乐府荷荡中作荷荡漾。

翠荷残。苍梧坠。千山应瘦。万木皆稀。蜗角名。蝇头利。输
与渊明陶陶醉。尽黄菊围绕东篱。良田数顷。黄牛二只。归去
来兮。<small>梨园乐府下　乐府群珠四　雍熙乐府一八</small>

　　梨园乐府残作钱。兹从群珠。群珠二只作一只。雍熙首二句作。桂花残。梧桐
　　坠。围绕作遍绕。

朔风寒。彤云密。雪花飞处。落尽江梅。快意杯。蒙头被。一
枕无何安然睡。叹邙山坏墓折碑。狐狼满眼。英雄袖手。归去
来兮。<small>梨园乐府下　乐府群珠四　雍熙乐府一八</small>

　　梨园乐府无何作无可。雍熙坏墓作败冢。群珠此句作叹邙山坏据折碑。据应为
　　冢之讹。

日迟迟。江山丽。秋千影里。手握肩依。闹管弦。纷罗绮。我
爱青山共流水。游一和困在苔矶。落花啼鸟。一般春意。归去
来兮。<small>梨园乐府下　乐府群珠四　雍熙乐府一八</small>

　　此首连下三首乐府群珠题作四季道情。雍熙乐府不注撰人。题作赓和四时
　　词。○八句从梨园乐府。似有误字。但未敢臆改。群珠作游游和困坐苔矶。雍
　　熙四句作握手肩低。流水作绿水。八九句作。游春兴坐立合机。花落鸟啼。

晚天凉。薰风细。浮云黯淡。远水茫微。江水清。遥山碧。喜
驾孤舟潇湘内。伴纶竿箬笠蓑衣。垂杨树底。芦花影里。归去
来兮。<small>梨园乐府下　乐府群珠四　雍熙乐府一八</small>

梨园树底作树低。雍熙首句作日炎炎。水清作水青。芦花作长芦。

淡烟迷。遥山翠。秋天雁唳。夜月猿啼。小径幽。茅檐僻。秋色南山独相对。傲西风菊绽东篱。疏林鸟栖。残霞散绮。归去来兮。<small>梨园乐府下　乐府群珠四　雍熙乐府一八</small>

群珠遥山作远山。小径作小庭。

暮霞收。彤云密。朔风凛冽。瑞雪纷飞。酒力微。茶烟湿。暖炕明窗绵绸被。尽前村开彻江梅。日高未起。黑甜睡足。归去来兮。<small>梨园乐府下　乐府群珠四　雍熙乐府一八</small>

梨园四句作暮雨纷霏。群珠作瑞雪纷霏。兹从雍熙。雍熙黑甜作黑觩。

叹光阴。如流水。区区终日。枉用心机。辞是非。绝名利。笔砚诗书为活计。乐斋盐稚子山妻。茅舍数间。田园二顷。归去来兮。<small>梨园乐府下　乐府群珠四　雍熙乐府一八</small>

乐府群珠有滕玉霄普天乐三首。题作劝世。于梨园乐府所收之此首及次首外。尚有以下乐生涯一首。雍熙乐府有普天乐四首。不注撰人。题作赓和叹世。前二首同梨园及群珠。第四首即群珠之乐生涯一首。雍熙之第三首疑亦滕玉霄作。兹附于以下第二曲校语。○雍熙乐斋盐作调斋盐。二顷作数亩。

仗权豪。施威势。倚强压弱。乱作胡为。我劝你。休窒闭。此等痴愚儿曹辈。利名场多少便宜。寻饥得饥。凭实得实。归去来兮。<small>梨园乐府下　乐府群珠四　雍熙乐府一八</small>

群珠威势作豪势。室闭作热闹。此等痴愚作一弄痴迷。雍熙首二句作。仗豪贵。施豪势。压作凌。五句起作。我笑恁。生能计。这等痴迷儿曹辈。贪名利那得便宜。使机受饥。以实得食。归去来兮。

乐生涯。抛活计。麻绦草履。淡饭黄齑。遇酒歌。逢场戏。落落魄魄无萦系。那里管闲是闲非。游山玩水。埋名隐迹。归去来兮。<small>乐府群珠四　雍熙乐府一八</small>

雍熙乐府赓和叹世之第三首作。避青楼。辞丹陛。幞头象简。金带罗衣。投幽谷。离廛市。无是无非那伶俐。得身闲多少便宜。梅溪柳溪。优游自适。归去来兮。

邓玉宾

玉宾官同知。

小令

〔正宫〕叨叨令

道　情

想这堆金积玉平生害。男婚女嫁风流债。鬓边霜头上雪是阎王怪。求功名贪富贵今何在。您省的也么哥。您省的也么哥。寻个主人翁早把茅庵盖。太平乐府一

一个空皮囊包裹着千重气。一个干骷髅顶戴着十分罪。为儿女使尽些拖刀计。为家私费尽些担山力。您省的也么哥。您省的也么哥。这一个长生道理何人会。太平乐府一　北宫词纪外集六

您原作恁。兹据前后各首改您。瞿本使尽些作使尽个。

天堂地狱由人造。古人不肯分明道。到头来善恶终须报。只争个早到和迟到。您省的也么哥。您省的也么哥。休向轮回路上随他闹。太平乐府一

白云深处青山下。茅庵草舍无冬夏。闲来几句渔樵话。困来一枕葫芦架。您省的也么哥。您省的也么哥。煞强如风波千丈担惊怕。太平乐府一　太和正音谱上　北宫词纪外集六　北词广正谱

套数

〔正宫〕端正好

俺便似画图中。帏屏上。云游遍林影湖光。闲中气味三千丈。

抵多少归去来的陶元亮。

〔滚绣球〕想这皇帝王。至秦始皇。霸图相尚。前后两汉兴亡。
魏许昌。晋建康。六朝隋炀。闹纷纷五代残唐。看这名标青史
人千古。只是睡足黄粱梦一场。兀的回首斜阳。

〔倘秀才〕将着两裹儿三神二黄。几卷儿丹经药方。草履藤冠布
懒长。棕毛扇。鹿皮囊。拖一条落藜拄杖。

〔呆骨朵〕常随着莺儿燕子闲游荡。春风柳絮颠狂。问甚木碗椰
瓢。村醪桂香。乘兴随缘化。好酒无深巷。醉归天地窄。高歌
不问腔。

〔伴读书〕谁羡他登金马上玉堂。碧油幕莲花帐。白鹿坡前元戎
将。五更鼓角声悲壮。比及到凌烟阁上功臣像。经了些阔剑
长枪。

〔笑和尚〕不如俺悠悠悠一溪云竹笋香。厌厌厌三月火桃花浪。
纷纷纷千顷雪松花放。拾拾拾瑶草芳。采采采灵芝旺。来来来
长生药都无恙。

〔叨叨令〕更有这风鬟雾鬓毛女飘飘飖飖样。春花秋草獐鹿呆呆
痴痴相。青天白日藤葛笼笼葱葱障。朝云暮雨山水崎崎岖岖当。
好乐陶陶也么哥。笑欣欣也么哥。兀的是俺信白田茅舍境界里
的优优游游况。

〔朝元七煞〕养的这西山白虎精神爽。东海青龙不可当。一气初
生。两爻复姤。四象相交。三姓中央。西南月偃。一笑是吾乡。

〔二〕甲庚会处真无妄。戊巳门开迸电光。金鼎烹铅。玉炉抽汞。
媒合是黄婆。匹配在丹房。向那朝元路上。巡甲子玩阴阳。

〔三〕稳乘着三更月底鸾声往。高驭着万里风头鹤背霜。五岳十
洲。洞天福地。方丈蓬莱。箫鼓笙簧。动着俺这仙人家的乐音。
朝玉阙拜虚皇。

〔四〕兀的天门日射黄金榜。紫府烟笼白玉墙。有五凤朱楼。九龙丹陛。玉磬金钟。鼓奏鸡唱。天一和太一。分七政布魁罡。

〔五〕静鞭三下如雷响。阶下时直报日光。左有青龙。右分白虎。后委玄冥。朱雀在南方。凤凰池上。依八卦摆班行。

〔六〕三十六天贤圣分着君长。二十八宿星辰列着队仗。更有七十二座诸天。二十四位官福。五岳灵祇。四海龙王。天蓬黑煞。持斧钺镇在阶傍。

〔七〕旌幢旗帜金仪仗。剑戟冠缨玉佩珰。却更日暖风微。云舒霞散。玉女金童。侍立成双。珠帘半卷。通明殿幌金光。

〔收尾〕九天帝敕从中降。云冕齐低玉简长。铭心听。敢窥仰。转诏罢。复两相。有刑罚。有恩赏。承天符。散四方。与仙班。怎比量。戴金冠。衣鹤氅。宴佳宾。饮玉浆。造化论。劫运讲。归来时袖满天香。又把这西王母蟠桃会上访。梨园乐府上　北词广正谱引滚绣球呆骨朵朝元七煞收尾　九官大成三三引呆骨朵

（滚绣球）梨园乐府兀的原作元的。兹改。北词广正谱首句作这皇帝三王。末句无无的二字。（呆骨朵）梨园常随作长随。广正谱问甚作问甚么。醉归作醉嫌。九宫大成俱同广正谱。（笑和尚）恙原作羔。失韵。兹改。（叨叨令）岖原作呕。兀原作儿。兹改。（朝元七煞）梨园乐府东海作东山。

〔仙吕〕村里迓古

仕女圆社气球双关

包藏着一团儿和气。踢弄出百般可妙。共子弟每轻欹痛膝。海将来怀儿中搂抱。你看那里勾外欹。虚挑实蹊。亚股剪刀。他来的你论道儿真。寻的你查头儿是。安排的科范儿牢。子弟呵知他踢疼了你多多少少。

〔元和令〕露金莲些娘大小。掉欹强抢炮。弹云肩轻摆动小蛮腰。

海棠花风外裊。那踪换步。做弄出殢人娇。巧丹青难画描。

〔上马娇〕身段儿直。掀样儿娇。挺拖更妖娆。你看他拐儿搊尖儿挑舌儿哨。子弟敲。腾的将范儿挑。

〔胜葫芦〕却便似孤凤求凰下九霄。胠儿靠手儿招。撇演的个庞儿慌张了。他划地穿胠抹膝。摩肩擦背。偷入步暗勾挑。

〔么篇〕抵多少对舞霓裳按么么。惯摇摆会躯劳。支扢猜拿直恁般巧。你看他行针走线。拈花摘叶。即世里带着虚嚣。

〔后庭花〕你看他打拇拾云外飘。蹬圆光当面绕。玉女双飞鬓。仙人大过桥。那丰标。勤将水哨。把闲家扎垫的饱。六老儿睃趁的早。脚步儿赶趁的巧。只休教细褪了。永团圆直到老。

〔青歌儿〕呀。六踢儿收拾收拾的稳到。科范儿掔荡掔荡的坚牢。步步相随节节高。场户儿宽绰。步骤儿虚嚣。声誉儿蓬勃。解数儿崎峣。一会家脚跳鲸鳌。背掣猿猱。乱下风雹。浪滚波涛。直踢的腮儿红脸儿热。眼儿涎腰儿软。那里管汗湿酥胸。香消粉脸。尘拂蛾眉。由古自抖搜着精神倒拖鞭。三跳涧。滴溜溜瑶台上。莺落架燕归巢。他铲地加筋节乘欢笑。

〔寄生草〕回避着鸳鸯拐。隄防着左右抄。蹻跟儿掩映着真圈套。里勾儿藏掖着深窟窍。过肩儿撒放下虚笼罩。挑尖儿快似点钢枪。凿膝儿紧似连珠炮。

〔么篇〕本是座风流社。翻做了莺燕巢。扱搂儿搂定肩儿靠。锁腰儿锁住膝儿掉。折跋儿跋住胠儿蹻。俊庞儿压尽满园春。刀麻儿踢倒寰中俏。

〔尾声〕解卸了一团儿娇。稍遍起浑身儿俏。似这般女校尉从来较少。随圆社常将蹴踘抱抛。占场儿陪伴了些英豪。那丰标。体态妖娆。错认范的郎君他跟前入一脚。点着范轻轻的过了。打重他微微含笑。那姐姐见球来忙把脚儿蹻。雍熙乐府四　北宫词纪

五　九宫大成六引全套

雍熙乐府不注撰人。北宫词纪题作仕女圆社。〇（村里迓古）雍熙子弟呵作子弟它。大成首句无儿字。百般作百般百般的。你看那句叠。他来的句叠。（胜葫芦）雍熙曲牌误作油葫芦。（后庭花）大成云外作云卧。（青歌儿）词纪大成由古自俱作犹兀自。（尾声）词纪蹴踘抱抛作蹴踘抛。陪伴下无了字。微微下有的字。大成俱同词纪。

〔南吕〕一枝花

连云栈上马去了衔。乱石滩里舟绝了缆。取骊龙颔下珠。饮鸩鸟酒中酣。阔论高谈。是一个无斤两的风云怛。蝲蝲虫般舍命的贪。此事都谙。从今日为头罢参。

〔梁州第七〕俺只待学圣人问礼于老聃。遇钟离度脱淮南。就虚无养个真恬淡。一任教春花秋月。暮四朝三。蜂衙蚁阵。虎窟龙潭。阑纷纷的尽入包涵。只是这个舞东风的宽袖蓝衫。两轮日月是俺这长明朗不灭的灯毫。万里山川是俺这无尽藏长生药篮。一合乾坤是俺这养全真的无漏仙庵。可堪。这些儿钝憨。比英雄回首心无憾。没是待雷破柱落奸胆。不如将万古烟霞赴一簪。俯仰无惭。

〔随煞〕七颠八倒人谁敢。把这坎位离宫对勘的嵁。火候抽添有时暂。修行的好味甘。更把这谈玄口缄。甚么细雨斜风哨得着俺。_{梨园乐府上}

（梁州第七）恬淡原作甜淡。

〔中吕〕粉蝶儿

丫髻环绦。急流中弃官修道。鹿皮囊草履麻袍。翠岩前。青松下。把个茅庵儿围抱。除了猿鹤。等闲间世无人到。

〔醉春风〕直睡到日斋高。白云无意扫。一盂白粥半瓢齑。饱。

饱。饱。检个仙方。弄般仙草。试些丹灶。

〔迎仙客〕看时节寻道友。伴渔樵。从这尧舜禹汤周灭了。汉三分。晋六朝。五代相交。都则是一话间闲谈笑。

〔石榴花〕想这荔枝金带紫罗袍。刑法用萧曹。鼎镬斧钺斩身刀。轻轻地犯着。便是天条。金珠宝贝休挨靠。天符帝敕难逃。顶门上飞下个雷霆炮。不似恁那初及第时节绣球儿抛。

〔斗鹌鹑〕往常怕树叶儿遮着。到如今和根儿背倒。钟鼎山林。那一个较好。命不快除是他砍柴的扰。索甚计较。只消得半碗齑汤。那厮早欢喜将去了。

〔红绣鞋〕比着他有使命向门前呼召。諕的早吃丕丕的胆颤心摇。则道是快上马容不得他半分毫。陪着笑频哀告。镇着色下风雹。比这砍柴的形势恶。

〔普天乐〕若是更损贤良。欺忠孝。羊羹虽美。众口难调。只争个迟共早。终须报。正直无私依公道。任天公较与不较。纷纷扰扰。惺惺了了。天理昭昭。

〔上小楼〕寝食处珠围翠绕。行踏处白牙高纛。荫子封妻。五花官诰。若一朝。犯制条。凶星来照。一霎儿早不知消耗。

〔幺〕俺只会春来种草。秋间跑药。挽下藤花。班下竹笋。采下茶苗。化下道粮。攒下菜蔬。蒲团闲靠。则待倚南窗和世人相傲。

〔满庭芳〕三间枉了。众人都醉倒。你也餔啜些醨糟。朝中待独自要个醒醒号。怎当他众口嗷嗷。一个阳台上襄王睡着。一个巫山下宋玉神交。休道你向渔夫行告。遮莫论天写来。谁肯问离骚。

〔六幺序〕不如俺闲乐。陶陶。木碗椰瓢。乞化村醪。醉得来前合后倒。又带糟随下随高。都是教酒葫芦相与酬酢。归来醉也藜杖挑。过清风皓月溪桥。柴门掩上无锁钥。自颠狂自歌自笑。

天地如我这草团标。

〔快活三〕一个韩昌黎贬在水潮。一个苏东坡置在白鹤。一个柳宗元万里窜三苗。一个张九龄行西岳。

〔鲍老儿〕芙蓉国里琼姬伴着子高。他稳跨着青鸾到。月明吹笙对碧桃。煞强如西日长安道。您待凌烟阁上。麒麟画里。有甚功劳。春风锦江。秋云洞天。倒大逍遥。

〔么〕拣择下药苗。玄霜玉杵和露捣。虎龙自交。金乌玉兔依卦爻。婴儿弱。姹女娇。亲怀抱。自调和不数朝。早睹他那玄珠形兆。这的是出世间实功效。

〔后庭花〕閒吟啸嫌喧闹。曾不挂许由瓢。存机要闲玄妙。调二气走三焦。天星曜。地海潮。人山岳。对银蟾彻绛霄。则这的便是玄关一窍。了性命的修真道。

〔随煞尾声〕十五六岁有甚奇。百二十年不是老。则着这铅鼎长温三花灶。七颠八倒。向这玉箫声里醉蟠桃。梨园乐府上

(红绣鞋)颤原作膻。兹改。(普天乐)惺惺了了原作惺惺了。兹改。(鲍老儿)待原作持。兹改。(后庭花)梨园乐府牌名仅一后字。广正谱吟啸作吟笑。

于伯渊

伯渊平阳人。著杂剧六种。复夺珍珠旗。斩吕布。鬼风月。饿刘友。小秦王。武三思。今俱不存。

套数

〔仙吕〕点绛唇

漏尽铜龙。香消金凤。花梢弄。斜月帘栊。唤醒相思梦。

〔混江龙〕绣帏春重。趁东风培养出牡丹丛。流苏斗帐。龟甲屏

风。七宝妆奁明彩钿。一帘香雾袅薰笼。慢卷起金花孔雀。锦屏开绿水芙蓉。鸦翅衵金蝉半妥。翠云偏朱凤斜松。眉儿扫杨柳双弯浅碧。口儿点樱桃一颗娇红。眼如珠光摇秋水。脸如莲花笑春风。鸾钗插花枝蹀躞。凤翘悬珠翠玲珑。胭脂蜡红腻锦犀盒。蔷薇露滴注玻璃瓮。端详了艳质。出落着春工。

〔油葫芦〕鸾镜光函百炼铜。端详了这玉容。似嫦娥出现广寒宫。衬桃腮巧注铅华莹。启朱唇呵暖兰膏冻。着粉呵则太白。施朱呵则太红。鬂蝉低娇怯香云重。端的是占断绮罗丛。

〔天下乐〕半点儿花钿笑靥中。娇红。酒晕浓。天生下没褒弹的可意种。翰林才咏不成。丹青笔画不同。可知道汉宫画爱宠。

〔那吒令〕露春纤玉葱。扫眉尖翠峰。清香含玉容。整花枝翠丛。插金钗玉虫。褪罗衣翠绒。缕金妆七宝环。玉簪挑双珠凤。比西施宜淡宜浓。

〔鹊踏枝〕你是看翠玲珑。玉玎琭。一步一金莲。一笑一春风。梳洗罢风流有万种。殢人娇玉软香融。

〔寄生草〕他生的倾城貌。绝代容。弄春情漏泄的秋波送。秋波送搬斗的春山纵。春山纵勾引的芳心动。鬂花腮粉可人怜。翠衾鸳枕和谁共。

〔幺〕情尤重。意转浓。恰相逢似晋刘晨误入桃源洞。乍相逢似楚巫娥暂赴阳台梦。害相思似庾兰成愁赋香奁咏。你这般玉精神花模样赛过玉天仙。我待要锦缠头珠络索盖下一座花胡同。

〔金盏儿〕脸霞红。眼波横。见人羞推整双头凤。柳情花意媚东风。钿窝儿里粘晓翠。腮斗儿上晕春红。包藏着风月约。出落着雨云踪。

〔后庭花〕绣床铺绿剪绒。花房深红守宫。荳蔻蕊梢头嫩。绛纱香臂上封。恨匆匆。寻些儿闲空。美甘甘两意通。喜孜孜一笑中。

〔六么序〕几时得鸳帏里锦帐中。愿心儿折桂乘龙。怎能够鱼水相逢。琴瑟和同。五百年姻眷交通。顺毛儿扑撒上丹山凤。点春罗一点香娇。莺雏燕乳欢宠。莺花烂熳。云雨溟濛。

〔么篇〕云鬓鬅松。星眼朦胧。锦被重重。罗袜弓弓。粉汗溶溶。那些儿风流受用。兀的不两意浓。言行功容。四德三从。孟光合配梁鸿。怎教他齐眉举案劳尊重。俏书生别有家风。金荷烧尽良宵永。怜香惜玉。倚翠偎红。

〔赚煞〕花月巧梳妆。脂粉娇调弄。没乱杀看花的眼睛。更那堪心有灵犀一点通。恼春光烂熳娇慵。莫不是蕊珠宫天上飞琼。走向瑶台月下逢。比及他彩灯照梦。且看咱隔墙儿窥宋。俊庞儿娇怯海棠风。盛世新声卯集　词林摘艳四　词谑　雍熙乐府五　南北词广韵选一　北宫词纪六　词林白雪二　九宫大成五引鹊踏枝

盛世新声重增本内府本词林摘艳及雍熙乐府俱无题。不注撰人。原刊本徽藩本词林摘艳题作美丽。注明唐以初作。词谑南北词广韵选俱谓元套。兹从北宫词纪词林白雪属于伯渊。词纪题作忆美人。词林白雪属闺情类。〇（点绛唇）词纪词林白雪唤醒俱作唤起。（混江龙）帏从内府本摘艳。盛世及他本摘艳帏俱作围。盛世及重增本摘艳凤翘作凤翅。雍熙龟甲作龟背。薰笼作薰蒸。又词谑雍熙南北词广韵选词纪词林白雪慢卷起四句俱作翠云半蟬。朱凤斜松二句八字。广韵选眉儿作眉字。末句着作的。词纪词林白雪脸如俱作脸似。（油葫芦）词谑次句无这字。出现作出落。无衬桃腮二句。着粉作傅粉。雍熙次句无这字。着粉作傅粉。广韵选同词谑。惟有衬桃腮二句。词纪光函作出函。出现作光落。朱卞无呵字。断下有了字。馀同雍熙。词林白雪俱同词纪。（天下乐）词谑雍熙词纪褒弹下俱无的字。词谑笔作手。末句画作最。广韵选词纪并同。词纪汉字下有中字。词林白雪俱同词纪。（鹊踏枝）内府本摘艳是看作试看。词谑广韵选词纪词林白雪俱同。雍熙香融作香温。九宫大成作香浓。（寄生草）词谑雍熙广韵选词纪词林白雪首句俱无他生的三字。（么）盛世摘艳情尤俱作情由。词谑乍相逢作乍相交。待要作则待。盖下作盖。广韵选词纪俱同词

谣。词纪暂赴作登赴。雍熙盖下作盖。胡同作胡洞。盛世摘艳雍熙词纪庚并误作瘦。词林白雪俱同词纪。（金盏儿）广韵选词纪词林白雪末句着俱作的。（后庭花）内府本摘艳末句叠。词谣雍熙广韵选词纪词林白雪寻些下俱无儿字。广韵选词纪词林白雪意通俱作意浓。（六么序）内府本摘艳香娇作娇红。欢上有得字。词谣雍熙词纪词林白雪娇下俱有嫩字。欢上俱有共字。广韵选无怎能够三字。娇下有进字。欢上有共字。（么篇）内府本摘艳功容作容功。广韵选云鬓作云髻。（赚煞）内府本摘艳及雍熙窥宋俱作窥送。词谣墙下无儿字。广韵选词纪词林白雪看花下俱无的字。墙下俱无儿字。词纪词林白雪彩灯俱作粉灯。

王廷秀

廷秀山东益都人。淘金千户。著杂剧四种。细柳营。坑儒焚典。草庵歌。三告状。今俱不存。廷秀或作庭秀。

套数

〔中吕〕粉蝶儿

怨　别

银烛高烧。画楼中月儿才照。绣帘前花影轻摇。翠屏闲。鸳衾剩。梦魂初觉。觉来时香汗初消。更那堪绣帏中冷落。
〔醉春风〕珠帘上玉玎珰。金炉中香缥缈。彩云声断紫鸾箫。那其间恼。恼。万种凄凉。几番愁闷。一齐都到。
〔普天乐〕露浥的海棠肥。霜压的梧桐落。金风渐渐。玉露消消。云中白雁飞。砌畔寒蛩叫。夜静离人添寂寥。越教人意穰心劳。眼横秋水。云埋楚岫。浪起蓝桥。
〔十二月〕夜沉沉明河皎皎。昏惨惨暮景消消。低矮矮帏屏静悄。冷清清良夜迢迢。闷恹恹把情人去了。急煎煎心痒难揉。

〔尧民歌〕呀。愁的是雨声儿淅零零落滴滴点点碧碧卜卜洒芭蕉。则见那梧叶儿滴溜溜飘悠悠荡荡纷纷扬扬下溪桥。见一个宿鸟儿忔楞楞腾出出律律忽忽闪闪串过花梢。不觉的泪珠儿浸淋淋漉漉扑扑簌簌揾湿鲛绡。今宵。今宵睡不着。辗转伤怀抱。

〔耍孩儿〕银烛淡淡光先照。瘦影孤灯对着。教人怎不自量度。急煎煎业眼难交。虚飘飘魂迷了枕上胡蝶梦。笑吟吟喜喜欢欢鸾凤交。相思病难医疗。云收雨歇。魄散魂消。

〔尾声〕怕的是珰玎珰铁马敲。病恹恹精神即渐消。从来好事多颠倒。好着我短叹长吁到不的晓。盛世新声辰集　词林摘艳三　雍熙乐府六

盛世新声重增本内府本摘艳俱无题。与雍熙乐府皆不注撰人。雍熙题作秋夜伤情。原刊本徽藩本词林摘艳题作怨别。注王廷秀作。○（粉蝶儿）原刊本徽藩本内府本摘艳更那堪俱作挨不的。（十二月）雍熙首句作淡氤氲炉烟缥渺。情人作郎君。难揉作难挠。（尧民歌）盛世摘艳落俱作窗。内府本摘艳落作淙。兹从雍熙。雍熙卜卜作剥剥。梧作梧桐。串过作冲过。漉漉作沥沥。辗转作转转。（耍孩儿）盛世及原刊本摘艳等业眼俱作夜眼。兹从内府本摘艳及雍熙。雍熙影作影儿。难交作难熬。

姚守中

守中洛阳人。牧庵学士之从子。平江路吏。著杂剧三种。立中宗。逢萌挂冠。汉太守郝廉留钱。今俱不存。

套数

〔中吕〕粉蝶儿

牛诉冤

性鲁心愚。住烟村饱谙农务。丑则丑堪画堪图。杏花村。桃林

野。春风几度。疏林外红日西晡。载吹笛牧童归去。

〔醉春风〕绿野喜春耕。一犁江上雨。力田扶耙受驱驰。因为主甘分受苦。苦。苦。经了些横雨斜风。酷寒盛暑。暮烟晓雾。

〔红绣鞋〕牧放在芳草岸白苹古渡。嬉游于绿杨隄红蓼平湖。画工描我在远山图。助田单英勇阵。驾老子暮山居。古今人吟未足。

〔石榴花〕朝耕暮垦费工夫。辛苦为谁乎。一朝染患倒在官衢。见一个宰辅。借问农夫。气喘因何故。听说罢感叹长吁。那官人劝课还朝去。题着咱名字奏鸾舆。

〔斗鹌鹑〕他道我润国于民。受千辛万苦。每日向堰口拖船。渡头拽车。一勇性天生胆气粗。从来不怕虎。为伍的是伴哥王留。受用的是村歌社鼓。

〔上小楼〕感谢中书部。符行移诸处。所在官司。禁治严明。遍下乡都。里正行。社长行。叮咛省谕。宰耕牛的捕获申路。

〔么〕食我者肌肤未肥。卖我者家私不富。若是老病残疾。卒中身亡。不堪耕锄。告本官。送本都。从公发付。闪得我丑尸不着坟墓。

〔满庭芳〕衔冤负屈。春工办足。却待闲居。圈门前见两个人来觑。多应是将我窥图。一个曾受戒南庄上的忻都。一个是累经断北瀍王屠。好教我心惊虑。若是将咱卖与。一命在须臾。

〔十二月〕心中畏惧。意下踌躇。莫不待将我衅钟。不忍其觳觫。那思想耕牛为主。他则是嗜利而图。被这厮添钱买我离桑枢。不睹是牵咱过前途。一声频叹气长吁。两眼恓惶泪如珠。凶徒。凶徒。贪财性狠毒。绑我在将军柱。

〔耍孩儿〕只见他手持刀器将咱觑。諕得我战扑速魂归地府。登时间满地血模糊。碎分张骨肉皮肤。尖刀儿割下薄刀儿切。官秤称来私秤上估。应捕人在傍边觑。张弹压先抬了髆项。李弓兵强要了胸脯。

〔二〕却不道闻其声不忍食其肉。划地加料物宽锅中烂煮。煮得美甘甘香喷喷软如酥。把从前的主雇招呼。他则道三分为本十分利。那里问一失人身万劫无。有一等贪馋啜的乔人物。就本店随机儿索唤。买归家取意儿庖厨。

〔三〕或是包馒头待上宾。或是裹馄饨请伴侣。向磁罐中软火儿葱椒焆。胜如黄犬能医冷。赛过胡羊善补虚。添几盏椒花露。你装的肚皮饱旺。我的性命何辜。

〔四〕我本是时苗留下犊。田单用过牸。勤耕苦战功无补。他比那图财害命情尤重。我比那展草垂缰义有馀。我是一个直钱底物。有我时田园开辟。无我时仓廪空虚。

〔五〕泥牛能报春。石牛能致雨。耕牛运土遭诛戮。从今后草坡边野鹿无朋友。麦垅上山羊失了伴侣。那的是我伤情处。再不见柳梢残月。再不见古木昏乌。

〔六〕筋儿铺了弓。皮儿鞔做鼓。骨头儿卖与钗环铺。黑角儿做就乌犀带。花蹄儿开成玳瑁梳。无一件抛残物。好材儿卖与了靴匠。碎皮儿回与田夫。

〔尾〕我元阳寿未终。死得真个屈苦。告你个阎罗王正直无私曲。诉不尽平生受过苦。太平乐府八　雍熙乐府六

雍熙乐府不注摆人。〇(粉蝶儿)瞿本太平乐府桃林作桃李。(醉春风)雍熙力田作力农。只叠一苦字。(红绣鞋)瞿本太平及雍熙蓦山居俱作蓦山车。(斗鹌鹑)何钞本太平于民作裕民。雍熙为伍作为侣。(上小楼)明大字本太平申路作申露。雍熙申路作惩戮。(么)雍熙本都作本部。丑尸作丑尸骸。(满庭芳)太平雍熙办俱作辨。兹从明大字本太平。明大字本湓作港。雍熙湓作强。(十二月)雍熙频叹作嗟叹。(耍孩儿)元刊八卷本太平扑速作笃速。雍熙扑速作都速。(三)雍熙磁罐作磁瓶。(四)元刊太平田单作田丹。脱去比那图财害命情尤重我共十字。兹从元刊八卷本及瞿本。雍熙改他比作还比。盖因不知有脱文

也。(五)元刊太平运土作运上。元刊八卷本瞿本及雍熙俱作运土。(六)明大字本太平卖与了作卖与。雍熙鞔做作鞔了。卖与了作卖与。(尾)雍熙受过作受过的。

李好古

好古保定人。或云西平人。东平人。著杂剧三种。镇凶宅。劈华岳。张生煮海。后一种今存。馀佚。

套数

〔双调〕新水令

落红满地暮春天。

原刊本徽藩本词林摘艳卷五有新水令落红满地暮春天套。注李好古作。北词广正谱引其驻马听小小亭轩一支。亦注李好古作。北宫词纪注程景初作。兹已辑于程氏曲中。复识异说于此。

王伯成

伯成涿州人。为马致远忘年友。有天宝遗事诸宫调见称于世。今残。著杂剧三种。贬夜郎。泛浮槎。兴项灭刘。前一种今存。

小令

〔中吕〕阳春曲

别　情

多情去后香留枕。好梦回时冷透衾。闷愁山重海来深。独自寝。夜雨百年心。太平乐府四　乐府群珠一

〔仙吕〕春从天上来

闺　怨

巡官算我。道我命运乖。教奴镇日无精彩。为想佳期不敢傍妆台。又恐怕爹娘做猜。把容颜只恁改。漏永更长。不由人泪满腮。他情是歹。咱心且挨。终须也要还满了相思债。词林摘艳一　雍熙乐府一六　旧编南九宫谱　南九宫十三调谱　南词新谱　九宫谱定　九宫正始　九宫大成二

词林摘艳题作闺怨。注明王伯成小令。或据此疑明代亦有一王伯成。此曲为明人作。案摘艳别有王伯成斗鹌鹑酒力禁持套。原刊本于姓氏上亦冠皇明二字。而其曲固见元刊阳春白雪。其为元人作。毫无可疑。以彼例此。似为摘艳编者之误。兹辑之。雍熙乐府此曲不注撰人。旧编南九宫谱此曲失注。南九宫十三调谱南词新谱九宫谱定九宫大成俱注散曲。九宫正始注未详。雍熙乐府此曲下接锁南枝同心带一支。此锁南枝亦见词林摘艳。注无名氏小令。或系另一曲。〇内府本摘艳不敢作何曾。雍熙命运作运。教奴作教人。不敢作不敢道是。做猜作左猜。容颜及相思上俱有这字。各谱为想作只想。不敢作更不想去。做猜作左猜。容颜及相思上俱有这字。漏永作夜永。惟九宫正始为想作则想。不敢作不教。恐怕上无又字。做猜作又猜。容颜上有这字。漏永作夜永。

套数

〔般涉调〕哨遍

项羽自刎

虎视鲸吞相并。灭强秦已换炎刘姓。数年逐鹿走中原。创图基祚隆兴。各驰骋。布衣学剑。陇亩兴师。霸业特昌盛。今日悉皆扫荡。上合天统。下应民情。睢河岸外勇难施。广武山前血犹腥。恨错放高皇。懊失追韩信。悔不从范增。

〔幺〕行走行迎。故然怒激刚强性。迤逗向垓心。预埋伏掩映山

形。猛围定。涧溪沟壑。列介胄寒光莹。昼夜攻催劫掠。爪牙脱落。羽翼雕零。一个向五云乡里贺升平。一个向八卦图中竞残生。更那堪时月严凝。

〔麻婆子〕汉祖胜乘威势。上苍助显号令。四野布层阴重。六花飞万片轻。不添和气报丰年。特呈凶兆害生灵。手拘束难施展。足滑擦岂暂停。

〔么〕自清晓彻终日。从黄昏睡五更。趁水泽身难到。夺樵路力不能。旋消冰雪润枯肠。冻烧器械焰荒荆。马无草人无饭。立不安坐不宁。

〔墙头花〕军收雪霁。起凛冽严风劲。汗湿征衣背似冰。战欣欣火灭烟消。干剥剥天寒地冷。

〔么〕征夫梦寐清。深夜疆场静。四面悲歌忍泪听。便不思败国亡家。皆子想离乡背井。

〔急曲子〕帐周回立故壁。阵东南破去程。众儿郎已杳然。总安眠睡未惊。忽闻嘶困乏征骍。猛唤回凄凉梦境。

〔耍孩儿〕唯除个植楚怀忠政。错认做奸人暗等。误截一臂不任疼。猛魂飘已赴幽冥。碧澄澄万里天如水。明朗朗十分月满营。马首立虞姬氏。翠蛾低敛。粉泪双擎。

〔么〕绝疑的宝剑挥圆颈。不二色的刚肠痛。怎教暴露在郊墟。惜香肌难入山陵。望碧云芳草封高冢。对黄土寒沙赴浅坑。伤情兴。须臾天晓。仿佛平明。

〔三煞〕衡路九条。山垓九层。区区纵堑奔荒径。开基创业时皆尽。争帝图王势已倾。军逐。因寻江路。误入阴陵。

〔二〕付能归船路开。却懒将踏板登。丧八千子弟无踪影。羞归西楚亲求救。耻向东吴再起兵。辞了枪骑。伏霜锋闪烁。从二足奔腾。

〔一〕杀五侯虽惧怯。奈只身枉战争。自知此地绝天命。壮怀已丧英雄气。巨口全无叱咤声。寻思到一场长叹。百战衰形。

〔尾〕解委额把顿项推。举太阿将咽颈称。子见红飘飘光的的绛缨先偏侧了金盔顶。磁可可湿浸浸鲜血早淋漓了战袍领。太平乐府九　雍熙乐府七　太和正音谱下引麻婆子　北词广正谱引麻婆子墙头花及么急曲子　九宫大成七三引麻婆子及么

雍熙乐府不注撰人。〇(哨遍)太平乐府睢河作濉河。瞿本太平乐府皆下有除字。(麻婆子)雍熙苍作天。太和正音谱不添作故添。末三句作。特呈祥瑞应时登。冰冻结船难进。马足滑路怎行。九宫大成同雍熙及正音谱。(么)太平乐府等原无冰字。兹从九宫大成。雍熙难判作到到。大成难判作刚到。(墙头花)雍熙湿作温。欣欣作钦钦。(急曲子)太平雍熙帐俱作怅。广正谱回作围。又以此支为墙头花之末章。吴梅南北词简谱亦谓墙头花实是三叠。(么)瞿本太平怎教作怎忍教。(三煞)太平山垓作出垓。军逐句疑有脱字。雍熙因作困。以军逐因为一句。(二)雍熙从作徒。(一)元刊太平五作吾。衰作袤。兹俱从瞿本。陶刻本衰作哀。雍熙已丧作已散。衰作装。五侯不误。(尾)太平咽作胭。盔作魁。雍熙的的作灼灼。

赠长春宫雪庵学士

过隙驹难留时暂。百年几度聪明暗。尘事饱经谙。叹狙公暮四朝三。抵自惭。远投苍海。平步风波。空攀骊龙颔。谩赢得此身良苦。家私分外。活计尴尬。寝食玉锁紧牵连。行坐金枷自披担。世累相萦。阴行难修。业缘未减。

〔么〕因见无常。谩劳供养看经忏。虽有六亲人。谁能替入棺函。劝省咱。从今白甚。则管教人。喫粉羹餐酸馅。皮骨这回绝却。三年乳哺。十月怀耽。长春有景闷时游。大道无极静中参。出凡笼再不争搀。

〔耍孩儿〕捧衣妻子情伤感。一任红愁绿惨。顿然摘脱便奔腾。

不居土洞石龛。四时风月双邻友。万里乾坤一草庵。鬖松鬓。
不分髻角。焉用冠簪。

〔么〕浮云世态将人赚。识破也诚何以堪。布袍独驾九天风。戡
无穷绿水青岚。东游瀛海思徐福。西度流沙慕老聃。抛持尽雀
巢燕垒。虎窟龙潭。

〔一煞〕从释缚。自脱监。纸鸢无线舟无缆。风寒暑湿非吾患。
味色声香莫我贪。休只待。船中满载。水低俱淹。

〔二煞〕莫苦求。休强揽。莫教邂逅遭坑陷。恐哉笞杖徒流绞。
慎矣公侯伯子男。争夸衒。千钟美禄。一品高衔。

〔三煞〕衣锦裘。乘骏骖。与朋共敝虽无憾。箪瓢自乐颜回巷。
版筑谁亲傅说岩。君不见。花飞树底。日转天南。

〔四煞〕手欲翻。眼未眨。镜中华发霜匀糁。生来忙似尘中蚁。
老去空如茧内蚕。明图甚。形骸伛偻。涕唾腼腆。

〔五煞〕饭已熟。睡正酣。尽他世味无如淡。诗囊经卷随藜杖。
苍木黄菁满药篮。回头笑。青钱拍板。乌帽蓝衫。

〔六煞〕耳若聋。口似缄。有人来问佯妆憨。胡芦提了全无闷。
皮袋肥来最不憨。渔樵伴。山声野调。阔论高谈。

〔七煞〕不动心。已丧胆。丹田饱养难摇撼。身欺古柏衰中旺。
味胜青瓜苦后甘。功成处。脸同莲萼。头类松杉。

〔收尾〕甲配了庚。离应了坎。是非不在天公鉴。那道轮回近得
俺。梨园乐府上　北词广正谱引耍孩儿么及一煞

　　（么）梨园乐府曲牌原作耍孩儿。兹据谱改正。（耍孩儿）梨园曲牌原作二煞。
　　兹据北词广正谱改正。广正谱冠簪作簪冠。（么）梨园曲牌原作三煞。兹据广
　　正谱改正。梨园诚作成。广正谱西度作西涉。雀作鹊。（一煞）梨园此支原作
　　四煞。盖因以上牌名错误而致误。兹改为一煞。以下二煞至七煞。均依次改
　　正。又煞之次序。倒书者多。惟梨园此套原系顺书。故仍之。梨园纸鸢作纸

鸾。广正谱水低作水底。（四煞）茧原作蛮。应为蚕之讹。兹改。

〔越调〕斗鹌鹑

酒力禁持。诗魔唤起。紫燕喧喧。黄莺呖呖。红杏香中。绿杨影里。丽日迟。节序催。柳线摇金。桃花泛水。

〔紫花儿序〕香馥馥花开满路。碧粼粼水绕孤村。绿茸茸芳草烟迷。扬鞭指处。堪画堪题。更那堪竹坞人家傍小溪。彩绳高系。春色飘零。花事狼藉。

〔小桃红〕一帘红雨落花飞。酝酿蜂儿蜜。跨蹇携壶醒还醉。草萋萋。融融沙暖鸳鸯睡。韶光景美。和风暖日。惹起杜鹃啼。

〔秃厮儿〕凝眸处黄莺子规。动情的绿暗红稀。莺慵燕懒蝶倦飞。冷落了芳菲。春归。

〔圣药王〕醉似泥。仆从随。见小桥流水隔花溪。柳岸西。近古隈。数枝红杏出疏篱。墙外舞青旗。

〔尾〕四围锦绣繁华地。车马喧天闹起。看了这红紫翠乡中。堪写在丹青画图里。阳春白雪后集四　盛世新声未集　词林摘艳一〇　雍熙乐府一三

太和正音谱下引斗鹌鹑紫花儿序尾　九宫大成二七引斗鹌鹑紫花儿序秃厮儿尾

盛世新声目录及原刊本徽藩本词林摘艳俱题作春游。注明王伯成作。重增本内府本摘艳无题。不注撰人。雍熙乐府题作春游。不注撰人。案此套既见阳春白雪。注王伯成作。则以伯成为明人。显然错误。〇（斗鹌鹑）盛世香作乡。摇作悬。水作蕊。摘艳俱同。雍熙香作乡。摇作拖。泛水作放蕊。九宫大成俱同雍熙。（紫花儿序）盛世路作目。三句作绿茸茸的芳草萋萋。更那堪作相宜。飘零作芬芳。花事作花市。摘艳俱同。太和正音谱更那堪作依稀见。末二句作。春色繁华。草木光辉。雍熙路作目。更那堪上有端的二字。彩绳句作你将这彩绳来高系。花事作花已。大成更那堪作相宜。彩绳上有你将这三字。花事作花市。（小桃红）盛世及摘艳景美俱作明媚。又与雍熙惹起上俱有因此上三字。雍熙韶光上有我则见三字。（秃厮儿）盛世二句的作处。末二句作。冷落

尽这芳菲。又早春归。摘艳俱同。雍熙此支作。凝醉眼黄鹏子规。动诗情绿暗红稀。我则见莺慵燕懒蝶倦飞。冷落了这芳菲。早春归。大成同雍熙。（圣药王）盛世首句作我则见醉似泥。三句无见字。近作趁。墙外上有兀良则见那五字。摘艳俱同。雍熙首句作我则道醉似泥。三句无见字。末二句作。我则见数枝红杏出墙篱。兀良又则见墙外舞青旗。（尾）盛世首句起衬看了这三字。喧天闹起作游人辏集。翠乡作醉乡。末句在作人。摘艳俱同。雍熙首句末句俱同盛世。二句作我则见车马人烟辏集。红紫作红锦。大成二句及红锦同雍熙。画图作图画。

词林摘艳卷十有新水令十年无梦到京师套。原刊本徽藩本俱注王伯成作。案此套北宫词纪及彩笔情辞俱属汤舜民。兹从词纪情辞。钞本笔花集新水令有缺页。或适佚此套。摘艳此卷又有新水令四时湖水镜无瑕套。原刊本及徽藩本俱注王伯成作。北词广正谱征引套中各曲。亦属伯成。惟梨园乐府以此套属马致远。兹从梨园。此不重出。

据钞本阳春白雪目录。阳春白雪后集卷四斗鹌鹑套数绿柳雕残。半世飘蓬。媚媚姿姿。雪艳霜姿。雨意云情。玉笛愁闻六套。皆王伯成作。兹因书内曲前未明注撰人。仍辑入无名氏曲中。

赵明道

　　明道大都人。著杂剧三种。牡丹亭。范蠡归湖。韩退之雪拥蓝关记。范蠡归湖今仅存第四折。馀二种皆佚。案太和正音谱重增本词林摘艳词谑明道俱作明远。此据录鬼簿。太平乐府原刊本词林摘艳亦作明道。

套数

〔越调〕斗鹌鹑

题　情

燕燕莺莺。花花草草。穰穰劳劳。多多少少。媚媚娇娇。亭亭袅袅。鸾凤交。没下梢。空耽了些是是非非。受了些烦烦恼恼。

〔紫花儿〕困腾腾头昏脑闷。急煎煎意穰心劳。虚飘飘魄散魂消。他风风韵韵。艳艳夭夭。日日朝朝。雨雨云云渐缥缈。那堪暮秋天道。似这般爽气清高。那堪夜雨萧萧。

〔秃厮儿〕闷厌厌愁心怎熬。昏沉沉梦断魂劳。秋声和辘轳砧韵敲。淅零零细雨洒芭蕉。初雕。

〔小桃红〕枕寒衾冷夜迢迢。旖旎人儿俏。往往难成梦惊觉。好心焦。悲悲切切雁儿呀呀的叫。透户牖金风淅淅。滴更长铜壶点点。更那堪蛩韵絮叨叨。

〔天净沙〕厌厌鬼病难消。凄凄心痒难揉。渐渐神魂散却。好教人没颠没倒。意迟迟业眼难交。

〔尾〕想当日焰腾腾烈火烧祆庙。翻滚滚洪波浸画桥。明煜煜火烧此时休。白茫茫水湑杀未成就的夫妻每到了。太平乐府七　词林摘艳一〇　词谑　雍熙乐府一三

　　重增本词林摘艳词谑俱注赵明道作。原刊本摘艳注赵明道。雍熙乐府不注撰人。○(斗鹌鹑)明大字本太平乐府亭亭作婷婷。无空字。(紫花儿)摘艳末句那堪上有更字。词谑夭夭作妖妖。日日作暮暮。末二句作。爽气清高。夜雨潇潇。雍熙云云作风风。摘艳词谑雍熙风风俱作芊芊。(秃厮儿)各书曲牌多误作调笑令。兹据内府本摘艳改正。太平摘艳词谑细雨俱作细细。兹从雍熙及内府本摘艳。摘艳词谑三句俱无和字。词谑四句无洒字。(小桃红)重增本摘艳词谑呀呀下俱无的字。词谑俏作杳。七句作照纱厨银蟾皓皓。(天净沙)词谑没颠没倒作没颠倒。业眼作双眼。(尾)元刊太平明煜煜作明煜。明大字本太平作明煜煜。兹从后者。摘艳浸作侵。煜煜作晃晃。末句无每字。词谑尾声只一句作。腾腾了他害相思洛阳年少。讹误甚多。一笑散尾声全。首句无想当日三字。煜煜作晃晃。末句无的字。

名　姬

乐府梨园。先贤老郎。上殿伶伦。前辈色长。承应俳优。后进

教坊。有伎俩。尽夸张。燕赵驰名。京师作场。

〔紫花儿〕雷声声梁苑。禾惜惜都城。苏小小钱塘。三人声价。四海名扬。红妆。忒旖旎忒风流忒四行。堪写在宣和图上。有百倍儿风标。无半米儿疏狂。

〔调笑令〕省郎。是你旧班行。他诉真是咱断肠。不知音枉了和他讲。有德行政事文章。取功名自来踏着省堂。焕然有出众英昂。

〔秃厮儿〕为媒的涿郡仲襄。保亲的苏君丘祥。青春二八年正芳。配一对锦鸳鸯。成双。

〔圣药王〕我岂谎。您诚想。苏小卿到底嫁双郎。因为和乐章。动官长。柳耆卿娶了谢天香。他知音律解宫商。

〔尾〕郝大使王玉带皆称赏。焦治中天然秀小样。劝你个聪明姝丽俏吴姬。就取这蕴藉风流俊张敞。太平乐府七　雍熙乐府一三

　　（紫花儿）何钞本太平乐府禾惜惜作朱惜惜。（圣药王）瞿本太平乐府旧校改诚想为试想。

〔双调〕夜行船

寄香罗帕

多绪多情意似痴。闲愁闷禁持。心绪熬煎。形容憔悴。又添这场萦系。

〔步步娇〕一幅香罗他亲寄。寄与咱别无意。他教咱行坐里。行坐里和他不相离。若是恁还知。淹了多少关山泪。

〔沉醉东风〕鹿顶盒儿最喜。羊脂玉纳子偏宜。挑成祝寿词。织成蟠桃会。吴绫蜀锦难及。幅尺阔全无半缕纰。密实十分奈洗。

〔拨不断〕旧痕积。泪淋漓。越点污越香气。沉醉后堪将口上吸。更忙呵休向腰间系。怕显出这场恩义。

〔离亭煞〕用工夫度线金针刺。无包弹撚锹银丝细。气命儿般敬
重看承。心肝儿般爱怜收拾。止不过包胆茶胧罗笠。说不尽千
般旖旎。忙搦在手儿中。荒笼在袖儿里。太平乐府六　北宫词纪六　彩
笔情辞七

彩笔情辞题作得寄罗帕。〇（夜行船）北宫词纪闲作等闲。情辞同。（步步娇）
情辞四句无行坐里三字。（沉醉东风）元刊太平乐府挑成作桃成。瞿本明大字
本俱作挑成。词纪鹿顶下有空格。缺一字。情辞作金字。词纪密实下有处字。
情辞同。情辞织成作织就。（拨不断）情辞香气上有觉生二字。（离亭煞）元刊
八卷本瞿本太平乐府胧俱作朦。明大字本太平胧作笼。搦作捧。情辞锹作捎。
荒作慌。

残曲

〔大石调〕失牌名

丹脸晕。
〔随煞〕露冷霜寒秋已归。蜂怨蝶愁春未知。独立西风共谁。相
伴寒香菊花醉。北词广正谱

首调疑为玉翼蝉。

阿里西瑛

阿里耀卿之子。善吹筚篥。所居懒云窝在吴城东北隅。尝为殿前
欢小令以自述。贯酸斋乔梦符卫立中吴西逸皆有和曲。

小令

〔商调〕凉亭乐

叹　世

金乌玉兔走如梭。看看的老了人呵。有那等不识事的痴呆待怎

么。急回头迟了些儿个。你试看凌烟阁上。功名不在我。则不如对酒当歌对酒当歌且快活。无忧愁。安乐窝。_{词林摘艳一 九宫大成五九}

〔双调〕殿前欢

懒云窝

西瑛有居号懒云窝。以殿前欢调歌此以自述。

懒云窝。醒时诗酒醉时歌。瑶琴不理抛书卧。无梦南柯。得清闲尽快活。日月似撺梭过。富贵比花开落。青春去也。不乐如何。_{太平乐府一 尧山堂外纪七一 厉刻乔梦符小令}

太平乐府序文在曲后。末句原作酸斋等和见后。兹以酸斋等曲未列一处。删去末句。

懒云窝。醒时诗酒醉时歌。瑶琴不理抛书卧。尽自磨陀。想人生待则么。富贵比花开落。日月似撺梭过。呵呵笑我。我笑呵呵。_{残元本阳春白雪二 钞本阳春白雪前集三}

残元本比作似。日月似撺梭过作不落如何。此从钞本。钞本开作间。撺作猎。兹改。○此曲与前曲首三句全同。后又有两句文字同而次序颠倒。似即一曲。

懒云窝。客至待如何。懒云窝里和衣卧。尽自婆娑。想人生待则么。贵比我高些个。富比我慊些个。呵呵笑我。我笑呵呵。_{残元本阳春白雪二 钞本阳春白雪前集三 太平乐府一}

此首太平乐府注乔梦符作。兹互见两家曲。校记从略。

冯子振

子振字海粟。自号怪怪道人。又号瀛洲客。攸州人。仕为承事郎集贤待制。于书无所不记。为文常据案疾书。随纸数多寡。顷刻辄尽。事料酝郁。美如簇锦。尝著居庸赋。首尾几五千言。闳衍钜丽。与天台陈孚友善。孚极敬畏之。自以为不可及。金华宋景濂曰。海粟冯公以博学英词名于时。当其酒酣气豪。横厉奋发。一挥万馀言。少亦不下数千。真一世之雄哉。贯云石序阳春白雪。谓海粟之词豪辣灏烂。不断古今。

小令

〔正宫〕鹦鹉曲

序云。白无咎有鹦鹉曲云。侬家鹦鹉洲边住。是个不识字渔父。浪花中一叶扁舟。睡煞江南烟雨。觉来时满眼青山。抖擞绿蓑归去。算从前错怨天公。甚也有安排我处。余壬寅岁留上京。有北京伶妇御园秀之属。相从风雪中。恨此曲无续之者。且谓前后多亲炙士大夫。拘于韵度。如第一个父字。便难下语。又甚也有安排我处。甚字必须去声字。我字必须上声字。音律始谐。不然不可歌。此一节又难下语。诸公举酒。索余和之。以汴吴上都天京风景试续之。

雍熙乐府卷二十误以是序所引白无咎鹦鹉曲为冯海粟作。此曲异文见白曲校记。兹从略。

山亭逸兴

嵯峨峰顶移家住。是个不喞溜樵父。烂柯时树老无花。叶叶枝枝风雨。〔么〕故人曾唤我归来。却道不如休去。指门前万叠云山。是不费青蚨买处。太平乐府一　词综三三　历代诗馀二六　词律拾遗二

词综历代诗馀词律拾遗俱无题。〇词综历代诗馀词律拾遗嵯峨俱作巍峨。二句俱作旦暮见上下樵父。云山俱作青山。拾遗唤作笑。

荣华短梦

朱门空宅无人住。村院快活煞耕父。霎时间富贵虚花。落叶西

风残雨。〔幺〕总不如水北相逢。一棹木兰舟去。待霜前雪后梅
开。傍几曲寒潭浅处。太平乐府一

愚翁放浪

东家西舍随缘住。是个忒老实愚父。赏花时暖薄寒轻。彻夜无
风无雨。〔幺〕占长红小白园亭。烂醉不教人去。笑长安利锁名
疆。定没个身心稳处。太平乐府一 尧山堂外纪七○

农夫渴雨

年年牛背扶犁住。近日最懊恼杀农父。稻苗肥恰待抽花。渴煞
青天雷雨。〔幺〕恨残霞不近人情。截断玉虹南去。望人间三尺
甘霖。看一片闲云起处。太平乐府一

元刊八卷本瞿本题目农夫俱作农家。○元刊本甘霖作甘霜。兹从元刊八卷本及
瞿本。

燕南百五

东风留得轻寒住。百五闹蝶母蜂父。好花枝半出墙头。几点清
明微雨。〔幺〕绣弯弯湿透罗鞋。绮陌踏青回去。约明朝后日重
来。靠浅紫深红暖处。太平乐府一

元刊八卷本闹作闲。

故园归计

重来京国多时住。恰做了白发伧父。十年枕上家山。负我湘烟
潇雨。〔幺〕断回肠一首阳关。早晚马头南去。对吴山结个茅庵。
画不尽西湖巧处。太平乐府一

瞿本白发作白头。

野渡新晴

孤村三两人家住。终日对野叟田父。说今朝绿水平桥。昨日溪南新雨。〔么〕碧天边云归岩穴。白鹭一行飞去。便芒鞋竹杖行春。问底是青帘舞处。太平乐府一

　　元刊本瞿本么篇首句俱作碧天边归云。兹从明大字本。

渔　父

沙鸥滩鹭濈依住。镇日坐钓叟纶父。趁斜阳晒网收竿。又是南风催雨。〔么〕绿杨隄忘系孤桩。白浪打将船去。想明朝月落潮平。在掩映芦花浅处。太平乐府一

　　元刊本濈依作离依。兹从元刊八卷本。瞿本濈依作傍依。潮平作湖平。

市朝归兴

山林朝市都曾住。忠孝两字报君父。利名场反覆如云。又要商量阴雨。〔么〕便天公有眼难开。袖手不如家去。更蛾眉强学时妆。是老子平生懒处。太平乐府一

陆羽风流

儿啼漂向波心住。舍得陆羽唤谁父。杜司空席上从容。点出茶瓯花雨。〔么〕散蓬莱两腋清风。未便玉川仙去。待中泠一滴分时。看满注黄金鼎处。太平乐府一

顾渚紫笋

春风阳羡微暄住。顾渚问苕叟吴父。一枪旗紫笋灵芽。摘得和烟和雨。〔么〕焙香时碾落云飞。纸上凤鸾衔去。玉皇前宝鼎亲

尝。味恰到才情写处。太平乐府一

园　父

柴门鸡犬山前住。笑语听伛背园父。辘轳边抱瓮浇畦。点点阳
春膏雨。〔么〕菜花间蝶也飞来。又趁暖风双去。杏梢红韭嫩泉
香。是老瓦盆边饮处。太平乐府一

野　客

春归不恋风光住。向老拙问讯槎父。叹匡山李白漂零。寂寞长
安花雨。〔么〕指沧溟铁网珊瑚。袖卷钓竿西去。锦袍空醉墨淋
漓。是万古声名响处。太平乐府一

　　元刊本匡山作峇山。兹从元刊八卷本及瞿本。

城南秋思

新凉时节城南住。灯火诵鲁国尼父。到秋来宋玉生悲。不赋高
唐云雨。〔么〕一声声只在芭蕉。断送别离人去。甚河桥柳树全
疏。恨正在长亭短处。太平乐府一

赤壁怀古

茅庐诸葛亲曾住。早赚出抱膝梁父。笑谈间汉鼎三分。不记得
南阳耕雨。〔么〕叹西风卷尽豪华。往事大江东去。彻如今话说
渔樵。算也是英雄了处。太平乐府一

　　元刊本卷尽作抱尽。兹从瞿本。元刊八卷本卷作倦。偏旁讹误。

处士虚名

高人谁恋朝中住。自古便有个巢父。子陵滩钓得虚名。几度桐

江春雨。〔么〕睡神仙别有陈抟。拂袖华山归去。漫纷纷少室终南。怎不是神仙隐处。*太平乐府一*

洞庭钓客

年光流水何曾住。早忘却姓吕岩父。记蓬莱阆苑相逢。一别风流如雨。〔么〕算人间碧海桑田。只似燕鸿来去。岳阳楼剑气凌云。度老树神仙此处。*太平乐府一*

各本只似俱作只作。兹从瞿本。

黄阁清风

箕尾傅说商岩住。空桑子伊尹无父。汉萧何昂宿分英。李靖唐时行雨。〔么〕出山来济了苍生。却卷白云闲去。一千年黄阁清风。是万古声名响处。*太平乐府一*

各本箕尾俱作箕裘。兹从明大字本。

夷门怀古

人生只合梁园住。快活煞几个白头父。指他家五辈风流。睡足胭脂坡雨。〔么〕说宣和锦片繁华。辇路看元宵去。马行街直转州桥。相国寺灯楼几处。*太平乐府一*

都门感旧

都门花月蹉跎住。恰做了白发伧父。酒微醒曲榭回廊。忘却天街酥雨。〔么〕晓钟残红被留温。又逐马蹄声去。恨无题亭影楼心。画不就愁城惨处。*太平乐府一*

磻溪故事

非熊无梦淹留住。吕望八十钓鱼父。白头翁晚遇文王。闲煞磻

溪蓑雨。〔么〕运来时表海封齐。放下一钩丝去。至今人想像筌
筌。靠藓石苔矶稳处。太平乐府一

元刊八卷本一钩作一钓。明大字本闲煞作闲煞了。

泣江妇

曹娥江主婆娑住。五月五水面迎父。蔡中郎幼妇碑阴。古刻荒
云深雨。〔么〕夏侯瞒智肖杨修。强说不多来去。怕文章泄漏风
光。谜语到难开口处。太平乐府一

瞿本旧校改江主为江上。

兰亭手卷

兰亭不肯昭陵住。老逸少是献之父。过江来定武残碑。剥落剳
烟剳雨。〔么〕纵新新茧纸临摹。乐事赏心俱去。永和年小草斜
行。到野鹜家鸡窘处。太平乐府一

庞隐图

团栾话里禅龛住。灵昭女对老庞父。利名心不挂丝毫。更肯沾
风粘雨。〔么〕叹黄金散尽还家。逝水看流年去。只寻常卖簟篱
休。这眷属今无讨处。太平乐府一

拔宅冲升图

淮南仙客蓬莱住。发漆黑变雪髯父。八公山九转丹成。洗尽腥
风酼雨。〔么〕想云霄犬吠鸡鸣。拔宅向青霄去。劝长安热客回
头。镜影到流年老处。太平乐府一

忆西湖

吴侬生长西湖住。舣画舫听棹歌父。苏隄万柳春残。曲院风荷

番雨。〔么〕草萋萋一道腰裙。软绿断桥斜去。判兴亡说向林逋。醉梅屋梅梢偃处。*太平乐府一*

感　事

黄金难买朱颜住。驷马客羡跨牛父。石将军百斛明珠。几日欢云娱雨。〔么〕趁春归一瞬流莺。万事夕阳西去。旧婵娟落在谁家。个里是高人省处。*太平乐府一*

赠园父

春光浓艳城南住。一叶价百倍园父。牡丹台国色天香。锦幄无风无雨。〔么〕惜花人不惜千金。一任蝶来蜂去。酒醒时月上三竿。是不是鸡声管处。*太平乐府一*

明大字本月上作日上。

感　事

江湖难比山林住。种果父胜刺船父。看春花又看秋花。不管颠风狂雨。〔么〕尽人间白浪滔天。我自醉歌眠去。到中流手脚忙时。则靠着柴扉深处。*太平乐府一*

元刊八卷本瞿本尽俱作尽。

买臣负薪手卷

赭肩腰斧登山住。耐得苦是采薪父。乱云升急澍飞来。拗青松遮风雨。〔么〕记年时雪断溪桥。脱度前湾归去。买臣妻富贵休休。气燄到寒灰舞处。*太平乐府一　钞本阳春白雪后集一　雍熙乐府二〇*

钞本阳春白雪无题。〇元刊八卷本瞿本太平乐府四句作拗折青松遮雨。钞本阳春白雪四句亦作拗折青松遮雨。脱度作晓渡。休休作寻寻。舞处作冷处。雍熙乐府俱同。

燕南八景

芦沟清绝霜晨住。步落月问倚阑父。蓟门东直下金台。仰看楼台飞雨。〔么〕道陵前夕照苍茫。叠翠望居庸去。玉泉边一派西山。太液畔秋风紧处。<small>太平乐府一</small>

　　　元刊本问作门。兹从元刊八卷本及瞿本。

松　林

山围行殿周遭住。万里客看牧羊父。听神榆树北车声。满载松林寒雨。〔么〕应昌南旧日长城。带取上京愁去。又秋风落雁归鸿。怎说到无言语处。<small>太平乐府一</small>

至上京

澶河西北征鞍住。古道上不见耕父。白茫茫细草平沙。日日金莲川雨。〔么〕李陵台往事休休。万里汉长城去。趁燕南落叶归来。怕迤逦飞狐冷处。<small>太平乐府一</small>

忆鸡鸣山旧游

鸡鸣山下荒丘住。客吊古问驿亭父。几何年野屋丛祠。灭没犁烟锄雨。〔么〕默寻思半晌无言。逆旅又催人去。指峰前代好磨笄。是血泪当时洒处。<small>太平乐府一</small>

　　　元刊本客作各。兹从元刊八卷本瞿本明大字本。

南城赠丹砂道伴

长松苍鹤相依住。骨老健称褐衣父。坐烧丹忘记春秋。自在溪

风山雨。〔幺〕有人来不问亲疏。淡饭一杯茶去。要茅檐卧看闲云。梅影转幽窗雅处。*太平乐府一*

别　意

花骢嘶断留侬住。满酌酒劝据鞍父。柳青青万里初程。点染阳关朝雨。〔幺〕怨春风雁不回头。一个个背人飞去。望河桥敛袂频啼。早蓦到长亭短处。*太平乐府一*

嘶原作斯。

钱塘初夏

钱塘江上亲曾住。司马楗不是村父。缕金衣唱彻流年。几阵纱窗梅雨。〔幺〕梦回时不见犀梳。燕子又衔春去。便人间月缺花残。是小小香魂断处。*阳春白雪后集一　雍熙乐府二〇*

溪山小景

长绳短系虚名住。倾浊酒劝邻父。草亭前矮树当门。画出轻烟疏雨。〔幺〕看燕南陌上红尘。马耳北风吹去。一年年月夜花朝。自占取溪山好处。*阳春白雪后集一　雍熙乐府二〇　词综三三　历代诗馀二六*

雍熙树上无矮字。马耳作马首。词综二句酒与劝之间留一空格。历代诗馀短系作难系。劝上有好字。

四皓屏

张良更姓圯桥住。夜待旦遇个师父。一编书不为封留。字字咸阳膏雨。〔幺〕借箸筹灭项兴刘。到底学神仙去。待商山四皓还山。再不恋人间险处。*阳春白雪后集一　雍熙乐府二〇*

元刊阳春白雪商山作商家。兹从钞本阳春白雪及雍熙。雍熙二句作半夜里遇师父。学作托。险处作好处。

逃吴辞楚无家住。解宝剑赠津父。十年间隶越鞭荆。怒卷秋江潮雨。〔幺〕想空城组练三千。白马素车回去。又逡巡月上波平。暮色在烟光紫处。_{钞本阳春白雪后集一　雍熙乐府二〇}

钞本阳春白雪宝作空。鞭作报。雍熙吴作回。赠作曾问。空城上无想字。

青衫司马江州住。月夜笛厌听村父。甚有传旧谱琵琶。切切嘈嘈檐雨。〔幺〕薄情郎又泛茶船。近日又浮梁去。说相逢总是天涯。诉不尽柔肠苦处。_{钞本阳春白雪后集一　雍熙乐府二〇}

雍熙听作竹。泛作贩。

才郎于祐咸阳住。是个不识字的田父。御沟西绿水东流。乍歇长安秋雨。〔幺〕恨匆匆一片题情。红叶为谁流去。恰殷勤离得深宫。便得到人间好处。_{钞本阳春白雪后集一　雍熙乐府二〇}

〔中吕〕红绣鞋

题小山苏隄渔唱

东里先生酒兴。南州高士文声。玉龙嘶断彩鸾鸣。水空秋月冷。山小暮天青。苏公隄上景。_{太平乐府四　张小山北曲联乐府　乐府群珠四}张小山北曲联乐府之题目作奉题苏隄渔唱。

〔双调〕沉醉东风

缘结来生净果。从他半世蹉跎。冷淡交。唯三个。除此外更谁插哦。减着呵少添着呵便觉多。明月清风共我。_{阳春白雪前集三}钞本阳春白雪哦作破。减着呵作减着些。

珠帘秀

珠帘秀姓朱氏。女伶。杂剧独步一时。驾头花旦软末泥等。悉造

其妙。名公文士颇推重之。胡紫山尝赠以沉醉东风。冯海粟赠以鹧鸪
天。王秋涧赠以浣溪沙。后辈多以朱娘娘称之。

小令

〔双调〕寿阳曲

答卢疏斋

山无数。烟万缕。憔悴煞玉堂人物。倚篷窗一身儿活受苦。恨
不得随大江东去。太平乐府二 尧山堂外纪六九

太平乐府此曲之前为卢疏斋寿阳曲别珠帘秀。此曲题目原作答前曲。兹改为答
卢疏斋。

套数

〔正宫〕醉西施

检点旧风流。近日来渐觉小蛮腰瘦。想当初万种恩情。到如今
反做了一场僝僽。害得我柳眉颦秋波水溜。泪滴春衫袖。似桃
花带雨胭脂透。绿肥红瘦。正是愁时候。
〔并头莲〕风柔。帘垂玉钩。怕双双燕子。两两莺俦。对对时相
守。薄情在何处秦楼。赢得旧病加新病。新愁拥旧愁。云山满
目。羞上晚妆楼。
〔赛观音〕花含笑。柳带羞。舞场何处系离愁。欲传尺素仗谁修。
把相思一笔都勾。见凄凉芳草增上万千愁。休休。肠断湘江欲
尽头。
〔玉芙蓉〕寂寞几时休。盼音书天际头。加人病黄鸟枝头。助人
愁渭城衰柳。满眼春江都是泪。也流不尽许多愁。若得归来后。
同行共止。便是牡丹花下死。做鬼也风流。

〔馀文〕东风一夜轻寒透。报道桃花逐水流。莫学东君不转头。词林白雪二

此套为南曲。仅见词林白雪。注珠帘秀作。殊可疑。兹姑辑之。〇（醉西施）春衫原作春山。

贯云石

　　云石本名小云石海涯。畏吾儿人。阿里海涯之孙。父名贯只哥。云石遂以贯为氏。号酸斋。又号芦花道人。生而神彩秀异。年十三。膂力绝人。使健儿驱三恶马疾驰。持槊立而待。马至。腾上之。越二而跨三。运槊生风。观者辟易。或挽强射生逐猛兽。上下峻阪如飞。诸将咸服其趫捷。稍长。折节读书。目五行下。吐辞为文。不蹈袭故常。初袭父官。为两淮万户府达鲁花赤。镇永州。寻以宦情素薄。一日。解所绾黄金虎符。让弟忽都海涯佩之。北从姚燧学。燧见其古文峭厉有法。及歌行古乐府慷慨激烈。大奇之。俄选为英宗潜邸说书秀才。仁宗即位。拜翰林侍读学士中奉大夫知制诰同修国史。后称疾辞还江南。泰定元年卒。年三十九。赠集贤学士中奉大夫护军。追封京兆郡公。谥文靖。云石晚年为文日邃。诗亦冲澹。草隶等书。变化古人。自成一家。休官辞禄后。或隐屠沽。或侣樵牧。一日钱唐数衣冠士人。游虎跑泉。饮间赋诗。以泉字为韵。中一人但哦泉泉泉。久不能就。忽一人曳杖而至。应声曰。泉泉泉。乱迸珍珠个个圆。玉斧斫开顽石髓。金钩搭出老龙涎。众惊问曰。公非贯酸斋乎。曰。然然然。遂邀同饮。尽醉而去。云石与海盐杨梓交善。无论所制乐府散套骏逸为当行之冠。即歌声高引。可彻云汉。而梓独得其传。时有徐再思。号甜斋。亦以乐府擅场。世以酸斋甜斋并称。谓酸甜乐府。

小令

〔正宫〕塞鸿秋

代人作

战西风几点宾鸿至。感起我南朝千古伤心事。展花笺欲写几句知心事。空教我停霜毫半晌无才思。往常得兴时。一扫无瑕玼。今日个病厌厌刚写下两个相思字。太平乐府一

起初儿相见十分忺。心肝儿般敬重将他占。数年间来往何曾厌。这些时陡恁的恩情俭。推道是板障柳青严。统镘姨夫欠。只被这俏苏卿抛闪煞穷双渐。太平乐府一

> 板障原作板胀。元刊本陡恁作陟恁。他本俱作陡恁。瞿本明大字本起初儿俱作起初时。瞿本恩情俭作恩情险。

〔正宫〕小梁州

朱颜绿鬓少年郎。都变做白发苍苍。尽教他花柳自芬芳。无心赏。不趁燕莺忙。〔幺〕东家醉了东家唱。西家再醉何妨。醉的强。醒的强。百年浑是醉。三万六千场。钞本阳春白雪后集一 雍熙乐府二〇

> 雍熙乐府三句无他字。东家唱作西家唱。西家再醉作唱一会再醉。浑是下无醉字。

桃花如面柳如腰。他生的且自妖娆。醉阑乘兴会今宵。低低道。无语眼儿瞧。〔幺〕揣着个羞脸儿娘行告。百般的撒吞妆夭。气的我心下焦。空憋懆。莫不姻缘簿上。前世暗勾消。钞本阳春白雪后集一 雍熙乐府二〇 彩笔情辞六

> 彩笔情辞题作阻欢。〇钞本阳春白雪二句无的字。雍熙且自作且是。揣着个羞脸儿作揣着羞脸。撒吞作撒逡。无气的我三字。无莫不二字。情辞撒吞作撒裋。

相偎相抱正情浓。争忍西东。相逢争似不相逢。愁添重。我则怕画楼空。〔幺〕垂杨渡口人相送。拜深深暗祝东风。他去的高挂起帆。则愿休吹动。刚留一宿。天意肯相容。钞本阳春白雪后集一　雍熙乐府二○

雍熙乐府我则怕作只怕。八九两句作。高挂帆。休吹动。刚作只。○雍熙所收酸斋小梁州共四首。末首晚妆窗下醉离觞见笔花集。兹以之属汤式。

春

春风花草满园香。马系在垂杨。桃红柳绿映池塘。堪游赏。沙暖睡鸳鸯。〔幺〕宜晴宜雨宜阴旸。比西施淡抹浓妆。玉女弹。佳人唱。湖山堂上。直喫醉何妨。梨园乐府中　瓠里子笔谈　词林摘艳一　雍熙乐府一六　元明小令钞

词林摘艳雍熙乐府俱不注撰人。次首同。雍熙乐府此首及次首皆在河西六娘子套数内。元明小令钞作无名氏。次首同。○瓠里子笔谈阴旸作阴凉。直喫作直喫得。词林摘艳幺篇作。雪儿对舞云娥唱。百年有几个春光。一壁厢仕女弹。佳人唱。采莲人和。齐和着采莲腔。雍熙睡作宿。阴旸作歌唱。以下作。笑吟吟满捧琼浆。这其间归棹晚。清波涨。湖山堂上。沉醉碍何妨。元明小令钞同词林摘艳。

夏

画船撑入柳阴凉。一派笙簧。采莲人和采莲腔。声嘹喨。惊起宿鸳鸯。〔幺〕佳人才子游船上。醉醺醺笑饮琼浆。归棹晚。湖光荡。一钩新月。十里芰荷香。梨园乐府中　瓠里子笔谈　词林摘艳一　雍熙乐府一六　元明小令钞

梨园乐府笙簧作笙篁。瓠里子笔谈一派上有听字。醉醺醺笑饮作笑吟吟满饮。荡作漾。词林摘艳雍熙乐府船俱作船儿。归棹上俱有这其间三字。湖光俱作清波。摘艳撑入作撑在。醉醺醺笑饮作笑吟吟满捧。元明小令钞幺篇同词林摘艳。

秋

芙蓉映水菊花黄。满目秋光。枯荷叶底鹭鸶藏。金风荡。飘动桂枝香。〔么〕雷峰塔畔登高望。见钱塘一派长江。湖水清。江潮漾。天边斜月。新雁两三行。_{梨园乐府中　瓠里子笔谈}

梨园乐府长江作长空。笔谈塔畔作塔上。漾作涨。

冬

彤云密布锁高峰。凛冽寒风。银河片片洒长空。梅梢冻。雪压路难通。〔么〕六桥顷刻如银洞。粉妆成九里寒松。酒满斟。笙歌送。玉船银棹。人在水晶宫。_{梨园乐府中　瓠里子笔谈}

笔谈银河作琼花。

巴到黄昏祷告天。焚起香烟。自从他去泪涟涟。关山远。抛闪的奴家孤枕独眠。〔么〕盼才郎早早成姻眷。知他是甚日何年。何年见可怜。可怜见俺成姻眷。天地下团圆。带累的俺团圆。_{梨园乐府中　词林摘艳一　元明小令钞}

梨园乐府此曲与贯酸斋四景衔接。应亦为酸斋作。词林摘艳不注撰人。元明小令钞属无名氏。○梨园乐府泪涟涟下脱三字句。兹据词林摘艳补。词林摘艳此曲作。巴的到黄昏祷告天。宝炉香燃。自从他去泪涟涟。关山远。他无分俺也无缘。〔么〕告青天早早重相见。知他是甚日何年。则愿的天可怜。天与人行些方便。普天下团圆。带累的俺也团圆。元明小令钞同摘艳。惟巴的作巴。炉作鼎。

〔正宫〕醉太平

失　题

长街上告人。破窑里安身。挨的是一年春尽一年春。谁承望眷

姻。红鸾来照孤辰运。白身合有姻缘分。绣球落处便成亲。因
此上忍著疼撞门。乐府群玉四

　　钞本尽一年春下。复有尽一年春四字。

〔南吕〕金字经

晓来春匀透。西园第一枝。香暖朱帘酒满巵。思。休歌肠断词。
关心事。夜阑人静时。阳春白雪后集一　乐府群珠二　雍熙乐府一九

　　乐府群珠题作伤春。

金芽薰晓日。碧风度小溪。香暖金炉酒满杯。奇。夜来香透帏。
人初睡。玉堂春梦回。阳春白雪后集一　乐府群珠二　雍熙乐府一九

　　乐府群珠题作春闺。○元刊阳春白雪金作今。兹从钞本及群珠。各本白雪炉俱
　　作笺。兹从雍熙乐府。群珠笺旁校注一炉字。雍熙首句作金帘重晓日。

蛾眉能自惜。别离泪似倾。休唱阳关第四声。情。夜深愁寐醒。
人孤另。萧萧月二更。阳春白雪后集一　乐府群珠二　雍熙乐府一九

　　群珠题作闺情。下四首均注又字。示同属一题。○雍熙泪似作泪眼。

泪溅描金袖。不知心为谁。芳草萋萋人未归。期。一春鱼雁稀。
人憔悴。愁堆八字眉。阳春白雪后集一　乐府群珠二　雍熙乐府一九

　　雍熙描金作衣衫。

紫箫声初散。玉炉香正浓。凉月溶溶小院中。从。别来衾枕空。
游仙梦。一帘梅雪风。阳春白雪后集一　乐府群珠二　雍熙乐府一九

轻寒堆翠被。东风暖玉纤。香冷金猊月转帘。添。蛾眉新淡尖。
香收敛。倚窗愁未攽。阳春白雪后集一　乐府群珠二　雍熙乐府一九

　　群珠转帘作满帘。雍熙香冷作香尽。收敛作消罢。失韵。

楚台云归去。待都来三二朝。闲煞东风碧玉箫。箫。宝钗金凤
翘。风流貌。把人来憔悴了。阳春白雪后集一　乐府群珠二　雍熙乐府
一九

　　元刊阳春白雪貌作他。兹从钞本。群珠雍熙貌俱作俏。雍熙次句无待字。二作

两。末句无来字。○雍熙乐府将以上七曲列于张小山金字经后。然皆不见张小
山北曲联乐府。自应以阳春白雪所注撰人为确。雍熙此七首后。复有金字经天
上皇华使等四首。系误并张养浩曲。

〔中吕〕上小楼

赠伶妇

觑着你十分艳姿。千年心事。若不就着青春。择个良姻。更待
何时。等个倥侗。寻个挣四。成就了这翰林学士。_{太平乐府四}

何钞本倥侗作倥侗。

〔中吕〕红绣鞋

东村醉西村依旧。今日醒来日扶头。直喫得海枯石烂怎时休。
将屠龙剑。钓鳌钩。遇知音都去做酒。_{残元本阳春白雪二　乐府群珠四}

群珠题作痛饮。○残元本阳春白雪鳌作鱼。群珠做酒作当酒。

返旧约十年心事。动新愁半夜相思。常记得小窗人静夜深时。
正西风闲时水。秋兴浅不禁诗。雕零了红叶儿。_{残元本阳春白雪二}
_{乐府群珠四}

群珠题作秋怀。○群珠返作近。任校阳春白雪谓应系溯之讹。

雪香兰高侵云鬓。玉灵芝斜捧乌云。轮廱里包藏著些粉霜痕。
耳垂儿冰雪捏。小孔儿里都是玉酥涇。只被这业环儿把他拖逗
损。_{残元本阳春白雪二　乐府群珠四}

残元本阳春白雪捏作搭。

挨着靠着云窗同坐。偎着抱着月枕双歌。听着数着愁着怕着早
四更过。四更过情未足。情未足夜如梭。天哪。更闰一更儿妨
甚么。_{残元本阳春白雪二　乐府群珠四}

群珠题作欢情。○残元本阳春白雪愁着怕着作怕着愁着。一更下无儿字。

〔中吕〕阳春曲

金　莲

金莲早自些娘大。着意收拾越逗过。如今相识眼皮儿薄。休显豁。越遮护着越情多。太平乐府四　乐府群珠一

元刊太平乐府末句着作看。此从元刊八卷本及瞿本。群珠无此字。

〔中吕〕醉高歌过红绣鞋

看别人鞍马上胡颜。叹自己如尘世污眼。英雄谁识男儿汉。岂肯向人行诉难。　阳气盛冰消北岸。暮云遮日落西山。四时天气尚轮还。秦甘罗疾发禄。姜吕望晚登坛。迟和疾时运里趱。阳春白雪前集四

阳春白雪牌调误作双调醉高歌带过殿前欢。兹改正。

〔中吕〕醉高歌过喜春来

题　情

自然体态温柔。可意庞儿奈羞。看时节偷眼将人溜。送与人些风流证候。　蜂媒蝶使空迓逗。燕子莺儿不自由。恰便似一枝红杏出墙头。不能够折入手。空教人风雨替花羞。太平乐府四

何钞本太平乐府二句奈作耐。

〔越调〕凭阑人

题　情

花债萦牵酒病魔。谁唱相思肠断歌。旧愁没奈何。更添新恨多。太平乐府三

瞿本肠断作断肠。

昨日欢娱今日别。满腹离愁何处说。一声长叹嗟。凭阑人去也。
太平乐府三

冷落桃花扇影歌。羞对青铜扫翠蛾。风流情减多。未知是若何。
太平乐府三

情泪新痕压旧痕。心事相关谁共论。黄昏深闭门。被儿独自温。
太平乐府三

懒对菱花不欲拈。愁理晨妆不甚忺。玉纤春笋尖。倦将脂粉添。
太平乐府三

红叶传情着意拈。书遍相思若未忺。诉愁斑管尖。旋将心事添。
太平乐府三

梦里相逢情倍加。梦断香闺愁恨多。梦他憔悴他。争如休梦他。
太平乐府三

　　明大字本倍加作倍多。

〔双调〕蟾宫曲

竹风过雨新香。锦瑟朱弦。乱错宫商。樵管惊秋。渔歌唱晚。
淡月疏篁。准备了今宵乐章。怎行云不住高唐。目外秋江。意
外风光。环佩空归。分付下凄凉。阳春白雪前集二　乐府群珠三

　　乐府群珠题作秋闺。〇元刊阳春白雪疏篁作疏望。兹从残元本钞本白雪及群
　　珠。残元本白雪风光作岚光。群珠怎行云作惹行云。意外风光作江外岚光。

相逢忘却余咱。梦隔行云。儘好诗夸。江上人归。宫中粉淡。
明月无涯。从别却西湖酒家。遇逋翁便属仙葩。袜重霜华。春
色交加。夜半相思。香透窗纱。阳春白雪前集二　乐府群珠三

　　群珠题作咏纸帐梅花。〇元刊阳春白雪儘作盡。兹从残元本钞本白雪及群珠。

问胸中谁有西湖。算诗酒东坡。清淡林逋。月枕冰痕。露凝荷
泪。梦断云裾。桂子冷香仍月古。是嫦娥厌倦妆梳。春景扶疏。

秋色模糊。若比西施。西子何如。阳春白雪前集二　乐府群珠三　雍熙乐
府一七

群珠题作酈西湖。次首注一又字。雍熙乐府不注撰人。共六首为一篇。题作西
湖四景。次首为第一首。此首为第二首。馀四首咏春夏秋冬四景。不知何人
作。〇元刊本钞本阳春白雪厌俱作压。兹从徐本白雪及群珠雍熙。雍熙问胸中
作门前。无算字。凝作盈。八句作嫦娥厌倦整妆梳。

凌波晚步晴烟。太华云高。天外无天。翠羽摇风。寒珠泣露。
总解留连。明月冷亭亭玉莲。荡轻香散满湖船。人已如仙。花
正堪怜。酒满金樽。诗满鸾笺。阳春白雪前集二　乐府群珠三　雍熙乐府
一七

雍熙翠羽作翠雨。轻香作天香。

送　春

问东君何处天涯。落日啼鹃。流水桃花。淡淡遥山。萋萋芳草。
隐隐残霞。随柳絮吹归那答。趁游丝惹在谁家。倦理琵琶。人
倚秋千。月照窗纱。乐府群玉四　乐府群珠三

群珠月照作明月。

赠曹绣莲

薰风吹醒横塘。一派波光。掩映红妆。娇态盈盈。香风冉冉。
翠盖昂昂。一任游人竞赏。尽教鸥鹭埋藏。世态炎凉。只恐秋
凉。冷落空房。乐府群玉四　乐府群珠三

〔双调〕清江引

弃微名去来心快哉。一笑白云外。知音三五人。痛饮何妨碍。
醉袍袖舞嫌天地窄。阳春白雪前集三　太和正音谱下　九宫大成六六　元明
小令钞

太和正音谱九宫大成元明小令钞末句俱无袖字。大成小令钞醉袍作醉饱。

竞功名有如车下坡。惊险谁参破。昨日玉堂臣。今日遭残祸。
争如我避风波走在安乐窝。阳春白雪前集三

避风波走入安乐窝。就里乾坤大。醒了醉还醒。卧了重还卧。
似这般得清闲的谁似我。阳春白雪前集三

元刊阳春白雪还卧作还坐。兹从钞本。钞本走入作走在。

咏　梅

南枝夜来先破蕊。泄漏春消息。偏宜雪月交。不惹蜂蝶戏。有
时节暗香来梦里。太平乐府二

冰姿迥然天赋奇。独占阳和地。未曾着子时。先酿调羹味。休
教画楼三弄笛。太平乐府二

芳心对人娇欲说。不忍轻轻折。溪桥淡淡烟。茅舍澄澄月。包
藏几多春意也。太平乐府二

玉肌素洁香自生。休说精神莹。风来小院时。月华人初静。横
窗好看清瘦影。太平乐府二

惜　别

玉人泣别声渐杳。无语伤怀抱。寂寞武陵源。细雨连芳草。都
被他带将春去了。太平乐府二

知　足

画堂不如安乐窝。尽了吾侪坐。闲来偃仰歌。醉后蹲跧卧。尽
教利名人笑我。太平乐府二

荣枯自天休觊图。且进杯中物。莫言李白仙。休说刘伶墓。酒
不到他坟上土。太平乐府二

元刊本等休说俱作醉说。兹从明大字本。

烧香扫地门半掩。几册闲书卷。识破幻泡身。绝却功名念。高竿上再不看人弄险。_{太平乐府二}

野花满园春昼永。客来相陪奉。草堂书千卷。月下琴三弄。子落得这些儿闲受用。_{太平乐府二}

明大字本客来作客至。

惜　别

窗间月娥风韵煞。良夜千金价。一掬可怜情。几句临明话。小书生这歇儿难立马。_{太平乐府二}

明大字本临明作临期。

玉人泣别声渐哑。久立凉生袜。无处托春心。背立秋千下。被梨花月儿迨逗煞。_{太平乐府二}

湘云楚雨归路杳。总是伤怀抱。江声搅暮涛。树影留残照。兰舟把愁都载了。_{太平乐府二}

若还与他相见时。道个真传示。不是不修书。不是无才思。绕清江买不得天样纸。_{太平乐府二}

元刊八卷本若还作君还。

闲来唱会清江引。解放愁和闷。富贵在于天。生死由乎命。且开怀与知音谈笑饮。_{雍熙乐府一九}

且开怀与知音谈笑饮。一曲瑶琴弄。弹出许多声。不与时人共。倚帏屏静中心自省。_{雍熙乐府一九}

倚帏屏静中心自省。万事皆前定。穷通各有时。聚散非骄吝。立忠诚步步前程稳。_{雍熙乐府一九}

立忠诚步步前程稳。勉励勤和慎。劝君且耐心。缓缓相随顺。好消息到头端的准。_{雍熙乐府一九}

立　春　限金木水火土五字冠于每句之首。句各用春字。

金钗影摇春燕斜。木杪生春叶。水塘春始波。火候春初热。土牛儿载将春到也。静斋至正直记一　尧山堂外纪七一　元明事类钞三

〔双调〕寿阳曲

担春盛。问酒家。绿杨阴似开图画。下秋千玉容强似花。汗溶溶透入罗帕。阳春白雪前集三

张小山北曲联乐府亦有此曲。参阅本书小山曲。校记从略。○元刊白雪透入作溶人。兹从钞本。徐本盛作盎。

松杉翠。茉莉香。步回廊老仙策杖。月明中晚风宝殿凉。玉池深藕花千丈。阳春白雪前集三

鱼吹浪。雁落沙。倚吴山翠屏高挂。看江潮鼓声千万家。卷朱帘玉人如画。阳春白雪前集三

元刊本千万作十万。兹从残元本及钞本。

新诗句。浊酒壶。野人闲不知春去。家童柳边闲钓鱼。趁残红满江鸥鹭。阳春白雪前集三

新秋至。人乍别。顺长江水流残月。悠悠画船东去也。这思量起头儿一夜。阳春白雪前集三

〔双调〕水仙子

田　家

绿阴茅屋两三间。院后溪流门外山。山桃野杏开无限。怕春光虚过眼。得浮生半日清闲。邀邻翁为伴。使家僮过盏。直喫的老瓦盆干。太平乐府二

满林红叶乱翻翻。醉尽秋霜锦树残。苍苔静拂题诗看。酒微温

石鼎寒。瓦杯深洗尽愁烦。衣宽解。事不关。直喫的老瓦盆干。太平乐府二

　　瞿本满林作疏林。

田翁无梦到长安。婢织奴耕尽我闲。蚕收稻熟今秋办。可无饥不受寒。乐丰年畅饮开颜。唤稚子笃新酿。靠篷窗对客弹。直喫的老瓦盆干。太平乐府二

　　元刊本的作得。无老字。兹从元刊八卷本及瞿本。后二本对客弹俱作对客禅。

布袍草履耐风寒。茅舍疏斋三两间。荣华富贵皆虚幻。觑功名如等闲。任逍遥绿水青山。寻几个知心伴。酿村醪饮数碗。直喫的老瓦盆干。太平乐府二

　　元刊本耐作奈。兹从元刊八卷本瞿本何钞本。疏斋从元刊八卷本。他本俱作疏篱。

〔双调〕殿前欢

畅幽哉。春风无处不楼台。一时怀抱俱无奈。总对天开。就渊明归去来。怕鹤怨山禽怪。问甚功名在。酸斋是我。我是酸斋。残元本阳春白雪二　钞本阳春白雪前集三　雍熙乐府一九

　　雍熙乐府以此首及下三首为一篇。题作道情。不注撰人。一二两首次序互易。○雍熙七句作为甚不功名在。

楚怀王。忠臣跳入汨罗江。离骚读罢空惆怅。日月同光。伤心来笑一场。笑你个三间强。为甚不身心放。沧浪污你。你污沧浪。残元本阳春白雪二　钞本阳春白雪前集三　雍熙乐府一九

觉来评。求名求利不多争。西风吹起山林兴。便了馀生。白云边创草亭。便留下寻芳径。消日月存天性。功名戏我。我戏功名。残元本阳春白雪二　钞本阳春白雪前集三　雍熙乐府一九

　　钞本阳春白雪八句作知他功名戏我。残元本阳春白雪边作还。雍熙创作构。便作但。

怕西风。晚来吹上广寒宫。玉台不放香衾梦。正要情浓。此时心造物同。听甚霓裳弄。酒后黄鹤送。山翁醉我。我醉山翁。残

元本阳春白雪二　钞本阳春白雪前集三　雍熙乐府一九

　　雍熙酒后作酒醒后。

怕相逢。怕相逢歌罢酒樽空。醉归来纵有阳台梦。云雨无踪。楼心月扇底风。情缘重。恨不似钗头凤。东阳瘦损。羞对青铜。

残元本阳春白雪二　钞本阳春白雪前集三　梨园乐府中

　　梨园乐府不注撰人。○阳春白雪扇底作扇影。梨园次句无怕字。楼心作梅心。羞对作愁对。

怕秋来。怕秋来秋绪感秋怀。扫空阶落叶西风外。独立苍苔。看黄花谩自开。人安在。还不彻相思债。朝云暮雨。都变了梦里阳台。残元本阳春白雪二　钞本阳春白雪前集三　梨园乐府中

　　梨园乐府不注撰人。○梨园次句无怕字。秋绪作情绪。秋怀作愁怀。扫空阶作步闲庭。看作恨。安在作何在。无都变了三字。

隔帘听。几番风送卖花声。夜来微雨天阶净。小院闲庭。轻寒翠袖生。穿芳径。十二阑干凭。杏花疏影。杨柳新晴。残元本阳春白雪二　钞本阳春白雪前集三

　　残元本净作争。晴作情。

数归期。绿苔墙划损短金篦。裙刀儿刻得阑干碎。都为别离。西楼上雁过稀。无消息。空滴尽相思泪。山长水远。何日回归。

残元本阳春白雪二　钞本阳春白雪前集三　梨园乐府中

　　梨园乐府不注撰人。○梨园乐府首句作不来兮。都作只。西作南。末三句作。闪人在罗帏里。想着他山长水远。甚日是回归。

夜啼乌。柳枝和月翠扶疏。绣鞋香染莓苔路。搔首踟蹰。灯残瘦影孤。花落流年度。春去佳期误。离鸾有恨。过雁无书。残元本阳春白雪二

和阿里西瑛懒云窝

懒云窝。阳台谁与送巫娥。蟾光一任来穿破。遁迹由他。蔽一

天星斗多。分半榻蒲团坐。尽万里鹏程挫。向烟霞笑傲。任世
事蹉跎。太平乐府一　尧山堂外纪七一　厉刻乔梦符小令

　　厉刻乔梦符小令送作从。分作少。笑作啸。

套数

〔仙吕〕点绛唇

闺　愁

花落黄昏。暮云将尽。专盼青鸾信。宝兽香焚。又到愁时分。
〔混江龙〕相思慰闷。绣屏斜倚正销魂。带围宽尽。消减精神。
翠被任薰终不暖。玉杯慵举几番温。鸾钗半觖慳蝉鬓。长吁短
叹。频揾啼痕。
〔寄生草〕琼簪折。宝鉴分。今春又惹前春恨。泪珠儿滴尽愁难
尽。瘦庞儿不似当时俊。思量几度甚时休。相思满腹何年尽。
〔金盏儿〕风逼透绣罗衾。风刮散楚台云。檐间铁马风敲韵。风
摇闲阶翠竹不堪闻。风筛帘影动。风传漏声频。风熏花气爽。
风弄月华昏。
〔后庭花〕兽炉中香倦焚。银台上灯渐昏。罗帏里和衣睡。纱窗
外曙色分。想情人。起来时分。蹀金莲搓玉笋。
〔赚煞〕挨的到天明。却有谁僦问。昨夜和衣睡把罗裙皱损。一
面残妆空泪痕。日高也深院无人。掩重门。烦恼向谁论。独对
菱花整乱云。恰待向瘦庞儿上傅粉。欲梳妆却心困。气长吁呵
的镜儿昏。太平乐府六　雍熙乐府四　九宫大成五引金盏儿

　　雍熙乐府不注撰人○〔寄生草〕雍熙何年作何时。〔金盏儿〕九宫大成无闲阶二
字。风传作风转。月华作月黄。〔后庭花〕雍熙帏里作帏内。〔赚煞〕牌名原脱。
兹增补。

〔南吕〕一枝花

离　闷

柳垂翡翠条。花落胭脂瓣。绿窗绒缕淡。粉脸泪珠弹。洒竹成斑。宝钏松冰腕。蛾眉淡远山。常言道好事多悭。陡恁的千难万难。

〔梁州〕卜龟卦铜腥玉笋。盼鸿书目断云山。别离情绪谁曾惯。这些时银筝懒按。锦瑟慵弹。玉箫倦品。宝鉴羞观。病恹恹瘦损容颜。闷昏昏多少愁烦。花钿坠懒贴香腮。衫袖湿镇淹泪眼。玉簪斜倦整云鬟。近间。坐间。用工夫修下封鸳鸯缄。无处倩鱼雁。有万种凄凉不可堪。何日回还。

〔骂玉郎〕杨花满院东风散。恰才这微雨过燕莺闲。罗帏寂寞空长叹。春色昏。情意懒。芳心惮。

〔感皇恩〕呀。则我这春意阑珊。莺老花残。一帘风。三月雨。五更寒。闪的我鸾孤凤单。枕剩衾寒。梨花院。采茶歌。凭阑干。

〔采茶歌〕望长安。盼雕鞍。夕阳花草树遮山。叠翠堆岚凝望眼。则我这薄情何处走云山。

〔尾声〕半帘红日愁天晚。一盏孤灯照夜阑。全不似当时旧风范。绣床又倦攀。梳妆又意懒。瘦怯怯裙腰儿旋旋的趲。雍熙乐府九

北词广正谱引梁州感皇恩　九官大成五二引感皇恩采茶歌

　　　雍熙乐府不注撰人。北词广正谱于梁州一支下失注。于感皇恩下则注酸斋撰。兹从之。○(梁州)雍熙情绪作情性。广正谱腥作了。鸿书作鱼封。无这些时三字。慵弹作谁弹。下句作凤箫慵品。鉴作剑。病恹恹作闷恹恹。闷昏昏作病岩岩。镇淹作频淹。玉簪作玉梳。倦整作慵整。近间坐间作每日坐间梦间。工夫作功。缄作简。万种上无有字。(感皇恩)广正谱无首四字。凤单作凤只。

末四句作。好教我枕剩衾单。杨柳楼。梨花院。寸心间。九宫大成无首四字。
无闪的我三字。（采茶歌）大成云山作云烟。

〔中吕〕粉蝶儿北

描不上小扇轻罗。你便是真蓬莱赛他不过。虽然是比不的百二
山河。一壁厢嵌平隄连绿野端的有亭台百座。暗想东坡。逋仙
诗有谁酬和。

〔好事近南〕谩说凤凰坡。怎比繁华江左。无穷千古。真个是胜
迹极多。烟笼雾锁。绕六桥翠障如螺座。青霭霭山抹柔蓝。碧
澄澄水泛金波。

〔石榴花北〕我则见采莲人和采莲歌。端的是胜景胜其他。则他
那远峰倒影蘸清波。晴岚翠锁。怪石嵯峨。我则见沙鸥数点湖
光破。咿咿哑哑橹声吹过。我则见这女娇羞倚定着雕栏坐。恰
便似宝鉴对嫦娥。

〔料峭东风南〕缘何。乐事赏心多。诗朋酒侣吟哦。花浓酒艳。
破除万事无过。嬉游玩赏。对清风明月安然坐。任春夏秋月冬
天。适兴四时皆可。

〔斗鹌鹑北〕闹穰穰的急管繁弦。齐臻臻的兰舟画舸。娇滴滴粉
黛相连。颤巍巍翠云翠云万朵。端的是洗古磨今锦绣窝。你不
信试觑波。绿依依杨柳千株。红馥馥芙渠万朵。

〔扑灯蛾南〕清风送蕙香。月穿岫云破。清湛湛水光浮岚碧。响
珰珰晓钟敲破。乌噎噎猿啼在古岭。见对对鸳鸯戏清波。迢迢
似渔舟钓艇。碧澄澄满船雨笠共烟蓑。

〔上小楼北〕密匝匝那一坨。疏刺刺这几窝。我这里对着晴岚。
倚着青山。湛着清波。微雨初收。微烟初散。微风初过。却正
是再休题淡妆浓抹。

〔扑灯蛾南〕叠叠层楼画阁。簇簇奇花异果。远远的绿莎茵。茸茸的芳草坡。圪蹬的马蹄踏破。隐隐似长桥跨波。细袅袅绿绿金波。迢迢似渔舟钓艇。碧澄澄满船雨笠共烟蓑。

〔尾声〕阴晴昼永皆行乐。古往今来题咏多。雪月风花事事可。<small>盛世新声辰集　词林摘艳三　雍熙乐府六　南北词广韵选一二　北宫词纪一　词林白雪五　词林逸响花卷　乐府珊珊集怡春锦　九宫大成一三引粉蝶儿石榴花斗鹌鹑上小楼</small>

<small>盛世新声重增本内府本词林摘艳雍熙乐府俱不注撰人。原刊本词林摘艳注元贯石屏作。南北词广韵选注元。北宫词纪词林白雪俱注贯酸斋作。兹据以辑之。盛世无题。原刊摘艳题作钱塘湖景。雍熙题作西湖十景。广韵选题作西湖。词纪题作西湖游赏。词林白雪属谶赏类。词林逸响注李日华作。题作咏西湖景。曲文校勘从略。乐府珊珊集题作湖景。注唐伯虎作。怡春锦题作咏景。注李日华作。〇(粉蝶儿北)雍熙乐府怡春锦次句作你作恰。广韵选你便是作恰便似。暗想作自羽化。酬作赓。珊珊集怡春锦九宫大成起处多小扇轻罗四字。珊珊集怡春锦赛作也赛。下句作怎比着百二山河。无一壁厢三字。端的作端的是。珊珊集你便是作怎便有。暗想作白羽化了。酬作赓。(好事近南)雍熙广韵选词纪词林白雪螺座作螺挫。词林白雪澄澄作沉沉。珊珊集怡春锦千古作风景。真个作端的。螺座作螺挫。澄澄作沉沉。(石榴花北)盛世摘艳晴岚作清岚。雍熙他那作他这。蘸作湛着。吹过作摇过。下句无这字。无着字。广韵选我则俱作俺则。胜其他作赛其他。则他那作则这。蘸作蘸着。这女娇羞倚定着作女娇羞倚定。鉴作镜。词纪人和作人唱。蘸作蘸着。以下同雍熙。词林白雪俱同词纪。珊珊集首句我作俺。人和作人唱。胜景作景物。则他那作俺只见。蘸作蘸着。翠琐上嵯峨上俱有似字。嵯峨以下作。俺只见忒楞楞俺只见忒楞楞沙鸥儿点得湖光破。咿咿哑哑橹声经过。见几个女妖娆见几个女妖娆闲凭着雕栏坐。好一似宝镜对嫦娥。怡春锦首句我作俺。人和作人唱。则他那作则他这。蘸作湛着。嵯峨以下同珊珊集。惟经过作摇过。大成首句我作俺。则他那作俺则见。蘸作蘸着。翠锁上有摇字。嵯峨上有郁字。下句我则见三字作。俺则见忒楞楞俺则见忒楞楞。吹过作摇过。我则见这女娇羞作见几个女妖娆见几个女妖娆。(料峭东风南)盛世摘艳曲牌俱作好事近。雍熙酒侣作酒友。酒艳作酒酽。广韵选任作任他。月冬天作冬。馀同雍熙。珊珊集怡春锦吟哦上有曾费二字。</small>

下作花酿酒酿。嬉作追。安然作安闲。下作任他是春夏秋冬。(斗鹌鹑北)雍熙首二句俱无的字。翠云二字不叠。广韵选词纪词林白雪并同。雍熙试作是。蕖作蓉。广韵选舟作桡。试作是。珊珊集首句叠。无的字。二句亦无的字。舟作桡。翠云翠云万朵作翠云半朵。端的作这的。你不信句作你可不信试观他。下句叠。怡春锦同珊珊集。惟不信试作也不信是。蕖作蓉。大成首句叠。三句叠。翠云万朵作翠云半觯。不信作可不信。觑中观。下句叠。(扑灯蛾南)盛世摘艳岫云作绣云。烟蓑作披蓑。雍熙广韵选晓钟作晚钟。啼下无在字。雍熙戏作戏着。词纪晓钟作晓钟儿。以下同雍熙。词林白雪俱同词纪。珊珊集首二句作。静阴阴沟平莲蕊香。明皎皎月穿岫云破。四句作响潺潺晓钟敲过。啼下无在字。末二句作。高耸耸雷峰蘸影。碧澄澄水中鱼戏动新荷。怡春锦同珊珊集。惟晓钟作晚钟。高耸耸作青湛湛。(上小楼北)盛世摘艳词纪晴岚作青岚。雍熙词纪词林白雪大成一坨作一窝。几窝作几夥。雍熙疏作束。广韵选坨作窝。窝作颗。我作俺。无却正是三字。大成三句叠。微雨初收作俺则见微雨初收俺则见微雨初收。珊珊集匜匜作稠稠。坨作搭。窝作夥。我这里对着晴岚作俺只见映着青天俺只见映着青天。微雨初收作掩只见微雨初收俺只见微雨初收。无却正是三字。怡春锦俱同珊珊集。惟浓抹作一似浓抹。(扑灯蛾南)盛世摘艳绿莎作芳草。烟蓑作披蓑。雍熙广韵选词纪蹬的作蹬蹬。雍熙广韵选跨波作跨坡。广韵选无画阁二字。远远的作远远。绿绿作绿柳。词纪跨波作卧波。绿绿金波作绿柳金拖。词林白雪俱同词纪。珊珊集画阁作峻阁。远远作软软。芳草坡作绿草铺。下句作趷的趷蹬马蹄儿踏破。隐隐似作隐隐见。此七字句叠。以下作。袅袅似绿柳金拖。飘飘洋洋渔舟钓艇。点点见满船雨笠共烟蓑。怡春锦趷蹬的作趷的趷蹬。细袅袅句作袅袅似绿柳金拖。迢迢似作飘飘漾漾。碧澄澄作点点见。(尾声)雍熙广韵选词纪题咏俱作吟咏。广韵选昼永作昏昼。词纪昼永作昼夜。词林白雪怡春锦俱同词纪。珊珊集昼永皆作昏昼堪。事事作皆。

〔大石调〕好观音

怨　恨

先自相逢同欢偶。无妨碍燕侣莺俦。并坐同肩共携手。恩情厚。

夫妇般相看的好。

〔么〕打听的新来迷歌酒。风闻的别染着个娇羞。弃旧怜新自来有。铁心肠全不想些儿旧。

〔尾〕薄倖亏人难禁受。想着那樽席上捻色风流。不良杀教人下不得咒。太平乐府七　雍熙乐府一五　九宫大成二一引全套

雍熙乐府不注撰人。○(好观音)各书无俱作天。当系无之讹。瞿本太平乐府旧校作无。兹从之。雍熙九宫大成三句俱无坐字。(尾)雍熙大成樽俱作樽前。

〔越调〕斗鹌鹑

忆　别

良友曾题。佳人所为。袅袅婷婷。姿姿媚媚。体态温柔。心肠老实。件件习。事事知。妙舞偏宜。清歌更美。

〔紫花儿〕一头相见。两意相投。百步相随。去秋同会。重午别离。伤悲。和泪和愁饮酒杯。后约何期。举目长亭。执手临岐。

〔金蕉叶〕一曲阳关未已。两字功名去急。四海离愁去国。半霎儿难忘恩德。

〔调笑令〕柳七。乐章集。把臂双歌真先味。幽欢美爱成佳配。效连理鶒鶒比翼。云窗共寝闻子规。似繁华晓梦惊回。

〔秃厮儿〕出郡城愁临浙水。寓钱塘闷度朝夕。匆匆一鞭行色催。洒梨花。雨霏霏。寒食。

〔圣药王〕风物熙。丽日迟。连天芳草正萋萋。客万里。人九嶷。遥岑十二远烟迷。生隔断武陵溪。

〔尾〕玉人别后空相忆。古犹今之视昔。暮雨楚台云。桃花洞天水。太平乐府七　词林摘艳一○　雍熙乐府一三　彩笔情辞七　九宫大成二七引金蕉叶

彩笔情辞题作别情。雍熙乐府不注撰人。○(紫花儿)情辞一头作一时。酒杯

作数杯。(金蕉叶)词林摘艳难忘作谁忘。情辞去急作意急。(调笑令)何钞太平乐府真先味作真无味。重增本摘艳作真美味。雍熙作真仙味。情辞作兰臭味。(尾声)雍熙情辞古犹俱作忆古犹。

佳　偶

国色天香。冰肌玉骨。燕语莺吟。鸾歌凤舞。夜月春风。朝云暮雨。美眷爱。俏伴侣。叶落归秋。花生满路。

〔金蕉叶〕见他眉来眼去。俺早心满愿足。他道是抛砖引玉。俺却道因祸致福。

〔天净沙〕虽然似水如鱼。甚世曾少实多虚。更有闲言剩语。若将他辜负。待古里不信神佛。

〔小桃红〕志诚惠性压其馀。无半米儿亏人处。觅便寻芳斯照觑。要欢娱。看时相见偷圆聚。知心可腹。牵肠割肚。不枉了用工夫。

〔尾〕锦纹封寄情缘簿。罗帕留香信物。常想着相见时话儿甜。早忘了星前月下苦。太平乐府七　雍熙乐府一三

雍熙乐府不注撰人。〇(斗鹌鹑)雍熙莺吟作莺啼。(金蕉叶)雍熙愿足作意足。(小桃红)何钞本太平乐府惠作德。雍熙觅下无便字。

〔双调〕新水令

皇都元日

郁葱佳气蔼寰区。庆丰年太平时序。民有感。国无虞。瞻仰皇都。圣天子有百灵助。

〔搅筝琶〕江山富。天下总欣伏。忠孝宽仁。雄文壮武。功业振乾坤。军尽欢娱。民亦安居。军民都托赖着我天子福。同乐蓬壶。

〔殿前欢〕赛唐虞。大元至大古今无。架海梁对着擎天柱。玉带金符。庆风云会龙虎。万户侯千钟禄。播四海光千古。三阳交泰。五谷时熟。

〔鸳鸯煞〕梅花枝上春光露。椒盘杯里香风度。帐设鲛绡。帘卷虾须。唱道天赐长生。人皆赞祝。道德巍巍。众臣等蒙恩露。拜舞嵩呼。万万岁当今圣明主。太平乐府七　盛世新声午集　重刊增益词林摘艳戊集　雍熙乐府一一　太和正音谱引鸳鸯煞　北词广正谱引搅筝琶　九官大成六五引搅筝琶六六引鸳鸯煞

　　盛世新声重增本词林摘艳雍熙乐府俱不注撰人。盛世摘艳俱无题。○（新水令）元刊八卷本瞿本太平乐府末句俱无圣字。盛世摘艳末句俱无有字。此下皆有凌波仙一支。曲云。天开金阙庆皇都。九五龙飞显圣谟。星围电绕黄金户。肃朝班。万岁呼。祝君王永固皇图。和气融仙岛。欢声动玉府。就金銮满饮醑酥。案此曲颇似孙周卿凌波仙日边。疑为明人改孙作而成。（搅筝琶）盛世摘艳俱无此支。元刊太平乐府福上有三圆圈。瞿本太平乐府福上圆圈作皇都。明大字本太平乐府作天子。何钞本太平乐府作皇洪。雍熙作圣主。北词广正谱九官大成俱作天子。兹从明大字本太平乐府等。（殿前欢）明大字本太平乐府赛作赓。盛世次句改作大明圣治古今无。金符作金鱼。时熟作成熟。摘艳俱同盛世。雍熙大元改作大明。（鸳鸯煞）摘艳嵩作高。九官大成杯里作堆里。圣明作明圣。

〔双调〕醉春风

羞画远山眉。不忺宫样妆。平白地招揽这场愁。枉了那旧日恩情。旧时风韵。直怎么改模夺样。

〔间金四块玉〕冤家早是没胆量。遭逢着很毒爹娘。赤紧地家私十分快。生纽做水远山长。

〔减字木兰花〕早是愁怀百倍伤。那更值秋光。逐朝倚定门儿望。怯昏黄。怕的是塞角韵悠扬。

〔高过金盏儿〕入兰堂。断人肠。塞鸿相和蛩吟响。烧残沉麝。

灭了银釭。却欲待刚睡些。隔纱窗凉月儿转回廊。

〔卖花声煞〕蓦朱帘猛然离了绣幌。携手相将入洞房。欲诉相思晓鸡唱。好梦惊回泪万行。都滴在枕头儿上。阳春白雪后集五　太和正音谱下引醉春风间金四块玉减字木兰花　北词广正谱引同　九宫大成一三及六六引同

> (醉春风)太和正音谱四句七字分作枉了想。那日恩情两句。北词广正谱同。正音谱末句无直怎么三字。广正谱不怅作不欣。九宫大成同正音谱。惟想字叠一字。(间金四块玉)阳春白雪十分快作十分快。广正谱同。正音谱等爹俱作爷。(减字木兰花)阳春白雪昏黄作黄昏。兹从各谱。

> 雍熙乐府卷十九有清江引小令十二首。注酸斋作。案此十二首中之前七首见诚斋乐府。最末一首见云庄乐府。皆非酸斋作。中间四首亦可疑。兹姑辑之。

> 词林摘艳卷八有一枝花银杏叶雕零鸭脚黄套数一套。注贯酸斋作。惟录鬼簿续编以之属詹时雨。词谑及南北词广韵选卷三引其尾声一支又属刘庭信。兹列为詹氏曲。此不重出。

> 北宫词纪外集卷四有点绛唇酒兴绸缪套数一套。注贯酸斋作。案此套为朱有燉孟浩然踏雪寻梅杂剧第一折。兹不收。

贯石屏

> 此名仅见词林摘艳。或即贯云石。参阅校勘记。

套数

〔仙吕〕村里迓鼓

隐　逸

我向这水边林下。盖一座竹篱茅舍。闲时节观山玩水。闷来和渔樵闲话。我将这绿柳栽。黄菊种。山林如画。闷来时看翠山。观绿水。指落花。呀。锁住我这心猿意马。

〔元和令〕将柴门掩落霞。明月向杖头挂。我则见青山影里钓鱼槎。慢腾腾间潇洒。闷来独自对天涯。荡村醪饮兴加。

〔上马娇〕鱼旋拿。柴旋打。无事掩荆笆。醉时节卧在葫芦架。咱。睡起时节旋去烹茶。

〔游四门〕药炉经卷作生涯。学种邵平瓜。渊明赏菊在东篱下。终日饮流霞。咱。向炉内炼丹砂。

〔胜葫芦〕我则待散诞逍遥闲笑耍。左右种桑麻。闲看园林噪晚鸦。心无牵挂。蹇驴闲跨。游玩野人家。

〔后庭花〕我将这嫩蔓菁带叶煎。细芋糕油内炸。白酒磁杯咽。野花头上插。兴来时笑呵呵。村醪饮罢。绕柴扉水一洼。近山村看落花。是蓬莱天地家。

〔青哥儿〕呀。看一带云山云山如画。端的是景物景物堪夸。剩水残山向那答。心无牵挂。树林之下。椰瓢高挂。冷清清无是无非诵南华。就里乾坤大。_{盛世新声卯集　词林摘艳四　雍熙乐府四}

盛世新声重增本内府本词林摘艳与雍熙乐府俱无题。不注撰人。原刊本徽藩本词林摘艳题作隐逸。注贯石屏作。案词林摘艳卷三有中吕粉蝶儿描不上小扇轻罗套数一套。原刊本亦注贯石屏作。而北宫词纪词林白雪俱注贯酸斋。该套已辑于酸斋曲中。石屏或即酸斋。亦未可定。○(村里迓鼓)盛世摘艳曲牌俱作节节高。兹从雍熙。雍熙我向这水作向水。闲时节至看翠山作。谁想高车驷马。摆头答。名扬天下。富贵心功名事从今都罢。不如我瞰翠峰。末句无呀字。无这字。(元和令)雍熙首句无将字。二句无向字。三句作清江凝目钓鱼槎。腾腾作腾。独自作时独坐。(上马娇)原刊摘艳睡起作睡足。雍熙醉时节作醉时仰。下二句作。发乱抓。睡醒一瓯茶。(游四门)盛世及原刊摘艳牌名误作胜葫芦。雍熙无在字。无咱字。(胜葫芦)盛世及原刊摘艳牌名误作游四门。雍熙闲看园林作静听前林。闲跨作斜跨。(后庭花)内府本摘艳一洼作一涯。末句叠。雍熙三句作白酒杯中滟。野花作山花。村醪作一樽。一洼作一洼。近山村看作步桃溪数。末句是作乐。(青哥儿)盛世摘艳一带俱作一黛。雍熙心无二句作。自少喧哗。柳阴之下。无冷清清三字。就里作静里。

鲜于必仁

必仁字去矜。号苦斋。渔阳郡人。太常寺典簿枢之子。以乐府擅场。与海盐杨梓之二子国材少中交善。杨氏家僮千指。无有不善南北歌调者。由是州人往往得其家法。以能歌名于浙右。有海盐腔之名。见乐郊私语。

小令

〔南吕〕阅金经

春　游

飞絮粘蜂蜜。落花香燕泥。腻叶蟠云护锦机。宜。笙歌一派随。游人醉。半竿红日低。太和正音谱下　乐府群珠二　北词广正谱

题目据群珠。

〔中吕〕普天乐

洞庭秋月　潇湘八景

水无痕。秋无际。光涵巇巇。影浸玻璃。龙嘶贝阙珠。兔走蟾宫桂。万顷沧波浮天地。烂银盘寒褪云衣。洞箫谩吹。篷窗静倚。良夜何其。乐府群珠四

烟寺晚钟

树藏山。山藏寺。藤阴杳杳。云影差差。疏钟送落晖。倦鸟催归翅。一抹烟岚寒光渍。问胡僧月下何之。逐朝夜时。扶筇到此。散步寻诗。乐府群珠四

江天暮雪

晚天昏。寒江暗。雪花黯黯。云叶毵毵。渔翁倦欲归。久客愁
多憾。浩浩汀洲船着缆。玉蓑衣不换青衫。闲情饱惝。高眠醉
酣。世事休参。乐府群珠四

潇湘夜雨

白苹洲。黄芦岸。密云堆冷。乱雨飞寒。渔人罢钓归。客子推
篷看。浊浪排空孤灯灿。想鼋鼍出没其间。魂消闷颜。愁舒倦
眼。何处家山。乐府群珠四

平沙落雁

稻粱收。菰蒲秀。山光凝暮。江影涵秋。潮平远水宽。天阔孤
帆瘦。雁阵惊寒埋云岫。下长空飞满沧洲。西风渡头。斜阳岸
口。不尽诗愁。乐府群珠四

远浦帆归

水云乡。烟波荡。平洲古岸。远树孤庄。轻帆走蜃风。柔橹闲
鲸浪。隐隐牙樯如屏障。了吾生占断渔邦。船头酒香。盘中蟹
黄。烂醉何妨。乐府群珠四

山市晴岚

似屏围。如图画。依依村市。簇簇人家。小桥流水间。古木疏
烟下。雾敛晴峰铜钲挂。闹腥风争买鱼虾。尘飞乱沙。云开断
霞。网晒枯槎。乐府群珠四

渔村落照

楚云寒。湘天暮。斜阳影里。几个渔夫。柴门红树村。钓艇青山渡。惊起沙鸥飞无数。倒晴光金缕扶疏。鱼穿短蒲。酒盈小壶。饮尽重沽。乐府群珠四

〔越调〕寨儿令

汉子陵。晋渊明。二人到今香汗青。钓叟谁称。农父谁名。去就一般轻。五柳庄月朗风清。七里滩浪稳潮平。折腰时心已愧。伸脚处梦先惊。听。千万古圣贤评。太和正音谱下　尧山堂外纪七〇

〔双调〕折桂令

严客星

傲中兴百二山河。拂袖归来。税驾岩阿。物外闲身。云边老树。烟际沧波。犯帝座星明凤阁。钓桐江月冷渔蓑。富贵如何。万古清风。岂易消磨。乐府群珠三

诸葛武侯

草庐当日楼桑。任虎战中原。龙卧南阳。八阵图成。三分国峙。万古鹰扬。出师表谋谟庙堂。梁甫吟感叹岩廊。成败难量。五丈秋风。落日苍茫。乐府群珠三

杜拾遗

倦骑驴万里初归。可叹飘零。谁念栖迟。饭颗山头。锦官城外。典尽春衣。草堂里闲中布韦。曲江边醉后珠玑。难受尘羁。黄

四娘家。几度斜晖。乐府群珠三

李翰林

醉吟诗误入平康。百代风流。一饷徜徉。玉雪丰姿。珠玑咳唾。锦绣心肠。五花马三春帝乡。千金裘万丈文光。才压班扬。草诏归来。两袖天香。乐府群珠三

韩吏部

羡当年吏部文章。还孔传轲。斥老排庄。秦岭云横。蓝关雪拥。万里潮阳。龙虎榜声名播扬。凤凰池翰墨流芳。此兴难量。巷柳园桃。恼乱春光。乐府群珠三

　　任校乐府群玉附录改还孔为追孔。

晋处士

羡柴桑处士高哉。绿柳新栽。黄菊初开。稚子牵衣。山妻举案。喜动蒿莱。审容膝清幽故宅。倍怡颜潇洒书斋。隔断尘埃。五斗微官。一笑归来。乐府群珠三

苏学士

叹坡仙奎宿煌煌。俊赏苏杭。谈笑琼黄。月冷乌台。风清赤壁。荣辱俱忘。侍玉皇金莲夜光。醉朝云翠袖春香。半世疏狂。一笔龙蛇。千古文章。乐府群珠三

太液秋风 燕山八景

护凉云万顷玻璃。寒射鸢元。香润龙麨。风漪金波。天闲银汉。烟远瑶池。泛莲叶仙人未归。赏芙蓉帝子初回。翠绕珠围。凤

舞麟翔。鱼跃鸢飞。<small>乐府群珠三</small>

琼岛春阴

驾东风龙驭天来。百仞烟霄。十二楼台。琼草云封。琼林露暖。玉树花开。呼万岁尘清九垓。拥千官星列三台。鸾凤音谐。仙仗香中。人在蓬莱。<small>乐府群珠三</small>

居庸叠翠

耸颠崖万仞秋容。气共云分。势与天雄。玉润玻璃。翠开松桧。金削芙蓉。破山影低回去鸿。蘸岚光惊起游龙。往灭狐踪。尘冷边烽。海宇鲵生。愿上东封。<small>乐府群珠三</small>

芦沟晓月

出都门鞭影摇红。山色空濛。林景玲珑。桥俯危波。车通远塞。栏倚长空。起宿霭千寻卧龙。掣流云万丈垂虹。路杳疏钟。似蚁行人。如步蟾宫。<small>乐府群珠三</small>

蓟门飞雨

阿香车推下晴云。早海卷江悬。电掣雷奔。几点翻飘。数声引鼓。一霎倾盆。启蛰户龙飞地间。望蟾宫鱼跃天门。到处通津。头角峥嵘。溥渥殊恩。<small>乐府群珠三</small>

西山晴雪

玉嵯峨高耸神京。峭壁排银。叠石飞琼。地展雄藩。天开图画。户判围屏。分曙色流云有影。冻晴光老树无声。醉眼空惊。樵子归来。蓑笠青青。<small>乐府群珠三</small>

末句原作襄笠青。脱一字。

玉泉垂虹

跨寒流低吸长川。截断生绢。界破苍烟。噀壁琼珠。悬空素练。
泻月金笺。惊翠嶂分开玉田。似银河飞下瑶天。振鹭腾猿。来
往游人。气宇凌仙。乐府群珠三

金台夕照

渺青霄十二云梯。谁曳长裾。拥拜丹墀。万古罗贤。千年宗社。
名与天齐。望老树斜阳影里。慨西风衰草荒基。壮志何奇。倚
剑空吟。归去来兮。乐府群珠三

琴

拂瑶琴弹到鹤鸣。自谓防心。谁识高情。夜月当徽。秋泉应指。
晚籁潜声。广陵散嵇康醉醒。越江吟易简词成。千古清名。一
去钟期。无复能听。乐府群珠三

棋

烂樵柯石室忘归。足智神谋。妙理仙机。险似隋唐。胜如楚汉。
败若梁齐。消日月闲中是非。傲乾坤忙里轻肥。不曳旌旗。寸
纸关河。万里安危。乐府群珠三

书

送朝昏雪案萤灯。三绝韦编。万古群经。亥豕讹传。鲁鱼误辨。
帝虎移形。横钿轴牙签整整。缀仙芸竹简层层。匡壁韩檠。孔
思周情。为日孳孳。尽老求成。乐府群珠三

画

辋川图十幅生绡。老桧森森。古树萧萧。云抹林眉。烟藏水口。雨断山腰。韦偃去丹青自少。郭熙亡紫翠谁描。手挂掌坳。得意忘形。眼兴迢遥。<small>乐府群珠三</small>
<small>幅原作辐。手字原模糊。似半字。</small>

史骡儿

骡。燕人。善琵琶。至治间侍英宗。英宗使酒纵威福。无敢谏者。一日。御紫檀殿饮。命骡弦而歌之。骡以殿前欢曲应制。有酒神仙之句。英宗怒。叱左右杀之。王逢原吉为传其事。赋诗一解。见梧溪集。

残曲

〔双调〕殿前欢

酒神仙。<small>梧溪集</small>

邓玉宾子

名里不详。

小令

〔双调〕雁儿落过得胜令

闲 适

穷通一日恩。好弱十年运。身闲道义尊。心远山林近。 尘世

不同群。惟与道相亲。一钵千家饭。双凫万里云。经纶。斗许黄金印。逡巡。回头不见人。_{太平乐府三}

乾坤一转丸。日月双飞箭。浮生梦一场。世事云千变。　万里玉门关。七里钓鱼滩。晓日长安近。秋风蜀道难。休干。误杀英雄汉。看看。星星两鬓斑。_{太平乐府三　太和正音谱下引雁儿落　北词}
_{广正谱引全首　九官大成六五引雁儿落}

晴风雨气收。满眼山光秀。寻苗枸杞香。曳杖桄榔瘦。　识破抱官囚。谁更事王侯。甲子无拘系。乾坤只自由。无忧。醉了还依旧。归休。湖天风月秋。_{太平乐府三}

　瞿本山光秀作山花秀。
　太平乐府所注此三曲之撰人为邓玉宾子。太和正音谱征引第二首雁儿落一支。
　北词广正谱征引第二首全曲。俱只注邓玉宾三字。似误。太平乐府卷一所收殿
　前欢。于里西瑛姓名下注云。里耀卿学士之子。此处当为邓玉宾之子之意。

张养浩

　　养浩字希孟。别号云庄。济南人。以省荐为东平学正。拜监察御史。疏时政万馀言。累官翰林直学士礼部尚书。关中大旱。民饥。特拜陕西行台中丞。夜则祷天。昼则出赈饥民。终日无少怠。政成归隐。卒封滨国公。谥文忠。有三事忠告。牧民忠告。归田类稿等。散曲集有云庄休居自适小乐府。多为归隐后寄傲林泉时所作。艾俊谓其曲言真理到。和而不流。依腔按歌。使人名利之心都尽。

小令
〔双调〕沽美酒兼太平令

在官时只说闲。得闲也又思官。直到教人做样看。从前的试观。那一个不遇灾难。

楚大夫行吟泽畔。伍将军血污衣冠。乌江岸消磨了好汉。咸阳市干休了丞相。这几个百般。要安。不安。怎如俺五柳庄逍遥散诞。

> 张养浩散曲集云庄休居自适小乐府今存。本书于云庄曲即依原书次序排列。惟原书套数杂列小令中。兹移小令之后。彩笔情辞收有不见云庄乐府之曲。兹列小令之末。作为补遗。○云庄乐府曲牌原作沽美酒。兹从雍熙乐府卷二十。雍熙题作叹世。不注撰人。○云庄乐府伍作伍。兹从雍熙。雍熙直到作只道。观作看。

〔双调〕胡十八

正妙年。不觉的老来到。思往常。似昨朝。好光阴流水不相饶。都不如醉了。睡着。任金乌搬废兴。我只推不知道。

> 胡十八诸曲。雍熙乐府卷二十依次全收之。题作叹世。不注撰人。最末复有结茅屋一首。不知是否亦云庄作。○雍熙流水下有般字。废兴作兴废。

从退闲。遇生日。不似今。忒稀奇。正值花明柳媚大寒食。齐歌着寿词。满斟着玉杯。愿合堂诸贵宾。都一般满千岁。

> 雍熙正值下有着字。玉杯作玉卮。贵宾作贵戚。

客可人。景如意。檀板敲。玉箫吹。满堂香霭瑞云飞。左壁厢唱的。右壁厢舞的。这其间辞酒杯。大管是不通济。

> 雍熙敲作轻敲。辞酒杯作传酒杯。

试算春。九十日。屈指间。去如飞。三分中却早二分归。便醉的似泥。浑都有几时。把金杯休放闲。须臾间日西坠。

> 云庄乐府屈指作笋指。兹从雍熙。

人会合。不容易。但少别。早相离。幸然有酒有相识。对着这般景致。动着这般乐器。主人家又海量宽。劝诸公莫辞醉。

> 雍熙三四句作。但少见。早别离。又海量宽作海量宽洪。醉作辞。

人笑余。类狂夫。我道渠。似囚拘。为些儿名利损了身躯。不是他乐处。好教我叹吁。唤蛾眉酒再斟。把春光且邀住。

> 雍熙余作我。渠作他。

自隐居。谢尘俗。云共烟。也欢虞。万山青绕一茅庐。恰便似画图中间里着老夫。对着这无限景。怎下的又做官去。

雍熙中间里作中安。景作的景致。又做官作为官。

〔双调〕庆东原

海来阔风波内。山般高尘土中。整做了三个十年梦。被黄花数丛。白云几峰。惊觉周公梦。辞却凤凰池。跳出醯鸡瓮。

人羡麒麟画。知他谁是谁。想这虚名声到底原无益。用了无穷的气力。使了无穷的见识。费了无限的心机。几个得全身。都不如醉了重还醉。

晁错原无罪。和衣东市中。利和名爱把人般弄。付能刌刻成些事功。却又早遭逢著祸凶。不见了形踪。因此上向鹊华庄把白云种。

鹤立花边玉。莺啼树杪弦。喜沙鸥也解相留恋。一个冲开锦川。一个啼残翠烟。一个飞上青天。诗句欲成时。满地云撩乱。

太平乐府卷二莺啼作莺鸣。

〔双调〕庆宣和

参议随朝天意可。又受奔波。绰然谁更笑呵呵。倒大来快活。倒大来快活。

大小清河诸锦波。华鹊山坡。牧童齐唱采莲歌。倒大来快活。倒大来快活。

〔中吕〕最高歌兼喜春来

咏玉簪

想人间是有花开。谁似他幽闲洁白。亭亭玉立幽轩外。别是个

清凉境界。　裁冰剪雪应难赛。一段香云压绿苔。空惹得暮云
生。越显的秋容淡。常引得月华来。和露摘。端的压尽风头钗。

> 云庄乐府曲牌原作最高歌。兹从雍熙卷二十及北宫词纪外集卷五。雍熙题作玉
> 簪。不注撰人。词纪外集题作咏玉簪花。注元人。○雍熙词纪外集首句俱作禁
> 苑中试看花开。词纪外集幽轩作雕轩。压绿苔作护绿苔。

诗磨的剔透玲珑。酒灌的痴呆懵懂。高车大纛成何用。一部笙
歌断送。　金波潋滟浮银瓮。翠袖殷勤捧玉钟。对一缕绿杨烟。
看一弯梨花月。卧一枕海棠风。似这般闲受用。再谁想丞相府
帝王宫。

> 雍熙题作诗酒欢娱。不注撰人。○雍熙笙歌作歌笙。潋滟作滟潋。

〔双调〕雁儿落兼清江引

喜山林眼界高。嫌市井人烟闹。过中年便退官。再不想长安道。
绰然一亭尘世表。不许俗人到。四面桑麻深。一带云山妙。这
一塔儿快活直到老。

> 雍熙卷二十题作野兴。不注撰人。

〔双调〕殿前欢

对菊自叹

可怜秋。一帘疏雨暗西楼。黄花零落重阳后。减尽风流。对黄
花人自羞。花依旧。人比黄花瘦。问花不语。花替人愁。

> 云庄乐府无题。兹据雍熙卷十九补。雍熙不注撰人。○雍熙花依旧作花开卸还
> 依旧。人比下有这字。

登会波楼

四围山。会波楼上倚阑干。大明湖铺翠描金间。华鹊中间。爱

江心六月寒。荷花绽。十里香风散。被沙头啼鸟。唤醒这梦里
微官。

雍熙华鹊作华岛。误。

玉香球花

玉香球。花中无物比风流。芳姿夺尽人间秀。冰雪堪羞。翠帏
中分外幽。开时候。把风月都熏透。神仙在此。何必扬州。

雍熙何必作何觅。

村 居

会寻思。过中年便赋去来词。为甚等闲间不肯来城市。只怕俗
却新诗。对着这落花村。流水隈。柴门闭柳外山横翠。便有些
斜风细雨。也近不得这蒲笠蓑衣。

雍熙便有些作任。

〔双调〕雁儿落兼得胜令

往常时为功名惹是非。如今对山水忘名利。往常时趁鸡声赴早
朝。如今近晌午犹然睡。　往常时秉笏立丹墀。如今把菊向东
篱。往常时俯仰承权贵。如今逍遥谒故知。往常时狂痴。险犯
着笞杖徒流罪。如今便宜。课会风花雪月题。

雁儿落兼得胜令诸曲。太平乐府卷三收以下云来山更佳。自高悬神武冠二首。
题作退隐。雍熙卷二十此六首全收。惟次序异。题作知机。不注撰人。○雍熙
如今上俱有到字。鸡声作鸡鸣。把菊作把酒。

云来山更佳。云去山如画。山因云晦明。云共山高下。　倚杖
立云沙。回首见山家。野鹿眠山草。山猿戏野花。云霞。我爱
山无价。看时行踏。云山也爱咱。

雍熙行踏上无看时二字。

抖擞了元亮尘。分付了苏卿印。喜西风范蠡舟。任雪满潘安鬓。　乞得自由身。且作太平民。酒吸华峰月。诗吟渌水春。而今。识破东华梦。红裙。休歌南浦云。

雍熙喜西风作泛西风。

三十年一梦惊。财与气消磨尽。把当年花月心。都变做了今日山林兴。　早是不能行。那更鬓星星。镜里常嗟叹。人前强打撑。歌声。积渐的无心听。多情。你频来待怎生。

雍熙尽作罄。变做了作变做。镜里作照菱花。人前作会宾朋。积渐的作即渐。末句无你字。

自高悬神武冠。身无事心无患。对风花雪月吟。有笔砚琴书伴。　梦境儿也清安。俗势利不相关。由他傀儡棚头闹。且向昆仑顶上看。云山。隔断红尘岸。游观。壶中天地宽。

太平乐府梦境下无儿字。势力上无俗字。傀儡上无由他二字。昆仑上无且向二字。雍熙棚头作棚中。

也不学严子陵七里滩。也不学姜太公磻溪岸。也不学贺知章乞鉴湖。也不学柳子厚游南涧。　俺住云水屋三间。风月竹千竿。一任傀儡棚中闹。且向昆仑顶上看。身安。倒大来无忧患。游观。壶中天地宽。

雍熙一任作由他。倒大下无来字。

〔双调〕清江引

咏秋日海棠

一岁两回春到来。花也多成败。只为云庄秋。不避东君怪。因此上向西风特地开。

清江引前十首雍熙卷十九依次收之。题作秋意十阕。不注撰人。

前日彩云飞上天。又向深秋见。翠淡遥山眉。红惨春风面。恨燕莺期天样远。

霜重物华摇落秋。惊见春如旧。一笑疏篱边。更比黄花瘦。划地瘰西风犹带酒。

宋玉每逢秋叹嗟。见此应欢悦。恰被风吹开。莫遣霜摧谢。有他那惜花人来到也。

亭下拒霜花数丛。不与渠同梦。娇倚秋阴薄。瘦怯霜华重。几时盼得日迟迟春昼永。

见一日绕观十数回。只恐花憔悴。锦帐遮寒威。银烛添春意。端的是太真妃初睡起。

寂寞一枝三四花。弄色书窗下。为着沉香迷。梦见嵬坡怕。且潜身在居士家。

花竹满亭高士居。常把春留住。赏罢芙蓉秋。又见胭脂露。这的是绰然亭绝妙处。

睡起不禁霜月苦。篱菊休相妒。恰与东君别。又被西风误。教他这粉蝶儿无是处。

香满竹篱花正娇。开彻胭脂蕚。不幸遭风霜。叶儿都零落。畅好是有上梢无下梢。

昭君路迷关塞雪。蔡琰胡笳月。往事惟心知。新恨凭谁说。只恐怕梦回时春去也。

〔双调〕水仙子

六十相近老形骸。安乐窝中且避乖。高竿上伎俩休争赛。早回头家去来。对华山翠壁丹崖。将小阔阔书房盖。绿巍巍松树栽。倒大来悠哉。

> 雍熙卷十八收水仙子前三首及梁园轻露一首。题作隐逸。不注撰人。梁园轻露一首乃朱有燉作。见诚斋乐府。○雍熙悠哉作多少幽哉。

平生原自喜山林。一自归来直到今。向红尘奔走白图甚。怎如俺醉时歌醒后吟。出门来猿鹤相寻。山隐隐烟霞润。水潺潺金玉音。因此上留住身心。

> 云庄乐府怎如作怎知。兹从雍熙。雍熙直到今作宜到今。四句作怎如俺醉后吟。山隐隐上有玩字。

中年才过便休官。合共神仙一样看。出门来山水相留恋。倒大来耳根清眼界宽。细寻思这的是真欢。黄金带缠着忧患。紫罗襕裹着祸端。怎如俺藜杖藤冠。

> 雍熙才过便作已过且。合共作合访。无倒大来三字。这的是真欢作无量忻欢。黄金上有那字。缠下裹下俱无着字。

咏江南

一江烟水照晴岚。两岸人家接画檐。芰荷丛一段秋光淡。看沙鸥舞再三。卷香风十里珠帘。画船儿天边至。酒旗儿风外飐。爱杀江南。

> 雍熙题作江南景。不注撰人。○雍熙一段作并。爱杀下有人景致三字。

咏遂闲堂

绰然亭后遂闲堂。更比仙家日月长。高情千古羲皇上。北窗风特地凉。客来时樽酒淋浪。花与竹无俗气。水和山有异香。委实会受用也云庄。

〔双调〕落梅引

门外山无数。亭中春有馀。但沉吟早成诗句。笑九皋禽也能相媚妩。驾白云半空飞去。

野鹤才鸣罢。山猿又复啼。压松梢月轮将坠。响金钟洞天人睡起。拂不散满衣云气。山隔红尘断。云随白鸟飞。只这的便是老夫心事。休夸子房并范蠡。肯回头古人也容易。

野水明于月。沙鸥闲似云。喜村深地偏人静。带烟霞半山斜照影。都变做满川诗兴。

流水高低涧。断云远近山。爱园林翠红相间。对诗人怎不教天破悭。四周围水云无限。入室琴书伴。出门山水围。别人不能够尽皆如意。每日乐陶陶辋川图画里。与安期羡门何异。

〔双调〕得胜令

四月一日喜雨

万象欲焦枯。一雨足沾濡。天地回生意。风云起壮图。农夫。舞破蓑衣绿。和余。欢喜的无是处。

〔中吕〕喜春来

亲登华岳悲哀雨。自舍资财拯救民。满城都道好官人。还自哂。

比颜御史费精神。

> 喜春来诸曲。雍熙卷十九收亲登。十年。路逢三首及乡村良善一首。题作赠廉
> 能。不注撰人。案乡村良善一首不见云庄乐府。惟其三四两句。与前三首文字
> 全同。必为云庄作。兹辑之。雍熙复收无穷以下四首。题作隐逸。不注撰人。
> 又收翻腾一首及不见云庄乐府之挂冠。功名。撺身三首。题作警世。疑后三首
> 亦为云庄作。○雍熙二句作自布囊金拯世民。比颜御史作朝夕。

十年不作南柯梦。一旦还为西土臣。空教人道好官人。还自哂。
闲杀泺湖春。

> 雍熙空教人作满城都。泺湖作乐湖。

路逢饿殍须亲问。道遇流民必细询。满城都道好官人。还自哂。
只落的白发满头新。

> 雍熙末句作鬓边白丝新。

乡村良善全生命。廛市凶顽破胆心。满城都道好官人。还自哂。
未戮乱朝臣。

无穷名利无穷恨。有限光阴有限身。也曾附凤与攀鳞。今日省。
花鸟一般春。

一场恶梦风吹觉。依旧壶天日月高。白云深处结团茅。山更好。
岚翠滴林梢。

> 雍熙吹觉作惊觉。团茅作团瓢。

一溪烟水夐开镜。四面云山锦簇屏。客来沉醉绰然亭。对着这
无限景。因此上不肯就功名。

> 雍熙四面作四野。末二句无对着这及因此上六字。

拖条藜杖山林下。无是无非快活煞。王侯卿相不如咱。兴来时
斟玉斝。看天上碧桃花。

> 雍熙无兴来时三字。看天上作独赏。

翻腾祸患千钟禄。搬载忧愁四马车。浮名浮利待何如。枉干受
苦。都不如三径菊四围书。

雍熙浮利作薄利。干上无枉字。不如上无都字。四围作满床。

探　春

梅花已有飘零意。杨柳将垂袅娜枝。杏桃仿佛露胭脂。残照底。
青出的草芽齐。

雍熙卷十九题作伤春。不注撰人。○雍熙杏桃作杏花。末句无的字。

〔双调〕沉醉东风

蔬圃莲池药阑。石田茅屋柴关。俺这里花发的疾。溪流的慢。
绰然亭别是人间。对着这万顷风烟四面山。因此上功名意懒。

沉醉东风前七首雍熙卷十七依次全收之。题作隐居叹。○雍熙蔬圃上有爱字。
石田上有喜字。花发下无的字。四句作他那里溪流慢。万顷上无对着这三字。

班定远飘零玉关。楚灵均憔悴江干。李斯有黄犬悲。陆机有华
亭叹。张柬之老来遭难。把个苏子瞻长流了四五番。因此上功
名意懒。

雍熙六句无把个二字。无了字。

昨日颜如渥丹。今朝鬓发斑斑。恰才桃李春。又早桑榆晚。断
送了古人何限。只为天地无情乐事悭。因此上功名意懒。

雍熙古人上有今字。只为上有都字。

郭子仪功威吐蕃。李太白书骇南蛮。房玄龄经济才。尉敬德英
雄汉。魏徵般敢言直谏。这的每都不满高人一笑看。因此上功
名意懒。

雍熙六句无这的每都四字。

苫茅屋白云数间。睡芸窗红日三竿。远近村。高低涧。把人我
是非遮断。阆苑蓬莱咫尺间。因此上功名意懒。

云庄乐府苫作占。兹从雍熙。雍熙三四句作。依稀远近村。崎岖高低涧。遮断
上有都字。咫尺上有在字。

万言策长沙不还。六韬书云梦空叹。只为他进身的疾。收心的晚。终不免有许多忧患。见了些无下梢从前玉笋班。因此上功名意懒。

雍熙三四句作。因他进身疾。只为收心晚。不免下无有字。见了些作这。

笔砚琴书座间。松筠梅菊江干。欢有馀。春无限。绰然亭只疑在天上。万事无心一钓竿。因此上功名意懒。

雍熙三四句作。终朝欢有馀。每日春无限。五句无只字。六句作似老侬万事无心这一钓竿。云庄乐府五句末字作上。雍熙同。失韵。上字疑衍。

寄阅世道人侯和卿

披一领熬日月耐风霜道袍。系一条锁心猿拴意马环绦。穿一对圣僧鞋。带一顶温公帽。一心敬奉三教。休指望做神仙上九霄。只落得无是非清闲到老。

〔中吕〕朱履曲

休只爱夸强说会。少不得直做的贴骨黏皮。一旦待相离怎相离。爱他的着他的。得便宜是落便宜。休着这眼皮儿谩到底。

朱履曲诸曲。太平乐府卷四收下列正胶漆。才上马二首。无题。乐府群珠卷四依次九首全收。前六首题作警世。后三首题一又字。雍熙卷十八收休只爱。鹦鹉杯。那的是。弄世界四首。题作悟世。不注撰人。收正胶漆。萧墙外。才上马。六十岁四首。题作警世。注张云庄作。客位里一首杂列他曲中。不注撰人。○群珠末句谩作瞒。雍熙少不得直做作直落。着他的作着他手。得便宜是作讨便宜。休着作你休。

鹦鹉杯从来有味。凤凰池再也休提。忧与辱常常不曾离。挂冠归山也喜。抬手舞月相随。却原来好光景都在这里。

雍熙三句作荣与辱展转不相离。都在这里作在那里。

那的是为官荣贵。止不过多喫些筵席。更不呵安插些旧相知。

家庭中添些盖作。囊箧里攒些东西。教好人每看做甚的。

> 雍熙那的作那里。多喫些筵席作宴在丹墀。三句作怎能够常会旧相识。家庭中
> 作家底。箧下无里字。末句作教好人看透他值甚的。

客位里宾朋等候。记事儿撞满枕头。不了的平白地结为仇雠。
里头教同伴絮。外面教歹人撺。到命衰时齐下手。

> 群珠结下无为字。雍熙儿作的。不了的作不了呵。仇雠作雠。撺作愁。

六十岁逡巡轮过。便到者稀年应也无多。暗想人生待如何。古
和今都是梦。长与短任从他。只不如向云庄闲快活。

> 群珠者稀作老稀。雍熙无便到二字。者稀作古稀。人生作这食禄千钟。与作
> 共。只不如向作不如我在。

弄世界机关识破。叩天门意气消磨。人潦倒青山慢嵯峨。前面
有千古远。后头有万年多。量半炊时成得甚么。

> 云庄乐府潦倒作隙倒。兹从雍熙。雍熙时成得作成就败做。群珠后头有以
> 下阙。

正胶漆当思勇退。到参商才说归期。只恐范蠡张良笑人痴。撺
着胸登要路。睁着眼履危机。直到那其间谁救你。

> 云庄乐府正作政。太平乐府同。兹从群珠雍熙。元刊太平乐府撺作懻。何钞本
> 太平乐府及雍熙俱作儞。雍熙恐下有怕字。直到作直挨到。

萧墙外拥来抢去。筵席上似有如无。奏事处连忙的退了身躯。
付能都堂中妆样子。却早怯烈司里画招伏。知他那驼儿是荣
贵处。

> 群珠那驼儿作那答儿。雍熙三句无的字。身躯上多业字。付能都堂中作恰公
> 堂。却早怯烈司里作早司狱。那驼儿是作是那陀儿。

才上马齐声儿喝道。只这的便是送了人的根苗。直引到深坑里
恰心焦。祸来也何处躲。天怒也怎生饶。把旧来时威风不见了。

> 太平乐府便是作便是那。群珠首句无儿字。雍熙首二句作。上的马头前喝道。
> 分明是送死根苗。深坑作陷人坑。恰心焦作始心焦。饶作逃。旧来时作一
> 个逞。

〔中吕〕十二月兼尧民歌

从跳出功名火坑。来到这花月蓬瀛。守着这良田数顷。看一会雨种烟耕。倒大来心头不惊。每日家直睡到天明。　见斜川鸡犬乐升平。绕屋桑麻翠烟生。杖藜无处不堪行。满目云山画难成。泉声。响时仔细听。转觉柴门静。

十二月兼尧民歌四曲。乐府群珠卷一依次全收。第一首题作归田乐。第四首失题。雍熙卷二十亦依次全收。不注撰人。第一首无题。第四首题作秋池散虑。中二首之题。三书全同。

寒食道中

清明禁烟。雨过郊原。三四株溪边杏桃。一两处墙里秋千。隐隐的如闻管弦。却原来是流水溅溅。　人家浑似武陵源。烟霭濛濛淡春天。游人马上袅金鞭。野老田间话丰年。山川。都来杖屦边。早子称了闲居愿。

云庄乐府濛濛作朦朦。兹从群珠雍熙。雍熙墙里作墙内。原来上无却字。末句作称了平生愿。

遂闲堂即事

堂名遂闲。偃息其间。对着这青编四围。翠玉千竿。壁上关仝范宽。枕上陈抟。　古铜围座锦斓斑。玛瑙杯斟水晶寒。灵石相间玉潺湲。笔砚窗前雨声干。倒大来清安。柴门势不关。一任云飞散。

雍熙势不关作世不关。

秋池散虑

池亭草苫。书架牙签。对着这烟波绿惨。霜叶红酣。太湖石神剜鬼劏。掩映着这松杉。　　恰便似蛟龙飞绕玉巉岩。慑的些野鹿山猿半痴憨。呼童忙为卷疏帘。老子无语但掀髯。遥瞻。云山露半尖。越显的秋光淡。

> 题目据雍熙。云庄乐府失题。○雍熙慑作合。半作伴。

〔中吕〕普天乐

水挼蓝。山横黛。水光山色。掩映书斋。图画中。嚣尘外。暮醉朝吟妨何碍。正黄花三径齐开。家山在眼。田园称意。其乐无涯。

> 普天乐前九首。群珠卷四依次全收。题作隐居漫兴。雍熙卷十八有乐无涯十咏。不注撰人。除收此九首外。篇末复多洞壶中一首。据题目及其乐无涯句证之。末首应亦为云庄作。兹辑之。

树连村。山为界。分开烟水。隔断尘埃。桑柘田。相襟带。锦里风光春常在。看循环四季花开。香风拂面。彩云随步。其乐无涯。

折腰惭。迎尘拜。槐根梦觉。苦尽甘来。花也喜欢。山也相爱。万古东篱天留在。做高人轮到吾侪。山妻稚子。团栾笑语。其乐无涯。

> 雍熙花也喜欢作花欢喜。下句无也字。团栾作团圆。

看了些荣枯。经了些成败。子猷兴尽。元亮归来。把翠竹栽。黄茅盖。你便占尽白云无人怪。早子收心波竹杖芒鞋。游山玩水。吟风弄月。其乐无涯。

> 云庄乐府收心波作收心拨。群珠同。兹从雍熙。群珠荣枯作枯荣。收心上有早字。无子字。子字似被删去。雍熙首二句皆无了些二字。翠竹作翠松。上无把字。占尽上无你便二字。人作些。收心上无早子二字。弄月作咏月。

只为爱山的别。耽书的煞。轻轻搽下。黄阁乌台。整八年。江村外。偿却从前莺花债。但客至玳瑁筵开。金瓢劝酒。玉人同坐。其乐无涯。

雍熙首二句作。爱山别。耽书瞭。搽作擦。玎珰筵开作村酒频酶。金瓢两句作。兴亡不管。阴晴不管。

芰荷衣。松筠盖。风流尽胜。画戟门排。看时节采药苗。挑芹菜。捕得金鳞船头卖。怎肯直抢入千丈尘埃。片帆烟雨。一竿风月。其乐无涯。

雍熙脱挑芹菜三字。入上无直抢二字。

楚离骚。谁能解。就中之意。日月明白。恨尚存。人何在。空快活了湘江鱼虾蟹。这先生畅好是胡来。怎如向青山影里。狂歌痛饮。其乐无涯。

雍熙空快活了作快活。是胡来作归来。无怎如向三字。

莫刚直。休豪迈。于身无益。惹祸招灾。放的这眼界高。胸襟大。问甚几度江南浮云坏。且对青山适意忘怀。子真谷口。元龙楼上。其乐无涯。

雍熙无放的这三字。无几度二字。无且字。

布袍穿。纶巾戴。傍人休做。隐士疑猜。鬓发皤。心神怠。拱出无边功名赛。我直待要步走上蓬莱。神游八表。眼高四海。其乐无涯。

雍熙怠作泰。无我字走字。

洞壶中。红尘外。友从江上。载得春来。烟水间。乾坤大。缓步云山无遮碍。胜王家舞榭歌台。酒斟色艳。诗吟破胆。其乐无涯。

云庄乐府阙。兹据雍熙辑录。参阅首曲校语。

辞参议还家

昨日尚书。今朝参议。荣华休恋。归去来兮。远是非。绝名利。盖座团茅松阴内。更稳似新筑沙隄。有青山劝酒。白云伴睡。

明月催诗。

雍熙首二句无日字朝字。青山上无有字。

闲　居

好田园。佳山水。闲中真乐。几个人知。自在身。从吟醉。一片闲云无拘系。说神仙恰是真的。任鸡虫失得。蘷蚿多寡。鹏鹩高低。

雍熙从吟醉作从容醉。恰是作吾是。鸡虫上无任字。

秋　日

喜归休。中年后。放怀诗酒。到处追游。罗绮围。笙歌奏。正值黄花开时候。把陶渊明生纽得风流。霜林簇锦。云山展翠。烟水横秋。

雍熙陶渊明生纽作渊明扭。

大明湖泛舟

画船开。红尘外。人从天上。载得春来。烟水间。乾坤大。四面云山无遮碍。影摇动城郭楼台。杯斟的金波滟滟。诗吟的青霄惨惨。人惊的白鸟皑皑。

雍熙遮碍作妨碍。摇动上无影字。皑皑作嗒嗒。

〔双调〕折桂令

想为官枉了贪图。正直清廉。自有亨衢。暗室亏心。纵然致富。天意何如。白图甚身心受苦。急回头暮景桑榆。婢妾妻孥。玉帛珍珠。都是过眼的风光。总是空虚。

折桂令诸曲。群珠卷三依次全收之。前三首题作归田漫述。惟第三首书端又注

叹世二字。馀题与云庄乐府同。雍熙卷十七亦诸曲全收。前三首及梦不到玉砌
金銮一首。题作警宦。不注撰人。梦不到一首。不知是否为云庄作。○雍熙枉
了作枉子。都是作这的是。过眼下无的字。总是上有细度量三字。

功名事一笔都勾。千里归来。两鬓惊秋。我自无能。谁言有道。
勇退中流。柴门外春风五柳。竹篱边野水孤舟。绿蚁新篘。瓦
钵磁瓯。直共青山。醉倒方休。

云庄乐府五句作谁言道。兹从群珠。雍熙惊秋作经秋。五句作谁言执道。春风
作风光。直共作笑吟吟坐对。醉倒上有乐陶陶三字。

功名百尺竿头。自古及今。有几个干休。一个悬首城门。一个
和衣东市。一个抱恨湘流。一个十大功亲戚不留。一个万言策
贬窜忠州。一个无罪监收。一个自抹咽喉。仔细寻思。都不如
一叶扁舟。

雍熙功名上有付字。几个上无有字。四至十句句首皆无一个二字。而于仔细上
有这几个三字。

过金山寺

长江浩浩西来。水面云山。山上楼台。山水相连。楼台相对。
天与安排。诗句成风烟动色。酒杯倾天地忘怀。醉眼睁开。遥
望蓬莱。一半儿云遮。一半儿烟霾。

阳春白雪前集卷二题作题金山寺。注赵天锡作。中原音韵不注撰人。云庄乐府
似误收。校记参阅赵禹圭曲。

中　秋

一轮飞镜谁磨。照彻乾坤。印透山河。玉露泠泠。洗秋空银汉
无波。比常夜清光更多。尽无碍桂影婆娑。老子高歌。为问嫦
娥。良夜恹恹。不醉如何。

雍熙收中秋以下五首。惟次序与云庄乐府异。均不注撰人。题同。○群珠洗秋

空作秋空洗净。绝句。雍熙泠泠作零零。

凿　池

殷勤凿破苍苔。把湖泺风烟。中半分开。满意清香。尽都是千
叶莲栽。看镜里红妆弄色。引沙头白鸟飞来。老子方才。陶写
吟怀。忽见波光。摇动亭台。

咏胡琴

八音中最妙惟弦。塞上新声。字字清圆。锦树啼莺。朝阳鸣凤。
空谷流泉。引玉杖轻笼慢撚。赛歌喉倾倒宾筵。常记当年。香
案之前。一曲春生。四海名传。

群珠玉杖作玉指。笼慢作拢漫。雍熙首句无中字。

通州迷舟

呼童解缆开船。见绿树青天。两岸回旋。欹枕篷窗。觉风波只
在头边。桂棹举摇开翠烟。竹弹斜界破平川。老子狂颠。高咏
诗篇。行过沙头。惊的些白鸟翩翩。

群珠题目迷作巡。雍熙作辿。疑为巡之俗字。○雍熙弹作缠。末句作惊鸟
翩翩。

白莲隐括木兰花慢

幽花带露池塘。恨太华峰高。身世相妨。脉脉盈盈。何须解语。
已断柔肠。羡公子风标异常。尽一生何限清香。华发沧浪。夜
月壶觞。明日新声。付与秋娘。

〔正宫〕塞鸿秋

春来时绰然亭香雪梨花会。夏来时绰然亭云锦荷花会。秋来时

绰然亭霜露黄花会。冬来时绰然亭风月梅花会。春夏与秋冬。四季皆佳会。主人此意谁能会。

> 太平乐府卷一无题。雍熙卷二十题作绰然亭。不注撰人。○太平首四句均无绰然亭三字。雍熙主人上有问字。意作意趣。九宫大成卷三十三同雍熙。

〔中吕〕朝天曲

挂冠。弃官。偷走下连云栈。湖山佳处屋两间。掩映垂杨岸。满地白云。东风吹散。却遮了一半山。严子陵钓滩。韩元帅将坛。那一个无忧患。

> 朝天曲前九首。雍熙卷十八收挂冠。柳隄。自劝。翠微四首。题作退隐。收玉田。牧笛及他二首。题作村乐。收日居。恰阴。锦屏及他一首。题作逸兴。均不注撰人。○雍熙屋两作草莱。严子陵作子陵。元帅作侯。

柳隄。竹溪。日影筛金翠。杖藜徐步近钓矶。看鸥鹭闲游戏。农父渔翁。贪营活计。不知他在图画里。对着这般景致。坐的便无酒也令人醉。

> 雍熙钓矶作渔矶。八句以下作。似王维画图里。幽幽景致。清清兴趣。无酒也令人醉。

自劝。退归。用不着风云气。疏狂迁阔拙又痴。今日才回味。玩水游山。身无拘系。这的是三十年落的。翠微。更奇。知道我闲居意。

> 雍熙八句作三十载落下的。翠微更奇两二字句作。翠微更奇。沧浪更奇。

玉田。翠烟。鸾鹤声相唤。青山摇动水底天。把沙鸟都惊散。物外风光。同谁游玩。有蓬莱海上仙。绰然。四边。滚滚云撩乱。

> 雍熙水底作水中。沙鸟上无把字。绰然四边两二字句作。绰然四边。云烟满眼。末句作助我骚人愿。

牧笛。酒旗。社鼓喧天擂。田翁对客喜可知。醉舞头巾坠。老子年来。逢场作戏。趁欢娱饮数杯。醉归。月黑。尽踏得云烟碎。

> 雍熙对客喜可知作渔父喜投机。老子年来作吾放疏狂。趁欢娱作乐陶陶。醉归月黑两二字句作。江恬月黑。雨过醉归。末句无尽字。

翠微。四围。无一点尘俗气。水声不解说是非。到处相寻觅。想为吾侬。心灰名利。他也要相陪闲坐的。寝食。不离。倒殢得人先醉。

> 雍熙不解说是非作不管是和非。相陪闲坐的作随咱闲坐地。末句人作吾。

日居。月诸。断送了人无数。自从开辟君试数。那个不到邙山路。何况吾侬。些儿名誉。向电光中谁做主。据着这老夫。志趣。把乌兔常拴住。

> 雍熙君作你。那个作谁。电光上无向字。老夫上无据着这三字。

恰阴。却晴。来往云无定。湖光山色晦复明。会把人调弄。一段幽奇。将何酬应。吐新诗字字清。锦莺。数声。又唤起游山兴。

> 云庄乐府字字清作字字声。兹从雍熙。雍熙三句作来和往何曾定。会把上有能字。

锦屏。翠屏。极目山无尽。白云忽向树杪生。似林影波光定。故把清风。遮映摇动。水和山俱有声。兴清。半晴。天意也还相应。

> 雍熙无尽作无罄。树杪作树梢。遮映摇动作动摇遮映。兴清作半阴。

咏四景

春

远村。近村。烟霭都遮尽。阴阴林树晓未分。时听黄鹂韵。竹杖芒鞋。行穿花径。约渔樵共赏春。日新。又新。是老子山林兴。

> 雍熙卷十八题作四季隐乐。注张云庄作。无春夏秋冬及就咏水仙妆白菊花等小
> 题。○雍熙未分作难分。花径作花阵。末字兴作运。

夏

自酌。自歌。自把新诗和。人间甲子一任他。壶里乾坤大。流水当门。青山围座。每日家叫三十声闲快活。就着这绿蓑。醉呵。向云锦香中卧。

> 云庄乐府末句向作白。兹从雍熙。雍熙一任他作任由他。每日家叫三十声作乐
> 陶陶。绿蓑上无就着这三字。

秋　就咏水仙妆白菊花

此花。甚佳。淡秋色东篱下。人间凡卉不似他。倒傲得风霜怕。玉蕊珑葱。琼枝低压。雪香春何足夸。羡煞。爱煞。端的是觑一觑千金价。

> 雍熙淡秋色作壮秋色。不似作不如。傲得上无倒字。末句无端的是三字。

冬

此杯。莫推。雪片儿云间坠。火炉头上酒自煨。直喫的醺醺醉。不避风寒。将诗寻觅。笑襄阳老子痴。近着这剡溪。夜黑。险冻的来不得。

> 云庄乐府夜黑作淡劲。兹从雍熙。雍熙雪片下无儿字。自煨作频煨。直喫的作
> 喫得。剡溪上无这字。冻的作冻杀。

〔越调〕寨儿令

春

水绕门。树围村。雨初晴满川花草新。鸡犬欣欣。鸥鹭纷纷。占断玉溪春。爱庞公不入城闉。喜陈抟高卧烟云。陆龟蒙长散

诞。陶元亮自耕耘。这几君。都不是等闲人。

太平乐府卷三收寨儿令首四曲。题作闲适。并分标春夏秋冬四小题于每首之
前。雍熙卷十八亦收之。题作四时景。无小题。〇何钞本太平乐府阃作闉。雍
熙同。雍熙占断上有平字。长作常。几君作几个。失韵。

夏

爱绰然。靠林泉。正当门满池千叶莲。一带山川。万顷风烟。
都在几席边。压枝低金杏如拳。客来时樽酒留连。按新声歌乐
府。分险韵赋诗篇。见胎仙。飞下九重天。

太平乐府胎仙作云仙。雍熙都在作都只在。飞下作飞落下。

秋

水影寒。藕花残。被西风有人独倚阑。醉眼遥观。北渚南山。
照映锦斓斑。利名尘不到柴关。绰然亭倒大幽闲。共三闾歌楚
些。同四皓访商颜。笑人间。无处不邯郸。

雍熙被作背。照映作照映映。

冬　白战体

天欲明。觉寒生。打书窗只闻风有声。步出柴荆。遥望郊坰。
滚滚势如倾。四围山岩壑都平。道途间无个人行。爱园林春浩
荡。喜天地气澄清。巧丹青。怎画绰然亭。

太平乐府滚滚作濛濛。雍熙风有声作风雪声。怎画下有出字。

赴詹事丞　召至通州感疾还家

干送行。谩长亭。被恩书挽回云水情。才到燕京。便要回程。
你好自在也老先生。带行人所望无成。管伴使饮气吞声。水和
山应也恨。来与去不曾停。几曾经。不睹是的晋渊明。

雍熙此首题作送官回病。无召至通州感疾还家八字。次首题作辞归隐逸。皆不
注撰人。○雍熙自在也上无你好二字。末句是的作世。

自挂冠。历长安。共白云往来山水间。名不相干。利不相关。
天地一身闲。绿杨隄黄鸟绵蛮。红蓼滩白鹭翩翩。尽红尘千万
丈。飞不到钓鱼滩。只一竿。钓出水中仙。

雍熙历作离。钓鱼滩下有一字句天字。只一竿作这一竿。连下五字成一句。

绰然亭独坐

白日迟。锦鸠啼。看儿童汲泉浇菜畦。杨柳风微。苗稼云齐。
桑柘翠烟迷。映青山茅舍疏篱。绕孤村流水花隄。看蜂蝶高下
舞。任鸥鹭往来飞。笑嘻嘻。不觉日平西。

雍熙题目无独字。○雍熙花隄作花溪。不觉下有的字。

寿日燕饮

一雨晴。百花明。谢诸公不辞郊外行。尽是簪缨。充塞门庭。
车马闹纵横。递香罗争祝长生。捧金杯斗和歌声。彻青霄仙乐
响。扶翠袖玉山倾。眼睁睁。险踏碎绰然亭。

雍熙争祝作祝庆。斗和作和唱。玉山倾下有一字句听字。眼睁睁连下六字作一
句。绰然作乐天。

辞参议还家连次乡会十馀日故赋此

离省堂。到家乡。正荷花烂开云锦香。游翫秋光。朋友相将。
日日大筵张。会波楼醉墨淋浪。历下亭金缕悠扬。大明湖摇画
舫。华不注倒壶觞。这几场。忙杀柘枝娘。

雍熙题作辞归会饮四字。○雍熙大筵作玳筵。忙杀下有那字。

〔中吕〕山坡羊

人生于世。休行非义。谩过人也谩不过天公意。便攒些东西。

得些衣食。他时终作儿孙累。本分世间为第一。休使见识。干
图甚的。

> 群珠卷一依次收山坡羊前十首。题作述怀。雍熙卷十五同。题作怀叹。不注撰
> 人。○群珠行作生。谩俱作瞒。过人作人过。雍熙三句作瞒过人暖不过天和
> 地。攒些上无便字。得些作觅些。无他时二字。

休图官禄。休求金玉。随缘得过休多欲。富何如。贵何如。没
来由惹得人嫉妒。回首百年都做了土。人。皆笑汝。渠。干
受苦。

> 雍熙都做了土作人做土。

如何是良贵。如何是珍味。所行所做依仁义。淡黄齑。也似堂
食。必能如此方无愧。万事莫教差半米。天。成就你。人。钦
敬你。

> 雍熙所做作所为。也似作胜。

无官何患。无钱何惮。休教无德人轻慢。你便列朝班。铸铜山。
止不过只为衣和饭。腹内不饥身上暖。官。君莫想。钱。君
莫想。

> 雍熙无你便二字。不过上无止字。

于人诚信。于官清正。居于乡里宜和顺。莫亏心。莫贪名。人
生万事皆前定。行歹暗中天照临。疾。也报应。迟。也报应。

休学谄佞。休学奔竞。休学说谎言无信。貌相迎。不实诚。纵
然富贵皆侥倖。神恶鬼嫌人又憎。官。待怎生。钱。待怎生。

> 雍熙言无信作无忠信。貌相迎作笑相逢。

与人方便。救人危患。休趋富汉欺穷汉。恶非难。善为难。细
推物理皆虚幻。但得个美名儿留在世间。心。也得安。身。也
得安。

> 雍熙恶非难二句作。为恶易。为善难。七句以下作。但得芳名留世间。生。也
> 心安。死。也心安。

真实常在。虚脾终败。过河休把桥梁坏。你便有文才。有钱财。
一时间怕不人耽待。半空里若差将个打算的来。强。难挣揣。
乖。难挣揣。

<small>雍熙四句无你便二字。六句无一字。七句作天公若还打算来。挣揣俱作趍眦。</small>

金银盈溢。于身无益。争如长把人周济。落便宜。是得便宜。
世人岂解天公意。毒害到头伤了自己。金。也笑你。银。也
笑你。

<small>雍熙无益作何益。长把作常把。周济作周急。落便宜二句作。得便宜。是便
宜。伤了自己作伤己时。</small>

天机参破。人情识破。归来闲枕白云卧。向岩阿。且婆娑。琴
书笔砚为功课。轩裳倘来何用躲。行。也在我。藏。也在我。

骊山怀古

骊山四顾。阿房一炬。当时奢侈今何处。只见草萧疏。水萦纡。
至今遗恨迷烟树。列国周齐秦汉楚。赢。都变做了土。输。都
变做了土。

<small>太平乐府卷四及群珠题同。惟皆仅收前一首。雍熙依次收骊山四顾至秦王强暴
四首及后之城池俱坏一首。题作怀古。无小题。不注撰人。〇太平齐秦作秦
齐。两了字均无。群珠俱同。雍熙无只见二字。都变做了土两句皆作也做土。</small>

骊山屏翠。汤泉鼎沸。说琼楼玉宇今俱废。汉唐碑。半为灰。
荆榛长满繁华地。尧舜土阶君莫鄙。生。人赞美。亡。人赞美。

<small>雍熙琼楼上无说字。半为灰作化做灰。</small>

沔池怀古

秦如狼虎。赵如豚鼠。秦强赵弱非虚语。笑相如。大粗疏。欲
凭血气为伊吕。万一座间诛戮汝。君也。谁做主。民也。谁
做主。

太平群珠皆仅收此首。无次首。群珠题同。太平题作渑池。○雍熙末二句俱无也字。

秦王强暴。赵王懦弱。相如何以为怀抱。不量度。剩粗豪。酒席间便欲伐无道。倘若祖龙心内恼。君。干送了。民。干送了。

雍熙席上无酒字。

北邙山怀古

悲风成阵。荒烟埋恨。碑铭残缺应难认。知他是汉朝君。晋朝臣。把风云庆会消磨尽。都做了北邙山下尘。便是君。也唤不应。便是臣。也唤不应。

雍熙题作北邙山。下三首题作洛阳城。潼关道。未央宫。不注撰人。○太平乐府无了字。群珠同。群珠无把字。雍熙同。雍熙知他二句作是汉君。是晋臣六字。都做了作化做。君字臣字上俱无便是二字。

洛阳怀古

天津桥上。凭阑遥望。春陵王气都雕丧。树苍苍。水茫茫。云台不见中兴将。千古转头归灭亡。功。也不久长。名。也不久长。

太平乐府题作洛阳。

潼关怀古

峰峦如聚。波涛如怒。山河表里潼关路。望西都。意踌躇。伤心秦汉经行处。宫阙万间都做了土。兴。百姓苦。亡。百姓苦。

太平乐府题作潼关。○太平踌躇作跱蹰。雍熙作踌躇。雍熙七句作宫阙巍巍化做土。兴字亡字下均有也字。

未央怀古

三杰当日。俱曾此地。殷勤纳谏论兴废。见遗基。怎不伤悲。

山河犹带英雄气。试上最高处闲坐地。东。也在图画里。西。也在图画里。

> 雍熙俱曾作曾经。怎不伤悲作感伤悲。最高下无处字。图画俱作画。

咸阳怀古

城池俱坏。英雄安在。云龙几度相交代。想兴衰。若为怀。唐家才起隋家败。世态有如云变改。疾。也是天地差。迟。也是天地差。

> 太平乐府题作咸阳。○雍熙想兴衰二句作。兴共衰。厮感怀。末二句作。阴。也天差。晴。也天差。

〔越调〕天净沙

昨朝杨柳依依。今朝雨雪霏霏。社燕秋鸿忒疾。若不是浊醪有味。怎消磨这日月东西。

> 太平乐府卷三收天净沙第一首。题作闲居。雍熙卷二十依次收三首。不注撰人。亦无题。○太平末句无这字。雍熙末二句作。浊醪有味。消磨日月东西。

年时尚觉平安。今年陡恁衰残。更着十年试看。烟消云散。一杯谁共歌欢。

休言咱是谁非。只宜似醉如痴。便得功名待怎的。无穷天地。那驼儿用你精细。

> 雍熙三句作待得功名基的。末句作算来不用精细。

〔南吕〕西番经

天上皇华使。来回三四番。便是巢由请下山。取索檀。略别华鹊山。无多惭。此心非为官。

> 西番经四首群珠卷二全收。题作乐隐。雍熙卷十九亦全收。惟误列为张小山

曲。○雍熙三四番作一四番。当系字画漫灭。影印本尚有形迹可寻。

屈指归来后。山中八九年。七见征书下日边。私自怜。又为尘
事缠。鹤休怨。行当还绰然。

雍熙怨作恋。

累次征书至。教人去往难。岂是无心作大官。君试看。萧萧双
鬓斑。休嗟叹。只不如山水间。

雍熙书至作书下。末句无只字。

说着功名事。满怀都是愁。何似青山归去休。休。从今身自由。
谁能够。一蓑烟雨秋。

小令补遗

〔中吕〕朝天子

携美姬湖上

远山。近山。两意冰弦散。行云十二拥翠鬟。挽不定春风幔。
锦帐琵琶。司空听惯。险教人唤小蛮。粉残。黛减。正好向灯
前看。雍熙乐府一八　彩笔情辞五

朝天子前四首雍熙题作题情。不注撰人。彩笔情辞题作携美姬湖上。注张云庄
作。未必可信。

锦筝。玉笙。落日平湖净。宝花解语不胜情。翠袖金波莹。苏
小隄边。东风一另。怕羞杀林外莺。方酒醒。梦惊。正好向灯
前听。雍熙乐府一八　彩笔情辞五

玉舟。渐收。淡淡双蛾皱。鸳鸯罗带几多愁。系不定春风瘦。
二八芳年。花开时候。酒添娇月带羞。醉休。睡休。正好向灯
前候。雍熙乐府一八　彩笔情辞五

情辞末三字作灯前姤。

美哉。美哉。忙解阑胸带。鸳鸯枕上口揾腮。直恁么腰肢摆。

朦胧笑脸。由他抢白。且宽心权宁耐。姐姐。妳妳。正好向灯
前快。_{雍熙乐府一八　彩笔情辞五}

　　情辞首二句作。美哉。爱哉。

咏　美

翠梳。浅铺。粉汗香尘素。画阑谁与月同孤。试听高唐赋。云
堆玉梳。多情眉宇。有离人愁万缕。若还。寄取。罗帕上题诗
去。_{雍熙乐府一八　彩笔情辞一二}

柳腰。翠裙。不似昨宵困。轻风吹散晓窗云。花落佳人鬓。璧
月多情。黄昏谁近。素盈盈罗帕尘。泪痕。尚存。须寄与东风
信。_{雍熙乐府一八　彩笔情辞一二}

　　以上二首雍熙乐府题作咏美。不注撰人。彩笔情辞注张云庄作。○雍熙轻风作
碧风。多情作多清。

〔中吕〕红绣鞋

赠美妓

手掌儿血喷粉哨。指甲儿玉碾琼雕。子见他杯擎玛瑙泛香醪。
眼睛儿冷丢溜。话头儿热剔挑。把一个李谪仙险醉倒。<sub>雍熙乐府一
八　彩笔情辞二</sub>

荼蘼院风香雪霁。海棠轩绿绕红围。他便似碧桃花映粉墙西。
梨花云春淡荡。杨柳雾晓凄迷。把一个陶学士险爱死。<sub>雍熙乐府一
八　彩笔情辞二</sub>

　　彩笔情辞此二首题作赠美妓。注张云庄作。雍熙不注撰人。题作遇美。案云庄
寄傲林泉。纵情诗酒。其散曲多叹世悟世之作。风情之什。集中无一。彩笔情
辞所收诸曲。是否果为云庄作。不无可疑。兹姑辑之。

套数

〔双调〕新水令

辞　官

急流中勇退不争多。厌喧烦静中闲坐。利名场说著逆耳。烟霞疾做了沉痾。若不是天意相合。这清福怎能个。

〔川拨棹〕每日家笑呵呵。陶渊明不似我。跳出天罗。占断烟波。竹坞松坡。到处婆娑。倒大来清闲快活。看时节醉了呵。

〔七弟兄〕唱歌。弹歌。似风魔。把功名富贵都参破。有花有酒有行窝。无烦无恼无灾祸。

〔梅花酒〕年纪又半百过。壮志消磨。暮景蹉跎。鬓发浑皤。想人生能几何。叹日月似摔梭。自相度。图个甚。谩张罗。得磨驼且磨驼。共邻叟两三个。无拘束即脾和。

〔收江南〕向花前莫惜醉颜酡。古和今都是一南柯。紫罗襕未必胜渔蓑。休只管恋他。急回头好景亦无多。

〔离亭宴煞〕高竿上本事从逻逻。委实的赛他不过。非是俺全身远害。免教人信口开喝。我把这势利绝。农桑不能理会庄家过活。青史内不标名。红尘外便是我。

云庄乐府原有梅花酒兼七弟兄一首。在小令带过沽美酒兼太平令后。而实属新水令套。全套见太平乐府卷七。雍熙卷十一既收新水令套。卷二十复重收梅花酒兼七弟兄。两处皆不注撰人。此套太平雍熙两本除字句有异同外。雍熙复于新水令后多驻马听甜水令雁儿落得胜令四曲。缺离亭宴煞一曲。云庄乐府及雍熙卷二十所收之梅花酒兼七弟兄。据太平卷七雍熙卷十一太和正音谱北词广正谱等。实为川拨棹七弟兄梅花酒收江南。此曲既为套数。故列于此。小令内不重出带过之曲。曲文从太平乐府。雍熙卷十一题目辞官作辞退。雍熙卷二十题作叹世。○(新水令)雍熙十一厌喧烦作辞官厅。逆耳作险。烟霞二句作。无是非自闲乐。若是天意如何。于川拨棹前多驻马听等四曲。曲文作。〔驻马听〕韩信功多。剑下身亡无计躲。霸王心大。乌江自刎尽消磨。今日个辞官罢职恁嫌波。如今我顿开愁闷眉间锁。尽犹他十二时中休闲过。〔甜水令〕闲时弹波。闷时唱波。无忧处有几个快活。便那有彭祖延年。石崇豪富。公卿职大。带朱颜去了来么。〔雁儿落〕世间往事我尽脱。也不恋那公卿做。亦不讲那闲是非。亦不说那人之过。〔得胜令〕呀。撞出那地网共天罗。紫罗襕我愿脱。我则待和衣卧。宽朝靴自在可。醉时节欢抹。饱时节重又饿。快活哥哥。你临危时无处躲。(川拨棹)云庄乐府每日家作他每日。陶渊明作他道渊明。不似作不如。看时节上多更字。正音谱醉了呵作醉颜酡。雍熙十一竹坞松坡。到处婆娑。作无甚奔波一句。雍熙二十陶渊明作道渊明。馀同云庄乐府。九宫大成六十五同雍熙十一。(七弟兄)何钞本太平乐府弹歌作弹曲。云庄乐府首二句作。休怪他笑歌。咏歌。把上多他字。都作皆。雍熙十一首二句作。舞波。唱波。富贵作世事。雍熙二十首二句作。休怪他。唱个。弹个。都作皆。北词广正谱首二句作唱歌。唱歌。九宫大成同雍熙十一。(梅花酒)明大字本太平乐府图个甚作图甚。云庄乐府壮志。暮景。鬓发下俱有也字。浑幡作都幡。能几作有几。叹日月作恨日月。自相度至即脾和作得魔驼处且魔驼一句。雍熙十一首句年纪上有呀字格。又作儿。过作多。壮志作一日。暮景八字作白发渐添多五字。几何作有几。日月作光阴。自相度至即脾和作。正值四景过。得磨跎且磨跎。无拘系且快活。雍熙二十浑幡作斑幡。似揎梭作疾如梭。馀同云庄乐府。广正谱叹日月作日月。馀同云庄乐府。(收江南)云庄乐府花前作樽前。莫惜作休惜。亦无作已无。正音谱花前作樽前。雍熙十一异文甚多。全曲作。呀。古今都是一南柯。紫罗襕不恋你穿波。急回头迟了些儿个。休则管恋波。凌烟阁不载我和他。雍熙二十古和今作古今。馀同云庄乐府。惟休惜作莫惜。啸馀谱广正谱醉颜俱作酒颜。啸馀谱回头作回首。(离亭宴煞)元刊八卷本及瞿本太平乐府逻逻俱作来逻。明大字本太平乐府开喝作开合。何钞本太平乐府无桑不能三字。且批云疑衍。

〔南吕〕一枝花

咏喜雨

用尽我为民为国心。祈下些值玉值金雨。数年空盼望。一旦遂

沾濡。唤省焦枯。喜万象春如故。恨流民尚在途。留不住都弃
业抛家。当不的也离乡背土。

〔梁州〕恨不的把野草翻腾做菽粟。澄河沙都变化做金珠。直使
千门万户家豪富。我也不枉了受天禄。眼觑着灾伤教我没是处。
只落的雪满头颅。

〔尾声〕青天多谢相扶助。赤子从今罢叹吁。只愿的三日霖霪不
停住。便下当街上似五湖。都潒了九衢。犹自洗不尽从前受过
的苦。

> 云庄乐府此套列于小令落梅引后。兹移于此。雍熙卷十题作喜雨。不注撰
> 人。〇(一枝花)雍熙如故上无春字。弃业上无都字。当不的也作挡不住。(梁
> 州)云庄乐府脱曲牌。雍熙未脱。(尾声)雍熙霖霪作霖霖。便下当街上作下的
> 来当街。潒了九衢作润彻陇衢。洗作古。
> 北宫词纪外集卷五有水仙子陷人阬土窨般暗开掘一首。彩笔情辞卷五有水仙子
> 龙涎香袅紫铜炉一首。卷九有水仙子海棠魂脱化俏形骸一首。俱注张云庄作。
> 案此三首皆见笔花集。当属汤式。兹不收。

廖　毅

　　毅字弘道。建康人。泰定间以周仲彬介。与钟嗣成游。嗣成
谓毅时出一二旧作。皆不凡俗。如越调一点灵光。借灯为喻。仙
吕赚煞曰。因王魁浅情云云。发越新奇。皆非蹈袭。天历二年。
抱疾丧于友人江汉卿家。毅能书。善行文。不幸早卒。题伍王庙
壁有折桂令一曲。为人称赏。及有绝句云。浩浩凌云志。巍巍报
国心。忠魂与潮汐。万古不消沉。极为感慨激烈。案明蓝格钞本
录鬼簿廖毅作康毅。太和正音谱有廖弘道。疑钞本以廖康二字形
近致误。

残 曲

〔仙吕〕

〔赚煞〕……因王魁浅情。将桂英薄倖。致令得泼烟花不重俺俏书生。录鬼簿下

明蓝格钞本录鬼簿无得字。无俺字。兹从曹栋亭本。

〔越调〕失牌名

一点灵光。录鬼簿下

明蓝格钞本无。兹从曹栋亭本。

白　贲

　　贲号无咎。钱塘人。祖籍太原文水。至治间为温州路平阳州教授。后为文林郎南安路总管府经历。父珽。长于诗文。所居西湖。有泉自天竺来。及门而汇。珽榜之曰湛渊。因以自号。无咎能画。珽有题子贲碧桃折枝诗。清人姚际恒见其画。谓作花古雅。可追徐（熙）黄（筌）。钱舜举不能过也。所作小令鹦鹉曲极有名。后多和之者。

小令

〔正宫〕鹦鹉曲

侬家鹦鹉洲边住。是个不识字渔父。浪花中一叶扁舟。睡煞江南烟雨。〔么〕觉来时满眼青山。抖擞绿蓑归去。算从前错怨天公。甚也有安排我处。阳春白雪后集一　太平乐府一　静斋至正直记二　鸣鹤馀音一　太和正音谱上　雍熙乐府二〇　尧山堂外纪七〇　北词广正谱　九宫大成三三

　　阳春白雪作无名氏撰。太平乐府冯海粟鹦鹉曲序云白无咎作。至正直记太和正

音谱等皆从之。鸣鹤馀音以此曲属邱处机。误。邓子晋序太平乐府误以白无咎
为白仁甫。曲文校勘从略。雍熙乐府误以此曲属冯海粟。〇白雪是个作是一
个。青山下有暮字。抖擞下有着字。太和正音谱是个作是一个。算作想。雍熙
浪花作阆苑。觉来下无时字。馀同白雪。九宫大成是个作是一个。

〔双调〕百字折桂令

弊裘尘土压征鞍鞭倦袅芦花。弓剑萧萧。一径入烟霞。动羁怀
西风木叶秋水兼葭。千点万点老树昏鸦。三行两行写长空哑哑
雁落平沙。曲岸西边近水湾鱼网纶竿钓槎。断桥东壁傍溪山竹
篱茅舍人家。满山满谷。红叶黄花。正是伤感凄凉时候。离人
又在天涯。阳春白雪前集二　乐府群玉三　词综三三　北词广正谱　九宫大成六
五　词律拾遗四　元明小令钞

> 乐府群玉属郑德辉。兹互见两家曲中。〇群玉一径作一竟。木叶作禾黍。昏鸦
> 作寒鸦。长空作高寒。哑哑作呀呀。水湾作水涡。东壁作东下。溪山作溪沙。
> 竹篱作疏篱。满山上有见字。又与词综北词广正谱俱无伤感二字。词综鞭作鞭
> 丝。北词广正谱弊作敝。一径作一境。木叶作禾黍。哑哑作呖呖。满山上有见
> 字。九宫大成元明小令钞同广正谱。

套数

〔黄钟〕醉花阴

独倚屏山把玉纤屈。并鸳枕将归期算彻。一自玉人别。瘦骨岩
岩。趱过裙腰摺。

〔出队子〕粉香一捻。不思量难弃舍。语怜檀口口咨嗟。情怨芳
心心哽噎。愁压蛾眉眉暗结。

〔么〕秦欢晋爱成吴越。料今生缘分拙。四时饮膳强挨些。千种
恩情有间隔。海样相思无处说。

〔神仗儿煞〕菱花半缺。合欢带绝。楚岫云迷。蓝桥月缺。银瓶

沉坠。琼簪碎折。锦筝应折弦难接。骖鸾梦宁贴。修鸳简更悲切。紫砚飞香。墨浮兰麝。蘸秋毫撤代喉舌。诉离情粉笺和泪写。钞本阳春白雪后集四　北词广正谱引醉花阴出队子么

（醉花阴）钞本阳春白雪玉纤屈作玉山撅。此从北词广正谱。广正谱瘦骨作骨瘦。（神仗儿煞）折弦原作拆弦。兹改。秋毫撤下疑脱笔字。

〔仙吕〕袄神急

绿阴笼小院。红雨点苍苔。谁想东君也是人间客。纵分连理枝。谩解合欢带。伤春早是心地窄。愁山和闷海。畅会栽排。

〔六么遍〕更别离怨。风流债。云归楚岫。月冷秦台。当时眷爱。如今阻隔。准备从今因他害。伤怀。冷清清日月怎生挨。

〔元和令〕鸾交何日重。鸳梦几时再。清明前后约归期。到如今牡丹开。空等待翠屏香里掩东风。铺陈下愁境界。

〔赚尾〕无情子规声更哀。畅好明白。既道不如归去。看你几声儿撺掇得那人来。阳春白雪后集二　北词广正谱引赚尾

（袄神急）元刊阳春白雪东君作来君。兹从钞本。钞本伤春作阳春。元刊本钞本末二字俱作栽桃。失韵。徐本改为桃栽。亦不可通。桃应为排之讹。兹改正。（赚尾）阳春白雪曲牌作后庭花煞。兹据北词广正谱改正。

〔双调〕新水令

离情不奈子规啼。更那堪困人天气。红玉软。绿云低。春昼迟迟。东风恨两眉系。

〔风入松〕玉钩闲控绣帘垂。半掩朱扉。宝鉴鸾台尽尘昧。凤凰箫谁品谁吹。绣榻空闲枕屏。篆烟消香冷金猊。

〔不拜门〕冷清清寂寞在香闺。闷恹恹潇洒在罗帏。画苔墙划短金钗。尚未得回归。

〔阿那胡〕常记得当时那况味。堪咏堪题。取次钗分瓶坠。上心来伤悲。

〔胡十八〕往常时星月底。雨云期。到如今成间阔。受孤栖。奈何楚岫冷烟迷。当初时想伊。为伊。消玉体减香肌。

〔步步娇〕忆盼了萧郎无归计。闷把牙儿抵。空叹息。蓦听得中门外玉骢嘶。转疑惑。却原来是鸟啼得琅玕碎。

〔离带歇拍煞〕急煎煎愁滴相思泪。意悬悬慵拥鲛绡被。揽衣儿倦起。恨绵绵。情脉脉。人千里。非是俺。贪春睡。勉强将鸳鸯枕敧。薄倖可憎才。只怕相逢在梦儿里。梨园乐府上　太和正音谱下引步步娇　北词广正谱引不拜门胡十八　九官大成六六引不拜门

　　（不拜门）梨园乐府曲牌原作阿那胡。兹据北词广正谱及九官大成改正。广正谱大成划下俱有损字。（阿那胡）曲牌原作不拜门。兹改正。（胡十八）广正谱当初作起初。（步步娇）梨园乐府抵作低。惑作回。兹从太和正音谱。正音谱无蓦字。

残曲

〔黄钟〕醉花阴

良夜恹恹北词广正谱

〔喜迁莺〕

〔六么令〕愚滥飘蓬趁鸣珂。恋酒迷歌。狂朋怪友出门多。是他无明夜纵心儿宴乐。有谁人寻他。闲相知少甚么。是他。更磨拖。真个那里每闲快活。北词广正谱　九官大成七三

〔九条龙〕正欢娱谁想便离合。白日且由闲。到晚来冷清清独卧。他。抛持杀人也呵。太和正音谱上　北词广正谱　九官大成七三

〔尾声〕

　　北词广正谱黄钟官套数分题载有白无咎此套曲牌名称。以是知今阙醉花阴喜迁莺尾声三支。○（九条龙）九官大成由闲作犹可。抛持作抛撒。注云依曲谱大成改正。

赵　雍

雍字仲穆。孟頫仲子。以荫守昌国。海宁二州。历迁至翰林院待制。以书画知名。

小令

〔黄钟〕人月圆

人生能几浑如梦。梦里奈愁何。别时犹记。眸盈秋水。泪湿春罗。　绿杨台榭。梨花院宇。重想经过。水遥山远。鱼沉雁渺。分外情多。赵待制词　词综三三

词综雁渺作雁杳。

相思何日重相见。山远水偏长。凤弦虽断。鸾胶难接。愁满离肠。　最伤情处。鲛绡遗恨。翠靥留香。故人何在。浓阴深院。斜月幽窗。赵待制词　词综三三

李子中

子中大都人。知事。迁县尹。著杂剧二种。崔子弑齐君。韩寿偷香。今俱不存。

套数

〔仙吕〕赏花时

情泪流香淡脸桃。高髻松云觯凤翘。鸳被冷鲛绡。收拾烦恼。准备下挨今宵。

〔煞尾〕篆烟消。银釭照。和个瘦影儿无言对着。一自阳台云路

杳。玉簪折难觅鸾胶。最难熬。更漏迢迢。缐帖儿翻腾耳谩搔。愁的是断肠人病倒。盼煞那负心贼不到。将封寄来书乘恨一时烧。阳春白雪后集二　雍熙乐府五　北宫词纪六

阳春白雪不注撰人。雍熙乐府同。北宫词纪题作怨别。属李子中。兹从之。○(煞尾)钞本阳春白雪和个作和人。兹从元刊本。元刊阳春白雪腾作腹。钞本不误。雍熙和个作和这。贼作人。封作一封。词纪封作一纸。馀同雍熙。

康进之

进之棣州人。一云陈进之。生平事迹不详。著杂剧二种。黑旋风老收心。李逵负荆。后剧今存。

套数

〔双调〕新水令

武陵春

当年曾避虎狼秦。是仙家幻来风韵。景因人得誉。人为景摹真。佳趣平分。人景共评论。

〔驻马听〕花片纷纷。过雨犹如弹泪粉。溪流滚滚。迎风还似皱湘裙。桃源路近与楚台邻。丽春园未许渔舟问。两般儿情厮隐。浓妆淡抹包笼尽。

〔乔牌儿〕风流人常透引。尘凡客不相认。地形高更比天台峻。洞门儿关闭紧。

〔沉醉东风〕瑶草细分明舞茵。翠鬟松仿佛溪云。蜂蝶莫浪猜。鱼雁难传信。好风光自有东君。管领红霞万树春。说甚么河阳县尹。

〔甜水令〕难描难画。难题难咏。难亲难近。无意混嚣尘。若不是梦里相逢。年时得见。生前有分。等闲间谁敢温存。

〔折桂令〕美名儿比并清新。比不的他能舞能讴。宜喜宜嗔。惑不动他疏势利的心肠。老不了他永长生的鬓发。瘦不的他无病患的腰身。另巍巍居世外天然异品。香馥馥产人间别样灵根。最喜骚人。寓意超群。把一段蓬莱境妆点入梁园。将半篇锦绣词互换出韩文。

〔随煞〕说清高不比那寻常赚客的烟花阵。追访的须教自忖。先办下无差错的意儿诚。后问的他许成合的话儿准。雍熙乐府十一

北宫词纪五　词林白雪四　彩笔情辞二

雍熙乐府不注撰人。北宫词纪彩笔情辞俱题作赠妓武陵春。词林白雪属美丽类。○(新水令)雍熙乐府评论作平论。(折桂令)词纪词林白雪情辞瘦不的他俱作瘦不损他。词林白雪最喜作最苦。情辞梁园作梨园。(随煞)词纪词林白雪情辞问的他俱作问他。

词林白雪卷四有一枝花花间杜宇啼套数。注康进之作。北宫词纪以之属高文秀。兹从词纪。原刊本词林摘艳又以之属明人王舜耕。未知孰是。

石子章

子章大都人。录鬼簿续编贾仲明挽词。谓其人疏狂放浪无拘禁。著杂剧二种。竹窗雨。今残。竹坞听琴。今存。

套数

〔仙吕〕八声甘州

天涯羁旅。记断肠南陌。回首西楼。许多时节。冷落了酒令诗筹。腰围似沈不耐春。鬓发如潘那更秋。无语细沉吟。心绪悠悠。

〔混江龙〕十年往事。也曾一梦到扬州。黄金买笑。红锦缠头。跨凤吹箫三岛客。抱琴携剑五陵游。风流。罗帏画烛。彩扇

银钩。

〔六么遍〕为他迓逗。咱捆就。更两情厮爱。同病相忧。前时唧
嚼。今番抹眯。急料子心肠天生透。追求。没诚实谁道不自由。

〔元和令〕外头花木瓜。里面铁豌豆。横琴弹彻凤凰声。两厌难
上手。当初说尽海山盟。一星星不应口。

〔赚尾〕洛阳花。宜城酒。那说与狂朋怪友。水远山长憔悴也。
满青衫两泪交流。唱道事到如今。收了字篮罢了斗。那些儿自
羞。二年三岁。不承望空溜溜了会眼儿休。阳春白雪后集二　雍熙乐
府五　彩笔情辞九　北词广正谱引元和令　九宫大成五引八声甘州混江龙六么遍

　　雍熙乐府不注撰人。彩笔情辞题作客怀。注元人辞。○（八声甘州）雍熙九宫
　　大成时下俱无节字。情辞时节作时候。冷落下无了字。（混江龙）雍熙情辞九
　　宫大成五陵俱作五湖。（六么遍）元刊阳春白雪诚实作实诚。兹从钞本阳春白
　　雪及雍熙情辞。阳春白雪眯作风。雍熙情辞大成捆俱作揣。情辞无更字。谁道
　　作谁云。（元和令）元刊本钞本白雪当初俱作当元。北词广正谱同。徐本白雪
　　作当先。雍熙里面作里头。海山盟作海誓山盟。情辞里面作里边。两厌作两厌
　　厌。（赚尾）元刊白雪说诚作兑。兹从钞本白雪。钞本白雪斗作手。雍熙那说作
　　那里。末二句作。二三年逞受。谁承望空溜了会眼儿休。情辞俱同雍熙。惟逞
　　受作消受。

狄君厚

　　君厚平阳人。著杂剧火烧介子推。今存。

套数

〔双调〕夜行船

扬州忆旧

忆昔扬州廿四桥。玉人何处也吹箫。绛烛烧春。金船吞月。良

夜几番欢笑。

〔风入松〕东风杨柳舞长条。犹似学纤腰。牙樯锦缆无消耗。繁华去也难招。古渡渔歌隐隐。行宫烟草萧萧。

〔乔牌儿〕悲时空懊恼。抚景慢行乐。江山风物宜年少。散千金常醉倒。

〔新水令〕别来双鬓已刁骚。绮罗丛梦中频到。思前日。值今宵。络纬芭蕉。偏恁感怀抱。

〔甜水令〕世态浮沉。年光迅速。人情颠倒。无计觅黄鹤。有一日旧迹重寻。兰舟再买。吴姬还约。安排着十万缠腰。

〔离亭宴煞〕珠帘十里春光早。梁尘满座歌声绕。形胜地须教酕醄饱。斜日汴隄行。暖风花市饮。细雨芜城眺。不拘束越锦袍。无言责乌纱帽。到处里疏狂落魄。知时务有谁如。揽风情似咱少。雍熙乐府一二　北宫词纪六　九宫大成六六引夜行船风入松离亭宴煞

　　雍熙乐府不注撰人。题作忆旧。兹从北宫词纪。○（夜行船）九宫大成二句无也字。（离亭宴煞）词纪汴隄作柳隄。

刘唐卿

　　唐卿太原人。皮货所提举。著杂剧二种。李三娘。蔡顺摘椹养母。后一种存。

小令

〔双调〕蟾宫曲

博山铜细袅香风。两行纱笼。烛影摇红。翠袖殷勤捧金钟。半露春葱。唱好是会受用文章巨公。绮罗丛醉眼朦胧。夜宴将终。

十二帘栊。月转梧桐。阳春白雪前集二　乐府群珠三

> 录鬼簿谓此曲乃唐卿在王彦博左丞席上所赋。阳春白雪以此曲属姚燧。乐府群
> 珠从之。未知孰是。兹互见两家曲中。群珠题作夜宴。

郑光祖

> 光祖字德辉。平阳襄陵人。以儒补杭州路吏。为人方直。不妄与
> 人交。故诸公多鄙之。久则见其情厚。而他人莫之及也。病卒。火葬
> 于西湖之灵芝寺。光祖名闻天下。声振闺阁。伶伦辈称郑老先生。皆
> 知其为德辉也。著杂剧十七种。今存七种。伊尹扶汤。王粲登楼。周
> 公摄政。翰林风月。倩女离魂。三战吕布。无盐破环。涵虚子论曲。
> 谓其词如九天珠玉。又曰。其词出语不凡。若咳唾落乎九天。临风而
> 生珠玉。诚杰作也。

小令

〔正宫〕塞鸿秋

门前五柳侵江路。庄儿紧靠白苹渡。除彭泽县令无心做。渊明
老子达时务。频将浊酒沽。识破兴亡数。醉时节笑撚着黄花去。
钞本阳春白雪后集一

雨馀梨雪开香玉。风和柳线摇新绿。日融桃锦堆红树。烟迷苔
色铺青褥。王维旧画图。杜甫新诗句。怎相逢不饮空归去。钞本
阳春白雪后集一

金谷园那得三生富。铁门限枉作千年妒。汨罗江空把三闾污。
北邙山谁是千钟禄。想应陶令杯。不到刘伶墓。怎相逢不饮空
归去。钞本阳春白雪后集一

〔双调〕蟾宫曲

梦中作

半窗幽梦微茫。歌罢钱塘。赋罢高唐。风入罗帏。爽入疏棂。月照纱窗。缥缈见梨花淡妆。依稀闻兰麝馀香。唤起思量。待不思量。怎不思量。阳春白雪前集二　乐府群珠三　北词广正谱　九宫大成六五

　　钞本阳春白雪北词广正谱九宫大成俱无待不思量句。乐府群珠赋罢作唱罢。

飘飘泊泊船缆定沙汀。悄悄冥冥。江树碧荧荧。半明不灭一点渔灯。冷冷清清潇湘景晚风生。淅留淅零暮雨初晴。皎皎洁洁照橹篷剔留团栾月明。正潇潇飒飒和银筝失留疏剌秋声。见希飔胡都茶客微醒。细寻寻思思双生双生。你可闪下苏卿。乐府群玉三

　　潇潇上原空一格。兹据吴梅校本补正字。

弊裘尘土压征鞍鞭倦袅芦花。弓剑萧萧。一竟入烟霞。动羁怀西风禾黍秋水蒹葭。千点万点老树寒鸦。三行两行写高寒呀呀雁落平沙。曲岸西边近水涡鱼网纶竿钓艖。断桥东下傍溪沙疏篱茅舍人家。见满山满谷。红叶黄花。正是凄凉时候。离人又在天涯。阳春白雪前集二　乐府群玉三　词综三三　北词广正谱　九宫大成六五　词律拾遗四　元明小令钞

　　此曲阳春白雪北词广正谱等俱属白无咎。乐府群玉属郑德辉。兹互见。校记参阅白曲。

套数

〔南吕〕梧桐树_南

题　情

相思借酒消。酒醒相思到。月夕花朝。容易伤怀抱。恹恹病转

深。未否他知道。要得重生。除是他医疗。他行自有灵丹药。

〔骂玉郎北〕无端掘下相思窖。那里是蜂蝶阵。燕莺巢。痴心枉做千年调。不札实似风竹摇。无投奔似风絮飘。没出活似风花落。

〔东瓯令南〕情山远。意波遥。咫尺妆楼天样高。月圆苦被阴云罩。偏不把离愁照。玉人何处教吹箫。辜负了这良宵。

〔感皇恩北〕呀。那些个投以木桃。报以琼瑶。我便似日影内捕金乌。月轮中擒玉兔。云端里觅黄鹤。心肠枉费。伎俩徒劳。也是我恩情尽。时运乖。分缘薄。

〔浣溪沙南〕我自招。随人笑。自古来好物难牢。我做了竭浆崔护违前约。采药刘郎没下梢。心懊恼。再休想画堂中。绮筵前。夜将红烛高烧。

〔采茶歌北〕疼热话向谁学。机密事把谁托。那里是浔阳江上不通潮。有一日相逢酬旧好。我把这相思两字细推敲。

〔尾声南〕我青春。他年少。玉箫终久遇韦皋。万苦千辛休忘了。

雍熙乐府九　新编南九宫词　北宫词纪六

雍熙乐府题作惜别。不注撰人。南九宫词不注撰人与雍熙乐府同。撰人据北宫词纪。○南九宫词无北曲。梧桐树否作审。东瓯令山作人。

〔双调〕驻马听近

秋　闺

败叶将残。雨霁风高摧木杪。江乡潇洒。数株衰柳罩平桥。露寒波冷翠荷凋。雾浓霜重丹枫老。暮云收。晴虹散。落霞飘。

〔幺〕雨过池塘肥水面。云归岩谷瘦山腰。横空几行塞鸿高。茂林千点昏鸦噪。日衔山。船舣岸。鸟寻巢。

〔驻马听〕闷入孤帏。静掩重门情似烧。文窗寂静。画屏冷落暗

魂消。倦闻近砌竹相敲。忍听邻院砧声捣。景无聊。闲阶落叶
从风扫。

〔么〕玉漏迟迟。银汉澄澄凉月高。金炉烟烬。锦衾宽剩越难熬。
强哇夜永把灯挑。欲求欢梦和衣倒。眼才交。恼人促织叨叨闹。

〔尾〕一点来不够身躯小。响喉咙针眼里应难到。煎聒的离人。
斗来合噪。草虫之中无你般薄劣把人焦。急睡着。急惊觉。紧
截定阳台路儿叫。太平乐府六　太和正音谱下引驻马听近　北词广正谱引驻马
听近尾　九宫大成六五引驻马听近

（驻马听近）明大字本太平乐府雾浓作露浓。北词广正谱江乡作江干。（驻马
听）元刊太平乐府忍听作思听。元刊八卷本瞿本明大字本俱作忍听。（么）元刊
太平乐府叨叨作刀刀。兹从瞿本。（尾）何钞本太平乐府斗来作闹来。

词林摘艳卷六有端正好晓珊珊琪树荡灵风套数一套。注郑德辉作。案此套北宫
词纪卷四注睢玄明作。一笑散旧校又云见汤舜民笔花集。兹已辑入汤曲。参阅
该曲校记。

范　康

　　康字子安。杭州人。明性理。善讲解。能词章。通音律。因王伯
成有李太白贬夜郎杂剧。乃编杜子美游曲江。一下笔即新奇。盖天资
卓异。人不可及也。惟此剧已佚。又有杂剧竹叶舟。今存。

小令

〔仙吕〕寄生草

酒色财气

常醉后方何碍。不醉时有甚思。糟醃两个功名字。醅渰千古兴
亡事。曲埋万丈虹蜺志。不达时皆笑屈原非。但知音尽说陶潜

是。中原音韵　雍熙乐府一九　尧山堂外纪六八　北宫词纪外集六　天籁集摭遗

花尚有重开日。人决无再少年。恰情欢春昼红妆面。正情浓夏日双飞燕。早情疏秋暮合欢扇。武陵溪引入鬼门关。楚阳台驾到森罗殿。雍熙乐府一九　北宫词纪外集六

绿珠娇人无比。石崇富祸有馀。全家儿老幼遭诛戮。半合儿帑藏无金玉。两般儿景物伤情绪。暗尘埋锦步障边花。乱蝉鸣金谷园中树。雍熙乐府一九　北宫词纪外集六

形骸随红尘化。功名向青史标。七英雄事业真堪笑。六豪王踪迹平如扫。两下里争战图前闹。一壁厢淡烟衰草霸王城。一壁厢西风落日高皇庙。雍熙乐府一九　北宫词纪外集六

雍熙乐府此四首题作道情。不注撰人。中原音韵定格选第一首。题作饮。未言谁作。尧山堂外纪以第一首为白朴作。北宫词纪外集此四首题作酒色财气。注范子安。似有所据。第一首校记参阅白曲。

套数

〔双调〕新水令

乐　道

老来方知幼时非。急省悟半途之际。明明的添寿算。暗暗的减容仪。白发相催。全不似少年日。

〔驻马听〕日月如飞。急急光阴如逝水。去年今日。看看故友眼前稀。想藏阄打马总成非。思包商吟咏成何济。何所宜。都不如保全一点元阳气。

〔乔牌儿〕叹光阴如过隙。百年人旅中寄。被宿生冤债将身累。今日还了他方利己。

〔沉醉东风〕从教师诗书颇习。参释道性命根基。杏林中作生涯。橘井内为活计。炼玄元象帝幽微。有一日三岛十洲将名姓题。

抵多少一官半职。

〔雁儿落〕一心待悟真常修物理。萦方寸绝名利。离尘寰远世交。游阆苑达仙契。

〔得胜令〕呀。我如今参透静中奇。识破动中机。人我山为平地。是非海波浪息。莫待要呆痴。将意马心猿系。休纵放奔驰。现一轮皓月辉。

〔折桂令〕现一轮皓月光辉。朗朗圆明。无缺无亏。恰一气才分。二仪初判。早三姓支离。生共死有几人悟得。死与生何处归依。奥妙玄微。不索猜疑。若吞却一粒金丹。怕甚么六道轮回。

〔离亭宴煞〕诵南华讲道德。谈周易见天心。察地利明人事。须持心炼己。分宾主。定浮沉。辨疏亲。识老嫩。通造化。别真伪。晓屯蒙否泰交。知消长盈虚意。甚的是先天至极。打破了太虚空。便是那出世超凡大道理。盛世新声午集　词林摘艳五　雍熙乐府一一

盛世新声重增本内府本词林摘艳俱无题。不注撰人。原刊本徽藩本词林摘艳题作乐道。注范子安作。雍熙乐府题作医道得悟。不注撰人。〇（新水令）雍熙方知作方觉。（驻马听）雍熙去年作昔年。故友作故旧。包商吟咏作吟风咏月。（乔牌儿）原刊摘艳及雍熙今日俱作今日个。雍熙旅中作客中。还了他作还了。（沉醉东风）雍熙首句作从儒林将诗书讲习。释道作道教了。井内作井畔。三岛十洲作紫府丹台。抵多少作不弱似你那。（雁儿落）雍熙修物理作明道德。（折桂令）雍熙无缺作无欠。早三姓支离作八卦方齐。几人作何人。与生作和生向。（离亭宴煞）盛世人事作人世。持心作特心。通作达。摘艳俱同。雍熙须持上有也字。太虚空作太虚。

曾　瑞

瑞字瑞卿。大兴人。自北来南。喜江浙人才之多。羡钱唐景物之

盛。因而家焉。神彩卓异。衣冠整肃。优游于市井。洒然如神仙中
人。志不屈物。故不愿仕。因号褐夫。江淮之达者。岁时馈送不绝。
遂得以徜徉卒岁。临终之日。诣门吊者以千数。善丹青。能隐语。著
杂剧才子佳人误元宵。今存。有散曲集诗酒馀音。今佚。

小令

〔正宫〕醉太平

相邀士夫。笑引奚奴。涌金门外过西湖。写新诗吊古。苏隄隄
上寻芳树。断桥桥畔沽醽醁。孤山山下醉林逋。洒梨花暮雨。太
平乐府五

涌原作拥。兹改。瞿本醉作酬。可从。

〔南吕〕四块玉

述　怀

冠世才。安邦策。无用空怀土中埋。有人跳出红尘外。七里滩。
五柳宅。名万载。乐府群珠二　雍熙乐府一八

雍熙乐府有四块玉辞官二首。此其第二首。第一首逞英豪亦见下列曲中。雍熙
所收曾瑞小令。全未注撰人。○雍熙三句作死后空陪黄壤埋。有人作吾今。外
作海。

白酒笃。黄柑扭。樽俎临溪枕清流。醉时歌罢黄花嗅。香已残。
蝶也愁。饮甚酒。乐府群珠二　雍熙乐府一八

雍熙有四块玉隐逸四首。此其第三首。馀春色残。鸡恰啼。雪满簪三首。并见
下列曲中。○雍熙也愁作已羞。

鸡恰啼。人忙起。利逼名煎苦相催。争如我梦胡蝶睡。由你好。
笑我痴。强似你。乐府群珠二　雍熙乐府一八

雍熙好作奸。末句作召不起。

雪满簪。霜垂颔。老拙随缘苦不贪。狂图多被风波渰。享大财。

得重衔。休笑俺。乐府群珠二　　雍熙乐府一八

雍熙狂作枉。大财作重禄。得重作居大。

衣紫袍。居黄阁。九鼎沉如许由瓢。调羹无味教人笑。弃了官。
辞了朝。归去好。钞本阳春白雪后集一　　乐府群珠二　　雍熙乐府一八

阳春白雪无题。注刘时中作。曲文同雍熙。雍熙有四块玉陶朱四首。此其第二
首。第三首万丈潭。第四首官况甜。并见下列曲中。○雍熙沉如作沉似。调羹
作甘美。

闺　情

孤雁悲。寒蛩泣。恰待团圆梦惊回。凄凉物感愁心碎。翠黛颦。
珠泪滴。衫袖湿。乐府群珠二　　雍熙乐府一八

雍熙有四块玉恩爱四首。曲牌误作寨儿令。此其第三首。馀地锦踏。髻乱窝。
玉簪折三首。并见下列曲中。○雍熙蛩作蚤。

感　怀

春色残。莺声懒。百岁韶光梦槐安。功名纵得成虚幻。一跳身。
百尺竿。难转眼。乐府群珠二　　雍熙乐府一八　　九宫大成五二

雍熙纵得成作算来皆。九宫大成同。

叹　世

万丈潭。千寻垎。一线风涛隔仙凡。劝君莫被虚名赚。无厌心。
呆大胆。谁再敢。钞本阳春白雪后集一　　乐府群珠二　　雍熙乐府一八

阳春白雪无题。注刘时中作。曲文同雍熙。乐府群珠寻作浔。雍熙垎作坎。四
句作识破休被功名赚。

嘲俗子

买笑金。缠头锦。得遇知音可人心。倦逢狂客天生沁。扭死鹤。

劈碎琴。不害碜。中原音韵　乐府群珠二　雍熙乐府一八　尧山堂外纪七一

中原音韵不注撰人。尧山堂外纪同。雍熙乐府有四块玉妓情四首。曲牌误作寨儿令。此其第三首。馀黄肇村。狗探汤。和曲词三首。并见下列曲中。○中原音韵倦逢作怕逢。尧山堂外纪同。雍熙可人心作可心人。扭作捽。

闺　情

簪玉折。菱花缺。旧恨新愁乱山叠。思君凝望临台榭。鱼雁无。音信绝。何处也。乐府群珠二　雍熙乐府一八

雍熙簪玉作玉簪。无作杳。

酷　吏

官况甜。公途险。虎豹重关整威严。雠多恩少人皆厌。业贯盈。横祸添。无处闪。钞本阳春白雪后集一　乐府群珠二　雍熙乐府一八

阳春白雪无题。注刘时中作。曲文同雍熙。雍熙人皆厌作皆堪叹。添作满。

叹　世

罗网施。权豪使。石火光阴不多时。劼活若比吴蚕似。皮作锦。茧做丝。蛹荡死。乐府群珠二

闺　情

髻乱窝。钗横堕。膳减愁添怎存活。抽签摆卦为工课。花貌衰。鬼病磨。何日可。乐府群珠二　雍熙乐府一八

雍熙膳作貌。摆作打。五六句作。形儿衰。病儿魔。

美足小

地锦踏。香风飒。款步金莲蹴裙纱。纤柔娇衬凌波袜。软玉钩。新月牙。可喜杀。乐府群珠二　雍熙乐府一八

雍熙裙纱作湘纱。可喜作可炉。

嘲妓家

黄肇村。冯魁蠢。虽有通神钞和银。奴非不爱双生俊。孛老严。
坡撇狠。钱上紧。<small>乐府群珠二　雍熙乐府一八</small>

　　乐府群珠狠作哏。雍熙村作利。虽作惟。孛老作鸨儿。

乐　饮

紫蟹肥。白醪美。万事无心且衔杯。醉乡忘尽人间世。定夜钟。
报晓鸡。魂梦里。<small>乐府群珠二</small>

鹿煮肥。鱼煎鲜。白酒初熟菊方花。醅浑巾漉何须榨。酒越添。
量不加。生灌杀。<small>乐府群珠二</small>

负　心

和曲词。调琴瑟。谎我燃香剪青丝。忘恩刴断鸳鸯翅。俺左科。
乔到儿。休再使。<small>乐府群珠二　雍熙乐府一八</small>

　　雍熙瑟作指。谎作偕。燃作撚。俺作俺。休再使作再休提。

警　世

狗探汤。鱼着网。急走沿身痛着伤。柳腰花貌斜魔旺。柳弄娇。
花艳妆。君莫赏。<small>乐府群珠二　雍熙乐府一八</small>

　　雍熙沿作缘。柳腰作价要。柳弄娇作价弄柔。

村夫走院

逞富豪。沾花草。遍体村筋不曾挑。入门着几连珠炮。骨髓刴。
脑子掏。可早觉。<small>乐府群珠二　雍熙乐府一八</small>

雍熙富作英。二三句作。身早朝。亡身灭族谁知道。入门着几作八门阵上。可早作方才。

〔南吕〕骂玉郎过感皇恩采茶歌

四时闺怨

春

花飞春去愁偏甚。情缘恶梦难禁。分钗破鉴别离谶。泪满襟。鸾拆衾。鸳分枕。　弦断瑶琴。髻坠琼簪。玉消香。裙退锦。钏偬金。郎欢娱未审。妾烦恼特深。慵针指。懒梳掠。倦登临。闷相侵。恨相寻。闲愁闲闷绿成阴。念想逐宵浑废寝。相思无日不伤心。太平乐府五　乐府群珠二

元刊八卷本瞿本太平乐府梦难俱作闷难。乐府群珠鉴作镜。

夏

纱厨烟淡波纹簟。惊午梦恨厌厌。别离情绪难绝念。闷转添。恨转添。愁无厌。　问卜求签。有苦无甜。痛无心。调锦瑟。对妆奁。泪淹残杏脸。愁压损眉尖。欢娱俭。愁检束。闷拘钳。近雕檐。簌朱帘。困人天气扇慵拈。云髻鬔松愁病染。缃裙宽掩舞腰纤。太平乐府五　乐府群珠二

秋

斜阳万点昏鸦乱。闲楼阁映林峦。漫天愁闷为奴伴。眉黛攒。秋水漫。柔肠断。　刀搅锥剜。情苦心酸。晚帘栊。笼双凤。锁孤鸾。病身属恨管。暮景序愁端。云初判。月正圆。夜漫漫。景难观。闷难搬。流苏空掩枕衾宽。暗想有缘添恨满。料应无梦继情欢。太平乐府五　乐府群珠二

冬

同云黯黯冰花放。梅扑籁絮颠狂。严凝寒透红绡帐。情感伤。
难抵当。愁魔障。　风竹敲窗。雪月侵廊。暮寒生。欢梦少。漏
声长。漫魂劳意攘。空腹热肠荒。何曾忘。愁万缕。泪千行。
掩空堂。锁馀香。消疏景物助凄凉。梅竹无言成闷党。心情怀
恨入愁乡。太平乐府五　乐府群珠二

渔　父

长天远水秋光淡。天连水影相涵。澄波万顷渔舟泛。月满潭。
鱼满篮。船着缆。　紫蟹黄柑。白酒红蚶。醉魂酣。杯量减。酒
空坛。赖江湖壮胆。仗鱼鳖供馋。睡时暂。同苦甘。共妻男。
暮云昙。晓山岚。六合为我一茅庵。富贵荣华难强揽。衣食饱
暖更无贪。太平乐府五　梨园乐府下　乐府群珠二

　　梨园乐府无题。失注撰人。

风　情

酸丁词客人多儇。歌白苎泪青衫。风流歇豁着坑陷。冷句儿詀。
好话儿鸧。踏科儿钐。　风月贪婪。云雨尴尬。你妆憨。咱槃
渰。影羞惭。惜花心旋减。噀玉口牢缄。情绝滥。意莫贪。眼
休馋。　出深潭。上高岩。方知色界海中渰。美女花娇休去览。
老婆禅奥莫来参。太平乐府五　乐府群珠二

　　元刊太平乐府渰作弇。兹从瞿本明大字本等。群珠詀作咭。

惜花春起早

春鸡梦断云屏夜。银烛短篆烟斜。朱帘卷起梨花月。酒晕颊。
人乍怯。风儿劣。　绿映红遮。似锦障周折。金沙软睡鸳鸯。

杨柳晴啼杜宇。牡丹暖宿胡蝶。花枝踥蹀。花影重叠。木香洞
薰兰麝。荼蘼架飘玉雪。苍苔径绣纹缬。　秋千外月儿斜。西
楼畔鸟声歇。海棠丝穿透露珠儿趷。宿酒禁持人困也。东风寒
似夜来些。太平乐府五　太和正音谱下　乐府群珠二　九宫大成五二
　　元刊太平乐府乐府群珠海棠俱作海海。太和正音谱锦障作锦绣。

闺　情

才郎远送秋江岸。斟别酒唱阳关。临岐无语空长叹。酒已阑。
曲未残。人初散。　月缺花残。枕剩衾寒。脸消香。眉蹙黛。鬓
松鬌。心长怀去后。信不寄平安。拆鸾凤。分莺燕。杳鱼雁。
对遥山。倚阑干。当时无计锁雕鞍。去后思量悔应晚。别时容
易见时难。太平乐府五　梨园乐府下　乐府群珠二
　　梨园乐府无题。失注撰人。○梨园怀去后作怀去程。无计作议谩。

闺中闻杜鹃

无情杜宇闲淘气。头直上耳根底。声声聒得人心碎。你怎知。
我就里。愁无际。　帘幕低垂。重门深闭。曲阑边。雕檐外。画
楼西。把春醒唤起。将晓梦惊回。无明夜。闲聒噪。厮禁持。
我几曾离。这绣罗帏。没来由劝我道不如归。狂客江南正着迷。
这声儿好去对俺那人啼。太平乐府五　梨园乐府下　乐府群珠二　词谑引采
茶歌
　　瞿本太平乐府狂客作征客。

〔中吕〕迎仙客

风　情

施计策。硬栽排。把明皇没搠地揣过来。假承塌。休阑阓。借

债我做着傍牌。可敢别烧上风流怪。<small>乐府群珠四</small>

成密宠。正情浓。休听外人冷句儿哝。劣冤家。小业种。情我
做着屏风。可休别凿透桃源洞。<small>乐府群珠四</small>

我共你。莫相离。肉铁索更粘如胶共漆。系着眉毛。结着鬓髻。
硬顶着头皮。熬一个心先退。<small>乐府群珠四</small>

〔中吕〕红绣鞋

风　情

值暮景烟花领袖。点秋霜风月班头。少年狂翻作老来羞。有人处
把些礼数。无人处结遍绸缪。任谁问休道咱共你有。<small>乐府群珠四　雍
熙乐府一八　彩笔情辞五</small>

<small>雍熙乐府此十曲题作十有。彩笔情辞收暮春景。祆庙火。会云雨。谈叙间四
首。题作风情。又收题桥志一首。题同。俱注元人辞。○雍熙值暮景作暮春
景。结遍作结会。末句无咱共你三字。情辞俱同。</small>

假认义做哥哥般亲厚。行人情似妹妹般追逐。着小局断儿包藏
着鬼胡由。明讲着昆仲礼。暗结了燕莺俦。似恁般谁猜疑我共
你有。<small>乐府群珠四　雍熙乐府一八</small>

<small>雍熙首三句作。假认做哥哥亲厚。往和来妹妹追游。人情里包藏鬼胡由。礼作
礼貌。了燕作下燕侣。末句作任谁问休道有。</small>

祆庙火既烧着皮肉。蓝桥水已淊过咽喉。紧按捺风声满南州。
便毕罢了终是点污。若成合了到敢风流。不恁么呵也道是有。<small>梨
园乐府下　乐府群珠四　雍熙乐府一八　彩笔情辞五</small>

<small>梨园乐府不注撰人。○梨园首句无既字。水已淊过作下水淊到。下二句作。按
纳着风声儿几时休。彼罢了终须是点污。末句作不恁的也人道有。雍熙首二句
无既字。无已字。按捺作按纳。四句无便字。点污作染污。五句无若字。到敢
作到是。末句作不恁么也道有。情辞俱同雍熙。惟仍作按捺。</small>

会云雨风也教休透。闲是非屁也似休僦。去那无缝锁上十字儿

纽一个封头。由那快抢锹的闪着手腕。散楚的叫破咽喉。俺两个痛关心的情越有。乐府群珠四　雍熙乐府一八　彩笔情辞五

> 群珠末句情作清。雍熙首句作会云雨风般疏透。也似作似。去那作那。十字儿作十字。无一个封头由那快七字。抢作轮。闪着作闪了。末句作咱关心情越有。情辞俱同。

期白昼家前院后。约黄昏雨歇云收。知他是你卖风他负德我胡挡。由你义秧儿栽个强证。草本儿指个牵头。见如今他共我有。乐府群珠四　雍熙乐府一八

> 雍熙雨歇作雨散。自三句起作。你卖风负得我搜挡。由你意几个强证。草木儿揎个牵头。我和他见今有。

题桥志文章锦绣。驾车心体态温柔。女貌郎才忒风流。语言间情暗许。眼色内意相投。两个委实无人道做有。乐府群珠四　雍熙乐府一八　彩笔情辞五

> 雍熙女貌上有更字。情作情思。内作里。两个委实作实。情辞俱同。雍熙意作意儿。情辞作意绪。

口儿快特婪侃嗽。脚儿勤推恋俳优。每日家弄子里茶坊中紧相逐。为俺待的厚。也惼气快要的恶也忒情熟。因此上外人观恰便似有。乐府群珠四　雍熙乐府一八

> 雍熙特作时。侃作倪。推作谁。自三句起作。茶坊里每日紧相逐。他待我情怀忒厚。要笑间心绪忒熟。因此上人道有。

闲谈笑踏科儿寻斗。但离别觅缝儿承头。好一会弱一会厮奚酬。着厮拾掇为了题目。闲打骂做了开头。两个虚难当又真个有。乐府群珠四　雍熙乐府一八　彩笔情辞五

> 雍熙此曲作。谈叙间插科寻斗。举止处觅缝承头。好一会忽又歹一诱。厮拾掇为了题目。闲无情暗里有。情辞同。惟诱作筹。

乔断案村俫杂嗽。望梅花子弟单兜。侧脚里姨夫做了冤雠。苏小小弃了舞榭。许盼盼闭上歌楼。似怎么难厮着怎做得有。乐府群珠四　雍熙乐府一八

乐府群珠弃了作秦了。兹从雍熙。雍熙此首作。乔断事撅俫杂噭。望梅花子夷单兜。闵子里姨夫做冤雠。苏小小弃了舞榭。许盼盼闲上歌楼。怎难调怎道有。

实镘的剐皮割肉。虚恩情撇闪提劬。干遇讪乔敷演几时休。妆砌末招人谤。哕字郎见人羞。强折证刚道他有。<small>乐府群珠四　雍熙乐府一八</small>

雍熙此首作。实镘的剐皮割肉。虚恩情做有将没。遇仙娃心爱是敌头。咱两个休忒妆做。见人时提起也羞。强折证刚道有。

〔中吕〕喜春来

遣　兴

春

云鬟雾鬓秋千院。翠袖缃裙鼓吹船。锦屏花帐六桥边。真阆苑。人醉杏花天。<small>乐府群珠一　雍熙乐府一九</small>

雍熙乐府有喜春来遣兴四首。此为第二首。其第一首湖山遣兴。第四首金杯满酌。并见下列曲中。

夏

金杯冷酌琼花酿。玉笋冰调荔子浆。洛神西子斗浓妆。移画舫。来趁芰荷香。<small>乐府群珠一　雍熙乐府一九</small>

雍熙冷作满。琼作桃。次句作玉斝重斟桂蕊浆。洛神作湘妃。斗作淡。〇雍又有喜春来一首。题作小酌。亦似此曲。冷酌作频劝。笋作斝。荔子作荔枝。末二句作。推窗望。月色转回廊。

秋

青霄霜降枫林醉。白雁风来木叶飞。登临欢酌菊花杯。图画里。何必醉东篱。<small>乐府群珠一　雍熙乐府一九</small>

雍熙有喜春来春游芳草地等四首。此为第三首。题作秋饮黄花酒。其末首冬吟

白雪诗。亦见下列曲中。○雍熙风来木叶作南腾树叶。三句作望远登高饮村
杯。何必醉作沈醉卧。

离　情

云悭雨涩欢娱俭。雁杳鱼沉郁闷添。旧愁新恨上眉尖。淹泪脸。
谁问苦恹恹。乐府群珠一　雍熙乐府一九

　雍熙有喜春来离思四首。此其末首。○雍熙上眉尖作两眉攒。淹泪脸作掩泪
　眼。苦作病。

秋夜闺思

凄惶泪湿鸳鸯枕。惨淡香消翡翠衾。恼人休自怅蛩吟。惊夜寝。
邻院捣寒砧。乐府群珠一　雍熙乐府一九

　雍熙有喜春来盼望四首。此其第二首。第一首鸳鸯失配。第三首庭槐破梦。并
　见下列曲中。○雍熙惨淡作惨怆。休自怅蛩作砌畔促织。

秋闺思

庭槐破梦秋风撼。妾泪联珠夜雨挼。朝云无计出湘潭。休问俺。
司马泪青衫。乐府群珠一　雍熙乐府一九

春闺思

蜂蝶困歇梨花梦。莺燕飞迎柳絮风。强移莲步出帘栊。心绪冗。
羞见落花红。乐府群珠一　雍熙乐府一九

　雍熙有喜春来忆美四首。此其末首。

相　思

你残花态那衣叩。咱减腰围攒带钩。这般情绪几时休。思配偶。
争奈不自由。乐府群珠一

又

鸳鸯作对关前世。翡翠成双约后期。无缘难得做夫妻。除梦里。惊觉各东西。乐府群珠一　雍熙乐府一九

> 雍熙题作言盟。○雍熙后期作有期。难得做作若罢美。惊觉作惊散。

妓　家

无钱难解双生闷。有钞能驱倩女魂。粉营花寨紧关门。咱受窘。披撇见钱亲。乐府群珠一　雍熙乐府一九

> 雍熙有喜春来妓情四首。此其第一首。○雍熙首句作无钱难买苏卿俏。披撇作坡撇。

又

沾花惹草沙中俏。傅粉施朱笑里刀。劝君莫惜野花娇。零落了。结果许由瓢。乐府群珠一　雍熙乐府一九

> 雍熙有喜春来隐居四首。此其第三首。第四首牧羊枉叹亦见下列曲中。○雍熙三四句作。从今参破远花娇。都罢却。

闺　情

鸳鸯失配谁惊散。燕子无双飞兴阑。妆楼便当望夫山。凝泪眼。无语凭栏干。乐府群珠一　雍熙乐府一九

> 乐府群珠失配作夫配。飞兴作你兴。兹俱从雍熙。雍熙妆楼便当作妆头倚做。

闺　怨

当时欢喜言盟誓。今日阑珊说是非。世间你是负心贼。休卖嘴。暗有鬼神知。乐府群珠一

寻　乐

湖山遣兴还诗债。杖屦寻芳释闷怀。村醪满酌劝吾侪。杯莫侧。
听唱喜春来。乐府群珠一　雍熙乐府一九

　　雍熙听唱作听和。

咏雪梅

魂来纸帐香先到。花放冰梢雪未消。浩然驴背霸陵桥。风势恶。
休笑子猷乔。乐府群珠一　雍熙乐府一九

　　雍熙题作冬吟白雪诗。○雍熙魂来纸帐作才临溪畔。浩然驴背作骑驴吟过。

未　遂

功名希望何时就。书剑飘零甚日休。算来著甚可消愁。除是酒。
醉倚仲宣楼。乐府群珠一　雍熙乐府一九

　　雍熙有喜春来诗酒四首。此其首。第二首佳章软语亦见下列曲中。○乐府群
　　珠消愁作清愁。兹据雍熙改。雍熙此曲作。功名再不将身就。书剑为朋怎肯
　　休。算来两件可消愁。诗共酒。醉倚仲宣楼。

隐　居

牧牛枉叹白石烂。垂钓休嗟渭水寒。云深虎豹九重关。非是懒。
无意近长安。乐府群珠一　雍熙乐府一九

　　雍熙牧牛作牧羊。

江村即事

女儿收网临江哆。稚子垂钓靠岸沙。笛声惊雁出兼葭。清淡煞。
衰柳缆鱼槎。乐府群珠一

阅　世

佳章软语醒时和。白雪阳春醉后歌。簪花饮酒且婆娑。开闷锁。
闲看恶风波。乐府群珠一　雍熙乐府一九

雍熙饮酒作泛酒。闲看作看破。

赏　春

桃花扇影香风软。杨柳楼心夜月圆。繁弦急管送歌筵。杯量浅。
烂醉玉人边。乐府群珠一

感　怀

溪边倦客停兰棹。楼上何人品玉箫。哀声幽怨满江皋。声渐悄。
遣我闷无聊。乐府群珠一　雍熙乐府一九

雍熙有喜春来盼望四首。此其第三首。○乐府群珠江皋作红皋。雍熙作江潮。
兹改红为江。雍熙声渐悄作他命薄。

离　愁

奴因寄恨招灾祸。他为寻芳中网罗。柳嫌花妒百千合。成间阔。
教俺怎存活。乐府群珠一

〔中吕〕山坡羊

自　叹

南山空灿。白石空烂。星移物换愁无限。隔重关。困尘寰。几
番眉锁空长叹。百事不成羞又赧。闲。一梦残。干。两鬓斑。乐
府群珠一

叹　世

鸡鸣为利。鸦栖收计。几曾得觉囫囵睡。使心机。昧神祇。区区造下弥天罪。富贵一场春梦里。财。沤泛水。人。泉下鬼。<small>乐府群珠一　雍熙乐府二〇</small>

<small>　　雍熙题作警戒。除此五首外尚有三首。〇乐府群珠祇作祈。兹从雍熙。雍熙首二句作。鸡鸣早去。鸦噪未归。沤泛作源沫。</small>

荣华休傲。贫穷休笑。循环世态多颠倒。恰春朝。早秋宵。花开花谢都知道。今岁孟春花更早。花。依旧好。人。空谩老。<small>乐府群珠一　雍熙乐府二〇</small>

<small>　　雍熙都知作谁知。</small>

虚名休就。眉头休皱。终身更不遭机彀。抱官囚。为谁愁。功名半纸难能够。争如漆园蝶梦叟。常。紧闭口。闲。且袖手。<small>乐府群珠一　雍熙乐府二〇</small>

<small>　　雍熙紧闭作且闭。</small>

花逢春到。人逢时到。花开人旺多欢笑。看英豪。赏花娇。乐极悲至非人乐。花正发时风又恶。花。零落了。人。憔悴了。<small>乐府群珠一　雍熙乐府二〇</small>

<small>　　雍熙悲至作悲生。</small>

财帛争竞。田园吞并。得来未必成嘉庆。干虚名。舍残生。归来笑杀彭泽令。孤云野鹤为伴等。鹤。飞过境。云。行过岭。<small>乐府群珠一　雍熙乐府二〇</small>

<small>　　雍熙成嘉庆作儿孙庆。飞过境作飞过岭。</small>

题　情

青鸾舞镜。红鸳交颈。梦回依旧成孤另。冻云晴。月华明。香消烛灭人初静。窗外朔风梅萼冷。风。寒夜景。横。梅瘦影。<small>乐</small>

府群珠一

讥　时

繁花春尽。穷途人困。太平分的清闲运。整乾坤。会经纶。奈何不遂风雷信。朝市得安为大隐。咱。妆做蠢。民。何受窘。_乐府群珠一

闺　怨

孤帏独卧。良宵空过。付能有梦还惊破。病成魔。泪如梭。凄凉无数来着末。凭谁顿开眉上锁。咱。无奈何。愁。无处躲。_乐府群珠一　雍熙乐府二〇

　　雍熙有山坡羊思情四首。此其末首。〇雍熙首句作绣帏孤卧。付能作甫能够。无数作景百般样。谁顿开作谁人顿开咱。咱作愁。愁作病。

妓　怨

春花秋月。歌台舞榭。悲欢聚散花开谢。恰和协。又离别。被娘间阻郎心趄。离恨满怀何处说。娘。毒似蝎。郎。心似铁。_乐府群珠一

〔中吕〕快活三过朝天子

警　世

有见识越大夫。无转理楚三闾。正当权肯觅个脱身术。那的是高才处。　老孤。面糊。休直待虚名误。全身远害倒大福。驾一叶扁舟去。烟水云林。皆无租赋。拣溪山好处居。相府。帅府。那与他别人住。_{乐府群珠一}

肉撑翻鼎饕餮。土蚀损剑镆铘。诸公荣贵不曾绝。偏我如鸠

拙。　命耶。运耶。穷通内分优劣。蜂衙蚁阵且略别。伴四季
闲风月。老瓦盆边。无明无夜。盆干时酒再赊。醉也。睡也。
一任教花开谢。<small>乐府群珠一</small>

受官厅暮雨残。待漏院晓霜寒。耽耽九虎隔重关。更险似连云
栈。　左难。右难。牢着脚周公旦。功成名遂不退闲。真个是
痴呆汉。梦里浮华。浑无多限。觉来时两鬓斑。试看。这番。
又是个新公案。<small>乐府群珠一</small>

老风情

莺花寨不受敌。雨云乡纳降旗。簪花人老不相宜。枉惹的人牙
戏。　忏悔。罪累。要绝了鸾凤配。人心争奈不是木石。长感
动思凡意。得遇知心。私情机密。有风声我怕谁。你任谁。问
伊。硬抵着头皮讳。<small>乐府群珠一</small>

自　误

肉肥甘酒韵美。多一口便伤食。家传一瓮淡黄齑。喫过后须回
味。　恁地。老实。尚不可渔樵意。时乎命也我自知。无半点
闲萦系。枕石眠云。蓬庐天地。正胡蝶魂梦里。晓鸡。乱啼。
又惊觉陈抟睡。<small>乐府群珠一</small>

　　<small>蓬庐原作蓬芦。庄子天运篇仁义先王之蓬庐。兹据改。</small>

劝　娼

花刷子拽大权。俏勤儿受熬煎。又待趁风流成就了好姻缘。又
待认没幸看钱面。　爱贤。爱钱。两件儿都从伊便。爱贤后谁
强如李亚仙。爱钱把冯魁缠。敬富嫌贫。贤愚不辨。想苏卿也
识见浅。当时你眼前。若选。谁俊似双知县。<small>乐府群珠一</small>

〔中吕〕山坡羊过青哥儿

过分水关

山如佛髻。人登鳌背。穿云石磴盘松桧。一关围。万山齐。龙蟠
虎踞东南地。岭头两分了银汉水。高。天外倚。低。云涧底。
行人驱驰不易。更那堪暮秋天气。拂面西风透客衣。山雨霏微。
草虫啾唧。身上淋漓。脚底沾泥。痛恨杀伤情鹧鸪啼。行不得。
乐府群珠一

云山叠翠。枫林如醉。潇潇景物添秋意。过山围。渡山溪。扬鞭
举棹非容易。区区只因名利逼。思。家万里。愁。何日归。　飘
零飘零客寄。困长途尘满征衣。泣露秋虫助客悲。泪眼昏迷。
病体尪羸。无甚亲戚。谁肯扶持。行不动哥哥鹧鸪啼。人心碎。
乐府群珠一

〔商调〕梧叶儿

赠喜温柔

蟾宫闭。花貌羞。莺呖呖啭歌讴。樽前立。席上有。喜温柔。
都压尽墙花路柳。雍熙乐府一七　彩笔情辞二

> 雍熙乐府题作赠喜温柔。连下共十首。不注撰人。彩笔情辞作赠妓喜温柔。
> 亦十首。注元人辞。案明钞说集本青楼集喜温柔条云。曾瑞卿以梧叶儿数首赠
> 之。其半皆寓其名。梓行于世。此十首皆寓喜温柔或温柔。应即为曾瑞卿
> 作。○情辞歌讴作歌喉。

朝云退。暮雨收。悲秋客泪空流。伤情思。非病酒。见温柔。
便痊可相思证候。雍熙乐府一七　彩笔情辞二

歌金缕。捧玉瓯。杯巡后越风流。心肠掿。模样兜。喜温柔。

偏能会将没作有。雍熙乐府一七　彩笔情辞二

云归岫。月转楼。芳景去最难留。蝶寻对。莺唤友。劝温柔。
且饮彻闲茶浪酒。雍熙乐府一七　彩笔情辞二

鸳鸯帐。燕子楼。孤枕怯夜凉秋。啼痕揾。罗帕溲。想温柔。
挨不得天长地久。雍熙乐府一七　彩笔情辞二

秋波溜。眉黛愁。施展会鬼胡由。蹅科耧。吟句讴。喜温柔。
迤逗杀狂朋怪友。雍熙乐府一七　彩笔情辞二

　　　情辞胡由作狐犹。

寻破绽。觅优头。将恩爱变为雠。去呵咒。来呵瞅。逞温柔。
省可里扭头拗手。雍熙乐府一七　彩笔情辞二

春归后。花谢休。寻春客慵追游。痴心候。坚意守。喜温柔。
休徯蹬风流配偶。雍熙乐府一七　彩笔情辞二

　　　情辞慵作倦。

他垂钓。谁上钩。休妆赖几曾有。得你意。平生够。喜温柔。
怎禁你行监坐守。雍熙乐府一七　彩笔情辞二

闲寻斗。不肯休。折证倒看谁羞。人难噘。你撒彪。怨温柔。
自落得出乖弄丑。雍熙乐府一七　彩笔情辞二

　　　情辞难作杂。

〔双调〕折桂令

闺　怨

秋霄淡淡轻阴。暮景萧条。疏雨霏霖。林外鸟啼。天边雁叫。
砌下蛩吟。更漏永声来绣枕。篆烟消寒透罗衾。恨杀邻砧。惊
散离魂。捣碎人心。乐府群珠三

秦城望断箫声。时物供愁。夜景伤情。鹤唳松庭。风摇槛竹。
雨滴檐楹。银烛暗雕盘篆冷。绣帏孤翠被寒增。数尽残更。天

也难明。梦也难成。乐府群珠三

套数

〔黄钟〕醉花阴

元宵忆旧

冻雪才消腊梅谢。却早击碎泥牛应节。柳眼吐些些。时序相催。斗把鳌山结。

〔喜迁莺〕畅豪奢。听鼓吹喧天那欢悦。好教我心如刀切。泪珠儿揾不迭。哭的似痴呆。自从别后。这满腹相思何处说。流痛血。瑶琴怎续。玉簪难接。

〔出队子〕想当初时节。那浓欢怎弃舍。新愁装满太平车。旧恨常堆几万叠。若负德辜恩天地折。

〔神仗儿〕这些时情诗倦写。和音书断绝。斜月笼明。残灯半灭。恨檐马玎珰。怨塞鸿凄切。猛然间想起多娇。那愁闷。怎拦截。

〔挂金索〕业缘心肠。那烦恼何时彻。对景伤情。怎挨如年夜。灯火阑珊。似万朵金莲谢。车马阗阗。赛一火鸳鸯社。

〔随尾〕见他人两口儿家携着手看灯夜。教俺怎生不感叹伤嗟。尚想俺去年的那人何处也。太平乐府八　雍熙乐府一　北词广正谱引醉花阴喜迁莺　九宫大成七三引醉花阴神仗儿

> 雍熙乐府不注撰人。○(醉花阴)雍熙次句无却字。九宫大成同。(喜迁莺)雍熙三句无心字。北词广正谱痛血作泪血。(挂金索)雍熙阗阗作闒闒。(随尾)明大字本太平乐府末句无那字。雍熙首句无家字。

怀　离

行色匆匆易伤感。陡恁般香消玉减。无暇理金簪。云鬓髟鬖。比是情凄惨。避不得这羞惭。准备遮藏手半掩。

〔喜迁莺〕想才郎丰鉴。貌堂堂阔论高谈。那堪。并不愚滥。一见了春愁独自揽。常好是忒大胆。怕不你心心儿里待贪。又则怕意意儿里相搀。

〔出队子〕想人生时暂。在绣房中把岁月耽。描不成映花梢孔雀翠相搀。剪不出扑柳絮胡蝶粉乱糁。刺不就啄谷穗鹌鹑嘴细嗛。

〔刮地风〕则被这儿对儿家毛团迤逗俺。马儿送的人地北天南。待私奔至死心无憾。我则见四野巉巉。不听的众口喃喃。明滴溜参儿相搀。剔团圞月儿初淡。柳色浓。桃花谢。红稀绿暗。想才郎常好是做得严。跳出这虎窟龙潭。

〔四门子〕要相逢怕甚牙儿彭。呀。敢我紧妆着一半憨。过关津怕的是人虚站。又道我恰离家初二三。胆儿又虚。色儿又惨。百忙里蹿行马儿不住叫喊。脚儿又疾。口儿又喃。我见他头低眼瞰。

〔古水仙子〕将将将紫丝韁紧兜揽。是是是春纤长勒不住碧玉衔。飕飕飕摔风过长亭。出出出方行过短站。见见见三家店忽的向南。淹淹淹映香尘晓日红含。我我我软兀刺绣鞍身半探。看看看曲弯弯两叶蛾眉淡。瘦怯怯六幅翠裙搀。

〔寨儿令〕尴尬。尴尬。做的来所事忒严。想当初才貌两相堪。一个是娇仕女。一个俊儿男。他自把那婚姻勘。

〔神仗儿〕祆庙锁跎塔的对岩。蓝桥下忽剌剌的水渰。将一对小小夫妻送的来他羞我惨。娇娇媚媚。甜甜也那绀绀。半路里被人坑陷。我我我则落的眼儿馋。

〔尾声〕一担相思自摇撼。我和你两家担由自难担。将一个担不起担儿却怎生分付俺。盛世新声丑集　词林摘艳九　雍熙乐府一　北词广正谱引醉花阴刮地风寨儿令　九宫大成七三引寨儿令神仗儿

盛世新声重增本词林摘艳俱无题。与雍熙乐府皆不注撰人。雍熙题作怀离。原

刊本词林摘艳题作鸳鸯冢杂剧。注无名氏撰。北词广正谱引醉花阴刮地风寨儿令三支。俱注曾瑞卿套数。兹从之。〇(醉花阴)雍熙易作意。五句作抵事情怀惨。遮藏作着羞惭。广正谱陡恁般作陡恁的。五句同雍熙。惟抵作底。末句掩作揞。(喜迁莺)雍熙并不愚作更不渔。常好是作畅好事。末二句作。既的你心心儿中待贪。更那堪所所事儿偏谙。(出队子)雍熙次句无在字把字。成映作就杏。不出作不成。末句作画不成啄谷穗的鹌鹑嘴细哝。(刮地风)雍熙首句无家字。四句作喜的是四野相搀。六句相搀作将陷。想才郎二句属四门子。广正谱首句无家字。俺作咱。我则见作喜的是。相搀作正黯。柳色上有则见那三字。跳出这作跳。(四门子)雍熙彭作吣。吣不见字书。无呀敢我三字。三句作过关津怕甚么人虚赚。无又道我三字。色作心。七句作马儿百忙里撺行不住喊。无我见他三字。(古水仙子)雍熙兜作系。过作过了。方行作楩的。三淹字并作俺。红含作红绀。两叶作两道。瘦上有呀呀呀三字。翠靥绣。(寨儿令)雍熙严作腌臢。五句无是字。末句无他字那字。广正谱改曲牌名为塞雁儿。忒严作腌臢。四句起作。从前往事尽包含。娇仕女。俊儿男。自把婚姻勘。九宫大成俱同雍熙。惟曲牌作古寨儿令。并谓广正谱作塞雁儿误。(神仗儿)雍熙趷塔作磕搭。对岩作闭岩。忽刺刺作忽刺。也那绀绀作甘甘。无我我三字。则落作空落。大成俱同。(尾声)雍熙一担作一担儿。自摇撼作是摇撼。无我和你三字。两家作两条。末句作恁将这担不动的担儿分付与俺。

〔黄钟〕愿成双

赠老妓

娇鸾态。雏凤姿。正生红闹簇枯枝。含香蓓蕾未开时。没乱杀莺儿燕子。

〔么〕恰初春又早残春至。只愁吹破胭脂。忽惊风雨夜来时。零落了千红万紫。

〔出队子〕阑珊春事。恨题绝罗扇诗。玉容香散粉慵施。锦树花残蝶倦时。正绿叶成阴子满枝。

〔么〕暮年间划地知公事。所为儿都敬持。纵千般打骂是好言词。无半点虚脾谎话儿。衡一派真诚好意思。

〔尾〕得扶侍容颜越伶俐。旧风流不减动些儿。一个鞋样儿到悭了多半指。太平乐府八　北宫词纪五　词林白雪一　彩笔情辞一

词林白雪属美丽类。〇(出队子么)太平乐府诚作成。明大字本太平乐府纵作纵有。(尾)瞿本太平乐府扶侍作扶持的。

〔正宫〕端正好

自　序

一枕梦魂惊。千载风云过。将古来英俊评跋。谁才能谁霸道谁王佐。只落得高冢麒麟卧。

〔么〕百年身隙外白驹过。事无成潘鬓双皤。既生来命与时相挫。去狼虎丛服低挦。

〔滚绣球〕时与命道不合。我和他气不和。皆前定并无差错。虽圣贤胸次包罗。待据六合。要并一锅。其中有千万人我。各有天时地利人和。气难吞吴魏亡了诸葛。道不行齐梁丧了孟轲。天数难那。

〔倘秀才〕举伊尹有汤王倚托。微管仲无桓公不可。相公子纠偏如何不九合。失时也亡了家国。得意后霸了山河。也是君臣每会合。

〔脱布衫〕时不遇版筑为活。时不遇荆南落魄。时不遇逾垣而躲。时不遇在陈忍饿。

〔小梁州〕男儿贫困果如何。击缶讴歌。甘贫守分淡消磨。颜回乐。知足后一瓢多。

〔么〕既功名不入凌烟阁。放疏狂落落陀陀。就着老瓦盆。浮香

糯。直喫的彻。未醒后又如何。

〔滚绣球〕学刘伶般酒里酕。仿坡仙般诗里魔。乐闲身有何不可。说几句不伤时信口开合。折莫待愤悱启发平科。见破绽呵闲槛。教人道我豪放风魔。由他似斗筲之器般看得微末。似粪土之墙般觑得小可。一任由他。

〔醉太平〕看别人挥鞭登剑阁。举棹泛沧波。争如我得磨跎处且磨跎。无名缰利锁。携壶策杖穿林落。临风对月闲吟课。有花有酒且高歌。居村落快活。

〔叨叨令〕听樵歌牧唱依腔和。整丝纶独钓垂钩坐。铺苔茵展绿张云幕。披渔蓑带雨和烟卧。快活也么哥。快活也么哥。且潜居抱道随缘过。

〔一煞〕也不学采薇自洁埋幽壑。不学举国独醒葬汨罗。也不学墨子回车。巢由洗耳。河老腾云。许子衣褐。也不仰天长叹。也不待相宣言。也不扣角为歌。却回光照我。图甚苦张罗。

〔二〕忘飡智士齐君果。不吐嫌兄仲子鹅。饱养鸡豚。广栽桃李。多植桑麻。剩种粳禾。盖数椽茅屋。买四角黄牛。租百亩庄窠。时不遇也怎么。且耕种置个家活。

〔三〕瓮头白酒新醅泼。碗内黄薤垒酱和。诗里乾坤。杯中日月。醉醒由己。清浊从他。我量宽似海。杯吸长鲸。酒泛洪波。醉乡宽阔。不饮待如何。

〔四〕忘忧陋巷于咱可。乐道穷途奈我何。右抱琴书。左携妻子。无半纸功名。躲万丈风波。看别人日边牢落。天际驱驰。云外蹉跎。咱图个甚莫。未转首总南柯。

〔尾〕既无那抱关击柝名煎聒。且守这养气收心安乐窝。用时行。舍时躲。居山村。离城郭。对樽罍。远鼎镬。黄菊东篱栽数科。野菜西山锄几陀。听一笛斜阳下远坡。看几缕残霞蘸浅波。醉

袖乘风鹏翼拖。塞个临溪鳌背驮。杲杲秋阳曝已过。淘淘清江
濯几合。骨角成形我切磋。玉石为珪自琢磨。华画干将剑不磨。
唾噀经纶手不搓。养拙潜身躲灾祸。由恁是非满乾坤也近不得
我。太平乐府六　词林摘艳六　雍熙乐府二　北词广正谱引三煞　九宫大成三三引
叨叨令

雍熙乐府不注撰人。○(端正好)词林摘艳古来作古今。(幺)摘艳阙此支。(滚
绣球)摘艳千万作万千。各有作各有个。天数上有皆因二字。内府本摘艳待据
作我则待据。要并作必须要并。(倘秀才)摘艳三句作想公子如何不纠合。末
句无也字。(脱布衫)摘艳落魄下有消磨二字。躲步走。(小梁州)摘艳首二句
作。男子贫穷如礼何。暴虎凭河。淡消磨作恁蹉跎。末句无后字。(幺)太平
雍熙俱未分么篇。兹据摘艳补正。摘艳陀陀作魄魄。就着下有这字。彻作日轮
西堕。无末字。(滚绣球)摘艳阙此支。太平折莫待作折莫时。兹从雍熙。(醉
太平)摘艳剑阁作殿阁。五句作携壶载酒穿林乐。吟课作吟和。村落作村庄。
(叨叨令)摘艳苔茵作苔阴。展绿作展绿草。渔蓑作樵蓑。带雨作带雨笠。快
活二句并作。兀的不快活杀人也么歌。抱道作甘分。内府本摘艳兀的句不叠。
(一煞)太平乐府曲牌作二。兹据摘艳改为一煞。以下三支。太平乐府作三。
四。五。明大字本太平及摘艳次句句首俱衬也字。摘艳脱洗耳至扣角二十六
字。照我作返照我。内府本摘艳脱河老腾云至仰天长叹十四字。(二)摘艳阙
此支。雍熙首四字作忌食智士。(三)摘艳碗作盘。杯作壶。由己作由。从他
作任。无宽阔二字。内府本摘艳仍作由己。从他作由他。(四)摘艳右左易位。
看别人三句作。看别人争头活脑。不如我云外蹉跎。少一句。末转首作回首。
内府本摘艳活脑作鼓脑。图个作图。(尾)元刊八卷本瞿本太平潜身俱作潜凶。
明大字本太平杲杲作皓皓。淘淘作滔滔。摘艳养气作养性。用时作用之。舍时
作舍则。下脱躲字。无离城郭。对樽罍二句。几陀作几锅。浅波作碧波。此下
作。拣答临溪鳌背驮。骨角成形我切蹉。玉石为瑶自琢磨。唾笑不纶手不搓。
养拙容身自潜躲。纵然是非满乾坤端的近不的我。惟重增本摘艳舍则作舍之。
内府本摘艳舍则下有躲字。驮作驳。瑶作珪。唾作垂。雍熙数科作几科。华画
作华涩。馀同明大字本太平。

〔南吕〕一枝花

买　笑

银筝暗麝尘。锦瑟空檀架。青鸾临宝镜。丹凤隔烟霞。同是天涯。休辜负春无价。可憎他谁不夸。明出着月夜花朝。空寂寞鸳帏绣榻。

〔梁州〕无人暖罗衾易冷。渍啼痕珊枕偏多。梦回酒醒添潇洒。昏惨惨孤灯罗幌。淡濛濛斜月窗纱。却想美甘甘尤云殢雨。喜孜孜倒凤颠鸾。便是铁石人也感叹嗟呀。休道是俏心肠所事儿通达。见别人有破绽着冷句儿填扎。见别人生科泛着笑话儿逼匝。见别人干厮研着假意儿承塌。放奸。放耍。我则待尽田园都准做千金价。一见了漾不下。据旖旎风流俊雅。所为更有谁如他。

〔三煞〕凭温柔举止特如法。论恩爱疏薄却有差。你则待这回云雨匿巫峡。一任教眉淡了春山。也不要张京兆轻盈巧画。陡恁地变了卦。阳台路新来下了面闸。要恋那谈笑生涯。

〔二〕能清歌妙舞挨时霎。会受诨承科度岁华。就着这其间觑看你的甚参杂。拣一个可意的冤家。酪子里由伊驱驾。更有行志不谎诈。肯的你舒心儿便许俺。我古自未敢道真假。

〔尾〕怕你肯不肯回与我句真实话。可休是不是空教人指点咱。细寻思再想咱。好前程不是耍。由你彻骨的娘透了的滑。你那疑惑心则有半米儿争差。可敢错系了绿杨门外马。太平乐府八　雍熙乐府一〇　彩笔情辞六

　　　雍熙乐府不注撰人。彩笔情辞题作讪思。注元人辞。〇（梁州）太平乐府俊下无雅字。明大字本何钞本太乐府承塌俱作承答。雍熙感叹作感。承塌作承答。末句无所为二字。情辞偏多作偏加。倒凤颠鸾作鸾欢凤狃。承塌作承答。

末句作更有谁得如他。(三煞)雍熙情辞特俱作忒。匿俱作殢。情辞疏薄作疏狂。(二)雍熙情辞行志俱作行止。肯的你俱作肯的。俺俱作咱。情辞觑看你的作觑你。更有更作。古自作兀自。(尾)雍熙回与我作回我。情辞同。雍熙二句末无咱字。连下句为一句。五六句无滑你二字。至那疑惑心句断。则有作那有。情辞二三句咱细寻思再想作寻思。两句合为一句。无滑你那三字。至疑惑心句断。下句作那有半米争差。

〔中吕〕醉春风

清 高

七国谋臣诌。三闾贤相贬。官极将相位双兼。险。险。险。众口难箝。您也久占。俺咱常严。

〔幺〕狼虎途中慊。山村酒兴染。引开醉眼舞青帘。飐。飐。飐。金橘香甜。玉蛆浮酤。绿醅醇酽。

〔最高歌〕醒时长啸掀髯。醉后高歌入崦。竹溪花坞山庄掩。门映遥岑数点。

〔喜春来〕客来碗镟巡山店。鹤去松阴转屋檐。野塘消遣酒频添。杯潋滟。不顾老妻嫌。

〔普天乐〕无拘钤。绝忧念。山岚湖潋。浪静风恬。篱菊纤。风云俭。隐迹埋名随时渐。任当途谁污谁廉。田租自敛。糠粮不歉。世事休呫。

〔卖花声煞〕悬河口紧闭山水间潜。经纶手忙抄尘世上闪。书万卷撑肠稳支撑。有感幽怀露光焰。吐虹霓作歌挥剑。太平乐府八雍熙乐府七 北词广正谱引醉春风 九宫大成一三同 元明小令钞收醉春风

雍熙乐府不注撰人。〇(醉春风)太平乐府谋臣作厶臣。何钞本太平作倖臣。兹从雍熙。疑太平省谋为某。又省某为厶。明大字本太平及北词广正谱俱作么臣。元明小令钞从之。雍熙四句作。畅好是险。险。又与九宫大成您也俱作恁也。(幺)雍熙少一飐字。醇酽作醇酲。(最高歌)雍熙掀髯作掀须。(喜春来)

元刊太平檐作筜。他本俱作檐。（普天乐）太平咘作恓。惟字书无此字。兹从
雍熙。（卖花声煞）雍熙悬河上有试看咱三字。抄作叉。闪作闲。支甏作支叠。

〔大石调〕青杏子

骋　怀

花月酒家楼。可追欢亦可悲秋。悲欢聚散为常事。明眸皓齿。
歌莺舞燕。各逞温柔。

〔么〕人俊惜风流。欠前生酒病花愁。尚还不彻相思债。携云挈
雨。批风切月。到处绸缪。

〔催拍子〕爱共寝花间锦鸠。恨孤眠水上白鸥。月宵花昼。大筵
排回雪韦娘。小酌会窃香韩寿。举觞红袖。玉纤横管。银甲调
筝。酒令诗筹。曲成诗就。韵协声律。情动魂消。腹稿冥搜。
宿恩当受。水仙山鬼。月妹花妖。如还得遇。不许干休。会埋
伏未尝泄漏。

〔么〕群芳会首。繁英故友。梦回时绿肥红瘦。荣华过可见疏薄。
财物广始知亲厚。慕新思旧。簪遗佩解。镜破钗分。蜂妒蝶羞。
恶缘难救。痼疾长发。业贯将盈。努力呈头。冷浪重馅。口摇
舌剑。吻搠唇枪。独攻决胜。混战无忧。不到得落人奸彀。

〔尾〕展放征旗任谁走。庙算神机必应口。一管笔在手。敢搦孙
吴女兵斗。太平乐府七　雍熙乐府一五　彩笔情辞五　太和正音谱上引催拍子么
尾　北词广正谱引催拍子么　九官大成二〇引催拍子么尾

雍熙乐府不注撰人。彩笔情辞以此曲属关汉卿。疑非。作者有异说。盖因太平
乐府此曲之前为汉卿青杏子残月下西楼套。而此曲首句为花月酒家楼。因相似
致误。〇（催拍子）元刊太平恨作怅。遇作过。兹从元刊八卷本瞿本太平及雍
熙等。太平雍熙九官大成诗筹俱作诗酬。太平雍熙宿恩俱作伯恩。何钞太平作
伯恩。旧当是旧。太和正音谱调筝作弹筝。月妹作月姝。情辞韵协作韵谐。宿

恩作美恩。北词广正谱无遇字。（么）元刊太平始知作始如。兹从明大字本太平及雍熙等。何钞太平作始如。正音谱奸觳作机觳。雍熙情辞口摇俱作口刀。搠俱作棚。末句俱无得字。广正谱重馅作重馏。谓沈彦方校正。大成口摇作口刀。搠作棚。奸觳作机觳。（尾）正音谱庙作广。雍熙情辞神机俱作神谟。末句俱无女字。大成神机作神谟。

〔般涉调〕哨遍

秋　扇

合欢制时人皆悦。斫湘川翠竹挑成篾。量分寸短长截。充直性见火随斜。便屈节。盘圈攒柄。下漆投胶。按素练如秋月。龟背罗色同沉麝。柄分开白璧。圈圆定乌蛇。线缠着万缕黑龙须。囊鼓双飞玉胡蝶。样制孤高。停分无偏。圆成不缺。

〔么〕自谓奇绝。要和时辈争优劣。得架大人权。比蒲葵白羽特别。识破也。其中隐漆。就里藏金。徒夸外面如冰雪。除一身外馀阴难藉。力难撑大厦。声不震惊蛰。中途见弃莫伤心。误世清谈谩争舌。几曾将溺庶携挈。

〔耍孩儿〕果然是弄巧番成拙。挽造化非同苟且。要移寒暑不由天。奈四时正气无邪。当胸卷地兵尘避。举手谩天日色遮。风云隔。本人间器物。妆世上英杰。

〔么〕最难甘递互相抬贴。卖弄他风流酝藉。只能驱一握掌中风。几曾将烦暑除绝。偏宜皓齿歌金缕。不为生灵奏玉牒。临台榭。引歌声荡漾。牵情思和协。

〔三煞〕写天涯咫尺间。画云山千万叠。纵浮花妆饰皆虚设。见胚胎破绽难藏撅。有点污唵嗏强打迭。无光摄。匹头上面阔。半路里腰折。

〔二〕苗稼枯木叶焦。涌泉涸井脉竭。晒曝得田亩龟纹裂。犹随酷吏临轩阁。不播仁风到窟穴。民灾孽。障虚名有剩。慰残喘无些。

〔尾〕汗沾襟似沸汤。地烘炉如炼铁。比及盼得到白露中秋节。把四海苍生热杀也。<small>太平乐府九</small>

　　（耍孩儿）元刊本造化上一字笔画模糊。陶刻本空格。兹从瞿本作挽。

尘　腰

千古风流旖旎。束纤腰偏称襄王意。翠盘中妃后逞妖娆。舞春风杨柳依依。喜则喜。深兜玉腹。浅露酥胸。拘束得宫腰细。一幅锦或挑或绣。金妆锦砌。翠绕珠围。卧铺绣褥酿春光。睡展香衾暗花溪。粉汗香袭。被底无双。怀中第一。

〔耍孩儿〕帐中偏惹情郎瘘。特遣人劳心费力。选二色青红相配。拣四时锦绣希奇。剪行时蜀锦分花萼。针过处吴绫聚绣堆。倒钩着金针刺。刺得丝丝密密。裁得那整整齐齐。

〔六煞〕袵痕儿似剪云。针脚儿如布虮。缝成倒凤颠鸾翼。穿花鸂鶒偏斜落。出水鸳鸯颠倒飞。浑绣得繁华异。高低中不剩。宽窄里元肥。

〔五〕青连红晚霞照楚山。红连青春云射渭水。玉纤款款当胸系。带儿絟十二白蝶舞。牙子对一双碧翠飞。望得些风流意。拘铃寂寞。抑勒孤凄。

〔四〕常常得靠柳腰。紧紧得贴素体。同行同坐同鸳被。本待遮藏秋水冰肌瘦。包弄春风玉一围。先泄漏春消息。纵不是你惚开罗叩。多应是我瘦损香肌。

〔三〕你不肯遮盖咱。咱须当遮盖你。划地褪酥胸落着相思讳。不堪锦帐怀君子。好向崽坡衬马蹄。你不比别衣被。有法度针线。无那攒轻衣。

〔二〕也不索托香腮转转猜。伸纤腰细细比。不索觑楼带裉衫儿裉裙儿褉。则这红罗鞋宽掩过多三指。翠当头横揽了少年围。若见俺风流婿。便知消减。不索先题。

〔尾〕为你知心腹倚仗着伊。可便半腰里无主戚。似这般无恩情不管人憔悴。我则向心坎上单单系着你。太平乐府九　雍熙乐府七

雍熙乐府题作杨妃肚腰。不注撰人。○（哨遍）雍熙襄王作君王。妃后作妃子。锦砌作宝砌。粉汗香袭作妆汗香溶。（耍孩儿）太平乐府费作废。雍熙遗人作遣人。钩衣作钩。末句无那字。（六煞）元刊太平颠倒作落倒。兹从瞿本太平及雍熙。雍熙裉痕作怎看那摺经。颠鸾翼作翻鸾势。穿花上有见字。浑绣作络绣。高低下无中字。末句无里字。元肥作伏肥。（五）太平乐府首句连原作莲。兹据下句改。雍熙青连红作红莲红。红连青作青莲青。晚霞上有似字。青春上有如字。玉纤作玉纤手。带儿绘作带头拴。白蝶作胡蝶。碧翠作翡翠。拘钤抑勒下俱有的字。（四）雍熙首二句得俱作的。靠贴下俱有着字。鸳被作衾被。冰肌作肌肤。包弄句作颠倒包弄出春光玉一围。泄漏作泄了。纵不下无是你二字。末句作管瘦损了香肌。（三）雍熙三句作不索褪香肌出落着相思讳。不堪作最宜。好向作可惜。衣被作衣袂。有法度上有都是二字。末句作不比无纳攒情衣。（二）雍熙首句作不索揾香肌转转裁。不索觑楼带裉作不离了按带经。四句作红罗沿宽掩过三两指。揽了少年作揽过少半。消减作清减。（尾）雍熙首二句作。知心腹倚仗伊。谁承望半腰里不得齐。似这般无恩情作早知你无情。我则向作俺怎肯。心坎下有儿字。

古　镜

起制轩辕始建。物来则应堪人羡。以此后人传。本形少规多圆。想在先。铜镕开金汁。泥固定沙模。倾写飞虹电。那的是良工绝妙。厚薄相称。周旋无偏。照临人世待时光。暗浥香尘度流年。纽滋青埃。背渍朱斑。面生绿藓。

〔么〕靠椟侵边。渍斑塞满龙蛇篆。八卦土匀填。绿云阑定寒泉。意信遣。着衣不睹。取火难通。空结愁云怨。一区光容沉匿。

霞光皆杳。惠眼常禅。鄙哉无智不矜衔。仁者存心可哀怜。同心结罗带深穿。

〔耍孩儿〕香尘花晕银波浅。浮罩长庚甚远。濛濛皓月坠深渊。玉纨轻覆云笺。内明云暗无光阐。里洁烟笼不朗然。尘内蟠龙渐。雾昏暗结。云翳相联。

〔么〕青衣布满如蓝淀。烁烁寒光未转。可怜内洁几曾知。弯台无用空悬。桃腮怎对施朱粉。宫额难临贴翠钿。不称风流愿。香奁宝砌。绣袋金圈。

〔五煞〕照妖镇释坛。护心保命全。分开后对成姻眷。乐昌暗结风流配。鲁肃深谋斩斫权。憔悴佳人倦。愁观衰貌。喜照芳妍。

〔四〕圆光净更清。菱花明更坚。可怜世事云千变。玉盘本洁蒙尘垢。皓月虽明障雾烟。云暗青霄掩。世情有分。物态无缘。

〔三〕古铜时下收。菱花何处选。今来特许良工见。气吹黯雾飞天外。手抚残云离月边。光彩如银练。高低善辨。貌陋能传。

〔二〕就中硬胜刚。外面软似绵。冰盆初破如刀剪。逢人射影停身分。睹物遗形在眼前。分明现。秋天朗朗。风露涓涓。

〔一〕分毫无缕瑕。光莹净玉宣。残云刮地西风卷。寒光皎洁明盈室。素魄团圆照满天。似银汉冰盘转。鉴窥星斗。照耀山川。

〔尾〕据坚平明正清。非为俺自专。若回光返照仁人面。廉洁分明自然显。太平乐府九　　雍熙乐府七

雍熙乐府不注撰人。〇(哨遍)元刊太平乐府及雍熙镕开俱作溶开。兹从瞿本太平乐府。元刊太平乐府沙模作少模。当为字画漫漶。太平乐府朱斑作朱班。雍熙滿作晒。(么)元刊太平乐府及雍熙空结俱作结。兹从瞿本太平乐府。太平渍斑作渍班。雍熙梌作椽。八卦土作八卦上。杏作查。惠眼作慧眼。(耍孩儿)雍熙濛濛作莹莹。(么)太平几曾作几几。雍熙绣袋作绣带。(五煞)雍熙照妖作临妖。(三)元刊太平乐府见作着。疑应作看。兹从瞿本太平及雍熙作见。瞿本太平月边作月远。雍熙手抚作手拂。(一)瞿本太平缕瑕作缕霞。雍熙玉

宣作玉瑄。（尾）雍熙非为俺作非俺敢。

思　乡

辇毂下人生有幸。乐太平歌舞同欢庆。金绮陌玉娉婷。间笙簧歌转流莺。斗驰骋。粉浓兰麝。肌莹琼酥。花解语娇相并。旦暮花魔酒病。诗酬酢好句。词赓和新声。樱唇月下品玉箫。春笋花前按银筝。正宴乐皇都。忽忆吴山。顿思越景。

〔幺〕书剑南行。或征或止无定。飘泊若云萍。驾孤舟一叶帆轻。似脱颖。辞九重凤阙。快万里鹏程。无名利徒奔竞。自愿瞰东南形胜。湖山留客醉。花柳系人情。梯航海峤暮云黄。轿马烟岚乱山青。屡曾经。莲渚芦汀。

〔耍孩儿〕山屏锦幛繁花盛。雪霁风和雨晴。良工着色画难成。竹疏梅淡轻盈。竹穿坏壁凉阴浅。梅枕寒流瘦影清。贪幽净。懒趋权势。不就功名。

〔幺〕蹉跎到处闲蹭蹬。不觉秋霜鬓冷。客窗几度梦朝京。忆松楸败境荒荆。见新人百倍增千倍。问故友十停无九停。咱徽倖。尚天涯流落。海角飘零。

〔三煞〕涎干沿壁蜗。翅僵守冻蝇。羁縻人舟缆桩橛钉。迟留荆楚悲王粲。久困长沙叹贾生。思薄命。钱未尝满贯。粮不足空瓶。

〔二〕虽然动的脚根。何曾转的眼睛。杜鹃啼感动归家兴。羡孤云易举离南浦。无双翼高飞过渭城。行装并。载满船风月。十里旗亭。

〔尾〕剡溪水半合。山阴雪欲平。还乡子安道无踪影。不回棹先生望谁请。太平乐府九　雍熙乐府七　太和正音谱下引哨遍　九宫大成七三引哨遍尾雍熙乐府不注撰人。○(哨遍)太平乐府雍熙笙簧俱作笙篁。花解语俱作花鲜语。兹从太和正音谱及九宫大成。太平雍熙及大成流莺俱作闻莺。兹从正音谱。雍熙末三句作。富贵皇都。风光上国。繁华盛景。正音谱大成同。惟大成景作京。(幺)太平孤舟作孤帆。兹从大成。瞿本太平此句作驾孤帆一叶轻。(耍孩儿)雍熙锦幛作锦幢。(幺)元刊太平新上原空一字。雍熙作见字。兹从之。瞿本太平作道。雍熙无九停作少九停。海角作海峤。(二)雍熙十里上有邀字。(尾)太平还乡子作还乡了。雍熙大成回棹下俱有的字。

羊诉冤

十二宫分了巳未。禀乾坤二气成形质。颜色异种多般。本性善群兽难及。向塞北。李陵台畔。苏武坡前。嚼卧夕阳外。趁满目无穷草地。散一川平野。走四塞荒陂。驭车善致晋侯欢。拂石能逃左慈危。舍命于家。就死成仁。杀身报国。

〔幺〕告朔何疑。代衅钟偏称宣王意。享天地济民饥。据云山水陆无敌。尽之矣。驼蹄熊掌。鹿脯獐犯。比我都无滋味。折莫烹炮煮煎熛蒸炙。便盐淹将厄。醋拌糟焙。肉糜肌鲊可为珍。莼菜鲈鱼有何奇。于四时中无不相宜。

〔耍孩儿〕从黑河边赶我到东吴内。我也则望前程万里。想道是物离乡贵有些峥嵘。撞着个主人翁少东没西。无料喂把肠胃都抛做粪。无水饮将脂膏尽化做尿。便似养虎豹牢监系。从朝至暮。坐守行随。

〔幺〕见一日八十番觑我膘脂。除我柯杖外别有甚的。许下浙江等处恶神祇。又请过在城新旧相知。待赁与老火者残岁里呈高戏。要雇与小子弟新年中扮社直。穷养的无巴避。待准折舞裙歌扇。要打摸暖帽春衣。

〔一煞〕把我蹄指甲要舒做晃窗。头上角要锯做解锥。瞅着颔下须紧要絟挝笔。待生拃我毛裔铺毡袜。待活剥我监儿踏碑皮。

眼见的难回避。多应早晚。不保朝夕。

〔二〕火里赤磨了快刀。忙古歹烧下热水。若客都来抵九千鸿门会。先许下神鬼彫了前膊。再请下相知揣了后腿。围我在垓心内。便休想一刀两段。必然是万剐凌迟。

〔尾〕我如今刺搭着两个蔫耳朵。滴溜着一条粗硬腿。我便似蝙蝠臀内精精地。要祭赛的穷神下的呵喫。太平乐府九　雍熙乐府七

<small>雍熙乐府不注撰人。○(哨遍)元刊太平乐府嚼作爵。兹从瞿本及雍熙。雍熙畔作伴。(么)元刊太平乐府何奇作何部。兹从瞿本。雍熙驼作馱。折莫作折草。爆作炸。淹作醃。何奇作何尚。(耍孩儿)元刊太平撞着作撞有。做尿上衍一作字。兹俱从雍熙。瞿本太平亦作撞着。(么)元刊太平赁与作任与。雍熙同。兹从瞿本太平。雍熙柯杖作柯枝。呈作乘。巴避作巴壁。(一煞)元刊太平舒做作舒心。雍熙同。兹从瞿本。雍熙毛裔作毛衣。(二)元刊太平迟作持。兹从瞿本及雍熙。雍熙围我作图我。(尾)雍熙我如今作我这里。蔫作淹。三句作我浑身恰便似檐蝙蝠模样精精的。的穷神作那穷神。</small>

村　居

人性善皆由天命。气清浊列等为贤圣。万物内最为灵。又幸为男子峥嵘。要自省。妍媸贵贱。寿夭穷通。这几事皆前定。使不着吾强我性。叹时乖运拙。随坎止流行。既知钟鼎果无缘。好向林泉且埋名。除去浮花。修养残躯。安排暮景。

〔么〕量力经营。数间茅屋临人境。车马少得安宁。有书堂药室茶亭。甚齐整。鱼池内菱芡。溪岸上鸡鹅。壮观我乘高兴。缫车响蝉声相应。妻蚕女茧。婢织奴耕。陇头残月荷锄歌。牛背夕阳短笛横。听农家野调山声。

〔耍孩儿〕虽然蔬圃衡畦径。搀造化夺时发生。也和治世一般平。桔槔便当权衡。隄防着雨涝开沟洫。准备着天晴浍水坑。栽排定。生涯要久远。养子望聪明。

〔么〕把闲花野草都锄净。尚又怕稊稗交生。桑榆高接暮云平。笋黄菜绿瓜青。葫芦花发香风细。杨柳阴浓暑气清。开心镜。静观消长。闲考亏盈。

〔五煞〕菜老便枯。菜嫩便荣。荣枯消长教人为证。菜因浇灌多荣旺。人为功名苦战争。徒然竞。百年身世。数度阴晴。

〔四〕兴来画片山。闲来看卷经。推敲访友针诗病。消磨世态杯中酒。聚散人情水上萍。心方定。但缘有酒。与世忘形。

〔三〕无愁心自安。高眠梦不惊。不乏衣食为侥倖。身闲才见公途险。累少方知担子轻。成家庆。顽童前引。稚子随行。

〔二〕樵夫叉了柴。渔翁扳了罾。故来下访相钦敬。盘中熟笋和生菜。瓮里新醅泼酯清。行歪令。饮竭正盏。斟满罚觥。

〔尾〕渔说他强。樵说他能。我攒颏抱膝可宁听。闲看会渔樵壮斯挺。太平乐府九　雍熙乐府七　太和正音谱下引耍孩儿三煞　九官大成七三引耍孩儿至尾

雍熙乐府不注撰人。○(哨遍)元刊太平乐府峥嵘作净嵘。兹从瞿本及雍熙。雍熙不着作不得。(么)雍熙茅屋作茅居。听作吹。(耍孩儿)太和正音谱也和作也那那。权衡作拳衡。望作要。(么)雍熙高接作接。九宫大成作相接。(五煞)大成首二句俱无便字。三句无教字。(四)元刊太平但缘之缘似绿字。瞿本校改为须。正音谱六七句作。心安定。但缘一醉。(二)雍熙又了作束了。下访相作相咸。大成俱同。(尾)太平抱下原阙一字。雍熙大成俱作膝。兹从之。二书可宁俱作宁可。

〔商调〕集贤宾

宫　词

闷登楼倚阑干看暮景。天阔水云平。浸池面楼台倒影。书云笺雁字斜横。衰柳拂月户云窗。残荷临水阁凉亭。景凄凉助人愁

越逞。下妆楼步月空庭。鸟惊环珮响。鹤吹铎铃鸣。

〔逍遥乐〕对景如青鸾舞镜。天隔羊车。人囚凤城。好姻缘辜负了今生。痛伤悲雨泪如倾。心如醉满怀何日醒。西风传玉漏丁宁。恰过半夜。胜似三秋。才交四更。

〔金菊香〕秋虫夜语不堪听。啼树宫鸦不住声。入孤帏强眠寻梦境。被相思鬼绰了魂灵。纵有梦也难成。

〔醋葫芦〕睡不着。坐不宁。又不疼不痛病紫紫。待不思量霎儿心未肯。没乱到更阑人静。

〔高平煞〕照愁人残蜡碧荧荧。沉水烟消金兽鼎。败叶走庭除。修竹扫苍楹。唱道是人和闷可难争。则我瘦身躯怎敢共愁肠竞。伤心情脉脉。病体困腾腾。画屋风轻。翠被寒增。也温不过早来袜儿冷。

〔尾〕睡魔盼不来。丫鬟叫不应。香消烛灭冷清清。唯嫦娥与人无世情。可怜咱孤另。透疏帘斜照月偏明。太平乐府七　北宫词纪六　太和正音谱下引高平煞　北词广正谱引醋葫芦高平煞　九宫大成五九引集贤宾逍遥乐高平煞尾

　　(逍遥乐)北宫词纪首句作尘蒙鸾镜。辜负下无了字。雨泪如作泪雨常。六句作似醉如痴何日醒。大成俱同词纪。(金菊香)元刊太平乐府魂灵作魂陵。兹从瞿本何钞本太平乐府及词纪。(醋葫芦)词纪阙此支。北词广正谱霎儿作霎时。(高平煞)元刊太平乐府词纪太和正音谱及九宫大成照愁人残蜡碧荧荧俱属高平煞首句。惟明大字本太平乐府广正谱以之作醋葫芦末句。太平翠作翠。兹从何钞本及词纪等。瞿本太平苍楹作檐楹。早来作早起。正音谱烟消作香消。苍楹作檐楹。情脉脉作愁脉脉。画屋作画堂。词纪俱同。正音谱唱道是作唱道。无则我二字。词纪袜儿作被儿。广正谱苍楹作檐楹。则我作则我这。大成同正音谱。惟仍作画屋。(尾)瞿本明大字本太平乐府常俱作姮。明大字本无疏字。

〔越调〕斗鹌鹑

风　情

连夜银蟾。逐朝媚脸。休再情添。淹渐病染。殢雨初沾。尤云乍敛。他不嫌。俺正忺。不顾伤廉。何曾记点。

〔紫花儿〕双歌月枕。携手虚檐。傅粉妆奁。欢娱忒酽。收管特严。如鲢。如鲢。载何曾有半句儿诌。无一星所欠。浪静风恬。落花泥粘。

〔么〕无嫌。大排场俺占。乔风月咱兼。闲是非人喭。强做科撒坫。硬热恋白沾。相签。抡的柄铜锹分外里险。撅坑撅堑。潘岳花捭。韩寿香苫。

〔小桃红〕小姨夫统馒紧沾粘。新人物冤家忕。早起无钱晚夕厌。怎拘钤。苏卿不嫁穷双渐。败旗儿莫飐。俏勤儿绝念。鱼雁各伏潜。

〔尾〕假真诚好话儿亲曾验。鼻凹里沙糖怎餂。贪顾恋眼前甜。不隄防背后闪。太平乐府七　雍熙乐府一三　北词广正谱引紫花儿么　九官大成二七引斗鹌鹑紫花儿么

> 雍熙乐府不注撰人。〇(斗鹌鹑)元刊太平乐府逐朝作遂朝。兹从瞿本明大字本何钞本太平乐府等。元刊太平雍熙休再俱作体再。兹从瞿本何钞本太平。九官大成作体苶。元刊太平等顾作崅。兹从雍熙大成。(紫花儿)太平雍熙曾有俱作会有。兹从广正谱。明大字本何钞本太平双歌俱作双歆。雍熙同。雍熙广正谱特严俱作忒严。雍熙如鲢如鲢作如鲐如鹣。载何作再合。所欠作儿欠。粘作沾。大成俱同雍熙。(么)太平雍熙排俱作俳。兹从广正谱。元刊太平撅堑作撅轸。元刊八卷本瞿本同。兹从雍熙及广正谱。明大字本太平作撅栈。大成俱同雍熙。(尾)太平尾误么。雍熙怎作怎去。恋作恋着。背后作那背后。

〔双调〕行香子

叹　世

名利相签。祸福相兼。使得人白发苍髯。残花雨过。落絮泥沾。似梦中身。石中火。水中盐。

〔么〕跳下竿尖。摆脱钩钳。乐天真休问人嫌。顾前盼后。识耻知廉。是汉张良。越范蠡。晋陶潜。

〔乔木查〕尽秋霜鬓染。老去红尘厌。名利为心无半点。庄周蝶梦甜。疏散威严。

〔搅筝琶〕君休欠。何故苦厌厌。月满还亏。杯盈自溘。荣贵路景稠粘。沾惹情忓。把穿绝业贯休再添。徒尔趋炎。

〔拨不断〕弃雕檐。隐闾阎。灰心打灭烧身焰。袖手擘开锁顶钳。柔舌砍钝吹毛剑。旧由绝念。

〔离亭宴带歇指煞〕无钱妆富刚为僭。有财合散休从俭。狂夫不厌。为口腹遥天外置网罗。贪贿赂满肚里生荆棘。争人我平地上撅坑堑。六印多你尚贪。一瓢足咱无欠。君子退谦。把两字利名勾。向百岁光阴里。将一味清闲占。供庖厨野蔌香。忘宠辱村醪酽。无客至柴荆昼掩。卧松菊北窗凉。越风波世途险。太平乐府六　太和正音谱引搅筝琶　九宫大成六五同

（搅筝琶）太和正音谱荣贵作荣华。九宫大成同。（拨不断）瞿本太平乐府灰心作放心。（离亭宴带歇指煞）元刊太平乐府地上作地土。他本不误。

〔双调〕蝶恋花

闺　怨

夜月楼头横玉管。雾帐云屏。常恨春宵短。别后身属新恨管。

泥金翠袖啼痕满。

〔乔牌儿〕旧衣服陡恁宽。好茶饭减多半。添盐添醋人撺断。刚挨了少半碗。

〔神曲缠〕似这般。我怎谩。招处女邻姬相玩。云堆髻盘。钗横凤冠。这憔悴除他来缓。　我怎观。樵爨。残荷飐荒凉池畔。衰柳拂斜阳楼观。秋草比人情一般。妆点就闲愁一段。

〔幺〕闷如何。倒断。音尘杳归期难算。断久恋花衢妓馆。想难忘娇艳浓欢。恨题遍班姬素纨。笔书乏蒙氏毫端。　鸾肠断。翠槃。恨无个地缝钻。一会没乱。一会心酸。都撮来眉上攒。无甚病痊。钏松冰腕。腹中愁堆垛满。

〔离亭带歇指煞〕顿不开眉上连环贯。续不上腹内柔肠断。凄惶业债。风流婿魂梦中少团圆。淹渐病昼夜家厮缠缴。相思鬼行坐里常陪伴。暮寒生灯渐昏。微雨歇云初判。添愁衅端。风引漏声来。月移花影去。物感愁心乱。强解开闷套头。硬剁断愁羁绊。先擗掠凄凉两般。怀抱的枕儿温。香熏的被儿暖。太平乐府六　太和正音谱下引神曲缠　九宫大成六六同

（蝶恋花）何钞本太平乐府属作离。（神曲缠）明大字本太平乐府缓作莫缓。太和正音谱处女作侍女。飐作飚。九宫大成处女作侍女。来缓作来换。怎观作怎生。（幺）元刊太平乐府钏作钗。满作溠。兹并从太和正音谱及九宫大成。瞿本太平乐府亦作钏。太和正音谱断久作许久。衢作门。鸾作写。九宫大成撮来作撒在。无甚作无任。馀俱同正音谱。（离亭带歇指煞）明大字本太平乐府衅端作爨端。

北宫词纪卷六彩笔情辞卷十二皆有一枝花春风眼底思套数一套。注曾褐夫作。惟钞本阳春白雪及词谑南北词广韵选皆以此套属亢文苑。兹列亢氏曲中。

孔文卿

　　文卿平阳人。著杂剧东窗事犯。惟或云杨驹儿作。又金人杰亦有

同名之剧。古今杂剧三十种所收之东窗事犯。似为文卿作。

套数

〔南吕〕一枝花

禄山谋反

苍烟拥剑门。老树屯云栈。西风吹渭水。落叶满长安。近帝都景物雕残。伤感起人愁叹。只合在边塞间。则见那白茫茫莎草连天。甚的是娇滴滴莺花过眼。

〔梁州〕不幸遣东归蓟北。更胜如西出阳关。看几时挨彻相思限。怕的是孤灯荧暗。残月弓弯。戍楼人静。梅帐更阑。思量玉砌雕阑。消磨尽绿鬓朱颜。再几时染浓香翡翠衾温。迷醉魂芙蓉帐暖。解馀醒荔枝浆寒。这近间。敢病番。旧时的衣裉频频攒。瘦证候何经惯。那的是从来最稀罕。单出落着废寝忘餐。

〔三煞〕动无喘息行无汗。坐也昏沉睡不安。两行泪道渍成斑。每日家做伴的胡友胡儿。胡舞胡歌。胡吹胡弹。知他是甚风范。偏恁一曲霓裳宠玉环。羯鼓声干。

〔二煞〕挤了教匆匆行色催征雁。止不过拍拍离愁满战鞍。驱兵早晚到骊山。若夺了娘娘。教唐天子登时两分散。休想再能够看一看。四件事分明紧调犯。势到也怎摭拦。

〔尾声〕把六宫心事分明的慢。将半纸音书党闭的悭。教千里途程阻隔的难。我因此上一点春心酝酿的反。雍熙乐府一〇 北宫词纪六

雍熙乐府不注撰人。或疑为王伯成天宝遗事诸宫调佚曲。北宫词纪注孔文卿作。兹从词纪。〇(一枝花)词纪五句无近帝都三字。伤感作越感。只合作不合。(梁州)雍熙绿鬓朱颜下误标曲牌名煞。首句遣作遗。馀醒作馀醒。词纪孤灯荧暗作朔风箭急。梅帐作纸帐。思量下有杀字。这近间作近间。敢病番作

瘦减。旧时句作业身躯不似当年胖。瘦作这。何作谁。那的是句作都只为百媚
千娇在翠盘。单出落作出落。(三煞)词纪首二句作。意中但把宫闱盼。病里
何曾坐卧安。(二煞)词纪首句教作做。末句撅作遮。

沈　和

　　　　和字和甫。钱塘人。能辞翰。善谈谑。天性风流。兼明音律。相
传以南北调合腔自和甫始。如潇湘八景。欢喜冤家等曲。极为工巧。
后居江州卒。江西称为蛮子关汉卿。著杂剧五种。朱蛇记。乐昌分
镜。燕山逢故人。欢喜冤家。闹法场郭兴何杨。今皆不存。

套数

〔仙吕〕赏花时_北

潇湘八景

休说功名。皆是浪语。得失荣枯总是虚。便做道三公位待何如。
如今得时务。尽荆棘是迷途。便是握雾拿云志已疏。咏月嘲风
心愿足。我则待离尘世访江湖。寻几个知音伴侣。我则待林泉
下共樵夫。

〔排歌_南〕远害全身。清风万古。堪羡范蠡归湖。不求玉带挂金
鱼。甘分向烟波做钓徒。绝尘世。远世俗。扁舟独驾水云居。
嗟尘世。人斗取。蜗名蝇利待何如。

〔那吒令_北〕弃朝中俸禄。避风波仕途。身边引着小仆。觑云山
景物。杖头挑酒壶。访烟霞伴侣。近着红蓼滩。靠着白苹渡。
潜身向草舍。得这茅庐。

〔排歌_南〕我则将这小舟撑。兰棹举。蓑笠为活计。一任他紫朝
服。我不愿画堂居。往来交游。逍遥散诞。几年无事傍江湖。

旋笟新酒钓鲜鱼。终日酶酶乐有馀。杯中浅。瓶内无。邻家有酒也宜沽。吟魂醉。饮兴足。满身花影倩人扶。

〔鹊踏枝北〕见芳草映萍芜。听松风响寒芦。我则见落照渔村。水接天隅。见一簇帆归远浦。他每都是些不识字的慵懒渔夫。

〔桂枝香南〕扁舟湾住在垂杨深处。齁齁似鼻息如雷。睡足了江南烟雨。听山寺晚钟。声声凄楚。西沉玉兔梦回初。本待要扶头去。清闲倒大福。

〔寄生草北〕春景看山色晴岚翠。夏天听潇湘夜雨疏。九秋觑洞庭明月生南浦。见平沙落雁迷芳渚。三冬赏江天暮雪飘飞絮。一任教乱纷纷柳絮舞空中。争如俺侬家鹦鹉洲边住。

〔乐安神南〕闲来思虑。自从那日赋归欤。山河日月几盈虚。风光渐觉催寒暑。欲求生富贵。须下死工夫。且常教两眉舒。

〔六么序北〕园塘外三坵地。篷窗下几卷书。他每傲人间驷马高车。每日家相伴陶朱。吊问三闾。我将这离骚和这楚辞。来便收续。觉来时满眼青山暮。抖擞着绿蓑归去。看花开花落流年度。一任教春风桃李。更和这暮景桑榆。

〔尾声南〕悟乾坤清幽趣。但将无事老村夫。写入在潇湘八景图。

盛世新声卯集　词林摘艳四　雍熙乐府四　九宫正始三引乐安神　九宫大成二同

盛世新声内府本重增本词林摘艳雍熙乐府俱无题。不注撰人。原刊本徽藩本词林摘艳题作潇湘八景。注沈和甫作。九宫正始引乐安神一支。注云南北散套。案录鬼簿云。和甫有南北调潇湘八景。所指当即为此套。太和正音谱群英所编杂剧。沈和甫名下有潇湘八景。疑因录鬼簿所云而致误。○（赏花时北）盛世及原刊本重增本摘艳握雾上皆空一字。徽藩本摘艳作是。兹从之。内府本摘艳此字作傲。盛世及重增本摘艳末句共俱作一。兹从原刊本及徽藩本摘艳作共。内府本摘艳此字作作。便做道便做到。我则待作我则要。雍熙五句作赤紧的如今这等时务。便是作便有那。共作作。（排歌南）盛世及原刊本摘艳等独驾俱作独架。兹从内府本摘艳及雍熙。（那吒令北）各本摘艳末句无得这二字。

兹从盛世及重增本摘艳与雍熙。雍熙挑下有着字。烟霞作烟波。草舍上有这字。(排歌南)雍熙交游作交友。瓶作壶。(鹊踏枝北)重增本内府本摘艳及雍熙末句俱无的字。雍熙映作衬。(桂枝香南)雍熙垂杨作芦花。匑匑下无似字。(寄生草北)盛世摘艳芳渚俱作芳路。兹从雍熙。雍熙末句无俺字。(乐安神南)雍熙及九宫大成曲牌俱作安乐神。(六么序北)内府本摘艳及雍熙园塘俱作围塘。内府本收续作收足。雍熙圻作丘。相伴下有着字。绿蓑上有这字。(尾声南)盛世及原刊本摘艳等悟俱作误。兹从内府本摘艳及雍熙。雍熙无事作无用。写入下无在字。

范居中

居中字子正。号冰壶。杭州人。父玉壶。名儒。远近皆知父子之名。居中精神秀爽。学问该博。善操琴。能书法。其妹亦有文名。大德间被召赴都。居中亦偕行。以才高不见遇。卒于家。有乐府及南北腔行于世。尝与施君美。黄德润。沈珙之合著杂剧鹣鹣裘。今不存。

套数

〔正宫〕金殿喜重重南

秋　思

风雨秋堂。孤枕无眠。愁听雁南翔。风也凄凉。雨也凄凉。节序已过重阳。盼归期何期何事归未得。料天教暂尔参商。昼思乡夜思乡。此情常是悒怏。

〔赛鸿秋北〕想那人妒青山愁蹙在眉峰上。泣丹枫泪滴在香腮上。拔金钗划损在雕阑上。托瑶琴哀诉在冰弦上。无事不思量。总为咱身上。争知我懒贪书。羞对酒。也只为他身上。

〔金殿喜重重南〕凄怆。望美人兮天一方。谩想像赋高唐。梦到他行。身到他行。甫能得一霎成双。是谁将好梦都惊破。被西风吹起啼螿。恼刘郎害潘郎。折倒尽旧日豪放。

〔货郎儿北〕想着和他相偎厮傍。知他是千场万场。我怎比司空见惯当寻常。才离了一时半刻。恰便似三暑十霜。

〔醉太平北〕恨程途渺茫。更风波零瀼。我这里千回百转自徬徨。撇不下多情数桩。半真半假乔模样。宜嗔宜喜娇情况。知疼知热俏心肠。

〔尾声〕往事后期空记省。我正是桃叶桃根各尽伤。

〔赚南〕终日悬望。恰原来捣虚撇抗。误我一向。到此才知言是谎。把当初花前宴乐。星前誓约。真个崔张不让。命该雕丧。险些病染膏肓。此言非妄。

〔怕春归北〕白发陡然千丈。非关明镜无情。缘愁似个长。相别时多。相见时难。天公自主张。若能够相见。我和他对着灯儿深讲。

〔春归犯南〕自想。但只愁年华老。容颜改。添惆怅。蓦然平地。反生波浪。最莫把青春弃掷。他时难算风流帐。怎辜负银屏绣褥朱幌。才色相当。两情契合非强。怎割舍眉南面北成撇漾。

〔尾声南〕动止幸然俱无恙。画堂内别是风光。散却离忧重欢畅。

雍熙乐府四　北宫词纪六　词林白雪二　彩笔情辞九

雍熙乐府不注撰人。词林白雪属闺情类。彩笔情辞题作秋怀。○（金殿喜重重南）情辞无何期二字。（赛鸿秋北）北宫词纪词林白雪情辞贪书俱作看书。（醉太平北）词纪词林白雪情辞此曲之末俱有但提来暗伤五字。字句与谱合。以下皆无尾声往事云云二句。（赚南）情辞曲牌作太平赚。把当初作记当初。

施　惠

惠字君美。杭州人。一云姓沈。居吴山城隍庙前。以坐贾为业。

巨目美髯。好谈笑。钟嗣成尝与赵君卿。陈彦实。颜君常等至其家。每承接款。多有高论。诗酒之暇。惟以填词和曲为事。有古今砌话。亦成一集。著南戏幽闺记。见称于世。

套数

〔南吕〕一枝花

咏　剑

离匣牛斗寒。到手风云助。插腰奸胆破。出袖鬼神伏。正直规模。香檀杷虎口双吞玉。沙鱼鞘龙鳞密砌珠。挂三尺壁上飞泉。响半夜床头骤雨。

〔梁州〕金错落盘花扣挂。碧玲珑镂玉妆束。美名儿今古人争慕。弹鱼空馆。断蟒长途。逢贤把赠。遇寇即除。比镆铘端的全殊。纵干将未必能如。曾遭遇诤朝谆烈士朱云。能回避叹苍穹雄夫项羽。怕追陪报私雠侠客专诸。价孤。世无。数十年是俺家藏物。吓人魂。射人目。相伴着万卷图书酒一壶。遍历江湖。

〔尾声〕笑提常向尊前舞。醉解多从醒后赎。则为俺未遂封侯把他久担误。有一日修文用武。驱蛮静虏。好与清时定边土。雍熙乐府一〇　北宫词纪四

雍熙乐府不注撰人。〇(一枝花)北宫词纪奸胆作肝胆。(梁州)雍熙乐府雄夫项羽作雄天亡羽。专诸作专珠。兹从词纪。

孛罗御史

新元史拖雷传云。乃剌忽不花子孛罗。大德六年以诬告济南王。谪于四川八剌军中自效。七年。以破贼有功。征诣京师。十年。封镇宁王。赐金印。延祐四年。进封冀王。未知是否即此人。

套数

〔南吕〕一枝花

辞　官

懒簪獬豸冠。不入麒麟画。旋栽陶令菊。学种邵平瓜。觑不的闹穰穰蚁阵蜂衙。卖了青骢马。换耕牛度岁华。利名场再不行踏。风波海其实怕他。

〔梁州〕尽燕雀喧檐聒耳。任豺狼当道磨牙。无官守无言责相牵挂。春风桃李。夏月桑麻。秋天禾黍。冬月梅茶。四时景物清佳。一门和气欢洽。叹子牙渭水垂钓。胜潘岳河阳种花。笑张骞河汉乘槎。这家。那家。黄鸡白酒安排下。撒会顽放会耍。拚着老瓦盆边醉后扶。一任他风落了乌纱。

〔牧羊关〕王大户相邀请。赵乡司扶下马。则听得扑冬冬社鼓频挝。有几个不求仕的官员。东庄措大。他每都拍手歌丰稔。俺再不想巡案去奸猾。御史台开除我。尧民图添上咱。

〔贺新郎〕奴耕婢织足生涯。随分村疃人情。赛强如宪台风化。趁一溪流水浮鸥鸭。小桥掩映兼葭。芦花千顷雪。红树一川霞。长江落日牛羊下。山中闲宰相。林外野人家。

〔隔尾〕诵诗书稚子无闲暇。奉甘旨萱堂到白发。伴辘轳村翁说一会挺膊子话。闲时节笑咱。醉时节睡咱。今日里无是无非快活煞。太平乐府八　盛世新声巳集　词林摘艳八　雍熙乐府九　北官词纪三　九官大成五二引贺新郎

　　盛世新声无题。不注撰人。重增本内府本词林摘艳同。原刊本徽藩本词林摘艳题同太平乐府。雍熙乐府题作弃职。北官词纪题作归隐。〇（一枝花）盛世无闹穰穰三字。卖了下有我字。换上有则待要三字。摘艳俱同。雍熙卖了作卖了我这。行踏上有去字。其实下有的字。词纪俱同雍熙。（梁州）明大字本太平

乐府末句无了字。盛世燕雀喧檐作燕鹊喧尘。相牵作无牵。春风作有春风。梅茶作梅花。八句作四时中景物堪夸。一门作一门儿。叹子牙上有我我我三字。种花作种瓜。河汉乘槎作误泛浮槎。顽作狂。拚着作我直喫的。他风落了作教风落。摘艳俱同。惟内府本摘艳夏月作夏日。雍熙冬月作冬景。八句作四时节赏玩堪夸。一门作一门儿。老瓦盆作我老盆。馀作燕鹊。无牵。有春风。梅花。我我我。教风落。雍熙词纪俱同盛世。又词纪夏月作夏日。秋天作秋来。拚着句作但得醉老瓦盆边兴转加。(牧羊关)盛世不求仕作不求事。东庄措大作更有那东庄里措大。拍手作捆着手。七句以下作。再不去巡按里弄奸猾。是非场除了我。则向那尧民图添上咱。摘艳俱同。雍熙亦同盛世。惟乡司作乡思。六句无都字。末句无则向那三字。词纪东庄措大作更有那东庄里措大。拍手作捆着手。再不上无俺字。奸猾上有弄字。(贺新郎)盛世摘艳雍熙俱无此支。明大字本及何钞本太平乐府人情作人家。(隔尾)瞿本太平乐府稚子作教子。盛世诵诗书作诵诗。说一会作讲一会。脯作匍。笑咱作笑耍。今日里作到大来。摘艳俱同。惟内府本摘艳仍作诵诗书。脯作脯。雍熙闲暇作牵挂。脯作脯。今日里作到大来。词纪脯作脯。今日里作今日个。

睢景臣

　　景臣字景贤。或作嘉贤。大德七年自维扬至杭州。与钟嗣成识。自幼读书以水沃面。双眸红赤。不能远视。心性聪明。酷嗜音律。维扬诸公俱作高祖还乡套数。惟景臣哨遍制作新奇。诸公皆出其下。有睢景臣词及杂剧莺莺牡丹记。千里投人。屈原投江三种。今俱不存。太平乐府收有睢玄明散套。或疑景臣与玄明为一人。

套数

〔大石调〕六国朝

收　心

长江浪险。平地风恬。恨世态柳颦眉。顺人情花笑靥。乌兔东西急。白发重添。寒暑往来侵。朱颜退染。穿花蝶愁扃绿锁。营巢燕恨簌朱帘。蝶入梦魂潜。燕经秋社闪。

〔催拍子〕拜辞了桃腮杏脸。追逐回雪鬓霜髯。死灰绝焰。腹难容囊日杯盘。身怎跳而今坑堑。去奢从俭。六桥云锦。十里风花。庆赏无厌。四时独占。花溪信马。莲浦乘舟。菊绽霜严。雪残梅堑。鸟呼人至。鹤送猿迎。酒殽随分。费用从廉。就清流洗痕濯玷。

〔么〕烟花簿敛。风尘户掩。再谁曾擎关抽店。尽亚仙嫁了元和。由苏氏放番双渐。罢思绝念。忘却旧游。魔女魂香。野狐涎甜。觉来有验。抽箱罗帕。倒袋香囊。将俺拘钳。做科撒阽。浮花浪蕊。剩馥残膏。你能搽抹。谁敢粘沾。倒榻鬼赖人支甃。

〔归塞北〕呆娇艳。自要苦厌厌。觅见银山无采取。寻着钱树不揪捈。典卖尽妆奁。

〔尾〕零替了家私怕搜检。缺少了些人情我应点。情瞒儿出尖。谁负债拿着我还欠。太平乐府七　雍熙乐府一五　北词广正谱引六国朝　九宫大成二一引全套

雍熙乐府不注撰人。○（催拍子）瞿本太平乐府腹作肠。明大字本太平乐府堑作绽。雍熙从俭作就俭。九宫大成同。（么）元刊太平乐府簿作薄。兹从明大字本。元刊太平乐府倒榻作到榻。兹从元刊八卷本瞿本何钞本。太平乐府旧游上无忘却二字。兹从雍熙。雍熙撒阽作撒犯。大成俱同雍熙。（尾）明大字本太平乐府点作典。雍熙三句作倩瞒儿出尖。大成同。

〔般涉调〕哨遍

高祖还乡

社长排门告示。但有的差使无推故。这差使不寻俗。一壁厢纳草也根。一边又要差夫。索应付。又言是车驾。都说是銮舆。

今日还乡故。王乡老执定瓦台盘。赵忙郎抱着酒胡芦。新刷来的头巾。恰糨来的绸衫。畅好是妆么大户。

〔耍孩儿〕瞎王留引定火乔男女。胡踢蹬吹笛擂鼓。见一颩人马到庄门。匹头里几面旗舒。一面旗白胡阑套住个迎霜兔。一面旗红曲连打着个毕月乌。一面旗鸡学舞。一面旗狗生双翅。一面旗蛇缠胡芦。

〔五煞〕红漆了叉。银铮了斧。甜瓜苦瓜黄金镀。明晃晃马镫枪尖上挑。白雪雪鹅毛扇上铺。这几个乔人物。拿着些不曾见的器仗。穿着些大作怪衣服。

〔四〕辕条上都是马。套顶上不见驴。黄罗伞柄天生曲。车前八个天曹判。车后若干递送夫。更几个多娇女。一般穿着。一样妆梳。

〔三〕那大汉下的车。众人施礼数。那大汉觑得人如无物。众乡老展脚舒腰拜。那大汉那身着手扶。猛可里抬头觑。觑多时认得。险气破我胸脯。

〔二〕你须身姓刘。您妻须姓吕。把你两家儿根脚从头数。你本身做亭长耽几盏酒。你丈人教村学读几卷书。曾在俺庄东住。也曾与我喂牛切草。拽坝扶锄。

〔一〕春采了桑。冬借了俺粟。零支了米麦无重数。换田契强秤了麻三秤。还酒债偷量了豆几斛。有甚胡突处。明标着册历。见放着文书。

〔尾〕少我的钱差发内旋拨还。欠我的粟税粮中私准除。只道刘三谁肯把你揪捽住。白甚么改了姓更了名唤做汉高祖。太平乐府九　雍熙乐府七

雍熙乐府不注撰人。○〔哨遍〕雍熙但有的作但有。也根作除根。〔五煞〕元刊太平乐府穿着作穿差。兹从陶刻本及雍熙。雍熙首二句俱无了字。〔三〕雍熙

那身作伸。(二)雍熙从头数作从数。末句作拽杷扶锄。(一)雍熙俺粟作我粟。
米麦上麻上豆上并有我字。(尾)雍熙差发作差罚。揪捽作揪采。

〔商角调〕黄莺儿

寓僧舍

秋色。秋色。几声悲怆。孤鸿出塞。满园林野火烘霞。荷枯柳败。
〔踏莎行〕水馆烟中。暮山云外。泊孤舟古渡侧。息风霾。净尘
埃。宝刹清凉境界。僧相待。借眠何碍。
〔垂丝钓〕风清月白。有感心酸不耐。更触目凄凉。景物供将愁
闷来。月被云埋。风鸣天籁。
〔应天长〕僧舍窄。蚊帐矮。独拥单衾。一宵如半载。旧恨新愁
深似海。情缘在。人无奈。几般儿可怪。
〔随煞〕促织絮恼情怀。砧杵韵无聊赖。檐马奢殿铎鸣。疏雨滴
西风煞。能断送楚台云。会禁持异乡客。太平乐府七　雍熙乐府一六
北宫词纪六　太和正音谱下引垂丝钓　北词广正谱引踏莎行　九宫大成五九引全套
　　雍熙乐府题作僧舍秋怀。不注撰人。○(黄莺儿)北宫词纪此支作。秋色。秋
　　色。野火烘霞。孤鸿出塞。俺则见寂寞园林。荷枯柳败。九宫大成同。(垂丝
　　钓)明大字本太平乐府无更字。(应天长)太平乐府原作盖天旗。兹据大成改
　　正。(随煞)雍熙台云作云台。大成同。并注叶韵。大成奢作和。煞作洒。

残 曲

〔南吕〕一枝花

题　情

人间燕子楼。被冷鸳鸯锦。酒空鹦鹉盏。钗折凤凰金。录鬼簿下
　　此据曹栋亭本。明蓝格钞本人间作人归。被冷作帐冷。盏作枝。枝疑杯之讹。
　　折作断。

睢玄明

生平不详。或云即睢景臣。

套数

〔般涉调〕耍孩儿

咏　鼓

乐官行径咱参破。全仗着声名过活。且图时下养皮囊。隐居在安乐之窝。鼕鼕的打得我难存济。紧紧的棚杈的我没奈何。习下这等乔功课。搬得人赏心乐事。我正是鼓腹讴歌。

〔五煞〕开山时挂些纸钱。庆棚时得些赏贺。争构阑把我来妆标垛。有我时满棚和气登时起。一分提钱分外多。若有闲些儿了。除是扑煞点砌。按住开呵。

〔四〕专觑着古弄的说出了。村末的收外科。但有些决撒我早随声和。做院本把我拾掇尽。赴村戏将咱来搭一和。五音内咱须大。我教人人喜悦。个个脾和。

〔三〕迎宣诏将我身上掩。接高官回把我背上驮。棚角头软索是我随身祸。一声声怨气都言尽。一棒棒冤雠即渐多。肚皮里常饥饿。论着您腔新谱旧。显我恨满言多。

〔二〕这厮则嫌乐器低。却不道本事拙。曾听的子弟每街头上有几篇新曲相撺。不是两片顽皮喫甚么。但咦着招子都趱过。排场上表子偷睛望。恨不得街上行人将手拖。但场户阑珊了些儿个。恨不得添五千串拍板。一万面铜锣。

〔尾〕把我似救月般响起来打蝗虫似哄不合。不信那看官每不耳

喧邻家每不恼耺。从早晨间直点到斋时剀。子被这淡厮全家播
煞我。_{太平乐府九}

（四）瞿本古弄的说出了作舌弄的比方。（尾）瞿本哄作闹。兹从陶刻本。元刊
本此字模糊。

咏西湖

钱唐自古繁华地。有百处天生景致。幽微尽在浙江西。惟西湖
山水希奇。水澄清玻璨万顷欺蓬岛。山峻峭蓝翠千层胜武夷。
山水共谁相类。山旖旎妖妍如西子。水回环妩媚似杨妃。

〔九煞〕遇清明赏禁烟。艳阳天丽日迟。倾城士庶同游戏。绣帘
彩结香车稳。玉勒金鞍宝马嘶。骋豪富夸荣贵。恣艳冶王孙士
女。逞风流翠绕珠围。

〔八〕闲嬉游父老每多。恐韶光暗里催。怕春归又怕相寻觅。坐
兜轿的共访欧阳井。骑蹇驴的来寻和靖碑。闷选胜闲拾翠。凝
翠霭亭台楼阁。琐晴岚茅舍疏篱。

〔七〕见胡蝶儿觅小英。游蜂儿采嫩蕊。莺声娇转藏花卉。白苹
洲沙暖鸳鸯睡。红蓼岸泥融燕子飞。小鱼儿成群队。翻碧浪双
双鸥鹭。戏清波队队鹨鶒。

〔六〕见些踏青的薄媚娘。穿着轻罗锦绣衣。翠冠梳玉项牌金霞
珮。乍步行恨杀金莲小。浅印香尘款款移。粉汗溶浸浸湿。兰
麝香凄迷葛岭。绮罗丛盈满苏隄。

〔五〕绿垂杨拂画桥。红夭桃簇锦溪。夭桃间柳争红翠。寻芳载
酒从心赏。遣兴行春岐路迷。殢春景游人醉。粉墙映秋千庭院。
杏花梢招飐青旗。

〔四〕步芳茵近柳洲。选湖船觅总宜。绣铺陈更有金妆饰。紫金
罍满注琼花酿。碧玉瓶偏宜琥珀杯。排果桌随时置。有百十等

异名按酒。数千般官样茶食。

〔三〕列兵厨比光禄寺更佳。论珍羞尚食局造不及。动箫韶比仙音院大乐犹为最。云山水陆烹炮尽。歌舞吹弹腔韵齐。更那堪东风软春光媚。藉着喜人心的山明水秀。又恐怕送残春绿暗红稀。

〔二〕游春客误走到丹青彩画图。寻芳人错行入蜀川锦绣堆。向武陵溪攒砌就花圈圆。看了这佳人宴赏西湖景。胜如仙子嬉游太液池。似王母蟠桃会。灵芝港揭席人散。趁着海棠风赏翫忘归。

〔尾〕看方今宇宙间。遍寰区为第一。论中吴形胜真佳丽。除了天上天堂再无比。太平乐府九　雍熙乐府七

雍熙乐府题作西湖。不注撰人。○(耍孩儿)雍熙六句作山岐晴岚千层胜武夷。(九煞)太平乐府牌名误作九么。(七)雍熙花卉作花内。睡作卧。(四)太平乐府觅字似觉字。兹从陶刻本及雍熙。雍熙末句千作十。(三)雍熙软作软弱。藉着作藉着些。

北宫词纪卷四有端正好晓珊珊奇树荡灵风套数一套。注睢玄明作。词林摘艳卷六注郑德辉作。一笑散旧校云此词见笔花集。案今本笔花集有缺页。或适佚此套。兹以之属汤式。

词林白雪卷四有一枝花眼舒随意花套数一套。注睢玄明作。案此套亦见笔花集。北宫词纪彩笔情辞等并注汤舜民作。兹不重出。

周文质

文质字仲彬。其先建德人。后居杭州。因而家焉。体貌清癯。学问该博。资性工巧。文笔新奇。家世业儒。俯就路吏。善丹青。能歌舞。明曲调。谐音律。性尚豪侠。好事爱客。与钟嗣成交二十馀年。未尝跬步离也。元统二年病卒。年仅中寿。嗣成编录鬼簿。文质及见

之。著杂剧四种。苏武还朝。春风杜韦娘。孙武子教女兵。戏谏唐庄宗。苏武还朝今残。馀不存。散曲辑入乐府群玉。应为大家。

小令

〔正宫〕叨叨令

自　叹

筑墙的曾入高宗梦。钓鱼的也应飞熊梦。受贫的是个凄凉梦。做官的是个荣华梦。笑煞人也末哥。笑煞人也末哥。梦中又说人间梦。乐府群玉三

去年今日题诗处。佳人才子相逢处。世间多少伤心处。人面不知归何处。望不见也末哥。望不见也末哥。绿窗空对花深处。乐府群玉三

四　景

春寻芳竹坞花溪边醉。夏乘舟柳岸莲塘上醉。秋登高菊径枫林下醉。冬藏钩暖阁红炉前醉。快活也末哥。快活也末哥。四时风月皆宜醉。乐府群玉三

　　首句原无花字。兹从任校。

桃花开院宇中欢欢喜喜醉。荇荷香池沼边朝朝日日醉。金菊浓篱落畔醺醺沉沉醉。蜡梅芳庾岭前来来往往醉。醉来也末哥。醉来也末哥。醉儿醒醒儿醉。乐府群玉三

失　题

呜呀呀塞雁空中叫。扑簌簌禁鼓楼头报。淅零零疏雨窗间哨。吉丁当铁马檐前闹。睡不著也末哥。睡不著也末哥。纵然有梦还惊觉。乐府群玉三

悲　秋

叮叮当当铁马儿乞留玎琅闹。啾啾唧唧促织儿依柔依然叫。滴滴点点细雨儿淅留淅零哨。潇潇洒洒梧叶儿失流疏刺落。睡不著也末哥。睡不著也末哥。孤孤另另单枕上迷飐模登靠。乐府群玉三

〔仙吕〕一半儿

多承苏氏肯怜才。终是双生不在□。羞禁奶娘掩面色。耍开怀。一半儿咉及一半儿买。乐府群玉三

写愁词赋自伤悲。传恨琵琶人共知。司马哭痛如商妇泣。泪沾衣。一半儿才干一半儿湿。乐府群玉三

〔中吕〕朝天子

褪咱。矗咱。拟不定真和假。韩香刚待探手拿。小胆儿还惊怕。柳外风前。花间月下。断肠人敢道么。演撒。梦撒。告一句知心话。乐府群玉三

二句从任校。钞本原作叠咱。

〔越调〕小桃红

当时罗帕写宫商。曾寄风流况。今日樽前且休唱。断人肠。有花有酒应难忘。香消夜凉。月明枕上。不信不思量。乐府群玉三

彩笺滴满泪珠儿。心坎如刀刺。明月清风两独自。暗嗟咨。愁怀写出龙蛇字。吴姬见时。知咱心事。不信不相思。乐府群玉三

咏碧桃

东风有恨致玄都。吹破枝头玉。夜月梨花也相妒。不寻俗。娇鸾彩凤风流处。刘郎去也。武陵溪上。仙子淡妆梳。_{乐府群玉三}

群芳争艳斗开时。公子王孙至。邀我名园赏春思。探花枝。任君各自簪红紫。诸公肯许。老夫头上。插朵粉团儿。_{乐府群玉三}

偏嫌桃杏染胭脂。我爱丁香□。恨杀蔷薇有多刺。怨垂丝。梨花带雨伤春思。海棠过了。荼蘼开遍。都不似粉团儿。_{乐府群玉三}

香下原脱一字。兹补为空格。三句有下吴梅校新过录本校补多字。兹从之。

〔越调〕寨儿令

分凤鞋。剖鸾钗。薄情自来年少客。义断恩乖。雨冷云埋。痴意尚怜才。风不定花落闲阶。云不蔽月满楼台。燕归也人未归。雁来也信悭来。才。不得休约到海棠开。_{乐府群玉三}

钞本乐府群玉此曲之前有题目佳人送别。并于首句分凤鞋以上有鸳鸯共栖。鸾凤相配等二十二字。案此二十二字为吴弘道上小楼小令之前半。佳人送别乃其题目。全文见乐府群珠。本书已辑于吴曲中。此处删去。

弹玉指。觑腰肢。想前生欠他憔悴死。锦帐琴瑟。罗帕胭脂。则落得害相思。曾约在桃李开时。到今日杨柳垂丝。假题情绝句诗。虚写恨断肠词。嗤。都扯做纸条儿。_{乐府群玉三}

鸾枕孤。凤衾馀。愁心碎时窗外雨。漏断铜壶。香冷金炉。宝帐暗流苏。情不已心在天隅。魂欲离梦不华胥。西风征雁远。湘水锦鳞无。吁。谁寄断肠书。_{乐府群玉三}

蟾影边。凤台前。箫声为谁天外远。欹枕情牵。倚槛无言。血泪洒寒烟。自薄情别后经年。想嫦娥不念孤眠。葡萄架梧叶井。杨柳院海棠轩。天。陡恁月儿圆。_{乐府群玉三}

斟玉波。对金荷。新来自觉酒尚可。带解金罗。眉淡双蛾。月枕共谁歌。从别后必定情薄。待归来说甚愁多。枕边憔悴我。灯下可憎他。睃。腰柳瘦因何。<small>乐府群玉三</small>

莺燕友。凤鸾俦。尽今生猛可里不到头。被底温柔。枕上风流。一笔尽都勾。明知道泼水难收。争忍说和味合休。沈腰偏看丑。潘貌不藏羞。愁。人问瘦因由。<small>乐府群玉三</small>

挑短檠。倚云屏。伤心伴人清瘦影。薄酒初醒。好梦难成。斜月为谁明。闷恹恹听彻残更。意迟迟盼杀多情。西风穿户冷。檐马隔帘鸣。叮。疑是珮环声。<small>乐府群玉三</small>

踏草茵。步苔痕。忆宫妆懒观蝶翅粉。桃脸香新。柳黛愁颦。谁道不销魂。海棠台榭清晨。梨花院落黄昏。卷帘邀皓月。把酒问东君。春。偏恼少年人。<small>乐府群玉三</small>

清景幽。水痕收。潇潇几株霜后柳。往日追游。此际还羞。新恨上眉头。丹枫不返金沟。碧云深锁朱楼。风凉梧翠减。露冷菊香浮。秋。妆点许多愁。<small>乐府群玉三</small>

彻骨杓。满怀学。只因爱钱心辨不得歹共好。杨柳妖娆。兰蕙丰标。禁不过烂银锹。旧人物不采分毫。新女婿直恁风骚。攀不得龙虎榜。品不得凤鸾箫。猫。不信不敛儿哮。<small>乐府群玉三</small>

　　　歹原作反。兹从任校。

〔双调〕折桂令

过多景楼

滔滔春水东流。天阔云闲。树渺禽幽。山远横眉。波平消雪。月缺沉钩。桃蕊红妆渡口。梨花白点江头。何处离愁。人别层楼。我宿孤舟。<small>乐府群玉三　乐府群珠三</small>

咏蟠梅

梨云旋绕东风。谁屈冰梢。怪压苍松。绿萼含香。枯根层结。春信重封。清味远嫌蝶妒蜂。老枝寒舞凤蟠龙。夜月朦胧。疏蕊纵横。瘦影交加。碎玉玲珑。乐府群玉三　乐府群珠三

二色鞋儿

轻摇环珮丁东。半露新荷。半掩芙蓉。花柳些些。霞绡点点。锦翠弓弓。绿绫扇轻沾落红。茜萝尖微印苔踪。心恨难通。裙底鸳鸯。出落雌雄。乐府群玉三　乐府群珠三

〔双调〕清江引

咏笑靥儿

一窝粉香堪爱惜。近眼花将坠。添他百媚生。动我千金费。春风小桃初破蕊。乐府群玉三

〔双调〕落梅风

眉间恨。心上苦。口难言把脚尖儿分付。乌靴上半痕鞋下土。忍轻将袖□儿挪去。乐府群玉三

　　　任校乐府群玉脚尖作脚根。

楼台小。风味佳。动新愁雨初风乍。知不知对春思念他。倚阑干海棠花下。乐府群玉三

新秋夜。微醉时。月明中倚阑独自。吟成几联肠断诗。说不尽满怀心事。乐府群玉三

鸾凰配。莺燕约。感萧娘肯怜才貌。除琴剑又别无珍共宝。则

一片至诚心要也不要。乐府群玉三

风流士。年少客。花无名帽檐羞带。新来颇觉略分外。相思病
等闲不害。乐府群玉三

　　觉原作学。兹从任校。

乾坤内。山共水。论风流古杭为最。北高峰离不得三二里。回
头看镂金铺翠。乐府群玉三

　　镂原作缕。兹从任校。

〔双调〕水仙子

赋妇人染红指甲

凤华香染水晶寒。碎系珊瑚玉笋间。想别离挂齿应长叹。污檀
脂数点斑。记归期刻损朱阑。锦瑟弦重按。杨家花未残。为何
人血泪偷弹。乐府群玉三

柔荑春笋蘸丹砂。腻骨凝脂贴绛纱。多应泣血淹罗帕。洒筲笞
赪素甲。抹胭脂误染冰楂。横象管跳红玉。理筝弦点落花。轻
掐碎残霞。乐府群玉三

丹枫软玉笋梢扶。猩血春葱指上涂。偷研点易朱砂露。蘸冰痕
书绛符。摘蟾宫丹桂扶疏。潮醉甲霞生晕。碾秋磉琼素举。夹
竹桃香浮。乐府群玉三

　　任校群玉云。以上三首联列。据调名下有周仲彬之名。三首宜皆为周作。但据
　　第一首词后又注周仲彬三字。而次首三首不注。则次首三首。又似非周作。特
　　三首以下。原钞本适阙半页。后词有无别注姓名者。不得而知。是次首三首。
　　究属谁作。尚待校订也。今按吴梅手校新过录本。周仲彬三字在调名水仙子之
　　前一行。

〔双调〕庆东原

闲评论。猛三思。想海神庙错断了乔公事。则合赚他每烧钱裂

纸。则合任他每焚香扣齿。不合信他每插状称词。人都说桂英
痴。则我道王魁是。<small>乐府群玉三</small>

〔不知宫调〕时新乐

千里独行关大王。私下三关杨六郎。张飞忒煞强。诸葛军师赛
张良。暗想。这场。张飞莽撞。大闹卧龙冈。大闹卧龙冈。<small>乐府
群玉三</small>

金妆宝剑藏龙口。玉带红绒皇宣授。男儿得志秋。旌旗影里骤
骅骝。满斟。玉瓯。笙歌齐奏。喧满凤凰楼。喧满凰凤楼。<small>乐府
群玉三</small>

人活百岁七十稀。百岁光阴能几日。光阴积渐催。穿了喫了是
便宜。唱著。舞著。终日沉醉。不饮是呆痴。不饮是呆痴。<small>乐府
群玉三</small>

迓鼓童童笆篷下。数个神翁年高大。糍糕著手拿。磁瓯瓦带浑
滓。铺下。板踏。萝蔔两把。盐酱蘸梢瓜。盐酱蘸梢瓜。<small>乐府群
玉三</small>

霎时相见便留恋。俊俏庞儿少曾见。一朵白玉莲。端端正正在
湖边。细看。可怜。香风拂面。真乃是前缘。<small>乐府群玉三</small>

套数

〔大石调〕青杏子

元　宵

明月镜无瑕。三五夜人物喧哗。水晶台榭烧银爉。笙歌杳杳。
金珠簇簇。灯火家家。

〔么〕命文友步京华。看天涯往来车马。对景伤情诉说别离话。
一番提起。数年往事。几度嗟呀。

〔好观音〕见一簇神仙香风飒。春娥舞绛烛笼纱。一个多俊多娇好似他。堪描画。笑吟吟重把金钗插。

〔么〕行至侵云鳌峰下。却原来正是俺那娇娃。怕不待根前动问咱。人奸诈。拘钤得无半点儿风流暇。

〔尾〕刚道了个安置都别无话。意迟迟手撚梅花。比梦中只争在明月下。太平乐府七　雍熙乐府一五

雍熙乐府不注撰人。○(青杏子么)太平乐府对景伤情作景伤情。雍熙作对景情。兹改。(好观音么)明大字本太平乐府暇作假。雍熙钤作钳。暇作假。

〔越调〕斗鹌鹑

咏小卿

释卷挑灯。攀今览古。妒日嫌风。埋云怨雨。因观金斗遗文。故造绿窗新语。自忖度。有窨腹。好做得是也有钞茶商。好行得差也能文士夫。

〔紫花儿〕苏娘娘本贪也欲也。冯员外既与之求之。双解元怎羡乎嗟乎。但常见酬歌买笑。谁再睹沽酒当垆。哎。青蚨。压碎那茶药琴棋笔砚书。今日小生做个盟甫。改正那村纣的冯魁。疏驳那俊雅的通叔。

〔小桃红〕当时去底遇娇姝。嫩蕊曾分付。便合和根儘掘去。自情疏。直教他连愁嫁作商人妇。划的进功名仕途。直赶到风波深处。双渐你可甚君子断其初。

〔金蕉叶〕微雨洗丹枫秀谷。薄雾锁白苹断浒。零露湿苍苔浅渚。明月冷黄芦远浦。

〔调笑令〕那其间美女。搂着村夫。怎做得贤愚不并居。便休提书中有女颜如玉。偏那双通叔不者也之乎。他也曾悬头刺股将

经史读。他几曾寻得个落雁沉鱼。

〔秃厮儿〕双渐正瑶琴自抚。冯魁正红袖双扶。双渐正弹成满江肠断曲。冯魁正倒金壶。饮芳醑。

〔圣药王〕双渐正眉不疏。冯魁正兴未足。双渐正闷随江水恨吞吴。冯魁正乐有馀。双渐正愁怎除。冯魁正写成今世不休书。双渐正嫌杀影儿孤。

〔尾〕寻思两个闲人物。判风月才人记取。将俊名儿双渐行且权除。把俏字儿冯魁行暂时与。太平乐府七　雍熙乐府一三

雍熙乐府不注撰人。○(斗鹌鹑)元刊太平乐府怨作冤。兹从何钞本及雍熙。雍熙腹作服。(紫花儿)雍熙娘娘作娘子。常见作常。(小桃红)元刊太平乐府可甚作可爱。兹从元刊八卷本瞿本。元刊本及元刊八卷本末句俱叠一初字。兹从瞿本及雍熙。元刊本双渐作双泪。雍熙作双泪。兹从元刊八卷本及瞿本。明大字本太平乐府君子作君子也。雍熙去底作去的。合作和叶。儘作盡。(调笑令)元刊八卷本瞿本太平乐府寻得俱作寻得出。

自　悟

弃职休官。张良范蠡。拜辞了紫绶金章。待看青山绿水。跳出狼虎丛中。不入麒麟画里。想爵禄高。性命危。一个个舍死忘生。争宜竞救。

〔紫花儿序〕您都待重茵而卧。列鼎而食。不如我拂袖而归。急流中勇退。见贤思齐。当日个宁武子左丘明孔仲尼。邦有道则仕。邦无道则废。齐魏里使煞个孙庞。殷商中饿杀了夷齐。

〔鬼三台〕看了些英雄休争闲气。为功名将命亏。笑豫让。叹鉏麑。待图个甚的。论功劳胜似燕乐毅。论才学不如晋李仪。常言道才广妨身。官高害己。

〔圣药王〕我如今近七十。恰才得。方知道老而不死是为贼。指鹿做马。唤凤做鸡。葫芦今后大家提。想谁别辨个是和非。

〔调笑令〕为甚每日醉如泥。除睡人间总不知。戒之在得因何意。老不必争名夺利。黄金垛到北斗齐。也跳不出是处轮回。

〔圣药王〕赤紧的乌紧飞。兔紧催。暂时相赏莫相违。菊满篱。酒满杯。当喫得席前花影坐间移。白发故人稀。

〔尾〕想当日子房公会觅全身计。一个识空便抽头的范蠡。归山去的待看翠巍巍千丈岭头云。归湖的待看绿湛湛长江万顷水。阳春白雪后集四　太平乐府七　词谑　雍熙乐府一三

元刊本钞本阳春白雪曲前皆无题。并失注撰人。钞本目录以此曲属吴仁卿。惟太平乐府则以之属周仲彬。杨氏两种曲选。太平乐府后出。疑属周仲彬为确。故辑于此。题目从太平乐府。曲文从阳春白雪。词谑以此曲属吴仁卿。盖据阳春白雪。雍熙乐府不注撰人。○(斗鹌鹑)太平乐府休官作张良。张良作归湖。拜辞作拜纳。待看作访一道。跳出作离了。不入作再不入。想作你看承的。下二句作。觑的您性命低。舍死忘生。词谑首二句作弃职张良。休官范蠡。待看作可喜煞。雍熙待看作待去看。跳出作跳出了。不入作再不入。无想字。无一个个三字。(紫花儿序)阳春白雪孔仲尼作我仲尼。兹从太平乐府等。太平乐府您都待作指不过。不如我作那一个。思齐下有谁及二字。无当日个三字。邦有道句以下作。这三人邦有道则智。齐国中智杀孙庞。首阳山饿死夷齐。雍熙急流下无中字。殷商中作殷周间。了作个。(鬼三台)钞本白雪论功劳作论功名。太平乐府此支作。您那等英雄辈。待争名利。为功名命亏。笑豫让。叹鉏麑。都是些于家为国。论才能压着晋李离。论功勋胜似燕乐毅。才广伤身。官高害己。词谑才广作财广。雍熙英雄休作英雄辈。将命作将性命。笑作叹。胜似。不如。并作谁作如。(圣药王)元刊白雪想谁别作想别。旧校增谁字。钞本作想谁那。钞本方知道作方知。太平乐府无如今二字。才得作省的。无方知道三字。下二句作。问甚鹿道做马。凤唤做鸡。想谁别辨个别辨。词谑恰才得方知道作才晓的。指鹿二句作。管甚么鹿道做马。凤唤做鸡。想谁别辨作别辨。雍熙恰才得作得知。方知道作须信道。末四句作。鹿唤做马。凤唤做鸡。从今葫芦大家提。再不辨是和非。(调笑令)太平乐府为甚每日作我每日只喫的。得因作斗缘。老不必作是不与他。黄金作问甚么金银。下句作难逃生死轮回。词谑老不必作老不。末句无是处二字。雍熙每日作终日。是处作这。(圣

药王)太平乐府脱曲牌。前五句作。一任兔走的疾。乌紧飞。相随莫得却相违。酒满斝。菊满篱。当喫得作只喫的。白发上有叹字。雍熙紧飞作又飞。紧催作又催。当喫作只喫。(尾)钞本白雪识空作识藏弓。太平乐府前二句作。子房公会纳归山计。畅好是识进退归湖范蠡。待看作伴着。末句的待看作去的趁着那。词谱归山下无去字。末句待看作伴着。雍熙一个作好一个。无去字。两看字下俱有那字。绿作青。

〔双调〕新水令

思　忆

落红风里不闻声。叹东君渐成薄倖。却艳冶。又飘零。叶底残英。刚留住惜花性。

〔乔牌儿〕对景愁倍增。追思旧行径。苏卿偏识临川令。俏心肠忒志诚。

〔风入松〕笑将风月好前程。轻付与俊书生。奈春情庭院关不定。被东风吹满宸京。隐隐仙姬去也。悠悠环佩无声。

〔拨不断〕柳青青。竹亭亭。观绝楼头潇潇景。想尽花间怯怯情。添沉心上厌厌病。都只为剖钗分镜。

〔一锭银〕寂寂黄昏户半局。独立闲庭。谁道下一言为定。俺执手到数千回。划地孤令。

〔离亭歇指煞〕相逢常约西厢等。到来不奉东墙命。无言暗省。秦楼何夕彩云回。瑶琴昨日冰弦断。碧天今夜孤星耿。露寒衣袂轻。风定帘栊静。偏觉更长漏永。香消不暖梦蝶魂。月明应搅幽禽宿。灯青偏照离鸾影。谁将才子情。说与佳人听。今夜里休来俺梦境。从知道枕儿单。也填不得被儿冷。太平乐府七　盛世新声午集　词林摘艳五　雍熙乐府一一　北宫词纪六　北词广正谱引一锭银　九宫大成六六同盛世新声重增本内府本词林摘艳俱无题。不注撰人。雍熙乐府此套前后重出。
皆在卷十一。前者题作春思。后者无题。俱不注撰人。北宫词纪题作春
思。○〔新水令〕盛世却作方。残英作流莺。摘艳俱同。内府本摘艳落红作落
花。雍熙后残英作残红。〔乔牌儿〕雍熙前心肠作心儿。〔风入松〕元刊太平乐
府春情作春清。兹从明大字本及盛世等。盛世摘艳俱无轻字。去也俱作到也。
雍熙前俊书生作张生。雍熙后无轻字。春情作春春。〔拨不断〕何钞本太平乐
府添沉作添沉。盛世摘艳镜俱作定。雍熙前怯怯作快快。雍熙后都作却。剖作
断。〔一锭银〕瞿本及何钞本太平乐府孤令俱作孤另。盛世摘艳同。雍熙前与
词纪寂寂俱作寂寞。雍熙后下一言作一言永。孤上有又字。〔离亭歇指煞〕盛
世三句作曾言誓盟。夕日二字移位。弦断作弦挣。香消作香肌。幽禽作幽衾。
灯青作炉香。谁将作谁持。说与作谁与。摘艳俱同。雍熙前觉作不觉。应搅作
应教。又与词纪被上俱有这字。雍熙后常约作常要。命作令。香消作香肌。幽
禽作幽衾。灯青作清灯。说与作诉与。枕作枕头。

〔双调〕蝶恋花

悟　迷

杨柳楼台春萧索。庭院深沉。不把相思锁。睡去犹然有梦合。
愁来无处容身躲。

〔乔牌儿〕想秦楼金缕歌。风流恁共欢乐。和香折得花一朵。记
当时他付托。

〔神曲缠〕咱彼各。休生间阔。便死也同其棺椁。虽然未可。妻
夫过活。且遥受心爱的哥哥。

〔二〕猛可。折剉。蓝桥路千里烟波。桃源洞百结藤萝。细寻思
冰人颇可。好前程等闲差错。

〔三〕鼓盆歌。寂寞。天差我从新赓和。盼芳容同栖绣幄。奈儒
风难立鸣珂。叹书生轻别素娥。看佳人输与拔禾。

〔四〕分薄。连枝树柯。斫来烧祆庙火。病魔。心如刀剉。对青

铜知鬓幡。画阁。更深罗幕。伴灯花珠泪落。

〔离亭宴尾〕着迷本是伊之祸。辜恩非是咱之过。如之奈何。朱门深闭贾充香。兰房强揾郑生玉。青楼空掷潘安果。壶中筹掣做签。盘内棋排成课。待卜个他心怎么。界残妆枕上哭。扣皓齿神前咒。启檀口人行唾。纸如海样阔。字比针关大。也写不尽衷肠许多。和恨染至诚他。连愁书负心我。_{太平乐府六　北词广正}谱引蝶恋花

(乔牌儿)二句恁原作怪。怪为怪之异体字。不可通。兹改为恁。疑怪为怔之讹。怔恁为一字之异体。(二)原脱牌名。兹补正。以下三原作二。四原作三。

赵禹圭

禹圭字天锡。汴梁人。承直郎。至顺间官镇江府判。著杂剧二种。何郎傅粉。金钗剪烛。今皆不存。

小令

〔双调〕蟾宫曲

题金山寺

长江浩浩西来。水面云山。山上楼台。山水相辉。楼台相映。天与安排。诗句就云山动色。酒杯倾天地忘怀。醉眼睁开。遥望蓬莱。一半烟遮。一半云埋。_{阳春白雪前集二　云庄乐府　中原音韵}乐府群珠三　雍熙乐府一七

阳春白雪题作题金山寺。注赵天锡作。中原音韵题作金山寺。雍熙乐府失题。俱不注撰人。张养浩云庄乐府亦收此曲。题作过金山寺。乐府群珠从之。兹互见赵张两家曲中。○云庄乐府相辉作相连。相映作相对。就云山作成风烟。末二句作。一半儿云遮。一半儿烟霾。中原音韵相辉作相连。相映作上下。天与作天地。动色作失色。倾作宽。遥望作回首。末二句烟云易位。音韵又谓歌者

每歌天地为天巧。失色为用色。群珠同云庄乐府。惟末字作埋。雍熙长江上有泛字。遥望作遥见。末二句作。一半儿雨隔云遮。一半儿风蔽烟埋。馀同云庄乐府。

〔双调〕雁儿落过清江引碧玉箫

美河南王

厌市朝车马多。羡凌烟阁功劳大。盖村居绿野堂。赛兰省红莲幕。　浊酒一壶天地阔。世态都参阅。闷携藜杖行。醉向花阴卧。老官人闲快活。　北镇沙陀。千里暮云合。南接黄河。一线衮金波。赛渊明五柳庄。胜尧夫安乐窝。红粉歌。笙箫齐和。他。访谢安在东山卧。_{太平乐府三}

<small>元刊本赛兰省作阑省。兹从元刊八卷本及瞿本。</small>

秉乾坤秀气清。凛冰雪丹心正。奉朝中天子宣。领阃外将军令。　战马远嘶边月冷。卷地旌旗影。风生虎帐寒。笔扫狼烟静。咫尺间领三公判内省。　满腹才能。幕府夜谈兵。唾手功名。麟阁要图形。诸葛亮八阵图。周亚夫细柳营。羡此行。南蛮平定。听。和凯歌回敲金镫。_{太平乐府三}

〔双调〕风入松

忆　旧

怨东风不到小窗纱。枉辜负茬苒韶华。泪痕湮透香罗帕。凭阑干望夕阳西下。恼人情愁闻杜宇。凝眸处数归鸦。_{词林摘艳一　雍熙乐府二〇}

<small>雍熙乐府此四首题作思情。不注撰人。〇雍熙怨东风作春风。二句作辜负了韶华。湮作湿。阑干作阑。数作仰数。</small>

唤丫鬟休买小桃花。一任教云鬓堆鸦。眉儿淡了不堪画。愁和

闷将人禁加。咫尺间那人在家。浑一似阻天涯。<small>词林摘艳一　雍熙乐府二〇</small>

　　雍熙首句无唤字。一任教作任。自四句起作。闷和愁将人来禁加。咫尺间粉郎何在。小浑家如阻天涯。

记前日席上泛流霞。正遇着宿世冤家。自从见了心牵挂。心儿里撇他不下。梦儿里常常见他。说不的半星儿话。<small>词林摘艳一　旧编南九宫谱　雍熙乐府九。一六。二〇　彩笔情辞九</small>

　　此曲在雍熙乐府中凡三见。一在卷二十。为小令。一题四首。即本书所列者。一在卷九。为青衲袄几时得这烦恼绝套数之一支。一在卷十六。为番马舞西风百媚千娇套数之一支。皆不注撰人。蒋孝旧编南九宫谱亦收此支。据旧谱注知为南戏董秀英之逸曲。百媚千娇套似为南戏董秀英之一套。此曲盖亦摘调小令也。兹姑收之于此。〇旧编南九宫谱首句无记字。遇著下有个字。常常下有的字。不的作不尽。雍熙二十句无记字。次句作遇着俺冤家。见他作相见。不的作不及。雍熙九正遇著作遇著一个。心牵挂作情牵挂。雍熙十六正遇着作遇着个。

忆刘郎当日到仙苑。使自家心绪悬悬。眼儿里见了心儿里恋。口儿里不敢胡言。朝夕里只得告天。何时得再团圆。<small>词林摘艳一　雍熙乐府二〇</small>

　　雍熙首二句作。刘郎前日到桃源。使人心悬悬。三句两儿字下俱无里字。末二句作。但朝夕只将天告。甚时节再得团圆。

乔　吉

　　吉一作吉甫。吉字梦符。号笙鹤翁。又号惺惺道人。太原人。美容仪。能词章。以威严自饬。人敬畏之。居杭州太乙宫前。有题西湖梧叶儿百篇。名公为之序。江湖间四十年。欲刊行所作。竟无成事者。至正五年。病卒于家。著杂剧十一种。认玉钗。黄金台。荆公遣妾。托妻寄子。马光祖勘风尘。节妇牌。九龙庙。贤孝妇。扬州梦。

两世姻缘。金钱记。后三种今存。曲品谓梦符尚有金縢记传奇。梦符
尝谓作乐府亦有法。凤头猪肚豹尾是也。大概起要美丽。中要浩荡。
结要响亮。尤贵在首尾贯串。意思清新。能若是。斯可以言乐府矣。
明李开先辑其所作。为乔梦符小令一卷。与张小山小令并刊。又有无
名氏辑其小令为文湖州集词。涵虚子论曲。谓其词如神鳌鼓浪。又
云。若天吴跨神鳌。喷沫于大洋。波涛汹涌。截断众流之势。

小令

〔正宫〕醉太平

题　情

离情厮禁。旧约难寻。落红堆径雨沉沉。锁梨花院深。瘦来裙
掩鸳鸯锦。愁多梦冷芙蓉枕。鬂松钗落凤凰金。险掂折玉簪。太
平乐府五　乔梦符小令

元刊本太平乐府松作班。何钞本作环。此从瞿本太平乐府及乔梦符小令。

乐　闲

炼秋霞汞鼎。煮晴雪茶铛。落花流水护茅亭。似春风武陵。唤
樵青椰瓢倾云浅松醪剩。倚围屏洞仙酺露冷石床净。挂枯藤野
猿啼月淡纸窗明。老先生睡醒。文湖州集词　乔梦符小令

文湖州集词无题。〇又。末句老作者。

渔樵闲话

柳穿鱼旋煮。柴换酒新沽。斗牛儿乘兴老樵渔。论闲言侼语。
燥头颅束云担雪耽辛苦。坐蒲团攀风咏月穷活路。按葫芦谈天
说地醉模糊。入江山画图。文湖州集词　乔梦符小令

文湖州集词侼语作仗语。耽辛苦作腌辛苦。攀风咏月作扳风钓月。

〔正宫〕绿幺遍

自　述

不占龙头选。不入名贤传。时时酒圣。处处诗禅。烟霞状元。江湖醉仙。笑谈便是编修院。留连。批风抹月四十年。<small>乐府群玉二　乔梦符小令</small>

〔南吕〕四块玉

咏　手

弦上看。花间把。握雨携云那清嘉。春风满袖拈罗帕。擎玉斝。微蘸甲。风韵煞。<small>乐府群玉二　乔梦符小令　乐府群珠二</small>

<small>　　群玉携云作移云。</small>

玉掌温。琼枝嫩。闲弄闲拈暗生春。为纤柔长惹风流恨。掠翠鬈。整鬐云。可喜损。<small>乐府群玉二　乔梦符小令　乐府群珠二</small>

〔南吕〕玉交枝

闲适二曲

山间林下。有草舍蓬窗幽雅。苍松翠竹堪图画。近烟村三四家。飘飘好梦随落花。纷纷世味如嚼蜡。一任他苍头皓发。莫徒劳心猿意马。自种瓜。自采茶。炉内炼丹砂。看一卷道德经。讲一会渔樵话。闭上槿树篱。醉卧在葫芦架。尽清闲自在煞。<small>文湖州集词　乔梦符小令</small>

<small>　　文湖州集词无题。○丁本文湖州集词徒劳作募顿。何本文湖州集词作劳倾。疑皆系劳顿之讹。两本集词道德经俱作道经。渔樵话俱作渔话。</small>

无灾无难。受用会桑榆日晚。英雄事业何时办。空熬煎两鬓斑。

陈抟睡足西华山。文王不到磻溪岸。不是我心灰意懒。怎陪伴
愚眉肉眼。雪满山。水绕滩。静爱野鸥闲。使见识偃月堂。受
惊怕连云栈。想起来满面看。通身汗。惨煞人也蜀道难。_{文湖州}
_{集词　乔梦符小令}

　　　文湖州集词满面看作满面着。丁本集词野鸥作野凫。兹从何本。小令斑字叠。
　　　野鸥作野凫。

失　题

青春空过。早两鬓秋霜渐多。运筹帷幄簪笔坐。费心如安乐窝。
黄尘黑海万丈波。绿袍槐简千家货。算世人难蹭脱。脱这金枷
玉锁。问小哥。你省么。拍手笑呵呵。穿袖衫调傀儡。搭套项
推沉磨。我如今得空便都参破。得清闲才是我。_{文湖州集词}

　　　簪笔原作簪簪。黑海原作里海。兹俱从任校。丁本集词省么作着么。兹从
　　　何本。

溪山一派。接松径寒云绿苔。萧萧五柳疏篱寨。撒金钱菊正开。
先生拂袖归去来。将军战马今何在。急跳出风波大海。作个烟霞
逸客。翠竹斋。薜荔阶。强似五侯宅。这一条青穗绦。傲煞你黄
金带。再不著父母忧。再不还儿孙债。险也啊拜将台。_{文湖州集词}

　　　青穗原作走穗。兹从任校。何本薜荔作薜萝。

〔南吕〕阅金经

闺　情

玉减梅花瘦。翠颦妆镜羞。雨念云思何日休。休。休登江上楼。
红鸾袖。泪痕都是愁。_{太平乐府五　乔梦符小令　乐府群珠二}

　　　明大字本太平乐府泪痕作啼痕。

砑金红鸾纸。染香丹凤词。情系人心秋藕丝。思。掷梭双泪时。

回文字。织成肠断诗。太平乐府五　乔梦符小令　乐府群珠二

瞿本太平乐府及群珠思俱作丝。小令丹凤词作丹凤池。肠断诗作肠断词。

〔中吕〕朝天子

歌者簪山橘

锦囊。未黄。宜荐秋风酿。何须一夜洞庭霜。好先试销金帐。荳蔻梢头。丁香枝上。蘸吴姬指甲凉。剖将。试尝。止爱些酸模样。太平乐府四　乔梦符小令

元刊太平乐府先试作光试。指甲作指里。兹从小令。瞿本太平亦作先试。元刊八卷本太平止爱作正爱。

赋所感

翠衫。玉簪。脂唇小樱桃淡。多情多绪眼脑馋。谁敢去胡摇撼。冷诨先嘶。呆科先探。小心儿真个敢。为俺。大胆。我倒有三分惨。太平乐府四　乔梦符小令

元刊太平乐府先嘶作先渐。元刊八卷本作先斩。兹从小令。

小娃琵琶

暖烘。醉容。逼匝的芳心动。雏莺声在小帘栊。唤醒花前梦。指甲纤柔。眉儿轻纵。和相思曲未终。玉葱。翠峰。娇怯煞琵琶重。太平乐府四　乔梦符小令

〔中吕〕满庭芳

铁马儿

虚檐月明。穿帘得失。注月前程。只闻阃外将军令。肃肃宵征。

歌舞闹难蹅锦营。雨云闲偏战愁城。嘶不定。钢肠人厌听。风
入四蹄轻。乐府群玉二　乔梦符小令

　　群玉穿帘作穿联。

渔父词

潇湘画中。雪翻秋浪。玉削晴峰。莼鲈高兴西风动。挂起风篷。
梦不到青云九重。禄不求皇阁千钟。浮蛆瓮。活鱼自烹。浊酒
旋笃红。乐府群玉二　乔梦符小令

　　小令风篷作长篷。皇阁作黄阁。

湘江汉江。山川第一。景物无双。呼儿盏洗生珠蚌。有酒盈缸。
争人我心都纳降。和伊吾歌不成腔。船初桩。芙蓉对港。和月
倚篷窗。乐府群玉二　乔梦符小令

吴头楚尾。江山入梦。海鸟忘机。闲来得觉胡伦睡。枕著蓑衣。
钓台下风云庆会。纶竿上日月交蚀。知滋味。桃花浪里。春水
鳜鱼肥。乐府群玉二　乔梦符小令

　　小令胡伦作囫囵。

江湖隐居。既学范蠡。问甚三闾。终身休惹闲题目。装个葫芦。
行雨罢龙归远浦。送秋来雁落平湖。摇船去。浊醪换取。一串
柳穿鱼。乐府群玉二　乔梦符小令

山妻稚子。薄批鲈脍。细切莼丝。葫芦盛酒江头市。盏用青瓷。
笑吕望风云古史。爱玄真江海新诗。心无事。寻思那时。悔杀
进西施。乐府群玉二　乔梦符小令

疏狂逸客。一樽酒尽。百尺帆开。划然长啸西风快。海上潮来。
入万顷玻璃世界。望三山翡翠楼台。纶竿外。江湖水窄。回首
是蓬莱。乐府群玉二　乔梦符小令

湖平棹稳。桃花泛暖。柳絮吹春。萋蒿香脆芦芽嫩。烂煮河豚。

闲日月熬了些酒樽。恶风波飞不上丝纶。芳村近。田原隐隐。
疑是避秦人。<small>乐府群玉二　乔梦符小令</small>

扁舟棹短。名休挂齿。身不属官。船头酒醒妻儿唤。笑语团圞。
锦画图芹香水暖。玉围屏雪急风酸。清江畔。闲愁不管。天地
一壶宽。<small>乐府群玉二　乔梦符小令</small>

沙隄缆船。樵夫问讯。溪友留连。笑谈便是编修院。谁贵谁贤。
不应举江湖状元。不思凡蓑笠神仙。鱼成串。垂杨岸边。还却
酒家钱。<small>乐府群玉二　乔梦符小令</small>

　　小令谁贵作谁否。

扁舟最小。纶巾蒲扇。酒瓮诗瓢。樵青拍手渔童笑。回首金焦。
箬笠底风云缥缈。钓竿头活计萧条。船轻棹。一江夜潮。明月
卧吹箫。<small>乐府群玉二　乔梦符小令</small>

纶竿送老。酒笿绿蚁。蟹擘红膏。兴来自把船儿棹。万顷云涛。
风月养吾生老饕。江湖歌楚客离骚。溪童道。蓑衣是草。不换
锦宫袍。<small>乐府群玉二　乔梦符小令</small>

渔家过活。雪篷云棹。雨笠烟蓑。一声欸乃无人和。妻子呵呵。
包古今不宜时短褐。泛江湖无定处行窝。休扶舵。轻将棹拨。
江上月明多。<small>乐府群玉二　乔梦符小令</small>

活鱼旋打。沽些村酒。问那人家。江山万里天然画。落日烟霞。
垂袖舞风生鬓发。扣舷歌声撼渔槎。初更罢。波明浅沙。明月
浸芦花。<small>乐府群玉二　乔梦符小令</small>

渔翁醉也。任横棹楫。不缆桩橛。晚来隔浦灯明灭。船阁沙斜。
芦花梦西风睡彻。松茅烟夜火烧绝。秋江月。林梢半缺。潮信
早来些。<small>乐府群玉二　乔梦符小令</small>

　　小令松茅作松明。

江天晚凉。一滩蓼沙。十里莲塘。酒缸盛酒船头上。有几个渔

郎。云锦机织作成醉乡。绮罗丛排办出沧浪。杯盘放。鲈鱼味
长。甜似大官羊。乐府群玉二　乔梦符小令

小令蓼沙作红蓼。织作成作成了。

秋江暮景。胭脂林障。翡翠山屏。几年罢却青云兴。直泛沧溟。
卧御榻弯的腿疼。坐羊皮惯得身轻。风初定。丝纶慢整。牵动
一潭星。乐府群玉二　乔梦符小令

小令林障作休障。

携鱼换酒。鱼鲜可口。酒热扶头。盘中不是鲸鲵肉。鲟鲊初熟。
太湖水光摇酒瓯。洞庭山影落鱼舟。归来后。一竿钓钩。不挂
古今愁。乐府群玉二　乔梦符小令

江声撼枕。一川残月。满目遥岑。白云流水无人禁。胜似山林。
钓晚霞寒波濯锦。看秋潮夜海镕金。村醪窨。何人共饮。鸥鹭
是知心。乐府群玉二　乔梦符小令

轻鸥数点。寒蒲猎猎。秋水厌厌。五湖烟景由人占。有甚防嫌。
是非海天惊地险。水云乡浪静风恬。村醪酽。歌声冉冉。明月
在山尖。乐府群玉二　乔梦符小令

篷窗半龛。挂晴帆饱。照夜灯馋。一竿界破江云淡。虾蟹盈篮。
未放我杯中量减。尽教他鬓影秋搀。船休缆。中流半酣。击楫
下湘潭。乐府群玉二　乔梦符小令

〔中吕〕红绣鞋

竹衫儿

并刀剪龙须为寸。玉丝穿龟背成文。襟袖清凉不沾尘。汗香晴
带雨。肩瘦冷搜云。是玲珑别透人。太平乐府四　乐府群玉二　乔梦符
小令　乐府群珠四　尧山堂外纪七一

乐府群玉题作竹凉衫。〇群玉襟袖作骨格。搜作披。是作是一个。小令襟袖作

骨格。群珠搜作披。

浃背全无暑汗。曲肱时印新瘢。衬荷花落魄壮怀宽。挹风香双袖细。披野色一襟团。满身儿窥豹管。乐府群玉二　乔梦符小令　乐府群珠四

书所见

脸儿嫩难藏酒晕。扇儿薄不隔歌尘。佯整金钗暗窥人。凉风醒醉眼。明月破诗魂。料今宵怎睡得稳。太平乐府四　乔梦符小令　乐府群珠四

泊皋亭山下

石骨瘦金珠窟嵌。树身驼璎珞褴褴。秋影秋声绕蓬龛。青山黄鹤楼。白水黑龙潭。野猿啼碎胆。文湖州集词

〔中吕〕喜春来

秋　望

千山落叶岩岩瘦。百尺危阑寸寸愁。有人独倚晚妆楼。楼外柳。眉暗不禁秋。文湖州集词

曲牌原作惜芳春。○何本集词有人作偏有。兹从丁本。

〔中吕〕山坡羊

寓　兴

鹏抟九万。腰缠十万。扬州鹤背骑来惯。事间关。景阑珊。黄金不富英雄汉。一片世情天地间。白。也是眼。青。也是眼。太平乐府四　乔梦符小令　乐府群珠一

冬日写怀

离家一月。闲居客舍。孟尝君不费黄齑社。世情别。故交绝。床头金尽谁行借。今日又逢冬至节。酒。何处赊。梅。何处折。<small>太平乐府四 乔梦符小令 乐府群珠一</small>

朝三暮四。昨非今是。痴儿不解荣枯事。攒家私。宠花枝。黄金壮起荒淫志。千百锭买张招状纸。身。已至此。心。犹未死。<small>太平乐府四 文湖州集词 乔梦符小令 乐府群珠一</small>

　　锭原作定。太平及群珠荒淫俱作荒凉。元刊八卷本瞿本太平招状俱作招伏。集词不解作不识。至此作在此。

冬寒前后。雪晴时候。谁人相伴梅花瘦。钓鳌舟。缆汀洲。绿蓑不耐风霜透。投至有鱼来上钩。风。吹破头。霜。皴破手。<small>太平乐府四 乔梦符小令 乐府群珠一</small>

　　群珠题作寒江独钓。

自　警

清风闲坐。白云高卧。面皮不受时人唾。乐跎跎。笑呵呵。看别人搭套项推沉磨。盖下一枚安乐窝。东。也在我。西。也在我。<small>文湖州集词 乔梦符小令</small>

　　文湖州集词无题。○又。跎跎作陁陁。

失　题

云浓云淡。窗明窗暗。等闲休擘骊龙颔。正尴尬。莫贪婪。恶风波喫闪的都着淊。流则盈科止则坎。行。也在俺。藏。也在俺。<small>文湖州集词</small>

　　丁本着淊作自淊。

妆呆妆侜。妆聋妆喑。人生一世刚图甚。句闲吟。酒频斟。白

云梦绕青山枕。看遍洛阳花似锦。荣。也在恁。枯。也在恁。_文
_{湖州集词}

〔商调〕梧叶儿

出金陵

尘暗埋金地。云寒树玉宫。归去也老仙翁。东北朝宗水。西南
解愠风。船急似飞龙。到铁瓮城边喜落篷。_{文湖州集词}

　　曲牌原作碧梧秋。

〔越调〕小桃红

赠刘牙儿

瓠犀微露玉参差。偏称乌金渍。斜抵春纤记前事。试寻思。风
流漫惹闲唇齿。含宫泛徵。咬文嚼字。谁敢嗑牙儿。_{太平乐府三}
_{乐府群玉二　乔梦符小令}

　　群玉泛徵作嚼徵。嚼字作啖字。

立春遣兴

土牛泥软润滋滋。香写宜春字。散作芳尘满街市。洒吟髭。老
天也管闲公事。春风告示。梅花资次。攒到北边枝。_{太平乐府三}
_{乔梦符小令}

纸雁儿

汉宫秋信落云笺。行断鸳鸯剪。写不成书寄幽怨。镜台边。补妆
羞对双金钿。清愁一点。有谁曾见。和影过远山前。_{太平乐府三　文}
_{湖州集词　乔梦符小令}

　　文湖州集词题作纸孤雁。○又。有谁曾见作多情谁见。

扇　儿

一声谁剪楚江云。秋色轻罗衬。休写班姬六宫恨。泪成痕。半枝汗湿香生晕。蒲葵策勋。桃花风韵。凉渗小乌巾。太平乐府三
文湖州集词　乔梦符小令

文湖州集词题作湘竹扇。○又。一声作一方。

赠郭莲儿

锦幢罗盖水晶宫。一曲菱歌动。太液云香露华莹。醉芙蓉。鸳鸯不识凌波梦。秋房怨空。藕丝情重。粉瘦怯西风。乐府群玉二
乔梦符小令

花篮髻

小鬟新样斗奇绝。学绾同心结。翠织香穿逞娇劣。巧堆叠。锦筐露湿琼梳月。盛春倦也。和云低遏。忙煞梦中蝶。乐府群玉二
文湖州集词　乔梦符小令

群玉与小令遏俱作迟。何本文湖州集词遏作迟。又改作遏。兹从丁本。

效联珠格

落花飞絮隔朱帘。帘静重门掩。掩镜羞看脸儿嫌。嫌眉尖。尖尖指屈将归期念。念他抛闪。闪咱少欠。欠你病厌厌。乐府群玉二　乔梦符小令

赠朱阿娇

郁金香染海棠丝。云腻宫鸦翅。翠黡眉儿画心字。喜孜孜。司空休作寻常事。樽前但得。身边伏侍。谁敢想那些儿。乐府群玉二　乔梦符小令

闺　思

日高犹自睡沉沉。梦绕鸳鸯枕。不成闲愁厮拘禁。恋香衾。东风落尽西园锦。知他为甚。情怀陡恁。懒却惜花心。<small>乐府群玉二乔梦符小令</small>

　　小令不成作不是。

春闺怨

玉楼风飐杏花衫。娇怯春寒赚。酒病十朝九朝嵌。瘦岩岩。愁浓难补眉儿淡。香消翠减。雨昏烟暗。芳草遍江南。<small>乐府群玉二乔梦符小令</small>

中秋怀约

桂花风雨较凉些。愁字儿难藏厮。一片秋声战梧叶。苦离别。幸然不见团圆月。多应那人。相思今夜。明日敢来也。<small>乐府群玉二　乔梦符小令</small>

楚仪来因戏赠之

碧梧月冷凤凰枝。空守风流志。楚雨湘云总心事。许多时。口儿里不道个胡伦字。殷勤谢伊。虽无传示。来探了两遭儿。<small>乐府群玉二　乔梦符小令</small>

　　小令胡伦作囫囵。

别楚仪

一樽别酒断肠词。难说心间事。行李匆匆怎酬志。自寻思。从今别却文章士。至如小子。十分不是。好处也想些儿。<small>乐府群玉二　乔梦符小令</small>

绍兴于侯索赋

昼长无事簿书闲。未午衙先散。一郡居民二十万。报平安。秋粮夏税咄嗟儿办。执花纹象简。凭琴堂书案。日日看青山。<small>乐府群玉二　乔梦符小令</small>

孙氏壁间画竹

月分云影过邻东。半壁秋声动。露粟枝柔怯栖凤。玉玲珑。不堪岁暮关情重。空谷乍寒。美人无梦。翠袖倚西风。<small>乐府群玉二文湖州集词　乔梦符小令</small>

　　<small>文湖州集词题作题孙氏壁间墨竹。○又。玲珑作珑璁。</small>

点鞋枝

研台香蘸翠条尖。圈落玄花点。云凤吴绫粉生馣。配霜缣。月牙脱出宫莲㠾。虽然草木。不堪憔悴。陪伴玉纤纤。<small>乐府群玉二文湖州集词　乔梦符小令</small>

　　<small>群玉丁本文湖州集词及小令题目俱作点鞋杖。兹从何本集词。○集词不堪作不嫌。</small>

晓　妆

绀云分翠拢香丝。玉线界宫鸦翅。露冷蔷薇晓初试。淡匀脂。金篦腻点兰烟纸。含娇意思。殢人须是。亲手画眉儿。<small>乐府群玉二　乔梦符小令</small>

桂　花

一枝丹桂倚西风。扇影天香动。醉里清虚广寒梦。月明中。紫金粟炼碎砂汞。绿衣衬榜。黄麻供奉。不似状元红。<small>乐府群玉二</small>

乔梦符小令

指　镯

紫金铢钿巧镯儿。悭称无名指。花信今春几番至。见郎时。窗前携手知心事。行云拘束。暖香消瘦。璁褪玉愁枝。_{文湖州集词}

僧房以太湖石支足

海棠花影月明前。约那人相见。掩雨遮云忒方便。最堪怜。阶前堆垛从踏践。央及杨翦。急差军健。运入丽春园。_{文湖州集词}

　　何本文湖州集词最作景。兹从丁本。

〔越调〕天净沙

即　事

笔尖扫尽痴云。歌声唤醒芳春。花担安排酒樽。海棠风信。明朝陌上吹尘。_{太平乐府三　乔梦符小令}

一从鞍马西东。几番衾枕朦胧。薄倖虽来梦中。争如无梦。那时真个相逢。_{太平乐府三　乔梦符小令　词综三三　历代诗馀一　词律补遗}

隔窗谁爱听琴。倚帘人是知音。一句话当时至今。今番推甚。酬劳凤枕鸳衾。_{太平乐府三　乔梦符小令}

莺莺燕燕春春。花花柳柳真真。事事风风韵韵。娇娇嫩嫩。停停当当人人。_{太平乐府三　乔梦符小令　尧山堂外纪七一}

〔越调〕酒旗儿

陪雅斋万户游仙都洞天

千古藏真洞。一柱立晴空。石笋参差似太华峰。醉入天台梦。

绿树溪边晚风。碧云不动。粉香吹下芙蓉。<small>文湖州集词</small>

任校云。此调与碧梧秋仿佛。与越调酒旗儿本调不尽合。

〔越调〕柳营曲

有 感

薄命妾。重离别。长吁一声肠断也。闷弓儿难拽。愁窖儿新掘。花担儿怕担折。兰舟梦水绕云结。香闺恨烛灭烟绝。凤凰衾人哽咽。鸳鸯枕泪重叠。哪。寒似夜来些。<small>太平乐府三 乔梦符小令</small>

〔越调〕凭阑人

香 篆

一点雕盘萤度秋。半缕宫奁云弄愁。情缘不到头。寸心灰未休。

<small>太平乐府三 乐府群玉二 文湖州集词 乔梦符小令</small>

群玉以此首列为下列香桦之第二首。

金陵道中

瘦马驮诗天一涯。倦鸟呼愁村数家。扑头飞柳花。与人添鬓华。

<small>太平乐府三 乔梦符小令</small>

春 思

淡月梨花曲槛傍。清露苍苔罗袜凉。恨他愁断肠。为他烧夜香。

<small>太平乐府三 乔梦符小令</small>

小 姬

手撚红牙花满头。爱唱春词不解愁。一声出画楼。晓莺无奈羞。

太平乐府三　　乔梦符小令

香 桦

暖蜕龙团香骨尘。细袅云衣古篆文。宝奁馀烬温。小池明月昏。

乐府群玉二　　乔梦符小令

　　乐府群玉香桦原共三首。其中间一首即前列之香篆。

心火蟠烧九曲肠。鼻观薰修三昧香。劫灰书几场。犹存延寸光。

乐府群玉二　　乔梦符小令

〔双调〕沉醉东风

倩人扶观璘华

珠滴沥寒凝碧粉。玉珑璁暖簇香云。仙裙翡翠薄。宫额鹅黄嫩。
牡丹也不敢称尊。倚杖来观海上春。比锦缆龙舟较稳。文湖州集词
乔梦符小令

　　何本文湖州集词倩人扶为大字。在行中。观璘华为小字。侧书。疑倩人扶为曲
牌。即沈醉东风之别名。〇文湖州集词滴沥作的历。

泛湖写景

干办出苍松翠竹。界画成宝殿珠楼。明玉船。描金柳。碧玲珑
凤凰山后。一片晴云雪色秋。白罗衬丹青扇头。文湖州集词　乔梦符
小令

　　文湖州集词办作淡。

题扇头隐括古诗

万树枯林冻折。千山高鸟飞绝。兔径迷。人踪灭。载梨云小舟
一叶。蓑笠渔翁耐冷的别。独钓寒江暮雪。文湖州集词　乔梦符小令

　　丁本文湖州集词六句无别字。何本有。小令冻作栋。

〔双调〕折桂令

上巳游嘉禾南湖歌者为豪夺扣舷自歌邻舟皆笑

三月三天霁吹晴。见麟凤沧洲。鸳鹭沙汀。华鼓清箫。红云兰棹。青纻旗亭。细看来春风世情。都分在流水歌声。劣燕娇莺。冷笑诗仙。击楫扬舲。<small>乐府群玉二　文湖州集词　乔梦符小令　乐府群珠三　浙江通志二七八　词律拾遗二</small>

<small>　　文湖州集词浙江通志题作游嘉禾南湖。浙江通志词律拾遗俱误注文同作。○丁本文湖州集词天霁作花雾。何本文湖州集词劣燕作剪燕。小令天霁作花雾。华鼓作画鼓。群珠天霁作花雾。浙江通志词律拾遗天霁俱作花雾。劣燕俱作剪燕。</small>

客窗清明

风风雨雨梨花。窄索帘栊。巧小窗纱。甚情绪灯前。客怀枕畔。心事天涯。三千丈清愁鬓发。五十年春梦繁华。蓦见人家。杨柳分烟。扶上檐牙。<small>乐府群玉二　乔梦符小令　乐府群珠三</small>

雨窗寄刘梦鸾赴谶以侑樽云

妒韶华风雨潇潇。管月犯南箕。水漏天瓢。湿金缕莺裳。红膏燕嘴。黄粉蜂腰。梨花梦龙绡泪今春瘦了。海棠魂羯鼓声昨夜惊著。极目江皋。锦涩行云。香暗归潮。<small>乐府群玉二　乔梦符小令　乐府群珠三</small>

<small>　　小令题目末六字作赴谶侑樽四字。</small>

赠张氏天香善填曲时在阳羡莫侯席上

月明一片细云。揉做清芬。吹下昆仑。胜浅浅兰烟。霏霏花雾。

淡淡梅魂。这气味温柔可人。那风流旖旎生春。声迹相闻。多少馀芳。散在乾坤。_{乐府群玉二}　_{乔梦符小令}　_{乐府群珠三}

自　述

华阳巾鹤氅蹁跹。铁笛吹云。竹杖撑天。伴柳怪花妖。麟祥凤瑞。酒圣诗禅。不应举江湖状元。不思凡风月神仙。断简残编。翰墨云烟。香满山川。_{太平乐府一}　_{乐府群玉二}　_{乔梦符小令}　_{乐府群珠三}

群玉四五句作。伴柳寻花。妖麟祥凤。小令麟祥作麟翔。群珠诗禅作诗仙。

张谦斋左辖席上索赋

卷鲸川吸尽春云。曲妙重歌。酒冷还温。裁甚乌纱。尽他白发。醉个红裙。想献玉遭刑费本。算挥金买笑何村。俯仰乾坤。多少英雄。不到麒麟。_{乐府群玉二}　_{乔梦符小令}　_{乐府群珠三}

寄　远

怎生来宽掩了裙儿。为玉削肌肤。香褪腰肢。饭不沾匙。睡如翻饼。气若游丝。得受用遮莫害死。果实诚有甚推辞。干闹了若干时。草本儿欢娱。书彻货儿相思。_{太平乐府一}　_{乐府群玉二}　_{乔梦符小令}　_{乐府群珠三}　_{雍熙乐府一七}

群玉群珠题俱作春怨。雍熙乐府题作相思。不注撰人。○群玉次句无为字。受用下有呵字。实诚作实成。下亦有呵字。末三句作。干闹了多时。本是结发的欢娱。倒做了彻骨儿相思。群珠末三句作。干闹了若时。草本欢娱。彻货儿相思。馀全同群玉。小令实诚作诚实。末三句同群玉。雍熙掩了作褪。为玉削作玉减。香褪作香瘦。沾作粘。遮莫害死作者末便死。实诚作实成。末三句作。自欢娱又不多时。都做了货儿恩情。害了些样子相思。

云雨期一枕南柯。破镜分钗。对酒当歌。想驿路风烟。马头星月。雁底关河。往日个殷勤访我。近新来憔悴因他。淡却双蛾。哭损

秋波。台候如何。忘了人呵。太平乐府一　乐府群玉二　乔梦符小令　乐府群珠三

群玉此首题作寄远。○太平乐府哭损作笑损。元刊八卷本太平乐府及群玉云雨俱作雨云。群玉破镜作破鉴。访我作待我。台候上有问字。忘作敢忘。群珠俱同群玉。

越楼见姬梳洗已倚立娇困若不胜情因记

隔朱楼杨柳青青。烟锁窗纱。风动帘旌。爱镜睹婵娟。粉吹旖旎。玉立娉婷。翘凤头金钗整整。朵松花云髻亭亭。个样心情。困托香腮。斜倚银屏。乐府群玉二　文湖州集词　乔梦符小令　乐府群珠三

小令题目已作已罢。记作记之。文湖州集词题作越楼所见四字。○文湖州集词朱楼作朱帘。窗纱作纱窗。小令朵作插。

登澄江君山有平原君墓并手植桧至绝顶甚壮人气宇

芙蓉城古意山川。葬玉当时。植桧何年。江树阴阴。江帆隐隐。江草芊芊。蘸海渎东南半天。望金焦西北双拳。巾袂蹁跹。不索浮莲。挟取飞仙。乐府群玉二　文湖州集词　乔梦符小令　乐府群珠三

文湖州集词题作登澄江君山。○又。植桧作植桂。

红梅徐德可索赋类卷

从来不假铅华。试要学宫妆。醉笑吴娃。返老还童。脱胎换骨。饱养烟霞。罗浮梦休猜做杏花。萼绿仙曾服甚丹砂。春在天涯。紫蜡封香。寄与诗家。乐府群玉二　乔梦符小令　乐府群珠三

小令诗家作谁家。

帘内佳人瞿子成索赋

鲛绡不卷闲情。翠织玲珑。玉立娉婷。倚动银钩。要吹罗带。

笑振金铃。迷楚云花昏柳暝。隔湘烟水秀山明。楼外人行。休放春愁。难掩风声。乐府群玉二　乔梦符小令　乐府群珠三

小令末句作谁掩风声。

西湖忆黄氏所居

多时不到儿家。想绳挂秋千。弦断琵琶。眉淡兰烟。钗横梭玉。粉褪铅华。软龙绡尘蒙宝鸭。烂胭脂雨过金沙。隔个窗纱。梦断东风。门外啼鸦。乐府群玉二　乔梦符小令　乐府群珠三

小令粉褪作粉退。

贾侯席上赠李楚仪

洗妆明雪色芙蓉。默默情怀。楚楚仪容。甚烟雨江头。移根何在。桃李场中。尽劣燕娇莺冗冗。笑落花飞絮濛濛。湘水西东。怅望塞衣。玉立秋风。乐府群玉二　乔梦符小令　乐府群珠三

登姑苏台

百花洲上新台。檐吻云平。图画天开。鹏俯沧溟。蜃横城市。鳌驾蓬莱。学捧心山颦翠色。怅悬头土湿腥苔。悼古兴怀。休近阑干。万丈尘埃。乐府群玉二　文湖州集词　乔梦符小令　乐府群珠三

群珠檐吻作澹吻。

会州判文从周自维扬来道楚仪李氏意

文章杜牧风流。照夜花灯。载月兰舟。老我江湖。少年谈笑。薄倖名留。赠杨柳人初病酒。采芙蓉客已惊秋。醉梦悠悠。雁到南楼。寄点新愁。乐府群玉二　乔梦符小令　乐府群珠三

赠罗真真

罗浮梦里真仙。双锁螺鬟。九晕珠钿。晴柳纤柔。春葱细腻。秋藕匀圆。酒盏儿里殃及出些脑胭。画帏儿上换下来的婵娟。试问尊前。月落参横。今夕何年。_{太平乐府一 乐府群玉二 乔梦符小令 乐府群珠三}

群玉题作赠罗真真高敬臣胡善甫席上赋。群珠同。○元刊八卷本及瞿本太平乐府九晕俱作无晕。瞿本太平乐府帏作帏。群玉群珠殃及俱作央及。帏俱作帧。换下俱作唤下。

富子明寿

梨花院羯鼓挝晴。恰暮雨黄昏。新火清明。歌倚猴笙。香温汉鼎。酒暖吴橙。贺绿鬓朱颜寿星。是轻衫矮帽书生。趁取鹏程。快意风云。唾手功名。_{乐府群玉二 乔梦符小令 乐府群珠三}

小令风云作风流。

丙子游越怀古

蓬莱老树苍云。禾黍高低。狐兔纷纭。半折残碑。空馀故址。总是黄尘。东晋亡也再难寻个右军。西施去也绝不见甚佳人。海气长昏。啼鸠声干。天地无春。_{乐府群玉二 乔梦符小令 乐府群珠三}

小令西施句无甚字。

隔楼所见对望终日其媪若厌者遂下帘以蔽之

织湘江一片波纹。窣下闲愁。隔断诗魂。非雾非烟。影娥池上。香梦无痕。拍画阑纤舒玉笋。启纱窗推晒罗裙。饱看娇春。情得南薰。卷起梨云。_{乐府群玉二 乔梦符小令 乐府群珠三}

七夕赠歌者

崔徽休写丹青。雨弱云娇。水秀山明。箸点歌唇。葱枝纤手。
好个卿卿。水洒不著春妆整整。风吹的倒玉立亭亭。浅醉微醒。
谁伴云屏。今夜新凉。卧看双星。太平乐府一　乐府群玉二　乔梦符小令
乐府群珠三

　　　　群玉题作苕溪七夕饮会赠崔秀卿李总管索赋。群珠同。惟无末五字。两书俱仅
　　　有首曲。○群玉群珠休写俱作休羡。的倒俱作得倒。

黄四娘沽酒当垆。一片青旗。一曲骊珠。滴露和云。添花补柳。
梳洗工夫。无半点闲愁去处。问三生醉梦何如。笑倩谁扶。又
被春纤。搅住吟须。太平乐府一　乔梦符小令　乐府群珠三

秋日湖山偕白子瑞辈燕集赋以俾歌者赴拍侑樽

秋声一片芦花。正落日山川。过雨人家。羡歌舞风流。太平时
世。诗酒生涯。待杨柳晴春风跃马。且桂华凉夜月乘槎。一曲
吴娃。笑煞江州。泪满琵琶。乐府群玉二　文湖州集词　乔梦符小令　乐
府群珠三

　　　　群珠题作秋日湖上。但此四字之下及次行皆空白。似留作写馀字者。文湖州集
　　　词作秋日偕白子泛湖。○集词过雨作疏雨。小令且桂华作更桂华。

感　兴

谢安江左优游。梦觉东山。声动南州。覆雨翻云。怜花宠柳。
未肯回头。成时节衣冠冕旒。败时节笞杖徒流。问甚么恩雠。
山塌虚名。海阔春愁。乐府群玉二　乔梦符小令　乐府群珠三

　　　　小令问甚下无么字。群珠同。

秋　思

红梨叶染胭脂。吹起霞绡。绊住霜枝。正万里西风。一天暮雨。

两地相思。恨薄命佳人在此。问雕鞍游子何之。雁未来时。流
水无情。莫写新诗。_{乐府群玉二　乔梦符小令　乐府群珠三}

秋日与高敬臣胡善甫辈饮湖楼即事

疏帘外暮雨西山。唤起诗仙。共倚阑干。杯影涵秋。歌声送晚。
鬓脚生寒。添风韵春纤象板。减恩情罗扇龙檀。红藕花残。茉
莉双鬟。油壁吹香。催上归鞍。_{乐府群玉二　乔梦符小令　乐府群珠三}

劝求妓者

溺盆儿刷煞终臊。待立草为标。现世生苗。时下收心。眼前改
志。怎换皮毛。厌禳死花枝般老小。踢腾尽铜斗般窠巢。日夜
煎熬。要撅断琴弦。别觅鸾胶。_{乐府群玉二　乔梦符小令　乐府群珠三}
　　_{群玉盆作杯。群珠同。兹从小令。小令撅作绝。}

问　春

东君去也如何。风皱纤鳞。烟抹羞蛾。恨白眼相看。青春不管。
黑发无多。香絮引鱼吞绿波。落花惊蝶梦南柯。随处行窝。载
酒吴船。击筑秦歌。_{乐府群玉二　乔梦符小令　乐府群珠三}

毗陵张师明席上赠歌妓周士宜者

宜歌宜舞宜妆。道是风流。果不寻常。粉屑堆春。金盘捧露。
翠袖笼香。此际相逢蕊娘。个中谁是周郎。愁近清觞。泥醉归
来。灯影昏黄。_{乐府群玉二　乔梦符小令　乐府群珠三}
　　_{小令题目周士宜作周氏宜。○群玉蕊娘作蕊浪。小令同。兹从群珠。小令群珠}
　　_{泥醉俱作沉醉。}

咏红蕉

红蕉分种天涯。换叶移根。灌水壅沙。娇耐秋风。清宜夜雨。艳若春华。翠袖捧银台绛蜡。绿云封玉灶丹霞。富贵人家。妆点湖山。喫喜窗纱。 乐府群玉二　乔梦符小令　乐府群珠三

仲明同知坦然斋集苏老琵琶吴国良箫歌者王玉莲

坦然对客高轩。烂醉梅边。占得春先。箫阮鸾声。琵琶凤尾。宝鼎龙涎。金错落三分酒浅。玉玲珑一串珠圆。谁似尊前。谈笑风流。富贵神仙。 乐府群玉二　乔梦符小令　乐府群珠三

荆溪即事

问荆溪溪上人家。为甚人家。不种梅花。老树支门。荒蒲绕岸。苦竹圈笆。庙不灵狐狸样瓦。官无事乌鼠当衙。白水黄沙。倚遍阑干。数尽啼鸦。 乐府群玉二　乔梦符小令　乐府群珠三

小令七句作寺无僧狐狸弄瓦。官无事作官省事。

高敬臣病

赋高唐何事悲秋。山在书屏。云在帘钩。尽汗漫羁情。炎凉世态。万象蜉蝣。杨柳阴吴船载酒。藕花凉楚客登楼。宾主相留。且对清江。抖擞诗愁。 乐府群玉二　乔梦符小令　乐府群珠三

晋云山中奇遇

赚刘郎不是桃花。偶宿山溪。误到仙家。腻雪香肌。碧螺高髻。绿晕宫鸦。掬秋水珠弹玉甲。笑春风云衬铅华。酒醒流霞。饭饱胡麻。人上篮舆。梦隔天涯。 太平乐府一　乔梦符小令　乐府群珠三

群珠掬作挡。梦隔作梦断。

爱秋娘弄月无痕。冰雪凝妆。风露为魂。歌颤鸾钗。尘随鸳袜。酒污猩裙。巧画柳双眉浅颦。笑生花满眼娇春。好客东君。特与新诗。留取香云。太平乐府一　乔梦符小令　乐府群珠三

群珠鸳袜作凤袜。

西嵓所见

西嵓楼外东风。曲曲阑干。小小帘栊。甚午困懵腾。髻鬟鬖髿。星眼朦胧。正落絮飞花冗冗。又夕阳流水溶溶。金缕香绒。倦绣屏床。误却春工。文湖州集词　乔梦符小令

文湖州集词题目嵓作泠。○何本文湖州集词五句作髻鬟鬖髿。夕阳下有斜字。

登毗陵永庆阁所见

忽飞来南浦娇云。背影藏羞。忍笑含颦。绕鬓兰烟。沾衣花气。恼梦梅魂。似湘水行春洛神。遇天台采药刘晨。愁缕成痕。一枕馀香。半醉黄昏。文湖州集词　乔梦符小令

宴支园桂轩

碧云窗户推开。便敲竹催茶。扫叶供柴。如此风流。许多标致。无点尘埃。堆金粟西方世界。散天香夜月亭台。酒令诗牌。烂醉高秋。宋玉多才。文湖州集词　乔梦符小令

风雨登虎丘

半天风雨如秋。怪石于菟。老树钩娄。苔绣禅阶。尘粘诗壁。云湿经楼。琴调冷声闲虎丘。剑光寒影动龙湫。醉眼悠悠。千古恩雠。浪卷胥魂。山锁吴愁。文湖州集词　乔梦符小令

文湖州集词钩娄作钩舻。何本集词诗壁作画壁。

游琴川

海虞雄踞山州。水濑丝桐。路列文楸。铺翠峰峦。染云林障。推月潮沟。有第四科贤哲子游。是几百年忠孝何侯。舞榭歌楼。酒令诗筹。官府公勤。人物风流。<small>文湖州集词　乔梦符小令</small>

重九后一日游蓬莱山

重阳雨冷风清。阻却王宏。淡了渊明。昨日寒英。今朝香味。未必多争。蜂与蝶从他世情。酒和花快我平生。纵步蓬瀛。会此同盟。醉眼青青。<small>文湖州集词　乔梦符小令</small>

何本文湖州集词从他作随他。

拜和靖祠双声叠韵

至当时处士山祠。渐次南枝。春事些儿。枫渍殷脂。蕉撕故纸。柳死荒丝。目寒涩雄雌鹭鸶。翅参差母子鸬鹚。再四嗟咨。撚此吟髭。弹指歌诗。<small>文湖州集词　乔梦符小令　浙江通志二七八</small>

浙江通志题作拜和靖祠。误注文同作。○文湖州集词渐次作渐以。目作自。雄雌作雌雄。小令殷脂作胭脂。通志俱同文湖州集词。

安溪半江亭陪雅斋元帅饮

半江亭上凭阑。挝鼓楼船。弭节江湾。金虎悬符。玉龙立槊。竹树生寒。绿波转秋回俊眼。翠云堆晚列歌鬟。樽酒开颜。如此江山。人在蓬壶。图画中间。<small>文湖州集词　乔梦符小令</small>

泊青田县

白鹤飞下青田。叹物换星移。谷变陵迁。山瘦披云。溪虚流月。

今夕何年。梦已到石门洞天。眼休惊辽海人烟。谁与周旋。虎
节元臣。乌帽诗仙。_{文湖州集词　乔梦符小令}

自　叙

斗牛边缆住仙槎。酒瓮诗瓢。小隐烟霞。厌行李程途。虚花世
态。潦草生涯。酒肠渴柳阴中拣云头剖瓜。诗句香梅梢上扫雪
片烹茶。万事从他。虽是无田。胜似无家。_{文湖州集词　　乔梦符小令}

> 文湖州集词无题。○丁本文湖州集词次句作办酒瓮诗瓢。又与小令潦草俱作
> 老草。

毗陵晚眺

江南倦客登临。多少豪雄。几许消沉。今日何堪。买田阳羡。
挂剑长林。霞缕烂谁家昼锦。月钩横故国丹心。窗影灯深。燐
火青青。山鬼喑喑。_{文湖州集词}

〔双调〕清江引

笑靥儿

盈盈靥瘢娇艳满。偏称灯前玩。歌喉夜正阑。酒力春将半。喜
入脸窝红玉暖。_{乐府群玉二　乔梦符小令}

> 小令脸窝作腮窝。

破花颜粉窝儿深更小。助喜洽添容貌。生成脸上娇。点出腮边
俏。休著翠钿遮罩了。_{乐府群玉二　乔梦符小令}

凤酥不将腮斗儿匀。巧倩含娇俊。红镌玉有痕。暖嵌花生晕。
旋窝儿粉香都是春。_{太平乐府二　乐府群玉二　乔梦符小令}

> 群玉首句无儿字。巧倩作巧笑。旋窝儿下有里字。都作教。

一团可人衠是娇。妆点如花貌。抬叠起脸上愁。出落腮边俏。

千金这窝儿里消费了。乐府群玉二。四　乔梦符小令

群玉卷四此支又属王仲元。兹互见王曲。〇群玉卷四愁作秋。窝儿作窠。小令
抬叠起作打叠。消费作消尽。

有　感

相思瘦因人间阻。只隔墙儿住。笔尖和露珠。花瓣题诗句。倩
衔泥燕儿将过去。太平乐府二　乔梦符小令

佳人病酒

罗帕粉香宫额上掩。宿酒春初散。被窝儿甘露浆。腮斗儿珍珠
汗。朦胧着对似开不开娇睡眼。太平乐府二　乔梦符小令

元刊太平乐府三句无儿字。兹从元刊八卷本瞿本。明大字本太平对作一对。小
令三四句俱无儿字。胧作胧。

即　景

垂杨翠丝千万缕。惹住闲情绪。和泪送春归。倩水将愁去。是
溪边落红昨夜雨。太平乐府二　乔梦符小令

〔双调〕水仙子

廉香林南园即事

山中富贵相公衙。江左风流学士家。壁间水墨名人画。六一泉
阳羡茶。书斋打簇得繁华。玉龙笔架。铜雀砚瓦。金凤笺花。乐
府群玉二　乔梦符小令

小令题目南园作南阁。

赠江云

白苹吹练洗闲愁。粉絮成衣怯素秋。高情不管青山瘦。伴浔阳

一派流。寄相思日暮东州。有意能收放。无心尽去留。梨花梦湘水悠悠。<small>乐府群玉二　乔梦符小令</small>

赠柔卿王氏

暖红无力海棠丝。春绿多情杨柳枝。绀云不动宫鸦翅。肉台盘纤玉指。胭脂粉搭成的孩儿。眼角头传芳事。樽前席上歌艳词。俵散相思。<small>乐府群玉二　乔梦符小令</small>

<small>群玉丝作枝。小令搭作捏。樽前席上作樽席上。</small>

赠姑苏朱阿娇会玉真李氏楼

合欢髻子楚云松。斗巧眉儿翠黛浓。柔荑指怯金杯重。玉亭亭鞋半弓。听骊珠一串玲珑。歌触的心情动。酒潮的脸晕红。笑堆著满面春风。<small>乐府群玉二　乔梦符小令</small>

钉鞋儿

底儿钻钉紫丁香。帮侧微粘蜜腊黄。宜行云行雨阳台上。步苍苔砖甓儿响。衬凌波罗袜生凉。惊回衔泥乳燕。溅湿穿花凤凰。羞煞戏水鸳鸯。<small>乐府群玉二　文湖州集词　乔梦符小令</small>

花篦儿

玲珑高插楚云岑。轻巧全胜碧玉簪。红绵水暖春香沁。是惜花人一寸心。净瓶儿般手撚著沉吟。滴点点蔷薇露。袅丝丝杨柳金。是个画出来的观音。<small>乐府群玉二　文湖州集词　乔梦符小令</small>

<small>文湖州集词四句无是字。末句无是个二字。</small>

伤　春

莺花笑我病三春。香玉知他瘦几分。屏床独自怀孤闷。那些儿喫喜人。界微红斜印腮痕。山枕浅啼晴露。洞箫寒吹梦云。风雨黄昏。乐府群玉二　乔梦符小令

席上赋李楚仪歌以酒送维扬贾侯

鸳鸯一世不知愁。何事年来白尽头。芙蓉水冷胭脂瘦。占西塘晓镜秋。菱花漫替人羞。擎架著十分病。包笼著百倍忧。老死也风流。乐府群玉二　乔梦符小令

群玉题目侯下有席字。此从小令。小令歌下有一曲二字。

忆　情

红粘绿惹泥风流。雨念云思何日休。玉憔花悴今番瘦。担著天来大一担愁。说相思难拨回头。夜月鸡儿巷。春风燕子楼。一日三秋。乐府群玉二　乔梦符小令

红指甲赠孙莲哥时客吴江

冰蓝袖卷翠纹纱。春笋纤舒红玉甲。水晶寒浓染胭脂蜡。剖吴橙喫喜煞。锦鱼鳞冷渍砑砂。数归期阑干上画。印开元宫额上掐。托香腮似几瓣桃花。乐府群玉二　文湖州集词　乔梦符小令

文湖州集词题作红指甲。○文湖州集词宫额作钱背。何本集词似几瓣作几片儿。丁本作几瓣儿。小令末句无似字。

赠常凤哥

紫金钗影落芳樽。白玉箫声隔暮云。碧梧枝冷惊秋信。倩缑仙

暖梦魂。喜相逢青鸟红巾。都不索瑶琴写恨。秦台忆君。妆镜悲春。乐府群玉二　乔梦符小令

客楼即事石氏所居

石崇已去玉楼空。王恺重来金谷穷。绿珠不作朝云梦。似阳台十二峰。隔愁痕龟背帘栊。花钿小金毛褪。柳腰纤罗带松。寂寞春风。乐府群玉二　乔梦符小令

手帕呈贾伯坚

对裁湘水縠波纹。揍皱梨花雪片云。束纤腰舞得春风困。衬琼杯蒙玉笋。姅人娇笑揾脂唇。宫额上匀香汗。银筝上拂暗尘。休染上啼痕。乐府群玉二　文湖州集词　乔梦符小令

　　文湖州集词题作手帕。○文湖州集词春风作东风。宫额上作宫额润。银筝上作银筝闲。

楚仪赠香囊赋以报之

玉丝寒皱雪纱囊。金剪裁成冰笋凉。梅魂不许春摇荡。和清愁一处装。芳心偷付檀郎。怀儿里放。枕袋里藏。梦绕龙香。乐府群玉二　乔梦符小令

嘲楚仪

顺毛儿扑撒翠鸾雏。暖水儿温存比目鱼。碎砖儿垒就阳台路。望朝云思暮雨。楚巫娥偷取些工夫。姅酒人归未。停歌月上初。今夜何如。太平乐府二　乐府群玉二　乔梦符小令

　　群玉四句作暮云行暮雨。偷取些作那取。

嘲人爱姬为人所夺

豫章城锦片凤凰交。临川县花枝翡翠巢。贩茶船铁板鸦青钞。问婆婆那件高。柴铧锹一下掘著。村冯魁沾的上。俏苏卿随顺了。双渐眊眊。太平乐府二　乐府群玉二　乔梦符小令

题目从元刊太平乐府。何钞太平乐府嘲人作嘲友。群玉题目只作嘲友人三字。小令同元刊太平。惟人上有友字。○群玉凤凰作凤鸾。贩作泛。铁板作牌板。高作好。柴铧锹作纸糊锹。沾作拈。随顺作将去。眊眊作吒吒。小令高作好。柴铧锹作纸糊锹。沾作佔。

习　隐

拖条藜杖裹枚巾。盖座团标容个身。五行不带功名分。卧芙蓉顶上云。濯清泉两足游尘。生不愿黄金印。死不离老瓦盆。俯仰乾坤。乐府群玉二　文湖州集词　乔梦符小令

文湖州集词无题。

梦　觉

唤回春梦一双蝶。忙煞黄尘两只靴。三十年几度花开谢。熬煎成头上雪。海漫漫谁是龙蛇。鲁子敬能施惠。周公瑾会打暂。千古豪杰。乐府群玉二　乔梦符小令

歌者睥睨潦倒故赋此咎焉

绣屏春暖茜氍毹。罗袖香番锦鹧鸪。银盆笑击珊瑚树。挤明珠换绿珠。见书生如此头颅。升仙桥曾题柱。卓文君不驾车。谁识相如。乐府群玉二　乔梦符小令

小令氍毹作毡毹。银盆作银盘。

游越福王府

笙歌梦断蒺藜沙。罗绮香馀野菜花。乱云老树夕阳下。燕休寻王谢家。恨兴亡怒煞些鸣蛙。铺锦池埋荒甃。流杯亭堆破瓦。何处也繁华。乐府群玉二　乔梦符小令

　小令笙歌作笑歌。五句无些字。

赋李仁仲懒慢斋

闹排场经过乐回闲。勤政堂辞别撒会懒。急喉咙倒换学些慢。掇梯儿休上竿。梦魂中识破邯郸。昨日强如今日。这番险似那番。君不见鸟倦知还。乐府群玉二　乔梦符小令

吴江垂虹桥

飞来千丈玉蜈蚣。横驾三天白螮蝀。凿开万窍黄云洞。看星低落镜中。月华明秋影玲珑。赑屃金环重。狻猊石柱雄。铁锁囚龙。乐府群玉二　文湖州集词　乔梦符小令

　文湖州集词星低作星辰。小令黄云洞作黄金洞。铁锁作铁镇。

若川秋夕闻砧

谁家练杵动秋庭。那岸窗纱闪夜灯。异乡丝鬓明朝镜。又多添几处星。露华零梧叶无声。金谷园中梦。玉门关外情。凉月三更。乐府群玉二　乔梦符小令

玉壶园题水亭赠国公十一公子

人来图画帧间行。船在琉璃影内撑。歌从弦管声中听。水边鸥花外莺。翠玲珑小院闲庭。夜月泥金扇。春风暖玉屏。赏四时

乐清箫台

枕苍龙云卧品清箫。跨白鹿春酤醉碧桃。唤青猿夜拆烧丹灶。二千年琼树老。飞来海上仙鹤。纱巾岸天风细。玉笙吹山月高。谁识王乔。<small>太平乐府二　乐府群玉二　乔梦符小令</small>

<small>太平乐府春酤作春配。明大字本太平乐府云卧作卧云。青猿作玄猿。群玉唤作换。二千年作三千年。飞来上有再字。</small>

乐清白鹤寺瀑布

紫箫声入九华天。翠壁花飞双玉泉。瑶台鹤去人曾见。炼白云丹灶边。问山灵今夕何年。龙须水砾砂腻。虎睛丸金汞圆。海上寻仙。<small>乐府群玉二　乔梦符小令</small>

为友人作

满腔子苦恨病相兼。一肚皮离情沉点点。豫章城开了座相思店。闷勾肆儿逐日添。愁行货顿塌在眉尖。税钱比茶船上欠。斤两去等秤上掂。喫紧的历册般拘钤。<small>乐府群玉二　乔梦符小令</small>

<small>小令首二句作。搅柔肠离恨病相兼。重聚首佳期卦怎占。历册作历册。</small>

赠朱翠英

吹笙惯醉碧桃花。把酒曾听萼绿华。金毛秀靥春无价。折将来乌帽上插。五百年欢喜冤家。正好星前月下。恐怕风吹雨打。喫惜了零落天涯。<small>乐府群玉二　乔梦符小令</small>

<small>小令秀靥作秀压。喫惜作可惜。</small>

怨风情

眼中花怎得接连枝。眉上锁新教配钥匙。描笔儿勾销了伤春事。

闷葫芦刬断线儿。锦鸳鸯别对了个雄雌。野蜂儿难寻觅。蠍虎
儿干害死。蚕蛹儿毕罢了相思。乐府群玉二　乔梦符小令

小令毕罢作别罢。

赠顾观音

盈盈罗袜藕初簪。楚楚宫腰柳半金。小名儿且是妖娆甚。落迦
山何处寻。紫斿檀风月丛林。说缘法三生梦。舍慈悲一片心。
不枉了唤做个观音。乐府群玉二　乔梦符小令

吴　姬

罨罳分月小藤床。茉莉堆云懒鬓妆。蔷薇洒水轻绡上。染一天
风露香。看星河笑语昏黄。白雪鸡头肉。红冰荔子浆。道今夜
微凉。乐府群玉二　乔梦符小令

重观瀑布

天机织罢月梭闲。石壁高垂雪练寒。冰丝带雨悬霄汉。几千年
晒未干。露华凉人怯衣单。似白虹饮涧。玉龙下山。晴雪飞滩。
乐府群玉二　乔梦符小令

雨窗即事

客怀寥落雨声中。春事商量花信风。烛光摇荡江南梦。寸心灰
双泪红。和更筹滴损铜龙。酒醒纱窗静。诗悭锦袋空。催老仙
翁。乐府群玉二　乔梦符小令

中秋后一日山亭赏桂花时雨稍晴

海云衣湿鹡鸰寒。窗雨丝收络纬闲。边风信动征鸿限。稻粱秋

有甚悭。尽尊前楚水吴山。坐金色三千界。倚天香十二阑。不是人间。<small>乐府群玉二　乔梦符小令</small>

咏　雪

冷无香柳絮扑将来。冻成片梨花拂不开。大灰泥漫了三千界。银稜了东大海。探梅的心噤难挨。面瓮儿里袁安舍。盐堆儿里党尉宅。粉缸儿里舞榭歌台。<small>乐府群玉二　乔梦符小令</small>

　　<small>小令漫了作漫不了。盐堆作盐罐。</small>

赠孙梅哥

寿阳宫额试新妆。葱绿仙音整旧腔。怕尊前梦觉参儿上。粉留痕襟袖香。拣捱儿可喜昏黄。白云纸帐。清风玉堂。淡月纱窗。
<small>乐府群玉二　乔梦符小令</small>

德清长桥

青天白日见楼台。赤蜃浮光海市开。崖崩岸坼长虹在。弃繻生感壮怀。卧苍龙鳞甲生苔。横生风籁。玲珑月色。玉琢蓬莱。<small>文湖州集词　乔梦符小令</small>

　　<small>文湖州集词三四句作。仙人欲度星河外。向暗虹背上来。横生作横陈。月色作花月色。</small>

菊　舟

寒英和雨结船头。翠叶铺烟起舵楼。霜枝立月牙樯瘦。泛清香满棹秋。比浮花浪蕊优游。驾银汉星槎梦。载金茎玉露酒。江湖上陶令风流。<small>文湖州集词　乔梦符小令</small>

丁朝卿西斋半间云

碧窗秋窄玉玲珑。古鼎春惺香鬓松。矮屏分得梨花梦。小可可十二峰。浩然气于此从容。无垢无尘处。非烟非雾中。等当著天上从龙。文湖州集词　乔梦符小令

文湖州集词题目末字作雪。○何本集词非烟非雾作飞烟飞雾。

和化成甫番马扇头

渥洼秋浅水生寒。苜蓿霜轻草渐斑。鸾弧不射双飞雁。臂韝鹰玉綮间。醉醺醺来自楼阑。狐帽西风袒。穹庐红日晚。满眼青山。文湖州集词　乔梦符小令

文湖州集词鸾作弯。五句作醉醺朝楼阑。小令狐作孤。兹从集词。

〔双调〕庆东原

青田九楼山舟中作

渺渺山头路。鳞鳞山上田。绕篷窗六曲屏风面。似丹青辋川。是神仙洞天。隔云树人烟。试看玉溪边。恐有桃花片。文湖州集词
曲牌原作郓城春。

〔双调〕钱丝泫

避豪杰。隐岩穴。煮茶香扫梅梢雪。中酒酣迷纸帐蝶。枕书睡足松窗月。一灯蜗舍。文湖州集词

何本曲牌泫作沅。兹从丁本。任校云。钱丝泫疑是续断弦之讹。○丁本四句作中间酣迷低帐蝶。兹从何本。

〔双调〕春闺怨

雪月风花收拾够也。用心用力这时节。担儿上一担担风月。途

路赊。步步些些。<small>乐府群玉二</small>

不系雕鞍门前柳。玉容寂寞见花羞。冷风儿吹雨黄昏后。帘控钩。掩上球楼。风雨替花愁。<small>乐府群玉二</small>

黑海春愁浑无处躲。嫩香腻玉渐消磨。瘦呵也不似今春个。无奈何。自画双蛾。添得越愁多。<small>乐府群玉二</small>

薄命儿心肠较软。道声去也泪涟涟。这些时攒下春闺怨。离恨天。几度前。羞见月儿圆。<small>乐府群玉二</small>

〔双调〕殿前欢

里西瑛号懒云窝自叙有作奉和

懒云窝。石床苔翠暖相和。不施霖雨为良佐。遁迹岩阿。林泉梦引合。风月诗分破。富贵尘沾涴。歌残楚些。闲损巫娥。<small>乐府群玉二　乔梦符小令</small>

　　小令题末尚有六曲二字。○小令苔翠作滴翠。

懒云窝。云边日月尽如梭。槐根梦觉兴亡破。依旧南柯。休听宁戚歌。学会陈抟卧。不管伯夷饿。无何浩饮。浩饮无何。<small>乐府群玉二　乔梦符小令</small>

　　小令伯夷作灵辄。

懒云窝。静看松影挂长萝。半间僧舍平分破。尘虑消磨。听不厌隐士歌。梦不喜高轩过。聘不起东山卧。疏慵在我。奔竞从他。<small>乐府群玉二　乔梦符小令</small>

懒云窝。懒云窝里避风波。无荣无辱无灾祸。尽我婆娑。闲讴乐道歌。打会清闲坐。放浪形骸卧。人多笑我。我笑人多。<small>乐府群玉二　乔梦符小令</small>

懒云窝。云窝客至欲如何。懒云窝里和云卧。打会磨跎。想人生待怎么。贵比我争些大。富比我争些个。呵呵笑我。我笑呵

呵。残元本阳春白雪二　钞本阳春白雪前集三　太平乐府一　乔梦符小令　尧山堂外纪七一

此首残元本阳春白雪及钞本阳春白雪又谓里西瑛作。校记从略。参阅里西瑛曲。

懒神仙。懒窝中打坐几多年。梦魂不到青云殿。酒兴诗颠。轻便如宰相权。冷淡如名贤传。自在如彭泽县。苍天负我。我负苍天。太平乐府一　乔梦符小令

厉鹗刻乔梦符小令六曲后记云。西瑛善吹筚篥。所居懒云窝。在吴城东北隅。去天如禅师惟则狮子林半里许。天如作筚篥引赠之。

登凤凰台

凤凰台。金龙玉虎帝王宅。猿鹤只欠山人债。千古兴怀。梧桐枯凤不来。风雷死龙何在。林泉老猿休怪。销魂楚甸。洗恨秦淮。文湖州集词　乔梦符小令

小令林泉作石泉。

登江山第一楼

拍阑干。雾花吹鬓海风寒。浩歌惊得浮云散。细数青山。指蓬莱一望间。纱巾岸。鹤背骑来惯。举头长啸。直上天坛。文湖州集词

〔双调〕卖花声

悟　世

肝肠百炼炉间铁。富贵三更枕上蝶。功名两字酒中蛇。尖风薄雪。残杯冷炙。掩清灯竹篱茅舍。乐府群玉二　文湖州集词　乔梦符小令　乐府群珠一

文湖州集词无题。○又。薄雪作薄云。

太平吴氏楼会集

桃花扇底窥春笑。杨柳帘前按舞娇。海棠梦里醉魂销。香团娇小。歌头水调。断肠也五陵年少。乐府群玉二　乔梦符小令　乐府群珠一
　　任校群玉舞娇作舞腰。

香云帘幕风流燕。花月楼台富贵仙。新调骏马紫藤鞭。能歌小妾。轻罗团扇。醉归来牡丹亭院。乐府群玉二　乔梦符小令　乐府群珠一
　　任校群玉团扇作檀扇。

香　茶

细研片脑梅花粉。新剥珍珠荳蔻仁。依方修合凤团春。醉魂清爽。舌尖香嫩。这孩儿那些风韵。太平乐府二　乐府群玉二　中原音韵
文湖州集词　乔梦符小令　乐府群珠一　尧山堂外纪七一
　　中原音韵不注撰人。太平乐府等题目俱作香茶。文湖州集词曲牌作秋云冷。题
　　作孩儿香茶。○群玉中原音韵珍珠俱作真珠。群玉那些作那道。

〔双调〕雁儿落过得胜令

自　适

黄花开数朵。翠竹栽些个。农桑事上熟。名利场中捋。　　禾黍小庄科。篱落棱鸡鹅。五亩清闲地。一枚安乐窝。行呵。官大忧愁大。藏呵。田多差役多。太平乐府三　乔梦符小令
　　小令棱作放。

忆　别

殷勤红叶诗。冷淡黄花市。清江天水笺。白雁云烟字。　　游子

去何之。无处寄新词。酒醒灯昏夜。窗寒梦觉时。寻思。谈笑
十年事。嗟咨。风流两鬓丝。太平乐府三　乔梦符小令

戏　　题

喜蛛丝漫占。灵鹊声难验。秋衾妆不忺。夜烛花无艳。　愁月
淡窥檐。泪雨冷侵帘。冉冉香消渐。纤纤玉减尖。唶唶。念念
心常玷。厌厌。渐渐病越添。太平乐府三　乔梦符小令

　元刊太平乐府等不忺俱作不炊。兹从明大字本太平乐府及小令。

回　　省

身离丹凤阙。梦入黄鸡社。桔槔地面宽。傀儡排场热。　名利
酒吞蛇。富贵梦迷蝶。蚁阵攻城破。蜂衙报日斜。豪杰。几度
花开谢。痴呆。三分春去也。太平乐府三　乔梦符小令　太和正音谱下引
得胜令

〔不知宫调〕丰年乐

世路艰难鬓毛斑。占奸退闲。白云归山鸟知还。想起来连云栈。
不如磻溪岸垂钓竿。文湖州集词

套数

〔仙吕〕赏花时

风　　情

春透天台醉碧桃。月满云窗听紫箫。莺燕友凤鸾交。幽期密约。
不许外人瞧。
〔么〕打不觉头毒如睡马杓。粘随风絮沾如肉膘胶。藤缠葛数千

遭。把丽春园缠倒。诡的那贩茶客五魂消。

〔赚煞〕我是个锻炼成的铁连环。不比您捻合就的泥圈套。挣么
快的锋芒怎敢犯着。小厮扑如何敢和我换交。伏唇枪舌剑吹毛。
不是我骋粗豪。强霸着月夜花朝。围你在坈心里怎地逃。若不
纳降旗受缚。肯舒心伏弱。敢教点钢锹劈碎纸糊锹。太平乐府六
乔梦符小令　词谑　北宫词纪五　彩笔情辞五

彩笔情辞题作占风情。○(么)明大字本太平乐府无粘字。情辞无毒字。无粘
字。词谑无如字。(赚煞)何钞本太平乐府伏作仗。小令首句无的字。伏作仗。
敢教。劈碎下俱有那字。词谑锻炼作火炼。连环作环。挣么作挣磨。围你作围
恁。敢教下有那字。词纪挣么作挣磨。围你作围住。舒心作输心。情辞同
词纪。

睡鞋儿

双凤衔花宫样弯。窄玉圈金三寸悭。绿窗静翠帘闲。似锦鸳日
晚。并宿向雕阑。

〔么〕多管是露冷苍苔夜气寒。暖透凌波罗袜单。听宝钏响珊珊。
藕瑅儿般冰腕。用纤指将绣帮儿弹。

〔赚煞〕髻绾倚风鬟。脸衬秋莲瓣。险花晕了懵腾醉眼。见非雾
非烟帘影间。映秋波两叶春山。几时配玉连环。看他些绿愁红
俏。殢煞春娇夜未阑。投至香消烛残。比及雨收云散。我向怀
儿中直揣得那对底儿干。太平乐府六　乔梦符小令　北宫词纪五　词林白雪
四　彩笔情辞七　词谑引赚煞

太平乐府题作晒鞋儿。晒当系睡之讹。兹改正。乔梦符小令同太平乐府。北宫
词纪作美人睡鞋。词林白雪属美丽类。彩笔情辞作美姬睡鞋。○(赏花时)情
辞宫样作弓样。(么)明大字本太平乐府及小令藕瑅俱作藕节。(赚煞)词谑末
句那对作这对。

〔南吕〕一枝花

合　筝

酒酣春色浓。帘卷花阴静。佳人娇和曲。豪客醉弹筝。心与手调停。敛袂待弦初定。雁行斜江月影。挡银甲指拨轻清。按金缕歌喉数声。

〔梁州第七〕歌应指似林莺呖呖。指随歌似山溜泠泠。同声相应的凉州令。滴银盘秋雨。敲玉树春冰。恰壮怀慷慨。又私语丁宁。迸琼珠万颗瑽琤。间骊珠一串分明。恰便似卓文君答抚琴相如。黄念奴伴开元寿宁。小单于学鼓瑟湘灵。绎如也以成。迟疾纤巧随抠揢无些儿病。腔儿稳字儿正。一对儿合得着绸缪有情。效鸾凤和鸣。

〔尾〕煞强如泣琵琶泪湿青衫上冷。仿佛似鹦鹉声讹锦罩内听。洗得平生耳根净。风流这生。乞戏可憎。我便有陶学士的鼻凹也下不得綍。太平乐府八　乔梦符小令　雍熙乐府一〇　北宫词纪五

雍熙乐府不注撰人。〇(一枝花)雍熙敛袂待作敛袂带。歌喉作歌讴。北宫词纪作敛袂带。末二句作。挡银甲指法偏高。按金缕歌喉慢逞。(梁州第七)明大字本太平乐府应的作应。便似作便是。雍熙的凉州作梁州。绎如下无也字。些儿作些。词纪俱同。词纪间骊珠作骤骊珠。无随抠揢三字。着绸缪有情作绸缪忒有情。(尾)元刊八卷本及瞿本太平乐府乞戏俱作吃戏。小令讹锦作红锦。乞戏作喫戏。雍熙末句无的字。词纪次句作仿佛似调鹦鹉声娇锦罩内听。乞戏作相谐。

私　情

云鬏金雀翘。山隐青鸾鉴。藕丝轻织粉。湘水细揉蓝。性子儿岩嵌。小可底难摇撼。起初儿着莫咱。假撇清面北眉南。实怕

攒红愁绿惨。

〔梁州第七〕不显豁意头儿甚好。不寻常眼脑儿偏馋。酒席间闲话儿将他来探。都笑科儿承答。冷诨儿包含。不能够空便。因此上云雨尴尬。老婆婆坐守行监。狠撅丁暮四朝三。不能够偷工夫恰喜喜欢欢。怕蹶撒也却忑忑忐忐。知消息早哝哝喃喃。攒科。斗喊。风声儿惹起如何揞。从那遍再谁敢。有等干咽唾的杓俫死嘴噆。委实难耽。

〔尾〕从今将凤凰巢鸳鸯殿遮笼教暗。将金缝锁玉连环对勘的严。锦片也似前程做的来不愚滥。非是咱不甘。不是你不堪。只被这受惊怕的恩情都唬破我胆。太平乐府八　乔梦符小令　雍熙乐府一〇

彩笔情辞四

雍熙乐府不注撰人。彩笔情辞注元人辞。〇（一枝花）雍熙七句作起初早着摸咱。情辞同。情辞云鬓作云盘。（梁州第七）元刊太平乐府从那遍作徒那游。嘴噆作嘴渐。小令雍熙同。兹从元刊八卷本瞿本太平乐府。明大字本太平他来作他。撅作㧙。撒也作撒。揞作按。雍熙情辞蹶撒俱作厥撒。揞俱作按。情辞他来作他。不能够作难寻。婆婆作虔婆。偷工夫作破工夫。也却作也。哝哝作笃笃。从那遍作待潜窥。杓俫作初俫。（尾）元刊八卷本太平乐府金缝作金丱。太平雍熙二句严俱作岩。雍熙情辞从今作从今后。教暗作的暗。只被作只被你。恩情下有到如今三字。情辞首句无将字。将金缝锁作把金钥锁。愚滥作馀滥。

杂　情

粉云香脸试搽。翠烟腻眉学画。红酥润冰笋手。乌金渍玉粳牙。鬓拢宫鸦。改样儿新鞋袜。挑粉垢修指甲。收拾得所事儿温柔。妆点得诸馀里颗恰。

〔梁州〕堪笑这没分晓的妈妈。则抱得不啼哭娃娃。小心儿一见了相牵挂。腿厮捺着说话。手厮把着行踏。额厮拶着作耍。腮

厮揾着温存。肩厮挨着曲和琵琶。寻题目顶真续麻。常子是笑没盈弄盏传杯。好喫阑同床共榻。热兀罗过饭供茶。那些。喜呷。天来大怪胆儿无些怕。这些时变了话。小则小心肠儿到狡猾。显出些情杂。

〔骂玉郎〕但些儿头疼眼热我早心惊讶。着疼热只除咱。寻方裹药占龟卦。直到喫得粥食。离了卧榻。恰撇得心儿下。

〔感皇恩〕看承似美玉无瑕。谁敢做野草闲花。曹大家卖杏虎。裴小蛮学撒撤。温太真索妆鰕。丽春园扎撒。鸣珂巷南衙。现而今如嚼蜡。似咬瓦。若抟沙。

〔采茶歌〕喜时节脸烘霞。笑时节眼生花。一霎时一天风雪冷鼻凹。本待做曲吕木头车儿随性打。原来是滑出律水晶球子怎生拿。太平乐府八　乔梦符小令　雍熙乐府一〇

雍熙乐府题作情杂。不注撰人。〇（一枝花）太平乐府雍熙牙俱作芽。明大字本何钞本太平诸馀里俱作诸般儿。元刊太平乐府渍作渍。兹从他本太平乐府乔梦符小令及雍熙。雍熙所事儿作所事。末五字作诸馀显恰。（梁州）元刊太平乐府热兀罗作热尤罗。兹从元刊八卷本瞿本何钞本及小令。瞿本旧校没盈作盈盈。明大字本及小令变了话俱作变了卦。雍熙厮捺下无着字。厮把着作厮着。曲和作和曲。兀罗作魔罗。（骂玉郎）雍熙些儿作着些。眼热作脑热。粥食作粥时。离了作才离。（感皇恩）小令大家作大姑。撒撤作撒鳖。扎撒作北撒。（采茶歌）明大字本太平乐府木头作木。雍熙曲吕木头作曲律木的。

〔南吕〕梁州第七

射　雁

鱼尾红残霞隐隐。鸭头绿秋水涓涓。芙蓉灿烂摇波面。见沉浮鸥伴。来往鱼船。平沙衰草。古木苍烟。江乡景堪爱堪怜。有丹青巧笔难传。揉蓝靛绿水溪头。铺腻粉白苹岸边。抹胭脂红

叶林前。将笠檐儿慢卷。迎头。仰面。偷睛儿觑见碧天外雁行现。写破祥云一片笺。头直上慢慢盘旋。

〔一枝花〕忙拈鹊画弓。急取雕翎箭。端直了燕尾钑。搭上虎筋弦。秋月弓圆。箭发如飞电。觑高低无侧偏。正中宾鸿。落在蒹葭不见。

〔尾〕转过紫荆坡白草冢黄芦堰。惊起些红脚鸭金头鹅锦背鸳。諕得这鸂鶒儿连忙向败荷里串。血模糊翅搧。扑剌剌可怜。十二枝梢翎向地皮上剪。太平乐府八 雍熙乐府八及九 北宫词纪四 九宫大成五四引全套

此套见太平乐府。注梦简撰。北宫词纪从之。雍熙乐府卷八卷九并收之。俱不注撰人。卷八无题。案太平乐府作者姓氏表中。并无梦简其人。简当系符之讹。兹以之属乔吉。又此套太平及词纪皆梁州第七在前。一枝花在后。雍熙卷九所收者同。惟雍熙卷八所收者。则一枝花在前。九宫大成从北宫词纪。○(梁州第七)元刊太平慢卷作揽卷。兹从明大字本太平及雍熙九。雍熙八灿烂作烂熳。四句作见浮鸥畔。将笠檐句作看笠帘谩卷。觑见作见。词纪九句作丹青笔难画难传。笠檐下无儿字。句断。觑见作见。大成俱同词纪。(一枝花)太平乐府侧偏作俱偏。兹从雍熙八。雍熙八三句无了字。飞电作雷电。末二句作。紫金钑正中宾鸿。扑落在丹霞汀远。雍熙九鹊画作鹊桦。三句无了字。侧偏作倚偏。词纪大成弓圆俱作方圆。馀同雍熙九。(尾)太平鸂鶒作鸂鹅。雍熙八转过下有这字。堰作岸。无諕得这鸂鶒儿六字。扑剌剌作剌剌的。末句作十二枝头翎地上剪。雍熙九諕得这作諕的那。下句无血字。词纪大成俱同雍熙九。

〔商调〕集贤宾

咏柳忆别

恨青青画桥东畔柳。曾祖送少年游。散晴雪杨花清昼。又一场心事悠悠。翠丝长不系雕鞍。碧云寒空掩朱楼。揎罗袖试将纤

玉手。绾东风摇损轻柔。同心方胜结。缨络绣文球。

〔逍遥乐〕绾不成鸳鸯双叩。空惊散梢头。一双锦鸠。何处忘忧。听枝上数声黄栗留。怕不弄春娇巧转歌喉。惊回好梦。题起离情。唤醒闲愁。

〔醋葫芦〕雨晴珠泪收。烟颦翠黛羞。殢风流还自怨风流。病多不奈秋。未秋来早先消瘦。晓风残月在帘钩。

〔浪里来煞〕不要你护雕阑花甃香。荫苍苔石径幽。只要你盼行人终日替我凝眸。只要你重温灞陵别后酒。如今时候。只要向绿阴深处缆归舟。太平乐府七　盛世新声申集　词林摘艳七　乔梦符小令　雍熙乐府一四　北宫词纪六

盛世新声重增本内府本词林摘艳俱无题。不注撰人。原刊本徽藩本词林摘艳题作赠别。注乔梦符作。雍熙乐府不注撰人。题作悬望。○(集贤宾)元刊太平乐府摇损作援损。兹从元刊八卷本太平及盛世摘艳。盛世画桥作画楼。祖送作发送。文球作球球。摘艳俱同。乔梦符小令纤作纤纤。摇损作援损。雍熙摇损作按损。馀同盛世。(逍遥乐)盛世摘艳五六句俱作。听枝上啼鸟声幽。你怕不弄春巧转歌喉。内府本摘艳梢头作绿影梢头。一双作一双的寻巢雌。小令一双作一对。雍熙绾作结。梢头作树梢头。五六句作。听枝上杜宇声幽。你怕不调弄春声巧啭喉。(醋葫芦)元刊太平未秋作去秋。兹从元刊八卷本瞿本何钞本太平及小令。何钞不奈秋作奈愁。盛世首句作两情珠泪垂。羞作收。末三句作。病多看来不奈秋。秋来先瘦。晚风残月上帘钩。摘艳俱同盛世。小令末句在作上。雍熙同盛世。惟秋来先瘦作因他消瘦。词纪四五句作。多病不禁秋信陡。早先消瘦。(浪里来煞)盛世及各本摘艳苔上俱脱苍字。内府本摘艳不脱。雍熙花甃作花罿。二三句作。荫苔痕灿石幽。则要盼情人终日我凝眸。绿阴作绿杨。缆作棹。

〔越调〕斗鹌鹑

歌　姬

教坊驰名。梨园上班。院本诙谐。宫妆样范。肤若凝脂。颜如

渥丹。香肩凭玉楼。湘云拥翠鬟。罗帕分香。春纤换盏。

〔紫花儿〕扶醄煞东风桃李。吸留煞暮雨房栊。喫喜煞夜月阑干。
向尊席之上。谈笑其间。意思相攀。且是娘剔透玲珑不放闲。
不枉了唤声妆旦。尽可以雾幌云屏。酒社诗坛。

〔天净沙〕眉儿初月弯弯。鞋儿瘦玉悭悭。脸儿孜孜耐看。琵琶
弦慢。青衫泪点才干。

〔尾〕丽春园门外是浔阳岸。最险是茶船上跳板。一句话悔时难。
两般儿爱处拣。太平乐府七　乔梦符小令　雍熙乐府一三

　　雍熙乐府不注撰人。○(斗鹌鹑)元刊太平乐府院本作院体。小令同。兹从瞿
　　本太平及雍熙。(紫花儿)明大字本太平无向字。(天净沙)元刊太平三句脸作
　　敛。看作着。兹俱从明大字本何钞本太平及小令雍熙。

〔双调〕新水令

闺　丽

绣闺深培养出牡丹芽。控银钩绣帘不挂。莺燕游上苑。蝶梦绕
东华。富贵人家。花阴内柳阴下。

〔乔木查〕忽地迎头见咱。娇小心儿里怕。厌地回身拢鬓鸦。傍
阑干行又羞。双脸烘霞。

〔搅筝琶〕我凝眸罢。心内顽麻。可知曲江头三次遗鞭。我粉墙
外几乎坠马。人说观自在活菩萨。堪夸。普陀山几时曾到他。
更隔着海角天涯。

〔甜水令〕他秋水回波。春山摇翠。芳心迎迓。彼此各承答。诗
句传情。琴声写恨。衷肠牵挂。许多时不得欢洽。

〔雁儿落〕斗的满街里闲嗑牙。待罢呵如何罢。空揣着题诗玉版
笺。织锦香罗帕。

〔得胜令〕我是个为客秀才家。你是个未嫁女娇娃。不是将海鹤

儿相埋怨。休把这纸鹞儿斯调发。若是真么。回与我句实成的话。天那。送了人呵不是耍。

〔离亭宴煞〕只因你赡不下解合的心肠儿又。不是我口不严俵扬的风声儿大。伫头凭阑。一日三衙。唱道成时节准备着小意儿妆蝦。不成时怎肯呆心儿跳塔。哎。你个喫戏冤家。来来来将人休量抹。我不是琉璃井底鸣蛙。我是个花柳营中惯战马。太平乐府七　乔梦符小令　雍熙乐府一一　北词广正谱引甜水令　九宫大成六五引乔木查

雍熙乐府不注撰人。○（新水令）乔梦符小令银钩作金钩。莺燕游作莺声闻。（揽筝琶）太平乐府普陀作补陀。雍熙乐府九宫大成儿时曾俱作儿曾。（甜水令）雍熙衷肠作衷情。（雁儿落）明大字本太平乐府斗的作逗留。嗑作磕。（得胜令）元刊八卷本瞿本明大字本太平乐府真么俱作真个。雍熙同。兹从元刊本。明大字本无海字。又与小令雍熙实成俱作实诚。小令真么作无差。雍熙天那作天呵。（离亭宴煞）元刊太平乐府无琉字。兹从瞿本明大字本及小令。何钞本太平乐府赡作担。头作颈。小令俱同。雍熙赡作担。无琉璃二字。

〔双调〕乔牌儿

别　情

风求凰琴慢弹。莺求友曲休咽。楚阳台更隔着连云栈。桃源洞在蜀道难。

〔揽筝琶〕无边岸。黑海也似那煎烦。愁万结柔肠。泪双垂业眼。泪眼与愁肠。直熬得烛灭香残。更阑。望情人必然来梦间。争奈这枕冷衾寒。

〔落梅风〕粘金雁。弹翠鬟。想不曾做心儿打扮。近新来为咱情绪懒。不梳妆也自然好看。

〔沉醉东风〕风铃响猛猜做珮环。柳烟颦只疑是眉攒。想犀梳似

新月牙。忆宫额似芙蓉瓣。见桃花呵似见他容颜。觑得越女吴姬匹似闲。厌听那银筝象板。

〔本调煞〕相思成病何时慢。更拚得不茶不饭。直熬个海枯石烂。

太平乐府六　乔梦符小令　北宫词纪六　彩笔情辞七　太和正音谱下引本调煞　北词广正谱同　九宫大成六六同

（揽筝琶）北宫词纪也似那作似。泪眼与愁肠作愁和泪到更阑。香残下无更阑二字。彩笔情辞俱同。（沉醉东风）小令匹似闲作莫等闲。词纪情辞俱作等闲。

〔双调〕行香子

题　情

燕慵莺僝。凤只鸾单。无多时春事阑珊。东阳瘦体。潘岳苍颜。我怕春归。愁日永。睡更阑。

〔庆宣和〕红粉香中惯撒顽。不似今番。软玉温香忒希罕。只疑是梦间。梦间。

〔锦上花〕酒社诗坛。不茶不饭。夜雨愁肠。东风泪眼。海誓山盟。白玉连环。月约星期。泥金小简。

〔小阳关〕次第明月食。容易彩云散。咫尺巫山。顷刻阳关。地窄天宽。十番九番。雨涩云悭。千难万难。

〔江儿水〕西楼倚遍十二阑。望断处空长叹。不由人脚儿勤。更怕咱心儿惮。得空便对着他实掉訑。

〔碧玉箫〕忙里偷闲。满口儿诉愁烦。天上人间。对面儿隔关山。送春心眉影弯。闷无言云髯鬖。据风流样范。寻常妆扮。腰肢小蛮。巧语娇春莺慢。

〔离亭宴歇指煞〕平生脱不了疏狂限。今年又撞着风流难。人瞧见些破绽。衾闲绣被鸳。钗擘金花凤。弦断瑶筝雁。柔肠愁暮秋。业眼巴清旦。谁知近间。花柳武陵迷。烟水蓝桥潦。云雨阳台旱。恩深太华高。情朽松石烂。不是我将伊调贩。早撺断那俫徣。任从他外人攒。<small>太平乐府六　乔梦符小令　词谑　北宫词纪六　彩笔情辞一〇　太和正音谱下引小阳关　北词广正谱引庆宣和</small>

　　（行香子）何钞本太平乐府睢作怯。（庆宣和）北宫词纪香中作乡中。北词广正谱同。（小阳关）大成改曲牌为锦上花之又一体。即么篇。瞿本何钞本太平乐府及词纪情辞太和正音谱大成月食俱作月圆。（江儿水）明大字本太平乐府掉訛作掉侃。小令对着他作对他。（离亭宴歇指煞）词谑词纪情辞大成平生俱作平时。

苏彦文

　　生平不详。录鬼簿谓彦文有地冷天寒越调及诸乐府极佳。

套数

〔越调〕斗鹌鹑

冬　景

地冷天寒。阴风乱刮。岁久冬深。严霜遍撒。夜永更长。寒浸卧榻。梦不成。愁转加。杳杳冥冥。潇潇洒洒。

〔紫花儿序〕早是我衣服破碎。铺盖单薄。冻的我手脚酸麻。冷弯做一块。听鼓打三挝。天那。几时挨的鸡儿叫更儿尽点儿煞。晓钟打罢。巴到天明。划地波查。

〔秃厮儿〕这天晴不得一时半霎。寒凛冽走石飞沙。阴云黯淡闭日华。布四野。满长空。天涯。

〔圣药王〕脚又滑。手又麻。乱纷纷瑞雪舞梨花。情绪杂。囊箧乏。若老天全不可怜咱。冻钦钦怎行踏。

〔紫花儿序〕这雪袁安难卧。蒙正回窑。买臣还家。退之不爱。

浩然休夸。真佳。江上渔翁罢了钓槎。便休题晚来堪画。休强呵映雪读书。且免了这扫雪烹茶。

〔尾声〕最怕的是檐前头倒把冰锥挂。喜端午愁逢腊八。巧手匠雪狮儿一千般成。我盼的是泥牛儿四九里打。雍熙乐府一三

录鬼簿云。彦文有地冷天寒越调及诸乐府。案雍熙乐府有越调斗鹌鹑地冷天寒套数。不注撰人。当即彦文作。兹据以辑之。

刘时中

时中号逋斋。古洪人。与钟嗣成同时。或以为即刘致。惟刘致石州宁乡人。待考。

小令

〔仙吕〕醉扶归

赋粉团儿

色映金茎露。香腻玉盘酥。一段清冰出玉壶。不管胭脂妒。晓镜青鸾影孤。正要何郎傅。乐府群玉一

〔仙吕〕醉中天

花木相思树。禽鸟折枝图。水底双双比目鱼。岸上鸳鸯户。一步步金厢翠铺。世间好处。休没寻思。典卖了西湖。宋谚有典卖西湖之语。台谏谓之卖了西湖。既卖则不可复。省院谓之典了西湖。典犹可赎也。无官守言责。则无往不可。此古人所以轻视轩冕者欤。乐府群玉一

〔南吕〕四块玉

泛彩舟。携红袖。一曲新声按伊州。樽前更有忘机友。波上鸥。

花底鸠。湖畔柳。钞本阳春白雪后集一 乐府群珠二 雍熙乐府一八

乐府群珠题作游赏。○雍熙乐府湖畔作河畔。

今日吴。明朝楚。吴楚交争几荣枯。试将历代从头数。忠孝臣。
贤明主。泉下土。钞本阳春白雪后集一 乐府群珠二 雍熙乐府一八

群珠题作叹世。○雍熙今作昨。明作今。泉下作坟上。

看野花。携村酒。烦恼如何到心头。红缨白马难消受。二顷田。
两只牛。饱时候。钞本阳春白雪后集一 梨园乐府下 乐府群珠二 雍熙乐府
一八

群珠题作隐居。梨园乐府此首属马致远。兹互见。○梨园看作带。四句作谁能
跃马常食肉。两只作一具。时候作后休。群珠四句作谁能跃马能消受。只作
具。时候作后休。

佐国心。拿云手。命里无时莫强求。随缘过得休生受。几叶绵。
几匹绸。暖时候。钞本阳春白雪后集一 梨园乐府下 乐府群珠二 雍熙乐府
一八

群珠题作叹世。梨园乐府此首属马致远。雍熙乐府此首及以下衣紫袍。万丈
潭。官况甜三首皆不注撰人。○梨园强求作刚求。随缘过得作随时过遣。几匹
作一片。时候作后休。群珠末二句作。万缕绸。暖便休。

利尽收。名先有。得好休时便好休。闲中自有闲中友。门外山。
湖上酒。林下叟。钞本阳春白雪后集一 乐府群珠二 雍熙乐府一八

群珠题作隐居。○群珠三句脱上一休字。湖上作壶内。

衣紫袍。居黄阁。九鼎沉似许由瓢。甘美无味教人笑。弃了官。
辞了朝。归去好。钞本阳春白雪后集一 乐府群珠二 雍熙乐府一八

万丈潭。千寻坎。一线风涛隔仙凡。识破休被功名赚。无厌心。
呆大胆。谁再敢。钞本阳春白雪后集一 乐府群珠二 雍熙乐府一八

官况甜。公途险。虎豹重关整威严。雠多恩少皆堪叹。业贯盈。
横祸满。无处闪。钞本阳春白雪后集一 乐府群珠二 雍熙乐府一八

乐府群珠以上列三首属曾瑞。本书互见两家曲中。校语见曾曲。

禄万钟。家千口。父子为官弟封侯。画堂不管铜壶漏。休费心。休过求。撅破头。乐府群珠二　雍熙乐府一八

　　雍熙乐府此首及次首曲牌误作寨儿令。不注撰人。此首题作嘲乌衣巷。

咏郑元和

风雪狂。衣衫破。冻损多情郑元和。哩哩嗹嗹嗹哩啰学打莲花落。不甫能逢着亚仙。肯分的撞着李婆。怎奈何。乐府群珠二　雍熙乐府一八

　　雍熙题作乞儿郎。○群珠三句哩字下空两格。下为学打莲花落。此从雍熙。雍熙亚仙作李亚仙。肯作有。婆作婆婆。

〔南吕〕金字经

常氏称心

少年情缘浅。老来欢爱深。费尽长门买赋金。酒满斟。醉来花下吟。缠头锦。愿得常称心。乐府群玉一　乐府群珠二

〔中吕〕朝天子

邸万户席上

柳营。月明。听传过将军令。高楼鼓角戒严更。卧护得边声静。横槊吟情。投壶歌兴。有前人旧典型。战争。惯经。草木也知名姓。乐府群玉一

虎韬。豹韬。一览胸中了。时时拂拭旧弓刀。却恨封侯早。夜月铙歌。春风牙纛。看团花锦战袍。鬓毛。未凋。谁便道冯唐老。乐府群玉一

同文子方邓永年泛洞庭湖宿凤凰台下

月明。浪平。看远岸秋沙净。轻舟漾漾水澄澄。天水明如镜。范蠡归舟。张骞游兴。在渔歌三四声。耳清。体轻。漫不省乾坤剩。 <small>乐府群玉一</small>

舞者。唱者。满酌金荷叶。珠围翠绕尽豪奢。银烛消残夜。玉筯冰丝。金盘凉蔗。把平生幽愤写。笑些。俏些。赛一道鸳鸯社。 <small>乐府群玉一</small>

<small>　　　银烛下原阙一字。兹据吴梅校笔补。</small>

有钱。有权。把断风流选。朝来街子几人传。书记还平善。兔走如梭。乌飞如箭。早秋霜两鬓边。暮年。可怜。乞食在歌姬院。 <small>乐府群玉一</small>

要些。笑些。休放琼花谢。春风无与比奇绝。照眼明香雪。琪树瑶林。寒光相射。争教人容易舍。醉也。去也。更得得挨今夜。 <small>乐府群玉一</small>

饯别。去也。泪滴满金蕉叶。西风锦树老了胡蝶。满眼黄花谢。今日离筵。明朝客舍。把骊驹莫放彻。醉者。饱者。免孤负重阳节。 <small>乐府群玉一</small>

粉光。雪香。是水月观音像。三生梦绕锦鸳鸯。一味风流况。坐上闲情。樽前清唱。是司空也断肠。月凉。夜长。心事满流苏帐。 <small>乐府群玉一</small>

近来。越骏。能捻帮穷□怪。从人啅噪放狂乖。不似今番煞。海样情缘。天来欢爱。罄山贳不当灾。好怀。放开。大打算风魔债。 <small>乐府群玉一</small>

<small>　　　任校云。第三句阙字疑应在捻字下。</small>

愿天。可怜。乞个身长健。花开似锦酒如川。日日西湖宴。杨

柳宫眉。桃花人面。是平生未了缘。过船。醉眠。还不迭风流愿。乐府群玉一

画船。绮筵。红翠乡中宴。荷花人面两婵娟。花不如人面。锦绣千堆。繁华一片。是西湖六月天。扣舷。采莲。怕甚么鸳鸯见。乐府群玉一

瘿瓢。带糟。将瓮里浮蛆舀。氤氲双颊绛云潮。春色添多少。稚子牵衣。山妻迎笑。急投床脚健倒。醉了。睡好。醉乡大人间小。乐府群玉一

〔中吕〕满庭芳

自　悟

花愁色胆。其中识破。就里曾参。雨云情到底皆虚泛。可暂休贪。撮艳处从今怕揽。闹篮中情愿妆憨。这其间实心淡。一任傍人笑俺。再不将风月话儿谈。太平乐府四

狂踪怪胆。索一奉十。暮四朝三。喜孜孜笑脸儿将人赚。就里虚耽。白茫茫蓝桥水溮。黑洞洞袄庙云缄。赤紧地他愚滥。情疏意淡。再不将风月担儿担。太平乐府四

〔中吕〕红绣鞋

鞋　杯

帮儿瘦弓弓地娇小。底儿尖恰恰地妖娆。便有些汗浸平儿酒蒸做异香飘。激滟得些口儿润。淋漉得拽根儿漕。更怕那口唵咱的展涴了。乐府群玉一　乐府群珠四

群珠三句浸下作二。疑示浸字叠。

吴人以美女为娃北俗小儿不论男女
皆以娃呼之有名娃娃者戏赠

亲不亲心肝儿上摘下。惜不惜气命儿似看他。打健健及擎著手心儿里夸。闲则剧怀抱_{音捕}儿里引。娇□可喜被窝儿里爬。只是将个磨合罗儿迤逗著耍。<small>乐府群玉一　乐府群珠四</small>

<small>群珠娇下不阙字。</small>

歌姬米氏小字要要

举眉动眼般般儿通透。安手下脚色色儿风流。出胎胞蓐草上早会藏阄。卧在被单学打令。坐着豆枕演提鞠。刁天撅地所事儿有。<small>乐府群玉一　乐府群珠四</small>

<small>群珠卧在被单作披着卧单。</small>

劝收心

不指望成家立计。则寻思卖笑求食。早巴得个前程你便宜。虽然没花下子。也须是脚头妻。立下个妇名儿少甚的。<small>乐府群玉一乐府群珠四</small>

〔中吕〕山坡羊

与邸明谷孤山游饮

诗狂悲壮。杯深豪放。恍然醉眼千峰上。意悠扬。气轩昂。天风鹤背三千丈。浮生大都空自忙。功。也是谎。名。也是谎。<small>乐府群玉一　乐府群珠一</small>

燕城述怀

云山有意。轩裳无计。被西风吹断功名泪。去来兮。便休提。青山尽解招人醉。得失到头皆物理。得。他命里。失。咱命里。

乐府群玉一　乐府群珠一

西湖醉歌次郭振卿韵

朝朝琼树。家家朱户。骄嘶过沽酒楼前路。贵何如。贱何如。六桥都是经行处。花落水流深院宇。闲。天定许。忙。人自取。

乐府群玉一　乐府群珠一

怀长沙次郭振卿韵

西楼高处。东城佳处。梦魂长绕湘南路。锦鳞无。塞鸿疏。大都来只为虚名误。老未得闲心更苦。杯。谁共举。花。谁共主。

乐府群玉一　乐府群珠一
　　群珠大都来作都来。

怀武昌次郭振卿韵

烟波渔父。扁舟归去。移家鹦鹉洲边住。任狂疏。恣痴愚。到头也有安排处。青箬绿蓑为伴侣。闲。也自取。忙。也自取。乐府群玉一　乐府群珠一

侍牧庵先生西湖夜饮

微风不定。幽香成径。红云十里波千顷。绮罗馨。管弦清。兰舟直入空明镜。碧天夜凉秋月冷。天。湖外影。湖。天上景。乐府群玉一　乐府群珠一

群珠十里作千里。

〔越调〕小桃红

辛尚书座上赠合弹琵琶何氏

纤纤香玉插重莲。犹似羞人见。斜抱琵琶半遮面。立当筵。分明微露黄金钏。鹍鸡四弦。骊珠一串。个个一般圆。<small>乐府群玉一</small>

武昌歌妓愧氏春卿色艺为一时之冠友人文子方为刑曹郎因公至武昌安子举助教会间见之念念莫置代作此以赠之

春来苦欲伴春居。日日寻春去。无奈春云不为雨。为春癯。绿窗谁唱留春住。买春不许。问春无语。春意定何如。<small>乐府群玉一</small>
为春憔悴要春医。苦苦贪春睡。盼得春来共春醉。恨春迟。夜来得个春消息。春心暗喜。春情偷寄。春事只春知。<small>乐府群玉一</small>
几年尘土被官囚。此日方参透。待别干星娘小除授。紧营求。天还肯许便欣然地就。温柔乡里甲头。无何乡里主首。便权一日也风流。<small>乐府群玉一</small>

〔越调〕寨儿令

夜已阑。灯将灭。纱窗外昏擦刺月儿斜。越求和越把个身子儿趄。耳轮儿做死的扯。喫敲才胚定也子怕你悔去也。<small>钞本阳春白雪后集一　雍熙乐府一八</small>

<small>雍熙题作乔风月。不注撰人。○末句待校。雍熙擦刺作惨惨。四句无个字。以下作。耳轮儿揪。膀背儿捏。骂道是喫乔才我怕你悔去也。</small>

〔双调〕折桂令

农

想田家作苦区区。有斗酒豚蹄。畅饮歌呼。瓦钵瓷瓯。村箫社鼓。落得妆愚。吾将种牵衣自舞。妇秦人击缶相娱。儿女供厨。仆妾扶舆。无是无非。不乐何如。<small>乐府群玉一　乐府群珠三</small>

渔

鳜鱼肥流水桃花。山雨溪风。漠漠平沙。蒻笠蓑衣。笔床茶灶。小作<small>音佐</small>生涯。樵青采芳洲蓼牙。渔童薪别浦蒹葭。小小渔艖。泛宅浮家。一舸鸱夷。万顷烟霞。<small>乐府群玉一　乐府群珠三</small>

樵

正山寒黄独无苗。听斤斧丁丁。空谷潇潇。有涧底荆薪。淮南丛桂。吾意堪樵。赤脚婢香粳旋捣。长须奴野菜时挑。云暗山腰。水洊溪桥。日暮归来。酒满山瓢。<small>乐府群玉一　乐府群珠三</small>
<small>群珠黄独作黄犊。吾意作尽意。</small>

牧

被野猿山鸟相留。药解延年。草解忘忧。土木形骸。烟霞活计。麋鹿交游。闷来访箕山许由。闲时寻崧顶丹丘。莫莫休休。荡荡悠悠。挈子携妻。老隐南州。<small>乐府群玉一　乐府群珠三</small>
<small>群珠题作隐。</small>

疏斋同赋木犀

似娟娟日暮娥皇。翠袖天寒。静倚修篁。怅望夫君。低回掩抑。

淡尽啼妆。贴体衫儿淡黄。掩胸诃子金装。高洁幽芳。一片秋光。满地清香。<small>乐府群玉一　乐府群珠三</small>

同文子方饮南城即事

锁烟霞曲径萦回。梦不到人间。舞榭歌台。铅鼎丹砂。玄霜玉杵。钟乳金钗。记画烛清樽夜来。映梨花淡月闲斋。翠壁丹崖。流水桃源。古木天台。<small>乐府群玉一　乐府群珠三</small>

送王叔能赴湘南廉使

正黄尘赤日长途。便雷奋天池。教雨随车。把世外炎氛。人间热恼。一洗无馀。展洙泗千年画图。纳潇湘一道冰壶。报政何如。风动三湘。霜满重湖。<small>乐府群玉一　乐府群珠三</small>
喜潇湘一派澄清。觉松柏坚贞。兰蕙芳馨。田里歌谣。官曹整暇。牒诉轻平。快野寺寻春酒醒。喜邮亭问俗诗成。传语湘灵。又只恐东风。吹上瑶京。<small>乐府群玉一　乐府群珠三</small>
　　任校群玉轻作清。

闲居自适

饷春晴小小篮舆。聊唤茅柴。试买溪鱼。村北村南。山花山鸟。尽意相娱。与农父忘形尔汝。醉归来不记谁扶。早赋归欤。却恨红尘。不到吾庐。<small>乐府群玉一　乐府群珠三</small>

张肖斋总管席间

小亭轩客散留髡。添酒回灯。草草盘飧。问甚花落花开。春来春去。覆雨翻云。莫孤负田家瓦盆。且留连茅舍洼樽。选甚清浑。论甚朝昏。擗掉会闲里光阴。醉里乾坤。<small>乐府群玉一　乐府群珠三</small>

任校群玉于擗掉会下补空格。云应脱一字。句绝。

再过村肆酒家

觯双丫十八鬟儿。春日当垆。袅袅腰肢。徙倚心招。依稀眉语。记得前时。探锦囊都无酒赀。恨邮亭不售新诗。可惜胭脂。转首空枝。千里关山。一段相思。*乐府群玉一　乐府群珠三*

吴梅校本及任校散曲丛刊本群玉觯作娑。曲文与心井庵钞本未尽相合。校勘从略。兹从群珠。

〔双调〕清江引

春光荏苒如梦蝶。春去繁华歇。风雨两无情。庭院三更夜。明日落红多去也。*太平乐府二*

〔双调〕水仙操 并引

若把西湖比西子。淡妆浓抹总相宜。玉局翁诗也。填词者窃其意。演作世所传唱水仙子四首。仍以西施二字为断章。盛行歌楼乐肆间。每恨其不能佳也。且зас西湖西子。有秦无人之感。崧麓有樵者。闻而是之。即以春夏秋冬赋四章。命之曰西湖四时渔歌。其约。首句韵以儿字。时字为之次。西施二字为句绝。然后一洗而空之。邀同赋。谨如约。

阳春白雪有曲无引。曲前注和前四段。谓和卢疏斋之西湖四段也。吴梅校本及任校散曲丛刊本乐府群玉每恨原作每悔。曲文与心井庵钞本未尽相合。校勘从略。兹从任校。

湖山堂下闹竿儿。烂熳韶华三月时。朝来风雨催春事。把莺花揎断死。映苏隄红绿参差。浅绎雪缄桃萼。嫩黄金搓柳丝。风流煞斗草的西施。*阳春白雪前集二　乐府群玉一*

阳春白雪堂作亭。熳作醉。朝作晓。绿作翠。四首末句俱无的字。

虾须帘卷水亭儿。玉枕桃笙梦觉时。荷香勾引薰风至。掬清涟
雪藕丝。嫩凉生璧月琼枝。鸾刀切银丝脍。蚁香浮碧玉卮。受
用煞避暑的西施。阳春白雪前集二　乐府群玉一

　　元刊阳春白雪桃笙作陶生。钞本白雪与群玉合。白雪薰作清。清涟作青莲。璧
　　月琼枝作碧月琼芝。

西风逗入耍窗儿。一扇新凉暑退时。白苹红蓼多情思。写秋光
无限诗。占平湖一抹胭脂。荷缺翠青摇柄。桂飘香金缀枝。快
活煞玩月的西施。阳春白雪前集二　乐府群玉一

　　阳春白雪逗作吹。缀作坠。

梅花初试胆瓶儿。正是逋郎得句时。彤云把断山中寺。软香尘
不到此。怯清寒林下风姿。侵素体添肌粟。妒云鬟老鬓丝。清
绝煞赏雪的西施。阳春白雪前集二　乐府群玉一

　　阳春白雪香作红。怯清寒句作玉模糊老树参差。绝作净。

寓意武昌元贞

楚天空阔楚山长。一度怀人一断肠。此心不在肩舆上。倩东风
过武昌。助离愁烟水茫茫。竹上雨湘妃泪。树间禽蜀帝王。无
限思量。阳春白雪前集二　乐府群玉一

　　阳春白雪此首属阿鲁威。无题目。〇白雪首句作楚天空阔楚天长。不在作只
　　在。树间作树中。钞本白雪倩东风作倩乘风。

人言不向武昌居。我欲年来食贱鱼。那堪鹦鹉洲边住。锦鸳鸯
为伴侣。是烟波江上渔夫。得一舸鸥夷去。载苎罗山下女。便
改姓陶朱。乐府群玉一

武昌官柳正青青。只与行人管送迎。等闲攀折浑无定。舞东风
过此生。奈柔条系绊人情。爱眉黛烟中翠。忆纤腰掌上轻。恨
满邮亭。乐府群玉一

贞元旧曲日停歌。只恐青衫泪更多。等闲又见菱花破。玲珑奈

尔何。较些儿病了维摩。愁暗逐西飞翼。恨长随东逝波。著甚消磨。乐府群玉一

为平章南谷公寿福楼赋

朱帘画栋倚穹苍。带砺河山接四王。那堪辈辈为丞相。是皇家真栋梁。看灵椿丹桂齐芳。寿域年年固。福源日日长。永坐都堂。乐府群玉一

楼名寿福压钱塘。中有高居异姓王。朝朝北阙频瞻望。启丹诚一瓣香。对西山遥祝吾皇。愿基业隆三代。更烟尘净四方。寿福无疆。乐府群玉一

朱楼迢递接长空。家世于今谁比隆。阴功虽是前王种。嗣声华正在公。更门阑喜色重重。男已兆承家风。女欣逢择婿龙。寿福无穷。乐府群玉一

〔双调〕庆东原

题　情

云轻散。月易残。女萧何成败了些风流汉。冯魁硬铲。双渐紧赶。小姐先赸。今夜惜花心。明日伤春叹。太平乐府二　梨园乐府中　张小山北曲联乐府下

此曲又见张小山北曲联乐府。梨园乐府不注撰人。○元刊八卷本瞿本太平乐府及梨园乐府张小山北曲联乐府双渐俱作双生。兹从元刊太平乐府。

〔双调〕殿前欢

醉翁酡。醒来徐步杖藜扡。家童伴我池塘坐。鸥鹭清波。映水红莲五六科。秋光过。两句新题破。秋霜残菊。夜雨枯荷。残元本阳春白雪二　钞本阳春白雪前集三

醉颜酡。太翁庄上走如梭。门前几个官人坐。有虎皮驮驮。呼王留唤伴哥。无一个。空叫得喉咙破。人踏了瓜果。马践了田禾。残元本阳春白雪二　钞本阳春白雪前集三

　　残元本太翁作大翁。两本伴哥原俱作伴可。

道　情

醉颜酡。水边林下且婆娑。醉时拍手随腔和。一曲狂歌。除渔樵那两个。无灾祸。此一着谁参破。南柯梦绕。梦绕南柯。_{太平乐府一}

醉颜酡。前贤不醉我今何。古来已错今犹错。世事从他。楚三闾葬汨罗。名犹播。谁在高唐卧。巫娥梦我。我梦巫娥。_{太平乐府一}

醉颜酡。云娘行酒雪儿歌。醉时吟狂时舞醒时坐。不醉如何。得快活且快活。今日个。只得随缘过。恋眼前富贵。看门外风波。_{太平乐府一}

〔双调〕雁儿落过得胜令

送　别

和风闹燕莺。丽日明桃杏。长江一线平。暮雨千山静。　载酒送君行。折柳系离情。梦里思梁苑。花时别渭城。长亭。咫尺人孤另。愁听。阳关第四声。_{太平乐府三}

东山仰谢安。秋水思张翰。长沙屈贾谊。落日悲王粲。　坐上酒初残。灯下剑空弹。马援标铜柱。班超指玉关。遥看。明月钱塘岸。云间。山头更有山。_{太平乐府三}

题和靖墓

西湖避世乖。东阁偿诗债。遨游天地间。放浪江湖外。　读易坐书斋。策杖步苍苔。酒饮方拚醉。诗成且放怀。渐渐梅开。独立黄昏待。暗暗香来。清闲处士宅。太平乐府三

元刊本世乖作世乘。瞿本作世尘。兹从明大字本。

套数

〔正宫〕端正好

上高监司

众生灵遭磨障。正值着时岁饥荒。谢恩光拯济皆无恙。编做本词儿唱。

〔滚绣球〕去年时正插秧。天反常。那里取若时雨降。旱魃生四野灾伤。谷不登。麦不长。因此万民失望。一日日物价高涨。十分料钞加三倒。一斗粗粮折四量。煞是凄凉。

〔倘秀才〕殷实户欺心不良。停塌户瞒天不当。吞象心肠歹伎俩。谷中添秕屑。米内插粗糠。怎指望他儿孙久长。

〔滚绣球〕甑生尘老弱饥。米如珠少壮荒。有金银那里每典当。尽枵腹高卧斜阳。剥榆树餐。挑野菜尝。喫黄不老胜如熊掌。蕨根粉以代糇粮。鹅肠苦菜连根煮。荻笋芦蒿带叶啀。则留下杞柳株樟。

〔倘秀才〕或是捶麻柘稠调豆浆。或是煮麦麸稀和细糠。他每早合掌擎拳谢上苍。一个个黄如经纸。一个个瘦似豺狼。填街卧巷。

〔滚绣球〕偷宰了些阔角牛。盗斫了些大叶桑。遭时疫无棺活葬。

贱卖了些家业田庄。嫡亲儿共女。等闲参与商。痛分离是何情况。乳哺儿没人要撇入长江。那里取厨中剩饭杯中酒。看了些河里孩儿岸上娘。不由我不哽咽悲伤。

〔倘秀才〕私牙子船湾外港。行过河中宵月朗。则发迹了些无徒米麦行。牙钱加倍解。卖面处两般装。昏钞早先除了四两。

〔滚绣球〕江乡相。有义仓。积年系税户掌。借贷数补答得十分停当。都侵用过将官府行唐。那近日劝粜到江乡。按户口给月粮。富户都用钱买放。无实惠尽是虚桩。充饥画饼诚堪笑。印信凭由却是谎。快活了些社长知房。

〔伴读书〕磨灭尽诸豪壮。断送了些闲浮浪。抱子携男扶筇杖。尪羸伛偻如虾样。一丝好气沿途创。阁泪汪汪。

〔货郎〕见饿莩成行街上。乞出拦门斗抢。便财主每也怀金鹄立待其亡。感谢这监司主张。似汲黯开仓。披星带月热中肠。济与粜亲临发放。见孤孀疾病无饭向。差医煮粥分厢巷。更把赃输钱分例米多般儿区处的最优长。众饥民共仰。似枯木逢春。萌芽再长。

〔叨叨令〕有钱的贩米谷置田庄添生放。无钱的少过活分骨肉无承望。有钱的纳宠妾买人口偏兴旺。无钱的受饥馁填沟壑遭灾障。小民好苦也么哥。小民好苦也么哥。便秋收鬻妻卖子家私丧。

〔三煞〕这相公爱民忧国无偏党。发政施仁有激昂。恤老怜贫。视民如子。起死回生。扶弱摧强。万万人感恩知德。刻骨铭心。恨不得展草垂缰。覆盆之下。同受太阳光。

〔二〕天生社稷真卿相。才称朝廷作栋梁。这相公主见宏深。秉心仁恕。治政公平。莅事慈祥。可与萧曹比并。伊傅齐肩。周召班行。紫泥宣诏。花衬马蹄忙。

〔一〕愿得早居玉笋朝班上。伫看金瓯姓字香。入阙朝京。攀龙附凤。和鼎调羹。论道兴邦。受用取貂蝉济楚。衮绣峥嵘。珂珮丁当。普天下万民乐业。都知是前任绣衣郎。

〔尾声〕相门出相前人奖。官上加官后代昌。活彼生灵恩不忘。粒我烝民德怎偿。父老儿童细较量。樵叟渔夫曹论讲。共说东湖柳岸旁。那里清幽更舒畅。靠着云卿苏圃场。与徐孺子流芳挹清况。盖一座祠堂人供养。立一统碑碣字数行。将德政因由都载上。使万万代官民见时节想。阳春白雪后集三　北词广正谱引第一支倘秀才货郎

(倘秀才)元刊阳春白雪粃屑作粃有。北词广正谱同。兹从钞本白雪。广正谱末句无他字。(倘秀才二)元刊白雪细糠作细糖。兹从钞本。(倘秀才三)元刊白雪行过作打过。米麦作米麸。兹从钞本。(货郎)白雪区处的作区处约。兹从广正谱。广正谱赃输作赃罚。(三煞)元刊白雪展草作展革。兹从钞本。(二)钞本白雪莅事作恺悌。(一)钞本白雪兴邦作经邦。(尾声)元刊白雪德怎偿作得怎偿。兹从钞本。

既官府甚清明。采舆论听分诉。据江西剧郡洪都。正该省宪亲临处。愿英俊开言路。

〔滚绣球〕库藏中钞本多。贴库每弊怎除。纵关防任谁不顾。坏钞法恣意强图。都是无廉耻卖买人。有过犯驵侩徒。倚仗着几文钱百般胡做。将官府觑得如无。则这素无行止乔男女。都整扮衣冠学士夫。一个个胆大心粗。

〔倘秀才〕堪笑这没见识街市匹夫。好打那好顽劣江湖伴侣。旋将表德官名相体呼。声音多厮称。字样不寻俗。听我一个个细数。

〔滚绣球〕粜米的唤子良。卖肉的呼仲甫。做皮的是仲才邦辅。唤清之必定开沽。卖油的唤仲明。卖盐的称士鲁。号从简是采帛行铺。字敬先是鱼鲊之徒。开张卖饭的呼君宝。磨面登罗底

叫德夫。何足云乎。

〔倘秀才〕都结义过如手足。但聚会分张耳目。探听司县何人可共处。那问他无根脚。只要肯出头颅。扛扶着便补。

〔滚绣球〕三二百锭费本钱。七八下里去干取。诈捏作曾编卷假如名目。偷俸钱表里相符。这一个图小倒。那一个苟俸禄。把官钱视同己物。更狠如盗跖之徒。官攒库子均摊着要。弓手门军那一个无。试说这厮每贪污。

〔倘秀才〕提调官非无法度。争奈蠹国贼操心太毒。从出本处先将科钞除。高低还分例。上下没言语。贴库每他便做了钞主。

〔滚绣球〕且说一季中事例钱。开作时各自与。库子每随高低预先除去。军百户十锭无虚。攒司五五拿。官人六六除。四牌头每一名是两封足数。更有合干人把门军弓手殊途。那里取官民两便通行法。赤紧地贿赂单宜左道术。于汝安乎。

〔倘秀才〕为甚但开库诸人不伏。倒筹单先须计咒。苗子钱高低随着钞数。放小民三二百。报花户一千馀。将官钱陪出。

〔滚绣球〕一任你叫得昏。等到午。佯呆着不瞅不觑。他却整块价卷在包袱。着纤如晃库门。兴贩的论百价数。都是真扬州武昌客旅。窝藏着家里安居。排的文语呼为绣。假钞公然唤做殊。这等儿三七价明估。

〔倘秀才〕有揭字驼字衬数。有背心剜心异呼。有钞脚频成印上字模。半边子兀自可。搥作钞甚胡突。这等儿四六分价唤取。

〔滚绣球〕赴解时弊更多。作下人就做夫。检块数几曾详数。止不过得南新吏贴相符。那问他料不齐。数不足。连柜子一时扛去。怎教人心悦诚服。自古道人存政举思他前辈。到今日法出奸生笑煞老夫。公道也私乎。

〔倘秀才〕比及烧昏钞先行摆布。散夫钱僻静处俵与。暗号儿在烧饼中间觑有无。一名夫半锭。社长总收贮。烧得过便吹笛擂鼓。

〔塞鸿秋〕一家家倾银注玉多豪富。一个个烹羊挟妓夸风度。撒摽手到处称人物。妆旦色取去为媳妇。朝朝寒食春。夜夜元宵暮。喫筵席唤做赛堂食。受用尽人间福。

〔呆骨朵〕这贼每也有难堪处。怎禁他强盗每追逐。要饭钱排日支持。索赍发无时横取。奈表里通同做。有上下交征去。真乃是源清流亦清。休今后人除弊不除。

〔脱布衫〕有聪明正直嘉谟。安得不剪其繁芜。成就了闾阎小夫。坏尽了国家法度。

〔小梁州〕这厮每玩法欺公胆气粗。恰便似饿虎当途。二十五等则例尽皆无。难着目。他道陪钞待何如。

〔么〕一等无辜被害这羞辱。厮攀指一地里胡突。自有他。通神物。见如今虚其府库。好教他鞭背出虫蛆。

〔十二月〕不是我论黄数黑。怎禁他恶紫夺朱。争奈何人心不古。出落着马牛襟裾。口将言而嗫嚅。足欲进而趑趄。

〔尧民歌〕想商鞅徙木意何如。汉国萧何断其初。法则有准使民服。期于无刑佐皇图。说与当途。无毒不丈夫。为如如把平生误。

〔耍孩儿十三煞〕天开地辟由盘古。人物才分下土。传之三代币方行。有刀圭泉布从初。九府圜法俱周制。三品堆金乃汉图。止不过作贸易通财物。这的是黎民命脉。朝世权术。

〔十二〕蜀寇瓗交子行。宋真宗会子举。都不如当今钞法通商贾。配成五对为官本。工墨三分任倒除。设制久无更故。民如按堵。法比通衢。

〔十一〕已自六十秋楮币行。则这两三年法度沮。被无知贼子为奸蠹。私更彻馒心无愧。那想官有严刑罪必诛。恣无忌惮无忧惧。你道是成家大宝。怎想是取命官符。

〔十〕穷汉每将绰号称。把头每表德呼。巴不得登时事了干回付。向库中钻刺真强盗。却不财上分明大丈夫。坏尽今时务。怕不你人心奸巧。争念有造物乘除。

〔九〕觑乘字模样哏。扭蛮腰礼仪疏。不疼钱一地里胡分付。宰头羊日日羔儿会。没手盏朝朝仕女图。怯薛回家去。一个个欺凌亲戚。眇视乡间。

〔八〕没高低妾与妻。无分限儿共女。及时打扮衔珠玉。鸡头般珠子缘鞋口。火炭似真金裹脑梳。服色例休题取。打扮得怕不赛夫人样子。脱不了市辈规模。

〔七〕他那想赴京师关本时。受官差在旅途。耽惊受怕过朝暮。受了五十四站风波苦。亏杀数百千程递运夫。哏生受哏搭负。广费了些首思分例。倒换了些沿路文书。

〔六〕到省库中将官本收得无疏虞。朱钞足那时才得安心绪。常想着半江春水翻风浪。愁得一夜秋霜染鬓须。历重难博得个根基固。少甚命不快遭逢贼寇。霎时间送了身躯。

〔五〕论宜差清如酌贪泉吴隐之。廉似还桑椹赵判府。则为忒慈仁。反被相欺侮。每持大体诸人服。若说私心半点无。本栋梁材若早使居朝辅。肯苏民瘼。不事苟且。

〔四〕急宜将法变更。但因循弊若初。严刑峻法休轻恕。则这二攒司过似蛇吞象。再差十大户犹如插翅虎。一半儿弓手先芟去。合干人同知数目。把门军切禁科需。

〔三〕提调官免罪名。钞法房选吏胥。攒典俸多的路吏差着做。廉能州吏从新点。贪滥军官合减除。住仓库无陞补。从今倒钞。各分行铺。明写坊隅。

〔二〕逐户儿编褙成料例来。各分句将勘合书。逐张儿背印拘铃

住。即时支料还原主。本日交昏入库府。_{另有细说}直至起解时才
方取。免得他撑船小倒。提调官封锁无虞。

〔一〕紧拘收在库官。切关防起解夫。钞面上与官攒俱各亲标署。
库官但该一贯须黥配。库子折莫三钱便断除。满百锭皆抄估。
搋钞的揭剥的不怕他人心似铁。小倒的兴贩的明放着官法如炉。

〔尾〕忽青天开眼觑。这红巾合命殂。且举其纲。若不怕伤时务。
他日陈言终细数。_{阳春白雪后集三}

> (滚绣球)钞本纵作从。兹从元刊本。(倘秀才)表德原作表得。下同。(滚绣球
> 二)元刊本德夫作得夫。兹从钞本。(倘秀才二)元刊本结义作结二。兹从钞
> 本。(滚绣球三)锭原作定。兹从任校。下同。钞本七八下里作七八十里。(滚
> 绣球四)元刊本赤紧地作赤紧地。兹从钞本。钞本四牌作回牌。兹从元刊本。
> (倘秀才四)筹须计三字从钞本及旧校。元刊本字迹模糊。(滚绣球五)元刊本
> 钞本明估俱作明正。兹从徐本。(倘秀才五)元刊本背心作赫心。兀自作尤自。
> 胡突作胡笑。兹俱从钞本。(滚绣球六)元刊本做夫作似夫。钞本南下空格无
> 新字。(倘秀才六)钞本昏钞作纸钞。(小梁州)元刊本何如作如何。兹从钞本。
> (耍孩儿十三煞)元刊本从初作促初。权术之术字模糊。兹俱从钞本。(十二)
> 元刊本寇城作冠城。兹从钞本。(十一)元刊本贼子作贼了。奸蠹作挠蠹。怎
> 想作怎想。兹俱从钞本。(十)元刊本首句每作刀。钞本作刃。兹从任校。
> (七)钞本搭负作担负。沿路作沿途。(五)元刊本清如作情如。兹从钞本。
> (四)钞本先下空格。(三)元刊本住作准。钞本作佳。兹改为住。元刊本无作
> 先。兹从钞本。(二)原主原作元主。兹改。钞本编褙作编楷。(一)元刊本黥
> 配作点配。兹从钞本。

〔南吕〕一枝花

罗帕传情

偷传袖里情。暗表心间事。一方织恨锦。千缕断肠丝。用殢色
心儿。叠成个齐臻臻合欢祪。女流中忒敬思。着小生怎生来有

福消任。端的是无功受赐。

〔梁州〕丝缕细织造的匀如江纸。粉糨轻出制的腻似鹅脂。温柔玉玺无瑕疵。恰便似半江秋水。一片冰丝。还房可恰。尺素宽虞。并无些俗叶繁枝。翻腾的花样宜时。两壁厢是那花开仙五字的诗章。中间是宴蟠桃十长生故事。四周围那缠枝莲八不犯的花儿。拜而。受之。看成做护身符的意思绶文字。谁敢道待的其须。争奈我书房无个顿放处。兀的不费煞我这神思。

〔隔尾〕待书册中放呵倘或间沾污了非轻视。待帽盒里收呵若有些疏虞甚意儿。待合包里藏呵有那等俏相识开口着我怎推辞。我则索长近长亲着皮肉。一家。无二。只除是护枕放呵又怕那摨被铺床小小妮子。觑的来因而。

〔又〕用一张助才情砑粉泥金纸。写就那诉离情拨云撩雨词。和我这助吟怀贴肉汗衫儿。一答儿里收拾。封裹的丁一确二。和包袱锁入箱子。行坐里随带着钥匙。何日忘之。

〔尾声〕成就了洞房中夜月花朝事。受用些绿窗前茶馀饭饱时。共宾朋厮陪侍。和鸾凤效琴瑟。读一会诗章讲一会文字。掀腾开旧箧笥。物见主信有之。我见俺一针撮一丝。一针针不造次。一针针那真至。想俺那不容易的恩情怎敢道待的轻视。先选下个不空忘的日子。后择你个不失脱的口词。这手帕则好遮笼纱帽。抚拭瑶琴。花前换盏。袖内藏香。直等的称了愿随了心恁时节使。盛世新声戍集　雍熙乐府九　彩笔情辞七

盛世新声无题。题从雍熙乐府。两书俱不注撰人。彩笔情辞题作收妓赠罗帕。注元人辞。案九宫正始黄钟宫降黄龙曲后引著小生怎生来有福消任。谓系元刘时中北调一枝花曲。兹据以辑之。○（一枝花）盛世齐臻臻作齐臻。雍熙女流上有他是个三字。八句作教小生怎生般有福消恁。端的是作到大来。情辞无齐臻臻三字。女流上有他是二字。八句以下同雍熙。惟小生作我。（梁州）盛世

首句作丝缕细纤作的匀吴江绝。鹅作鹍。受之作受今。雍熙出制作出赤。玉玺作比玉。恰便至诗章作。宽方可恰。寸尺宽馀。恰便似半湾秋水。一片冰丝。翻腾的花样宜时。并无那俗叶繁枝。两边厢间花笺五字诗章。是宴作里更有那庆。那缠枝莲作缠枝藤。看成作看承。的意思缓作如意宝灵。谁敢道句以下作。怎敢道窥的轻视。又则怕书房中无一个顿放处。费煞神思。情辞首句作丝缕细匀如江纸。无出制的三字。恰便至诗章同雍熙。惟宽方作方圆。恰便作却便。无那作有些。字诗作言诗一。是宴作有庆。以下俱同雍熙。惟犯的作犯。窥的轻作轻窥。一个作个。（隔尾）雍熙曲牌作二煞。与下曲位置互易。沾污了作展污。收呵作收来呵。若作倘。疏虞作疏失。意儿作意思。合包里作荷包内。着我作教我。我则索作则不如。皮肉作肉皮。怕那撮作则怕叠。小小作小。的来作的。情辞梁州之后即结以尾声。曲作。用一张助才情砑粉泥金纸。写就那堆离恨朝云暮雨词。亲近着贴肉汗衫儿收置。先择个不失脱的吉时。后选个无空亡的日子。直等得称了愿遂了心怎时节使。（又）雍熙曲牌作三煞。在上曲隔尾之前。盛世砑作迁。雍熙次句作写就那堆离恨朝云暮雨词。和我这助吟怀贴着亲近着皮。儿里作儿。确二作卯二。里随作处随身。（尾声）雍熙夜月作月夜。受用些作受用那。无共宾朋至那真至八句。想俺那不容易的作则他那拨不断薄业。待的作觑的。先选下二句作。先择一个不失脱的吉时。后选个无空亡的日子。无这手帕四句。末句随作遂。

〔双调〕新水令

代马诉冤

世无伯乐怨他谁。干送了挽盐车骐骥。空怀伏枥心。徒负化龙威。索甚伤悲。用之行舍之弃。

〔驻马听〕玉鬣银蹄。再谁想三月襄阳绿草齐。雕鞍金辔。再谁收一鞭行色夕阳低。花间不听紫骝嘶。帐前空叹乌骓逝。命乖我自知。眼见的千金骏骨无人贵。

〔雁儿落〕谁知我汗血功。谁想我垂缰义。谁怜我千里才。谁识我千钧力。

〔得胜令〕谁念我当日跳檀溪。救先主出重围。谁念我单刀会随着关羽。谁念我美良川扶持敬德。若论着今日。索输与这驴群队。果必有征敌。这驴每怎用的。

〔甜水令〕为这等乍富儿曹。无知小辈。一概地把人欺。一地里快蹄轻踏。乱走胡奔。紧先行不识尊卑。

〔折桂令〕致令得官府闻知。验数目存留。分官品高低。准备着竹杖芒鞋。免不得奔走驱驰。再不敢鞭骏骑向街头闹起。则索扭蛮腰将足下殃及。为此辈无知。将我连累。把我埋没在蓬蒿。失陷污泥。

〔尾〕有一等逞雄心屠户贪微利。咽馋涎豪客思佳味。一地把性命亏图。百般地将刑法陵迟。唱道任意欺公。全无道理。从今去谁买谁骑。眼见得无客贩无人喂。便休说站驿难为。则怕你东讨西征那时节悔。阳春白雪后集五　雍熙乐府一一

雍熙乐府无题。〇（新水令）雍熙干作枉。（驻马听）元刊阳春白雪谁收作谁敢。雍熙同。兹从钞本白雪。雍熙命乖上有你字。（雁儿落）雍熙我字皆作你。想作念。（得胜令）雍熙我字皆作你。首句念作想。会作会上。美良川上无谁念我三字。若论著作谁想到。末三句作。输与驴骡队。有一日征敌。看你那驴骡怎赴敌。（甜水令）雍熙为这等只为这。一概下无地字。一地作一迷。末二句作。胡奔乱走。无休无系。不识尊卑。（折桂令）元刊白雪数目作数日。兹从钞本白雪及雍熙。雍熙殃及作央及。将我作将我也。末句作坑陷在污泥。（尾）白雪性命作姓命。站驿作站赤。兹俱从雍熙。白雪陵迟作陵持。雍熙作凌迟。兹改。雍熙亏图作图亏。

阿鲁威

阿鲁威字叔重。号东泉。人或以鲁东泉称之。蒙古人。至治间官南剑太守。泰定间为经筵官。参知政事。

小令

〔双调〕蟾宫曲

东皇太乙 前九首以楚辞九歌品成

穆将愉兮太乙东皇。佩姣服菲菲。剑珥琳琅。玉瑱琼芳。烝肴兰藉。桂酒椒浆。扬枹鼓兮安歌浩倡。纷五音兮琴瑟笙簧。日吉辰良。繁会祁祁。既乐而康。阳春白雪前集二　乐府群珠三

> 钞本阳春白雪剑珥作剑佩。元刊本白雪与乐府群珠合。枹鼓下原脱兮字。兹从任校补。琼芳原作琼兮。兹据楚辞九歌改。

云中君

望云中帝服皇皇。快龙驾翩翩。远举周章。霞佩缤纷。云旗晻蔼。衣采华芳。灵连蜷兮昭昭未央。降寿宫兮沐浴兰汤。先戒鸾章。后属飞帘。总辔扶桑。阳春白雪前集二　乐府群珠三

> 钞本阳春白雪先戒作先我。

湘　君

问湘君何处翱游。怎弭节江皋。江水东流。薜荔芙蓉。涔阳极浦。杜若芳洲。驾飞龙兮兰旌蕙绸。君不行兮何故夷犹。玉佩谁留。步马椒丘。忍别灵修。阳春白雪前集二　乐府群珠三

湘夫人

促江皋腾驾朝驰。幸帝子来游。孔盖云旗。渺渺秋风。洞庭木叶。盼望佳期。灵剡剡兮空山九疑。澧有兰兮沅芷菲菲。行折琼枝。发轫苍梧。饮马咸池。阳春白雪前集二　乐府群珠三

> 元刊阳春白雪菲菲作茉茉。兹从钞本白雪及乐府群珠。沅芷从徐本白雪。他本白雪及群珠俱作流芷。

大司命

令飘风涷雨清尘。开阊阖天门。假道天津。千乘回翔。龙旗冉冉。鸾驾辚辚。结桂椒兮乘云并迎。问人间兮寿夭莫凭。除却灵均。兰佩荷衣。谁制谁纫。阳春白雪前集二　乐府群珠三

少司命

正秋兰九畹芳菲。共堂下蘼芜。绿叶留黄。趁驾回风。逍遥云际。翡翠为旗。悲莫悲兮君远将离。乐莫乐兮与女新知。一扫氛霓。晞发阳阿。洗剑天池。阳春白雪前集二　乐府群珠三
　　远将疑应作将远。

东　君

望朝暾将出东方。便抚马安驱。揽辔高翔。交鼓吹竽。鸣篪绖瑟。会舞霓裳。布瑶席兮聊斟桂浆。听锵锵兮丹凤鸣阳。直上空桑。持矢操弧。仰射天狼。阳春白雪前集二　乐府群珠三
　　钞本阳春白雪揽辔作揽舆辔。又与群珠鸣篪并作鸣号。群珠吹竽作吹笙。

河　伯

激王侯四起冲风。望鱼屋鳞鳞。贝阙珠宫。两驾骖螭。桂旗荷盖。浩荡西东。试回首兮昆仑道中。问江皋兮谁集芙蓉。唤起丰隆。先逐鼋鼍。后驭蛟龙。阳春白雪前集二　乐府群珠三

山　鬼

若有人兮含睇山幽。乘赤豹文貍。窈窕周流。渺渺愁云。冥冥零雨。谁与同游。采三秀兮吾令蹇修。怅宓妃兮要眇难求。猿

夜啾啾。风木萧萧。公子离忧。（九歌终）<small>阳春白雪前集二　乐府群珠三</small>

<small>钞本阳春白雪同游作同流。</small>

鸱夷后那个清闲。谁爱雨笠烟蓑。七里严湍。除却巢由。更无
人到。颍水箕山。叹落日孤鸿往还。笑桃源洞口谁关。试问刘
郎。几度花开。几度花残。<small>阳春白雪前集二　乐府群珠三</small>

<small>群珠题作怀古。次首题一又字。</small>

问人间谁是英雄。有酾酒临江。横槊曹公。紫盖黄旗。多应借
得。赤壁东风。更惊起南阳卧龙。便成名八阵图中。鼎足三分。
一分西蜀。一分江东。<small>阳春白雪前集二　乐府群珠三</small>

正春风杨柳依依。听彻阳关。分袂东西。看取樽前。留人燕语。
送客花飞。谩劳动空山子规。一声声犹劝人归。后夜相思。明
月烟波。一舸鸱夷。<small>阳春白雪前集二　乐府群珠三</small>

<small>群珠题作旅况。〇元刊本残元本钞本阳春白雪人归俱作云归。兹从徐本白雪及
群珠。</small>

动高吟楚客秋风。故国山河。水落江空。断送离愁。江南烟雨。
杳杳孤鸿。依旧向邯郸道中。问居胥今有谁封。何日论文。渭
北春天。日暮江东。<small>阳春白雪前集二　乐府群珠三</small>

<small>群珠题作怀友。</small>

理征衣鞍马匆匆。又在关山。鹧鸪声中。三叠阳关。一杯鲁酒。
逆旅新丰。看五陵无树起风。笑长安却误英雄。云树濛濛。春
水东流。有似愁浓。<small>阳春白雪前集二　乐府群珠三</small>

<small>群珠题作旅况。</small>

烂羊头谁羡封侯。斗酒篇诗。也自风流。过隙光阴。尘埃野马。
不障闲鸥。离汗漫飘蓬九有。向壶山小隐三秋。归赋登楼。白
发萧萧。老我南州。<small>阳春白雪前集二　乐府群珠三</small>

<small>元刊阳春白雪离作虽。乐府群珠同。兹从钞本白雪。群珠不障作不惹。</small>

任乾坤浩荡沙鸥。酤酒寻鱼。赤壁矶头。铁笛横吹。穿云裂石。

草木炎州。信甲子题诗五柳。算庚寅合赋三秋。渺渺予愁。自古佳人。不遇灵修。<small>阳春白雪前集二　乐府群珠三</small>

群珠题作遣怀。

〔双调〕寿阳曲

千年调。一旦空。惟有纸钱灰晚风吹送。尽蜀鹃血啼烟树中。唤不回一场春梦。<small>阳春白雪前集三</small>

元刊阳春白雪调作态。兹从钞本。

〔双调〕湘妃怨

楚天空阔楚天长。一度怀人一断肠。此心只在肩舆上。倩东风过武昌。助离愁烟水茫茫。竹上雨湘妃泪。树中禽蜀帝王。无限思量。<small>阳春白雪前集二　乐府群玉一</small>

乐府群玉此首属刘时中。题作寓意武昌元贞。异文参阅刘时中曲。

夜来雨横与风狂。断送西园满地香。晓来蜂蝶空游荡。苦难寻红锦妆。问东君归计何忙。尽叫得鹃声碎。却教人空断肠。漫劳动送客垂杨。<small>阳春白雪前集二</small>

王元鼎

元鼎与阿鲁威同时。官学士。

小令

〔正宫〕醉太平

寒　食

珠帘外燕飞。乔木上莺啼。莺莺燕燕正寒食。想人生有几。有花无酒难成配。无花有酒难成对。今日有花有酒有相识。不喫

呵图甚的。太平乐府五　梨园乐府下

　　梨园乐府不注撰人。下三首同。○又珠作朱。图作图个。

声声啼乳鸦。生叫破韶华。夜深微雨润隄沙。香风万家。画楼
洗净鸳鸯瓦。彩绳半湿秋千架。觉来红日上窗纱。听街头卖杏
花。太平乐府五　梨园乐府下

　　梨园乐府生叫作生啼。夜深作夜来。

辜负了禁烟。冷落了秋千。春光去也怎留恋。听莺啼燕喧。红
馥馥落尽桃花片。青丝丝舞困垂杨线。扑簌簌满地堕榆钱。芳
心闷倦。太平乐府五　梨园乐府下

　　梨园乐府去也作去了。莺啼作莺声。满地作满地上。

花飞时雨残。帘卷处春寒。夕阳楼上望长安。洒西风泪眼。几
时睡彻凄惶限。几时盼得南来雁。几番和月凭阑干。多情人未
还。太平乐府五　梨园乐府下

　　梨园乐府次句作帘幕卷风寒。

〔越调〕凭阑人

闺　怨

垂柳依依惹暮烟。素魄娟娟当绣轩。妾身独自眠。月圆人未圆。

太平乐府三

啼得花残声更悲。叫得春归郎未知。杜鹃奴倩伊。问郎何日归。

太平乐府三

　　元刊本倩伊作情伊。兹从瞿本及何钞本。

〔双调〕折桂令

桃花马

问刘郎骥控亭槐。觉红雨潇潇。乱落苍苔。溪上笼归。桥边洗

罢。洞口牵来。摇玉辔春风满街。摘金鞍流水天台。锦绣毛胎。嘶过玄都。千树齐开太平乐府一　　乐府群珠三　尧山堂外纪七一

套数

〔商调〕河西后庭花

此曲之作。有自来矣。昔胡元大都妓女名荦文秀者。美姿色。与学士王元鼎有姻。亦与阿鲁相契。异期阿与荦作坐。谈及风情之任。阿曰。闻尔与王元鼎情恩甚笃。以予方之。孰最。荦含笑不语。阿强之再四。荦曰。以调和鼎鼐。燮理阴阳。则学士不如丞相。论惜玉怜香。嘲风咏月。则丞相少次于学士。哄然一笑而罢。元鼎闻之。故作此以嘲之。出万花集

走将来涎涎瞪瞪冷眼儿瞹。朽朽答答热句儿浸。舍不的缠头锦。心疼的买笑金。要你消任。鸳帏珊枕。凤凰杯翡翠衾。低低唱浅浅斟。休逞波李翰林。

〔么篇〕支楞弦断了绿绮琴。珰玎掂折了碧玉簪。嗨。堕落了题桥志。吁。阑珊了解佩心。走将来笑吟吟。妆呆妆婪。硬厮挣软厮禁。泥中刺绵里针。黑头虫黄口鹠。

〔凤鸾吟〕自古到今。恩多须怨深。你说的牙疼誓。不害碜。有酒时吟。有饭时啃。你来我跟前委实图甚。小的每声价儿俚。身材儿婪。请先生别觅个知音。

〔柳叶儿〕走将来乜斜头撒嚛。不熨贴性儿希林。软处捏硬处挡甜处渗。休忒恁。莫沉吟。休辜负了柳影花阴。词林摘艳七　雍熙乐府四　北宫词纪六　北词广正谱引凤鸾吟

原刊本词林摘艳有序如右。重增本内府本摘艳只作嘲妓华文秀五字。雍熙乐府无题。不注撰人。北宫词纪题作嘲妓。案青楼集顺时秀条。所记与摘艳此序类似。惟妓名则异。又。今本万花集无此曲。○（河西后庭花）词林摘艳瞪瞪作

邓邓。内府本摘艳心疼的作心疼似。末句叠。雍熙心疼的作疼不过。要你作要
恁。(么篇)内府本摘艳六句作妆痴妆啉。末句叠。雍熙曲牌误作青哥儿。无嗨
字。吁字。及走将来三字。呆作喽。婪作唔。(凤鸾吟)内府本摘艳吟作唔。雍
熙多作多时。你说作说来。有酒二句作。有饭时噷。有酒时饮。你来作你在。
图作待图。儿他作些。身材儿婪作心肠儿恪。词纪你说作你说来。图作待图。
(柳叶儿)原刊本摘艳花阴作花影。重增本内府本摘艳熨贴作慰贴。希林作希啉。
内府本摘艳软处上有你则待三字。挡作㑇。雍熙首句作你休要乜斜头撒沁。希
林作胡临。软处捏作你则待软处偎。词纪并同。雍熙挡作怡。渗作忝。

〔大石调〕雁传书

春归后。柳丝难挽别离情。一片花飞减却春。对东风无语销魂。
伤情。花飞泪落堕红雨。苍苔上海棠堆径。愁无尽。怕的是梨
花庭院。风雨黄昏。

〔明妃曲〕愁闻。是谁家风前笛韵。梅花片吹落江城。难禁。吹
出了断肠声。到惹得月愁人病。鹃啼春思月中魂。花迷蝶梦窗
前影。恹恹病。这相思能终得几个黄昏。

〔秋海棠〕谁似你辜恩。谁似我痴心。负心的上有神明。到如今
参不透薄情心性。好姻缘甚日重盟。恶姻缘番成画饼。多愁闷。
消磨了白昼。顿送黄昏。

〔比目鱼〕数归期。掐得指头疼。盼归期。望断楚山云。泪珠。
泪珠滴尽湘江满。只落得暗里自沉吟。从今。再不去梦里搜寻。
再不去愁中加病。再不去挂肚牵心。泪痕销夜烛。翠被拥鸡声。
挨过了几番寂寞。几度黄昏。

〔馀文〕从今打破风流阵。一句句从头自忖。一任他朝朝暮暮。
白昼黄昏。词林白雪二　九宫大成一八引前四支

　　(明妃曲)词林白雪月中魂作月中声。(比目鱼)九宫大成挨过作挨尽。

　　北词广正谱双调套数分题列有王元鼎锦上花燕语莺啼套数曲牌次第。牌名与词

林摘艳所收之张碧山燕语莺啼套相同。疑即指一曲。本书已列为张碧山作。此不重出。

虞　集

集字伯生。号道园。崇仁人。宋丞相允文五世孙。大德初。以荐为大都路儒学教授。历国子助教博士。累官秘书少监。翰林直学士兼国子祭酒。天历中。除奎章阁侍书学士。命修经世大典。进侍讲学士。卒赠江西行中书省参知政事。封仁寿郡公。谥文靖。集早岁与弟槃同辟书室。左书陶渊明诗。曰陶庵。右书邵尧夫诗。曰邵庵。故世称邵庵先生。著有道园学古录。道园类稿等。

小令

〔双调〕折桂令

席上偶谈蜀汉事因赋短柱体

鸾舆三顾茅庐。汉祚难扶。日暮桑榆。深渡南泸。长驱西蜀。力拒东吴。美乎周瑜妙术。悲夫关羽云殂。天数盈虚。造物乘除。问汝何如。早赋归欤。辍耕录四　尧山堂外纪七三

张　雨

雨字伯雨。号贞居。吴郡海昌人。以儒者抽簪入道。自钱塘至句曲。负逸才英气。以诗著名。格调清丽。句语新奇。时赵松雪虞道园范德机杨仲宏等以诗文鸣于馆阁之上。而贞居以豪迈之气。超然自得。独鸣于丘壑之间。馆阁诸臣亦尝与其唱酬往还。贞居博学多闻。襟怀潇洒。大夫士多景慕而乐道之。世称句曲先生。有句曲外史贞居

先生诗集。

小令

〔中吕〕喜春来

泰定三年丙寅岁除夜玉山舟中赋

江梅的的依茅舍。石濑溅溅漱玉沙。瓦瓯篷底送年华。问暮鸦。
何处阿戎家。<small>贞居词 花草粹编一 历代诗馀二 词律补遗</small>

　　花草粹编及历代诗馀题目俱作除夜玉山舟中。

〔商调〕梧叶儿

赠龟溪医隐唐茂之二首

参苓笼。山水间。好处在西关。放取诗瓢去。携将酒榼还。把
酒倩歌鬟。休举似江南小山。<small>贞居词</small>

移家去。市隐间。幽事颇相关。刘商观弈罢。韩康卖药还。点
检绿云鬟。数不尽龟溪好山。<small>贞居词 花草粹编一</small>

　　花草粹编观弈作观棋。

〔双调〕水仙子

归来重整旧生涯。潇洒柴桑处士家。草庵儿不用高和大。会清
标岂在繁华。纸糊窗。柏木榻。挂一幅单条画。供一枝得意花。
自烧香童子煎茶。<small>坚瓠集四集引耳谈</small>

〔双调〕殿前欢

杨廉夫席上有赠

小吴娃。玉盘仙掌载春霞。后堂绛帐重帘下。谁理琵琶。香山

处士家。玉局仙人画。一刻春无价。老夫醉也。乌帽琼华。贞
居词

邓学可

　　学可名熙。庐陵人。与张雨友善。雨有寄邓学可留谷城等诗。

套数

〔正宫〕端正好

乐　道

撤罢了是和非。拂掉了争和斗。把心猿意马牢收。舞西风两叶
宽袍袖。看日月搬昏昼。

〔滚绣球〕千家饭足可周。百结衣不害羞。问甚么破设设歇着皮
肉。傲人间伯子公侯。闲遥遥唱些道情。醉醺醺打个稽首。抄
化些剩汤残酒。咱这愚鼓简子便是行头。今朝有酒今朝醉。明
日无钱明日求。散诞无忧。

〔倘秀才〕积书与子孙未必尽收。积金与子孙未必尽守。我劝你
莫与儿孙作马牛。恰云生山势巧。早霜降水痕收。怎熬他乌飞
兔走。

〔滚绣球〕恰见元宵灯挑在手。又早清明至门插柳。正修禊传觞
流曲。不觉击鼍鼓竞渡龙舟。恰才七月七。又早是九月九。咱
能够几番价欢喜厮守。都在烦恼中过了春秋。你子见纷纷世事
随缘过。都不顾急急光阴似水流。白了人头。

〔倘秀才〕有一等造园苑磨砖砌甃。盖亭馆雕梁画斗。费尽工夫
得成就。今日是张家地。明日是李家楼。大刚来只是翻手合手。

〔滚绣球〕划荆棘凿做沼池。去蓬蒿广栽榆柳。四时间如开锦绣。
主人公能得几遍价来往追游。亭台即渐摧。花木取次休。荆棘
又还依旧。使行人嗟叹源流。往常间奇葩异卉千般秀。今日个
野草闲花满地愁。叶落归秋。

〔呆古朵〕休言尧舜和桀纣。都不如郝孙谭马丘刘。他每是文中
子门徒。亢仓子志友。休说为吏道的张平叔。做烟月的刘行首。
若不是阐全真的王祖师。拿不着打轮的马半州。

〔太平年〕汉钟离原是个帅首。蓝采和本是个俳优。悬壶翁本不
曾去沽油。铁拐李险烧了尸首。贺兰仙引定曹国舅。韩湘子会
造逡巡酒。吕洞宾三醉岳阳楼。度了数千年的绿柳。

〔随煞〕休言功行何时就。谁道玄门不可投。人我场中枉驰骤。
苦海波中早回首。说甚么四大神游。三岛十洲。这神仙隐迹埋
名。敢只在目前走。<small>太平乐府六 自然集 雍熙乐府二 北词广正谱引随煞
此套又见自然集。参阅本书无名氏曲。其异文比勘从略。雍熙乐府此曲不注撰
人。○(滚绣球)雍熙设设作奢奢。遥遥作夭夭。(滚绣球)明大字本太平乐府
六句无早字。雍熙清明至作清明沿。(倘秀才)明大字本太平乐府无尽字。(滚
绣球)雍熙奇葩作奇花。(太平年)元刊太平乐府沽油作活油。兹从元刊八卷本
及雍熙。</small>

萨都刺

都刺字天锡。号直斋。本答失蛮氏。后徙居河间。登泰定丁卯进
士第。除应奉翰林文字。擢御史于南台。以弹劾权贵。左迁镇江录事
司达鲁花赤。历淮西廉访司经历等职。诗才清丽。名冠一时。晚年寓
居武林。凡深岩邃壑。无不穷其幽胜。后入方国珍幕府卒。有雁门集
及西湖十景词。

套数

〔南吕〕一枝花

妓女蹴踘

红香脸衬霞。玉润钗横燕。月弯眉敛翠。云弹鬓堆蝉。绝色婵娟。毕罢了歌舞花前宴。习学成齐云天下圆。受用尽绿窗前饭饱茶馀。拣择下粉墙内花阴日转。

〔梁州〕素罗衫垂彩袖低笼玉笋。锦靿袜衬乌靴款蹴金莲。占官场立站下人争羡。似月殿里飞来的素女。甚天风吹落的神仙。拂花露榴裙荏苒。滚香尘绣带蹁跹。打着对合扇拐全不斜偏。踢着对鸳鸯扣且是轻便。对泛处使穿肷抹膝的撺搭。摽俊处使拂袖沾衣的撇演。妆翘处使回身出鬓的披肩。猛然。笑喘。红尘两袖纤腰倦。越丰韵越娇软。罗帕香匀粉汗妍。拂落花钿。

〔尾声〕若道是成就了洞房中惜玉怜香愿。媒合了翠馆内清风皓月筵。六片儿香皮做姻眷。荼蘼架边。蔷薇洞前。管教你到底团圆不离了半步儿远。雍熙乐府九　北宫词纪五

雍熙乐府不注撰人。

李　泂

泂字溉之。滕州人。生有异质。作为文辞。如宿习者。姚燧深叹异之。力荐于朝。授翰林国史院编修官。泰定初。除翰林待制。天历间。超迁翰林直学士。俄特授奎章阁承制学士。预修经世大典。书成进奏。旋引疾归。卒年五十九。有文集四十卷。溉之骨骼清峻。神情开朗。其为文章。奋笔挥洒。迅飞疾动。汩汩滔滔。思态叠出。意之所至。臻极神妙。尤善书。自篆隶草真皆精诣。为世所珍。侨居济

南。有湖山花竹之胜。作亭曰天心水面。文宗尝敕虞集制文以记之。

套数

〔双调〕夜行船

送友归吴

驿路西风冷绣鞍。离情秋色相关。鸿雁啼寒。枫林染泪。揎断
旅情无限。

〔风入松〕丈夫双泪不轻弹。都付酒杯间。苏台景物非虚诞。年
前倚棹曾看。野水鸥边萧寺。乱云马首吴山。

〔新水令〕君行那与利名干。纵疏狂柳羁花绊。何曾畏。道途难。
往日今番。江海上浪游惯。

〔乔牌儿〕剑横腰秋水寒。袍夺目晓霞灿。虹霓胆气冲霄汉。笑
谈间人见罕。

〔离亭宴煞〕束装预喜苍头办。分襟无奈骊驹趱。容易去何时重
返。见月客窗思。问程村店宿。阻雨山家饭。传情字莫违。买
醉金宜散。千古事毋劳吊挽。阖闾墓野花埋。馆娃宫淡烟晚。雍
熙乐府一二　南北词广韵选八　北宫词纪四　九宫大成六六引离亭宴煞

雍熙乐府不注撰人。南北词广韵选注元。北宫词纪注李洄之作。〇〔风入松〕
广韵选鸥作河。

薛昂夫

　　昂夫名超吾。回鹘人。汉姓马。故亦称马昂夫（薛昂夫马昂夫为
一人。从孙楷第元曲家考略续编说）。字九皋。官三衢路达鲁花赤。
善篆书。有诗名。与萨都剌倡和。周南瑞天下同文集有王德渊之薛昂
夫诗集序。称其诗词新严飘逸。如龙驹奋迅。有并驱八骏一日千里之

想。南曲九宫正始序。谓昂夫词句潇洒。自命千古一人。深忧斯道不传。乃广求继己业者。至祷祀天地。遍历百郡。卒不可得。案元草堂诗馀有九皋司马昂夫。词综历代诗馀俱谓司马昂夫字九皋。以司马为昂夫姓。疑非是。太和正音谱以马九皋与马昂夫为二人。亦误。

小令

〔正宫〕塞鸿秋

功名万里忙如燕。斯文一脉微如线。光阴寸隙流如电。风霜两鬓白如练。尽道便休官。林下何曾见。至今寂寞彭泽县。钞本阳春白雪后集一

过太白祠谢公池

谪仙祠下言诗志。谢公池顾影凝清思。笋舆沽酒青山市。松枝煮茗白云寺。听山鸟奏笙簧。共野叟论文字。甚痴儿了却公家事。太平乐府一

凌歊台怀古

凌歊台畔黄山铺。是三千歌舞亡家处。望夫山下乌江渡。是八千子弟思乡去。江东日暮云。渭北春天树。青山太白坟如故。太平乐府一

　　元刊本望夫作望父。兹从元刊八卷本。

〔正宫〕甘草子

金风发。飒飒秋香。冷落在阑干下。万柳稀。重阳暇。看红叶赏黄花。促织儿啾啾添潇洒。陶渊明欢乐煞。耐冷迎霜鼎内插。看雁落平沙。太和正音谱上　北词广正谱　九宫大成三三

九宫大成秋香作秋风。

〔中吕〕朝天曲

沛公。大风。也得文章用。却教猛士叹良弓。多了游云梦。驾驭英雄。能擒能纵。无人出彀中。后宫。外宗。险把炎刘并。钞本阳春白雪前集四

子牙。鬓华。才上非熊卦。争些老死向天涯。只恁垂钩罢。满腹天机。天人齐发。武王任不差。用他。讨罚。一怒安天下。钞本阳春白雪前集四

伍员。报亲。多了鞭君忿。可怜悬首在东门。不见包胥恨。半夜潮声。千年孤愤。钱塘万马奔。骇人。怒魂。何似吹箫韵。钞本阳春白雪前集四

卞和。抱璞。只合荆山坐。三朝不遇待如何。两足先遭祸。传国争符。伤身行货。谁教献与他。切磋。琢磨。何似偷敲破。钞本阳春白雪前集四

邵平。不平。楚汉争秦鼎。将军便去作园丁。软了英雄性。瓜苦瓜甜。秦衰秦盛。青门浪得名。此生。本轻。不是封侯命。钞本阳春白雪前集四

假王。气昂。跨下羞都忘。提牌不过一中郎。漂母曾相饷。蒯彻名言。将军将强。良弓不早藏。未央。法场。险似坛台上。钞本阳春白雪前集四

叔孙。讨论。早定君臣分。礼成文武两班分。舞蹈扬尘顺。拔剑争功。垂绅消忿。方知天子尊。武臣。勇人。也被书生困。钞本阳春白雪前集四

丙吉。宰执。燮理阴阳气。有司不问尔相推。人命关天地。牛喘非时。何须留意。原来养得肥。早知。好喫。杀了供堂食。钞本阳春白雪前集四

子陵。价轻。便入刘郎聘。等闲赢得一虚名。卖了先生姓。百尺丝纶。千年高兴。偶然一足横。帝星。客星。不料天文应。_钞

本阳春白雪前集四

董永。卖身。孝感天心顺。谁知织女是天孙。同受为奴困。自有牛郎。佳期将近。书生休认真。本因。孝亲。不是夫妻分。_钞

本阳春白雪前集四

老莱。戏采。七十年将迈。堂前取水作婴孩。犹欲双亲爱。东倒西歪。佯啼颠拜。虽然称孝哉。上阶。下阶。跌杀休相赖。_钞

本阳春白雪前集四

董卓。巨饕。为恶天须报。一脐然出万民膏。谁把逃亡照。谋位藏金。贪心无道。谁知没下梢。好教。火烧。难买棺材料。_钞

本阳春白雪前集四

杜甫。自苦。踏雪寻梅去。吟肩高耸冻来驴。迷却前村路。暖阁红炉。党家门户。玉纤捧绿醑。假如。便俗。也胜穷酸处。_钞

本阳春白雪前集四

　　　党原作儿。

洞宾。道人。未到天仙分。岳阳三醉洞庭春。卖墨无人问。欲斩黄龙。青蛇犹钝。纯阳能几分。养真。炼神。却被仙姑困。_钞

本阳春白雪前集四

伯牙。韵雅。自与松风话。高山流水淡生涯。心与琴俱化。欲铸钟期。黄金无价。知音人既寡。尽他。爨下。煮了仙鹤罢。_钞

本阳春白雪前集四

则天。改元。雌鸟长朝殿。昌宗出入二十年。怀义阴功健。四海淫风。满朝窑变。关雎无此篇。弄权。妒贤。却听梁公劝。_钞

本阳春白雪前集四

　　　鸟原作了。

孟母。丧夫。教子迁离墓。再迁市井厌屠沽。迁傍芹宫住。如

此三迁。房钱无数。方成一大儒。问猪。引取。好辩长于喻。<small>钞本阳春白雪前集四</small>

弄玉。度曲。只道吹箫苦。谁知凤只和鸾孤。吹到声圆处。明月台空。萧郎同去。秦王一叹吁。假如。嫁夫。明白人间住。<small>钞本阳春白雪前集四</small>

采鸾。怕寒。甲帐无人伴。文箫连累堕人间。卖韵供烟爨。谁使思凡。尘缘难断。羞还玉女班。紫坛。犯奸。误了朝元限。<small>钞本阳春白雪前集四</small>

禄山。玉环。子母肠难断。何须兵变陷长安。且向宫中乱。赶得三郎。鸾舆逃窜。连云蜀道难。内奸。外反。误却霓裳慢。<small>钞本阳春白雪前集四</small>

老矣。倦矣。消减尽风云气。世情嚼蜡烂如泥。不见真滋味。蜗角虚名。蝇头微利。便得来真做的。布衣。袖里。试屈指英雄辈。<small>钞本阳春白雪前集四</small>

好官。也兴阑。早勇退身无患。人生六十便宜闲。十载疏狂限。买两个丫鬟。自拈牙板。一个歌一个弹。醒时节过眼。醉时节破颜。能到此是英雄汉。<small>钞本阳春白雪前集四</small>

〔中吕〕阳春曲

坐听西掖钟声动。睡起东窗日影红。山林朝市两无穷。一梦中。樽有酒且从容。<small>太平乐府四　乐府群珠一</small>

<small>乐府群珠题作隐居漫兴。</small>

耐惊耐怕黄虀瓮。长满长干老酒盆。一贫尽可张吾军。休忘本。樽有酒且论文。<small>太平乐府四　乐府群珠一</small>

胸中太华身难憾。舌底狂澜口且缄。看渠暮四与朝三。呆大胆。樽有酒且醺酣。<small>太平乐府四　乐府群珠一</small>

周郎赤壁鏖兵后。苏子扁舟载月秋。千年慷慨一时酬。今在否。
樽有酒且绸缪。<small>太平乐府四 乐府群珠一</small>

芸窗月影吟情荡。纸帐梅花醉梦香。觉来身世两相忘。休妄想。
樽有酒且疏狂。<small>太平乐府四 乐府群珠一</small>

岁云暮矣虽无补。时复中之尽有馀。老来吾亦爱吾庐。清债苦。
樽有酒且消除。<small>太平乐府四 乐府群珠一</small>

〔中吕〕山坡羊

销金锅在。涌金门外。饯金船少欠西湖债。列金钗。捧金台。
黄金难买青春再。范蠡也曾金铸来。金。安在哉。人。安在哉。
<small>残元本阳春白雪二 钞本阳春白雪前集四 乐府群珠一</small>

<small>群珠题作咏金叹世。</small>

惊人学业。掀天势业。是英雄隽败残杯炙。鬓堪嗟。雪难遮。
晚来览镜中肠热。问著老夫无话说。东。沉醉也。西。沉醉也。
<small>残元本阳春白雪二 乐府群珠一</small>

<small>群珠题作述怀。次曲同。○残元本阳春白雪势业作动业。动疑勋之讹。兹从群珠作势业。残元本隽字模糊。兹亦从群珠。群珠雪作灵。</small>

大江东去。长安西去。为功名走遍天涯路。厌舟车。喜琴书。
早星星鬓影瓜田暮。心待足时名便足。高。高处苦。低。低处
苦。<small>残元本阳春白雪二 乐府群珠一</small>

西湖杂咏

春

山光如淀。湖光如练。一步一个生绡面。扣逋仙。访坡仙。拣
西施好处都游遍。管甚月明归路远。船。休放转。杯。休放浅。
<small>太平乐府四 乐府群珠一</small>

群珠西施作西湖。

夏

晴云轻漾。薰风无浪。开樽避暑争相向。映湖光。逞新妆。笙
歌鼎沸南湖荡。今夜且休回画舫。风。满座凉。莲。入梦香。_太
平乐府四　乐府群珠一

秋

疏林红叶。芙蓉将谢。天然妆点秋屏列。断霞遮。夕阳斜。山
腰闪出闲亭榭。分付画船且慢者。歌。休唱彻。诗。乘兴写。_太
平乐府四　乐府群珠一

冬

同云叆叇。随车缟带。湖山化作瑶光界。且传杯。莫惊猜。是
西施傅粉呈新态。千载一时真快哉。梅。也绽开。鹤。也到来。
太平乐府四　乐府群珠一

　　群珠同作彤。元刊太平乐府随作隋。鹤作鸡。兹从瞿本何钞本太平乐府及
　　群珠。

忆　旧

西山东畔。西湖南畔。醉归款段松阴惯。帽檐偏。氅衣宽。佳
人争卷朱帘看。回首少年如梦残。莺。曾过眼。花。曾过眼。_太
平乐府四　乐府群珠一

　　元刊太平乐府莺作莺。兹从何钞本太平及群珠。

筱　步

携壶堪醉。拖筇堪醉。何须画舫笙歌沸。绕苏隄。旋寻题。西
施已领诗人意。回首有情风万里。湖。如镜里。山。如画里。_太
平乐府四　乐府群珠一

太平乐府题目筱字原模糊。似后字。群珠于此字留空格。

苦 雨

孤山云树。六桥烟雾。景濛濛不比江潮怒。淡妆梳。浅妆梳。西湖也怕西施妒。天也为他巧对付。晴。也宜画图。阴。也宜画图。<small>太平乐府四 乐府群珠一</small>

〔双调〕蟾宫曲

叹 世

鸡羊鹅鸭休争。偶尔相逢。堪炙堪烹。天地中间。生老病死。物理常情。有一日符到奉行。只图个月朗风清。笑杀刘伶。荷插埋尸。犹未忘形。<small>太平乐府一 乐府群珠三</small>

人生尔尔堪怜。富贵何时。又待问舍求田。想昨日秦宫。今朝汉阙。呀。可早晋地唐天。能几许长安少年。急回头两鬓皤然。谩说求仙。百计千方。都不似樽前。<small>太平乐府一 乐府群珠三</small>

<small>群珠尔尔作碌碌。</small>

雪

天仙碧玉琼瑶。点点杨花。片片鹅毛。访戴归来。寻梅懒去。独钓无聊。一个饮羊羔红炉暖阁。一个冻骑驴野店溪桥。你自评跋。那个清高。那个粗豪。<small>阳春白雪前集二 太平乐府一 乐府群珠三</small>

<small>阳春白雪无题。○太平乐府碧玉作碎剪。四句作这间访戴空回。暖阁作画阁。你自作你试。群珠红炉作红楼。馀同太平乐府。</small>

题烂柯石桥

甚神仙久占岩桥。一局楸枰。满耳松涛。引得樵夫。旁观不觉。

晋换了唐朝。斧柄儿虽云烂却。袴腰儿难保坚牢。王母蟠桃。三千岁开花。总是虚谣。<small>太平乐府一　乐府群珠三</small>

　　明大字本太平乐府烂却作烂了。群珠满耳作万壑。

懒朝元石上围棋。问仙子何争。樵叟忘归。洞锁青霞。斧柯已烂。局势犹迷。恰滚滚桑田浪起。又飘飘沧海尘飞。恰待持杯。酒未沾唇。日又平西。<small>太平乐府一　乐府群珠三</small>

快阁怀古

舣扁舟快阁盘桓。看一道澄江。落木千山。自山谷留题。坡仙阁笔。我试凭阑。问今古诗人往还。比盟鸥几个能闲。天地中间。物我无干。只除是美酒佳人。意颇相关。<small>太平乐府一　乐府群珠三</small>

知　音

问芳筵歌者何人。便折简相招。恣意开樽。细切清风。薄批明月。何必云云。是久厌黄齑菜根。要听他白雪阳春。翠袖殷勤。雪霁梅开。正好论文。<small>太平乐府一　乐府群珠三</small>

〔双调〕湘妃怨

集　句

几年无事傍江湖。醉倒黄公旧酒垆。人间纵有伤心处。也不到刘伶坟上土。醉乡中不辨贤愚。对风流人物。看江山画图。便醉倒何如。<small>阳春白雪前集二</small>

〔双调〕庆东原

西皋亭适兴

晓雨登高骤。西风落帽羞。蟹肥时管甚黄花瘦。红裙谩讴。青

樽有酒。白发无愁。晚节傲清霜。老圃香初透。<small>太平乐府二</small>

　　　元刊本讴作怒。兹从瞿本。

兴为催租败。欢因送酒来。酒酣时诗兴依然在。黄花又开。朱颜未衰。正好忘怀。管甚有监州。不可无螃蟹。<small>太平乐府二</small>

　　　元刊本酒酣作酒醒。兹从元刊八卷本及瞿本。

秋霁黄花喷。霜明红叶新。锦橙香紫蟹添风韵。斜依翠屏。重铺绣茵。闲坐红裙。老遇太平时。行到风流运。<small>太平乐府二</small>

　　　元刊本行到作不到。兹从元刊八卷本瞿本及何钞本。瞿本斜依作斜倚。

青镜看勋业。黄金买笑谈。锦衣荣休笑明珠暗。调羹鼎酼。攒齑瓮甘。世味都谙。少室价空高。老圃秋容澹。<small>太平乐府二</small>

　　　元刊八卷本瞿本秋容俱作秋宜。

韩　信

已挂了齐王印。不撑开范蠡船。子房公身退何曾缠。不思保全。不防未然。划地据位专权。岂不闻自古太平时。不许将军见。<small>太平乐府二</small>

自　笑

邵圃无荒地。严陵有顺流。向终南捷径争驰骤。老来自羞。学人种柳。笑杀沙鸥。从此便休官。已落渊明后。<small>太平乐府二</small>

〔双调〕殿前欢

春

据危阑。看浮屠双耸倚高寒。鳞鳞万瓦连霄汉。俯视尘寰。望飞来紫翠间。云初散。放老眼情无限。知他是西山傲我。我傲西山。<small>残元本阳春白雪二　钞本阳春白雪前集三</small>

夏

柳扶疏。玻璃万顷浸冰壶。流莺声里笙歌度。士女相呼。有丹青画不如。迷归路。又撑入荷深处。知他是西湖恋我。我恋西湖。<small>残元本阳春白雪二　钞本阳春白雪前集三</small>

秋

洞箫歌。问当年赤壁乐如何。比西湖画舫争些个。一样烟波。有吟人景便多。四海诗名播。千载谁酬和。知他是东坡让我。我让东坡。<small>残元本阳春白雪二　钞本阳春白雪前集三</small>

　　残元本千载作千我。

冬

捻冰髭。绕孤山枉了费寻思。自逋仙去后无高士。冷落幽姿。道梅花不要诗。休说推敲字。效杀鄷难似。知他是西施笑我。我笑西施。<small>残元本阳春白雪二　钞本阳春白雪前集三</small>

浪淘淘。看渔翁举网趁春潮。林间又见樵夫闹。伐木声高。比功名客更劳。虽然道。他终是心中乐。知他是渔樵笑我。我笑渔樵。<small>残元本阳春白雪二　钞本阳春白雪前集三</small>

　　残元本终是作弦是。

醉归来。袖春风下马笑盈腮。笙歌接到朱帘外。夜宴重开。十年前一秀才。黄薹菜。打熬到文章伯。施展出江湖气概。抖擞出风月情怀。<small>残元本阳春白雪二　钞本阳春白雪前集三　中原音韵　词林摘艳一　元明小令钞</small>

　　中原音韵题作醉归来。不注撰人。词林摘艳题作醉归。注无名氏作。元明小令钞亦属无名氏。○残元本阳春白雪夜宴作客宴。末二句无气怀二字。句且颠倒。兹从钞本阳春白雪。音韵次句作入门下马笑盈腮。接到作接至。熬到作熬做。末二句作。江湖气慨。风月情怀。词林摘艳元明小令钞俱同音韵。

〔双调〕楚天遥过清江引

花开人正欢。花落春如醉。春醉有时醒。人老欢难会。一江春水流。万点杨花坠。谁道是杨花。点点离人泪。　　回首有情风万里。渺渺天无际。愁共海潮来。潮去愁难退。更那堪晚来风又急。阳春白雪前集四　太和正音谱下引楚天遥　北词广正谱同　九宫大成六六同

屈指数春来。弹指惊春去。蛛丝网落花。也要留春住。几日喜春晴。几夜愁春雨。六曲小山屏。题满伤春句。　　春若有情应解语。问着无凭据。江东日暮云。渭北春天树。不知那答儿是春住处。阳春白雪前集四

有意送春归。无计留春住。明年又着来。何似休归去。桃花也解愁。点点飘红玉。目断楚天遥。不见春归路。　　春若有情春更苦。暗里韶光度。夕阳山外山。春水渡傍渡。不知那答儿是春住处。阳春白雪前集四

套数

〔正宫〕端正好

高　隐

访知音习酬和。也不问名利如何。不贪不爱随缘过。把世事都参破。

〔滚绣球〕叹光阴疾似梭。想人生能几何。转回头百年已过。急回首两鬓斑皤。花阴转眼那。日光弹指过。送了些干峥嵘且贪呆货。有两句古语您自评跋。相随故友年年少。郊外新坟岁岁

多。一枕南柯。

〔倘秀才〕日落西山衔着烈火。月出东云托着玉钵。似这般东去西来怎奈何。金乌疾如箭。玉兔似撺梭。自心中定夺。

〔滚绣球〕则不如种山田一二亩。栽桑麻数百棵。驱家人使牛耕播。住几间无忧愁草苫庄坡。一朝苗稼锄。趁时将黍豆割。养春蚕桑叶忙剉。着山妻上布织梭。秃斯姑紧紧的将绵花纺。村伴姐慌将麻线搓。一弄儿农器家活。

〔倘秀才〕闲时节疏林外磁瓯瓦钵。盛摘下些生桃硬果。晚趁斜阳景物多。听水声流浪远。观山色岭嵯峨。与俺那庄农每会合。

〔滚绣球〕听张瞅古唱会词。看村哥打会讹。挺王留讪牙闲嗑。李大公信口开合。赵牛表躧会橇。史牛斤嘲会歌。强沙三舞一会曲破。俺这里虽无那玉液金波。瓦盆中浊酒连糟饮。桌儿上生瓜带梗割。直喫的乐乐酡酡。

〔倘秀才〕果然你无酒时浑醅再酸。无按酒时摘几个生茄儿来酱抹。真喫的烂醉如泥尽意呵。举头山隐隐。捆手笑呵呵。倒大来快活。

〔赛鸿秋〕我若是醉时节笑引着儿孙和。醉时节麦场上闲独躧。醉时节六轴上乔衙坐。醉时节巴棚下和衣儿卧。酒醒觉来时。直睡到参儿到。不听的五更钟人马街前过。

〔耍孩儿〕收成黍豆盈仓垛。经年不缺半合。收耕罢织足衣食。将柴门紧紧扃合。早晨间豆粥喫三碗。到晚来齑汤做一锅。暖炕上和衣卧。守着俺山妻稚子。喂养些牛畜驴骡。

〔四煞〕到春来绿依依柳吐烟。红馥馥桃喷火。粉蝶儿来往穿花过。黄莺出谷寻新柳。紫燕归巢觅旧窝。时雨降天公贺。庆新春齐敲社鼓。赛牛王共击铜锣。

〔三煞〕到夏来酽池塘十里长。赏荷花百步阔。青铺翠盖穿红破。

虽无那彩船画舫游池沼。也有那短棹渔舟泛浅波。故友来相贺。
绕溪边鲜鱼旋买。沿村务沽酒频酌。

〔二煞〕到秋来碧天雁几行。黄花儿开数朵。满川红叶似胭脂抹。
青山隐隐连巅岭。绿水潺潺泛浅波。鲜藕莲根剜。团脐蟹味欺
着锦鲤。嫩黄鸡胜似肥鹅。

〔一煞〕到冬来朔风遍地刮。彤云密布合。纷纷雪片钱来大。须
臾云汉飘白蕊。咫尺空中舞玉蛾。冬景堪酬和。草庵前寒梅雪
压。短窗边瘦影频磨。

〔尾声〕四时景物佳。放形骸堪正可。我比你少忧愁省烦恼无灾祸。
到大来无是无非快活煞我。盛世新声子集　词林摘艳六　雍熙乐府二　南北
词广韵选一二除端正好倘秀才(日落西山)尾声三支外馀全引

　　盛世新声重增本内府本词林摘艳俱无题。与雍熙乐府俱不注撰人。雍熙题作村
　　田乐。原刊本徽藩本词林摘艳题作高隐。注马九皋作。南北词广韵选题同雍
　　熙。谓元辞。〇(端正好)内府本摘艳名利作利名。(滚绣球)摘艳雍熙花阴俱
　　作光阴。雍熙且贪作苟贪图且贫。古语您作古语呵怹。相随上有俺如今三字。
　　郊外上有你看那三字。广韵选且贪作苟贪图贫。古语您作古诗儿你。馀同雍
　　熙。(倘秀才)雍熙衔着作衔。托着玉钵作托玉颗。(滚绣球)盛世原刊摘艳养
　　春蚕俱作养蚕。兹从内府本摘艳及雍熙。内府本摘艳一二亩作一两坨。庄坡作
　　庄窠。村伴作村半。雍熙俱同。雍熙耕播作种播。一朝作一朝将。桑叶作叶
　　桑。着山妻作看山妻。秃厮姑紧紧的作丑三姑紧紧。慌将作慌慌将。农器作农
　　业。广韵选家人作丁奴。五句作垦土将犁耙拖。伴姐作大姐。农器作农家。馀
　　同雍熙。(倘秀才)雍熙盛作胜。浪远作浪急。庄农每作庄农。广韵选俱同。
　　雍熙斜阳作夕阳。(滚绣球)盛世及摘艳俱无此曲及次曲倘秀才。兹从雍熙及
　　广韵选补。广韵选村哥作李村哥。一会作会儿。(倘秀才)广韵选果然你作若
　　还是。按酒作按。来酱作酱。三句作直喫的醉如泥任脚蹉。(赛鸿秋)内府本
　　摘艳六轴作辘轳。剜作错。雍熙首句作醉时节笑引儿孙和。独躄作突磨。巴棚
　　下和衣儿作纳被蒙头。剜作错。五更钟作五更。街前作街头。广韵选六轴作辘
　　轴。参儿作参星。馀同雍熙。(耍孩儿)雍熙收成作收成时。二句作终年来不

缺了半合。收耕罢织作奴耕婢织。将柴门作把柴门。和衣卧作随时坐。牛畜作孳畜。广韵选经年作年终。三句作耕奴织婢忙筛簸。馀同雍熙。（四煞）雍熙黄莺作黄莺儿。庆新春作庆春泽。广韵选馥馥作泼泼。馀同雍熙。（三煞）盛世摘艳频酌俱作频浊。兹改。雍熙池塘作野塘。荷花作红莲。三句作青蒲翠盖红莲破。彩船作彩舟。渔舟作渔艇。鲜鱼旋买作活鱼旋打。沽酒频酌作浊酒频那。广韵选四五句俱无那字。馀同雍熙。（二煞）盛世及重增本内府本摘艳锦鲤俱作金鲤。兹从原刊本摘艳及雍熙。雍熙黄花儿作黄花。红叶似作红叶。泛浅作渲碧。鲜藕作新藕。团脐作紫团。欺着作欺。胜似肥作肥胜白。广韵选潺潺作漪漪。馀同雍熙。（一煞）雍熙云汉作霄汉。末二句作。茅庵边寒梅雪战。矮窗前瘦竹风珂。广韵选俱同雍熙。惟庵边作庵下。风珂作鸣珂。（尾声）雍熙四时作四时中。堪正可作正堪可。

闺　怨

小庭幽。重门静。东风软膏雨初晴。猛听的卖花声过天街应。惊谢芙蓉兴。

〔么篇〕残红妆点青苔径。又一番春色飘零。游丝心绪柳花情。还似郎无定。

〔倘秀才〕南浦道送春行。多应是抛弃了欢娱。奔逐利名。千古恨短长亭。欲留恋难能。四眸相顾两心同。信佳人薄命。

〔滚绣球〕珤玎的掂折玉簪。扑簌的井坠银瓶。分开鸾镜。生来几曾理会害甚么相思病。怎挨这从此后冷清清的光景。别酒慵斟。离歌倦听。俺车儿去也。他上马登程。向晚归来愁闷增。闪的人来孤另。

〔三错煞〕金杯空冷落了樽前兴。锦瑟闲生疏了月下声。欲寄音书。空织回文锦字成。奈远水遥山隔万层。鱼雁也难凭。

〔二错煞〕料忧愁一日加了十等。想茶饭三停里减了二停。白日犹闲。怕到黄昏睡卧不宁。则我这泪点儿安排下半枯井。也滴不到天明。

〔煞尾〕团团黄篆焚金鼎。夜夜浓薰暖翠屏。偏今宵是怎生。乍别离不惯经。睡不安卧不宁。分外春寒被儿冷。盛世新声子集　词林摘艳六　雍熙乐府二　北词广正谱引端正好三错煞煞尾

盛世新声重增本内府本词林摘艳俱无题。与雍熙乐府俱不注撰人。雍熙题作别闷。原刊本徽藩本词林摘艳题作闺怨。注马昂夫作。北词广正谱引端正好等支。亦属马昂夫。○(端正好)雍熙猛听作则听。(么篇)盛世摘艳心绪俱作心絮。雍熙郎作郎心。广正谱春色作春雨。(倘秀才)内府本摘艳心同作同心。雍熙六句作四时相顾两心疼。(滚绣球)内府本摘艳珰玎的作珰玎珰。雍熙首三句折下。坠下。开下。并有了字。甚么作甚。清清的作清清。末句无来字。(三错煞)盛世摘艳闲俱作弦。回文俱作回纹。雍熙月作这月。广正谱末句无也字。(二错煞)盛世摘艳犹俱作由。雍熙三停里作三停。(煞尾)雍熙四句起作。卧不宁。睡不宁。则分外春寒被儿冷。广正谱卧作坐。

〔南吕〕一枝花

赠小园春

些些并蒂红。指指连枝翠。硁硁金谷路。窄窄五陵溪。一片花飞。泄漏春消息。舞盘中歌扇底。刮得尽风月无多。趱得过繁华有几。

〔梁州第七〕一两个莺俦燕侣。五七双蝶使蜂媒。窨来宽也称游人戏。眼孔大刘晨未识。脚步长杜甫先迷。画帧上香销粉滴。镜奁中绿暗红稀。唾津儿浸满盆池。手心儿擎得起屏石。苔钱儿买不断闲愁。花瓣儿随手着流水。柳丝儿送不够别离。锦堆。翠积。海棠偷足相思睡。名偏小景偏媚。赚得东君不忍归。一撮儿芳菲。

〔徐音〕楚阳台云雨无三尺。桃源洞光阴减九十。玉拶香挨这窝儿地。堪信道一寸阴可惜。千金价总宜。锦步幛何须五十里。雍

熙乐府八　北宫词纪五　彩笔情辞一

雍熙乐府不注撰人。北宫词纪彩笔情辞题目俱作赠妓小园春。○（梁州第七）
雍熙词纪眼孔俱作眼空。雍熙不忍作子忍。词纪情辞浸满俱作浸得满。随手着
俱作随不着。

残曲

〔正宫〕甘草子

天仙下。……体态温柔堪描画。北词广正谱

仇州判

名里不详。

小令

〔中吕〕阳春曲

和酸斋金莲

窄弓弓怕立苍苔冷。小颗颗宜蹉软地儿行。凤帏中触抹着把人
蹬。狠气性。蹭杀我也不嫌疼。太平乐府四　乐府群珠一

太平乐府此曲前为贯酸斋之阳春曲。题作金莲。此曲题作和前作。兹改为和酸
斋金莲。乐府群珠题作美足小。

吴弘道

弘道字仁卿。号克斋。金台蒲阴人。江西省检校掾史。裒中州
诸老往复书尺类为一编。曰中州启劄。又有金缕新声。曲海丛珠。
今不传。著杂剧五种。手卷记。正阳门。子房货剑。楚大夫屈原投

江。醉游阿房宫。亦佚。案曹楝亭本录鬼簿以仁卿为名。弘道为字。兹从明蓝格钞本录鬼簿及四库全书总目提要。梨园乐府所选吴弘道金字经紫檀敲寒玉。太平谁能见。太宗凌烟阁。海棠秋千架等。皆未注撰人

小令

〔南吕〕金字经

落花风飞去。故枝依旧鲜。月缺终须有再圆。圆。月圆人未圆。朱颜变。几时得重少年。阳春白雪后集一　乐府群珠二　雍熙乐府一九

乐府群珠题作伤春。○元刊阳春白雪飞去作飞来絮。兹从钞本阳春白雪及雍熙乐府。元刊白雪有再圆作宜再圆。钞本与群珠雍熙合。钞本一字句作天。群珠首句作落花飞来絮。雍熙重作再。

紫檀敲寒玉。绿袍飘败荷。好个春风蓝采和。歌。人生能几何。乾坤大。小儿休笑他。阳春白雪后集一　梨园乐府下　乐府群珠二　雍熙乐府一九

群珠题作咏蓝采和。○钞本阳春白雪歌作哥。梨园乐府飘作番。雍熙春风作风流。歌作和。

太平谁能见。万村桑柘烟。便是风调雨顺年。田。绿云无尽边。穷知县。日高犹自眠。阳春白雪后集一　梨园乐府下　乐府群珠二　雍熙乐府一九

群珠题作颂升平。○阳春白雪自眠作未眠。群珠同。梨园乐府五句作绿芸无尽天。

这家村醪尽。那家醅瓮开。卖了肩头一担柴。哈。酒钱怀内揣。葫芦在。大家提去来。阳春白雪后集一　乐府群珠二　雍熙乐府一九

群珠题作咏樵。○雍熙怀内揣作揣在怀。

梦中邯郸道。又来走这遭。须不是山人索价高。嘲。虚名无处逃。谁惊觉。晓霜侵鬓毛。阳春白雪后集一　乐府群珠二　雍熙乐府一九

群珠以此首属卢挚。题作宿邯郸驿。兹互见两家曲中。○群珠嘲上有时自二

字。雍熙三句无须字。嘲作器。

晋时陶元亮。自负经济才。耻为彭泽一县宰。栽。绕篱黄菊开。
传千载。赋一篇归去来。阳春白雪后集一　　乐府群珠二　雍熙乐府一九

群珠题作咏渊明。○元刊阳春白雪黄菊作边菊。钞本与群珠雍熙合。钞本传作
名。雍熙无赋字。

谢公东山卧。有时携妓游。老我松南书满楼。楼外头。乱峰云
锦秋。谁为寿。绿鬓双玉舟。阳春白雪后集一　　乐府群珠二　雍熙乐府
一九

群珠以此首属卢挚。题作崧南秋晚。兹互见两家曲中。○群珠松南书作崧南
画。雍熙松南作江南。楼外头作楼。乱峰作诸峰。

今人不饮酒。古人安在哉。有酒无花眼倦开。鼓吹台。玉人扶
下阶。何妨碍。青春不再来。阳春白雪后集一　　乐府群珠二　雍熙乐府一
九　九宫大成五二

群珠题作道情。○元刊阳春白雪何妨作妨何。群珠雍熙同。兹从钞本白雪及九
宫大成。雍熙扶下作快下。九宫大成同。

道人为活计。七件儿为伴侣。茶药琴棋酒画书。世事虚。似草
梢擎露珠。还山去。更烧残药炉。阳春白雪后集一　　乐府群珠二　雍熙乐
府一九

群珠七件作七桩。雍熙七件下无儿字。草梢作草头。残药作丹叶。

太宗凌烟阁。老子邀月楼。便是男儿得志秋。休。几人能到头。
杯中酒。胜如关内侯。阳春白雪后集一　　梨园乐府下　乐府群珠二　雍熙乐
府一九

梨园便是作正是。能到头作曾到头。群珠老子作老君。

海棠秋千架。洛阳官宦家。燕子堂深竹映纱。嗏。路人休问他。
夕阳下。故宫惊落花。阳春白雪后集一　　梨园乐府下　乐府群珠二　雍熙乐
府一九

梨园嗏作咱。路人作去来。惊作耕。雍熙三句作燕寝堂深烛映纱。惊作看。

〔中吕〕上小楼

钱塘感旧

虚名仕途。微官苟禄。愁里南闽。客里东吴。梦里西湖。到寓居。问士夫。都为鬼录。消磨尽旧时人物。乐府群玉四　乐府群珠一

题小卿双渐

苏卿告覆。金山题句。行哭行啼。行想行思。行写行读。自应举。赴帝都。双郎何处。又随将贩茶人去。乐府群玉四　乐府群珠一

西湖宴饮

人凭画阑。舟横锦岸。一线苏隄。两点高峰。四面湖山。玉筝弹。彩袖弯。红牙轻按。直喫的酒阑人散。乐府群玉四　乐府群珠一

春日闺怨

伤春病体。残春天气。萦损柔肠。蹙损双蛾。瘦损香肌。唤小梅。你快疾。重门深闭。怕莺花笑人憔悴。乐府群玉四　乐府群珠一

西湖泛舟

骄骢锦鞯。轻罗彩扇。帘卷东风。花绽香云。柳吐晴烟。泛画船。列绮筵。笙箫一片。人都在水晶宫殿。乐府群玉四　乐府群珠一

春残离思

春光正浓。莺声相送。人去兰堂。尘锁妆台。画掩帘栊。锦帐中。翠被空。无人相共。央及煞绿窗春梦。乐府群玉四　乐府群珠一

任校群玉掩作罢。

佳人送别

鸳鸯共栖。鸾凤相配。夜夜同衾。朝朝同乐。步步相随。猛可里。个厮离。相留无计。登时间粉憔脂悴。<small>乐府群珠一</small>

佳人话旧

幽栏小轩。闲庭深院。同向书帏。共坐吟窗。对理冰弦。想在先。忆去年。今番相见。思量的人眼前活现。<small>乐府群珠一</small>

青楼妓怨

正如鱼似水。早无仁无义。使了钱物。置了鞍马。做了衣袂。使见识。觅厮离。将咱抛弃。闪的人脊筋儿着地。<small>乐府群珠一</small>

闺庭恨别

相知笑他。傍人毁骂。谢馆秦楼。柳陌花街。浪酒闲茶。若到家。下的马。如何干罢。和这喫敲才慢慢的说话。<small>乐府群珠一</small>

章台怨妓

将咱撒开。和人胖怪。误了功名。弃了妻男。废了田宅。想起来。甚颇耐。当时欢爱。都撇在九霄云外。<small>乐府群珠一</small>

〔中吕〕醉高歌

叹　世

风尘天外飞沙。日月窗间过马。风俗扫地伤王化。谁正人伦大

雅。太平乐府四

〔商调〕梧叶儿

春三月。夜五更。孤枕梦难成。香销尽。花弄影。此时情。辜
负了窗前月明。钞本阳春白雪后集一　雍熙乐府一七

　　雍熙乐府连下三首题作相思。不注撰人。

花前约。月下期。欢笑忽分离。相思害。憔悴死。诉与谁。只
有天知地知。钞本阳春白雪后集一　雍熙乐府一七

　　雍熙只作只有我。

乜斜害。药难医。陡峻恶相思。懊悔自。埋怨你。见面时。说
几句知心话儿。钞本阳春白雪后集一　雍熙乐府一七

　　钞本阳春白雪陡峻作隄峻。

桃花树。落绛英。和闷过清明。风才定。雨乍晴。绣针停。短
叹长吁几声。钞本阳春白雪后集一　雍熙乐府一七

　　钞本阳春白雪乍晴作怎晴。雍熙英作缨。几声作不住声。

暮　春

春云净。芳树晓。花外燕声娇。呼红袖。品玉箫。泛兰桡。十
里春风画桥。太平乐府五

韶华过。春色休。红瘦绿阴稠。花凝泪。柳带愁。泛兰舟。明
日寻芳载酒。太平乐府五

湖　上

舟中句。湖上景。芳酒泛金橙。云初退。月正明。雪初晴。几
树梅花弄影。太平乐府五　雍熙乐府一七

　　雍熙乐府卷十七有梧叶儿四首。题作湖山放怀。其第一首即此曲。○雍熙金橙

作金樽。初退作方退。

〔双调〕拨不断

闲　乐

泛浮槎。寄生涯。长江万里秋风驾。稚子和烟煮嫩茶。老妻带月包新鲊。醉时闲话。太平乐府二

利名无。宦情疏。彭泽升半微官禄。蠹鱼食残架上书。晓霜荒尽篱边菊。罢官归去。太平乐府二

暮云遮。雁行斜。渔人独钓寒江雪。万木天寒冻欲折。一枝冷艳开清绝。竹篱茅舍。太平乐府二

选知音。日相寻。山间林下官无禁。闲后读书困后吟。醉时睡足醒时饮。不狂图甚。太平乐府二

套数

〔大石调〕青杏子

惜　春

幽鸟正调舌。怯春归似有伤嗟。虚檐凭得阑干暖。落花风里。游丝天外。远翠千叠。

〔望江南〕音书断。人远路途赊。芳草啼残锦鹧鸪。粉墙飞困玉胡蝶。日暮正愁绝。

〔好观音〕帘卷东风飘香雪。绮窗下翠屏横遮。庭院深沉袅篆斜。正黄昏。燕子来时节。

〔随煞〕银烛高烧从今夜。好风光未可轻别。留得东君少住些。惟恐怕西园海棠谢。太平乐府七　盛世新声寅集　雍熙乐府一五　北宫词纪六

盛世新声雍熙乐府俱不注撰人。盛世无题。○（青杏子）盛世似有作有似。北

宫词纪怯作惜。三句作凭阑陡把闲情惹。落花上有只见二字。（望江南）词纪锦鹧鸪作红杜宇。（好观音）盛世绮作绿。无遮字。庭院作月庭。（随煞）盛世无未可轻别四字。

闺　情

梁燕语呢喃。九十日春色过三。东风满院杨花谢。离情正苦。归期未准。鬼病将担。

〔归塞北〕从别后。天北隔天南。玉腕消香金钏偲。柳腰束素翠裙搀。赢得瘦岩岩。

〔好观音〕信步闲庭院阑槛。荷钱小池面挼蓝。点检芳丛总不堪。正蜻艇雨过波纹蘸。

〔么〕绿树成阴和烟暗。近香街羞对宜男。锦字书成粉泪缄。怕黄昏梦里将人赚。

〔尾〕窗下尘蒙青鸾鉴。问章台何处停骖。薄倖才郎不顾咱。有谁画青山两眉淡。太平乐府七　盛世新声寅集　雍熙乐府一五　北词广正谱引好观音

　　盛世新声雍熙乐府俱不注撰人。盛世无题。○（青杏子）盛世春色作春光。未准作永贪。担作耽。（好观音）雍熙阑槛作阑干。北词广正谱作凭。可从。（么）盛世书成作书呈。无梦字。（尾）盛世青鸾作青铜。

〔越调〕斗鹌鹑

天气融融。和风习习。花发南枝。冰消岸北。庆贺新春。满斟玉液。朝禁阙。施拜礼。舞蹈扬尘。山呼万岁。

〔紫花儿序〕托赖着一人有庆。五谷丰登。四海无敌。寒来暑往。兔走乌飞。节令相催。答贺新正圣节日。愿我皇又添一岁。丰稔年华。太平时世。

〔小桃红〕官清法正古今稀。百姓安无差役。户口增添盗贼息。

路不拾遗。托赖着万万岁当今帝。狼烟不起。干戈永退。齐贺凯歌回。

〔庆元贞〕先收了大理。后取了高丽。都收了偏邦小国。一统了江山社稷。

〔么〕太平无事罢征旗。祝延圣寿做筵席。百官文武两班齐。欢喜无尽期。都喫得醉如泥。

〔秃厮儿〕光禄寺琼浆玉液。尚食局御膳堂食。朝臣一发呼万岁。祝圣寿。庆官里。进金杯。

〔圣药王〕大殿里。设宴会。教坊司承应在丹墀。有舞的。有唱的。有凤箫象板共龙笛。奏一派乐声齐。

〔尾〕愿吾皇永坐在皇宫内。愿吾皇永掌着江山社稷。愿吾皇永穿着飞凤赭黄袍。愿吾皇永坐着万万载盘龙亢金椅。阳春白雪后集

四　雍熙乐府一三　九官大成二七引小桃红

雍熙乐府不注撰人。题作太平筵宴。〇〔紫花儿序〕元刊阳春白雪我皇作我王。兹从钞本。雍熙兔走至一岁作。麦秀双岐。端的万国千邦皆纳礼。省刑薄税。〔小桃红〕元刊白雪齐贺作齐和。兹从钞本及雍熙。雍熙二句无安字。万万岁作万岁。九官大成增添作添增。齐贺作齐唱。俫同雍熙。〔庆元贞〕元刊白雪大理作大力。兹从钞本。雍熙首二句作吾皇抚帝基。掌握定华夷。都收作威伏。〔么〕元刊白雪次句祝字模糊。延作廷。兹从钞本。徐本祝延作朝廷。雍熙脱牌名。祝延圣寿作家家丰稔。百官两句作。百司文武感天威。君臣同乐矣。以下三支雍熙异文甚多。兹全录之。〔秃厮儿〕斟玉斝杯浮绿蚁。珍馐列御膳堂食。朝臣一齐呼万岁。大一统。锦华夷。城池。〔圣药王〕金殿内。设宴礼。箫韶一派乐声齐。有舞的。有唱的。万民共乐享雍熙。四海永无敌。〔尾声〕俱乘乐业升平世。皆感贺四方八维。君臣同乐太平年。听一派箫韶洞天里。

〔越调〕梅花引

兰蕊檀心仙袂香。蝶粉蜂黄宫样妆。紫云娘。彩衣郎。东君配

偶。天然是一双。

〔紫花儿序〕丹青模样。冰雪肌肤。锦绣心肠。惊魂未定。好事多妨。堪伤。不做美相知每早使伎俩。左右拦障。笑里藏刀。雪上加霜。

〔么〕日沉西浦。月转南楼。花暗东墙。尽教人妒。谁敢声扬。参详。但得伊家好觑当。问甚凄凉。苦乐同受。生死难忘。

〔秃厮儿〕分破金钗凤凰。拆开绣带鸳鸯。离怀扰扰愁闷广。不由俺。到黄昏。思量。

〔尾〕近来陡恁无情况。自写你个劳成不良。三两遍问佳期。一千般到说谎。阳春白雪后集四　词谑　太和正音谱下引梅花引　北词广正谱同　九宫大成二七同

阳春白雪失注撰人。词谑属无名氏。太和正音谱北词广正谱皆属吴仁卿。
○(梅花引)正音谱配偶作匹配。九宫大成同。(么)词谑觑当作勾当。(尾)词谑二句作强写就婚书一张。末句作百千般空调谎。
雍熙乐府卷十九收吴仁卿金字经共十六首。前十一首见阳春白雪。为吴作无疑。以下絮飞飘白雪。担头担明月。夜来西风里三首。为马致远作。野唱敲牛角一首为张可久作。采药白云外一首作者待考。兹并不录。
阳春白雪后集卷四之斗鹌鹑弃职休官套数。曲前未注撰人。钞本阳春白雪目录及词谑皆以之属吴仁卿。太平乐府卷七以之属周仲彬。兹辑于周氏曲中。钞本阳春白雪目录又以斗鹌鹑圣主宽仁套属吴仁卿。兹列于无名氏曲中。

赵善庆

善庆字文宝。饶州乐平人。善卜术。任阴阳学正。著杂剧八种。教女兵。七德舞。满庭芳。村学堂。糜竺收资。执笏谏。姜肱共被。负亲沉子。今俱不存。案善庆一作孟庆。文宝一作文贤。疑并误。

小令

〔仙吕〕忆王孙

寻　梅

寻香曾到葛仙台。踏雪今临和靖宅。横斜数枝僧寺侧。动吟怀。一半衔春一半开。_{乐府群玉一}

述　忆

太平楼馆醉金钗。老迈情怀悲倦客。吟笔未成贾谊策。鬓毛衰。一半苍苍一半白。_{乐府群玉一}

〔南吕〕四块玉

雪湖和人韵

近水隈。临山寺。竹外横斜两三枝。樽前谈咏无多事。白战诗。白苎词。白玉卮。_{乐府群玉一　乐府群珠二}

〔中吕〕朝天子

送　春

剑蒲。翠芜。雨过添新绿。药栏春事已结局。无计留春住。隈上芳尘。桥边飞絮。树头红一片无。布谷。杜宇。犹斗唤春归去。_{乐府群玉一}

〔中吕〕普天乐

江头秋行

稻粱肥。蒹葭秀。黄添篱落。绿淡汀洲。木叶空。山容瘦。沙

鸟翻风知潮候。望烟江万顷沉秋。半竿落日。一声过雁。几处危楼。<small>乐府群玉一　乐府群珠四</small>

秋江忆别

晚天长。秋水苍。山腰落日。雁背斜阳。璧月词。朱唇唱。犹记当年兰舟上。洒西风泪湿罗裳。钗分凤凰。杯斟鹦鹉。人拆鸳鸯。<small>乐府群玉一　乐府群珠四</small>

〔中吕〕山坡羊

燕　子

来时春社。去时秋社。年年来去搬寒热。语喃喃。忙劫劫。春风堂上寻王谢。巷陌乌衣夕照斜。兴。多见些。亡。都尽说。<small>乐府群玉一　乐府群珠一</small>

长安怀古

骊山横岫。渭河环秀。山河百二还如旧。狐兔悲。草木秋。秦宫隋苑徒遗臭。唐阙汉陵何处有。山。空自愁。河。空自流。<small>乐府群玉一　乐府群珠一</small>

〔商调〕梧叶儿

隐　居

绝荣辱。无是非。忘世亦忘机。藏鸳渚。浮雁溪。钓鱼矶。稳当似麒麟画里。<small>乐府群玉一</small>

〔越调〕小桃红

佳人睡起

数声啼鸟串花枝。院落无人至。宝枕轻推粉痕渍。印胭脂。雕阑强倚无情思。髼鬙鬓丝。追寻心事。正是断肠时。_{乐府群玉一}

〔越调〕寨儿令

早春湖游

景物新。艳晨昏。山气张天成绿云。画舫红裙。紫陌游人。香软马蹄尘。棹涟漪水皱罗纹。破韶华桃露朱唇。湖风肥柳线。隄雨厚莎茵。春。又早二三分。_{乐府群玉一}

春　情

愁冉冉。病恹恹。红窗睡起不甚忺。墨淡眉尖。风冷牙签。象管怕重拈。倦梳云懒对妆奁。怕愁春不卷珠帘。落红堆翠径。飞絮拥雕檐。嫌。楼外雨廉纤。_{乐府群玉一}

泊潭州

忆旧游。叹迟留。情似汉江不断头。暮霭西收。楚水东流。烟草替人愁。鹭分沙接岸沧州。鱼惊饵晒网轻舟。风闲沽酒旆。月淡挂帘钩。秋。尽在雁边楼。_{乐府群玉一}

美　妓

舞态轻。曲声清。生香玉骨粉搭成。娇眼珠星。指甲春冰。云鬓剪鸦翎。记沉香火里调笙。忆研罗裙上弹筝。轻輢欺燕燕。

浅笑妒莺莺。挣。那更性胡伶。 乐府群玉一

〔越调〕凭阑人

春日怀古

铜雀台空锁暮云。金谷园荒成路尘。转头千载春。断肠几辈人。
乐府群玉一

〔双调〕沉醉东风

秋日湘阴道中

山对面蓝堆翠岫。草齐腰绿染沙洲。傲霜橘柚青。濯雨蒹葭秀。隔沧波隐隐红楼。点破潇湘万顷秋。是几叶儿傅黄败柳。 乐府群玉一

昭君出塞图

毡帐冷柔情挽挽。黑河秋塞草斑斑。丹青误写情。环珮难归汉。抱琵琶怨杀和番。比似丹青旧玉颜。又越添愁眉泪眼。 乐府群玉一

〔双调〕折桂令

西 湖

问六桥何处堪夸。十里晴湖。二月韶华。浓淡峰峦。高低杨柳。远近桃花。临水临山寺塔。半村半郭人家。杯泛流霞。板撒红牙。紫陌游人。画舫娇娃。 乐府群玉一 乐府群珠三

湖山堂

八窗开水月交光。诗酒坛台。莺燕排场。歌扇摇风。梨云飘雪。

粉黛生香。红袖台已更旧邦。白头民犹说新堂。花妒幽芳。人换宫妆。惟有湖山。不管兴亡。*乐府群玉一　乐府群珠三*

〔双调〕落梅风

太乙宫探梅

冰花艳。水月魂。斗诗坛醉翁笔阵。自南枝漏泄了湖上春。问东风几番花信。*乐府群玉一*

江楼晚眺

枫枯叶。柳瘦丝。夕阳闲画阑十二。望晴空莹然如片纸。一行雁一行愁字。*乐府群玉一*

秋　晴

秋声定。微雨歇。透疏棂纸窗风裂。孤灯儿似知愁恨切。照离人半明半灭。*乐府群玉一*

暮　春

寻芳宴。拾翠游。杏花寒禁烟时候。叫春山杜鹃何太愁。直啼得绿肥红瘦。*乐府群玉一*

〔双调〕水仙子

仲春湖上

雨痕著物润如酥。草色和烟近似无。岚光罩日浓如雾。正春风啼鹧鸪。斗娇羞粉女琼奴。六桥锦绣。十里画图。二月西湖。*乐府群玉一*

渡瓜州

渚莲花脱锦衣收。风蓼青雕红穗秋。隄柳绿减长条瘦。系行人来去愁。别离情今古悠悠。南徐城下。西津渡口。北固山头。乐府群玉一

客乡秋夜

梧桐一叶弄秋晴。砧杵千家捣月明。关山万里增归兴。隔嵯峨白帝城。挨长宵何处销凝。寒灯一檠。孤雁数声。断梦三更。乐府群玉一

〔双调〕庆东原

泊罗阳驿

砧声住。蛩韵切。静寥寥门掩清秋夜。秋心凤阙。秋愁雁堞。秋梦胡蝶。十载故乡心。一夜邮亭月。乐府群玉一

晚春杂兴

烟中寺。柳外楼。乱随风雪絮飘晴昼。游人陌头。残红树头。流水溪头。百六楚风酸。三月吴姬瘦。乐府群玉一

〔双调〕雁儿落过德胜令

天竺寺

旃檀古道场。水月白衣相。真珠般若林。多宝如来藏。　梵相四天王。唐塑八金刚。佛隐松间塔。僧推云外窗。虚堂。法鼓惊天上。长廊。游人惹御香。乐府群玉一

马谦斋

生平不详。张可久有天净沙马谦斋园亭一首。二人或同时。

小令

〔中吕〕快活三过朝天子四边静

春

海棠娇恰睡足。牡丹香正开初。只愁春色在须臾。休教燕子衔春去。 辇毂。景物。芳草碧重城路。五花娇马七香车。帘挂锦珂鸣玉。箫鼓声中。园林佳处。翠鬟歌红袖舞。近黄公酒垆。诵坡仙乐府。直喫到月转垂杨树。 明时难遇。百岁光阴过隙驹。休教辜负。春来春去。榆钱乱舞。难买春光住。太平乐府四乐府群珠一

各本太平乐府榆钱乱舞俱作榆钱舞。按谱此句应四字。兹从乐府群珠。明大字本太平乐府娇马作骢马。喫到作喫得。

夏

恰帘前社燕忙。正枝头楚梅黄。当空畏日炽炎光。杨柳阴迷深巷。 北堂。草堂。人在羲皇上。亭台潇洒近池塘。睡足思新酿。竹影横斜。荷香飘荡。一襟满意凉。醉乡。艳妆。水调谁家唱。 红尘千丈。岂羡功名纸半张。渔樵闲访。先生豪放。诗狂酒狂。志不在凌烟上。太平乐府四 乐府群珠一 太和正音谱引四边静 九宫大成一三同

元刊太平乐府日炽作目炽。兹从何钞本太平乐府及群珠。何钞本太平乐府北堂作北窗。

秋

芰荷衰翠影稀。豆花凉雨声催。谁家砧杵捣寒衣。万物皆秋
意。　燕归。雁飞。霜染芙蓉醉。长江万里鲈正肥。谩忆家乡
味。啸月吟情。凌云豪气。岂当怀宋玉悲。赏风光帝里。贺恩
波凤池。喜生在唐虞世。　香山叠翠。红叶西风衬马蹄。重阳
佳致。千金曾费。黄橙绿醅。烂醉登高会。太平乐府四　乐府群珠一
　　　北词广正谱引四边静　元明小令钞同

　　　何钞本太平乐府贺作荷。群珠当怀作常怀。元明小令钞绿醅作新醅。

冬

李陵台草尽枯。燕然山雪平铺。朔风吹冷到天衢。怒吼千林
木。　玉壶。画图。费尽江山句。苍髯脱玉翠光浮。掩映楼台
暮。画阁风流。朱门豪富。酒新香开瓮初。毡帘款簌。橙香缓
举。半醉偎红玉。　相对红炉。笑遣金钗剪画烛。梅开寒玉。
清香时度。何须蹇驴。不必前村去。太平乐府四　乐府群珠一

〔越调〕柳营曲

太平即事

亲凤塔。住龙沙。天下太平无事也。辞却公衙。别了京华。甘
分老农家。傲河阳潘岳栽花。效东门邵平种瓜。庄前栽果木。
山下种桑麻。度岁华。活计老生涯。太平乐府三

怀　古

曾窨约。细评薄。将业兵功非小可。生死存活。成败消磨。战

策属谁多。破西川平定干戈。下南交威镇山河。守玉关班定远。标铜柱马伏波。那两个。今日待如何。太平乐府三

明大字本生死作死生。

楚汉遗事

楚霸王。汉高皇。龙争虎斗几战场。争弱争强。天丧天亡。成败岂寻常。一个福相催先到咸阳。一个命将衰自刎乌江。江山空寂寞。宫殿久荒凉。君试详。都一枕梦黄粱。太平乐府三

叹　世

手自搓。剑频磨。古来丈夫天下多。青镜摩挲。白首蹉跎。失志困衡窝。有声名谁识廉颇。广才学不用萧何。忙忙的逃海滨。急急的隐山阿。今日个。平地起风波。太平乐府三

〔双调〕沉醉东风

嘲妓好睡

摇不醒鸾交凤友。搬不回燕侣莺俦。莫不是宰予妻。陈抟友。百忙里蝶梦庄周。衲被蒙头万事休。真乃是眠花卧柳。太平乐府二　词谑　北官词纪外集五

词谑不注撰人。○词谑搬作唤。陈抟友作陈抟偶。衲被作破袖。

自　悟

瓷瓯内潋滟莫掩。瓦盆中渐浅重添。线鸡肥。新笃酽。不须典琴留剑。二顷桑麻足养廉。归去来长安路险。太平乐府二
取富贵青蝇竞血。进功名白蚁争穴。虎狼丛甚日休。是非海何时彻。人我场慢争优劣。免使傍人做话说。咫尺韶华去也。太平

乐府二

〔双调〕水仙子

雪　夜

一天云暗玉楼台。万顷光摇银世界。卷帘初见阑干外。似梅花
满树开。想幽人冻守书斋。孙康朱颜变。袁安绿鬓改。看青山
一夜头白。太平乐府二

别　情

紫鸾箫吹彻凤凰鸣。金缕词歌水调声。饯行诗诉不尽临岐兴。
唱阳关忍泪听。笑谈间席上风生。杨柳隄边怨。河梁别后情。
再和谁步月闲行。太平乐府二

　　瞿本闲行作同行。

贺文卿觱篥

薛阳霜夜楚江秋。太乙西风莲叶舟。贺郎近日都参透。占中原
第一流。尽压绝前代箜篌。起赤壁矶边恨。感铜驼陌上愁。名
满皇州。太平乐府二

　　元刊八卷本瞿本五句俱无尽字。元刊本六句恨作眼。他本俱作恨。

燕山话别

满斝芳醑别长亭。相送王孙出上京。玉骢且莫敲金镫。听阳关
第四声。临岐执手论情。千古思前训。一心怀志诚。休担阁半
纸功名。太平乐府二

咏　竹

贞姿不受雪霜侵。直节亭亭易见心。渭川风雨清吟枕。花开时有风寻。文湖州是个知音。春日临风醉。秋宵对月吟。舞闲阶碎影筛金。太平乐府二

元刊八卷本瞿本末句俱无舞闲阶三字。

赠刘圣奴挡筝

蛾眉扫黛鬓堆蝉。凤髻盘鸦脸衬莲。粉香初拭银筝面。把鸾胶整旧弦。玳筵前两件儿依然。崔怀宝酬了心愿。薛琼琼得了赦免。旧风流尚在樽前。太平乐府二

张可久

可久字小山。庆元人。以路吏转首领官。又曾为桐庐典史。有张小山北曲联乐府三卷。又有小山乐府。未分卷(即天一阁本)。小山颇有与卢挚贯云石等人倡和之作。又称马致远为先辈。有次马致远韵庆东原九首。至正初小山年七十馀。尚为昆山幕僚。至正八年犹在世。涵虚子论曲。谓其词如瑶天笙鹤。又曰。其词清而且丽。华而不艳。有不喫烟火食气。真可谓不羁之材。若被太华之仙风。招蓬莱之海月。诚词林之宗匠也。当以九方皋之眼相之。李开先序乔梦符张小山二家小令。谓乐府之有乔张。犹诗家之有李杜。案郑玉师山先生文集云。四明张久可可久。则久可似为其名。蒋一葵尧山堂外纪云。张伯远字可久。号小山。朱彝尊词综及沈辰垣等历代诗馀词人姓氏云。张可久字伯远。号小山。四库全书总目云。张可久字仲远。号小山。俱未知何据。惟名可久。字小山。说者较众。兹从之。

小令

〔黄钟〕人月圆

山中书事

兴亡千古繁华梦。诗眼倦天涯。孔林乔木。吴宫蔓草。楚庙寒鸦。　数间茅舍。藏书万卷。投老村家。山中何事。松花酿酒。春水煎茶。

张小山散曲集今存数种。以张小山北曲联乐府三卷外集一卷为最完备。北曲联乐府系依牌调将小山前后所作之前集今乐府。后集苏隄渔唱。续集吴盐。别集新乐府四种联为一编。并益以外集而成者。任中敏曾根据北曲联乐府中所标曲集名称。将四集还原。并于外集之外。又辑补集一卷。合编为小山乐府。本书于北曲联乐府中之曲。即依任书之还原次序排列。惟不明标集名。而于每集第一首之校记中注出原集名称。曲牌依本书体例。加标宫调。曲文则据钞本北曲联乐府。补遗部分。因天一阁本小山乐府之出现。较任辑共增多将近一百二十首。任书误辑者则删之。增辑之曲。见小山乐府者作总说明。其馀则于曲末注明见何书。○此曲胡莘皞钞本小山乐府卷三茅舍作茅屋。○自此首起。以下至骂玉郎过感皇恩采茶歌杨驹儿墓园为前集今乐府。

秋日湖上

笙歌苏小楼前路。杨柳尚青青。画船来往。总相宜处。浓淡阴晴。　杖藜闲暇。孤坟梅影。半岭松声。老猿留坐。白云洞口。红叶山亭。

春晚次韵

萋萋芳草春云乱。愁在夕阳中。短亭别酒。平湖画舫。垂柳骄骢。　一声啼鸟。一番夜雨。一阵东风。桃花吹尽。佳人何在。门掩残红。

雪中游虎丘

梅花浑似真真面。留我倚阑干。雪晴天气。松腰玉瘦。泉眼冰寒。　兴亡遗恨。一丘黄土。千古青山。老僧同醉。残碑休打。宝剑羞看。

胡本小山乐府一丘作一坏。

会稽怀古

林深藏却云门寺。回首若耶溪。苎萝人去。蓬莱山在。老树荒碑。　神仙何处。烧丹傍井。试墨临池。荷花十里。清风鉴水。明月天衣。

客垂虹

三高祠下天如镜。山色浸空濛。莼羹张翰。渔舟范蠡。茶灶龟蒙。　故人何在。前程那里。心事谁同。黄花庭院。青灯夜雨。白发秋风。

词综卷三十三题作客吴江。〇词综那里作莫问。

吴门怀古

山藏白虎云藏寺。池上老梅枝。洞庭归兴。香柑红树。鲈鲙银丝。　白家池馆。吴王花草。长似坡诗。可人怜处。啼乌夜月。犹怨西施。

词综白虎作金虎。下阕首四句作。白家亭馆。吴宫花草。可似当时。最怜人处。

春日湖上 二首

东风西子湖边路。白发强寻春。尽教年少。金鞭俊影。罗帕香尘。　塞驴破帽。荒池废苑。流水闲云。恼余归思。花前燕子。墙里佳人。

胡本小山乐府湖边作湖上。

小楼还被青山碍。隔断楚天遥。昨宵入梦。那人如玉。何处吹箫。　门前朝暮。无情秋月。有信春潮。看看憔悴。飞花心事。残柳眉梢。

胡本小山乐府秋月作秋水。

开吴淞江遇雪

一冬不见梅花面。天意可怜人。晓来如画。残枝缀粉。老树生春。　山僧高卧。松炉细火。茅屋衡门。冻河隄上。玉龙战倒。百万愁鳞。

太平乐府卷五乐府群玉卷五李开先辑张小山小令卷上题目俱作松江遇雪。

寄璩源芝田禅师

龙湫山上云屯寺。别是一乾坤。僧参百丈。雪深半尺。梅瘦三分。　几时亲到。松边弄水。月下敲门。相思无奈。烟萝洞口。立尽黄昏。

太平乐府乐府群玉李辑小令题目俱无璩源二字。○任校小山乐府改僧为桧。

三衢道中有怀会稽

松风十里云门路。破帽醉骑驴。小桥流水。残梅剩雪。清似西湖。　而今杖履。青霞洞府。白发樵夫。不如归去。香炉峰下。吾爱吾庐。

太平乐府题目作三衢道中。○群玉杖履作杖屦。

〔双调〕水仙子

西湖秋夜

今宵争奈月明何。此地那堪秋意多。舟移万顷冰田破。白鸥还笑我。拚馀生诗酒消磨。云子舟中饭。雪儿湖上歌。老子婆娑。

乐府群玉卷五饭作醉。李辑小令卷上云子作云母。

吴山秋夜

山头老树起秋声。沙嘴残潮荡月明。倚阑不尽登临兴。骨毛寒环珮轻。桂香飘两袖风生。携手乘鸾去。吹箫作凤鸣。回首江城。

胡本小山乐府卷一山头作山顶。

次　韵

蝇头老子五千言。鹤背扬州十万钱。白云两袖吟魂健。赋庄生秋水篇。布袍宽风月无边。名不上琼林殿。梦不到金谷园。海上神仙。

张小山北曲联乐府与乐府群玉并以此首作吴山秋夜之第二首。李辑小令题作次韵。兹从小令。

秋　思　二首

天边白雁写寒云。镜里青鸾瘦玉人。秋风昨夜愁成阵。思君不见君。缓歌独自开樽。灯挑尽。酒半醺。如此黄昏。

北词广正谱元明小令钞玉人俱作主人。九宫大成卷六十六秋风作西风。

海风吹梦破衡茅。山月勾吟挂柳梢。百年风月供谈笑。可怜人易老。乐陶陶尘世飘飘。醉白酒眠牛背。对黄花持蟹螯。散诞逍遥。

鉴湖春行

清光湖面镜新磨。乐意船头酒既多。舟移杨柳阴中过。流莺还笑我。可怜春事蹉跎。玉板笋银丝鲙。红衫儿金缕歌。不醉如何。

西湖废圃

夕阳芳草废歌台。老树寒鸦静御街。神仙环珮今何在。荒基生暮霭。叹英雄白骨苍苔。花已飘零去。山曾富贵来。俯仰伤怀。

可侍郎奉使日南

波澄太液泛龙舟。帘卷披香出凤楼。绣衣直指新除授。宫花淹御酒。玉花骢锦带吴钩。白雪关山暮。黄云海树秋。一彖诗愁。

春　晚 三首

茧黄旧纸试银钩。蚁绿新篘泛玉舟。龙香古饼熏金兽。蔷薇小院幽。春光为我迟留。东里寻芳去。西园秉烛游。醉倚南楼。

西山暮雨暗苍烟。南浦春风舣画船。水流云去人空恋。伤心思去年。可怜景物依然。海棠鹡鸰。岩花杜鹃。杨柳秋千。

相思诗句满苔墙。合唱歌声静锦堂。合欢裙带闲罗帐。无言倚绣床。怎生人不成双。花间翡翠。钗头凤凰。梅子鸳鸯。

元夜小集

停杯献曲紫云娘。走笔成章白面郎。移宫换羽青楼上。招邀入醉乡。彩云深灯月交光。琉璃界笙歌闹。水晶宫罗绮香。一曲霓裳。

湖上即事

盈盈娇步小金莲。潋潋春波暖玉船。行行草字轻罗扇。诗魂殢酒边。水光花貌婵娟。眉淡淡初三月。手掺掺第四弦。为我留连。

李辑小令殢酒边作杯酒边。

重过西湖

席间谈笑欠嘉宾。湖上风流想季真。梅边才思无何逊。可怜孤负春。孤山谁吊逋魂。彩扇留新句。青楼非故人。两袖红尘。

李辑小令青楼作青衫。

湖　上

金鞭褭醉动花梢。翠袖揎香赠柳条。玉波流暖迎兰棹。西湖春事好。相逢酒圣诗豪。醉墨洒龙香剂。新弦调凤尾槽。草色裙腰。

春日郊行

藏鸦新柳缕金衣。困蝶浓花织锦机。乘鸾仙子飞琼珮。寻春携手归。吟诗马上分题。苍烟乔木。残阳翠微。茅店疏篱。

青衣洞天

兔毫浮雪煮茶香。鹤羽携风采药忙。兽壶敲玉悲歌壮。蓬莱云水乡。群仙容我疏狂。即景诗千韵。飞空剑一双。月满秋江。

春　思

山花红雨鹧鸪啼。院柳苍云燕子飞。池萍绿水鸳鸯睡。春残犹未归。掩妆台懒画蛾眉。绣床人困。玉关梦回。锦字书迟。

红指甲

玉纤弹泪血痕封。丹髓调酥鹤顶浓。金炉拨火香云动。风流千万种。捻胭脂娇晕重重。拂海棠梢头露。按桃花扇底风。托香腮数点残红。

〔双调〕折桂令

村庵即事

掩柴门啸傲烟霞。隐隐林峦。小小仙家。楼外白云。窗前翠竹。井底硃砂。五亩宅无人种瓜。一村庵有客分茶。春色无多。开到蔷薇。落尽梨花。

群玉卷五群珠卷三题目俱作村居即事。〇小令梨作梅。

崔闲斋元帅席上

绣帘开语燕呢喃。柳眼青娇。杏脸红酣。春日迟迟。香风淡淡。相府潭潭。环粉黛犀梳玉簪。引儿孙竹马青衫。坐客江南。妙舞清歌。阔论高谈。

李辑小令香风作春风。群珠环粉作妆粉。又与李辑小令阔论俱作闲论。

九　日

对青山强整乌纱。归雁横秋。倦客思家。翠袖殷勤。金杯错落。玉手琵琶。人老去西风白发。蝶愁来明日黄花。回首天涯。一抹斜阳。数点寒鸦。

梅友元帅席间

拂冰弦慢撚轻拢。一种天姿。占断芳丛。额点宫黄。眉横晚翠。脸晕春红。歌夜月琉璃酒钟。隔香风翡翠帘栊。殢杀吟翁。柳暗花浓。玉暖香融。

群玉慢撚作慢卷。群珠香风作香丛。

读史有感　二首

剑空弹月下高歌。说到知音。自古无多。白发萧疏。青灯寂寞。老子婆娑。故纸上前贤坎坷。醉乡中壮士磨跎。富贵由他。谩想廉颇。谁效常何。

阳春白雪前集卷二及群珠常何俱作萧何。任校云黄丕烈藏钞本张小山小令磨跎作蹉跎。

沧浪可以濯缨。叹千里波波。两鬓星星。遁迹林泉。甘心畎亩。罢念功名。青门外芸瓜邵平。白云边垂钓严陵。潮落沙汀。月转林坰。午醉方醒。

钞本阳春白雪罢念作绝念。群珠波波作奔波。午醉作午梦。

秋夜闺思

剔残灯数尽寒更。自别了莺莺。谁更卿卿。竹影疏棂。蛩声废井。桂子闲庭。淹泪眼羞看画屏。瘦人儿不似丹青。盼杀多情。远信休凭。好梦难成。

群珠竹影作月影。

赠歌者秀英

海棠娇杨柳纤腰。眼转秋波。脸晕春潮。檀板轻敲。冰弦初奏。彩扇低招。倾城倾国越西子梨梨枣枣。行云行雨楚巫娥暮暮朝朝。橙剖并刀。酒捧金蕉。烂醉东风。受用良宵。

疏斋学士自长沙归

望仙华十二芙蓉。夜醉长沙。晓过吴松。税驾星坛。题诗玉井。挂剑琳宫。鹤唳黄云半空。雁来红叶西风。秋兴谁同。绝唱仙童。相伴疏翁。

群玉题目疏斋作疏翁。○李辑小令晓过作晚过。

湖上怀古次疏斋学士韵

柳驼腰系我诗艖。趁夜雪归鸿。暮苑啼鸦。绿树秋千。青山钟鼓。画舫琵琶。铜雀台边破瓦。金鱼池上残花。谁见繁华。采药仙翁。卖酒人家。

胡本小山乐府卷一归鸿作啼鸿。

秋　思

菊花枝还为谁黄。数尽归期。过了重阳。锦字传情。琼簪留恨。绣枕遗香。夜月冷金钗凤凰。晓霜寒翠被鸳鸯。想像高唐。萦损柔肠。梦见才郎。

李辑小令晓霜作晚霜。

春　情

托香腮微困春纤。绣线慵拈。宝篆羞添。往事墙头。情人梦里。旧恨眉尖。梨花谢春光荏苒。晓莺啼酒病淹渐。燕语雕檐。满院杨花。不卷珠帘。

红梅次疏斋学士韵

寿阳妆何似环儿。快传语花神。换却南枝。血点冰梢。丹涂玉脸。酒晕琼姿。拚花下何郎醉死。误庄前崔护题诗。倚树多时。长笛声中。万点胭脂。

秋日海棠

沉香亭上幽欢。甚陶令篱边。月惨风酸。燕子来时。梧桐老去。锦树花攒。照银烛春宵苦短。惜疏林秋夜漫漫。樽俎团圞。破帽西风。华屋金盘。

联乐府李辑小令惜疏林俱作借疏林。兹从群玉。

次韵秋怀

问山人索价何高。岁晚江空。兴动书巢。古桂寒香。残芦老絮。病叶红绡。愁倦客呜呜洞箫。对西风恋恋绨袍。往事徒劳。两鬓秋霜。万里云涛。

群珠古桂作古桧。

西湖怀古

飞来何处奇峰。笑引吟翁。醉倒诗筒。古寺啼猿。晴山舞凤。废井藏龙。人已去梅花旧冢。客重来柳树西风。一笑相逢。天竺门前。合涧桥东。

王一山席上题壁 二首

扫诗愁满壁龙蛇。壮气凭陵。醉眼横斜。脱帽临风。停杯问月。往事伤嗟。范蠡归湖是也。子牙发迹迟些。笑杀豪杰。花谢还开。酒尽重赊。

> 群玉群珠李辑小令题目席上俱作席间。○群珠李辑小令还开俱作花开。群珠范蠡上有越字。子牙上有姜字。

醉厌厌良夜迢迢。记席上樽前。酒令诗条。锦树围香。花灯夺昼。金屋藏娇。碧水冷西施弄瓢。紫云深秦女吹箫。占得春饶。莺怕歌喉。柳妒蛮腰。

> 李辑小令此曲题目作次韵仍在一山席。群珠作次韵。○群珠围香作围春。李辑小令作团香。

湖上即事叠韵

锦江头一掬清愁。回首盟鸥。杨柳汀洲。俊友吴钩。晴秋楚岫。退叟齐丘。赋远游黄州竹楼。泛中流翠袖兰舟。檀口歌讴。玉手藏阄。诗酒觥筹。邂逅绸缪。醉后相留。

桃花菊

怪黄花厌我清贫。老圃秋容。丹脸偷匀。前度刘郎。东篱陶令。邂逅寒温。延寿客秋风酒樽。想佳人春日庄门。笑问东君。费尽金钱。占醉红裙。

> 群珠李辑小令秋容俱作羞容。群玉费尽下有了字。

鉴湖小集

写黄庭换得白鹅。旧酒犹香。小玉能歌。命友南山。怀人北海。

遁世东坡。昨日春今日秋清闲在我。百年人千年调烦恼由他。
乐事无多。良夜如何。去了朱颜。还再来么。

酸斋学士席上

岸风吹裂江云。进一缕斜阳。照我离樽。倚徙西楼。留连北海。
断送东君。传酒令金杯玉笋。傲诗坛羽扇纶巾。惊起波神。唤
醒梅魂。翠袖佳人。白雪阳春。

群玉题目酸斋作殿前。○群玉岸风作雁风。倚徙作倚遍。

石塘道中

雨依微天淡云阴。有客徜徉。缓辔登临。老树危亭。平津短棹。
远店疏砧。傲尘世山无古今。避风波鸥自浮沉。霜后园林。万
绿枝头。一点黄金。

松江怀古

解征衣便可濯缨。小小西湖。总是诗情。天际浮图。云间旧隐。
水上新亭。负重名陆家弟兄。泛轻舟何处高僧。老鹤长鸣。翠
柳隈边。白苎风生。

群珠翠柳作绿柳。

肃斋赵使君致仕归

杏花村酒满葫芦。记竹马相迎。郊外先驱。清献家风。渊明归
兴。尽自欢娱。荣故里名香二疏。播廉声恩在三衢。教子读书。
黄卷青灯。玉带金鱼。

三衢平山亭

倚阑干云与山平。一勺甘泉。四面虚亭。隐隐浮图。层层罨画。

小小蓬瀛。随月去长空雁影。唤秋来高树蝉声。客路飘零。天宇澄清。剑气峥嵘。

群珠罨画作如画。飘零作孤零。

海　棠

看佳人富贵天姿。点染胭脂。消得新诗。笑倚红妆。轻弹银烛。满引金卮。伴庭院黄昏燕子。叹风流天宝环儿。老过花时。谁恨无香。我爱垂丝。

群玉满引作满饮。群珠环儿作年时。

次　韵

唤西施伴我西游。客路依依。烟水悠悠。翠树啼鹃。青天旅雁。白雪盟鸥。人倚梨花病酒。月明杨柳维舟。试上层楼。绿满江南。红褪春愁。

联乐府群玉群珠俱以此首作海棠之第二首。兹从李辑小令作次韵。○群玉群珠红褪俱作海放。群珠倚作对。

湖上即事

倚高寒渺渺愁余。昨夜南楼。今日西湖。柳影浮图。岩阿杜宇。酒病相如。留客醉山花解舞。寄离愁云雁能书。笑倩谁扶。风动瑶筝。月满冰壶。

联乐府瑶筝作瑶华。兹从群玉群珠李辑小令。

元夜宴集

绿窗纱银烛梅花。有美人兮。不御铅华。妆镜羞鸾。娇眉敛翠。巧髻盘鸦。可喜娘春纤过茶。风流煞真字续麻。共饮流霞。月转西楼。不记还家。

群珠不御作不饰。

游龙源寺

问行人何处龙源。古路萦蟠。细水蜿蜒。柳耳垂阴。花心困雨。树顶摩天。借居士蒲团坐禅。对幽人松麈谈玄。诗债留连。百巧黄鹂。一曲新蝉。

群珠萦蟠作蛇蟠。

莲华道中

洗黄尘照眼沧浪。古道依依。暮色苍苍。远寺松篁。谁家桃李。旧日柴桑。红袖倚低低院墙。白莲开小小林塘。过客徜徉。题罢新诗。立尽斜阳。

〔中吕〕满庭芳

山中杂兴 二首

人生可怜。流光一瞬。华表千年。江山好处追游遍。古意翛然。琵琶恨青衫乐天。洞箫寒赤壁坡仙。村酒好溪鱼贱。芙蓉岸边。醉上钓鱼船。

联乐府及群玉卷五俱连下列次韵二首同题。李辑小令卷下分开。兹从之。又。

群玉题作山中雅兴。○群玉村酒作浊酒。

风波几场。急疏利锁。顿解名缰。故园老树应无恙。梦绕沧浪。伴赤松归软子房。赋寒梅瘦却何郎。溪桥上。东风暗香。浮动月昏黄。

梨园乐府卷中故园作故园中。

次　韵 二首

寻思几般。围腰玉瘦。约腕金宽。怕春归又是春将半。信杳青鸾。赋离恨花笺短短。散清愁柳絮漫漫。阑干畔。芳枝绿满。梅子替心酸。

相思故人。钗分恨股。粉印娇痕。数归期屈得春纤困。两地销魂。楼外青山隐隐。花前红雨纷纷。天涯近。回头楚云。新月破黄昏。

野　梅

风姿澹然。琼酥点点。翠羽翩翩。罗浮旧日春风面。邂逅神仙。花自老青山路边。梦不到白玉堂前。空嗟羡。伤心故园。何日是归年。

望仙子诗卷

沧浪小龙。翩翩桂旗。隐隐莲峰。歌尘隔断蓬莱洞。此夜相逢。羽衣曲蟾华月宫。紫箫声鹤背天风。游仙梦。青山万重。云冷玉芙蓉。

> 李辑小令题目望作题。○李辑小令沧浪作沧波。桂旗作桂影。隔断作断隔。厉刻小令仍作隔断。

湖上酸斋索赋

寻春底忙。金鞭弄影。翠袖藏香。彩笺诗满西湖上。误入平康。到处莺花醉乡。当家风月排场。贪游荡。马嘶绿杨。占断紫云娘。

> 胡本小山乐府卷五底忙作应忙。

送　别 二首

分飞断肠。花笺写恨。粉腕留香。临行休倚危楼望。总是凄凉。人去去寒烟树苍。马萧萧落日沙黄。牙床上。相思夜长。翠被梦鸳鸯。

　　李辑小令梦鸳鸯作冷鸳鸯。

愁春未醒。芳心可可。旧友卿卿。乍分飞早是相思病。几度伤情。思往事银瓶坠井。赋离怀象管呵冰。人孤另。梅花月明。熬尽短檠灯。

湖　上

遄仙旧冢。西施淡妆。坡老衰翁。香云一枕繁华梦。流水光中。暮霭钟声故宫。夕阳塔影高峰。桃源洞。花开乱红。无树著春风。

过钓台

穷通异乡。故人别后。短棹沧浪。相寻下榻云霄上。旧日疏狂。魂梦远不知汉光。脚头睡只记刘郎。山无恙。归耕富阳。千古占桐江。

　　胡本小山乐府魂梦作梦魂。

金华道中 二首

西风瘦马。遥天去鸿。落日昏鸦。数前程掐得个归藏卦。梦到山家。柳下纶竿钓槎。水边篱落梅花。渔樵话。从头儿听他。白发耐乌纱。

　　钞本阳春白雪前集卷四及群玉去鸿俱作去雁。

营营苟苟。纷纷扰扰。莫莫休休。厌红尘拂断归山袖。明月扁舟。留几册梅诗占手。盖三间茅屋遮头。还能够。牧羊儿肯留。相伴赤松游。

残元本阳春白雪拂断作押断。

题　情

朱门半掩。花笺自检。绣线慵拈。相思有债前生欠。今日新添。弹旧曲徒劳玉纤。遣春愁不离眉尖。黄昏渐。青山一点。新月挂冰蟾。

客中九日

乾坤俯仰。贤愚醉醒。今古兴亡。剑花寒夜坐归心壮。又是他乡。九日明朝酒香。一年好景橙黄。龙山上。西风树响。吹老鬓毛霜。

李辑小令西风作秋风。群玉毛作边。

〔中吕〕普天乐

西湖即事

蕊珠宫。蓬莱洞。青松影里。红藕香中。千机云锦重。一片银河冻。缥缈佳人双飞凤。紫箫寒月满长空。阑干晚风。菱歌上下。渔火西东。

联乐府渔火作渔父。残元本阳春白雪及群珠同。兹从群玉卷五李辑小令卷下。

赠　别

凤钗分。鸳衾另。轻轻别离。小小前程。花开渭水秋。酒尽阳关令。不管佳人愁成病。载琴书画舸无情。今宵月明。声沉玉笙。影淡银灯。

钞本阳春白雪别离作离别。胡本小山乐府卷五玉笙作玉筝。

次韵归去来

草堂空。柴门闭。放闲柳枝。伴老山妻。谁传红锦词。自说白云偈。照下渊明休官例。和一篇归去来兮。瓜田后溪。梅泉下竺。菊圃东篱。

群玉及群珠卷四后溪俱作后村。

胡容斋使君席间

白头新。黄花瘦。长天北斗。明月南楼。吹残碧玉箫。泪满青衫袖。唤起姮娥为君寿。舞西风桂子凉秋。百年故侯。千钟美酒。一片闲愁。

残元本及钞本阳春白雪姮娥俱作嫦娥。群珠李辑小令同。

秋　怀

会真诗。相思债。花笺象管。钿盒金钗。雁啼明月中。人在青山外。独上危楼愁无奈。起西风一片离怀。白衣未来。东篱好在。黄菊先开。

湖上废圃

古苔苍。题痕旧。疏花照水。老叶沉沟。蜂黄点绣屏。蝶粉沾罗袖。困倚东风垂杨瘦。翠眉攒似带春愁。寻村问酒。无人倚楼。有树维舟。

李辑小令首句古作占。

晚归湖上

翠藤枝。生绡扇。初三月上。第四桥边。东坡旧赏心。西子新
妆面。万顷波光澄如练。不尘埃便是神仙。谁家画船。泠泠玉
筝。渺渺哀弦。

李辑小令玉筝作玉管。

鹤林观夜坐

鹤归来。云飞去。仙山玉芝。秋水芙蕖。瑶台挂月衾。宝瑟移
冰柱。一架寒香婆罗树。小阑干花影扶疏。凉生院宇。人闲洞
府。客至蓬壶。

〔越调〕寨儿令

道士王中山操琴

傍翠阴。解尘襟。婆娑小亭深又深。轸玉徽金。霞佩琼簪。一
操醉翁吟。野猿啼雪满遥岑。玄鹤鸣风过乔林。休弹山水兴。
难洗利名心。寻。何处有知音。

联乐府次句作斛尘襟。兹从群玉卷五李辑小令卷下。群玉雪满作远水。小令首
句作傍绿阴。

鉴湖即事

枕绿莎。盼庭柯。门外鉴湖春始波。白发禅和。墨本东坡。相
伴住山阿。问太平风景如何。叹贞元朝士无多。追陪新令尹。
邂逅老宫娥。歌。骤雨打新荷。

群玉李辑小令门外俱作门前。

次韵怀古

写旧游。换新愁。玉箫寒酒醒江上楼。黄鹤矶头。白鹭汀洲。烟水共悠悠。人何在七国春秋。浪淘尽千古风流。隋隄犹翠柳。汉土自鸿沟。休。来往愧沙鸥。

李辑小令千古作万古。

山中分韵得声字

犯帝星。动山灵。怪当年钓鱼严子陵。尘世逃名。清水濯缨。笑我问长生。驾青牛自取丹经。换白鹅谁写黄庭。烟笼烧药火。月伴看书灯。听。林外起秋声。

西湖秋夜

九里松。二高峰。破白云一声烟寺钟。花外嘶骢。柳下吟篷。笑语散西东。举头夜色濛濛。赏心归兴匆匆。青山衔好月。丹桂吐香风。中。人在广寒宫。

湖上春晚

怕酒樽。殢诗魂。帕罗轻粉香揉泪痕。细雨纷纷。绿水粼粼。湖上马蹄尘。世间有万古青春。花前换几度游人。醉煞刘伯伦。瘦损沈休文。红杏村。杜宇怨黄昏。

鉴湖上寻梅

贺监宅。放翁斋。梅花老夫亲自栽。路近蓬莱。地远尘埃。清事恼幽怀。雪模糊小树莓苔。月朦胧近水楼台。竹篱边沽酒去。驴背上载诗来。猜。昨夜一枝开。

春　晓

点落英。掩闲庭。海棠轩半帘红日影。纤手琼琼。娇语莺莺。睡起对银筝。柳花笺闲写芳情。荔枝浆微破春醒。浅斟白玉杯。低唱紫云亭。轻。弹一曲卖花声。

忆鉴湖

画鼓鸣。紫箫声。记年年贺家湖上景。竞渡人争。载酒船行。罗绮越王城。风风雨雨清明。莺莺燕燕关情。柳擎和泪眼。花坠断肠英。望海亭。何处越山青。

舟行感兴

愁鬓斑。怕春残。锦衣买臣何日还。好梦邯郸。别泪阳关。几度盼征鞍。为虚名消尽朱颜。掩孤篷羞见青山。矶头烟树暖。鸥外野云闲。难。能够钓鱼竿。

　　　胡本小山乐府卷六鱼竿作鱼滩。

春　思 二首

曲未终。酒方浓。云收楚台十二峰。洗雨梳风。怨玉啼红。别意恨匆匆。话相思鹦鹉金笼。载离愁騕袅花骢。长天秋水远。落日暮山重。空。帘卷画堂中。

喜又惊。笑相迎。倚湖山露华罗袖冷。谁惯私行。怕负深盟。偷步锦香亭。寻寻觅觅风声。潜潜等等芳情。粉墙边花弄影。朱帘下月笼明。轻。吹灭短檠灯。

　　　联乐府春思原作三首。连下列次韵一首。群玉同。兹从李辑小令分开。

次　韵

你见么。我愁他。青门几年不种瓜。世味嚼蜡。尘事抟沙。聚散树头鸦。自休官清煞陶家。为调羹俗了梅花。饮一杯金谷酒。分七碗玉川茶。嗏。不强如坐三日县官衙。

群玉李辑小令北词广正谱抟沙俱作团沙。

题昭君出塞图

辞凤阁。盼滦河。别离此情将奈何。羽盖峨峨。虎皮驮驮。雁远暮云阔。建旌旗五百沙陀。送琵琶三两宫娥。翠车前白橐驼。雕笼内锦鹦哥。他。强似马嵬坡。

小　隐

种药田。小壶天。伴陈抟野云闲处眠。学会神仙。老向林泉。今日是归年。芦花絮暖胜绒毡。木香亭大似渔船。曲栏边莺睍睆。小池上鹭婵娟。先。收拾下买山钱。

群玉闲处作深处。李辑小令同。

湖上避暑

新雨晴。晚凉生。照芙蓉玉壶秋水冷。殢酒馀酲。题扇才情。避暑小红亭。雁云低银甲弹筝。蔗浆寒素手调冰。鸳鸯情未减。胡蝶梦初醒。惊。何处棹歌声。

三月三日书所见

舣画船。驻丝鞭。问谁家丽人簇管弦。柳媚芳妍。花比婵娟。风韵出天然。牡丹亭畔秋千。蕊珠宫里神仙。三月三日曲水边。

一步一朵小金莲。穿。芳径坠花钿。

春　思

想故人。暗销魂。阑干旧时无限春。笑语云云。图画真真。一朵楚台云。怪桃根翠袖罗裙。伴梅花檀板金樽。瘦惊腰四指。愁堕泪双痕。嗔。风雨送黄昏。

红　叶

远树重。晓霜浓。染千林夜来何处风。笑我衰翁。酒借春容。暮景叹匆匆。锦模糊费尽天工。字殷勤流出皇宫。萧萧秋雨后。片片夕阳中。空。留得绣芙蓉。

送　别

鸾镜单。凤箫闲。寒衣问君何日还。白玉连环。斑竹阑干。回首泪偷弹。翠模糊十二巫山。玉娉婷一曲阳关。芙蓉城残月落。杨柳岸晓风寒。赸。愁上宝雕鞍。

〔双调〕殿前欢

秋日湖上

倚吟篷。障西风十里锦芙蓉。照沧浪似入桃源洞。欠个渔翁。冰泉泻翠箭。玉液浮银瓮。罗袖擎金凤。团香弄粉。泛绿依红。

次酸斋韵　二首

钓鱼台。十年不上野鸥猜。白云来往青山在。对酒开怀。欠伊周济世才。犯刘阮贪杯戒。还李杜吟诗债。酸斋笑我。我笑酸斋。

唤归来。西湖山上野猿哀。二十年多少风流怪。花落花开。望云霄拜将台。袖星斗安邦策。破烟月迷魂寨。酸斋笑我。我笑酸斋。

离　思　二首

夜啼乌。柳枝和月翠扶疏。绣鞋香染莓苔露。搔首踟蹰。灯残瘦影孤。花落流年度。春去佳期误。离鸾有恨。过雁无书。

月笼沙。十年心事付琵琶。相思懒看帏屏画。人在天涯。春残荳蔻花。情寄鸳鸯帕。香冷荼蘪架。旧游台榭。晓梦窗纱。

西湖晚晴

总宜船。绿情红意雨馀天。盈盈皓月明如练。棹举冰田。神仙太乙莲。图画崔徽面。才思班姬扇。新诗象管。古调冰弦。

客　中　二首

望长安。前程渺渺鬓斑斑。南来北往随征雁。行路艰难。青泥小剑关。红叶溢江岸。白草连云栈。功名半纸。风雪千山。

李辑小令卷上题作客中忆别。

锦缠头。粉筝低按舞凉州。佳人一去春残后。香冷云兜。晴山翠黛愁。绿水罗裙皱。细柳宫腰瘦。梨花暮雨。燕子空楼。

〔双调〕清江引

秋　思

自从玉关人去也。寂寞银屏夜。风寒白藕花。露冷青桐叶。雁儿未来书再写。

群玉卷五风寒作风香。

幽　居

红尘是非不到我。茅屋秋风破。山村小过活。老砚间工课。疏
篱外玉梅三四朵。

　　李辑小令卷上及北词广正谱元明小令钞末句俱无疏字。

桐柏山中

松风小楼香缥缈。一曲寻仙操。秋风玉兔寒。野树金猿啸。白
云半天山月小。

　　联乐府题目作洞泊山中。太平乐府卷二同。劳平甫校本联乐府改作宿泊山洞。
　　李辑小令卷上作宿山洞。兹从群玉。

湖山避暑

好山尽将图画写。诗会白云社。桃笙卷浪花。茶乳翻冰叶。荷
香月明人散也。

春　思 二首

杜鹃几声烟树暖。风雨相撺断。梨花月未圆。柳絮春将半。夜
长可怜归梦短。

绣针懒拈闲素手。倦枕金钗溜。莺啼绿柳春。燕舞红帘昼。东
风院落人病酒。

　　阳春白雪前集卷三及李辑小令莺啼俱作莺呼。李辑小令院落作几番。

九日湖上

西风又吹湖上柳。画舫携红袖。鸥眠野水闲。蝶舞秋花瘦。风
流醉翁不在酒。

山居春枕

门前好山云占了。尽日无人到。松风响翠涛。槲叶烧丹灶。先生醉眠春自老。

李辑小令题作山中春睡。

春 晚 二首

黄昏闭门谁笑语。燕子飞不去。珠帘溅雨花。翠坞埋烟树。酒醒五更闻杜宇。

离愁困人帘未卷。上下飞双燕。孤云带雨痕。暗水流花片。湖边日长春去远。

太平乐府次首题作湖上。李辑小令同。

湖上晚望

东西往来船斗蚁。拍手胡姬醉。歌声落照边。塔影孤云际。荷风夜凉天似水。

胡本小山乐府卷二首句作东西来船如斗蚁。

秋 怀

西风信来家万里。问我归期未。雁啼红叶天。人醉黄花地。芭蕉雨声秋梦里。

天一阁本小山乐府题作秋晚。太平乐府李辑小令俱以此首与前列之秋思一首相联。

〔越调〕小桃红

寄鉴湖诸友

一城秋雨豆花凉。闲倚平山望。不似年时鉴湖上。锦云香。采莲人语荷花荡。西风雁行。清溪渔唱。吹恨入沧浪。

赠琵琶妓王氏

舞腰回雪脸舒霞。席上人如画。压柳欺梅旧声价。弄琵琶。风流不似明妃嫁。金樽翠斝。玉纤罗帕。同醉凤城花。

忆疏斋学士郊行

飞梅和雪洒林梢。花落春颠倒。驴背敲诗暮寒峭。路迢迢。相逢不满疏翁笑。寒郊瘦岛。尘衣风帽。诗在灞陵桥。

太平乐府卷三题目无学士二字。

春　思

倚阑花影背东风。暗解清宵梦。舞扇歌衫与谁共。恨忡忡。一春愁压眉山重。灯花玉虫。罗屏金凤。残月小帘栊。

鉴湖夜泊

鉴湖一曲水云宽。鸳锦秋成段。醉舞花间影零乱。夜漫漫。小舟只向西林唤。仙山梦短。长天月满。玉女驾青鸾。

阳春白雪前集卷五仙山作仙人。

离　情

几场秋雨老黄花。不管离人怕。一曲哀弦泪双下。放琵琶。挑灯羞看围屏画。声悲玉马。愁新罗帕。恨不到天涯。

胡本小山乐府卷五放琵琶作拨琵琶。

山　中

一方明月杏花坛。剑气霞光烂。回首蓬莱自长叹。佩秋兰。黄精已够山中饭。劳心又懒。干名不惯。归伴野云闲。

夜　宴　二首

砑金罗扇当花笺。醉草湘妃怨。曲曲阑干锦屏面。小壶天。花
花按舞六幺遍。寒玉响泉。香风深院。明月十三弦。

翩翩白鹭伴诗癯。船系青山暮。一曲瑶筝写幽素。夜何如。飞
吟亭上神仙路。琼楼玉宇。白云红树。月冷洞庭湖。

联乐府白鹭作白鹤。兹从阳春白雪及李辑小令卷下。

〔中吕〕朝天子

山中杂书　三首

罢手。去休。已落在渊明后。百年心事付沙鸥。更谁是忘机友。
洞口渔舟。桥边村酒。这清闲何处有。树头。锦鸠。花外啼
春昼。

夜长。未央。盼杀鸡三唱。东华听漏满靴霜。却笑渊明强。月
朗禅床。风清鹤帐。梦不到名利场。草堂。暗香。春已到梅
梢上。

李辑小令卷下风清作风消。春已到作春到了。

醉馀。草书。李愿盘谷序。青山一片范宽图。怪我来何暮。鹤
骨清癯。蜗壳蓬庐。得安闲心自足。蹇驴。和酒壶。风雪梅
花路。

李辑小令酒壶上无和字。

野景亭

瓜田邵平。草堂杜陵。五柳庄彭泽令。牵牛篱落掩柴荆。犬吠
林塘静。树顶蟾明。水面风生。听渔歌三四声。小亭。野景。

动著我莼鲈兴。

群玉动著我作老我。李辑小令作动老我。

酸斋席上听胡琴

玉鞭。翠钿。记马上昭君面。一梭银线解冰泉。碎拆骊珠串。
雁舞秋烟。莺啼春院。伤心塞草边。醉仙。彩笺。写万里关
山怨。

胡本小山乐府卷五碎拆作碎沃。

春　思

见他。问咱。怎忘了当初话。东风残梦小窗纱。月冷秋千架。
自把琵琶。灯前弹罢。春深不到家。五花。骏马。何处垂杨下。

梅友元帅席上

老夫。病馀。尚草长门赋。阿莲娇吻贯骊珠。试听莺啼序。玉
露冰壶。香风琼树。醉归来不用扶。小奴。按舞。看了梅花去。

〔中吕〕红绣鞋

次　韵

剑击西风鬼啸。琴弹夜月猿号。半醉渊明可人招。南来山隐隐。
东去浪淘淘。浙江归路杳。

群玉卷五群珠卷四李辑小令卷下西风俱作秋风。群珠夜月作月下。

春日湖上　二首

百五日清明节假。两三攒绿暗人家。客子飘零尚天涯。春风轻
柳絮。夜雨瘦梨花。绿杨阴谁系马。

绿树当门酒肆。红妆映水鬟儿。眼底殷勤座间诗。尘埃三五字。杨柳万千丝。记年时曾到此。

春　夜

燕子来时酒病。牡丹开处诗情。庭院黄昏雨初晴。镜心闲挂月。筝手碎弹冰。樽前春夜永。

群玉群珠李辑小令樽前俱作花前。群珠诗情作诗成。

湖　上

无是无非心事。不寒不暖花时。妆点西湖似西施。控青丝玉面马。歌金缕粉团儿。信人生行乐耳。

圣水寺山亭

佛国清凉境界。壶天金碧楼台。照眼西山画屏开。海云推月上。江水带潮来。醉嫌天地窄。

越山即事

山拥玉皇香案。烟笼翠羽仙鬟。两袖天风倚高寒。鹤归苍树杪。犬吠白云间。蓬莱迷望眼。

群玉群珠翠羽俱作翠袖。胡本小山乐府卷四山拥作山堆。

天台瀑布寺

绝顶峰攒雪剑。悬崖水挂冰帘。倚树哀猿弄云尖。血华啼杜宇。阴洞吼飞廉。比人心山未险。

联乐府弄字原阙。兹从群玉及群珠补。

次归去来韵

东舍西邻酒债。春花秋月诗才。两字功名困尘埃。青山依旧好。黄菊近新栽。没商量归去来。

洞庭道中 二首

白鹭荒隄老莋。黄云远水长空。百尺蒲帆饱西风。酒旗花影里。钓艇树阴中。好山千万重。

李辑小令远水长空作远树连空。饱西风作荡秋风。

逐名利长安日下。望乡关倦客天涯。孤雁南来倍思家。乱山云掩翠。老树雪生花。冻吟诗骑瘦马。

天台桐柏山中

谈世事渔樵闲问。洗征尘麇鹿相亲。步入蓬莱误寻真。竹声摇翠雨。山影护苍云。神仙深处隐。

李辑小令苍云作白云。

雪芳亭

金错落樽前酒令。玉娉婷乐府新声。夜深花睡嫩寒生。一围云锦树。四面雪芳亭。月斜时人未醒。

李辑小令花睡作花底。胡本小山乐府一围作一团。

春　晚

圆旧梦衾闲锦绣。按新声弦断筝筜。满襟离思倦登楼。花寒鹦鹉病。春去杜鹃愁。倚阑人困酒。

群玉题作春寒。

岁　暮 二首

金莲步苍苔小径。玉钩垂翠竹闲亭。物换星移暗伤情。游鱼翻冻影。啼鸟泛春声。落梅香暮景。

残元本阳春白雪群玉群珠泛俱作犯。

竞酒争花公事。吟风弄月神思。好春能有几何时。玲珑心似锦。积渐鬓成丝。落一张闲故纸。

群玉积渐作即渐。

山　中

黄叶青烟丹灶。曲阑明月诗巢。绿波亭下小红桥。老梅盘鹤膝。新柳舞蛮腰。嫩茶舒凤爪。

鉴　湖

落叶山容消瘦。题诗人物风流。一片闲云驻行舟。月寒清镜晓。花淡碧壶秋。谪仙同载酒。

胡本小山乐府一片闲云作闲云一片。

三衢山中

白酒黄柑山郡。短衣瘦马诗人。袖手观棋度青春。仙桥藏老树。石笋瘦苍云。松花飘瑞粉。

〔双调〕沉醉东风

钓　台

貂裘敝谁怜倦客。锦笺寒难写秋怀。野水边。闲云外。尽教他鸥鹭惊猜。溪上良田得数顷来。也敢上严陵钓台。

李辑小令卷上敢上作赶上。

湖　上

垂杨柳无人自舞。提葫芦有意相呼。酒醒时。花深处。插花枝
满头归去。莫惜千金倒玉壶。春已近梨花暮雨。

元　夜

明月无心紫箫。夕阳何处蓝桥。蕙帐寒。梅花落。故人稀渐疏
谈笑。看见鹅黄上柳条。等闲放元宵过了。

联乐府末句作等闲放了元宵过了。兹从李辑小令。

幽　居　二首

脚到处青山绿水。兴来时白酒黄鸡。远是非。绝名利。腹便便
午窗酣睡。鹦鹉杯中昼日迟。到强似麒麟画里。

李辑小令末句到作倒。

笑白发犹缠利锁。喜红尘不到渔蓑。八咏诗。三闾些。收拾下
晚春工课。茅舍疏篱小过活。有情分沙鸥伴我。

〔越调〕天净沙

书　怀　二首

香奁名满青楼。羽衣人在黄州。罗帕春寒素手。壮怀依旧。水
声淘尽诗愁。

胡本小山乐府卷六春寒作轻寒。

白头多病维摩。青天孤影姮娥。相对良宵几何。玉人留坐。莺
花十二行窝。

元　夕

金莲万炬花开。玉梅千树香来。灯市东风暮霭。彩云天外。紫箫人倚瑶台。

李辑小令卷下紫箫作素绡。

闺　怨

檀郎何处忘归。玉楼小样别离。十二阑干遍倚。犬儿空吠。看看月上荼蘼。

春　夜

深杯香捧金橙。哀弦声断银筝。宝鼎沉香火冷。主人留听。紫云娘白雪新声。

梅轩席上

琼琼竹外横枝。真真月下吟诗。谁寄东风半纸。为传心事。梅花害雪多时。

厉刻小令题作梅友席上。

梅友元帅席上

玉人笑撚琼枝。白头醉写乌丝。帘外新来燕子。海棠春思。倚阑睡醒环儿。

赤松道宫

松边香煮雷芽。杯中饭糁胡麻。云掩山房几家。弟兄仙话。水流玉洞桃花。

浮雪楼夜坐

月明今夜阑干。云深何处关山。万里青天醉眼。倚楼长叹。柳阴闲杀渔竿。

清明日郊行

碧桃花下帘旌。绿杨影里旗亭。几处莺呼燕请。马嘶芳径。典衣索做清明。

江　上

嗈嗈落雁平沙。依依孤鹜残霞。隔水疏林几家。小舟如画。渔歌唱入芦花。

胡本小山乐府渔歌作渔舟。

湖上分得诗字韵

月香水影梅枝。晴光雨色坡诗。点检千红万紫。年年春事。西湖强似西施。

李辑小令题作分得诗字。

月　夜

倚阑月到天心。隔墙风动花阴。一刻良宵万金。宝筝闲枕。可怜少个知音。

鲁卿庵中

青苔古木萧萧。苍云秋水迢迢。红叶山斋小小。有谁曾到。探梅人过溪桥。

〔双调〕庆东原

次马致远先辈韵九篇 九首

烧丹灶。洗药瓢。乐清闲几个人知道。闲吹凤箫。闷拈兔毫。焉用牛刀。他得志笑闲人。他失脚闲人笑。

联乐府三句无乐字。兹从李辑小令卷上。任校云。明人传本五六二句作。愁消鸾飘。书忘雁遥。

门长闭。客任敲。山童不唤陈抟觉。袖中六韬。鬓边二毛。家里箪瓢。他得志笑闲人。他失脚闲人笑。

杀三士。因二桃。不如五柳庄前傲。文魔贾岛。诗穷孟郊。酒困山涛。他得志笑闲人。他失脚闲人笑。

繁华梦。贫贱交。唐尧不改巢由调。纷纷紫袍。区区绿袍。恋恋绯袍。他得志笑闲人。他失脚闲人笑。

任校云。明人传本三句作膏粱不改林泉调。

诗情放。剑气豪。英雄不把穷通较。江中斩蛟。云间射雕。席上挥毫。他得志笑闲人。他失脚闲人笑。

任校云。明人传本首二句作。闲情放。壮气豪。席上句作塞外舞刀。

难开眼。懒折腰。白云不应蒲轮召。解组汉朝。寻诗灞桥。策杖临皋。他得志笑闲人。他失脚闲人笑。

李辑小令解组作解绶。任校云。明人传本五六两句作。策蹇灞桥。携杖临皋。

依山洞。结把茅。清风两袖长舒啸。问江边老樵。访山中故交。伴云外孤鹤。他得志笑闲人。他失脚闲人笑。

李辑小令把茅作草茅。太和正音谱失脚作失志。任校云。明人传本四五六句作。江边问樵。山中访交。野外听鸮。九宫大成卷六十五及元明小令钞山洞俱作仙洞。失脚俱作失志。

苍头哨。骢马骄。放辔头也只到长安道。说家门尽教。守盐盐慢熬。请荆布休焦。他得志笑闲人。他失脚闲人笑。

> 任校云。明人传本三至六句作。衔辔只到长安道。家门尽教。齑盐慢熬。荆花
> 休焦。

山容瘦。木叶雕。对西窗尽是诗材料。苍烟树杪。残雪柳条。
红日花梢。他得志笑闲人。他失脚闲人笑。

> 任校云。明人传本三句作西风要算风光好。

越山即事 二首

庭前树。篱下菊。老渔樵相伴闲鸥鹭。听道士步虚。教稚子读
书。引吟客携壶。借贺老鉴湖船。访谢傅东山去。

云轻散。月易残。女萧何成败了些风流汉。冯魁硬铲。双生紧
赶。小姐先赸。今夜惜花心。明日伤春叹。

> 任校云。次首与前首不类。太平乐府作题情。属刘时中。李辑小令同此。亦作
> 越山即事二曲。姑从之。今案此曲又见梨园乐府卷中。不注撰人。○元刊太平
> 乐府卷二双生作双渐。元刊八卷本太平乐府仍作双生。

〔正宫〕醉太平

春　情

乌云髻松。金凤钗横。伯劳飞燕自西东。恼离愁万种。碧溶溶
满溪绿水桃源洞。淡濛濛半窗白月梨云梦。恨匆匆一帘红雨杏
花风。把青春断送。

席上有赠

风流地仙。体态天然。画图谁敢斗婵娟。相逢酒边。当楼皓月
姮娥面。倚阑翠袖琵琶怨。满林红叶鹧鸪天。惜花人未眠。

怀　古

翩翩野舟。泛泛沙鸥。登临不尽古今愁。白云去留。凤凰台上青山旧。秋千墙里垂杨瘦。琵琶亭畔野花秋。长江自流。

厉刻小令卷上末句作长江空自流。

〔中吕〕迎仙客

感　旧

鹦鹉洲。凤凰楼。十年故人怀旧游。杜陵花。陶令酒。酒病花愁。不觉的今春瘦。

湖上送别

钓锦鳞。棹红云。西湖画船三月春。正思家。还送人。绿满前村。烟雨江南恨。

春日湖上　二首

雨亦奇。锦成围。笙歌满城莺燕飞。紫霞杯。金缕衣。倒著接篱。湖上山翁醉。

舞绛纱。扣红牙。耳边玉人催上马。雪儿歌。苏小家。月淡梨花。醉倚秋千架。

春　晚

看牡丹。倚阑干。宿酒乍醒敧髻鬟。燕初忙。莺正懒。帘卷轻寒。玉手调筝雁。

秋　夜

雨乍晴。月笼明。秋香院落砧杵鸣。二三更。千万声。捣碎离
情。不管愁人听。

黄　桂

近玉阶。映瑶台。婆娑小丛岩畔栽。雁初飞。花正开。金粟如
来。望月佳人拜。

〔越调〕凭阑人

湖　上 二首

远水晴天明落霞。古岸渔村横钓槎。翠帘沽酒家。画桥吹柳花。
二客同游过虎溪。一径无尘穿翠微。寸心流水知。小窗明月归。

春　夜

灯下愁春愁未醒。枕上吟诗吟未成。杏花残月明。竹根流水声。

联乐府愁未醒作愁乍醒。兹从阳春白雪前集卷五李辑小令卷下。

春　思 三首

莺羽金衣舒晚风。燕嘴香泥沾乱红。翠帘花影重。玉人春睡浓。
春柳长亭倾酒樽。秋菊东篱洒泪痕。思君不见君。倚门空闭门。

联乐府洒泪痕作犹泪痕。兹从阳春白雪李辑小令。

帘外轻寒归燕忙。桥下残红流水香。游人窥粉墙。玉骢嘶绿杨。

〔双调〕落梅风

天宝补遗

姮娥面。天宝年。闹渔阳鼓声一片。马嵬坡袜儿得了看钱。太真妃死而无怨。

西　湖

湖光静。山影孤。载斜阳小舟横渡。正花开玉梅千万株。鹤飞来老逋归与。

李辑小令卷上归与作归去。

冷泉亭小集

弹初罢。酒暂歇。醉诗人满山红叶。问山中许由何处也。老猿啼冷泉秋月。

春日湖上

担春胜。问酒家。绿杨阴列仙图画。下秋千玉容强似花。汗溶溶借人罗帕。

阳春白雪前集卷二署贯酸斋作。无题。○白雪胜作盛。列仙作似开。钞本白雪借人作透入。元刊本作溶入。

春晚次韵 二首

莺莺恨。燕燕愁。惜春归玉容添瘦。东君可人人病酒。怯东风海棠红皱。

金樽尽。玉漏迟。月明天柳阴无地。杜鹃怕将愁唤起。困东风夜深花睡。

蜡梅花

学宫样。改玉容。列金钗主人情重。撼疏林夜来窗外风。蜜蜂儿带香吹冻。

寒 夜

寒斋静。瑞雪多。冻吟诗起来孤坐。芦花絮衾江纸也似薄。问袁安怎生高卧。

题扇面小景

人何处。不寄书。一声声雁将秋去。月明中倚阑情正苦。玉波寒粉莲啼露。

湖 上

羽扇尘埃外。杖藜图画间。野人来海鸥惊散。四十年绕湖赊看山。买山钱更教谁办。

越城春雪

朱帘上。皓齿歌。柳梢青野梅开过。倚阑干醉眸天地阔。雪山寒玉龙高卧。

离 情

人孤另。愁万结。南楼上雁声拖拽。别离有情无处写。洞箫寒满天明月。

江上寄越中诸友

江村路。水墨图。不知名野花无数。离愁满怀难寄书。付残潮落红流去。

春　情

秋千院。拜扫天。柳阴中躲莺藏燕。掩霜纨递将诗半篇。怕帘外卖花人见。

李辑小令帘外作帘前。

〔仙吕〕一半儿

寄　情　二首

寄情虚把彩笺缄。排砌偷将底句搀。隔帘怪他娇眼馋。话儿嘇。一半儿佯羞一半儿敢。

臂销闲把玉纤掐。髻袒慵拈金凤插。粉淡偷临青镜搽。劣冤家。一半儿真情一半儿假。

李辑小令卷上髻袒作鬃鬖。

落　花

酒边红树碎珊瑚。楼下名姬坠绿珠。枝上翠阴啼鹧鸪。谩嗟吁。一半儿因风一半儿雨。

酒　醒

罗衣香渗酒初阑。锦帐烟消月又残。翠被梦回人正寒。唤蛮蛮。一半儿依随一半儿懒。

〔中吕〕山坡羊

春　日　二首

芙蓉春帐。葡萄新酿。一声金缕樽前唱。锦生香。翠成行。醒来犹问春无恙。花边醉来能几场。妆。黄四娘。狂。白侍郎。

　　　群珠卷一改樽前作灯前。

西湖沉醉。东风得意。玉骢骤响黄金辔。赏春归。看花回。宝香已暖鸳鸯被。梦绕绿窗初睡起。痴。人未知。噫。春去矣。

　　　残元本阳春白雪痴作疾。

雪　夜

扁舟乘兴。读书相映。不如高卧柴门静。唾壶冰。短檠灯。隔窗孤月悬秋镜。长笛不知何处声。惊。人睡醒。清。梅弄影。

别　怀

梨花都谢。春衫初卸。绿阴空锁闲台榭。远山叠。暮云遮。青青杨柳连官舍。此景此情难弃舍。车。且慢些。别。人去也。

　　　残元本阳春白雪官舍作客舍。群珠同。

〔商调〕梧叶儿

春日郊行

长空雁。老树鸦。离思满烟沙。墨淡淡王维画。柳疏疏陶令家。春脉脉武陵花。何处游人驻马。

　　　钞本阳春白雪作。长空一行雁。老树几村鸦。情思满烟沙。淡淡王维画。疏疏陶令家。脉脉武陵花。何处游人驻马。雍熙乐府卷十七同。惟村鸦作对鸦。

探梅即事

诗囊寄。酒旆招。春事动梅梢。小舫携红袖。阿琼横玉箫。太白解金貂。雪满长安灞桥。

雍熙乐府小舫作小艇。

鉴湖宴集

柳影迷歌扇。苔痕满钓矶。仙客领蛾眉。背写兰亭字。熟读秦望碑。懒对谢安棋。人醉在红香镜里。

寻　梅

提清事。放客怀。残雪小楼台。郊外寻花去。湖东载酒来。马上见梅开。不负青霞倦客。

雍熙乐府清事作情事。郊外作野外。末四字作青云仙客。胡本小山乐府卷三梅开作梅花。

感　旧

肘后黄金印。樽前白玉卮。跃马少年时。巧手穿杨叶。新声付柳枝。信笔和梅诗。谁换却何郎鬓丝。

夜　坐

湖山外。杨柳边。歌舞镜中天。云鬟横珠凤。花寒怯绣鸳。露冷湿金蝉。爱月佳人未眠。

联乐府与李辑小令卷上四句俱作云髻横珠凤。兹从钞本阳春白雪后集卷一及雍熙乐府。

席上有赠

芙蓉面。杨柳腰。无物比妖娆。粉纸鸳鸯字。花钿翡翠毛。绣阁凤凰巢。良夜永春风玉箫。

夜坐即事

馀韵悠扬唱。哀弦取次弹。灯上酒将残。花暗珠璎珞。风清玉珮环。月冷翠琅玕。谁倚西楼画阑。

灵隐寺

僧居胜。俗客稀。山色四周回。香树生金地。青莲出宝池。贝叶渍银泥。明月冷双猿弄水。

即　事

竹槛敲苍玉。蕉窗映绿纱。笑语间琵琶。月淡娑婆树。风香富贵花。俏人家。小小仙鬟过茶。

雍熙乐府二句作蕉窗掩绿纱。

山阴道中

丹井长松树。青山小洞庭。吟啸寄幽情。花外神仙路。天边处士星。月下醉翁亭。听一曲何人玉筝。

湖上晚兴

频频醉。浩浩歌。明月涌沧波。岸草嘶骢马。山花压翠螺。雪柳闹银蛾。灯下佳人看我。

〔南吕〕金字经

稽山春晚

若耶溪边路。四山环翠微。春去人间总不知。莺乱啼。满川烟树迷。先生醉。葛洪丹井西。

胡本小山乐府卷四若耶溪作芍药溪。

春　晚

惜花人何处。落红春又残。倚遍危楼十二阑。弹。泪痕罗袖斑。江南岸。夕阳山外山。

雍熙乐府卷十九罗袖作罗帕。

醒吟斋

老翁独醒处。半云高卧斋。雨过松根长嫩苔。栽。菊花依旧开。青山怪。白云归去来。

群珠卷二白云作白头。李辑小令卷下半云作伴云。白云作白头。胡本小山乐府嫩苔作绿苔。

偕王公实寻梅

浩然英雄气。塞乎天地间。破帽西风雪满山。顽。探梅千百番。家童懒。灞桥驴背寒。

秋　望　二首

杨柳沙头树。琵琶江上舟。雁去衡阳水自流。愁。玉人休倚楼。黄花瘦。晓霜红叶秋。

信远江南雁。望穷云外山。罗帕香残粉泪干。闲。倚遍十二阑。

黄花慢。桂香秋雨寒。

> 钞本阳春白雪后集卷一慢作幔。群珠桂香作桂花。雍熙望穷作望空。慢作熳。

雪　夜

犬吠村居静。鹤眠诗梦清。老树冰花结水精。明。月临不夜城。
扁舟兴。小窗何处灯。

金华洞中

竹暖鹤梳翅。树香鹿养茸。好景神仙图画中。通。好山无数重。
桃源洞。绿波随落红。

佛　会 二首

水月观音相。海云狮子床。讲下飞花古树苍。凉。紫檀小殿香。
天仙降。对骑金凤凰。

舞月狮王喜。献花猿臂长。何处青山不道场。凉。宝瓶甘露浆。
方池上。白莲秋水香。

湖上书事 三首

玉手银丝鲙。翠裙金缕纱。席上相逢可喜煞。插。一枝茉莉花。
题诗罢。醉眠沽酒家。

> 首曲太平乐府卷五乐府群珠李辑小令题目皆作夏宴。三曲皆作湖上仙游。群珠
> 次首题作湖上即事。○雍熙茉莉作金凤。

六月芭蕉雨。两湖杨柳风。茶灶诗瓢随老翁。红。藕花香座中。
笛三弄。鹤鸣来半空。

> 雍熙乐府胡本小山乐府两湖俱作西湖。雍熙诗瓢作诗囊。

竹枕芦花被。草衣荷叶巾。一棹烟波湖上春。真。神仙身外身。

蓬莱近。紫箫吹凤云。

春　思

象管鸳鸯字。锦筝鸾凤丝。何处风流马上儿。思。那回春暮时。
别离事。带花折柳枝。

雍熙五句作却回春梦时。群珠丝作词。

游　仙

桂影黄金树。帝乡白玉京。梦断钧天月正明。听。粉筝江上声。
游仙兴。落花香洞庭。

别　后

翠被梦中梦。雁书来处来。秋水芙蓉花又开。猜。瘦云慵玉钗。
人何在。月明闲凤台。

太平乐府题作睡起。乐府群珠李辑小令同。○元刊阳春白雪慵作总。钞本阳春
白雪作憁。钞本阳春白雪李辑小令瘦云俱作愁云。群珠作鬓云。雍熙猜作开。

感　兴

野唱敲牛角。大功悬虎头。一剑能成万户侯。愁。黄沙白髑髅。
成名后。五湖寻钓舟。

雍熙误以此首属吴仁卿。

阅武为李正则赋

雁翅银枪队。虎皮铁马群。画鼓三声江上村。屯。半千存孝军。
梅花引。绣旗杨柳春。

闺　怨

宝鉴残妆晕。帕罗新泪痕。又见梨花雨打门。因。玉奴心上人。无音信。倚阑看暮云。

> 乐府群珠题作春怀。○阳春白雪雍熙乐府胡本小山乐府残妆俱作残红。雍熙新泪痕作诉泪痕。倚阑作俯阑。

〔南吕〕四块玉

闲　居

胜事添。殿尘减。玉洞仙书带云缄。金华羽士登门探。酒一坛。药几篮。经半龛。

春　情

酒易阑。愁难解。杏脸香销玉妆台。柳腰宽褪罗裙带。春已归。花又开。人未来。

乐　闲

远是非。寻潇洒。地暖江南燕宜家。人闲水北春无价。一品茶。五色瓜。四季花。

> 天一阁本小山乐府题作幽居。

〔中吕〕喜春来

鉴湖春日

雁啼秋水移冰柱。蚁泛春波倒玉壶。绿杨花谢燕将雏。人笑语。游遍贺家湖。

金华客舍

落红小雨苍苔径。飞絮东风细柳营。可怜客里过清明。不待听。昨夜杜鹃声。

永康驿中

荷盘敲雨珠千颗。山背披云玉一蓑。半篇诗景费吟哦。芳草坡。松外采茶歌。

春　夜

收云敛雨销金帐。望月瞻星傅粉郎。欢天喜地小红娘。来要赏。花影过东墙。

〔中吕〕卖花声

席　上

半泓秋水金星砚。一幅寒云玉版笺。美人索赋鹧鸪天。琼杯争劝。珠帘高卷。燕归来海棠庭院。

偶　题

落花露冷苍苔径。纤手风生白玉筝。夜香谁立紫云亭。知音谁听。雕阑独凭。柳阴中月明人静。

太平乐府卷二谁听作谁诉。群珠卷一李辑小令卷下同。李辑小令谁立作仁立。

怀　古　二首

阿房舞殿翻罗袖。金谷名园起玉楼。隋隄古柳缆龙舟。不堪回首。东风还又。野花开暮春时候。

元刊太平乐府末句开作间。瞿本太平府作开。

美人自刎乌江岸。战火曾烧赤壁山。将军空老玉门关。伤心秦
汉。生民涂炭。读书人一声长叹。

春

鼕鼕箫鼓东风暖。是处园林景物妍。一春常费买花钱。东郊游
玩。西湖筵宴。乐陶陶满斟频劝。

太平乐府连下三首题作四时乐兴。李辑小令同。〇两书筵宴俱作筵赏。胡本小
山乐府卷五作观赏。并失韵。

夏

澄澄碧照添波浪。青杏园林煮酒香。浮瓜沉李雪冰凉。纱幮藤
簟。旋笃新酿。乐陶陶浅斟低唱。

群珠旋笃作自笃。胡本小山乐府碧照作碧沼。

秋

萧萧鞍马秋云冷。一带西山锦画屏。功名两字几飘零。东篱潇
洒。渊明归去。乐陶陶故园三径。

任本小山乐府改归去作归兴。

冬

阴风四野彤云密。缭绕长空瑞雪飞。销金帐里笑相偎。毡帘低
放。满斟琼液。乐陶陶醉了还醉。

联乐府太平乐府梨园乐府乐府群珠阴风俱作阴云。兹从李辑小令及雍熙。

客　况 三首

绿波南浦人怀旧。黄叶西风染鬓秋。暮云归兴仲宣楼。天南地北。尘衣风帽。漫无成数年驰骤。

> 梨园乐府染鬓作鬓染。瞿本太平乐府乐府群珠同。胡本小山乐府染鬓秋作霜染秋。

十年落魄江滨客。几度雷轰荐福碑。男儿未遇暗伤怀。忆淮阴年少。灭楚为帅。气昂昂汉坛三拜。

> 太平乐府梨园乐府乐府群珠暗伤怀俱作气伤怀。

登楼北望思王粲。高卧东山忆谢安。闷来长铗为谁弹。当年射虎。将军何在。冷凄凄霜凌古岸。

> 联乐府将军下无何字。兹从梨园。群珠将军下补何字。霜凌作霜陵。

〔中吕〕齐天乐过红衫儿

道　情 二首

人生底事辛苦。枉被儒冠误。读书。图。驷马高车。但沾著者也之乎。区区。牢落江湖。奔走在仕途。半纸虚名。十载功夫。人传梁甫吟。自献长门赋。谁三顾茅庐。　白鹭洲边住。黄鹤矶头去。唤奚奴。鲙鲈鱼。何必谋诸妇。酒葫芦。醉模糊。也有安排我处。

浮生扰扰红尘。名利君休问。闲人。贫。富贵浮云。乐林泉远害全身。将军。举鼎拔山。只落得自刎。学范蠡归湖。张翰思莼。田园富子孙。玉帛萦方寸。争如醉里乾坤。　曾与高人论。不羡元戎印。浣花村。掩柴门。倒大无忧闷。共开樽。细论文。快活清闲道本。

> 联乐府及乐府群珠卷一富下俱脱贵字。兹从北词广正谱。

元夜书所见

红妆邂逅花前。眼挫秋波转。相怜。天。愿长夜如年。看鳌山尽意儿留连。俄延。翠袖相扶。朱帘尽卷。妙舞清歌。䍐袖垂肩。香尘暗绮罗。小径闲庭院。回步金莲。　半掩芙蓉面。慢撚桃花扇。月团圆。共婵娟。无计相留恋。遇神仙。短因缘。回首蓬莱路远。

湖上书所见

春风院落窗纱。见一个堪描画。娇娃。他。知是谁家。鬓云松半䍐宫鸦。无瑕。玉骨冰肌。年纪儿二八。六幅湘裙。半折罗袜。闲游杨柳边。困倚秋千下。更不御铅华。　笑指梅香骂。檀口些娘大。可怜咱。肯承搭。羞弄香罗帕。小桃花。鬓边插。即世儿风流俊煞。

联乐府四五句作。知他。是谁家。此从群珠及北词广正谱。折原作拆。兹改。

〔南吕〕骂玉郎过感皇恩采茶歌

为酸斋解嘲

君王曾赐琼林宴。三斗始朝天。文章懒入编修院。红锦笺。白苎篇。黄柑传。　学会神仙。参透诗禅。厌尘嚣。绝名利。近林泉。天台洞口。地肺山前。学炼丹。同货墨。共谈玄。　兴飘然。酒家眠。洞花溪鸟结姻缘。被我瞒他四十年。海天秋月一般圆。

联乐府曲牌原脱过感皇恩采茶歌。○太平乐府卷五尧山堂外纪卷七十一李辑小令卷下近林泉俱作逸林泉。陶刻太平乐府作迤林泉。尧山堂外纪溪鸟作幽草。乐府群珠卷二三斗下增酒字。地肺作地腑。

杨驹儿墓园

莓苔生满苍云径。人去小红亭。题情犹是酸斋赠。我把那诗韵赓。书画评。阑干凭。　茶灶尘凝。墨水冰生。掩幽扃。悬瘦影。伴孤灯。琴已亡伯牙。酒不到刘伶。策短藤。乘暮景。放吟情。　写新声。寄春莺。明年来此赏清明。窗掩梨花庭院静。小楼风雨共谁听。

> 太平乐府首句云作苔。群珠李辑小令同。群珠人去下增也字。诗韵作诗句。胡本小山乐府新声作新情。

〔双调〕水仙子

访梅孤山

苍苔封了岁寒枝。翠袖闲来日暮时。黄昏说尽平生事。西湖林处士。想当年鹤骨松姿。花下孤山寺。水边新月儿。慰我相思。

> 胡本小山乐府卷一鹤骨松姿作鹤发松枝。○自此首起。以下至汉东山为后集苏隄渔唱。

湖上晚归二首

桃花马上石榴裙。竹叶樽前玉树春。荔枝香里江梅韵。风流比太真。索新词缠住诗人。醉眼空银汉。歌声度锦云。凉月黄昏。

> 瞿本太平乐府卷二江梅作江南。

佳人微醉脱金钗。恶客佯狂饮绣鞋。小鬟催去褰罗带。花寒月满街。荡湖光影转楼台。未了鸳鸯债。枉教鸥鹭猜。明日重来。

清明小集

红香缭绕柳围花。翠袖殷勤酒当茶。游春三月清明假。香尘随去马。小帘栊绿水人家。弹仙吕六幺遍。笑女童双髻丫。纤手琵琶。

胡本小山乐府柳围花作柳为花。

苏隄晚兴

翠帘隄上小肩舆。乌帽风前醉老夫。浸冰壶云锦高低树。笑王维作画图。步凌波红粉相扶。罗裙酒污。兰舟棹举。月上西湖。

太平乐府题目兴作景。李辑小令卷上同。

湖上小隐 二首

自由湖上水云身。烂熳花前莺燕春。萧疏命里功名分。乐琴书桑苎村。掩柴门长日无人。蕉叶权歌扇。榴花当舞裙。一笑开樽。

胡本小山乐府水云身作水云深。

梦随流水过前滩。喜共闲云归故山。倚筇和靖坟前看。把梅花多处拣。盖深深茅屋三间。歌白石烂。赋行路难。紧闭柴关。

太平乐府李辑小令此首题作小隐。

春行即事

绿笺香露洒蕉花。翠线晴风绽柳芽。游人三月湖山下。六桥边争系马。江南第一所繁华。金碧王维画。管弦苏小家。酒船回落日归鸦。

太平乐府李辑小令题目俱无即事二字。

孤山宴集

长桥卧柳枕苍烟。远水揉蓝洗暮天。画图千古西施面。相逢越少年。问孤山何处逋仙。吾与二三子。来游六一泉。载酒梅边。

〔双调〕折桂令

湖上寒食

雨霏霏店舍无烟。榆荚飞钱。柳线搓绵。绿水人家。残花院落。美女秋千。沽酒春衣自典。思家客子谁怜。第一桥边。恋住流莺。不信啼鹃。

太平乐府卷一乐府群珠卷三李辑小令卷上题目俱无湖上二字。

湖上道院

鹤飞来一缕青霞。笑富贵飞蚊。名利争蜗。古砚玄香。名琴绿绮。土釜黄芽。双井先春采茶。孤山带月锄花。童子谁家。贪看西湖。懒诵南华。

酒边即事

莺莺燕燕相亲。幸有名园。著我闲身。竹点诗痕。花消酒困。柳拂歌尘。锦帐里团香弄粉。画楼前访雨寻云。不负青春。谁共佳人。相约黄昏。

群珠锦帐作锦阵。

避暑醉题

俯沧波楼观烟霞。胜览方舆。独占繁华。彩舰轻帘。银鞍骏马。翠袖娇娃。十里香风酒家。一川凉雨荷花。醉墨涂鸦。题遍红楼。倒裹乌纱。

太平乐府李辑小令题目俱作醉题。〇群珠胜览作览胜。银鞍作雕鞍。

〔中吕〕满庭芳

湖　景

丝竹管弦。花围富贵。柳阵婵娟。绿阴红影藏莺燕。醉客金鞭。锦步障长安上苑。玉浮图极乐西天。一步一个屏风面。孤山寺前。无数采莲船。

〔中吕〕普天乐

重过西湖

画图中。红尘外。妆台玉钗。芳径罗鞋。金瓶带酒携。纨扇和诗卖。一枕清风扁舟快。碧桃香两岸花开。刘郎再来。西施好客。东阁怜才。

暮春即事

老梅边。孤山下。晴桥蟢蛛。小舫琵琶。春残杜宇声。香冷荼蘼架。淡抹浓妆山如画。酒旗儿三两人家。斜阳落霞。娇云嫩水。剩柳残花。

太平乐府卷四李辑小令卷下题目俱作暮春。○太和正音谱北词广正谱元明小令钞酒旗儿俱作酒旗边。

〔越调〕寨儿令

九日登高

过柳洲。唤兰舟。长空雁声啼暮愁。樽俎风流。笑语温柔。乘兴两三瓯。带黄花人倚红楼。整乌纱自笑白头。归期何太晚。

醉舞老来羞。幽。谁唱楚天秋。

太平乐府卷三李辑小令卷下题目俱作九日。○太平乐府啼作题。李辑小令同。
胡本小山乐府卷六雁声作雁过。

游春即景 二首

薮绛纱。按红牙。金鞍半敲玉面马。仙洞青霞。老树乌鸦。山
一点暮天涯。翠交加夹竹桃花。锦模糊照水山茶。闹竿儿乔傀
儡。舰船上小琵琶。他。醉卧美人家。

太平乐府李辑小令题目俱作游春。○太平乐府舰船作槛船。胡本小山乐府薮
作簇。

锦水笺。绣鞍鞯。曲江醉题三坠鞭。帘底婵娟。月下姻缘。此
地遇神仙。有花有酒梁园。无风无雨春天。盈盈小玉梅。稳稳
饾金船。偏。收向断桥边。

湖上春行

桃雨晴。柳风轻。西湖六桥如画屏。岩溜泠泠。樵斧丁丁。松
下倚山僧。陈朝老桧重荣。苏隄渔唱新声。竹阑金琐碎。花貌
玉娉婷。行。同上冷泉亭。

晚凉即席

玳瑁筵。鹧鸪天。一篇六幺十四弦。石漱冰泉。月满琼田。歌
舞斗婵娟。并头湖上白莲。双飞花下红鹓。画图金地山。粉黛
玉天仙。船。移向柳阴边。

太平乐府李辑小令题目俱作晚凉。○胡本小山乐府红鹓作红鸳。

〔双调〕殿前欢

春　晚

怨春迟。夜来风雨妒芳菲。西湖云锦吴山翠。正好传杯。兰舟
画桨催。柳外莺声碎。花底佳人醉。携将酒去。载得诗归。

　　　太平乐府卷一题作春游。李辑小令卷上同。

湖上宴集 二首

宴瑶池。莲花白酒绿荷杯。鸳鸯惊起歌声沸。云锦离披。山空
濛雨亦奇。水潋滟天无际。船荡漾人皆醉。孤山鹤唳。仙井
龙归。

　　　太平乐府题作湖游。李辑小令同。

叹诗癯。十年香梦老江湖。笙歌又是钱塘路。往事何如。青鸾
写恨书。红锦题情疏。翠馆酬春句。桃花结子。乳燕将雏。

　　　太和正音谱卷下香梦作乡梦。九宫大成卷六十五元明小令钞同。

雪晴泛舟

凭阑干。销金锅镕出烂银山。白模糊不见芦花岸。空倚高寒。
把西施比玉环。樽前看。素淡家常扮。新声象板。清兴驴鞍。

　　　太平乐府题作雪晴舟行。李辑小令同。

〔双调〕清江引

独　酌

玉笛一声天地愁。便觉梅花瘦。寒流清浅时。明月黄昏后。独

醉一樽桑落酒。

胡本小山乐府卷二独醉作独酌。

夜　景

醺醺绮罗欢笑彻。檀板歌声歇。宝鼎串香绝。银烛灯花谢。玳
筵前酒阑人散也。

李辑小令卷上欢笑作欢夜。

情

描金翠钿侵鬓贴。满口儿喷兰麝。檀板撒红牙。皓齿歌白雪。
定不定百般娇又怯。

太平乐府卷二题作题情。李辑小令同。

〔越调〕小桃红

湖亭秋夜

锦鸳偷占藕花汀。花影涵秋镜。人倚阑干叹孤另。掩围屏。伤
心眼见秋成病。月明吊影。风清遣兴。玉手寄银筝。

太平乐府卷三李辑小令卷下题目俱作夜景。

〔中吕〕朝天子

湖　上

瘿杯。玉醅。梦冷芦花被。风清月白总相宜。乐在其中矣。寿
过颜回。饱似伯夷。闲如越范蠡。问谁。是非。且向西湖醉。

胡本小山乐府卷五伯夷作仲尼。

〔中吕〕红绣鞋

怀　古

金字淡桥空柳浪。翠微深门掩苔墙。两袖波光钓斜阳。孤山花已老。双井水犹香。记神仙诗句响。

西湖雨

删抹了东坡诗句。糊涂了西子妆梳。山色空濛水模糊。行云神女梦。泼墨范宽图。挂黑龙天外雨。

> 联乐府题作雨亦奇。兹从太平乐府卷四及群珠卷四。

简吕实夫理问

挥翰墨雪车冰柱。列神仙玉珮琼琚。一舸红香占西湖。云山频管领。莺燕任追呼。别是个风月所。

> 太平乐府题作简吕理问。群珠及李辑小令卷下同。〇胡本小山乐府卷四一舸作一网。

〔双调〕沉醉东风

湖上晚眺

林君复先生故居。苏子瞻学士西湖。六月天。孤山路。载笙歌画船无数。万顷玻璃浸玉壶。夕阳外荷花带雨。

晚春席上

客坐松根看水。鹤来庭下观棋。小砚香。残红坠。竹珊珊野亭交翠。相伴闲云出岫迟。题诗在呼猿洞里。

〔越调〕天净沙

孤山雪夜

淡妆人在罗浮。黄昏月上西湖。翠袖翩翩起舞。倚阑索句。雪中树老山孤。

太平乐府卷三末句作雪夜树老人孤。胡本小山乐府卷六作雪中树老人孤。

湖上送别

红蕉隐隐窗纱。朱帘小小人家。绿柳匆匆去马。断桥西下。满湖烟雨愁花。

重游感旧

迷香小洞维舟。题红老叶沉沟。濯锦寒花对酒。六桥依旧。游人两鬓经秋。

胡本小山乐府对酒作带酒。

晚　步

吟诗人老天涯。闭门春在谁家。破帽深衣瘦马。晚来堪画。小桥风雪梅花。

忆西湖

灯寒夜雪孤篷。山空晓雾疏钟。花暖春风瘦筇。六桥香梦。景题留与吟翁。

李辑小令卷下香梦作春梦。

〔正宫〕醉太平

湖　上

洗荷花过雨。浴明月平湖。暮云楼观景模糊。兰舟棹举。溯凉
波似泛银河去。对清风不放金杯住。上雕鞍谁记玉人扶。听新
声乐府。

> 联乐府原连下三首同一题目。作湖上。劳氏校本分出以下三首作无题。兹
> 从之。

无　题

尘蒙了镜台。粉淡了香腮。不提防今夜故人来。你将我左猜。
小冤家怕不道心儿里爱。老妖精拘管的人来煞。村冯魁割舍得
柱儿颏。远乡了秀才。

人皆嫌命窘。谁不见钱亲。水晶环入面糊盆。才沾粘便滚。文
章糊了盛钱囤。门庭改做迷魂阵。清廉贬入睡馄饨。胡芦提
倒稳。

> 中原音韵题作感怀。北宫词纪外集卷六题作叹世。○联乐府贬入作匾入。兹从
> 音韵等。音韵雍熙乐府卷十七词纪外集三句环俱作丸。音韵沾粘作粘拈。

陶朱公钓船。晋处士田园。潜居水陆脱尘缘。比别人虑远。贤
愚参杂随时变。醉醒和哄迷歌宴。清浊混沌待残年。休呆波
屈原。

> 雍熙有叹世四首。二三两首即前首及此首。其第一首散牛羊冢汉家云云。末首君
> 唐虞圣明云云。或未必为小山作。○联乐府和哄作和关。兹从雍熙。联乐府末
> 句波作没。雍熙此句作休呆波屈原。兹据雍熙改没为波。

〔双调〕落梅风

月明归兴

松梢月。桂子香。又诗成冷泉亭上。醉归来晚风生嫩凉。酸金船玉人低唱。

太平乐府卷二题目无兴字。李辑小令卷上同。

春　晚　二首

银釭暗。翠袖遮。麝煤销露萤明灭。下西湖美人忺过也。打梨花雨声昨夜。

李辑小令首曲次曲分列。题目皆作春晚。

东风景。西子湖。湿冥冥柳烟花雾。黄莺乱啼胡蝶舞。几秋千打将春去。

阳春白雪前集卷三东风景作东风地。三句脱柳字。

书所见

柳叶微风闹。荷花落日酣。拂晴空远山云淡。红妆女儿十二三。采莲归小舟轻缆。

阳春白雪李辑小令晴空俱作长空。残元本阳春白雪作晴空。残元本阳春白雪李辑小令缆俱作揽。

忆西湖

青鸾信。白雁书。望江南梦飞不去。西湖锦云谁是主。拍阑干满空烟树。

〔商调〕梧叶儿

夏夜即席

溯月兰舟便。歌云翠袖勤。湖上绝纤尘。瓜剖玻璃瓮。酒倾白玉盆。鲙切水晶鳞。醉倒羲皇上人。

雍熙卷十七溯月作钓月。

春晓隄上

花垂露。柳散烟。苏小酒楼前。舞队飞琼珮。游人碾玉鞭。诗句缕金笺。懒上苏隄画船。

雍熙碾作衮。画作钓。

湖山夜景

猿啸黄昏后。人行画卷中。萧寺罢疏钟。湿翠横千嶂。清风响万松。寒玉奏孤桐。身在秋香月宫。

李辑小令卷上题目山作上。○李辑小令清风作晴风。雍熙画卷作图画。

第一楼醉书

梨云褪。柳絮飞。歌敛翠蛾眉。月澹冰蟾印。花浓金凤钿。酒滟玉螺杯。醉写湖山第一。

雍熙连今乐府之诗囊寄。提清事二首。前列之猿啸黄昏后一首。及吴仁卿舟中句一首。题作放怀。不注撰人。○胡本小山乐府卷三钿作蕤。

〔双调〕风入松

九 日

哀筝一抹十三弦。飞雁隔秋烟。携壶莫道登临晚。蝶双双为我留连。仙客玲珑玉树。佳人窄索金莲。　琅琅新雨洗湖天。小景六桥边。西风泼眼山如画。有黄花休恨无钱。细看茱萸一笑。诗翁健似常年。

题目九日系从北曲联乐府。李辑小令卷上同。天一阁本小山乐府作湖上九日。此首实为词。天一阁本所收小山词。风入松共有四首。此首在内。或以曲谱风入松为单片。遂分此。词上下两片各为一首小令。误。北曲联乐府与李辑小令四句俱脱蝶字。此从天一阁本小山乐府。词综以此句脱一字。乃于双双下臆补燕字。○词综常年作当年。

〔正宫〕小梁州

春游晚归

玉壶春水浸晴霞。景物奢华。彩船歌管间琵琶。青旗挂。沽酒是谁家。〔么〕夕阳一带山如画。数投林万点寒鸦。曲水边。孤山下。游人归去。明月管梅花。

联乐府李辑小令小梁州皆未分么篇。下同。雍熙卷二十分出。兹从之。○雍熙管梅花作映梅花。

分得金字

涌金门外小壶天。骏马金鞭。屏山金翠画龙眠。金莺啭。金柳曲阑边。〔么〕金波满捧金杯劝。舞春风半趄金莲。金缕衣。金罗扇。玉人金钏。醉上戗金船。

胡本小山乐府卷三六句作金杯满捧金波劝。

避暑即事

两峰晴翠插波光。十里横塘。画楼帘影挂斜阳。谁凝望。纨扇掩红妆。〔么〕莲舟撑入荷花荡。拂天风两袖清香。酒醉归。月明上。棹歌齐唱。惊起锦鸳鸯。

雍熙帘影作疏影。斜阳作夕阳。月明作明月。锦鸳鸯作宿鸳鸯。

访杜高士

杖藜十里听松声。隐隐相迎。飞来峰下树青青。添清兴。流水
玉琴横。〔么〕拂云同坐苔花磴。桂飘香满地金星。山影寒。天
光净。野猿啼月。诗在冷泉亭。

雪晴诗兴

冰壶光浸水精寒。好景人间。暗香来处是孤山。寻梅惯。诗思
压驴鞍。〔么〕琼姬争卷珠帘看。画船中歌舞吹弹。明月残。白
石烂。宝花楼阁。十二玉阑干。

雍熙吹弹作唱弹。宝花作凌空。

湖山堂上醉题

渔翁蓑笠钓船孤。棹入蓬壶。湖山堂上柳千株。芭蕉绿。凉影
翠扶疏。〔么〕东坡旧日题诗处。喜无人任我歌呼。半醉时。秋
山暮。一行白鹭。万朵锦芙蕖。

李辑小令卷上秋山作西山。

〔南吕〕金字经

湖上小隐

老翁婆娑处。清风安乐窝。十二阑干锦绣坡。多。好山横翠蛾。
兰舟过。月明闻棹歌。

采莲女

小玉移莲棹。阿琼横玉箫。贪看荷花过断桥。摇。柳枝学弄瓢。
人争笑。翠丝抓凤翘。

秋　望

白发三千丈。画楼十二阑。鸥鹭翩翩逐往还。山。淡云秋树间。
芦花岸。钓船沙上滩。

湖隄春日

院宇绿杨树。酒旗红杏村。一片棠梨苏小坟。春。水边多丽人。
莺花阵。玉骢嘶锦云。

〔商调〕秦楼月

寻芳屦。出门便是西湖路。西湖路。旁花行到。旧题诗处。
瑞芝峰下杨梅坞。看松未了催归去。催归去。吴山云暗。又商
量雨。

联乐府原阙题。李辑小令卷上同。

〔正宫〕汉东山

骑鲸沧海波。高枕白云窝。人生梦南柯。睡觉来也末哥。积玉
堆金待如何。田地阔。儿女多。惹争夺。

联乐府阙题。李辑小令卷下作感述。〇联乐府末句作斗争夺。兹从李辑小令。

西村小过活。老子自婆娑。千家饭一钵。饱了人也末哥。紫绶
金章闹呵呵。不如我。芳草坡。钓鱼蓑。

绿袍翻败荷。醉后自磨跎。市上小儿多。要钱也末哥。暮四朝

三笑呵呵。蓝采和。没奈何。假风魔。

联乐府磨跎作磨驼。兹从李辑小令。

红妆间翠娥。罗绮列笙歌。重重金玉多。受用也末哥。二鬼无
常上门呵。怎地躲。索共他。见阎罗。

香风瑞锦窠。凉月素银波。兰舟夜如何。晚凉也末哥。万顷湖
光镜新磨。小玉娥。隔翠荷。采莲歌。

黄沙白橐驼。玉勒紫金珂。一簇小宫娥。送了他也末哥。马上
琵琶为谁拨。到黑河。将奈何。泪痕多。

霓裳舞月娥。野鹿起干戈。百年长恨歌。闹了也末哥。万马千
军早屯合。走不脱。那一埚。马嵬坡。

烟花暗绮罗。车马闹鸣珂。樽前皓齿歌。醉杀人也末哥。闭月
羞花赛姮娥。那老婆。送了他。郑元和。

李辑小令姮娥作嫦娥。

神仙张志和。一棹鼓沧波。中流扣舷歌。快活也末哥。杜酒新
篘鳜鱼活。湖海阔。烟雨多。暗渔蓑。

联乐府杜酒作社酒。兹从李辑小令。胡本小山乐府沧波作烟波。杜酒作社酒。

黄庭换白鹅。夜冷饭牛歌。湖上月明多。受用也末哥。纸帐梅
花病维摩。奈老何。学坐钵。做工课。

〔黄钟〕人月圆

春日次韵

罗衣还怯东风瘦。不似少年游。匆匆尘世。看看镜里。白了人
头。　片时春梦。十年往事。一点诗愁。海棠开后。梨花暮雨。
燕子空楼。

词综卷三十三诗愁作闲愁。○自此首起。以下至拨不断会稽道中为续集吴盐。

中秋书事

西风吹得闲云去。飞出烂银盘。桐阴淡淡。荷香冉冉。桂影团团。　鸿都人远。霓裳露冷。鹤羽天宽。文生何处。琼台夜永。谁驾青鸾。

明大字本太平乐府卷五北词广正谱元明小令钞琼台俱作瑶台。

子昂学士小景

西风曾放蓝溪棹。月冷玉壶秋。粼粼浅水。丝丝老柳。点点盟鸥。　翰林新画。云山古色。老我清愁。淡烟浑似。三高祠下。七里滩头。

太平乐府李辑小令卷上题目俱无学士二字。

〔双调〕水仙子

梅边即事

好花多向雨中开。佳客新从云外来。清诗未了年前债。相逢且放怀。曲阑干碾玉亭台。小树纷蝶翅。苍苔点鹿胎。踏碎青鞋。

太平乐府卷二李辑小令卷上题目俱无即事二字。○太平乐府清诗作诗情。李辑小令同。

次韵还京乐

朝回天上紫宸班。笑倚云边白玉阑。醉飞柳外黄金弹。莺啼春又晚。绿云堆舞扇歌鬟。蕉叶杯葡萄酿。桃花马柞木鞍。娇客长安。

山斋小集

玉笙吹老碧桃花。石鼎烹来紫笋芽。山斋看了黄荃画。荼蘼香满把。自然不尚奢华。醉李白名千载。富陶朱能几家。贫不了诗酒生涯。

山庄即事

清泉翠碗茯苓香。暖雾晴丝杨柳庄。微风小扇芭蕉样。兴不到名利场。将息他九十韶光。夜雨花无恙。邻墙蝶自忙。笑我疏狂。

瞿本太平乐府翠碗作翠枕。元明小令钞名利作利名。

归来次韵

燕昭台下朔风寒。孙楚楼前明月残。严陵滩上白石烂。伤心行路难。得归来倒大清闲。睡菊枕双头梦。对草堂三面山。爱投林倦羽知还。

梅轩即事

清风枕上梦仙蝶。绿酒杯中影画蛇。新诗笔下喷香麝。玉楼人醉也。水迢遥山更重叠。春归何处。愁来那些。小窗纱梅影横斜。

别　怀

飞花和雨送兰舟。细柳垂烟掩画楼。啼痕带酒淹罗袖。换金杯劳玉手。大江流不尽诗愁。象牙床上。鲛绡枕头。梦到并州。

和逍遥韵

新诗装卷束牛腰。大字钞书损兔毫。远红尘自有闲中乐。乐清闲须到老。近芭蕉一座团标。槲叶袍笻枝杖。松花酿瓮木瓢。散诞逍遥。

春 愁

落花燕口点香泥。飞絮蜂房惹蜜脾。残妆凤枕流清泪。景中情谁唤起。听西园恰恰莺啼。万里书难到。三春人未归。此恨谁知。

联乐府五句无听字。兹据太平乐府李辑小令补。

春 晚

情牵柳下燕莺期。醉倒花前鹦鹉杯。香留帐底鸳鸯被。日高初睡起。扫残红怨煞风姨。学晓雾轻笼鬓。妒晴山浅画眉。只怕春归。

太平乐府帐底作帐里。日高下有时字。浅画眉作远画眉。李辑小令俱同。瞿本太平乐府作浅画眉。

暮春次韵

旋笃村酒且尝新。未典春衣岂是贫。闲歌水调依然俊。东风休笑人。飘飘两袖红尘。蝶困梨花月。马嘶杨柳春。归路黄昏。

乐 闲

铁衣披雪紫金关。彩笔题花白玉阑。渔舟棹月黄芦岸。几般儿君试拣。立功名只不如闲。李翰林身何在。许将军血未干。播高风千古严滩。

暮　景

青天归雁带残星。绿沼寒鱼触嫩冰。曲阑明月和香凭。相思入梦境。几般中陶写芳情。锦囊遗兴。寒梅瘦影。画角新声。

归　兴

淡文章不到紫薇郎。小根脚难登白玉堂。远功名却怕黄茅瘴。老来也思故乡。想途中梦感魂伤。云莽莽冯公岭。浪淘淘扬子江。水远山长。

天宝补遗

宝筝珠殿荔芰香。玉珮琼琚窈窕娘。云屏月枕芙蓉帐。夜如何乐未央。碎霓裳鼙鼓渔阳。蛾眉栈晴山翠。马嵬坡落日黄。憔悴三郎。

　　太平乐府李辑小令鼙鼓俱作击鼓。瞿本太平乐府琼琚作琼瑶。

三溪道院

断桥杨柳卧枯槎。秋水芙蕖著晚花。蹇驴骑过三溪汊。访白云居士家。拂藤床两袖烟霞。道童能唱。村醪当茶。仙枣如瓜。

　　太平乐府李辑小令题目三溪俱作三婆。○太平乐府三句无骑字。李辑小令居士作处士。任本小山乐府骑过作行过。

春　深

鹃啼芳树自心伤。鱼趁残花为口忙。莺穿细柳同声唱。越教人愁断肠。见春归不见才郎。香寒锦帐。尘蒙绣床。珮冷珠囊

小园春晚

愁风怨雨近三旬。病酒眠花过一春。飞乌走兔催双鬓。东君应
笑人。何如袖拂风尘。醒眼看松间月。吟魂随溪上云。小桃源
别是乾坤。

太平乐府首句近作过。李辑小令同。小令次句过作又。

郊行即事

万松秋意老清溪。半岭夕阳暖翠微。一鞭行色催金辔。天然图
画里。为寻诗不觉归迟。林烟樵唱。山风酒旗。花雨吟衣。

乐　闲

竿头争把锦标夺。石上闲将宝剑磨。朝中熬得罗襕破。不归来
等甚么。问闲中乐事如何。嵩山樵唱。武夷棹歌。湘水渔蓑。

李辑小令题作乐闲。兹从之。联乐府太平乐府作闲乐。○联乐府嵩山作崧山。
兹从太平乐府李辑小令。瞿本太平乐府宝剑作宝镜。

〔双调〕折桂令

别　怀

人生最苦别离。柳系柔肠。山敛愁眉。金缕歌残。青衫泪湿。
锦字来迟。留客醉鱼肥酒美。送春行莺老花飞。此恨谁知。今
夜相思。何日归期。

太平乐府卷一李辑小令卷上题目俱作别情。○太平乐府李辑小令泪湿俱作泪
洒。瞿本太平乐府三句作云锁愁眉。乐府群珠卷三今夜作今日。

幽　居

红尘不到山家。赢得清闲。当了繁华。画列青山。茵铺细草。鼓奏鸣蛙。杨柳村中卖瓜。蒺藜沙上看花。生计无多。陶令琴书。杜曲桑麻。

太平乐府题作山居。乐府群珠李辑小令同。○群珠当了作当得。

西陵送别

画船儿载不起离愁。人到西陵。恨满东州。懒上归鞍。慵开泪眼。怕倚层楼。春去春来。管送别依依岸柳。潮生潮落。会忘机泛泛沙鸥。烟水悠悠。有句相酬。无计相留。

太平乐府李辑小令题目俱作送别。雍熙卷十七题作旅羁。○群珠烟水悠悠下有风雨飕飕一句。雍熙人到作人在。东州作皇州。归鞍作雕鞍。泪眼作桂棹。层楼作江楼。潮生潮落作潮来潮去。烟水作江水。此句以下作三句。江景悠悠。花落花开。几度春愁。

夜　景

小红楼独倚新妆。曲角阑干。嫩绿池塘。雨洗花梢。风梳柳影。月荡荷香。绣枕上双飞凤凰。翠蓬边一只鸳鸯。对景情伤。今夜新凉。何处才郎。

太平乐府乐府群珠李辑小令题目俱作晚景。○胡本小山乐府卷一绣枕上作绣枕。

金华山看瀑泉

碧桃花流出人间。一派冰泉。飞下仙山。银阙峨峨。琼田漠漠。玉珮珊珊。朝素月鸾鹤夜阑。拱香云龙虎秋坛。人倚高寒。字字珠玑。点点琅玕。

别　情

倒金杯檀口娇羞。春柳垂腰。秋水凝眸。满意温存。通身旖旎。
彻胆风流。秋千院同携玉手。琵琶亭催解兰舟。无计相留。别
后新词。总是离愁。

> 太平乐府李辑小令题目俱作别思。○瞿本太平乐府解上无催字。乐府群珠催解
> 作争解。无计相留句下有有信难投四字。群珠李辑小令彻胆俱作彻骨。

晚春送别

借旗亭仙子逢迎。舞态飞琼。歌韵流莺。红线幽欢。乌丝小字。
金缕新声。留过客江山有灵。废残春风雨无情。花落闲庭。柳
暗空城。今夜离别。后日清明。

> 太平乐府李辑小令有灵俱作自灵。黄钞小令红线作红锦。

和疏斋学士韵

爱疏仙不放春闲。坐玉树词林。镜海仙山。花老南枝。雪深西
圃。人倚东阑。煨芋火吟翁正懒。出蓝关迁客当寒。绿酒酡颜。
银字春葱。彩凤娇鬟。

游太乙宫

华山高与云齐。远却尘埃。睡煞希夷。踏藕童闲。携琴客至。
跨鹤人归。鸣玉珮松溪活水。点冰绡竹院枯梅。短策徘徊。醉
墨淋漓。老树崔嵬。

游金山寺

倚苍云绀宇峥嵘。有听法神龙。渡水胡僧。人立冰壶。诗留玉

带。塔语金铃。摇碎月中流树影。撼崩崖半夜江声。误汲南泠。
笑杀吴侬。不记茶经。

秦邮即事

访秦邮暂驻兰桡。浩荡鸥波。缥缈虹桥。白藕翻根。黄芦颤叶。
翠柳搴条。照玉女神仙井小。立金人菩萨台高。散策逍遥。酒
市歌云。僧院诗巢。

> 群珠歌云作歌台。

皆春楼

柳依依重屋峨峨。媚景芳研。四序无过。雾暖朱帘。风暄翠槛。
露湛金荷。天地德无分物我。花草香总是阳和。乐事如何。明
月交辉。白雪扬歌。

湖上饮别

傍垂杨画舫徜徉。一片秋怀。万顷晴光。细草闲鸥。长云小雁。
乱苇寒螀。难兄难弟俱白发相逢异乡。无风无雨未黄花不似重
阳。歌罢沧浪。更引壶觞。送别河梁。

春　情

寄春情小字亲描。体态宫娥。艳冶花妖。映雪香肌。堆云巧鬓。
抱月纤腰。赢女伴一场斗草。指仙翁三度偷桃。羞弄生绡。懒
上秋千。笑整金翘。

> 群珠生绡作笙箫。

次酸斋韵

倚阑干不尽兴亡。数九点齐州。八景湘江。吊古词香。招仙笛响。引兴杯长。远树烟云渺茫。空山雪月苍凉。白鹤双双。剑客昂昂。锦语琅琅。

闺　思

怕别离真个别离。不得音书。已误芳菲。曲怨金徽。香销翠被。梦断罗帏。湿马蹄残红似泥。接莺巢浓绿成堆。消瘦冰肌。休画蛾眉。直待他归。

别　后

一年馀凤只鸾孤。枕上嗟吁。镜里清癯。花已飘然。春将暮矣。客未归欤。啼翠霭林间鹧鸪。坠青丝檐外蜘蛛。既在江湖。有便鳞鸿。不寄音书。

酒边分得卿字韵

客留情春更多情。月下金觥。膝上瑶筝。口口声声。风风韵韵。袅袅亭亭。锦胡洞莺招燕请。玉交枝柳送花迎。不负平生。风月坡仙。诗酒耆卿。

太平乐府群珠李辑小令题目俱作分得卿字。〇三书首句多情俱作留情。

江上次刘时中韵

倚篷窗一笑诗成。远寺昏钟。古渡秋灯。隐隐鸣鼍。嗷嗷旅雁。闪闪飞萤。海树黑风号浪惊。越山青月暗云生。书客飘零。欲泛仙槎。试问君平。

逢天坛子

正吟诗马上逢君。昨暮秦关。今日吴门。绣帽鼓风。金鞭拂雪。宝靮挑云。江上梅花恼人。隄边柳眼窥春。便洗征尘。借问前村。试买芳樽。

群珠宝靮作宝鞿。

皆山楼即事

爱楼居四面皆山。图画横陈。步障回还。远树重重。幽花淡淡。小竹珊珊。黄卷掩灯青夜阑。紫箫吹月白风寒。鹤唳云间。人倚阑干。欲泛仙槎。直扣天关。

群珠直扣作直叩。

次白真人韵

葛花袍纸扇芭蕉。两袖仙风。万古诗豪。富贵劳劳。功名小小。车马朝朝。算只有青山不老。是谁教白发相饶。休负良宵。百斛金波。一曲琼箫。

任校云。以下有和白玉真人凭阑人二首。此题疑脱一玉字。

歌姬施氏

照冰壶秋水芙蕖。姓出西家。名满东吴。鸾镜妆残。霓裳曲破。翠管诗馀。娇滴滴眉云眼雨。香馥馥腕玉胸酥。同醉仙都。偷寄银笺。暗解罗襦。

太平乐府李辑小令题目俱作施姬。

重午席间

浴兰芳荆楚风流。艾掩门眉。符映钗头。雪卷鸥波。雷轰鼍鼓。

电闪龙舟。骄马骤雕弓翠柳。小娥讴宝髻红榴。醉倚江楼。笑煞湘累。不葬糟丘。

群珠门眉作门楣。

幽居次韵

石帆山下吾庐。秋水纶竿。落日巾车。长啸归欤。梅惊花谢。柳笑眉舒。撑断著小丫鬟舞元宵迓鼓。摸索著大肚皮装村酒葫芦。冷落琴书。结好樵渔。是有红尘。不到幽居。

太平乐府眉舒作梅舒。撑断作撑顿。瞿本太平乐府作撑掇顿。群珠作撑掇。李辑小令作撑顿。小令是有作虽有。

〔中吕〕满庭芳

感兴简王公实

光阴有几。休寻富贵。便省别离。相逢几个人百岁。归去来兮。羊祜空存断碑。牛山何必沾衣。渔翁醉。红尘是非。吹不到钓鱼矶。

春晚闺怨

杨花滚滚。屏山隐隐。沉水温温。绿纱窗外流莺问。何处东君。多病多愁那人。不言不语伤春。清明近。深深闭门。细雨自黄昏。

太平乐府卷四李辑小令卷下题目俱作闺怨。

秋夜不寐

西窗酒醒。衾闲半幅。鼓转三更。起来无语伤孤另。何限幽情。金锁碎帘前月影。玉丁当楼外秋声。凭阑听。吹箫凤鸣。人在雪香亭。

李辑小令题目俱作秋夜。

湖上晚归

亭亭翠云。娟娟鹭羽。细细鱼鳞。一方瑞锦香成阵。明月随人。爱莲女纤纤玉笋。唱菱歌采采白苹。相亲近。盈盈水滨。罗袜暗生尘。

三衢道中

乌飞兔走。莺煎燕燭。蝶怨蜂愁。眼前已是花开候。心绪悠悠。一百五日节人家插柳。七十二滩上客子移舟。添消瘦。寻花载酒。不似少年游。

李辑小令燕燭作燕恼。花开候作花开后。

春晚梅友元帅席上

知音到此。舞雩点也。修禊羲之。海棠春已无多事。雨洗胭脂。谁感慨兰亭故纸。自沉吟罗扇新词。急管催银字。哀弦玉指。忙过赏花时。

中原音韵故纸作古纸。瞿本太平乐府罗扇作罗帕。李辑小令作桃扇。

山　居

尘埃野马。风波海鸥。鼓吹池蛙。相逢半日渔樵话。乐在山家。仙洞冷玲珑玉霞。钓滩平潋滟金沙。藤阴下。村醪旋打。醉插满头花。

李辑小令海鸥作海鸟。

九曲溪上

桃花院宇。梅边杖履。竹下琴书。馀不溪上山无数。尽自相娱。云树淡十幅画图。月波寒九曲明珠。闲鸥鹭。三年伴侣。不减贺家湖。

春日闺思

铅华泪洗。金荷烬冷。银蒜帘垂。话离愁柳外流莺替。念我孤凄。江树春云野水。梨花暮雨寒食。诗中意。今春未归。甘不过燕双飞。

春　思

愁斟玉斝。尘生院宇。弦断琵琶。相思瘦的人来怕。梦绕天涯。何处也雕鞍去马。有心哉归燕来家。鲛绡帕。泪痕满把。人似雨中花。

〔中吕〕普天乐

赠白玉梅

谪仙名。乐天姓。缁尘不染。玉骨长清。西楼羌管声。东阁新诗兴。艳紫妖红尘俗病。论风流让与琼琼。孤山旧盟。黄昏月明。夜雪初晴。

元刊太平乐府卷四月明作尽明。瞿本太平作欠明。群珠卷四作天朗。李辑小令卷下作又明。厉刻小令作月明。

别　怀 二首

故人疏。忧心悄。愁云淡淡。远水迢迢。一声白雁寒。几点青山小。满目凄凉谁知道。赋情词写遍芭蕉。明月洞箫。夕阳细草。沙渚残潮。

　　　群珠情词作清词。

梦初回。愁难禁。青楼痛饮。彩扇新吟。金莲小步移。玉藕香腮枕。惜雨怜云别图甚。五百年一对知音。别离动心。分明为您。憔悴如今。

客　怀

楚山云。湘江岸。霜添白发。日减朱颜。秋风马耳寒。夜雪貂裘绽。万里南归孤飞雁。动离情故国乡关。闲身易懒。休官怕晚。倦羽知还。

　　　联乐府离情作离人。兹从太平乐府及群珠。

收　心 二首

姓名香。行为俏。花花草草。暮暮朝朝。关心三月春。开口千金笑。惜玉怜香何时了。彩云空声断鸾箫。朱颜易老。青山自好。白发难饶。

　　　太平乐府二句作行为倬。群珠同。群珠难饶作谁饶。李辑小令首二句作。锦城游。梨园俏。

旧行头。家常扮。鸳鸯被冷。燕子楼拴。偷将心事传。掇了梯儿看。系柳监花乔公案。关防的不似今番。姨夫暗攒。行院斗侃。子弟先赸。

秋　怀

为谁忙。莫非命。西风驿马。落月书灯。青天蜀道难。红叶吴江冷。两字功名频看镜。不饶人白发星星。钓鱼子陵。思莼季鹰。笑我飘零。

太平乐府八句脱一星字。胡本小山乐府卷五落月作月落。

道　情

北邙烟。西州泪。先朝故家。破冢残碑。樽前有限杯。门外无
常鬼。未冷鸳帏合欢被。画楼前玉碎花飞。悔之晚矣。蒲团纸
被。归去来兮。

联乐府合欢被作合欢臂。兹从李辑小令。群珠纸被作纸帐。李辑小令故家作
故里。

渡扬子江

凤鸾吟。鱼龙竞。舟移古渡。潮打空城。清风江上筝。明月波
心镜。未尽诗人登临兴。写新声寄与卿卿。金山雪晴。玉杯露
冷。银海花生。

联乐府鱼龙下原阙一字。兹据群珠补。

〔越调〕寨儿令

春晚次韵

红渐稀。绿将肥。一声杜鹃残梦里。踏雪寻梅。看到荼䕷。犹
自怨春迟。锦云中翠绕珠围。碧天边玉走金飞。安乐窝人未醒。
森罗殿鬼相随。催。唱不迭醉扶归。

题　情

绿柳阴。翠帘深。美人图画中不似您。当日相寻。出语知音。
想像到如今。坠乌云席上琼簪。动清风花下瑶琴。珮环声真洛
浦。水月面活观音。心。寄一曲白头吟。

春　愁

韡凤翘。泣鲛绡。一团愁喫泮在心上了。烟冷香销。月悴花憔。
难度可怜宵。想合欢绣扇亲描。记同心罗帕轻揪。尘生白象板。
声断紫鸾箫。焦。无梦到蓝桥。

> 太平乐府卷三可怜作可人。李辑小令卷下同。小令轻揪作轻抛。胡本小山乐府
> 卷六焦作呵。

情梅友元帅席上 二首

呆答孩。守书斋。小冤家约定穷秀才。踏遍苍苔。湿透罗鞋。
不见角门开。碧桃香春满天台。彩云深人在阳台。漏声催禁鼓。
月影转瑶阶。猜。烧罢夜香来。

> 太平乐府题作席上。李辑小令同。○李辑小令禁鼓作金鼓。

敛翠蛾。揾香罗。病恹恹为谁憔悴我。哑谜猜破。冷句调唆。
便知道待如何。阻牛郎万古银河。滏蓝桥千丈风波。偷工夫来
觑你。说破绽尽由他。哥。越间阻越情多。

> 李辑小令猜破作猜著。

过钓台

红紫场。名利乡。望高台倚空烟树苍。不恋朝章。归钓夕阳。
白眼傲君王。客星犯半夜龙床。清风占七里鱼邦。荒烟闭草堂。
秋月浸桐江。光。千古照沧浪。

> 太平乐府题作钓台。李辑小令同。○李辑小令名利作利名。

明月楼

玉斧磨。锦云窝。阑干四时秋意多。画栋嵯峨。丹桂婆娑。车

马闹鸣珂。斗婵娟光漾银河。立娉婷香捧金波。唐明皇游广寒。李谪仙问姮娥。他。不醉待如何。

联乐府下二首亦属明月楼。兹从任校按词意另列。李辑小令明月楼仅收两首。无亏负咱一首。

失　题　二首

亏负咱。怎禁他。觑著头玉容憔悴煞。爱处行踏。陡恁情杂。和俺意儿差。步苍苔凉透罗袜。掩朱门香冷金鸭。把你做心事人。望的我眼睛花。嗏。因甚不来家。

我志诚。你胡伶。一双儿可人庞道撑。斗草踏青。语燕啼莺。引动俏魂灵。绣窗前残酒为盟。花阴下明月知情。宝香寒静悄悄。罗袜冷战兢兢。曾。直等到二三更。

元夜即事

胡洞窄。弟兄猜。十朝半旬不上街。灯火楼台。罗绮裙钗。谁想见多才。倚朱帘红映香腮。步金莲尘污弓鞋。眉尖上空受用。心事里巧安排。来。同话小书斋。

胡本小山乐府朱帘红映作珠帘红影映。同话作同上。

闺　思

隔粉墙。付香囊。一团儿志诚谁信道谎。月淡西厢。云冷高唐。独自的误春光。花明柳暗生香。莺来燕去成双。嗏末声离绣床。蹑著脚步回廊。娘。何处也画眉郎。

春　情

没乱煞。怎禁他。绿杨阴那搭儿堪系马。烟冷香鸭。月淡窗纱。

擎著泪眼巴巴。媚春光草草花花。惹风声盼盼茶茶。合琵琶歌
白雪。打双陆赌流霞。哎。醉了也不来家。

胡本小山乐府惹风声作惹春风。赌流霞作斗流霞。

收 心 二首

宿凤凰。妒鸳鸯。少年心肯将名利想。喧满平康。不犯轻狂。
谈笑玉生香。尤花殢雪情肠。驱风驾月文章。遍游春世界。交
付锦排场。两鬓霜。烟雨老沧浪。

面皮儿黄绀绀。身子儿瘦岩岩。相识每陡然轻视俺。鬓发耽珊。
身子薄蓝。无语似痴憨。姨夫每坐守行监。妻儿又面北眉南。
家私儿零落了。名分儿被人搀。再休将风月担儿担。

妓 怨 三首

洛浦仙。丽春园。不知音此身谁可怜。大姆埋冤。孛老熬煎。
只为养家钱。哆著口不断顽涎。腆著脸待喫痴拳。禁持向歌扇
底。偢倸在绣床前。天。只不上贩茶船。

缘分薄。是非多。展旗幡硬并倒十数合。赤紧地板障婆婆。水
性娇娥。爱他推磨小哥哥。腆著脸不怕风波。睁着眼撞入天罗。
雄纠纠持剑戟。磕可可下锹镢。呵。情愿将风月担儿那。

太平乐府末句上无呵字。

影外人。怕风声。望天长地久博个志诚。柳下私情。月底深盟。
一步步惺惺惺。崔夫人嫌杀张生。冯员外买断苏卿。他山障他
短命。您窑变您薄情。听。休想有前程。

李辑小令影外人作隐姓名。

闺 怨 三首

烧好香。告穹苍。行行步步只念想。泪眼汪汪。烟水茫茫。芳

草带夕阳。雕鞍去了才郎。画堂别是风光。八的顿开金凤凰。撒的扯破锦鸳鸯。吉丁的掂损玉螳螂。

太平乐府吉丁的作吉丁当。李辑小令同。小令八的作巴的。

锦绣围。翠红堆。当初有心直到底。双宿双飞。无是无非。不许外人知。眼睁睁指甚其题。意悬悬为你著迷。有情窥宋玉。没兴撞王魁。呸。骂你个负心贼。

胡本小山乐府末句无个字。

相爱怜。恶姻缘。云迷武陵仙路远。尘暗朱弦。墨淡银笺。青草曲江边。俏元和花了闲钱。病相如潮过顽涎。梅窗宜静坐。纸帐称孤眠。天。休放月团圆。

雍熙乐府卷十八有题情四首。不注撰人。首曲即以上锦绣围一首。末曲即以上烧好香一首。中间二首不知是否亦小山作。兹俱录之。首曲云。绣鞋堆。翠红帏。当初有心直到底。双宿双飞。无是无非。不许外人知。眼睁睁指甚相随。意悬悬为你著迷。不是咱情分寡。负心的撞着王魁。呸。今日里骂我做负心贼。次曲云。掂玉簪。摔瑶琴。题起蹇我到害碜。一去无音。那里荒淫。抛闪到如今。怕咱行意无深。他在我有甚私情。把花笺糊线帖。裁罗帕补了衫襟。呸。薅下我青丝发换钢针。三曲云。自暗度。自评跋。千不合万不合我做的错。百媚千娇。莫尾三稍。平白地喫担敲。恙畜泛似漆如胶。鸡肋情性舍难抛。食之无肉。弃之有味。砖儿何厚。瓦儿何薄。怎下的寻酸枣。漾甜桃。末曲云。烧好香。告空苍。行里坐里只念想。泪眼汪汪。烟水茫茫。衰草待夕阳。雕鞍上去了才郎。画堂前别是风光。顿开了金凤凰。扯碎了锦鸳鸯。掂折了玉螳螂。

秋　千

住管弦。打秋千。花开美人图画展。翠髻微偏。锦袖轻揎。罗带起翩翩。钏玲珑响亚红绵。汗模糊湿褪花钿。绿烟浓春树底。彩云散夕阳边。天。吹下肉飞仙。

李辑小令末句肉作两。胡本小山乐府花开作花间。

感　旧

曾此中。记行踪。桃花去年人面红。门闭重重。春去匆匆。何日再相逢。眉尖谁画晴峰。唾痕犹点香绒。狻猊金落索。鸾凤玉丁东。空。尘满绣帘栊。

春　思

诗酒缘。利名牵。话别离几声犹耳边。何处留连。误我婵娟。一去动经年。赋伤春懒拂银笺。卜行人不信金钱。盼回音空过雁。劝归去枉啼鹃。天。长自对花眠。

秋日宫词

添晚妆。过回廊。吉丁一声环珮响。泛羽流商。走斝飞觞。笑语间笙簧。广寒宫舞罢霓裳。博山炉薰透龙香。碧梧枝白凤凰。翠荷叶锦鸳鸯。凉。人倚月昏黄。

　　太平乐府题作宫词。李辑小令同。

吴山塔寺

诗眼明。暮山青。倚高寒满身风露冷。月辇闻筝。水殿鸣笙。想像御街行。宝光圆白伞珠璎。玉花寒碧碗酥灯。西天佛富贵。南国树雕零。僧。同上望江亭。

　　胡本小山乐府宝光作宝盖。碧碗作碧鸳。

嘉禾道中

白鹭鸶。黑鸬鹚。晴烟远山横暮紫。消得新诗。伫立多时。篱落掩茅茨。浣纱女斜插花枝。打鱼翁独棹船儿。夕阳边云淡淡。

小桥外柳丝丝。思。当日送春词。

太平乐府题作嘉和道中。李辑小令同。○太平乐府首句作白鹭鸶。

观张氏玉卿双陆

间锦笙。罢瑶筝。花阴半帘春昼永。斗草无情。睡又不成。佳
配两相停。手初交弄玉拈冰。步轻挪望月瞻星。双敲象齿鸣。
单走马蹄轻。赢。夜宴锦香亭。

太平乐府题作观双陆。李辑小令同。○李辑小令不成作难成。胡本小山乐府次
句作罢瑶琴。失韵。花阴作花影。

山　中

寡见闻。乐清贫。逍遥百年物外身。麋鹿相亲。巢许为邻。仙
树小壶春。住青山远却红尘。挂乌纱高卧白云。杏花村沽酒客。
桃源洞打鱼人。因。闲问话到柴门。

桃源亭上

倒玉莲。散金钱。先生醉骑鹤上天。月影婵娟。霞袂翩翩。即
我是神仙。入蓬莱行见桑田。看梅花误入桃源。溪头卖酒家。
洞口钓鱼船。专。唱我会真篇。

〔双调〕殿前欢

次　韵

桂婆娑。云娘行酒雪儿歌。倚南楼唤起东山卧。同入无何。停
杯问素娥。芳年大。不嫁空担阁。朱颜去了。还再来么。

春　情

话相思。晓莺啼在绿杨枝。起来搔首人独自。漫写乌丝。和梨
园乐府诗。代锦帕回文字。诉玉女伤心事。刘郎去后。燕子
来时。

太平乐府卷一题作春思。李辑小令卷上同。

秋　思

写新愁。一声羌管满天秋。骨崖崖人比山容瘦。孤倚南楼。珠
帘上玉钩。宝篆销金兽。画鼓催银漏。关心渭水。回首并州。

太平乐府题作秋怀。李辑小令同。○两书羌管俱作羌笛。

归　山

怕人嫌。休官归去效陶潜。山房幸有猿鹤占。试卷疏帘。池边
翠藓黏。屋角垂杨苫。山色揉蓝染。闲花点点。凉月纤纤。

瞿本太平乐府垂杨苫作垂杨线。

夜　宴

锦排场。云鬟扶醉肉屏香。芙蓉被暖销金帐。酒尽更长。新声
改乐章。莲儿唱。花落秋江上。银蟾耿耿。玉马当当。

苕溪遇雪

水晶宫。四围添上玉屏风。姮娥碎剪银河冻。搀尽春红。梅花
纸帐中。香浮动。一片梨云梦。晓来诗句。画出渔翁。

李辑小令北词广正谱元明小令钞添上俱作天上。

归 兴

暮云遮。故山千里路途赊。飘零湖海得还舍。整顿些些。苔荒竹径斜。树老茅亭趄。柳减荷花谢。双飞翡翠。一梦胡蝶。

西溪道中

笑掀髯。西溪风景近新添。出门便是三家店。绿柳青帘。旋挑来野菜甜。杜酝浊醪酽。整扮村姑婪。谁将草书。题向茅檐。

爱山亭上

小阑干。又添新竹两三竿。倒持手版揹颐看。容我偷闲。松风古砚寒。藓上白石烂。蕉雨疏花绽。青山爱我。我爱青山。

太平乐府揹颐作揹头。藓上作藓土。李辑小令俱同。

〔双调〕清江引

春 思

黄莺乱啼门外柳。雨细清明后。能消几日春。又是相思瘦。梨花小窗人病酒。

交翠亭

梅花自开鹤自舞。隔断蓬莱路。雪明黄柳梢。月暗苍松树。池上翠亭人笑语。

夏夜即事

醉来晚风生画堂。不记樽前唱。冰壶荔子浆。月枕蓉花帐。酒醒玉人环珮响。

胡本小山乐府卷二蓉花作芙蓉。

春　怀

水边粉墙生翠藓。紧闭秋千院。银鞚暖玉鞍。彩凤泥金扇。那人看花归路远。

采石江上

江空月明人起早。渺渺兰舟棹。风清白鹭洲。花落红雨岛。一声杜鹃春事了。

草庵午睡

先生华山高处隐。自有清贫分。华堂碧玉箫。紫绶黄金印。不如草庵春睡稳。

秋　思

孤眠夜寒魂梦怯。月暗纱灯灭。青苹泣露花。白柳吟风叶。南楼雁来书到也。

草堂夜坐

三间草堂何所有。月色黄昏又。鹤依松树凉。人伴梅花瘦。客来不须茶当酒。

开玄堂上

桃源洞中春几许。此夜德星聚。天香玉蕊烟。仙酒琼花露。凤笙一声鹤对舞。

〔越调〕小桃红

淮安道中

一篙新水绿于蓝。柳岸渔灯暗。桥畔寻诗驻时暂。散晴岚。依微半幅云烟淡。杨花乱糁。扁舟初缆。风景似江南。

秋宵有怀

满庭落叶响哀蝉。秋入生绡扇。池上芙蓉锦成片。雨馀天。倚阑只欠如花面。诗题翠笺。香销金串。罗帐又孤眠。

太平乐府卷三题作愁宵。愁当为秋之讹。李辑小令卷下作秋夜。○李辑小令金串作金钏。末句又作久。

游仙梦

白云堆里听松风。一枕游仙梦。相伴琼姬玉华洞。锦重重。觉来香露泠衣重。长桥彩虹。空台丹凤。花影月明中。

太平乐府首句风作声。又与李辑小令泠泠俱作吟。

春　思

燕南雁北几相思。无限相思事。两袖啼痕粉香渍。牡丹时。日长不见音书至。东墙柳丝。知人独自。憔悴舞腰枝。

秋　感

锦书红泪两三行。血点花梢上。小字平安寄无恙。雁成双。玉奴更上西楼望。月明绣窗。灯昏罗帐。今夜梦才郎。

寄春谷王千户

紫箫声冷彩云空。十载扬州梦。一点红香锦胡同。倚东风。娇花宠柳春权重。鞭催玉骢。酒携金凤。半醉月明中。

太平乐府题作寄王千户。李辑小令同。

春　深

一汀烟柳索春饶。添得杨花闹。盼煞归舟木兰棹。水迢迢。画楼明月空相照。今番瘦了。多情知道。宽尽翠裙腰。

太平乐府一汀作一江。李辑小令同。联乐府与太平乐府首句末三字俱作索春愁。李辑小令作锁春宵。兹从词品及花草粹编卷二作索春饶。粹编末句宽尽作宽褪。

秋江晚兴

锦鸳凉羽翠莲香。船舣秋江上。别后佳人想无恙。暮云长。雁归曾倚西楼望。红衫旧腔。花钿新样。封寄柳枝娘。

〔中吕〕朝天子

和贯酸斋

小诗。半纸。几个相思字。两行清泪破胭脂。镜里人独自。燕子莺儿。蜂媒蝶使。正春光明媚时。柳枝。翠丝。萦系煞心间事。

席上有赠

教坊。色长。曾侍宴丹墀上。可怜新燕妒新妆。高髻堆宫样。芍药多情。海棠无香。花不如窈窕娘。锦囊。乐章。分付向樽前唱。

闺　情

与谁。画眉。猜破风流谜。铜驼巷里玉骢嘶。夜半归来醉。小意收拾。怪胆禁持。不识羞谁似你。自知。理亏。灯下和衣睡。

夜宴即事

晚凉。桂香。人在西楼上。仙杯双捧玉鸳鸯。酒酽琼花酿。方响丁当。脆管悠扬。金钗十二行。留连醉乡。收拾夜场。更听云娥唱。

游　春

花残锦机。□空玉杯。三月三十日。惜春滋味似别离。只欠离人泪。树底莺啼。欲留无计。伤心金缕衣。柳隄。翠微。懒把雕鞍系。

联乐府第二句原无空格。兹从劳氏校本。

碧澜湖上

顺流。放舟。雪夜明如昼。碧澜湖上记曾游。白发新青山旧。仗酒浇愁。寒生吟袖。月明中十二楼。岸头。冻柳。相伴梅花瘦。

太平乐府卷四题作碧渊湖上。李辑小令卷下同。

开玄道院赏芙蓉

锦宫。半空。身世游仙梦。绣屏香冷玉芙蓉。露湿霓裳重。采药仙童。穿花丹凤。上金鳌十二峰。醉翁。驭风。同入桃源洞。

联乐府醉翁作醉仙。兹从太平乐府。

看云楼上

洞宾。道人。诗句苍苔晕。酒边呼我上昆仑。知有神仙分。凤
翥山光。鸾鸣松韵。画图中身外身。与君。看云。咫尺蓬莱近。

李辑小令苍苔晕作龙涎喷。

郊行卢使君索赋

小屏。瘦影。又是年时病。提壶花外两三声。唤起寻芳兴。翠
管银筝。一觞一咏。玉娉婷金字经。满城。月明。醉把雕鞍凭。

太平乐府题作郊行。李辑小令同。○太平乐府雕鞍作雕栏。李辑小令同。

夜坐寄芝田禅师

桧屏。草亭。池面芙蕖净。夜来明月伴看经。只有寒山听。宝
鼎香凝。铜瓶花影。井泉寒秋叶冷。泠泠水声。呦呦鹿鸣。写
我林泉兴。

郝东池席上

杏坛。药栏。满地香云散。仙宫深处更无山。只有桃花看。红
雨斑斑。玉珮珊珊。翠帘开明月寒。小鬟。递盏。合唱蓬莱慢。

歌者诉梅

水滨。探春。未得南枝信。一帘香梦卷梨云。渐觉寒香近。淡
月黄昏。深雪前村。记年时曾见君。泪痕。渍粉。诉烟雨江
南恨。

湖上即席

六桥。柳梢。青眼对春风笑。一川晴绿涨葡萄。梅影花颠倒。药灶云巢。千载寂寥。林逋仙去了。九皋。野鹤。伴我闲舒啸。

冷泉亭上

寺前。洞天。粉翠围屏面。隔溪疑是武陵源。树影参差见。石屋金仙。岩阿碧藓。湿云飞砚边。冷泉。看猿。摇落梅花片。

过刘阮洞

路傍。海棠。步步青丝障。碧桃流水满溪香。落日溪桥上。仙掌琼浆。玉杵玄霜。紫箫寒宿凤凰。阮郎。感伤。人不见春无恙。

探　梅

水西。探梅。隔岸香风细。五云仙子六铢衣。邀我花前醉。幺凤双飞。瑶阶如水。吹箫月下归。剡溪。路迷。雪夜重相会。

太平乐府幺凤作去凤。瞿本太平乐府及李辑小令俱作采凤。

〔中吕〕红绣鞋

次崔雪竹韵

学孔子尝闻俎豆。喜严陵不事王侯。百尺云帆洞庭秋。醉呼元亮酒。懒上仲宣楼。功名不挂口。

中原音韵题作隐士。○中原音韵学孔子作叹孔子。喜严陵作羡严陵。群珠卷四俱同。

宁元帅席上

鸣玉珮凌烟图画。乐云村投老生涯。少年谁识故侯家。青蛇昏宝剑。团锦碎袍花。飞龙闲厩马。

群珠云村作云林。碎袍作弄袍。

仙　居

有客樽前谈笑。无心江上渔樵。小壶新酝注仙瓢。梅花和月种。松叶带霜烧。本清闲忙到了。

太平乐府卷四新酝作新温。

寻仙简霞隐

白草矶头独钓。青衣孺子相招。寻真不怕路迢迢。闲云迷洞口。残雪老墙腰。夕阳红树杪。

太平乐府题作寻真。李辑小令卷下同。群珠作寻真简霞隐。

简吕实夫理问

红锦香中乐句。紫薇花下诗馀。玉麈风流映金鱼。岳阳楼三醉酒。渭水岸六韬书。高名垂万古。

群珠题作简吕理问。

天竺寺中

金粟池中水镜。玉莲台下天灯。红尘无事恼山僧。月窗猿听讲。雪岭马驮经。龙华图上景。

太平乐府题作天竺寺。群珠李辑小令同。

武康道中简王复斋

一带云林堪画。数间茅屋谁家。山翠空濛润乌纱。小池中银杏
叶。冻枝上蜡梅花。且吟诗休上马。

太平乐府题作简王复斋。群珠李辑小令同。

归　兴

燕燕莺莺生分。风风雨雨伤神。吐酒吞花过芳春。黄金羞壮士。
红粉弄佳人。青山招旧隐。

德清山中简耿子春

傍水依山境界。吟风啸月情怀。紫阳峰顶费青鞋。闲云随地有。
老树未花开。新诗何处索。

虎丘道上

船系谁家古岸。人归何处青山。且将诗做画图看。雁声芦叶老。
鹭影蓼花寒。鹤巢松树晚。

太平乐府题作虎丘道士。群珠李辑小令同。

茅山疏翁索赋

小洞闲花何处。矮墙颠草谁书。玉莲香露冷金壶。红云翔彩凤。
丹井养文鱼。青山驯白虎。

群珠文鱼作金鱼。

开玄堂上

花有信春来春去。客无心云卷云舒。开玄堂上辋川图。冰梅栖

翠羽。水藻漾金鱼。雪松摇玉麈。

秋　望

一两字天边白雁。百千重楼外青山。别君容易寄书难。柳依依
花可可。云淡淡月弯弯。长安迷望眼。

太平乐府可可作灼灼。又与群珠百千俱作千百。

开元遗事

羯鼓罢天开云净。鹊桥平斗转参横。玉人私语祝长生。水边筝
殿小。花上舞盘轻。月中歌扇冷。

胡本小山乐府卷四花上作花下。

过括苍山

鸦噪岩前古庙。鹤鸣松顶危巢。南明峰下路迢遥。问清溪道士
有。喜白发贵人饶。看青山今日饱。

太平乐府题作过括苍。群珠李辑小令同。○群珠首句岩作檐。胡本小山乐府鸦
噪岩前作鹊噪檐前。清溪作清谈。

偕周子荣游湖

绿柳暗金沙佛地。白莲开云锦天池。摇曳歌声棹轻移。望南山
新有雨。喜西子不颦眉。饮东阳错认水。

太平乐府题作游湖。群珠李辑小令同。

〔双调〕沉醉东风

琼　花

蝶粉霜匀玉蕊。鹅黄雪点冰肌。衣冠后土祠。璎珞神仙珮。倚

阑人且赏芳菲。炀帝骄奢自丧了国。休对我花前叹息。

李辑小令卷上倚阑作倚楼。

春晚酬史楚甫

锦被堆春宽梦窄。画楼空燕去愁来。芳草边。夕阳外。怕清明几度伤怀。关节得荼蘼且慢开。春已听榆钱断买。

太平乐府卷二题作酬史楚甫。李辑小令同。○太平乐府且慢作自慢。李辑小令同。

胡容斋使君寿

仙客舞玄裳缟衣。小蛮歌翠袖蛾眉。戏彩堂。蟠桃会。锦云深月明风细。桂子香中品玉笛。人醉倚蓬瀛画里。

眉寿楼春夜

狂客簪花起舞。佳人秉烛摴蒱。小树风。香阶露。醉乡中不知春去。更尽荼蘼酒一壶。强似听西园夜雨。

胡本小山乐府卷二西园作西楼。

夜宴即事

花影蝉蛾翠鬟。柳阴骢马金鞍。酒未阑。人争看。玉纤寒试调筝雁。眼约心期不暂闲。半醉也灯前换盏。

九月十日见桃花

前度刘郎老矣。去年崔护来迟。红雨飞。西风起。望白衣可怜憔悴。节去蜂愁蝶未知。冷落似天台洞里。

太平乐府题作九月九日见桃花。李辑小令尧山堂外纪卷七十一俱同。○外纪末句似作在。

静香堂看雨

乘落日村翁捕鱼。感西风倦客思鲈。倒翠壶。歌金缕。静香来隔水芙蕖。绿柳红桥入画图。人正在溪亭看雨。

　　　胡本小山乐府溪亭作溪傍。

客维扬

第一泉边试茶。无双亭上看花。风锦笺。鲛绡帕。金盘露玉手琵琶。雪满长街未到家。翠儿唱宜哥且把。

　　　任校云。第一泉疑是第五泉之误。

夜　景

云母屏花前月明。雪儿歌席上风生。象板敲。螺鬟整。孅人娇体态娉婷。万卷堂深一盏灯。看不上梅窗瘦影。

　　　瞿本太平乐府螺鬟作银筝。

〔越调〕天净沙

马谦斋园亭

簪缨席上团栾。杖藜松下盘桓。喷玉西风脆管。雪芳亭畔。秋香一树金丸。

雪中酬王一山

瑶园树老琼枝。玉奴酒捧金卮。十二阑干倚徙。探梅人至。灞桥诗等多时。

　　　太平乐府卷三题作雪中和酬。李辑小令卷下作雪中酬和。〇胡本小山乐府卷六倚徙作徙倚。

春　情

一言半语恩情。三番两次丁宁。万劫千生誓盟。柳衰花病。春风何处莺莺。

太平乐府李辑小令半语作半句。

明月楼上有赠

意中千里婵娟。楼头几度团圆。灯下些儿空便。柳惊花颤。何时长在樽前。

太平乐府题作明月楼有赠。李辑小令同。

由德清道院来杭

丹炉好养硃砂。洞门长掩青霞。又上西湖去马。放心不下。桃源亭上梅花。

太平乐府题作由道院来杭。李辑小令同。

寒夜书事

月移影落冰池。烟消香护帘衣。枕上佳人未知。雪篝重被。小梅招得春归。

太平乐府题作寒夜。李辑小令同。○联乐府重被作熏被。

桃源洞

苍云朵朵奇峰。翠蓬隐隐仙宫。醉眼帘花几重。小桃溪洞。刘郎不信秋风。

春　晚

翠帘不卷钩闲。华堂长见门关。血指频将泪弹。玉人愁惯。杏花楼上春残。

秋　感

翠萍波底游鱼。碧梧井上啼乌。独立西风院宇。相思何处。芭蕉一卷愁书。

胡本小山乐府碧梧作碧桐。

〔正宫〕醉太平

伤　春

烟消宝鸭。字篆银蜗。伤春心事付琵琶。误平康过马。玉容泪湿鸳鸯帕。红绒香冷秋千架。金壶水换牡丹花。等他来看咱。

金华山中

金华洞冷。铁笛风生。寻真何处寄闲情。小桃源暮景。数枝黄菊勾诗兴。一川红叶迷仙径。四山白月共秋声。诗翁醉醒。

登卧龙山

黄庭小楷。白苎新裁。一篇闲赋写秋怀。上越王古台。半天虹雨残云载。几家渔网斜阳晒。孤村酒市野花开。长吟去来。

元明小令钞赋写作咏赋。

山中小隐

裹白云纸袄。挂翠竹麻绦。一壶村酒话渔樵。望蓬莱缥缈。涨葡萄青溪春水流仙棹。靠团标空岩夜雪迷丹灶。碎芭蕉小庭秋树响风涛。先生醉了。

联乐府青溪作清溪。风涛作风飘。瞿本太平乐府卷五风涛作风飘。兹俱从李辑小令卷上。

〔越调〕凭阑人

暮春即事 二首

万朵青山生暮云。数点红香留晚春。凭阑愁玉人。对花宽翠裙。

太平乐府卷三题作暮春。李辑小令卷下同。

小玉阑干月半掐。嫩绿池塘春几家。鸟啼芳树丫。燕衔黄柳花。

江楼即事

一曲琵琶江上舟。十二阑干天外楼。粉香蝶也愁。玉容花见羞。

太平乐府题作即事。李辑小令同。

八咏楼上酬正则李侯

烂醉东君三月时。细和休文八韵诗。舞裙催柘枝。曲阑摇柳丝。

秋思和吴克斋

一寸冰蟾明翠廊。万里青天书雁行。碧梧敲晚凉。玉人烧夜香。

太平乐府题作和秋思。李辑小令同。○胡本小山乐府卷四碧梧作碧桐。

和白玉真人

宝剑英雄血已干。玉府神仙心自闲。炼霞成大丹。袖云归故山。

玉手携香罗帕干。粉面粘花妆镜寒。对楼千万山。倚云十二鬟。

任校小山乐府此首与前首分列。作失题。

湖上醉馀 二首

明月中流歌扣舷。柔雪双娃同采莲。小词玉翼蝉。醉书金粉笺。

太平乐府题作湖上醉归。李辑小令同。

屏外氤氲兰麝飘。帘底星松鹦鹉娇。暖香绣玉腰。小花金步摇。

瞿本太平乐府星松作惺忪。李辑小令氤氲作微风。星松作学言。

席上分题

妆淡亭亭堆髻螺。歌缓盈盈停眼波。念奴留意多。使君如醉何。

晚晴小景

金羽翩翩柳外莺。玉手纤纤膝上筝。晚风花雨晴。小楼山月明。

〔双调〕落梅风

玉果山先上寻梅

随明月。过小桥。记年时杖藜曾到。倚东风一枝斜更好。玉生香有谁索笑。

禹寺见梅

蒲团厚。纸帐新。不奢华自然风韵。小窗见梅如故人。亚冰梢月斜云褪。

冬 夜

更阑后。雁过也。梦不成小窗寒夜。伴离人落梅香带雪。半帘风一钩新月。

别会稽胡使君

载酒人何处。倚阑花又开。忆秦娥远山眉黛。锦云香鉴湖宽似海。还不了五年诗债。

太平乐府卷二题作别胡使君。李辑小令卷上同。

废园湖石

芭蕉畔。杨柳边。想当时玉人娇面。十年旧题漫翠藓。倚高寒夏云一片。

歌姬张氏睡起

瑶池上。翠槛边。笑当时六郎娇面。行云梦回眉黛浅。枕痕香睡红一线。

太平乐府题作张姬睡起。李辑小令同。○胡本小山乐府卷二笑当时作想当时。

叹世和刘时中

土库千年调。金疮百战功。叹兴亡一场春梦。卧白云北邙山下冢。信虚名得来无用。

闲　居

看云坐。听雨眠。鹤飞归老梅庭院。青山隐居心自远。放浪他柳莺花燕。

西园春暮

伤春瘦。望远愁。掩朱门碧苔生甃。绕西园旋呼花下酒。海棠飞牡丹厮够。

睡　起

拢钗燕。靸绣鸳。卷朱帘绿阴庭院。奈何天不教人醉眠。打新
荷雨声一片。

　　　太平乐府绣鸳作绣鸾。李辑小令同。

东嘉绿野桥

渔榔静。雁字斜。柳阴疏藕花初谢。小阑干画桥横绿野。忆西
湖月明秋夜。

闲闲亭上

鱼吹沫。鹤弄影。洗秋云玉波如镜。闲闲小亭风日冷。竹千竿
绿苔三径。

和崔雪竹

依村店。驻小车。玉骢嘶绣鞍初卸。琵琶乱弹人醉也。雁云高
蓟门秋月。

春　情

桃花面。柳叶眉。小亭台锁红关翠。孤帏玉人初睡起。不平他
锦鸳成对。

　　　太平乐府亭台作庭堂。李辑小令作庭台。太平乐府锦鸳作锦鸾。李辑小令北词
　　　广正谱同。广正谱次句作小庭堂镇红开翠。

胡贵卿席上

宜春令。消夜图。锦橙开喂人香雾。梅花月边同笑语。不寻思

灞桥诗句。

太平乐府题作席上。李辑小令同。

秋　望

干荷叶。脆柳枝。老西风满襟秋思。盼来书玉人憔悴死。界青天雁飞一字。

太平乐府满襟作满楼。李辑小令同。

忆　别

啼红袖。识锦图。记临行雨花风絮。平安字书曾寄与。题名在凤鸾双处。

和卢彦威学士

貂裘敝。骢马骄。雪花飞蓟门寒到。雁儿几声南去了。也教他玉人知道。

肃斋翁命赋狮橘

生狞面黄金兽。蜜多心白玉浆。吼千林月寒霜降。绕维摩万八千佛供床。喷清香九重天上。

太平乐府题作狮橘。李辑小令同。

〔仙吕〕一半儿

秋日宫词

花边娇月静妆楼。叶底沧波冷翠沟。池上好风闲御舟。可怜秋。一半儿芙蓉一半儿柳。

梅　边

枝横翠竹暮寒生。花淡纱窗残月明。人倚画楼羌笛声。恼诗情。
一半儿清香一半儿影。

联乐府羌笛作羌管。兹从李辑小令卷上及尧山堂外纪卷七十一。

情

数层秋树隔雕檐。万朵晴云拥玉蟾。几缕夜香穿绣帘。等潜潜。
一半儿门开一半儿掩。

野桥酬耿子春

海棠香雨污吟袍。薜荔空墙闲酒瓢。杨柳晓风凉野桥。放诗豪。
一半儿行书一半儿草。

太平乐府卷五题作酬耿子春。李辑小令同。词林摘艳卷一作逸兴。雍熙卷二十
作题情。不注撰人。○胡本小山乐府卷三晓作野。野作夜。雍熙污作湿。广正
谱及九宫大成卷五三句俱作晓风杨柳赤栏桥。

赏牡丹

锦裙吹上翠云枝。绿酒争传白玉卮。皓齿慢歌金缕词。牡丹时。
一半儿姚黄一半儿紫。

苍崖禅师退隐

柳梢香露点荷衣。树杪斜阳明翠微。竹外浅沙涵钓矶。乐忘归。
一半儿青山一半儿水。

太平乐府题作苍崖退隐。李辑小令同。○太平乐府翠微作紫微。李辑小令同。

〔中吕〕山坡羊

别 怀

衣松罗扣。尘生鸳鸯。芳容更比年时瘦。看吴钩。听秦讴。别离滋味今番又。湖上藕花隄上柳。飕。浑是秋。愁。休上楼。

春 睡

花沾宫额。草香罗带。一春心事愁无奈。感离怀。梦多才。流莺只在朱帘外。午睡正浓惊觉来。挨。金镜台。歪。金凤钗。

联乐府草香作草青。兹从太平乐府卷四及群珠卷一等。群珠花沾作花粘。

感 旧

凭高凝眺。临风舒啸。一番春事胡蝶闹。越山高。楚天遥。东风依旧桃花笑。金鞍少年何处了。牢。粗布袍。熬。白鬓毛。

李辑小令卷下少年何处作何处少年。

闺 思

云松螺髻。香温鸳被。掩春闺一觉伤春睡。柳花飞。小琼姬。一声雪下呈祥瑞。团圆梦儿生唤起。谁。不做美。呸。却是你。

中原音韵题作春睡。尧山堂外纪卷六十八以此曲属王实甫。〇元刊本太平乐府鸳被作鸳袂。何钞本太平乐府作鸳被。音韵鸳被作鸳鸯被。音韵李辑小令尧山堂外纪一声俱作一片声。音韵外纪团圆上俱有把字。群珠一声作一窗声。

〔商调〕梧叶儿

春日感怀

闲罗扇。坠锦囊。尘满碧纱窗。燕语乌衣巷。花开白玉堂。人去紫云娘。月冷妆楼夜香。

太平乐府卷五题作感怀。李辑小令卷上同。〇李辑小令妆楼作妆台。

早　行

鸡声罢。角韵残。落月五更寒。紫塞呼白雁。黄河绕黑山。翠袖上雕鞍。行路比别离更难。

旅　思

题新句。感旧游。尘满鹔鹴裘。镜里休文瘦。花边湘水秋。楼上仲宣愁。谁伴我新丰䣾酒。

垂虹亭上

三高地。万古愁。行客记曾游。绿树当朱户。青山朝画楼。红袖倚兰舟。借问谁家卖酒。

春日简鉴湖诸友

簪花帽。载酒船。急管间繁弦。席上题罗扇。云间寄锦笺。水畔坠金鞭。不减长安少年。

雪　中

乘兴诗人棹。新烹学士茶。风味属谁家。瓦瓮悬冰箸。天风起玉沙。海树放银花。愁压拥蓝关去马。

别　怀

枕上圆孤梦。灯前赋小诗。泪脸界胭脂。脆管催银字。垂杨绾翠丝。别酒尽金卮。相思病明年那时。

春日书所见

蔷薇径。芍药阑。莺燕语间关。小雨红芳绽。新晴紫陌干。长日绣窗闲。人立秋千画板。

太平乐府题作书所见。李辑小令同。

寿　席

晴山翠。明月圆。鹤舞影蹁跹。酒进长生药。花开小洞天。人乐太平年。八千岁蓬莱地仙。

长沙道中

扁舟兴。淡月痕。薄暮小江村。人入潇湘画。酒倾桑落樽。诗吊汨罗魂。醉卧梅花树根。

山阴道上

云门路。天柱峰。花暗月朦胧。雪冷谁家店。山深何处钟。棹孤篷。兴不尽吟诗信翁。

有所思

人何处。草自春。弦索已生尘。柳绦萦离思。荷衣拭泪痕。梅屋锁吟魂。目断吴山暮云。

太平乐府春作香。李辑小令作馨。二书索俱作管。

〔正宫〕小梁州

春　夜

玉箫吹断凤钗分。瘦损真真。小词空制锦回文。孤眠恨。翠被宝香温。〔幺〕故人一去无音信。望蓬莱隔几重云。燕未归。春将尽。梨花庭院。和月掩朱门。

秋思酸斋索赋

鸳鸯飞起藕花洲。碧水明秋。玉人天际认归舟。秋来后。憔悴见花羞。〔幺〕黄昏又是愁时候。柳梢头新月如钩。成间阔。添消瘦。新书裁就。一雁过妆楼。

郊行即事

小桥流水落红香。两两鸳鸯。当炉艳粉倚明妆。深深巷。酒旆绿垂杨。〔幺〕新诗欲写东墙上。奈桃花未识刘郎。乘兴来。回头望。眼波微溜。还许谪仙狂。

春日次陈在山韵

海棠开后一停春。过了三分。花梢红日晓窗温。邻姬问。忙甚不开门。〔幺〕画屏咫尺巫山近。渍春衫都是啼痕。锦帐愁。香衾恨。最伤情处。酒醒怯灯昏。

〔南吕〕金字经

偕叶云中山行

万里封侯贵。一场春梦中。破帽青鞋策短筇。逢。南山采药翁。桃花洞。白云千万重。

太平乐府卷五题作山行。群珠卷二李辑小令卷下同。

访吾丘道士

细草眠白兔。小花啼翠禽。且听松风坐绿阴。寻。洞天深又深。

游仙枕。顿消名利心。

　　太平乐府题作访道士。群珠李辑小令同。○群珠坐绿阴作生绿阴。

青霞洞赵肃斋索赋

酒后诗情放。水边归路差。何处青霞仙子家。沙。翠苔横古槎。
竹阴下。小鱼争柳花。

　　太平乐府题作青霞洞。群珠李辑小令同。

寿彦远卢使君

胜境藏仙洞。浩歌来醉乡。菡萏花开十里塘。香。卢家白玉堂。
仙人杖。凤头萱草黄。

湖上寒食

火冷尝仙饭。酒香撒鬼钱。细雨家家杨柳烟。园。断桥西埂边。
秋千倦。玉人争画船。

环绿亭上

水冷溪鱼贵。酒香霜蟹肥。环绿亭深掩翠微。梅。落花浮玉杯。
山翁醉。笑随明月归。

　　元刊太平乐府题作溪绿亭。群珠李辑小令同。元刊八卷本瞿本太平乐府俱作环绿亭。

开玄道院

翠崦仙云暗。素琴冰涧长。昼永人闲白玉堂。尝。煮茶春水香。
玄泉上。鹤飞松露凉。

　　元刊太平乐府李辑小令崦俱作掩。元刊八卷本瞿本太平乐府俱作崦。与联乐府
合。李辑小令春水作白水。

佛　会

万寿月面佛。十方云会僧。宝殿香风秋树鸣。青。莲花池上生。
灵山顶。半空玉磬声。

王国用胡琴

雨漱窗前竹。洞流冰上泉。一线清风动二弦。联。小山秋水篇。
昭君怨。塞云黄暮天。

> 太平乐府题作胡琴。群珠李辑小令同。○太平乐府小山作小娥。群珠李辑小令同。

题　扇

玉手银筝柱。翠涛金屈卮。正是鱼肥蟹健时。诗。醉题秋扇儿。
黄华字。乱风摇柳丝。

次　韵

出岫白云笑。入山明月愁。两字功名四十秋。羞。死封不义侯。
村学究。且读书青海头。

> 群珠末句无且字。

情

云雨山头暗。女牛天上期。宝鼎香寒玉漏迟。推。角门花影移。
鸳鸯会。莫教明月知。

〔南吕〕四块玉

秋望和胡致居

菊又开。人何往。夜静孤眠北窗凉。月明闲上南楼望。天一方。

雁几双。书半行。

太平乐府卷五题作秋望。群珠卷二李辑小令卷下同。

客席胡使君席上

舞态轻。歌喉稳。十里香尘柳边春。一声金缕樽前韵。敛绣巾。
整翠云。点绛唇。

太平乐府题作胡使君席上。群珠李辑小令同。

春　愁

晓梦云。残妆粉。一点芳心怨王孙。十年不寄平安信。绿水滨。
碧草春。红杏村。

李辑小令晓梦云作晓梦惊。

伤　春

杨柳阴。秋千影。恨煞啼鹃断肠声。越添怨女伤春病。倚绣屏。
挡锦筝。调玉笙。

胡本小山乐府卷四锦筝作银筝。

宫中秋日

环珮轻。蓬莱浅。桂子香清小壶天。芙蓉露冷披香殿。花可怜。
月又圆。人未眠。

梅友席上

已乐闲。从吾懒。虎帐风悲紫荆关。马蹄霜冻白云栈。冷眼看。
倦鸟还。行路难。

史氏池亭

宿酒醒。良宵永。风细荷香梦魂清。月明梧叶阑干静。玉管笙。
粉面筝。金字经。

东浙旧游

镜水边。巾山顶。两袖松风羽衣轻。一奁梅月冰壶净。鹊尾炉。
凤嘴瓶。雁足灯。

胡本小山乐府镜水作锦水。

怀古疏翁索题

舞袖云。妆台粉。翠被浓香一时恩。黄沙妖血千年恨。虞美人。
孔贵嫔。杨太真。

群珠题作怀古。

〔正宫〕塞鸿秋

湖上即事

断桥流水西林渡。暗香疏影梅花路。蹇驴破帽登山去。夕阳古
寺题诗处。树头啼翠禽。水面飞白鹭。伤心和靖先生墓。

太平乐府卷一流水作淮水。

春　情

疏星淡月秋千院。愁云恨雨芙蓉面。伤情燕足留红线。恼人莺
影闲团扇。兽炉沉水烟。翠沼残花片。一行写入相思传。

太平乐府题作春暮。李辑小令卷上同。○联乐府末句一行作一行行。兹从太平
乐府及李辑小令。

道　情　二首

直钩曾下严滩钓。清风自学苏门啸。蜜蜂飞绕簪花帽。野猿坐守烧丹灶。扁舟范蠡高。五柳陶潜傲。南华梦里先惊觉。

正音谱卷上自学作自效。坐守烧丹作夜守丹炉。

雪毛马响狻猊鞊。神光龙吼昆吾剑。冰坚夜半逾天堑。月寒晓起离村店。一身行路难。两鬓秋霜染。老来莫起功名念。

〔双调〕庆宣和

春　思

一架残红褪舞裙。总是伤春。不似年时镜中人。瘦损。瘦损。

春晚病起　四首

燕懒莺慵春几何。风雨蹉跎。柳眼花心尚情多。病可。病可。

太平乐府卷二题作病起。李辑小令卷上同。

十二朱帘不上钩。懒倚妆楼。敛翠啼红为谁羞。问口。问口。

太平乐府朱帘作珠帘。李辑小令同。

燕子来时人未归。肯误佳期。一对灯花玉蛾飞。报喜。报喜。

四壁青灯酒半酣。病骨岩岩。无斤两腌臜担儿担。自揽。自揽。

联乐府腌臜作淹咱。兹从太平乐府李辑小令等。

毛氏池亭

云影天光乍有无。老树扶疏。万柄高荷小西湖。听雨。听雨。

赋　情

柳阵花围云锦窝。一见情多。恨雨愁云病如何。为我。为我。

瞿本太平乐府花围作花团。

歌者花花

蜂蝶纷纷莺燕猜。喧满香街。一朵妖红为谁开。斗买。斗买。

〔双调〕拨不断

第一楼小集

立金梯。却瑶杯。两行红袖君休醉。万里黄沙客未归。一天白月秋无际。有书难寄。

太平乐府卷二题作小集。李辑小令卷上同。

琵琶姬王氏

坐离筵。促哀弦。红妆新画昭君面。玉手轻弹秋水篇。青衫老泪溢江怨。几时重见。

太平乐府题作琵琶姬。李辑小令同。○太平乐府首句作坐离船。青衫作青楼。李辑小令俱同。

客　怀

抖征衫。望江南。晓奁开月衰容鉴。恨墨拈云远信缄。冻河胶雪扁舟缆。利名全淡。

正音谱卷下广正谱元明小令钞拈云俱作粘云。正音谱冻河作冻呵。

会稽道中

墓田鸦。故宫花。愁烟恨水丹青画。峻宇雕墙宰相家。夕阳芳草渔樵话。百年之下。

元刊太平乐府愁烟作盘烟。李辑小令同。元刊八卷本瞿本太平乐府俱作愁烟。

与联乐府合。

〔双调〕水仙子

维扬遇雪

芦汀淅淅蟹行沙。梅月昏昏鹤到家。梨云冉冉蝶初化。透朱帘敲翠瓦。莫吹箫不必烹茶。玉蓑衣人堪画。金盘露酒旋打。预赏琼花。

自此首起。以下至金字经别怀为别集新乐府。

道院即事

炉中真汞长黄芽。亭上仙桃绽碧花。吟边苦茗延清话。玄玄仙子家。小舟横浅水平沙。芳草眠驯兔。绿杨啼乳鸦。门掩青霞。

元刊太平乐府卷二玄玄上有是字。李辑小令卷上同。瞿本太平乐府无。

〔双调〕折桂令

小金山

拂阑干仙袂飘飘。堂占波心。缆解松腰。露满螺杯。风香翠袖。月冷鸾箫。比江上金山小小。望天边银海迢迢。醉倚红桥。休说江南。西子妖娆。

联乐府及群珠卷三比俱作北。兹从任校本。

小崆峒燕集

小崆峒庭院深深。老鹤长鸣。鹦鹉能吟。帘外荷香。楼前柳影。井上桐阴。七宝树天风古林。六铢衣水月观音。座列琼簪。酒进金波。曲奏瑶琴。

太平乐府卷一题作小崆峒宴。群珠李辑小令卷上同。天一阁本小山乐府作席上二字。

秋 思

写新诗红叶胭脂。数字归鸿。一扇凉飔。远水空罝。残荷老翠。倦柳荒丝。瘦嘴鼻羞看镜子。病腰肢宽褪裙儿。间别多时。不似今年。又害相思。

〔中吕〕满庭芳

碧山丹房

闲闲道隐。玄玄妙门。怪怪山人。予生自有神仙分。何必寻真。红的皪花开小春。碧檀栾树倚苍云。吹箫韵。观棋夜分。沈水暖梅魂。

春 怨

尘蒙玉轸。妆残翠靥。围褪罗裙。月明谁上秦楼问。香冷灯昏。水北花南那人。莺来燕去三春。清明近。于飞上坟。不由我不伤神。

〔越调〕寨儿令

忆 别

花见羞。泪凝眸。别时语言不应口。柳下秦讴。马上吴钩。何处寄风流。五湖范蠡渔舟。西风季子貂裘。青鸾迟远信。白雁报新秋。愁。懒上小红楼。

胡本小山乐府卷六凝眸作盈眸。

〔双调〕殿前欢

春 游

上花台。落红沾满绿罗鞋。谁家庭院秋千外。兰麝裙钗。我闲
将笑口开。也待了芳春债。何处把新诗卖。无情蝶怨。不饮
莺猜。

<small>联乐府裙钗作沾钗。末句饮字空格。兹并从天一阁本小山乐府。</small>

湖 上

夜游湖。翠屏飞上玉蟾蜍。粉墙犹记题诗处。树影扶疏。写新
诗作画图。雪老西泠渡。花谢孤山路。林逋领鹤。潘苑骑驴。

〔双调〕清江引

碧山丹房早起

翠蓬一壶天地小。又是邯郸道。寻真客到来。梦短人惊觉。泠
泠玉笙松月晓。

<small>太平乐府卷二题作丹房早起。李辑小令卷上同。○天一阁本小山乐府太平乐府
梦短俱作梦草。</small>

张子坚运判席上 三首

功名壮年今皓首。拣得溪山秀。清霜紫蟹肥。细雨黄花瘦。床
头一壶新糯酒。
去来去来归去来。菊老青松在。生前酒一杯。死后名千载。淮
阴侯不如彭泽宰。

<small>联乐府青松在作青松怪。此从天一阁本小山乐府。</small>

云岩隐居安乐窝。尽把陶诗和。村醪蜜样甜。山栗拳来大。梅窗一炉松叶火。

天一阁本小山乐府末一首题作云岩隐居。太平乐府李辑小令后二首题作闲乐。

〔越调〕小桃红

湖上和刘时中 二首

一声娇燕绿杨枝。满眼寻芳事。塔影雷峰水边寺。夕阳时。画船无数围花市。三弦玉指。双钩草字。题赠粉团儿。

天一阁本小山乐府题作湖上。〇太平乐府卷三围作兰。瞿本太平乐府作围。

棹歌惊起锦鸳鸯。开宴新亭上。诗有新题酒无量。醉何妨。长吟笑倚阑干望。西湖夜凉。吴姬低唱。画舫宿荷香。

胡本小山乐府卷五画舫作画船。

〔中吕〕朝天子

道院中碧桃

翠蛾恨谁。青鸾信迟。题诗记清明日。泪弹红雨笑邻姬。同立苍苔地。萼绿仙人。玄都观里。怪刘郎不记得。今春又归。花能几回。且自吹笙醉。

李辑小令卷下不记得作不认得。

访九皋使君

槿篱。傍水。楼与青山对。一庭香雪糁荼蘼。松下溪童睡。净地留题。柴门还闭。笼开鹤自飞。看梅。未回。多管向西湖醉。

联乐府净地作净也。兹从任校本。

春　思

菱花破两边。瑶琴断四弦。恩又翻成怨。黄云孤雁褪花钿。羞掩双鸾扇。归燕年年。离恨绵绵。又西湖拜扫天。寺前。上船。试照我伤春面。

天一阁本小山乐府题作别情。○李辑小令末句作试照春风面。

〔中吕〕红绣鞋

题惠山寺

舌底朝朝茶味。眼前处处诗题。旧刻漫漶看新碑。林莺传梵语。岩翠点禅衣。石龙喷净水。

蔡行甫郊居

白露离离香稻。清风小小团茅。蔡仙家只隔宋姑桥。篱边一水绕。门外两山高。庭前双桧老。

太平乐府卷四题作郊居。群珠卷四李辑小令卷下同。○联乐府仙家上无蔡字。兹从太平乐府等。

集庆方丈

月桂峰前方丈。云松径里禅房。玉瓯水乳洗诗肠。莲花香世界。贝叶古文章。秋堂听夜讲。

太平乐府月桂作月柱。李辑小令同。

〔双调〕沉醉东风

秋夜旅思

二十五点秋更鼓声。千三百里水馆邮程。青山去路长。红树西风冷。百年人半纸虚名。得似璩源阁上僧。午睡足梅窗日影。

> 天一阁本小山乐府题作璩源山中书事。

气　球

元气初包混沌。皮囊自喜囹圄。闲田地著此身。绝世虑萦方寸。
圆满也不必烦人。一脚腾空上紫云。强似向红尘乱滚。

> 天一阁本小山乐府上紫云作入紫云。

琼珠台

琪树暖青山鹧鸪。石床平红锦氍毹。云间萼绿华。梅下蓬莱屦。
倚高寒满身香露。相伴仙人倒玉壶。月明夜瑶琴一曲。

> 天一阁本小山乐府题作龙虎山琼林台。○又与太平乐府卷二李辑小令卷上梅下
> 俱作松下。

〔双调〕庆东原

春　日

莺啼昼。人倚楼。酒痕淹透香罗袖。蔷薇水蘸手。荔枝浆爽口。
琼花露扶头。有意送春归。无奈伤春瘦。

〔中吕〕迎仙客

春　思

鱼尾钗。凤头鞋。花边美人安在哉。烟冷宝炉香。尘昏玉镜台。
燕子归来。月淡朱帘外。

括山道中

云冉冉。草纤纤。谁家隐居山半掩。水烟寒。溪路险。半幅青

帘。五里桃花店。

天一阁本小山乐府题作括苍道中。〇联乐府天一阁本小山乐府山半掩俱作山半
崦。兹从群珠卷四。

〔双调〕落梅风

客金陵

台城路。故国都。湿胭脂井痕香污。后庭不知谁是主。乱蛩吟
野花玉树。

春日宫词

催筝雁。舞镜鸾。惜春归蝶狂蜂乱。阿金自调银字管。按霓裳
牡丹花畔。

碧云峰书堂

依松涧。结草庐。读书声翠微深处。人间自晴还自雨。恋青山
白云不去。

〔中吕〕山坡羊

酒　友

刘伶不戒。灵均休怪。沿村沽酒寻常债。看梅开。过桥来。青
旗正在疏篱外。醉和古人安在哉。窄。不够酾。哎。我再买。

太平乐府卷四哎作呀。群珠卷一同。醉和群珠作醉时。李辑小令卷下作好饮。
胡本小山乐府卷五作好酒。

客高邮

危台凝伫。苍苍烟树。夕阳曾送龙舟去。映菰芦。捕鱼图。一

竿风旆桥西路。人物风流闻上古。儒。秦太虚。湖。明月珠。

太平乐府及群珠菰芦俱作菰蒲。李辑小令危台作危楼。

〔南吕〕金字经

春 怀

瘦影孤鸾鉴。怨声阿鹊盐。病起离人愁转添。嫌。燕归双入帘。
朱门掩。夜香不喜拈。

梅 边

雪冷松边路。月寒湖上村。缥缈梨花入梦云。巡。小檐芳树春。
江梅信。翠禽啼向人。

群珠卷二巡作侵。

石门洞天

锦树开图障。翠峰堆发鬟。屋老苍云暗紫坛。闲。玉龙耕破山。
白石烂。半岩秋雨寒。

太平乐府卷五群珠李辑小令卷下发鬟俱作髻鬟。胡本小山乐府卷四秋雨作
秋水。

仙 居

白日孤峰上。紫云双涧边。饥有松花渴有泉。仙。抱琴岩下眠。
蟠桃宴。鹤来骑上天。

天一阁本小山乐府题作山家书事。○联乐府日作月。兹从天一阁本及太平乐
府。天一阁本骑作飞。太平乐府桃作龙。群珠俱同太平乐府。

别 怀

海树离怀近。月英眉黛愁。金缕一声双玉舟。留。共登思远楼。

重阳后。菊花风雨秋。

〔仙吕〕太常引

姑苏台赏雪

断塘流水洗凝脂。早起索吟诗。何处觅西施。垂杨柳萧萧鬓丝。　银匙藻井。粉香梅圃。万瓦玉参差。一曲乐天词。富贵似吴王在时。

> 自此首起。以下至骂玉郎带感皇恩采茶歌富山元宵赏灯为外集。

〔双调〕湘妃怨

武夷山中

落花流水出桃源。暖翠晴云满药田。流金古像开香殿。步虚声未远。鹤飞来认得神仙。傍草漫山径。幽花隐洞天。玉女溪边。

> 六句傍草疑是芳草之讹。

山中隐居

丹翁投老得长生。白鹤依人认小名。青山换主随他姓。叹乾坤一草亭。半年不出岩扃。写十卷续仙传。和一篇陋室铭。补注茶经。

> 联乐府投老作接老。小名作不名。换主作扰主。岩扃作严扃。此俱从天一阁本小山乐府。

怀　古

秋风远塞皂雕旗。明月高台金凤杯。红妆肯为苍生计。女妖娆能有几。两蛾眉千古光辉。汉和番昭君去。越吞吴西子归。战马空肥。

黄山道中

何人礼斗上松梢。有客题名刻树腰。指前峰半日行来到。这山不是小。洞天宽容我诗豪。白云观敲仙枕。朱砂泉流药瓢。紫兰宫玉女吹箫。

〔双调〕折桂回

钱塘即事

倚苍云拱北城高。地胜东吴。树老南朝。翠袖联歌。金鞭争道。画舫平桥。楼上楼直浸九霄。人拥人长似元宵。灯火笙箫。春月游湖。秋日观潮。

> 联乐府题目作残唐即事。此从任校本。〇联乐府第八句原阙拥字。此亦从任校本。

紫微楼上右平章索赋

镇钱塘太乙勾陈。玉柱擎天。绣衮生春。潮点鹅毛。山盘凤尾。瓦甃鱼鳞。近北斗三天紫宸。拂危栏两袖白云。可摘星辰。谁信蟾宫。著我闲身。

徽州路谯楼落成

小阑干高倚长空。壮观山城。仿佛天宫。鼍遍画罳。嘶残玉凤。漏尽铜龙。催古寺一百八晓钟。动晨光三十六晴峰。雄视江东。万井春风。太守神功。

湖上雪晴鲁至道席间赋

想当年雁塔题名。衣锦归来。揽辔澄清。试坐渔矶。相亲蚁绿。不负鸥盟。青山老西施暮景。碧天高东鲁文星。陶写襟灵。玉手琵琶。翠袖娉婷。

天一阁本小山乐府题目席间赋作廉使索赋。○蚁绿原作蚁渌。兹改。

赠胡存善

掌梨园乐府须知。富有牙签。名动金闺。一代风流。九州人物。万斛珠玑。解流水高山子期。制暗香疏影姜夔。胸次清奇。笑毁黄钟。识透玄机。

联乐府此首原在外集之上小楼后。

〔中吕〕满庭芳

春　暮

韶光几分。红飘恨雨。绿染愁云。粉痕吹上何郎鬓。买不住东君。梨花下香风玉樽。松株外落日金盆。消磨尽。寻芳故人。莺燕自争春。

天一阁本小山乐府题作春晚感兴。○天一阁本松株作松林。可从。

题小小蓬莱

兰花旋买。灵芝未采。藕叶初栽。壶中天地春常在。画苑琴台。望弱水涌茫茫大海。号幽居曰小小蓬莱。柴门外。虽无俗客。童子且休开。

天一阁本小山乐府栽作栽。涌作隔。

樊氏素云

樱桃口脂。提君雅号。索我新词。梨花梦里同心事。雪比芳姿。迎皓月玲珑玉枝。结秾香婀娜琼芝。题卿字。光生茧纸。头上黑雨催诗。

> 天一阁本小山乐府题目樊氏上有歌者二字。〇天一阁本同心事作传心事。

〔双调〕燕引雏

张氏玉卿

莹无瑕。淡妆何必御铅华。娇姿映雪强如画。素手琵琶。天仙第一家。荆山下。连城价。香欺瑶草。艳压琼花。

> 天一阁本小山乐府题作玉卿席上。

雪晴过扬子渡坐江风山月亭

雪晴初。金山顶上玉浮屠。题诗风月无边处。身在冰壶。天然泛刬图。西津渡。南归路。茶香陆羽。梅隐林逋。

> 天一阁本小山乐府题作雪后渡扬子江坐江山风月亭上。〇联乐府泛作江。此从天一阁本小山乐府。

桐江即事

挂诗瓢。骑牛闲过问松梢。不知世上红尘闹。花掩云巢。乌纱白纻袍。桐君药。严陵钓。山椒暖翠。沙嘴寒潮。

> 天一阁本小山乐府题作桐江道中。〇天一阁本问松梢作间松梢。

〔南吕〕金字经

刘氏瑞莲

种带瑶池露。藕香玉井湫。曾向苕溪溪上游。愁。结花成并头。
何时又。共登仙叶舟。

联乐府苕溪下少一溪字。兹从任校本。

观　泉

靖节黄花径。子猷苍玉亭。千涧飞来六月冰。清。素琴无意听。
阑干静。白云钟一声。

联乐府声上原阙一字。兹从任校本。

观　猎

雪点苍鹰俊。玉花骢马骄。广利将军猎近郊。袍。织成金翠毛。
随军乐。绣旗双皁雕。

联乐府猎作犹。此从天一阁本小山乐府。

〔越调〕天净沙

荷边宿鹭

幽禽瘦耸双肩。晚花香褪妆钿。月淡烟寒水浅。远江如练。梦
归西塞山前。

怀古疏翁命赋

翠芳园老树寒鸦。朱雀桥野草闲花。乌江岸将军战马。百年之
下。画图留落谁家。

〔双调〕清江引

张子坚席上

云林隐居人未知。且把柴门闭。诗床竹雨凉。茶鼎松风细。游仙梦成莺唤起。

湖　上

去年香梅花带雪。赛到孤山社。酒从村店赊。船问邻僧借。梅花又开忙去也。

春　晚

平安信来刚半纸。几对鸳鸯字。花开望远行。玉减伤春事。东风草堂飞燕子。

〔越调〕凭阑人

众远楼上

画栋飞飞帘外云。仙袂飘飘天上人。钓船归水村。雁行出海门。

白云炼师山居

丹气溶溶生紫烟。石齿泠泠鸣玉泉。住山不记年。看云即是仙。

天台山中

双阙琼台□乱峰。千树琪花香晚风。白头云外翁。紫潭波底龙。

海□道院

雨后松云生紫岩。花外茶烟生翠岚。袖诗出道庵。探梅来水南。

〔越调〕霜角

新安八景

花屏春晓

初日沧凉。海霞摇曙光。几摺好山如画。晴蔼蔼。郁苍苍。众芳。云景香。道人眠石床。唤起南华梦蝶。莺啼在。绿垂杨。

练溪晚渡

淡烟微隔。几点投林翩。千古澄江秀句。空感慨。有谁索。拍拍。水光白。小舟争过客。沽酒归来樵叟。相随到。许仙宅。

南山秋色

华盖亭亭。向阳松桂荣。背立夜坛朝斗。直下看。老人星。地灵。风物清。众峰环翠嬴。千古仙山道气。谁高似。许宣平。

王陵夕照

暮蝉声咽。几树白杨叶。细细看云岚旧隐。遗庙在。表忠烈。翠结。弓剑冗。苔花碑字灭。远水残阳西下。今人见。古时月。

水西烟雨

沙浅波平。孤舟长日横。淡墨潇湘八景。谁移向。富山城。净名。疏磬声。暮归何处僧。明日披云风顶。呼太白。赏新晴。

渔梁送客

浪花飞雪。船阁苍云缺。一片鸬鹚西照。檐燕语。柳丝结。话别。情哽咽。酒边歌未阕。他日寄书双鲤。顺流过。钓台月。

黄山雪霁

云开洞府。按罢琼妃舞。三十六峰图画。张素锦。列冰柱。几缕。翠烟聚。晓妆眉更妩。一个山头不白。人知是。炼丹处。

紫阳书声

楼观飞惊。好山环翠屏。谁向山中讲授。朱夫子。鲁先生。短檠。雪屋灯。琅琅终夜声。传得先儒道妙。百世下。以文鸣。

〔中吕〕上小楼

九日山中

白云与俱。青山无数。笑脱纱巾。卧品琼箫。醉解金鱼。尽一壶。酒再沽。不知归路。惜黄花翠微深处。

茅山书事

蕉风半簟。藤花一架。剑气穿云。丹光漏月。饭颗蒸霞。枣似瓜。酒满罍。仙翁留话。鹤飞归隐居松下。

湖　上

松风满身。莲花古寺。凉月婵娟。翠羽参差。小屋茅茨。酒醒时。争赋诗。西湖清思。访孤山爱梅处士。

春　思 十五首

屏山倦倚。眉尖蹙翠。怪煞书迟。盼得人回。又怕春归。绣枕推。初睡起。忧心如醉。问西园海棠开未。

春光未归。佳人沉醉。庭院深深。杨柳依依。燕子飞飞。玉漏迟。翠管吹。绿情红意。月儿高海棠初睡。

　　天一阁本小山乐府题作春晚。○联乐府迟吹两字皆叠。此从天一阁本。

荒园数亩。寒梅几树。废沼鸣蛙。疏篱吠犬。夜月啼乌。载乘
舆。搥画鼓。兰舟何处。泣西风翠芳人去。

　　天一阁本小山乐府题作湖上废苑。○联乐府沼字阙。此从天一阁本。

东风酒家。西施堪画。打令续麻。擪竹分茶。傍柳随花。不上
马。手厮把。传情罗帕。小红楼断桥直下。

　　天一阁本小山乐府题作湖上春日。○联乐府四句作擪拍分花。此从天一阁本。

寒潭玉龙。仙山幺凤。春到南枝。人在西楼。笛怨东风。曲未
终。酒不空。罗浮仙梦。月黄昏暗香浮动。

　　天一阁本小山乐府题作梅边即事。○联乐府春到作春断。此从天一阁本。

离愁自解。芳心无奈。燕弹金钗。翠冷罗鞋。风去瑶台。春又
来。花自开。苏娘何在。玉骢西涌金门外。

　　天一阁本小山乐府题作感旧。○联乐府去字阙。此从天一阁本。

花开后土。鹤鸣仙柱。明月高楼。临都老树。落日平芜。翠袖
扶。醉老夫。金盘香露。教吹箫玉人何处。

　　天一阁本小山乐府题作客维扬。○联乐府后土作后土。此从天一阁本小山乐府
及劳校联乐府。

前程万里。相思两地。燕国天寒。吴江月冷。楚岫云迷。绣幕
围。锦帐垂。朱门深闭。燕来也那人归未。

　　天一阁本小山乐府题作别怀。○联乐府深闭作空闭。此从天一阁本。

湘皋二妃。瑶池相会。不御铅华。尽解红衣。半露冰肌。白凤
飞。翠盖敧。玉簪斜坠。粉云香一夜秋意。

　　天一阁本小山乐府题作白莲。

谁家艳姝。天然洛浦。秋水芙蕖。春风笑语。道样妆梳。为交
甫。解佩珠。花前相遇。紫云深彩鸾仙去。

　　天一阁本小山乐府题作书所见。○联乐府仙去作先去。劳校联乐府作飞去。此

从天一阁本。

寒食禁烟。寻芳人倦。醉墨银笺。新词罗扇。小袖金鞭。最可怜。信杳然。苍苔庭院。想桃花去年人面。

> 天一阁本小山乐府题作春晚感旧。○联乐府墨上阙醉字。此从天一阁本。

阳关画图。高唐词赋。水远鱼沉。节去蜂愁。月冷鸾孤。尽酒壶。洒泪珠。长亭西路。鹧鸪啼夕阳红树。

> 天一阁本小山乐府题作送别。○联乐府四句作郎去蝶愁。此从天一阁本。

云萍浪梗。杨花心性。半纸虚名。万里修程。一样离情。挡锦筝。合凤笙。无心闲听。为相思玉人成病。

> 天一阁本小山乐府题作忆别。○联乐府首句作云萍荡漾。失韵。兹从天一阁本。天一阁本一样作一象。

云屏几宵。华胥一觉。翠管声干。青鸾信杳。玉蕊香销。苏小小。张好好。千金买笑。今何在玉容花貌。

> 天一阁本小山乐府题作德怀古。有脱字。

西湖晚凉。凭阑凝望。人过莲船。桥横柳浪。酒卷荷觞。云锦张。水镜香。波光摇荡。鹭鸶儿钓鱼矶上。

> 天一阁本小山乐府题作西湖晚望。

〔南吕〕骂玉郎带感皇恩采茶歌

富山元宵赏灯

朱衣锦带黄金鞢。前后羽林兵。当空皓月悬秋镜。兰麝馨。箫鼓鸣。天街净。　灯界珠绳。春蔼花屏。御辇上翠逍遥。宫林传金错落。歌女□玉娉婷。赏良夜好景。听乐府新声。庆元正。□队伍。乐升平。　待天明。未收灯。宝筝前殿引长生。铁瓮千年富山城。西台一点老人星。

> 联乐府原分三曲。首曲题作富山元宵赏灯。后二曲各作前题。○阙字处原作空

格。○以上张小山北曲联乐府所收之曲终。

〔正宫〕黑漆弩

为乐府焦元美赋用冯海粟韵

画船来向高沙驻。便上蹑探梅吟屦。对金山有玉娉婷。两点愁峰眉聚。〔么〕倚西风目断行云。懒唱大江东去。借中郎爨尾冰弦。记老杜曾游此处。

> 自此首起。以下至水仙子石崇犹自恨无钱止共小令一百一十八首。皆依次辑自天一阁本小山乐府。曲末不逐一注出处。小山乐府中之曲。见北曲联乐府者共四十馀首。两书文字有出入处已作校语。此一百一十八首中。湘妃怨吹箫按舞月当轩一首。亦见李辑张小山小令卷上及胡本小山乐府卷一。上小楼亭台土花一首。亦见李辑小令卷下胡本小山乐府卷四及乐府群珠卷一。其馀一百一十六首。皆为他书所无。

别高沙诸友用鹦鹉曲韵

相从一月秦邮住。笑我是不耕种村父。话醒吟酒不成欢。灯下怯云羞雨。〔么〕想梅花梦到孤山。又逐雪鸿南去。寨儿中燕侣莺俦。远望我认旗指出。

〔双调〕湘妃怨

乐 闲

吹箫按舞月当轩。载酒寻花雪满船。题诗试墨云生砚。乐清闲尘世远。想当年利惹名牵。万里天山箭。三冬冰窖毡。争似林泉。

> 张小山小令尘世作尘事。

德清长桥书事

花前白酒一葫芦。寺下苍松五大夫。峰峦出没云无数。高房山春晓图。小阑干扶我诗臞。雪点前滩鹭。锦鳞活水鱼。心却西湖。

　　葫上原衍壶字。

桐江上小金山

芦花浅水钓舟闲。老树苍烟倦鸟还。浑疑多景楼前看。玉浮图十二阑干。枕鲸波百尺孱颜。樵唱沧浪外。钟声紫翠间。小似金山。

湖上感旧

鱼肥酒美谢三郎。莺老花残黄四娘。相逢一笑西湖上。十年前罗绮乡。画船闲今日凄凉。翠袖人何在。空庭蝶自狂。飞去鸳鸯。

　　二句莺老花残原作莺花老残。兹改。乡上原衍香字。

纪　行

黄云缥缈四明山。绿水潺湲七里滩。碧桃零落双峰涧。往来图画间。为吟诗倚遍阑干。丹鼎龙光现。仙衣鹤氅寒。月满天坛。

春　思 二首

枭风卖雨孔方兄。望月瞻星苏小卿。正青春害这场温柔病。到中年恰待醒。读书斋冷冷清清。做一枕松风梦。想十年花月情。误尽功名。

青上原衍小字。

懒寻梧叶把诗题。不似杨花到处飞。空劳柳线将情系。伤春魂梦里。看看瘦损冰肌。并头枕孤眠惯。画眉郎相见迟。辜负佳期。

送人之官南中

横江酒肆翠藤根。落日人家丹荔村。孤城官舍苍梧郡。水茫茫生暮云。为功名不爱闲身。树隐隐含烟瘴。山重重入鬼门。少见行人。

德清观梅

泠泠仙曲紫鸾箫。树树寒梅白玉条。飘飘野客乌纱帽。花前相见好。倚春风其乐陶陶。一去孤山路。重来何水曹。醉上金鳌。

席上次梅友元帅韵

九华峰顶礼三茅。五色云中按六么。雪迷花下烧丹灶。一壶天地小。销不尽千古诗豪。拂袖骑丹凤。吹笙醉碧桃。散诞逍遥。

次韵金陵怀古

朝朝琼树后庭花。步步金莲潘丽华。龙蟠虎踞山如画。伤心诗句多。危城落日寒鸦。凤不至空台上。燕飞来百姓家。恨满天涯。

春晚即事

榆穿老荚散平芜。藕铸新荷点玉壶。小钱儿难买东君住。问园林谁是主。大家提一葫芦。花前去。红袖扶。不醉何如。

东君原作君东。

重游会稽

镜湖凉月杜陵诗。梅屋空山夏后祠。兰亭曲水羲之字。重来忆旧时。小蓬莱楼阁参差。毛竹生银笋。香莼胃玉丝。慰我相思。

酒边索赋

舞低杨柳困佳人。醅泼葡萄醉晚春。词翻芍药分难韵。乐清闲物外身。生前且自醺醺。范蠡空遗像。刘伶谁上坟。衰草寒云。

多景楼

长江一带展青罗。远岫双眉敛翠蛾。几番急橹催船过。不登临山笑我。倚阑干尽意吟哦。月来云破。天长地阔。此景能多。

苏隄即事

秋云醉墨洒龙池。夜雪吟篷宿虎溪。马蹄又上吴山翠。知音今有谁。小桃应怪来迟。一叶流诗句。百花裁舞衣。同赏苏隄。

马蹄原作马啼。

春　晚

愁红惨绿泪千行。带草连真纸半张。小名儿正向鸳鸯上。不由人不断肠。想才郎何日成双。胡蝶结青丝障。凤凰枝红锦囊。总是思量。

瑞安道中

篷低小似白云龛。山好青如碧玉簪。挂渔网茶灶整诗担。沙鸥

惊笑谈。一丝烟两袖晴岚。题遍松风阁。来看梅雨潭。夜宿
仙岩。

三句原讹作挂网渔笥整茶灶整诗担。兹改。鸥原作沤。

〔中吕〕满庭芳

春　情

传杯弄斝。家家浪酒。处处闲茶。是非多不管傍人□。算得个
情杂。锦胡洞雕鞍诈马。玉娉婷妖月娆花。朱帘下。香销宝鸭。
按舞听琵琶。

四句阙字疑应作骂。

黄岩西楼

风清霁宇。霞舒烂锦。云隐浮图。千岩黄叶秋无路。凉怯诗臞。
玄鹤去空遗倦羽。白龙眠懒吐明珠。西山暮。凭阑吊古。无雁
可传书。

东嘉林熙齐小隐

城南旧隐。苍苔晕雨。乔木屯云。生平喜有林泉分。不染红尘。
清浅水梅花又春。碧远楼山色于人。成嘉遁。箓房睡稳。斜月
照琴樽。

于人疑应作宜人。房上之字原不可识。形近箓字。改为此字。

歌者素娟

铅华尽洗。南州琼树。姑射冰肌。樱桃樊氏名相类。白也无敌。
粉蝶妒寒梅破蕊。玉蟾惊秋月扬辉。绝纤翳。巧笑倩兮。无地
着明妃。

次韵雪竹

金丝柳枝。冰罗帕子。玉靶刀儿。赠行人道不出别离字。泪洗
燕脂。俏苏卿你休来左使。病文园敢不为相思。有一件关心事。
花笺半纸。血写就断肠诗。

卿上原衍郎字。

即　景

空林暮景。疏梅瘦影。老树秋声。倚阑干千古南楼兴。斗转参
横。命仙客联诗赋鼎。试佳人按曲吹笙。无心听。寒江月明。
鼓瑟怨湘灵。

开玄道院即事

松风洗耳。冰泉翠茗。玉洞琼芝。岩栖曾约回仙至。字掩藤枝。
赋西月亭中小词。想南风殿上联诗。玄门事。虚皇密旨。鸣剑
佩上京师。

云林隐居

云林隐居。新诗缀玉。小篆垂珠。画图得见萧协律。文尚欧苏。
辨汲冢数十车简书。笑齐奴三四尺珊瑚。修闲处。清风泰宇。
秋月浸冰壶。

三下原衍奴字。

春　情

檐前小打。楼心蹴踘。窗下琵琶。狂轻不管邻□骂。浪酒闲茶。
涂醉墨春笺柳芽。弄轻鞭骏马桃花。有多少知心话。玉纤紧把。

行到那人家。

四句阙字疑应作姬。

〔双调〕折桂令

姑苏怀古

小阑干高入云霞。不似当年。乐事豪华。老树僧居。垂杨驿舍。乱苇渔家。看一片夕阳暮鸦。想三千宫女荷花。何处吴娃。我有新词。说与夫差。

庚午腊月二十日立春次日大雪卢彦远使君索赋

东君造化多才。昨夜春来。今日花开。粉晕苍苔。冰丝翠柳。彩胜金钗。白凤舞仙山玉海。紫箫吹明月瑶台。何处伤怀。寂寞袁安。紧闭书斋。

春晚有感

燕莺春歌舞排场。几点吴霜。压定疏狂。曲补霓裳。茶分凤髓。墨染龙香。千钟酒百年醉乡。十分愁三月韶光。系马仙庄。寄语云娘。老却崔郎。

开元馆石上红梅

想桃根桃叶谁家。有姑射山人。笑上仙槎。秀靥凝脂。明妆晕酒。暖信烘霞。浑未许墙头杏花。是偷尝鼎内丹砂。清思交加。疏影横斜。老石槎牙。

溪月王真人开元道院 二首

木香亭蕉影窗纱。路入桃源。门掩仙家。堂覆黄云。香飞绛雪。

袖拂青霞。鲛血古荧荧剑花。麝煤温颗颗丹芽。听罢南华。欲问溪翁。暂借仙槎。

末句仙旁原有星字。应是旧校。

洗巾衣何处寻真。大隐桥西。别是乾坤。山外清溪。空中白月。岛上红云。开李耳玄玄妙门。画榴皮口口山人。愿卜芳邻。尘世淡凉。此地长春。

寿溪月王真人

锦芙蕖玉府清虚。陆地神仙。世口蓬壶。春酒霞觞。雷文翠鼎。宝篆琼符。环绿亭前画图。开元堂上琴书。山绕山居。吾爱吾庐。召入皇都。

三句原脱一字。觞原作伤。

席上有赠

女温柔名冠西州。柳媚蜂腰。扇掩莺喉。卖俏殷勤。承欢体态。逞俊风流。上厅角烟花帅首。下场头沙草骷髅。两鬓惊秋。说与吴姬。休恋秦楼。

九月八日谜社会于文昌宫

试登高先做重阳。篱落黄花。齑臼橙香。隐语诗工。清樽酒美。胜地文昌。喜今日湖山共赏。怕明朝风雨相妨。归路徜徉。一片秋声。两袖岚光。

黄花下原衍黄字。

西湖送别

饯东君西子湖滨。恨写兰心。香瘦梅魂。玉筯偷垂。雕鞍慢整。

锦带轻分。长亭柳短亭酒留连去人。南山云北山雨狼藉残春。蝶妒莺嗔。草怨花颦。今夜歌尘。明日啼痕。

北下原衍人字。

送　别

客风流玉友温柔。一片离情。万里清秋。桂影帘栊。荷花庭院。芦叶汀洲。山隐隐藏君旧游。雨丝丝织我新愁。共语危楼。未出阳关。且听凉州。

太真病齿图

沉香亭嚼徵含商。舞挫霓裳。病倚香囊。粉褪残妆。腮擎腻玉。饮怯凉浆。贬李白因他口伤。闹渔阳为我唇亡。今夜凄凉。懒扣红牙。憔悴三郎。

浮石许氏山园小集

上浮石不泛浮槎。当日河源。今夕仙家。煮酒青梅。凉浆老蔗。活水新茶。灵冷兰英玉芽。风香松粉金花。两部鸣蛙。百巧流莺。数点归鸦。

观天宝遗事

荔枝香舞态婆娑。天子无愁。乐事如何。尘满金銮。风生铁骑。雨暗铜驼。蜀道难□知坎坷。月宫寒不恋姮娥。注马平坡。锦袜羞看。翠辇重过。

銮上原衍鞍字。七句原脱一字。

湖 上

引壶觞何处倘佯。南浦离情。西子秾妆。远岫螺青。平坡鸭绿。嫩柳鹅黄。有倦客思量故乡。不吟诗辜负韶光。玉手相将。脆管悠扬。醉墨淋浪。

春 情

恨东君辜负闲身。芳径生苔。锦瑟凝尘。览镜心寒。裁书耳热。对酒眉颦。怨女空怀暮春。落花不管愁人。何处销魂。絮远蜂狂。柳暗莺嗔。

高邮即事叠韵

客多才无奈愁怀。春隔蓬莱。冻解秦淮。眼擘金钗。情裁柳带。粉改桃腮。待月来云埋凤台。爱花开人在天台。香霭书斋。绿界苍苔。半折罗鞋。懒簪瑶阶。

秦淮上原衍情字。

惠山赵蒙泉小隐

缆吴松雪夜渔槎。笑脱青衫。牢裹乌纱。不负鸥盟。空惊蝶梦。□厌蜂衙。白云外庞居士家。锦池中优钵罗华。老向烟霞。对月看经。递水烹茶。

六句原脱一字。

〔双调〕燕引雏

有 感

透闺阁。俏名儿都识郑元和。老来犹占排场坐。劝不的哥哥。

无钱也怎过活。相识每嗑。推不动花磨。朱颜去了。还再来么。

西湖春晚

系吟船。西湖日日醉花边。倚门不见佳人面。梦断神仙。清明拜扫天。莺声倦。细雨闲庭院。花飞旧粉。苔长新钱。

别　情

楚云深。花残月小夜沉沉。玉人不见凄凉甚。往事沉吟。香寒茉莉簪。尘冷芙蓉枕。泪淡胭脂添。好因女子。愁似秋心。

七句添字失韵。疑应作浸。

分水道中

树槎牙。清溪九曲路三叉。相逢野老别无话。劝早还家。山翁两鬓花。题诗罢。看一幅天然画。炊烟茅舍。晴雪芦花。

〔中吕〕普天乐

别　情

一点志诚心。百步装回意。花迎笑眼。柳妒愁眉。亲传旖旎词。自首风流罪。把似当初休相识。今日倒省得别离。天知地知。前程万里。两下分飞。

〔越调〕柳营曲

西山即事

挽薜萝。倚嵯峨。人生胜游能几何。翠辇经过。彩笔吟哦。御墨尚岩阿。绿槐梦已南柯。苍松老似东坡。泉来山虎跑。花笑野猿歌。为甚么。僧寺占云多。

湖　上

歌念奴。和昂夫。西风画船同笑语。水竹幽居。金碧浮图。倒
影浸冰壶。山翁醉插茱萸。仙姬笑撚芙蕖。舞阑双鹧鸪。饮尽
一葫芦。都。分韵赋西湖。

　　葫上原衍壶字。

湖上晚兴

老画师。早春时。写松边一双白鹭鸶。撚断吟髭。点缀新词。
渔舍小茅茨。寒香带雪南枝。晚妆临水西施。破苍苔斑竹枝。
载红粉画船儿。诗。题满水仙词。

歌者玉卿

压锦丛。侍金童。蕊珠仙暂来尘世中。笋指纤秾。花貌春红。
瑶台上记相逢。风清环珮丁东。月明仙掌芙蓉。琴横秋水冷。
钗坠晓云松。天宝宫。惊走薛琼琼。

　　琴上原有瑟字。冷原作冷冷。琼琼原作琼。

投闲即事

石斗滩。剑门关。上青天不如行路难。世事循环。春色阑珊。
人老且投闲。文君古调休弹。疏翁樵唱新刊。梅亭十二阑。茅
屋两三间。看。一带好江山。

自会稽迁三衢三首

叠锦笺。卷青毡。行藏去住皆信天。梦笔名贤。载酒谪仙。相

劝苦留连。守岩扉洞口白猿。伴渔蓑花下红鸳。拜辞了刘宠钱。笑上子猷船。迁。风月浩无边。

高卧轩。赐荣园。风流晋唐人物贤。高会山川。秦望风烟。翠冷雨馀天。镜湖上骑马乘船。翠微中急管繁弦。浣纱中争艳冶。采莲女斗婵娟。还。此景有谁传。

诗酒缘。醒吟编。若耶山父老相爱怜。贺鉴湖边。夏后祠前。容我盖三椽。桃花流水神仙。竹篱茅舍林泉。五十亩种秫田。三两只钓鱼船。迁。移入小桃源。

包山书事

倚翠微。俯清溪。青山万里猿夜啼。怪我来迟。拂雪而归。月冷翠萝衣。啸白猿如醉如痴。远红尘无是无非。吟几篇绝句诗。看一局柯烂棋。饥。不采首阳薇。

月下原衍来字。

酒边有诉秀才负心为作问答

望妾身。改家门。见书生可人情意亲。梦撒么分。受尽艰辛。撅丁骂卜儿嗔。闪煞人也短命郎君。盼煞我也遥受夫人。皱双眉淡翠蛾。宽四指褪罗裙。又一春。花老月黄昏。

又　答

秀才贫。记相亲。题花彩笺涂醉粉。念我白身。误却青春。千里践红尘。寄将来锦字回文。看承做楚岫行云。便金榜上标了贱名。丝鞭下就了新婚。色甚么哏。包也还你做二夫人。

〔中吕〕朱履曲

归 兴

堂上先生解印。松边稚子迎门。归来不管晋无人。莺花新伴等。
鹅鸭旧比邻。怕称呼陶令尹。

山中书事

一梦黄粱高枕。千年白雪遗音。野猿嗔客访云林。瓦沟弹桂子。
石磴拂松阴。仙翁留共饮。

> 题目山中上原衍书字。

秋江晚兴

雨骤风狂已过。酒朋诗伴无多。一舸飘然占烟波。新炊菰米饭。
道和竹枝歌。芦花深处趖。

湖上有感

玉雪亭前老树。翠烟桥外平芜。物是人非谩嗟吁。海榴曾结子。
江燕几将雏。名园三换主。

山中秋晚

云顶陈抟高枕。山头杜甫长吟。秋客无风到西林。泉鸣溪漱玉。
菊老地铺金。叶红山衣锦。

> 三句秋客无风下原衍客字。

烂柯洞

永日长闲福地。清风自掩岩扉。樵翁随得道童归。苍松林下月。

白石洞中棋。碧云潭上水。

春　晚

朝雨过红销锦障。晚风狂香散珠囊。杜鹃声里又斜阳。三月当
三十日。一醉抵一千场。绿阴浓芳草长。

仙　游　二首

题姓字列仙后传。寄情怀秋水全篇。玲珑花月小壶天。煮黄金
还酒债。种白玉结仙缘。袖青蛇□阆苑。

　　末句原脱一字

伙火山中丹灶。顺流溪上诗飘。鹤声吹过紫云桥。苔封山径冷。
松倚石床高。花藏仙洞小。

〔双调〕落梅风

湖　上

山翁醉。仙子扶。草新词粉笺霜兔。船头晚凉湖上雨。锦鸳鸯
傍花飞去。

春　晚　二首

弹珠泪。上宝车。柳青青渭城官舍。杜鹃又啼春去也。两无情
水流花谢。
秾妆褪。苏幕遮。过清明小楼春夜。剔银灯快将诗句写。晓风
寒海棠花谢。

春　情

空凝伫。不见他。画帘垂柳花飞过。鬓云偏翠斜金凤鈿。碧痕

香绣窗茸唾。

水爆仗

械云气。走电光。翠烟流洞庭湖上。起蛰龙一声何处响。碎桃花禹门春浪。

春　晚

寻花径。梦草池。乳莺啼牡丹开未。荒凉故园春事已。谢东风补红添翠。

玄文馆雪夜饮金盘露食马头

寻梅处。泛剡图。白模糊小桥无路。仙霞洞中清事足。金盘露马头香玉。

席上为真士陈玉林作

溪船去。山竹折。玉成林小窗清夜。销金党家何处也。搅琼酥惠船明月。

二句原作山作竹折。

春　思

娇莺韵。乳燕声。盼归舟玉人成病。趁东风远游不见影。浪儿每柳花心性。

〔双调〕庆东原

春　思

垂杨径。小院春。为多情减尽年时俊。风摇翠裙。香飘麝尘。

花暗乌云。千里意中人。一点眉尖恨。

〔中吕〕朝天子

筝手爱卿

丹山凤鸣。黄云雁影。笙歌罢帘帏静。纤纤香玉扣红冰。一曲
伊州令。阮体琼琼。秋水盈盈。不由人不爱卿。有情。月明。
酬我西湖兴。

水晶斗杯

小奴。捧出。照见纤纤玉。一方寒碧碾冰壶。印万斛葡萄绿。
米老斟量。谪仙襟度。子不容范亚父。醉馀。唤取。萧宾客题
诗去。

读永嘉孝女丁氏卢氏传为赋

丁氏捕鱼。卢娘跨虎。千古伤心处。事亲尽孝死何如。庙貌临
江渚。男子狂图。不养父母。反不如之二女。掩书。叹吁。归
守先人墓。

何如原作如何。失韵。兹改。

题马昂夫扣舷馀韵卷首

酒边。扣舷。一曲凉州遍。洞箫吹月镜中天。似写黄冈怨。自
贬坡仙。风流不浅。鹤飞来又几年。题花锦笺。采莲画船。归
赛西湖愿。

冈原作岗。字书无此字。兹据自贬坡仙句改。

〔中吕〕快活三过朝天子

偕程令尹游烟萝洞

农成耒耜功。吏散簿书丛。一樽还许野人同。郊外联飞鞚。二公。意浓。破五日渊明俸。梅边醉袖袅花风。乐与渔樵共。踞虎登龙。翔鸾飞凤。晴山千万峰。留连醉翁。招邀妙容。同入烟萝洞。

春 思

花前想故人。楼下几销魂。一声孤雁破江云。望断无音信。倚门。夜分。月淡寒灯尽。梅梢窗外影昏昏。花落香成阵。泪粉啼痕。伤春方寸。飘零寄此身。为君。瘦损。不似年时俊。

〔南吕〕四块玉

客中九日

落帽风。登高酒。人远天涯碧云秋。雨荒篱下黄花瘦。愁又愁。楼上楼。九月九。

〔越调〕天净沙

书所见

窥帘□语喧阗。避人体态婵娟。门外金铃吠犬。谁家宅院。杏花墙里秋千。

首句原脱一字。

松阳道中

松阳道上敲吟。柳阴树下披襟。独鹤归来夜深。梦回仙枕。清溪道士相寻。

〔中吕〕迎仙客

湖　上

镜出匣。玉无瑕。春风画图十万家。吃剌剌辗香车。慢腾腾骑俊马。一片飞花。减动西风价。

四句吃剌剌原作吃剌。兹据下句改。

歌姬程心玉有帘卷新凉之语遂足成之

窈窕娘。淡梳妆。夫容鬓边茉莉香。翠荷觞。锦荔浆。帘卷新凉。人醉西楼上。

觞上原衍香字。

〔双调〕清江引

张子坚运判席上

仙人掌心青数朵。山小乾坤大。不知明月来。且向白云卧。陈抟枕头闲伴我。

飘飘落梅风正冷。缓步苍苔径。一溪流水声。半夜扁舟兴。月明草堂人未醒。

秋风满园三径花。买得闲无价。从前险处行。梦里说着怕。连云栈高骑瘦马。

酒边题扇

华堂舞茵图画展。两行如花面。鹅黄淡舞裙。蝶粉香歌扇。闲挡玉筝罗袖卷。

行原作汀。

昭君怨

花间梦乘白玉辇。上马精神倦。哀弹夜月情。别泪春风面。雁归不知多近远。

过刘山

西风小亭黄叶多。鹤领神仙过。云来绿树平。水迸青山破。天然图画添上我。

松江海印精舍

道人不眠中夜起。小立莓苔地。九枝灯上花。四塔庭前桧。梅窗月明清似水。

永嘉泛湖

秋云锦香招画船。一步一个描金扇。花前北海樽。湖上西施面。登楼有谁思惠远。

次必庵赵万户韵

岩扃带云长是掩。不许猿鹤占。黄庭尽日观。白发无心染。研朱又将周易点。

老王将军

纶巾紫髯风满把。老向辕门下。霜明宝剑花。尘暗银鞍帕。江边草青闲战马。

春　情

园林且休题杜宇。未了吟春句。残花酒醒时。芳草人归处。东风小楼听夜雨。

〔南吕〕金字经

菊　边

细切银丝鲙。笑簪金凤毛。酒污仙人白锦袍。教。玉人吹玉箫。木兰棹。月明杨柳桥。

别　情

鉴影羞眉月。枕痕融脸霞。不见才郎憔悴煞。他。暮春方到家。别时话。灞桥杨柳花。

客西峰

夜礼天坛月。晓餐仙洞霞。客至西峰小隐家。茶。翠岩□碧芽。松阴下。石苔铺紫花。

五句原脱一字。芽原作牙。

海印方丈

海印波心月。塔铃天外风。一点圆明万法空。红。烛花垂玉虫。

梨云梦。小窗梅影重。

鸿山杨氏南园

白玉狮蛮带。紫金獬豸冠。偃月堂深愁万端。官。不如梁伯鸾。青松畔。一壶天地宽。

> 端原作瑞。

惠山寺

石刻维摩像。桂香兜率宫。一线甘泉饮九龙。松。翠涛翻半空。若冰洞。试寻桑苎翁。

玄元宫即事

桂子黄金树。竹阴苍玉轩。闲处闲闲玄又玄。渊。九龙山下泉。云游遍。紫霞成地仙。

偕李溉之泛湖

杏雨沾罗袖。柳云迷画船。烂醉花前李谪仙。联。半篇人月圆。泥金扇。草书题王莲。

> 篇原作扁。

江上即事

翠树擎残月。绿波浮嫩烟。正是新晴雨后天。眠。醒吟李谪仙。沙鸥见。乱飞迎画船。

观九副使小打 二首

静院春三月。锦衣来众官。试我花张董四揎。搬。柳边田地宽。

湖山畔。翠窝藏玉丸。

掮原作撒。失韵。兹改。

步款莎烟细。袖悭猿臂搊。一点神光落九天。穿。万丝杨柳烟。
人争羡。福星临庆元。

〔中吕〕上小楼

题钓台

亭台土花。江山图画。遁迹烟霞。罢念荣华。间别官家。泥布
袜。上御榻。龙身偃亚。不轻了故人足下。

〔双调〕水仙子

翰林风月进多才。满袖春风下玉阶。执金鞭跨马离朝外。插金
花坠帽歪。气昂昂胸卷江淮。昨日在十年窗下。今日在三公位
排。读书人真实高哉。

歪原作杯。

石崇犹自恨无钱。彭祖焚香愿万年。唐明皇犹道无家眷。刘伶
道天生酒量浅。陈抟昼夜无眠。秦始皇□招人怨。遭王巢道何
曾有罪愆。都瞒不了惨惨青天。

以上水仙子二首在天一阁本小山乐府全书最末。与前列湘妃怨诸曲不在一处。
疑非小山作。〇六句七句待校。王疑应作黄。末句了字原阙。〇辑自天一阁本
小山乐府之曲终。

〔正宫〕小梁州

篷窗风急雨丝丝。笑撚吟髭。淮阳西望路何之。鳞鸿至。把酒
问篙师。〔么〕迎头便说兵戈事。风流再莫追思。塌了酒楼。焚
了茶肆。柳营花市。更呼甚燕子莺儿。笔花集 雍熙乐府二〇

秋风江上棹孤舟。烟水悠悠。伤心有事赋登楼。山容瘦。枫树
替人愁。〔幺〕樽前细把茱萸嗅。问相知几个白头。乐可酬。人
非旧。黄花时候。枉负晋风流。<small>笔花集　雍熙乐府二〇</small>

秋风江上棹孤航。烟水茫茫。白云西去雁南翔。推篷望。情思
满沧浪。〔幺〕东篱误约陶元亮。过了重阳。自感伤。何情况。
黄花惆怅。空作去年香。<small>钞本阳春白雪后集一　笔花集　雍熙乐府二〇</small>

> 雍熙乐府有小梁州六首。注小山撰。前三首玉壶春水浸晴霞。两峰晴翠插波
> 光。冰壶光浸水精寒。已见后集苏隄渔唱。兹辑其后三首于此。惟后三首又见
> 汤式笔花集。而末首复见钞本阳春白雪所选小山曲中。但钞本白雪注明所选小
> 山小梁州系因原版已缺而钞补者。是则是否误补。不得而知。校记参阅汤曲。

〔仙吕〕锦橙梅

红馥馥的脸衬霞。黑髭髭的鬓堆鸦。料应他。必是个中人。打
扮的堪描画。颤巍巍的插著翠花。宽绰绰的穿著轻纱。兀的不
风韵煞人也㖠。是谁家。我不住了偷睛儿抹。<small>太和正音谱下　北词广
正谱　元明小令钞</small>

> 北词广正谱元明小令钞必是俱作必定是。

〔南吕〕金字经

乐　闲

百年浑似醉。满怀都是春。高卧东山一片云。嗔。是非拂面尘。
消磨尽。古今无限人。<small>张小山小令下　小山乐府四</small>

> 张小山小令浑似作浑是。〇曲末所注小山乐府指胡荤皞钞本。下同。

范蠡黄金像。谪仙白玉杯。不若渊明解印归。谁。似他能见机。
醺醺醉。免人谈是非。<small>张小山小令下　小山乐府四</small>

春　闺

粉淡孤鸾镜。梦回双凤台。满院东风花正开。猜。玉奴何处来。阑干外。插花寻玉钗。张小山小令下　小山乐府四

梅友元帅席上

粉筝才挡罢。锦笺初展开。小小机关走智儿猜。挨。小桃花下来。堪人爱。翠云簪玉钗。乐府群珠二

〔中吕〕齐天乐过红衫儿

隐　居

潜身且入无何。醉里乾坤大。蹉跎。和。邻友相合。就山家酒嫩鱼活。当歌。百无拘逍遥。千自在快活。日日朝朝。落落跎跎。酒瓮边行。花丛里过。沉醉后由他。　今日红尘在。明日青春过。枉张罗。枉张罗。世事都参破。饮金波。饮金波。一任傍人笑我。梨园乐府下　太和正音谱下　乐府群珠一　北词广正谱　九宫大成一三

梨园乐府题作隐居。不注撰人。太和正音谱乐府群珠北词广正谱注小山作。群珠题同梨园。○梨园乐府落落作乐乐。枉作往。群珠无拘下有束字。枉作往。

〔商调〕梧叶儿

次　韵

鸳鸯浦。鹦鹉洲。竹叶小渔舟。烟中树。山外楼。水边鸥。扇面儿潇湘暮秋。太平乐府五　张小山小令上　小山乐府三　北词广正谱　九宫大成五九　元明小令钞

张小山小令辑此首。惟太平乐府以之属徐再思。北词广正谱元明小令钞皆从太
平乐府。

〔越调〕小桃红

别澂川杨安抚

晚风吹上海云腥。山色秋偏净。了得相思去年病。不堪听。樽
前一曲阳关令。斜阳恁明。寒波如镜。分照别离情。<small>见只编上</small>

〔越调〕凭阑人

江　夜

江水澄澄江月明。江上何人挡玉筝。隔江和泪听。满江长叹声。
<small>梨园乐府中　太和正音谱下　张小山小令下　小山乐府四　九宫大成二七</small>
　　<small>梨园乐府不注撰人。○梨园长叹作肠断。</small>

〔双调〕得胜令

银烛照黄昏。金屋贮佳人。酒醉三更后。花融一夜春。恩情。
怕有些儿困。亲亲。亲得来不待亲。<small>残元本阳春白雪二　钞本阳春白雪
前集三</small>
　　<small>残元本阳春白雪六句怕作伯。</small>

〔双调〕落梅风

秋　思

怀桃叶。忆柳枝。仲宣楼杜陵诗思。白云中两三个新雁儿。写
相思不成愁字。<small>张小山小令上　小山乐府二</small>

〔双调〕湘妃怨

春　情

柳芽笺小锦云缄。蓬岛书来紫凤衔。梨花院静青灯暗。相思情未减。不由人不瘦的岩岩。尘昏宝鉴。香销玉簪。泪满罗衫。张小山小令上　小山乐府一

套数

〔正宫〕端正好

渔　乐

钓艇小苫寒波。蓑笠软遮风雨。打鱼人活计萧疏。侬家鹦鹉洲边住。对江景真堪趣。

〔滚绣球〕黄芦岸似锦铺。白苹渡如雪模。野鸥闲自来自去。暮云闲或转或舒。日已无。月渐出。映蟾光满川修竹。助风声两岸黄芦。收纶罢钓寻归路。酒美鱼鲜乐有馀。此乐谁如。

〔倘秀才〕睡时节把扁舟来缆住。觉来也又流在芦花浅处。荡荡悠悠无所拘。市朝远。故人疏。有樵夫做伴侣。

〔脱布衫〕雨才过山色模糊。月初升桂影扶疏。恰离了聚野猿白云洞口。早来到散清风绿阴深处。

〔醉太平〕相逢的伴侣。岂问个贤愚。人间开口笑樵渔。会谈今论古。放怀讲会诗中句。忘忧饮会杯中趣。清闲钓会水中鱼。俺两个心足来意足。

〔尾声〕樵夫别我山中去。我离樵夫水上居。来日相逢共一处。旋取香醪旋打鱼。散诞逍遥看古书。问甚么谁是谁非。俺两个慢慢的数。盛世新声子集　词林摘艳六　雍熙乐府二　北宫词纪外集四

盛世新声重增本词林摘艳俱无题。不注撰人。原刊本词林摘艳题作渔家。注无
名氏。雍熙乐府题作渔乐。不注撰人。北宫词纪外集题同雍熙。注张小山
作。○（端正好）雍熙词纪外集遮俱作欺。（滚绣球）雍熙首二句作。白苹渡如
雪堆。红蓼滩似锦铺。或转作或卷。归路作归去。词纪外集俱同。（倘秀才）
雍熙首句无来字。二句无又字。所拘作束拘。词纪外集俱同。（脱布衫）雍熙
二句作日初升树影扶疏。恰作却。词纪外集俱同。（醉太平）雍熙笑樵渔作说
樵夫。四句会谈上有俺字。清闲作消闲。末句作心足意足。词纪外集俱同。
（尾声）雍熙我离作我别。旋取作旋打。词纪外集俱同。雍熙打鱼作取鱼。词
纪外集作煮鱼。

〔仙吕〕点绛唇

翻归去来辞

归去来兮。故乡近日。田园内。芜草荒迷。催把微官弃。
〔混江龙〕既心为形役。何须惆怅自生悲。悟往之不谏。知来者
堪追。昨日方知前日错。今朝便觉夜来非。舟摇摇以轻飏。风
飘飘而吹衣。问征夫以行路。恨晨光之熹微。乃瞻衡宇。适我
闲中意。虽休官早。悔恨来迟。
〔油葫芦〕荷月锄田夜始归。有欢迎童仆随。候门稚子笑牵衣。
栽五株翠柳笼烟密。种一篱黄菊凝霜媚。三径边虽就荒。两乔
松喜不移。盼庭柯木叶交苍翠。我则是常把笑颜怡。
〔天下乐〕虽设柴门镇掩扉。无为。交暂息。既世情人我心愿违。
看山岫云始归。羡知还鸟倦飞。抚孤松心似水。
〔那吒令〕悦高朋故戚。共谈玄讲理。办登山酙水。早休官弃职。
远红尘是非。省藏头露尾。深蒙雨露恩。自得锄刬力。问优游
此兴谁知。
〔鹊踏枝〕与猿鹤久忘机。共琴书自相陪。才过西郊。适兴东篱。

谁待要劳神费力。不能够展眼舒眉。

〔寄生草〕一任教秦灰冷。从教那晋鼎移。倚窗或乐琴书味。从情或棹孤舟济。登山或念车轮意。美哉之志乐田园。浩然之气冲天地。

〔么〕农夫告。春将及。朝来雨一犁。新生禾叶层层密。长流泉水涓涓细。初开黄菊<u>丛丛</u>媚。有时矫首恣游观。策杖老者欣留意。

〔金盏儿〕去来分。莫呆痴。寓形宇内能何已。委心不为去留迷。嘻遑遑将到底。用怡怡欲潜归。知帝乡人不到。任富贵愿皆违。

〔尾声〕喜携杖自耕耘。欢自己忘忧会。酙赏东篱足矣。采菊浮杯稳坐榻。对南山山色稀奇。看山巍山色相催。山色悠悠能有几。逍遥度日。优游卒岁。乐天之命复奚疑。盛世新声卯集　词林摘艳四　雍熙乐府四

原刊本徽藩本词林摘艳题作翻归去来辞。注张小山作。盛世新声重增本内府本摘艳无题。与雍熙乐府俱不注撰人。雍熙题作陶渊明归去来兮。○〔混江龙〕盛世摘艳而吹衣俱作而以吹衣。兹从雍熙。雍熙自生悲作独生悲。往之作往哉。前日作今日。夜来作昨朝。行路作前路。闲中作闲居。悔恨来迟作每恨归迟。〔油葫芦〕雍熙烟密作烟细。三径下无边字。乔松上无两字。末句无我则是三字。〔天下乐〕盛世摘艳违俱作迟。兹从雍熙。雍熙柴门作柴关。人我心作已与我。山岫云始归作岫云始腾。〔那吒令〕雍熙共谈玄讲理下多爱扶筇屦履一句。远红尘是非。省藏头露尾二句作。肯折腰为米一句。锄刨作锄剚。优游作恁每。〔鹊踏枝〕内府本摘艳自相陪作久相陪。雍熙才过西郊作舒啸东皋。〔寄生草〕雍熙一任下无教字。从教下无那字。琴书作诗书。从情作从流。念车轮意作命巾车力。〔么〕雍熙禾叶层层作木叶欣欣。初开作旋开。末句作策扶老以欣流憩。〔金盏儿〕盛世摘艳到底俱作道念。兹改。去留俱作去心。违俱作迟。兹皆从雍熙。雍熙宇内作宇宙。何已作何几。以下作。悉不为去留迷。笑遑将底闻。汲汲欲安归。知帝乡身不利。任富贵愿皆违。〔尾声〕雍熙作。喜植杖止耘耔。莫开口谈兴废。善万物逢时所喜。休感吾生驹过隙。喜

忘言更已忘机。赏东篱采菊浮杯。坐对南山山色里。逍遥度日。优游终岁。乐夫天命复奚疑。

〔南吕〕一枝花

湖上归

长天落彩霞。远水涵秋镜。花如人面红。山似佛头青。生色围屏。翠冷松云径。嫣然眉黛横。但携将旖旎浓香。何必赋横斜瘦影。

〔梁州〕挽玉手留连锦英。据胡床指点银瓶。素娥不嫁伤孤另。想当年小小。问何处卿卿。东坡才调。西子娉婷。总相宜千古留名。吾二人此地私行。六一泉亭上诗成。三五夜花前月明。十四弦指下风生。可憎。有情。捧红牙合和伊州令。万籁寂。四山静。幽咽泉流水下声。鹤怨猿惊。

〔尾〕岩阿禅窟鸣金磬。波底龙宫漾水精。夜气清。酒力醒。宝篆销。玉漏鸣。笑归来仿佛二更。煞强似踏雪寻梅灞桥冷。太平乐府八　张小山小令下　小山乐府四　词谑　雍熙乐府一○　北宫词纪一　彩笔情辞五

太平乐府题作湖上归。雍熙乐府同。雍熙不注撰人。李辑小令题作湖上晚归。北宫词纪作携美人湖上归。彩笔情辞作携美姬湖上。○（一枝花）词谑涵秋镜作明金镜。生色围屏作生涩帏屏。雍熙松云作松阴。词纪生色作巧画。又与情辞瘦影俱作疏影。（梁州）词谑花前作花间。四山作西山。李辑小令瓶作屏。雍熙英作罂。北宫词纪锦英作画舫。吾二人句作咱两个慢相邀此地陶情。有情作乘兴。水下作石上。情辞俱同词纪。（尾）李辑小令禅作蟾。雍熙词纪情辞首句起句衬更那堪三字。水精俱作水晶。二更俱作有鼓二更。强似俱作强如。情辞清作清幽。连下酒力醒作一句。词谑禅作蟾。水精作水晶。七句作归来仿佛已二更。

春　景

滚香绵柳絮轻。飘白雪梨花淡。怨东风墙杏色。醉晓日海棠酣。景物偏堪。车马游人览。赏清明三月三。绿苔撒点点青钱。碧草铺茸茸翠毯。

〔梁州第七〕流水泛江湖暖浪。轻云锁山市晴岚。恐无多光景疾相探。雕鞍奇辔。纱帽罗衫。珍馐满桌。玉液盈坛。歌儿舞妓那堪。诗朋酒侣交谈。喫的保生存华屋羊昙。兴足竹林阮咸。醉居林甫曹参。放开酒胆。恨狂风尽把花摇撼。叹阳和又虚赚。拚了酶酶饮兴酣。于理何惭。

〔尾声〕紫霜毫入砚深深蘸。吟几首莺花诗满函。一望红稀绿阴暗。正游人不甘。奈仆童执骖。不由咱倦把骄骢辔头儿揽。词林摘艳八

　　（梁州第七）重增本内府本山市俱作山顶。内府本舞妓作舞女。

夏　景

蔷薇满院香。菡萏双池锦。海榴浓喷火。萱草淡堆金。暑气难禁。天地炎蒸甚。闲行近绿阴。纳清风台榭开怀。傍流水亭轩赏心。

〔梁州第七〕摇羽扇纳凉避暑。卸纱巾散发披襟。冰山雪槛忘怀饮。盘盛橄榄。水浸林檎。何愁盏大。不惧瓯深。会佳宾酒阵诗林。设华筵竹影松阴。白莲藕爽口香甜。锦鳞鲙著牙味深。水晶瓜荐齿寒侵。满斟。醉吟。今朝酩酊明朝恁。不喫后待图甚。日月无情恋古今。休负光阴。

〔尾声〕倾残竹叶千樽饮。摘下枇杷一树金。深喜娇娥见咱恁。纱幮用心。安排下簟枕。专等归来醉时寝。词林摘艳八　北词广正谱

引一枝花

　　北词广正谱引一枝花一支。注无名氏撰。

秋　景

金风雕杨柳衰。玉露养芙蓉艳。竹轻摇苍凤尾。松密映老龙潜。残暑淹淹。爽气被楼台占。称情怀景色添。火龙鳞红叶潇潇。金兽眼黄花冉冉。

〔梁州第七〕别南浦云飞画栋。到西山雨洒朱帘。小槽酒滴珍珠酽。银盘馔满。宝鼎香拈。黄橙味美。紫蟹肥酣。趁苍空天似白缣。飐清光月拥银蟾。不学那愁默默呆汉江淹。则学那兴悠悠诗仙子瞻。乐醄醄醉客陶潜。意忺。意忺。千钟到手谁曾厌。我待把醉乡占。不管衣襟被酒淹。无事拘钳。

〔尾声〕赏心乐事休教欠。饮兴吟怀似要添。醉倒樽前任君僭。将咱指点。便嫌。胜似你红尘路儿险。<small>词林摘艳八</small>

　　(梁州第七)原刊本等兴悠悠俱作共悠悠。兹从内府本。内府本酣作甘。趁作起。意忺意忺作心欢意欢。

冬　景

青山失翠微。白玉无瑕玷。梨花和雨舞。柳絮带风捊。拨粉堆盐。祥瑞天无欠。丰年气象添。乱飘湿僧舍茶烟。密洒透歌楼酒帘。

〔梁州第七〕金盏酒羊羔满泛。红炉中兽炭频添。兰堂画阁多妆点。锦茵绣榻。翠幕毡帘。鸾箫谩品。鼍鼓轻掯。唱清音馀韵淹淹。捧红牙玉指纤纤。绮罗间盏到休推。宝鸭内香残再拈。玉壶中酒尽重添。况兼。兴忺。金波潋滟霞光闪。接入手不辞厌。为爱琼瑶尽意瞻。赏玩休嫌。

〔尾声〕玄冥不出权独占。青女三白势转严。酩酊甘心醉躯欠。
见冰锥满檐。琼珠满帘。全不把尘埃半星儿染。词林摘艳八

　　（一枝花）原刊本徽藩本无欠俱作元欠。元疑为无之讹。兹从内府本作无。（梁
　　州第七）内府本轻掂作轻拈。兴忺作兴欢。

牵　挂

莺穿残杨柳枝。虫蠹损蔷薇刺。蝶搧干芍药粉。蜂鳘断海棠丝。
又近花时。白日伤心事。清宵有梦思。间阻了洛浦神仙。没乱
杀苏州刺史。

〔梁州第七〕俏姻缘别来久矣。巧魂灵梦寝求之。一春多少伤心
事。著情疼热。痛口嗟咨。往来迢递。终始参差。一简书写就
了情词。三般儿寄与娇姿。麝脐薰五花瓣翠羽香钿。猫眼嵌双
转轴乌金戒指。獭髓调百和香紫蜡胭脂。念兹。在兹。和愁和
泪频传示。更嘱咐两三次。诉不尽心间无限思。倒羞了燕子
莺儿。

〔尾声〕无心学写钟王字。遣兴闲观李杜诗。风月关情随人志。
酒不到半厄。饭不到半匙。瘦损了青春少年子。词谑　雍熙乐府九
南北词广韵选三　北宫词纪六　词林白雪二　彩笔情辞一〇

　　词谑无题。南北词广韵选题作题情。北宫词纪题作春愁。词林白雪属闺情类。
　　彩笔情辞题作春思。兹从雍熙乐府作牵挂。雍熙南北词广韵选俱不注撰
　　人。〇（一枝花）雍熙鳘断作刺断。又近作过了。六句作白昼传情事。没乱作
　　兀的不恼乱。广韵选伤心事作无佳思。词纪又近作怕近。词林白雪俱同词纪。
　　情辞六句同雍熙。馀同词纪。（梁州第七）雍熙别来久矣作别离了许久。梦寝
　　作梦寐。多少作无限。迢递作鱼雁。写就了作写就。三般儿作三般物。翠羽作
　　翠鸟。双转作锁双。和愁句作愁揾泪眼传情事。更嘱作细嘱。无限思作愁恨
　　词。倒羞了作柱羞杀。广韵选巧作悄。一简作一封。猫眼作猫睛。词纪和愁和
　　泪作愁和泪。情辞梦寝作梦寐。写就了作写就。三般儿作三般物。和愁和泪作

愁揩泪眼。倒羞了作柱羞杀。(尾声)雍熙无心学作无情倦。风月关情作鬼病萦牵。到半厄作够一厄。末句作干害杀风流少年子。情辞俱同。

〔中吕〕粉蝶儿

春　思

花落春归。怨啼红杜鹃声脆。遍园林景物狼籍。草茸茸。花朵朵。柳摇深翠。开遍荼蘪。近清和困人天气。

〔醉春风〕粉暖倩蜂须。泥香沾燕嘴。迟迟月影上帘钩。犹未起。起。为想别离。倦馀梳洗。暗生憔悴。

〔迎仙客〕兽炉香篆息。鸾镜暗尘迷。绣床几番和闷倚。玉腕消。金钏松。钗横环翠委。屈指归期。不觉的粉脸流红泪。

〔红绣鞋〕花飞尽空闲鸳砌。日初长静掩朱扉。系垂杨何处玉骢嘶。落谁家风月馆。知那里燕莺期。话叮咛不记得。

〔十二月〕正交颈鸳鸯拆离。恰双栖鸾凤分飞。效比翼鹣鹣独宿。乐于飞燕燕孤栖。传芳信归鸿杳杳。盼音书双鲤迟迟。

〔尧民歌〕呀。因此上美甘甘风月久相违。冷清清云雨杳无期。静巉巉灯火掩深闺。清耿耿离魂绕孤帏。伤悲。雕鞍去不归。都则为辜负了韶华日。

〔耍孩儿〕自别来无一纸真消息。日近长安那里。倚危楼险化做望夫石。暮云烟树凄迷。把春心几度凭归雁。劳望眼终朝怨落晖。到此际愁无寐。昏秋水揉红泪眼。淡青山蹙损了蛾眉。

〔一煞〕想当初教吹箫月下欢。笑藏阄花底杯。到如今花月成淹滞。月团圆紧把浮云闭。花烂熳频遭骤雨催。落花残月应何济。花须开谢。月有盈亏。

〔尾声〕叹春归人未归。盼佳期未有期。要相逢料得别无计。则

除是一枕馀香梦儿里。盛世新声辰集　词林摘艳三　雍熙乐府六　北宫词纪
六　词林白雪一　词谑引尾声

原刊本徽藩本词林摘艳题作春思。注张小山作。盛世新声重增本内府本摘艳俱
无题。与雍熙乐府俱不注撰人。雍熙题作春思。北宫词纪题作春暮有怀。词林
白雪属闺情类。两书俱注张小山作。〇(粉蝶儿)词纪词林白雪清和俱作清明。
(醉春风)盛世重增本摘艳沾俱作对。此从原刊摘艳。雍熙倩作侵。雍熙词纪
词林白雪沾俱作衔。犹俱作犹自。(迎仙客)雍熙四句无玉字。环翠作翠鬟。
词纪词林白雪同。(红绣鞋)雍熙词纪词林白雪花飞俱作花开。雍熙话叮咛作
细叮咛。(尧民歌)雍熙辜负下无了字。词纪同。词纪伤悲两字叠。词林白雪
静巉巉作焰巉巉。馀俱同词纪。(耍孩儿)盛世摘艳暮云下俱有山字。雍熙词
纪词林白雪青山俱作春山。(一煞)雍熙教吹箫作效吹箫。紧把作累被。烂熳
作灿熳。词纪词林白雪烂熳俱作灿烂。

雍熙乐府卷十九有小山金字经二十二首。其前九首惜花人何处。杨柳沙头树等
已见前集今乐府。其馀黄蕊呈金盏。霜压瑶花瘦二首。见朱有燉诚斋乐府。楚
台云归去。轻寒堆翠被等七首。见阳春白雪。注贯酸斋作。天上皇华使。屈指
归来后等四首。见张养浩云庄乐府。兹俱不入此卷。北宫词纪外集卷五选霜压
瑶花瘦一首。亦误注张小山作。

隋树森 编

全元散曲

（简体校订本）

下

中华书局

沈　禧

禧字廷锡。吴兴人。有竹窗词。

套数

〔南吕〕一枝花

廷仪公子实当代都督李公之冢嗣也。器宇宏达。才华瞻敏。百氏之书。靡不该浃。至于龙韬虎略。不待言而可知也。及乎礼贤下士。彬彬然诚有儒者之风。不以富贵而骄慢于人。以是人皆景仰而乐与之游。今年冬适过吴门。解鞍旅馆。予得获见。遂即倾盖。欢若平生。于是宿留。命酌于小楼之上。鸣琴赋诗。放歌剧饮。以罄一时之欢。既而出诸名公所赠词章乐府以示予且咏然。其辞气雄伟。风调清越。不觉使人技痒。愧予无似。曷克窥其阃奥而闯其藩篱哉。兹不自揣。勉述南吕一阕以呈。校诸杰作。固不能模楷其万一。然于期望之私。庶几有在焉。

瑶台上品仙。麟阁中人物。胸襟开宇宙。器量溢江湖。声振寰区。会见悬鱼袋。行看佩虎符。锦毵毵人跨凤侣。金蹀躞马骤龙驹。〔梁州〕诗裁囊锦奚奴捕。醉压雕鞍侍女扶。看花南陌归来暮。香尘满路。月色盈衢。歌钟簇拥。珠翠萦纡。辕门画戟森成列。戍阁铜龙漏滴初。转氍毹红铺锦褥。灿金莲光摇银炬。击琅玕声碎珊瑚。醉呼。玉奴。流苏帐暖春风度。雪儿歌红拂舞。一刻千金未肯孤。洞府仙都。

〔馀音〕玉鞭骄马游荆楚。锦缆牙樯下汴吴。解垢琴书客窗遇。学通周鲁。才兼文武。仵看袭爵封侯快陞补。_{竹窗词}

（一枝花）溢江湖原作隘江湖。兹改。（梁州）光摇原作光瑶。（馀音）解垢原作解后。

题张思恭望云思亲卷时父母已殁矣 并序

吾乡张思恭尝持望云思亲诗卷征予诗。予嘉思恭之意。遂赋五言古诗一首。已归之矣。兹复请余词。将欲揭诸座隅而朝夕歌咏之。以示不忘亲之故也。大唐梁公仁杰为并州法曹时。登太行见白云孤飞。因指曰。吾亲舍在其下。云移乃去。此梁公思亲于在堂之日。矧今思恭望云思亲于既殁之后。其孝也为何如哉。予益嘉恭之孝且纯也。故不辞而复述南吕词一阕以赆之。

人为万物灵。孝乃一身本。贤愚均化育。今古重彝伦。敬祖尊亲。晨昏宜定省。冬夏问寒温。看古来孝诸贤俊。到如今青史流芳世不湮。

〔梁州〕且休说唐时仁杰专前美。谁知道晋代张翰有远孙。家居积祖松陵隐。双亲沦殁。一念犹存。既归黄壤。望断白云。我则见卷舒触石生肤寸。我则见变化从龙出厚坤。云来时好着我搅断柔肠。云聚处好着我结愁成阵。云飞时好着我飘散心神。泪痕。满巾。恨无羽翼能飞奋。越思忖越愁闷。怎得吾亲更返魂。报答深恩。

〔馀音〕云横岭岫连丘陇。云锁松楸掩墓门。云来云往何时尽。孝心未伸。孝思怎忍。留取个孝行名儿做标准。_{竹窗词}

七月初六日为施以和寿

长生境上仙。仁寿乡中叟。七贤林下客。九老会中俦。绀发青眸。适兴娱诗酒。忘情狎鹭鸥。拣林泉胜处遨游。乐桑榆晚景优游。

〔梁州〕人都道散消摇陆地神仙。我则道厌尘嚣箕山许由。庆生辰

恰值新秋候。一枝梧坠。六叶蓂抽。双星南度。大火西流。这其
间绮筵开香蓺黄金兽。翠袖捧醅斟碧玉瓯。则其那西池姥来献蟠
桃。南极老重添遐算。东海翁再下仙筹。嵩邱。华阜。高巍巍万
仞横空秀。更钟厚更坚久。愿祝椿龄不老秋。名并庄周。
〔馀音〕溪南剩把茅堂构。深隐烟霞傲列侯。闲来时抚孤松看尽
云横岫。利名不求。是非总休。似这般五福俱全世希有。竹窗词

赠妓桂香秀马氏

不同桃李芳。自历风霜久。幽姿超万卉。素质压凡流。品异名优。
素娥为伴侣。青女结绸缪。古香飘玉宇银沟。清影蔽绿窗朱牗。
〔梁州〕银蟾影里孤根瘦。玉兔光中万粟稠。占高秋肯与繁华斗。
狂蜂难觅。粉蝶谁搜。别许那状元攀折。仙客雕搜。品题一出
骚人手。声价平增了五百筹。你看他吐新词胸藏锦绣。舞霓裳
步撒香钩。整金钗指露纤柔。莫愁。见羞。紫云红拂皆居后。
□□□更清秀。总有千金未许酬。名擅青楼。
〔馀音〕金风淅淅当时候。玉露瀼瀼正值秋。绣幕罗帏要消受。
韩生漫偷。荀卿漫投。都不如这一缕馀馨再三嗅。竹窗词

　　（梁州）雕搜原作雕镂。兹改。更清秀上应脱三字。兹补空格。

赠　　人

天生瑚琏材。裔出簪缨彦。莺花坛上客。诗酒社中仙。所事堪怜。
俊逸张京兆。风流司马迁。宴金丹西入瑶池。访琼仙东游阆苑。
〔梁州〕秦台夜月乘鸾凤。谢馆春风醉管弦。千金拣得如花面。
腰肢袅娜。体态婵娟。文禽翼比。瑞木枝连。仰见他舞霓裳风
摇翠柳。临鸾镜水映红莲。则这捧霞觞翠袖殷勤。按银筝珠玑
错落。歌白雪金玉相宜。百年。业冤。姑苏台下重相见。意绸

缪情眷恋。山海深盟胶漆坚。永保团圆。

〔馀音〕毫分不惜蝇头利。十万曾缠鹤背钱。红景乡中姿欢宴。行携素手。坐并香肩。似这般美满恩情世间鲜。_{竹窗词}

　　(梁州)枝连原作枝莲。眷恋原作春恋。兹改。

咏雪景

千山鸟罢飞。四野云同暝。九天敷上瑞。万国贺升平。积素堆琼。幻出冰壶镜。妆成白玉京。那时节拥蓝关马足难行。临蔡地兵威越整。

〔梁州〕这其间江头有客寻归艇。我这里醉里题诗漫送程。你看他溯澄江下不减王猷兴。冲开鹭序。荡散鸥盟。梨花乱撒。柳絮飘零。那时节酒停斝听唱阳春。人将别重歌古郢。想当初钓鱼人击冻敲冰。骑驴客冲寒忍冷。牧羊徒守节持旄。美名。擅称。辉光照耀终难泯。他每志坚贞秉忠正。一片丹衷贯日星。流播芳馨。

〔馀音〕香缣貌得三冬景。彩笔吟成万古情。临行持此为相赠。则愿你艺超薛谭。才压秦青。那时节声价超迁迈夷等。_{竹窗词}

寿人八十

南山颂载歌。北海樽频敬。西池桃并结。东土佛重生。八秩初登。仃见膺三聘。行看受七征。享期颐松柏遐龄。宜受用桑榆晚景。

〔梁州〕我则见碧天边一点孤星明。陆地上千枝火树明。正生甲却值元宵景。欢声涌沸。弦管铿锵。高开绮筵。胜会宾朋。捧遐觞翠袖殷勤。歌白雪金钗列整。人都道降长生蓬岛仙乡。跻寿考香山老宿。乐升平洛社耆英。本是个德星。寿星。从今五福都兼并。顺天时乐天性。见尽黄河几浅清。则愿寿等岗陵。

〔馀音〕庄庭椿老枝偏盛。海屋筹添数倍增。看来年渭水风云庆。

名流汗青。功莲良平。那时节爵位高崇列台鼎。_{竹窗词}

（一枝花）晚景原作晚境。兹改。（梁州）胜会原作剩会。兹改。（馀音）功莲待校。

咏白牡丹

不将脂粉施。自有天然态。羊脂轻捻就。酥乳砌成来。夹叶重台。妖红冶艳都难赛。素质檀心可喜煞。水晶球无贬无褒。白玉瓣不宽不窄。

〔梁州〕彻赚得寻芳客争探斗买。勾引得惜花人浅耨深埋。冠群不入凡流派。沉香亭馆。碧玉台阶。黄蜂难觅。粉蝶难猜。倚东风连理争开。迎晚日并蒂相偕。我则道紫麝脐调合就天香。白凤翎铺排着国色。玉梅英妆点出容额。洁白。莹白。涅难缁标格堪人爱。困雕阑脉脉犹黄妳。卯酒才消晕粉腮。那时节笑靥微开。

〔馀音〕歌钟到处携欢约。舞袖飘时压善才。博得个能是的名儿自多赖。再休去迷花恋色。再休去惹垢沾埃。他本是个救苦难的观音离南海。_{竹窗词}

任　昱

昱字则明。四明人。与张小山曹明善同时。少年狎游平康。以小乐章流布裙钗。晚锐志读书。为七字诗甚工。

小令

〔正宫〕小梁州

湖上分韵得玉字

波涵玉镜浸晴晖。鸣玉船移。玉箫吹过画桥西。玉泉内。玉树

锦云迷。〔么〕玉楼帘幕香风细。玉阑干杨柳依依。飞玉舫。留
玉佩。玉人沉醉。花外玉骢嘶。乐府群玉一

群玉未分么篇。兹为标出。下同。○群玉人沉醉上脱玉字。兹据吴梅校笔补。

闲　居

结庐移石动云根。不受红尘。落花流水绕柴门。桃源近。犹有
避秦人。〔么〕草堂时共渔樵论。笑儿曹富贵浮云。椰子瓢。松
花酝。山中风韵。乐道岂忧贫。乐府群玉一

春　怀

落花无数满汀洲。转眼春休。绿阴枝上杜鹃愁。空拖逗。白了
少年头。〔么〕朝朝寒食笙歌奏。百年间有限风流。玳瑁筵。葡
萄酒。殷勤红袖。莫惜捧金瓯。乐府群玉一

〔南吕〕金字经

湖上僧寺

竹雨侵窗润。松风吹面寒。云母屏开非世间。闲。不知名利难。
凭阑看。夕阳山外山。乐府群玉一　乐府群珠二

群玉原阙闲不知名利五字。次首阙闲看青三字。皆作空格。兹据群珠补。

重到湖上

碧水寺边寺。绿杨楼外楼。闲看青山云去留。鸥。飘飘随钓舟。
今非旧。对花一醉休。乐府群玉一　乐府群珠二

秋宵宴坐

秋夜凉如水。天河白似银。风露清清湿簟纹。论。半生名利奔。

窥吟鬓。江清月近人。_{乐府群珠二}

　　此曲群玉仅有题目秋宵二字。无曲文。

书所见

胜概三吴地。美人一梦云。花落黄昏空闭门。因。青鸾宝鉴分。
天涯近。思君不见君。_{乐府群玉一　乐府群珠二}

〔中吕〕上小楼

题　情

团圆未成。婵娟空病。桂子虚庭。翠羽围屏。雁足寒檠。巴到
明。空自省。青楼薄倖。恨分开凤钗鸾镜。_{乐府群玉一　乐府群珠一}

隐　居

荆棘满途。蓬莱闲住。诸葛茅庐。陶令松菊。张翰莼鲈。不顺
俗。不妄图。清高风度。任年年落花飞絮。_{乐府群玉一　乐府群珠一}

〔中吕〕朝天子

村　居

杜门。守贫。知有归田分。春风渐入小洼樽。勤饮姜芽嫩。乡
党朱陈。讴歌尧舜。向东皋植杖耘。子孙。更淳。闲把诗书训。
_{乐府群玉一}

信　笔

九霄。早朝。曾赴金门诏。珠玉在挥毫。胸次谁同调。谈笑枚皋。
风流温峤。恣疏狂直到老。尽教。醉了。走马长安道。_{乐府群玉一}

此首第四句应脱二字。任校群玉云。在挥毫疑是任挥毫之讹。

道　院

翠峰。锦宫。香霭丹霞洞。来寻采药鹿皮翁。煮茗为清供。静听松风。闲吟橘颂。碧天凉月正中。九重。赐宠。一觉黄粱梦。乐府群玉一

题　情

渭城。雨晴。柳不系黄金鞚。梨花小院又清明。误了寻芳兴。香减吴绫。尘蒙秦镜。碧纱窗和闷扃。柴荆。晓莺。巧语无心听。乐府群玉一

〔中吕〕满庭芳

寄　友

香笼锦帏。歌讴白苎。人比红梅。风流杜牧新诗意。字字珠玑。桑落酒朝开绮席。杜陵花夜宿春衣。陶然醉。金勒马嘶。归路柳边迷。乐府群玉一

春　暮

云扃睡起。香销宝鼎。暖试罗衣。甫能宴罢兰亭会。又见春归。花片片翻成燕泥。柳依依也锁蛾眉。重门闭。绿阴树底。怕听杜鹃啼。乐府群玉一

〔中吕〕红绣鞋

湖　上

新亭馆相迎相送。古云山宜淡宜浓。画船归去有渔篷。随人松

岭月。醒酒柳桥风。索新诗红袖拥。乐府群玉一　乐府群珠四

春　情

暗朱箔雨寒风峭。试罗衣玉减香销。落花时节怨良宵。银台灯
影淡。绣枕泪痕交。团圆春梦少。乐府群玉一　乐府群珠四

重到吴门

槐市歌阑酒散。枫桥雨霁秋残。旧题犹在画楼间。泛湖赊看月。
寻寺强登山。比陶朱心更懒。乐府群玉一　乐府群珠四
芳草岸能言鸭睡。荻花洲供馔鲈肥。天平山翠近金杯。水多寒
气早。野阔暮空低。隔秋云渔唱起。乐府群玉一　乐府群珠四

和友人韵

茅屋秋风吹破。桂丛夜月空过。淮南招隐故情多。无心登虎帐。
有梦到渔蓑。不归来等甚么。乐府群玉一　乐府群珠四

〔中吕〕普天乐

吴门客中

九秋天。三吴地。江空寒早。天远书迟。黄菊开。丹枫坠。流
水行云无拘系。好光阴枉自驱驰。尘心目洗。清风绿绮。明月
金杯。乐府群玉一　乐府群珠四

湖　上

浣花溪。方壶地。呼猿领鹤。问柳寻梅。行厨白玉盘。进酒青
楼妓。惊起沙头鸳鸯睡。棹红云乘兴而回。冰壶影里。笙歌远

近。台榭高低。<small>乐府群玉一　乐府群珠四</small>

花园改道院

锦江滨。红尘外。王孙去后。仙子归来。寒梅不改香。舞榭今何在。富贵浮云流光快。得清闲便是蓬莱。门迎野客。茶香石鼎。鹤守茅斋。<small>乐府群玉一　乐府群珠四</small>

暮春即事

被诗魔。将花探。春深渭北。绿满江南。残红鱼浪香。接叶莺巢暗。古往今来无心勘。习家池日日春酣。人生易感。青铜似月。白发盈簪。<small>乐府群玉一　乐府群珠四</small>

〔越调〕小桃红

山林钟鼎未谋身。不觉生秋鬓。汉水秦关古今恨。谩劳神。何须斗大黄金印。渔樵近邻。田园随分。甘作武陵人。<small>乐府群玉一</small>东邻西舍酒频沽。拄杖穿花去。长笑功名草头露。且狂疏。醉如刘阮犹迟暮。鸡翁问余。鹿门深处。真作野人居。<small>乐府群玉一</small>

宴　席

桃花扇底楚天秋。恰恰莺声溜。络臂珍珠翠罗袖。捧金瓯。纤纤十指春葱瘦。移花旁酒。张灯如昼。重酌更风流。<small>乐府群玉一</small>

指　甲

桃腮轻托玉纤微。有恨弹珠泪。曾整金钗动春意。数归期。等闲掐损阑干翠。拈花露湿。剖橙香腻。宜捧紫霞杯。<small>乐府群玉一</small>
　　<small>群玉恨原作限。兹从吴梅校笔改。</small>

春 情

深沉院落牡丹残。懒揭珠帘看。青杏园林管弦散。翠阴间。数声黄鸟伤春叹。离怀未安。相思不惯。独倚小阑干。<small>乐府群玉一</small>

〔越调〕寨儿令

湖 上

锦制屏。镜涵冰。浓脂淡粉如故情。酒量长鲸。歌韵雏莺。醉眼看丹青。养花天云淡风轻。胜桃源水秀山明。赋诗题下竺。携友过西泠。撑。船向柳边行。<small>乐府群玉一</small>

书所见

眉黛浅。鬓云偏。羞颜落色谁爱怜。种玉无缘。掷果徒然。回首叹芳年。碧波深不寄鱼笺。翠衾寒犹带龙涎。飞花残雨后。新月小窗前。天。斗帐恨孤眠。<small>乐府群玉一</small>

〔双调〕沉醉东风

隐 居

叹朝暮青霄用舍。尽头颅白发添些。伴渔樵。苦茅舍。醉西风满川红叶。近日邻家酒易赊。三径黄花放也。<small>乐府群玉一</small>

寻春值雨

杜陵路烟迷雾昏。定昆池花落云根。粉翅寒。金衣润。等闲孤负寻春。柳下重门那个人。怕容易红消翠损。<small>乐府群玉一</small>

宫　词

鸱鹊层楼夜永。芙蓉小苑秋晴。金掌凉。银汉莹。按霓裳何处新声。懒下瑶阶独自行。怕羞见团团桂影。乐府群玉一

宫　词

翡翠屏间篆烟。樱桃花底冰弦。上苑春。长门怨。对黄昏默默无言。十二琼楼第几仙。彩云下先留凤辇。乐府群玉一

题　情

罗帕写桃根旧情。玉箫吹杨柳新声。傅粉容。偷香性。对红妆笑指银瓶。尽醉梅花不要醒。怕孤负良宵媚景。乐府群玉一

信　笔

有待江山信美。无情岁月相催。东里来。西邻醉。听渔樵讲些兴废。依旧中原一布衣。更休想麒麟画里。乐府群玉一

题　情

唾碧衫宽舞体。麝烟煤淡歌眉。远信稀。归期未。郁金堂夜深空闭。绣被寒多有梦知。绮窗外银蟾似水。乐府群玉一

会稽怀古

爱望海秦山古色。探藏书禹穴重来。鉴水边。云门外。有谁人布袜青鞋。休问吴宫暗绿苔。越国在残阳翠霭。乐府群玉一

〔双调〕折桂令

题　情

盼春来又见春归。弹指光阴。回首芳菲。杨柳阴浓。章台路远。汉水烟迷。彩笔谁行画眉。锦书不寄乌衣。寂寞罗帏。愁上心头。人在天涯。乐府群玉一　乐府群珠三

湖　上

望西湖绿水如云。一叶扁舟。几个嘉宾。指点银屏。留连绮席。旋买金鳞。不三杯桃花笑人。不多时柳絮成尘。休负良辰。抹袖凌风。玉手挨篆。乐府群玉一　乐府群珠三

群珠银屏作银瓶。任校群玉改末句作玉手挡筝。

和江头友人韵

想城南景物宜看。雪后园林。江上云山。步步帏屏。家家酒债。处处诗坛。任浊富一时眩眼。且清狂每日开颜。何必愁烦。画虎无成。倦鸟知还。乐府群玉一　乐府群珠三

同友人联句

对池边几树梅花。映古木槎牙。疏竹交加。既有当垆。毋劳倒屣。便可投辖。爱浮蚁香能驻马。荐肥羔味胜庖蛙。低按红牙。高岸乌纱。识字渔夫。好客庄家。乐府群玉一　乐府群珠三

吴山秀

钱塘江上嵯峨。浓淡皆宜。态度偏多。泪雨溟濛。歌云缥缈。

舞雪婆娑。胜楚岫高堆翠螺。似张郎巧画青蛾。消得吟哦。欲比西施。来问东坡。<small>乐府群玉一 乐府群珠三</small>

<small>群玉江上作江山。兹从群珠。</small>

饯尹希善之宁国尹

楚天长山色青青。昨日钱塘。明日宣城。子贡言辞。子瞻才思。子贱廉明。春水生琴书短艇。暖风轻花柳长亭。无限吟情。千里思君。午夜挑灯。<small>乐府群玉一 乐府群珠三</small>

<small>群玉子贡作子共。兹从群珠。</small>

咏西域吉诚甫

毳袍宽两袖风烟。来自西州。游遍中原。锦句诗馀。彩云花下。璧月樽前。今乐府知音状元。古词林饱记神仙。名不虚传。三峡飞泉。万籁号天。<small>乐府群玉一 乐府群珠三</small>

〔双调〕清江引

积 雨

春来那曾晴半日。人散芳菲地。苔生翡翠衣。花滴胭脂泪。偏嫌锦鸠枝上啼。<small>乐府群玉一</small>

题 情

桃源水流清似玉。长恨姻缘误。闲讴窈窕歌。总是相思句。怕随风化作春夜雨。<small>乐府群玉一</small>

南山豆苗荒数亩。拂袖先归去。高官鼎内鱼。小吏置中兔。争似闭门闲看书。<small>乐府群玉一</small>

和靖墓

林逋老仙清避俗。独向孤山住。梅花两句诗。芳草千年墓。不强如长卿封禅书。<small>乐府群玉一</small>

钱塘怀古

吴山越山山下水。总是凄凉意。江流今古愁。山雨兴亡泪。沙鸥笑人闲未得。<small>乐府群玉一</small>

湖上九日

芙蓉岸边移画船。沉醉黄花宴。山光浓似蓝。水色明如练。渔童惯听歌笑喧。<small>乐府群玉一</small>

曹明善北回

文章故人天上来。相见同倾盖。两京花柳情。八景烟云态。偏宜品题七步才。<small>乐府群玉一</small>

〔双调〕水仙子

书所见

闲开翠牖近沧洲。忽见蛾眉出舵楼。来陪燕席翻红袖。舞春风宜佐酒。匆匆催去难留。解湘水烟中佩。驾浔阳江上舟。瘦损风流。<small>乐府群玉一</small>

泛　舟

牙樯锦缆过沙汀。皓齿青蛾捧玉觥。银塘绿水磨铜镜。船如天上行。人传李郭仙名。水晶寒瓜初破。藕花香酒易醒。无限诗

情。<small>乐府群玉一</small>

　　<small>群玉藕花下原脱一字。吴梅校本补香字。兹从之。</small>

友人席上

绛罗为帐护寒轻。银甲弹筝带醉听。玉奴捧砚催诗赠。写青楼一片情。尽疏狂席上风生。红锦缠头罢。金钗剪烛明。有酒如渑。<small>乐府群玉一</small>

幽　居

小堂不闭野云封。隔岸时闻涧水舂。比邻分得山田种。宦情薄归兴浓。想从前错怨天公。食禄黄齑瓮。忘忧绿酒钟。未必全穷。<small>乐府群玉一</small>

〔双调〕庆东原

香奁剩。春梦窄。仙山消息遥天外。愁欺酒怀。羞临镜台。泪湿香腮。金屋燕归来。玉佩人何在。<small>乐府群玉一</small>

　　<small>燕归来上原脱二字。吴梅校本补金屋。兹从之。</small>

题武陵友人别业城南即事

寻幽处。读古书。似韩符昔日城南住。□亭傍竹。藩篱带菊。池沼栽鱼。非是辋川图。堪作郊居赋。<small>乐府群玉一</small>

套数

〔南吕〕一枝花

题东湖

纤云曳晓红。远树团晴翠。好山如凤凰。新水似琉璃。巧画屏帏。

壮观蓬莱地。东湖景最奇。两三行鸥鹭清闲。七十二峰峦秀美。
〔梁州〕露屿寺僧吟翠微。月波楼客宴金杯。宝华台殿松阴蔽。
赤栏桥畔。想像瑶池。金沙路上。胜却苏隄。若东坡来此游历。
向西湖懒把诗题。学士庙绀宇朱扉。观音洞金堂玉室。宰相家
翠竹清溪。会稽。鉴水。贺知章谩奖多佳致。放船去在天际。
杨柳风轻生浪迟。漾动玻璃。
〔尾〕供盘鲜鲫银丝鲙。对酒名花锦绣机。香满衣醉似泥。落照时
渔唱起。棹苍烟乘兴而回。煞强如误入桃源洞天里。太平乐府八　雍
熙乐府一〇　北宫词纪一　北词广正谱引尾

　　雍熙乐府不注撰人。题作东湖。北宫词纪题作东湖游赏。〇（一枝花）雍熙凤
　　凰作凤尾。琉璃作玻璃。词纪俱同。（梁州）雍熙来此作到此。词纪同。词纪
　　玻璃作涟漪。（尾）明大字本太平乐府强如作强似。雍熙供盘上有喜的是三字。
　　无鲜字。对酒上有爱的是三字。香作荷香。醉作酒醉。渔作渔歌。词纪同雍
　　熙。惟首句有鲜字。北词广正谱强如作强似。

张子坚

　　生平不详。张小山新乐府有张子坚运判席上清江引三首。

小令

〔双调〕得胜令

宴罢恰初更。摆列著玉娉婷。锦衣搭白马。纱笼照道行。齐声。
唱的是阿纳忽时行令。酒且休斟。俺待银鞍马上听。乐府群玉三

高　栻

　　燕山人。生平不详。王国维曲录云。作琵琶记者古人多以为高

拭。蒋仲舒尧山堂外纪谓作琵琶记者乃高拭。其字则诚。朱竹垞静志
居诗话引之。而复云涵虚子曲谱有高拭而无高明。则蒋氏之言。或有
所据。王元美艺苑卮言亦云。南曲高拭则诚。遂掩前后。是明人均以
则诚为拭也。然维案元刊张小山北曲联乐府三卷。前有海粟冯子振燕
山高拭题词。此即涵虚子曲谱中之高拭。而作琵琶者自为永嘉之高明。
不容混为一人也。今案王说甚是。惟燕山高氏之名。太和正音谱等作
拭。张小山北曲联乐府题词太平乐府词林摘艳及尧山堂外纪皆作栻。
应从后者。高栻散曲。今存者为北曲。高明散曲。今存者为南曲。

小令

〔双调〕殿前欢

题小山苏隄渔唱

小奚奴。锦囊无日不西湖。才华压尽香奁句。字字清殊。光生
照殿珠。价等连城玉。名重长门赋。好将如意。击碎珊瑚。张小
山北曲联乐府题辞　太平乐府一　尧山堂外纪七六

套数

〔商调〕集贤宾

怨　别

倚帏屏数声长叹息。思往事泪淋漓。坐不稳神魂飘荡。睡不宁
鬼病禁持。数归期曲损春纤。盼回程皱定双眉。要相逢则除是
枕席间魂梦里。几曾经这场憔悴。歌残金缕词。酒尽了凤凰杯。
〔逍遥乐〕悬悬在意。受了些万苦千辛。几曾歇一时半刻。我这里
展转的疑惑。越思量越越的难为。这些时玉减香消添了病疾。冷
清清独自孤栖。赤紧的关山路远。一去无音。阁不住双眸泪垂。

〔金菊香〕盼青鸾不至阻了佳期。想黄犬无音失了配对。望锦鳞落空绝了信息。似醉如痴。瘦肌肤裙褪了小腰围。

〔梧叶儿〕两情似酥和蜜。一心似鱼共水。同衾枕效于飞。早忘了山盟海誓。更和那星前月底。到如今怨他谁。这烦恼则除是天知地知。

〔醋葫芦〕这些时病恹恹骨似柴。闷昏昏心似痴。恰便似随风柳絮不沾泥。一会家魂灵儿在九霄云外飞。挨一日胜添了一岁。迟和疾早晚一身亏。

〔么〕想当日对神前磕可可的言誓盟。告苍天一桩桩说就里。全不想往日话儿依。过三秋尚然犹未回。你那里偎红倚翠。想着他百般聪俊有谁及。

〔后庭花〕空闲了翡翠帏。消疏了莺燕期。生拆散鸳鸯会。硬分开鸾凤栖。痛伤悲。更阑之际。明朗朗照闲阶月色辉。昏惨惨伴离人灯焰微。麝兰散冷了翠帏。绛绡裙松了素体。温鲛绡潎枕席。纱窗外风儿起。听铜壶玉漏滴。

〔柳叶儿〕呀。我便是铁石人怎睡。一思量一会伤悲。恰便似刀剜九曲柔肠碎。离恨天人难觅。相思病命将危。虽然你送了人当是么便宜。

〔尾声〕一简书和泪封。一篇词带愁寄。一桩桩一件件说从实。每日家望天涯则将那碧桃花树倚。也是我前缘前世。想人生最苦是别离。盛世新声申集 词林摘艳七 雍熙乐府一四

盛世新声重增本内府本词林摘艳俱无题。与雍熙乐府皆不注撰人。雍熙题作闺病。原刊本徽藩本词林摘艳题作怨别。注高栻作。北词广正谱商调梧叶儿附注云。高则诚倚围屏套第四第五句各四字。所指即此套。案。高栻与高则诚为二人。疑广正谱以高栻为高则诚。○(集贤宾)盛世摘艳俱误将末三句作次曲逍遥乐首三句。内府本摘艳及雍熙不误。内府本摘艳尽了作尽。雍熙作斠。

(逍遥乐)雍熙展转作转转。添了作添了些。(金菊香)雍熙裙褪作宽褪。(梧叶儿)重增本摘艳及雍熙心似俱作心如。(醋葫芦)雍熙魂灵下无儿字。添了作添。(么)内府本摘艳礅可可作礈磕磕。往日作往日的。雍熙礅可可的言誓盟作礈磕磕言心事。不想作不将。想着作想起。(后庭花)内府本摘艳末句叠。雍熙生拆散作折散了。冷了作淡了。裙作褪。潲作掩。末句作挨铜壶漏滴。(柳叶儿)雍熙铁石人三字叠。人作人呵。当是作算甚。(尾声)雍熙此支中间有脱误。曲共四句。作。一束书和泪封。则将这碧桃花树儿来倚。也是我前缘前世。想人生自古七十稀。

吴　镇

　　镇字仲圭。嘉兴人。性高介。书仿杨凝式。画出关荆董巨。每画山水竹石。辄题诗其上。时人号为三绝。与黄公望。倪瓒。王蒙。有画苑四大家之目。富室向之求画。不可得。惟贫士则赠之。使取值焉。少与兄元璋师事毗陵柳天骥。得其性命之学。尤邃先天易。垂帘卖卜。隐于武塘。所居曰梅花庵。自署梅花庵主。又号梅花道人。至正十四年卒。年七十五。有梅花道人遗墨。

小令

〔南吕〕金字经

梅　边

雪冷松边路。月寒湖上村。缥缈梨花入梦云。巡。小檐芳树春。江梅信。翠禽啼向人。_{梅花道人词}

　　原无牌名。曲前只梅边二字。应是题目。

黄公望

　　公望字子久。本姓陆。世居平江之常熟。继永嘉黄氏。遂徙富春。性禀敏异。应神童科。至元中。浙西廉访徐琰辟为书吏。一日著道士服。持文书白事。琰怪而诘之。即引去。隐于西湖之筲箕泉。已而归富春。卒年八十六。有大痴道人集。子久博极群籍。诗宗晚唐。长词短曲。落笔即成。尤通音律图纬之学。画山水师董源巨然。而晚变其法。自成一家。所著写山水诀。世皆宗之。

小令

〔仙吕〕醉中天

李嵩髑髅纨扇

没半点皮和肉。有一担苦和愁。傀儡儿还将丝线抽。弄一个小样子把冤家逗。识破个羞那不羞。呆兀自五里已单堠。孙氏书画钞

钱　霖

霖字子云。松江人。弃俗为黄冠。更名抱素。号素庵。又号泰窝道人。尝类诸公所作。名曰江湖清思集。其自作乐府。有醉边馀兴。词语极工巧。又有词集渔樵谱。今皆佚。

小令

〔双调〕清江引

梦回昼长帘半卷。门掩荼蘼院。蛛丝挂柳棉。燕嘴粘花片。啼莺一声春去远。乐府群玉三

高歌一壶新酿酒。睡足蜂衙后。云深鹤梦寒。石老松花瘦。不如五株门外柳。乐府群玉三

春归牡丹花下土。唱彻莺啼序。戴胜雨馀桑。谢豹烟中树。人困昼长深院宇。乐府群玉三

恩情已随纨扇歇。攒到愁时节。梧桐一叶秋。砧杵千家月。多
的是几声儿檐外铁。乐府群玉三

套数

〔般涉调〕哨遍

试把贤愚穷究。看钱奴自古呼铜臭。徇己苦贪求。待不教泉货
周流。忍包羞。油铛插手。血海舒拳。肯落他人后。晓夜寻思
机縠。缘情钩距。巧取旁搜。蝇头场上苦驱驰。马足尘中厮追
逐。积攒下无厌就。舍死忘生。出乖弄丑。

〔耍孩儿〕安贫知足神明佑。好聚敛多招悔尤。王戎遗下旧牙筹。
夜连明计算无休。不思日月搬乌兔。只与儿孙作马牛。添消瘦。
不调茵鼎。恣逞戈矛。

〔十煞〕渐消磨双脸春。已雕飕两鬓秋。终朝不乐眉长皱。恨不
得柜头钱五分息招人借。架上袍一周年不放赎。狠毒性如狼狗。
把平人骨肉。做自己膏油。

〔九〕有心待拜五侯。教人唤甚半州。忍饥寒攒得家私厚。待垒
做钱山儿倩军士喝号提铃守。怕化做钱龙儿请法官行罡布气留。
半炊儿八遍把牙关叩。只愿得无支有管。少出多收。

〔八〕亏心事尽意为。不义财尽力掊。那里问亲弟兄亲姊妹亲姑
舅。只待要春风金谷骄王恺。一任教夜雨新丰困马周。无亲旧。
只知敬明眸皓齿。不想共肥马轻裘。

〔七〕资生利转多。贪婪意不休。为锱铢舍命寻争斗。田连阡陌
心犹窄。架插诗书眼不瞅。也学采东篱菊。子是个装呵元亮。
豹子浮丘。

〔六〕恨不得扬子江变做酒。枣穰金积到斗。为几文瞪背钱受了
些旁人咒。一斗粟与亲眷分了颜面。二斤麻把相知结下寇雠。

真纰缪。一味的骄而且吝。甚的是乐以忘忧。

〔五〕这财曾燃了董卓脐。曾桌了元载头。聚而不散遭殃咎。怕不是堆金积玉连城富。眨眼早野草闲花满地愁。干生受。生财有道。受用无由。

〔四〕有一日大小运并在命宫。死囚限缠在卯酉。甚的散得疾子为你聚来得骤。恰待调和新曲歌金帐。逼临得佳人坠玉楼。难收救。一壁相投河奔井。一壁相烂额焦头。

〔三〕窗隔每都飐飐的飞。椅桌每都出出的走。金银钱米都消为尘垢。山魈木客相呼唤。寡宿孤辰厮趁逐。喧白昼。花月妖将家人狐媚。虚耗鬼把仓库潜偷。

〔二〕恼天公降下灾。犯官刑系在囚。他用钱时难参透。待买他上木驴钉子轻轻钉。吊脊筋钩儿浅浅钩。便杀难宽宥。魂飞荡荡。魄散悠悠。

〔尾〕出落他平生聚敛的情。都写做临刑犯罪由。将他死骨头告示向通衢里甃。任他日炙风吹慢慢朽。辍耕录一七

（哨遍）四部丛刊影元刊辍耕录待不作特不。兹从津逮秘书本。津逮本钩距作钩钜。兹从丛刊本。（耍孩儿）丛刊本茵鼎作相鼎。兹从津逮本。（十煞）袩字从丛刊本。惟字书无此字。津逮本作袙。亦非。（九）丛刊本八遍作人遍。兹从津逮本。（六）丛刊本枣作早。兹从津逮本。（二）津逮本上木驴作土木驴。兹从丛刊本。（尾）津逮本慢慢作慢慢的。

徐再思

再思字德可。嘉兴人。好食甘饴。故号甜斋。嘉兴路吏。为人聪敏秀丽。与张小山。贯云石同时。云石号酸斋。与再思并擅乐府。世有酸甜乐府之称。其子善长。亦有才思。颇能继其家声。

小令

〔黄钟〕人月圆

甘露怀古

江皋楼观前朝寺。秋色入秦淮。败垣芳草。空廊落叶。深砌苍苔。远人南去。夕阳西下。江水东来。木兰花在。山僧试问。知为谁开。太平乐府五

兰　亭

茂林修竹风流地。重到古山阴。壮怀感慨。醉眸俯仰。世事浮沉。惠风归燕。团沙宿鹭。芳树幽禽。山山水水。诗诗酒酒。古古今今。太平乐府五

〔黄钟〕红锦袍

那老子爱清闲主意别。钓桐江江上雪。泛桐江江上月。君王想念者。宣到凤凰阙。想著七里渔滩。将著一钩香饵。望著富春山归去也。乐府群玉三

那老子陷身在虎狼穴。将夫差仇恨雪。进西施谋计拙。若不早去些。乌喙意儿别。驾著一叶扁舟。披著一蓑烟雨。望他五湖中归去也。乐府群玉三

那老子见高皇斩了蛇。助萧何立大节。荐韩侯劳汗血。渔樵做话说。千古汉三杰。想著云外青山。纳了腰间金印。伴赤松子归去也。乐府群玉三

那老子觑功名如梦蝶。五斗米腰懒折。百里侯心便舍。十年事可嗟。九日酒须赊。种著三径黄花。栽著五株杨柳。望东篱归

去也。<small>乐府群玉三</small>

〔仙吕〕一半儿

病　酒

昨宵中酒懒扶头。今日看花惟袖手。害酒愁花人问羞。病根由。一半儿因花一半儿酒。<small>太平乐府五</small>

落　花

河阳香散唤提壶。金谷魂消啼鹧鸪。隋苑春归闻杜宇。片红无。一半儿狂风一半儿雨。<small>太平乐府五</small>

春　情

眉传雨恨母先疑。眼送云情人早知。口散风声谁唤起。这别离。一半儿因咱一半儿你。<small>太平乐府五</small>

〔南吕〕阅金经

春

紫燕寻旧垒。翠鸳栖暖沙。一处处绿杨堪系马。他。问前村沽酒家。秋千下。粉墙边红杏花。<small>太平乐府五　乐府群珠二</small>

水亭开宴

犀筯银丝鲙。象盘冰蔗浆。池阁南风红藕香。将。紫霞白玉觞。低低唱。唱着道今夜凉。<small>太平乐府五　乐府群珠二</small>

<small>　　首句从元刊太平乐府。元刊八卷本瞿本太平乐府及乐府群珠此句俱作犀筯丝鱼鲙。</small>

闺　情

一点心间事。两山眉上秋。拈起金针还又休羞。见人推病酒。
恹恹瘦。月明中空倚楼。太平乐府五　　乐府群珠二
　　　乐府群珠次句秋作愁。

歌扇泥金缕。舞裙裁绛绡。一捻瘦香杨柳腰。娇。殢人教斗草。
贪欢笑。倒插了金步摇。太平乐府五　　乐府群珠二
　　　群珠五句作美人来斗草。

〔中吕〕朝天子

西　湖

里湖。外湖。无处是无春处。真山真水真画图。一片玲珑玉。
宜酒宜诗。宜晴宜雨。销金锅锦绣窟。老苏。老逋。杨柳隄梅
花墓。太平乐府四　　乐府群玉三

手　帕

酒痕。泪痕。半带着胭脂润。鲛渊一片玉霄云。缕缕东风恨。
待写回文。敷陈方寸。怕莺花说与春。使人。赠君。寄风月平
安信。太平乐府四　　词林摘艳一　　元明小令钞
　　　瞿本太平乐府鲛渊作鲛绡。兹从元刊太平及摘艳等。摘艳元明小令钞东风俱作
　　　相思。小令钞三句无着字。

常山江行

远山。近山。一片青无间。逆流溯上乱石滩。险似连云栈。落
日昏鸦。西风归雁。叹崎岖途路难。得闲。且闲。何处无鱼羹
饭。太平乐府四

明大字本途路作行路。

杨　姬

艳冶。唱彻。金缕歌全阕。秋娘声价有谁轶。曾奉黄金阙。歌
扇生春。舞裙回雪。不风流不醉也。舞者。唱者。一曲秦楼月。
太平乐府四

〔中吕〕满庭芳

赠歌者

犀梳玉簪。歌裙翠浅。舞袖红深。风流消得缠头锦。一笑千金。
痛饮时花前痛饮。知音人席上知音。春无禁。蜂蝶快寻。先到
海棠心。太平乐府四

〔中吕〕红绣鞋

雪

白鹭交飞溪脚。玉龙横卧山腰。满乾坤无处不琼瑶。因风吹柳
絮。和月点梅梢。想孤山鹤睡了。太平乐府四　乐府群珠四

半月泉

凿透林间山溜。平分天上中秋。菱花分破印寒流。沁梅疏影缺。
攀桂片云愁。待团圆掬在手。太平乐府四　乐府群珠四

道　院

一榻白云竹径。半窗明月松声。红尘无处是蓬瀛。青猿藏火枣。
黑虎听黄庭。山人参内景。太平乐府四　太和正音谱下　乐府群珠四　九宫

大成一三　元明小令钞

九宫大成元明小令钞内景俱作幽景。

〔中吕〕普天乐

吴江八景

垂虹夜月

玉华寒。冰壶冻。云间玉兔。水面苍龙。酒一樽。琴三弄。唤起凌波仙人梦。倚阑干满面天风。楼台远近。乾坤表里。江汉西东。太平乐府四　乐府群珠四

太湖春波

碧琼纹。玻璨鬓。离情汲汲。潭影悠悠。古渡头。长桥右。一片青縠风吹皱。洗桃花昨夜新愁。浮沉锦鳞。高低紫燕。远近白鸥。太平乐府四　乐府群珠四

元刊太平乐府及群珠汲汲俱作级级。兹从何钞本太平乐府。

龙庙甘泉

养萍实。分桃浪。源通虎跑。味胜蜂糖。可煮茶。堪供酿。第四桥边冰轮上。浸一泓碧玉流香。香消酒容。芳腴齿牙。冷渗诗肠。太平乐府四　乐府群珠四

洞庭白云

变阴晴。乘鸾凤。西山暮色。东岳奇峰。可自怡。难持送。舒卷无心为时用。庆风雷际会从龙。襄王梦里。高僧屋内。彦敬图中。太平乐府四　乐府群珠四

明大字本太平乐府风雷作风云。

前村远帆

远村西。夕阳外。倒悬一片。瀑布飞来。万里程。三州界。走

羽流星迎风快。把湖光山色分开。飞鲸涌绿。樯乌点墨。江鸟逾白。太平乐府四　乐府群珠四

雪滩晚钓

水痕收。平沙冻。千山落日。一线西风。箬帽偏。冰蓑重。待遇当年非熊梦。古溪边老了渔翁。得鱼贯柳。呼童唤酒。醉倚孤篷。太平乐府四　乐府群珠四

华岩晚钟

斗杓低。潮音应。菩提玉杵。鼛镛金声。蝶梦惊。龙神听。夜坐高僧回禅定。诵琅函九九残经。谯楼鼓歇。兰舟缆解。茅店鸡鸣。太平乐府四　乐府群珠四

西山夕照

晚云收。夕阳挂。一川枫叶。两岸芦花。鸥鹭栖。牛羊下。万顷波光天图画。水晶宫冷浸红霞。凝烟暮景。转晖老树。背影昏鸦。太平乐府四　乐府群珠四

　　何钞本太平乐府七句天作添。

〔中吕〕阳春曲

皇亭晚泊

水深水浅东西涧。云去云来远近山。秋风征棹钓鱼滩。烟树晚。茅舍两三间。太平乐府四　乐府群珠一

双渐

苏卿倦织回文锦。双渐空怀买笑金。风流一点海棠心。不听琴。只是不知音。太平乐府四　乐府群珠一

春　情

桃花月淡胭脂冷。杨柳风微翡翠轻。玉人敲枕倚云屏。酒未醒。肠断紫箫声。_{太平乐府四　　乐府群珠一}

闺　怨

妾身悔作商人妇。妾命当逢薄倖夫。别时只说到东吴。三载馀。却得广州书。_{太平乐府四　　乐府群珠一}

赠海棠

玉环梦断风流事。银烛歌成富贵词。东风一树玉胭脂。双燕子。曾见正开时。_{太平乐府四　　乐府群珠一}

春　思

酒醒眉记青鸾恨。春去香消紫燕尘。阑干搯遍月儿痕。深闭门。花落又黄昏。_{太平乐府四　　乐府群珠一}

〔商调〕梧叶儿

钓　台

龙虎昭阳殿。冰霜函谷关。风月富春山。不受千钟禄。重归七里滩。赢得一身闲。高似他云台将坛。_{太平乐府五}

明大字本末句无他字。

革　步

山色投西去。羁情望北游。湍水向东流。鸡犬三家店。陂塘五

月秋。风雨一帆舟。聚车马关津渡口。_{太平乐府五}

春　思

芳草思南浦。行云梦楚阳。流水恨潇湘。花底春莺燕。钗头金
凤凰。被面绣鸳鸯。是几等儿眠思梦想。_{太平乐府五}

鸦鬓春云斝。象梳秋月敲。鸾镜晓妆迟。香渍青螺黛。盒开红
水犀。钗点紫玻璨。只等待风流画眉。_{太平乐府五}

风初定。月正明。人静露初零。粉暖蜂蝶翅。春深鸾凤情。香
收燕莺声。都不管梨花梦冷。_{太平乐府五}

　　元刊本香收之收似牧。又似妆。兹从瞿本旧校。明大字本作香散。

即　景

鸳鸯浦。鹦鹉洲。竹叶小渔舟。烟中树。山外楼。水边鸥。扇
面儿潇湘暮秋。_{太平乐府五　张小山小令　北词广正谱　九官大成五九　元明}
_{小令钞}

　　此曲仅李开先辑张小山小令以之属小山。张小山北曲联乐府及天一阁本小山乐
　　府皆无。

〔越调〕小桃红

花篮髷髻

东风攒簇一筐春。吹在秋蝉鬓。玉露凝香宝钗润。绿无尘。同
心双挽蜂蝶阵。群芳顶上。连环枝下。分断楚山云。_{太平乐府三}
　　何钞本题目之髷髻作秋髻。〇元刊本攒作瓒。兹从瞿本明大字本何钞本。任校
　　云。环疑是理之讹。

〔越调〕天净沙

探　梅

昨朝深雪前村。今宵淡月黄昏。春到南枝几分。水香冰晕。唤回逋老诗魂。太平乐府三

吕侯席上

素波笑浅流花。轻衫舞急飘霞。席上司空鬓华。酒阑歌罢。不知春在谁家。太平乐府三

别高宰

青山远远天台。白云隐隐萧台。回首江南倦客。西湖诗债。梅花等我归来。太平乐府三

何钞本校改题目为别高峰。疑非是。宰应指县令。

春　情

双双翠舞珠歌。卿卿酒病花魔。为问风流玉娥。海棠开过。牡丹消息如何。太平乐府三

瞿本卿卿作轻轻。

渔　父

忘形雨笠烟蓑。知心牧唱樵歌。明月清风共我。闲人三个。从他今古消磨。太平乐府三

秋江夜泊

斜阳万点昏鸦。西风两岸芦花。船系浔阳酒家。多情司马。青

衫梦里琵琶。太平乐府三

题　情

多才惹得多愁。多情便有多忧。不重不轻证候。甘心消受。谁
教你会风流。太平乐府三

〔越调〕柳营曲

和听雪

酒半醒。月三更。怪梅花唤回鹤梦惊。蚕叶纵横。龙甲琮琤。
寒粟玉楼生。灞陵桥人有诗成。剡溪中谁驾舟行。光涵虚室明。
寒扑小窗轻。柳絮冷无声。太平乐府三

春　情

投木桃。报琼瑶。风流为听紫凤箫。云挽金翘。香沁鲛绡。春
在两眉梢。带明月门扇低敲。近秋千花影轻摇。妳娘还问着。
小玉会搬挑。教。推道把夜香烧。太平乐府三

　　元刊本低敲作抵敲。兹从元刊八卷本瞿本明大字本。元刊八卷本瞿本末句推作
　　惟。明大字本紫凤作紫鸾。

〔越调〕凭阑人

香　印

烟袅蟠龙花上枝。火引冰蚕茧内丝。烧残锦字诗。似人肠断时。
太平乐府三

春　情

髻拥春云松玉钗。眉淡秋山羞镜台。海棠开未开。粉郎来未来。

太平乐府三　北词广正谱　元明小令钞

　　瞿本太平乐府未来作不来。

江　行

鸥鹭江皋千万湾。鸡犬人家三四间。逆流滩上滩。乱云山外山。

太平乐府三

春　愁

前日春从愁里得。今日春从愁里归。避愁愁不离。问春春不知。

太平乐府三

　　元刊八卷本瞿本得俱作回。兹从元刊本。

无　题

九殿春风鸂鶒楼。千里离宫龙凤舟。始为天下忧。后为天下羞。

太平乐府三

　　元刊本题本作清江。兹从瞿本作无题。

春　怨

遥盼春来图见春。及至春来还怨春。自怜多病身。为他千里人。

太平乐府三

〔双调〕沉醉东风

息斋画竹

葛陂里神龙蜕形。丹山中彩凤栖庭。风吹粉箨香。雨洗苍苔冷。
老仙翁笔底春生。明月阑干酒半醒。对一片儿潇湘翠影。太平乐
府二

　　明大字本末句无儿字。

春　情

一自多才间阔。几时盼得成合。今日个猛见他。门前过。待唤
着怕人瞧科。我这里高唱当时水调歌。要识得声音是我。太平乐
府二　北官词纪外集六

　　元刊太平乐府阔上脱间字。兹从瞿本明大字本及北宫词纪外集。

红灼灼花明翠牖。翠丝丝柳拂青楼。锦谷春。银瓶酒。玉天仙
燕体莺喉。不向樽前醉后休。枉笑煞花间四友。太平乐府二

　　瞿本旧校改翠丝丝作绿丝丝。

〔双调〕蟾宫曲

西　湖

十年不到湖山。齐楚秦燕。皓首苍颜。今日重来。莺嫌花老。
燕怪春悭。听越女鸾箫象板。恼司空雾鬓云环。道院禅关。酒
会诗坛。万古西湖。天上人间。太平乐府一　乐府群珠三

　　元刊本元刊八卷本听俱作所。应为听之讹。兹改。瞿本作数。

钱子云赴都

赋河梁渺渺予怀。今日阳关。明日秦淮。鹏翼风云。龙门波浪。
马足尘埃。宽洗汕胸中四海。便蜚腾天上三台。休等书斋。梅
子花开。人在江南。先寄诗来。太平乐府一　乐府群珠三

　　乐府群珠鹏翼作鹏路。

江淹寺

紫霜毫是是非非。万古虚名。一梦初回。失又何愁。得之何喜。
闷也何为。落日外萧山翠微。小桥边古寺残碑。文藻珠玑。醉

墨淋漓。何似班超。投却毛锥。太平乐府一　　乐府群珠三

登太和楼

白云中涌出蓬莱。俯视西湖。图画天开。暮雨珠帘。朝云画栋。
夜月瑶台。书籍会三千剑客。管弦声十二金钗。对酒兴怀。拊
髀怜才。寄语玲珑。王粲曾来。太平乐府一　　乐府群珠三

　　元刊太平乐府籍作藉。兹从元刊八卷本瞿本。

竹夫人

湘妃应是前身。不记何年。封号封秦。万古虚心。百年贞节。
一世故人。剖苍璧寒凝泪痕。挽潜蛟巧结香纹。侍枕知恩。入
梦无春。两腋清风。满枕行云。太平乐府一　　乐府群玉三　　乐府群珠三

　　元刊太平乐府一世作几世。兹从元刊八卷本等太平乐府及乐府群玉乐府群珠。
　　群玉故人作良人。满枕作一枕。

姑苏台

荒台谁唤姑苏。兵渡西兴。祸起东吴。切齿雠冤。捧心钩饵。
尝胆权谋。三千尺侵云粪土。十万家泣血膏腴。日月居诸。台
殿丘墟。何似灵岩。山色如初。太平乐府一　　乐府群珠三

　　元刊太平乐府侵作浸。兹从元刊八卷本瞿本及群珠。

名姬玉莲

荆山一片玲珑。分付冯夷。捧出波中。白羽香寒。琼衣露重。
粉面冰融。知造化私加密宠。为风流洗尽娇红。月对芙蓉。人
在帘栊。太华朝云。太液秋风。太平乐府一　　乐府群珠三　　尧山堂外纪

七一

春　情

平生不会相思。才会相思。便害相思。身似浮云。心如飞絮。
气若游丝。空一缕馀香在此。盼千金游子何之。证候来时。正
是何时。灯半昏时。月半明时。<small>太平乐府一　乐府群珠三　尧山堂外纪</small>
<small>七一</small>

西湖寻春

清明春色三分。湖上行舟。陌上游人。一片花阴。两行柳影。
十里莎茵。不要多般排一品。休嫌少酒止三巡。处处开樽。步
步寻春。花下归来。带月敲门。<small>太平乐府一　乐府群珠三</small>

送沙宰

宦游人过钱塘。江水汤汤。山色苍苍。马首西风。鸡声残月。
雁影斜阳。男子志周流四方。循吏心恪守三章。岐麦林桑。渡
虎驱蝗。人颂甘棠。春满琴堂。<small>太平乐府一　乐府群珠三</small>
　　<small>群珠汤汤作茫茫。</small>

月

问青天呼酒重倾。几度盈亏。几度阴晴。夜冷鱼沉。山空鹤唳。
露滴乌惊。看杨柳楼心弄影。听梨花树底吹笙。雪与争明。风
与双清。玉兔韬光。万古长生。<small>太平乐府一　乐府群珠三</small>
　　<small>元刊本瞿本太平乐府乌惊俱作鸟惊。兹从元刊八卷本太平乐府及群珠。</small>

赠粉英

温柔乡里娉婷。清比梅花。更有馀清。玉蕊含香。琼蕤沁月。

瑶萼裁冰。冠杨柳东风媚景。赋芙蓉夜月幽情。花下苏卿。月
下崔莺。世上飞琼。天上双成。*太平乐府一　乐府群珠三*

西湖夏宴

卷荷篰翠袖生香。忙处投闲。静处寻凉。一片歌声。四围山色。
十里湖光。只此是人间醉乡。更休题天上天堂。老子疏狂。信
手新词。赠与秋娘。*太平乐府一　乐府群珠三*

　　瞿本太平乐府忙处作忙里。

红　梅

蕊珠宫内琼姬。醉倚东风。谁与更衣。血泪痕深。茜裙香冷。
粉面春回。桃杏色十分可喜。冰霜心一片难移。何处长笛。吹
散胭脂。分付春归。*太平乐府一　乐府群珠三*

〔双调〕清江引

苕　溪

驼凤两桥分燕尾。人物风流地。白云四面山。明月双溪水。身
在董元图画里。*太平乐府二*

盘龙寺

山僧定回月半吐。叱咤神龙处。空廊旧爪痕。古殿新盘路。卷
起讲华台下雨*太平乐府二*

春　夜

云间玉箫三四声。人倚阑干听。风生翡翠棂。露滴梧桐井。明

月半帘花弄影_{太平乐府二}

月半帘花弄影<small>太平乐府二</small>

私　欢

梧桐画阑明月斜。酒散笙歌歇。梅香走将来。耳畔低低说。后堂中正夫人沉醉也。<small>太平乐府二</small>

　　明大字本末句无正字。

笑靥儿

东风不知何处来。吹动胭脂色。旋成一点春。添上十分态。有千金俏人儿谁共买。<small>太平乐府二</small>

相　思

相思有如少债的。每日相催逼。常挑着一担愁。准不了三分利。这本钱见他时才算得。<small>太平乐府二</small>

〔双调〕寿阳曲

梅　影

枝横水。花未雪。镜中春玉痕明灭。梨云梦残人瘦也。弄黄昏半窗明月。<small>太平乐府二</small>

手　帕

香多处。情万缕。织春愁一方柔玉。寄多才怕不知心内苦。带胭脂泪痕将去。<small>太平乐府二</small>

　　元刊本带作渍。兹从元刊八卷本瞿本。

春　情

心疼事。肠断词。背秋千泪痕红渍。剔春纤碎榴花瓣儿。就窗
纱砌成愁字。_{太平乐府二}

　　瞿本四句作剔春娇蹴损花瓣儿。

昨宵是。你自说。许着咱这般时节。到西厢等的人静也。又不
成再推明夜。_{太平乐府二}

闲情绪。深院宇。正东风满帘飞絮。怕梨花不禁三月雨。是谁
教燕衔春去。_{太平乐府二}

醉　姬

绯霞佩。金缕衣。枕东风美人深醉。便休将玉箫花下吹。怕惊
回海棠春睡。_{太平乐府二}

柳　腰

连环玉。一搦酥。舞春风柳丝相妒。沈东阳带红香双抱住。怕
随着彩云飞去。_{太平乐府二}

〔双调〕水仙子

夜　雨

一声梧叶一声秋。一点芭蕉一点愁。三更归梦三更后。落灯花
棋未收。叹新丰孤馆人留。枕上十年事。江南二老忧。都到心
头。_{太平乐府二　中原音韵　尧山堂外纪七一}

　　中原音韵孤馆人留作逆旅俺溜。俺溜应为淹留之讹。

弹唱佳人

玉纤流恨出冰丝。瓠齿和春吐怨辞。秋波送巧传心事。似邻船初听时。问江州司马何之。青衫泪。锦字诗。总是相思。太平乐府二

红指甲

落花飞上笋牙尖。宫叶犹将冰筋粘。抵牙关越显得樱唇艳。怕伤春不卷帘。捧菱花香印妆奁。雪藕丝霞十缕。镂枣班血半点。掐刘郎春在纤纤。太平乐府二 尧山堂外纪七一

明大字本太平乐府十缕作千缕。

佳人钉履

金莲脱瓣载云轻。红叶浮香带雨行。渍春泥印在苍苔径。三寸中数点星。玉玲珑环珮交鸣。溅越女红裙湿。沁湘妃罗袜冷。点寒波小小蜻蜓。太平乐府二 尧山堂外纪七一

春 情

九分恩爱九分忧。两处相思两处愁。十年迤逗十年受。几遍成几遍休。半点事半点惭羞。三秋恨三秋感旧。三春怨三春病酒。一世害一世风流。太平乐府二

青玉花筒

蜂房分蜜入乌云。莺嘴流金拂翠颦。鸾钗嵌玉浮红晕。似蕊珠宫内人。虚心腹管束东君。两朵儿瑶花弄色。半缕儿香绵沁粉。一泓儿碧露涵春。太平乐府二

重　九

东篱重赋紫萸诗。北海深倾白玉卮。西风了却黄花事。是渊明酒醉时。笑人间名利孜孜。钻醯瓮。检故纸。再谁题归去来兮。_{太平乐府二}

元刊八卷本酒醉作沉醉。又与瞿本孜孜俱作孳孳。瞿本末句兮作辞。

马嵬坡

翠华香冷梦初醒。黄壤春深草自青。羽林兵拱听将军令。拥鸾舆蜀道行。妾虽亡天子还京。昭阳殿梨花月色。建章宫梧桐雨声。马嵬坡尘土虚名。_{太平乐府二}

元刊本元刊八卷本瞿本月色俱作月。兹从明大字本及何钞本。

惠山泉

自天飞下九龙涎。走地流为一股泉。带风吹作千寻练。问山僧不记年。任松梢鹤避青烟。湿云亭上。涵碧洞前。自采茶煎。_{太平乐府二}

〔双调〕殿前欢

钓　台

钓鱼台。便齐云安稳似云台。故人同榻成何碍。太史瘦哉。三台宰相阶。百两黄金带。万丈风波海。争如休去。胜似归来。_{太平乐府一}

杨总管

玉堂臣。经纶大展致其身。腰间斗大黄金印。志在新民。文章

汉子云。韬略吴公瑾。勋业商伊尹。一番桃李。两字麒麟。<small>太平</small>
<small>乐府一</small>

观音山眠松

老苍龙。避乖高卧此山中。岁寒心不肯为梁栋。翠蜿蜒俯仰相
从。秦皇旧日封。靖节何年种。丁固当时梦。半溪明月。一枕
清风。<small>太平乐府一</small>

〔双调〕卖花声

雪儿娇小歌金缕。老子婆娑倒玉壶。满身花影倩人扶。昨宵不
记。雕鞍归去。问今朝酒醒何处。<small>太平乐府二　乐府群珠一</small>

<small>乐府群珠题作春游。次首书一又字。</small>

碧桃红杏桃源路。绿水青山水墨图。杖头挑着酒胡芦。行行觑
着。山童分付。问前村酒家何处。<small>太平乐府二　乐府群珠一</small>

红罗佩吐狮头玉。碧珥香衔凤口珠。风流相遇恨须臾。梨花淡
月。楼台如故。教吹箫玉人何处。<small>太平乐府二　乐府群珠一</small>

<small>乐府群珠题作春。○群珠碧珥作碧纽。</small>

云深不见南来羽。水远难寻北去鱼。两年不寄半行书。危楼目
断。云山无数。望天涯故人何处。<small>太平乐府二　乐府群珠一</small>

<small>乐府群珠题作念远。</small>

蒲道源

道源字得之。号顺斋。世居眉州。后徙兴元。元初为郡学正。皇
庆中官至国子博士。旋引疾去。及年七十。复被召为陕西儒学提举。
不就。所著有间居丛稿。

小令

〔黄钟〕人月圆

赵君锡再得雄

君家阴德多多种。重得读书郎。掌中惊看。隆颅犀角。黛抹朱妆。最堪欢处。灵椿未老。丹桂先芳。他年须记。于门高大。车马煌煌。_{顺斋乐府}

孙周卿

> 古邠人。傅若金序孙蕙兰绿窗遗稿云。故妻孙氏蕙兰。早失母。父周卿先生。若金所言。未知是否即此人。

小令

〔双调〕沉醉东风

宫　词

双拂黛停分翠羽。一窝云半吐犀梳。宝鬺香。罗襦素。海棠娇睡起谁扶。肠断春风倦绣图。生怕见纱窗唾缕。_{太平乐府二　北词广正谱　元明小令钞}

> 明大字本太平乐府及北词广正谱翠羽俱作翠雨。此从元刊本等太平乐府。广正谱海棠娇作海棠嫩。唾缕作吐缕。元明小令钞俱同广正谱。

花月下温柔醉人。锦堂中笑语生春。眼底情。心间恨。到多如楚雨巫云。门掩黄昏月半痕。手抵着牙儿自哂。_{太平乐府二}

> 瞿本笑语作笑脸。

〔双调〕蟾宫曲

自　乐

想天公自有安排。展放愁眉。开着吟怀。款击红牙。低歌玉树。烂醉金钗。花谢了逢春又开。燕归时到社重来。兰芷庭阶。花月楼台。许大乾坤。由我诙谐。太平乐府一　乐府群珠三

草团标正对山凹。山竹炊粳。山水煎茶。山芋山薯。山葱山韭。山果山花。山溜响冰敲月牙。扫山云惊散林鸦。山色元佳。山景堪夸。山外晴霞。山下人家。太平乐府一　乐府群珠三

乐府群珠题作山中乐。〇明大字本太平乐府元佳作既佳。元刊本等皆作元佳。群珠山薯作山药。元佳作尤佳。

渔　父

浪花中一叶扁舟。到处行窝。天也难留。去岁兰江。今年湘浦。后日巴丘。青蒻笠白苹渡口。绿蓑衣红蓼滩头。不解闲愁。自号无忧。两岸芦花。一觉齁齁。太平乐府一　乐府群珠三

题琵琶亭

到浔阳夜泊星槎。送客江头。忽听琵琶。下马维舟。回灯借问。何处人家。姜本是京师馆娃。嫁商人沦落天涯。再转龙牙。细拨轻爬。声裂檀槽。月满芦花。太平乐府一　乐府群珠三

群珠沦落作流落。

见乐天细问根芽。襟搭鲛绡。玉笋笼纱。家住长安。十三学乐。髻绾双鸦。今老却朝云暮霞。再休题秋月春花。自叹咱家。两鬓霜华。有锦难缠。泪湿琵琶。太平乐府一　乐府群珠三

群珠自叹作自笑。

寄友人

忆湘南冷落鸥盟。木落庭皋。满院秋声。夜月关河。西风天地。自笑浮生。归兴动江神敛容。客情多山鬼知名。月殿龙庭。云路鹏程。独跨天风。直上瑶京。_{太平乐府一　乐府群珠三}

题　恨

到春来郁闷恹恹。昼夜相兼。粉黛慵拈。尘满妆奁。香消宝籪。翠淡眉尖。封泪锦丝丝恨添。唾窗绒缕缕情粘。翠幕朱帘。玉管牙签。绿惨红忺。燕妒莺嫌。_{太平乐府一　乐府群珠三}

寿友人 _{七月七日}

喜年年玉井莲开。天上人间。月地云街。臂络珠璎。头缠红锦。袖拂芳埃。云子酒香浮玉台。雪儿歌韵绕金钗。丹桂多栽。五福齐来。禄享千钟。位列三台。_{太平乐府一　乐府群珠三}

　　题从元刊本元刊八卷本瞿本太平乐府。明大字本太平乐府作七夕寿友人。群珠无七月七日四字。

〔双调〕水仙子

日　边

晓开阊阖庆天申。九五龙飞第一春。星围电绕天威近。肃朝班对紫宸。嵩呼舞蹈扬尘。和气融三岛。欢声沸五云。洪福齐臻。
_{太平乐府二}

　　元刊本电绕天威近作殿绕天威迎。兹从元刊八卷本瞿本。

舟 中

孤舟夜泊洞庭边。灯火青荧对客船。朔风吹老梅花片。推开篷雪满天。诗豪与风雪争先。雪片与风鏖战。诗和雪缴缠。一笑琅然。太平乐府二

元刊本首句边作烟。兹从瞿本。元刊八卷本作游。失韵。

山居自乐

西风篱菊灿秋花。落日枫林噪晚鸦。数椽茅屋青山下。是山中宰相家。教儿孙自种桑麻。亲眷至煨香芋。宾朋来煮嫩茶。富贵休夸。太平乐府二

小斋容膝窄如舟。苔径无媒翠欲流。衡门半掩黄花瘦。属东篱富贵秋。药炉经卷香篝。野菜炊香饭。云腴涨雪瓯。傲煞王侯。太平乐府二

无媒原作无煤。杜牧诗。无媒径路草萧萧。兹改正。明大字本作芜莓。盖因不知字讹而臆改。

功名场上事多般。成败如棋不待观。山林寻个好知心伴。要常教心地宽。笑平生不解眉攒。土炕上蒲席厚。砂锅里酒汤暖。妻子团圞。太平乐府二

元刊本等汤暖作荡暖。兹从明大字本。

朝吟暮醉两相宜。花落花开总不知。虚名嚼破无滋味。比闲人惹是非。淡家私付与山妻。水碓里春来米。山庄上线了鸡。事事休提。太平乐府二

赠舞女赵杨花

霓裳一曲锦缠头。杨柳楼心月半钩。玉纤双撮泥金袖。称珍珠

络臂韝。翠盘中一榻温柔。秋水双波溜。春山八字愁。殢杀温
柔。_{太平乐府二}

〔双调〕殿前欢

楚　云

楚云高。盈盈泪眼望衡皋。付能盼得春来到。玉困香娇。是谁
人按六么。红牙闹。睡未足把人惊觉。云偏髻鬖。月淡眉梢。_太
_{平乐府一}

楚云纤。玉容清浅自家嫌。离情镇把柔肠占。情绪厌厌。见莺
花懒揭帘。心常欠。怕笑我缃裙掩。愁堆眼底。恨压眉尖。_{太平}
_{乐府一}

楚云收。月波冷浸晚妆楼。腰肢到比花枝瘦。花瘦无愁。比花
枝我自羞。花虽瘦。花不会把眉儿皱。红消翠减。心上眉头。_太
_{平乐府一}

楚云空。绿窗闲数唾窗绒。一春心事和谁共。门掩残红。笑残
红与我同。成何用。都做了繁华梦。香消脸玉。翠减眉峰。_{太平}
_{乐府一}

　　元刊本元刊八卷本等唾窗绒俱作唾窗纸。兹从明大字本何钞本。

〔南吕〕骂玉郎过感皇恩采茶歌

闺　情

秋千院宇春将暮。红滴泪绿溶朱。朝云隔断阳台路。去凤孤。
来燕疏。流莺妒。懒步阶除。倦立亭隅。草烟铺。梨雪舞。柳
风扶。花惊我瘦。我爱花腴。玉笾梳。金翠羽。宝香珠。绣罗
襦。锦笺书。当时封泪到曾无。屈指归期空自数。倚阑无语慢

踟蹰。太平乐府五　乐府群珠二

瞿本太平乐府及乐府群珠溶俱作镕。此从元刊太平乐府。

香罗带束春风瘦。金缕袖玉搔头。生红色染胭脂绉。柳让柔。莺避讴。花辞秀。缓转星眸。细咽歌喉。晚云收。秋水溜。远山愁。香消自忧。粉淡谁羞。燕闲俦。鸳冷绣。凤空游。没来由。尽淹留。春来春去几时休。锦瑟生疏弦上手。月明闲煞小红楼。太平乐府五　乐府群珠二

上二曲元刊本瞿本太平乐府皆署周孙卿作。惟同书姓氏表仅有孙周卿而无周孙卿。乐府群珠及何钞本太平乐府于此曲并署孙周卿。疑周孙系误倒。兹辑之于此。

宋　褧

褧字显夫。宛平人。登泰定甲子进士。除秘书监校书郎。累官监察御史。迁国子司业。进翰林直学士。兼经筵讲官。卒赠范阳郡侯。谥文清。有燕石集。

小令

〔黄钟〕人月圆

中秋小酌

红螺香滟金茎露。清兴溢璇霄。玉盘光冷。云鬟雾湿。丹阙烟销。□□此夜。明年明月。何似今宵。西风唤我。瑶阶折桂。绮槛吹箫。燕石近体乐府

诚夫兄生子名京华儿

神州佳丽明光锦。生出玉麒麟。四筵都爱。西山眉翠。太液瞳

神。他年应是。斗鸡走马。紫陌红尘。这回休更。燕秦树栗。
江浦垂纶。_{燕石近体乐府}

顾德润

德润字君泽。道号九山。松江人。以杭州路吏迁平江。自刊九山
乐府诗隐二集。售于市肆。君泽或作均泽。九山或作九仙。未知孰是。

小令

〔南吕〕骂玉郎过感皇恩采茶歌

夏　日

衔泥燕子穿帘幕。早池塘贴新荷。庭槐隈柳鸣蝉和。扇影罗。
巾岸葛。花盈座。暑气无多。雨声初过。倚东床。开北牖。梦
南柯。灯前恣舞。醉后狂歌。书慵注。琴倦抚。剑羞磨。挂青
蓑。钓沧波。世尘不到小行窝。笑拥青娥娇无那。年来放我且
婆娑。_{太平乐府五　乐府群珠二}

述　怀

蛛丝满甑尘生釜。浩然气尚吞吴。并州每恨无亲故。三匝乌。
千里驹。中原鹿。走遍长途。反下乔木。若立朝班。乘骢马。
驾高车。常怀卞玉。敢引辛裾。羞归去。休进取。任揶揄。暗
投珠。叹无鱼。十年窗下万言书。欲赋生来惊人语。必须苦下
死工夫。_{太平乐府五　乐府群珠二}

人生傀儡棚中过。叹乌兔似飞梭。消磨岁月新工课。尚父蓑。
元亮歌。灵均些。安乐行窝。风流花磨。闲呵诹。歪嗑牙。发

乔科。山花袅娜。老子婆娑。心犹倦。时未来。志将何。爱风
魔。怕风波。识人多处是非多。适兴吟哦无不可。得磨跎处且
磨跎。_{太平乐府五　乐府群珠二}

群珠此首题作叹世。〇元刊太平乐府及群珠嗑下俱脱牙字。兹从瞿本太平乐府。

〔中吕〕醉高歌过喜春来

宿西湖

梅花飘雪漫山。杨柳和烟放眼。画船稳系东风岸。金缕朱弦象
板。春融南浦冰渐散。酒醒西楼月影悭。一天星斗水云寒。名
利难。诗酒债且填还。_{太平乐府四}

元刊本末句脱债字。兹从元刊八卷本瞿本。

〔中吕〕醉高歌过摊破喜春来

旅　中

长江远映青山。回首难穷望眼。扁舟来往蒹葭岸。人憔悴云林
又晚。篱边黄菊经霜暗。囊底青蚨逐日悭。破清思晚砧鸣。断
愁肠檐马韵。惊客梦晓钟寒。归去难。修一缄。回两字寄平安。
_{太平乐府四　太和正音谱下　乐府群珠一收摊破喜春来　北词广正谱引摊破喜春}
_{来　九宫大成一三引醉高歌　元明小令钞收摊破喜春来}

太和正音谱九宫大成人憔悴俱作烟锁。正音谱乐府群珠北词广正谱元明小令钞
霜暗俱作霜绽。囊底作囊里。清思作情思。末句寄作报。

〔中吕〕醉高歌过红绣鞋

西湖赏春

漾金波碧甃粼粼。荡金缕垂杨隐隐。步金莲仙子相随趁。纵金

勒王孙笑引。按金雁银筝风韵。捧金钟翠袖殷勤。听金莺彩燕竞争春。掷金钱频唤酒。焚金鼎细生云。舣金船兰棹稳。太平乐府四

元刊本等鄰鄰俱作邻邻。兹从明大字本及何钞本。瞿本旧校改邻邻为鳞鳞。彩燕各本皆作彩雁。兹改。

〔越调〕黄蔷薇过庆元贞

御水流红叶

步秋香径晚。怨翠阁衾寒。笑把霜枫叶拣。写罢衷情兴懒。几年月冷倚阑干。半生花落盼天颜。九重云锁隔巫山。休看作等闲。好去到人间。太平乐府三　太和正音谱下　九宫大成二七

又

正观光上国。近守御宫闱。霜染丹枫散绮。叶坠金沟泛水。凤城春色醉玻璨。龙香墨迹灿珠玑。鸾交天配选簪笄。宫妃直恁痴。题怨寄他谁。太平乐府三

何钞本校改题怨作题诗。

套数

〔黄钟〕愿成双

忆　别

梅脸退。柳眼肥。雨丝丝开到荼蘼。一春常是盼佳期。不觉的香消玉体。

〔么〕忒风流姝媚忒聪慧。怎生般信绝音稀。叮宁杜宇那人行啼。冷落了秋千月底。

〔出队子〕科场不第。出落着个三不归。长安花酒价如泥。不信敲才主仗得。似恁般情怀说向谁。

〔么〕到中秋左右还相会。见他时擘破面皮。紫泥宣于我甚便宜。青楼梦因谁没鉴识。且受回禁持悔甚的。

〔尾〕海神行忘不了些乔盟誓。多年前曾活取了个王魁。传槽病这些时敢轮到你。 太平乐府八　北宫词纪六　太和正音谱上引愿成双

（愿成双）元刊本等太平乐府三句俱脱一丝字。兹从何钞本太平乐府及太和正音谱北宫词纪。太平乐府常是作长是。正音谱词纪脸俱作腮。（出队子么）瞿本明大字本太平乐府及词纪擘俱作劈。

〔仙吕〕点绛唇

四友争春

四海飘蓬。半生歌咏。嗟尘冗。世事匆匆。苦被年光送。

〔混江龙〕眼前青供。玉人降谪笑相逢。敲金击玉。咏月嘲风。三峡泉鸣新咳唾。千章诗著旧题封。春风杨柳。秋水芙蓉。温柔典雅。剔透玲珑。销人魂梦广寒宫。迷人踪迹桃源洞。友朋每如兄如弟。亲眷每非虎非熊。

〔油葫芦〕天下湖山风月珑。这一伙作业种。莺俦燕侣不相容。锦心绣腹亲陪奉。月眉星眼情搬弄。茶供过三两巡。涎割到五六桶。攒下些高谈阔论成何用。端的是风月两无功。

〔天下乐〕几曾见翠袖殷勤捧玉钟。三冬。节序穷。老廉颇岂堪施会勇。桑柴弓悬臂间。纸糊锹逼手中。每日价干和哄。

〔那吒令〕江湖上量洪。谁强似孔融。天地间德行。怎学得仲弓。翠红乡钞猛。都不如邓通。假老实。乔尊重。买做了先锋。

〔鹊踏枝〕探花人气如虹。状元郎怒填胸。榜眼哥哥。尚自冲冲。你也咻恩多爱浓。想从前错怨了天公。

〔寄生草〕大厮家包藏得险。友朋每讲论得同。双生虽俊风声众。苏卿缺镘情肠痛。冯魁不语机谋中。风流浪子怎教贫。孤寒壮士愁难共。

〔尾〕不放一时花。空负三生梦。我与你结抹了青楼卷宗。一个空劳下巫山十二峰。一个虚担着雨迹云踪。那一个快弥缝。只落得燕懒莺慵。这老子倒夺了东君造化工。他见这恩情脱空。便把那是非讲动。划地向树头树底觅残红。太平乐府六　雍熙乐府四

雍熙乐府不注撰人。○(点绛唇)雍熙嗟作叹。(混江龙)雍熙相逢作相迎。(油葫芦)雍熙珑作笼。涎割作涎刮。(天下乐)何钞本太平乐府干作乾。(那吒令)元刊本等太平乐府三句俱无行字。兹从明大字本。雍熙行作容。(鹊踏枝)元刊本等太平乐府哥哥俱作歌歌。兹从明大字本何钞本太平及雍熙。雍熙哝作侬。(寄生草)明大字本太平中作重。雍熙友朋作朋友。众作重。(尾)雍熙虚作空。便把作便是。

词林白雪卷四有一枝花送飞琼下九天套数一套。注顾均泽作。案此套北宫词纪彩笔情辞俱注汤舜民作。较为可信。兹入汤式曲中。

李齐贤

齐贤字仲思。号益斋。高丽人。年未冠已有文名。大为忠宣王所器重。从居辇毂下。得与元儒姚牧庵。阎子静。赵子昂。元复初。张养浩等游。学益进。又尝奉使川蜀。所至题咏。脍炙人口。历官门下侍中。封鸡林府院君。至正二十七年卒。年八十一。谥文忠。著有益斋乱稿。

小令

〔黄钟〕人月圆

马嵬效吴彦高

五云绣岭明珠殿。飞燕倚新妆。小鼙中有。渔阳胡马。惊破霓

裳。海棠正好。东风无赖。狼藉春光。明眸皓齿。如今何在。
空断人肠。益斋长短句

曹　德

德字明善。衢州路吏。甘于自适。乐府华丽自然。不在小山下。
伯颜擅权之日。剟王彻彻都。高昌王帖木儿不花。皆以无罪被杀。明
善时在都下。作清江引二曲以讽之。大书揭于五门之上。伯颜怒。令
左右暗察得实。肖形缉捕。明善出避吴中一僧舍。居数年。伯颜事
败。方再入京。

小令

〔正宫〕小梁州

侍马昂夫相公游柯山

紫霞仙侣翠云裘。文彩风流。新诗题满凤凰楼。挥吟袖。来作
烂柯游。〔么〕王樵不管梅花瘦。教白鹤舞著相留。听我歌。为
君寿。一杯春酒。一曲小梁州。乐府群玉一

〔中吕〕喜春来

和则明韵

骚坛坐遍诗魔退。步障行看肉阵迷。海棠开后燕飞回。喧暂息。
爱月夜眠迟。乐府群玉一
春云巧似山翁帽。古柳横为独木桥。风微尘软落红飘。沙岸好。
草色上罗袍。乐府群玉一
春来南国花如绣。雨过西湖水似油。小瀛洲外小红楼。人病酒。

料自下帘钩。<small>乐府群玉一</small>

〔双调〕沉醉东风

隐　居

鸱夷革屈沉了伍胥。江鱼腹葬送了三闾。数间谏时。独醒处。岂是遭诛被放招伏。一舸秋风去五湖。也博个名传万古。<small>乐府群玉一</small>

<small>　　博原作笔。此从吴梅校本。三至五句似有讹误。</small>

村　居

新分下庭前竹栽。旋笤得缸面茅柴。嫩弹鸡。和根菜。小杯盘曾惯留客。活泼剌鲜鱼米换来。则除了茶都是买。<small>乐府群玉一</small>

茅舍宽如钓舟。老夫闲似沙鸥。江清白发明。霜早黄花瘦。但开樽沉醉方休。江糯吹香满穗秋。又打够重阳酿酒。<small>乐府群玉一</small>

<small>　　打够原作打勾。兹改。</small>

枫林晚家家步锦。菊篱秋处处分金。羞将宝剑看。醉把瑶琴枕。没三杯著甚消任。若论到机深祸亦深。却不是渊明好饮。<small>乐府群玉一</small>

〔双调〕折桂令

江头即事

问城南春事何如。细草如烟。小雨如酥。不驾巾车。不拖竹杖。不上篮舆。著二日将息蹇驴。索三杯分付奚奴。竹里行厨。花下提壶。共友联诗。临水观鱼。<small>乐府群玉一　乐府群珠三</small>

自　述

淡生涯却不多争。卖药修琴。负笈担簦。雪岭樵柯。烟村牧笛。月渡渔罾。究生死干忙煞老僧。学飞升空老了先生。我腹膨脝。我貌狰狞。我发鬅鬙。除了衔杯。百拙无能。乐府群玉一　乐府群珠三

西湖早春

小红楼隔水人家。草未鸣蛙。柳已藏鸦。试卷朱帘。寻山问寺。何处无花。金络脑隄边骏马。锦缠头船上娇娃。风景繁华。不醉流霞。前世生涯。乐府群玉一　乐府群珠三

群玉寻山问寺作是山间寺。群珠草未作草已。柳已作柳末。

登灵鹫山

便休提钟鼎山林。遮莫荣枯。总是消沉。落落魄魄。酒逢知己。琴遇知音。时俯仰人间古今。且消磨闲处光阴。无事当心。今日从容。此地登临。乐府群玉一　乐府群珠三

〔双调〕清江引

长门柳丝千万结。风起花如雪。离别复离别。攀折更攀折。苦无多旧时枝叶也。乐府群玉一　辍耕录八　尧山堂外纪七四

辍耕录复重。更作复。尧山堂外纪同。外纪无也字。

长门柳丝千万缕。总是伤心树。行人折嫩条。燕子衔轻絮。都不由凤城春做主。乐府群玉一　辍耕录八　尧山堂外纪七四

辍耕录树作处。嫩作柔。轻作芳。尧山堂外纪同。

〔双调〕庆东原

江头即事

低茅舍。卖酒家。客来旋把朱帘挂。长天落霞。方池睡鸭。老树昏鸦。几句杜陵诗。一幅王维画。乐府群玉一

猿休怪。鹤莫猜。探春偶到南城外。池鱼就买。园蔬旋摘。村务新开。省下买花钱。拚却还诗债。乐府群玉一

闲乘兴。过小亭。没三杯著甚资谈柄。诗题小景。香销古鼎。曲换新声。标致似刘伶。受用如陶令。乐府群玉一　北词广正谱　元明小令钞

> 乐府群玉标致作标到。兹从任校。北词广正谱此句作标似刘伶。古鼎作方鼎。元明小令钞俱同广正谱。

〔不知宫调〕三棒鼓声频

题渊明醉归图

先生醉也。童子扶著。有诗便写。无酒重赊。山声野调欲唱些。俗事休说。问青天借得松间月。陪伴今夜。长安此时春梦热。多少豪杰。明朝镜中头似雪。乌帽难遮。星般大县儿难弃舍。晚入庐山社。比及眉未攒。腰曾折。迟了也去官陶靖节。乐府群玉一

高克礼

> 克礼字敬臣。号秋泉。河间人。荫官至庆元理官。治政以清净为务。不为苛刻。以简澹自处。与乔吉友善。小曲乐府。极为工巧。有

名于时。案曹棟亭本录鬼簿敬臣作敬德。疑误。乐府群玉明钞本录鬼簿太和正音谱元诗选等书俱作敬臣。

小令

〔越调〕黄蔷薇过庆元贞

燕燕别无甚孝顺。哥哥行在意殷勤。三纳子藤箱儿问肯。便待要锦帐罗帏就亲。諕得我惊急列蓦出卧房门。他措支剌扯住我皂腰裙。我软兀剌好话儿倒温存。一来怕夫人。情性哏。二来怕误妾百年身。乐府群玉五

钞本曲牌原仅作庆元贞三字。兹从任校本。○任校云。三纳子疑是玉纳子之讹。

又不曾看生见长。便这般割肚牵肠。唤奶奶酪子里赐赏。撮醋醋孩儿弄璋。断送得他萧萧鞍马出咸阳。只因他重重恩爱在昭阳。引惹得纷纷戈戟闹渔阳。哎。三郎。睡海棠。都则为一曲舞霓裳。乐府群玉五

〔双调〕雁儿落过得胜令

新愁因甚多。浅黛教谁画。倦将珊枕敧。款要朱扉亚。月明闲照绿窗纱。酒冷重温白玉斝。五花骢系何处垂杨下。少年心亏负杀亏负杀。不恨你个冤家。高烧银蜡。宽铺绣榻。今夜来么。乐府群玉五

寻致争不致争。既言定先言定。论至诚俺至诚。你薄倖谁薄倖。岂不闻举头三尺有神明。忘义多应当罪名。海神庙见有他为证。似王魁负桂英。碜可可海誓山盟。缕带难逃命。裙刀上更自刑。活取了个年少书生。乐府群玉五

陆登善

登善字仲良。祖父维扬人。父以典掾至杭。因而家焉。为人沉重简默。能词。能浙讴。有乐府隐语成集。著杂剧二种。张鼎勘头巾。开仓粜米。今俱不存。登善与钟嗣成友善。尝助嗣成撰录鬼簿。

套数

〔南吕〕一枝花

悔　悟

春风柳吐金。夏日荷铺锦。秋蟾辉碧汉。冬雪老遥岑。四季光阴。终日寻芳饮。奇花选拣簪。曾共知音。受用了些云屏月枕。

〔梁州〕也曾腿厮压齐声儿和曲。头厮顶难字儿闲吟。番思年少如春梦。传书寄简。剪发撚沉。盟山誓海。解珮移簪。也曾待佳期到夜半更深。度良宵翠被鸳衾。如今腆着脸百事儿妆憨。低着头凡事儿撒吞。睁着眼所事推病。聪明。待怎。蓝桥一任洪波浸。但饱暖且则恁。始觉从前枉用心。再不追寻。

〔尾〕眠花卧柳性全禁。惜玉怜香心再不侵。假若普救寺丽春园待则甚。自今。自今。把这俏倬家风脱与您。太平乐府八　雍熙乐府一〇

雍熙乐府题作省悟。不注撰人。〇(一枝花)元刊太平乐府受用了作受了。雍熙同。兹从元刊八卷本瞿本太平乐府。雍熙选拣作拣选。(梁州)太平乐府睁作争。元刊太平乐府难字儿作难字。兹从元刊八卷本瞿本及雍熙。雍熙首句也曾作俺也曾。番思作审思。誓海作海誓。移簪作遗簪。如今作俺如今。病作聋。则恁作随恁。(尾)明大字本太平乐府心性二字易位。无再字。若作若是。倬作绰。雍熙起句衬俺将那三字。无再字。假若作便就是。则甚作怎生。把作都把。

王 晔

晔字日华。号南斋。杭州人。体丰肥而善滑稽。能词章乐府。所制工巧。与朱凯题双渐小卿问答。人多称赏。又尝集历代之优辞有关世道者。自楚国优孟而下。至金人玳瑁头。凡若干条。著优戏录。杨维桢为之序。录鬼簿载晔著杂剧三种。卧龙冈。双卖华。桃花女。后一种今存。惟太和正音谱及元曲选俱以桃花女属无名氏。未知孰是。明蓝格钞本录鬼簿日华作日新。疑误。

小令

〔双调〕庆东原风月所举问汝阳记。

自黄肇退状至议拟。凡计一十六首。

黄肇退状

于飞燕。并蒂莲。有心也待成姻眷。喫不过双生强嚼。当不过冯魁斗谝。甘不过苏氏胡搊。且交割丽春园。免打入卑田院。

折桂令

问苏卿

俏排场惯战曾经。自古惺惺。爱惜惺惺。燕友莺朋。花阴柳影。海誓山盟。那一个坚心志诚。那一个薄倖杂情。则问苏卿。是爱冯魁。是爱双生。

答

平生恨落风尘。虚度年华。减尽精神。月枕云窗。锦衾绣褥。

柳户花门。一个将百十引江茶问肯。一个将数十联诗句求亲。心事纷纭。待嫁了茶商。怕误了诗人。

殿前欢

再 问

小苏卿。言词道得不实诚。江茶诗句相兼并。那件著情。休胡芦提二四噷。相偊佲。端的接谁红定。休教勘问。便索招承。

答

满怀冤。被冯魁掩扑了丽春园。江茶万引谁情愿。听妾明言。多情小解元。休埋怨。俺违不过亲娘面。一时间不是。误走上茶船。

水仙子

驳

明明的退佃丽春园。暗暗的开除了双解元。惨可可说下神仙愿。却原来都是谝。再谁听甜句儿留连。同他行坐。和他过遣。怎做的误走上茶船。

招

书生俊俏却无钱。茶客村虔倒有缘。孔方兄教得俺心窑变。胡芦提过遣。如今是走上茶船。拜辞了呆黄肇。上覆那双解元。休怪咱不赴临川。

折桂令

问冯魁

冯魁嗏你自寻思。这样娇姿。俫了琴瑟。不用红娘。则留红定。便系红丝。量你呵有甚么风流浪子。怎消得多情俊俏婹儿。供吐实词。说了缘由。辨个妍媸。

水仙子

答

黄金铸就劈闲刀。茶引糊成划怪锹。庐山凤髓三千号。陪酥油尽力搅。双通叔你自才学。我揣与娘通行钞。他掂了咱传世宝。看谁能够凤友鸾交。

折桂令

问双渐

小苏卿窑变了心肠。改抹了姻缘。倒换排场。强拆鸳鸯。轻分莺燕。失配鸾凰。实丕丕兜笼富商。虚飘飘蹬脱了才郎。你试思量。不害相思。也受凄凉。

水仙子

答

阳台云雨暂教晴。金斗风波且慢行。小苏卿是接了冯魁定。俏书生便嗓声。没来由闲战闲争。非干是咱薄倖。既然是他浅情。我著甚干害心疼。

折桂令

问黄肇

丽春园黄肇姨夫。人道你聪明。我道你胡突。苏氏掂俵。双生搊潪。你划地妆孤。怕不你身上知心可腹。争知他根前似水如鱼。休强支吾。这样恩情。便好开除。

水仙子

答

风流双渐惯轮铡。澜浪苏卿能跳塔。小机关背地里商量下。把俺做皮灯笼看待咱。从来道水性难拿。从他赳过。由他演撒。终只是个路柳墙花。

折桂令

问苏妈妈

苏婆婆常只是熬煎。临逼得孩儿。一谜地胡搧。使会虚脾。著些甜唾。引起顽涎。用力的从教气喘。著昏的一任头旋。只为贪钱。将个婵娟。卖上茶船。

水仙子

答

有钱问甚纸糊锹。没钞由他古锭刀。是谁俊俏谁村拗。俺老人家不性索。冯员外将响钞搊著。双生咷休干闹。黄肇嗦且莫焦。价高的俺便成交。

议　拟

双生好去觅前程。黄肇休来恋寡情。冯魁统镘刚婚聘。老虔婆指证的明。小苏卿既已招承。风月所成文案。莺花寨拟罪名。丽春园依例施行。乐府群玉二

> 钟嗣成录鬼簿云。此曲为王晔与朱凯合制。乐府群玉虽未载此事。惟嗣成与王朱同时。与朱尤有交谊。朱且序其录鬼簿。是则嗣成所言。不容置疑。〇（殿前欢再问）任校本改二四噬为二面应。（折桂令问冯魁）浪子原作娘子。兹从任校。三句疑应作做了琴瑟。（水仙子答）任校本掯了咱传世宝句首有他字。（折桂令问双渐）任校本兜笼下有了字。

套数

〔双调〕新水令

闺　情

梨花夜雨未开门。日迟迟绿窗人困。镜缄鸾未起。香尽鸭犹温。半晌抬身。舒玉笋整蝉鬓。

〔驻马听〕春意犹昏。杨柳青牵绵正滚。香腮微印。海棠横界线留痕。目前春暖物华新。意中人远天涯近。怨未伸。枝头春色三分褪。

〔乔牌儿〕灵龟儿无定准。喜鹊儿少凭信。倚阑无语恹恹闷。一春愁憔悴损。

〔雁儿落〕齐臻臻光消宝髻云。宽绰绰瘦掩罗衫褪。碧幽幽天高少雁书。绿湛湛水阔无鱼信。

〔得胜令〕愁戚戚萧索对清晨。情默默冷落坐黄昏。悄促促翠掩合欢帐。湿津津红绡拭泪巾。清黯黯销魂。烟淡淡草际遥天尽。昏惨惨伤神。夜迢迢花残过雨频。

〔沽美酒〕江分平绿草茵。门半掩翠苔痕。悄悄闲庭不见人。无语自哂。空目断楚台云。

〔太平令〕怪则怪鸾凰生分。恼则恼莺燕争春。恨则恨心中有刃。悔则悔言而无信。想这厮背恩。负恩。说着后一言难尽。

〔水仙子〕气吁鸾影宝奁昏。愁蹙蛾眉翠黛顰。情随雁足青霄近。倚朱扉欲断魂。能消得几个青春。恰透风光一阵。春来度尽花容数本。春先去人瘦三分。

〔折桂令〕春先去人瘦三分。妆减了半面风流。衣松了一捻精神。步红尘愁践红芳。上绣榻怕拈绣帖。倚朱扉愁盼朱轮。海棠困琴闲玉轸。石榴皱睡损罗裙。愁思昏昏。人事纷纷。眼底卿卿。心上人人。

〔尾声〕来时跪膝儿在床前问。将那厮谎舌头裙刀儿碎剐。先将他抛闪去的罪名儿一件件招。后把受用过凄凉一星星证了本。雍熙乐府一一 南北词广韵选七 北宫词纪六

雍熙乐府无题。不注撰人。北宫词纪题作春情。兹从南北词广韵选作闺情。广韵选谓作者元人。词纪注王日华。○〔乔牌儿〕雍熙灵龛下无儿字。〔雁儿落〕雍熙少雁书作雁少书。〔沽美酒〕广韵选无语作无言。〔水仙子〕广韵选顰作分。先去作去也。〔折桂令〕雍熙怕拈作愁拈。睡损作人睡损。广韵选先去作去也。践作踏。怕作愁。卿卿作亲亲。

朱　凯

　　凯字士凯。自幼卓立不俗。与人寡合。小曲极多。所编升平乐府甚工。类集群公隐语。标曰包罗天地。又有谜语一集。皆钟嗣成为之序。嗣成录鬼簿亦有凯序。著杂剧二种。盗骨殖。今存。黄鹤楼。今佚。录鬼簿谓王晔有与朱凯合制题双渐小卿问答。人多称赏。

〔双调〕庆东原折桂令等

风月所举问汝阳记自黄肇退状至议拟凡计一十六首

钟嗣成录鬼簿云。王晔有与朱凯合制题双渐小卿问答。案此曲载乐府群玉王日华乐府。虽未明注为王朱二家合制。惟嗣成与王朱同时。与朱尤有交谊。朱且序其录鬼簿。则于嗣成所言。不容置疑。兹辑其曲于王晔曲中。此不重出。

王仲元

仲元杭州人。与钟嗣成交。著杂剧三种。于公高门。袁盎却坐。私下三关。惟后一种太和正音谱作无名氏撰。

小令

〔中吕〕普天乐

春日多雨

无一日惠风和。常四野彤云布。那里肯妆金点翠。只待要迸玉筛珠。这其间湖景阴。恰便似江天暮。冷清清孤山路。六桥迷雪压模糊。瞥见游春杜甫。只疑是寻梅浩然。莫不是相访林逋。乐府群玉四　乐府群珠四
　　乐府群玉相访作相放。兹从吴校及任校。乐府群珠作相试。

柳眉新。桃腮嫩。酥凝琼腻。花艳芳温。歌声消天下愁。舞袖散人间闷。举止温柔娇风韵。司空见也索销魂。兰姿蕙魄。瑶花玉蕊。误染风尘。乐府群玉四　乐府群珠四
　　群玉自此首起失题。群珠此首题作赠美人。

树杈枒。藤缠挂。冲烟塞雁。接翅昏鸦。展江乡水墨图。列湖

口潇湘画。过浦穿溪沿江汉。问孤航夜泊谁家。无聊倦客。伤心逆旅。恨满天涯。<small>乐府群玉四　乐府群珠四</small>

　　群珠题作旅况。○群玉浦原作蒲。兹从群珠。

潀蓝桥。烧祆庙。镜鸾肠断。瑟凤魂销。玉容残倦艳妆。云鬟乱慵梳掠。闷倚危阑闲凝眺。对斜阳分外无聊。秦川路远。阳台雨歇。楚岫云高。<small>乐府群玉四　乐府群珠四</small>

　　群珠题作离情。

拥鸳衾。歌珊枕。扫窗风竹。捣月寒砧。思量心别恨填。欢喜梦离愁禁。主意抛迟亏人甚。薄情郎何处留心。君怀幸短。盟山路险。誓海波深。<small>乐府群玉四　乐府群珠四</small>

　　群珠题作离恨。○群玉薄情上有旧字。兹从群珠。

泪盈波。眉愁锁。消香减腻。病鬼愁魔。炉烟飘怨气浮。襟袖湿啼痕污。无限凄凉来著抹。瘦身躯怎生存活。相思未脱。他愁为我。我病因他。<small>乐府群玉四　乐府群珠四</small>

　　群珠题作相思。

远山攒。乌云乱。分钗破鉴。单枕孤鸾。芳心被闷织罗。病躯教愁羁绊。惹肚牵肠相穿贯。上心来痛似锥剜。归期限满。难凭后约。孤负前欢。<small>乐府群玉四　乐府群珠四</small>

　　群珠题作离情。

柳青严。冤家馦。情传眼角。恨寄眉尖。拖逗入烦恼乡。积攒下相思欠。交下情疏恩情俭。欲阑珊却又拘钤。常寻我喜。稀行你怪。频去娘嫌。<small>乐府群玉四　乐府群珠四</small>

　　群珠题作题情。次首同。

戒多梦。绝馀滥。携云自欢。握雨独惭。莺花寨我纳降。是非海谁著潀。咱图甚染绿接蓝。多少惺惺遭坑陷。樽前扮蠢。花间塑坕。席上妆憨。<small>乐府群玉四　乐府群珠四</small>

　　群玉自欢作自劝。接蓝作挪蓝。

海棠枝。蔷薇刺。约回舞燕。抓住游丝。有赢钞烟月牌。无赔
钞莺花市。买雨籴云无签次。干遇仙枉废神思。如无钞使。休
凭浪子。强做勤儿。乐府群玉四　乐府群珠四

群珠题作咏妓家。○群玉赔作陪。群珠作倍。兹改为赔。群珠籴作粜。

痛伤嗟。遭磨灭。调筝弦断。拢鬓簪折。难攀如镜里花。易见
似波中月。变尽欢娱成吴越。眼睁睁咫尺离别。啼残杜宇。辞
巢燕子。惊梦胡蝶。乐府群玉四　乐府群珠四

群珠题作间阻。

〔双调〕江儿水

叹　世

谁待理他闲是非。紧把红尘避。庵前绿水围。门外青山对。寻
一个稳便处闲坐地。乐府群玉四

竹冠草鞋粗布衣。晦迹韬光计。灰残风月心。参得烟霞味。寻
一个稳便处闲坐地。乐府群玉四

茅斋倚山门傍溪。镇日常关闭。安闲养此心。去住从吾意。寻
一个稳便处闲坐地。乐府群玉四

功名玉关十万里。委实劳心力。争如四皓仙。不愿三公位。寻
一个稳便处闲坐地。乐府群玉四

功劳既成名遂矣。便索抽身退。裴公绿野中。陶令东篱内。寻
一个稳便处闲坐地。乐府群玉四

笑他卧龙因甚起。不了终身计。贪甚青史名。弃却红尘利。寻
一个稳便处闲坐地。乐府群玉四

扁舟五湖越范蠡。有分烟波内。丝纶远是非。蓑笠多风味。寻
一个稳便处闲坐地。乐府群玉四

红尘不来侵钓矶。别却风云会。一钓了此生。七里全身计。寻
一个稳便处闲坐地。*乐府群玉四*

五柳绕庄菊满篱。自谓羲皇世。三径可怡颜。一榻堪容膝。寻
一个稳便处闲坐地。*乐府群玉四*

妇人脸上笑靥

一团儿可人衠是娇。妆点如花貌。抬叠起脸上秋。出落腮边俏。
千金这窠里消费了。*乐府群玉四。二　乔梦符小令*

> 乐府群玉卷二及乔梦符小令又以此曲属乔梦符。兹互见两家曲中。校记详
> 乔曲。

套数

〔中吕〕粉蝶儿

集曲名题秋怨

双雁儿声悲。景潇潇楚江秋意。胜阳关刮地风吹。满庭芳。梧
桐树。金蕉叶坠。庆东原金菊香滴滴金帷。那更醉西湖干荷叶
失翠。

〔醉春风〕我一半儿情感玉花秋。一半儿忆王孙归塞北。我这应
天长久不断怨别离。对秋风怨忆。忆。折倒的风流体尪嬴。红
衫儿宽褪。翠裙腰难系。

〔迎仙客〕都不念奴娇望远行。忘了初相见在武陵溪。骂玉郎有
上梢没末尾。瘦削了柳丝玉芙蓉花面皮。这翠眉儿牵刺。挨这
等相思会。

〔红绣鞋〕上小楼凭阑人立。青山口日上平西。子听得乔木楂鹊
踏枝叫声疾。莫不倘秀才馀音至。夜行船阮郎归。原来是牧羊

关乌夜啼。

〔石榴花〕常记得赏花时节看花回。上京马醉扶归。归来窗半月儿低。真个醉矣。柳青娘虞美人扶只。困腾腾上马娇无力。步步娇弄影儿行迟。似凤鸾交配答双鸳鸯对。人都道端正好夫妻。

〔斗鹌鹑〕不误这万年欢娱。翻做了荆湘怨忆。把一个玉翼婵娟。闪在瑶台月底。想曩日逍遥乐事迷。今日呆古朵自悔。子落得初问口长吁。哭皇天泪滴。

〔普天乐〕空闲了愿成双。鸳鸯儿被。搅筝琶断毁。碧玉箫尘迷。四块玉簪折。一锭银瓶坠。叹姻缘节节高天际。这淹证候越随煞愁的。想两相思病体。把红芍药枉喫。有圣药王难医。

〔尾〕我每夜伴穿窗月影低。好也罗你可快活三不归。空教人立苍苔红绣鞋儿湿。可怕不恋上别的赚煞你。太平乐府八　雍熙乐府六

雍熙乐府不注撰人。○(粉蝶儿)雍熙潇潇作萧萧。惟疑应作帷。(醉春风)太平乐府一字句忆作又。示叠一字。雍熙作重字符号。瞿本太平乐府折倒的作折倒。(迎仙客)瞿本太平乐府花面皮作面皮。

集曲名题情

金盏儿里倦饮香醪。盼到那赏花时甚实曾欢笑。别人都喜春来唯我心焦。出得那庆东园。离亭宴。暗伤怀抱。贪看那喜游蜂蝶恋花梢。想起贺新郎不知消耗。

〔醉春风〕何日愿成双。几时能够端正好。只除是忆王孙合小桃红。怎消得这恼。恼。恼。直喫得沉醉东风。武陵溪畔。后庭花落。

〔迎仙客〕樱桃般点绛唇。杨柳般翠裙腰。红绣鞋轻移莲步小。柳眉颦一半儿娇。端的有络丝娘的妖娆。似一朵红芍药。

〔红绣鞋〕上平西看看日落。念奴娇梦断魂劳。鹊踏枝黄昏里哨

遍林梢。双雁儿呀呀叫。牧羊关外野猿号。怨别离难睡着。

〔石榴花〕绿窗人去闷难熬。哭皇天和泪洒芭蕉。人月圆最好。
愁杀我也凤友鸾交。两相思真病难医疗。只除倘秀才赴蓝桥。

〔斗鹌鹑〕想起那拨不断恩情。元和令下梢。上马娇郎君。看花
回最好。归塞北恩情恨未消。呆古朵怎放脱了。石榴花裙儿。
绵答絮睡着。

〔普天乐〕卖花声。还惊觉。把一朵雪里梅。生扭的粉碎烟焦。
骂玉郎。伤怀抱。几时挨得金鸡叫。凭阑人恨杀才敲。一枝花
瘦了。穿窗月底。虞美人难熬。

〔尾〕醉扶归入画堂。轻移步步娇。阮郎归一去无音耗。空踏遍
台前寄生草。太平乐府八　雍熙乐府六

　　雍熙乐府不注撰人。○(醉春风)元刊八卷本瞿本太平乐府合作合和。雍熙只
　　叠一恼字。(迎仙客)太平乐府颦作频。儿作扤。(石榴花)太平乐府闷作闪。
　　(斗鹌鹑)太平乐府呆古朵作呆古朵朵。明大字本太平乐府下梢作无下梢。不
　　重朵字。

道　情

引的是白鹿玄鹤。向云水乡那答儿不到。药篮儿肩上斜挑。上
云梯。穿石凳。猛然凝眺。不觉地老天高。正宜咱孟嘉落帽。

〔醉春风〕玉露润菊花肥。金风催梧叶老。黄花红叶满秋山。此
景畅是好。好。好。野水横桥。淡烟衰草。晚峰残照。

〔迎仙客〕见一座小道庵。盖的来一个茅。舍俗出家远市朝。俺
那里水烟深。山势高。四壁周遭。不许些红尘到。

〔红绣鞋〕亲奉得师父指教。向篱边去打勤劳。摘藤花挑竹笋采
茶苗。补云衣翻槲叶。明石洞爇松膏。这的是仙家活计了。

〔满庭芳〕您道是为官是好。光阴断送。催逼了些宰相臣僚。细

思量君起早时臣起早。俺也曾子细评跋。譬似去丹墀内穿靴着袍。怎如俺草庵中丫髻环绦。标写在凌烟阁。便做到太师太傅太保。难免折腰劳。

〔耍孩儿〕俺那里香风不动松花老。比您那帝辇京师较好。每日看神仙神女住仙庄。俺喫的是仙酒仙桃。俺那里风花雪月人长久。春夏秋冬草不雕。观着星曜。清闲落魄。快活逍遥。

〔二〕俺争将紫府游。斗把玉帝朝。辂车风辇知多少。三更月底銮声远。万里风头鹤背高。每日价神仙闹。屯合月窟。塞满天桥。

〔三〕月华明甚底唤一宵。日光辉甚的唤一朝。俺住的是长明不夜通明阁。眼观白日神仙景。甚的是钟送黄昏鸡报晓。时把瑶琴操。兽炉袅袅。沉醉酶酶。

〔尾〕竹林寺里无俺弟兄。桃源洞有俺故交。待教你寻真误入蓬莱岛。把你浊骨凡胎替换了。太平乐府八　雍熙乐府六

雍熙乐府不注撰人。〇(醉春风)元刊太平乐府淡烟作淡蚋。他本太平乐府及雍熙俱作淡烟。雍熙只叠一好字。(满庭芳)元刊太平乐府庵中作庵一。元刊八卷本瞿本及雍熙俱作庵中。元刊太平乐府绦作修。他本不误。(二)明大字本太平乐府辂作鹿。(三)太平乐府住作化。酶酶作陶陶。兹俱从雍熙。明大字本太平乐府仙景作仙府。(尾)雍熙洞下有内字。

〔越调〕斗鹌鹑

咏　雪

云幕重封。风刀劲刮。玉絮轻挦。琼苞碎打。粉叶飘扬。盐花乱撒。一色白。六出花。密密疏疏。潇潇洒洒。

〔紫花儿〕莹玉缘高山岭岫。水晶碾陆地楼台。玻璃砌老树槎枒。蚕食柔叶。蟹走平沙。时霎。列壁铺琼迷万瓦。随风高下。蝶粉翩翻。蜂翅交杂。

〔秃厮儿〕应时候在深冬暮腊。高盈户报丰稔年华。驱蝗入土将瘴气压。真祥瑞。耀国家。堪夸。

〔圣药王〕是宜开绣闼。斟玉斝。泛羊羔美酒味偏佳。乐韵杂。歌调雅。肉屏风罗列女娇娃。开宴竞奢华。

〔幺〕不觉的酒力加。和气多。佳人争赏笑喧哗。玉纤将雪片拿。玉钩将雪地蹅。子见雪光人貌两交加。似一片玉无瑕。

〔紫花儿〕秦岭寒迷去马。剡溪冻驻行艖。蔡城喧起鹅鸭。读书冷落。高卧贫乏。由他。且则走斝飞觥受用咱。直喫的醉时才罢。笑相偎绣被香腮。风流如纸帐梅花。

〔尾〕唤家童且把毡帘下。教侍妾高烧绛蜡。读书舍烹茶的淡薄多。销金帐里传杯的快活煞。太平乐府七　雍熙乐府一三　九宫大成二七引紫花儿后一支

雍熙乐府不注撰人。○（斗鹌鹑）明大字本太平乐府劲作刚。雍熙苞作雹。（紫花儿）雍熙柔叶作桑叶。（秃厮儿）雍熙真作祯。（幺）雍熙多作夛。（紫花儿）明大字本太平乐府驻作住。（尾）明大字本太平乐府及雍熙末句俱无里字。

董君瑞

君瑞冀州人。隐语乐府。多传江南。

套数

〔般涉调〕哨遍

硬　谒

十载驱驰逃窜。虎狼丛里经魔难。居处不能安。空区区历遍尘寰。远游世间。波波漉漉。穰穰劳劳。一向无程限。划地不着边岸。镜中空照。冠上虚弹。诗书有味眼生花。岁月无情鬓成

斑。长铗归来。壮志难酬。功名运晚。

〔么〕世事谙博看。人情冷暖谁经惯。风帽与尘寰。遍朱门白眼相看。腹内闲。五车经典。七步文章。到处难兴贩。半纸虚名薄官。飘零吴越。梦觉邯郸。碧天凤翼未曾附。苍海龙鳞几时攀。困此穷途。进退无门。似羝羊触藩。

〔耍孩儿〕待向人前开口实羞赧。折腰处拳拳意懒。这回不免向君前。曲弓弓冒突台颜。故来海上垂钩线。特向津头执钓竿。有意相侵犯。将你个高门谄媚。小子相干。

〔六煞〕知君廉俭犹清干。据头角轩昂见罕。即非面谕斯过从。将明公焉敢相残。岂不知甜言与我三冬暖。恶语伤人六月寒。你是多少人称赞。道你量如江海。器若丘山。

〔五〕也不索闲言赞。冷句儿攒。快疾做取英雄汉。扫除乞俭分开斉。倚阁酸寒打破悭。忙迭办。俺巷来近远。怎地回还。

〔四〕你是明白与。俺索子细拣。怕有挑剜接补并糜烂。至元折脑通行少。中统糖心倒换难。翻复从头看。则要完全贯伯。分晓边阑。

〔三〕你要寻走衮。觅转关。上天掇着梯儿赶。襟斯封头发牢结定。额斯挼眉毛紧斯拴。斯蘸定权休散。坐时同坐。赸后齐赸。

〔二〕你又犟。俺又顽。则要紧无格进松无慢。皮锅里炒爆铜豌豆。火坑上叠翻铁卧单。无辞惮。天生性耐。不喜心烦。

〔一〕谩把猾。枉占奸。布衫领安上难寻绽。头巾顶攒就宜新裹。镟子饼热时赶热翻。消息汤着犯。你便辘轳井口。直打的泉干。

〔尾〕难动脚。怎转眼。便休推阻相延款。多共少分明对面儿呵。

雍熙乐府不注撰人。○〔哨遍〕元刊太平乐府及雍熙远游俱作远达。兹从瞿本太平乐府旧校。（么）瞿本太平经典作经史。雍熙吴越作吴楚。攀作扳。末句无似字。(耍孩儿)元刊太平相侵犯作栩侵犯。兹从瞿本及雍熙。雍熙冒突作冒渎。(五)雍熙巷来近远作巷近来远。(四)太平麇作麇。(一)元刊太平枉占奸作枉占非。兹从瞿本太平及雍熙。雍熙消息作消息灵。

北宫词纪卷六有醉花阴雪浪银涛套数一套。注董君瑞作。原刊本徽藩本词林摘艳及北词广正谱俱以此套属宋方壶。兹从之。

高安道

　　　　生平不详。明蓝格钞本录鬼簿谓有御史归庄南吕破布衫哨遍等曲行于世。

套数

〔仙吕〕赏花时

香爇龙涎宝篆残。帘卷虾须春昼闲。心事苦相关。春光欲晚。无一字报平安。

〔尾〕意无聊。愁无限。花落也莺慵燕懒。两地相思会面难。上危楼凭暖雕阑。畅心烦。盼杀人也秋水春山。几时看宝髻鬅松云乱绾。怕的是樽空酒阑。月斜人散。背银灯偷把泪珠弹。阳春白雪后集二　雍熙乐府五　北宫词纪六

阳春白雪失注撰人。雍熙乐府同。北宫词纪属高安道。题作春情。○(赏花时)元刊白雪字作家。钞本不误。雍熙词纪报俱作寄。

〔般涉调〕哨遍

嗓淡行院

暖日和风清昼。茶馀饭饱斋时候。自叹抱官囚。被名缰牵挽无休。寻故友。出来的衣冠济楚。像儿端严。一个个特清秀。都

向门前等候。待去歌楼作乐。散闷消愁。倦游柳陌恋烟花。且向棚阑觑俳优。赏一会妙舞清歌。瞝一会皓齿明眸。趱一会闲茶浪酒。

〔要孩儿〕诈跋的单脚实村纣。呼喝的担俍每叫吼。瞝粘的绿老更昏花。把棚的莽壮真牛。吹笛的把瑟歪着尖嘴。擂鼓的撅丁瘤着左手。撩打的腔腔噢。靠棚头的先虾着脊背。卖薄荷的自肿了咽喉。

〔七煞〕坐排场众女流。乐床上似兽头。栾睃来报是些十分丑。一个个青布裙紧紧的兜着奄老。皂纱片深深的裹着额楼。棚上下把郎君溜。喝破子把腔儿莽诞。打诨的将纳老胡彪。

〔六〕撺断的昏撒多。主张的自吸嚼。几曾见双撮泥金袖。可怜虱虮沿肩甲。犹道珍珠络臂韝。四翩儿乔弯纽。甚实曾官梅点额。谁肯将蜀锦缠头。

〔五〕扑红旗裹着惯老。拖白练缠着胐瞅。兔毛大伯难中瞝。踏靿的险不桩的头破。翻跳的争些儿跌的迸流。登踏判躯老瘦。调队子全无些骨巧。疙瘩鬼不见些挡搜。

〔四〕捎俍是淡破头。喍俍是饿破口。末泥引戏的衒劳噢。做不得古本酸孤旦。辱末煞驰名魏武刘。刚道子世才红粉高楼酒。没一个生斜格打到二百个斤斗。

〔三〕妆旦不抹彪。蠢身躯似水牛。嗓暴如恰哑了孤桩狗。带冠梳硬挺着粗脖项。恰掌记光舒着黑指头。肋额的相迤逗。写着道翩跹舞态。宛转歌喉。

〔二〕供过的散嗽生。喳顶老撒朗兜。老保儿强把身躯纽。切驾的波浪上堆着霜雪。把关子的栲门上似告油。外旦臊腥臭。都是些腌嗒砌末。猥琐行头。

〔一〕打散的队子排。待将回数收。搽灰抹土胡僝僽。淡翻东瓦来西瓦。却甚放走南州共北州。凹了也难收救。四边厢土糁。
八下里砖毗。

〔尾〕梁园中可惯经。桑园里串的熟。似兀的武光头刘色长曹娥
秀。则索赶科地沿村转瞳走。太平乐府九

> （耍孩儿）跋原作跂。兹从瞿本旧校。元刊本吹笛作入苗。瞿本入作吹。苗当
> 系笛之讹。兹改正。嘴原作举。瞿本旧校改为嘴。兹从之。（七煞）瞿本旧校
> 额楼作额头。（四）元刊本末泥引戏作未泥尖戏。辱作唇。兹从瞿本。辱下之
> 末原作未。兹改。瞿本道子作道了。斜格作科格。（三）元刊本粗脖原作尘滕。
> 瞿本旧校作粗脖。兹改为粗脖。（二）元刊本强把作强肥。兹从瞿本。（尾）元
> 刊本沿作治。兹从陶刻本及瞿本旧校。

皮匠说谎

十载寒窗诚意。书生皆想登科记。奈时运未亨通。混尘嚣日日
衔杯。厮伴着青云益友。谈笑忘机。出语无俗气。偶题起老成
靴脚。人人道好。个个称奇。若要做四缝磕瓜头。除是南街小
王皮。快做能裁。着脚中穿。在城第一。

〔耍孩儿〕铺中选就对新材式。嘱付咱穿的样制。裁缝时用意下
工夫。一桩桩听命休违。细锥粗线禁登陟。厚底团根教壮实。
线脚儿深深勒。勒子齐上下相趁。鞔口宽脱着容易。

〔七煞〕探头休蹩尖。衬薄怕汗湿。减刮的休显刀痕迹。剜裁的
脸戏儿微分间短。拢揎得腮帮儿省可里肥。要着脚随人意。休
教脑窄。莫得跌低。

〔六〕丁宁说了一回。分明听了半日。交付与价钞先伶俐。从前
名誉休多说。今后生活便得知。限三日穿新的。您休说谎。俺
不催逼。

〔五〕人言他有信行。谁知道不老实。许多时划地无消息。量底
样九遍家掀皮尺。寻裁刀数遭家取磨石。做尽荒犷势。走的筋

舒力尽。憔的眼运头低。

〔四〕几番煨胶锅借揎头。数遍粘主根买桦皮。喷了水埋在糠糟内。今朝取了明朝取。早又催来晚又催。怕越了靴行例。见天阴道胶水解散。恰天晴说皮糙焦黧。

〔三〕走的来不发心。焦的方见次第。计数儿算有三千个誓。迷冥着谎眼先陪笑。执闭着顽心更道易。巴的今日。罗街拽巷。唱叫扬疾。

〔二〕好一场恶一场。哭不得笑不得。软厮禁硬厮并却不济。调脱空对众攀今古。念条款依然说是非。难回避。骷髅卦几番自说。猫狗砌数遍亲题。

〔一〕又不是凤麒麟钩绊着缝。又不是鹿衔花窟嵌着刺。又不是倒钩针背衬上加些功绩。又不是三垂云银线分花样。又不是一抹圈金沿宝里。每日闲淘气。子索行监坐守。谁敢东走西移。

〔尾〕初言定正月终。调发到十月一。新靴子投至能够完备。旧兀剌先磨了半截底。太平乐府九　雍熙乐府七

太平乐府于巴的今日以上脱四百馀字。作者题目均不可见。雍熙乐府亦因其误。兹从瞿本太平乐府。

蒲察善长

生平不详。

套数

〔双调〕新水令

听楼头画鼓打三更。绣帏中枕馀衾剩。明朗朗窗前月。昏惨惨

榻前灯。我这里独倚定帏屏。檐间铁好难听。

〔驻马听〕聒煞我也当当丁丁。恰便似再出世陈抟睡不成。度一宵如同百岁。挨一朝胜似三春。金炉香烬酒初醒。孤眠那怕心肠硬。闲愁可惯经。惟有相思最是难熬的症。

〔乔牌儿〕一回家睡不着独自个寝。非干是咱薄倖。没来由簪折瓶沉井。将鸳鸯两下里分。

〔雁儿落〕常想花前携手行。月下肩相并。罗被翻浪红。玉腕相交定。

〔得胜令〕担不得翠弯眉黛远山青。红馥馥桃脸褪朱唇。细袅袅杨柳腰肢瘦。齐臻臻青丝髻绾云。天生下精神。更那堪十指纤纤嫩。描不就丹青。比天仙少个净瓶。

〔川拨棹〕不由我泪盈盈。听长空孤雁声。我与你暂出门庭。听我丁宁。自别情人。雁儿。我其实挨不过衾寒枕冷。相思病积渐成。

〔七弟兄〕雁儿。你却是怎生。暂停。听我诉离情。一封书与你牢拴定。快疾忙飞过蓼花汀。那人家寝睡长门静。

〔梅花酒〕雁儿呀呀的叫几声。惊起那人听。说着咱名姓。他自有人相迎。从别后不见影。闪得人亡了魂灵。罗帏中愁怎禁。则为他挂心情。朝忘餐泪如倾。曲慵唱酒慵斟。

〔收江南〕雁儿。可怜见今宵独自个冷清清。你与我疾回疾转莫留停。山遥水远煞劳神。雁儿。天道儿未明。且休要等闲寻伴宿沙汀。

〔尾〕你是必休倦云淡风力紧。我这里想谁医治相思病。传示我可意情人。休辜负海誓山盟。唱道性命也似看承。心脾般钦敬。唯办你鹏程。我这里独守银釭慢慢的等。阳春白雪后集五　梨园乐府上　雍

熙乐府一一　　北词广正谱引驻马听　　九官大成六五同

梨园乐府失注撰人。雍熙乐府撰人作堵察善良。○（新水令）阳春白雪帏屏作
嶻帏。梨园窗前作窗外。昏惨惨作碧荧荧。五句无我这里三字。雍熙窗前作窗
外。五句作空倚帏屏。（驻马听）白雪首句聒作盼。末句熬作煞。元刊白雪症
作证。兹从钞本白雪。梨园我也作我。恰便似作你便。度作过。朝作日。那怕
作最怕。末二句作。闲愁闷惯曾经。相思最是难熬证。雍熙聒作盼。恰便似作
你便是。陈抟作的陈抟也。香烬作香尽。闲愁可作谁。末句无惟有二字。北词
广正谱首句作盼杀我也丁丁当当。便似作便是。一宵与一朝易位。九官大成同
广正谱。（乔牌儿）梨园首句无家字。无个字。干是咱作是我。折作断。末句
将作把。无里字。雍熙沈作坠。无里字。（雁儿落）梨园常想作常想着。二句
句首亦衬常想着三字。后二作。枕边恩爱深。幔幕言相顺。雍熙首句常想作
常想着。被作衾。（得胜令）钞本白雪末句无个字。元刊本有。梨园担作舍。
次句起亦衬舍不的三字。褪作揾。四五句作。齐鬓鬓青丝髻挽云。天生的娉
婷。天仙作观音。雍熙首四句作。眉黛远山青。桃脸嵌朱唇。杨柳腰肢瘦。青
螺髻挽云。六句无更那堪三字。末句天仙作观音。无个字。（川拨棹）梨园不
由我作常好是。三句作雁儿你与我暂住云程。别作别了。挨作受。上无雁儿我
其实五字。成作里沉。雍熙三句无我与你三字。情人作多情。积渐成作疾渐
沉。任校阳春白雪移雁儿二字于孤雁声之下。（七弟兄）梨园无却是二字。三
句作诉原因。寝睡作近水。（梅花酒）梨园次句作独寝人惊。说作题。有人作
出来。下句作间别来不见你影。闪作抛闪。亡作去。下三句作。如年夜怎地
禁。我为你恼心情。废忘餐泪珠倾。雍熙起作你与我呀呀呀叫几声。说着作说
起。迎作通。亡作丧。（收江南）白雪寻伴作寻倦。梨园无你与我三字。神作
程。天道作天色。且休要作休。雍熙雁儿作雁也。独自下无个字。留停作消
停。天道儿作趁天色。上无雁儿两字。且休作只休。伴你便。（尾）梨园作鸳
鸯煞。云。休辞云淡风寂静。频谁医治相思病。寄与俺多情。莫负前盟。唱道
您若回程。坚心儿志诚。撇得我冷冷清清。独拥定鲛绡被儿等。雍熙休倦云淡
作休辞云浓。想谁作盼伊。传示我作传示与俺。心脾作心肝儿。唯办作准备。
末句无银釭二字。

大食惟寅

生平不详。

小令

〔双调〕燕引雏

奉寄小山先辈

气横秋。心驰八表快神游。词林谁出先生右。独占鳌头。诗成神鬼愁。笔落龙蛇走。才展山川秀。声传南国。名播中州。天一阁明钞本小山乐府

张子友

子友官平章。

小令

〔双调〕蟾宫曲

画堂深夜宴初开。香霭雕盘。烛焰银台。妙舞轻歌。翠红乡十二金钗。会受用簪缨贵客。笑谁同量卷江淮。祗从安排。左右扶策。月转花梢。讯马回来。阳春白雪前集二　乐府群珠三　北词广正谱　九宫大成六五　元明小令钞

乐府群珠题作夜宴。○钞本阳春白雪深夜作深暖。群珠翠红乡下有里字。

亢文苑

生平不详。

套数

〔南吕〕一枝花

为玉叶儿作

名高唐国盘。色压陈亭榭。霞光侵赵璧。瑞霭赛隋珠。无半点儿尘俗。不比寻常物。世间总不如。莫夸谈天上飞琼。休卖弄人间美玉。

〔梁州〕希罕似朱崖玛瑙。值钱如北海珊瑚。忒玲珑性格儿通今古。论清洁是有。瑕疵全无。温柔似粉。滑腻如酥。则要你汝阳斋韫匮藏诸。不管你丽春园待价沽诸。若做个玉盆儿必定团圆。做个玉箫管决知音律。做个玉镜台雅称妆梳。堪人。爱护。那些儿断尽人肠处。更那堪吴香馥。只恐旁人认做珷玞。索别辨个虚实。

〔尾〕远藏岷顶千峰古。高出荆山万倍馀。姓卞的先生识真玉。休道刖了他二足。一身儿与他做主。至死也怀中抱不足。钞本阳春白雪后集三

(梁州)值钱原作直钱。别辨原作别下。下为卞之讹。卞即辨。兹改。

春风眼底私。夜月心间事。玉箫鸾凤曲。金缕鹧鸪词。燕子莺儿。殢杀寻芳使。合欢连理枝。我为你盼望煞楚雨湘云。耽阁了朝经暮史。

〔梁州〕你为我堆宝髻羞盘凤翅。淡朱唇懒注胭脂。东君有意偷窥视。翠鸾寻梦。彩扇题诗。花笺写恨。锦字传词。包藏着无限相思。思量煞可意人儿。几时看靠纱窗偷转秋波。几时见整云髻轻舒玉指。几时看倚东风笑撚花枝。新婚。燕尔。到如今抛闪得人独自。你那点至诚心有谁似。休把那山海盟言不勾思。

相会何时。

〔尾〕断肠词写就龙蛇字。叠做个同心方胜儿。百拜娇姿谨传示。间别了许时。这关心话儿。尽在这殢雨尤云半张儿纸。钞本阳春白雪后集三　盛世新声巳集　词林摘艳八　词谑　雍熙乐府九　南北词广韵选三　北宫词纪六　彩笔情辞一二

　　盛世新声重增本内府本词林摘艳俱无题。与雍熙乐府皆不注撰人。雍熙题作寄简。原刊本徽藩本词林摘艳题作闺情。注无名氏作。兹从钞本阳春白雪及词谑南北词广韵选属亢文苑。北宫词纪题作春思。彩笔情辞题作寄情。俱注曾褐夫作。〇(一枝花)钞本阳春白雪楚云湘作莹云湘雨。盛世私作思。殢杀作恨杀。摘艳俱同。盛世楚雨作夜雨。雍熙末句了作杀。馀同盛世。广韵选望煞作望着。词纪私作思。望煞作望着。情辞同词纪。(梁州)钞本阳春白雪纱窗作窗纱。盛世为我作我为你。传诗作传诗。看靠作得靠。你那点志诚心作我这里默然视。勾思作构思。何时作多时。摘艳俱同。惟重增本摘艳相会作想会。内府本摘艳人独自作咱独自。词谑几时见。几时看俱作几时得。不勾思作作戏词。广韵选俱同词谑。雍熙云髻作宝髻。玉指作玉笋。馀同盛世。惟仍作勾思。词纪写恨作写怨。云髻作云鬟。几时看。几时见俱作几时得。山海盟言不勾思作海誓山盟作戏词。彩笔情辞俱同词纪。惟仍作几时见。几时看。(尾)摘艳叠作搽。关心上无这字。内府本摘艳做个作成个。词谑广韵选俱无许时二字。雍熙次句个作的的。这关心作关心的。广韵选词纪情辞末句俱无儿字。

琴声动鬼神。剑气冲牛斗。西风张翰志。落日仲宣楼。潘鬓成秋。渐觉休文瘦。卧元龙百尺楼。自扶囊拄杖挑包。醉濯足新丰换酒。

〔梁州〕尽是些喧晓日茅檐燕雀。故意困盐车千里骅骝。英雄肯落儿曹彀。乾坤倦客。江海扁舟。床头金尽。壮志难酬。任飘零身寄南州。恨黄尘敝尽貂裘。看别人苦眼铺眉。笑自己缄舌闭口。但则索向寒窗袖手藏头。如今。更有。那屠龙计策干生受。慢劳攘慢奔走。顾我真成丧家狗。计拙如鸠。

〔尾〕蛟龙须待春雷吼。雕鹗腾风万里游。大丈夫峥嵘恁时候。

扶汤佐周。光前耀后。直教万古清名长不朽。词谑

为玉梅作

人生蕚绿生。天上轮荄降。比南周琼解语。比西锦能香。淡抹玄霜。自有罗浮像。扫梁园红翠乡。千般儿玉骨玲珑。一段儿冰魂荡漾。

〔梁州〕受用杀西湖处士。风流煞东阁何郎。芳湿一点何时忘。银钗半露。粉颈微妆。想那调羹滋味。止渴思量。占一枝素魂芬芳。算百花总是寻常。则要挂新月点缀昏黄。合夜雪色藏暗香。却休趁东风泄漏春光。惜花人正想寻芳。驿使频来往。怎禁那寂寞苦情况。则怕羌管声中。零落了萦损柔肠。

〔尾〕堪图石氏黄金帐。宜住芦花白玉堂。折莫便冰雪前村一千丈。沽一壶酒浆。向蹇驴背上。教那快忍冻的书生尽自赏。罗本阳春白雪

吕止庵

生平不详。别有吕止轩。疑即一人。阳春白雪与太平乐府姓氏表以及太和正音谱古今群英乐府格式。俱仅有吕止庵而无吕止轩。阳春白雪于下收小令醉扶归及套数风入松。俱署吕止轩。雍熙乐府彩笔情辞于醉扶归署吕止轩。于风入松则署吕止庵。北词广正谱引套数夜行船署止轩。兹合并之。

小令

〔仙吕〕后庭花

一声金缕词。十分金菊卮。金刀分甘蔗。金盘荐荔枝。不须辞。

太平无事。正宜沉醉时。<small>阳春白雪后集一　　雍熙乐府一九</small>

<small>雍熙乐府连以下二首。题作酒兴。不注撰人。○阳春白雪正宜作政宜。</small>

相逢饮兴狂。两螯风味长。鲜鲫银丝鲙。金锥拆蛎房。透瓶香。
经年佳酝。陶陶入醉乡。<small>阳春白雪后集一　　雍熙乐府一九</small>

<small>雍熙乐府两作鲫。鲫作鲤。锥作蚕。酝作酿。</small>

风满紫貂裘。霜合白玉楼。锦帐羊羔酒。山阴雪夜舟。党家侯。
一般乘兴。亏他王子猷。<small>阳春白雪后集一　　雍熙乐府一九</small>

<small>钞本阳春白雪霜合作霜含。元刊本与雍熙乐府俱作霜合。雍熙满作暖。六句作
兴来时候。</small>

西风黄叶疏。一年音信无。要见除非梦。梦回总是虚。梦虽虚。
犹兀自暂时节相聚。近新来和梦无。<small>阳春白雪后集一　　雍熙乐府一九</small>

<small>元刊阳春白雪犹兀自暂作犹骨自看。兹从钞本。雍熙乐府三句作除非来梦里。
是虚与虽虚并作成虚。末二句作。一时相聚。新来梦也无。</small>

西风黄叶稀。南楼北雁飞。揾妾灯前泪。缝君身上衣。约归期。
清明相会。雁还也人未归。<small>阳春白雪后集一　　雍熙乐府一九</small>

<small>钞本阳春白雪揾妾作揾尽。元刊本与雍熙乐府俱作揾妾。雍熙雁还也作雁
过。○雍熙有秋思四首。不注撰人。其第二三两首。即上所列者。第一四两
首。或亦为止庵作。兹录之。第一首曰。西风黄叶阑。子规啼数番。日近长安
远。见郎难上难。盼归归。清明去也。白露人未还。第四首曰。西风黄叶飞。
染毫写恨词。缝在衣领里。祝郎早早回。见词时。知咱耽疾。连他也染疾。</small>

六桥烟柳颦。两峰云树分。罗袜移芳径。华裙生暗尘。冷泉春。
赏心乐事。水边多丽人。<small>阳春白雪后集一　　雍熙乐府一九</small>

<small>雍熙乐府连下三首同题。作冷泉亭四时景。不注撰人。○元刊阳春白雪裙作
裾。钞本白雪与雍熙俱作裙。雍熙事作兴。</small>

碧湖环武林。仙舟出涌金。南国山河在。东风草木深。冷泉阴。
兴亡如梦。伤时折寸心。<small>阳春白雪后集一　　雍熙乐府一九</small>

<small>雍熙深作新。</small>

香飘桂子楼。凉生莲叶舟。落日鸳鸯浦。西风鹦鹉洲。冷泉秋。

水西寻寺。题诗忆旧游。阳春白雪后集一　雍熙乐府一九

雍熙六句作禅林新构。

江南春已通。陇头人未逢。水浅梅横月。山明雪映松。冷泉冬。
烹茶无味。有人锦帐中。阳春白雪后集一　雍熙乐府一九

雍熙味作用。有人作人在。

冷泉亭

湖山汲水重。楼台烟树中。人醉苏隄月。风传贾寺钟。冷泉东。
行人频问。飞来何处峰。太平乐府五　太和正音谱下　北词广正谱　九官大
成五

太和正音谱汲作曲。北词广正谱同。

苍猿攀树啼。残花扑马飞。越女随舟唱。山僧逐渡归。冷泉西。
雄楼杰观。钟声出翠微。太平乐府五

渔榔响碧潭。王孙徙翠岚。玉勒黄金鞚。红缨白面骖。冷泉南。
踏花归去。夕阳人半酣。太平乐府五

塔标南北峰。风闻远近钟。佛国三天竺。禅关九里松。冷泉中。
水光山色。岩花颠倒红。阳春白雪后集一

阳春白雪此首原无题目。兹据第五句列为太平乐府所收冷泉亭之第四首。原书
所收之第四首。移作末首。此篇似尚应有冷泉北一首。已佚。

鸭头湖水明。蛾眉山岫青。罗绮香尘暗。池塘春草生。冷泉亭。
太平有象。时闻歌笑声。太平乐府五

怀　古

飘零岁月深。消磨意气沉。恩雨三天隔。愁霜两鬓侵。强登临。
行藏不定。伤时梁父吟。太平乐府五

孤身万里游。寸心千古愁。霜落吴江冷。云高楚甸秋。认归舟。
风帆无数。斜阳独倚楼。太平乐府五

儒冠两鬓皤。青衫老泪多。满酌贤人酒。相扶越女歌。且蹉跎。
万愁千恨。奈予沉醉何。<small>太平乐府五</small>

芙蓉凝晓霜。木犀飘晚香。野水双鸥靓。西风一雁翔。立残阳。
江山如画。倦游非故乡。<small>太平乐府五</small>

故乡音信沉。故园草木深。烽火连三月。家书抵万金。细沉吟。
功名枉恁。断然归去心。<small>太平乐府五</small>

功名览镜看。悲歌把剑弹。心事鱼缘木。前程羝触藩。世途艰。
艰声长叹。满天星斗寒。<small>太平乐府五</small>

长虹气未收。老天春又秋。逆旅新丰舍。羞登王粲楼。几多愁。
白云飞尽。吴江日夜流。<small>太平乐府五</small>

故园天一方。高城泪数行。芳草迷鹦鹉。晴川隔汉阳。暮山长。
烟波江上。愁人几断肠。<small>太平乐府五</small>

〔仙吕〕醉扶归

瘦后因他瘦。愁后为他愁。早知伊家不应口。谁肯先成就。营
勾了人也罢手。喫得我些酪子里骂低低的咒。<small>阳春白雪后集一　雍熙</small>
<small>乐府二〇　彩笔情辞六</small>

　　<small>彩笔情辞题作讪意。〇雍熙乐府愁后作愁来。谁肯作怎肯。营勾作你营。末句</small>
　　<small>得作了。的作儿。情辞谁肯作我怎肯。营勾作你丢。馀俱同雍熙。</small>

频去教人讲。不去自家忙。若得相思海上方。不到得害这些闲
魔障。你笑我眠思梦想。则不打到你头直上。<small>阳春白雪后集一　雍熙</small>
<small>乐府二〇　彩笔情辞六</small>

　　<small>雍熙若得作若得个。你笑作还笑。打到作轮到。情辞俱同。</small>

有意同成就。无意大家休。几度相思几度愁。风月虚遥授。你若
肯时肯不肯时罢手。休把人空拖逗。<small>阳春白雪后集一　雍熙乐府二〇　彩</small>
<small>笔情辞六</small>

　　<small>元刊阳春白雪空拖逗作空过。钞本阳春白雪与雍熙乐府彩笔情辞合。雍熙无意</small>

作无心。三句起衬我为甚三字。四句作这风月虚遥受。情辞俱同雍熙。

〔商调〕知秋令

为董针姑作

心间事。肠断时。醉墨写乌丝。千金字。织锦词。绣针儿。不比莺儿燕子。钞本阳春白雪后集一　雍熙乐府一七

　　雍熙乐府不注撰人。四首前后次序与此异。总题作相思。○雍熙时作词。词作诗。

相思病。万种情。几度海山盟。谁薄倖。谁至诚。更能行。到底如何离影。钞本阳春白雪后集一　雍熙乐府一七

　　雍熙至诚作志诚。

情如醉。闷似痴。春瘦怯春衣。添憔悴。废寝食。减腰肢。怎脱厌厌病体。钞本阳春白雪后集一　雍熙乐府一七

千金字。万古心。翻作断肠吟。恩情厚。怨恨深。不知音。谁会重拈绣针。钞本阳春白雪后集一　雍熙乐府一七

　　雍熙谁会作谁曾。

〔越调〕天净沙

为董针姑作

夜深时独绣罗鞋。不言语倒在人怀。做意儿将人不采。甚娘作怪。绣针儿签着敲才。太平乐府三　北宫词纪外集六

　　瞿本太平乐府做意作故意。此从元刊本及词纪外集。

海棠轻染胭脂。绿杨乱撒青丝。对对莺儿燕子。伤心独自。绣针儿停待多时。太平乐府三

玉纤屈损春葱。远山压损眉峰。早是闲愁万种。忽听得卖花声

送。绣针儿不待穿绒。太平乐府三

冷清清独守兰房。闷恹恹倚定纱窗。呆答孩搭伏定绣床。一会
家神魂飘荡。绣针儿签这梅香。太平乐府三　北宫词纪外集六

套数

〔仙吕〕翠裙腰缠令

〔翠裙腰〕老来多病逢秋验。便觉嫩凉添。懒摇纨扇闲纹簟。卷
朱帘。晚妆楼外月纤纤。

〔金盏儿〕更西风酽。微云敛。黄昏即渐。暑气消沛。阴晴乍闪。
冰魂尚潜。指甲痕芽天生堑。双帘。又传宫样印眉尖。

〔元和令〕素娥公案严。牛女分缘俭。苍虬钩玉控雕檐。翠屏人
半掩。彩鸾收镜入妆奁。霓裳谁再拈。

〔赚尾〕昂藏醉脸。桂香襟袖沾。花下心无慊。樽前兴未厌。钓
银蟾。瑶台独占。立金梯长笑一掀髯。阳春白雪后集二　雍熙乐府五

（翠裙腰）雍熙乐府朱作珠。（金盏儿）元刊阳春白雪双帘作伤帘。
兹从钞本阳春白雪。雍熙消沛作消残。天生作生天。双帘作伤廉。宫样作宫。此曲字句有
讹夺。（元和令）元刊白雪收作取。雍熙同。此从钞本白雪。雍熙分缘作缘分。
（赚尾）元刊白雪桂香作控香。钞本作控搂。兹从元刊本旧校。雍熙次句作控
香襟袖拈。樽前作等潜。钓作约。笑作啸。

〔商调〕集贤宾

叹　世

叹浮生有如一梦里。将往事已成非。迅指间红轮西坠。霎时间
沧海尘飞。正青春绿鬓斑皤。恰朱颜皓首庞眉。转回头都做了
北邙山下鬼。题起来总是伤悲。都不如酒淹衫袖湿。花压帽
檐低。

〔逍遥乐〕有何拘系。则不如一枕安然。直睡到红日三竿未起。乐吾心诗酒琴棋。守团圆稚子山妻。富贵功名身外礼。懒营求免受驱驰。则不如放怀遣兴。悦性怡情。展眼舒眉。

〔梧叶儿〕争甚名和利。问甚么我共你。咱人可也转眼故人稀。渐渐的将朱颜换。看看的早白发催。题起来好伤悲。赤紧的当不住白驹过隙。

〔后庭花〕叹光阴一梦里。觑韶华如逝水。觑尘世无穷事。尽今生有限杯。莫惑疑。急流中涌退。磻溪岸鱼更美。首阳山蕨正肥。西华峰景物奇。洞庭湖风力微。

〔双雁儿〕不如闻早去来兮。乐清闲穷究理。无辱无荣不萦系。守清贫绝是非。远红尘参道德。

〔醋葫芦〕到春来听黄莺枝上鸣。闻杜鹃花下啼。声声叫道不如归。囊中钱劝君休爱惜。拚了个醉而醒醒而复醉。席前花影坐间移。

〔么〕到夏来看湖光潋滟生。香风处处微。披襟散发绿杨隄。得一日过一日无了一日。争何名利。想人生自古七十稀。

〔么〕到秋来看东篱菊绽金。觑长天月似水。正江涵秋景雁初飞。乐吾心笑谈饮数杯。酒逢知契。把黄花乱插满头归。

〔么〕到冬来落琼花阵阵飘。剪鹅毛片片飞。横窗梅影映疏篱。草堂中满斟酒数杯。醉时节盹睡。一任教红尘滚滚往来飞。

〔尾声〕蜗角名休苦贪。蝇头利总休觅。鹤长凫短不能齐。到头来不知谁是谁。我则待混俗为最。总不如葫芦今后大家提。盛世新声申集　词林摘艳七　雍熙乐府一四　北词广正谱引逍遥乐双雁儿　九宫大成五九引双雁儿

盛世新声重增本内府本词林摘艳俱无题。与雍熙乐府俱不注撰人。雍熙题作叹世。原刊本徽藩本词林摘艳题作叹世。注吕止庵作。北词广正谱征引此曲。亦

属吕止庵。○(集贤宾)原刊本徽藩本摘艳庞眉作虎眉。雍熙已成作尽成。绿
鬓作鬓发。北邙上无都做了三字。此曲末三句盛世及各本摘艳雍熙俱属逍遥
乐。惟内府本摘艳属集贤宾。按谱内府本是。兹从之。(逍遥乐)盛世摘艳及
雍熙此曲俱有脱误。内府本摘艳于三竿未起以下尚有七句。为盛世与他本摘艳
及雍熙所无。兹从之。北词广正谱亦有七句。云。你可也休得要狂为。怎禁那
晨钟暮鼓相催。百岁光阴能有几。没多时相会。不如俺策杖携壶。唤友呼朋。
游山玩水。(梧叶儿)内府本摘艳及雍熙首句甚俱作甚么。内府本摘艳白发上
无早字。雍熙末句赤紧的下有可便二字。(后庭花)内府本摘艳惑疑作疑惑。
末句叠。雍熙叹光阴作看光阴。惑疑作疑惑。(双雁儿)盛世摘艳末三字俱作
参道理。兹从雍熙。雍熙穷究理作究妙理。广正谱穷究理作养道德。不萦作无
萦。末三字作参物理。九宫大成俱同雍熙。(醋葫芦)盛世摘艳复醉俱作扶醉。
(么)雍熙无了一日作无一日。名利作闲气。(么)雍熙雁初飞作雁初回。(么)
重增本摘艳醉时节作醉时。(尾)雍熙提作题。

〔双调〕夜行船

咏金莲

颜色天然风韵佳。据精神闭月羞花。腻粉妆。施匀罢。风流处
那些儿堪画。

〔步步娇〕微露金莲唐裙下。端的是些娘大。刚半札。若舞霓裳
将翠盘踏。若是觑绝他。不让杨妃袜。

〔沉醉东风〕那步轻轻慢撒。移踪款款微踏。或是到晚夕。临床
榻。拥鲛绡枕边灯下。那的是冤家痛紧恰。脱了鞋儿缠咱。

〔拨不断〕为冤家。恨咱家。三兜根用意收拾煞。缠得上十分紧
恰。怕松时重套上吴绫袜。从缠上几时撒下。

〔离亭宴煞〕比如常向心头挂。争如移上双肩搭。问得冤家既肯。
须当手内亲拿。或是胳膊上擎。或是肩儿上架。高点银釭看咱。
唗弄着彻心儿欢。高跷着尽情儿要。阳春白雪后集五　雍熙乐府一二

北词广正谱引沉醉东风　九官大成六五同

　　阳春白雪题作咏金莲。雍熙乐府题作赠小脚娃。俱未注撰人。惟据钞本阳春白
　　雪目录应属吕止轩。北词广正谱亦属止轩。兹从之。曲牌夜行船白雪误作风入
　　松。雍熙已改正。○(夜行船)雍熙风韵作丰韵。末句无儿字。(步步娇)钞本
　　阳春白雪些娘大作些儿大。半札作半折。元刊本与雍熙合。雍熙唐裙作湘裙。
　　次句无是字。刚作刚刚只。无若是二字。不让作不弱。(沉醉东风)雍熙踏作
　　蹃。无或是二字。末句咱作扎。广正谱慢作浸。踏作蹃。紧作煞。句断。以恰
　　字属下句。九官大成踏作蹃。末二句同广正谱。(拨不断)雍熙三句根作跟。
　　无煞字。缠得上作束缠的。松作寒。绫作钩。时作曾。(离亭宴煞)元刊白雪
　　须当作虽当。钞本白雪与雍熙合。白雪搭作角。雍熙问下无得字。拿上无亲
　　字。点作点起。喏作掂。欢作麻。跷着尽情作擎尽意。

〔双调〕风入松

半生花柳稍曾耽。风月畅尴尬。付能巴到蓝桥驿。不隄防烟水
重潠。追想盟山誓海。几度泪湿青衫。

〔乔牌儿〕再不将风月参。勾断欠余滥。偶因那日相逢处。两情
牵。他共俺。

〔新水令〕巧盘云髻插琼簪。穿一套素衣恁般甜淡。他说得话儿
岩。合下手牌和。莫不是把人赚。

〔搅筝琶〕闲言探。切恐话交参。休道咱虚。怕伊不敢。岂怕外
人知。只恐娘监。离恨闷愁两下耽。独自个羞惨。

〔离亭宴歇指煞〕做时节彼各休心厌。做时节休把人坑陷。常欢
喜星前月下。休等闲间面北眉南。既做时休志忑。若意懒后众
生便减。我着片无忝和朴实心。博伊家做怪胆。阳春白雪后集五　雍
熙乐府一二　彩笔情辞六　北词广正谱引离亭宴歇指煞　九官大成六五引新水令

　　阳春白雪作吕止轩撰。雍熙乐府作吕止庵撰。彩笔情辞与雍熙同。情辞题作题
　　恨。○(风入松)元刊阳春白雪尴尬作尴尬。钞本作尬尬。兹从雍熙。钞本白
　　雪重潠作里潠。元刊本与雍熙合。雍熙稍作担。几度作几回。情辞俱同雍熙。

雍熙风月畅作风月场。盟山誓海作誓海盟山。情辞风月畅作好事易。(乔牌儿)雍熙余作污。情辞参作揽。欠余作怹馀。处作暂。(新水令)雍熙甜淡作恬澹。情辞九宫大成同。(搅筝琶)雍熙闲言上有咱字。上一怕字作脾。属上句。岂作岂不。下句作恐娘见。惨作惭。情辞俱同。(离亭宴歇指煞)雍熙情辞彼各俱作彼此。若意懒两句俱作。若意懒从生便。缄我的朴实心。雍熙休等闲间作休等闲。情辞作莫等闲。

雍熙乐府卷二十彩笔情辞卷六皆有吕止轩醉扶归小令四首。其前三首即以上瘦后因他瘦三首。第四首为王和卿作。兹不收。参阅王曲校记。

据钞本阳春白雪目录。阳春白雪后集卷四风入松翠楼红袖倒金壶套为吕止轩作。兹因书内曲前未明注撰人。仍辑入无名氏曲中。

李茂之

生平不详。

套数

〔双调〕行香子

寄 情

春满皇都。名遍青楼。二十年旖旎风流。金鞍玉勒。矮帽轻裘。谢娘诗。云子酿。雪儿讴。

〔乔木查〕几番愁花病酒。偏甚今番瘦。非是潘郎不奈秋。都因风韵它。引起闲愁。

〔拨不断〕两绸缪。意相投。天然一点芳心透。年纪未二十过二九。多情莺燕蜂蝶友。速难成就。

〔天仙子〕于飞愿。端的几时酬。会语应难。修书问候。铺玉版。写银钩。寄与娇羞。真真的美眷爱。不尚延由。

〔离亭宴带歇指煞〕休违了剪发拈香咒。莫忘了并枕同衾褥。再

休眉期眼约闲迤逗。娘间阻人调斗。枉教咱千生万受。常办看
惜花心。空闲了画眉手。罗本阳春白雪后集卷三

北词广正谱双调套数分题。有李茂之行香子春满皇州套之全套曲牌名。案太平
乐府有朱庭玉行香子春满皇州套。其联套牌名与广正谱同。其末曲离亭宴带歇
指煞。与广正谱所云李茂之春满皇州套减畅好句又同。罗本阳春白雪此套署李
茂之。阳春白雪。太平乐府同为杨朝英编。而太平乐府晚出。杨氏或有所据而
订正欤。本书亦将此套辑入朱庭玉曲中。参见朱曲注。此处李曲文字全据
罗本。

又

得又何如。失又何如。奈浮生迅景飞投。些儿富贵。多少风波。
漫□谋。空驰骋。枉张罗。
〔乔木查〕选溪山好处结茅屋。栽花果。人我境番成安乐窝。算
来忧虑少。自投灾祸。
〔拨不断〕得蹉跎。把器虚。公案教参破。眉上顿开愁锁。心头
泼杀无名火。俺且学卖呆妆挦。
〔筝琶序〕人间事。一自饱经过。日月双轮。乾坤六合。麟阁将。
玉堂臣。总被消磨。人生幻化待则甚磨。便似一梦南柯。
〔离亭宴带歇指煞〕闲来膝上横琴坐。醉时节林下和衣卧。唱得
快活。乐天知命随缘过。为伴侣唯三个。明月清风共我。再不
把利名侵。且须将是非趓。罗本阳春白雪后集卷三

又

擷竹分茶。摘叶拈花。圈儿中稍自矜夸。飐眉打眼。料嘴敲牙。
要罚馒只除是。瓮生根。盆生蔓。甑生芽。
〔乔木查〕俺虽不是个还魂子弟。晓四六通合刺。锦套头花圈圆
且吉咱。正迟看两念家。打鼓弄琵琶。

〔拨不断〕你待把我做燕儿般拿。我待把你做兔儿般叉。怕不信三文钱买取个龟儿卦。团衫是纸。系腰是麻。包髻是瓦。我罩篱是皮。卧是铁枪头是蜡。咱两个一般乔话。

〔天仙令〕添潇洒。朝夕是甚生涯。女仗唇枪。娘凭嘴抹。寻缝儿觅撒花。早索与他异锦轻纱。动不动五奴闲坐衙。知他是理会甚么官法。

〔离亭宴带歇指煞〕把条款别体倒违礼煞。寨儿中。监狱儿内。禁牢儿里下。则怎傍人每鉴咱。吃不过姐姐焦。娘娘哝。婆婆骂。欲待要离恁那壳中应难罢。只除是天摧地塌。最难禁碎揪挦。胡腐揞。零颩抹。又没耕种千家生马。寻取个回头儿调发。不使钱恁娘嗔。使了钱俺那耶打。罗本阳春白雪后集卷三

孙叔顺

生平不详。

套数

〔仙吕〕点绛唇

咏教习鼓诉冤

每日学按龙韬。演习虎略。初开教。若论功劳。则俺先来到。

〔混江龙〕助威声号。将我先鸣三擂发根苗。渐渐的排成戈戟。纷纷的收聚枪刀。则这两片皮常与军官为耳目。一生心不离了小校做知交。虽是我有声难说。有运难消。又不比鸣廉击柝喝号。摇铃向军前。则我为头儿闹。面皮上常过了。无数助罗边。不住的频敲。

〔油葫芦〕怎比恁那悠悠吹画角。也每不汤着不动着。教瞒儿满腹中恶气怎生消。夜阑时直捶到金鸡儿报。早晨间直煞的金乌落。他每都披着纸甲。挂着战袍。番来覆去由闹。早难道杀气阵云高。

〔天下乐〕却甚么三十年学六韬。好教我逐朝心内焦。他每没一个有才能有机谋有智略。每日加虚空了五六番。干盘了十数遭。恰便似一场家杂剧了。

〔醉中天〕想当日西军闹。起全翼赴宣朝。将我击破花腔。它每都哭破眼胞。可正是发擂催军校。不付能勾引的离城去。又将他黎民掳掠。这的是恁破黄巢头件功劳。

〔金盏儿〕他每哭声苦。可教我怨声高。被我将他众英雄引上阴陵道。他每教场中胆气更那里有分毫。都不肯一心于国死。则待半路里转身逃。早难道养军千日。又得用在今朝。

〔赚煞尾〕将我击发。便声扬额闲下无声哨。旧声价如今都坏了。谁敢向雷门行过一遭。则为我乱军心。将果报先招。自量度。天数难逃。若是再瞒上。将来又吃搞。终身累倒。皮鞯零。再怎敢军中一面骋英豪。罗本阳春白雪后集卷一

〔南吕〕一枝花

不恋蜗角名。岂问蝇头利。世情看冷暖。人面逐高低。闲是闲非。僻掉的都伶俐。百年身图画里。本待要快活逍遥。情愿待休官罢职。

〔梁州〕谁待想锦衣玉食。甘心守淡饭黄齑。向林泉选一答儿清幽地。闲时一曲。闷后三杯。柴门草户。茅舍疏篱。守着咱稚子山妻。伴着几个故友相识。每日价笑吟吟谈古论今。闲遥遥游山玩水。乐陶陶下象围棋。早起。晚夕。喫醉了重还醉。叹

白发紧相逼。百岁光阴能有几。快活了是便宜。

〔煞尾〕都则是两轮日月搬兴废。一合乾坤洗是非。直宿到红日三竿偃然睡。那些儿况味谁知。一任莺啼唤不起。_{钞本阳春白雪后}
集三　雍熙乐府一〇

雍熙乐府题作休官。不注撰人。北词广正谱附南戏北词正谬引早起晚宿二句。谓孙叔顺作。与钞本阳春白雪合。〇（一枝花）钞本阳春白雪百年身作百身。雍熙看冷暖作堪冷暖。（梁州）雍熙玉食作御食。每日价作每日家。北词广正谱晚夕作晚宿。

绣帏中受坎坷。锦帐内挨囚禁。抛掷在忧虑海。啜赚我在闷愁林。好教人难受难禁。非是咱淹润。有生活懒动针。一会家暗暗思量。思量罢重还再审。

〔梁州〕俺根前无疼无热。在谁行留意留情。这烦恼孝经起序才读朕。空教人逐朝盼望。每夜吟沉。专闻脚步。频听声音。那一夜不等到更深。不来也展转沉吟。在谁家里打马投壶。在谁家里低唱浅斟。在谁家里并枕同衾。无般儿不侵。纵然不醉连宵饮。一脚的踏出门程。不许寻直恁。莫渝滥荒淫。

〔尾〕往常时撒拗何曾恁。自当日着迷直至今。你取欢娱我图甚。怎禁那厮负心。不来也。又教你倚定鲛绡枕头儿盹。_{罗本阳春白雪}
后集卷二

〔中吕〕粉蝶儿

海马闲骑。则为瘦人参请他医治。背药包的刘寄奴跟随。一脚的陌门东。来到这干阁内。飞帘簌地。能医其乡妇沉疾。因此上共宾郎结成欢会。

〔醉春风〕说远志诉莲心。靠肌酥偎玉体。食膏粱五味卧重茵。阳起是你。你。受用他笑吐丁香。软柔钟乳。到有些五灵之气。

〔迎仙客〕行过芍药圃。菊花篱。沉香亭色情何太急。停立在曲槛边。从容在芳径里。待黄昏不想当归。尚有百部徘徊意。

〔红绣鞋〕半夏遏蛇床上同睡。芫花边似燕子双飞。则道洞房风月少人知。不想被红娘先蹴破。使君子受凌迟。便有他白头公难救你。

〔耍孩儿〕木贼般合解到当官跪。刀笔吏焉能放你。便将白纸取招伏。选剥了裈布无衣。荜澄茄拷打得青皮肿。玄胡索拴缚得狗脊低。你便穿山甲应何济。议论得罪名管仲。毕拨得文案无疑。

〔三煞〕他做官司的剖决明。告私情的能指实。监因在里人心碎。一个旱莲腮空滴白凡泪。一个漏芦腿难禁苦杖笞。吊疼痛。添憔悴。问甚么干连你父子。可惜教带累他乌梅。

〔二煞〕意浓甜有苦参。事多凶大戟。今日个身遭缧绁。犹道是心甘遂。清廉家却有这糊突事。时罗姐难为官宜妻。浪荡子合当废。破故纸揩不了腥臭。寒水石洗不尽身肌。

〔一煞〕向雨馀凉夜中。对天南星月底。说合成织女牵牛会。指望常山远水恩情久。不想这剪草除根巾帼低。那一个画不成青黛蛾眉。

〔尾〕骂你个辱先灵的蒋太医。我看你乍回乡归故里。蔓荆子续断了通奸罪。则被那散杏子的康瘤儿笑杀你。钞本阳春白雪后集四

（醉春风）玉体原作玉休。上一你字下原作空格。兹按格补你字。（尾）杏子原作杏了。兹改。

王仲诚

生平不详。

套数

〔中吕〕粉蝶儿

昨宴东楼。玳筵开舞裙歌袖。一团儿玉软花柔。遏行云。回飞雪。玲珑剔透。交错觥筹。撚冰丸暗藏锦绣。

〔醉春风〕娇滴滴香脸嫩如花。细松松纤腰轻似柳。有丹青巧笔写奇真。怎的朽。朽。檀口能歌。莲舌轻调。柳眉频皱。

〔迎仙客〕露玉纤。捧金瓯。云鬓巧簪金凤头。荡细裙。掩玉钩。百倍风流。无福也难消受。

〔满庭芳〕人间罕有。沉鱼落雁。月闭花羞。蕙兰性一点灵犀透。举止温柔。成合了鸾交凤友。匹配了燕侣莺俦。轻搂就。如弹玉纤粉汗流。佯呵欠袖儿里低声儿咒。一会家把人迤逗。撇不下漾秋波一对动情眸。钞本阳春白雪后集四

(满庭芳)莺俦原作鸾俦。咒原作况。兹改。

〔越调〕斗鹌鹑

避　纷

露冷霜寒。云低雾黯。洒洒潇潇。凄凄惨惨。眼底繁华。心头有感。名利绝。是非减。爱的是雪月风花。怕的是官民要览。

〔紫花儿〕昨宵酩酊。今日模糊。来日醺酣。带一顶嵌肩幔笠。穿一领麻衫。妆一座栽梅结草庵。谁能摇撼。跳出这蚁穴蜂衙。再不入虎窟龙潭。

〔小桃红〕刀名剑利大尴尬。諕碎闲人胆。白酒黄鸡挨时暂。就中甘。这般滋味谁曾啖。谐音人即参。通经史亲探。世事要经谙。

〔尾〕此身有似舟无缆。恣意教旁人笑咱。富贵总由天。清闲尽在俺。太平乐府七　雍熙乐府一三

雍熙乐府不注撰人。无题。〇(斗鹌鹑)明大字本太平乐府凄凄作已悽悽。(紫花儿)瞿本太平乐府嵌肩作嵌眉。虎窟作虎穴。兹从元刊本等太平乐府及雍熙。雍熙幔笠作簟笠。

残　曲

〔中吕〕粉蝶儿

世事经谙。

〔迎仙客〕忙似蚁。困如蚕。投东道小子非苟贪。志诚心。英烈胆。则为火院难担。以此上常把英贤探。北词广正谱

陈子厚

生平不详。

套　数

〔黄钟〕醉花阴

宝钗松金髻云孬。甚试曾浓梳艳裹。宽绣带掩香罗。鬼病厌厌。除见他家可。

〔出队子〕伤心无奈。遣离人愁闷多。见银台绛蜡尽消磨。玉鼎无烟香烬火。烛灭香消怎奈何。

〔么〕情郎去后添寂寞。盼佳期无始末。这一双业眼敛秋波。两叶愁眉蹙翠蛾。泪滴胭脂添玉颗。

〔尾〕着我倒枕搥床怎生卧。到二三更暖不温和。连这没人情的被窝儿也奚落我。钞本阳春白雪后集四　雍熙乐府一

雍熙乐府题作孤另。不注撰人。○(醉花阴)雍熙甚试曾作不似前。末句作除见他方痊可。(出队子)钞本阳春白雪香烬火作香烬水。雍熙无奈作无那。尽消磨作渐消磨。玉鼎作宝鼎。香消作烟消。(么)钞本阳春白雪这一双作这双。雍熙添玉颗作流玉颗。(尾)钞本阳春白雪末句无也字。雍熙无连字。

真 氏

真氏建宁人。歌妓。

小令

〔仙吕〕解三酲

奴本是明珠擎掌。怎生的流落平康。对人前乔做作娇模样。背地里泪千行。三春南国怜飘荡。一事东风没主张。添悲怆。那里有珍珠十斛。来赎云娘。<small>顾曲麈谈</small>

此曲本事见辍耕录卷二十二玉堂嫁妓条。

李邦基

生平不详。

套数

〔越调〕斗鹌鹑

寄 别

百岁光阴。寄身宇宙。半世蹉跎。忘怀诗酒。窃玉偷香。寻花问柳。放浪行。不自羞。十载江淮。胸蟠星斗。

〔紫花儿〕鬓丝禅榻。眉黛吟窗。扇影歌楼。献书北阙。挟策南州。迟留。社燕秋鸿几回首。壮怀感旧。妩媚精神。罗绮风流。

〔调笑令〕渐久。过清秋。今古盟山惜未休。琴樽相对消闲昼。尽乌丝醉围红袖。阳关一声人去后。消疏了月枕双讴。

〔秃厮儿〕浩浩寒波野鸥。消消夜雨兰舟。津亭送别风外柳。甚不解。系离愁。悠悠。

〔圣药王〕夜气收。人语幽。西楼梦断月沉钩。惜胜游。忆唱酬。追思往事到心头。肠欲断泪先流。

〔尾〕彩云冉冉巫山岫。还相逢邂逅绸缪。终日惜芳心。思量岁寒友。太平乐府七　词林摘艳一〇　雍熙乐府一三　北宫词纪六　九宫大成二八引全套

雍熙乐府不注撰人。北宫词纪题作忆别。〇(斗鹌鹑)重增本词林摘艳江淮作江湖。原刊本等仍作江淮。(调笑令)摘艳尽乌丝作画乌丝。雍熙词纪九宫大成并同。雍熙大成盟山俱作名山。(圣药王)雍熙大成梦断俱作断梦。(尾)摘艳绸缪作共游。

景元启

生平不详。元刊太平乐府有殿前欢小令。注杲元启作。陶刻本杲作栗。何钞本杲作景。案太平乐府于殿前欢之外。尚有景元启之得胜令及上小楼。残元刊阳春白雪及太平乐府之曲家姓氏表。又仅有景元启。而无杲元启。故杲栗疑俱误。太和正音谱既有景元启。复有杲元启。疑系因袭太平乐府。非有二人也。杨慎希姓录有杲元启。注元诗人。盖亦误景为杲。

小令

〔中吕〕上小楼

客　情

欲黄昏梅梢月明。动离愁酒阑人静。则被他檐铁声寒。翠被难温。致令得倦客伤情。听山城。又起更。角声幽韵。想他绣帏中和我一般孤另。太平乐府四　乐府群珠一

〔双调〕得胜令

一见话相投。半醉捧金瓯。眼角传心事。眉尖锁旧愁。绸缪。暗约些儿后。羞羞。羞得来不待羞。残元本阳春白雪二　钞本阳春白雪前集三

力困下秋千。缓步跋金莲。笑与情郎道。扶归曲槛边。俄然。欲语声娇颤。旋旋。旋得来不待旋。残元本阳春白雪二　钞本阳春白雪前集三

　　残元本俄字破损。

一捻楚宫腰。体态更妖娆。百媚将人獴。俫羞整凤翘。堪描。脸儿上扑堆著俏。娇娇。娇得来不待娇。残元本阳春白雪二　钞本阳春白雪前集三

明月转回廊。花影上纱窗。暗约湖山侧。低低问粉郎。端详。怕有人瞧望。荒荒。荒得来不待荒。残元本阳春白雪二　钞本阳春白雪前集三

欢　会

梅月小窗横。斗帐惜娉婷。未语情先透。春娇酒半醒。书生。称了风流兴。卿卿。愿今宵闰一更。太平乐府三

孤另

雨溜和风铃。客馆最难听。枕冷鸳衾剩。心焦睡不成。离情。闪得人孤另。山城。愿今宵只四更。太平乐府三　北词广正谱　元明小令钞

思情娘

从他嫁了时。情怀两不知。终日病相思。如醉复如痴。鳞鸿虽有难投字。思知。今日里不如死。何梦华钞本太平乐府三

〔双调〕殿前欢

自　乐

自由仙。对西风篱下醉金船。葛巾漉酒从吾愿。富贵由天。与渊明和一篇。君休羡。省部选乌台荐。好觑桐江钓叟。万古名传。太平乐府一　词林摘艳一　元明小令钞

自由仙。据胡床闲坐老梅边。彤云变态时舒卷。改尽山川。叹蓝关马不前。君休羡。八位转朝金殿。恰便似新晴雪霁。流水依然。太平乐府一　词林摘艳一

梅　花

月如牙。早庭前疏影印窗纱。逃禅老笔应难画。别样清佳。据胡床再看咱。山妻骂。为甚情牵挂。大都来梅花是我。我是梅花。太平乐府一　词林摘艳一　元明小令钞

〔南吕〕香罗带

四季题情

东君去意切。梨花似雪。春宵殢雨窗外劣。翻来覆去睡不着也。

欲待梦他胡蝶。诉我离别。则是睡不着也没话说。那更睡不着。把好梦成吴越。_{词林摘艳一　雍熙乐府一五}

　　雍熙乐府此四首题作离别。不注撰人。○原刊本等摘艳东君俱作东以。兹从内府本摘艳及雍熙。雍熙似雪作坠雪。三句作春宵带雨窗外骂。七句无也字。以下三首七句亦无也字。

纱幮谩自设。难禁暑热。凉亭水阁欢宴也。翻来覆去睡不着也。便有再世陈抟。睡眼难合。则是睡不着也没话说。那更睡不着。把好梦成吴越。_{词林摘艳一　雍熙乐府一五}

　　雍熙欢宴也作空艳冶。有再世作做出世。

砧声捣夜月。蟾光皎洁。嫦娥照人情惨切。翻来覆去睡不着也。你有圆缺。我有离别。则是睡不着也没话说。那更睡不着。把好梦成吴越。_{词林摘艳一　雍熙乐府一五}

　　内府本摘艳你有作月有。我有作人有。雍熙俱同。雍熙惨切作最切。

朔风太凛冽。银河冻结。红炉暖阁欢宴也。翻来覆去睡不着也。便有锦帐重重。绣被叠叠。则是睡不着也没话说。那更睡不着。把好梦成吴越。_{词林摘艳一　雍熙乐府一五}

　　雍熙三句作楼头画角声呜咽。

套数

〔双调〕新水令

一春常费买花钱。锦营中惯曾游遍。酒斟金叵罗。人伴玉婵娟。急管繁弦。高楼上恣欢宴。

〔驻马听〕骄马吟鞭。我是个酒社诗坛小状元。舞裙歌扇。伴着个风花雪月玉天仙。我把紫霜毫书满碧云笺。他撮着泥金袖绣彻红绒线。正当年。一团儿娇艳堪人羡。

〔雁儿落〕蛾眉翡翠钿。玉腕黄金钏。酥胸兰麝香。檀口丁香煎。

〔德胜令〕因此上典卖了洛阳田。重建座丽春园。安排下剪雪裁冰句。准备着尤云殢雨言。床边。放一卷崔氏春秋传。窗前。横一幅双生风月篇。

〔川拨棹〕拚了个喫昏拳。怕甚么咽顽涎。割舍了铜斗儿家缘。铁板儿似盘缠。便日用三千。我其实少不得个娇滴滴玉人儿过遣。怕的是独自眠。

〔七弟兄〕我这里告天。可怜。教我永团圆。愿天公与我行方便。地连枝产朵并头莲。天比翼生对双飞燕。

〔梅花酒〕到春来景物妍。簪杏弹�‌鬟蝉。拾翠步金莲。听鸟并香肩。到夏来携手上采莲船。瓜初剖水晶丸。酒新泛蓿砂煎。鱼旋打锦鳞鲜。

〔收江南〕呀。到秋来看四围红叶满山川。两行翠袖画堂前。看一轮明月照天边。到冬来雪花儿满天。蒸羊羔美酒庆丰年。

〔尾声〕四时独占风流选。百年遂却于飞愿。常言道女貌郎才。恨惹情牵。将一对美满姻缘。万载千秋教人做笑话儿演。雍熙乐府一一　北宫词纪五　词林白雪二　彩笔情辞五　九宫大成六六引尾声

雍熙乐府无题。不注撰人。北宫词纪题作春情。词林白雪属闺情类。彩笔情辞题作恣欢。〇(驻马听)雍熙绣彻作透彻。(雁儿落)词纪兰麝香作兰麝芬。词林白雪情辞同。(德胜令)词纪起句上有呀字。词林白雪情辞同。(川拨棹)情辞铁板下无儿字。无我其实三字。(梅花酒)雍熙词纪词林白雪俱少首四句。兹从情辞。情辞丸作圆。

吕侍中

名里不详。

套数

〔正宫〕六么令

华亭江上。烟淡淡草萋萋。浮光万顷。长篙短棹一蓑衣。终日向船头上稳坐。来往故人稀。纶竿收罢。轻抛香饵。个中消息有谁知。

〔么〕说破真如妙理。唯恐露玄机。春夏秋冬。披星带月守寒溪。一点残星照水。上下接光辉。素波如练。东流不住。锦鳞不遇又空回。

〔尾〕谩伤嗟。空劳力。欲说谁明此理。千尺丝纶直下垂。一波动万波相随。唱道难晓幽微。且恁陶陶度浮世。水寒烟冷。小鱼儿难钓。满船空载月明归。阳春白雪后集三　雍熙乐府五　北词广正谱引尾　九宫大成五引全套

　　雍熙乐府不注撰人。与北词广正谱九宫大成俱以此曲属仙吕宫。○（六么令）雍熙大成个中俱作问个。（么）雍熙锦麟作锦鲜。（尾）雍熙难晓作晓。水寒烟冷作寒烟冷水。难钓作离钓。大成难晓作洞晓。馀同雍熙。

吕济民

　　　生平不详。

小令

〔正宫〕鹦鹉曲

寄故人　和韵

心猿意马羁难住。举酒处记送别那梁父。想人生碌碌纷纷。几度落红飞雨。〔么〕瞬息间地北天南。又是便鸿书去。问多娇芳

信何期。笑指到玉梅吐处。太平乐府一

（么）元刊八卷本瞿本指到俱作指道。

朱颜绿鬓难留住。调弄了几拙讷的儿父。算光阴咫尺风波。恍
着暮晴朝雨。〔么〕怎禁他地久天长。睚不过暗来明去。望桃源
雾杳烟迷。梦觉也玉人那处。太平乐府一

瞿本算光阴作叹光阴。

〔双调〕蟾宫曲

赠楚云

寄襄王雁字安排。出岫无心。蔽月多才。目极潇湘。家迷秦岭。
梦到天台。浮碧汉阴晴体态。逐西风聚散情怀。卷又还开。去
又还来。雨罢巫山。飞下阳台。太平乐府一 乐府群珠三

明大字本太平乐府题作楚云。无赠字。〇元刊本元刊八卷本太平乐府及乐府群
珠出岫俱作出袖。兹从瞿本及陶刻本太平乐府。

赠玉香

可人儿暖玉生香。弄玉团香。惜玉怜香。画蛾眉玉鉴遗香。伴
才郎玉枕留香。捧酒卮玉容喷香。摘花枝玉指偷香。问玉何香。
料玉多香。见玉思香。买玉寻香。太平乐府一

明大字本题目无赠字。〇明大字本团香作拃香。

查德卿

生平不详。

小令

〔仙吕〕寄生草

感　叹

姜太公贱卖了磻溪岸。韩元帅命博得拜将坛。羡傅说守定岩前版。叹灵辄喫了桑间饭。劝豫让吐出喉中炭。如今凌烟阁一层一个鬼门关。长安道一步一个连云栈。太平乐府五

> 元刊本等灵辄俱作宁戚。兹从明大字本。瞿本首句岸作弯。兹从元刊本。元刊八卷本作芎。

间　别

姻缘簿剪做鞋样。比翼鸟搏了翅翰。火烧残连理枝成炭。针签瞎比目鱼儿眼。手揉碎并头莲花瓣。掷金钗擿断凤凰头。绕池塘捽碎鸳鸯弹。太平乐府五

> 元刊本剪作搂。兹从瞿本。

〔仙吕〕一半儿

拟美人八咏

春　梦

梨花云绕锦香亭。胡蝶春融软玉屏。花外鸟啼三四声。梦初惊。一半儿昏迷一半儿醒。太平乐府五　尧山堂外纪七一

> 中原音韵录第三首。谓一样八首。临川陈克明所作。尧山堂外纪属陈克明。又云或以此为查德卿作。太平乐府属查德卿。较为可据。

春　困

琐窗人静日初曛。宝鼎香消火尚温。斜倚绣床深闭门。眼昏昏。

一半儿微开一半儿旽。太平乐府五　尧山堂外纪七一

春　妆

自将杨柳品题人。笑撚花枝比较春。输与海棠三四分。再偷匀。
一半儿胭脂一半儿粉。太平乐府五　中原音韵　尧山堂外纪七一

春　愁

厌听野鹊语雕檐。怕见杨花扑绣帘。拈起绣针还倒拈。两眉尖。
一半儿微舒一半儿敛。太平乐府五　尧山堂外纪七一

春　醉

海棠红晕润初妍。杨柳纤腰舞自偏。笑倚玉奴娇欲眠。粉郎前。
一半儿支吾一半儿软。太平乐府五　尧山堂外纪七一

春　绣

绿窗时有唾茸粘。银甲频将彩线拤。绣到凤凰心自嫌。按春纤。
一半儿端相一半儿掩。太平乐府五　尧山堂外纪七一
　　元刊太平乐府时有唾作持有垂。兹从元刊八卷本瞿本及尧山堂外纪。

春　夜

柳绵扑槛晚风轻。花影横窗淡月明。翠被麝兰薰梦醒。最关情。
一半儿温温一半儿冷。太平乐府五　尧山堂外纪七一

春　情

自调花露染霜毫。一种春心无处托。欲写写残三四遭。絮叨叨。
一半儿连真一半儿草。太平乐府五　尧山堂外纪七一

〔南吕〕醉太平

寄　情

钗分凤凰。衾剩鸳鸯。锦笺遗恨爱花香。写新愁半张。晚妆楼

阁空凝望。旧游台榭添惆怅。落花庭院又昏黄。正离人断肠。_太
平乐府五

春　情

东风柳丝。细雨花枝。好春能有几多时。韶华迅指。芭蕉叶上
鸳鸯字。芙蓉帐里鸾凰事。海棠亭畔鹧鸪词。问莺儿燕子。太平
乐府五

楼台管弦。院落秋千。香风淡淡月娟娟。朱帘半卷。香消玉腕
黄金钏。歌残素手白罗扇。汗溶粉面翠花钿。倚阑人未眠。太平
乐府五

春风管弦。夜月秋千。调风弄月醉花前。把花枝笑撚。千金曾
许如花面。半生未了看花愿。一春长费买花钱。风流少年。太平
乐府五

清　名

先生子陵。隐者渊明。南州旧隐老云卿。为清高显名。一个向
七里滩曾受君王聘。一个向五柳庄终受彭泽令。一个向百花洲
不受宋朝征。与巢由共清。太平乐府五

〔中吕〕普天乐

别　情

玉华骢。青丝鞚。江山断送。萍梗无踪。阳台云雨空。青草池
塘梦。好梦惊回相思重。翠烟晴啼鸟山中。梨花坠雪。海棠散
锦。满院东风。太平乐府四　乐府群珠四

　　元刊太平乐府云雨作云影。青草作青州。兹从元刊八卷本瞿本太平乐府及乐府
群珠。

鹧鸪词。鸳鸯帕。青楼梦断。锦字书乏。后会绝。前盟罢。淡月香风秋千下。倚阑干人比梨花。如今那里。依栖何处。流落谁家。太平乐府四　乐府群珠四

〔越调〕柳营曲

金陵故址

临故国。认残碑。伤心六朝如逝水。物换星移。城是人非。今古一枰棋。南柯梦一觉初回。北邙坟三尺荒堆。四围山护绕。几处树高低。谁。曾赋黍离离。太平乐府三

元刊本谁作推。兹从元刊八卷本瞿本何钞本。明大字本作摧。

江　上

烟艇闲。雨蓑干。渔翁醉醒江上晚。啼鸟关关。流水潺潺。乐似富春山。数声柔橹江湾。一钩香饵波寒。回头贪兔魄。失意放渔竿。看。流下蓼花滩。太平乐府三　中原音韵

中原音韵题作渔夫。不注撰人。○元刊本元刊八卷本太平乐府数声俱作微声。兹从瞿本及音韵。音韵晚作还。贪作观。失意作失忆。

〔双调〕蟾宫曲

怀　古

问从来谁是英雄。一个农夫。一个渔翁。晦迹南阳。栖身东海。一举成功。八阵图名成卧龙。六韬书功在非熊。霸业成空。遗恨无穷。蜀道寒云。渭水秋风。太平乐府一　乐府群珠三　北曲拾遗

北曲拾遗题作叹世。不注撰人。○拾遗从来作从前。霸业成空作伯业成功。

层楼有感

倚西风百尺层楼。一道秦淮。九点齐州。塞雁南来。夕阳西下。
江水东流。愁极处消除是酒。酒醒时依旧多愁。山岳糟丘。湖
海杯瓯。醉了方休。醒后从头。<small>太平乐府一　乐府群珠三</small>

〔双调〕庆东原

达时务。薄利名。秋风吹动田园兴。鉏瓜邵平。思莼季鹰。采
菊渊明。清淡老生涯。进退知天命。<small>太平乐府二</small>

吴西逸

生平不详。

小令

〔中吕〕红绣鞋

春　景

杨柳岸秋千高架。梨花院仕女双丫。玉纤轻按小琵琶。花明春
富贵。珮响玉交加。东风人信马。<small>太平乐府四　乐府群珠四</small>

山　居

蕨薇嫩山林趣味。桑麻富田野生涯。市喧声不到衡扉。绿香春
酒瓮。红润晓花枝。日高眠未起。<small>太平乐府四　乐府群珠四</small>

春　醉

红叱拨轻总宝鞯。紫葡萄满泛金钟。寻芳人在小帘栊。倚风同

笑傲。对月唱玲珑。清闲可意种。_{太平乐府四　乐府群珠四}

忆西湖

花院小低低朱户。酒旗摇簇簇香车。市桥官柳暗西湖。杯浮金
潋滟。寺现玉浮图。莺花谁是主。_{太平乐府四　乐府群珠四}

　　明大字本太平乐府题目无忆字。

自　况

万顷烟霞归路。一川花草香车。利名场上我情疏。蓝田堪种玉。
鲁酒可操觚。东风供睡足。_{太平乐府四　乐府群珠四}

〔商调〕梧叶儿

春　夜

评花担。折柳杯。诗酒醉淋漓。觅句鸾笺重。笼灯翠袖随。别
院漏声迟。扶醉入销金帐里。_{太平乐府五}

　　明大字本别院作深院。

春　情

香随梦。肌褪雪。锦字记离别。春去情难再。更长愁易结。花
外月儿斜。淹粉泪微微睡些。_{太平乐府五}

京城访友

桃凝露。杏倚云。花院望星辰。尘土东华梦。簪缨上苑春。趿
履谒侯门。吟眼乱难寻故人。_{太平乐府五}
摩空赋。醉月觞。无地不疏狂。貂帽簪花重。鸳帏倚玉香。清

楚绿鬟妆。扶我入温柔醉乡。<small>太平乐府五</small>

　　明大字本末句无我字。

〔越调〕天净沙

闲　题

长江万里归帆。西风几度阳关。依旧红尘满眼。夕阳新雁。此情时拍阑干。<small>太平乐府三</small>

楚云飞满长空。湘江不断流东。何事离多恨冗。夕阳低送。小楼数点残鸿。<small>太平乐府三</small>

　　明大字本残鸿作残红。

数声短笛沧州。半江远水孤舟。愁更浓如病酒。夕阳时候。断肠人倚西楼。<small>太平乐府三</small>

　　明大字本远水作流水。

江亭远树残霞。淡烟芳草平沙。绿柳阴中系马。夕阳西下。水村山郭人家。<small>太平乐府三　太和正音谱下　北词广正谱　九宫大成二七</small>

〔越调〕柳营曲

赏　春

花艳冶。柳敧斜。粉墙低画楼人困也。庭院星列。罗绮云叠。簇簇闹蜂蝶。紫霞杯我辈豪侠。绿云鬟仕女奇绝。乌丝栏看醉草。红牙板唱声揭。别。同载七香车。<small>太平乐府三</small>

避暑偶成

共翠娥。酌金波。湖上晚风摇芰荷。丝管情多。帘幕凉过。暑气尽消磨。扇停风几缕柔歌。袜凌波一掬香罗。醉魂偏浩荡。

诗兴费吟哦。睃。老子正婆娑。太平乐府三

秋　闺

笼玉纤。拜银蟾。恰团圆几时云又掩。尘淡妆奁。风透朱帘。
无语望雕檐。博山炉香冷慵添。阳春曲唱和难忺。新凉开扇影。
清恨蹙眉尖。嫌。何处可消淹。太平乐府三

〔越调〕凭阑人

题　情

翰墨空题鸾凤笺。云水虚劳鱼雁传。此情铁石坚。铁石知几年。
太平乐府三
栖燕楼台诗思迷。睡鸭池塘春漏迟。满身花影移。晓窗香梦随。
太平乐府三
鬓鬖乌云簪翠翘。衣淡红绡恼玉腰。美人花月妖。比花人更娇。
太平乐府三

〔双调〕蟾宫曲

山间书事

系门前柳影兰舟。烟满吟蓑。风漾闲钩。石上云生。山间树老。
桥外霞收。玩青史低头袖手。问红尘缄口回头。醉月悠悠。漱
石休休。水可陶情。花可融愁。太平乐府一　乐府群珠三
　　元刊太平乐府低头作底头。兹从元刊八卷本等太平乐府及乐府群珠。

游玉隆宫

碧云深隐隐仙家。药杵玄霜。饭煮胡麻。林下樽罍。云中鸡犬。

树底茶瓜。香不断灯明绛蜡。火难消炉炼丹砂。朗诵南华。懒
上浮槎。笑我尘踪。走遍天涯。<small>太平乐府一　　乐府群珠三</small>

元刊本元刊八卷本太平乐府胡麻作胡濂。兹从瞿本陶刻本太平乐府及群珠。

席　上

博秦楼一笑千金。谁是知音。知此闲心。袅娜花枝。依稀眉宇。
香动词林。止谈笑何须荐寝。尽疏狂足可披襟。乐事追寻。歌
罢归来。嗟叹于今。<small>太平乐府一　　乐府群珠三</small>

寄　友

望故人目断湘皋。林下丰姿。尘外英豪。岂惮双壶。不辞千里。
命驾相招。便休题鱼龙市朝。好评论莺燕心交。醉后联镳。笑
听江声。如此风涛。<small>太平乐府一　　乐府群珠三</small>

瞿本太平乐府便休作更休。

寄　情

半械书好寄平安。几句别离。一段艰难。泪湿乌丝。愁随锦字。
望断雕鞍。恨鱼雁因循寄简。对鸳鸯展转忘餐。楼外云山。烟
水重重。成病看看。<small>太平乐府一　　乐府群珠三</small>

元刊八卷本瞿本太平乐府及乐府群珠题目俱作书情。此从元刊本。

纪　旧

折花枝寄与多情。唤起真真。留恋卿卿。隐约眉峰。依稀雾鬓。
仿佛银屏。曾话旧花边月影。共衔杯扇底歌声。款款深盟。无
限思量。语笑盈盈。<small>太平乐府一　　乐府群珠三</small>

元刊太平乐府题目纪字模糊。兹从元刊八卷本瞿本。群珠误纪为犯。

〔双调〕清江引

秋　居

白雁乱飞秋似雪。清露生凉夜。扫却石边云。醉踏松根月。星斗满天人睡也。太平乐府二

春　事

桃花满溪春水深。鸾镜人孤甚。云屏掩梦寒。腕玉和愁枕。故人不来何处饮。太平乐府二

〔双调〕寿阳曲

四　时

传心素。托简书。问春归欲归何处。送春词不题风共雨。止埋怨落花飞絮。太平乐府二

贪新酿。趁晚凉。笑相呼凭肩歌唱。最多情女郎心外想。打鸳鸯采莲湖上。太平乐府二

萦心事。惹恨词。更那堪动人秋思。画楼边几声新雁儿。不传书摆成个愁字。太平乐府二

年华尽。腊味醇。睡不温晓寒成阵。折梅花不传心上人。村煞我陇头春信。太平乐府二

咏所见

人如玉。鬓似云。动春心半含娇俊。近妆奁懒将花貌匀。旋窝儿粉香成晕。太平乐府二

酒　散

旗亭散。歌韵歇。暖风轻柳摇台榭。杏花墙夕阳春去也。马蹄香宝鞍敲月。_{太平乐府二}

效香奁体

惚蝉鬓。怯镜鸾。雁声寒不禁肠断。碧纱窗夜长鸳梦短。怕黄昏一灯相伴。_{太平乐府二}

〔双调〕水仙子

思　情

海棠露冷湿胭脂。杨柳风寒袅绿丝。寄来书刚写个鸳鸯字。墨痕湮透纸。吟不成几句新诗。心间事。口内词。多少寻思。_{太平乐府二}

　　　瞿本湮透作湿透。

玉钩帘控画堂空。宝篆香消锦被重。无人温暖罗帏梦。梦中寻可意种。碧纱窗忽地相逢。舌尖恨。心上恐。惊觉晨钟。_{太平乐府二}

芰荷泛月小妆梳。画舸摇风醉玉壶。一杯酒尽青山暮。促归期云共雨。逞疏狂噀玉喷珠。诗中句。灯下书。此意何如。_{太平乐府二}

〔双调〕殿前欢

懒云窝。懒云堆里即无何。半间茅屋容高卧。往事南柯。红尘自网罗。白日闲酬和。青眼偏空阔。风波远我。我远风波。_{太平乐府一　厉刻乔梦符小令}

元刊太平乐府无何作如何。末句风波作清波。兹从元刊八卷本瞿本太平乐府及
乔梦符小令。小令容作客。

懒云仙。蓬莱深处恣高眠。笔床茶灶添香篆。尽意留连。闲吟
白雪篇。静阅丹砂传。不羡青云选。林泉爱我。我爱林泉。太平
乐府一

懒云巢。碧天无际雁行高。玉箫鹤背青松道。乐笑游遨。溪翁
解冷淡嘲。山鬼放揶揄笑。村妇唱糊涂调。风涛险我。我险风
涛。太平乐府一

懒云关。一泓流水绕弯环。半窗斜日留晴汉。鸟倦知还。高眠
仿谢安。归计寻张翰。作赋思王粲。溪山恋我。我恋溪山。太平
乐府一

懒云翁。一襟风月笑谈中。生平傲杀繁华梦。已悟真空。茶香
水玉钟。酒竭玻璃瓮。云绕蓬莱洞。冥鸿笑我。我笑冥鸿。太平
乐府一

懒云凹。按行松菊讯桑麻。声名不在渊明下。冷淡生涯。味偏
长凤髓茶。梦已随胡蝶化。身不入麒麟画。莺花厌我。我厌莺
花。太平乐府一

〔双调〕雁儿落过得胜令

春　游

人衔白玉杯。马纵黄金辔。帘栊燕影闲。院落莺声碎。酒瓮浸
玻璃。睡帐揭金泥。醉写评花句。梦随芳草池。别离。天远书
难寄。芳菲。红残春又归。太平乐府三

题　情

春闲芍药瓶。尘淡菱花镜。香消翡翠炉。扇冷犀红柄。终日倚

山屏。无意理银筝。独坐愁偏甚。孤眠睡不成。长更。月冷鸳
衾剩。愁凝。最无情窗下灯。太平乐府三

元刊本元刊八卷本理银筝俱作尘银筝。偏甚俱作偏甚。兹从瞿本旧校。瞿本末
句无最字。

叹　世

高阳酒更酡。栗里诗难和。风清弦管声。月淡珠玑唾。青镜苦
消磨。白发尽婆娑。门外桑榆景。庭前荆棘科。蹉跎。白日空
闲过。风波。浮生无奈何。太平乐府三

元刊本珠玑下阙唾字。兹从元刊八卷本瞿本。明大字本作珠玑错。

春花闻杜鹃。秋月看归燕。人情薄似云。风景疾如箭。留下买
花钱。趱入种桑园。茅苫三间厦。秧肥数顷田。床边。放一册
冷淡渊明传。窗前。钞几联清新杜甫篇。太平乐府三

元刊本瞿本等茅苫俱作茅店。兹从明大字本。

武林隐

姓名生平不详。

小令

〔双调〕蟾宫曲

昭　君

天风瑞雪剪玉蕊冰花。驾单车明妃无情无绪。气结愁云。泪湿
腮霞。只见十程五程。峻岭嵯峨。停骖一顾。断人肠际碧离天
漠漠寒沙。只见三对两对搠旌旗古道西风瘦马。千点万点噪疏

林老树昏鸦。哀哀怨怨。一曲琵琶。没撩没乱离愁悲悲切切。
恨满天涯。太平乐府一

　　瞿本十程五程作十里五里。

卫立中

　　生平不详。元曲家考略谓即卫德辰。华亭人。善书法。

小令

〔双调〕殿前欢

碧云深。碧云深处路难寻。数椽茅屋和云赁。云在松阴。挂云
和八尺琴。卧苔石将云根枕。折梅蕊把云梢沁。云心无我。云
我无心。太平乐府一

懒云窝。懒云窝里客来多。客来时伴我闲些个。酒灶茶锅。且
停杯听我歌。醒时节披衣坐。醉后也和衣卧。兴来时玉箫绿绮。
问甚么天籁云和。太平乐府一　尧山堂外纪七一　厉刻乔梦符小令

赵显宏

　　显宏号学村。

小令

〔黄钟〕刮地风

别　思

莫唱阳关且住者。怕听三叠。雕鞍去后早来些。争忍离别。舞

台歌榭。好天良夜。美满恩情。等闲抛撇。鸳鸯简再摺。平安
字怎写。即渐里瘦了人也。太平乐府五

春日凝妆上翠楼。满目离愁。悔教夫婿觅封侯。蹙损眉头。园
林春到。物华依旧。并枕双歌。几时能够。团圆日是有。相思
病怎休。都道我减了风流。太平乐府五　北词广正谱　九宫大成七三　元明
小令钞

　　　明大字本太平乐府及北词广正谱双歌俱作双戤。广正谱都道作却道。九宫大成
　　　元明小令钞俱同广正谱。

慵整云鬟懒画眉。此恨争知。有情何怕隔年期。总是呆痴。清
明天气。女流闲戏。斗蹴秋千。有情无意。杨花正乱飞。莺声
不住啼。睡梦里过了寒食。太平乐府五

　　　瞿本争知作谁知。

人比前春瘦几分。掩过唐裙。思君一度一销魂。生怕黄昏。银
釭挑尽。绣帏孤闷。切切悲悲。有谁偢问。口儿里怨恨。心儿
里自忖。谁教你待做夫人。太平乐府五

　　　元刊本偢作秋。元刊八卷本同。明大字本作愀。兹从瞿本。

叹　世

昨日街头唤小哥。早两鬓婆娑。云间乌兔似撺梭。老了人呵。
琴堂难坐。林泉堪卧。山鸟山花。尽供吟和。清闲怎似他。功
名不恋我。因此上落落魄魄。太平乐府五

安乐窝中且避乖。倒大优哉。寒梅不顾栋梁材。别样清怀。小
庵茅盖。主人常在。缄口藏舌。坐观成败。韩元帅阵开。楚重
瞳命衰。汉高皇拆了坛台。太平乐府五

　　　元刊八卷本瞿本清怀俱作情怀。

〔黄钟〕昼夜乐

春

游赏园林酒半酣。停骖。停骖看山市晴岚。飞白雪杨花乱糁。爱东君绕地里将诗探。听花间紫燕呢喃。景物堪。当了春衫。当了春衫。醉倒也应无憾。〔么〕利名。利名誓不去贪。听咱。曾参。曾参他暮四朝三。不饮呵莺花笑俺。想从前枉将风月担。空赢得鬓发鬖鬖。江北江南。江北江南。再不被多情赚。太平乐府五　太和正音谱　北词广正谱　九官大成七九　元明小令钞

元刊太平乐府五句里作理。兹从元刊八卷本瞿本太平乐府及太和正音谱等。啸馀谱及九官大成当了春衫四字不叠。北词广正谱元明小令钞无醉倒也应四字。

夏

火伞当空暑气多。因何。因何不共泛清波。有十里香风芰荷。咱人向彩画的船儿上坐。伴如花似玉娇娥。醉了呵。月枕双歌。月枕双歌。但唱的齐声儿和。〔么〕小哥。小哥忒恁快活。休波。真个。真个是占断鸣珂。有几个知几似我。不受用委实图甚么。尽今生酒病诗魔。落落魄魄。落落魄魄。且恁地随缘过。太平乐府五

秋

昨夜西风揭绣帘。恹恹。恹恹恨蹙损眉尖。霜压的丹枫似染。促织儿絮的人来厌。助离愁暮雨纤纤。意不忺。琴瑟慵拈。琴瑟慵拈。不住把才郎念。〔么〕柳青。柳青忒恁地严。偏嫌。拘钳。拘钳人等等潜潜。酒半醺枕门半掩。恨更长再不将香篆添。空教人有苦无甜。闷似江淹。闷似江淹。独自把凄凉占。太平乐府五

冬

风送梅花过小桥。飘飘。飘飘地乱舞琼瑶。水面上流将去了。
觑绝时落英无消耗。似才郎水远山遥。怎不焦。今日明朝。今
日明朝。又不见他来到。〔幺〕佳人。佳人多命薄。今遭。难逃。
难逃他粉悴烟憔。直恁般鱼沉雁杳。谁承望拆散了鸾凰交。空
教人梦断魂劳。心痒难揉。心痒难揉。盼不得鸡儿叫。太平乐府五
　　（幺）瞿本鸾凰作鸾凤。

〔中吕〕满庭芳

渔

江天晚霞。舟横野渡。网晒汀沙。一家老幼无牵挂。恣意喧哗。
新糯酒香橙藕芽。锦鳞鱼紫蟹红虾。杯盘罢。争些醉煞。和月
宿芦花。太平乐府四

樵

腰间斧柯。观棋曾朽。修月曾磨。不将连理枝梢剉。无缺钢多。
不饶过猿枝鹤窠。惯立尽石涧泥坡。还参破。名韁利锁。云外
放怀歌。太平乐府四

耕

耕田看书。一川禾黍。四壁桑榆。庄家也有欢娱处。莫说其馀。
赛社处王留宰猪。劝农回牛表牵驴。还家去。蓬窗睡足。一品
待何如。太平乐府四

牧

闲中放牛。天连野草。水接平芜。终朝饱玩江山秀。乐以忘忧。
青蒻笠西风渡口。绿蓑衣暮雨沧州。黄昏后。长笛在手。吹破
楚天秋。太平乐府四

〔双调〕清江引

少年身正值着春暮月。宴赏无明夜。一任锦囊空。不放金杯歇。
明日落红多去也。太平乐府二
纱窗外杜鹃声更切。啼满枝头血。离人哽咽时。风雨凄凉夜。
明日落红多去也。太平乐府二

〔双调〕殿前欢

闲　居

去来兮。东林春尽蕨芽肥。回头那顾名和利。付与希夷。下长
生不死棋。养三寸元阳气。落一觉浑沦睡。莺花过眼。鸥鹭忘
机。太平乐府一
去来兮。桃花流水鳜鱼肥。山蔬野菜偏滋味。旋泼新醅。胡寻
些东与西。拚了个醒而醉。不管他天和地。盆干瓮竭。方许逃
席。太平乐府一
去来兮。生平志不尚轻肥。林泉疏散无拘系。茶药琴棋。听春
深杜宇啼。瞻天表玄鹤唳。看沙暖鸳鸯睡。有诗有酒。无是无
非。太平乐府一
去来兮。楚天霜满蟹初肥。黄花似得渊明意。开遍东篱。笑山
翁醉似泥。喜稚子诗能缀。爱仙果甜如蜜。烟萝路绕。车马声

稀。太平乐府一

题歌者楚云

楚云闲。任他孤雁叫苍寒。去留舒卷无心惯。聚散之间。趁西风出远山。随急水流深涧。为暮雨迷霄汉。阳台事已。秦岭飞还。太平乐府一

套数

〔南吕〕一枝花

行　乐

十年将黄卷习。半世把红妆赡。向莺花场上走。将风月担儿拈。本性谦谦。到处干风欠。人将名姓喢。道丽春园重长个羲之。豫章城新添个子瞻。

〔梁州〕醉醺醺过如李白。乐陶陶胜似陶潜。春风和气咱独占。朝云画栋。暮雨朱帘。狂朋怪友。舞妓歌姬。喜孜孜诗酒相兼。争知我愁寂寂闷似江淹。也不怕偷寒送暖俫勤。也不怕弃旧怜新女嫌。也不怕爱钱巴馒娘严。非咱。指点。平康巷一步一个深坑堑。风波险令人厌。门掩半安排粗棍掭。有苦无甜。

〔尾〕栋梁才怎受衔钢剑。经济手难拿桑木杴。堪笑多情老双渐。江洪茶价添。丑冯魁正忺。见个年小的苏卿望风儿闪。太平乐府八
雍熙乐府一〇

　　　　雍熙乐府不注撰人。○（一枝花）瞿本太平乐府旧校改妆赡作裙占。明大字本太平乐府习作集。（梁州）雍熙寂寂作寂寞。俫勤作俫禽。

竹夫人

纱幮只自眠。薪簟和谁共。客窗人静悄。檐外马丁东。好梦难同。夜永愁偏冗。披衣策短笻。明月下醉眼闲瞩。画堂中吟肩瘦耸。

〔梁州〕见青奴亭然独立。使苍童抱过相从。同床共枕如鸾凤。赐夫人名号。有君子家风。湘川后裔。渭水名宗。喜绸缪志节雍容。历风霜肌骨丰隆。一千般可意着人。一时间指空话空。一团儿剔透玲珑。心聪。性聪。知卿本是龙孙种。厮敬爱厮陪奉。睡彻东窗日影红。彼此西东。

〔尾〕凉侵肌体添情重。清透心脾引兴浓。只恐金风等闲动。那时节不中。咱人心不同。且倒凤颠鸾再三宠。太平乐府八　雍熙乐府一〇

　　雍熙乐府不注撰人。〇(一枝花)太平乐府薪字笔划讹误。兹从雍熙。

唐毅夫

　　生平不详。

小令

〔双调〕殿前欢

大都西山

冷云间。夕阳楼外数峰闲。等闲不许俗人看。雨髻烟鬟。倚西风十二阑。休长叹。不多时暮霭风吹散。西山看我。我看西山。

元刊本雨髻作两髻。兹从元刊八卷本瞿本。

套数

〔南吕〕一枝花

怨 雪

不呈六出祥。岂应三白瑞。易添身上冷。能使腹中肌。有甚稀奇。无主向沿街坠。不着人到处飞。暗敲窗有影无形。偷入户潜踪蹑迹。

〔梁州〕才苫上茅庵草舍。又钻入破壁疏篱。似杨花滚滚轻狂势。你几曾见贵公子锦茵绣褥。你多曾伴老渔翁箬笠蓑衣。为飘风胡做胡为。怕腾云相趁相随。只着你冻的个孟浩然挣挣痴痴。只着你逼的个林和靖钦钦历历。只着你阻的个韩退之哭哭啼啼。更长。漏迟。被窝中无半点儿阳和气。恼人眠。搅人睡。你那冷燥皮肤似铁石。着我怎敢相偎。

〔尾〕一冬酒债因他累。千里关山被你迷。似这等浪蕊闲花也不是久长计。尽飘零数日。扫除做一堆。我将你温不热薄情化做了水。雍熙乐府一〇　北宫词纪四

雍熙乐府不注撰人。〇（一枝花）北宫词纪岂应作难应。三句作易教山失色。腹中作鸟呼。

李爱山

生平不详。

小令

〔双调〕寿阳曲

厌　纷

离京邑。出凤城。山林中隐名埋姓。乱纷纷世事不欲听。倒大来耳根清净。_{太平乐府二}

怀　古

项羽争雄霸。刘邦起战伐。白夺成四百年汉朝天下。世衰也汉家属了晋家。则落的渔樵人一场闲话。_{太平乐府二}

饮　兴

玉液殷勤劝。金杯莫断绝。挦了玉山低趄。弹者舞者唱者。直喫到杨柳岸晓风残月。_{太平乐府二}

元刊本直喫作只喫。兹从元刊八卷本瞿本。

风　情

半拥凌波被。微悭金缕衣。弹金翘乱堆著云鬓。托香腮醉眠在锦帐里。娇滴滴海棠春睡。_{太平乐府二}

元刊本次句脱悭字。兹从元刊八卷本瞿本何钞本。

套数

〔商调〕集贤宾

春日伤别

牡丹亭日长帘半卷。推绣枕听啼鹃。夜雨过梨花褪雪。晓风轻柳絮飘绵。忆多情万水千山。盼佳期甚日何年。近香奁理妆贴翠钿。尚然有睡红一线。情浓眉黛里。愁入鬟云边。

〔逍遥乐〕嘴古都钗头玉燕。面波罗镜里青鸾。画不尽春山宛转。恨惹情牵。对东风桃李无言。章台路望来不甚远。张京兆那里也不见。香消宝鼎。灯尽银釭。炉冷沉烟。

〔梧叶儿〕粉脸淡蛾眉皱。妆残新月偃。愁压远山偏。火燎袄神庙。花飞金谷园。春去武陵源。直恁的缘薄分浅。

〔金菊香〕托香腮不语转凄然。淡注珠唇弹翠蝉。呆答颏对人羞见面。则被这鬼病恹缠。断柔肠心事在谁边。

〔醋葫芦〕胸减酥。脸褪莲。似杨妃病吐荔枝涎。西子愁频麋鹿苑。顿不开连环金钏。不由人终日恨绵绵。

〔浪来里〕想当日整玉容。并粉肩。晚妆楼上镜台边。画出对初生月何日圆。到如今桃花人面。闷恹恹憔悴似去年前。

〔高平调煞〕那时节和风丽日满东园。花共柳红娇绿软。走斝飞觥。品竹调弦。唱道是美满欢娱。似比翼鸟于飞燕。闲情侵翠匾。春意近花钿。今日个宝钗头擘双鸳。看何时镜重圆。因此上两道春山翠痕浅。

〔尾声〕春残连理枝。香冷合欢扇。好姻缘翻做了恶姻缘。还不彻相思债。叫不应离恨天。知他是甚时相见。两眉峰重画翠婵娟。盛世新声申集　词林摘艳七　雍熙乐府一四

盛世新声重增本内府本词林摘艳俱无题。与雍熙乐府俱不注撰人。雍熙题作闺怨。原刊本徽藩本词林摘艳题作春日伤别。注李爱山作。○〔集贤宾〕雍熙晓风作晚风。〔逍遥乐〕盛世宝鼎作蛾绿。银釭作兰煤。炉作帐。原刊本摘艳等俱同。兹从内府本摘艳及雍熙。内府本摘艳波罗作魔罗。雍熙同。雍熙尽春山作就青山。五句作东风桃李无缘。〔梧叶儿〕内府本摘艳妆残上有对字。盛世摘艳六句源俱作原。雍熙首二句作。困脸轻蛾皱。残红新月偃。〔金菊香〕内府本摘艳不语作无语。雍熙同。雍熙珠唇作秋波。颏作孩。则被这鬼病恹缠作

鬼病缠绵。(醋葫芦)原刊本摘艳西子愁频作西施台变成。重增本摘艳作西子
愁频。与盛世合。内府本摘艳首二句作。瘦怯怯胸减酥。黄甘甘脸褪莲。杨妃
上无似字。雍熙西施句作西子愁频烦鹿苑。(浪来里)雍熙当日作当初。月何
日圆作明月圆。(高平调煞)盛世及重增本摘艳绿软俱作绿如软。兹从原刊本
摘艳及雍熙。雍熙唱道是作畅道。镜重圆作镜里再团圆。(尾声)盛世摘艳末
句俱无眉字。雍熙香冷作香以。

王爱山

爱山字敬甫。长安人。

小令

〔中吕〕上小楼

自　适

酒酣时乘兴吟。花开时对景题。剪雪裁冰。击玉敲金。贯串珠
玑。得意时。自陶写。吟哦一会。放情怀悦心神有何惭愧。太平
乐府四　乐府群珠一

思古来屈正则。直恁地禀性僻。受之父母。身体发肤。跳入江
里。舍残生。博得个。名垂百世。没来由管他甚满朝皆醉。太平
乐府四　乐府群珠一

黑甜浓坦腹眠。清凉风拂面吹。高卧藤床。铺片蒲席。枕块顽
石。日三竿。睡正美。蒙头衲被。起得迟怕画不着卯历。太平乐
府四　乐府群珠一

开的眼便是山。那动脚便是水。绿水青山。翠壁丹崖。可作屏
帏。乐心神。净耳目。抽身隐逸。养平生浩然之气。太平乐府四
乐府群珠一

　　元刊太平乐府首句脱山字。兹从瞿本太平乐府及乐府群珠。明大字本太平乐

首句作开眼便是山。次句无那字。

〔双调〕水仙子

怨别离

凤凰台上月儿弯。烛灭银河锦被寒。谩伤心空把佳期盼。知他是甚日还。悔当时不锁雕鞍。我则道别离时易。谁承望相见呵难。两泪阑干。太平乐府二

凤凰台上月儿偏。和泪和愁闻杜鹃。恨平生不遂于飞愿。盼佳期天样远。月华凉风露涓涓。敧单枕难成梦。拥孤衾怎地眠。两泪涟涟。太平乐府二

　　元刊本首句无上字。兹从元刊八卷本瞿本。

凤凰台上月儿斜。春恨春愁何日彻。桃花零落胭脂谢。倏忽地春去也。舞翩翩忙煞蜂蝶。人去了无消息。雁回时音信绝。感叹伤嗟。太平乐府二

凤凰台上月儿低。香烬金炉空叹息。闷厌厌怎不添憔悴。夜迢迢更漏迟。冷清清独守香闺。急煎煎愁如醉。恨绵绵意似痴。泪眼愁眉。太平乐府二

凤凰台上月儿高。何处何人品玉箫。眼睁睁盼不得他来到。陈抟也睡不着。空教人穰穰劳劳。银台上灯将灭。玉炉中香渐消。业眼难交。太平乐府二

凤凰台上月儿孤。倒凤颠鸾谩叹吁。盼行云愁锁西楼暮。似阑干十二曲。雁来也还又无书。情脉脉空惆怅。意悬悬无是处。恨满天隅。太平乐府二

　　元刊本三句脱愁字。兹从元刊八卷本瞿本。

凤凰台上月儿明。短叹长吁千万声。香闺寂寞人孤另。枕消香寒渐生。碧荧荧一点残灯。别离是寻常事。凄凉可惯经。冷冷

清清。太平乐府二

　　何钞本冷冷上有只落得三字。

凤凰台上月儿昏。忽地风生一片云。淅零零夜雨更初尽。打梨花深闭门。冷清清没个温存。他去了无消息。枉教人空断魂。瘦脸啼痕。太平乐府二

　　元刊八卷本瞿本枉教俱作干教。

凤凰台上月儿沉。一样相思两处心。今宵愁恨更比昨宵甚。对孤灯无意寝。泪和愁付与瑶琴。离恨向弦中诉。凄凉在指下吟。少一个知音。太平乐府二

　　瞿本愁恨作愁。

凤凰台上月儿圆。月上纱窗人未眠。故人来人月皆如愿。月澄清人笑喧。诉别离在月下星前。人美满中秋月。月婵娟良夜天。人月团圆。太平乐府二

　　元刊本人美作太夬。兹从元刊八卷本瞿本何钞本。明大字本五句无在字。人美满中秋月作萤火秋月。盖因人美两字讹误而臆改。

□爱山

　　太平乐府有李爱山。又有王爱山。此一爱山。书中原未记其姓氏。不知为李为王也。

小令

〔南吕〕四块玉

美　色

杨柳腰。芙蓉貌。袅娜东风弄春娇。庞儿旖旎心儿俏。挽乌云矮髻盘。扫春山浅淡描。斜簪着金凤翘。太平乐府五　乐府群珠二

乐府群珠末句无着字。

知　足

两鬓秋。今年后。着甚干忙苦追求。人间宠辱还参透。种春风郑子田。牧青山宁戚牛。倒大来得自由。太平乐府五　乐府群珠二

元刊八卷本瞿本太平乐府及乐府群珠着甚俱作白甚。兹从元刊太平乐府。

〔越调〕小桃红

消　遣

一溪流水水溪云。雨霁山光润。野鸟山花破愁闷。乐闲身。拖条藜杖家家问。问谁家有酒。见青帘高挂。高挂在杨柳岸杏花村。太平乐府三

瞿本水溪云校改为一溪云。

世间惟有酒忘忧。酒况谁参透。酒解愁肠破偋偬。到心头。三杯涤尽胸中垢。和颜润色。延年益寿。一醉解千愁。太平乐府三

元刊本涤尽作解尽。明大字本作扫尽。兹从元刊八卷本瞿本。

朱庭玉

生平不详。庭或作廷。

小令

〔越调〕天净沙

春

暖风迟日春天。朱颜绿鬓芳年。挈榼携童跨蹇。溪山佳处。好

将春事留连。太平乐府三　阳春白雪前集五　天籁集摭遗

　　此首及下三首阳春白雪属白朴。天籁集摭遗亦据阳春白雪收之。梨园乐府收秋

　　冬二曲。失注撰人。疑应以太平乐府属朱庭玉为是。兹互见朱白两家曲中。○

　　天籁集摭遗携童作携壶。

夏

参差竹笋抽簪。累垂梅子攒金。旋趁庭槐翠阴。南风解愠。快

哉消我烦襟。太平乐府三　阳春白雪前集五　天籁集摭遗

　　阳春白雪梅子作杨柳。翠阴作绿阴。

秋

庭前落尽梧桐。水边开彻芙蓉。解与诗人意同。辞柯霜叶。飞

来就我题红。太平乐府三　阳春白雪前集五　梨园乐府中　天籁集摭遗

冬

门前六出狂飞。樽前万事休提。为问东君信息。急教人探。小

梅江上先知。太平乐府三　阳春白雪前集五　梨园乐府中　天籁集摭遗

　　梨园乐府小梅作早梅。阳春白雪狂飞作花飞。信息作消息。

套数

〔仙吕〕点绛唇

中秋月

可爱中秋。雨馀天净。西风送。晚云归洞。凉露沾衣重。

〔混江龙〕庾楼高望。桂华初上海涯东。秋光宇宙。夜色帘栊。

谁使银蟾吞暮霞。放教玉兔步晴空。人多在。管弦声里。诗酒

乡中。

〔六么遍〕烂银盘涌。冰轮动。辗玻璃万顷。无辙无踪。今宵最好。来夜怎同。留恋嫦娥相陪奉。天公。莫教清影转梧桐。

〔后庭花〕直须胜赏。想人生如转蓬。此夕休虚废。幽欢不易逢。快吟胸。虹吞鲸吸。长川流不供。

〔赚煞〕听江楼。笛三弄。一曲悠然未终。裂石凌空声嘹喨。似波心夜吼苍龙。唱道醉里诗成。谁为击金陵半夜钟。我今欲从嫦娥归去。盼青鸾飞上广寒宫。太平乐府六　雍熙乐府四　北词广正谱引混江龙六么遍后庭花　九宫大成七引全套

　　　雍熙乐府不注撰人。○(点绛唇)瞿本太平乐府凉露作湿露。雍熙九宫大成净俱作静。(混江龙)雍熙大成放教俱作故教。陶刻太平乐府同。雍熙大成北词广正谱暮霞俱作暮霭。(六么遍)元刊八卷本及瞿本太平乐府辗俱作辄。广正谱同。雍熙涌作拥。辗作碾。嫦娥作双娥。广正谱嫦娥作嫦娥。大成作碾。作嫦娥。(后庭花)雍熙大成虚废俱作空废。广正谱作虚度。

咏　梅

所欠唯何。半生辜负。梅花债。洛京春色。直抵千金买。

〔混江龙〕水南佳会。主人樽俎胜安排。北州远客。西洛英才。和气须知席上生。孤芳先向腊前开。宜珍赏。应题赋景。落笔书怀。

〔六么遍〕故人应与。梅同态。梅虽雅淡。人更清白。人之风彩。梅之调格。人与梅花俱可爱。无奈。岁寒姿可惜在尘埃。

〔赚煞〕惜花心。今番煞。恨不到调羹鼎鼐。此日梅花溪上客。胜当年刘阮天台。劝酒留情。故意地教人强艳侧。酒休剩饮。花须少戴。也教人道洛阳来。太平乐府六　雍熙乐府四　北词广正谱引六么遍

　　　雍熙乐府不注撰人。○(混江龙)明大字本太平乐府席上生作席上吐。兹从元刊本等太平乐府。雍熙乐府作席上出。(赚煞)元刊本等太平乐府故意作故故。

兹从明大字本。雍熙七句作故意教人强艳摘。剩饮作胜饮。也教人道作教人
称道。

〔仙吕〕翠裙腰

闺　思

雨馀花落莓苔地。巢燕啄香泥。柳绵点水浮萍碎。景迟迟。秋
千斜挂彩绳低。
〔金盏儿〕启朱扉。出兰闺。晚来闲立东风外。肠欲断。恨无极。
情未已。秋水摇光凝泪眼。远山无色淡愁眉。
〔绿窗愁〕郁闷长萦系。鬼病厮禁持。即渐里衣宽削玉肌。争表
人憔悴。别后关河万里。惊梦断。雁书稀。谁琐雕鞍不放归。
〔赚煞〕有人来。知端的。谁似你个薄情下得。长醉青楼眠翠馆。
镇追陪越艳吴姬。唱道暮乐朝欢。须有更阑管弦息。酒醒梦回。
香消灯暗。甚不听晓风残月子规啼。太平乐府六　雍熙乐府四　北宫词
纪六　北词广正谱引绿窗愁　九宫大成五引金盏儿绿窗愁
　　雍熙乐府不注撰人。北宫词纪题作闺怨。○(金盏儿)雍熙词纪九宫大成摇光
俱作遥光。(绿窗愁)雍熙词纪雁下俱无书字。北词广正谱大成争表俱作争奈。
(赚煞)雍熙镇作镇日。甚不听晓风作怎不听晓星。词纪灯暗作灯晦。馀同
雍熙。

〔仙吕〕祆神急

道　情

不求三品贵。唯厌一身多。假是功勋。图像麒麟阁。争如忙里
闲。暂放眉间锁。来今往古英与豪。到头都被他。日月消磨。
〔六么遍〕有林泉约。云山乐。纶竿坐搇。藜杖行拖。樊笼撞破。
尘缨摆脱。报却君恩归来么。如何。看他龙虎定干戈。

〔元和令〕有为须有失。无福亦无祸。但高山流水少知音。短歌谁共作。对清风明月。更看人浊醪还自酌。

〔后庭花煞〕不留心名利场。且潜身安乐窝。一度兴一度废。一尺水一丈波。住挣罗。随时达变。得磨陀处且磨陀。_{太平乐府六}

雍熙乐府四　北宫词纪三　太和正音谱下引祆神急　九宫大成五引祆神急元和令

　　雍熙乐府不注撰人。北宫词纪题作述隐。〇(祆神急)太和正音谱假是作假若。词纪同。(六么遍)词纪林泉下有之字。(元和令)词纪三句起作。遇高山流水赏心多。短歌乘兴作。对清风明月醉颜酡。浊醪还自酌。九宫大成同。(后庭花煞)雍熙住挣罗作枉争罗。词纪潜身作留身。

贫　乐

功名不可图。贫困不能移。世态如云。转首千般易。谋心不遂心。处意难如意。阴公造物人莫知。穷通皆命也。岂在人为。

〔六么遍〕竟贪财贿。争名气。纷纷蚁战。扰扰蜂集。鸠巢一枝。鹏程万里。堪叹人生同物类。何异。幻躯白甚苦驱驰。

〔元和令〕既能贫且乐。莫羡富与贵。高车驷马任从他。得之何足喜。桑枢瓮牖自由咱。失之何足悲。

〔后庭花煞〕虽无禄万钟。宁忧家四壁。但且箪瓢饮。徒夸列鼎食。闭柴扉。固穷甘分。乐夫天命复奚疑。_{太平乐府六　北词广正谱}

引元和令

　　(祆神急)明大字本太平乐府阴公作阴功。(元和令)何钞本太平乐府桑作绳。

雪　景

磨空生粉云。蔽日见彤霞。透骨侵肌。忽尔风飘飒。酸寒若箭穿。酽冷如刀刮。裁冰剪水都半霎。乾坤一玉壶。表里无瑕。

〔六么遍〕故邀佳客。乘娇马。过向阳溪曲。映暖隈岔。山茶半萼。江梅正花。十里横桥直西下。嚼咧。几人家篱落接平沙。

最宜观赏。堪图画。破墙酒旆。古岸渔艖。筇梢密洒。松梢重
压。老木枯枝寒藤挂。槎牙。似玉龙搭撒乱披麻。

〔后庭花〕睹暮天昏黯黪。望长林白刺擦。马盼山城近。人嫌江
路滑。怨胡笳。赏心不尽。归来情倍加。

〔随煞〕设酒筵连夜饮。会诗题分字押。扫竹叶聊酬兴。剖橙穰
深蘸甲。论奢华。围炉同话。此风流不羡党侯家。太平乐府六　雍
熙乐府四

雍熙乐府不注撰人。〇〔袄神急〕元刊八卷本瞿本太平乐府刮俱作割。雍熙酸
作峻。酽作严。剪水作剪絮。（六么遍）太平乐府观赏作睹赏。重压作重厌。
明大字本太平乐府娇马作骄马。雍熙作轿马。

闺　思

钩闲垂绣箔。门掩静香阶。憔悴年来。更比年时瞭。伤春心未
灰。感旧情无奈。多应浪游年少客。千金将笑买。柳陌花街。

〔六么遍〕自姻缘拆。绸缪解。玉台蛛网。宝鉴尘埃。漫修锦书。
从分玉钗。一海来相思难擎戴。刚喂。美容姿消减做瘦形骸。

〔元和令〕愁眉不易展。鬼病越难瘥。灯花空结尚无凭。不须将
龟卦摆。晚来勉强出兰堂。步墙阴踏绿苔。

〔后庭花煞〕愁人倦听。杜鹃声更哀。不去向他根底。偏来近奴
空侧。诉离怀。把似唤将春去。争如撺顿取那人来。太平乐府六

（后庭花煞）瞿本空侧作坐侧。明大字本顿作掇。

〔南吕〕一枝花

女　怨

慵铺翡翠鬟。懒晕胭脂颊。寸心开愁万缕。恨千叠。独对西风。
倦把黄花折。幽庭闲步蹀。红叶飞来。就我将相思字写。

〔玉交枝〕那人家薄劣。故把雕鞍锁者。费千金要买闲风月。真眷爱等闲撇。情怀欲言何处说。一星星都向琵琶泻。若有知音听彻。应也青衫揾血。

〔乌夜啼〕黄昏快快归兰舍。还又是夜来时节。枕衾寒难挨如年夜。可惯离缺。受恁磨灭。金盘火冷篆烟绝。银台烛尽灯花谢。月下砧。风前铁。敲碎人肠。几曾宁帖。

〔斗鹌鹑〕薄倖多应。今宵醉也。谢馆秦楼。偎香倚雪。不信伊家不耳热。俺好业。俺好呆。怎恁今生。天悭运拙。

〔赚煞尾〕听南楼禁鼓敲三歇。拥被和衣强睡些。业眼朦胧暂交睫。唱道欲睡还惊。蓦闻门外帘儿揭。俺唤则他来到出门接。原是风度竹筠筛翠叶。_{太平乐府八　雍熙乐府一〇　太和正音谱下引斗鹌鹑}

_{北词广正谱引玉交枝斗鹌鹑赚煞尾　九官大成五三引全套}

_{雍熙乐府不注撰人。〇(一枝花)明大字本太平乐府无开字。万缕二字叠。红叶上有趁字。末句无就字。何钞本太平乐府开作间。雍熙无开字。恨上有满腹二字。就我将作我将这。九宫大成步蹀作步屧。馀俱同雍熙。(玉交枝)太平雍熙广正谱费俱作废。(乌夜啼)雍熙快快作快快。磨灭作磨折。大成亦作磨折。(斗鹌鹑)太和正音谱北词广正谱天悭俱作时悭。大成作时乖。雍熙大成好业俱作好痴。(赚煞尾)明大字本太平乐府闻作闻的。唤作唤梅香。雍熙听南楼作则听的南楼上。和衣作和衾。唱道下有是字。蓦闻下有的字。门外作门儿外。原作原来。大成唤则作疑是。馀俱同雍熙。广正谱唤则作唤取。原作原来。}

〔南吕〕梁州第七

妓门庭

腹内包藏锦绣。胸中贯串珠玑。剪裁冰雪嘲风月。闷时书画。闲后琴棋。游春名苑。避暑高楼。秋宵赏月传杯。冬天踏雪寻梅。列笙歌翡翠帘前。飞觥斝鲛绡帐底。会宾朋绮罗香里。甚几曾素闲了半日。有几多说不尽人不会的偏僻。风流。是非。造次不容易。锦字花笺共小简。暗传偷寄。

〔么〕才擗掠的花笺脱洒。恰填还的酒债伶俐。近新来又惹肠腌题月拇着他模样消的憔悴。有韦娘般风度。谢女般才能。浑似薛涛般聪惠。过如苏小般行为。选甚么时样宫妆。岂止道铅华首饰。何消得全珠叠翠。淡妆更宜。二十年已里。端的不曾见兀的般真行院。虽是个女流辈。然住在花街柳陌。小末的谁及。

〔三煞〕选甚乍使钱无名气。学做人初出帐的乔相识。折莫不发馒有魂灵曾做伴惯经笼的旧子弟。一个个都教成圆备。里外中间都是他周全方便。须对付出个省钱的应奉的双生更欢喜。也不教恶了冯魁。

〔二煞〕主家司且是妈妈行绳墨。干衣饭索甚婆婆废气力。子弟每殊无相搀攙。去送来迎。选甚新勤旧怪。不侵犯厮回避。休说尤云共殢雨。绣幕罗帏。

〔尾〕知勤儿每高低眉睫看头势。觑子弟每颜色精神善取觅。怎恁地伊家快做美。掴就的姨夫每厮和会。端的俺许你。许你一片心过从着四下里。太平乐府八　雍熙乐府九　北词广正谱引梁州第七　九宫大成五二同

雍熙乐府不注撰人。〇(梁州第七)明大字本太平乐府甚几曾作几曾。字作字儿。雍熙绮罗香作绮罗乡。九宫大成同。广正谱飞觥斝作舞觥斝。(么)元刊本等太平乐府薛涛作薛淘。明大字本作薛涛。元刊太平乐府行为作所为。淡妆更宜作淡做人初且。兹从元刊八卷本瞿本。明大字本太平乐府年已作年儿。即年纪。瞿本兀的般下有个字。何钞本花街下有共字。雍熙二句无的字。三四句作。近新来又惹场腌臜气。题着他模样悄的憔悴。聪惠作聪慧。行为作所为。全珠叠翠作全翠叠珠。淡妆更宜作但做人初且。行院作衍衍。小末作小可。大成全珠叠翠作叠珠叠翠。馀同雍熙。广正谱消的作俏的。聪惠作聪慧。兀的般下有个字。花街下有共字。小末作小可。(三煞)元刊太平乐府二句脱出字。

兹从元刊八卷本瞿本。明大字本太平乐府名气作名器。雍熙名气作名器。出帐作出长。省钱下无的字。(二煞)瞿本太平乐府家司作家私。明大字本太平乐府废作费。雍熙家司作家私。废作费。(尾)雍熙一片上有这字。

〔大石调〕青杏子

归　隐

紫塞冒风沙。谩区区两鬓生华。归来好向林泉下。买牛卖剑。求田问舍。学圃耘瓜。

〔归塞北〕争似我。恬淡作生涯。切意采芝编药篓。留心垂钓棹鱼艖。汾水岸晋山坡。

〔幺〕清耳目。欲慕许由家。苔砌倦观群蚁阵。花房嫌听乱蜂衙。犹是厌喧哗。

〔憨郭郎〕醉醒须在咱。清浊任从他。竞名利。争头角。若蝇蜗。

〔还京乐〕不羡穿红骑马。准便玩水观霞。自去携鱼换酒。客来汲水烹茶。家存四壁。诗书抵万金价。岂望皇宣省剳。壮士持鞭。佳人捧罦。草堂深况亦幽嘉。自然身退天之道。免得刑罚。拖藜杖芒鞋刺塔。穿布袍麻绦搭撒。撚衰髯短发鬅鬙。从人笑从人笑。道咱甚娘势霎。篱生竹笋。径落松花。

〔净瓶儿〕字草蛇形耍。笔钝兔毫乏。瑶琴横几。宝剑归匣。清佳。乐潇洒。亲采云根镌砚瓦。书盈架。粉笺墨点色色翻鸦。

〔好观音〕让客新棋一局罢。闲披览古名人画。一炷山檀瑞烟发。好风来。满座清风飒。

〔尾〕尘事远狂交疏人情寡。终朝把草堂门亚。引睡翻书卧吟榻。觉来时性静神澄兴雅。唱道想半纸功名。到头身与祸孰多。青史凌烟姓名挂。也则是渔樵一场话。太平乐府七　盛世新声寅集　雍熙乐府一五　太和正音谱上引青杏子憨郭郎还京乐　北词广正谱引青杏子好观音　九

宫大成二〇引归塞北憨郭郎净瓶儿好观音尾

盛世新声雍熙乐府俱不注撰人。盛世无题。〇(青杏子)北词广正谱谩作漫。(归塞北)盛世恬淡作快活。雍熙山坡作山下。九宫大成同。(么)盛世苔砌作瓦砌。雍熙犹是作犹自。(憨郭郎)太和正音谱竞名利作竞利名。盛世若供共。大成醉醒作醉眼。(还京乐)元刊太平乐府汲水作吸水。他本太平乐府及盛世等俱作汲水。正音谱雍熙准便俱作准备。正音谱幽嘉作幽佳。盛世穿红骑作轻裘肥。准便作准备。家存作存。皇宣作徵宣。搭撒作刺撒。从人笑三字不叠。霎作煞。(净瓶儿)太平乐府镃作锥。盛世字草作字扫。(好观音)雍熙二句古作今古。大成同。(尾)盛世寡作但寡。姓名挂作姓名贵。雍熙首句狂作枉。大成神澄兴雅作神清雅。以此上为好观音之么篇。以下为随煞。唱道下无想字。

咏 梅

客里过黄钟。阿谁道冷落穷冬。玉壶怪得冰澌冻。云低四野。霜摧万木。雪老千峰。

〔归塞北〕寻梅友。联辔控青鬃。乘兴不辞溪路远。赏心相约晋桥东。临水见幽丛。

〔么〕清更雅。装就道家风。蕾破嫩黄金的皪。枝横柔碧玉玲珑。不与杏桃同。

〔尾〕果为斯花堪珍重。时复暗香浮动。萧然鼻观通。依约罗浮旧时梦。太平乐府七 一笑散 雍熙乐府一五 南北词广韵选一 北宫词纪四

雍熙乐府不注撰人。〇(归塞北)一笑散南北词广韵选鬃俱作骢。一笑散北宫词纪晋桥俱作灞桥。(么)雍熙蕾作擂。

秋 千

深院那人家。戏秋千语笑喧哗。绮罗间簇人如画。玉纤高举。彩绳轻掣。画板双踏。

〔归塞北〕钩索响。时听韵伊哑。翠带舞低风外柳。绛裙惊落雨

前霞。拂绽树头花。

〔好观音〕有似飞仙骖云驾。金翘弹宝髻偏鸦。娇软腰肢足可夸。
浑疑是力向东风暂假。

〔随煞〕不管愁人停骄马。粉墙外似隔天涯。分明望见他。困立
在垂丝海棠下。<small>太平乐府七　雍熙乐府一五　北宫词纪五　词林白雪四</small>

<small>　　雍熙乐府不注撰人。北宫词纪题作戏秋千。词林白雪属美丽类。○（青杏子）</small>
<small>词林白雪高举作高攀。（好观音）太平乐府连随煞作好观音煞。兹从雍熙及词</small>
<small>纪等析之为二。雍熙金翘作金翅。词纪词林白雪同。</small>

思　忆

楼阁倚晴空。晚登临离恨偏供。寒砧捣处秋声动。露荷敛翠。
风蒲减绿。霜叶添红。

〔憨郭郎〕云封姑射洞。雾锁蕊珠宫。人去箫声断。两无踪。

〔还京乐〕费尽俺工夫陪奉。只因他举止尊崇。好天良夜。辜负
了对月临风。看时节上心。休道是不肠痛。要指望合欢共笼。
月枕双敧。云衾并拥。铺谋下打凤捞龙。只除天与人方便。再
得相逢。咱不曾人前卖弄。人不曾将咱过送。是他家命限孤穷。
娘知道娘知道。致令不曾放悛。风声不透。水息难通。

〔净瓶儿〕一自分鸾凤。几欲托鳞鸿。虚度了春风花柳。又经过
夜雨梧桐。愁浓。恨万种。方信年华如转蓬。伤情恸。忆春宵
月夜夜夜墙东。

〔尾〕谁敢向他娘行闲唧哝。情性儿点水滴冻。噎气吞声。形容
憔悴。病体龙钟。唱道咫尺是初冬。有人来新得纸断肠封。方
表道和他家受懊躬。越添得俺相思担儿重。<small>太平乐府七　雍熙乐府一</small>
<small>五　北词广正谱引憨郭郎还京乐　九宫大成引尾</small>

<small>　　雍熙乐府不注撰人。○（憨郭郎）雍熙人去作人去归。（还京乐）元刊太平乐府</small>

休道之道字模糊。兹从元刊八卷本明大字本太平乐府及雍熙广正谱。何钞本太平乐府铺谋作铺设。北词广正谱娘知道不叠。致令作致今。(净瓶儿)经过原作红过。兹从瞿本太平乐府旧校改。太平乐府夜夜墙东作宋宋墙东。兹从北词广正谱。雍熙作夜夜过墙东。陶刻太平乐府作宋玉墙东。

送　别

游宦又驱驰。意徘徊执手临岐。欲留难恋应无计。昨宵好梦。今朝幽怨。何日归期。

〔归塞北〕肠断处。取次作别离。五里短亭人上马。一声长叹泪沾衣。回首各东西。

〔初问口〕万叠云山。千重烟水。音书纵有凭谁寄。恨萦牵。愁堆积。天天不管人憔悴。

〔怨别离〕感情风物正凄凄。晋山青汾水碧。谁返扁舟芦花外。归棹急。惊散鸳鸯相背飞。

〔擂鼓体〕一鞭行色苦相催。皆因些子。浮名薄利。萍梗飘流无定迹。好在阳关图画里。

〔催拍子带赚煞〕未饮离杯心如醉。须信道送君千里。怨怨哀哀。凄凄苦苦啼啼。唱道分破鸾钗。丁宁嘱付好将息。不枉了男儿堕志气。消得英雄眼中泪。太平乐府七　盛世新声寅集　雍熙乐府一五　北宫词纪六　北词广正谱引怨别离　催拍子带赚煞　九宫大成四〇引全套

　　盛世新声雍熙乐府俱不注撰人。盛世无题。〇(青杏子)雍熙游宦作宦游。意徘徊作立徘徊。九宫大成俱同。(初问口)元刊太平乐府谁寄作谁倚。明大字本何钞本太平乐府及雍熙词纪大成俱作谁寄。(怨别离)盛世谁返作难返。大成芦花外作芦花底。(擂鼓体)盛世皆因作被。(催拍子带赚煞)雍熙北词广正谱大成如醉俱作先醉。明大字本太平乐府广正谱凄凄下俱有楚楚二字。大成啼啼上有哭哭二字。

〔般涉调〕哨遍

风　情

惊破佳人春梦。晓庭红树流莺啭。唤起伤春恨无穷。弹鸾翘云
鬟堆蝉。首低勉。闺情脉脉。粉泪盈盈。界破残妆面。埋怨萧
郎薄倖。狂心不断。旧性依然。恰才柳陌罢风流。又向花街趁
芳妍。推宴东楼。暗挈娇姝。浪游上苑。

〔么〕昨夜来时。月移檐影花阴转。门外玉骢嘶。下雕鞍醉帽斜
偏。暂眉展。红妆竞拥。翠袖忙扶。银烛朗珠帘卷。拂杓牙床
珊枕。锦衾轻褶。玉山低偃。恨琐窗终日怨离鸾。喜罗幕今宵
效双鸳。纵相逢却似孤眠。

〔尾〕早是更漏促。春夜浅。醉醺醺直恁身躯软。到压的我黄金
钏儿匾。太平乐府九

　　　（尾）元刊太平乐府醺醺作醄。兹从瞿本。

别　恨

疑怪杨花无力。晓来雨霁东风软。春事又成空。好光阴无计留
连。过禁烟。云鬟弹绿。霞脸消红。玉腕褪金钏。生怕傍人惊
问。自言清瘦。不似今年。落花流水景迟迟。芳草斜阳恨绵绵。
宝镜羞观。绣榻慵临。冰绡倦剪。

〔么〕金拨空晔。任从尘满琵琶面。帘幕深深悄无人。惟馀燕语
莺喧。怎消遣。双眸落泪。纤手搊颐。往事思量遍。几度凭高
凝望。妆楼十二。客路三千。谩空和月倚阑干。却甚无人伴秋
千。寂寞小花庭院。

〔尾〕欢会少。缘分浅。音书欲寄凭黄犬。无奈关河路途远。太平

乐府九　北宫词纪六　北词广正谱引幺

北宫词纪题作春怨。○(幺)词纪广正谱漫空俱作漫空。词纪寂寞下有了字。

伤　春

唤起琐窗离恨。闹花深处鸣啼鹃。独立高楼望郊原。但凝眸堪
画宜诗。是则是。年年景物。岁岁风光。无比正三二。偏得东
君造化。绿裁翡翠。红染胭脂。断云微雨养花天。暖日和风困
人时。妆点人愁。将近清明。才过上巳。

〔幺〕着甚因由。消磨多病伤春事。无语恨轻别。懒临鸾脂粉慵
施。倦针指。逐朝忆想。每夜思量。梦里何曾至。纵有邻姬相
约。强斟芳酝。羞听离词。绿杨甚日系银鬃。翠罱何时展金丝。
销减了袅娜腰肢。

〔促拍令〕好光阴都空过了。美姻缘越恁推辞。到教俺传情寄恨。
审问了三回五次。是他司马不伤春。白甚自家如此。

〔随煞〕试噙腹。重三思。文君纵有当垆志。也被相如定害死。太
平乐府九　北宫词纪六　北词广正谱引哨遍促拍令　九宫大成七三引促拍令

(哨遍)广正谱啼鹃作鸨鹃。(幺)广正谱翠罱作翠眼。(随煞)太平乐府定害作
定当。词纪作足当。兹改。

春　梦

遮断墙头望眼。绿阴已满团圆树。南陌东郊静无人。又一番芳
意成虚。听杜宇。噍噍聒聒。絮絮叨叨。叫的春归去。正是蜂
闲蝶倦。燕忙莺懒。困人时序。落花满地锦斓斑。飞絮濛空雪
模糊。有意留春。对景牵情。伤时感物。

〔幺〕芳草斜阳。碧云荏苒衡皋暮。千里关河两无凭。几番欲寄
音书。仗鳞羽。花笺谩展。彩笔空擎。倦写相思句。自觉香肌

销怯。裙腰松掩。衫裉宽馀。邻姬问我几多愁。说与他知也长吁。斜阳芳草。落花飞絮。

〔尾〕叹此愁。能几许。看看更有伤心处。梅子黄时断肠雨。_{太平}

乐府九　北宫词纪六　北词广正谱引尾

　　北宫词纪题作春思。○(哨遍)太平乐府团圆树作团圆村。雪模糊作云模糊。(么)太平乐府裙腰下脱松字。衫裉宽馀作衫楷宽金。

莲　船

炽日人皆可畏。火云削出奇峰样。梅雨凌晨乍晴时。堪游水国江乡。挐艳妆。轻摇彩棹。缓拨兰舟。稳载清波漾。正是蕖花开也。荷张翠盖。莲竖红幢。系兰舟聊复舣沙汀。停彩棹须臾歇横塘。低奏笙篁。浅酌芳醪。恣情共赏。

〔么〕媚景芳年。莫教两事成虚妄。赏玩兴无穷。只疑身在潇湘。向晚来。残霞散绮。落日沉金。迤逦银蟾上。莫放酒空金榼。玉山低偃。又且何妨。朱唇齐唱彩莲歌。惊起双双宿鸳鸯。难道是断我愁肠。

〔随煞〕归去也。夜未央。棹行时拨散浮萍浪。船过处冲开菡萏香。_{太平乐府九}

　　(哨遍)元刊本聊复作柳复。兹从瞿本旧校。(么)元刊本虚妄作虚宴。兹从瞿本旧校。元刊本双双作人人。兹从瞿本。

〔双调〕夜行船

春　晓

晓角梅花三弄曲。勾引起禁钟楼鼓。曙色将分。漏声才息。残月已沉江渚。

〔挂玉钩〕迤逦莺啼共燕语。偏向闲庭户。春困佳人睡未足。好梦方惊寤。淡脸霞。松鬟雾。欲对鸾台。再整妆梳。

〔庆宣和〕十二帘钩闲控玉。尚掩流苏。嫩寒犹怯透罗襦。绣帏。
未出。

〔天仙令〕晨妆罢。信步向庭隅。晓日楼台。秋千院宇。那更杜
鹃催。春事归欤。怜红爱紫无限心。空自长吁。

〔离亭煞〕伤春欲待留春住。留春不住随春去。凭谁寄与。问春
归去归何处。只见覆莓苔糁落花。衬榆英铺香絮。又见潋滟池
塘涨绿。纵不为五更风。管多因半夜雨。_{太平乐府六　北宫词纪六　北}
_{词广正谱引庆宣和　九宫大成六五同}

（离亭煞）明大字本太平乐府寄与作寄语。榆英作榆荚。

秋　夜

秋夜谁家砧杵声。不管有人愁听。倦客伤心。披衣独步。踏遍
绿苔幽径。

〔庆宣和〕仙鼠翻风舞画楹。月色偏明。地龙经雨唱空庭。露华。
乍冷。

〔天仙令〕人初静。寂寞旅魂惊。玉宇澄澄。银河耿耿。帘幕夜
寒生。月淡风清。惊鸟绕枝栖未宁。蛩雁哀鸣。

〔离亭煞〕怯单衣渐觉西风劲。想多情不念东阳病。对景动羁怀。
添客恨增归兴。近玉阑。临金井。早是离人闷哽。桂子散清香。
梧桐弄碎影。_{太平乐府六　太和正音谱下引天仙令　九宫大成六五同}

（天仙令）何钞本太平乐府惊鸟作惊鸟。太和正音谱九宫大成栖未宁俱作栖未
停。大成首句作人物静。

悔　悟

无限莺花慵管领。恐似沈郎多病。宋玉伤哉。安仁老矣。衰鬓

怕临明镜。

〔挂玉钩〕草草花花一梦惊。断了乔行径。大着多情换寡情。闹里宜寻静。有况味。无踪影。废尽功夫。误了前程。

〔庆宣和〕若是自家空藏瓶。梦撒撩丁。花姑不重女猱轻。任谁。见哽。

〔天仙令〕千金废。火上弄冻凌。他尽是劳成。咱都是志诚。博得个好儿名。那里施呈。而今纵有双秀才。谁是苏卿。

〔离亭煞〕早收心拘束定疏狂性。倒大来耳根清净。头轻眼明。跳出面糊盆。迷魂寨。琉璃井。折莫恁漫天张网罗。遍地剜坑穽。莫想他自家夜行。被你甜句儿啜来奸。虚脾儿赚得省。太平乐府六

　　（挂玉钩）何钞本大着作去着。

〔双调〕行香子

别　　恨

烟草萋萋。霜叶飞飞。落闲阶不管狼籍。雁儿才过。燕子先归。盼佳音。无佳信。误佳期。

〔幺〕帘幕空垂。院宇幽凄。步回廊自恨别离。髩松鬓发。束减腰围。见人羞。惊人问。怕人知。

〔乔木查〕但凭高望远。谩把阑干倚。不信功名犹未已。知他何处也。歌酒狂迷。

〔天仙令〕相思忆。长是泪沾衣。恨满西风。情随逝水。闲恨与闲情。何日终极。伤心眼前无限景。都撮上愁眉。

〔离亭带歇指煞〕橹声齐和归帆急。渔歌渐远鸣榔息。尖青寸碧。遥岑叠巘连天际。暮霭生。孤烟起。掩映残霞落日。江上两三

家。山前六七里。太平乐府六　北宫词纪六

（行香子）明大字本太平乐府飞飞作菲菲。（么）北宫词纪幽凄作幽栖。（离亭带

歇指煞）太平乐府叠巘作叠巘。

寄　情

春满皇州。名遍青楼。二十年旖旎风流。金鞍玉勒。矮帽轻裘。

谢娘诗。云子酿。雪儿讴。

〔乔木查〕几愁花病酒。偏甚今番瘦。非是潘郎不奈秋。都因风

韵他。引起闲愁。

〔拨不断〕两绸缪。意相投。天然一点芳心透。年纪未三十过二

九。多情莺燕蜂蝶友。速难成就。

〔天仙令〕于飞愿。端的几时酬。会语应难。修书问候。铺玉版

写银钩。寄与娇羞。真真的的美眷爱。不尚延由。

〔离亭带歇指煞〕休违了剪发燃香咒。莫忘了并枕同衾褥。再休

眉期眼约闲迓逗。娘间阻人调斗。枉教咱千生万受。长办着惜

花心。空闲了画眉手。太平乐府六

北词广正谱双调离亭宴煞之附注及双调套数分题。并谓李茂之有春满皇州

套。此曲作者似有二说。○（乔木查）明大字本他作迤。（拨不断）明大字本

无速字。

痴　迷

既不知心。便不知音。既知音岂不知心。文君有意。司马调琴。

想从初。思已往。怨而今。

〔拨不断〕泪淋淋。湿离襟。近来憔悴都因您。可是相思况味深。

自西风吹断回文锦。瘦来直恁。

〔天仙令〕特然地。这几日越昏沉。鬼病难挨。情怀不禁。自恨

咱家。无分消任。天长地久争奈何。虚度光阴。

〔离亭宴带歇指煞〕情知的不是娘拘禁。度量来非为人谗谮。再审小冤家。不道人图甚。饥不忺进饮食。卧不能安床枕。岂止道忘餐废寝。鬓发已成潘。形骸俏如沈。太平乐府六　北词广正谱引离亭宴带歇指煞

　　（离亭宴带歇指煞）瞿本太平乐府末句旧校改俏为削。北词广正谱不忺作不欣。末句俏作瘦。

〔仙吕〕泣颜回

暗想配秋娘。情如交颈鸳鸯。绸缪缱绻深恩重义难忘。似真贤孟光。喜齐眉笑举梁鸿案。与卿卿带结同心。效鹣鹣永远成双。

〔前腔〕调和琴瑟奏笙簧。意相投两下无妨。谁知今日薄情的改变心肠。顿教人惨伤。岂料他反目恩成怨。悔当初不合认真。好姻缘翻作参商。

〔不是路〕柳絮飘狂。怎比得葵花倾向阳。谁承望桃花无意恋刘郎。细推详玉楼烟锁云江暗。危石盟言在那厢。空嗟怨冤家忒杀不思量。薄情娘你如今对面如霄壤。只怕久后相思要见难添惆怅。直待眉儿淡了思张敞。那时节悔未从良。恨未从良。

〔解三酲〕我为你神魂飘荡。我为你废寝忘餐。我为你千金买笑平康巷。我为你几载浮踪在异乡。我为你思归徒自劳清梦。我为你久别鸳帏不下堂。（合）还思想。端的是李鹏奴负了王商。

〔前腔〕你把我怜香惜玉冰和炭。你把我倚翠偎红圆合方。你把我山盟海誓成虚谎。你把我厚德深恩当晓霜。你把我如糖拌蜜盐落水。你把我似漆投胶雪见汤。（合前）

〔皂角儿〕闷恹恹镇日凄凉。泪汪汪心中悒怏。为相思病入膏肓。

瘦伶仃不成模样。只落得脸儿黄庞儿瘦沈郎腰潘郎鬓凄凉行状。
(合)留情痴汉。负恩女娘。狼心肠。人须易负。难昧穹苍。
〔前腔〕抱琵琶又过别船。折杨柳他把章台还上。记当时遂结鸾
凰。到如今剧然分散。恁下得折鸾凰剖并头开连理犹如反掌。
(合前)
〔馀文〕千言万语都休讲。分付冤家要主张。终有日相逢。我也
不与你较短长。词林白雪二

　　此套为南曲。是否朱庭玉作殊可疑。

李伯瑜

　　　　生平不详。

小令

〔越调〕小桃红

磕　瓜

木胎毡观要柔和。用最软的皮儿裹。手内无他煞难过。得来呵。
普天下好净也应难趓。兀的般砌末。守着个粉脸儿色末。诨广
笑声多。太平乐府三

　　　　明大字本观作衬。

李德载

　　　　生平不详。

小令

〔中吕〕阳春曲

赠茶肆

茶烟一缕轻轻飏。搅动兰膏四座香。烹煎妙手赛维扬。非是谎。
下马试来尝。太平乐府四　乐府群珠一

黄金碾畔香尘细。碧玉瓯中白雪飞。扫腥破闷和脾胃。风韵美。
唤醒睡希夷。太平乐府四　乐府群珠一
　　　瞿本太平乐府乐府群珠三句俱作扫醒破闷悟禅机。元刊八卷本太平乐府此句扫
　　　腥作扫腥。第五六两字模糊。第七字作机。全句疑与瞿本同。

蒙山顶上春光早。扬子江心水味高。陶家学士更风骚。应笑倒。
销金帐饮羊羔。太平乐府四　乐府群珠一
　　　元刊太平乐府四句作应笑。脱一字。瞿本旧校作人应笑。兹从群珠作应笑倒。
　　　群珠末句无销字。明大字本太平乐府四句作应堪笑。

龙团香满三江水。石鼎诗成七步才。襄王无梦到阳台。归去来。
随处是蓬莱。太平乐府四　乐府群珠一

一瓯佳味侵诗梦。七碗清香胜碧筒。竹炉汤沸火初红。两腋风。
人在广寒宫。太平乐府四　乐府群珠一

木瓜香带千林杏。金橘寒生万壑冰。一瓯甘露更驰名。恰二更。
梦断酒初醒。太平乐府四　乐府群珠一

兔毫盏内新尝罢。留得馀香在齿牙。一瓶雪水最清佳。风韵煞。
到底属陶家。太平乐府四　乐府珠群一

龙须喷雪浮瓯面。凤髓和云泛盏弦。劝君休惜杖头钱。学玉川。
平地便升仙。太平乐府四　乐府群珠一

金樽满劝羊羔酒。不似灵芽泛玉瓯。声名喧满岳阳楼。夸妙手。
博士便风流。太平乐府四　乐府群珠一

瞿本太平乐府喧作香。群珠末句便作更。

金芽嫩采枝头露。雪乳香浮塞上酥。我家奇品世间无。君听取。声价彻皇都。<small>太平乐府四　乐府群珠一</small>

瞿本太平乐府塞上作塞外。

程景初

生平不详。

小令

〔正宫〕醉太平

恨绵绵深宫怨女。情默默梦断羊车。冷清清长门寂寞长青芜。日迟迟春风院宇。泪漫漫介破琅玕玉。闷淹淹散心出户闲凝伫。昏惨惨晚烟妆点雪模糊。渐零零洒梨花暮雨。<small>太平乐府五</small>

套数

〔双调〕新水令

春　情

落红满地暮春天。另一番蜂愁蝶怨。愁切切恨绵绵。待要团圆。除非梦中见。

〔驻马听〕小小亭轩。燕子来时帘未卷。深庭小院。杜鹃啼处月空圆。金钗拨尽玉炉烟。香尘渍满琵琶面。谁共言。何时枕匾黄金钏。

〔乔牌儿〕日高犹自眠。病体尚嫌倦。细将往事思量遍。越无心整翠钿。

〔落梅风〕鸾钗断。凤髻偏。腻残妆泪痕满面。隔纱窗悄声儿唤玉莲。那人儿敢有些爻变。

〔离亭宴煞〕桃腮揾湿胭脂浅。榴裙摺皱香罗软。这相思教人怎遣。分开翡翠巢。掂损螳螂玉。空锁鸳鸯殿。十分人怎禁两叶眉难展。有愁烦万千。羞栽并蒂莲。懒整合欢带。怕见双飞燕。情书附锦鳞。佳音凭黄犬。何处也风流少年。我将魂魄梦中寻。只恐怕阳台路儿远。盛世新声午集　词林摘艳五　雍熙乐府一二　南北词广韵选一〇　北宫词纪六　北词广正谱引驻马听

盛世新声重增本内府本词林摘艳及雍熙乐府俱无题。不注撰人。原刊本徽藩本词林摘艳题作闺怨。注李好古作。南北词广韵选题作暮春闺思。注元人作。北宫词纪题作春情。注程景初作。兹从词纪。北词广正谱引驻马听一支。注李好古作。当系据摘艳。〇(新水令)广韵选蜂愁蝶怨作蝶愁蜂怨。词纪除非下有是字。(驻马听)词纪三句作深深庭院。末句何时作新来。广韵选三句作幽幽庭院。广正谱三句同词纪。(乔牌儿)盛世摘艳雍熙犹自眠俱作由自眠。内府本摘艳作尤自眠。广韵选作兀自眠。尚嫌作犹嫌。(落梅风)雍熙广韵选曲牌俱误作梅花酒。盛世摘艳玉莲俱作玉连。内府本摘艳作玉莲。与雍熙广韵选词纪同。广韵选腻作腻。(离亭宴煞)盛世及重增本摘艳摺皱俱作褶煞。雍熙螳螂玉作玉螳螂。并蒂作并头。我将魂魄作我欲待将魂魄儿。阳台上有那字。广韵选同雍熙。惟魂魄下无儿字。十分人作十分病。何处下无也字。词纪并蒂作并头。佳音作佳信。我将作我待将。

赵彦晖

生平不详。

小令

〔仙吕〕醉中天

嘲人右手三指

把盏难舒手。施礼怎合十。亏他朝朝洗面皮。早是刚拿管笔。

便有那举鼎拔山的气力。诸般儿都会。怎拿他鞭简丫锤。太平乐府五

明大字本丫作樋。

把盏难舒手。学舞不风流。与你架银筝怎地挡。难挽衫儿袖。他媳妇问他索休。别无甚圆就。到官司打与一个拳头。太平乐府五

套数

〔仙吕〕点绛唇

省　悟

万种闲愁。一场春瘦。迷花酒。燕侣莺俦。殢煞青云友。

〔混江龙〕长想着少年时候。拈花摘叶甚风流。见了些春风谢馆。夜月秦楼。马上抱鸡三市斗。袖中携剑五陵游。八个字非虚谬。玲珑剔透。软款温柔。

〔油葫芦〕一世疏狂一笔勾。从今后都罢手。一场恩爱变为雠。赤紧的红裙不解嘲风口。以此上青衫紧退揉花手。想着眼底情。眉角愁。则管里云来雨去空迟逗。终不见下场头。

〔天下乐〕只被你干赚得潘郎两鬓秋。想着你恩情。也不是永久。恰便似风中落花水上沤。我恰待踏折他花套竿。撞出锦圆头。早是咱千自在百自由。

〔那吒令〕想当初您爱我时。剪青丝半纽。想当初敬您时。赠吟词一首。您如今弃俺也。断金钗两头。想着您月底盟。星前咒。则怕你悔去也娇羞。

〔鹊踏枝〕俺如今志难酬。和俺不相投。误了俺雁塔题名。虎榜名留。有一日博得五花诰在手。则怕你消不得粉面油头。

〔寄生草〕俺如今时间困。目下忧。三尺剑扫荡红尘垢。万言策

补尽乾坤漏。五言诗夺尽江山秀。若是柳耆卿剥得个紫袍新。
你便是谢天香不避黄齑臭。

〔尾〕深缦笠紧遮肩。粗布衫宽裁袖。撇罢了狂朋怪友。打扮做
个儒流。风月所近新给了解由。谁信你鬼狐由。误了我谈笑
封侯。早难道万里鹍鹏得志秋。气冲斗牛。胸藏锦绣。钓鳌头
谁钓您这乐官头。_{太平乐府六　盛世新声卯集　词林摘艳四　雍熙乐府四}

<small>盛世新声重增本内府本词林摘艳无题。与雍熙乐府俱不注撰人。雍熙题作子弟
收心。原刊本徽藩本词林摘艳题目作者同太平乐府。〇(点绛唇)盛世摘艳㬠
杀俱作误了俺。(混江龙)盛世长想着作想着俺。甚作任。见了作看了。夜月
作月夜。马上作俺也曾马上。七句作则我这八个字端的无虚谬。摘艳俱同。盛
世重增本内府本摘艳首句少年俱作年少。雍熙长想着作想着俺。四句作更和这
夜月秦楼。马上作俺也曾马上。(油葫芦)太平乐府赤紧作尺紧。明大字本太
平乐府以此作因此。盛世一世作半世。嘲风作我这嘲风。以此作因此。退揉作
褪柔。想着作想着俺。下句作更和这眉角头。空作相。末句作百般的终不是一
个下场头。摘艳俱同盛世。雍熙一世作半世。以此作因此。退作褪。六七句
作。想着他眼底情。更和那眉角愁。空作相。不见作不是个。(天下乐)元刊
太平乐府永久作未久。兹从明大字本。明大字本圈作圈。何钞本太平乐府圆作
囷。盛世干作啜。潘郎作潘安。二三句作。想着俺这恩情。恩情不甚久。恰待
作则待。他作您那。锦圈作您那锦套。早是咱作倒大来。摘艳俱同盛世。原刊
本徽藩本摘艳不甚久作不堪久。雍熙是永久作甚久。风中落花作空中杨花。他
作您。锦圈作锦套。馀作啜。作则待。作倒大来。俱同盛世。(那吒令)盛世
半纽作一缕。三句敬上有我字。词一首作诗数首。想着您作想着俺。末句作早
寻了叶落归秋。摘艳雍熙俱同。盛世摘艳五句俱作到如今夺了俺也。两头俱作
在两头。原刊本徽藩本摘艳赠吟词作曾吟诗。内府本摘艳两头上无在字。雍熙
吟作新。弃俺作弃了我。月底作那月下。(鹊踏枝)盛世首句俺作我。和俺作
和你。三句俺作我也。题名作题诗。博得作夺得个。末句作那其间共结绸缪。
摘艳俱同。雍熙和俺作更和你。三句俺作我。题名作题诗。博得作博得个。
(寄生草)盛世三句作我将这三尺剑扫荡了红尘垢。若是下有这字。剥得个作
夺得。末句作。哎。你个谢天香才识俺这白衣秀。摘艳俱同。内府本摘艳夺尽</small>

作夺尽了。雍熙三尺作则将这三尺。扫荡补尽及夺尽下俱有了字。五言诗上有将字。若是下有这字。不避作休嫌俺这。(尾)明大字本太平乐府儒流作任道儒流。盛世缦作蔓。衫作袍。撇作毕。做个作做。五六句作。风月叟近新来弃了偕友。哎。你个鬼狐尤。无早难道三字。鹃鹏作鹏程。藏作怀着。末句作则我这上元头强似恁下场头。摘艳俱同盛世。重增本内府本摘艳斗牛作牛斗。雍熙作蔓。作袍。及末句俱同盛世。惟末句上作状。雍熙五句作风月所给了缘由。鬼狐由作个鬼狐尤。气冲上有则我二字。

席上咏妓

万种妖娆。一团俊俏。十分妙。百媚千娇。端的是闭月羞花貌。

〔混江龙〕他若是含情一笑。朱唇一颗嵌樱桃。梨花玉体。杨柳纤腰。眉黛春山娇滴滴。眼波秋水绿淘淘。可观可看。宜喜宜嗔。堪怜堪爱。难画难描。拨银筝音吕韵悠扬。唱阳春白雪依腔调。你便有千金买笑。怎能够一刻春宵。

〔油葫芦〕喜遇得樽席上猛见了。更那堪情性好。言谈语话那清标。你看那聪明伶俐诸般妙。更那堪续麻道字无差错。生的来花样娇柳样柔。知今博古通三教。铁石人一见了也魂销。

〔天下乐〕怎能够玉树同栖翡翠巢。无福的难也波消。自暗约。用心儿访寻月下老。者莫你能会弹能会歌。能会绣能会描。怎生来少前程无下梢。

〔那吒令〕离情空懊恼。我魂劳梦劳。缘薄命薄。看明朝后朝。我劝你断肠籍上除了姓名。姻缘簿上寻个着落。一星星记在心苗。

〔鹊踏枝〕我与你自量度。是评跋。你若听琴。我便题桥。趁青春年纪儿幼小。休辜负好前程月夜花朝。

〔寄生草〕相思病何年尽。姻缘簿甚日了。你看他知轻知重知分晓。不能够同行同坐同欢笑。到教我添愁添闷添烦恼。怎能够喜孜孜花下燕莺期。几时得笑吟吟春日鸳鸯效。

〔六么序〕眼前面人千里。耳边厢音信杳。隔三千弱水迢迢。闷恹恹鬼病难熬。意迟迟情思心焦。桃源洞不见分毫。焰腾腾烈火烧祆庙。白茫茫水滆蓝桥。莫不是我今生撅着相思窖。好教我行眠立盹。梦断魂劳。

〔么〕哎。你个多娇。仔细听着。你若是花下相招。月底来邀。琴瑟和调。同伴吹箫。咱两个一世儿团圆到老。怎时节有下梢。寻一个安乐窝巢。散诞逍遥。倒大来志气清高。当日个谢天香李亚仙寻思到。知轻重肯辨清浊。后来受用金花诰。则学鸳鸯鹦鹩。休学那燕子伯劳。

〔尾声〕准备着花烛洞房春。安排下夜月笙歌笑。那时节喜喜欢欢宴乐。地久天长成配偶。一世儿永远坚牢。画堂高怕是么暮暮朝朝。则学那连理树合欢带比翼鸟。宝炉香渐烧。银台灯高照。成就了碧桃花下凤鸾交。盛世新声卯集　词林摘艳四　雍熙乐府四

盛世新声重增本内府本词林摘艳俱无题。与雍熙乐府俱不注撰人。雍熙题作赠妓。原刊本徽藩本词林摘艳题作席上咏妓。注赵彦晖作。〇（点绛唇）内府本摘艳闭月下有容字。（混江龙）雍熙一颗作一点。淘淘作滔滔。音吕作音律。白雪作一曲。买笑作高价。（油葫芦）雍熙樽席上作樽前。你看那作更那堪。诸般妙作诸般俏。更那堪作他可便。花样娇柳样柔作柳样柔花样娇。一见了作见了。（天下乐）雍熙者莫作者末。会歌作会舞。会描作会挑。怎生来少作怎生有。（那吒令）雍熙三句作敢缘薄分薄。四句看作盼。断肠上有我劝你三字。（鹊踏枝）内府本摘艳是评作自评。年纪儿作年纪。雍熙我与你作你与我。你若作你肯。年纪儿作年纪。前程作姻缘。（寄生草）雍熙姻缘簿作姻缘事。你看他作我见他。欢笑作欢乐。喜孜孜与笑吟吟易位。春日鸳鸯效作丽日鸳鸯沼。（六么序）雍熙焰腾腾上有恰便似三字。我今生上无莫不是三字。（么）内府本摘艳一世下无儿字。受用作受了。则学作则学那。雍熙三四句作你肯花底相邀。月下相招。一世上无咱两个三字。寻思作寻思的。轻重作高低。受用作受了。（尾声）盛世摘艳俱无此支。兹据雍熙补。

〔南吕〕一枝花

嘲　僧

七宝罗汉身。八难观音像。玉楼巢翡翠。谁教你金殿锁鸳鸯。萧寺里蝶乱蜂狂。玉溪馆青楼巷。缘得五台山傅粉郎。小和尚久等莺娘。老亚仙风魔了志广。

〔梁州〕常则是金斗郡双生和小卿。几曾见丽春园苏氏和都刚。被个老妖精狐媚了唐三藏。一个供佛的柳翠。伴着个好色东堂。钟楼鼓阁。便做了待月西厢。丑禅师宠定个天香。笑吟吟携手相将。风帏中路柳参禅。鸳帐底烟花听讲。看门儿亏杀金刚。暗想。这场。出家儿招揽乔公状。你也不是清静僧。真乃是莽和尚。当了袈裟做一场。岂怕人声扬。

〔尾〕十年功业难修养。取得个年老妖精复落娼。卧兔当来受灾障。常把三门紧关上。那妮子僧房中叫。反教你削了发的耆卿后院里攘。钞本阳春白雪后集三　词谑

钞本阳春白雪注无名氏作。〇(一枝花)词谑无谁教你三字。缘得作怎得。久等作久待。(梁州)阳春白雪公状作公案。失韵。词谑和小卿作赶小卿。和都刚作配都刚。真乃作真的。声扬作满地声扬。(尾)阳春白雪后院里攘作后晚。下空二格。

熬煎碎窈玉心。辜负损偷香胆。好姻缘成间阻。乔风月畅难担。恩爱相搀。连理枝和根砍。并头莲伏地芟。淹蓝桥波浪涨漫。绕祆庙风烟焰惨。

〔梁州〕美绀绀星前月底都做了眼。争地北天南。这些时空惹风声咶。分开宝镜。掭损琼簪。偷传锦字。瘦褪春衫。病形容览镜羞惨。呆心肠无酒醺醅。嗟叹声口内无穷。别离恨心头易感。且勉强待时暂劣胆。冤家再不敢。苦尽回甘。

〔二煞〕凄凉白日犹闲暂。寂寞黄昏醉后担。孤眠客舍静巉巉。
漏永更长。更那堪风清月淡。那些儿最凄惨。独对银缸影半衾。
这烦恼是俺全贪。

〔尾〕都来晓月闲愁揽。写向花笺谨就缄。嘱付你个多娇细详鉴。
你不曾因咎为咎。行监坐监。那不得半霎工夫探觑俺。罗本阳春
白雪

<h2 style="text-align:center">又</h2>

懒将经史习。只为功名赚。麝兰□紫帐。脂粉汗青衫。这一场
风月险。諕的我急溜裹忙收缆。若不是铁屑船门闭的严。教了
些小撅俫坐守行监。老波么朝敲暮斩。

〔梁州〕虽然是俏苏氏真心儿陪伴。赤紧的村冯魁大注儿扛搅。
总寻思必索停时暂。由他倚强压弱。硬买强贪。多凶少吉。有
苦无甜。料配并二连三。怎当他硇硐零嚛。我且纳佯书诈会低
微。卷旗枪佯推会羞惨。退残兵假妆会痴憨小生岂敢。的等你
靠番时却把你个姨夫拦。占胜也那场铲。使的骨损筋伤形像儿
淹。喘不迭向磨儿上横担。

〔尾〕那其间亲和疏自有知音鉴。好共歹从教晓事的谈。锦信也
似前程怎摇撼。你早自信咱咱。咱咱。那从小的争锋。按下的
胆。罗本阳春白雪后集卷二

杜遵礼

　　　生平不详。

小令

〔仙吕〕醉中天

妓歪口

一点樱桃挫。半壁杏腮多。每日长吁暖耳朵。正觑着傍边唾。小唱单吹海螺。侧跷儿把戏做。口儿恰迎着。<small>太平乐府五　北宫词纪外集五</small>

　　北宫词纪外集题作嘲歪嘴妓。○词纪外集樱桃作樱唇。

佳人脸上黑痣

好似杨妃在。逃脱马嵬灾。曾向宫中捧砚台。堪伴诗书客。叵耐无情的李白。醉拈斑管。洒松烟点破桃腮。<small>太平乐府五　中原音韵尧山堂外纪六八　天籁集摭遗</small>

　　太平乐府注杜遵礼作。中原音韵不注撰人。尧山堂外纪以此曲属白朴。又云。或以为杜遵礼作。天籁集摭遗据外纪辑之。○中原音韵好似作疑是。逃脱作怎脱。三四句作。曾与明皇捧砚来。美脸风流杀。无情的作挥毫。六句作觑着娇态。外纪次句同太平乐府。馀俱同音韵。

孙季昌

　　生平不详。

套数

〔正宫〕端正好

集杂剧名咏情

鸳鸯被半床闲。胡蝶梦孤帏静。常则是哭香囊两泪盈盈。若是这姻缘簿上合该定。有一日双驾车把香肩并。

〔滚绣球〕常记的曲江池丽日晴。正对着春风细柳营。初相逢在丽春园遣兴。便和他谒浆的崔护留情。曾和他在万花堂讲志诚。锦香亭设誓盟。谁承望下场头半星儿不应。央及杀调风月燕燕莺莺。则被这西厢待月张君瑞。送了这花月东墙董秀英。盼杀君卿。

〔倘秀才〕瓯江楼山围着画屏。见一只采莲舟斜弯在蓼汀。待和他竹叶传情诉咱闷萦。并头莲分做两下。鸳鸯会不完成。知他是怎生。

〔滚绣球〕付能的潇湘夜雨晴。早闪出乌林皓月明。正孤雁汉宫秋静。知他是甚情怀月夜闻筝。那时节理残妆对玉镜台。推烧香到拜月亭。则被这俦梅香紧将咱随定。不能够写相思红叶题情。指望似多情双渐怜苏小。到做了薄倖王魁负桂英。撇得我冷冷清清。

〔倘秀才〕金凤钗斜簪在鬘影。抱妆盒寒侵倦整。想踏雪寻梅路怎行。弄黄昏梅梢月。香正满酷寒亭。伤情对景。

〔叨叨令〕当日被破连环说啜赚得再成交颈。谁承望错立身的子弟无音信。闪得我似离魂倩女相思病。将一个魔合罗脸儿消磨尽。径不着也么哥。如今这谎郎君一个个传槽病。

〔脱布衫〕我便似蓝桥驿实志真诚。他便似竹林寺有影无形。受寂寞似越娘背灯。恨别离如乐昌分镜。

〔小梁州〕他便似柳毅传书住洞庭。千里独行。吹箫伴侣冷清清。我待学孟姜女般真诚性。我则怕啼哭倒了长城。

〔么〕京娘怨杀成孤另。怨你个画眉的张敞杂情。揣着窃玉心。偷香性。我则学举案齐眉。贤孝牌上立个清名。

〔尾〕金钗剪烛人初静。彩扇题诗句未成。后庭花歌残玉树声。

琵琶怨凄凉不忍听。比题桥的相如忒寡情。戏妻秋胡不老成。
想则想关山远路程。恨则恨衣锦还乡不见影。则不如一纸刘公
书谨缄定。寄与你个三负心的敲才自思省。<small>太平乐府六　盛世新声子</small>
<small>集　词林摘艳六　雍熙乐府二　北宫词纪六　九宫大成三三引滚绣球</small>

> 盛世新声重增本内府本词林摘艳俱无题。与雍熙乐府俱不注撰人。原刊本徽藩
> 本词林摘艳题作集杂剧名。北宫词纪题作四时怨别集杂剧名。○(端正好)盛
> 世三句两泪作雨泪。四句上作一世。末句香肩上无把字。摘艳俱同。雍熙词纪
> 两泪俱作雨泪。(滚绣球)太平乐府央及作殃及。(倘秀才)盛世竹叶作红叶。
> 两下做两个。摘艳俱同。(滚绣球)盛世残妆下无对字。烧香上无推字。撇得
> 我作撇的来。摘艳俱同。(叨叨令)元刊太平乐府脸儿作敛儿。也么哥作也歌
> 歌。兹从雍熙。元刊八卷本瞿本太平乐府么哥作哥哥。明大字本太平乐府径作
> 近。此句叠。盛世首句作当初个破连还啜赚成了交。径不着也么哥作做不着也
> 波哥。原刊本摘艳首句同盛世。但交下有颈字。内府本摘艳音信作音问。径不
> 着句作兀的可也做不着也波哥。叠一句。雍熙首句无说字。魔合作摩诃。词纪
> 径不着作做不着。此句叠。如今这作如今说。馀同雍熙。(脱布衫)盛世摘艳词
> 纪蓝桥驿俱作蓝桥下。真诚俱作书生。内府本摘艳实志作失志。雍熙末句如作
> 似。(么)何钞本太平乐府杂情作无情。盛世摘艳俱脱么字。内府本摘艳未脱。
> 盛世摘艳怨杀俱作愁怨。又与雍熙词纪举案齐眉俱作齐眉举案。(尾)盛世摘
> 艳老成俱作志诚。路程俱作路。你个俱作个。内府本摘艳仍作路程。盛世摘艳
> 雍熙词纪戏妻下俱有的字。雍熙远路程作路远程。雍熙词纪敲才俱作乔才。

〔仙吕〕点绛唇

集赤壁赋

万里长江。半空烟浪。惊涛响。东去茫茫。远水天一样。
〔混江龙〕壬戌秋七月既望。泛舟属客乐何方。过黄泥之坂。游
赤壁之傍。银汉无声秋气爽。水波不动晚风凉。诵明月之句。
歌窈窕之章。少焉间月出东山上。紫微贯斗。白露横江。
〔油葫芦〕四顾山光接水光。天一方。山川相缪郁苍苍。浪淘尽

风流千古人雕丧。天连接崔嵬。一带山雄壮。西望见夏口。东望见武昌。我则见沿江杀气三千丈。此非是曹孟德困周郎。

〔天下乐〕隐隐云间见汉阳。荆襄。几战场。下江陵顺流金鼓响。旌旗一片遮。舳舻千里长。则落的渔樵每做话讲。

〔那吒令〕见横槊赋诗是皇家栋梁。见临江酾酒是将军虎狼。见修文偃武是朝廷纪纲。如今安在哉。做一世英雄将。空留下水国鱼邦。

〔鹊踏枝〕我则见水茫茫。树苍苍。大火西流。乌鹊南翔。浩浩乎不知所往。飘飘乎似觉飞扬。

〔寄生草〕渺苍海之一粟。哀吾生之几场。举匏樽痛饮偏惆怅。挟飞仙羽化偏舒畅。溯流光长叹偏悒怏。当年不为小乔羞。只今惟有长江浪。

〔尾声〕谩把洞箫吹。再把词章唱。苏子正襟坐掀髯鼓掌。洗盏重新更举觞。眼纵横醉倚篷窗。怕疏狂错乱了宫商。肴核盘空夜未央。酒入在醉乡。枕藉乎舟上。不觉的朗然红日出东方。盛世新声卯集　词林摘艳四　雍熙乐府五

盛世新声重增本内府本词林摘艳俱无题。与雍熙乐府俱不注撰人。雍熙题作游赤壁。原刊本徽藩本词林摘艳题作集赤壁赋。注孙季昌作。〇(点绛唇)雍熙烟浪作虚浪。(混江龙)重增本摘艳少焉下无间字。内府本摘艳何方作何妨。雍熙二句乐作落。三句过作遇。少焉间作少然。(油葫芦)雍熙四句作风流千古人惆怅。西望及东望下俱无见字。沿江上无我则见三字。(天下乐)雍熙云间作云开。二句作荆也么襄。四句作下江顺水金鼓响。渔樵下无每字。(那吒令)雍熙首句二句三句俱无见字。五句作我做一英雄将。(鹊踏枝)盛世及各本摘艳首句我则见俱作我则那。兹从内府本摘艳。雍熙首句无我则见三字。(寄生草)雍熙首句之作知。羽下无化字。溯流光作这流光。(尾声)盛世摘艳掀髯俱作掀须。兹从雍熙。雍熙谩把作休把。正襟作正中。肴核作肴馔。酒入下无在字。枕藉下无乎字。

〔中吕〕粉蝶儿

怨　别

锦帐罗帏。空留下这场憔悴。想人生最苦别离。恨匆匆。愁冗冗。忘餐失寐。困腾腾眼倦心迷。却原来害相思恁般滋味。

〔醉春风〕枕剩梦难成。衾馀愁易得。衾馀枕剩挨长更。我到如今悔。悔。银烛灯残。金杯酒冷。宝炉香细。

〔红绣鞋〕黄甘甘胭憔粉悴。病恹恹瘦损香肌。急煎煎和泪数归期。急穰穰情没乱。碜磕磕的两分离。空着我闷恹恹盼望你。

〔普天乐〕意踟蹰。心萦系。哀哀怨怨。惨惨凄凄。抛闪下年少人。辜负了鸾凰配。早是离人伤心碎。更和那杜宇悲啼。冷清清在销金帐里。珊瑚枕剩。好梦惊回。

〔上小楼〕美恩情眉南面北。好姻缘鸳鸯拆对。想着俺携手星前。并肩月下。共枕同席。见如今宝鉴分。钗断股。簪折瓶坠。正值着感情怀物伤人意。

〔么篇〕画梁间燕语喧。花柳中莺乱啼。好着我泪眼羞观。愁心倦听。景物狼藉。正遇着风雨催。柳絮飞。残红满地。我则索掩重门绿窗春睡。

〔耍孩儿〕山长水远人千里。满目残红春又归。闲愁闲闷几时休。怕黄昏帘幕低垂。我则怕更阑夜静离人苦。倦听谯楼画角催。挨不彻凄凉日。打熬出闷忧中日月。憔悴了花朵儿身肌。

〔一煞〕死临侵魂梦劳。呆答孩心似迷。常常思时时想频频记。茶饭中冷暖谁调理。早共晚寒温那个知。撇不下恩和义。我将你俊庞儿时时想念。小名儿悄悄咶题。

〔煞尾〕别离了数载馀。淹留的我三不归。若能够好姻缘重把佳期会。则除是一枕南柯梦儿里。盛世新声辰集　词林摘艳三　雍熙乐府六　盛世新声重增本内府本词林摘艳俱无题。与雍熙乐府俱不注撰人。雍熙题作忆别。原刊本徽藩本词林摘艳题作怨别。注孙季昌作。〇（粉蝶儿）内府本摘艳忘餐上有都作了三字。雍熙却原来作原来是。（醉春风）雍熙首句枕剩上有这些时三字。三句衾馀上有似这等三字。自四句以下作。好教我悔。悔。发付的你远上阳关。闷的人孤帏寂寞。害的人一丝两气。（红绣鞋）内府本摘艳甘甘作干干。磕磕下无的字。雍熙和泪作流泪。下句作闹攘攘心烦乱。两分离作苦分离。末句作这些时闷恹恹愁似痴。（普天乐）雍熙萦系作忧虑。五句作闪杀我年少人。伤心碎作愁萦系。更和那个更那堪。冷清清作或时。末二句作。珊瑚枕畔。将我好梦惊回。（上小楼）雍熙拆对作拆离。想着俺作几时得。共枕同席作同入罗帏。下句作到如今宝镜分。感情怀作恼人肠。（么篇）雍熙二句作花柳间莺啭啼。好着我作我这里。羞观作偷观。愁心作愁闻。狼藉作伤悲。残红作残花。绿窗春睡作纱窗深闭。（耍孩儿）雍熙满目残红作月缺花残。下句作多忧多虑怕黄昏。怕黄昏作掩重门。更阑上无我则怕三字。倦听句作烛暗香消怨女悲。忧中作恹恹。身肌作身躯。（一煞）雍熙无此支。（尾声）雍熙首句作不争你撇了我数载馀。二句无的字。三句好姻缘重把作重整。

秦竹村

生平不详。

套数

〔双调〕行香子

知　足

壮岁乡间。养志闲居。二十年窗下工夫。高探月窟。平步云衢。一张琴。三尺剑。五车书。

〔庆宣和〕引个奚童跨蹇驴。竟至皇都。只道功名掌中物。笑取。

笑取。

〔锦上花〕高引茅庐。无人枉顾。不遇知音。难求荐举。慷慨悲歌。空敲唾壶。落魄无成。新丰逆旅。

〔么〕古今千百年。际会几人遇。试把前贤。从头细数。应聘文王。渭滨渔夫。梦感高宗。商岩版筑。

〔清江引〕蹭蹬几年无用处。枉被儒冠误。改业簿书丛。倒得官人做。元龙近来豪气无。

〔碧玉箫〕今我何如。对镜嗟吁。岁月催促。霜染半头颅。老矣夫。终焉计尚疏。南山敝庐。收拾园圃。安排隐居。效靖节先生归去。

〔鸳鸯歇指煞〕前程只有前程路。儿孙自有儿孙福。没来由谩苦。千丈剑门关。一线连云栈。万里凌霄渡。争一阶官职高。攒几贯家私富。手搭在心头窨咐。二顷负郭田。对山三架屋。绕院千竿竹。充饥煮蕨薇。遇冷添纨絮。便是我生平所欲。世事尽无休。人生要知足。太平乐府六　太和正音谱下引行香子　北词广正谱同九宫大成六六同

　　(锦上花)元刊本元刊八卷本太平乐府枉顾俱作人顾。瞿本太平乐府作来顾。兹从明大字本太平乐府。元刊太平乐府难求作谁求。兹从元刊八卷本瞿本。(碧玉箫)瞿本太平乐府对镜下有自字。(鸳鸯歇指煞)明大字本太平乐府生平作平生。

李致远

　　生平不详。何梦华藏钞本太平乐府卷七注云江右人。未知何据。著杂剧还牢末(此据元曲选。太和正音谱列为无名氏作)。今存。

小令

〔中吕〕迎仙客

暮 春

吹落红。楝花风。深院垂杨轻雾中。小窗闲。停绣工。帘幕重重。不锁相思梦。<small>乐府群玉二 乐府群珠四</small>

〔中吕〕朝天子

秋夜吟

梵宫。晚钟。落日蝉声送。半规凉月半帘风。骚客情尤重。何处楼台。笛声悲动。二毛斑。秋夜永。楚峰。几重。遮不断相思梦。<small>乐府群玉二</small>

〔中吕〕红绣鞋

晚 春

杨柳深深小院。夕阳淡淡啼鹃。巷陌东风卖饧天。才社日停针线。又寒食戏秋千。一春幽恨远。<small>乐府群玉二 乐府群珠四</small>

春闺情

红日嫩风摇翠柳。绿窗深烟暖香篝。怪来朝雨妒风流。二分春色去。一半杏花休。归期何太久。<small>乐府群玉二 乐府群珠四</small>
<small>乐府群珠题作春。乐府群玉首句作红日嫩风料峭柳。兹从群珠。</small>

晚 秋

梦断陈王罗袜。情伤学士琵琶。又见西风换年华。数杯添泪酒。

几点送秋花。行人天一涯。乐府群玉二　乐府群珠四

〔中吕〕喜春来

秋　夜

断云含雨峰千朵。钓艇披烟玉一蓑。藕花香气小亭多。凉意可。
开宴款姮娥。乐府群玉二　乐府群珠一
月将花影移帘幕。风怒松声卷翠涛。呼童涤器煮茶苗。惊睡鹤。
长啸仰天高。乐府群玉二　乐府群珠一

群玉风怒作风恕。兹从群珠。

〔中吕〕卖花声

月　夜

云消皎月筛帘影。梦破惊乌绕树声。挑灯起诵太玄经。竹轩风
定。桂窗人静。快诗人一襟清兴。乐府群玉二　乐府群珠一

群玉无题。题从群珠。

〔商调〕梧叶儿

佩解螭文玉。衾闲鸳序锦。钗折凤头金。夜雨留荷泪。西风吼
树音。秋月弄桐阴。梅花谢别来到今。乐府群玉二

〔越调〕小桃红

新　柳

柔条不奈晓风梳。乱织新丝绿。瘦倚春寒灞陵路。影扶疏。梨
花未肯飘香玉。黄金半吐。翠烟微妒。相伴月儿孤。乐府群玉二

碧 桃

秾华不喜污天真。玉瘦东风困。汉阙佳人足风韵。唾成痕。翠裙剪剪琼肌嫩。高情厌春。玉容含恨。不赚武陵人。<small>乐府群玉二</small>

〔越调〕天净沙

离 愁

敲风修竹珊珊。润花小雨斑斑。有恨心情懒懒。一声长叹。临鸾不画眉山。<small>乐府群玉二</small>

春闺情

画楼徙倚阑干。粉云吹做修鬟。璧月低悬玉弯。落花□慢。罗衣特地春寒。<small>乐府群玉二</small>

初夏即事

晓来烟断香篝。春归绿遍芳洲。影乱风梳弱柳。迟迟清昼。竹深时唤鹁鸪。<small>乐府群玉二</small>

〔双调〕折桂令

春 闺

柳阴深黄鸟绵蛮。勤惜韶华。似罢红悭。绣草花飞。分香蝶闹。感旧人闲。奇兵破愁城酒盏。离情绖恨锁眉山。沉水烧残。绣被熏兰。只是春寒。<small>乐府群玉二 乐府群珠三</small>

<small>绖疑应作拴。吴梅校群玉改绖作绐。</small>

山　居

枕琴书睡足柴门。时有清风。为扫红尘。林鸟呼名。山猿逐妇。野兽窥人。唤稚子涤壶洗樽。致邻僧贳酒论文。全我天真。休问白鱼。且醉白云。<small>乐府群玉二　乐府群珠三</small>

读　史

慨西风壮志阑珊。莫泣途穷。便可身闲。贾谊南迁。冯唐老去。关羽西还。但愿生还玉关。不将剑斩楼兰。转首苍颜。好觅菟裘。休问天山。<small>乐府群玉二　乐府群珠三</small>

秋　景

秋声先到梧桐。挂雨雌霓。拂槛雄风。几点青山。一泓素月。满地丹枫。肠缕断情欺醉容。漏声迟霜满愁红。长笛声中。罨画楼东。泪洒征鸿。<small>乐府群玉二　乐府群珠三</small>

〔双调〕清江引

即席赠妓

碧云欲低香雾阻。回首多情处。梨花二月初。柳絮三春暮。今宵月明何处宿。<small>乐府群玉二</small>

樽前有人颜似玉。笑索多情句。歌残林叶飞。舞罢庭花妒。冰弦一霎秋夜雨。<small>乐府群玉二</small>

　　任校群玉林叶作柳叶。

东风又来供暮愁。吹上蛾眉皱。应知弄玉心。相道东阳瘦。花落燕飞人病酒。<small>乐府群玉二</small>

〔双调〕落梅风

斜阳外。春雨足。风吹皱一池寒玉。画楼中有人情正苦。杜鹃声莫啼归去。乐府群玉二

〔双调〕水仙子

春　暮

荼蘼香散一帘风。杜宇声干满树红。南轩一枕梨云梦。离魂千里同。日斜花影重重。萱草发无情秀。榴花开有恨秾。断送得愁浓。乐府群玉二

春　怀

水边垂柳赤栏桥。洞里神仙紫玉箫。东风吹断闲花草。碧云深春梦悄。久别来朱户萧条。半帘明月。一溪绛桃。万里黄鹤。乐府群玉二

道　情

瓮头春色是长生。枕上华胥当解醒。常将造物合心镜。后庭闲留月明。得工夫休写黄庭。怕萧郎夫妇。茅家弟兄。邂逅瑶京。乐府群玉二

〔双调〕拨不断

夏宿山亭

立峰峦。脱簪冠。夕阳倒影松阴乱。太液澄虚月影宽。海风汗漫云霞断。醉眠时小童休唤。乐府群玉二　北词广正谱

北词广正谱此首属马致远。

套数

〔南吕〕一枝花

送人入道

白云留故山。晓月流清涧。西风吹渭水。落叶满长安。龙虎痴顽。正要别真赝。都来方寸间。内丹成未饮刀圭。宦情远不登仕版。

〔梁州〕无中有娇儿姹女。有中无火枣金丹。温温铅鼎清光烂。一泓水静。一片云闲。一轮月满。一点神安。断七情宝剑光寒。避三尸午夜更残。秘天真离坎交驰。纵玄旨乙庚配绾。炼希夷金木间关。药阑。岁晚。黄精满地和烟拣。安排净蚌珠灿。耿耿灵台照夜阑。去蕙留兰。

〔尾声〕辨清浊不在青白眼。夸悬解何劳道士肝。银海澄澄洞诸幻。快还。九山。满地松风洞天晚。太平乐府八　雍熙乐府一〇　北宫词纪三　太和正音谱下引全套　北词广正谱引尾声　九宫大成五二引梁州

　　雍熙乐府北宫词纪题目俱作方士。雍熙不注撰人。〇（一枝花）太和正音谱落叶作落日。（梁州）正音谱娇作婴。雍熙词纪大成同。正音谱玄旨作玄指。词纪神作身。大成避三尸作辟三尸。

孤　闷

花梢消杜宇魂。藕丝系鸳鸯足。春风丹凤只。夜月翠鸾孤。对景萧疏。空忆如簧语。最添心上苦。冷清清沉水香残。昏惨惨灯花穗吐。

〔梁州〕东墙女空窥宋玉。西厢月却就崔姝。便休题月下老姻缘簿。风流偏阻。好事多辜。蓝田隐璧。沧海遗珠。桃源洞山谷

崎岖。阳台路云雨模糊。书斋中勉强韩香。兰房中生疏郑五。
泾河边不寄龙书。怨苦。自取。世间情知他是甚娘般物。自嗟
叹静思虑。直教柳下惠开门不秉烛。薄命寒儒。

〔尾〕一天愁寻杀裴生杵。千点泪啼斑湘女竹。一轮皓月当空正
隐在云雾。量半幅。素楮。诉不尽燕燕莺莺半分语。<small>太平乐府八</small>
<small>雍熙乐府一〇</small>

　　　<small>雍熙乐府不注撰人。〇(一枝花)雍熙夜月作月夜。(梁州)太平乐府遗珠作迷</small>
<small>珠。雍熙书斋作书房。房中作房内。(尾)雍熙当空作当窟。</small>

〔中吕〕粉蝶儿

拟渊明

归去来兮。笑人生苦贪名利。我岂肯陷迷途惆怅独悲。假若做
公卿。居宰辅。划地心劳形役。量这些来小去官职。枉消磨了
浩然之气。

〔醉春风〕想聚散若浮云。叹光阴如过隙。不如闻早赋归欤。畅
是一个美。美。弃职归农。杜门修道。早则死心搭地。

〔红绣鞋〕泛远水舟遥遥以轻飔。送征帆风飘飘而吹衣。望烟水
平芜把我去程迷。问征夫询远近。瞻衡日熹微。盼柴桑归兴急。

〔满庭芳〕再休想折腰为米。落得个心闲似水。酒醉如泥。乐醄
醄并不管家和计。都分付与稚子山妻。栽五柳闲居隐迹。抚孤
松小院徘徊。问因宜把功名弃。岂不见张良范蠡。这两个多大
得便宜。

〔上小楼〕我则待逐朝每日。无拘无系。我则待从事西畴。寄傲
南窗。把酒东篱。三径就荒。松菊犹存。规模不废。策扶老尚
堪流憩。

〔么〕引壶觞以自酌。眄庭柯以自怡。有酒盈樽。门设常关。景

幽人寂。或命巾车。或棹孤舟。从容游戏。比着个彭泽县较淡中有味。

〔耍孩儿〕溪泉流出涓涓细。木向阳欣欣弄碧。登东皋舒啸对斜晖。有两般儿景物希奇。觑无心出岫云如画。见有意投林鸟倦飞。草堂小堪容膝。说亲戚之情话。乐琴书以忘机。

〔么〕或寻丘壑观清致。或自临清流品题。我为甚绝交游待与世相违。须是我傲羲皇本性难移。想人间富贵非吾愿。望帝里迢遥不可期。已往事都休记。度晚景乐夫天命。其馀更复奚疑。

〔尾声〕辞功名则待远是非。守田园是我有见识。闲悠悠无半点为官意。一任驷马高车聘不起。太平乐府八　盛世新声辰集　词林摘艳三　雍熙乐府六　太和正音谱下引粉蝶儿醉春风上小楼尾声　九宫大成一三引红绣鞋满庭芳上小楼尾声

盛世新声重增本内府本词林摘艳俱无题。不注撰人。原刊本徽藩本摘艳题作拟渊明。注李致远作。与太平乐府同。雍熙乐府不注撰人。○（粉蝶儿）盛世假若作假若是。划地作划地便。七句作量着这些小官职。末句无了字。摘艳俱同。（醉春风）明大字本及何钞本太平乐府闻俱作及。太和正音谱四句作畅好是美也美。盛世赋归欤作去来兮。畅是一个作畅好是。摘艳俱同。（红绣鞋）摘艳平芜作萍芜。瞻衡作瞻衡宇。柴桑作柴扉。雍熙大成作瞻衡宇。（满庭芳）明大字本太平乐府酶酶作陶陶。盛世四句无并字。和计作活计。五句无与字。问因宜作为甚因。多大作老大。原刊本摘艳问因宜作为因甚。馀同盛世。雍熙问因宜作问因甚。（上小楼）正音谱从事上无我则待三字。（么）正音谱末句作比彭泽县淡中有味。盛世摘艳末句个俱作那。又与大成俱无较字。各书眄俱作盼。兹据归去来辞改。（耍孩儿）盛世木作草木。欣欣弄作欣茸。说作悦。摘艳俱同。（么）盛世次句无或字。三句无待字。其馀作其馀事。摘艳俱同。内府本摘艳清流作清溪流。雍熙须是作虽是。（尾声）盛世无则待二字。无是我二字。一任作一任那。摘艳俱同。九宫大成是我作使我。

〔双调〕新水令

离　别

离鸾别凤又经年。一番春一番新怨。青琐畔。绣帏前。少个婵娟。酬不了少年愿。

〔雁儿落〕常想西湖舣画船。北苑开春宴。一声金缕令。七换梁州遍。

〔德胜令〕今日小亭轩。羞到杏花边。黯黯愁成阵。厌厌日胜年。嫣然。一笑春风面。无缘。灯前云鬓偏。

〔雁儿落〕春衫和泪穿。犹认伊针线。玉箫深夜品。多是君愁怨。

〔水仙子〕别来几见月儿圆。每为嫦娥惜少年。画堂深隔断归来燕。玉钩闲帘未卷。一天情着个谁传。想一饷心间事。写一幅肠断篇。等一个孤雁回旋。

〔雁儿落〕艳阳三月天。寿酒筵前劝。可怜张解元。不赴蟠桃宴。

〔挂玉钩〕爱杀槎头缩项鳊。皆上金盘荐。笑杀池中并蒂莲。未许东风见。援紫毫。磨端砚。屈曲银钩。细草鸾笺。

〔尾〕沉沉烟锁垂杨院。迟迟月上桃花扇。罗帕新词。聊寄情缘。唱道张京兆心专。周琼姬苦意坚。怕几阵东风吹落残花片。恁时绿暗红嫣。兀谁管春山翠眉浅。太平乐府七　雍熙乐府一一　北词广正谱引挂玉钩　九宫大成同

　　雍熙乐府不注撰人。○（新水令）明大字本太平乐府及雍熙又俱作久。（德胜令）雍熙羞到作羞对。（水仙子）明大字本太平乐府嫦作姮。何钞本太平乐府于雁儿落不赴蟠桃宴句下。校添水仙子一首。曲云。多情别了已三年。咱的衷肠万万千。万万千哑子吃黄连。人不见信难传。喜减愁添。常怨着毒心贼。埋怨了离恨天。使两个不得团圆。

童童学士

童童字里无考。官学士。善度曲。每以不及见董解元为恨。新元史卜怜吉歹传云。子童童。中奉大夫。集贤侍讲学士。累官江浙平章政事。不知是否即此人。

套数

〔越调〕斗鹌鹑

开 筵

鹤背乘风。朝真半空。龟枕生寒。游仙梦中。瑞日融和。祥云峥嵘。赴天阙。游月宫。歌舞吹弹。前后簇拥。

〔紫花儿〕昼锦堂筵开玳瑁。玻璃盏满泛流霞。博山炉细袅香风。屏开孔雀。褥隐芙蓉。桧柏青松。瘦竹寒梅浸古铜。暗香浮动。品竹调弦。走斝飞觞。

〔小桃红〕筵前谈笑尽喧哄。一派笙箫动。媚景良辰自情重。拚却醉颜红。一杯未尽笙歌送。金樽莫侧。玉山低趄。直喫的凉月转梧桐。

〔天净沙〕碧天边桂魄飞腾。银河外斗柄回东。畅好是更长漏永。梅花三弄。访危楼十二帘笼。

〔调笑令〕玉容。露春葱。翠袖殷勤捧玉钟。绛纱笼烛影摇红。艳歌起韵梁尘动。都喫的开襟堕巾筵宴中。绮罗丛醉眼朦胧。

〔尾〕金樽饮罢雕鞍控。畅好是受用文章巨公。比北海福无穷。似南山寿长永。太平乐府七　盛世新声未集　词林摘艳一〇　雍熙乐府十三

盛世新声重增本内府本词林摘艳俱无题。不注撰人。原刊本徽藩本词林摘艳题作闲庭。雍熙乐府不注撰人。题作寿筵。〇(斗鹌鹑)明大字本太平乐府末句

作前簇后拥。(小桃红)盛世摘艳笙箫俱作箫韶。原刊本摘艳情重作情纵。雍熙金樽作金杯。(调笑令)各本摘艳玉钟下俱有看了这多娇脸儿堪题咏一句。无艳歌起韵梁尘动句。惟重增本摘艳仍同太平乐府。雍熙春葱作春笋。失韵。起韵作韵起。(尾)雍熙末二句福寿两字易位。

〔双调〕新水令

念　远

烧痕回绿遍天涯。忆王孙去时残腊。愁垂檐外雨。忧损镜中花。掘土抟沙。感事自惊讶。

〔驻马听〕望眼巴巴。春陌香尘迷去马。梦魂飒飒。晓窗初日闹啼鸦。千声作念凑嗟呀。一丝情景留牵挂。许归期全是假。秀才每说谎天来大。

〔乔牌儿〕绣双飞线脚差。描并宿笔尖怕。牡丹亭闲却秋千架。好春光谁共耍。

〔落梅风〕肌消玉。脸褪霞。怎打熬九秋三夏。被薄赚的孤又寡。辜负了小乔初嫁。

〔雁儿落〕谁拦截巫女峡。谁改变崔徽画。谁糊突汉上衿。谁扯破秋云帕。

〔得胜令〕身似井中蛙。命似釜中虾。难把猿心锁。空将鹃泪洒。情杂。下不的题着他名儿骂。性猾。恨不的揪住他身子打。

〔甜水令〕马上墙头。月底星前。窗间帘下。容易得欢洽。案举齐眉。带绾同心。钗留结发。那曾有一点儿裹狎。

〔折桂令〕好姻缘两意相答。你本是秋水无尘。我本是美玉无瑕。十字为媒。又不图红定黄茶。我不学普救寺幽期调发。你怎犯海神祠负意折罚。生也因他。死也因他。恩爱人儿。欢喜冤家。

〔锦上花〕想着他锦绣充肠。诸馀俊雅。山海填胸。所事撑达。

花下低头。风吹帽纱。月底潜踪。露湿罗袜。朱弦续有时。宝剑配无价。求似神仙。信似菩萨。才得相逢。扑絮纳瓜。恰早分离。瓶沉珠撒。

〔清江引〕一声去也没乱杀。少几句叮咛话。说归甚日归。待罢何时罢。梦儿中见他刚半霎。

〔离亭宴歇指煞〕狂风飘散鸳鸯瓦。严霜冷透鸾凰榻。好教我如痴似哑。佳期绝往来。后约无凭准。前语皆欺诈。空传红叶诗。枉卜金钱卦。凄凉日加。燕惊飞张氏楼。犬吠断韩生宅。虎拦住萧郎驾。闷随秋夜长。情逐春冰化。待他见咱。算他那狠罪过有千桩。害的我这瘦骨头没一把。雍熙乐府一一　北宫词纪六

雍熙乐府不注撰人。〇（得胜令）北宫词纪起句上有呀字。

沙正卿

生平不详。或疑即沙可学。可学永嘉人。登至正进士第。为行省掾。

套数

〔南吕〕一枝花

安庆湖雪夜

荒陂寒雁鸣。远树昏鸦噪。断云淮甸阔。残照楚山高。古岸萧萧。败苇折芦罩。穿林荒径小。水村寒犬吠柴荆。梅岭冻猿啼树杪。

〔梁州〕野烟暗迷合渡口。渔灯明照破江皋。溪边望罢归村路。野塘萧索。暮景寂寥。半间草厦。一榻楸床。冷清清伴我萧条。

到黄昏恶限才交。恓惶运环海般相连。烦恼乡石城般围绕。离愁阵铁壁般坚牢。怎生。得逃。百千般无计把凄凉傲。愁恰去闷来到。愁和闷共凄凉厮缠缴。不离我周遭。

〔三煞〕安排下孤闷供诗料。收拾聚闲愁注酒瓢。假开怀直饮得醉醄醄。独拥衾裯。都忘尽伤心怀抱。才睡美又还闹。篱畔筛风竹韵敲。惊梦无聊。

〔二煞〕破窗鸣雨霢风犹恶。漏屋垂冰蚕冻未消。梦回酒醒越难熬。万籁皆鸣。更一点残灯斜照。供愁恨献烦恼。破思虑忧愁厮定害。暗消了年少。

〔尾〕黄昏时春色生容貌。清镜晓秋霜点鬓毛。愁虽是多。恨也不少。衰了潘容。瘦了沈腰。镜里端详。心下暗约。端详罢怎不教我心焦。则一夜剩添十岁老。太平乐府八　雍熙乐府一〇　北宫词纪四　词林白雪四　北词广正谱引尾

雍熙乐府不注撰人。北宫词纪题作安庆湖冬夜旅怀。词林白雪题作旅怀。〇（一枝花）明大字本太平乐府柴荆作柴什。雍熙芦罩作芦草。树杪作树梢。（梁州）明大字本太平乐府村路作村落。草厦作茅厦。元刊太平乐府雍熙乐府百千俱作百十。雍熙村路作村落。橛床作车桥。词纪村路作村落。半间草厦四句作。绳床冷淡。草厦萧条。到黄昏恶限才交。听钟声远寺忙敲。词林白雪俱同词纪。（三煞）太平乐府醄醄作淘淘。明大字本太平乐府作酡酡。伤心作伤。何钞本太平乐府假开作解开。雍熙收拾聚作收拾下。又与词纪词林白雪直饮俱作只饮。伤心俱作伤。（二煞）明大字本及何钞本太平乐府定害俱作定缴。雍熙蚕作残。末句作年少貌潜消。又与词纪词林白雪破思虑俱作被思虑。定害俱作浑着。（尾）太平雍熙词纪词林白雪清镜俱作青镜。剩添俱作胜添。

〔越调〕斗鹌鹑

闺　情

挑绣也无心。茶饭不应口。付能打撺起伤春。谁承望睚不过暮

秋。暗想情怀。心儿里自羞。两件儿。出尽丑。脸淡似残花。
腰纤如细柳。

〔紫花儿〕愁的是针拈着玉笋。怕的是灯点上银釭。恨的是帘控
着金钩。赤紧的爷娘又不解。语话也难投。休休。快及煞眉儿
八字愁。靠谁成就。凤只鸾孤。几时能够。燕侣莺俦。

〔么〕想杀我也枕头儿上恩爱。盼杀我也怀抱儿里多情。害杀我
也被窝儿里风流。浑身上四肢沉困。迅指间一命淹留。休休。
方信道相思是歹证候。害的来不明不久。是做的沾粘。到如今
泼水难收。

〔尾〕实丕丕罪犯先招受。直到折倒了庞儿罢收。若不成就美满
好姻缘。则索学文君驾车走。太平乐府七　雍熙乐府一三　北宫词纪六

雍熙乐府不注撰人。北宫词纪题作闺怨。○（斗鹌鹑）明大字本太平乐府及雍
熙撰俱作叠。词纪能打撰作能够打迭。（紫花儿）明大字本太平乐府及雍熙词
纪快及俱作央及。词纪点上作照上。（么）雍熙是做的作事做的。（尾）元刊本
瞿本太平乐府折作拆。兹从元刊八卷本等太平乐府及雍熙词纪。

吕天用

生平不详。

套数

〔南吕〕一枝花

白　莲

瑶池施素妆。洛浦夸清景。庐山传绝艳。太华擅高名。秋水澄
澄。洗得胭脂净。淡梳妆百媚生。裁剪下雪腻香柔。包含尽风
清露冷。

〔梁州〕纵不虢国女承恩楚阃。多管是太真妃出浴华清。水云乡喧满秋娘性。也不羡红妆翠盖。金屋银嶹。铅华绛彩。绣络珠璎。他则待占秋江独步倾城。倚秋江压尽繁英。他生得脸儿媚脉脉盈盈。长得腰儿瘦风风韵韵。立的个影儿孤褭褭婷婷。这些。可人。晚凉睡杀鸳鸯颈。与秋月淡相映。天遣嫦娥下太清。来赴蓬瀛。

〔煞〕满池玉蕊连枝莹。一片琼葩彻骨清。绿杨影里画船轻。趁一派歌声。十里波光如镜。俺本待闲遣水云兴。被藕丝嫩把柔肠厮系定。越教人惹恨牵情。

〔随尾〕休只管妆添泽国三秋景。我则怕狼藉江乡一夜冰。虽宜同根栽并蒂生。受了些莲心苦。割不断连理情。若不采莲人把你手掌内奇擎。明日西风起替得你凌波袜儿冷。太平乐府八　雍熙乐府一〇　北宫词纪四　北词广正谱引煞

雍熙乐府不注撰人。〇(一枝花)太平乐府及雍熙腻俱作赋。明大字本太平乐府无梳字。(梁州)明大字本太平乐府纵不作纵不如。楚阃作紫阃。立的个作立得。嫦作姮。元刊本等太平乐府璎作环。兹从何钞本。雍熙纵不作纵不是。络作珞。璎作琼。长得作他生的。瘦作细。这些作这个。嫦作姮。词纪秋江作秋波。立作他立。这些三句作。风流。可憎。满池玉蕊连枝莹。末二句作。一片琼葩彻骨清。多少芳馨。馀俱同雍熙。(煞)雍熙四句无趁字。词纪无此支。(随尾)元刊太平乐府景作星。元刊八卷本瞿本作景。与雍熙词纪合。明大字本作兴。雍熙六句不作不是。把你作他把你在。内作儿里。明日西风起替得作我怕那西风明日起吹的。词纪俱同雍熙。

秋　蝶

数声孤雁哀。几点昏鸦噪。桂花随雨落。梧叶带霜雕。园苑萧条。零落了芙蓉萼。见一个玉胡蝶体态娇。描不成雅淡风流。画不就轻盈瘦小。

〔梁州〕难趁逐莺期月夜。怎追随燕约花朝。栖香觅意谁知道。春光错过。媚景轻抛。虚辜艳杳。忍负夭桃。梦魂杳不在花梢。精神懒岂解争高。喜孜孜翠袖兜笼。娇滴滴玉纤捻搭。笑吟吟罗扇招摇。替他。窨约。秋深何处生芳草。残菊边且胡闹。不似姚黄魏紫好。忍负良宵。

〔隔尾〕金风不念香须少。玉露那怜粉翅娇。风露催残冷来到。艳阳时过了。暮秋天怎熬。将一捻儿香肌断送了。_{太平乐府八　雍}

熙乐府一〇　北宫词纪四　词林白雪四

雍熙乐府不注撰人。词林白雪入咏物类。〇（梁州）太平乐府错过作挫过。夭桃作妖桃。孜孜作姿姿。明大字本太平乐府作孜孜。词纪词林白雪岂解争高俱作怪杀墙高。（隔尾）明大字本太平乐府粉翅作蝶翅。

杨立斋

生平不详。别有一曲家杨立斋。曲见南宫词纪。乃明人。

套数

〔般涉调〕哨遍

张五牛商正叔编双渐小卿。赵真卿善歌。立斋见杨玉娥唱其曲。因作鹧鸪天及哨遍以咏之。

〔鹧鸪天〕烟柳风花锦作园。霜芽露叶玉装船。谁知皓齿纤腰会。只在轻衫短帽边。啼玉麈。咽冰弦。五牛身后更无传。词人老笔佳人口。再唤春风到眼前。

〔哨遍〕世事抟沙嚼蜡。等闲荣辱休惊讶。日月不饶咱。晓窗前拂净菱花。试觑咱。虽是闲愁无种。闲闷无芽。子敢衔种出星星发。知进退宜休罢。便今日苏秦六国。明日早贾谊长沙。不如买牛学种洛阳田。抱瓮自浇邵平瓜。向甚云栈挥鞭。沧海撑舟。斗牛泛槎。

〔么〕好向名利场中一纳头。剩告取些松宽暇。且莫住山凹。清闲中不见个生涯。问甚末。南邻富贵。北里奢华。只有此身无价。幸遇明时德化。除徭役拯济贫乏。救得这困鱼腮惊急列地脱了香钩。盖因那饿虎血模糊地污了烟樨。方表圣德无加。

〔耍孩儿〕对江山满目真堪画。休把这媚景良辰作塌。清风明月不拈钱。闻未老只合欢洽。问甚往来燕子春秋社。说怎末辛苦蜂儿早晚衙。休呆发。便得征西车马。争如杜曲桑麻。

〔么〕莫将愁字儿眉尖上挂。得一笑处笑一时半霎。百钱长向杖头挑。没拘束到处行踏。饥时节选着那六局全食店里添些个气。渴时节拣那百尺高楼上咽数盏儿巴。更那碗清茶罢。听俺几回儿把戏也不村呵。

〔七煞〕据小的每噞。大厮八。着几条坐木做陈蕃榻。谢尊官肯把荒场降。劳贵脚还将贱地来踏。棚上下。对文星乐宿。唱唱吵吵。

〔六〕前汉又陈。后汉又乏。古尚书团揞损殷周夏。五代史止是谈些更变。三国志无过说些战伐。也不希咤。终少些团香弄玉。惹草粘花。

〔五〕这个才子文艺高。那个佳人聪俊雅。可知道共把青鸾跨。一个是纱巾蕉扇睁睁道。一个是翠厣金毛俏鼻凹。无人坐。一个是玉堂学士。一个是金斗名娃。

〔四〕又有个员外村。有个商贾沙。一弄儿黑漆筋红油靶。一个向丽春园大碗里空唻了酒。一个扬子江江船中就与茶。精神儿大。著敲棍也门背后合伏地巴背。中毒拳也教铛里仰卧地寻叉。

〔三〕而今汝阳斋掩绿苔。豫章城噪晚鸦。金山寺草长满题诗塔。唯有长天倒影随流水。孤鹜高飞送落霞。成潇洒。但见云间汀树。不闻江上琵琶。

〔二〕静悄悄的谁念他。冷清清的谁问他。尚有人见鞍思马。张五牛创制似选石中玉。商正叔重编如添锦上花。碎把那珠玑撒。四头儿热闹。枝节儿熟滑。

〔一〕俺学唱咱。学说咱。谁敢和前辈争高下。赵真真先占了头名榜。杨玉娥权充个第二家。替佛传法。锣敲月面。板撒红牙。

〔尾〕须不教一句儿讹。半字儿差。唱一本多愁多绪多情话。教您听一遍风流浪子煞。太平乐府九　雍熙乐府七　北词广正谱引哨遍　青楼集词品拾遗词综历代诗馀等引鹧鸪天

　　雍熙乐府题作知休。不注撰人。无序文及鹧鸪天词。○(鹧鸪天)太平乐府霜芽作烟芽。皓齿作皓首。兹从青楼集词品拾遗词综等。青楼集身后作身去。到眼前作在眼前。词品拾遗俱同。词综题作听杨玉娥唱故人所撰曲有感。锦作园作锦簇筵。玉屦作粉屦。五牛身后作旧游一去。老笔作彩笔。历代诗馀题作听杨玉娥唱故人撰曲。注无名氏作。词同词综。(哨遍)瞿本太平乐府向甚作白甚。北词广正谱宜休罢作宜休宜罢。明日早作早明日。向甚作白甚。(耍孩儿)瞿本太平乐府校改不拈作不须。雍熙媚景作美景。只合作只今。(么)元刊太平乐府听俺回儿以下曲文全脱。误与高安道哨遍皮匠说谎套数之后半接合。雍熙亦因其误。兹据瞿本太平乐府补。

王　氏

　　王氏。大都歌妓。

套数

〔中吕〕粉蝶儿

寄情人

江景萧疏。那堪楚天秋暮。战西风柳败荷枯。立夕阳。空凝伫。

江乡古渡。水接天隅。眼弥漫晚山烟树。

〔醉春风〕寂寞日偏长。别离人最苦。把一封正家书改做诈休书。冯魁不睹是将我来娶。娶。知他是身跳龙门。首登虎榜。想这故人何处。

〔红绣鞋〕往常时冬里卧芙蓉茵褥。夏里铺藤蕈纱幬。但出门换套儿好衣服。不应冯魁茶员外。茶员外钞姨夫。我则想俏双生为伴侣。

〔迎仙客〕见一座古寺宇。盖造得非常俗。见一个僧人念经掐着数珠。待道是小阇梨。却原来是老院主。俺是个檀越门徒。问长老何方去。

〔石榴花〕看了那可人江景壁间图。妆点费工夫。比及江天暮雪见寒儒。盼平沙趁宿。落雁无书。空随得远浦帆归去。渔村落照船归住。烟寺晚钟夕阳暮。洞庭秋月照人孤。

〔斗鹌鹑〕愁多似山市晴岚。泣多似潇湘夜雨。少一个心上才郎。多一个脚头丈夫。每日价茶不茶饭不饭百无是处。教我那里告诉。最高的离恨天堂。最低的相思地狱。

〔普天乐〕腹中愁。诗中句。问甚么失题落韵。跨骣骑驴。想着那得意时。着情处。笔尖题到伤心处。不由人短叹长吁。嘱付你僧人记取。苏卿休与。知他双渐何如。

〔上小楼〕怕不待开些肺腑。都向诗中分付。我这里行想行思。行写行读。雨泪如珠。都是些道不出。写不出。忧愁思虑。了不罢声啼哭。

〔么〕他争知我嫁人。我知他应过举。翻做了鱼沉雁杳。瓶坠簪折。信断音疏。咫尺地半载馀。一字无。双郎何处。我则索随他泛茶船去。

〔十二月〕无福效同俦并侣。有分受枕剩衾馀。想起来相思最苦。

空教人好梦全无。擗飞了清歌妙舞。受了些寂寞消疏。

〔尧民歌〕闪得人凤凰台上月儿孤。趁帆风势下东吴。我这里安桅举棹泛江湖。到不如沉醉罗帏倩人扶。踌躇。踌躇。天边雁儿遥。枉把佳期误。

〔耍孩儿〕这厮不通今古通商贾。是贩卖俺愁人的客旅。守着这厮愁闷怎消除。真乃是牛马而襟裾。斗筲之器成何用。粪土之墙不可圬。想俺爱钱娘乔为做。不分些好弱。不辨贤愚。

〔三煞〕娘呵你好下得好下得。忒狠毒忒狠毒。全没些子母情肠肚。则好教三千场失火遭天震。一万处疔疮生背疽。怎不教我心中怒。你在钱堆受用。撇我在水面上遭徒。

〔二〕我上船时如上木驴。下舱时如下地府。靠桅杆似靠着将军柱。一个随风倒柁船牢狱。趁浪逐波乘槛车。伴着这魆人物。便似冤魂般相缠。日影般相逐。

〔一〕他正是冯魁酒正浓。苏卿愁起初。下船来行到无人处。我比娥皇女哭舜添斑竹。比曹娥女泣江少一套孝服。则怕他瞧破俺情绪。推眼疾偷掩痛泪。佯呵欠带几声长吁。

〔尾〕比我这泪珠儿何日干。愁眉甚日舒。将普天下烦恼收拾聚。也似不得苏卿半日苦。太平乐府八　词林摘艳三　词谑　雍熙乐府六　北宫词纪六

> 词谑题作赶苏卿。雍熙乐府题作苏卿诉苦。不注撰人。北宫词纪题作咏赶苏卿寄情。○(粉蝶儿)太平乐府摘艳雍熙战俱作占。摘艳词谑雍熙词纪那堪俱作更那堪。瞿本太平乐府词纪夕阳俱作斜阳。(醉春风)太平乐府娶字未叠。摘艳改做下有了字。内府本摘艳想这上有我字。词谑词纪改做下有了字。雍熙诈作假。将我上无是字。(红绣鞋)太平乐府下一员外上无茶字。元刊八卷本瞿本太平乐府及摘艳出门俱作出人。明大字本太平乐府藤萧作藤簟。套儿作套。词谑藤席作藤簟。出门作出人。不应作不恋丑。五句作无字碑钞姨夫。词纪同词谑。(迎仙客)摘艳掐着作掐。词谑非常俗作忒非俗。三句作僧人念经掐数

珠。词纪原来下无是字。馀同词谑。（石榴花）摘艳船归住作舟归住。夕阳暮作凄然度。词谑江景作风景。船归住作舟方住。夕阳暮作凄然度。词纪帆归作归帆。馀同词谑。（斗鹌鹑）元刊太平乐府晴岚作晴蓝。脚头作角头。元刊八卷本瞿本明大字本俱作晴岚。明大字本作脚头。内府本摘艳脚头二字叠。百无作百无个。最高的最低的下俱有是字。雍熙泣作泪。百无作百没。词纪山市作山寺。（普天乐）内府本摘艳騆作騬。词谑跨騆作跨蹇。七句作笔尖题出惊人句。由人作由我。休与作留语。雍熙跨騆作跨马。词纪俱同词谑。（上小楼）摘艳肺腑作肺腹。了不作子不。重增本雨泪作两泪。内府本了不作则不如。词谑首句作怕不待剖开肺腹。雨泪作两泪。道不出写不出作写不出道不出。末句作阁著笔一声声啼哭。雍熙末句作忍不住放声啼哭。词纪同词谑。惟腹仍作腑。（么）太平乐府于应作么字处有一是字。据明大字本是为么之讹。他应过举上无我知二字。我则索作我则爱。兹俱从雍熙。摘艳我知作我争知。词谑同摘艳。惟嫁下有了字。词纪俱同词谑。（十二月）摘艳同俦并侣作莺俦燕侣。想起来作想起那。擗飞作空负。词谑最苦作苦。擗飞作辜负。馀同摘艳。词纪最苦作病苦。馀同词谑。（尧民歌）摘艳安桅作安排。躇踌二字不叠。雁儿作雁影。词谑帆作一帆。馀同摘艳。内府本摘艳起句上有呀字。雁儿遥作雁影孤。雍熙末二句作。天边雁儿无。遥望把佳期误。词纪帆作一帆。雁儿作雁影。（耍孩儿）太平不辨作不卞。摘艳守着这厮作守着他。牛马作马牛。为做作为故。词谑这厮愁闷作他忧闷。牛马下无而字。为做作为故。些好弱作好歹。词纪同词谑。惟仍作为做。（三煞）元刊太平一万作一两。元刊八卷本瞿本明大字本作一万。摘艳钱堆作钱堆上。词谑子母情作情爱牵。遭天震作皇天震。钱堆作钱堆上。遭徒作沉浮。明大字本太平雍熙遭徒俱作遭荼。词纪同词谑。（二）元刊本瞿本太平柁作拖。乘槛作承陷。兹从明大字本太平及雍熙。太平便似作使似。摘艳乘槛作承陷。魋作丑。便似作恰便似。词谑魋作乔。馀同摘艳。雍熙三句无着字。便似作便如。词纪同词谑。（一）太平掩作奄。兹从雍熙。摘艳掩作淹。词谑首句无他正是三字。五句无比字及一套二字。他瞧破俺作瞧破俺真。掩作淹。带儿声作假带。雍熙泣江作哭江。情绪上有离字。词纪同词谑。（尾）明大字本太平比我作叹我。摘艳比作则。收拾作都收。词谑首二句作。泪珠何日干。愁眉不得舒。收拾作全堆。雍熙似不作不似。词纪同词谑。惟三句无将字。

张鸣善

鸣善名择。号顽老子。平阳人。家于湖南。流寓扬州。官宣慰司令史。录鬼簿续编云。有英华集行于世。苏昌龄杨廉夫拱手服其才。著杂剧三种。烟花鬼。夜月瑶琴怨。草园阁。今俱不存。涵虚子论曲。谓鸣善之词藻思富瞻。烂若春葩。诚一代之作手。

小令

〔正宫〕脱布衫过小梁州

草堂中夏日偏宜。正流金烁石天气。素馨花一枝玉质。白莲藕样弯琼臂。门外红尘衮衮飞。飞不到鱼鸟清溪。绿阴高柳听黄鹂。幽栖意。料俗客几人知。〔么〕山林本是终焉计。用之行舍之藏兮。悼后世追前辈。对五月五日。歌楚些吊湘累。太和正音谱上　九宫大成三三　元明小令钞收小梁州

九宫大成样作两。元明小令钞舍之作舍则。对作到。

〔中吕〕普天乐

咏　世

洛阳花。梁园月。好花须买。皓月须赊。花倚栏干看烂熳开。月曾把酒问团圆夜。月有盈亏花有开谢。想人生最苦离别。花谢了三春近也。月缺了中秋到也。人去了何日来也。盛世新声戌集　词林摘艳一　乐府群珠四　元明小令钞

盛世新声无题。词林摘艳题作咏世。盛世新声所收之曲皆不注撰人。其戌集之普天乐三十首摘艳亦依次收之。于第一首（即此曲）注元张鸣善小令。以下二十九首皆未注前人。乐府群珠亦收此三十首。但分列数处。此首题作叹世。注

张鸣善作。作者姓名下未依例注明所收曲数。其中有二首注玄虚仙子作。馀曲
不注撰人。彩笔情辞元明小令钞选其馀二十九首中之曲。则注张鸣善作。信疑
参半。兹姑就其已选者辑之。○群珠倚栏干上有也曾二字。月曾作月也曾。

赠　妓

口儿甜。庞儿俏。性格儿稳重。身子苗条。多情杨柳腰。春暖
桃花靥。见人便厌的拜忽的羞吸的笑。引的人魄散魂消。人前
面看好。樽席上出色。手掌里擎着。盛世新声戌集　词林摘艳一　乐府
群珠四　彩笔情辞二

　　盛世新声词林摘艳俱无题。下五首同。乐府群珠题作赠妓。彩笔情辞题作赠美
　　妓。仅情辞明注张鸣善作。○群珠身子下有儿字。情辞同。情辞厌的作奄的。
　　前面作面前。

遇　美

海棠娇。梨花嫩。春妆成美脸。玉捻就精神。柳眉颦翡翠弯。
香脸腻胭脂晕。款步香尘双鸳印。立东风一朵巫云。奄的转身。
吸的便哂。森的销魂。盛世新声戌集　词林摘艳一　乐府群珠四　彩笔情
辞九

　　乐府群珠题作春闺思。彩笔情辞题作遇美。仅情辞明注张鸣善作。○盛世新声
　　词林摘艳弯俱作湾。奄俱作淹。群珠美脸作媚色。香脸作杏脸。奄字涂改模
　　糊。末二句作。嘻的暗哑。参的销魂。又改参为划。情辞玉捻作玉捏。香脸作
　　香颊。森的作嗽的。

雨才收。花初谢。茶温凤髓。香冷鸡舌。半帘杨柳风。一枕梨
花月。几度凝眸登台榭。望长安不见些些。知他是醒也醉也。
贫也富也。有也无也。盛世新声戌集　词林摘艳一　乐府群珠四　元明小
令钞

　　此曲在盛世新声等四书中皆无题。仅元明小令钞明注张鸣善作。

既待舍之藏。何用沽诸价。清闲活计。冷淡生涯。采灵芝西海

边。看黄菊东篱下。乐乐陶陶无牵挂。三般儿到处里堪夸。或是
向东篱看花。或是在东门种瓜。或是去东里为家。<small>盛世新声戌集　词</small>
<small>林摘艳一　乐府群珠四　元明小令钞</small>

> 仅元明小令钞明注张鸣善作。〇盛世新声等陶陶俱作淘淘。兹从小令钞。

雨儿飘。风儿飏。风吹回好梦。雨滴损柔肠。风萧萧梧叶中。
雨点点芭蕉上。风雨相留添悲怆。雨和风卷起凄凉。风雨儿怎当。
雨风儿定当。风雨儿难当。<small>盛世新声戌集　词林摘艳一　乐府群珠四　元明</small>
<small>小令钞</small>

> 仅元明小令钞明注张鸣善作。群珠题作愁怀。

讲诗书。习功课。爷娘行孝顺。兄弟行谦和。为臣要尽忠。与
朋友休言过。养性终朝端然坐。免教人笑俺风魔。先生道学生
琢磨。学生道先生絮聒。馆东道不识字由他。<small>盛世新声戌集　词林摘</small>
<small>艳一　乐府群珠四　元明小令钞</small>

> 仅元明小令钞明注张鸣善作。群珠题作嘲西席。〇盛世新声七句脱性字。小令
> 钞讲作诵。朋友上无与字。

〔双调〕水仙子

讥　时

铺眉苫眼早三公。裸袖揎拳享万钟。胡言乱语成时用。大纲来
都是烘。说英雄谁是英雄。五眼鸡岐山鸣凤。两头蛇南阳卧龙。
三脚猫渭水非熊。<small>辍耕录二八　尧山堂外纪七六</small>

> 辍耕录尧山堂外纪此曲作者皆作张明善。应即是张鸣善。〇辍耕录裸袖作裸
> 衲。都是作都视。尧山堂外纪非熊作飞熊。

草堂中无事小神仙。垂杨柳丝丝长翠撚。碧琅玕掩映梨花面。
似丹青图画展。被芳尘清景留连。蟾蜍滴墨磨雀砚。鹧鸪词香
飘凤笺。狻猊炉烟袅龙涎。<small>盛世新声戌集　词林摘艳一</small>

> 盛世新声无题。不注撰人。原刊本词林摘艳题作富乐。注皇明张鸣荫作。荫应

为善之讹。徽藩本摘艳鸣善讹作写善。彩笔情辞元明小令钞选以下二首。皆注张鸣善。亦以荫应作善。云皇明者。盖因鸣善由元入明也。

嘱香醪一醉再休醒。半霎里千般俏万种情。孟郊寒贾岛瘦相如病。刚滴留得老性命。偏今宵梦境难成。做甚么月儿昏昏瞪瞪。阿的般人儿孤孤另另。些娘大房儿冷冷清清。盛世新声戌集　词林摘艳一　彩笔情辞一一

仅彩笔情辞明注张鸣善作。题作题情。○盛世情辞半霎里俱作半霎醒。摘艳甚么作是么。

东村饮罢又西村。熬尽田家老瓦盆。醉归来山寺里钟声尽。趁西风驴背稳。一任教颠倒了纶巾。稚子多应困。山妻必定盹。多管是唤不开柴门。盛世新声戌集　词林摘艳一　元明小令钞

仅元明小令钞明注张鸣善作。

失宫调牌名

咏　雪

漫天坠。扑地飞。白占许多田地。冻杀吴民都是你。难道是国家祥瑞。尧山堂外纪七六

吴民原作无民。据外纪云。张士诚据苏时。其弟士德攘夺民田以广园囿。鸣善作此曲讥之。故疑无民应为吴民之讹。如作吾民亦通。

套数

〔中吕〕粉蝶儿

思　情

雾鬓云鬟。楚宫腰素妆打扮。恰便似玉天仙谪降人间。殢人娇。良人种。误遭一难。虽然与风月同班。比其馀自然中看。
〔醉春风〕他若是愁锁翠春山。笑时花近眼。玉娉婷慵整倦妆奁

常好是懒。懒。翡翠裙低。凤凰钗重。麝兰香散。

〔迎仙客〕相逢到数载馀。别离了两三番。则俺那美人儿恰才在这筵席间。美酒泛金波。闲歌随象板。投至的欢意阑珊。那其间彼各皆分散。

〔普天乐〕分散后再相逢。再相逢空长叹。人有愿天心必应。天心应人愿何难。纤腰如杨柳枝。粉脸似桃花瓣。桃柳争妍花开绽。见年年桃柳开残。人生百年。无心思忖。有限朱颜。

〔十二月〕苏小卿风尘意懒。双通叔名利相干。虽不学双生是对手。也合与苏氏同班。虽葬在黄丘土滩。名播在天上人间。

〔尧民歌〕呀。自古来知音相会果应难。争奈这少年心终岁受孤单。休将这凤凰栖老碧梧寒。投至的雁鸣莺呖杏花残。愁烦。琵琶手倦弹。这埚儿休扭做了浔阳岸。

〔啄木儿煞〕花钿额上贴。赤绳足下拴。少年心终久相轻慢。坚心无惮。准备着洞房花烛报平安。盛世新声辰集　词林摘艳三　雍熙乐府六　彩笔情辞九　九宫大成一三引啄木儿煞

　　盛世新声重增本内府本词林摘艳俱无题。不注撰人。原刊本徽藩本摘艳题作思情。注皇明张鸣善作。雍熙乐府题作寄情。不注撰人。彩笔情辞题作情感。北词广正谱迎仙客曲附注引雾鬓云鬟一句。与情辞俱注张鸣善作。○（粉蝶儿）雍熙楚宫作汉宫。又与情辞打扮俱作浅扮。一难俱作魔难。（醉春风）雍熙首句作愁也翠眉攒。三句作玉娉婷一朵好花开。常好是作行一步儿。情辞首句同雍熙。整倦作对晓。常好是作行一步儿。钗重作钗斢。（迎仙客）雍熙首句无到字。二句作别后几千番。恰才在这筵席作恰才恰筵宴。金波作金卮。闲歌作弦歌。情辞恰才在这筵席作却才筵宴。馀俱同雍熙。（普天乐）雍熙二句作相逢后空嗟叹。纤腰下无如字。粉脸似作脸嫩。争妍作年年。见年年作年年见。无心思忖作百年有限。情辞俱同雍熙。（十二月）盛世摘艳对手俱作对首。兹从雍熙情辞。雍熙作十二月尧民歌。带过次曲。三句起作。小生非双生对手。可人与苏氏平肩。他每身虽葬黄泉土壤。名犹在天上人间。情辞仍分二曲。曲文同雍熙。惟小生作我虽。可人作伊却。虽葬作已葬。（尧民歌）雍熙少年上

无这字。休将这作休等的。雁鸣莺呖作莺燕和鸣。此句以下作。相干。相干琵琶信手弹。这搭儿里生扭做浔阳岸。情辞无自古来三字。果应作古来。这少年心作少年。将这作等得。雁鸣莺呖作莺燕和鸣。愁烦二字叠。下同雍熙。惟末句无里字。(啄木儿煞)雍熙情辞曲牌俱作净瓶儿煞。雍熙三句作争奈少年心思使相轻慢。末句报平安作带同绾。情辞少年上有只怕二字。报平安作带回绾。

〔越调〕金蕉叶

怨　别

讲燕赵风流莫比。说秦晋姻缘怎及。论吴越精神未已。配南楚仪容最美。

〔调笑令〕楚仪。美人兮。薄注樱唇浅画眉。凤钗斜插乌云髻。衬冰绡玉葱纤细。轻颦浅笑声渐低。这风流几个人知。

〔秃厮儿〕花正好香风细细。柳初柔良夜辉辉。占定个红娇绿柔花月国。花簇簇。柳依依。也波相宜。

〔圣药王〕花影移。月影移。留花酰月饮琼杯。风力微。酒力微。乘风带酒立金梯。风月满樽席。

〔络丝娘〕三生梦一声唱回。一场舞三生梦里。万劫千年不容易。也是前缘前世。

〔尾声〕就今生设下来生誓。来生福是今生所积。拚死在连理树儿边。愿生在鸳鸯哩儿里。盛世新声戍集　词林摘艳一〇　彩笔情辞三　北词广正谱引圣药王　九宫大成二八引全套

　　盛世新声无题。原刊本重增本词林摘艳题作怨别。徽藩本摘艳有阙文。仅存尾声。内府本摘艳无此套。彩笔情辞题作娇欢。盛世新声不注撰人。北词广正谱引圣药王一支。注刘庭信作。馀书俱注张鸣善作。九宫大成据摘艳。〇(金蕉叶)情辞风流作风标。(调笑令)重增本摘艳情辞浅画眉俱作懒画眉。情辞楚仪作羡伊。(圣药王)大成樽席作樽时。(络丝娘)重增本摘艳也是下有我字。情

辞同。(尾声)重增本摘艳福下无是字。大成鸣作队。

赵　莹

生平不详。姓名及曲仅见何梦华藏钞本太平乐府。

小令

〔正宫〕塞鸿秋

题　情

玉人不见徒劳望。相思两地音书旷。挥毫难写断肠文。枕几惟添愁旅况。只为美人情。空取时人谤。何时再得相亲傍。何梦华钞本太平乐府一

邦　哲

生平不详。姓名及曲仅见何梦华藏钞本太平乐府。

小令

〔双调〕寿阳曲

思　旧

初相见。意思浓。两下爱衾枕和同。销金帐春色溶溶。云雨期真叠叠重重。何梦华钞本　太平乐府二

谁知道。天不容。两三年间抛鸾拆凤。苦多情朝思夜梦。害相思沉沉病重。何梦华钞本　太平乐府二

尔在东。我在西。阳台梦隔断山溪。孤雁唳夜半月凄凄。再相

逢此生莫期。_{何梦华钞本}　_{太平乐府二}

李伯瞻

　　伯瞻号熙怡。据吴澄吴文正公集知即李屺。详见元曲家考略。

小令

〔双调〕殿前欢

省　悟

去来兮。黄花烂熳满东篱。田园成趣知闲贵。今是前非。失迷途尚可追。回头易。好整理闲活计。团栾灯花。稚子山妻。_{太平乐府一}

去来兮。黄鸡啄黍正秋肥。寻常老瓦盆边醉。不记东西。教山童替说知。权休罪。老弟兄行都申意。今朝溷扰。来日回席。_{太平乐府一}

　　元刊本权休罪作权休醉。兹从元刊八卷本瞿本。瞿本申作道。

去来兮。青山邀我怪来迟。从他傀儡棚中戏。举目扬眉。欠排场占几回。痴儿辈。参不透其中意。止不过张公喫酒。李老如泥。_{太平乐府一}

　　瞿本末句作李公醉泥。兹从元刊本等。

到闲中。闲中何必问穷通。杜鹃啼破南柯梦。往事成空。对青山酒一钟。琴三弄。此乐和谁共。清风伴我。我伴清风。_{太平乐府一}

驾扁舟。云帆百尺洞庭秋。黄柑万颗霜初透。绿蚁香浮。闲来饮数瓯。醉梦醒时候。月色明如昼。白苹渡口。红蓼滩头。_{太平乐府一}

明大字本此首之前有题目闲咏所怀四字。○瞿本洞庭秋作洞宾游。

好闲居。百年先过四旬馀。浮生待足何时足。早赋归欤。莫遑遑盼仕途。忙回步。休直待年华暮。功名未了。了后何如。太平乐府一

醉醺醺。无何乡里好潜身。闲愁心上消磨尽。烂熳天真。贤愚有几人。君休问。亲曾见渔樵论。风流伯伦。憔悴灵均。太平乐府一

残曲

〔双调〕殿前欢

水云乡。一钩香饵钓斜阳。眉尖不挂闲思想。太平乐府一

此首原有阙文。明大字本全删去。

杨舜臣

生平不详。罗本阳春白雪原作此名。案。北词广正谱仙吕混江龙第七格。即此套之曲。而所注撰人为汤舜卿。广正谱系刻本。殊少讹字。似可据。

套数

〔仙吕〕点绛唇

慢　马

四只粗蹄。一条乌尾。鬃垂地。搭上鞍骑。二三百棍行三四里。〔混江龙〕怎做的追风骏骥。再生不敢到潭溪。几曾见卷毛赤兔。凹面乌骓。美良涧怎敌胡敬德。虎牢关难战莽张飞。能食水草。不会奔驰。倦嘶喊。懒骀骤。曾几见西湖沽酒楼前系。怎消得

绣韂蒙雨。锦帐遮泥。

〔后庭花煞〕叹梁园芳草萋。怕蓝关瑞雪飞。为爱背山咏。任教杜宇啼。空吃得似水牛肥。你可甚日行千里。报主人恩。何日把韁垂。罗本阳春白雪后集卷一

(点绛唇)广正谱混江龙第七格所引此调。首句作四只粗蹄。案。罗本原作鹿。此套既咏慢马。不应云鹿蹄。鹿行固速也。(混江龙)罗本会原误为祭。兹从广正谱。广正谱骥作骑。卷作捲。胡作鬍。罗本能食原作能入。据广正谱改。

王大学士

生平不详。

套数

〔仙吕〕点绛唇

探卷抽签。看书学剑。皆是虚谄。指望待折桂攀蟾。谁承望无凭验。

〔混江龙〕少年风欠。老来羸得病恹恹。自忖身居村野。几时曾再想闾阎。四面土墙缺处补。二椽茅屋破时添。且把时光渐。落一个身心自在。煞强如名利拘箝。

〔油葫芦〕村院里闲游情正忺。将农可检。见几个牧童儿杂耍可观瞻。一个扮老先生㑇撇撇衠寒脸。一个做小学士舌剌剌全胡念。一个射天指日月到处里拿。一个捞藏模模一地里潜。一个拖着竹扫箒学开店。一个推着木古鲁卖油盐。

〔天下乐〕一个黄桑叶拈将来额上粘。一个那里磨镰。一个将榆树舔。一个树梢头啅歌不怕险。一个吊小鬼的灰抹眉。一个扮判官的墨画了髯。一个扮牛王着土抢脸。

〔后庭花〕一个调灰驴的将脚面闪。一个学相扑的手腕来搧。一个革刃将葫瓜割。一个棘针将酸枣签。一个把鹊儿拈。一个手拖着蒻片。一个瓦碰碰衮罢合搋。一个泥窝窝摔破合添。

〔柳叶儿〕一个把绿蓑衣披苦。一个将布留儿飚。一味的掀挦。一个撮金钱手搭着衣襟验。一个寻方斗任谁嫌。一个挑蜂窠不离房檐。

〔尾〕一个拾砖块把答儿尖飚。一个寻瓦片把拖车儿掂。一个倒骑黄牛紧踮。一个碓椿上 学将纱钞检。一个学卖卦将泪眼偷淹。一个学跛懒痂瘫。一个把嫩草叶拾将来把布衫儿染。一个擂沿飘的休谄。一个敲铜盆的手倩。一个向柳阴中学舞一张枚。罗本
阳春白雪后集卷一

〔仙吕〕点绛唇

丰稔年华。酒旗斜插。茅檐下。小桥流水人家。一带山如画。

〔混江龙〕桔槔闲挂。呼童汲水旋烹茶。柔桑茬苒。古柏槎牙。雾锁草桥三四横。烟笼茅舍数十家。岗盘曲畎兜答。莺迁乔木丘篆。一个鸥鹭水面。雁落平沙。喧檐宿雀。啼树栖鸦。柴扉吠犬。鼓吹鸣蛙。侬家鹦鹉洲。不入麒麟画。百姓每讴歌鼓腹。一弄儿笑语喧哗。

〔油葫芦〕刚儿一百个儿童刀刀厥厥的耍。更那堪景物佳。一个将尧民歌乱唱的令儿差。一个疋飚扑蕜蕜擂鼓无高下。一个支周知挣羌管吹难收煞。一个水盆里击着料瓜。一个拖床上拍着布瓦。一个一张枚舞得了千斤乍。一个学舞斗虾蟆。

〔天下乐〕一个道一阵黄风一阵沙。一个天生丑势煞。一个无店三碌轴上闲坐衙。一个将斤斗番。一个将背抛打。一个响扑儿学咯牙。

〔那吒令〕一个向瓜田里坐树乱扯。一个向枣树上胡颩乱打。一个向古墓上番砖弄瓦。一个扯着衣衫。一个揪住棍把。一个播土扬沙。

〔鹊踏枝〕一个眼麻花。一个手支沙。一个浅水涡里摸鳖捞虾。一个见麒麟打煞。一个舞着唱着匾担禾叉。

〔寄生草〕一个擎着山鹞。一个架着老鸦。一个向柳阴中笑把人头画。一个向桑园里学揭龟儿卦。一个向墙匡里引的芒郎骂。一个跳灰驴大闹麦场头。一个踏竹马偃卧在葫芦架。

〔金盏儿〕一个叫丫丫。一个笑呷呷。一个棘斜混倒上树千般耍。一个山声野调学唱搅筝琶。一个斗巨子抢了嘴问。一个竖直立的磕了门牙。一个无人处寻豆角。一个背地里咽生瓜。

〔村里迓鼓〕一个放顽撒泼。一个唱歌厮骂。一个村村捧捧牛撒檄乔画。一个狗打肝腌臜相欠欠答答。一个弹的搯。一个舞的虾。一个唱的哑。一个水底浑如纳瓜。

〔元和令〕一个舞乔捉蛇呆木答。一个舞屄里蛆的法刀把。一个跳百索攧背儿仰刺叉。一个一个儿窝的眼又瞎。一个将纸鸦儿放起盼的人眼睛花。一个递撒牛的没乱杀。

〔上马娇〕一个村。一个又沙。一个丑嘴脸特胡沙。一个将花桑树纽捏搬调话。一个打和的差。一个不刺着簸箕拨琵琶。

〔胜葫芦〕一个恐惊林外野人家。一个道休厮闹。一个道嗟牙。一个赛牛王香纸方烧罢。一个将磁瓯瓦钵。一个不门清光滑辣。一个没鼻子喃浑醋。

〔后庭花〕一个搠蝙蝠踏破瓦。一个竖牵牛扯了尾拔。一个摸鹁鸽掀番盖。一个打班鸠的击碎砗。一个岸边打滑擦。一个头尖眼大。一个莎岗上扑马扎。一个游泥蚌蛤蟆。一个柳堤边钓水扎。一个沙湍上烧黄鳝。一个膊项上瘿疙疸。一个唇缺丑势煞。

一个磨䥄的特剌查。一个做生活的不颗恰。一个觅虱子头上掐。一个编蒲笠特抹答。一个鞭牛叱咤。

〔青哥儿〕一个牛斤。一个谎诈。一个光答答又无头发。一个濛松雨里种芝麻。一个兜答。一个奸滑。一个交加。一个皱查。这一坐乔民闹交加。定害的爷娘骂。

〔尾〕一个潜立在晚风前。一个暗约在斜阳下。一个见厮抵拽着捧打。一个恋汀洲蓼岸芦花。一个映着蒹葭。一个收拾钓罢鱼艖。一个笑指疏篱噪晚鸦。一个将绿蓑斜挂。一个倒骑牛背入烟霞。罗本阳春白雪后集卷一

杨朝英

朝英号澹斋。青城人。选辑时贤所作小令套数为阳春白雪及太平乐府两书。元人散曲多赖其书以传。杨维桢作周月湖今乐府序。以澹斋与关汉卿。庾吉甫。卢疏斋并论。谓四人之今乐府最为奇巧。

小令

〔正宫〕叨叨令

叹　世

想他腰金衣紫青云路。笑俺烧丹炼药修行处。俺笑他封妻荫子叨天禄。不如我逍遥散诞茅庵住。倒大来快活也末哥。倒大来快活也末哥。那里也龙韬虎略擎天柱。太平乐府一

元刊本不如下无我字。兹从元刊八卷本瞿本明大字本何钞本。

昨日苍鹰黄犬齐飞放。今日单鞭羸马江南丧。他待学欺君冈上曹丞相。不如俺葛巾漉酒陶元亮。倒大来快活也末哥。倒大来快活也末哥。渔翁把盏樵夫唱。太平乐府一

元刊八卷本齐飞作能飞。今日作今朝。瞿本俱同。

〔中吕〕阳春曲

浮云薄处朦胧日。白鸟明边隐约山。妆楼倚遍泪空弹。凝望眼。
君去几时还。太平乐府四 乐府群珠一

　　乐府群珠题作闺思。

沈腰易瘦衣宽褪。潘鬓新皤镜怕看。月明千里报平安。音信悭。
归梦绕巫山。太平乐府四 乐府群珠一

　　元刊八卷本瞿本太平乐府报平安作想平安。群珠同。兹从元刊太平乐府。

〔商调〕梧叶儿

客中闻雨

檐头溜。窗外声。直响到天明。滴得人心碎。聒得人梦怎成。
夜雨好无情。不道我愁人怕听。太平乐府五

戏贾观音奴

庞儿俊。更喜恰。堪咏又堪夸。得空便处风流话。没人处再敢
么。救苦难俏冤家。有吴道子应难画他。太平乐府五

〔越调〕小桃红

题写韵轩

当年相遇月明中。一见情缘重。谁想仙凡隔春梦。杳无踪。凌
风跨虎归仙洞。今人不见。天孙标致。依旧笑春风。阳春白雪前
集五

〔双调〕得胜令

日日醉红楼。归来五更头。问著诸般讳。揪捎不害羞。敲头。
敢设个牙疼咒。揪揪。揪得来不待揪。残元本阳春白雪二　钞本阳春白
雪前集三

庭院正无聊。单枕拥鲛绡。细雨和愁种。孤灯带梦烧。难熬。
促织儿窗前叫。焦焦。焦得来不待焦。残元本阳春白雪二　钞本阳春白
雪前集三

花影下重檐。沉烟袅绣帘。人去青鸾杳。春娇酒病厌。眉尖。
常锁伤春怨。忺忺。忺得来不待忺。残元本阳春白雪二　钞本阳春白雪
前集三　中原音韵序

　　残元本阳春白雪袅作衰。兹从钞本阳春白雪及中原音韵序。音韵首句下作压。

一笑自生娇。春风兰麝飘。夜月红牙按。青螺双凤高。妖娆。
那里有惹多俏。嚣嚣。嚣得来不待嚣。残元本阳春白雪二　钞本阳春白
雪前集三

　　惹字及末一嚣字。残元本皆模糊。

〔双调〕清江引

秋深最好是枫树叶。染透猩猩血。风酿楚天秋。霜浸吴江月。
明日落红多去也。太平乐府二

〔双调〕水仙子

依山傍水盖茅斋。旋买奇花赁地栽。深耕浅种无灾害。学刘伶
死便埋。促光阴晓角时牌。新酒在槽头醉。活鱼向湖上买。算
天公自有安排。阳春白雪前集二

　　元刊本残元本湖上买俱作湖今卖。兹从钞本。元刊本醉作醉。

雪晴天地一冰壶。竟往西湖探老逋。骑驴踏雪溪桥路。笑王维

作画图。拣梅花多处提壶。对酒看花笑。无钱当剑沽。醉倒在
西湖。<small>阳春白雪前集二</small>

寿阳宫额得魁名。南浦西湖分外清。横斜疏影窗间印。惹诗人
说到今。万花中先绽琼英。自古诗人爱。骑驴踏雪寻。忍冻在
前村。<small>阳春白雪前集二　中原音韵</small>

<small>　　　中原音韵不注撰人。○钞本阳春白雪印作映。兹从元刊本及中原音韵。音韵末
　　　句无忍字。</small>

闲时高卧醉时歌。守己安贫好快活。杏花村里随缘过。胜尧夫
安乐窝。任贤愚后代如何。失名利痴呆汉。得清闲谁似我。一
任他门外风波。<small>阳春白雪前集二</small>

<small>　　　钞本首句歌作哦。</small>

六神和会自安然。一日清闲自在仙。浮云富贵无心恋。盖茅庵
近水边。有梅兰竹石萧然。趁村叟鸡豚社。随斗牛儿沽酒钱。
直喫到月坠西边。<small>阳春白雪前集二</small>

<small>　　　元刊本喫到作喫内。兹从钞本。</small>

黄金散尽学风流。学得风流两鬓秋。笑煞那看钱奴枉了干生受。
我觑荣华似水上沤。则不如趁中年散诞优游。斟绿酒低低的劝。
㪺红妆慢慢的讴。醉时节锦被里舒头。<small>阳春白雪前集二</small>

<small>　　　元刊本笑煞作笑您。兹从钞本。</small>

灯花占信又无功。鹊报佳音耳过风。绣衾温暖和谁共。隔云山
千万重。因此上惨绿愁红。不付能博得个团圆梦。觉来时又扑
个空。杜鹃声又过墙东。<small>阳春白雪前集二</small>

<small>　　　元刊本残元本不付能俱作不付得。兹从钞本。钞本得个作得分。觉来作梦来。
　　　兹从元刊本残元本。</small>

自　足

杏花村里旧生涯。瘦竹疏梅处士家。深耕浅种收成罢。酒新篘

鱼旋打。有鸡豚竹笋藤花。客到家常饭。僧来谷雨茶。闲时节
自炼丹砂。<small>太平乐府二</small>

东湖所见

东风深处有娇娃。杏脸桃腮鬓似鸦。见人羞行入花阴下。笑吟
吟回顾咱。惹诗人纵步随他。见软地儿把金莲印。唐土儿将绣
底儿踏。恨不得双手忙拿。<small>太平乐府二</small>

　　明大字本回顾咱作回头看咱。

〔双调〕殿前欢

和阿里西瑛韵

白云窝。樵童斟酒牧童歌。醉时林下和衣卧。半世磨陀。富和
贫争甚么。自有闲功课。共野叟闲吟和。呵呵笑我。我笑呵呵。
<small>残元本阳春白雪二　钞本阳春白雪前集三</small>

　　争甚么原作伊甚么。兹改。

白云窝。闲赊村酒杖藜拖。乐天知命随缘过。尽自婆娑。任风
涛万丈波。难著莫。醉里乾坤大。呵呵笑我。我笑呵呵。<small>残元本
阳春白雪二</small>

　　杖藜下二字原本模糊。任校以意拟补拖乐二字。兹从之。

白云窝。浮云富贵待如何。闲时膝上横琴坐。半世磨陀。待为
□□甚么。无著莫。把世事都参破。呵呵笑我。我笑呵呵。<small>残元
本阳春白雪二</small>

　　阙字原本模糊。任校谓疑是官做二字。

白云窝。天边乌兔似飞梭。安贫守己窝中坐。尽自磨陀。教顽
童做过活。到大来无灾祸。园中瓜果。门外田禾。<small>残元本阳春白
雪二</small>

大原作人。兹改正。

白云窝。守著个知音知律俏奴哥。醉时鸳帐同衾卧。两意谐和。尽今生我共他。有句话闲提破。花前对饮。月下高歌。残元本阳春白雪二

〔双调〕雁儿落过得胜令

落　花

惜残红惜嫩红。如晓梦如春梦。寂寞了金谷园。冷落了桃源洞。错怨五更风。蜂蝶去无踪。一径胭脂重。千机锦绣空。西东。魂返丹山凤。娇容。马嵬坡尘土中。太平乐府三

宋方壶

方壶名子正。华亭人。尝于华亭莺湖辟室若干楹。方疏四起。昼夜长明。如洞天状。名曰方壶。因以为号。

小令

〔仙吕〕一半儿

别时容易见时难。玉减香消衣带宽。夜深绣户犹未拴。待他还。一半儿微开一半儿关。太平乐府五

〔中吕〕红绣鞋

阅　世

短命的偏逢薄倖。老成的偏遇真成。无情的休想遇多情。懵懂的怜瞌睡。鹘伶的惜惺惺。若要轻别人还自轻。太平乐府四　乐府群珠四

客　况

雨潇潇一帘风劲。昏惨惨半点灯明。地炉无火拨残星。薄设设
衾剩铁。孤另另枕如冰。我却是怎支吾今夜冷。太平乐府四　乐府群
珠四

〔中吕〕山坡羊

道　情

布袍粗袜。山间林下。功名二字皆勾罢。醉联麻。醒烹茶。竹
风松月浑无价。绿绮纹楸时聚话。官。谁问他。民。谁问他。太
平乐府四　乐府群珠一

明大字本太平乐府皆勾作都勾。

青山相待。白云相爱。梦不到紫罗袍共黄金带。一茅斋。野花
开。管甚谁家兴废谁成败。陋巷箪瓢亦乐哉。贫。气不改。达。
志不改。太平乐府四　乐府群珠一

〔商调〕梧叶儿

怀　古

黄州地。赤壁矶。衰草接天涯。周公瑾。曹孟德。果何为。都
打入渔樵话里。太平乐府五

〔双调〕清江引

分韵为崔月英

东山涌起玉兔穴。宇宙光相射。二八风流人。三五团圆夜。广
寒宫第一枝折去也。太平乐府二

托　咏

剔秃圞一轮天外月。拜了低低说。是必常团圆。休着些儿缺。愿天下有情底都似你者。_{太平乐府二}

〔双调〕水仙子

隐　者

青山绿水好从容。将富贵荣华撇过梦中。寻着个安乐窝胜神仙洞。繁华景不同。忒快活别是个家风。饮数杯酒对千竿竹。烹七碗茶靠半亩松。都强如相府王宫。_{太平乐府二}

青山绿水暮云边。堪画堪描若辋川。闲歌闲酒闲诗卷。山林中且过遣。粗衣淡饭随缘。谁待望彭祖千年寿。也不恋邓通数贯钱。身外事赖了苍天。_{太平乐府二}

居庸关中秋对月

一天蟾影映婆娑。万古谁将此镜磨。年年到今宵不缺些儿个。广寒宫好快活。碧天遥难问姮娥。我独对清光坐。闲将白雪歌。月儿你团圆我却如何。_{太平乐府二}

　　元刊本年年下无到今宵三字。兹从元刊八卷本瞿本。

叹　世

时人个个望高官。位至三公不若闲。老妻顽子无忧患。一家儿得自安。破柴门对绿水青山。沽村酒三杯醉。理瑶琴数曲弹。都回避了胆战心寒。_{太平乐府二}

　　元刊八卷本瞿本胆战俱作胆颤。瞿本一家作满家。兹俱从元刊本。

〔双调〕雁儿落过得胜令

闲　居

功名梦不成。富贵心勾罢。青山绿水间。茅舍疏篱下。广种邵平瓜。细焙玉川茶。遍插渊明柳。多栽潘令花。清佳。寻方外清幽话。欢恰。与亲朋闲戏耍。太平乐府三

　　瞿本多栽作多种。此从元刊本等。

套数

〔黄钟〕醉花阴

走苏卿

雪浪银涛大江迴。举目玻璃万顷。天际水云平。浩浩澄澄。越感的人孤另。一叶片帆轻。直赶到金山不见影。

〔喜迁莺〕见楼台掩映。彻云霄金璧层层。那能。上方幽径。我则见宝殿濛濛紫气生。真胜境。蓦闻的幽香缥缈。则不见可喜娉婷。

〔出队子〕心中俟倖。意痴痴愁转增。猛然见梵王宫得悟的老禅僧。何处也金斗郡无心苏小卿。空闪下临川县多情双县令。

〔刮地风〕我这里叉手躬身将礼数迎。请禅师细说叮咛。他道有一个女娉婷寺里闲踢蹬。他生的袅袅婷婷。阁不住的雨泪盈盈。愁凄凄有如痴挣。闷恹恹染成疾病。蘸霜毫回廊下壁上题名。猛抬头恰定睛。正是俺可意多情。走龙蛇字体儿堪人敬。他诉衷肠表志诚。

〔四门子〕他道狠毒娘硬接了冯魁的定。揣与我个恶罪名。当初实意儿守。真心儿等。恰便似竹林寺有影不见形。实意儿守。

真心儿等。他可便如何折证。

〔古水仙子〕他他他觑绝罢两泪倾。便有那九江水如何洗得清。当初指雁为羹。充饥画饼。道无情却有情。我我我暗暗的仔细评论。俏苏卿摔碎粉面筝。村冯魁硬对菱花镜。则俺狠毒娘有甚前程。

〔者剌古〕占天边月共星。同坐同行。对神前说誓盟。言死言生。香焚在宝鼎。酒斟在玉觥。越越的人孤另。分开燕莺。

〔神仗儿〕唤梢公忙答应。休要意挣。谁敢道是半霎消停。直赶到豫章城。

〔节节高〕碧天云净。绿波风定。银蟾皎洁。猛然见俺多情薄倖。俺两个附耳言。低声语。携手行。呀。下水船如何觅影。

〔尾声〕说与你个冯魁耐心听。俺两个喜孜孜俏语低声。你在那蓝桥下细寻思谩谩等。盛世新声丑集　词林摘艳九　雍熙乐府一　北宫词纪六　北词广正谱引节节高　九宫大成七四引全套

盛世新声重增本内府本词林摘艳俱无题。与雍熙乐府俱不注撰人。雍熙题作赶苏卿。原刊本徽藩本词林摘艳题作走苏卿。注宋方壶作。北宫词纪题同雍熙。注董君瑞作。北词广正谱引节节高注宋方壶作。兹从摘艳及广正谱。○（醉花阴）雍熙末句直作只。又与词纪不见上俱有可怎生三字。九宫大成俱同雍熙。（喜迁莺）雍熙闻作听。又与词纪彻作接。层层作重重。宝殿濛濛作那宝殿玲珑。可喜作可意的。大成俱同雍熙。（出队子）雍熙梵王作楚王。无心作无心的。空闪下作那里也。多情作多情的。词纪无心作无心的。多情作多情的。大成同雍熙。惟多情上无的字。（刮地风）盛世摘艳霜毫俱作双毫。雍熙我这里又手作抄手。无阁字。抬头作回头。无走龙蛇二句。又与词纪禅师俱作禅僧。娉婷作裙钗。凄凄切切。染成疾作即渐成。蘸作拈。题名作标名。下有我可便三字。可意下有的字。大成我这里又手作叉手。馀同雍熙。（四门子）雍熙首句无他道及的字。硬作应。二句首衬他道二字。三四句作。真心儿守。实意儿等。六句以下作。真心儿守。实意儿等。我可便和谁折证。词纪首句无的字。三句作当初真心儿守。以下全同雍熙。大成俱同雍熙。惟他道揣与作他

到揣与。(古水仙子)雍熙首句无他他他三字。充饥上有似字。碎作碎了。对作对上。词纪俱同。雍熙便有那作恰便似。末句作苏婆婆无前程。词纪评论作论评。末句作苏虔婆有甚前程。大成俱同雍熙。(者刺古)雍熙香焚下无在字。又与词纪越越俱作越感。大成三句说作把。馀同雍熙。(神仗儿)雍熙休作休得。三句作几曾道半点儿消停。词纪休作休得。是半霎作半霎儿。大成曲牌作九条龙。意挣作癔挣。馀同雍熙。(节节高)盛世摘艳附耳俱作付耳。雍熙词纪云净俱作云霁。绿波作翠波。无呀字。觅作见。雍熙见俺作见。低声作低头。大成俱同雍熙。广正谱附耳作俯耳。无呀字。(尾声)盛世摘艳耐心俱作奈心。雍熙词纪心下俱有儿字。你在那作我教你。大成俱同雍熙。

〔南吕〕一枝花

蚊　虫

妖娆体态轻。薄劣腰肢细。窝巢居柳陌。活计傍花溪。相趁相随。聚朋党成群队。逞轻狂撒蒂嬾。爱黄昏月下星前。怕青宵风吹日炙。

〔梁州〕每日穿楼台兰堂画阁。透帘栊绣幕罗帏。帐嗡嗡乔声气。不禁拍抚。怎受禁持。厮鸣厮哑。相抱相偎。损伤人玉体冰肌。殢人娇并枕同席。瘦伶仃腿似蛛丝。薄支辣翅如苇煤。快稜憎嘴似钢锥。透人。骨髓。满口儿认下胭脂记。想着痒憿憿那些滋味。有你后甚是何曾到眼底。到强如蝶使蜂媒。

〔尾〕闲时节不离了花香柳影清阴里睡。闷时节则就日暖风和叶底下依。不想瘦躯老人根前逞精细。且休说香罗袖里。桃花扇底。则怕露冷天寒恁时节悔。<small>太平乐府八　雍熙乐府一〇</small>

<small>雍熙乐府不注撰人。〇(一枝花)雍熙蒂嬾作殢滞。(梁州)元刊八卷本太平乐府帐嗡嗡作帐帐嗡嗡。明大字本太平乐府憿憿作刷刷。无何曾二字。雍熙帐嗡嗡作怅嗡嗡。每日作每夜家。如苇煤作似荨灰。认下作吻下。下二句作。想着那痒撒撒些滋味。有你时几曾睡到眼底。(尾)元刊太平乐府怕字笔画模糊。</small>

兹从元刊八卷本瞿本何钞本及雍熙。明大字本则怕作则待。雍熙怕下有你字。天寒作风寒。

妓　女

自生在柳陌中。长立在花街内。打熬成风月胆。断送了雨云期。只为二字衣食。卖笑为活计。每日都准备。准备下些送旧迎新。安排下过从的见识。

〔梁州〕有一等强风情迷魂子弟。初出帐笋嫩勤儿。起初儿待要成欢会。教那厮一合儿昏撒。半霎儿著迷。典房卖舍。弃子休妻。逐朝价密约幽期。每日价弄盏传杯。一更里酒酽花浓。半夜里如鱼似水。呀。五更头财散人离。你东。我西。一番价有钞一番睡。旋打算旋伶利。将取字兰数取梨。有甚希奇。

〔尾〕有钱每日同欢会。无钱的郎君好厮离。绿豆皮儿你请退。打发了这壁。安排下那壁。七八下里郎君都应付得喜。太平乐府八（一枝花）明大字本准备下些作准备下。过从作过后。（梁州）何钞本起初儿作起初见。（尾）何钞本绿豆作绿头。

〔越调〕斗鹌鹑

送　别

落日遥岑。淡烟远浦。萧寺疏钟。戍楼暮鼓。一叶扁舟。数声去橹。那惨戚。那凄楚。恰待欢娱。顿成间阻。
〔紫花儿〕瘦岩岩香消玉减。冷清清夜永更长。孤另另枕剩衾馀。羞花闭月。落雁沉鱼。踌躇。从今后谁寄萧娘一纸书。无情无绪。水漶蓝桥。梦断华胥。
〔调笑令〕肺腑。恨怎舒。三叠阳关愁万缕。幽期密约欢爱处。

动离愁暮云无数。今夜月明何处宿。依依古岸黄芦。

〔秃厮儿〕欢笑地不堪举目。回首处景物萧疏。星前月下谁共语。谩嗟吁。何如。

〔尾〕眼睁睁怎忍分飞去。痛杀我也吹箫伴侣。不付能恰住了送行客一帆风。又添起助离愁半江雨。_{太平乐府七　盛世新声未集　词林}
_{摘艳一〇　词谑　雍熙乐府七　北宫词纪六　北词广正谱引斗鹌鹑紫花儿　九宫大}
_{成二七引调笑令}

　　盛世新声无题。与词林摘艳雍熙乐府俱不注撰人。词谑云不知作者。〇(斗鹌
　　鹑)雍熙远浦作迷浦。(紫花儿)盛世瘦岩岩作病恹恹。摘艳词谑同。(调笑令)
　　盛世摘艳词谑怎舒俱作难舒。又与词记欢爱俱作欢娱。盛世重增本摘艳词谑
　　暮云俱作春云。九宫大成离愁作离情。(秃厮儿)太平雍熙二乐府曲牌作鬼三
　　台。盛世摘艳词谑作麻郎儿。俱误。兹从词纪。盛世摘艳词谑欢笑作欢
　　娱。盛世摘艳谩嗟吁下俱多独自踌躇一句。内府本摘艳作自踌躇。词谑谩嗟
　　吁作恁独自感叹。盛世摘艳于秃厮儿下俱多圣药王一支。曲云。思伴侣。何
　　处宿。可又早松金减玉瘦了身躯。鬼病添。神思虚。心似刀剜泪如珠。意懒
　　上香车。词谱词纪亦俱有此一支。惟两书首二句俱作。别太速。情最苦。松
　　金上无可又早三字。心似作心如。意下有儿里二字。(尾)盛世摘艳词谑送行
　　下俱无客字。

踏　青

蝶使双双。蜂媒对对。燕语关关。莺声呖呖。仕女把芳寻。丫鬟将翠拾。节序宜。景物奇。丽日迟迟。和风习习。

〔紫花儿序〕娇滴滴三春佳景。翠巍巍一带青山。锦重重满目芳菲。端的是宜晴宜雨。堪咏堪题。畅好是幽微。嫩柳夭桃傍小溪。时遇着春光明媚。人贺丰年。民乐雍熙。

〔小桃红〕雕阑花簇绣屏围。四季春为贵。万紫千红引人意。啭黄鹂。鸳鸯如锦池塘睡。酰不尽山水无穷景致。更那堪花下杜

鹃啼。

〔调笑令〕赏奇葩异卉。休直待锦离披。多感谢春工造化机。彩绳悬画板秋千戏。遍郊园幕天席地。动笙歌一派音韵美。列山灵水陆筵席。

〔耍孩儿〕花萼拆香风拂鼻。柳丝垂翠蔼攒眉。我则见蜂蝶趁花莺燕飞。且欢赏。莫催逼。对饮樽罍。

〔圣药王〕就着这花满溪。柳满隄。掩映着数株红杏出疏篱。风吹的酒力微。景助的诗兴起。见滴溜溜墙外舞青旗。直喫的醉扶归。

〔尾声〕庆风调雨顺升平日。保一统江山社稷。托赖着千千载仁主圣明朝。齐仰贺万万岁吾皇大明国。盛世新声未集 词林摘艳一〇 雍熙乐府一三

　　盛世新声重增本内府本词林摘艳俱无题。与雍熙乐府俱不注撰人。雍熙题作赏春。原刊本徽藩本词林摘艳题作踏青。注宋方壶作。案此曲尾声有齐仰贺万万岁吾皇大明国之语。如非用人所改。则当为作者由元入明之后所作。雍熙删去此支。非是。○〔斗鹌鹑〕盛世摘艳习习俱作渐渐。雍熙芳寻作芳草寻。翠拾作翠叶舍。舍当为拾之讹。〔紫花儿序〕盛世及原刊本摘艳等一带俱作一黛。兹从内府本摘艳及雍熙。两书堪咏俱作堪赏。〔小桃红〕盛世及原刊本摘艳等四季俱作四注。兹从内府本摘艳。雍熙四季作四时景。引人作可人。更那堪作更和那。〔调笑令〕雍熙山灵作云山。〔圣药王〕雍熙风吹的作风力吹。〔尾声〕雍熙无此支。

陈德和

　　生平不详。

小令

〔双调〕落梅风

雪中十事

贫儿爨桑

茶烟细。酒力微。都不索比评风味。爨桑儿悄声私目提。省可里腊前呈瑞。乐府群玉三

谢女比絮

骚人谢。女论吟。雪飘时絮飞还恁。七言句儿夸到今。偏梨花比他争甚。乐府群玉三

袁安高卧

身贫暴。志趣高。羡袁安那时清操。纵如今闭门僵睡著。道是尽教他忍寒干傲。乐府群玉三

陶谷烹茶

龙团细。蟹眼肥。竹炉红小窗清致。试烹来是觉风韵美。比羊羔较争些滋味。乐府群玉三

浩然骑驴

穷东野。忒好奇。冻得来战钦钦地。待吟诗满前都是题。偏则么灞桥驴背。乐府群玉三

李愬击鹅

翻银汉。战玉龙。遍乾坤似粉妆胡洞。击鹅群乱军成了大功。全不道蓝关路马蹄难动。乐府群玉三

孙康映雪

无灯蜡。雪正积。想孙康向学勤力。映清光展书读较毕。待天

明困来恰睡。<small>乐府群玉三</small>

游杨侍立

立来倦。睡未足。觋门前雪深迷路。师父觉来迟半步。忍不得也索回去。<small>乐府群玉三</small>

泛剡王猷

乘雪夜。访故人。剡溪冰短篷难进。冻归来怕人胡议论。强支吾道兴来还尽。<small>乐府群玉三</small>

寒江钓叟

寒江暮。独钓归。玉蓑披满身祥瑞。他道纵如图画里。则不如销金帐暖烘烘地。<small>乐府群玉三</small>

丘士元

生平不详。

小令

〔中吕〕满庭芳

相　思

愁山闷海。沉吟暗想。积渐难睚。冷清清无语人何在。瘦损形骸。愁怕到黄昏在侧。最苦是兜上心来。咱无奈。相思痛哉。独自静书斋。<small>乐府群玉四</small>

〔中吕〕普天乐

秋夜感怀

月空圆。人何在。寒蛩切切。塞雁哀哀。菊渐衰。荷钱败。叶

落西风雕阑外。断人肠如此安排。秋云万里。满天离恨。伴我愁怀。<small>乐府群玉四　乐府群珠四</small>

群珠伴我作侍我。

〔双调〕折桂令

秋　晚

楚天秋万顷烟霞。孤雁声悲。凄切伤咱。铁马叮当。寒蛩不住。砧杵声杂。银台上烧残绛蜡。金炉内烟篆香加。感叹嗟呀。痛忆娇姿。恨满天涯。<small>乐府群玉四　乐府群珠三</small>

相　思

枉虚度岁月光阴。满腹离愁。一片忧心。斜月穿窗。寒风透户。夜永更深。空落得忘餐废寝。怎能够并枕同衾。院落沉沉。无限相思。付与瑶琴。<small>乐府群玉四　乐府群珠三</small>

〔双调〕清江引

秋　夜

夜阑梦回人静悄。不住的寒蛩叫。细雨洒芭蕉。铁马檐前闹。长吁几声儿得到晓。<small>乐府群玉四</small>

〔双调〕落梅风

江上闻笛

江天晚。起暮云。恰才方夜凉人静。风送玉箫三四声。使离人凭阑愁听。<small>乐府群玉四</small>

吴梅校本改方为的。

秋夜梦回

清秋夜。鸳梦回。闹寒蛩絮人心碎。长吁几声人万里。病形骸越添憔悴。乐府群玉四

〔双调〕庆东原

秋暮感怀

山连地。水映天。盼宾鸿过尽空嗟怨。朱帘半卷。西风槛边。明月庭轩。堪叹此时情。独倚阑干遍。乐府群玉四

王举之

　　　　生平不详。有赠胡存善折桂令一首。存善为胡正臣子。见录鬼簿。举之当生于元代后期。

小令

〔仙宫〕一半儿

手　帕

藕丝纤腻织春愁。粉线轻盈惹暮秋。银叶拭残香脸羞。玉温柔。一半儿啼痕一半儿酒。乐府群玉五

开　书

泪痕香沁污鲛绡。墨迹淋漓损兔毫。心事渺茫云路遥。念奴娇。一半儿行书一半儿草。乐府群玉五

乐府群玉于张小山乐府之后。有水仙子。满庭芳。红绣鞋。天净沙。金字经。迎仙客。一半儿共九首。但皆不见张小山北曲联乐府。其中除上列一半儿二首及下列满庭芳。天净沙。水仙子各一首外。馀四首又见乐府群珠。群珠则明注王举之作。以是知曲前必系失注撰人。而一半儿等五首既杂列举之其他四曲之中。当亦为举之所作。兹并辑之。

〔南吕〕金字经

春日湖上

山色涂青黛。波光漾画舸。小小仙鬟金缕歌。他。宝钗轻翠娥。花阴过。暖香吹绮罗。*乐府群玉五　乐府群珠二*

〔中吕〕迎仙客

戏　题

双解元。恶姻缘。豫章城月明秋满天。贩茶船。买命钱。占得春先。到称了冯魁愿。*乐府群玉五　乐府群珠四*

〔中吕〕满庭芳

春　夜

梨花月明。秋千露冷。杨柳烟澄。海棠病酒风吹醒。不用银灯。阑干外闲花有影。柳梢头宿鸟无声。罗帏静。香销玉鼎。禁鼓报初更。*乐府群玉五*

〔中吕〕红绣鞋

秋日湖上

红叶荒林酒兴。黄花老圃诗情。柳塘新雁两三声。湖光扶不定。

山色画难成。六桥风露冷。乐府群玉五　乐府群珠四

栖云吊贯酸斋

芦花被西风香梦。玉楼才夜月云空。栖云山上小崆峒。蟠桃仙
路种。诗句古苔封。教清名天地中。乐府群玉五　乐府群珠四
　　乐府群珠清名作清明。

〔越调〕天净沙

过长春宫

壶中霞养丹砂。窗前云覆桃花。尘外谁分岁华。客来闲话。呼
童扫叶烹茶。乐府群玉五

〔双调〕折桂令

鹤骨笛

洗闲愁一曲桓伊。琼管高闲。锦字精奇。松露玲珑。高魂缥缈。
夜气依微。九皋梦声中唤起。一天霜月下惊飞。妙趣谁知。零
落秋云。污我仙衣。乐府群珠三

虎顶杯

宴穿庐月暗西村。剑舞青蛇。角奏黄昏。玛瑙盘呈。琼瑶液暖。
狐兔愁闻。猩血冷犹凝旧痕。玉纤寒似怯英魂。豪士云屯。一
曲琵琶。少个昭君。乐府群珠三

羊羔酒

杜康亡肘后遗方。自堕甘泉。紫府仙浆。味胜醍醐。酿欺琥珀。

价重西凉。凝碎玉金杯泛香。点浮酥凤盏镕光。锦帐高张。党
氏风流。低唱新腔。乐府群珠三

虾须帘

隔花阴轻护朱门。水影藏娇。海气笼春。月晃纤波。风摇细浪。
迹远凡尘。翡翠亭低垂燕嗔。水精寒深秘龙珍。云雨难亲。咫
尺天涯。别是乾坤。乐府群珠三

闺　怨

叹窗前乾鹊无灵。殢定花梢。诉尽春情。凤枕慵抬。鸳衾倦理。
鸾鉴空明。唤玉英休开翠屏。减香肌羞见金莺。欲睡难成。待
寄谁凭。何处卿卿。乐府群珠三

赠胡存善

问蛤蜊风致何如。秀出乾坤。功在诗书。云叶轻盈。灵华纤腻。
人物清癯。采燕赵天然丽语。拾姚卢肘后明珠。绝妙功夫。家
住西湖。名播东都。乐府群珠三

读史有感

北邙山多少英雄。青史南柯。白骨西风。八阵图成。六韬书在。
百战尘空。辅汉室功成卧龙。钓磻溪兆入飞熊。世事秋蓬。惟
有渔樵。跳出樊笼。乐府群珠三

三茅山行

紫芝香石室清幽。不老乾坤。自在春秋。古桂寒香。枯梅瘦影。
曲涧清流。飞膏雨龙归洞口。弄晴云鹤舞山头。小小瀛洲。翠

户金扃。玉宇琼楼。<small>乐府群珠三</small>

七　夕

鹊桥横低蘸银河。鸾帐飞香。凤辇凌波。两意绸缪。一宵恩爱。万古蹉跎。剖犬牙瓜分玉果。吐蛛丝巧在银盒。良夜无多。今夜欢娱。明夜如何。<small>乐府群珠三</small>

二乔观书图

玉肌肤纨扇风流。一榻春情。两国仇雠。机密胸中。姻缘梦里。往事眉头。铜雀台烟愁绿柳。石头城月冷荒沟。巧计深谋。妙策良筹。睡煞东吴。恋煞南州。<small>乐府群珠三</small>

送友赴都

簿书中暂驻行车。白也无敌。赤尔何如。万法依公。片言折狱。千里携书。赋温润荆山进玉。吐宫商合浦还珠。天<small>乐府群珠三</small>
　　<small>天下原阙十馀字。</small>

怀钱塘

记湖山堂上春行。花港观鱼。柳巷闻莺。一派湖光。四围山色。九里松声。五花马金鞭弄影。七步才锦字传情。写入丹青。雨醉云醒。柳暗花明。<small>乐府群珠三</small>

春　暮

点纱窗翠簇残红。归路悠悠。情思匆匆。怕启朱扉。慵拈翠靥。倦理香绒。榆钱小难酬化工。柳丝长不系东风。减尽芳容。翠草蒙茸。绿树玲珑。<small>乐府群珠三</small>

访道士不遇

鹤飞来踏破秋阴。经尽南华。月落西岑。炼汞为银。炊烟煮石。
点铁成金。芦花被藤床竹枕。芰荷衣梅杖桐琴。凤舞鸾吟。尔
不知音。谁是知音。乐府群珠三

> 以上折桂令共十四首。俱见乐府群珠。除鹤骨笛及二乔观书图二首外。其馀每首顶
> 端群珠俱注一玉字。以示并见乐府群玉。惟今本群玉颇有讹夺。上列各曲全佚。

〔双调〕水仙子

春日即事

鱼鳞玉尺戏晴波。燕嘴芹泥补旧窝。兔毫香墨闲工课。饮琼浆
卷玉螺。柳丝长忙煞莺梭。云娥低和。娇羞谩歌。不醉如何。乐
府群玉五

张彦文

生平不详。

套数

〔南吕〕一枝花

春风醉碧桃。流水题红叶。只因闲信马。为此误随车。妆洴妆呆。
一笑千金舍。痴心不暂歇。经了些欢聚愁别。情债填还未彻。
〔牧羊关〕天边凤。花上蝶。才伶俐又还粘惹。都因眼约心期。
引斗得肠怀腹热。云雨新情重。风月旧恩绝。翡翠合欢带。鸳
鸯交颈结。
〔菩萨梁州〕锁窗风细篆烟斜。有谁窥妾。画楼灯暗彩云遮。稳

占巢穴。共花朝同月夜。指望永同欢悦。劣冤家水性特随斜。
陡恁吒遮。双渐又程赊。苏卿又薄劣。冯魁恳切。不隄防暗使
锹掘。玉簪掂做两三截。琴弦已断应难接。谁成望弄巧翻成拙。
甚全不似那时节。应得傍人做话说。是自家缘业。

〔随煞〕亏心底自有神夭折。薄倖教随唾津儿灭。休道你花朵儿
般身躯没雕谢。你个聪明的小姐宁心儿记者。咱这说下的盟言
应去也。梨园乐府上

（牧羊关）情重原作晴重。兹改。

于志能

志能号无心。中原音韵云。吉安龙泉县水潴米仓。志能欲县官利
塞其口。作水仙子示人。自谓得意。末句云早难道水米无交。观其全
集。自名之曰乐府。悉皆此类。

残曲

〔双调〕水仙子

早难道水米无交。中原音韵作词起例　尧山堂外纪七一

柴野愚

生平不详。

小令

〔双调〕枳郎儿

访仙家。访仙家远远入烟霞。汲水新烹阳羡茶。瑶琴弹罢。看

满园金粉落松花。<small>太和正音谱下　北词广正谱　九宫大成六六　元明小令钞</small>

〔双调〕河西六娘子

骏马双翻碧玉蹄。青丝鞚黄金羁。入秦楼将在垂杨下系。花压帽檐低。风透绣罗衣。裊吟鞭月下归。<small>太和正音谱下　北词广正谱　九宫大成五九　元明小令钞</small>

> 太和正音谱次句黄作儿。兹从北词广正谱九宫大成元明小令钞。大成双翻作双飞。

残　曲

〔般涉调〕

〔尾声〕麟在郊麟在郊。凤在薮凤在薮。云开黄道臻天寿。永祝皇基万年久。<small>太和正音谱下</small>

方伯成

> 生平不详。姓名仅见词林摘艳。

套　数

〔正宫〕端正好<small>北</small>

忆　别

柳飞绵花飘瓣。又一番春事阑珊。蜂迷蝶困莺声懒。感起我愁无限。

〔锦缠道<small>南</small>〕这其间即渐里相思病趱。清瘦减潘颜。自别来如隔万水千山。非是他情疏意懒。多应我分浅缘悭。无奈被人讪。妆成科范。将咱好事拦。谩忆恩和爱。恰一似梦邯郸。

〔赛鸿秋北〕赤紧的楚阳台险峻似连云栈。武陵溪间隔东洋岸。他将那锦回文合欢带皆揪绽。绣香囊同心结都拆散。揉损并头花。斫断连枝干。恨不的绕池塘摔碎了鸳鸯弹。

〔普天乐南〕少欠下风流难。挨不彻忧愁限。伤心处凤只鸾单。孤眠时枕冷衾寒。自那日私情犯。料想娇姿遭拘绊。我痛着迷不似今番。愁眉泪眼。恨别离最易。相见应难。

〔伴读书带过笑和尚北〕停歇了泥金束。隔断了衡阳雁。将一段美爱幽欢常凝盼。为他时晓夜心无惮。怎承望冰人托梦成虚幻。似羝羊触藩。无人驾司马车。凭谁举梁鸿案。贾充宅频巡看。张京兆情绪悭。沈东阳胆心寒。两眉攒。寸心拴。将意马锁心猿按。

〔刮地风南〕降下一天愁共烦。到如今怎辞难。良缘有分非为晚。事从人只在闲。明月再圆。彩云休散。办心坚管熬得海枯石烂。天若有意天顾盼。终有个称心间。

〔尾声南〕才郎有日重相盼。破镜重圆真个罕。把许下心香夜夜还。盛世新声子集　词林摘艳六　雍熙乐府二

盛世新声重增本内府本词林摘艳俱无题。与雍熙乐府皆不注撰人。雍熙题作重会。原刊本徽藩本词林摘艳题作忆别。注元方伯成作。○（端正好北）雍熙春事作春思。（锦缠道南）盛世摘艳邌忆俱作邌意。盛世原刊摘艳及雍熙讪俱作赸。兹从内府本摘艳。内府本摘艳清瘦作消瘦。雍熙万水千山作万山。非是俺作非是俺。分浅缘悭作缘薄分浅。恰一似作一似。（赛鸿秋北）盛世摘艳回文作回纹。雍熙险峻作峻险。隔作隔着。（普天乐南）雍熙孤眠时作孤眠。我痛作痛。（伴读书带过笑和尚北）盛世摘艳泥金束俱作泥金字。（刮地风南）内府本摘艳只在作自在。雍熙辞难作辞艰。（尾声）雍熙首句作人情好事未阑。

贾　固

固字伯坚。山东沂州人。善乐府。谐音律。任扬州路总管。后拜

中书左参政事。青楼集云。固任山东佥宪。属意歌妓金莺儿。与之甚
昵。后除西台御史。不能忘情。作醉高歌红绣鞋曲以寄之。曰。乐心
儿云云。由是台端知之。被劾而去。

小令

〔中吕〕醉高歌过红绣鞋

寄金莺儿

乐心儿比目连枝。肯意儿新婚燕尔。画船开抛闪的人独自。遥
望关西店儿。黄河水流不尽心事。中条山隔不断相思。当记得
夜深沉人静悄自来时。来时节三两句话。去时节一篇诗。记在
人心窝儿里直到死。青楼集　彩笔情辞一二　乐府群珠四收红绣鞋

彩笔情辞题作寄妓金莺儿。〇明钞说集本青楼集遥望下有着字。末句无人字。

周德清

德清号挺斋。江右人。宋周美成之后。工乐府。善音律。病世之
作乐府有逢双不对。衬字尤多。文律俱谬。有韵脚用平上去不一而唱
者。有句中用入声拗而不能歌者。有歌其字音非其字者。令人无所
守。乃自著中原音韵。以为正语之本。变雅之端。其法以声之清浊。
定字为阴阳。如高声从阳。低声从阴。使用字者随声高下。措字为
词。各有攸当。以声之上下。分韵为平仄。如入声直促难谐音调。故
成韵之入声。悉派三声。志以黑白。使用韵者随字阴阳。置韵成文。
各有所协。则清浊得宜。上下中律。而无凌犯逆物之患矣。虞集序
之。以传于世。又自制为乐府甚多。回文集句连环简梅雪花诸体。皆
作当世之人所不能作者。长篇短章。悉可为人作词之定格。时人皆谓
德清之韵。不独中原。乃天下之正音也。德清之词。不惟江南。实天

下之独步也。

小令

〔正宫〕塞鸿秋

浔阳即景

长江万里白如练。淮山数点青如淀。江帆几片疾如箭。山泉千尺飞如电。晚云都变露。新月初学扇。塞鸿一字来如线。太平乐府一

灞桥雪拥驴难跨。剡溪冰冻船难驾。秦楼美酝添高价。陶家风味都闲话。羊羔饮兴佳。金帐歌声罢。醉魂不到蓝关下。太平乐府一

元刊本瞿本难驾俱作难架。兹从元刊八卷本明大字本。

〔中吕〕朝天子

秋夜客怀

月光。桂香。趁着风飘荡。砧声催动一天霜。过雁声嘹喨。叫起离情。敲残愁况。梦家山身异乡。夜凉。枕凉。不许愁人强。太平乐府四　词林摘艳一　元明小令钞

元明小令钞愁况作客况。愁人作离人。

书所见

鬓鸦。脸霞。屈杀将陪嫁。规模全是大人家。不在红娘下。笑眼偷瞧。文谈回话。真如解语花。若咱。得他。倒了葡萄架。太平乐府四　词林摘艳一　词品　尧山堂外纪六八　元明小令钞

词品尧山堂外纪俱谓此曲关汉卿作。〇词品屈杀下有了字。全是作全似。笑眼偷瞧作巧笑迎人。尧山堂外纪俱同。

〔中吕〕满庭芳

看岳王传

披文握武。建中兴庙宇。载清史图书。功成却被权臣妒。正落奸谋。闪杀人望旌节中原士夫。误杀人弃丘陵南渡銮舆。钱塘路。愁风怨雨。长是洒西湖。中原音韵　词林摘艳一

韩世忠

安危属君。立勤王志节。比翊汉功勋。临机料敌存威信。际会风云。似恁地尽忠勇匡君报本。也消得坐都堂秉笏垂绅。闲评论。中兴宰臣。万古揖清芬。中原音韵　词林摘艳一

误国贼秦桧

官居极品。欺天误主。贱土轻民。把一场和议为公论。妒害功臣。通贼虏怀奸诳君。那些儿立朝堂仗义依仁。英雄恨。使飞云幸存。那里有南北二朝分。中原音韵　词林摘艳一

词林摘艳题作误国秦桧。

张　俊

谋渊略广。论兵用武。立国安邦。佐中兴一代贤明将。怎生来险幸如狼。蓄祸心奸私放党。附权臣构陷忠良。朝堂上。把一个精忠岳王。屈死葬钱塘。中原音韵　词林摘艳一

以上四首中原音韵不注撰人。

〔中吕〕红绣鞋

郊　行

茅店小斜挑草稕。竹篱疏半掩柴门。一犬汪汪吠行人。题诗桃
叶渡。问酒杏花村。醉归来驴背稳。<small>太平乐府四</small>

穿云响一乘山篮。见风消数盏村醪。十里松声画难描。枫林霜
叶舞。荞麦雪花飘。又一年秋事了。<small>太平乐府四</small>

雪意商量酒价。风光投奔诗家。准备骑驴探梅花。几声沙嘴雁。
数点树头鸦。说江山憔悴煞。<small>太平乐府四</small>

赏雪偶成

共妻围炉说话。呼童扫雪烹茶。休说羊羔味偏佳。调情须酒兴。
压逆索茶芽。酒和茶都俊煞。<small>太平乐府四</small>

〔中吕〕阳春曲

秋　思

千山落叶岩岩瘦。百结柔肠寸寸愁。有人独倚晚妆楼。楼外柳。
眉叶不禁秋。<small>太平乐府四　乐府群珠一</small>

<small>　　　元刊八卷本瞿本太平乐府及乐府群珠百结柔肠俱作百尺危阑。兹从元刊太平
　　　乐府。</small>

春　晴

雨晴花柳新梳洗。日暖蜂蝶便整齐。晓寒莺燕旋收拾。催唤起。
早赴牡丹期。<small>太平乐府四　太和正音谱下　乐府群珠一</small>

春 晚

鞚挑斜月明金鞯。花压春风短帽檐。谁家帘影玉纤纤。粘翠靥。消息露眉尖。太平乐府四 乐府群珠一

明大字本太平乐府鞯作粘。何钞本太平乐府作鞯。

别 情

月儿初上鹅黄柳。燕子先归翡翠楼。梅魂休暖凤香篝。人去后。鸳被冷堆愁。太平乐府四 乐府群珠一 北词广正谱

元刊太平乐府篝作筹。广正谱同。兹从元刊八卷本瞿本太平乐府及群珠。

赠歌者韩寿香

素梅又见樽前唱。红叶何时水上忙。姓名端的不寻常。韩寿香。一字暗包藏。太平乐府四 乐府群珠一

半池暖绿鸳鸯睡。满径残红燕子飞。一林老翠杜鹃啼。春事已。何日是归期。太平乐府四 乐府群珠一

〔越调〕天净沙

嘲歌者茶茶

根窠生长灵芽。旗枪搦立烟花。不许冯魁串瓦。休抬高价。小舟来贩茶茶。太平乐府三

舟阻女儿港

庐山面已难寻。孤山鞋不曾沉。掩面留鞋意深。不知因甚。女儿港到如今。太平乐府三

〔越调〕柳营曲

冬夜怀友

暮云收。冷风飔。到中宵月来清更幽。倚遍江楼。望断汀洲。雪月照人愁。舍梅花谁是交游。饮松醪自想期俦。王子猷干罢手。戴安道且蒙头。休。谁驾剡溪舟。太平乐府三

元刊本谁作推。兹从元刊八卷本瞿本明大字本。

别　友

一叶身。二毛人。功名壮怀犹未伸。夜雨论文。明月伤神。秋色淡离樽。离东君桃李侯门。过西风杨柳渔村。酒船同棹月。诗担自挑云。君。孤雁不堪听。太平乐府三

元刊本过作遇。兹从元刊八卷本瞿本何钞本。

有所思

燕子来。海棠开。西厢尚愁音信乖。问柳章台。采药天台。归去却伤怀。恰嗔人踏破苍苔。不知他行出瑶阶。见刚刚三寸迹。想窄窄一双鞋。猜。多早晚到书斋。太平乐府三

〔双调〕沉醉东风

有所感

流水桃花鳜美。秋风莼菜鲈肥。不共时。皆佳味。几个人知。记得荆公旧日题。何处无鱼羹饭喫。太平乐府二

羊续高高挂起。冯驩苦苦伤悲。大海边。长江内。多少渔矶。记得荆公旧日题。何处无鱼羹饭喫。太平乐府二

鲲化鹏飞未必。鲤从龙去安知。漏网难。吞钩易。莫过前溪。
记得荆公旧日题。何处无鱼羹饭喫。_{太平乐府二}

藏剑心肠利己。吞舟度量容谁。棹月归。邀云醉。缩项鳊肥。
记得荆公旧日题。何处无鱼羹饭喫。_{太平乐府二}

〔双调〕蟾宫曲

送客之武昌

折垂杨都是残枝。诗满银笺。酒劝金卮。自在庐山。君游鄂渚。
两地相思。白鹿洞谁谈旧史。黄鹤楼又有新诗。撚断吟髭。笑
把霜毫。满写乌丝。_{太平乐府一　乐府群珠三}

　　明大字本太平乐府酒劝作酒满。髭作须。兹从元刊本等太平乐府及乐府群珠。
群珠渚作省。

别　友

唾珠玑点破湖光。千变云霞。一字文章。吴楚东南。江山雄壮。
诗酒疏狂。正鸡黍樽前月朗。又鲈莼江上风凉。记取他乡。落
日观山。夜雨连床。_{太平乐府一　乐府群珠三}

宰金头黑脚天鹅。客有钟期。座有韩娥。吟既能吟。听还能听。
歌也能歌。和白雪新来较可。放行云飞去如何。醉睹银河。灿
灿蟾孤。点点星多。_{中原音韵后序　乐府群珠三　尧山堂外纪七一}

　　乐府群珠题作夜宴。

倚蓬窗无语嗟呀。七件儿全无。做甚么人家。柴似灵芝。油如
甘露。米若丹砂。酱瓮儿恰才梦撒。盐瓶儿又告消乏。茶也无
多。醋也无多。七件事尚且艰难。怎生教我折柳攀花。_{盛世新声戊}
_{集　词林摘艳一　留青日札二六　尧山堂外纪七一}

　　盛世新声词林摘艳俱不注撰人。留青日札云元人小词。未言作者。尧山堂外纪

谓周德清作。兹从外纪。○留青日札无多俱作无些。

套数

〔南吕〕一枝花

遗张伯元

正伯牙志未谐。遇钟子心能解。使高山群虎啸。要流水老龙哀。洒落襟怀。一笑乾坤大。高谈云雾开。几行北雁吞声。一片西山失色。

〔梁州〕无人我惊心句险。有江山空日烟埋。相逢尽是他乡客。我淹吴楚。君显江淮。雄游海宇。挺出人材。箕裘事业合该。簪缨苗裔传来。大胸襟进履圯桥。壮游玩乘槎大海。老风波走马章台。千载。后代。子孙更风流煞。万一见此豪迈。玉有润难明借月色。出落吾侪。

〔隔尾〕向管中窥豹那知外。坐井底观天又出来。运斧般门志何大。出削个好歹。但成个架格。未敢望将如栋梁采。太平乐府八雍熙乐府一〇 北词广正谱引一枝花

雍熙乐府题作儒。不注撰人。○(梁州)雍熙海宇作海峤。更风流煞作风流多丰态。万一见作见了他。(隔尾)元刊八卷本瞿本太平乐府又出俱作久出。兹从元刊太平乐府及雍熙。雍熙栋梁采作梁栋材。

〔越调〕斗鹌鹑

双 陆

四角盘中。三十骑里。多少机关。包藏见识。席上风前。花间树底。起斗刚。各论智。盘样新奇。声清韵美。

〔紫花儿〕月儿对浑如水照。夕儿花有若云生。点儿疏恰似星稀。

马儿齐摆下。色儿大休掷。会撚色的便宜。更递马双行休倒提。
虽凭色难同使力。递有高低。要识迟疾。

〔天净沙〕盘中排营寨城池。眼前无弓箭旌旗。心内有刀枪剑戟。
局面儿几般形势。似英雄征战相持。

〔小桃红〕散二似萧何追韩信待回归。众军士傍观立。散三似敬
德赶秦王不相离。有叔宝后跟随。百一局似关云长独赴单刀会。
败到这其间有几。赢了的百中无一。输了的似楚霸王刎江湄。

〔三台印〕两家局安营地。施谋智。似挑军对垒。等破绽用心机。
色儿似飞沙走石。汉高皇对敌楚项籍。诸葛亮要擒司马懿。那
两个地割鸿沟。这两个兵屯渭水。

〔金蕉叶〕撒底似孙膑伏兵未起。外划似孙武挑兵教习。五梁似
吕望兵临孟水。六梁似吕布遭围下邳。

〔含笑花〕暗疾。函谷孟尝归。不下鸿门樊哙急。失家如误了吴
元济。点颏如跳溪刘备。无梁如火烧曹孟德。撞门如拒水张飞。

〔小拜门〕把门似临潼会里。韪颏如细柳军围。看诸葛纵擒蜀孟
获。两下里。马来回。堪题。

〔圣药王〕等一掷。心暗喜。并合梁恨不的马都回。恰四六十。
又三四七。更么三一二紧相随。心急马行迟。

〔么〕贩了迟。却变疾。头颏卷尽可伤悲。色不随。梁不齐。不
甫能打的个马儿回。他一马走如飞。

〔么〕么五梁没气力。么四梁终较得。么三梁道吃了栈羊肥。鞯
肚梁破到底。单单梁无用的。二梁谁道不空回。则不破怎支持。

〔么〕若论迟。有甚奇。破着呵不打杠驱驰。怕两帖子救一。道
两马可当十。巴到家不得马休题。更有截七带去的。

〔麻郎儿〕到此际人难强嘴。空打的马不停蹄。色不顺那堪性急。
焦起来更加错递。

〔么〕着的。可知。见疾。当局委实著迷。休惧怯睚他免回。如征战要加神气。

〔络丝娘〕怕的是盖着门齄着颏又起。村的是把着马揭着头盖底。采到后喝着的都应的。也随邪顺着人意。

〔绵答絮〕明皇当日。力士跟随。曾拈色数。殢杀杨妃。因呼得四。敕赐穿绯。以色娱人脱布衣。此物扬名出禁闱。疾变迟迟变为疾。白转红红转做黑。

〔尾〕翻云覆雨无碑记。则袖手旁观笑你。休把色儿嗔。宜将世情比。太平乐府七 雍熙乐府一三 北词广正谱引圣药王么篇（末支）

雍熙乐府不注撰人。〇（斗鹌鹑）瞿本太平乐府各论作明论。雍熙起作岂。（小桃红）雍熙败到作收到。陶刻太平乐府同。（含笑花）何钞本太平乐府点颏作点额。（小拜门）雍熙齄作垫。下同。（圣药王么）雍熙贩作犯。何钞本太平乐府作败。（么）雍熙破着呵作破着个。（麻郎儿么）何钞本太平乐府要加作更加。（络丝娘）雍熙采来作。都应作应着。（绵答絮）何钞本太平乐府色数作骰数。雍熙九句作疾变为迟迟变疾。

赠小玉带

不辨珉玒。纷纷贯耳。自睹琼瑶。常常挂齿。匡皋相逢。荆山在此。这乐名。是谁赐。样称纤腰。光摇嫩指。

〔紫花儿〕却是红如鹤顶。赤若鸡冠。白似羊脂。是望月犀牛独自。是穿花鸾凤雄雌。是兔儿灵芝。是螭虎是翎毛是鹭鸶。是海青拿天鹅不是。我则是想像因而。你敢那就里知之。

〔调笑令〕细思。好称瘦腰肢。围上偏宜舞柘枝。性温和雅称芳名字。料应来一般胸次。色光泽莹如美艳姿。都无那半点瑕玼。

〔小沙门〕别是个玲珑样子。另生成剔透心儿。为风流尽教撚断髭。不负我。赠新诗。新词。

〔圣药王〕重觑视。巧意思。羽毛枝干细如丝。温润资。雕琢时。

那其间应是辨妍媸。必定是明师。

〔尾〕挂金鱼自古文章士。未敢望当来衣紫。有福后必还咱。上心来记着你。<small>太平乐府七　雍熙乐府一三</small>

<small>雍熙乐府不注撰人。○(紫花儿)元刊本元刊八卷本太平乐府鹭鸶俱作鹭莺。兹从瞿本明大字本太平乐府及雍熙。雍熙就里作就理。何钞本太平乐府拿作驾。(调笑令)瞿本太平乐府性温和作温和。明大字本太平乐府半点作半点儿。雍熙首二句作。细思你。好瘦腰肢。(小沙门)明大字本太平乐府不负我作不负。(圣药王)元刊八卷本瞿本太平乐府是明师俱作拜明师。</small>

残　曲

〔黄钟〕(失牌名)

篇篇句句灵芝。字字与人为样子。<small>中原音韵序</small>

失宫调牌名

回　文

画家名有数家。嗔人门闭却时来问。<small>中原音韵序</small>

夏　日

蝉自洁其身。萤不照他人。<small>中原音韵序</small>

红指甲

朱颜如退却。白首恐成空。<small>中原音韵序</small>

失　题

合掌玉莲花未开。笑靥破香腮。<small>中原音韵序</small>

失　题

残梅千片雪。爆竹一声雷。雪非雪。雷非雷。中原音韵序

周德清中原音韵引朝天子咏庐山早霞晚霞一首。未注撰人。尧山堂外纪卷七十一谓其词即周德清作。案此曲王骥德曲律但谓元人作。词林摘艳注无名氏作。任讷辑小山乐府。以中原音韵朝天子后即为小山之红绣鞋隐士一首。而二首共一评。因谓朝天子倘为周氏己作。则岂有评语中自诩为知音杰作之理。周氏纵妄。应不至此。或二首皆小山之作欤。任氏辨此曲非周作。其说可从。至疑为小山作。亦未必是。本书以之属无名氏。不列周张两家曲中。

班惟志

惟志字彦功。号恕斋。大梁人。或云松江人。少颖异。工文词。善篆字。以邓文原荐。补浮梁州学教授。判晋州。暇则延名士游。赓咏无虚日。历官集贤待制。致和间。为绍兴推官。后至元间。知常熟州。陞浙江儒学提举。子庭禅师祖柏不系舟集有子庭嘲游虎丘诗云。家家恕斋字。户户雪窗兰。春来行乐处。只说虎丘山。盖恕斋所作字。与僧雪窗所画兰。颇为一时争尚也。

套数

〔南吕〕一枝花

秋夜闻筝

透疏帘风摇杨柳阴。泻长空月转梧桐影。冷雕盘香销金兽火。咽铜龙漏滴玉壶冰。何处银筝。声嘹呖云霄应。逐轻风过短棂。耳才闻天上仙韶。身疑在人间胜境。
〔梁州〕恰便似溅石窟寒泉乱涌。集瑶台鸾凤和鸣。走金盘乱撒

骊珠进。嘶风骏偃。潜沼鱼惊。天边雁落。树梢云停。早则是
字样分明。更那堪音律关情。凄凉比汉昭君塞上琵琶。清韵如
王子乔风前玉笙。悠扬似张君瑞月下琴声。再听。愈惊。叮咛
一曲阳关令。感离愁。动别兴。万事萦怀百样增。一洗尘清。
〔尾〕他那里轻笼纤指冰弦应。俺这里谩写花笺锦字迎。越感起
文园少年病。是谁家玉卿。只恁般可憎。唤的人一枕胡蝶梦儿
醒。雍熙乐府八　北宫词纪六

　　雍熙乐府不注撰人。○(梁州)北宫词纪树梢作树杪。清韵作清楚。百样作
百恨。

钟嗣成

　　嗣成字继先。号丑斋。大梁人。居杭州。尝从邓文原曹鉴学。以
明经累试于有司。数与心违。因杜门养浩然之志。其德业辉光。文行
浥润。人莫能及。善音律。能隐语。所编小令套数极多。著录鬼簿。
记有元一代曲家事迹。为研究元曲重要文献。著杂剧七种。章台柳。
钱神论。蟠桃会。郑庄公。斩陈馀。诈游云梦。冯谖烧券。今俱
不存。

小令

〔正宫〕醉太平

绕前街后街。近大院深宅。怕有那慈悲好善小裙钗。请乞儿一
顿饱斋。与乞儿绣副合欢带。与乞儿换副新铺盖。将乞儿携手
上阳台。设贫咱波奶奶。乐府群玉三

俺是悲田院下司。俺是刘九儿宗枝。郑元和俺当日拜为师。传
留下莲花落稿子。捌竹杖绕遍莺花市。提灰笔写遍鸳鸯字。打

爻槌唱会鹧鸪词。穷不了俺风流敬思。乐府群玉三

　　吴梅校本改敬思为才思。

风流贫最好。村沙富难交。拾灰泥补砌了旧砖窑。开一个教乞儿市学。裹一顶半新不旧乌纱帽。穿一领半长不短黄麻罩。系一条半联不断皂环绦。做一个穷风月训导。乐府群玉三

〔南吕〕骂玉郎过感皇恩采茶歌

四时佳兴

春

梅花漏泄阳和信。才残腊又新春。东风北岸冰消尽。元夜过。社日临。中和近。天气氤氲。花柳精神。驾香轮。驰玉勒。醉游人。清明过了。飞絮纷纷。隔孤村。闻杜宇。怨东君。叹芳辰。已三分。二分流水一分尘。寂寂落花伤暮景。萋萋芳草怕黄昏。太平乐府五　乐府群珠二

夏

清和天气逢初夏。更何处觅韶华。端阳过了炎威乍。藤枕敧。翠簟铺。纱幮挂。住处清佳。绝去喧哗。近深林。烹嫩笋。煮新茶。披襟散发。沉李浮瓜。引莲蓬。斟竹叶。看荷花。羡归鸦。趁残霞。暮云呈巧月如牙。静夜凉生深院宇。薰风吹透碧窗纱。太平乐府五　乐府群珠二

　　元刊八卷本瞿本太平乐府及乐府群珠月下俱无如字。兹从元刊太平乐府。

秋

梧飘一叶知时候。凉气应暑潜收。楼头乞巧传闻旧。玉露泠。银汉明。金飚透。大火西流。明月中秋。气萧条。光皎洁。景

清幽。重阳近也。佳节堪酬。菊初簪。萸旋插。酒新筼。且登
楼。试凝眸。眼前景物堪追游。远水长天同一色。白苹红叶满
汀洲。太平乐府五　乐府群珠二

冬

鸳鸯瓦冷霜华重。渐凛冽酿寒冬。重帘不卷金钩控。天气严。
风力威。冰渐冻。律应黄钟。绣线添红。日迎长。云纪瑞。岁
成功。彤云遍野。瑞雪漫空。压寒梅。欺劲竹。秀孤松。谢天
公。庆时丰。烧残爆竹一年终。万物静观皆自得。四时佳兴与
人同。太平乐府五　乐府群珠二

　　　元刊八卷本瞿本太平乐府及乐府群珠律应俱作律中。兹从元刊太平乐府。

四　景

风

薰风起自青苹外。应时候自南来。此身如在清凉界。尘虑绝。
天地宽。胸襟快。柳榭花台。杏脸桃腮。手相携。心厮爱。意
同谐。偏宜出格。付与多才。捧银荷。沉玉李。列金钗。簟舒
开。枕相挨。吹将爽气透吟怀。雪体冰肌消盛暑。也胜宋玉在
兰台。太平乐府五　乐府群珠二

花

千红万紫都争放。要占断早春光。一枝分付娇相向。晓露浓。
昼日长。和风荡。院粉宫黄。国色天香。逞娇柔。增秀媚。竞
芬芳。祗愁暮晚。风雨相妨。爱芳姿。付密意。动情肠。向回
廊。傍华堂。高烧银烛照红妆。遇景逢时随意赏。也胜潘岳在
河阳。太平乐府五　乐府群珠二

雪

是谁家剪下琼花瓣。飞六出遍长安。琼楼玉宇连霄汉。素练飘。缟带悬。银杯散。柳絮雕残。蝶翅翩翩。洒歌楼。添酒价。助吟坛。壶天莹彻。身地清闲。泛霞觞。歌水调。拥云鬟。共开颜。且汤寒。兴来未放酒杯干。明日探梅应未晚。也胜和靖在孤山。太平乐府五　乐府群珠二

太平乐府元刊本未放作水放。明大字本作休放。兹从元刊八卷本瞿本陶刻本。

月

一轮皓月明如昼。但得意是中秋。倒悬玉镜无尘垢。皓彩浮。素影澄。清光透。皓齿明眸。粉面油头。点花牌。行酒令。递诗筹。词林艺苑。舞态歌喉。共鸳朋。谐凤友。效鸾俦。既无忧。又无愁。蟾光长愿照金瓯。天上姮娥人世有。也胜庾亮在南楼。太平乐府五　乐府群珠二

四　福

富

祖宗积德合兴旺。居富室住高堂。钱财广盛根基壮。快斡旋。会攒积。能生放。解库槽房。碾磨油坊。锦千箱。珠论斗。米盈仓。逢时遇节。弄斝传觞。待佳宾。开绮宴。出红妆。奏笙簧。按宫商。金钗十二列成行。瑞霭迎门车马闹。春风满座绮罗香。太平乐府五　乐府群珠二

贵

紫袍象简黄金带。算都是命安排。风云庆会逢亨泰。历练深。委用多。陞除快。日转千阶。位至三台。判南衙。开北省。任西台。绣衣持节。宝剑金牌。拯民危。除吏弊。救天灾。有奇

才。会区画。一官未尽一官来。治国安民勋业显。封妻荫子品资该。太平乐府五　乐府群珠二

福

前生造物安排定。今世里享安荣。算来有福皆由命。门第高。品道增。簪缨盛。四海清宁。五谷丰登。好门庭。能受用。会施呈。显荣父祖。感谢神明。遇良辰。逢美景。叙欢情。有才能。有名声。正宜白发看升平。身地不占风水好。心田留与子孙耕。太平乐府五　乐府群珠二

　　　瞿本太平乐府旧校改品道作品禄。群珠品道作品级。兹从元刊太平乐府。元刊八卷本作品通。元刊本等太平乐府及群珠门第俱作门地。兹从明大字本太平乐府。

寿

晓来云外长庚现。浮瑞霭溢祥烟。今朝来赴蟠桃宴。挂寿星。点画烛。焚香篆。广列华筵。共捧金船。庆生辰。加禄算。受皇宣。蓬莱未远。松柏齐坚。弟兄和。夫妇乐。子孙贤。降群仙。驾云轩。鹤随鸾凤下遥天。但愿长生人不老。更祈遐算寿千年。太平乐府五　乐府群珠二

四　情

悲

昨宵雨洒湘筠翠。都做了泪沾衣。只因心上闲萦系。眉黛攒。梦寐多。肝肠碎。懊恨花飞。断送春归。碧天低。残月坠。断云迷。琵琶怨感。襟袖淋漓。漏声长。人信杳。雁书稀。病恹赢。痛伤悲。千行垂了万行垂。罗帕淹残重想起。不禁枝上杜鹃啼。太平乐府五　乐府群珠二

欢

春风尽日闲庭院。人美丽正芳年。时常笑显桃花面。翠袖揎。玉笋呈。金杯劝。月殿婵娟。洛浦神仙。脸霞鲜。眉月偃。鬓云偏。同携素手。并倚香肩。舞风前。歌月底。醉花边。好姻缘。喜团圆。绮罗丛里笑声喧。百岁光阴能有几。四时欢乐不论钱。太平乐府五　乐府群珠二

离

鸟啼花落残春候。人去也意难留。别杯未举愁先透。天气晴。柳色新。山容秀。芳草汀洲。古木林丘。唤催归。啼杜宇。叫鶷鶒。空房自守。雨泪难收。痛伤心。愁极目。懒回头。上危楼。望行舟。夕阳西下水东流。准备香罗淹泪眼。安排锦字寄新愁。太平乐府五　乐府群珠二

合

昨宵疑怪灯花爆。应好梦在今朝。朱檐灵鹊连声啅。恨间别。喜会合。添欢笑。月上花梢。人乐春宵。绣房扃。银烛灭。篆香飘。珠围翠绕。绿嫩红娇。靠鸳帏。敧凤枕。拥鲛绡。逞妖娆。共柔薄。溶溶粉汗未全消。绿柳阴中莺燕友。碧桃花下凤鸾交。太平乐府五　乐府群珠二

　　元刊太平乐府朱檐作朱帘。兹从元刊八卷本瞿本太平乐府及群珠。何钞本太平乐府及群珠啅俱作噪。

四　别

叙　别

从来别恨曾经惯。都不似这今番。汪洋闷海无边岸。痛感伤。谩哽咽。空嗟叹。倦听阳关。懒上征鞍。口慵开。心似醉。泪

难干。千般懊恼。万种愁烦。这番别。明日去。甚时还。晚风闲。暮云残。鸾笺欲寄雁惊寒。坐处忧愁行处懒。别时容易见时难。太平乐府五　乐府群珠二

恨　别

风流得遇鸾凰配。恰比翼便分飞。彩云易散琉璃脆。没揣地钗股折。厮琅地宝镜亏。扑通地银瓶坠。香冷金猊。烛暗罗帏。子剌地搅断离肠。扑速地淹残泪眼。吃答地锁定愁眉。天高雁杳。月皎乌飞。暂别离。且宁耐。好将息。你心知。我诚实。有情谁怕隔年期。去后须凭灯报喜。来时长听马频嘶。太平乐府五　乐府群珠二

元刊本元刊八卷本瞿本太平乐府没揣俱作设揣。兹从明大字本太平乐府及群珠。元刊本谁怕作难怕。兹从元刊八卷本瞿本及群珠。

寄　别

长江有尽愁无尽。空目断楚天云。人来得纸真实信。亲手开。在意读。从头认。织锦回文。带草连真。意诚实。心想念。话殷勤。佳期未准。愁黛常颦。怨青春。挨白昼。怕黄昏。叙寒温。问原因。断肠人寄断肠人。锦字香沾新泪粉。彩笺红渍旧啼痕。太平乐府五　中原音韵　乐府群珠二

中原音韵不注撰人。〇音韵愁无尽作思无尽。人寄作人忆。又与群珠原因俱作缘因。沾俱作粘。

忆　别

自从当日相别后。才提起泪先流。有时偷揾春衫袖。向夜深。绣枕边。都湮透。独抱衾裯。谩想温柔。两家心。千种恨。一般愁。情怀渺渺。魂梦悠悠。水山遥。鱼雁杳。雨云收。见无由。恨相逐。黄昏半夜五更头。在后相逢虽是有。眼前烦恼几

时休。<small>太平乐府五　乐府群珠二</small>

<small>元刊太平乐府末句休上有作字。兹从元刊八卷本等太平乐府及乐府群珠。</small>

〔双调〕沉醉东风

听不厌鸾笙象板。看不足凤髻蝉鬟。按不住刺史狂。学不得司空惯。常不教粉容红悭。若不把群花恣意看。饱不了平生饿眼。
<small>乐府群玉三</small>

〔双调〕折桂令

咏西域吉诚甫

是梨园一点文星。西土储英。中夏扬名。胸次天诚。口角河倾。席上风生。吞学海波澜万顷。战词坛甲胄千兵。律按玑衡。声应和铃。乐奏英茎。<small>乐府群玉三　乐府群珠三</small>

<small>群玉玑衡作机衡。声应和铃作声和铃落。兹俱从群珠。群珠末句阙茎字。</small>

〔双调〕清江引

采薇首阳空忍饥。枉了争闲气。试问屈原醒。争似渊明醉。早寻个稳便处闲坐地。<small>乐府群玉三</small>

伯牙去寻钟子期。讲论琴中意。高山流水声。谁是知音的。早寻个稳便处闲坐地。<small>乐府群玉三</small>

五湖去来越范蠡。甘作烟波计。功成心自闲。名遂身先退。早寻个稳便处闲坐地。<small>乐府群玉三</small>

楚狂接舆歌凤兮。见人忙回避。固知势利心。岂识高贤意。早寻个稳便处闲坐地。<small>乐府群玉三</small>

到头那知谁是谁。倏忽人间世。百年有限身。三寸元阳气。早寻个稳便处闲坐地。<small>乐府群玉三</small>

秀才饱学一肚皮。要占登科记。假饶七步才。未到三公位。早寻个稳便处闲坐地。乐府群玉三

古今尽成闲是非。翻覆兴和废。休夸韩信功。谩说陈平智。早寻个稳便处闲坐地。乐府群玉三

凤凰燕雀一处飞。玉石俱同类。分甚高共低。辨甚真和伪。早寻个稳便处闲坐地。乐府群玉三

道人淡然心似灰。酒色俱无意。绝交鹦鹉杯。退佃鸳鸯被。早寻个稳便处闲坐地。乐府群玉三

利名假饶争到底。争得成何济。谁为刎颈交。那是安窠计。早寻个稳便处闲坐地。乐府群玉三

情

夜长四壁人静悄。强把屏山靠。□路楚云深。有梦无著落。俏魂灵险些儿干送了。乐府群玉三

　　　吴梅校本于三句阙字处补一字。

夜长怎生得睡著。万感萦怀抱。伴人瘦影儿。惟有孤灯照。长吁气一声吹灭了。乐府群玉三

昨先话儿说甚底。今日都翻悔。直恁铁心肠。不管人憔悴。下场头送了我都是你。乐府群玉三

〔双调〕凌波仙

菊栽栗里晋渊明。瓜种青门汉邵平。爱月香水影林和靖。忆莼鲈张季鹰。占清高总是虚名。光禄酒扶头醉。大官羊带尾撑。他也过平生。乐府群玉三

灯前抚剑听鸡声。月下吹箫引凤鸣。功名两字原无命。学神仙又不成。叹吴侬何处归耕。日月闲中过。风波梦里惊。造物无

情。乐府群玉三

吊宫大用

豁然胸次扫尘埃。久矣声名播省台。先生志在乾坤外。敢嫌他天地窄。辞章压倒元白。凭心地。据手策。是无比英才。录鬼簿下

吊曲家曲原分列录鬼簿各家小传后。无题。兹既离传。故为补题。〇此以天一阁藏明蓝格钞本录鬼簿为主。下同。孟称舜刊本录鬼簿省台作钓台。四句无他字。辞章上有更字。末句无是字。明季精钞本录鬼簿心地作公地。无比作无此。王国维校本从之。曹栋亭本无他字。辞章上有更字。末句作数当今无比英才。

吊郑德辉

乾坤膏馥润肌肤。锦绣文章满肺腑。笔端写出惊人句。解翻腾今是古。词坛老将输伏。翰林风月。梨园乐府。端的是曾下功夫。录鬼簿下

孟本今是作今共。五句作占词曲老将伏输。功夫上有死字。曹本四五句作。翻腾今共古。占词场老将伏输。

吊金志甫

心交原不问亲疏。契饮那能较有无。谁知一上金陵路。叹亡之命矣夫。梦西湖何不归欤。魂来处。返故居。比梅花想更清癯。录鬼簿下

孟本二句作契论何须论有无。归欤作归期。

吊范子英

诗题雁塔写秋空。酒满舫船棹晚风。诗筹酒令闲吟咏。占文场

第一功。扫千军笔阵元戎。龙蛇梦。狐兔踪。半生来弹铗声中。

录鬼簿下

　　明蓝格钞本秋空作秋香。千军作千里。兹俱从孟本曹本。孟本场作章。末句无
来字。又与曹本弹铗俱作弹指。

吊曾瑞卿

江湖儒士慕高名。市井儿童诵瑞卿。衣冠济楚人钦敬。更心无宠辱惊。乐幽闲不解趋承。身如在。死若生。想音容犹见丹青。

录鬼簿下

　　明蓝格钞本五句作乐优闲不能趋承。末四字作独丹青见。兹俱从曹本。孟本儿
童作童儿。幽闲不解作优游不解。犹见作难见。

吊沈和甫

五言常写和陶诗。一曲嘗传冠柳词。半生书法欺颜字。占风流独我师。是梨园南北分司。当时事。仔细思。细思量不是当时。

录鬼簿下

　　明蓝格钞本无细思二字。兹从曹本。嘗字不见字书。疑是时之讹。孟本嘗作
能。欺作颠。独作善。是梨园作显梨园。事作字。末句无细思二字。曹本常作
尝。嘗作能。不是作不似。

吊鲍吉甫

平生词翰在宫商。两字推敲付锦囊。耸吟肩有似风魔状。苦劳心呕断肠。视荣华总是干忙。谈音律。论教坊。占断排场。录鬼簿下

　　明蓝格钞本鲍吉甫作钱吉甫。○又。视上有气字。兹从孟本曹本。孟本平作
半。付作在。苦作要。曹本末句作唯先生占断排场。

吊陈存父

钱塘人物尽飘零。幸有斯人尚老成。为朝元恐负虚星命。风箫

闲鹤梦惊。驾天风直上蓬瀛。芝堂静。蕙帐清。照虚梁落月空明。录鬼簿下

明蓝格钞本照作怨。兹从孟本曹本。孟本幸作赖。星作皇。闲作寒。曹本俱同。孟本人物作文物。末句无落字。曹本人物作风物。

吊范冰壶

向歆传业振家声。羲献临池播令名。操焦桐只许知音听。售千金价不轻。有谁知父子才能。冰如玉。玉似冰。比壶天表里澄清。录鬼簿下

明蓝格钞本澄作流。兹从孟本。孟本不作未。谁知作谁如。比作映。曹本俱同孟本。

吊施君美

道心清净绝无尘。和气雍容自有春。吴山风月收拾尽。一篇篇字字新。但思君赋尽停云。三生梦。百岁身。空只有衰草荒坟。录鬼簿下

明蓝格钞本字字新作一字字新。五句作思君赋尽行云。兹俱从孟本。孟本空只有作到头来。曹本俱同孟本。

吊黄德润

一心似水道为邻。四体如春德润身。风流才调真英俊。轶前车继后尘。漫苍天委任斯人。岐山凤。鲁甸麟。时有亨屯。录鬼簿下

明蓝格钞本鲁作曾。兹从孟本曹本。孟本轶前车作辕前贤。五句作谩苍天妄任斯文。亨屯作其伦。曹本漫作谩。人作文。

吊沈拱之

掀髯得句细推敲。举笔为文善解嘲。天生才艺藏怀抱。叹玉石

相混淆。更多逢世事确砐。蜂为市。燕有巢。吊夕阳几度荒郊。录鬼簿下

明蓝格钞本沈拱之作沈珙之。孟本无此首。〇明季精钞本确砐作巇巇。王国维校本从之。曹本叹作奈。确砐作咬嗃。末句作吊斜阳缓走西郊。

吊赵君卿

闲中展手刻新词。醉后挥毫写旧诗。两般总是龙蛇字。不风流难会此。更文才夙世天资。感夜雨梨花梦。叹秋风两鬓丝。住人间能有多时。录鬼簿下

明蓝格钞本难会此作淘会比。天资作天姿。兹俱从孟本曹本。蓝格本梨花梦作同窗梦。兹从曹本。孟本曹本展手俱作袖手。孟本六句作夜雨同窗志。无叹字。末句作系住人间能几时。系字衍。曹本夙作宿。

吊陈彦实

府垣岁月露忠肝。宪幕冰霜岂汗颜。何其薏苡生谗间。自甘心愿就闲。转回头梦入槐南。后会何时再。英魂甚日还。望东南翘首三山。录鬼簿下

孟本无此首。〇明蓝格钞本汗颜作汗却。王国维校本云明季精钞本作汗颜。兹从之。曹本岁作几。无何其二字。甘心上无自字。南作安。魂作灵。汗颜作污颜。

吊廖弘道

人间未得注金瓯。天上先教记玉楼。恨穹苍不与斯文寿。未成名土一丘。叹平生壮志难酬。朝还暮。春又秋。为思君泪满鹴裘。录鬼簿下

明蓝格钞本廖弘道作康弘道。孟本无此首。〇明蓝格钞本四句脱名字。兹据曹本补。曹本穹苍作苍穹。斯文作斯人。土一作一土。

吊睢景臣

吟髭撚断为诗魔。醉眼慵开被酒酡。半生才便作三闾些。叹翻成薤露歌。等闲间鬓发成皤。功名事。岁月过。又待如何。录鬼簿下

　　明蓝格钞本睢景臣作睢舜臣。○明季精钞本皤上无成字。曹本孟本被俱作为。鬓发俱作苍鬓。

吊吴中立

语言辩利扫千兵。心性聪明误半生。莱芜穷又染维摩病。想天公忒世情。使英雄遗恨难平。寒泉净。碧草馨。为发幽冥。录鬼簿下

　　孟本无此首。○明蓝格钞本辩作辨。染维摩作该摩。兹据曹本改。曹本莱作来。情上脱世字。草作藻。为发作敢荐。

吊周仲彬

丹墀未知玉楼宣。黄土应埋白骨冤。羊肠曲折云更变。料人生亦惘然。叹孤坟落日寒烟。竹下泉声细。梅边月影圆。因思君歌舞十全。录鬼簿下

　　孟本知作叩。更作千。曹本俱同。

吊乔梦符

平生湖海少知音。几曲宫商大用心。百年光景还争甚。空赢得雪鬓侵。跨仙禽路绕云深。欲挂坟前剑。重听膝上琴。漫携琴载酒相寻。录鬼簿下

　　此据曹本。明蓝格钞本有贾仲明撰之一首。而无此曲。孟本亦无。

套数

〔南吕〕一枝花

自序丑斋

生居天地间。禀受阴阳气。既为男子身。须入世俗机。所事堪宜。件件可咱家意。子为评跋上惹是非。折莫旧友新知。才见了着人笑起。

〔梁州〕子为外貌儿不中抬举。因此内才儿不得便宜。半生未得文章力。空自胸藏锦绣。口唾珠玑。争奈灰容土貌。缺齿重颏。更兼着细眼单眉。人中短髭鬓稀稀。那里取陈平般冠玉精神。何晏般风流面皮。那里取潘安般俊俏容仪。自知。就里。清晨倦把青鸾对。恨杀爷娘不争气。有一日黄榜招收丑陋的。准拟夺魁。

〔隔尾〕有时节软乌纱抓劄起钻天髻。干皂靴出落着簌地衣。向晚乘闲后门立。猛可地笑起。似一个甚的。恰便似现世钟馗諕不杀鬼。

〔牧羊关〕冠不正相知罪。貌不扬怨恨谁。那里也尊瞻视貌重招威。枕上寻思。心头怒起。空长三十岁。暗想九千回。恰便似木上节难镑刨。胎中疾没药医。

〔贺新郎〕世间能走的不能飞。饶你千件千宜。百伶百俐。闲中解尽其中意。暗地里自恁解释。倦闲游出塞临池。临池鱼恐坠。出塞雁惊飞。入园林俗鸟应回避。生前难入画。死后不留题。

〔隔尾〕写神的要得丹青意。子怕你巧笔难传造化机。不打草两般儿可同类。法刀鞘依着格式。妆鬼的添上嘴鼻。眼巧何须样子比。

〔哭皇天〕饶你有拿雾艺冲天计。诛龙局段打风机。近来论世态。世态有高低。有钱的高贵。无钱的低微。那里问风流子弟。折末颜如灌口。貌赛神仙。洞宾出世。宋玉重生。设答了馒的。梦撒了寮丁。他采你也不见得。枉自论黄数黑。谈说是非。

〔乌夜啼〕一个斩蛟龙秀士为高第。升堂室今古谁及。一个射金钱武士为夫婿。韬略无敌。武艺深知。丑和好自有是和非。文和武便是傍州例。有鉴识。无嗔讳。自花白寸心不昧。若说谎上帝应知。

〔收尾〕常记得半窗夜雨灯初昧。一枕秋风梦未回。见一人。请相会。道咱家。必高贵。既通儒。又通吏。既通疏。更精细。一时间。失商议。既成形。悔不及。子教你。请俸给。子孙多。夫妇宜。货财充。仓廪实。禄福增。寿算齐。我特来。告你知。暂相别。恕情罪。叹息了几声。懊悔了一会。觉来时记得。记得他是谁。原来是不做美当年的捏胎鬼。太平乐府八　雍熙乐府一〇

雍熙乐府题作丑斋自述。不注撰人。〇（一枝花）雍熙身作体。世俗作壮俗。七句作为评跋惹是非。折莫下有煞字。（梁州）明大字本太平乐府唾作吐。颊作颐。兹从元刊本元刊八卷本瞿本太平乐府。何钞本太平乐府颊作唇。雍熙子为作子为这。因此作因此上。空自作空自古。口唾作口吐。争奈上有只字。更兼作又兼。陈平上无取字。（隔尾）明大字本太平乐府刬起作搭起。雍熙首句无节字。（牧羊关）雍熙锵刨作锵锯。（贺新郎）太平乐府意作黑。雍熙作意。但意字下仍有黑字。兹改太平乐府之黑为意。明大字本太平乐府走的作走。俗鸟作宿鸟。兹从元刊本等太平乐府。雍熙暗地下无里字。俗鸟作宿鸟。（隔尾）雍熙样子作做样。（哭皇天）元刊本等太平乐府问风流作间风流。兹从明大字本太平乐府及雍熙。雍熙首句雾作云。天作霄。设答作没答。（乌夜啼）雍熙文和武作文共武。（收尾）各本太平乐府悔俱作侮。兹从瞿本太平乐府旧校及雍熙。雍熙更精细作又精细。财充作充盈。他是谁作是谁。

邵元长

元长字德善。慈溪人。与钟嗣成同时。曾序嗣成录鬼簿。

小令

〔双调〕湘妃曲

赠钟继先

高山流水少人知。几拟黄金铸子期。继先贤既解其中意。恨相逢何太迟。示佳编古怪新奇。想达士无他事。录名公半是鬼。叹人生不死何归。录鬼簿序

此据明蓝格钞本。孟称舜本佳编作佳篇。曹栋亭本同。曹本无贤字。

周　浩

与钟嗣成同时。

小令

〔双调〕蟾宫曲

题录鬼簿

想贞元朝士无多。满目江山。日月如梭。上苑繁华。西湖富贵。总付高歌。麒麟冢衣冠坎坷。凤凰城人物蹉跎。生待如何。死待如何。纸上清名。万古难磨。录鬼簿

此据明蓝格钞本。蓝格钞本脱作者姓氏。曹栋亭本不脱。曹本贞作开。满作触。城作台。

邾　经

经字仲谊。号玩斋。又号观梦道士。西清居士。陇右人。至正间进士。洪武初为浙江省考试官。权衡允当。士林称之。侨居吴山之下。因而家焉。丰神潇洒。文质彬彬。为文章未尝停思。八分书极高。善琴操。能隐语。日游览湖光山色于苏隄林墓间。吟咏不辍于口。有观梦等集。名重一时。著杂剧四种。三塔记。鬼推门。鸳鸯冢。玉娇春。今俱佚。案邾或作朱。疑误。

小令

〔双调〕蟾宫曲

题录鬼簿

可人千古风骚。如意珊瑚。苍水鲸鳌。纸上功名。曲中情思。话里渔樵。叹雾阁云窗梦窈。想风魂月魄谁招。裹骊珠泪冷鲛绡。续冰弦指冻鸾胶。传芳名玉兔挥毫。谱遗音彩凤衔箫。_{录鬼簿}

此据明蓝格钞本。曹栋亭本可作何。苍作弱。情思作恩怨。窈作杳。冰弦作鹍弦。

汪元亨

元亨号云林。饶州人。别号临川佚老。仕浙江省掾。后徙居常熟。至正间在世。录鬼簿续编云云林有归田录百篇行世。现存云林小令适百篇。疑即归田录之全。钱大昕补元史艺文志列云林之小隐馀音。云林清赏各一卷。或亦即归田录之曲欤。著杂剧斑竹记。仁宗认母。桃源洞。今佚。

小令

〔正宫〕醉太平

警　世

辞龙楼凤阙。纳象简乌靴。栋梁材取次尽摧折。况竹头木屑。
结知心朋友着疼热。遇忘怀诗酒追欢悦。见伤情光景放痴呆。
老先生醉也。雍熙乐府一七

憎苍蝇竞血。恶黑蚁争穴。急流中勇退是豪杰。不因循苟且。
叹乌衣一旦非王谢。怕青山两岸分吴越。厌红尘万丈混龙蛇。
老先生去也。雍熙乐府一七

家私上欠缺。命运里周折。桑间饭谁肯济灵辄。安乐窝养拙。
但新词雅曲闲编掇。且粗衣淡饭权捆拽。这虚名薄利不干涉。
老先生过也。雍熙乐府一七

度流光电掣。转浮世风车。不归来到大是痴呆。添镜中白雪。
天时凉搅指天时热。花枝开回首花枝谢。日头高眨眼日头斜。
老先生悟也。雍熙乐府一七

范丹贫琐屑。石崇富骄奢。论贫穷何以富何耶。十年运巧拙。
了浮生脱似辞柯叶。纵繁华回似残更月。叹流光疾似下坡车。
老先生见也。雍熙乐府一七

门前山妥帖。窗外竹横斜。看山光掩映树林遮。小茅庐自结。
喜陈抟一榻眠时借。爱卢仝七碗醒时啜。好焦公五斗醉时赊。
老先生乐也。雍熙乐府一七

源流来俊杰。骨髓里骄奢。折垂杨几度赠离别。少年心未歇。
吞绣鞋撑的咽喉裂。掷金钱趸的身躯趄。骗粉墙掂的腿脡折。
老先生害也。雍熙乐府一七

嗟云收雨歇。叹义断恩绝。觉远年情况近来别。全不似那些。
赴西厢踏破苍苔月。等御沟流出丹枫叶。走都城辗碎画轮车。
老先生够也。雍熙乐府一七

恰花残月缺。又瓶坠簪折。并头莲藕上下锹镢。姻缘簿碎扯。
祆神庙雷火皆轰烈。楚阳台砖瓦平崩卸。天台洞狼虎紧拦截。
老先生退也。雍熙乐府一七

弃桃腮杏颊。离燕体莺舌。远市廛居止近岩穴。论行藏用舍。
雁翎刀挥动头颅卸。鸡心锤抹着皮肤裂。狼牙棒轮起肋肢折。
老先生怕也。雍熙乐府一七

锦筝挡莫歇。紫箫品休绝。把红牙象板按低些。皓齿歌未彻。
听几声金缕心欢悦。饮千钟玉液身颓趄。看两行红袖眼乜斜。
老先生醉也。雍熙乐府一七

清泉沁齿颊。佳茗润喉舌。唤山童门户好关者。把琴书打叠。
攲菊花香枕无兢业。拥芦花絮被多窨㻫。入梅花纸帐紧围遮。
老先生睡也。雍熙乐府一七

金鸡唱未彻。玉漏滴先绝。慢惊回枕上梦胡蝶。起秋声四野。
撼林梢一阵风儿劣。坠天边一点参儿趄。照床头一片月儿斜。
老先生觉也。雍熙乐府一七

怪莺儿乱啼。惊蝶梦初回。正春风草满谢家池。睡齁齁鼻息。
弈棋声敲上纱窗日。拽车声辗过香尘地。卖花声叫转画楼西。
老先生未起。雍熙乐府一七

莫争高竞低。休说是谈非。此身不肯羡轻肥。且埋名隐迹。叹
世人用尽千般计。笑时人倚尽十分势。看高人着尽一枰棋。老
先生见机。雍熙乐府一七

住雕墙峻宇。乘驷马高车。有枣瓢金子弹丸珠。没多时做主。
燕昭台已见藏狐兔。吴王台又见游麋鹿。子陵台不见钓鳌鱼。

老先生吊古。_{雍熙乐府一七}

会谈经览史。惯作赋吟诗。裹翩翩乌帽插花枝。听佳人鼓瑟。
开经天纬地宽胸次。展嘲风咏月长才思。吐敲金击玉款言词。
老先生俊死。_{雍熙乐府一七}

结诗仙酒豪。伴柳怪花妖。白云边盖座草团瓢。是平生事了。
曾闭门不受征贤诏。自休官懒上长安道。但探梅常过灞陵桥。
老先生俊倒。_{雍熙乐府一七}

裹乌纱帽短。罩白苎袍宽。喜无拘无束旧衣冠。步前村后疃。
看七贫七富从他换。料一生一死由天断。且半真半假被人瞒。
老先生不管。_{雍熙乐府一七}

耳闻时做聋。眼见处推盲。且达时知务暗包笼。权妆个懵懂。
听人着冷话来调弄。由人着死句相讥讽。任人着假意厮过送。
老先生不懂。_{雍熙乐府一七}

〔中吕〕朝天子

归　隐

新诗吟兴浓。香醪量洪。好花插乌纱重。百年世事苦匆匆。莫
把眉头纵。鸥鹭新盟。云山清兴。远红尘俗事冗。假石崇运通。
使范丹命穷。总一枕南柯梦。_{雍熙乐府一八}

长歌咏楚词。细赓和杜诗。闲临写羲之字。乱云堆里结茅茨。
无意居朝市。珠履三千。金钗十二。朝承恩暮赐死。采商山紫
芝。理桐江钓丝。毕罢了功名事。_{雍熙乐府一八}

住茅舍竹篱。穿芒鞋布衣。啖藿食藜羹味。两轮日月走东西。
搬今古兴和废。蕙帐低垂。柴门深闭。大斋时犹未起。叹苏卿
牧羝。笑刘琨听鸡。睡不足三竿日。_{雍熙乐府一八}

任薰莸不分。尽玉石共焚。由人海鱼龙混。长歌楚些吊湘魂。谁待看匡时论。身重千金。舌缄三寸。坐时安行处稳。醉看山倒樽。醒读书闭门。无半点尘俗闷。_{雍熙乐府一八}

荣华梦一场。功名纸半张。是非海波千丈。马蹄踏碎禁街霜。听几度头鸡唱。尘土衣冠。江湖心量。出皇家麟凤网。慕夷齐首阳。叹韩彭未央。早纳纸风魔状。_{雍熙乐府一八}

功名辞凤阙。浮生寄蚁穴。醉入黄鸡社。取之无禁用无竭。江上风山间月。基业隋唐。干戈吴越。付渔樵闲话说。酒杯中影蛇。枕头上梦蝶。二十载花开谢。_{雍熙乐府一八}

繁华景已休。功名事莫求。算富贵难消受。匡庐挂在屋西头。终日看云出岫。瓜地深锄。茅庵新构。醉翁意不在酒。厌襟裾马牛。笑衣冠沐猴。拂破我归山袖。_{雍熙乐府一八}

朱颜去不回。白发来暗催。黄金尽将时背。穷居野处保无危。俯仰心无愧。秋菊宜餐。春兰堪佩。度流光如逝水。高阳池举杯。灞陵桥探梅。傲杀王侯贵。_{雍熙乐府一八}

身不出敝庐。脚不登仕途。名不上功劳簿。窗前流水枕边书。深参透其中趣。大泽诛蛇。中原逐鹿。任江山谁做主。孟浩然跨驴。严子陵钓鱼。快快煞闲人物。_{雍熙乐府一八}

风俗变甚讹。人情较太薄。世事处真微末。收拾琴剑入山阿。眼不见高轩过。性本疏慵。才非王佐。守一丘并一壑。算人生几何。惊头颅半皤。怕干惹萧墙祸。_{雍熙乐府一八}

云林远市朝。烟村绝吏曹。风景隔长安道。淋漓醉墨湿宫袍。诗酒把王侯傲。南亩躬耕。东皋舒啸。看青山终日饱。携一琴一鹤。做半渔半樵。人不识予心乐。_{雍熙乐府一八}

色侵阶碧苔。荫当门绿槐。香满瓮黄虀菜。青山招我赋归来。放浪形骸外。汉室三杰。唐家十宰。数英雄如过客。置轩车第

宅。积子女玉帛。见多少成和败。雍熙乐府一八

逐东风看花。锄明月种瓜。趁春雨耘苗稼。堪嗟尘事手抟沙。较世味如嚼蜡。杖屦梅边。琴樽松下。锁心猿拴意马。鸱夷泛海槎。陶潜休县衙。入千古渔樵话。雍熙乐府一八

意隄防若城。口缄守似瓶。心磨拭如明镜。沧波照影鬓星星。莫行险图侥倖。松菊幽怀。莼鲈高兴。乐桑榆淹暮景。手执玉捧盈。足临深履冰。固君子知天命。雍熙乐府一八

两眉舒不攒。一身闲尽挤。百事了无羁绊。霜侵两鬓渐成斑。嗟暗里年光换。小可杯盘。寻常烟爨。客来时随意款。喜情欢量宽。乐心广体胖。生与死由天断。雍熙乐府一八

结构就草庵。葺理下药篮。整顿挑诗担。萧萧白发不胜簪。羞对青铜鉴。绝念荣华。甘心恬澹。安乐窝分付俺。饮壶觞半酣。共渔樵笑谈。乔公案无心勘。雍熙乐府一八

白茅葺短檐。黄芦编细帘。红槿插疏篱堑。诗成一笑写霜缣。诲不厌学不倦。伴侣猿鹤。生涯琴剑。设柴门常自掩。沽村醪价廉。挑野菜味甜。绝断了功名念。雍熙乐府一八

百篇诗细吟。一壶酒自斟。半间屋和云赁。粗衣淡饭且消任。得温饱思量甚。世态团蜂。人心毒鸩。是和非都在恁。枕床头素琴。坐门前绿阴。梦不入非熊谶。雍熙乐府一八

访壶公洞天。谒卢仝玉川。住潘岳河阳县。汉家陵寝草芊芊。叹世事云千变。暮鼓晨钟。秋鸿春燕。随光阴闲过遣。结茅庐数椽。和梅诗几篇。遂了俺平生愿。雍熙乐府一八

染风霜鬓斑。际风云兴阑。耽风月心全慢。天公容我老来闲。且喫顿黄齑饭。并处贤愚。同炉冰炭。怪先生归去晚。拜韩侯上坛。放张良入山。谁身后无忧患。雍熙乐府一八

〔双调〕沉醉东风

归　田

快结果钱山邓通。易消磨金谷石崇。想世间百岁人。似石上三生梦。转头来谁是英雄。翠盖朱軿扫地空。何处也前遮后拥。雍熙乐府一七

远城市人稠物穰。近村居水色山光。薰陶成野叟情。铲削去时官样。演习会牧歌樵唱。老瓦盆边醉几场。不撞入天罗地网。雍熙乐府一七

纱帽短妆些样子。布袍宽尽着材儿。收拾起驾驭心。埋没下经纶志。灼然见昔非今是。闲共渔樵讲论时。说富贵秋风过耳。雍熙乐府一七

旋葺理桑榆暮景。且安排诗酒新盟。爱烟云接四邻。喜松菊存三径。对芝山依旧青青。妻子团圆过一程。再不去离乡背井。雍熙乐府一七

居山林清幽淡雅。远城市富贵奢华。酒杯倾鲸量宽。诗卷束牛腰大。灞陵桥探问梅花。村路骑驴慢慢踏。稳便似高车驷马。雍熙乐府一七

籴陈稻新春细米。采生蔬熟做酸齑。凤栖杀凰莫飞。龙卧死虎休起。不为官那场伶俐。槿树花攒绣短篱。到胜似门排画戟。雍熙乐府一七

口消镕龙肝凤髓。眼开除螓首蛾眉。转羊肠世路难。撅葱叶时光脆。筑板墙物理轮回。厌断红尘拂袖归。饱瞅些青山绿水。雍熙乐府一七

怕缠手焚了素书。懒钻头拽倒茅庐。骑虎时捋虎须。画蛇处添蛇足。一任教那般要誉。拣个溪山好处居。与几树梅花做主。雍

熙乐府一七

摒掉起疏狂性格。支撑住老朽形骸。便囊中金不存。愿门外山仍在。收拾下竹杖芒鞋。掉背摇头归去来。刚跳出愁山闷海。雍

熙乐府一七

任平地波翻浪滚。恣中原鹿走蛇吞。够升合白酒醇。迭斤两黄鸡嫩。甘分住水郭山村。千古兴亡费讨论。总一段渔樵话本。雍

熙乐府一七

乞骸骨潜归故山。弃功名懒上长安。经数场大会垓。断几状乔公案。葬送的皓首苍颜。傀儡棚中千百番。总瞒过愚眉肉眼。雍

熙乐府一七

已绝念风亭月馆。且潜身雾嶂云峦。数一春月到三。算百岁人过半。经几场离合悲欢。也学逢萌挂一冠。看指日功成行满。雍

熙乐府一七

志不愿官高禄显。心只图子肖妻贤。胸中藏班马才。舌上掉苏张辩。总不如问舍求田。家住青山古渡边。平隔断红尘路远。雍

熙乐府一七

妻从俭荆钗布袄。子甘贫陋巷箪瓢。论功名云叶飞。看富贵灯花爆。笑时人管中窥豹。尘事纷纷逐猬毛。眼过去朱围翠绕。雍

熙乐府一七

二十载江湖落魄。三千程途路奔波。虎狼丛辨是非。风波海分人我。到如今做哑妆矬。着意来寻安乐窝。摆脱了名缰利锁。雍

熙乐府一七

达时务呼为俊杰。弃功名岂是痴呆。脚不登王粲楼。手莫弹冯驩铗。赋归来竹篱茅舍。今古陶潜是一绝。为五斗腰肢倦折。雍

熙乐府一七

处妻子贫寒共守。结朋友义气相投。晚须开北海樽。晓莫听东华漏。老先生这回参透。染得新霜两鬓秋。挽不住乌飞兔走。雍

熙乐府一七

知己酒千钟快饮。会家诗百首常吟。守一座安乐窝。横三尺逍
遥枕。卧青青半亩松阴。雪月风花不系心。打挨过愁潘病沈。_雍
熙乐府一七

进步去天高地险。退身来浪静风恬。买四蹄车下牛。卖三尺匣
中剑。免区区附势趋炎。尽日看山独卷帘。飞不到红尘半点。_雍
熙乐府一七

将汉史唐书遍览。把天时人事相参。怕筑成傅说墙。愁扳折朱
云槛。急跳出虎窟龙潭。薄利虚名再莫贪。赢得来亡魂丧胆。_雍
熙乐府一七

〔双调〕折桂令

归　隐

问先生掉臂何之。在云外青山。山上茅茨。向陇首寻梅。着杖
头挑酒。就驴背吟诗。叹功名一张故纸。冒风霜两鬓新丝。何
苦孜孜。莫待偲偲。细看渊明。归去来辞。乐府群珠三　雍熙乐府
一七

乐府群珠曲前注临川佚老。下有小字云。新刻本云元尚书汪元亨。此首题作道
情。以下二至六首各标又字。七首题作述怀。八首题作道情。九首题作归田
作。十首十一首各标又字。十二至十八首未标又字。亦无题目。十九首二十首
各标又字。雍熙乐府题作归隐。注汪元亨作。两书各曲次第不同。异文亦多。
兹题从雍熙。曲文从群珠。○群珠吟诗作吹诗。兹从雍熙。雍熙陇上无向字。
杖上无着字。驴上无就字。冒作染。

避风波跳出尘寰。抗疏休官。倜傥归山。省两脚干忙。把寸心
常静。遣两鬓迟斑。向花柳追游过眼。共知音谈笑开颜。天运
循环。人事艰难。怡老乡园。罢念长安。乐府群珠三　雍熙乐府一七
雍熙抗疏作邂逅。把寸心作得寸心。怡老乡园作回首乡关。

结茅庐膝可相容。驿路风尘。人海鱼龙。袖拂去张良。船撑开范蠡。冠挂退逄萌。间谈笑黄童皓翁。尽受用明月清风。休怪吾侬。性本疏慵。赢得清闲。傲杀英雄。乐府群珠三　雍熙乐府一七

雍熙二句作避驿路烟尘。拂去作拂。撑开作撑。挂退作挂。七八两句作。谈未了笑未足黄童皓翁。取不禁用不竭明月清风。性本作应是。

望南山归去来兮。怕世态炎凉。人面高低。跨百尺长鲸。逐双飞彩凤。通一点灵犀。驾高车乘驷马喫跌怎起。喍肥羊饮法酒伤了难医。茅舍疏篱。稚子山妻。无辱无荣。快乐便宜。乐府群珠三　雍熙乐府一七

雍熙南山作终南。驾作坐。喍肥羊饮法酒作饮酽酒食肥羊。末二句作。输却功名。赢得别离。

韬光晦迹闲居。箪食壶浆。瓮牖桑枢。隙内白驹。樽中绿蚁。囊里青蚨。会踢弄徒劳手足。使机关枉费心术。宠辱从渠。去就从予。醉赋高阳。梦到华胥。乐府群珠三　雍熙乐府一七

雍熙韬光作自韬光。隙内作惜隙内。樽中作买樽中。囊里作罄囊里。醉赋高唐作醉赴高阳。

厌红尘拂袖而归。为丘壑情浓。名利心灰。看山对青螺。谈玄挥麈。换酒金龟。鄙高位羊质虎皮。见非辜兔死狐悲。杖屦徘徊。猿鹤追随。俗客休来。径路无媒。乐府群珠三　雍熙乐府一七

雍熙而归作归来。丘上无为字。麈上有玉字。金上有解字。下二句作。博以文约以礼笑羊质虎皮。耻其言过其行叹兔死狐悲。

曾经风月排场。死也风流。老也疏狂。莺唤韶华。人惊春梦。水流年光。这骨头千斤万两。这肚皮万卷文章。苗稼山庄。樽俎轩窗。闲领儿孙。潇洒书堂。乐府群珠三　雍熙乐府一七

雍熙曾经上有惯字。死也作少也。唤作啼破。惊作惊回。流作流尽。七句以下作。掂掇起穷骨头有千斤分两。摩挲着饿肚皮藏万卷文章。推倒东墙。拆毁西厢。教几个村童。盖一所学堂。

梦魂儿不到金銮。袖拂尘埃。林下盘桓。夜雪袁安。秋风张翰。
石室陈抟。冷笑他功名累卵。静观那日月跳丸。世态多般。祸
福无端。落得身闲。做甚高官。<small>乐府群珠三　雍熙乐府一七</small>

<small>乐府群珠石室陈抟旁有小字走赤壁曹瞒五字。当系校语。雍熙儿作飞。袖拂作
拂袖上。夜雪上有卧字。秋风上有感字。石室陈抟作走春水曹瞒。冷笑他作
荣暮辱另巍巍。静观那作东生西没急煎煎。多般作千般。下二句作。人事多
端。落一个闲身。末句甚作甚么。</small>

山庄小样蓬莱。杏坞桃溪。竹杖芒鞋。扁担挑折。葫芦摔碎。
布袋彪开。酿新酒烘春醉色。染霜毫艳锦诗才。磊落襟怀。放
浪形骸。乡邻款语。灯火归来。<small>乐府群珠三　雍熙乐府一七</small>

<small>雍熙山庄作无何乡。杏坞上有穿字。扁担作穷担子。葫芦上有闷字。布袋彪作
愁布袋丢。七八两句作。烹黄鸡酌白酒拚十色醉色。批清风抹明月补七步诗
才。放浪作放荡。下句作宾客过从。</small>

叹天之未丧斯文。剑气丹光。酒魄诗魂。名利秋霜。荣华朝露。
富贵浮云。看青山玩绿水醉田家瓦盆。采黄花摘红叶戏庄上儿
孙。随分耕耘。过遣晨昏。竹几藤床。草舍柴门。<small>乐府群珠三　雍
熙乐府一七</small>

<small>雍熙剑气上有养字。七八两句作。闲留恋田家瓦盆。戏相拖庄上儿孙。竹几作
竹杖。</small>

费十年灯火窗前。将铅椠书残。铁砚磨穿。处动静由人。算穷
通由命。料生死由天。安吾分随方就圆。任他乖越后搀先。舜
禹心传。孔孟遗编。多艺多才。无党无偏。<small>乐府群珠三　雍熙乐府
一七</small>

<small>群珠十年上之费字。铅椠上之将字。动静上之处字。穷通上之算字。生死上之
料字。俱以后增者。雍熙首句有费字。二句有将字。以下无处算料三字。</small>

傍烟霞盖座团标。梅放初花。竹长新梢。摆脱风尘。咏歌风月。
不见风涛。叹世事争头鼓脑。笑公门屈脊低腰。厌听喧嚣。甘
心寂寥。抛却功名。管领渔樵。<small>乐府群珠三　雍熙乐府一七</small>

雍熙竹长作竹挺。以下作。志不在风云。身不拘风月。眼不见风涛。讷于言敏
于行免争头鼓脑。降其志辱其身怕屈脊低腰。城市喧嚣。山野寂寥。末二
句同。

想英雄四海为家。楚尾吴头。海角天涯。叹釜里游鱼。羡林中
归鸟。厌井底鸣蛙。荣与辱翻腾不暇。废和兴更变多差。尘事
如麻。吾岂匏瓜。辞去张良。谏退蚍蛙。乐府群珠三　雍熙乐府一七

群珠叹作笑。五句无羡字。雍熙七八两句作。昨日秦今日汉翻腾不假。东家田
西家地改换无差。

莺花十二行窝。几度东风。一枕南柯。支遁青骊。李斯黄犬。
逸少白鹅。养丹鼎寒灰宿火。存道心止水澄波。醉里磨跎。醒
后吟哦。不取轻肥。免见干戈。乐府群珠三　雍熙乐府一七

雍熙莺花上有撇字。支遁上有厌字。李斯上有叹字。逸少上有爱字。

大丈夫一世豪杰。别个薰莸。辨个龙蛇。心不骄矜。言无谄佞。
性不挨□。居要路封侯建节。在陋巷缄口钳舌。厌处奸邪。莫
食来嗟。诗了重吟。酒尽重赊。乐府群珠三　雍熙乐府一七

群珠挨下一字不可识。兹作□。雍熙心不下有尚字。言无作言不出。六句作泪
不洒离别。居要路上有用之行三字。在陋巷上有舍之藏三字。莫食作不食。重
赊作还赊。

赋归来浅种深耕。任兔走乌飞。虎斗龙争。梅出脱林逋。菊支
撑陶令。鱼成就严陵。崔烈富一生铜臭。伯夷贫千古清声。山
可逃名。水可濯缨。用舍何难。去就皆轻。乐府群珠三　雍熙乐府
一七

群珠鱼作渔。兹从雍熙。雍熙七八两句作。昏昏醉倒笑刘伶一生不醒。明明饥
死羡伯夷千古长清。

净无尘长扫茅檐。招我青山。唤我青帘。散囊里黄金。藏匣中
宝剑。收架上牙签。正纲常言词不忝。守名分礼数无偏。随分
齑盐。且自消淹。地久天长。浪静风恬。乐府群珠三　雍熙乐府一七

雍熙藏作货。七八两句作。是则是非则非幸言词不忝。老吾老幼吾幼于礼数无
谦。消淹作潜淹。

平生何限风流。先世簪缨。旧业箕裘。走马章台。骑鲸沧海。
跨鹤扬州。黄金积子孙难守。驹阴逝顷刻难留。一笔都勾。万
事都休。静里乾坤。傲杀王侯。乐府群珠三　雍熙乐府一七

　　雍熙首句作叹平生何事风流。先世上有继字。走马下有到字。骑鲸下有过字。
　　跨鹤下有上字。七八两句作。黄金满籯虑子孙寻常不守。白驹过隙惜光阴顷刻
　　难留。都休作俱休。静里作醉里。傲杀作梦里。

自休官遁迹山林。喜气洋洋。生意津津。事要知机。交须知己。
诗遇知音。桑绕宅供山妻织纴。水投竿遣稚子敲针。泽畔行吟。
涤尽尘襟。闲看浮云。出岫无心。乐府群珠三　雍熙乐府一七

　　雍熙津津作骎骎。四句作处世知机。交须作交结。诗作琴。桑绕宅作五亩宅树
　　以桑。水投竿遣作一溪水投其竿教。末二句作。长似无心。出岫白云。

二十年尘土征衫。铁马金戈。火鼠冰蚕。心不狂谋。言无妄发。
事已多谙。黑似漆前程黯黯。白如霜衰鬓斑斑。气化相参。谗
诈难甘。笑取琴书。去访图南。乐府群珠三　雍熙乐府一七

　　群珠铁马上有甲字。兹从雍熙。雍熙斑斑作鬟鬟。相参作难参。谗作谲。末二
　　句作。冷笑渊明。高访图南。

〔双调〕雁儿落过得胜令

归　隐

器非瑚琏同。才岂杯桊用。常嗟斥鷃篱。冷笑醯鸡瓮。手拽短
藤筇。足蹑乱山峰。老体缘诗瘦。衰颜藉酒红。空空。世事如
春梦。匆匆。人生类转蓬。雍熙乐府二〇

闲来无妄想。静里多情况。物情螳捕蝉。世态蛇吞象。直志定
行藏。屈指数兴亡。湖海襟怀阔。山林兴味长。壶觞。夜月松

花酿。轩窗。秋风桂子香。雍熙乐府二〇

山翁醉似泥。村酒甜如蜜。追思莼与鲈。拨置名和利。鸡鹜乱争食。鹬蚌任相持。风雪双蓬鬓。乾坤一布衣。驱驰。尘事多兴废。依栖。云林少是非。雍熙乐府二〇

词林锦绣堆。歌管莺花队。青春逼后生。白发催先辈。逝景正堪悲。往事已难追。去国笼双袖。还家纵两眉。回思。冠冕为身累。知机。云山与世违。雍熙乐府二〇

功名休挂齿。山水堪酬志。相离鸡鹜群。收敛鹍鹏翅。风外看游丝。竹上刻新词。季子金虽尽。陶潜酒莫辞。追思。礼乐三千字。嗟咨。风波十二时。雍熙乐府二〇

身离皂盖车。足谢青云路。凤凰池上归。鹦鹉洲边住。松竹影扶疏。禽鸟语喧呼。风月供斑管。烟霞拥翠裾。频沽。有限杯中物。熟读。无穷架上书。雍熙乐府二〇

天时鉴盛衰。物理参成败。知机张子房。失计韩元帅。猿鸟莫惊猜。亭馆小安排。风月酬清兴。烟霞惬壮怀。头白。百岁人何在。梅开。一年春又来。雍熙乐府二〇

相亲麋鹿群。跳出龙蛇阵。禅心锻炼成。俗虑消磨尽。随意乐天真。知命守清贫。茅店家家酒。梅花处处春。黄尘。不使侵双鬓。白云。长教伴一身。雍熙乐府二〇

　　　　使原作便。兹改。

柴门尽日关。农事经春办。登场禾稼成。满瓮葡萄泛。名姓老空山。魂梦杳长安。且入白莲社。休题玉笋班。闲看。剑气和云散。频弹。琴声带月寒。雍熙乐府二〇

惭居鼎鼐官。笑领烟霞伴。诗成东阁题。酒尽西邻换。结草对层峦。接竹引飞湍。啸傲期元亮。奸雄愧老瞒。团团。海月供清玩。攒攒。山花带笑看。雍熙乐府二〇

时光几变迁。世事多谙练。甘为驽钝材。羞作麒麟楦。老计向林泉。平地作神仙。茶药琴棋砚。风花雪月天。休言。富贵非吾愿。随缘。箪瓢乐自然。_{雍熙乐府二〇}

至如富便骄。未若贫而乐。假遭秦岭行。何似苏门啸。满瓮泛香醪。鼓枕听松涛。万里天涯客。一枝云外巢。渔樵。坐上供吟笑。猿鹤。山中作故交。_{雍熙乐府二〇}

诗书细琢磨。笔砚闲功课。金刀剖细鳞。绿酒醅香糯。荆棘长铜驼。冠盖静鸣珂。富贵冰消日。光阴车下坡。猗猗。绿竹延清坐。峨峨。青山发浩歌。_{雍熙乐府二〇}

性情甘澹雅。口体便粗粝。农桑足课程。赋税先输纳。蓑笠度年华。诗酒作生涯。鲜鲤烹赪尾。香粳炊玉芽。人家。团簇青山下。梅花。横斜绿水涯。_{雍熙乐府二〇}

茶烹铛内云。酒泛杯中月。耻随鸳鹭班。笑结鸡豚社。举世怕干涉。掩卷慢伤嗟。楚霸千钧力。苏秦三寸舌。豪杰。人物都消灭。骄奢。光阴已断绝。_{雍熙乐府二〇}

婆娑盖草亭。迤逦穿松径。汪洋阔酒肠。潇洒清诗兴。有分订鸥盟。无意展鹏程。白发惟公道。东风不世情。青青。山色当窗映。泠泠。泉声绕涧鸣。_{雍熙乐府二〇}

忙忙乌兔走。扰扰龙蛇斗。谁知管乐才。孰得乔松寿。闲似水中鸥。拙若树头鸠。白屋终寒士。黄金促贵侯。优游。诗酒村学究。风流。文章老教头。_{雍熙乐府二〇}

　　寒士原作塞士。兹改。

新诗窗下吟。浊酒床头窨。看山掉臂行。饮水曲肱枕。出户敞衣襟。倚杖听松琴。且食夷齐粟。休分管鲍金。平林。松竹留清荫。幽禽。喉舌弄巧音。_{雍熙乐府二〇}

经书子训严。荆布妻从俭。门前独木桥。屋后三家店。岚气接

虚檐。山色透疏帘。秋早鸡儿嫩。风高栗子甜。观瞻。物理还须验。沉潜。时光不可淹。雍熙乐府二〇

趋炎真面惭。附势实心澹。志同车有辄。身比舟无缆。随地结茅庵。归梦谢朝参。事业居天上。声名播斗南。风潭。百顷青铜鉴。云岩。千寻碧玉簪。雍熙乐府二〇

套数

〔南吕〕一枝花

闲　乐

新栽数亩瓜。旧种千竿竹。不弹三尺剑。静阅满床书。诗骨清臞。冷淡淡心何虑。闲夭夭乐有馀。碧梧高彩凤深栖。沧溟阔鲸鳅隐居。

〔梁州〕取崖畔枯藤作杖。伐江皋曲木为庐。主人素得林泉趣。烹茶扫叶。引水通渠。钩帘待月。俯槛观鱼。耻干求自抱憨愚。厌追陪懒混尘俗。傲慢似去彭泽弃职陶潜。疏散如困虁府豪吟杜甫。清高似老孤山不仕林逋。岂浊。不鲁。处酸寒紧闭乾坤目。躲风雷看乌兔。静掩柴扉春日晡。便休题黑漆似程途。

〔黄钟煞〕守茅屋。忘势利。甘贫何用王侯顾。倒青樽。拚趔趄。烂醉频教婢妾扶。世上炎凉久憎恶。敬于贤。慢于富。罢朝参。俭家务。叱阿谀。荐忠恕。视肥甘。若鸩盅。惧功名。似豺虎。咏梅轩。钓菱浦。结樵朋。友渔父。陋繁华。尚雅素。远雕轮。避朱毂。老妻贤。酿醹醑。老夫狂。唱金缕。课耕男。教织女。推仁爱。给奴仆。颂歌谣。赞明主。尽红轮。换朝暮。任浮云。变今古。对猿鹤。做俦侣。喜烟霞。近窗户。但将那老鸠巢怀抱放宽舒。一任教竞蝇血儿曹谩欺侮。

〔尾〕学不的睡不安苍荒拔剑鸡窗下舞。赶不上时未遇抖搜弹冠仕途上趋。秉一段铁石心肠愈坚固。折莫你赵平原诱英雄计谋。齐孟尝待贤良肚腹。赚不去狗盗鸡鸣类儿数。雍熙乐府一〇　南北词广韵选五

雍熙乐府不注撰人。题作闲乐。南北词广韵选题作闲居。注汪元亨作。〇（梁州）广韵选酸寒上无处字。春日作若日。黑漆下有也字。（黄钟煞）广韵选趔趄作典袴。无叱阿谀荐忠恕六字。

孟　昉

昉字天暐。本西域人。寓北平。至正十二年为翰林待制。官至江南行台监察御史。苏天爵尝题天暐拟古文后云。太原孟天暐。学博而识敏。气清而文奇。盖欲杰出一世。其志不亦伟乎。张昱寄孟昉郎中诗云。孟子论文自老成。早于国语亦留情。其为当时所推重如此。入明未详所终。

小令

〔越调〕天净沙

十二月乐词 并序

凡文章之有韵者。皆可歌也。第时有升降。言有雅俗。调有古今。声有清浊。原其所自。无非发人心之和。非六德之外。别有一律吕也。汉魏晋宋之有乐府。人多不能晓。唐始有词。而宋因之。其知之者亦罕见其人焉。今之歌曲。比于古词。有名同而言简者。时亦复有与古相同者。此皆世变之所致。非故求异乖诸古而强合于今也。使今之曲歌于古。犹古之曲也。古之词歌于今。犹今之词也。其所以和人之心养情性者。奚古今之异哉。先哲有言。今之乐犹古之乐。不其然欤。尝读李长吉十二月乐词。其意新而不蹈袭。句丽而不惛淫。长短不

一。音节亦异。旁构冥思。朝涵夕泳。谐五声以摊其腔。和八音以符
其调。寻绎日久。竟无所得。遂辍其学。以待知音者出而余承其教
焉。因增损其语。而隐括为天净沙。如其首数。不惟于樽席之间。便
于宛转之喉。且以发长吉之蕴藉。使不掩其声者。慎勿曰侮贤者之
言云。

上楼迎得春归。暗黄著柳依依。弄野轻寒似水。锦床鸳被。梦
回初日迟迟。正月

劳劳胡燕酣春。逗烟薇帐生尘。蛾鬓佳人瘦损。暖云如困。不
堪起舞细裙。二月

夹城曲水飘香。扫蛾云髻新妆。落尽梨花欲赏。不胜惆怅。东
风萦损柔肠。三月

依微香雨青氛。金塘闲水生苹。数点残芳堕粉。绿莎轻衬。月
明空照黄昏。四月

沿华水汲清樽。含风轻縠虚门。舞困腮融汗粉。翠罗香润。鸳
鸯扇织回文。五月

疏疏拂柳生裁。炎炎红镜初开。暑困天低寡色。火轮飞盖。晖
晖日上蓬莱。六月

星依云渚溅溅。露零玉液涓涓。宝砌衰兰剪剪。碧天如练。光
摇北斗阑干。七月

吴姬鬓拥双鸦。玉人梦里归家。风弄虚檐铁马。天高露下。月
明丹桂生华。八月

鸡鸣晓色珑璁。鸦啼金井梧桐。月坠茎寒露涌。广寒霜重。方
池冷悴芙蓉。九月

玉壶银箭难倾。釭花凝笑幽明。霜碎虚庭月冷。绣帏人静。夜
长鸳梦难成。十月

高城回冷严光。白天碎堕琼芳。高饮挝钟日赏。流苏金帐。琐

窗睡杀鸳鸯。十一月

日光洒洒生红。琼葩碎碎迷空。寒夜漫漫漏永。串销金凤。兽炉香霭春融。十二月

七十二候环催。葭灰玉琯重飞。莫道光阴似水。羲和迁辔。金鞭懒著龙媒。闰月　列朝诗集甲集前编一一　元诗选癸集辛上　古今图书集成文学典词曲部艺文一引序　历代诗馀一引曲文　词综三三引正月四月二首

　　（序）元诗选时亦复作时复亦。故求异作固求异。然欤作善欤。（二月）历代诗馀胡燕作紫燕。（五月）历代诗馀沿华作铅华。轻縠作细縠。（十月）历代诗馀霜碎作霜翠。（十一月）历代诗馀金帐作锦帐。（闰月）历代诗馀迁辔作迁辔。

黑老五

　　词林摘艳称为梨园黑老五。

套数

〔中吕〕粉蝶儿

集中州韵

从东陇风动松呼。听叮咛定睛睁觑。望苍茫圹广黄芦。却樵夫。遇渔父。递知机携物。便盘旋千转前湖。看寒山晚关滩渡。

〔醉春风〕指是志诗书。友酬酒就举。盘桓欢酕拚欢娱。吟音饮足。足。已意微舒。答他佳趣。渐纤瞻睐。

〔红绣鞋〕才在怪歪崖挨步。磨过多过河渠。野赊斜隔这些疏。沉吟林阴阻。甘探淡谈儒。趁村门人问取。

〔石榴花〕望湘江港上长芦。笼松拥洞横铺。视茨此是尔之居。小樵笑老夫。行岭登途。下凹凸狭压槎芽树。迈巉崖侧阶歪路。野接茄结隔斜铺。看关还滩但慢弯沽。

〔斗鹌鹑〕毒雾睹古渡糊突。吾不如读书杜甫。小道道老稻樵枯。那觯那觯架橹。荡桨慌忙向穰荡宿。暗谈贪担担夫。偎碎菱翡翠宜图。岩崦渐濂纤漳出。

〔十二月〕小鸟鹊高巢梢噪呼。骑一骑急喜避崎岖。乌酥土枯湖古渡。岚惨淡庵勘堪图。看看晚残山慢阻。忙忙莽望穰荒伏。

〔尧民歌〕呀。陇东哄贡冲松动猛风毒。自姿尔思此诗赋。蓝关暂俺暗参吾。那家他把夹芭居。抽首就踌躇。裁划该载孤。闷昏奔村门去。

〔耍孩儿〕盘桓瞳畔峦端路。见一个绕倒忉骚老夫。穿一领袖头露肘旧绅服。骑一疋便鞭搁寋嫣驴。轻行停省惊睁目。迤逦即迷失记途。多因是抹坡错过多过阻。虫蛩蜂丛猛动。禽吟林阴荫疏。

〔四煞〕那厮儿拿瓜那塔要这老儿近身频问取。那厮儿故徒不顾都胡觑。那老儿欠谦廉俭粘拈絮。那厮儿奸懦还顽懒惮语。缠绵转见涎天暮。那厮儿始使兹之视。这老儿既知喜己眉舒。

〔三煞〕你望那草桥拗小道绕。青菱萍正径出。那里有雨馀渠处淤墟土。划艰难涧湾潺寒滩返岸残山晚。助苦楚雾模糊古墓枯芜毒虎伏。荒凉苍莽羊肠曲。黑泥壁颓摧废驿。杂下凹答撒沙湖。

〔二煞〕感咱岚淡黯。近人云称逐。那里有廉纤渐堑粘签足。跌斜歇客辇毳舍。在拐挨槐窄矮屋。兀良望烘风松朦陇从东去。那槎牙夹芭巴他家打火。休忧愁扣柳邮有酒投壶。

〔煞尾〕那厮儿本分蠢钝淳。这老儿别也扯柘苦。听称名姓叮咛诉。则向那聚旅无虞去处宿。_{盛世新声辰集　词林摘艳三　雍熙乐府六}

盛世新声重增本内府本词林摘艳俱无题。与雍熙乐府俱不注撰人。雍熙乐府题作中州十九韵。原刊本徽藩本词林摘艳题作集中州韵。注元梨园黑老五作。○(粉蝶儿)雍熙陇作巏。觑作目。圹作旷。机作己。千作迁。(醉春风)内府本摘艳及雍熙指是俱作指示。雍熙欢酞作唤酞。音饮作饮窨。佳作嘉。眛作绿。(红绣鞋)内府本摘艳磨过作磨跎。雍熙怪歪作那怪。磨过作磨跎。(石榴花)内府本摘艳长芦上有长字。笼作龙。视苃作视兹。槎芽作权枒。雍熙笼作龙。岭作峻岭。芽作牙。末句作看晚关垣烂熳湾孤。(斗鹌鹑)雍熙道道作道倒。樵作焦。穰作浪。菱作苇。濂纤作纤廉。(十二月)雍熙高巢梢作高巢。一骑急作骐骥。乌作污。庵勘作庵崦。看看晚作看晚岸。慢作漫。末句作望忙莽粮穰荒芜。(尧民歌)内府本摘艳芭作笆。雍熙思此下有时是使三字。俺作掩。芭作巴。(耍孩儿)内府本摘艳及雍熙过多过阻俱作挫过多阻。雍熙峦作峦。倒切作道刀。即迷作痴迷。虫蚤上衬则见那三字。(四煞)内府本摘艳僝还顽作僝顽还。雍熙絮作念。还顽作顽犇。涎天作延夫。兹作慈。(三煞)盛世及各本摘艳雨馀俱作两馀。雾俱作务。兹并从内府本摘艳及雍熙。雍熙小道作小道儿。下凹作虾蛙。(二煞)内府本摘艳无烘字。朦陇作横岭。槎牙作权枒。无巴字。壶作沽。雍熙称作趁。渐堑作尖蕲。鼙鼟作阵吟。六七句作。兀良你望那风松横岭从东去。岔槎牙夹芭他家打火。休作无。壶作沽。(煞尾)内府本摘艳柘作者。雍熙淳作惇。柘苦作者虚。诉作付。

刘伯亨

瞽者。

套数

〔双调〕朝元乐

柳底风微。花间香细。作阵蜂儿惊起。偷香酿出残花蜜。成群燕子交飞。掠波闲补巢泥。日升林光莹。雨洗山明媚。雕轮绣鞍作对儿家来。也那没乱杀我伤春意。

〔锦上花〕懒展星眸。倦梳云髻。怅望雕鞍。粉郎何日归。寂寞兰堂。玉人长夜悲。千里相思。一春辜负矣。断钗孤凤忧。破镜只鸾栖。恨锁难开。紧封愁眉。夜永难挨。教我减削玉肌。恨结难松。牢拴病体。

〔清江引〕自他那枕边说别离。巧舌头甜如蜜。三春有归期。四月无消息。谎人情一星星不记得。

〔碧玉箫〕那话儿休题。憔悴减香肌。这病儿禁持。松钏褪罗衣。只自知。心情事诉与谁。命运乖。是这姻缘匹配。不由人长吁气。

〔沙子儿摊破清江引〕可意的金钗。何曾簪云鬓。可意的花钿。何曾贴翠眉。可意的纱衣。何曾傍香体。科场去几时。薄情间千里。他闪的我凄凉。我为他憔悴。强步上凉亭。晚风清似水。好景宜多欢会。藕花荡红香。荷叶摇青翠。故人他未来秋到矣。

〔海天晴〕流光转顺波。岁月更浮世。人生有限杯。昏晓又相催。晓来昨朝。老似今日。呀。白发故人稀。

〔一机锦〕人生好百年。几能三万日。常言七十稀。将往事思惟。二十三十。妙龄之际。四十将已及。早减了容仪。

〔好精神〕七月七。牛郎织女期。好相别。还相会。一年一度不差别。则这天象有姻缘。世人无恩义。在他乡结新婚。与别人为娇婿。

〔农乐歌摊破雁儿落〕皆是为功名。总是愁萦系。莺燕得交欢。鸾凤不相配。往来鱼雁多。展转音信稀。天涯人未来。江头马不嘶。含恨对秋光。洒泪流寒溪。凉凄凄潇潇风雨催。冷阴阴穰穰芦花底。看平原则见丹枫木叶飞。望长隄又见金井梧桐坠。看平原又见丹枫木叶飞。望长隄又见金井梧桐坠。闹啾啾蝉鸣紫桂阶。絮叨叨蛩唧黄花砌。呀。看芙蓉没况向南池。饮茱萸无分赏东篱。见如今老菊匆匆瘦。赤紧的新梅渐渐肥。刀尺临逼。正这头裁那头差了活计。针线拘系。缝半边忘半边。错了见识。

〔动相思〕恹恹白昼长。楚楚黄昏细。懒行入绣闱。羞揭开罗帏。
怕闪开这秋波。这秋波翠两弯。愁解放这春风。这春风玉一围。
无倒断的凄凉凄凉无寐。甜腻腻的恩情。苦恹恹伤悲。多情翻
做了相思忆。正是愁萦系。瑞雪缤纷坠。

〔沽美酒带太平令〕舞琼花乱点衣。飘玉雪絮沾泥。这雪他初下
霏微则是后渐疾。赤紧的风趱的雪急。白茫茫漫野平隄。似玉
琢就瑶天大地。粉妆成峻岭深溪。银磊就高台短砌。这场雪下
的来奇异。呀。一任教乌啼。马嘶。牧牛人远归在只径里。天
也。不见影只闻的些声势。

〔三犯白苎歌〕这天气好难为。寒朔暮怎生教人挨过的。毡帘荡
荡穿风力。纱窗闪闪透寒威。兽炭火从炉上烧。羊羔酒泛杯中
美。自寻思。闲究理。自寻思。闲究理。在地上者天。在天下
者地。净眼看其中。万物原来皆二气。在一生居一体。得一时
过一日。咨嗟人去不归兮。无聊长叹息。看别人好夫妻。看别
人好夫妻。相呼相唤相谐觅。尽将心事向人言。衷肠难尽矣。
咨嗟人去不归兮。无聊长叹息。衣有衣。食有食。穿者任意穿。
喫者任意喫。爱他人年少双双美。咨嗟人去不归兮。无聊长
叹息。

〔挂搭序〕飘飘四季过。迢迢一年矣。恨他和气暖如春。盼我冰
霜凉似水。羞对双凤枕。怕见孤鸾帏。热残病体。谁问将息。
睡损孤身谁温被。漫漫黑海向东流。总是相思泪。

〔馀音〕则为这寄书人不至伤心碎。把离愁撇入在湘江内。无缘
咱孤枕独眠。染病耽疾。唱道信杳音稀。生拆散鸳鸯。全废寝
忘食。便做死到黄泉我可也忘不了你。盛世新声午集　词林摘艳五　雍
熙乐府一二　北词广正谱引朝元乐锦上花沙子儿摊破清江引至动相思三犯白苎歌

九宫大成六七引全套

　　盛世新声重增本内府本词林摘艳与雍熙乐府俱无题。不注撰人。原刊本徽藩本词林摘艳题作闺情。注謺者刘百亭撰。北词广正谱征引朝元乐河西锦上花等九支。注謺者刘伯亨撰。载群珠。九宫大成亦作刘伯亨。二名未知孰是。北词广正谱征引之曲。凡不注明人者皆为元人作。而于刘伯亨未注明人。九宫大成亦云元人刘伯亨所撰。故辑之。○（朝元乐）盛世摘艳曲牌俱作西双合歌调。林俱作临。内府本摘艳闲下有般字。雍熙闲下有半字。莹作永。鞍作毂。作对作捉对。末句我作我也。广正谱惊作竞。闲下据雍熙增半字。末二句同雍熙。大成俱同广正谱。（锦上花）雍熙怅作畅。长夜作常夜。负矣作负伊。栖作凄。夜永作夜间。末三句作渐消瘦玉体五字。广正谱忧作友。紧作教我紧。减作渐。大成俱同广正谱。（清江引）雍熙大成首句俱作自从他枕边厢说别离。（碧玉箫）盛世摘艳憔悴俱作憔瘦。雍熙心情下无事字。姻上无这字。长吁作不长吁。大成俱同雍熙。（沙子儿摊破清江引）盛世及原刊本等摘艳五句无的字。惟内府本摘艳有之。雍熙香体作香肌。科场作多才。间作见。为他作因他。宜多作无。末句无他字。广正谱六句七句及末句并同雍熙。宜多作也无。大成俱同广正谱。十句为他作因他。（海天晴）内府本摘艳昨朝作今朝。今日作昨日。雍熙相催作相随。故人稀作又不禁催。广正谱大成转顺俱作转瞬。晓来俱作小来。广正谱故人稀作不禁催。大成四句末句同雍熙。（一机锦）盛世摘艳思惟俱作思微。雍熙几能作能几。广正谱大成好俱作号。广正谱思惟作思味。（好精神）盛世及原刊本等摘艳天象俱作天相。兹从内府本摘艳及雍熙广正谱。内府本摘艳广正谱大成差别俱作差移。雍熙新婚作婚姻。广正谱天象上则这二字。（农乐歌摊破雁儿落）盛世重增本摘艳平原俱作平园。原刊本徽藩本前一平原作平园。新梅上无赤紧的三字。内府本摘艳不相配作不相会。雍熙首句作皆为病恹渐。风雨催作风雨吹。看平原望长隄两句不叠。蚤唧作蚤聒。临作又临。拘作又拘。广正谱首句作皆为病淹煎。相配作相会。雁多作雁疏。未来作不来。风雨催作风雨吹。芦花底以下阙。大成首句同广正谱。雁多作雁疏。啾啾作攘攘。新梅作江梅。馀同雍熙。（动相思）盛世重增本内府本摘艳以下全阙。原刊本徽藩本仅有永宁曲沽美酒带太平令各一支。雍熙曲全。以下全从雍熙。摘艳曲牌作永宁曲。细作睡。闺作帏。各句俱无这字。春风俱作春光。九十句作。无倒断凄凉无觅。甜淝瀋的恩义。恹恹下有的字。做了作作。广正谱细作睡。绣闺作香闺。六句八句无这字。凄凉不叠。腻腻作殢殢。恩情作恩义。伤悲上有的字。了相思作常相。大成细作睡。秀闺作香闺。恩情作恩义。(沽美酒带太平令)摘艳玉雪作玉屑似。三句无他则是三字。踅的作旋。玉琢下无就字。深溪作长隄。磊作造。下的作大的。天也作天呵。无些字。(三犯白苎歌)广正谱寒朔暮作朔风寒。绝句。寒威以下有围炉砌甑冰。就地生寒气二句。自寻思闲究理不叠。万物作万化。一时作一日。咨嗟作堪嗟。下同。看别人句不叠。觅作美。尽作若。(挂搭序)大成盼作亏。将息作将。与上句合为一句。睡作冻。总是上有滔滔二字。(馀音)大成七句无全字。

一分儿

一分儿姓王氏。京师角妓也。歌舞绝伦。聪慧无比。一日。丁指挥会才人刘士昌程继善等于江乡园小饮。王氏佐樽。时有小姬歌菊花会南吕曲云。红叶落火龙褪甲。青松枯怪蟒张牙。丁曰。此沉醉东风首句也。王氏可足成之。王应声而成。一座叹赏。见青楼集。

小令

〔双调〕沉醉东风

红叶落火龙褪甲。青松枯怪蟒张牙。可咏题。堪描画。喜觥筹席上交杂。答剌苏频斟入礼厮麻。不醉呵休扶上马。青楼集　词品拾遗

张玉莲

玉莲元末倡优。人多呼为张四妈。旧曲其音不传者。皆能寻腔依调唱之。丝竹咸精。蒱博尽解。南北今词。即席成赋。审音知律。时无比焉。见青楼集。

残曲

〔双调〕折桂令

朝夕思君。泪点成斑。<small>青楼集　尧山堂外纪七一</small>

失宫调牌名

侧耳听门前过马。和泪看帘外飞花。<small>青楼集　尧山堂外纪七一</small>

全普庵撒里

　　普庵撒里字子仁。高昌人。初为中书省检校。时太师汪家奴擅权用事。台谏无敢言者。普庵撒里拜监察御史。首劾汪家奴十罪。乃被黜。然气节益自振。后除赣州路达鲁花赤。以功拜江西行省参政。分省于赣。陈友谅遣兵围赣。力战四月。兵少食尽。自刭死。

小令

〔双调〕清江引

青青子儿枝上结。<small>青楼集</small>

　　此系联句。参阅青楼集或本书刘婆惜小传。

刘婆惜

　　刘婆惜乐人李四之妻。江右人。颇通文墨。滑稽歌舞。迥出其流。先与抚州常推官之子三舍者交好。苦其夫间阻。偕宵遁。事觉。决杖。刘负愧。将之广海居焉。道经赣州。时全普庵撒里字子仁。由礼部尚书除赣州监郡。平日守官清廉。惟耽于花酒。公馀每与士大夫

酣歌赋诗。帽上常喜簪花。否则或果或叶。亦簪一枝。刘过赣。谒全
子仁。时宾朋满座。全帽上簪青梅一枝。行酒。全口占清江引曲云。
青青子儿枝上结。令宾朋续之。众未有对者。刘敛衽进前曰。能容妾
一辞乎。全曰。可。刘应声续引惹人攀折云云。全大称赏。

小令

〔双调〕清江引

青青子儿枝上结。引惹人攀折。其中全子仁。就里滋味别。只
为你酸留意儿难弃舍。青楼集

此据古今说海本。说集本枝上作枝头。引惹作未许。末句作酸溜溜好教人难弃
舍。（说集本本事亦异）

录鬼簿续编兰楚芳条谓刘婆惜曾续成楚芳落梅风金刀利锦鲤肥一曲。惟此曲阳
春白雪属李寿卿。本书从白雪。

萧德润

生平不详。

套数

〔双调〕夜行船

秋　怀

一夜秋声入井梧。碧纱幮枕剩珊瑚。秦凤东归。楚云西去。旧
欢娱等闲辜负。

〔风入松〕翠屏灯影照人孤。花外响啼蛄。丁宁似把闲愁诉。凄
凉待怎支吾。泪珠伴檐花簌簌。梦魂惊城角呜呜。

〔庆宣和〕犹忆樽前得见初。浅淡妆梳。附耳佳期在朝暮。间阻。间阻。

〔乔牌儿〕相思病忒狠毒。风流债久担误。波涛隔断蓝桥路。柱子把鹊声占龟卦卜。

〔甜水令〕到如今镜破青铜。钗分金凤。箫闲碧玉。无语自踌躇。果若命分合该。于飞终傚。姻缘当遇。甘心儿为你嗟吁。

〔鸳鸯煞〕锦回文织就别离谱。碧云笺写遍伤心句。旧物空存。薄情何处。畅道往事千端。柔肠九曲。软玉温香。作念着何曾住。人问我秋到也较何如。怕的是战碎芭蕉画阑雨。雍熙乐府一二

北宫词纪六　九宫大成六六引鸳鸯煞

雍熙乐府不注撰人。〇（甜水令）雍熙乐府钗分金凤作盆分金钿。兹从北宫词纪。（鸳鸯煞）九宫大成畅道作畅道是。

杨维桢

维桢诸暨人。字廉夫。父宏。筑楼铁崖山中。绕楼植梅百株。聚书数万卷。去梯。俾维桢读书楼上者五年。因自号铁崖。善吹铁笛。自称铁笛道人。又曰抱遗老人。泰定进士。署天台尹。改钱清盐场司令。狷直忤物。十年不调。会修辽金宋三史。维桢作正统辨千言。总裁官欧阳玄功读之。叹曰。百年后公论定于此矣。值兵乱。浪迹浙西山水间。张士诚招之不赴。徙居松江。明兴。诏征遗逸之士。修纂礼乐。维桢被召。明太祖赐安车诣阙。留百馀日。所纂叙例略定。即乞归。抵家卒。年七十三。维桢诗名擅一时。号铁崖体。古乐府尤号名家。有春秋合题著说。史义拾遗。东维子集。铁崖古乐府。复古诗集。丽则遗音。

套数

〔双调〕夜行船

吊　古

霸业艰危。叹吴王端为。苎罗西子。倾城处。妆出捧心娇媚。奢侈。玉液金茎。宝凤雕龙。银鱼丝鲙。游戏。沉溺在翠红乡。忘却卧薪滋味。

〔前腔〕乘机。勾践雄徒。聚干戈要雪。会稽羞耻。怀奸计。越赂私通伯嚭。谁知。忠谏不听。剑赐属镂。灵胥空死。狼狈。不想道请行成。北面称臣不许。

〔斗蛤蟆〕堪悲。身国俱亡。把烟花山水。等闲无主。叹高台百尺。顿遭烈炬。休觑。珠翠总劫灰。繁华只废基。恼人意。叵耐范蠡扁舟。一片太湖烟水。

〔前腔〕听启。檇李亭荒。更夫椒树老。浣花池废。问铜沟明月。美人何处。春去。杨柳水殿敧。芙蓉池馆摧。动情的。只见绿树黄鹂。寂寂怨谁无语。

〔锦衣香〕馆娃宫。荆榛蔽。响屧廊。莓苔翳。可惜剩水残山。断崖高寺。百花深处一僧归。空遗旧迹。走狗斗鸡。想当年僭祭。望郊台凄凉云树。香水鸳鸯去。酒城倾坠。茫茫练渎。无边秋水。

〔浆水令〕采莲泾红芳尽死。越来溪吴歌惨凄。宫中鹿走草萋萋。黍离故墟。过客伤悲。离宫废。谁避暑。琼姬墓冷苍烟蔽。空原滴。空原滴。梧桐秋雨。台城上。台城上。夜乌啼。

〔尾声〕越王百计吞吴地。归去层台高起。只今亦是鹧鸪飞处。_新

编南九官词　吴歈萃雅元集　词林逸响风卷

新编南九宫词题作吊古。注杨铁崖词。王伯良曲律亦以为铁崖作。兹从之。吴歈萃雅词林逸响题俱作吴宫吊古。注杨升庵作。但不见陶情乐府。似不足据。○(夜行船)萃雅牌名作晓行序。玉液金茎作玉燕金莺。逸响俱同。萃雅忘却作那管。(前腔)南九宫词不标前腔。兹从萃雅逸响补。下同。属镂南九宫词作髑髅。萃雅逸响作镯镂。兹据史记改。萃雅雄徒作雄图。狼狈作兵起。逸响俱同。逸响不听作不从。(斗蛤蟆)萃雅曲牌作黑麻序。恼人意作动情的。叵耐作不见。扁舟作乘舟。逸响俱同。(前腔)萃雅动情的作恼人意。逸响同。(锦衣香)逸响郊台作郊原。(浆水令)萃雅空原俱作空园。秋雨作夜雨。逸响俱同。逸响吴歌作吴宫。苍烟作苍苔。(尾声)萃雅百计作得计。飞处作啼处。逸响俱同。

小令

〔中吕〕普天乐

十月六日。云窝主者设燕于清香亭。侑卮者东平玉无瑕张氏也。酒半。张氏乞手乐章。为赋双飞燕调。俾度腔行酒以佐主宾。

玉无瑕。春无价。清歌一曲。俐齿伶牙。斜簪鬓髻花。紧嵌凌波袜。玉手琵琶弹初罢。怎教他流落天涯。抱来帐下。梨园弟子。学士人家。东维子文集三〇

调名原作双飞燕。吾友徐沁君首自东维子文集中检出。并云此调即中吕普天乐。兹从之。

倪　瓒

瓒字元镇。自号风月主人。又号云林子。沧浪漫士。净名庵主等。初名珽。无锡人。自幼读书。过目不忘。家最饶。而脱略绮纨。一事于翰墨。所居有清閟阁。多藏法书名画秘籍。爱作诗。不事雕琢。妙绝一时。善琴操。精音律。所作乐府送行水仙子二首。脍炙人口。虞集张雨。深相契焉。至正初。忽散赀给亲故。弃家泛舟五湖三泖间。自称懒瓒。亦称倪迂。兴至则捉笔写烟林小景或竹枝。偶流于市。好事者争贸之。虽千金不靳。明太祖平吴。瓒已老。黄冠野服。

混迹编氓以终。卒年七十四。有清閟阁集。

小令

〔黄钟〕人月圆

伤心莫问前朝事。重上越王台。鹧鸪啼处。东风草绿。残照花开。怅然孤啸。青山故国。乔木苍苔。当时明月。依依素影。何处飞来。<small>倪云林先生诗集附录　词综三○　历代诗馀一八</small>

惊回一枕当年梦。渔唱起南津。画屏云嶂。池塘春草。无限销魂。旧家应在。梧桐覆井。杨柳藏门。闲身空老。孤篷听雨。灯火江村。<small>倪云林先生诗集附录　词苑　词综三○　历代诗馀一八</small>

　　词苑当年作江南。

〔越调〕小桃红

陆庄风景又萧条。堪叹还堪笑。世事茫茫更谁料。访渔樵。后庭玉树当时调。可怜商女。不知亡国。吹向紫鸾箫。<small>倪云林先生诗集附录</small>

一江秋水澹寒烟。水影明如练。眼底离愁数行雁。雪晴天。绿苹红蓼参差见。吴歌荡桨。一声哀怨。惊起白鸥眠。<small>倪云林先生诗集附录　词综三○　历代诗馀八</small>

五湖烟水未归身。天地双蓬鬓。白酒新篘会邻近。主酬宾。百年世事兴亡运。青山数家。渔舟一叶。聊且避风尘。<small>倪云林先生诗集附录</small>

〔越调〕凭阑人

赠吴国良

客有吴郎吹洞箫。明月沉江春雾晓。湘灵不可招。水云中环珮

摇。倪云林先生诗集附录　词综三七　历代诗馀一

〔双调〕折桂令

拟张鸣善

草茫茫秦汉陵阙。世代兴亡。却便似月影圆缺。山人家堆案图
书。当窗松桂。满地薇蕨。侯门深何须刺谒。白云自可怡悦。
到如今世事难说。天地间不见一个英雄。不见一个豪杰。倪云林
先生诗集附录

　　八句疑脱一字。

辛亥过陆庄

片帆轻水远山长。鸿雁将来。菊蕊初黄。碧海鲸鲵。兰苕翡翠。
风露鸳鸯。问音信何人谛当。想情怀旧日风光。杨柳池塘。随
处雕零。无限思量。倪云林先生诗集附录　历代诗馀二五

　　倪云林先生诗集谛作蒂。

〔双调〕水仙子

东风花外小红楼。南浦山横眉黛愁。春寒不管花枝瘦。无情水
自流。檐间燕语娇柔。惊回幽梦。难寻旧游。落日帘钩。倪云林
先生诗集附录　珊瑚网一一　历代诗馀八　九宫大成四二

　　　珊瑚网花枝作梅花。檐间作画檐间。六句起衬千里外。七句起衬片时间。八句
　　　起衬正抬头。九宫大成眉黛作翠黛。檐间作檐前。

吹箫声断更登楼。独自凭栏独自愁。斜阳绿惨红消瘦。长江日
际流。百般娇千种温柔。金缕曲新声低按。碧油车名园共游。
绛绡裙罗袜如钩。倪云林先生诗集附录　珊瑚网一一

　　　珊瑚网绛绡作绛纱。

因观花间集作

香腮玉腻鬓蝉轻。翡翠钗梁碧燕横。新妆懒步红芳径。小重山空画屏。绣帘风暖春醒。烟草粘飞絮。蛛丝胃落英。无限伤情。

倪云林先生诗集附录

〔双调〕殿前欢

揾啼红。杏花消息雨声中。十年一觉扬州梦。春水如空。雁波寒写去踪。离愁重。南浦行云送。冰弦玉柱。弹怨东风。倪云林先生诗集附录 历代诗馀八

夏庭芝

庭芝字伯和。一作百和。号雪蓑。别署雪蓑钓隐。雪蓑渔隐。松江人。乔木故家。文章妍丽。乐府隐语极多。有青楼集行世。与当时曲家张鸣善。朱凯。邾经。钟嗣成等善。杨维桢其西宾也。

小令

〔中吕〕朝天子

赠王玉英

玉英。玉英。樵树西风净。蓝田日暖巧妆成。如琢如磨性。异钟奇范。精神光莹。价高如十座城。试听。几声。白雪阳春令。

明钞青楼集

末句原作白云扬春令。兹改。

〔双调〕水仙子

赠李奴婢

丽春园先使棘针屯。烟月牌荒将烈焰焚。实心儿辞却莺花阵。谁想香车不甚稳。柳花亭进退无门。夫人是夫人分。奴婢是奴婢身。怎做夫人。<small>明钞青楼集</small>

刘庭信

> 庭信先名廷玉。行五。身长而黑。人称黑刘五。风流蕴藉。超出伦辈。风晨月夕。唯以填词为事。信口成句。能道人所不能道者。有枕痕一线印香腮双调。和者甚众。

小令

〔正宫〕塞鸿秋

悔　悟

苏卿写下金山恨。双生得个风流信。亚仙不是夫人分。元和到受十年困。冯魁到底村。双渐从来嫩。思量惟有王魁俊。<small>盛世新声戊集　词林摘艳一</small>

> 盛世新声无题。不注撰人。兹从摘艳。两书此首以下尚有蘸钢锹难用衡钢钢等三首。作者不易确定。未收。

〔正宫〕醉太平

忆　旧

泥金小简。白玉连环。牵情惹恨两三番。好光阴等闲。景阑珊绣帘风软杨花散。泪阑干绿窗雨洒梨花绽。锦斓斑香闺春老杏花残。奈薄情未还。<small>盛世新声戌集　词林摘艳一</small>

走苏卿

聪明的志高。懵懂的愚浊。一船茶单换了个女妖娆。豫章城趓了。老卜儿接了鸦青钞。俊苏卿受了金花诰。俏双生披了绿罗袍。村冯魁老曹。<small>盛世新声戌集　词林摘艳一</small>

　　<small>盛世新声无题。不注撰人。兹从摘艳。两书此首以下尚有好睡的丢与他个枕头等九首。作者不易确定。未收。</small>

〔中吕〕朝天子

赴　约

夜深深静悄。明朗朗月高。小书院无人到。书生今夜且休睡着。有句话低低道。半扇儿窗棂。不须轻敲。我来时将花树儿摇。你可便记着。便休要忘了。影儿动咱来到。<small>盛世新声戌集　词林摘艳一</small>

　　<small>盛世新声无题。不注撰人。兹从摘艳。</small>

〔越调〕寨儿令

戒嫖荡

撅丁威凛凛。鸨儿恶狠狠。摇撼的个寨儿吸淋淋。着你遍体参参。冷汗浸浸。手儿脚儿立钦钦。怕不出落着凤枕鸳衾。包藏着摘胆剜心。学调雏黄口鹦。初出帐小哥喽。怎当他风月担儿沉。<small>盛世新声戌集　词林摘艳一</small>

没算当。不斟量。舒着乐心钻套项。今日东墙。明日西厢。着

你当不过连珠箭急三枪。鼻凹里抹上些砂糖。舌尖上送与些丁
香。假若你便铜脊梁。者莫你是铁肩膀。也擦磨成风月担儿疮。
<small>盛世新声戊集　词林摘艳一</small>

双蟏蜅。两头蛇。比虔婆狠毒犹较些。若论蛇蝎。尚有潜蛰。
不似你娘风火性不曾绝。一觅的乱棒胡茄。只办的架搕拦截。
着你打罗的脚翘趫。推磨的不宁贴。生压的风月担儿折。<small>盛世新</small>
<small>声戊集　词林摘艳一</small>

沉点点。冷丁丁。铁套杆磨儿不甚轻。意里曾评。端的实曾。
钱买不的半分儿情。丽春园惯战的苏卿。识破了豫章城豹子双
生。有新油来的红闷棍。恰撅下的陷人坑。怎敢将风月担儿争。
<small>太平乐府三　盛世新声戊集　词林摘艳一</small>

<small>此首为太平乐府无名氏风月担七首之第六首。○太平点点作默默。铁套杆作绿</small>
<small>豆石。意里作自己。端的二句作。秤儿上曾称。端的一分钞一分情。苏卿作双</small>
<small>生。八句作豫章城豹子苏卿。下句无有字。怎敢将作谁将这。</small>

搭扶定推磨杆。寻思了两三番。把郎君几曾是人也似看。只争
不背上驮鞍。口内衔环。脖项上把套头拴。咫尺的月缺花残。
滴溜着枕剩衾寒。早回头寻个破绽。没忽的得些空闲。荒撤下
风月担儿赸。<small>盛世新声戊集　词林摘艳一</small>

<small>原刊本摘艳郎君作郎均。徽藩本摘艳作郎君。</small>

身子纤。话儿甜。曲躬躬半弯罗袜尖。统馒俅饮。爱钱娘严。
着你便积里渐里病恹恹。肉鳔胶把虫只难粘。镝钩子将野味难
掿。火烧残桑木剑。水浼湿纸糊枕。砍的这风月担儿两头尖。<small>太</small>
<small>平乐府三　盛世新声戊集　词林摘艳一</small>

<small>此首为太平乐府无名氏风月担七首之第一首。○太平首二句作。倚仗他性儿</small>
<small>谦。鲍儿甜。躬躬作弓弓。袜尖作袜纤。俅作情。着你便作小不得。七八句</small>
<small>作。后来肉膘胶大虫翼难粘。蝎钩子野味儿难签。浼湿作湿破。末句作自砍得</small>
<small>风月担儿尖。盛世虫只作虫双。兹从摘艳。</small>

初见咱。话儿搀。怎当他蜜钵也似口儿甜甘甘。短命那堪。妆点得绒。岩眉淡扫月初三。掸乌云斜坠金簪。露酥胸半袒春衫。咱心中犹未敢。他赤紧的眼先馋。不由人将风月担儿担。<small>盛世新声戊集　词林摘艳一</small>

拖汉精。陷人坑。纸汤瓶撞破个空藏瓶。可怜苏卿。不识双生。将一座太行山错认做豫章城。柳隆卿引着火穷兵。俊㧓丁劫着座空营。达达搜没半星。骂骂翅赤零丁。舍性命把风月担儿争。<small>太平乐府三　盛世新声戊集　词林摘艳一</small>

<small>此首为太平乐府无名氏风月担七首之第二首。○太平拖作驼。撞破个作撞着。将一座作把。柳隆卿作谎郎君。八句作呆贱人劫着空营。没半星作无四两。末句把作将。</small>

呆小姐。悔难迭。正撞着有钱的壁虱俫。屎虼蜋推车。饿老鸱拿蛇。甚的是羊背皮马腰截。屁则声乐器刁决。颓厮殢财礼全别。精屁眼打响铁。披芦藤把狗儿牵者。大拜门将风月担儿赊。<small>盛世新声戊集　词林摘艳一</small>

情意牵。使嫌钱。论风流几曾识窑变。一缕顽涎。几句狂言。又无三四只贩茶船。俏冤家暗约虚传。狠虔婆实插昏拳。羊尾子相古弄。假意儿厮缠绵。急切里到不的风月担儿边。<small>盛世新声戊集　词林摘艳一</small>

<small>盛世新声论风流作论流。兹从词林摘艳。</small>

掂折了玉簪。摔碎了瑶琴。若提着婆呵我到磣。一去无音。那里荒淫。抛闪我到如今。他咱行无意留心。咱他行白甚情深。则不如把花笺糊了线贴。裁罗帕补了鸳衾。剪下的青丝发换了钢针。<small>盛世新声戊集　词林摘艳一</small>

知你下手迟。显的我负心痴。警巡院倒了墙贼见贼。各办心机。各使虚脾。一个胜一个亏。爱钱娘不问高低。有情人岂辨虚实。将棠梨作醋梨。认王魁作冯魁。得便宜翻做落便宜。<small>盛世新声戊集</small>

词林摘艳一

闷懊恼。自量度。千不合万不合我做的错。百媚千娆。末尾三稍。眼挫里喫单交。羊触藩如漆如胶。鸡肋情难舍难抛。食之无肉。弃之有味。砖儿何厚。瓦儿何薄。怎下的寻酸枣飐了甜桃。_{盛世新声戍集} 词林摘艳一

夜未央。步回廊。春宵画堂更漏长。花压东墙。灯晃纱窗。和月下西厢。在碧桃花下成双。胜芙蓉帐底乘凉。裙拖环珮响。风送麝兰香。荒拿住玉玎珰。_{盛世新声戍集} 词林摘艳一

良夜深。漏初沉。可人憎把咱别样禁。揉损衣襟。不藉寒衾。鸳枕上凤鸾吟。钏玲珑摇响黄金。髻髟松斜坠琼簪。喘吁吁娇滴滴。香馥馥汗浸浸。参露滴牡丹心。_{盛世新声戍集} 词林摘艳一

以上十五首。盛世新声无题。不注撰人。词林摘艳于第一首之前有题目作戒嫖荡。注刘庭信。惟今本万花集以前十首为刘庭信戒嫖荡。以后五首列于戒嫖荡十首之前。不注撰人。似此则后五首或为另一人作。兹姑全收之。

〔双调〕折桂令

忆 别

想离别怎挨今宵。挨过今宵。怎过明朝。忔登的人在心头。没揣的愁来枕上。契抽的恨接眉梢。瘦怯怯相思病八场家害倒。闹烘烘断肠声一弄儿寻着。响珰珰铁马儿争敲。韵悠悠玉漏难熬。疏剌剌风撼梧桐。淅零零雨洒芭蕉。_{盛世新声戍集} 词林摘艳一

乐府群珠三

想人生最苦离别。三个字细细分开。凄凄凉凉无了无歇。别字儿半晌痴呆。离字儿一时拆散。苦字儿两下里堆叠。他那里鞍儿马儿身子儿劣怯。我这里眉儿眼儿脸脑儿乜斜。侧着头叫一声行者。阁着泪说一句听者。得官时先报期程。丢丢抹抹远远

的迎接。盛世新声戍集　词林摘艳一　乐府群珠三

想人生最苦离别。唱到阳关。休唱三叠。急煎煎抹泪柔眸。意迟迟揉腮撅耳。呆答孩闭口藏舌。情儿分儿你心里记者。病儿痛儿我身上添些。家儿活儿既是抛撤。书儿信儿是必休绝。花儿草儿打听的风声。车儿马儿我亲自来也。盛世新声戍集　词林摘艳一　乐府群珠三

想人生最苦离别。雁杳鱼沉。信断音绝。娇模样甚实曾丢抹。好时光谁曾受用。穷家活逐日绷搣。才过了一百五日上坟的日月。早来到二十四夜祭灶的时节。笃笃寞寞终岁巴结。孤孤另另彻夜咨嗟。欢欢喜喜盼的他回来。凄凄凉凉老了人也。盛世新声戍集　词林摘艳一　乐府群珠三

想人生最苦离别。恰才燕侣莺俦。早水远山叠。孤雁儿无情。喜蛛儿不准。灵鹊儿干莈。存的你身子儿在。问甚么贫也富也。这些儿信音稀。有也无也。独言独语。不断不绝。自跌自堆。无休无歇。叫一声负德冤家。送了人当甚么豪杰。盛世新声戍集　词林摘艳一　乐府群珠三

　词林摘艳有也无也作有无也。盛世新声乐府群珠俱于有下有也字。兹从之。

想人生最苦离别。想那厮胡做胡行。妆㖷妆呆。獮风月似缘木求鱼。恋风花守株待兔。下风雹打草惊蛇。连理枝和根硬撅。并头莲带藕生撅。罢则罢一半儿拖拽。休则休一发宁贴。正是好不好恶不恶的姻缘。正撞着死不死活不活的时节。盛世新声戍集　词林摘艳一　乐府群珠三

想人生最苦离别。恰才酒艳花浓。又早瓶坠簪折。说下山盟。生则同衾。死则同穴。情极处俊句儿将人抹贴。兴阑也巧舌头生出些枝节。半路情绝。一旦心邪。鸣珂巷说谎的哥哥。告与俺海神庙取命爷爷。盛世新声戍集　词林摘艳一　乐府群珠三

想人生最苦离别。脚到处胡行。眼落处痴呆。嘴脸迷稀。身子儿扎挣。眼脑儿乜斜。昨日在黄腊梅家挝揉的你见血。前日在白牡丹家捆打的你热瘸。我根前不着疼热。这一番义断恩绝。见一个母猫儿早引了魂灵。见一个玉天仙敢软下腰截。盛世新声戌集　词林摘艳一　乐府群珠三

想人生最苦别离。不付能喜喜欢欢。翻做了哭哭啼啼。事到今朝。休言去后。且问归期。看时节勤勤的饮食。沿路上好好的将息。娇滴滴一捻儿年纪。碜磕磕两下里分飞。急煎煎盼不见雕鞍。呆答孩软弱身己。盛世新声戌集　词林摘艳一　乐府群珠三

想人生最苦别离。别字儿旬日间期程。离字儿年载间分飞。或醉或醒。或贫或富。或病或疾。醒与醉则除是我知。病和疾知他是谁医。贫也休题。富也休题。称青春匹马归来。永白头一世夫妻。盛世新声戌集　词林摘艳一　乐府群珠三

想人生最苦别离。经过别离。才识别离。早晨间少婢无奴。晌午后寻朋觅友。到黄昏忆子思妻。蓼蓼蓼鼓声动心忙意急。支支支角声哀魄散魂飞。钟声儿紧紧的相随。漏声儿点点的临逼。想平生受过的凄凉。呆答孩软了身己。盛世新声戌集　词林摘艳一　乐府群珠三

以上十一首盛世新声无题。不注撰人。词林摘艳乐府群珠题作忆别。皆于第一首下注刘庭信。自词意观之。似为一人作。万花集亦全属刘庭信。故全辑之。盛世摘艳此首以下皆尚有倚蓬窗无语嗟呀。这离愁半霎儿难瞒。护吾庐绿树扶疏。想人生最苦别四首。其第三四首元明小令钞注刘庭信作。兹辑之于下。其第一首据尧山堂外纪为周德清作。故入周曲。第二首本书未收。群珠仅有第二四首。未收第一首。

想人生最苦离别。愁一会愁得来昏迷。哭一会哭得来痴呆。喜蛛儿休挂帘栊。灯花儿不必再结。灵鹊儿空自干捱。茶一时饭一时喉咙里千般哽噎。风半窗月半窗梦魂儿千里跋涉。交之厚

念之频旧恨重叠。感之重染之深鬼病些些。海之角天之涯盼得他来。膏之上肓之下害杀人也。<small>盛世新声戊集 词林摘艳一 乐府群珠三 元明小令钞</small>

隐 居

护吾庐绿树扶疏。竹坞独居。举目须臾。鹭宿芙蕖。乌居古木。凫浴枯蒲。夫与妇壶沽绿醑。主呼奴釜煮鲈鱼。俗物俱无。蔬圃锄蔬。书屋读书。<small>盛世新声戊集 词林摘艳一 乐府群珠三 元明小令钞</small>

<small>以上二首元明小令钞明注撰人。此首题目从群珠。</small>

题 情

心儿疼胜似刀剜。朝也般般。暮也般般。愁在眉端。左也攒攒。右也攒攒。梦儿成良宵短短。影儿孤长夜漫漫。人儿远地阔天宽。信儿稀雨涩云悭。病儿沉月苦风酸。<small>盛世新声戊集 词林摘艳一 乐府群珠三</small>

<small>盛世新声词林摘艳俱无题。不注撰人。次首同。兹从乐府群珠。摘艳又似谓兰楚芳作。○群珠七句成作回。</small>

问风流籍上编谁。好把风流。名姓编籍。嫩者属村。村方学俊。俊也成贼。殢亚仙元和玅脾。赶苏卿双渐杓颓。那个为魁。恨杀王魁。笑杀冯魁。<small>盛世新声戊集 词林摘艳一 乐府群珠三</small>

<small>群珠籍皆作集。好把作谁把。嫩者作嫩似。脾作皮。杓作初。末三句作。本是花魁。他变冯魁。你便王魁。</small>

〔双调〕水仙子

相 思

秋风飒飒撼苍梧。秋雨潇潇响翠竹。秋云黯黯迷烟树。三般儿一样苦。苦的人魂魄全无。云结就心间愁闷。雨少似眼中泪珠。风做了口内长吁。<small>盛世新声戊集　词林摘艳一　尧山堂外纪七一</small>

　　<small>盛世新声不注撰人。无题。词林摘艳及尧山堂外纪谓刘庭信作。摘艳题作相思。</small>

虾须帘控紫铜钩。凤髓茶闲碧玉瓯。龙涎香冷泥金兽。绕雕栏倚画楼。怕春归绿惨红愁。雾濛濛丁香枝上。云淡淡桃花洞口。雨丝丝梅子墙头。<small>盛世新声戊集　词林摘艳一　尧山堂外纪七一　元明小令钞</small>

　　<small>盛世新声不注撰人。词林摘艳似注刘庭信作。尧山堂外纪元明小令钞谓刘作。</small>

恨重叠重叠恨恨绵绵恨满晚妆楼。愁积聚积聚愁愁切切愁斟碧玉瓯。懒梳妆梳妆懒懒设设懒爇黄金兽。泪珠弹弹珠泪泪汪汪汪汪不住流。病身躯身躯病病恹恹病在我心头。花见我我见花花应憔瘦。月对咱咱对月月更害羞。与天说说与天天也还愁。<small>盛世新声戊集　词林摘艳一　元明小令钞</small>

　　<small>盛世新声不注撰人。词林摘艳似注刘庭信作。元明小令钞谓刘作。</small>

〔双调〕雁儿落过得胜令

懒栽潘岳花。学种樊迟稼。心闲梦寝安。志满忧愁大。无福享荣华。有分受贫乏。燕度春秋社。蜂喧早晚衙。茶瓜。林下渔樵话。桑麻。山中宰相家。<small>盛世新声戊集　词林摘艳一　元明小令钞</small>下一局不死棋。论一着长生计。服一丸延寿丹。养一口元阳气。看一片岭云飞。听一会野猿啼。化一钵千家饭。穿一领百衲衣。枕一块顽石。落一觉安然睡。对一派清溪。悟一生玄妙理。<small>盛世新声戊集　词林摘艳一　元明小令钞</small>

　　<small>以上二首仅元明小令钞明注刘庭信作。姑从之。</small>

套数

〔正宫〕端正好

金钱问卜

香尘暗翠帏屏。花露冷鲛绡帐。闷恹恹画阁兰堂。愁云怨雨风流况。都蹙在眉尖上。

〔滚绣球〕俏风流窈窕娘。俊庞儿浅淡妆。扫蛾眉远山新样。穿一套藕丝衣云锦仙裳。带一付珠珞索玉项牌。翠甔毹宝串香。打扮的一桩桩停当。步瑶阶环珮玎珰。溶溶月色浸朱户。寂寂花阴付粉墙。春色芬芳。

〔倘秀才〕展玉腕把春纤合掌。恰便似白莲蕊初生在这藕上。高卷珠帘拜月光。碧梧摇碎影。红药吐狂香。正红稠绿穰。

〔滚绣球〕启绿窗。离了绣房。博山炉把香来拈上。办着片志诚心祷告穹苍。低低的念了一会。深深的拜了四方。转秋波又则怕外人偷望。则为咱正青春未配鸾凰。甚时得遇乘鸾客。何日相逢傅粉郎。审问个行藏。

〔倘秀才〕磨着定乌龙墨向端溪砚傍。援着管玉兔笔写在罗纹纸上。恰便似破八卦桃花女计量。五行推造化。六甲定兴亡。沉吟了半晌。

〔呆骨朵〕厮琅琅的把金钱掷下观爻象。却怎生单单单拆拆拆阴阳。恰数着坤偶乾奇。摆列着天三地两。用神有天喜临。主令的财官旺。便做道是李淳风不顺情。那一个袁天罡肯调谎。

〔货郎儿〕一见了神魂飘荡。不由我心劳意攘。我将这金钱仔细细推详。恰离了湖山侧。早来到会宾堂。

〔脱布衫〕明滴溜月转西厢。锦模糊花暗东墙。何处也花烛洞房。

那里也锦衾罗帐。

〔小梁州〕昨日个孔雀屏开绛蜡光。花吐银釭。早间灵鹊噪回廊。蛛丝儿放。滴溜在宝钗傍。

〔幺篇〕卦爻儿端的无虚诳。莫不是会双星日吉时良。这的是好事成从天降。佳期准望。何必再斟量。

〔醉太平〕打叠起麻衣百章。周易归藏。下工夫想绣个锦香囊。则在这香盒儿里供养。准备着梨花月底双歌唱。杏花楼上同翫赏。再不去菱花镜里巧梳妆。眠思梦想。

〔煞尾〕眠思梦想。悲楚凄凉。再不去花月亭前烧夜香。_{盛世新声}

子集　词林摘艳六　词谑　雍熙乐府二　北词广正谱引货郎儿

> 盛世新声无题。不注撰人。曲文校勘从略。原刊本徽藩本词林摘艳题作金钱问卜。注刘庭信作。重增本内府本摘艳无题。不注撰人。词谑无题。云作者名姓未详。曲文校勘从略。雍熙乐府题同原刊摘艳。不注撰人。北词广正谱引货郎儿一支。注明王舜耕撰。未知何据。〇（端正好）雍熙怨雨作恨雨。（滚绣球）雍熙一付作一串。步瑶阶作步摇迟。浸侵侵。付粉墙作过粉墙。（倘秀才）雍熙把春作将春。这藕作藕。碎影作翠影。狂香作清香。正红稠绿穰作怎当那夜长。（滚绣球）雍熙来拈上作拈上。一会作一回。为咱作为我。（倘秀才）原刊本等摘艳二句无写字。兹从内府本摘艳及雍熙。雍熙援着作蘸着。兔笔作兔毫。（呆骨朵）雍熙厮作撕。数着作数了。便做道作便道。天罡作天纲。（货郎儿）广正谱由我作由人。仔细细推详作一一细端详。恰离作我恰离。（小梁州）摘艳无此支及幺篇。兹据雍熙补。（醉太平）摘艳脱末句眠思梦想四字。兹从雍熙。内府本摘艳归藏作行藏。雍熙周易上有收拾了三字。绣个作绣一个。盒儿作盒。（煞尾）摘艳牌名误作货郎儿。雍熙二句作凄楚悲伤。末句亭作庭。

〔南吕〕一枝花

秋景怨别

金风送晚凉。玉露消残暑。素蟾光皎洁。丹桂影扶疏。鬼病揶揄。空把光阴负。暮秋深天气肃。寒浸罗襦。一阵阵相思透骨。

〔梁州〕凄凉境一遭儿摆布。相思阵十面埋伏。那些儿感起我这伤情处。乱纷纷残花病菊。滴溜溜败叶雕梧。疏刺刺风摇翠竹。淅零零雨洒荒芜。意痴痴感叹嗟吁。冷清清一弄儿萧疏。怕的是枯荷缺处添黄。衰柳雕时减绿。丹枫老也涂朱。对对。付付。支吾过白日离愁去。淹的早碧天暮。礐的黄昏一声鼓。好教我魂魄全无。

〔骂玉郎〕愁来愁到无穷处。割不断愁肠肚。撇下这病身躯。割舍了魂灵向梦里寻他去。梦和魂休间阻。魂和梦却对付。天也与人一个囫囵的做。

〔感皇恩〕呀。原来是梦境虽虚。暂时完聚。半成不就梦儿单。半明不灭灯儿暗。半死不活影儿孤。画檐间玎玎珰珰追魂的玉马。戍楼上点点滴滴索命铜壶。钟声罢。砧声切。雁声无。

〔采茶歌〕雁儿。往常时趁程途。盼江湖。且是的悲悲切切语喧呼。今夜毛团为甚不言语。知他你那答儿里错下了断肠书。

〔尾声〕惊回残梦添凄楚。无奈秋声最狠毒。风声忧。雨声怒。角声哀。鼓声助。一声听。一声数。一声愁。一声苦。投至的风声宁。雨声住。角声绝。鼓声足。又被这一声钟撞我一口长吁。则我这泪点儿更多如窗外雨。盛世新声戌集　词林摘艳八　雍熙乐府八。九　南北词广韵选五引采茶歌　太和正音谱下引尾　词谑引尾

　　盛世新声无题。与雍熙乐府俱不注撰人。题及作者从词林摘艳。此套并见雍熙卷八及卷九。卷八题作秋。卷九题作秋梦。○（一枝花）摘艳寒浸作湿浸浸寒透。雍八扶疏作摇疏。暮作怯。八句作一会家寒浸罗帏。雍九七句作暮秋天气速。寒浸上有冷清清三字。（梁州）摘艳摆布作布摆。病菊作败菊。败叶作落叶。又与盛世朱并作碌。雍八境作景。阵作病。三句作那答儿感动我伤情处。翠竹作瘦竹。荒芜作荒蒲。下二句作。冷清清一弄儿萧疏。不由人感叹嗟吁。无怕的是三字。对对作兑兑。支吾过作不甫能支吾的。礐的句作礐礐的楼头数

声鼓。好教我作吓的人。雍九境作景。十面上有恰便似三字。感起我这作引
起。病菊作败蕊。败叶雕梧作落叶飘梧。意痴痴两句作。一弄儿景物嗏吁。三
般儿巧笔难图。无怕的是三字。对对四句作。景物。太毒。支吾过白日里由闲
苦。淹的早碧云暮。无好教我三字。(骂玉郎)雍八撇下这作抛撇下。四句作
魂梦里子待寻他去。休间阻作巧对付。却对付作相间阻。末句无的字。雍九割
不断作撇下这。撇下这作抛闪下。四句作魂灵梦里寻他去。下同雍八。末句作
梦也与我个囫囵的做。(感皇恩)摘艳楼上作楼中。雍八起作。呀。虽然道梦
境浮虚。也得他暂时完聚。单作回。檐间作檐前。的玉作铁。点点滴滴作滴滴
点点。末三句作。砧韵清。蛩音切。雁声孤。雍九起作。呀。这梦景虽虚。单
作惊。半死不活作半寱不寐。的玉作铁。点点滴滴作滴滴点点。末二句作。怎
禁那蛩吟絮。砧韵切。雁声孤。(采茶歌)盛世往常作枉常。原刊摘艳往常作
你常。内府本摘艳语作闹。为甚作为甚的。他你作他在。下了作下。雍八往常
时趁作往时盼。盼作奔。且是的作且是娘。语作闹。为甚作为甚么。末句作莫
不是那答儿错下了断肠书。雍九起作。雁儿。往常时过江湖。今日个赶程途。
语作闹。毛团下有你字。末句作你莫不那埚儿里错下了这纸断肠书。广韵选俱
同雍八。惟为甚么作为甚。(尾声)太和正音谱残梦作好梦。最作忒。风声忧
雨声怒作。一声风。一声雨。一声钟。一声鼓。风声催。雨声促。声绝作声
停。又被下无这字。末句无则我这三字。更作到。窗外作秋夜。词谑惊回作几
回。无又被这三字。末句作泪点儿多如窗外雨。馀俱同正音谱。摘艳残梦作好
梦。内府本摘艳我一口作成一口。雍八残梦作晓梦。忧作狂。又被下无这字。
末句无我字。更作到。雍九最作忒。忧作悲。无一声愁一声苦六字。一口作一
声。末句更作到。窗外作秋夜。

咏　别

凤台宝鉴分。锦瑟冰弦断。丹青歌扇歇。金缕舞衣宽。娇凤雏
鸾。愁与闷难思算。闷和愁几样般。百千张锦纸花笺。一万枝
霜毫象管。

〔梁州〕写不尽海来深闲愁荏苒。天来高离恨弥漫。眼前光景愁
无乱。海棠红瘦。杨柳眉攒。丁香未结。梅子先酸。下香阶独

立盘桓。怕黄昏鸦噪林峦。上上灯对影成双。下下帘和谁作伴。开开窗对月团圆。美满。旧欢。胸中锦绣三千段。心剔透。性和暖。比掷果知音不姓潘。表正容端。

〔骂玉郎〕兰堂失却风流伴。倦刺绣懒描鸾。金钗不整乌云乱。情深似刀刃剜。愁来似乱箭攒。人去似风筝断。

〔感皇恩〕口则说应举求官。多因是买笑追欢。从今后鸳梦儿再休完。鱼书儿都休寄。龟卦儿也休钻。离愁万般。心绪多端。芳草迷烟树。落花催雨点。香絮滚风团。

〔采茶歌〕阳台上路盘桓。蓝桥下水弥漫。倚楼一倚一心酸。空忆当时花烂熳。可怜今夜月团圆。

〔尾声〕蝇头风月如堆卵。鸡肋恩情似滚丸。枕上馀香被窝中春暖。有人知无人管。往常时信音通直恁情欢。到如今鸾信少雁书稀鸳梦短。盛世新声戌集　词林摘艳八　雍熙乐府九

盛世新声无题。雍熙乐府题作离恨。俱不注撰人。〇(一枝花)摘艳锦纸作锦色。雍熙首句作鸾台宝镜分。几样作一样。百千作便有那千百。(梁州)摘艳独立作独步。雍熙首句作写不尽天来高愁肠病染。次句天来高作海来深。三句作春风桃李莺花乱。瘦作褪。末作怨。先作心。下香阶二句作。怕黄昏鸦噪林峦。绕芳阶独步盘桓。对影作和影。美满旧欢作旧欢美满。胸中作胸藏。和缓作慈善。比作我比着那。知音作人儿。末句作生的来表正形端。(骂玉郎)此支及感皇恩采茶歌二支。盛世及雍熙并阙。兹据摘艳补。(感皇恩)重增本内府本摘艳落花作花落。兹从原刊本徽藩本。(采茶歌)内府本摘艳一心作寸心。(尾声)盛世摘艳往常俱作枉常。兹改正。雍熙自三句起作。共才郎两意欢。旧围屏倩谁卷。薄衾单有谁暖。枕头上馀音。宝炉中烟断。三般儿不放松宽。灯尽夜阑鸳梦短。

春日送别

丝丝杨柳风。点点梨花雨。雨随花瓣落。风趁柳条疏。春事成

虚。无奈春归去。春归何太速。试问东君。谁肯与莺花做主。

〔梁州〕锦机摇残红扑簌。翠屏开嫩绿模糊。茸茸芳草长亭路。乱纷纷花飞园圃。冷清清春老郊墟。恨绵绵伤春感叹。泪涟涟对景踌躇。不由人不感叹嗟吁。三般儿巧笔堪图。你看那蜂与蝶趁趁逐逐。花共柳攒攒簇簇。燕和莺唤唤呼呼。鹧鸪。杜宇。替离人细把柔肠诉。愁和泪一时住。不由我相思泪如雨。怎教宁耐须臾。

〔骂玉郎〕叫一声才郎身去心休去。不由我愁似铁。泪如珠。樽前无计留君住。魂飞在离恨途。身落在寂寞所。情递在相思铺。

〔感皇恩〕呀。则愁你途路崎岖。鞍马上劳碌。柳呵都做了断肠枝。酒呵难道是忘忧物。人呵怎减的护身符。早知你抛掷咱应举。我不合惯纵的你读书。伤情处。我命薄。你心毒。

〔采茶歌〕觑不的献勤的仆。势情的奴。声声催道误了程途。一个大厮把的忙牵金勒马。这一个悄声儿回转画轮车。

〔隔尾〕江湖中须要寻一个新船儿渡。宿卧处多将些厚褥子儿铺。起时节迟些儿起。住时节早些儿住。茶饭上无人将你顾觑。睡卧处无人将你盖覆。你是必早寻一个着实店房里宿。盛世新声戍集　词

林摘艳八　词谑　雍熙乐府八　北宫词纪六　南北词广选五引骂玉郎尾声

　　盛世新声词谑俱无题。各本词林摘艳题作春日送别。雍熙乐府题作春。北宫词纪题作春日别。盛世词谑雍熙俱不注撰人。南北词广韵谓元人作。○（一枝花）内府本摘艳试问上有我这里三字。雍熙趁作逐。无谁字。（梁州）摘艳堪图作难图。内府本摘艳不感叹作感叹。雍熙冷清清作静巉巉。踌躇作跩躅。下有根离别间阻欢娱一句。不感作短。嗟作长。无三般儿巧笔堪图。你看那十字。细把柔肠忙把衷。不由我句作折得柔条懒赠予。怎教作怎肯教。词谑伤春感叹作伤春感触。不由人句作我再伫立须臾。堪图作难图。无你看那三字。燕莺易位。末三句作。行不得归去。鸟语由来岂是虚。感叹嗟吁。词纪开作

闲。柔肠作愁肠。馀俱同词谱。（骂玉郎）雍熙叫一声作刚叫道。不由我作好
教。铁作海。途作天。递在作递入。广韵选俱同。惟好教作好教我。词谱无不
由我三字。铁作织。留君作相留。词纪俱同词谱。（感皇恩）内府本摘艳怎减
作怎做。雍熙起作。呀。不敢道路途崎岖。次句无上字。柳下酒下人下俱无呵
字。难道是作怎敢道。怎减作怎做。掷咱作撇奴。惯纵下无的字。伤情作伤
怀。词谱词纪上劳碌俱作驰驱。（采茶歌）词谱厮把下无的字。雍熙的仆作奴。
势情的奴作护身仆。声声上有他字。厮把的作四八。末句无这字。词纪势作
世。厮把下无的字。（隔尾）盛世顾觑下有伏字。摘艳房里作房儿。内府本摘
艳须要作须。褥子作褥。睡卧作宿卧。雍熙江湖中作你去呵江河中。无子儿二
字。自茶饭句起作。茶饭上谁亲哺。宿卧处谁盖袱。宿时节拣一答儿着实店房
儿宿。广韵选俱同雍熙。惟铺作来铺。儿着实作老实。词谱次句无儿字。顾作
看。房里作房儿。词纪俱同词谱。

〔中吕〕粉蝶儿

美　色

笑脸含春。粉脂融淡霞红晕。立东风无限精神。宝钗横。金凤
小。绿铺云鬓。眉月斜痕。眼横波不禁春困。

〔醉春风〕步锦袜蹙金莲。拭罗衫舒玉笋。常言道名花解语亦倾
城。这话儿敢准。准。恰便似落雁沉鱼。羞花闭月。香娇玉嫩。

〔红绣鞋〕歌扇掩胭脂红褪。舞衣飘兰麝香温。冰丝细织帕罗新。
翠裙鹦鹉绿。绣带凤凰纹。玉铺胡蝶粉。

〔普天乐〕一见了引人魂。再见了消人闷。急追陪金杯错落。莫
辜负翠袖殷勤。觑一觑万种娇。笑一笑千金俊。手撒红牙流歌
韵。坠梁尘遏住行云。肠断也苏州刺史。心坚也蒲东倦客。情
迷也洛浦行人。

〔上小楼〕说甚么芳卿性纯。秋娘丰韵。多应他懒住蟾宫。潜下
仙阶。谪降凡尘。翡翠屏。锦绣茵。包藏春信。培养出娇滴滴

殢人身分。

〔么篇〕也不索莺儿探春。宾鸿传信。凭着这彩笔题情。粉脸留香。索强如织锦回纹。酒半醺。粉半匀。把情郎低问。他比那海棠花更多淹润。

〔耍孩儿〕玳筵开一派笙歌引。簇拥着一个娉婷玉人。舞纤腰憔瘦不胜春。美孜孜笑脸温存。也宜教画栏干遮护着琼花蕊。锦帐幕周围着玉树春。酒捧着金波酝。受用杀银筝象板。风流杀翠袖红裙。

〔尾声〕轻声度艳歌。淡妆凝素粉。东风满地残红褪。一刻千金意不肯。盛世新声辰集　词林摘艳三　雍熙乐府六　彩笔情辞一

　　盛世新声重增本内府本词林摘艳俱无题。与雍熙乐府不注撰人。雍熙彩笔情辞题俱作赠美妓。原刊本徽藩本摘艳题俱作美色。与情辞皆注刘庭信作。〇（粉蝶儿）情辞钗横作钗敧。（醉春风）雍熙末三句作。因此上雁落鱼沉。花羞月惨。玉娇香嫩。情辞同。（红绣鞋）雍熙凤凰作凤鸾。玉铺作玉钿。（普天乐）雍熙情辞流歌俱作歌清。雍熙坠梁尘作上青山。（上小楼）盛世及重增本摘艳培养俱作全养。雍熙潜作私。培养作涵养。（么篇）雍熙情辞粉脸俱作罗帕。他比俱作比着。雍熙把情郎作把这情郎。情辞作向情郎。（耍孩儿）内府本摘艳周围下无着字。雍熙情辞纤腰憔瘦俱作腰纤细。笑脸温存俱作浅笑轻颦。雍熙玳作锦。帐幕周作步帐遮。情辞二句无一个二字。遮护着作款护。帐幕周围着作步幛平遮。（尾声）雍熙淡作浅。

〔双调〕新水令

春　恨

枕痕一线印香腮。蹙春山两弯眉黛。整金钗舒玉笋。出绣户下瑶阶。穿着对窄窄弓鞋。刚行出绣帘外。

〔驻马听〕寂寂瑶阶。春日阑珊景物乖。困人天色。不堪梳洗傍妆台。梨花寂寞玉容衰。海棠零落胭脂败。自裁划。今春更比

前春煞。

〔乔牌儿〕指尖儿弹破腮。泪珠儿镇长在。自从他去了恹恹害。这病便重如山深似海。

〔雁儿落〕懒插这鸳鸯交颈钗。羞系这鸂鶒合欢带。慵把这鸾凰锦褥铺。愁将这翡翠鲛绡盖。

〔得胜令〕灵鹊儿噪庭槐。车马过长街。准备着月下星前拜。安排着春衫和泪揩。打叠起愁怀。怕不待宁心耐。闷日月难挨。我则怕青春不再来。

〔滴滴金〕空着我便耳热眼跳。心神恍忽。失惊打怪。莫不是薄倖可憎才。我一会家腹热肠荒。心忙意急。行出门外。空着我便立遍苍苔。

〔折桂令〕将一块望夫石雾锁云霾。到如今燕侣莺俦。枉惹的蝶笑蜂猜。几时能够单凤成双。锦鸳作对。鱼水和谐。盼佳期今春左侧。海棠开不见他回来。想俺那多才。柳陌花街。莫不是谢馆秦楼。多应在走马章台。

〔尾声〕来时节喫我一会闲顿摔。我可便不比其他性格。那其间信人搬弄的耳朵儿来揪。把俺那薄倖的娇才面皮上掴。<small>盛世新声戌集 词林摘艳五 北宫词纪六</small>

<small>盛世新声无题。不注撰人。〇(乔牌儿)词林摘艳去了作去。内府本摘艳病便作病敢。(雁儿落)重增本摘艳慵把作慵将。(得胜令)盛世鹊作雀。摘艳灵鹊上有疑怪这三字。车马上有不闻的三字。则怕上有又字。(滴滴金)摘艳便立作踏。内府本摘艳首句空着我作一会家。末句着作教。(折桂令)摘艳霾作埋。柳陌上有他在二字。应在作应是。重增本摘艳到如今作谁承望。内府本作只令的。(尾声)摘艳那其间作将他那。来揪作揪。末句作薄倖乔才面皮儿上掴。重增本摘艳二句无可便二字。末句无上字。</small>

〔双调〕夜行船

青楼咏妓

新梦青楼一操琴。是知音果爱知音。笺锦香寒。帕罗粉渗。遥受了些妆孤处眼馀眉甚。

〔么篇〕腰瘦刚争不姓沈。被闲愁恼至如今。只为那镜约钗期。翻做了花毒酒酖。揣上一个罪名儿雨囚云禁。

〔乔木查〕狠姨夫计深。刀斧般恩情甚。蜡打枪头软厮禁。好姻缘苦用心。他待独树成林。

〔庆宣和〕花有清香月有阴。一刻千金。辜负良宵可怜甚。问审。问审。

〔落梅风〕至如道烧银蜡。便做道度绣衾。托赖着这些福荫。三衙家则推道娘未寝。不隄防几场儿撒唔。

〔风入松〕耳边消息谩沉沉。情泪湿衣襟。强将别酒抨一任。奈新来酒也慵斟。怕不待和愁强饮。却原来愁越难禁。

〔拨不断〕细思寻。厮淋侵。热温存漫想偎香枕。琤玎的生掂折玉簪。呆答孩空忆酬红锦。要独强性儿急淋。

〔离亭宴尾〕口儿中不许别图个甚。意儿中既有何须恁。非瞒儿黑心。怎当那冷撒唔柳青咘。错下书三婆啉。硬散楚的闲家谱。筝上弦怕支楞。井内瓶愁扑丼。这姻缘山高海深。倘若卦变了燕莺爻。珓掷下鸳鸯兆。签抽的鸾凤谶。牙缝儿唧与些甜。耳朵儿吹与些任。我则怕这锅水热不热今番在恁。你则待调弄得话头儿长。承当的咒儿碜。　盛世新声戍集　词林摘艳五　彩笔情辞六

盛世新声无题。不注撰人。词林摘艳题作青楼咏妓。彩笔情辞题作缘阻。

○(夜行船)重增本摘艳果爱作果是。情辞眉甚作眉顿。(么)情辞雨囚云禁作

雨愁云凛。(乔木查)盛世斯禁作斯金。情辞甚作稔。(落梅风)情辞撒唔作妆踮。(拨不断)重增本摘艳淋侵作淋浸。(离亭宴尾)各本摘艳瞒作男。啉作恁。重增本摘艳当那作当他。睁作睁。燕莺作莺燕。情辞个甚作甚。瞒作男。唔作沁的。睁作睁。下书作下书的。啉作嬅。扑井作扑邓。鸾凤作鸾凰。些任作些恎。我则怕句作怕好歹今番在您。则待作倒待。

词谱引南吕尾雁儿写西风一支。列于刘庭信南吕尾儿回好梦添凄楚一支之后。似属庭信。南北词广韵选卷三即谓刘庭信作。案此曲为一枝花银杏叶雕零鸭脚黄套数之尾声。全曲见盛世新声词林摘艳及雍熙乐府。录鬼簿续编云詹时雨作。词林摘艳注贯酸斋作。兹列为詹氏曲。又。北词广正谱中吕引斗鹌鹑表正容端一支。越调引圣药王花影移一支。并注刘庭信作。案此二套俱见盛世新声词林摘艳及彩笔情辞。前者即粉蝶儿骄马金鞭套。为兰楚芳作。后者即金蕉叶讲燕赵风流莫比套。为张鸣善作。兹列为兰张二家曲。此不重出。

赵君祥

生平不详。

套数

〔双调〕新水令

闺　情

枕痕一线玉生春。未惺忪眼波娇困。别离才几日。消瘦够十分。杜宇愁闻。无端事系方寸。

〔驻马听〕寡宿孤辰。岁晚佳期犹未准。旧愁新恨。镜中眉黛镇常颦。一庭芳草翠铺茵。半帘花雨红成阵。雨声潺风力劲。韶华即渐消磨尽。

〔乔牌儿〕绣针儿怕待亲。腮斗儿粉香褪。莺慵燕懒清明近。把闲情相逗引。

〔雁儿落〕被儿冷龙涎不索薰。人儿远龟卦何须问。路儿阻鱼笺断往来。心儿邪鹊语难凭信。

〔得胜令〕静巉巉团扇掩歌尘。碜可可罗帕渍啼痕。急煎煎永夜难成梦。孤另另斜阳半掩门。打叠起殷勤。不索向心中印。折挫了精神。风流病不离身。

〔甜水令〕这些时情思昏沉。姻缘间阻。相思陡峻。楼上把阑凭。见了些水绕愁城。树列愁帏。山排愁阵。几般儿对付离人。

〔折桂令〕楚阳台剩雨残云。忘不了私语叮咛。往事纷纭。寂寞兰堂。萧条锦瑟。孤负芳樽。金花诰七香车前程未稳。紫香囊五言诗旧物空存。醒也销魂。醉也销魂。怯残春又是残春。怕黄昏又到黄昏。

〔离亭宴歇指煞〕多情较远天涯近。东皇易老芳菲尽。无言自忖。难改悔志诚心。怎消磨生死誓。强打挨凄凉运。留连宋玉才。迷恋潘安俊。行思坐盹。免不得侍儿嘲。遵不得严母训。顾不得傍人论。荣华自有时。恩爱终无分。枉了把形骸病损。他谎话儿赚韩香。我痴心儿忆何粉。雍熙乐府——　南北词广韵选八　北宫词纪六

　　　题从雍熙乐府及南北词广韵选。北宫词纪题作春思。雍熙不注撰人。广韵选注元。词纪注赵君祥。〇(驻马听)词纪风力劲作风力紧。

李邦祐

　　　生平不详。

小令

〔双调〕转调淘金令

思　情

花衢柳陌。恨他去胡沾惹。秦楼谢馆。怪他去闲游冶。独立在帘儿下。眼巴巴则见风透纱窗。月上葡萄架。朝朝等待他。夜夜盼望他。盼不见如何价。词林摘艳一

当初共他。俏一似双飞燕。如今误我。好一似失了群的雁。教我愁无限。要见他难上难。我这里冷落孤帏独自空长叹。行行不奈烦。频频的掩泪眼。事事都心懒。词林摘艳一

初相见时。止望和他同谐老。心肠变也。更无些儿好。他藏着笑里刀。误了我漆共胶。他如今漾了甜桃却去寻酸枣。我这里自敲爻。怎生消。怎生消磨得我许多烦恼。词林摘艳一　彩笔情辞六

彩笔情辞收此首及次首。题作题恨。○情辞止望作指望。

魂劳梦穰。为伊空惆怅。行思坐想。为伊成悒怏。想伊是铁心肠。全不忆共燃香。咱因他弃了家私受了驱驰更离了故乡。伊家好歹心肠。不思量。不思量香罗带绾同心在你行。词林摘艳一
彩笔情辞六

词林摘艳伊家作伊常。兹从情辞。情辞更离了作离。末句无香字。

邵亨贞

亨贞字复孺。号清溪。云间人。由元入明。通博敏瞻。虽阴阳医卜佛老之书。靡弗精核。元时训导松江府学。以子讹戍颍上。久乃赦还。卒年九十三。著有野处集。蚁术诗选。蚁术词选等。

小令

〔仙吕〕后庭花

拟　古

铜壶更漏残。红妆春梦阑。江上花无语。天涯人未还。倚楼闲。
月明千里。隔江何处山。蚁术词选一　历代诗馀二　词综三〇
刺船鹦鹉洲。题诗黄鹤楼。金谷铜驼梦。湘云楚水愁。少年游。
好怀依旧。故人还在不。蚁术词选一　历代诗馀二　词综三〇

〔越调〕凭阑人

题曹云西翁赠妓小画

谁写江南一段秋。妆点钱塘苏小楼。楼中多少愁。楚山无断头。
蚁术词选二　古今词话　词综三〇　历代诗馀一　词律补遗
　末句从蚁术词选。他书断俱作尽。

梁　寅

　　寅字孟敬。新喻人。元末累举不第。辟集庆路儒学训导。隐居教
授。明初征至京。修礼书。书成。辞疾归。结庐石门山。四方士多从
学。称为梁五经。有石门词。

小令

〔黄钟〕人月圆

春　夜

三春月胜三秋月。花下惜清阴。锦围绣阵。香生革履。光动兰

襟。棠梨枝颤。乍惊栖鹊。夜久寒侵。明朝风雨。休孤此夕。
一刻千金。<small>石门词</small>

〔双调〕折桂令

留京城作

龙楼凤阁重重。海上蓬莱。天上瑶宫。锦绣才人。风云奇士。
衮衮相逢。几人侍黄金殿上。几人在紫陌尘中。运有穷通。宽
着心胸。一任君王。一任天公。<small>石门词</small>

舒　颀

　　　　颀字道原。绩溪人。博学洽闻。为诗文不属草。善隶书。至元间
江东宪使燕只不花辟为池阳贵池教谕。秩满调丹徒校官。馆于平章秦
元之之门。至正间。转台州学正。时艰不仕。奉亲携书。归遁山中。
入明屡召不出。洪武十年考终于家。年七十四。道原辞聘后诛茅结
庐。为读书所。扁曰贞素斋。有贞素斋集。北庄遗稿。

小令

〔中吕〕朝天子

学骏。妆痴。谁解其中意。子规叫道不如归。劝不醒当朝贵。
闲是非。子心无愧。尽教他争甚底。不如他瞌睡。不如咱沉醉。
都不管天和地。<small>贞素斋诗馀</small>

　　闲是非句疑脱一字。

〔双调〕折桂令

寿张德中时三月三日

问仙娥何处称觞。帕递香罗。寿祝张郎。整整杯盘。低低歌舞。
澹澹韶光。想无愧乾坤俯仰。且随缘诗酒徜徉。乐意何长。人
醉西池。月上东墙。*贞素斋诗馀*
过今朝三月初三。昨夜长庚。书幌光含。狂客追欢。歌姬索笑。
馀子醺酣。且莫说莺儿睆睆。试听他燕子喃喃。此乐何堪。多
君畅饮。容我高谈。*贞素斋诗馀*

季子安

生平不详。

套数

〔中吕〕粉蝶儿

题　情

这些时意懒心慵。闷恹恹似痴如梦。想当初倚翠偎红。我风流。
他俊雅。恩深情重。他生的剔透玲珑。语融和言谈出众。
〔醉春风〕他生的粉脸似秋莲。春纤如玉葱。鞋弓袜小步轻盈。
能歌善咏。咏。雁柱轻移。冰弦款拨。便是那铁石人也情动。
〔红绣鞋〕指望待要巫山畔乘鸾跨凤。谁承望阳台上云雨无踪。
则我这口中言都当做耳边风。冷落了蜂媒蝶使。稀疏了燕侣莺
朋。多应是搅闲人将话儿哄。
〔剔银灯〕俏冤家风流万种。他也待学七擒七纵。把我似勤儿般

推磨相调弄。我这里假妆痴件件依从。又则怕伤了和气。皱了美容。假和真你心里自懂。

〔蔓菁菜〕你常好是不知轻重。动不动皱了眉峰。冰霜般面容。若是个村纣的和你两个乍相逢。他把你那半世里清名送。

〔柳青娘〕这些时稀疏了诗宾和这酒朋。闷来时与谁同。一任教花红和这柳浓。有何心恋芳丛。则这诗书礼乐不待攻。端溪砚尘埋墨朦。紫霜毫干燥了尖峰。赤紧的缺了鸾笺无了香翰。无香翰怎题红。

〔道合〕离恨匆匆。离恨匆匆。天涯咫尺不相逢。觅鳞鸿。杳无踪。濛濛的雾锁桃源洞。漫漫的水淹蓝桥涌。雪浪泊涛洪。祆庙火飞红。翠琴堂听琴人闹冗。玉清庵错把鸳衾送。藕丝微银瓶重。比目鱼和冰冻。小卿倒把双郎送。莺莺远却离张珙。柳毅错把家书奉。张生煮海金钱梦。愁蹙眉峰。愁积心中。愁恨无穷。何时得玉环合。金钗辏。金钗辏对对对上青铜。盛世新声辰

集　词林摘艳三　雍熙乐府六　彩笔情辞六　九宫正始引道合　北词广正谱引同九宫大成一三引红绣鞋蔓菁菜柳青娘道合

盛世新声重增本内府本词林摘艳俱无题。与雍熙乐府俱不注撰人。雍熙题作离思。原刊本徽藩本词林摘艳题作情情。注杨景华作。彩笔情辞题作恨阻。注杨景华作。九宫正始及北词广正谱俱以此套属季子安。或有所据。兹从之。○(粉蝶儿)盛世重增本摘艳如梦作似梦。内府本摘艳恩深上有俺两个三字。雍熙语融和作语俱和。情辞语融和作貌融和。上句无生的二字。(醉春风)盛世摘艳末句俱无也字。雍熙玉葱作嫩笋。又与情辞能歌上俱有更字。情动俱作心动。情辞便是下无那字。(红绣鞋)盛世摘艳燕俱作雁。内府本摘艳话儿作谎话儿。雍熙情辞巫山俱作湖山。情辞首句无望字。蜂媒作蜂。燕侣作燕。九宫大成巫山作湖山。(剔银灯)盛世摘艳自懂俱作自董。兹从情辞。雍熙也申作也。把我似作把我作。皱了美容作触着芙蓉。自懂作自忖。情辞皱了作触着。(蔓菁菜)雍熙情辞面容俱作面局。末句里俱作儿。情辞常好是作畅好是。无两个二字。他把你作把你。大成面容作面孔。末句同雍熙。(柳青娘)雍熙

时与作后共。何心作何意。墨朦作土蒙。情辞稀疏作生疏。时与作时共。诗书礼乐作礼乐诗书。馀同雍熙。大成俱同雍熙。（道合）盛世摘艳玉环合俱作玉环盒。又与雍熙玉清俱作玉青。倒把俱作道把。内府本摘艳袄庙作袄神庙。雍熙濛濛漫漫下俱无的字。水湑作水泛。雪浪袄庙各叠二字。十句作翠衾空人闷冗。鸳衾作衣衾。银瓶作银屏。和冰作活冰。错把作错将。愁蹙作恨蹙。愁恨作怨恨。末句作对对对对上青铜。情辞濛濛漫漫下俱无的字。水湑作水溢。错把作误将。愁蹙作恨蹙。九宫正始起作愁恨匆匆。此句不叠。水湑作水泛。泊作拍。涛洪作洪涛涌。袄庙作袄神庙。飞红作飞空。翠琴作翠梧。鸳衾作鸳鸯。和冰作逢冰。双郎送作双郎哄。远却作远途。奉作送。愁蹙眉峰作恨蹙眉峰。在愁恨无穷句下。愁恨作怨恨。何时作几时。末句作金钗辏对辏对上青铜。广正谱俱同正始。又正始闹冗作闹丛。大成末句同正始。馀俱同雍熙。

杨景华

生平不详。

词林摘艳彩笔情辞并收粉蝶儿这些时意懒心慵套数。俱注杨景华作。惟九宫正始及北词广正谱引道合一支。皆注季子安作。兹以之属季氏。

高　明

明字则诚。号菜根道人。永嘉平阳人。至正五年进士。授处州录事。辟丞相掾。后旅寓鄞之栎社沈氏楼居。因作琵琶记。卒于元末。有以琵琶记进明太祖者。太祖览毕曰。五经四书在民间如五谷不可缺。此记如珍羞百味。富贵家其可无耶。所著有柔克斋集。词章斐然。东海赵汸称其学博而深。才高而赡。是知则诚固不专以词曲擅美也。

小令

〔商调〕金络索挂梧桐

咏 别

羞看镜里花。憔悴难禁架。耽阁眉儿淡了教谁画。最苦魂梦飞绕天涯。须信流年鬓有华。红颜自古多薄命。莫怨东风当自嗟。无人处。盈盈珠泪偷弹洒琵琶。恨那时错认冤家。说尽了痴心话。吴歈萃雅亨集　词林逸响花卷

　　词林逸响错认冤家四字叠。

一杯别酒阑。三唱阳关罢。万里云山两下相牵罣。念奴半点情与伊家。分付些儿莫记差。不如收拾闲风月。再休惹朱雀桥边野草花。无人把。萋萋芳草随君到天涯。准备着夜雨梧桐。和泪点常飘洒。吴歈萃雅亨集　词林逸响花卷

　　词林逸响夜雨梧桐四字叠。○吴歈萃雅注高东嘉作之曲。在其他选本中几皆另有主名。详后附校记。右金络索挂梧桐南曲小令二首。仅见萃雅逸响。尚不能证其另有主名。故辑之。

套数

〔商调〕二郎神

秋 怀

从别后。正七夕穿针在画楼。暮雨过纱窗凉已透。夕阳影里。见一簇寒蝉衰柳。水绿苹香人自愁。况轻拆鸾交凤友。(合)得成就。真个胜似腰缠跨鹤扬州。

〔前腔〕风流。恩情怎比。墙花路柳。记待月西厢和你携素手。争奈话别匆匆。雨散云收。一种相思分做两处愁。雁来时音书

未有。(合前)

〔集贤宾〕西风桂子香韵幽。奈虚度中秋。明月无情穿户牖。听寒蛩声满床头。空房自守。暗数尽谯楼上更漏。(合)如病酒。这滋味那人知否。

〔前腔〕功名未遂姻缘未偶。共一个眉头。恼乱春心卒未休。怕朱颜去也难留。把明珠暗投。不如意十常八九。(合前)

〔黄莺儿〕霜降水痕收。迅池塘犹暮秋。满城风雨还重九。白衣人送酒。乌纱帽恋头。思那人应似黄花瘦。(合)怕登楼。云山万叠。遮不得许多愁。

〔前腔〕惟酒可忘忧。这愁怀不殢酒。几番和泪见红豆。相思未休。凄凉怎受。老天知道和天瘦。(合前)

〔猫儿坠〕绿荷萧索无可盖眠鸥。碧粼粼露远洲。羁人无力冷飕飕。(合)愁。早知道宋玉当时顿觉伤秋。

〔前腔〕一簇红蓼相映白苹洲。傍水芙蓉两岸秋。想他娇艳倦凝眸。(合前)

〔前腔〕无情红叶偏向御沟流。诗句上分明永配偶。对景触目恨悠悠。(合前)

〔馀音〕一年好景还依旧。正橘绿橙黄时候。强把金樽开怀断送秋。词林摘艳二　新编南九宫词　南宫词纪三　词林白雪一　吴歈萃雅元集　词林逸响风卷　吴骚合编三　乐府珊珊集　曲谱引曲从略

词林摘艳题作秋怀。南宫词纪吴歈萃雅词林逸响乐府珊珊集同。新编南九宫词题作情。词林白雪属闺情类。吴骚合编题作秋闺。摘艳注无名氏散套。九宫正始注元散套。馀书俱属高则成。○(二郎神)各选本首句俱作人别后。兹从摘艳及九宫正始。各本摘艳簇上俱脱一字。腰缠作腰跧。内府本未脱一字。作腰缠。词林白雪萃雅逸响珊珊集俱无见字。拆俱作拆散。(前腔)原刊本徽藩本重增本摘艳雁来时俱作雁来也。重增本音书作书。南九宫词词纪词林白雪萃雅逸响吴骚珊珊集俱无和你二字。词林白雪吴骚俱无分做二字。吴骚话别匆匆作

匆匆话别。雨散作霎时雨散。（集贤宾）摘艳韵幽作韵悠。南九宫词词纪词林白雪萃雅逸响吴骚珊珊集楼上俱作楼。（前腔）内府本摘艳一个作甏一。南九宫词一个作簌一个。词纪吴骚俱作簌个。词林白雪作甏一个。萃雅逸响珊珊集俱作甏个。词林白雪春心作柔肠。吴骚暗投作衔售。除摘艳外。各选本明珠上俱无把字。（黄莺儿）内府本摘艳池塘作塘池。思作思忆。南九宫词二句犹作又。那人应作忆那人形。除摘艳南九宫词外。各选本犹俱作已。那人应俱作忆那人一。怕登俱作强登。万叠俱作满目。词纪词林白雪不得俱作不尽。吴骚作不断。（前腔）内府本摘艳和泪见作血泪抛。南九宫词二句这作奈。词纪怎受作怎守。馀同南九宫词。萃雅珊珊集这愁怀作奈柔肠。词林白雪逸响俱作奈愁肠。词林白雪萃雅等和泪见俱作血泪抛。下二句词林白雪作。相思怎休。凄凉怎守。萃雅逸响珊珊集作。凄凉怎守。相思怎休。吴骚俱同词纪。（猫儿坠）原刊本徽藩本重增本摘艳羁俱作饥。除摘艳外。各选本碧俱作浅碧。合以下俱作。添愁。悄一似宋玉赋高唐。对景伤秋。内府本摘艳俱同各选本。萃雅珊珊集无力作无痳。逸响露作漾。（前腔）词林白雪萃雅逸响珊珊集俱无一簌红蓼一支。（前腔）重增本摘艳永作咏。内府本摘艳二句无上字。永作求。三句作此情亦与我心投。南九宫词永作求。词林白雪后二句作。诗句分明寻配偶。此情还记我心头。萃雅逸响珊珊集无上字。永作求。三句作此情还在我心头。词纪吴骚俱无此支。（馀音）内府本摘艳强把作且把。南九宫词正作正是。开怀断送作断送了。词纪依旧作重九。无开杯二字。词林白雪依旧作重九。强把作且把。萃雅依旧作重九。正作正是。逸响依旧作重九。吴骚正作正是。馀同词纪。

南曲选本收高东嘉词以吴歈萃雅为最富。惟除商调二郎神人别后一套外。其馀所收十馀曲。在各家选本中主名纷歧。似皆非东嘉作。兹逐一志之。一。萃雅所收正宫白练序窥青眼一套。新编南九宫词注古词。南宫词纪属无名氏。词林逸响属顾木斋。二。仙吕入双调步步娇暗想当年一套。词林摘艳雍熙乐府皆不注撰人。南宫词纪词林逸响并属郑虚舟。吴骚集属王百谷。吴骚合编等注元词（本书辑入无名氏）。三。黄钟画眉序约到西郊一套。新编南九宫词注旧词。四。正宫普天乐四时欢一套。新编南九宫词注旧词。南宫词纪属无名氏。吴骚集吴骚合编并属李东阳。词林逸响属陈大声。五。商调字字锦群芳绽锦鲜一套。词林逸响乐府珊珊集并从萃雅。属东嘉。词林摘艳属无名氏。雍熙乐府新编南九宫词皆不注撰人。吴骚集属沈青门。吴骚合编属杨彦华。九宫正始属元人。又属明人。六。南吕绣带儿幽窗下一套。乐府珊珊集属高明。同萃雅。词林摘艳雍熙乐府皆不注撰人。吴骚集属无名氏。词林逸响属祝枝山。彩笔情辞吴骚合编注元词。目录注旧词。七。南吕六犯清音锁窗人静四首。词林逸响乐府珊珊集怡春锦并从萃雅。新编南九宫词南宫词纪吴骚合编并属李日华。词林白雪属茅平仲（仅收第一首）。吴骚集属文衡山。八。中吕泣颜回东野翠烟消一套。词林逸响吴骚合编并从萃雅。词林摘艳雍熙乐府新编南九宫词俱不注撰人。南宫词纪属无名氏。九宫正始以此套为南戏子母冤家曲文。九。商调金络索东风转岁华小令四首。词林逸响乐府珊珊集并从萃雅。新编南九宫词尧山堂外纪并属祝枝山。南宫词纪属无名氏。词林白雪属李日华。吴骚集属梁少白。吴骚合编属常楼居。目录下又注旧词。十。南吕七犯玲珑新红上海棠小令四首。词林逸响从萃雅。雍熙乐府不注撰人。新编南九宫词南宫词纪吴骚合编尧山堂外纪王骥德曲律并以为祝枝山作。十一。仙吕二犯月儿高烟锁垂杨院小令四首。词林逸响从萃雅。雍熙乐府不注撰人。新编南九宫词注古词。南宫词纪属无名氏。吴骚合编属唐六如。又见唐伯虎全集。十二。商调山坡里羊新酒残花争斗小令四首。并见唐伯虎全集。太霞新奏发凡云。前辈不欲以词曲知名。往往有其词盛传而不知出于谁手者。吴歈萃雅悉取文人姓字。妄配诸曲。欲眩世目。贻笑明眼。萃雅之妄。时人已为揭发矣。

北词广正谱商调梧叶儿附注云高则诚有倚围屏套。案此套今存。惟词林摘艳注高栻作。高栻与高则诚非一人。兹入高栻曲。

陈克明

生平不详。或为临川人。

套数

〔中吕〕粉蝶儿

怨　别

画阁萧疏。那里也玉堂人物。间别来音信全无。拆鸾凰。分莺燕。生离开比目。闷恹恹瘦损肌肤。粉慵施朱唇懒注。

〔醉春风〕这些时缕带尽了三分。罗裙掩过半幅。临行时曾说几时回。我与你数。数。去时节正遇着春分。回来时必然夏至。到如今又过了秋暮。

〔醉高歌〕更阑香冷金炉。夜静灯残画烛。今宵有梦归何处。那里也吹箫伴侣。

〔红绣鞋〕愁寂寞萦牵肠肚。病恹恹瘦损了身躯。则我这鬓云松意懒甚时梳。茶饭上无些滋味。针指上减了些工夫。尘蒙了七弦琴冷了雁足。

〔普天乐〕意徘徊。心忧虑。知他在科场应举。翰院迁除。峥嵘在画阁中。显耀在兰堂处。闪的人冷冷清清挨朝暮。想薄情负我何辜。扑簌簌两行泪珠。闷恹恹九分病苦。气丝丝一口长吁。

〔上小楼〕也是我今生分福。多管是前生合注。那里也画眉张敞。掷果潘安。傅粉平叔。不弱如待月张生。偷香韩寿。谒浆崔护。则我这孤辰运命该天数。

〔么篇〕愁和闷眼倦开。闷和愁眉怎舒。愁的是情思昏昏。神魂飘荡。鬼病揶揄。闷连着华岳三峰。巫山十二。黄河九曲。则我这骨挨挨命归泉路。

〔十二月〕四时景光阴迅速。更和这秋景萧疏。疏刺刺风摇翠竹。淅零零雨洒苍梧。画檐间玎玎珰珰铁马。戍楼中滴滴点点铜壶。

〔尧民歌〕呀。我恰才望夫山上问个实虚。他可在竹林寺里寄情书。多管在秦楼谢馆笑欢娱。柳陌花街恋娇姝。踟蹰。薄情忒狠毒。因此上扯碎了姻缘簿。

〔耍孩儿〕赶苏卿何处双通叔。到做了三不归离魂倩女。想当日碧桃花下凤鸾雏。山和水阻隔着万里程途。山隐隐绕天涯怎觅青鸾信。水茫茫潒海角难寻锦鲤书。两般儿无归路。桃源洞墨云苒苒。武陵溪烟水模糊。

〔一煞〕身似水上萍。命如风内烛。月初圆又被阴云布。蓝桥下水波涛万丈浸了海峤。祆庙火烈焰千层接着太虚。两桩儿本是无情物。玉簪折何时再接。冰弦断甚日重续。

〔尾声〕汉相如有朝归故乡。卓文君多曾亲见睹。一星星自把衷肠诉。将我这受过的凄凉慢慢的数。盛世新声辰集 词林摘艳三 雍熙乐府六 北词广正谱引醉高歌

盛世新声重增本内府本词林摘艳俱无题。与雍熙乐府皆不注撰人。雍熙题作忆情。原刊本徽藩本词林摘艳题作怨别。注明陈克明作。北词广正谱引醉高歌一支。注陈克明作。不云何人。中原音韵有临川陈克明。太和正音谱明初有陈克明。或即一人。〇(粉蝶儿)雍熙闷作病。施作搽。(醉春风)雍熙尽作趋。行时作行。你数作你便数。遇着作遇。时必然作也必然是。(醉高歌)雍熙今宵作今朝。(红绣鞋)雍熙损了作损。无则我这三字。些工夫作工夫。(普天乐)雍熙忧虑作犹豫。院迁作苑陛。处作住。闪的人作闪的我便。(上小楼)雍熙弱如作弱似。末句作我如今孤辰运正该天数。(么篇)雍熙情思昏昏作离思恹恹。连着作便似。则我这看看的。挨挨作崖崖。(十二月)雍熙二句作更那堪秋景相逐。(尧民歌)雍熙多管在作多管是。欢娱作喧呼。下句作他敢在柳陌花街恣欢娱。因此上作恨不的。(耍孩儿)雍熙到做上有我字。想当日作俺正是。雏作孤。滒作遍。两般二句作。两般儿总是无寻路。桃源洞砖填土塞。(一煞)盛世摘艳桩原作装。兹改正。雍熙身似作身如。二三句作。命似风中烛。月华明忽被阴云布。浸了海峤作通海岛。千层作千团。两桩儿本是作两般儿。(尾声)雍熙朝归作日还。曾亲见睹作情亲见汝。自把作尽把。将我作我把。

中原音韵引一半儿自将杨柳品题人一首云。一样八首。临川陈克明所作。案太平乐府有查德卿一半儿八首。中原音韵所引者即在其中。尧山堂外纪以此八曲属克明。又云。或以为查德卿作。本书列于查德卿曲。兹不重出。

汤 式

式字舜民。号菊庄。元末象山人。补本县吏。非其志也。后落魄

江湖间。明成祖在燕邸时。遇之甚厚。永乐间赏赉常及。好滑稽。所作乐府套数小令极多。名笔花集。语多工巧。江湖盛传之。著杂剧二种。瑞仙亭。娇红记。今俱不存。

套数

〔双调〕新水令

春日闺思

一帘飞絮滚风团。启朱扉眼花撩乱。腕消金钏松。腰瘦翠裙宽。独步盘桓。幽窗下画栏畔。

〔驻马听〕妆点幽欢。风髓茶温白玉碗。安排佳玩。龙涎香袅紫金盘。琼花露点滴水晶丸。荔枝浆荡漾玻璃罐。日光酣。天气暖。牡丹风吹不到芙蓉幔。

〔乔牌儿〕娇莺时睍睆。杜宇自呼唤。故人一去音尘断。这芳菲谁顾管。

〔鸿门凯歌〕冷淡了联珠翡翠冠。离披了合彩鸳鸯段。零落了回文龟背锦。空闲了通宝鸦青幔。巫山庙云壑翠巘峵。桃源洞烟水黑弥漫。望夫台景物年年在。相思海风波日日满。眉攒。屈纤指把归期算。心酸。染霜毫将离恨纂。

〔甜水令〕空撇下绣幕房栊。银烛帏屏。珠帘楼观。几度月团圝。斗草无心。待月无情。吹箫无伴。眼睁睁寡凤孤鸾。

〔天香引〕将一个瘦形骸青镜羞观。愁也多端。病也多端。柳影花阴。看别人珮玉鸣鸾。听一篇长恨歌肝肠刃剜。念几句送春词骨肉锥钻。盟誓难瞒。疼热难拚。生也同衾。死也同棺。

〔随煞〕多应是在谁家风月闲亭馆。陡恁的情慳义短。我恓惶事攒下万千般。他风流罪攒来数十款。

汤舜民散曲集集笔花集今存钞本。本书于舜民曲即据笔花集及其次序。新辑套数二十四套。小令三首。则斟酌插于适当地位。并于曲末注明出处。以示不见现存钞本。钞本有阙页。新辑之曲亦未必皆不在原本内。○钞本笔花集此曲残。兹据盛世新声午集词林摘艳卷五雍熙乐府卷十一补。原刊本徽藩本词林摘艳题作闺情。注李文蔚作。疑误。盛世新声重增本内府本摘艳俱无题。与雍熙皆不注撰人。雍熙题作离闷。○〔新水令〕笔花集腰下三字残。盛世摘艳俱作褪翠裙。兹从雍熙作瘦翠裙。盛世摘艳幽窗俱作绿窗。雍熙松作阔。幽窗作我在这绿窗。〔驻马听〕笔花集金盘琼三字及丹凤吹不四字俱残。碗作腕。兹从盛世摘艳等。盛世摘艳雍熙茶温俱作茶烹。点滴俱作点。雍熙香袭作香爇。玻璃作琉璃。酣作寒。〔乔牌儿〕笔花集谁顾二字残。兹从盛世等。盛世时作厮。摘艳雍熙同。盛世摘艳音尘俱作音沉。雍熙作音书。〔鸿门凯歌〕盛世摘艳雍熙俱分作雁儿落与得胜令二曲。笔花集了回文。烟水黑。指把归九字残。兹从雍熙。盛世摘艳同雍熙。但归作佳。盛世冷淡作冷落。联作连。披作配。零落作冷落。幔作幔。云堑作云雨。弥作迷。台作石。眉攒上有好着我三字。无纤字。心酸上有一会家三字。摘艳俱同。雍熙冷淡了作冷落了这。披作配。合彩作合线。云堑作云雨。台作石。〔甜水令〕笔花集斗草二字残。兹从盛世等。盛世房桄作帘笼。几度上有空教我三字。斗草上有好教我三字。无情作无聊。睁睁作睁睁的。摘艳俱同。内府本摘艳房桄作帘桄。圈作圆。斗草上有好着我三字。雍熙房桄作帘笼。楼观作罗幔。几度上有空着我三字。圈作圆。无情作无聊。〔天香引〕笔花集影。春二字残。刃作两。锥作难。兹从雍熙。盛世将一个作将我这。柳影上有辜负了三字。听一篇作吟一首。几句送春词作几首断肠诗。末二句作。指望待生则同衾。死则同棺。摘艳俱同。雍熙听作吟。钻作镞。盟誓与疼热易位。末二句同盛世。〔随煞〕笔花集恓惶事三字残。兹从雍熙。在谁家作谁落家。疑谁落二字误倒。兹从盛世摘艳雍熙。盛世摘艳此支作。在谁家风月闲庭馆。陡恁般情悭意缓。凄凉事遶下有万千般。风流罪攒成数十款。雍熙无多应是三字。恁的作恁般。义作意。来作成。

送王姬往钱塘

十年无梦到京师。卧书窗坦然如是。几偿沽酒债。填不满买花资。近柳题诗。又感起少年事。

〔驻马听〕槁木般容姿。对花月羞斟鹦鹉卮。浮云般神思。扭宫商强作鹧鸪词。我吟到碧梧栖老凤凰枝。他道是雕笼锁定鸳鸯翅。急煎煎撚断吟髭。则被你紫云娘侯落杀白衣士。

〔沉醉东风〕讲礼数虚心儿拜辞。说艰难满口儿嗟咨。蛾眉浅黛颦。花靥啼红渍。向樽前留下些相思。我本是当年杜牧之。休认做苏州刺史。

〔庆东原〕雨歇阳关至。草生南浦时。好山一路相随侍。沉点点莺花担儿。稳拍拍的花藤轿儿。嗑剌剌鹿顶车儿。趱过若耶溪。赶上钱塘市。

〔离亭宴歇指煞〕我不向风流选内求咨示。谁承望别离卷上题名字。关心为此。慢教蜂做问花媒。不劳莺唤寻芳友。何须蝶做追香使。春残小洞房。门掩闲构肆。不是我愁红怨紫。青楼赢的姓名留。彩云渐逐箫声去。锦鳞拟待音书至。明牵双渐情。暗隐江淹志。多娇鉴兹。搜锦绣九回肠。扫云烟半张纸。<small>盛世新声午集 词林摘艳五 雍熙乐府一二 北宫词纪六 彩笔情辞七</small>

<small>此曲不见笔花集。北宫词纪彩笔情辞俱注汤菊庄作。题皆作送王姬往钱塘。兹据以辑之。盛世新声内府本重增本词林摘艳雍熙乐府俱无题。不注撰人。原刊本徽藩本词林摘艳题作悔悟。注王伯成作。○〔新水令〕雍熙填不满作填满。词纪情辞填不满俱作不惜。近柳俱作今日个折柳。〔驻马听〕盛世摘艳月上皆有一空格。词纪情辞俱作花月。兹据补。雍熙首句无般字。对花月作对月。词纪吟到作道是。〔沉醉东风〕词纪情辞浅黛俱作浅淡。留下些俱作留下个。〔庆东原〕盛世摘艳草生上俱有暮字。若耶俱作岭山。内府本摘艳及雍熙随侍俱作随峙。雍熙拍拍的作拍拍。若耶作这峻岭山。词纪随侍作随视。的花藤作鸠藤。嗑作砼。情辞俱同词纪。〔离亭宴歇指煞〕盛世摘艳姓名留俱作姓名。又与雍熙渐逐箫声去俱作逐箫声正。内府本摘艳正作止。雍熙姓名留作姓名儿。暗隐作晴隐。盛世摘艳雍熙俱无末三句。</small>

秋夜梦回有感

凤台无伴品鸾箫。间别来未知音耗。鱼沉尺素稀。雁断锦笺遥。
魄散魂消。心间事对谁道。

〔驻马听〕林外萧条。一夜霜侵红叶老。庭前寂寥。几番风撼的
碧梧雕。病儿多偏觉被儿薄。影儿孤最怕灯儿照。睡不着。淅
零零暮雨窗前哨。

〔乔牌儿〕业眼儿才待交。丫鬟早来报。揽衣推枕掀帘幕。共多
情厮撞着。

〔沉醉东风〕则见他乌云髻斜簪玉翘。芙蓉额檀口似樱桃。端的
是万种娇。千般俏。更那堪兰麝香飘。今日个得见多情女艳娇。
将我这受过的凄凉忘了。

〔风入松〕相思一担我都挑。压损沈郎腰。笋条般瘦损潘安貌。
这些时茶和饭懒待汤着。几番待要觅尤云寻取快乐。争奈被水
浐蓝桥。

〔甜水令〕则见他款解罗衫。轻分罗帐。低垂罗幕。团弄粉香娇。
半拥鸳衾。斜敧珊枕。共谐欢乐。枕凝酥手腕儿相交。

〔雁儿落〕被翻红浪高。髻觯乌云落。强如海上方。胜似灵丹药。

〔得胜令〕呀。则见他粉汗透鲛绡。恰便似带雨海棠娇。雨歇阳
台静。云还楚岫遥。欲再整鸾交。间阻邯郸道。懊恨你一个妖
娆。可怎生梦儿里无下梢。

〔川拨棹〕我这里下庭皋。雨初晴月影高。银汉迢迢。落叶萧萧。
万籁静闲庭悄悄。原来这几般儿将鸳梦搅。

〔七弟兄〕画檐外铁敲。纱窗外竹摇。呀。敢聒的人越难熬。寒
蛩唧唧临阶闹。疏萤点点趁风飘。宾鸿呖呖穿云叫。

〔梅花酒〕呀。我这里自窨约。三鼓又频敲。四更又初交。呀。

咱两意又徒劳。心儿里相念着。呀。敢梦儿里故寻着。不由人越懊恼。书房中受寂寥。我心内自量度。

〔喜江南〕几番待接丝弦何处觅鸾胶。取银瓶无计井中捞。转南柯蚁阵早迷巢。可着我怎了。孤眠独枕过今宵。

〔离亭宴煞〕西风煞是能聒噪。秋声不管离人恼。鬼病儿今番越着。不能够共枕席。谩使传书简。空服灵丹药。近灯檠将香篆焚。叩香儿把灵神告。将一个羊儿赛了。你怎生再使我可怜他。着俺这夫妇团圆睡到晓。盛世新声午集　词林摘艳五　雍熙乐府一一　北宫词纪六　北词广正谱引喜江南　九宫大成引梅花酒

此曲不见笔花集。北宫词纪注汤菊庄作。题作秋夜梦回有感。兹据以辑之。盛世新声重增本内府本词林摘艳无题。与雍熙乐府俱不注撰人。雍熙题作幽梦。原刊本徽藩本摘艳题作纪梦。注王子一作。北词广正谱引喜江南亦注王子一。○(新水令)雍熙三句稀作杳。词纪风台作凤台空。二句作俊琼姬不知消耗。魄散作无语。(驻马听)词纪寂寥作寂寞。几番风撼的作几朝风撼。偏觉作偏怯。暮雨窗前作细雨窗儿。(乔牌儿)词纪眼儿才作眼恰。(沉醉东风)雍熙斜簪下有着字。檀口下无似字。端的是作端的有。词纪玉翘作翠翘。以下作。芙蓉额狭勒鲛绡。有万种标。千般俏。麝兰风仙袂飘飘。今日得你个多情女艳娇。把受过凄凉忘了。(风入松)雍熙损下有了字。笋作刀。刀疑笋之讹。懒待作懒去。要觅作䓍雨。词纪相思上有为你呵三字。压作任压。笋作刀。损作尽。下作。茶和饭谁待尝着。几遍待觅云英寻下梢。奈洪水潜蓝桥。(甜水令)盛世摘艳凝酥俱作凝伴。内府本摘艳与雍熙俱作衾畔。兹从词纪。内府本摘艳见他作见那。雍熙斜敲作同敲。词纪则见他作我这里。罗帐作罗袂。团弄作抟弄一会。斜敲作同敲。末句无儿字。(雁儿落)词纪弹作妥。(得胜令)盛世摘艳带雨俱作䓍雨。内府本摘艳及雍熙一个俱作个。词纪无呀则见他四字。二句作似带露海棠娇。雨歇上有一霎儿。间阻作奈行断。你一个作女。怎生作怎么。无作没。(川拨棹)雍熙几般作几桩。词纪初晴作初收。静闲庭悄悄作息闲庭静悄。原来这作原来是。无鸳字。(七弟兄)内府本摘艳无敢字。雍熙首句外作前。词纪首句外作间。无呀敢二字。唧唧作寂寂。趁作带。宾作征。(梅花酒)内府本摘艳徒劳上无又字。雍熙四更作四鼓。此句下无呀字。词纪

此支作。自窨约。三鼓频敲。四更将交。两意徒劳。料应他心儿里想着。我梦儿里故寻着。意转焦。寻归路上庭皋。书帏里受寂寞。我心下自评跋。九宫大成同词纪。惟末二字仍作量度。(喜江南)词纪几番作几遍。何处作无处。取银瓶无计作吊银瓶无计向。蚁阵早作蟋蚁早移。可着作却教。孤眠独枕作眼睁睁那得。广正谱可着我怎了作好着我。(离亭宴煞)盛世摘艳叩香儿俱作扣香风。雍熙鬼病下无儿字。灵神作神灵。这夫妇作夫妻。词纪西风作西风儿。秋声作助秋声。鬼病儿作鬼病。能够作能。服灵丹作自服汤。焚作烧。叩香儿作靠窗棂。末三句作。若依得我呵将羊儿便烧。怎么再使我那可憎魂。则教团圆睡到晓。

秋 怀

碧天风露怯青衫。客窗寒月斜灯暗。浊醪和泪饮。黄菊带愁簪。地北天南。佳期被利名赚。

〔驻马听〕沈约羞惭。都道年来腰瘦减。潘安惊惨。自怜老去鬓髭鬖。鸳鸯被错配了玉清庵。凤鸾交干闪下蓝桥站。不知音休笑俺。吟肩惯压相思担。

〔乔牌儿〕汝阳斋曾笑谈。风月所试评鉴。贾充宅不许儒生探。冷清清谁顾览。

〔雁儿落〕误人书方知性理担。评花稿才觉文章淡。碧云笺慵将鸟篆临。紫霜毫倦把龙香蘸。

〔得胜令〕风流谜谨包含。姻缘簿煞尴尬。绿绮琴冰弦断。红叶诗御水渰。何堪。青楼集乔科范。难甘。白头吟冷句劖。

〔滴滴金〕自从他暗与香囊。痛剪青丝。平分宝鉴。直恁的绝雁帖。断鱼缄。都做了落叶随风。断梗逐波。轻舟脱缆。急回头秋已过三。

〔折桂令〕将一片志诚心迤逗的人憨。悲切切似泣露寒蛩。气丝丝如做茧春蚕。抹泪揉眵。看别人花底停骖。可不道多病身愁怀易感。犹兀自读书人饿眼偏馋。憔悴难耽。寂寞多谙。空望想楚庙娉婷。枉祈求普救伽蓝。

〔尾声〕我则见跳龙门撞碎了偷香胆。权宁耐红消绿减。成就了我紫罗襕犀角带虎头牌。受用你翡翠衾象牙床凤毛毯。雍熙乐府一

一 北宫词纪六 彩笔情辞九

> 此曲不见笔花集。北宫词纪彩笔情辞俱题作秋怀。注汤菊庄作。兹据以辑之。雍熙乐府题作秋思。不注撰人。○（驻马听）雍熙玉清作玉青。（雁儿落）词纪情辞首句俱作悟真篇曾将性理耽。（滴滴金）雍熙青丝作青衫。（折桂令）词纪情辞人惫俱作痴惫。看别人下俱有风前载酒四字。兀自俱作自说。望想俱作妄想。（尾声）词纪则见作则怕。又与情辞绿减俱作绿黯。情辞成就了作成就。

〔双调〕夜行船

送景贤回武林

花柳乡中自在仙。惹春风两袖翩翩。酒社诗坛。舞台歌榭。百年里几番相见。

〔新水令〕君家家近六桥边。占西湖洞天一片。柳阴蓝翠蔼。花气麝兰烟。锦缆银鞭。一步步画屏面。

〔胡十八〕醉舞筵。殢歌扇。偎柳坐。枕花眠。生来长费杖头钱。酒中遇仙。诗中悟禅。有情燕子楼。无意翰林院。

〔离亭宴带歇指煞〕珊瑚文采天机绚。珍珠咳唾冰花溅。霜毫锦笺。品藻杜司空。褒弹张殿元。出落双知县。一襟东鲁书。两肋西厢传。相看黯然。朝雨渭城愁。夕阳南浦恨。芳草阳关怨。休言鸡黍期。谩结莺花愿。咱两个明年后年。湖上吊苏林。花间觅刘阮。

> 笔花集有阙页。此套胡十八仅存大半行。禅字以上约阙八字。再上即为阙页。原刊本徽藩本词林摘艳卷五题作西湖。属陈大声。惟不见秋碧乐府。疑误。盛

世新声午集重增本内府本摘艳无题。与雍熙乐府卷十二俱不注撰人。雍熙题作送景贤回武林。北宫词纪卷四题作送杨景言回杭州。注汤菊庄作。北词广正谱亦属菊庄。笔花集残文与雍熙相同者多。兹据雍熙补之。〇（夜行船）盛世摘艳翩翩俱作翻翻。舞台歌榭俱作舞裙歌扇。（新水令）盛世摘艳首句俱作见家家相近六桥边。词纪银鞭作吟鞭。（胡十八）雍熙牌名误作庆东园。有情作有心。词纪杖头作买花。（离亭宴歇指煞）笔花集藻杜司。相看。期谩结诸字俱残。盛世摘艳殿元俱作殿试。一襟俱作一棋。两肋俱作两策。鸡黍期俱作鹧鸪。内府本摘艳鹧鸪下有盟字。雍熙品藻。褒弹。出落下俱有着字。殿元作殿试。莺花愿作莺花怨。词纪殿元作殿试。两肋作两胁。

赠玉莲王氏

玉立亭亭太华仙。间别来不记何年。云隔瑶池。尘飞沧海。谁承望又还相见。

〔沉醉东风〕仿佛在耶溪岸边。分明在太液池前。琼簪堕地轻。罗袜凌波浅。胜华清赐浴温泉。微露浸浸湿翠钿。越显得香娇玉软。

〔离亭宴带歇指煞〕韩昌黎甜句儿多称羡。周濂溪美意儿常留恋。都则为风流自然。馨香胜喷水龙涎。花瓣巧攒珠蚌壳。藕丝细吐冰蚕茧。欺风弄缟衣。妒月抟纨扇。三般儿可怜。叶老翠房空。波寒妆镜惨。粉淡芳容变。休将玉漏催。且尽碧筩宴。多娇自勉。怎若许惜花的攀。我先将并头选。

雍熙乐府卷十二题作送司素莲。不注撰人。北宫词纪卷五题作赠妓王玉莲。彩笔情辞卷二题作赠王姬玉莲。〇（夜行船）笔花集来字虫蚀。（沉醉东风）笔花集曲牌名残。泉字虫蚀。堕作随。兹从词纪。雍熙堕作坠。浸浸作漫漫。词纪情辞分明在俱作分明似。（离亭宴带歇指煞）笔花集称羡作称美。常留作长留。抟作学。扇上之纨字虫蚀。镜上之妆字残。若原作惹。惜上残一字。兹据雍熙词纪情辞等改补。雍熙词纪情辞胜俱作剩。芳容俱作芙蓉。休将俱作休听。宴俱作劝。雍熙甜句作甜话。惜花的攀作带根儿移。并头下有连蒂二字。词纪情辞惜花的攀俱作同心带根儿移。并头下俱有连蒂儿三字。词纪镜惨作镜浅。

赠风台春王姬

嬴女吹箫引凤凰。筑高台配会萧郎。前度相别。今番相见。还喜玉人无恙。

〔风入松〕开奁顾影试新妆。光艳射朝阳。羽衣似得霓裳谱。东风软舞态悠扬。不似碧梧深院。全胜篆竹高岗。

〔沉醉东风〕也消得李白吟成乐章。怎容他吕安题做门墙。九苞祥瑞姿。五彩风流样。压东园旧日风光。春日迟迟春夜长。可知道一刻千金玩赏。

〔离亭宴带歇指煞〕想春容随处相寻访。检春工所事堪褒奖。最关情是几桩。春色染莺花。春声谐风管。春梦迷鸳帐。春透筵前绿蚁杯。春生被底红桃浪。多管是东君主张。不容狂蝶乱追随。不许游蜂干絮聒。不愁杜宇闲悲怆。凭凌燕子楼。弹压鸡儿巷。嘱付您知音的莫忘。消春闷尽盘桓。散春心任来往。

> 笔花集此曲沉醉东风九苞二字以下为阙页。兹据北宫词纪卷五补。题目原作赋风台春。兹从词纪作赠风台春王姬。彩笔情辞卷二题作赠王姬风台春。○(夜行船)笔花集曲牌名及相见二字俱残。情辞还喜作还喜得。(风入松)笔花集曲牌名及风软舞态悠五字俱残。词纪情辞顾影俱作清晓。似得俱作低按。(沉醉东风)笔花集曲牌名及也消得三字俱残。词纪情辞李白俱作李太白。吕安俱作吕公安。

〔双调〕风入松

题马氏吴山景卷

十年踪迹走尘霾。踏破几青鞋。自怜未了看山债。先赢得两鬓斑白。登山屐时时旋整。买山钱日日牢揣。

〔么篇〕吴山佳丽压江淮。形胜小蓬莱。堆蓝耸翠天然态。才落眼便上心怀。但得仪容淡冶。何妨骨格岩崖。

〔沉醉东风〕朝云过蛾眉展开。暮云闲螺髻偏歪。玲珑碧玉簪。缥缈青罗带。抵多少翠袖金钗。馋眼的夫差若见来。将馆娃移居左侧。

〔离亭宴煞尾〕李营丘曾写风流格。苏东坡也捏疏狂怪。韶光荡来。探春人车傍柳边行。贩茶客船从湖上舣。偷香汉马向花前蓦。笙歌步步随。罗绮丛丛隘。三般儿异哉。胭脂岭高若舍身台。玛瑙坡宽如人鲊瓮。珍珠池险似迷魂海。休言金谷园。漫说铜驼陌。知音的自裁。待消身外十分愁。来看山头四时色。北宫词纪四

此曲不见笔花集。

〔正宫〕端正好

咏荆南佳丽

晓珊珊琪树荡灵风。晚濛濛辇道迷香雾。花扑扑锦乾坤望眼模糊。曲盘盘五城十二楼前步。远腾腾似入蓬莱路。

〔滚绣球〕红冉冉绿依依花笼阴映玉除。清浅浅响溅溅水流香出翠渠。明朗朗墨浸浸八龙篆太霞深处。宽绰绰静巉巉绕雕栏依翠槛展转盘纡。滑擦擦细粼粼布金沙云阶甃瑶玞。轻飐飐斯琅琅隔琳窗霞绡响珮琚。薄设设净匀匀蒙画栏护银屏水涵云母。齐臻臻滴溜溜挂珠箔卷绣帘钩搭珊瑚。香霭霭暖溶溶玉树缥渺迷青琐。气森森光闪闪金屋稜层绚碧虚。真乃是人间天上全殊。

〔倘秀才〕萧爽似瀛海东扶桑奥区。廓落似阆苑西蟠桃圣圃。一片天光浸玉壶。阁门珠丽畞。复道锦氍毹。上青华洞府。

〔脱布衫〕丹青绘绛阙清都。奎星灿宝检灵书。龙虎卫飞天象符。风霆护太玄琼篆。

〔醉太平〕以琴书自娱。与道德为徒。孔情周思乃蕳畬。摆列着牙签玉轴。上青冥借嫦娥八窍月中兔。采神芝倩麻姑七宝山前鹿。访丹丘赁张公千岁杖头驴。乐逍遥分福。

〔尾声〕近北轩竹摇烟毸毸凤展冲霄羽。对南楼松挂月矫矫龙衔照乘珠。绰约仙君苍广居。玄默无为道味腴。一寸心存太古初。万里神游广漠墟。蕚绿飞琼时寄语。赤鲤青鸾频报覆。报覆道沧海碧云拱望舒。恁时节鹤驭云軿降王母。盛世新声子集　词林摘艳

六　词谑　雍熙乐府二　北宫词纪四

此曲不见笔花集。盛世新声重本内府本词林摘艳及雍熙乐府俱无题。不注撰人。原刊本徽藩本词林摘艳题作宫词。注郑德辉作。词谑题作题道观赠道士。云不知名氏作。北宫词纪题作题道观赠羽士。注睢玄明作。据一笑散旧校。知此套原在汤舜民笔花集中。题作咏荆南佳丽。兹据以辑之。○(端正好)词纪琪作奇。(滚绣球)词谑太霞作碧霞。真乃是作真乃。雍熙厮琅琅作璒瑯瑯。净匀匀作静匀匀。词纪太霞作碧霞。雕栏作碧栏。卷作拍。(脱布衫)内府本摘艳象符作篆符。词纪宝检作宝卷。(醉太平)词纪道德作道御。(尾声)盛世摘艳古初作古物。雍熙古初作古拘。漠作汉。报覆二字不叠。词纪矫矫作蹻蹻。

元日朝贺

一声莺报上林春。五更鸡唱扶桑晓。贺三阳万国来朝。践天街车马知多少。端的便塞满东华道。

〔滚绣球〕赤羽旗疏剌剌风尚高。丹墀陛湿浸浸雪未消。金銮殿淡氤氲瑞烟缭绕。玉狮炉香馥馥兰麝风飘。银酥蜡明灿灿金莲护绛绡。彩鸾扇微影影青鸾矗翠翘。氍毹锦软茸茸平铺着宝街复道。珊瑚钩滴溜溜高簌起绣幕珠箔。九龙车霞光闪闪明芝盖。

五凤楼日色瞳瞳映赭袍。隐隐鸣鞘。

〔倘秀才〕鹓鹭班文僚武僚。熊虎队龙韬豹韬。八府三司共六曹。象牙牌犀角带。龟背铠雁翎刀。有丹青怎描。

〔脱布衫〕椒花颂万代歌谣。柏叶杯九酝葡萄。茵陈簇雕盘翠缕。金花插玳筵宫帽。

〔小梁州〕一派仙音奏九韶。端的是锦瑟鸾箫。红牙象板紫檀槽。中和调。天上乐逍遥。

〔么篇〕瑶池青鸟传音耗。说神仙飞下丹霄。一个个跨紫鸾。一个个骑黄鹤。齐歌齐笑。共王母宴蟠桃。

〔尾声〕麒麟鸑鷟来三岛。蛮貊貔狳静四郊。刁斗无惊夜不敲。露布无文送青鸟。弼辅移承尽所学。虹气夔龙不惮劳。端拱无为记舜尧。祝寿年年拜天表。盛世新声子集　词林摘艳六　雍熙乐府二北宫词纪一

此曲不见笔花集。北宫词纪题作元日朝贺。注汤菊庄作。兹据以辑之。原刊本徽藩本词林摘艳题作早朝。注谷子敬作。疑误。盛世新声重增本内府本摘艳无题。与雍熙乐府俱不撰人。雍熙题同纪。○(端正好)内府本摘艳端的便作端的是。雍熙无此三字。又与词纪践俱作遍。(滚绣球)盛世摘艳彩鸾俱作彩銮。兹从内府本摘艳及雍熙词纪。盛世原刊本摘艳钩俱作钩。兹从徽藩本摘艳及雍熙词纪。盛世摘艳高簇俱作高簌。兹从雍熙词纪。雍熙丹墀陛作丹陛阶。瑞烟作瑞云。风飘作飘飘。鸾鷟作蛾露。宝街作宝阶。词纪俱同雍熙。雍熙丹陛上衍常字。金莲作珠帘。明芝作彤芝。日色瞳瞳作月色腾腾。词纪氤氲作氲氲。日色作月色。(倘秀才)雍熙队作对。府作辅。(脱布衫)雍熙茵陈作俎陈。(小梁州)雍熙无端的是三字。中和作清平。词纪俱同。(么篇)内府本摘艳有么篇牌名。盛世及他本摘艳俱脱。雍熙音耗作音到。神仙作群仙。骑作乘。又与词纪王母俱作金母。(尾声)盛世摘艳俱无此支。兹据雍熙词纪补。词纪移承作凝承。

题梧月堂

向朝阳春长凤枝新。拂青霄根托龙门盛。覆高堂苍玉亭亭。素

华朱户相辉映。占人间一片清虚境。

〔滚绣球〕青蔼蔼参差绕翠楹。光朗朗玲珑透碧桱。密匝匝护浓阴玉池金井。轻拂拂荡微风幽韵繁声。高耸耸蔚蓝天画不成。宽绰绰广寒宫夜不扃。滴溜溜挂雕檐一轮宝镜。明闪闪映珠箔万叶光晶。舞翩翩九苞鸾鹭迷青琐。娇滴滴半夜嫦娥下紫清。万种幽情。

〔倘秀才〕银床净缤纷落英。碧天朗扶疏弄晴。夜色秋光一样明。绕枝乌不定。捣药兔长生。尘居的自省。

〔脱布衫〕肃金茎白露泠泠。爇金炉香雾冥冥。近雕甍珠星浅淡。揭朱帘玉河澄映。

〔小梁州〕虚敞似瑶台十二层。满目空清。金精光射玉壶冰。轩窗静。何用九枝灯。

〔么篇〕一襟潇洒多情兴。久已后蜕骨超形。漏渐残。人初静。雕栏独凭。挥手唤长庚。

〔随煞尾〕休言五柳夸幽胜。未羡三槐播令名。自是高人乐意萦。衿带仙家白玉京。无竹无丝乱视听。逸典奇书自幽咏。料得无因驻清景。栖息盘桓不暂停。不由人踏破琼瑶半阶影。雍熙乐府二

北宫词纪四

　　此曲不见笔花集。兹据北宫词纪辑之。雍熙乐府不注撰人。题作咏丹桂。〇(端正好)雍熙风枝作风条。末句无人间二字。(滚绣球)词纪蔚蓝作郁蓝。兹从雍熙。雍熙蔼蔼作霭霭。幽韵作香韵。雕檐作雕笼。万叶作花叶。(倘秀才)雍熙银床净作银床静。夜色作月色。(脱布衫)雍熙雕甍作画甍。末句作揭珠帘玉珂澄莹。(么篇)雍熙一襟作衣襟。久已后作似凌虚。漏渐作漏箭。(随煞尾)雍熙幽胜作奇胜。意萦作意营。衿带仙家作襟带仙裳。六句作逸兴清奇恣吟咏。清景作清境。栖息作相逐。踏破作踏碎。

〔黄钟〕醉花阴

离　思

银甲挑灯玉荷小。黄篆冷香沉绣阁。清耿耿夜迢迢。寒透朱箔。
欹枕和衣倒。纱窗外雨潇潇。我则见叶落闲庭风自扫。

〔喜迁莺〕听风声雨哨。小帘栊分外寂寥。难熬。更深夜迢。则
听的檐马玎珰不住敲。几般儿厮斗炒。一会家肠荒腹热。一会
家心痒难揉。

〔出队子〕想才郎容貌。另一样丰韵标。他生的恬恬净净不轻乔。
更那堪老老成成不做作。洒洒潇潇。比别人不溷浊。

〔么篇〕论聪明俊俏。作诗赋用尽巧。编捏成裁冰剪雪字低高。
言谈处噀玉喷珠舌上挑。咽作处换气偷声使狠巧。

〔刮地风犯〕则为你骨净容恬。引的人魂离壳。两情浓似漆如胶。
行坐处似美玉连环套。几时曾离了分毫。每日家梦断魂劳。他
与我绿窗欢笑。他与我镜台同照。我掠鬓。他画眉。并肩紧靠。
似青筠间碧桃。一对儿风友鸾交。

〔四门子〕步花阴几度临池沼。他和俺似鸳鸯比并娇。撒地殢百
般人行要。半撒嗔半撒嚣。他生的动静儿别。才貌儿标。论宫
商井井皆有条。他生的动静儿别。才貌儿标。善将那琵琶按
六么。

〔古水仙子〕我我我自忖度。是是是曾记得欢娱那一宵。俺娘铁
石心肠更狠如虎豹。将将将好姻缘成架阁。他他他一密里铲快
钢锹。焰腾腾烈火烧祆庙。翻滚滚水淹桃源道。呀呀呀生拆散
风鸾交。雍熙乐府一　北词广正谱引刮地风犯四门子　九宫大成七三同

此曲不见笔花集。北词广正谱引刮地风犯四门子两支。注汤舜民作。雍熙乐府

有全套而未注撰人。兹据广正谱辑之。○〔刮地风犯〕雍熙曲牌作刮地风。九宫大成作金索刮地风。兹从广正谱。雍熙以四门子之首二句为此支之末二句。兹据广正谱及大成正之。广正谱首句作则为他撇正庞甜。情浓作情。离作暂离。每日家至他画眉作。携素手绿窗闲笑。凭香肩镜台同照。他画眉。我掠鬓。并肩作玉肩。大成三句同雍熙。馀同广正谱。〔四门子〕广正谱二句起作。他共我似鸳鸯比并交。撒蒂蒂百事人行告。半撒沉半者嚣。想着他花似脸。柳似腰。玉纤纤指尖如笋条。闲和他理一会筝。吹一会箫。则将这琵琶按六么。大成俱同。

〔商调〕集贤宾

友人爱姬为权豪所夺复有跨海征
进之行故作此以书其怀

莺花寨近来谁战讨。这儿郎悬宝剑佩金貂。燕子楼屯合着铠甲。鸡儿巷簇拥着枪刀。丽春园万马萧萧。鸣珂巷众口嗷嗷。将一座秔江楼等闲白占了。他道是特钦丹诏。穿花擒凤鸟。跨海斩鲸鳌。

〔逍遥乐〕六韬三略。也则待制胜量敌。却做了幽期密约。阵马咆哮。比贩茶船煞是粗豪。将俺这软弱苏卿禁害倒。统领着鸦青神道。冲散蜂媒蝶使。烘散燕子莺儿。拆散凤友鸾交。

〔梧叶儿〕虽不是糟糠妇。休猜做花月妖。又不曾谙海岛惯风涛。把舵春纤嫩。扶篙筋力小。怎待去征辽。没话说军期误却。

〔金菊香〕他将绛绡裙笼罩着锦征袍。银铠甲缨联着珠络索。铁兜鍪压损了金凤翘。改尽了风标。全不似海棠娇。

〔醋葫芦〕枪攒呵玉臂擎。箭来呵罗袜挑。丁香舌吐似剑吹毛。连珠炮被窝儿里聒破脑。知音的都道。我不信建头功先奏你个女妖娆。

〔二〕铰青丝缠做弩弦。裁香罗衲做战袄。补旗旛绞断翠裙腰。金疮药细将脂粉调。都是些风流功效。他则想五花诰飞下紫宸朝。

〔三〕叫喳喳锦缆移。闹垓垓画桨摇。那里取明眸皓齿姆军稍。更做道孙武子教得来武艺高。止不过提铃喝号。抵多少碧桃花下坐吹箫。

〔四〕他恋着篷窗下风致佳。舵楼中景物饶。棹歌声里乐陶陶。辱没杀铺红苫绿翡翠巢。怕不道相偎相抱。那里也芙蓉帐暖度春宵。

〔五〕晚风凉觱篥鸣。晓星沉鼙鼓敲。热乐似银筝象板紫檀槽。则学的君起早时臣起早。白鸥冷笑。倒惹的黑漫漫杀气屓楼高。

〔随煞〕妳妳得了些卖阵钱。哥哥占了些劳军钞。他向这海神庙多买好香烧。但只愿一年一度征海岛。休忘了将军的旗纛。他是个玉门关旧日的莽班超。

笔花集有阙页。此套前半梧叶儿风涛二字以上全阙。兹据北宫词纪卷六补。原刊本徽藩本词林摘艳卷七题作悔悟。注王子一作。疑误。盛世新声申集雍熙乐府卷十四无题。不注撰人。○（集贤宾）盛世宝剑作宝带。合着作合了。园作院。凤鸟作凤凰。斩作钓。摘艳俱同。内府本摘艳特钦作特领。雍熙凤鸟作凰凤。馀作合了。作院。作钓。俱同盛世摘艳。（逍遥乐）盛世也则待作也则是。冲散作冲开。摘艳雍熙俱同。（梧叶儿）内府本摘艳怎待作您待要。雍熙不是作不曾。词纪怎待作您待。（金菊香）笔花集索上脱络字。损上脱压字。盛世绛绡裙笼罩作这绛绡衣罩。铠甲作锁甲。摘艳雍熙词纪俱同。惟词纪罩上有笼字。内府本摘艳首句作他将这绛绡衣罩锦袍。二句无着字。风标下有仪貌二字。（醋葫芦）盛世摘艳枪攒俱作枪搠。末句俱无你字。雍熙连珠作连环。馀同盛世摘艳。词纪连珠作连环。末句无你字。（二）盛世及重增本摘艳自此以下四曲牌名均作醋葫芦。原刊摘艳均作又。雍熙词纪均么么。笔花集二句裁字虫蚀。三句铰断作钗断。兹从词纪。盛世铰青丝作剪青丝。铰断作钗题。都是下无些字。诰下无飞字。摘艳俱同。雍熙弩弦作弓弦。衲做战袄作纳做征袍。

则想作子待。馀作剪青丝。作钗题。无些字。无飞字。俱同盛世摘艳。词纪袄作袍。无些字。则想作子待。(三)笔花集眸齿姆军稍更。抵多少碧桃诸字虫蚀。皓作皎。(四)原刊本摘艳不道作不待。雍熙芙蓉上有笑字。(五)笔花集热作爇。倒惹下无的字。盛世摘艳星沉俱作星落。学的君俱作学那明皇。雍熙上起早二字作早起。馀同盛世摘艳。(随煞)笔花集占了作苦了。只愿作能愿。海岛作海道。盛世劳军作惜军。向这作向那。多买作多买下些。旗纛作旗号。的莽作勇。摘艳俱同。雍熙妳妳哥哥上俱有恁字。他是下无个字。馀同盛世摘艳。词纪妳妳哥哥上俱有您字。占了作落了。以下同盛世摘艳。惟勇仍作的莽。

客窗值雪

倚龙泉数声长叹息。游子去何期。添一岁长一分白发。治一经饱一世黄齑。风凛凛岁晚江空。雪漫漫天阔云低。对梅花叹人犹未归。观不足严凝景致。玉壶春滟滟。银海夜凄凄。

〔逍遥乐〕客窗深闭。止不过香炷龙涎。茶烹风髓。纸帐低垂。早难道翠倚红偎。冷暖年来只自知。挨不彻凄凉滋味。鸳鸯无梦。鸿雁无音。灵鹊无依。

〔金菊香〕看别人吹箫跨凤上瑶池。乘兴扁舟访剡溪。真乃是平地白云三万里。堪画堪题。水晶宫翻做素玻璃。

〔尾声〕调琴演楚骚。研砀点周易。风流似党进。终日醉如泥。磨龙香拂花笺呵冻笔。挥写就乾坤清气。着人道老袁安犹自说兵机。盛世新声申集　词林摘艳七　雍熙乐府一四　北宫词纪四

此曲不见笔花集。北宫词纪题作客窗值雪。注汤菊庄作。兹据以辑之。原刊本徽藩本词林摘艳题作高隐。注无名氏作。盛世新声重本内府本摘艳无题。与雍熙乐府俱不注撰人。雍熙题作雪。○(集贤宾)盛世摘艳黄齑俱作黄薤。对梅花俱作按花。内府本摘艳对梅花作对菱花。词纪数声作一声。去何期作在天涯。对梅花叹作梅花笑。观不足作不尽。(逍遥乐)盛世重增本摘艳止不过俱作止不。词纪香炷作香爇。灵鹊作乌鹊。(金菊香)雍熙翻做下有了字。词纪

二句作更有谁乘兴扬舣访剡溪。翻做素玻璃作翻瓯做素琉璃。（尾声）盛世摘艳花笺俱作鸾笺。冻笔俱作兔笔。雍熙党进作党家。馀同盛世。词纪党进作党家。龙香作龙墨。花笺作鸾笺。写就作写出。着人作教人。

〔般涉调〕哨遍

新建构栏教坊求赞

圣遍飞龙当日。火精焰焰光天德。三尺剑一戎衣。笑谈间平吞了万里华夷。二气里。八荒跻寿。四海涵春。酉酉出雍熙治。都会金陵佳丽。鲁麟呈瑞。周凤来仪。天香荡飐酒旗风。甘露调和落花泥。拽塌了旌旗。打灭了烽尘。销镕了剑戟。

〔耍孩儿〕赤紧的教坊司独占了阳和地。越显得莺花艳美。真乃是紫微宫殿乐星集。另巍巍创立个根基。方位里都按着郭景纯经天纬地阴阳诀。规矩上不离了鲁公输迈古超今造化机。昏昼里无休息。响玎玎斧斤电掣。闹垓垓锯铲星飞。

〔七煞〕瓦砾披划荡的平。风火墙垒砌得疾。百年便作千年计。选良材砍尽了南山铁干霜皮木。搬巨磉捞遍了东海金星雪浪石。非容易。半空中觚稜□耸。平地上轮奂光辉。

〔六煞〕上设着透风月玲珑八向窗。下布着摘星辰嵯峨百尺梯。俯雕栏目穷天堑三千里。障风檐细粼粼檐牙高展文鸳翅。飞云栋碜可可檐角高舒恶兽尾。多形势。碧窗畔荡悠悠暮云朝雨。朱帘外滴溜溜北斗南箕。

〔五煞〕门对着李太白写新诗凤凰千尺台。地绕着张丽华洗残妆胭脂一派水。敞南轩看不尽白云掩映钟山翠。三尺台包藏着屯莺聚燕闲人窟。十字街控带着踞虎盘龙旧帝基。柳影浓花阴密。过道儿紧栏着朱雀。招牌儿斜拂着乌衣。

〔四煞〕这壁厢酒肆里笙歌聒耳来。那壁厢渲房中麝兰扑鼻吹。

隔离五云宫阙无多地。鼓儿敲普綮綮响随仙仗迎□□。板儿撒矻刺刺声逐天风入凤墀。八音备。土匏革木。丝竹金石。

〔三煞〕豁达似彩霞观金碧妆。气概似紫云楼珠翠围。光明似辟寒台水晶宫里秋无迹。虚敞似广寒上界清虚府。廊芦□兜率西方极乐国。多华丽。潇洒似蓬莱岛琳宫绀宇。风流似崐仑山紫府瑶池。

〔二煞〕捷剧每善滑稽能戏设。引戏每叶宫商解礼仪。妆孤的貌堂堂雄纠纠口吐虹霓气。付末色说前朝论后代演长篇歌短句江河口颏随机变。付净色腼靦庞张怪脸发乔科咶冷诨立木形骸与世违。要掿每未东风先报花消息。妆旦色舞态袅三眠杨柳。末泥色歌嗪撒一串珍珠。

〔一煞〕王孙每意悬悬怀揣着赏金。郎君每眼巴巴安排着庆赏□。跳龙门题雁塔悬羊头踏抱尾一个个皆随喜。扎碑的亚着肩叠着脊倾着囊倒着产大抃白雪银双镒。妆孤的争着头鼓着脑舒着眉睁着眼细看春风玉一围。权当个门山日。名扬北冀。声播南陲。

〔尾〕托赖着九重雨露恩。两轮日月辉。这构栏领莺花独镇着乾坤内。便一万座梁园也到不得。

（哨遍）笔花集酉右旁全蚀。酒旗之旗字原蚀作疒。（耍孩儿）创立原作荆立。疑荆乃创之讹。兹改。（七煞）半空中原作半空半。（四煞）迎字原蚀作辺。（三煞）兜率上虫蚀之字应作似。国原作园。兹据韵改。（二煞）虹霓原作虹电。妆旦原作粒旦。（一煞）二句末字虫蚀。似礼字。抱尾疑应作豹尾。围原作团。

〔仙吕〕赏花时

送友人入全真道院

世路崎岖鸟道分。人海苍茫鲸浪奔。喧马足闹车尘。麻姑笑哂。落日又黄昏。

〔么〕金谷繁华梦里身。铜柱陈芳纸上文。能黼黻会经纶。先生议论。少不得高冢卧麒麟。

〔赚煞〕既悟死生机。便得清平分。真乃是羲皇上人。散诞似携家傍鹿门。老生涯经卷炉薰。指乾坤。作幔为茵。卧吸扶桑五花暾。等待着黄粱饭滚。碧桃春近。笑吹箫管上昆仑。

> 雍熙乐府卷二十题作送人入全真道院。不注撰人。北宫词纪卷四题作送人入全真道。○(赏花时)笔花集笑作唤。雍熙世作去。苍作沧。(么)笔花集会经二字虫蚀。雍熙词纪繁华俱作看花。雍熙陈芳作流芳。词纪作留芳。(赚煞)笔花集扶桑二字虫蚀。雍熙脱曲牌名。于指乾坤句上标么字。雍熙词纪清平俱作清闲。五花俱作五色。笑吹俱作大吹。雍熙卧吸作吸。

送人应聘

五彩云开丹凤楼。万雉城连白鹭洲。天堑望东流。天长地久。今古帝王州。

〔么〕虎豹关深肃剑矛。鹓鹭班趋拜冕旒。廊庙总伊周。青云趁逐。犹自卧林丘。

〔赚煞〕既奉紫泥宣。合拂斑衣袖。正桂子西风暮秋。整顿着千尺丝纶一寸钩。笑谈间钓出鳌头。莫迟留。壮志应酬。不负平生经济手。稳情取金花玉酒。银章紫绶。教人道凤凰台上凤凰游。

> 雍熙乐府卷二十题作应诏聘贤。不注撰人。北宫词纪卷四题作送友人应聘。○(赏花时)雍熙词纪望东流俱作壮东流。(么)笔花集廊庙作庙廊。(赚煞)笔花集脱既奉二字。雍熙脱曲牌名。于莫迟留句上标么字。雍熙词纪应酬俱作须酬。雍熙玉酒作御酒。

送友人观光　其人姓刘

弄柳拈花手倦抬。说雨谈云口倦开。须发已斑白。风流顿改。

懒过汝阳斋。

〔么〕我待要买断了严陵一钓台。请佃了陶潜五柳宅。日日访吾侪。水边山侧。诗酒共开怀。

〔赚煞〕争奈世情别。幸遇知音在。同是天涯倦客。为爱皇都春正好。梦魂儿长绕秦淮。何况近年来。十二天街。舞榭歌台一字摆。娇滴滴浓香艳色。花扑扑月宫仙界。真乃是胜刘郎前度到天台。

> 北宫词纪卷四题下无其人姓刘四字。○(赏花时)词纪须发作髭鬓。(么)词纪首句无了字。(赚煞)笔花集曲牌作煞。魂儿作儿魂。长绕作常绕。年来作来年。天街作街头。刘郎上无胜字。兹俱从词纪。词纪争奈作多奈。歌台作歌楼。

戏贺友人新娶

昔日东华听晓筹。今日西湖舣钓舟。书剑暂淹留。呼朋唤友。不减少年游。

〔么〕翠袖分香行处有。彩笔生花梦境熟。诗酒自优游。评花问柳。待选凤鸾俦。

〔赚煞〕红丝幔护婵娟。玉镜台通姻媾。证果了乘龙配偶。雾帐云屏笼画烛。洞房深良夜悠悠。怎时节见娇羞。弄一会温柔。半幅香罗春在手。是必将艰难的事由。推辞的机彀。揾香腮直问到五更头。

> 北宫词纪卷五题作贺人新娶。○(赏花时)词纪钓舟作画舟。(么)笔花集优游二字虫蚀。词纪自作恣。(赚煞)词纪姻媾作媒媾。证果作正果。雾帐作雾障。

送人回镇淮安

铁瓮金墉壮九关。铜柱楼船控百蛮。江汉静波澜。边庭事简。烽燧报平安。

〔么篇〕细柳藏莺春色阑。秋水涵龙剑气寒。含笑上雕鞍。峨峨将坛。只在五云间。

〔赚煞尾〕金珮虎韐香。宝带骊珠灿。西望阳关意懒。堪爱江花如送征鞍。趁东风乱扑旗幡。寸心丹。绿鬓朱颜。他日麒麟作画看。向瓜洲上滩。近石城西岸。赋诗横槊度龙湾。北宫词纪四

此曲不见笔花集。

〔南吕〕一枝花

春　思

嫩寒生花底风。清影弄帘间月。乱红扑窗外雨。香絮滚树头雪。景物奇绝。谁不道富贵千金夜。我翻做凄凉三月节。怀故人万里离别。负东君一番艳冶。

〔梁州〕相思鬼皮肤里打劫。睡魔神眼睫上盘踅。可正是多情自作风流孽。锦鸳翎活扯。丹凤颈生撅。并头花揉碎。合欢树攀折。升仙桥闪却车轙。武陵溪下了桩橛。声沉珮玉玎珰。尘满钗金蹀躞。香残褥锦重叠。想者。觑者。冷清清空落下读书舍。越间阔。越情热。你便是一寸肝肠一寸铁。也害得痴呆。

〔馀音〕本待向楚王宫殢半缄剩雨残云赦。怎下的海神庙告一道追魂索命牒。不是我怪胆儿年来太薄劣。将枕边厢话儿说。把被窝儿里赚啜。都写做殷勤问安帖。

雍熙乐府卷八不注撰人。南北词广韵选卷十四注元无名氏。○（一枝花）笔花集絮滚树头雪五字及绝字俱虫蚀。离别作别离。广韵选我翻做作翻做了。（梁州）笔花集锦下脱鸳字。凤颈作凤头。兹从词纪卷六。雍熙可正作恰正。凤颈作凤翅。并头花作并头莲。肝肠作柔肠。广韵选俱同雍熙。广韵选活扯作强扯。空落作索落。也害作索也害。词纪撅作截。声沈作声沈了。尘满作香消了。香残作尘蒙了。末句作也害的乜斜。馀作恰正。作并头莲。作柔肠。俱同雍

熙。(馀音)笔花集怎下的作怎得下。枕边厢作枕厢。被窝上无把字。雍熙𥅆作觅。是我作是俺。枕边厢作枕边。写做作写在。广韵选俱同雍熙。广韵选半缄作半纸。词纪𥅆半缄作觅半缄儿。是我作是俺。话儿说作誓说。都写做作我都写在那一个。

夏闺怨

燕泥沾白象床。麝尘暗冰蚕褥。萤灯照青琐窗。蛛网络碧纱橱。一弄儿萧疏。镜里人何处。樽前谁是主。凄凉煞锦水鸳鸯。寂寞了雕笼鹦鹉。

〔梁州〕下几点梅子雨间一行情泪。荡几阵藕花风助一口长吁。几般儿堪写入伤心录。金步摇花残蹀躞。玉搔头线脱珍珠。蔷薇露羞和腻粉。兰蕊膏倦搅琼酥。上妆楼一步一个趔趄。指长亭一望一个糊突。紫香囊徒效殷勤。白纨扇空题诗句。锦回文枉费工夫。咱两个旷夫怨女。料应来错配了姻缘簿。多间别。少完聚。抵多少夫在萧关妾在吴。凤只鸾孤。

〔骂玉郎〕也是我孜孜的撺断他学干禄。嗟往事。悔当初。多情却被无情误。唤不应离恨天。填不满忧怨海。赶不上相思路。

〔感皇恩〕这些时鬼病揶揄。更那堪睡魔追逐。软兀剌弱身躯。颠不剌乔证候。干支剌瘦肌肤。无半点欢娱分福。衔一味鳏寡孤独。叮咛话总虚词。断肠诗成故纸。平安信似休书。

〔采茶歌〕他指望八仙图。我贪爱七香车。犹恐怕黄金窑变了汉相如。蓍草占来爻反覆。卦钱儿磨得字模糊。

〔尾声〕虽忘了并头莲空房独守心常苦。也合想连理枝嫩绿成阴叶未枯。手抵着牙儿自犹豫。几时得恓惶业足。多管是凄凉限促。不由人蘸绿亭前放声儿哭。

雍熙乐府卷十题作相思。不注撰人。北宫词纪卷六题作和刘庭信夏景题情。词

林白雪卷二属闺情类。○(一枝花)笔花集一弄二字误倒。雍熙窗作榻。络作
挂。词纪词林白雪灯照俱作灯穿。(梁州)雍熙间一行作两行。几阵作一阵。
助一口作数口。堪写入伤心录作看入伤心处。蹀躞作落索。搅琼酥作抹犀梳。
趁趄作嗟吁。诗句作望谱。咱两个作这的是。旷夫怨女作怨女旷夫。间别作间
阻。抵多少夫在作更狠似夫戍。词纪一行作几行。几阵作一阵。写入伤心作入
相思。蕊作麝。纨作团。别作阻。抵多少夫在作更狠似夫戍。词林白雪同词
纪。(骂玉郎)笔花集不上作不止。雍熙的撺断他作撺断。不应作不出。下句
作挨不出忧愁府。词纪的撺断作撺掇。填不满作挨不出。词林白雪同词纪。
(感皇恩)雍熙起句上有呀字。无这些时及更那堪六字。弱作病。无半点作没
半米。断肠诗作长短篇。词纪无这些时及更那堪六字。无半点作没半点儿。味
作味儿。断肠诗作长短篇。词林白雪同词纪。(采茶歌)笔花集汉相如作滥相
如。雍熙八仙作八椒。犹恐怕作谁承望。爻作多。词纪八仙作八蕉。犹恐怕作
又则怕。卦钱儿作卦钱。词林白雪同词纪。(尾声)笔花集嫩绿作嫩添。限促
作恨促。雍熙无虽忘了三字。独守心常作护子心肠。无也合想三字。几时二句
作。几时得凄凉恨足。相思业足。由人作由我。词纪虽忘作休忘。独守作护
子。枝作树。由人作由我。声儿作声。词林白雪同词纪。

客中奇遇寄情 代友人作

风月长存一寸心。雨云又作三春梦。青鸟不传千里信。落花空
恨五更风。想当日旅馆相逢。取次间谐鸾凤。实心儿担怕恐。
瞒不过纱窗下半篝残夜孤灯。喜的是罗帕上数点芳春嫩红。
〔梁州〕碜可可言誓海深如渤澥。热剌剌设盟山高似崆峒。经几
番柳惊花颤娇团弄。金珮解麝兰馥馥。宝钗横雅髻鬅鬙。粉汗
湿耨声悄悄。罗袜翘底样弓弓。实承望效鸳鸯百岁和同。不隄
防赋骊驹两字西东。又不比卓王孙听琴声慕相如发忠。张延赏
招赘时叹韦皋命穷。贾公间偷香处知韩寿情浓。自非。懵懂。
没来由信流莺唤出桃源洞。越懊恼越疼痛。回首关河几万重。
无计相从。

〔尾声〕全不想上阳关登云路紫骝蹀躞催丝鞚。长则待谐姻眷开
玳宴翠袖殷勤捧玉钟。寄与那闲打牙的相知莫讥讽。少不的凄
凉卷终。风流命通。怎时节花烛兰房慢慢的宠。

> 雍熙乐府卷八无题。不注撰人。北宫词纪卷六题作客中奇偶。词林白雪卷二属
> 闺情类。〇（一枝花）笔花集纱窗作纱嶂。雍熙一寸作一片。三春作三千。青
> 鸟作青云。半篝作篝儿。喜的是作喜的。数点作数点儿。词纪三春作三年。半
> 篝作半篝儿。数点作几点儿。词林白雪青鸟作青鸾。馀同词纪。（梁州）笔花
> 集叹作笑。雍熙誓海作海誓。刺刺作腾腾。盟山作山盟。经几番作几番家。罗
> 袜作袜罗。慕相如发忠作忌司马才高。招赘作因失。词纪翘作跷。馀同雍熙。
> 惟招赘不作因失。词林白雪同词纪。（尾声）笔花集打牙下无的字。雍熙词纪
> 上阳关俱作干功名。雍熙末句无的字。词纪寄与作寄语。词林白雪同词纪。

赠教坊殊丽

眼舒随意花。髻插忘忧草。手拈红麈尾。口理紫檀槽。一撮儿
妖娆。常记得阳台梦曾奚落。武陵溪犹撞着。人都道绮罗乡再
长个卿卿。我猜做风流地重生个小小。

〔梁州〕说窈窕端然窈窕。待苗条不甚苗条。向樽前彻胆儿包藏
着俏。肌雪莹匀匀粉腻。脸霞酣淡淡红潮。荳蔻小半含玉蕊。
丁香嫩一点春娇。舞衣轻燕体飘飘。歌喉细莺语嘤嘤。缕金环
嵌八颗珄珠。交股钗衺双头凤翘。凌波袜荡六幅鲛绡。老陶。
见了。少不得剖肝肠再写段风光好。年纪儿正芳妙。纵舍千金
度一宵。没福也难销。

〔尾声〕烛荧煌香霭馤铺张个夜月芙蓉幄。锦缠联金络索搭苫个
春风翡翠巢。我是鉴乐的酸丁最公道。遮莫将丹青画描。词章
品藻。兀的般解语花生香玉世间少。

> 笔花集题目虫蚀。仅馀末字人。雍熙乐府卷八不注撰人。无题。北宫词纪卷五
> 题作赠教坊殊丽。兹从之。词林白雪卷四属美丽类。注睢玄明作。疑误。

〇（一枝花）笔花集溪犹撞作花尤撞。兹分别据雍熙词林白雪改正。我猜下脱做字。各选本手作未。口作先。常作长。绮罗作温柔。卿卿作端端。雍熙犹撞作尤撞。词纪情辞作又撞。（梁州）笔花集袄作裙。光作流。雍熙雪莹作莹雪。舞衣作舞态。六幅作露。无纵字。风光下有波字。词纪词林白雪端然作其实。缕金作镂金。情辞八颗作八宝。（尾声）各选本搭苦俱作搭盖。雍熙鉴乐的作个鉴乐。遮莫作遮。词纪幄作幕。无我是二字。兀的般作似这般。词林白雪情辞俱同词纪。

赠素云

轻柔缟淡妆。缥渺瑶华动。分开山雾紫。冲破海霞红。飑飑溶溶。聚散如春梦。飘零似转蓬。离恨天几弄儿昏迷。风流地一遭儿乱拥。

〔梁州〕可怎么黄鹤楼头不遇。常则是青山画里相逢。淡丰姿消得个人知重。笼夜月梨花庭院。弄春阴杨柳帘栊。讴清歌依依金屋。舞霓裳队队瑶空。又不肯化甘霖相趁游龙。常则待带斜阳常背征鸿。没乱煞老梁公归兴凄凄。吸嚼煞怕谢安芳心冗冗。傒落煞闷襄王佳会匆匆。好风。怪风。绕天涯几度相迎送。不落锦胡洞。多在巫山十二峰。无影无踪。

〔尾声〕一任他漫天巧结银河冻。半霎儿满地平铺素剪绒。则落得高卧先生恣抟弄。向瀛洲海东。入蓬莱洞中。煞强似太岳祠中受恩宠。

雍熙乐府卷八题作素云。不注撰人。词林白雪卷四属美丽类。注兰楚芳作。疑误。北宫词纪卷五彩笔情辞卷一俱题作赠妓素云。〇（一枝花）笔花集霞作棠。雍熙瑶作摇。（梁州）笔花集闷作旧。雍熙遇作过。讴清歌作歌清商。队队作荡荡。则待作则是。吸嚼作吸喈。好风作如风。词纪词林白雪讴作驻。队队作荡荡。则待作则是。情辞消得个作消得。讴作驻。队队作荡荡。常则待作但则是。不落锦胡洞作应不落岷峨洞。（尾声）雍熙抟作团。祠作封。词纪词林白雪情辞高卧下俱有的字。岳祠中俱作华峰前。词纪抟作团。

嘲素梅

休言白玉堂。怎知黄金鼎。难栽玛瑙坡。宜插水晶瓶。索笑为生。冷淡偎村径。朝昏傍驿亭。常则是采薪夫觅觅寻寻。那里取惜花客潜潜等等。

〔梁州〕琴谱内又不将宫商剔拨。角声中常则是趁钟鼓悲鸣。我将他根脚儿从头省。大庾岭多年的魑魅。罗浮山旧日的妖精。东阁外移来的异种。西湖上流出的残英。虚担着玉洁冰清。空落得雪虐霜陵。孟浩然见了呵飏了吟鞭。赵光普觑了呵罢了谏诤。杨补之画了呵諕了魂灵。试听。他本情。未成实先有酸心病。可知道楚大夫厮矮倖。万古离骚不入名。枉自飘零。

〔尾声〕打不动裁冰剪雪林和靖。冲不过击玉敲金宋广平。纵泄漏春光也不干净。趁风清月明。恐天寒地冷。则不如收拾横斜水边影。

> 雍熙乐府卷十题作梅。不注撰人。○（一枝花）雍熙常作长。知作和。坡作瓮。淡作暖。（梁州）笔花集陵原作凌。兹改。吟鞭作金鞭。兹从雍熙。两书常俱作长。兹改。雍熙则是作则。根脚作脚跟。旧日。移来及流出下俱无的字。陵作侵。（尾声）笔花集风清作清风。雍熙不过作不动。漏作尽了。收拾作放舍了。

赠明时秀

星靥靥花钿簇翠圆。黑鬒鬒云髻盘鸦小。金闪闪袜钩舒凤嘴。玉摇摇钗燕袅鸡翘。一撮儿妖娆。恰蓓蕾丁香萼。又葳蕤荳蔻梢。锦绣额赠新题走蚓惊蛇。丹青帧摸巧样回鸾舞鹤。

〔梁州〕惹娇云招嫩雨十二楼前竞赏。唤春风呼夜月三千队里争高。向人前所事包藏着俏。迷下蔡惑阳城的妩媚。赴高唐谪广

寒的风标。冠薛涛压秋娘的声价。傲冯魁怜双渐的心苗。五陵
儿没福也难消。三般儿巧笔也难描。袒春衫似梅花雪捏就酥胸。
惬宝带似藕花风吹来麝脑。沁香汗似梨花露湿透鲛绡。想着。
他自度。更有那家传口授的闲谈笑。记不真咏不到。则除是再
入桃源走一遭。恁时节不落分毫。

〔尾声〕锦窝巢云屏雾帐重围绕。花胡洞翠槛朱栏巧结缚。况值
着媚景明时畅欢乐。我将他风流窨约。行藏品藻。集入青楼卖
弄到老。

> 雍熙乐府卷八无题。不注撰人。北宫词纪卷五题作赠妓明时秀。词林白雪卷四
> 属美丽类。彩笔情辞卷二题同词纪。注杨用修作。疑误。〇(一枝花)雍熙黑
> 作墨。摇摇作瑶瑶。(梁州)笔花集则除是作除则是。走一遭作这一遭。雍熙
> 楼前作楼头。也难描作难描。沁作浥。他自度作念着。更有上有自小儿三字。
> 词纪词林白雪情辞俱同雍熙。雍熙怜双渐作冷双渐。宝带作玉带。走一遭作这
> 一遭。词纪宝带作搂带。更有作便有。词林白雪情辞俱同词纪。词纪口授之口
> 空格。词林白雪口授作授。(尾声)笔花集明时作明物。雍熙首句起衬俺这里
> 三字。我将作俺将。集入作堪集入。词纪词林白雪情辞俱同。雍熙雾作露。

赠美人号展香绵杨铁笛为著此号

芳姿腻腻娇。素质娟娟净。绸缪无限絮。断续有馀情。天付娉
婷。衡一味温柔性。纵丹青画不成。软耨耨堪宜梅雪同心。白
霭霭不与梨花共影。

〔梁州〕价重如齐纨鲁缟。名高似蜀锦吴绫。惜花人故把杨花并。
缠联月户。缭绕云屏。昏迷客路。散漫邮亭。最关情眼底飘零。
不由人掌上奇擎。飞晓日又不曾牵惹游丝。随暮雨又不曾沾粘
落英。趁东风又不曾化作浮萍。几回。自省。过青春谁与怜薄
命。空落得旧名姓。人都道十二瑶台夜不扃。逃下的飞琼。

〔尾声〕若能够半丝儿系足为媒聘。煞强似几缕同心结志诚。常

记得雪虐风陵夜初静。孤眠的惯经。知音的试听。有他呵便冻死了梅花愁甚么被窝儿冷。

雍熙乐府卷八无题。不注撰人。北宫词纪卷五题作展姬甚美杨铁崖命号香绵因赠。彩笔情辞卷五题同词纪。词林白雪卷四属美丽类。注高文秀作。疑误。○（一枝花）笔花集娟娟作涓涓。各选本絮俱作绪。雍熙衡一味作一团。同心作同明。词纪温柔作风流。同心作同盟。词林白雪情辞俱同词纪。情辞霭霭作皑皑。（梁州）各选本飞晓日俱作笼晓日。沾粘俱作粘拈。过青春谁与俱作正青春谁肯。空落俱作只落。雍熙故把作把。趁东风作起东风。逃下作逃不。情辞奇擎作欹擎。（尾声）笔花集初静作和靖。雍熙梅花作梅。被窝作被。又与词纪情辞几缕下俱有儿字。风陵俱作风颠。

赠美人

缘底事谪离方丈台。是谁人赚出桃源洞。何日里拜辞王母殿。甚风儿吹下广寒宫。蓦地相逢。眼眩乱魂飞动。方信道仙凡路可通。内家妆都猜是金屋婵娟。前生业却做了青楼爱宠。

〔梁州〕蝤蛴颈净匀粉腻。荳蔻梢软搦春秋。更说甚海棠浥露胭脂重。绡袖薄腕笼温玉。酒颜酡腮晕轻红。腰束素裙拖暖翠。眼涵秋水点星瞳。口脂薰兰气冲冲。胸酥渍香汗溶溶。登卧榻一团儿雪压氍毹。对妆台一朵儿花生镜容。浴温泉一泓儿水浸芙蓉。自疑。自懂。只恐是沾云㵦雨阳台梦。梨园内万人众。烟月排场锦绣丛。别样春风。

〔尾声〕赋佳人的宋玉堪题咏。图仕女的崔徽枉费工。常记席上樽前那些陪奉。喜孜孜捧着玉钟。娇滴滴擎着笑容。端的是压尽人间丽情种。

北宫词纪卷五题作赠妓张润卿。彩笔情辞卷一题作赠张姬润卿。○（一枝花）笔花集宠作龙。词纪王母殿作王屋山。吹下作吹入。眼眩乱作眼眩。路可作有路。猜是作猜做。却做作倒做。情辞俱同词纪。（梁州）笔花集秋水作秋添。

词纪匀字耨字俱叠一字。绡袖至星瞳作。眼涵秋水。脸笑春风。额涂蝶粉。唇点猩红。一团儿作似一团。一朵儿作似一朵。镜容作镜铜。一泓儿作似一泓。只恐作犹恐。帬作带。园内作园里。人众作人颂。情辞俱同。（尾声）词纪费工作用工。常记作常记得。擎着作逞着。情辞俱同。

自　省

黑漫漫离恨天。白浟浟迷魂海。闹垓垓风月场。昏惨惨雨云台。天与安排。都变做莺花界。单挨着聪明的撞入来。枕畔言糊突了胸襟。花下酒消磨了气色。

〔梁州〕我待将觐江楼风流再整。谁敢把丽春园时价高抬。这几般儿症候年年害。并头莲忙折。连理树勤栽。相思梦不觉。囫囵谜难猜。眼睛儿盼行云不离书斋。魂灵儿趁东风先到花街。知自知虚脾枉自温存。笑自笑讪脸偏禁打揌。怪自怪痴心不服烧埋。待开。怎开。我则索皂纱巾护了天灵盖。赤紧的做鸨儿不宽大。但有个权势的姨夫大块子抾。便笑靥儿攒腮。

〔尾声〕妆孤的已受王魁戒。赡表的休夸双渐才。这两件达时务的玄机恰参解。朱颜半衰。黑头渐白。犹兀自无倒断的着迷甚时改。

雍熙乐府卷八不注撰人。○（一枝花）笔花集聪明下脱的字。雍熙浟浟作茫茫。都变作却变。单挨作单注。花下酒作花下誓。词纪卷六单挨作单注。彩笔情辞卷五垓垓作哈哈。都变作却变。单挨作单注。（梁州）雍熙敢把作敢吝。几般儿几般。囫囵下脱谜字。不离作未离。不服作不受。护了作瞒了个。做鸨作老鸨。笑靥作笑脸。词纪不离作未离。打揌作打搧。不服作不爱。权势的作权揣。抾作揃。情辞几般儿作几般。不离作未离。不服作不受。权势的作权势。抾作摁。（尾声）笔花集玄机作知机。倒断作断倒。雍熙已受作合受。兀自作自古。词纪已受作合受。末句无的字。情辞同词纪。词纪参解作参拜。情辞恰作却。

赠　人

麒麟阁上臣。虎豹关中将。名高金殿客。贵压紫薇郎。玉立昂
昂。捧日月光天象。保山河壮帝乡。紫金梁稳架沧溟。白玉柱
高擎庙堂。

〔梁州〕醉仙桃九重春色。拂御炉两袖天香。风云豪气三千丈。
咳唾落珠玑颗颗。珮环摇金璧锵锵。奇略饱阴阳经诀。壮怀吞
星斗文章。拥貔貅银锁光芒。动龙蛇赤羽飞扬。叱咤间净中原
狐兔之尘。指顾里荡西戎犬羊之党。笑谈中定边陲蛮貊之邦。
远方。近方。黄童白叟知名望。一人下万人上。铁券丹书姓字
香。万代辉光。

〔尾声〕玉醅醐金叵罗肉台盘气氤氲香霭莲花帐。锦罘罳珠珞索
翠氍毹光灿烂春生柿蒂堂。会受用风流黑头相。对槐阴昼长。
趁荷香晚凉。一派笙歌洞天里响。

盛世新声已集重增本内府本词林摘艳卷八北曲拾遗俱无题。不注撰人。原刊本
徽藩本词林摘艳题作武功大臣。注无名氏作。雍熙乐府卷九题作赠英国。不注
撰人。北宫词纪卷二题作上勋臣。注汤菊庄作。○(一枝花)盛世名高作名标。
贵作位。玉立作志气。天作乾。架作驾。摘艳俱同。雍熙名高作名标。玉立作
志气。光作观。帝乡作帝疆。词纪帝乡作帝疆。北曲拾遗金殿作金榜。玉立作
志气。(梁州)笔花集近方作近来。兹从摘艳雍熙等。净作静。兹从词纪。盛
世御作玉。珮环作环珮。吞作添。银作金。净作静。中定边作间定南。字香作
字芳。摘艳俱同。内府本摘艳仍作字香。雍熙银作金。飞作挥。中定边作间定
南。香作芳。词纪同雍熙。雍熙饱作抱。净作定。尘作群。荡作殄。词纪御作
玉。北曲拾遗御作玉。金璧作金钺。饱作包。中原狐兔之尘作比狐兔之臣。荡
作扫。中定边作间定南。(尾声)笔花集珞索作琭歘。盛世气上有淡字。堂作
窗。黑头作头庭。末句作听一派仙音洞天响。摘艳俱同。内府本摘艳气上无淡
字。雍熙霭莲花作瑷瑅连环。无光灿烂三字。堂作窗。会受用句作畅好似会受
用的风流俊卿相。荷香作荷风。末句作只听得一派箫韶动天响。词纪堂作窗。

受用作受用的。荷香作荷风。一派笙歌作只听得一派箫韶。北曲拾遗锦翠二字易位。珠珞索在光灿烂三字上。蒂堂作带窗。带疑是蒂之讹。荷香作和风。末句同词纪。

同前意

巍巍九鼎臣。落落三台位。飘飘七步才。密密五兵机。门第相辉。俯仰谐天意。经纶合圣规。书架插三万旧日牙签。武库列十二清霜画戟。

〔梁州〕翰墨夺人间锦绣。咳唾落天上珠玑。统雄藩肃镇西南裔。紫泥诏符分铜虎。碧油幢纛散红旄。金麒麟绣蒙锁甲。玉螭龙带束宫衣。八卦营细柳深迷。五方旗铁马骄嘶。喜的是沙漠空狐兔尘清。江海静鲸鲵浪息。宫殿高燕雀风微。授之以德。用之以礼。因此上太平天子无为治。咫尺间九重内。唤得春来草木知。万物熙熙。

〔尾声〕金瓯应已藏名讳。麟阁终当绘像仪。寄语公明董狐笔。比及待论功赐邑。铭彝勒石。先筑沙隄四十里。

> 雍熙乐府卷八题作荆南作。不注撰人。北宫词纪卷二题作上藩臣。○（一枝花）雍熙巍巍作嵬嵬。密密作默默。门第作花尊。词纪四五两句作。灿灿五云机。棣尊联辉。画戟作剑戟。（梁州）笔花集咫作只。兹改正。符分作分符。散红旄作撒江蓠。浪息作息浪。兹从雍熙词纪。雍熙锦绣作锦绮。带束作笼带。静上脱江海二字。授之作据之。咫尺作片纸。词纪裔作地。宫衣作腰围。尘清作尘消。江海作江汉。授之二句作。据于德。用以礼。咫尺作片纸。春来作春风。（尾声）雍熙比及下无待字。

子弟每心寄青楼爱人

芳卿细细听。贱子明明道。雨云虽念想。风月不坚牢。月夜花朝。两地成耽阁。虚飘飘何日了。吐蛛丝锁不住蝶使蜂媒。衔燕泥垒不就鸾窝凤巢。

〔梁州〕怕不道甜腻腻恩情怎舍。瞒不过响珰珰礼法难饶。赤紧的一身万事萦怀抱。椿萱衰迈。松菊萧条。云山缥缈。烟水迢遥。则落得莺燕呼招。怎能够琴瑟和调。恰便似刘晨误入天台。洛浦神游汉皋。裴航梦断蓝桥。几遭。窨约。既知休怕甚莺花笑。便做道娶之后怎发落。少不得留与青楼做散乐。倒不眊眊。

〔尾声〕从今后休将锦字传青鸟。谩把纶竿钓巨鳌。不是我巧语花言厮推调。恁如今模样正娇。年纪儿又小。则不如觅个知心俊孤老。

<small>雍熙乐府卷八题作梅香劝妓从良。不注撰人。○（一枝花）笔花集三句第三字虫蚀。仅馀右半隹字。兹补为虽。耽作担。巢作窠。雍熙贱子作贱丫。虽作须。燕泥作泥燕。（梁州）笔花集不过作不道。怎能够作怎能。雍熙洛浦作交甫。便做作做便。末句作到大酕醄。（尾声）雍熙恁作你。模样作模样儿。觅作早嫁。</small>

劝妓女从良

丽春园有世情。鸣珂巷无公论。爱村沙欺软弱。嫌文墨笑温纯。别是个家门。饱暖随时运。诙谐教子孙。伴风姨陪月姊甚日辞栅。觅花钱偿酒债何年证本。

〔梁州〕妆镜里暗暗的添了白发。酒席上飘飘的过了青春。急回头已是三十尽。粉褪了杏腮桃脸。涎干了瓠齿樱唇。尘暗了锦筝银甲。香消了彩扇罗裙。恁待要片时间拔类超群。则除是三般儿结果收因。招一个莽庄家便是良人。嫁一个穷书生便是孺人。苦一个俊孤答便是夫人。小生。暗忖。如今的这女娘每一个个口顺心不顺。多诡诈少诚信。直待红鸾活现身。可不道好景因循。

〔牧羊关〕试点检莺花簿。细摩挲烟月文。真乃是有奇花便有东君。玉箫女结韦皋两世丝萝。苏小卿配双渐百年眷姻。谢天香遂却耆卿志。李亚仙疼煞郑生贫。薛琼英大享着奢华福。韩素梅深蒙雨露恩。

〔尾声〕你毕罢了柳衢花市笙歌阵。我准备着凤枕鸳帏锦绣茵。纵然道板障的娘娘有些生忿。明放着玉镜台主婚。金花诰保亲。不愿从良的也算得个蠢。

　　雍熙乐府卷八无题。不注撰人。彩笔情辞卷六题作嘱嫁。注元人辞。〇（一枝花）笔花集月姊作月妹。情辞辞栅作辞柯。（梁州）笔花集涎干下尘暗下俱无了字。则除是作除则是。三般下无儿字。雍熙恁待作恁时。孺人作儒人。如今的作如今。又与情辞可不道俱作可知道。（牧羊关）雍熙脱曲牌名。又与情辞试点检俱作你试检点。琼英俱作瑶英。情辞享着作享。（尾声）雍熙毕罢上有则早二字。准备作备。不愿作不。情辞娘娘作娘。馀同雍熙。

同前意

红舒脸上桃。翠展眉间柳。粉溶肌雪腻。绿弹鬟云稠。一撮儿风流。带绾金双扣。鞋弯玉一钩。紫绡裳红锦腰围。银股钏珍珠臂鞲。

〔梁州〕据标格是有那画阁兰堂的分福。论娇羞怎教他舞台歌榭里淹留。则落得闲茶浪酒相迤逗。昨日逢故友柳边开宴。今日送行人花下停舟。这壁急攘攘莺招燕请。那厢闹烘烘蝶趁蜂逐。恰则待热心肠相和相酬。也合想业身躯无了无休。我劝你滑擦擦舍身崖想个逃生。昏惨惨迷魂洞寻个罢手。碜可可陷人坑觅个回头。二句。左右。他则想春花秋月常依旧。试与恁细穷究。我则索先盖座春风燕子楼。省也么叶落归秋。

〔尾声〕谁不知苏卿已嫁双通叔。王氏偏怜秦少游。咱两个没添货的姻缘厮成就。天长地久。鸾交凤友。再不教你鸣珂巷路儿上走。

雍熙乐府卷八无题。不注撰人。北宫词纪卷五题作赠妓。彩笔情辞卷六题作劝妓。○(一枝花)笔花集溶作容。弯作弯。臂作皆。雍熙一撮儿作一撮。鞋弯作鞋弓。一钩作半钩。词纪情辞溶俱作融。绿作丝。馀作一撮。作半钩。同雍熙。各选本绡俱作销。(梁州)笔花集攘攘作穰穰。雍熙兰堂的作兰堂。这壁作这壁厢。那厢作那壁厢。恰则待作怕不待。身躯作生涯。想个作快想个。寻个作早寻个。觅个作急觅个。二旬作三旬。与恁作与你。省也么作省你也。词纪情辞俱同雍熙。雍熙是有那作是有。莺招作莺提。词纪情辞歌榭里俱作歌榭。滑擦擦作高耸耸。昏惨惨作黑漫漫。罢手作脱手。(尾声)笔花集末句无你字。雍熙偏怜作原怜。鸣珂巷作鸣珂。词纪没添货作达时务。鸣珂巷作向鸣珂。情辞俱同词纪。

赠玉芝春

休言雨露恩。不假阳和力。自天能长养。无地可栽培。素质香肌。正遇承平世。比春花别样奇。光腻腻出落着风流。清淡淡包含着旖旎。

〔梁州〕人都道秦弄玉生成标格。我猜是许飞琼托化的容仪。谁承望天风吹落莺花地。函德墀无缘拜识。甘泉宫有句褒题。谢安石多曾称誉。夏黄公聊得充饥。向花神试问个真实。检春工自有个高低。风韵似软刺答石上猗兰。雅淡似矮婆娑月中老桂。温柔似瘦伶仃雪里寒梅。有谁。认得。九茎三秀真祥瑞。相遇是何日。但能够分得微香到酒杯。不枉了玩赏忘归。

〔尾声〕既不能贮雕盘蒙锦帕擎将手掌轻怜惜。也消得依画阁近兰堂着个栏干谨护持。春日春风莫虚费。你道是浮花浪蕊。他须是灵根异卉。恰不道一夜琼花落无迹。

雍熙乐府卷八题作玉芝春。不注撰人。北宫词纪卷五题作赠妓玉芝春。○(一枝花)笔花集春下脱花字。雍熙素作贵。又与词纪正俱作长。词纪彩笔情辞卷一含俱作藏。情辞正遇作妆点。(梁州)笔花集雍熙函德俱作亟德。兹从词纪。笔花集到酒杯作引酒杯。雍熙拜识作相识。称誉作誉。神试作下神是。但能够分得作得能够分。词纪猜是作猜做。称誉作见誉。情辞托化作脱化。有个作有。相遇上有知字。馀同词纪。(尾声)各选本异卉俱作异质。

赠玉马杓

堪嗟和氏冤。莫讶相如攒。既酬雍伯志。何虑范增嫌。想像观瞻。雀尾样其实欠。鸬鹚名空自慊。有十分资质温柔。无半点尘埃涴染。

〔梁州〕温石铫徒劳磨渲。镶铁钩枉费锤钳。似剜出一团酥更压着琼花艳。泼新醅分开绿蚁。掬清波荡碎银蟾。美声誉高如金斗。秀名儿近似珠帘。富石崇犹兀自等等潜潜。穷双渐也则索让让谦谦。臽得些拔禾俫家计空空。兜得些偷花汉劳心冉冉。敲得些贩茶商睡思恹恹。莫言。咱媚谄。丽春园谁敢待争奢俭。漾不下抱不厌。纵然道夏鼎商彝休将做宝贝啗。也不似他情忺。

〔尾声〕好向他万花丛里为头儿占。休教人百味厨中信手儿拈。怎时节添不上风流洗不了瑕玷。倾城的貌甜。连城的价添。稳情取酖瓢戏的西施望风儿闪。

笔花集题目末字杓误作初。雍熙乐府卷八题作玉马杓。不注撰人。○(一枝花)笔花集攒作僭。名空自慊作真自慊。真上疑脱名字。雍熙相如作花如。雀作鹊。(梁州)笔花集渲作恒。拔禾作拔木。劳心作芳心。雍熙掬作汲。双渐作通叔。臽得些作臽得个。谁敢待作谁敢。漾作样。末句作终不似情忺。(尾声)笔花集不上作不止。雍熙休教人作休教。无怎时节三字。连城作生来。瓢作飘。

莲卿王氏者楼居潇洒余颜之曰楚馆凝眸其所寄意无乃对景兴怀欢情离思而已因其请题遂书此以赠焉

碧玲珑透月窗。锦灿烂藏春帐。黑揩摸乌木几。金嵌镂紫檀床。一片风光。胜压莺花巷。名高烟月乡。绣茵舒并宿鸳鸯。雕奁锁双飞凤凰。

〔梁州〕龙脑香生瑞霭。虾须帘卷斜阳。动芳情多为凭栏望。翠柳黄鹂个个。青天白鹭行行。锦缆牙樯簇簇。金沙流水茫茫。但凝眸渐觉徬徨。忽萦怀又索包藏。销魂桥芳草地几度离别。折柳亭拂尘会几场宴赏。落花天残灯夜几样思量。话长。意长。止不过弱红娇黛相偎傍。酝酿出雨云况。可知道宋玉当年为发扬。赋作高唐。

〔尾声〕弹金鸾横玉燕都夸楚馆风流样。蟠龙髻扫翠蛾全胜巫山窈窕娘。常言道鉴柳评花不虚诳。似恁的兰心蕴芳。莲姿喷香。不由人浓蘸着霜毫细褒奖。

> 雍熙乐府卷八无题。不注撰人。北宫词纪卷五题作题莲卿王氏楼居。彩笔情辞卷五题同词纪。惟氏作姬。〇(一枝花)笔花集摸作磨。木几二字虫蚀。胜作剩。雕夌作雕笼。词纪情辞灿烂俱作烂熳。(梁州)笔花集离别作别离。花天作花风。酝酿下无出字。雍熙多为作以为。黄鹂作黄莺。话长作语长。词纪龙脑上有淡氤氲三字。虾须上有明滴溜三字。多为作让为。情辞相偎傍作胡偎傍。馀同词纪。(尾声)雍熙娘作妆。蕴作酝。词纪情辞俱同。雍熙评花作评花的。

咏素蟾

噪晴蛙枉叫嚎。脱壳蝉徒悲泣。缩项鳊空跳跃。攒毛猬甚稀奇。将山海经穷推。出乎类拔乎萃。不在山不在水。美名儿满天上人间。要性儿傍星前月底。

〔梁州〕剔秃圞驾彩云恰离瀛海。明滴溜趁清风又下峨嵋。捣玄霜仙药的玉兔偏知契。杨柳楼心弄影。婆娑树底扬辉。竹叶樽中荡漾。梅花窗外徘徊。煞强似负灵蓍九尾神龟。更压着叫扶桑三足天鸡。活不剌大罗仙手掌上奇擎。矮婆娑翰林客砚池边侍立。滑出律广寒娇寝帐里追陪。我知。就里。多管是玉之精魄金之气。那雅淡那清致。可知道天宝三郎爱羽衣。险送了华夷。

〔尾声〕婵娟不假铅华力。莹洁应夺造化机。相思病的郎君若医治。也不索评诊脉息。更不须调和药石。但能够半点儿琼酥救了你。

雍熙乐府卷八题作蟾。不注撰人。北宫词纪卷五题作赠素蟾。词林白雪卷四属美丽类。注秦复庵作。疑误。彩笔情辞卷一题作赠妓素蟾。○(一枝花)笔花集噪作渗。蝉作蟾。山海下脱经字。雍熙鳊作鳌。情辞噪作澡。(梁州)笔花集清下脱风字。翰林作翰花。砚下无池字。娇作娥。清致作精致。词纪天鸡作金鸡。情辞更压作便压。奇擎作敧擎。各选本圈俱作囵。无仙药的三字。(尾声)笔花集雍熙评诊俱作评论。兹从词纪等。

嘲妓名佛奴

不参懵懂禅。先受荒淫戒。才离水月窟。又上雨云台。东去西来。还不了众生债。竟说甚空是空色是色。苦俫呵四十八愿叮咛咒誓。巴馒呵五十三参容颜变改。

〔梁州〕恰殢着老达磨泛芦叶浪游海国。又沾上阿罗汉觅桃花远访天台。那里问当年摩顶人何在。超度了千家子弟。坐化了万种婴孩。则落得拈香剪发。早难道灭罪消灾。虽然道村冯魁布施些钱财。须不曾俏双生供养在书斋。卧房儿伽蓝殿般收拾。客院儿旃檀林般布摆。门面儿龙华会般铺排。左猜。右猜。这渥洼水不曾曹溪派。那庵门甚宽大。但有庞居士般人儿莽注子择。便慧眼睁开。

〔尾声〕张无尽气冲冲待打折了莺花寨。韩退之嗔忿忿敢掀翻烟月牌。赢得虚名满沙界。风月所状责。教坊司断革。迭配与金山寺江中贩茶客。

雍熙乐府卷十题作题苏卿。不注撰人。北宫词纪卷六题作嘲佛奴。彩笔情辞卷十一作嘲妓佛奴。○（一枝花）笔花集水作冰。云作花。俫作来。叮咛咒誓作咒叮咛。参作度。雍熙竟作更。苫作搧。词纪竟说甚作说什么。情辞竟作更。（梁州）笔花集觅下脱桃花二字。坐化作生化。伽蓝殿般作蓝伽殿盘。慧作恶。雍熙词纪情辞泛芦叶俱作折芦枝。子弟作徒弟。拈香作撚香。早难道作怎能够。卧房上有你将那三字。雍熙恰孲作又拈。二句无又沾上三字。道村冯魁作郑元和。须不曾俏双生作又好将双通疏。卧房以下三句俱无般字。渥洼水不曾作湫洼怎比。有庞居士般作将个庞居士。挀作挨。便作把。词纪情辞虽然道俱作虽然是。渥洼水不曾作湫洼水怎比。庞居士般作个庞居士。词纪庵门作庵门儿。便作早把。情辞挀作摁。便作把。（尾声）笔花集无尽作无画。状责作责状。雍熙冲冲作狠狠。无折了二字。翻作翻了。赢得作落得。风月所作我将临川县。断革作断隔。迭作牒。无寺江中三字。词纪情辞打折俱作打散。翻作翻了。风月所上有我将二字。词纪赢得作赢得个。江中作江边。情辞末句同雍熙。

言 志

自怜王粲狂。莫怪陈登傲。不弹贡禹冠。谁赠吕虔刀。十载青袍。况值烟尘闹。事无成人半老。黄金台将丧斯文。白玉堂空怀故交。

〔梁州〕看鞍马上诸公衮衮。听刀戈下众口嗷嗷。因此上五云迷却长安道。曳裾休叹。投笔空焦。题桥谩逞。击楫徒劳。直钩儿怎钓鲸鳌。闷弓儿难射鹏雕。喜的是砚池内通流着千丈沧溟。诗卷里包藏着九重宣诏。书楼上接连着万里云霄。虽道是浅识。寡学。这几篇齐鲁论也不下于黄公略。撚吟髭自含笑。矫首中天日正高。豪气飘飘。

〔尾声〕闲拈斑管学张草。静对黄花诵楚骚。等待新雁儿来时问个音耗。若说道董仲舒入朝。公孙弘见招。看平地风雷奋头角。

（梁州）笔花集二句脱下字。虽道作然道。北宫词纪卷三砚池内作砚池中。诗卷里作诗卷内。浅识作浅学。几篇齐鲁论也作几卷鲁齐论。矫作翘。（尾声）

词纪学作书。等待作等待着。音耗作消耗。

赠　人

雍容黄阁姿。卓荦青云态。彷徨忧国志。慷慨济时才。奉诏西
来。冲瘴雾临边界。驾天风下凤台。正正旗堂堂阵蛇鸟争辉。
辚辚车萧萧马风云动色。

〔梁州〕展其韬施其略孙吴是法。依于仁行于义周孔为怀。经纶
迥出诸藩外。八阵旗春营柳暗。七重围夜帐莲开。六钧弓晓星
迸激。双龙剑秋水磨揩。转储胥周馈饷掌上裁划。抚疲羸知劳
逸阃外驱差。玉兔毫挥翰墨学足三冬。紫鸾诰叙勋旧恩封三代。
丹墀陛列班资步近三台。伟哉。盛哉。况赖着巍巍圣德乾坤大。
露布驰玉关外。倒挽银河下九垓。净洗氛埃。

〔尾声〕录丰功褒盛绩班班拟见铭钟鼐。著芳声垂后代历历终期
绚竹帛。若报道东阁门前不妨碍。借尺地寸阶。进一言半策。
那时节吐气扬眉拜丰采。

> 雍熙乐府卷八题作武昌作。不注撰人。○（一枝花）笔花集瘴雾作瘴
> 雍熙彷徨作仿佛。济时作济川。（梁州）笔花集春营作春宫。莲开作连开。储胥作储
> 蓄。雍熙知劳逸阃作均劳逸意。赖着作托着。关外作关塞。倒挽银作力挽天。
> （尾声）雍熙绚作炫。那时作恁时。

同　前

心怀雨露恩。气禀乾坤秀。读书尊孔孟。许国重伊周。得志之
秋。文共武皆穷究。正青春正黑头。孙吴略切切于心。齐鲁论
孜孜在口。

〔梁州〕瞻日月抬头是凤阙。会风云闲步是龙楼。真乃是祖生鞭
不落刘琨后。千金买剑。五彩攒裘。七重围帐。半万戈矛。跨

锦鞯丝鞚骅骝。拥铁关金锁貔貅。论文时芸窗下摘句寻章。论武时柳营内调丝弄竹。消闲时花阴外打马藏阄。五行。本有。功名二字俱成就。能爕护会消受。一寸丹心答冕旒。愁甚么建节封侯。

〔尾声〕烟消青海城边堠。兵洗黄河天上流。庆祝皇图万年寿。蛮夷殄收。戎狄遁走。恁时节描入麒麟画工手。

> 原刊本徽藩本词林摘艳卷八题作将相。注诚斋散套。案今存诚斋乐府无此套。盛世新声已集重增本内府本摘艳无题。与雍熙乐府卷八俱不注撰人。雍熙题作武臣。北宫词纪卷二题作上藩臣。○（一枝花）各选本尊俱作遵。（梁州）盛世摘艳雍熙词纪首二句俱无是字。闲步俱作举步。不落作不若。论武作行乐。内府本摘艳首句是作见。二句是作上。盛世摘艳雍熙丝鞚俱作玉鞚。二字作两字。爕护作爕理。盛世摘艳拥铁关句俱作整戎妆金嵌兜鍪。词纪刘琨作刘賨。买剑作买笑。裘作球。弄竹作品竹。俱成都作都成。（尾声）盛世摘艳雍熙青海俱作清海。兵洗俱作冰泻。雍熙万年作亿万。词纪堠作垢。兵洗作雨洗。

同前意

汪汪江海心。落落云霄志。昂昂经济才。矫矫廊庙姿。阃外行司。暂把牛刀试。播芳声雷贯耳。匣中剑冰涵秋水芙蓉。腰间带银钗盘花荔枝。

〔梁州〕烽烟息朝廷有道。簿书闲公馆无私。笑谈间唤得春风至。昆季雍雍穆穆。友朋切切偲偲。礼法兢兢业业。规模念念孜孜。了公家无甚萦思。追欢乐有甚推辞。猎西山金仆姑锦袋雕弓。宴东阁银凿落琼筝宝瑟。游南陌紫叱拨玉鞚青丝。丈夫。似此。多管是胸中寸地平如砥。嘉瑞已天赐。庭下兰孙与桂子。雨露滋滋。

〔尾声〕于亲已足平生志。许国应当少壮时。显孝扬忠但如是。抱金曳紫。承恩奉旨。稳情取勋业班班照青史。

雍熙乐府卷八题作武臣。不注撰人。○(一枝花)雍熙廊庙作庙堂。秋水作映水。(梁州)雍熙烽烟作烽燧。公馆作门馆。笑谈作谈笑。规模作书谟。凿落作错落。(尾声)雍熙足平生志作是平生事。抱金作横金。

云山图为储公子赋

长歌陟岵诗。饱玩闲居赋。倦听花底莺。羞见树头乌。日月居诸。又觉春光暮。对云山强自娱。白云边盼不见白雁来宾。青山外等不至青鸾寄语。

〔梁州〕云去也山容妥帖。云来也山色模糊。真乃是一声杜宇不知处。青隐隐浑疑太华。白漫漫错认蓬壶。黑黯黯难分吴越。绿迢迢不辨衡庐。云连山远近相逐。山连云上下相续。可知道陆士衡酝酿做文章。王摩诘收拾在肺腑。狄仁杰迤逗出嗟吁。老夫。道欤。既思亲便索寻亲去。愁险峻惮劳苦。却把云山写作图。于理何如。

〔尾声〕心头菽水何时足。眼底云山甚处无。寸草春晖自今古。但能够青山共居。白云共锄。才与云山做得主。

雍熙乐府卷八题作云山图。不注撰人。北宫词纪卷四题同笔花集。惟赋作题。○(一枝花)雍熙词纪等不至俱作算不至。(梁州)笔花集吴越作吴粤。雍熙南北词广韵选卷五漫漫俱作茫茫。雍熙收拾作拾收。广韵选仁杰作梁公。(尾声)雍熙词纪云山上俱有这一抹三字。

黄鹤楼

峥嵘倚上流。突兀当雄镇。高明临大道。迢递接通津。从去了鹤山仙人。千载无音信。丹青再创新。架飞楹联走拱不下班倕。敞天窗攒藻井堪攀翼轸。

〔梁州〕龟背织朱帘闪闪。鸳翎甃碧瓦鳞鳞。雕阑一目天之尽。洞庭半掬。云梦平吞。荆襄俯瞰。汉沔中分。长空远水沄沄。

光风霁月纷纷。吕岩笛夜夜闻音。陶令柳年年报春。崔颢诗句句绝伦。后人。议论。都道是物华胜压东南郡。况与洞天近。绛节琅玕度彩云。万象腾文。

〔尾声〕汀花岸草春成阵。沙鸟风帆暮作群。我待要闲蹑金梯散孤闷。仰之北辰。俯之大坤。气势高寒立不稳。

<small>雍熙乐府卷八题作隐居。不注撰人。北宫词纪卷四题作题黄鹤楼。○(一枝花)雍熙上流作上游。接作带。鹤山作河上。再创作似创。词纪鹤山作鹤上。再创作似创。(梁州)笔花集平吞作半吞。雍熙词纪俯瞰俱作低瞰。雍熙沄沄作茫茫。陶令作陶潜。(尾声)笔花集末三字虫蚀。词纪金梯作丹梯。</small>

梦游江山为友人赋

蜀道难长怀李太白。庐山高每羡欧阳叔。江曲折多询郭景纯。海周遭曾问木玄虚。大刚来混一皇舆。万里神游去。何须觅坦途。脚到时选胜寻幽。眼落处兴今慨古。

〔梁州〕图得些风月情长沾肺腑。赢得些是非尘不到襟裾。分明记得经行处。蹑苍梧冲飞彩凤。扣扶桑撼动金乌。登雁宕惊潜木客。涉龙门啸起天吴。又不比悠悠泛一叶黄芦。飘飘跨两足青凫。散诞似李元贞松阴内干禄求名。逍遥似赵师雄梅花下开樽按舞。廓落似淳于梦槐柯上架室安居。遮莫五湖。四渎。钓竿直拂珊瑚树。天地阔渺无路。撞入仙翁白玉壶。知他是紫府也那清都。

〔尾声〕湿淋浸满身香露侵毛骨。吉玎珰过耳清飀响珮琚。蓦然地睁破双眸飒然悟。尚兀自炉烟馥郁。灯花恍惚。月在梧桐画阑曲。

<small>雍熙乐府卷八题作方外娱。不注撰人。南北词广韵选卷五题作方外观。注元人。○(一枝花)笔花集兴字虫蚀大半。雍熙广韵选词纪卷三寻幽俱作探幽。广韵选多询作还询。词纪到时作时到处。兴今作嗟今。(梁州)笔花集天吴作吞</small>

吴。雍熙是非尘作是非名。啸起作叱起。青鸟作白鸟。广韵选词纪俱同。雍熙
仙翁上有这字。清都上无那字。词纪俱同。广韵选图得些作图得个。惊潜作潜
惊。词纪阴内作阴底。(尾声)笔花集蓦然作蓦忽。雍熙吉作击。广韵选作咭。
雍熙飏作飍。飒然作了然。月在上有不觉的三字。广韵选词纪俱同。

题心远轩

不从方外游。且向寰中住。但能通大道。何必厌亨衢。吾爱吾
庐。选得陶诗句。楣间籀字书。黄庭静玩之无穷。灵源溢探之
不足。

〔梁州〕七窍达八荒广漠。一帘隔万里空虚。谁不知方寸地无多
物。玄参黄老。易论程朱。诗敲险怪。棋较赢输。不闻满耳喧
呼。只宜竟日跏趺。恰枕肱悠悠梦绕华胥。不动脚默默神游洛
浦。才合眼飘飘身在蓬壶。本无。间阻。山林城市俱同路。解
到此中趣。便觉平生百虑疏。遐迩何如。

〔尾声〕光风转蕙春生户。幽草生香月到除。不离蒲团三二步。
休道星躔月窟。遮莫天关地轴。垂拱之间在环堵。

　　雍熙乐府卷八题作心远轩。不注撰人。南北词广韵选卷五同。〇(一枝花)笔
　　花集方外作芳外。楣间作楣开。广韵选寰中作尘中。(梁州)笔花集方寸作方
　　才。同路及到此中五字虫蚀。雍熙险怪作怪险。广韵选解到作解得到。(尾
　　声)笔花集春作眷。躔作缠。雍熙三句作不离团蒲二三步。广韵选三句作不离
　　团标两三步。

赠儒医任先生归隐　先生善写竹

江湖老姓名。风月闲人物。文章新制作。礼乐旧规模。暮景桑
榆。杏林好春无数。橘泉甘乐有馀。一丝风曾钓鲸鳌。九转丹
恰成龙虎。

〔梁州〕核老聃千言道德。问安期万劫荣枯。常则怕白云引入青

山去。包含丹篆。簸弄明珠。逍遥巾帻。懒散襟裾。虽不曾指南阳卖却茅庐。少不得傍东湖苫个庵廂。菊花枕满头香雾氤氲。梅花帐满鼻香风馥郁。芦花被满身香雪模糊。淡然。自足。可知道黄金不卖长门赋。将千亩渭川竹。写作江南烟雨图。畅不尘俗。

〔尾声〕清溪道士为宾主。东里先生问起居。谢却红尘是非路。清茶自煮。浊醪旋沽。日日高歌紫芝曲。

> 雍熙乐府卷八题作自娱。不注撰人。北宫词纪卷三题作赠任医归隐。词林白雪卷六属栖逸类。失注撰人。○(梁州)笔花集千言作千年。懒散之散字虫蚀。雍熙南北词广韵选卷五词纪词林白雪满鼻俱作满面。(尾声)雍熙谢却作别却。

卓文君花月瑞仙亭

青袅袅垂杨近画楼。响溅溅暗水流花径。轻飐飐香风翻翠幌。光辉辉银蜡射雕楹。悄悄冥冥。出绣户瑶阶静。步苍苔罗袜冷。翠袖薄玉臂生寒。金翘弹乌云堕影。

〔梁州〕横斗柄珠星灿灿。界勾陈银汉澄澄。恰行到梧桐金井潜身儿听。晃绿窗十分月色。隔幽花一片琴声。明出落求鸾觅凤。暗包藏弄燕调莺。一字字冰雪之清。一句句云雨之情。卖弄他穷书生酸溜溜调美才高。迤逗的俊女流急穰穰宵奔夜行。辱末煞老丈人羞答答户闭门扃。那生。可称。一峥嵘便到文园令。富贵乃天命。长门赋黄金价不轻。可知道显姓扬名。

〔尾声〕恰待要班趋北阙身初定。谁承望梦入南柯唤不醒。且休将史记里源流细参订。传奇无准绳。关目是捏成。请监乐的先生自思省。

> 雍熙乐府卷八无题。不注撰人。北宫词纪卷五题作题卓文君花月瑞仙亭传奇。词林白雪卷四属美丽类。○(一枝花)笔花集堕作随。词纪词林白雪近画楼俱

作映画桥。蜡作烛。词纪堕作坠。（梁州）笔花集丈人作夫人。雍熙界勾作略
钩。月色作明色。求鸾作求凰。迤逗的作迤逗那。词纪书生作秀才。便到作便
至。富贵乃作论富贵是。黄金作千金。词林白雪同词纪。（尾声）笔花集班字
虫蚀。捏作捻。监作凿。雍熙班趋作班超。传奇作传记。末句无的字。词纪恰
待作却待。且休将史记里作试将这史记。词林白雪同词纪。

素 兰

春含九畹芳。香得三湘瑞。名高萼绿华。梦入郑燕姞。虽然道
满目芳菲。不与群芳比。群芳自不及。有十分雅态幽姿。无半
丝浮花浪蕊。

〔梁州〕包哑谜栽排了陶谷。寄情诗奚落煞张硕。谁承望天风吹
落莺花地。紫芽苴苒。丹颖葳蕤。檀心馥郁。翠带离披。也不
弱月桂寒梅。便休题杜若江蓠。日烘烘有绿艳醲醋。风飐飐似
翠裙摇曳。露浸浸如香汗淋漓。若非。异卉。楚大夫怎肯纫为
佩。更一般甚清致。纬天经地鲁仲尼。也将他演入金徽。

〔尾声〕既不着珠帘翠幕深遮闭。也消得绣槛雕栏谨护持。试与
知音细论议。恁待要笔尖上品题。眼皮上爱惜。则除是描入明
窗画图里。

雍熙乐府卷八不注撰人。北宫词纪卷五彩笔情辞卷二俱以此曲后二支与一枝花
散清风烟月中接。参阅该曲校记。〇（一枝花）笔花集萼绿华作华萼绿。群芳
比作群花比。雍熙畹芳作畹花。香得作秀得。燕姞作燕妃。无虽然道三字。半
丝作半点。（梁州）雍熙紫芽作紫芽。离披作纷披。浸浸作零零。演入作引入。
词纪檀心作瑶台。翠带作玉砌。此二句在紫芽二句上。弱作让。日烘烘句起全
异。作。胭脂瓣洗渲净天香。金花粉调合成玉蕊。素檀心抽拣出柔黄。端的是
仙葩。异卉。春来秀得三湘瑞。堪与人纫为佩。若论同心臭味宜。独占芳菲。
（尾声）笔花集则除是作除则是。雍熙恁待作恁时。词纪论作评。恁作你。

赠草圣

括造化攒成赤兔毫。挽沧溟磨彻乌龙墨。灿日月光摇玉版笺。

吐烟云香彻紫英石。四宝清奇。潇洒芸窗内。风流莲帐底。念
孜孜八法八诀。意悬悬六书六体。

〔梁州〕指其掌画其腹云崩露垂。得之心应乎手电走风飞。天然
一笔无穷意。秋蛇春蚓。野鹜家鸡。跳龙卧虎。渴骥狰狨。有
阴阳偃仰精微。无偏枯向背支离。乐毅论太史箴敷扬出忠烈之
风。逍遥篇孤雁赋酝酿出神仙之气。曹娥碑告誓文摸临出孝弟
之规。遮莫醒兮。醉兮。一挥一洒非游戏。干喜怒系明晦。可
知道笔冢累累墨作池。名重京畿。

〔尾声〕谁不道十年草圣通三昧。我则知一日偷闲测万机。常闻
得青琐高贤自评议。比着那颜真卿健笔。王右军妙迹。真乃是
一色长天共秋水。

> 雍熙乐府卷八不注撰人。○雍熙墨作尾。香彻作香散。（梁州）雍熙电走作雷
> 走。狰狨作狞狨。精微作的精神。向背作背向的。告誓作吉誓。可知道作可
> 知。名重作名播。（尾声）雍熙草圣非作非得。常闻作常子。评议作论议。比着
> 作看。

题友田老窝

桧当轩作翠屏。月到帘为银烛。柳绵铺白氍毹。苔线展紫绒毯。
四壁萧疏。若得琅玕护。何须藤蔓补。听了些雨打窗下芭蕉。
看了些日照盘中苜蓿。

〔梁州〕破陆续歇两肘疲童洒扫。烟刺答漏双肩老妪供厨。主人
自得其中趣。隔墙贳酒。凿壁观书。拾薪煮茗。赁圃栽蔬。雀
堪罗忙煞蜘蛛。鼠无踪闲煞狸奴。寂寞似莱芜县范史云琴堂。
虚敞似临邛市马相如酒垆。潇洒似浣花溪杜子美茅庐。坦然。
自足。划地里拨灰吟出惊人句。想石崇在金谷。止不过锦障春
深醉绿珠。今日何如。

〔尾声〕送将穷鬼出门户。描取钱神入画图。但能够半点阳和到乔木。管城子进取。孔方兄做主。翻盖做十二瑶台列歌舞。

<small>雍熙乐府卷八题作田老斋。南北词广韵选卷五北宫词纪卷三同。天一阁明钞本小山乐府卷末录此套。题作贫乐斋。雍熙不注撰人。广韵选注元无名氏。○（一枝花）雍熙桧作树。线展紫作绿展翠。蕂蔓补作萝蔓铺。广韵选词纪俱同。惟广韵选线作茵。雍熙广韵选铺俱作舒。词纪毯作褥。下作外。（梁州）雍熙烟作奄。踪作粮。广韵选词纪俱同。雍熙广韵选浣花溪俱作锦官城。雍熙奴作狐。广韵选续歇作簌漏。漏双肩老妪作赤双脚老婢。无杜字。深作藏。（尾声）笔花集二句脱神字。雍熙门户作门去。半点作半点儿。广韵选词纪俱同。</small>

赠教坊张韶舞善吹箫

露瀼瀼万籁沉。风淡淡三更静。天空空千里水。月朗朗一壶冰。蓦闻得何处箫声。一曲中和令。其音协九成。呜呜然赤水龙吟。呖呖兮丹山凤鸣。

〔梁州〕动蜿蜒幽壑潜蛟舞跃。感婵娟孤舟嫠妇魂惊。多管是秦台萧史曾参订。低韵吐游丝飏飏。柔腔度细缕萦萦。颠狂非落梅之趣。悠扬有折柳之情。七数明指法轻清。六律谐音吕和平。从今后柯亭馆桓叔夏再莫横笛。昭阳殿薛寿宁何劳按筝。猴山岭王子晋不索吹笙。兀的般老成。艺能。不枉了天风吹散人间听。消郁闷发清兴。占断梨园第一名。非誉非矜。

〔尾声〕仰龙楼瞻凤阙孜孜念念钦皇命。趁鹓班随鹭序落落疏疏见乐星。更那堪一点丹诚抱忠敬。常言道有麝自馨。无蓝不青。稳情取大宠着恩光耀乡井。

<small>词纪卷四题目无教坊二字。词林白雪卷四属咏物类。○（一枝花）笔花集音协作音悗。词纪词林白雪瀼瀼俱作溥溥。（梁州）笔花集孤字。飏柔二字。轻字。俱虫蚀。兀的作何的。艺下脱能字。不枉作不往。词纪舞跃作起舞。婵娟作凄</small>

凉。颠狂作顿挫。音吕作音韵。吹散作散与。词林白雪俱同词纪。（尾声）笔
花集自馨作有馨。词纪疏疏作纷纷。无更那堪三字。丹诚作丹心。蓝不青作兰
不清。词林白雪俱同。词纪鹜作鹭。

送车文卿归隐

轻帆滟澦堆。瘦马峨嵋栈。颠风洋子浪。落日太行山。地窄天
悭。长恨归田晚。徒悲行路难。平地间宠辱关心。故纸上兴亡
在眼。

〔梁州〕愁甚么负郭田无二顷。喜的是依山屋有三间。一回头万
事都疏懒。绿蚁樽浇平磊块。紫鸾箫吹散愁烦。黄齑菜养成脾
胃。青精饭驻定容颜。岸天风乌帽翻翻。拂埃尘布袖斑斑。比
鹤上人不驭飙轮。比山中相不登仕版。比壶内翁不炼金丹。得
闲。且闲。多管是鹿门庞老为师范。摆脱了是非患。恰便似高
枕着昆仑顶上看。人海波澜。

〔尾声〕落红阶砌胭脂烂。新绿门墙翡翠寒。安乐窝随缘度昏旦。
伴几个知交撒顽。寻一会渔樵调侃。终日家龙凤团香兔毫蘸。雍
熙乐府八　北宫词纪三

此曲不见笔花集。雍熙乐府题作归隐。不注撰人。兹据北宫词纪辑之。○（一
枝花）雍熙天悭作天宽。（梁州）雍熙负郭作负廓。磊块作磊魄。驻定作贮就。
（尾声）雍熙兔毫蘸作浮兔毫盏。

赠会稽吕周臣

三千丈萧萧白发生。七十岁楚楚青衫旧。抱经纶无官朝北阙。
买犁锄有子事西畴。气禀清修。玉笋双肩瘦。胸涵一镜秋。蹑
天根探地脉秘诀深微。步诗坛入酒社精神抖搜。

〔梁州〕瞻胜迹蓬莱山不离眼底。避危途太行路长在心头。将古
今吏隐都穷究。慕谢安高迈。羡陶令归休。爱戴逵洒落。学贺

老风流。文房艺苑偏游。药栏花径清幽。披览著禹陵书半窗星斗光芒。张玩着辋川图四壁烟云驰骤。拨剌着峄阳琴一帘风雨飔飔。淡然。自守。全胜他归山拂破麻袍袖。能爕护会消受。高卧元龙百尺楼。万事悠悠。

〔尾声〕恰能够天涯萍水同携手。谁承望江上莼鲈又买舟。少不的再叙离怀那时候。连床秉烛。隔篱唤酒。夜雨呼童剪春韭。雍熙乐府八 北宫词纪三

此曲不见笔花集。雍熙乐府题作自述。不注撰人。兹据北宫词纪辑之。○(梁州)雍熙清幽作新幽。飔飔作飕飕。悠悠作攸攸。词纪胜迹作圣迹。(尾声)雍熙江上作上表。

赠钱塘镊者

三万六千日有限期。一百二十行无休息。但识破毫厘千里谬。才知道四十九年非。这归去来兮。明是个安身计。人都道陶潜有见识。谁恋他花扑扑云路功名。他偏爱清淡淡仙家道理。

〔梁州〕打荡着临闹市数椽屋小。滴溜着皱微波八尺帘低。自古道善其事者先其器。雪锭刀揩磨得铦利。花镶镊抟弄得轻疾。乌犀箆雕镂得纤密。白象梳出落得新奇。虽然道事清修一艺相随。却也曾播芳名四远相知。剃得些小沙弥三花顶翠翠青青。摘得些俊女流两叶眉娇娇媚媚。镊得些恍郎君一字额整整齐齐。近日。有谁。闲遥遥寄傲在红尘内。虽小道莫轻易。也藏着桑柘连村雨一犁。到大便宜。

〔尾声〕从今后毕罢了半窗夜月樗蒲戏。洗涫了两袖春风蹴踘泥。兀的般自在生涯煞是伶俐。你觑那蝇头利微。也须是鸡肋味美。不承望陈七子门徒刚刚的快活了你。北宫词纪三

此曲不见笔花集。

旅中自遣

锦囊宽闲凤琴。宝匣冷藏龙剑。篆香消闲翠鼎。书卷广乱牙签。郁闷怏怏。青琐论无心念。紫霜毫不待拈。尪羸似老文园病渴的相如。寂寞如居海岛伤怀的子瞻。

〔梁州〕看白云闲出岫频移净几。爱青山正当窗不卷疏帘。客房儿冷落似邯郸店。心滴碎铜壶青漏。耳愁闻铁马虚檐。肠欲断阶前夜雨。梦初回屋角秋蟾。一片心远功名无甚沾粘。两只脚信行藏有甚拘钤。经了些摧舟楫走蛟鼋鲸窟波翻。行了些坏车轮被虎豹羊肠路险。过了些连云梯绝猿猴鸟道峰尖。静中。自检。事无成志不遂人情欠。休施逞且妆俭。但得个小小生涯足养廉。甘分鳞潜。

〔尾声〕能文章会谈论才高反被时人厌。守清贫乐清闲运拙频遭俗子嫌。有一日际会风云得凭验。那时节威仪可瞻。经纶得兼。正笏垂绅远佞谄。雍熙乐府一〇　北宫词纪四

　　此曲不见笔花集。雍熙乐府题作自述。不注撰人。兹据北宫词纪辑之。〇（一枝花）词纪三四两句作。篆烟消空翠鼎。书卷乱落牙签。郁作愁。六句作青琐闷无心恋。末二句俱无的字。（梁州）词纪首句作我这里看白云轻出岫闲凭静几。铜壶青漏作铜龙清漏。远功名无甚作为功名着紧。有甚拘钤作无甚拘钳。经了作行了。窟波翻作穴波涛。行了作过了。被虎作驱虎。过了作踏了。云梯绝猿猴作梯蹬接猿猱。施逞作驰骋。妆俭作妆厌。养廉作养恬。末句作林樾深潜。（尾声）词纪时人作庸人。清贫作贫穷。有一日作时来呵。得凭作有凭。那时作怎时。末句作试看我正笏垂绅去了谗谄。

题白梅深处

罗浮山接渺茫。大庾岭横冥窅。凌风台迷汗漫。却月观阻迢遥。意会神交。想得到行得到。一逢春一遇着。蕊疏疏花密密蓓蕾

葳蕤。干盘盘枝挺挺槎枒夭矫。

〔梁州〕品藻着世上色无瑕疵的雅淡。评论着天下花无褒贬的孤高。长记得看花时有几样儿堪称道。露点滴珠融腻粉。烟朦胧翠护轻绡。风摇曳香飘麝脑。雪模糊玉压琼瑶。厌桃杏灼灼夭夭。伴松篁洒洒潇潇。何水曹一生心爱得绸缪。林和靖两句诗联得妙巧。宋广平八韵赋撰得风骚。想度。暗约。我猜似梨云一片连溟漠。指顾间自吟啸。但则觉花气氤氲袭毳袍。白茫茫万树千条。

〔尾声〕全不似梦游东海寻三岛。真乃是身在西湖过六桥。嘱付那羌管呜呜莫吹落。等待着籁声悄悄。月华皎皎。看一会疏影横斜到清晓。雍熙乐府八　北宫词纪四

此曲不见笔花集。雍熙乐府题作梅花深处。不注撰人。兹从北宫词纪。○（一枝花）雍熙冥宵作空窈。槎枒作槎芽。（梁州）词纪桃杏作桃香。雍熙首句脱无字。珠融作珠容。

题崇明顾彦升洲上居

潮生玉马来。沙涌金鳌动。水天涵上下。浦溆控西东。四望无穷。一片玻璃莹。梯航万里通。荡炎蒸青蘋风六月凄凄。翻渤澥红桃浪三春汹汹。

〔梁州〕近睹着扶桑野阳乌闪烁。遥认着蓬莱山烟霭冥濛。天然幽胜堪题咏。柔桑蔼蔼。秀麦芃芃。丹椒簌簌。碧苇丛丛。闹人烟生意从容。旧家风礼节谦恭。谦斯堂何时不馔鸡豚。居是洲何代不生麟凤。观于海何年不化鱼龙。岁丰。廪充。喜的是年年布谷催春种。知用舍。厌迎送。睡彻东窗日已红。乐在其中。

〔尾声〕幽寻不索桃源洞。高卧何须太华峰。但得个留心诵周孔。

研硃墨训蒙。买犁锄务农。则消得赡老良田二三顷。_{雍熙乐府八}

北宫词纪四

> 此曲不见笔花集。雍熙乐府题作隐居。不注撰人。兹从北宫词纪。○（一枝
> 花）雍熙四望作四野。玻璃莹作玻漓冻。（梁州）雍熙谦恭作谦崇。是洲作是
> 州。已红作影红。（尾声）雍熙三句无个字。则消作只。

桧轩为越中沙子正赋

得指教三迁好住居。便栽培十丈深根蒂。能借取四时春造化。
似生成一片翠屏帏。大刚是即景成规。直干攒榏密。横柯压栋
齐。但将翰墨褒题。不假丹青绘饰。

〔梁州〕青郁郁柏叶松姿备体。浓馥馥芝香尤气沾衣。更几般天
然景趣谐人意。风过处丝篁嘹喨。月来时金碧光辉。檐露洒珠
玑点滴。篆烟生紫黛霏微。虽无华丽芳菲。端实萧爽清奇。奢
可效七松家绮幕围风。清未让五柳庄黄花绕篱。贵不慕三槐堂
画戟当扉。料伊。所为。单指着岁寒眼底为交契。况值太平世。
一样肝肠似铁石。愁甚么雪虐霜欺。

〔尾声〕映疏帘笼曲槛盘旋着夭矫蛟龙势。傍危栏依短砌踞耸著
狰狞虎豹威。我试将过眼的风光自评议。十万户会稽。八百里
鉴水。纵有些亭台则是栽桃李。_{雍熙乐府八　北宫词纪四}

> 此曲不见笔花集。雍熙乐府题作题桧。不注撰人。兹从北宫词纪。○（一枝
> 花）雍熙十丈作千丈。春造化作工造化。似生作以生。（梁州）雍熙二句作香馥
> 馥芝馨尤味沾衣。嘹喨作咿哑。清奇作新奇。可效作不效。未让作不让。指着
> 作指望。（尾声）雍熙夭矫作夭乔。危栏作围栏。

题云巢

揽将天上云。占却山头树。树头云暖建。云底树扶疏。从此归
欤。混沌安心素。微茫隔世途。既然以天地为家。甘分与林泉

做主。

〔梁州〕门径窄何须槲樕。栋梁低不用榰栌。道人自有安排处。慢慢构结。巧巧支吾。宽如舴艋。小若庸庽。但知变化须臾。还看聚散何如。云生也四壁模糊。云定也一团蓊郁。云收也万象空虚。羡乎。笑乎。方信道白云本是无心物。谁把此中趣。淡淡浓浓写作图。畅不尘俗。

〔尾声〕听琴鹤至分床宿。送果猿来借榻居。绝胜当年老巢父。怡然自娱。恬然自足。再不从龙化甘雨。雍熙乐府八　南北词广韵选五　北宫词纪四

此曲不见笔花集。雍熙乐府南北词广韵选题俱作云巢。雍熙不注撰人。广韵选注元无名氏。兹从北宫词纪。○（一枝花）雍熙微茫作茫微。（梁州）词纪慢慢作漫漫。兹从雍熙。雍熙支吾作枝梧。模糊作糊模。广韵选俱同。雍熙但知作但如。广韵选四句作疏疏结构。（尾声）广韵选再不作再不想。

赠王观音奴

出西方自在天。受南海无边愿。宫妆宜水月。香步绕金莲。体态婵娟。绿杨柳腰肢软。白鹦哥声调圆。结百千万种良因。示五十三参化显。

〔梁州〕苦海阔色空未脱。爱河深情慾相牵。今生不了前生愿。慈悲厚德。救苦真言。枝头甘露。瓶里香泉。旃檀林夜月娟娟。雨花台苦恨绵绵。宰官身进宝归依。善男子赍金募缘。老门徒统镘参禅。上天。下天。龙华会里曾相见。叩庵门觅方便。指点其中意已穿。心绪悬悬。

〔尾声〕拟将缨络千金串。结就珍珠七宝钿。世世生生作姻眷。脱空心告免。指山盟是谝。则不如剪发然香意儿远。北宫词纪五词林白雪四　彩笔情辞一

此曲不见笔花集。北宫词纪等三书俱注汤舜民作。题从词纪。词林白雪属美丽

类。彩笔情辞题目王下有姬字。〇(一枝花)情辞婵娟作婵媛。(梁州)情辞募缘作化缘。

赠王善才

手曾将千眼佛绿柳瓶。身曾侍七宝岩红莲座。目曾瞻普陀山金孔雀。心曾记南海岸玉鹦哥。为一念差讹。离水月观音阁。堕风尘锦绣窝。金刚刃怎割愁肠。甘露水难消业火。

〔梁州〕记五十三参坎坷。爱四十八愿奔波。舍身崖一片声名大。风魔了智广。病愁煞维摩。痴迷了六祖。调笑煞弥陀。则为你送行云两点秋波。舞香风六幅春罗。至诚人但焚香有愿须酬。慈悲友既剪发随缘较可。薄情郎纵赍金没福难合。俺呵。敢么。多持七宝香璎珞。既相承怎空过。指点其中自忖度。于意云何。

〔尾声〕衣垂舞凤珍珠颗。髻挽蟠龙翡翠螺。粉脸生香衬莲萼。龙华会见他。香音国有他。誓结今生善因果。　北宫词纪五　词林白雪四　彩笔情辞一

此曲不见笔花集。北宫词纪等三书俱注汤舜民作。题从词纪。彩笔情辞题作赠妓王善才。词林白雪属美丽类。〇(一枝花)北宫词纪词林白雪普陀俱作浦陀。(梁州)情辞赍金作赏金。

赠妓宋湘云

送飞琼下九天。驾弄玉游三岛。伴巫娥临楚台。偕裴子赴蓝桥。景物飘飘。翻覆手谁能料。去来心怎忖度。舞香风暮暮朝朝。酤殢雨花花草草。

〔梁州〕飞南浦新愁冉冉。度东墙旧恨迢迢。锁朱楼不放春光晓。记崔生密约。感苏子寂寥。任酸斋笑谑。怪杜牧粗豪。果无心不趁轻薄。若随风一任低高。云呵您休得蔽蟾宫妒嫦娥夜色娟娟。云呵您休得横秦岭使退之忧心悄悄。云呵您自合下巫山感

襄王魂梦飘飘。想着。念着。梨花枕上闲情绕。既徘徊莫萧索。
一曲清歌驻碧霄。巧笔难描。

〔尾声〕云呵您片时聚散情虽少。几处飞来恨怎消。日暮江东信
音到。休低迷画桥。休深笼翠阁。则不如为雨为霖润枯槁。北宫
词纪五　词林白雪四　彩笔情辞一

> 此曲不见笔花集。北宫词纪彩笔情辞俱注汤舜民作。题从词纪。彩笔情辞题作
> 赠宋姬湘云。词林白雪属美丽类。注顾均泽作。疑误。〇（一枝花）情辞楚台
> 作楚峡。（梁州）词纪词林白雪忧心悄悄俱作忧忧悄悄。

赠妓素兰

散清风烟月中。逞素质风尘内。染一枝春色淡。攒两叶翠痕低。
束具含犀。另一种风流意。比群芳分外奇。俏如荪名重秦楼。
娇似芷声扬楚国。

〔梁州〕天谪下仙葩圣卉。世修来雪骨冰肌。等闲谁许问容易。
玉盘儿生长。锦窖儿栽培。影双双连理。叶小小菩提。幽斋结
珮相宜。赏兰亭修禊闲题。胭脂瓣洗渲净天香。金花粉调和成
玉蕊。素檀心抽拣出柔荑。巧移。俏植。舞蹲一捻腰肢细。解
人意。笑杀春风不敢吹。种种相宜。

〔尾声〕并头莲合欢草多清致。如意朵珊瑚枝有价值。瘦影清香
足风味。海棠娇莫比。芙蓉色怎及。雪窗下玲珑镜儿里。雍熙乐
府八　北宫词纪五　彩笔情辞二

> 北宫词纪有一枝花赠妓素兰散清芬烟月中套数一套。注汤菊庄作。惟套中梁州
> 尾声两支与笔花集一枝花春含九畹芳套之梁州尾声相同。词纪似讹误。雍熙乐
> 府有散清风烟月中套。不注撰人。套中一枝花同词纪。后二支与词纪异。兹据
> 词纪定此套为菊庄作。而曲文从雍熙。彩笔情辞亦有此套。同词纪。〇（一枝
> 花）词纪情辞清风俱作清芬。

冬景题情

一轮寒日沉。四野彤云布。九天飞碎玉。万里进明珠。无语嗟吁。却早年华莫。那堪岁又徂。纵然有机杼千张。织不就离愁万缕。

〔梁州第七〕愁一阵一阵阵痴呆了心目。恨一番一番番瘦损了肌肤。大会垓烦恼在眉尖上聚。锦帏罢设。绣榻慵铺。翠衾闲剩。鸳枕空虚。怪不得活计萧疏。可知道音信全无。这雪蓝桥路一霎儿迷漫。这风武陵溪一时儿冻住。这云楚阳台一会儿埋没。全不想旷夫。怨女。闲吟柳絮因风句。你便有一千树梅花香透骨。也梦不到罗浮。

〔骂玉郎〕孤眠展转伤情绪。挨玉漏。滴铜壶。花开不管流年度。共谁人拥红炉。斟绿醑。歌白苎。

〔感皇恩〕冷落了金屋娇姝。寂寞了玉堂人物。这其间老了潘安。瘦了沈约。病了相如。怕不待勉强须臾。将惜身躯。磕不破玉马杓。解不开愁布袋。摔不碎闷葫芦。

〔采茶歌〕几时得笑喧呼。醉模糊。只喫的满身花影倩人扶。风月淹留成间阻。碧梧栖老凤凰雏。

〔尾声〕长吁短叹三千度。旧恨新愁几万斛。不证果相思对谁诉。他有那锦心绣腹。我有那冰肌玉骨。但能够䰝雨尤云那些儿福。

北宫词纪六　词林白雪二

　　　此曲不见笔花集。北宫词纪词林白雪俱注汤菊庄作。题从词纪。词林白雪属闺情类。

〔正宫〕塞鸿秋北

一会家想多情越教我伤怀抱。记当时向名园游赏同欢乐。端的他语言和容貌美心聪俏。天生的来知音解吕明宫调。课赋与吟诗。善经史通三教。你看他弹弦品竹般般妙。

〔普天乐南〕记当时同欢笑。携手向花间道。赏心时同饮香醪。踏青处共寻芳草。见游蜂粉蝶都来绕。两点春山蛾眉扫。舞裙低杨柳纤腰。髻云堆金凤斜挑。把琵琶细拨。檀板轻敲。

〔脱布衫带过小梁州北〕琵琶拨檀板轻敲。锦筝挡指法偏高。抚冰弦分轻清重浊。和新词美音奇巧。你看他体态轻盈舞细腰。端的是丰韵妖娆。遏云声美透青霄。端的是多奇妙。真个是芙蓉面海棠娇。

〔么〕你看他金莲款步苍苔道。髻云堆金凤斜挑。常言道风流的遇着俊英。浪子的逢着俏倬。便有那冯魁黄肇。便有那千金买也难消。

〔雁过声南〕多娇。丹青怎描。更天然花容小巧。风流的不似他容貌。有万般娇。有万般标。更万般丰韵。千种妖娆。歌声缥缈。画堂试听画梁尘绕。只教那行云飞过画栏桥。

〔醉太平北〕一会家被春光相恼。越着我展转的添憔。你看他往来双燕共泥巢。沙暖处鸳鸯并在池沼。你看那蜂媒蝶使穿花闹。不觉的微微细雨将纱窗哨。更那堪和风渐渐将竹枝敲。这凄凉何时节是了。

〔倾杯序南〕连宵雨暗飘。水渐高。一向无消耗。旧约难期。旧情难舍。旧愁重集。云水迢迢。房栊静悄。水沉烟冷。宝鸭香消。只教人逢花遇酒兴无聊。

〔货郎儿北〕这些时相思病有谁人将我医疗。即渐里把身躯瘦了。将我这朱颜绿鬓看看的尽枯憔。废了经史。弃了霜毫。每日家闷恹恹如痴似醉魂暗消。额似锥剜。心如刀搅。无语寂寥。遇不着医鬼病灵丹药。

〔么篇〕焰腾腾烈火焚烧了祆庙。白茫茫浪淘天水潦了蓝桥。雾濛濛桃源洞阻隔的来路迢遥。贾充宅添人巡捕。崔相府闭的坚牢。最苦是将他那楚馆和这阳台崩坏倒。

〔小桃红南〕等闲间韶华老。辜负了春多少。则听的铁马檐间响玎珰将人恼。音书欲寄无青鸟。心肠朝夕伤怀抱。几时能够再整鸾胶。

〔伴读书北〕这愁烦我命所招。办诚心把苍天告。则愿的马上墙头共一处同欢乐。有一日夫妻美满身荣耀。常言道青霄有路终须到。才称了心苗。

〔笑和尚北〕再将楚阳台砌垒的牢。重盖一座祆神庙。砖甃了桃源道。贾充宅人静悄。蓝桥下水归漕。选良宵凤鸾交。饮香醪乐陶陶。将崔相府洞房春把花烛照。

〔尾声南〕天还许福分招。带绾个同心到老。办炷明香每夜烧。盛世新声子集　词林摘艳六　雍熙乐府二　彩笔情辞二　新编南九宫词

此曲不见笔花集。原刊本徽藩本词林摘艳题作题情。彩笔情辞题作忆美。俱注汤舜民作。盛世新声重本内府本摘艳新编南九宫词俱无题。与雍熙乐府皆不注撰人。雍熙题作忆情阻。〇(寒鸿秋北)雍熙教我作着我。语言作那语言。弹弦作弹丝。南九宫词脱伤字。馀同雍熙。情辞越教我作教我。天生的作天生。无你看他三字。(普天乐南)盛世把琵琶作俊琵琶。摘艳同。内府本摘艳作俊看琵琶。雍熙当时作当时和你。见游蜂作游蜂。舞裙上有则见这三字。南九宫词同饮作同劝。见游蜂作游蜂。蛾眉作蛾淡。(脱布衫带过小梁州北)盛世摘艳便有那冯魁俱作更有那冯魁。雍熙美音奇巧作更知宫调。体态轻盈舞细腰作芍药姿容杨柳腰。真个是芙蓉面作恰便似春雨。款步作缓步。末句作无福怎生消。南九宫词同雍熙。惟知宫下脱调字。髻云下脱堆字。情辞奇巧作缭绕。美透作调透。下句无端的是三字。真个是芙蓉面作恰便似春雨。髻云堆句作石榴裙荡漾红绡。末句作无福也难消。(雁过声南)雍熙五六句作。万种娇。万般标。试听画作中声遏。南九宫词同雍熙。惟标作俏。情辞般娇作种夭。下句无有字。画堂作画堂中。画梁作梁。(醉太平北)内府本摘艳着我作教我。

雍熙添憔作添焦。三句作你看那往来飞燕竞泥巢。并在作并宿在。雨将作雨在。淅淅作习习。枝敲作枝摇。南九宫词同雍熙。惟蜂媒蝶使作蝶媒蝶。情辞并在作并宿在。雨将作雨在。将竹作把竹。(倾杯序南)雍熙消耗作音耗。旧情二句作。新愁不断。宿恨难消。水沉烟作冰弦指。末句作у教行人回首画栏桥。南九宫词同雍熙。惟房栊上有更字。只教作却枉教。情辞除末句外。俱同雍熙。(货郎儿北)内府本摘艳作渐里作即渐的。雍熙我医作我来医。即渐里作即渐的。尽枯作枯。魂作魄。南九宫词似醉作如醉。馀同雍熙。情辞谁人下无将我二字。将我这作只我这。日家作日间。(么篇)雍熙南九宫词情辞隔的来俱作隔的。将他那俱作将那。(小桃红南)内府本摘艳檐间作檐前。雍熙音书上有这些时三字。再整鸾胶作重整鸾交。南九宫词俱同。雍熙心肠上有常言道三字。南九宫词与情辞三句俱作只听得檐前铁马将人恼。心肠俱作相思。情辞几时作几。鸾胶作鸾交。(伴读书北)雍熙南九宫词情辞我命所俱作是我命。雍熙南九宫词心苗上俱有我字。情辞共一处作一处。青霄作青云。(笑和尚北)雍熙再将作再将这。一座作起座。又与情辞把花烛俱作重把花烛。南九宫词一座作起。相府作府。馀同雍熙。(尾声南)雍熙南九宫词还许俱作还与。情辞明香作名香。

小令

〔双调〕湘妃引

秋夕闺思

木犀风淅淅喷雕棂。兰麝香氤氲绕画屏。梧桐月淡淡悬青镜。漏初残人乍醒。恨多才何处飘零。填不满凄凉幽窨。挨不出凄惶梦境。打不开磊魂愁城。

雍熙乐府卷十八题作秋日思。不注撰人。○雍熙淅淅喷作细哨。氤氲作温。淡淡作冷。青镜作金镜。挨作搰。

解 嘲

怀揣着讪脸入青楼。口带顽涎饮玉瓯。手搦着冷汗偎红袖。人

都道我中年也不害羞。对相知细说个缘由。蠢咮的脑间病。村
沙的骨肉丑。风流的老也风流。

> 雍熙乐府题作老风流。不注撰人。○笔花集二句末字作瓶。七句末字作魂。三
> 句后六字虫蚀逾半。雍熙首句三句俱无着字。搦作搵。四句作人道我不害羞。
> 相知作知音。说个作说。六七句作。惹咮的胎间痴病。村傻的骨中野丑。老也
> 作老自。

闻　赠

四时茵褥锦重叠。八面帏屏花艳冶。一床衾枕春罗列。铺排得
门面儿别。据风流更有三绝。肉沾着书生麻木。手汤着郎君趔
趄。眼梢着子弟乜斜。

> 雍熙乐府题作梨园女。不注撰人。○笔花集一床衾三字及书生二字俱虫蚀。更
> 有作更看。雍熙四句无儿字。肉沾作肉贴。梢作瞧。

赠美色

海棠魂幻出个俊形骸。兰蕊香结成个软性格。尘烟煤点画着蛾
眉黛。媚孜孜春满腮。既相逢合问个明白。何年间离了月殿。
甚风儿吹下楚台。是谁人赚出天台。

> 雍熙乐府题作闺秋忆。不注撰人。彩笔情辞卷九题作遇美。注张云庄作。疑
> 误。○雍熙首句作海棠魂托化就俏形骸。兰蕊作兰麝。结成个作结团成。尘烟
> 作麝烟。着蛾作道修。满腮作弄腮。合问作问。谁人作何人。情辞幻出个俊作
> 脱化俏。结成个作结成。点画着蛾作画就修。满腮作弄色。馀同雍熙。

又

舞裙低窣翠绒纱。云髻松盘青绀发。玉纤赖护冰绡帕。芳年恰
二八。向樽前数种儿撑达。醉眼儿偷付些春信。甜口儿翻腾些
嗑呀。热心儿出落着欢恰。

赠　别

碧茸茸芳草展青毡。白点点残梅撒玉钿。黄绀绀弱柳拖金线。
雨声干风力软。去匆匆无计留连。唱阳关一声声哀怨。醉歧亭
一杯杯缱绻。上河梁一步步俄延。

> 雍熙乐府题作钱别。不注撰人。○雍熙首三句无碧白黄三字。弱柳作细柳。声
> 干作纷纷。一声声哀作声悲。下句作叙别情杯缱绻。末句无一字。

有所赠

莺煎燕聒惹相思。雁去鱼来传恨词。蜂喧蝶闹关心事。俺风流
的偏惯此。三般儿寄语娇姿。昏迷着无明无夜。凄凉得半生半
死。团圆是何日何时。

> 雍熙乐府题作忆旧美。不注撰人。○笔花集惹作总。兹从雍熙。雍熙的偏惯此
> 作偏惯使。寄语作寄与。团圆是作得团圆。

闻　嘲

陷人坑土窖似暗开掘。迷魂洞囚牢似巧砌叠。验尸场屠铺似明
排列。死温存活打劫。招牌上大字儿书者。买笑金哥哥休俭。
缠头锦婆婆自接。卖花钱姐姐无赊。

> 雍熙乐府题作嘲子弟。不注撰人。北宫词纪外集卷五题作嘲风月。注张云庄
> 作。○笔花集迷魂下有阵字。巧砌叠作攻破堞。兹从雍熙。雍熙前三句似俱作
> 般。验作检。死温存上有衔一味三字。上大字儿作儿上大字。俭作扯。无赊作
> 不赊。北宫词纪外集囚牢作图圄。验尸场屠铺作索命王地狱。馀俱同雍熙。

代人送

干相思心绪乱如丝。虚疼热恩情薄似纸。死儌僁语话儿尖如刺。
姆王魁信有之。不由人提起当时。一间别一番害。一欢娱一个

死。你自寻思。

笔花集题目疑有脱字。雍熙乐府题作寄知书。不注撰人。○笔花集如丝作于丝。雍熙末句作一翻身一命悬丝。

送友人南闽府倅

西湖诗酒旧风流。上国山川惬壮游。中天雨露新除授。正青春正黑头。判黄堂黼黻皇猷。豪气双龙剑。文章五凤楼。名动南州。

笔花集题目疑有讹脱。雍熙乐府题作友赴闽。不注撰人。○雍熙末句作名誉震动南州。

送友还乡

淡烟蒙草翠萋蒸。细雨沾花红点滴。软风着柳金摇曳。春光图画里。想人生聚散谁知。昨日开画船西湖欢笑。今日供祖帐东门叹息。来日唱阳关南浦别离。

雍熙乐府题作送友人。不注撰人。○雍熙萋蒸作萋迷。点滴作沥滴。软风作轻风。春光作好春光。昨日开作昨日个买。今日供作今日个设。来日作明日个。

和陆进之韵

得峥嵘我怎不峥嵘。佯懵懂咱非真懵懂。要知重人越不知重。嘻嘻冷笑中。叹纷纷眼底儿童。莫听伤时话。休谈盖世功。愁对东风。

守书窗何日离书窗。瞻玉堂何时步玉堂。避风浪何处无风浪。浮生空自忙。赋登楼醉墨淋浪。怨花柳春三月。误功名纸半张。愁对斜阳。

使聪明休使小聪明。学志诚休学假志诚。秉情性休乔真情性。江湖已半生。伤心一事无成。物换人非旧。时乖道不行。愁对书灯。

守清贫随分乐清贫。求荐人何方可荐人。说聪俊谁肯怜聪俊。儒冠多误身。谩夸谈子曰诗云。黑鬓三分雪。貂裘一寸尘。愁对芳樽。

送友人应聘

紫云宫殿拥蓬莱。黄道星辰拱泰阶。清时雨露沾蛮貊。乾坤春似海。拜龙颜一笑天开。官厨酒分银瓮。御筵花袅翠牌。带天香两袖归来。

> 雍熙乐府题作送聘士。不注撰人。〇笔花集袅作袅。兹从雍熙。雍熙乾坤上有播字。官厨作官寺。

题　情

生香玉碾就美容仪。回文锦攒成巧见识。解语花簇出春娇媚。佳人难再得。翠衾寒鸳侣分飞。花解语谁怜憔悴。锦回文难传信息。玉生香怎受狼籍。

送友归家乡

绯榴喷火照离筵。紫楝吹花扑画船。绿莎带雨迷荒甸。望乡关归路远。恼人怀休怨啼鹃。南陌笙歌地。西湖锦绣天。都不如松菊田园。

高烧银蜡看锟铻。细煮金芽揽辘轳。满斟玉斝倾醽醁。离怀开肺腑。赤紧的世途难况味全殊。麟脯行犀箸。驼峰出翠釜。都不如莼菜鲈鱼。

京口道中

露浸浸芳杏洗朱颜。云冉冉晴峦闪翠鬟。烟蒙蒙弱柳迷青盼。

天然图画间。恼离人情绪艰难。乞留屈律归鸿行断。必匹不答
蹇驴步懒。咿呖呜剌杜宇声干。

> 雍熙乐府题作京口道。不注撰人。○笔花集三句脱烟字。五句脱情字。蹇作
> 寒。兹俱从雍熙。雍熙洗作湿。四句作有王维也画难。屈作曲。咿呖呜作一
> 六兀。

为东湖友赋

银盆水浸牡丹芽。青琐窗涵翡翠纱。绛台灯灿胭脂蜡。东湖处
士家。闲遥遥更有生涯。占断沧波垂钓。锄破白云种瓜。拂开
红雨寻花。

> 雍熙乐府题作东湖友。不注撰人。○笔花集台字锄字虫蚀。开作闾。兹从雍
> 熙。闲遥遥作闲遥。雍熙作闲夭夭。兹据补一遥字。雍熙盆水作盘冰。东湖上
> 有宴字。

道中值雪

拂寒生跟跄步空□。踏冻雪趔趄度浅湾。拨荒榛屈曲盘深涧。
抵多少庐山高蜀道难。对梅花细说愁烦。谁家无锦衾毡帐。那
答无银筝象板。何处无玉辔雕鞍。

> 笔花集空下原脱一字。涧原作间。兹改。

旅舍秋怀

半窗风雨夜潇飂。四壁啼蛩秋闹炒。一檠残蜡人寂寥。海天长
归梦杳。最关情行李萧萧。丰城剑消磨了龙气。中山笔干枯了
兔毫。峄阳琴解脱了鸾胶。

> 雍熙乐府题作旅舍秋。不注撰人。○笔花集寥作寞。兹从雍熙。雍熙风雨作凉
> 雨。蛩作蛩。琴作桐。末三句俱无了字。

山中乐四阕赠友人

山盘龙脊露岩崖。屋络蜂房绕第宅。溪分燕尾通津濑。可知道
其中有俊才。乍相逢便见襟怀。对潮门时时开放。北海宴朝朝
布摆。南州榻夜夜铺排。

> 雍熙乐府题作赠上虞友人。不注撰人。○笔花集北海宴作北海门。兹从雍熙。
> 雍熙络作结。第宅作半宅。通津濑作多津派。无可知二字。对潮作东阁。

千章乔木播奇芳。九畹猗兰蔼素香。一庭幽草含佳况。胜陶家
五柳庄。闲遥遥断送流光。引赤脚山童刘药。看白发农夫击壤。
听苍髯渔父鸣榔。

> 笔花集一庭作一帘。佳作桂。发上脱白字。兹俱从雍熙。雍熙播作抱。素作
> 异。家作潜。遥遥作夭夭。流作风。六句作同赤脚牧童锄药。

龙洲低蘸乱云隈。石笋高撑空翠里。钓台横刺沧浪内。筑楼居
深遁迹。展幽怀别有新奇。宝篆香燃宝兽。玉乳茶浮玉杯。金
盘露滴金罍。

> 笔花集末句脱滴字。兹从雍熙。雍熙撑作擎。浪作波。宝篆上有列字。玉乳上
> 有斟字。金盘上有捧字。

耕云耨水治生涯。说雨谈云□笑耍。撩云拨□□闲暇。胜山中
宰相家。任树头啅鹊啼鸦。实不望修身儒业。□准备应差县衙。
不思量献策京华。

> 笔花集空格处原虫蚀。下同。谈云下坏字似戏字。雍熙乐府第四首与此全异。
> 曲云。一村桑柘一村烟。万里江波万里田。渔翁樵子初相见。饮香醪不用钱。
> 一任教乌兔循环。樵子登不的山岭。渔翁上不的钓船。都醉倒老瓦盆边。

自　述

龙涎香喷紫铜炉。凤髓茶温白玉壶。羊羔酒泛金杯绿。暖溶溶
锦绣窟。也不问探花风雪何如。一步一个走轮飞鞍。一日一个

繁弦脆竹。一夜一个腻玉娇酥。

> 雍熙乐府题作愿常欢。不注撰人。彩笔情辞卷五题作常欢。注张云庄作。疑
> 误。〇笔花集脆作翠。兹从雍熙。雍熙喷作裊。杯绿作盘露。也不问探花作全
> 不问。六句作步步蹋飞轮走輇。一日一个作日日对。一夜一个作夜夜偎。情辞
> 俱同雍熙。

〔双调〕天香引

西湖感旧

问西湖昔日如何。朝也笙歌。暮也笙歌。问西湖今日如何。朝
也干戈。暮也干戈。昔日也二十里沽酒楼香风绮罗。今日个两
三个打鱼船落日沧波。光景蹉跎。人物消磨。昔日西湖。今日
南柯。

> 雍熙乐府卷十七题作游西湖。不注撰人。〇笔花集如何俱作何如。香风作香
> 酒。八句脱两三个三字。落日作落日西。兹俱从雍熙。雍熙也二十作三十。沽
> 酒下无楼字。今日下无个字。南柯作如何。

题金山寺

砥中流玉立如拳。镜里楼台。画里林泉。虹连断浦成桥。风送
轻舟作浪。水吞平地成天。七宝塔斜倚着扶桑树边。三神山刚
对着枯木堂前。两般儿尘世难言。照残经借得蛟蚌。爇清香分
得龙涎。

留别友人

乍相逢同是云萍。未尽平生。先诉飘零。淮甸迷渺渺离愁。淮
水流滔滔离恨。淮山远点点离情。玉蕤杯抷今朝酪酊。锦囊词
将后会叮咛。鱼也难凭。雁也难凭。多在钱塘。少在金陵。

雍熙乐府题作淮安话别。不注撰人。○笔花集云萍作云屏。后会上无将字。兹俱从雍熙。雍熙离愁作烦愁。今朝作今宵。锦囊作锦香。

忆维扬

羡江都自古神州。天上人间。楚尾吴头。十万家画栋朱帘。百数曲红桥绿沼。三千里锦缆龙舟。柳招摇花掩映春风紫骝。玉玎珰珠络索夜月香兜。歌舞都休。光景难留。富贵随落日西沉。繁华逐逝水东流。

雍熙乐府题作江都偶咏。不注撰人。○笔花集招摇作招邀。掩映二字虫蚀。兹俱从雍熙。雍熙百数曲作数百座。玎珰作玎璘。

戏赠赵心心

记相逢杨柳楼心。仗托琴心。挑动芳心。咒誓铭心。疼热关心。害死甘心。他爱我被窝里爱打骂耐禁持约的小心。我念他卧房中舍孤贫救苦难的慈心。但似铁球儿样在波心。休学漏船儿撑到江心。恁若是转关儿负我身心。我定是尖刀儿剜你亏心。

雍熙乐府题作题情。不注撰人。○笔花集害死作客死。兹从雍熙。七句约字疑衍。雍熙铭心作盟心。自七句起作。他爱我受禁持小心。我念他救苦难慈心。才貌合心。情意投心。生死团圆。彼此留心。

题舜江寺

乱云堆出禅关。金碧交辉。松桂生寒。银河倒挂觚稜。红日低悬殿角。翠涛怒拍阑干。登上方接下土万里花生醉眼。开东阁敞西楼四围山拥青鬟。风荡幢旛。烟散旃檀。地僻尘稀。天上人间。

中秋戏题

去年旅邸中秋。樽俎荒凉。罢却秦讴。今年旅邸中秋。囊箧萧疏。典却吴钩。叹浮生动不动静不静似袁宏泛舟。算哀弦上不上下不下如庾亮登楼。饮兴都休。乐事难酬。向君平问我行藏。任嫦娥笑我淹留。

雍熙乐府题作自述。不注撰人。〇雍熙首句作去年时旅邸经秋。四句作今岁经秋。七八两句作。动不动虚飘飘袁宏泛舟。静不静恨漫漫王粲登楼。

送任先生归隐

先生乐道闲居。半似归山。半似归湖。捣玄霜造化为工。煮白石阴阳为炭。炼黄金天地为炉。紫竹竿临流钓鱼。青藜杖燃火观书。人世何如。冷暖何如。也效张良。也效陶朱。

雍熙乐府不注撰人。〇笔花集人世作人间。无冷暖何如一句。兹俱从雍熙。雍熙紫作系。青藜杖作对青藜。

赠友二篇

旅途中邂逅相知。谦让雍容。慷慨魁奇。金环压辔玲珑。宝带攒花蹀躞。华裾织翠葳蕤。门静肃霜明剑戟。柳阴森风飐旌旗。圣德巍巍。黄道熙熙。一寸丹心。万代光辉。

笔花集熙熙原作熙。兹据上句补一字。

正青春已遂功名。雨露鸿恩。霄汉鹏程。纛撒红厘。旗翻赤羽。剑吐苍精。翠柳营金花帐重茵列鼎。玉鼻驹青丝辔走马飞鹰。北塞尘清。南海浪平。紫宸殿圣德宣扬。丹书诰勋业分明。

赠友人崇彦名

葭灰动大地春风。千里而来。一笑相逢。陶然醽醁樽中。乐矣檀槽弦上。优哉枭雉盆中。韬其光遁其迹学半世懵懂。得于心应于手有千般剔透玲珑。会也匆匆。别也匆匆。今宵灯火连床。

明朝烟水孤篷。

友人客寄南闽情缘姥恋代书此适意云

望三山远似蓬莱。一点真情。几样离怀。锦鲤沉书。青鸾泣镜。玉燕分钗。长叹吁短叹吁舒心儿自解。有缘分无缘分哑谜儿难猜。花艳冶忽地风筛。月团圆淹地云埋。漏船儿撑不过蓝桥。碎砖儿垒不就阳台。

其　二

望三山远似瀛洲。有限情缘。无限忧愁。眼迷着日残西沉。梦绕着行云南去。情随着逝水东流。往常时热厮沾甜殢殢心如好酒。今日个干相思苦恹恹闷似悲秋。盟誓难休。欢乐难酬。桃源洞烟水模糊。芙蓉城风雨飕飕。

其　三

望三山远似蓬壶。挨到如今。提起当初。槟榔蜜涎吐胭脂。茉莉粉香浮醽醁。荔枝膏茶搅琼酥。花掩映东墙外通些肺腑。月朦胧西厢下用尽功夫。好事成虚。亲变成疏。生待何如。死待何如。

> 笔花集当初原作当时。失韵。兹改。末句原脱如字。

其　四

望三山远似蓬瀛。病眼生花。骨瘦伶仃。填不满愁坑。撤不下愁担。打不破愁城。温太真玉镜台都成画饼。郭元振红丝幔落得虚名。静对书灯。闷靠帏屏。相思鬼缠得昏昏。睡魔神翻作惶惶。

其　五

望三山雾锁云屯。锦帏消香。宝剑生尘。好光景须臾。美姻缘倏忽。热恩爱逡巡。辜负我椰子浆春风绿樽。冷落他梨花院暮雨朱门。往事休论。旧物犹存。帕儿里粉汗斓斑。鞋儿上针线殷勤。

其　六

望三山雾绕云迷。两字参商。千里别离。疼热因他。凄惶为我。消息凭谁。才问肯不住的灯花儿报喜。未成婚怎禁他灵鹊儿喳谪。越聪明越恁昏迷。越思量越恁猜疑。心荡荡似一缕游丝。事朦胧如数着残棋。

　　笔花集聪明上原有听字。兹删去。谪字似误。

其　七

望三山雾锁云连。饿眼频睁。馋口空涎。有离间的欢娱。不明白的姻眷。无破绽的婵娟。裴少俊才上马滴溜的飏了玉鞭。张君瑞恰调琴支楞的断了冰弦。难诉难言。堪恨堪怜。伤心泪湿透青衫。断肠词题满云笺。

　　笔花集滴溜的原作滴溜指。堪恨堪怜原作勘恨勘怜。

其　八

望三山雾锁云埋。筹箕无凭。琴瑟难谐。转头人是人非。迅指花开花落。惊心春去春来。学不得秦萧史跨彩凤重登凤台。赶不上晋刘晨采云芝再入天台。画眉手慵抬。评花口羞开。但能够鸾凤和鸣。尽教他莺燕疑猜。

〔双调〕蟾宫曲

冷清清人在西厢。叫一声张郎。骂一声张郎。乱纷纷花落东墙。
问一会红娘。絮一会红娘。枕儿馀。衾儿剩。温一半绣床。间
一半绣床。月儿斜。风儿细。开一扇纱窗。掩一扇纱窗。荡悠
悠梦绕高唐。萦一寸柔肠。断一寸柔肠。_{新刊奇妙全相注释西厢记　元}
本题评音释西厢记　北词广正谱　九宫大成六五　元明小令钞

> 此曲不见笔花集。兹据北词广正谱及元明小令钞辑入。明刻本新刊奇妙全相注
> 释西厢记。元本题评音释西厢记等书附有闺怨蟾宫四首。不注撰人。此其第三
> 首。馀三首就句式观之。似应出一人之手。以无佐证。姑录于校记。其一云。
> 锦重重春满楼台。经一度花开。又一度花开。彩云深梦断阳台。盼一纸书来。
> 没一纸书来。染霜毫。题恨词。浓一行墨色。淡一行墨色。攒锦字。砌回文。
> 思一段离怀。织一段离怀。倩东风寄语多才。留一股金钗。寄一股金钗。其二
> 云。碧桃香人在天台。高一簇花开。低一簇花开。翠阴阴竹护庭阶。疾一阵风
> 筛。慢一阵风筛。和梦也。凭画阑。兜一只绣鞋。靸一只绣鞋。散心也。荡芳
> 尘。立一会苍苔。步一会苍苔。怕多情莺燕疑猜。遮一半香腮。露一半香腮。
> 其四云。叹青春何处飘零。有一段离情。诉一段离情。掩香闺无限凄凉。有一
> 样心疼。害一样心疼。静巉巉。花影下。见一番月明。立一番月明。孤另另。
> 枕儿上。听一点残更。挨一点残更。喜今宵花报银灯。数一日归程。盼一日
> 归程。

〔双调〕湘妃游月宫

春闺情

海棠过雨锦狼藉。杨柳团烟青旖旎。梨花滴露珠零碎。春深也
人未归。对东风满目伤悲。近绿窗蜂喧蝶闹。临宝镜鸾愁凤泣。
隔珠帘燕语莺啼。隔珠帘燕语莺啼。莺呖呖如诉凄凉。燕喃喃
似说别离。香魂趁飞絮悠扬。薄命逐游丝飘荡。芳心随落日昏

迷。三分病积渐里消磨了玉肌。一春愁积攒下压损了蛾眉。愁
和病最苦禁持。靠银床倦眼乜斜。湿金衣清泪淋漓。

雍熙乐府卷二十连下三首总题四景。不注撰人。○笔花集未归作来归。折桂令
首句脱隔字。愁和作愁如。银床之床作飠。原缺半边。兹俱从雍熙。雍熙过雨
作雨过。二句作杨柳烟消翠整齐。珠零作珍珠。如诉作如说。似说作如诉。积
渐里作即渐的。积攒作堆趱。最苦作多苦。金衣作罗衣。

夏闺情

冰盘贮果水晶凉。石髓和茶玉液香。碧筒注饮葡萄酿。伤心也
谁共赏。对良宵无限凄凉。藕花风轻翻纱帐。杨柳月微笼绣窗。
梧桐露响滴银床。梧桐露响滴银床。脚步儿未离南轩。魂灵儿
已到东墙。屏闲也翡翠蒙尘。簟冷也琉璃失色。枕空也琥珀无
光。谁承望生折了连枝树上凤凰。不隄防活刺了并头花底鸳鸯。
尽今生难舍难忘。甜腻腻两字恩情。苦恹恹几样思量。

笔花集折桂令首句脱响字。兹据上句补。蒙尘作濛尘。兹改。雍熙玉液作玉
乳。凄凉作凄惶。绣窗作绿窗。响滴俱作暗滴。蒙尘作尘蒙。折了连枝树上作
挦了连理树枝头。花底作莲花底。腻腻作㼝㼝。

秋闺情

绣帏冷落彩绒球。珠箔空闲碧玉钩。罗衣宽褪泥金扣。恹恹不
下楼。对西风总是离愁。孤鹜点白云天际。新雁过黄芦渡口。
昏鸦啼红树墙头。昏鸦啼红树墙头。透疏帘凉月纤纤。走空阶
落叶飕飕。难支吾今夜寂寥。索准备经年憔悴。漫咨嗟往日风
流。落下个玉镜台不成配偶。谅这个紫香囊怎做遗留。细评跋
着甚来由。遥受的风友鸾交。虚名儿燕侣莺俦。

笔花集恹字虫蚀左半。并脱去一字。新雁二字虫蚀。凉月二字虫蚀大半。纤纤
作纷纷。末句脱儿字。兹俱从雍熙。雍熙冷落作零落。泥金扣作了泥金袖。不

下楼作也歹症候。天际作天外。鸦啼俱作鸦归。难支吾句作纵支琴今夜寂寞。个玉镜作金镜。不成作不求。个紫作锦。

冬闺情

鬓从别后甚蓬松。心自愁添越懵懂。肠于断处偏疼痛。更难挨寒夜永。对梅花欢笑谁同。黄串冷驼绒毡帐。绿酒干羊脂玉钟。青灯暗龟甲屏风。青灯暗龟甲屏风。痴着心拜月瞻星。擎着泪织锦题红。共何人踏雪骑驴。知那答看花驻马。落谁家攀桂乘龙。平安信阻蓝桥风波汹汹。团圆梦隔巫山云雨重重。问归期两下朦胧。卦钱儿许待新春。灯花儿报道残冬。

笔花集水仙子末句脱暗字。折桂令痴着下脱心字。织锦作织金。看花作着花。下衍一驻字。兹俱从雍熙。雍熙愁添作愁来。驼绒作驼毛。酒干作酒甘。题红作回文。知那答作去那答。风波上有三千丈三字。云雨上有十二重三字。重重作濛濛。报道作报到。

春闺即事

病乜斜恰似醉乜斜。身瘦怯那堪影瘦怯。人薄劣何况情薄劣。好姻缘成弃舍。对鸾台展转伤嗟。鹤袖儿金松扣。凤头儿珠褪结。想人生最苦是离别。想人生最苦是离别。恶业缘难诉情词。闷根苗怎下锹撅。渰蓝桥白马波翻。烧祆庙金蛇火烈。暗巫山苍狗云遮。长吁气短吁气心胸哽噎。新啼痕旧啼痕衫袖重叠。两般儿更是愁绝。敲窗雨惊觉鸳鸯。落花风吹散胡蝶。

笔花集根苗作恨苗。脱短吁气三字。衫袖作彩袖。末句脱风字。兹俱从雍熙。雍熙何况作何似。最苦是俱作最苦。恶业句作业冤雠难动干戈。撅作镢。心胸作咽喉里。衫袖作衫袖上。敲窗作更被这倾盆。

〔中吕〕满庭芳

京口感怀

残花剩柳。摧垣废屋。新冢荒丘。海门天堑还依旧。滚滚东流。铁瓮城横刺着虎口。金山寺高镇着鳌头。斜阳候。吟登舵楼。灯火望扬州。

> 笔花集题目感怀作道怀。兹从雍熙乐府卷十九。雍熙不注撰人。○笔花集金山作金峨。阳候二字虫蚀。吟字蚀去口字。兹俱从雍熙。雍熙刺着刺作剌。高镇着作高显。斜阳作夕阳。灯火作和泪。

除　夕

荒芜旧隐。荡田破屋。流水柴门。儒生甘挨黄齑运。何病何贫。楮先生管城子谁行证本。郑当时孔文举那里寻人。年将尽。梅花笑哂。添一岁老三分。

> 雍熙乐府题作嘲荐非才。不注撰人。○雍熙荡田作瘦田。柴门作闲门。儒生甘挨作吾生甘守。无楮先生三字。证本作记本。下句作孟尝君举甚贤人。

又

休怀故人。难寻东道。谁念斯文。南枝昨夜传芳信。大地回春。雪儿飘风儿刮深深闭门。酒儿笃鱼儿脍旋旋开樽。投至得黄昏近。黑喽喽便盹。则敢是睡魔神。

> 雍熙乐府题作嘲人义塞。不注撰人。北宫词纪外集卷六题作自述。注元人作。○笔花集开字虫蚀。雍熙无风儿刮。酒儿笃。投至得九字。词纪外集俱同。雍熙喽字不叠。词纪外集喽喽作甜。则敢是作且伴。

武林感旧二首

钱唐故址。东吴霸业。南渡京师。其间四百八十寺。不似当时。

山空濛湖潋滟随处写坡仙旧诗。水清浅月黄昏何人吊逋老荒祠。伤情思。西湖若此。何似比西施。

雍熙乐府此首题作武林感旧。次首题作西湖感兴。俱不注撰人。○雍熙钱唐作钱家。其间作纵横。无山空濛湖潋滟。水清浅月黄昏十二字。坡仙作坡翁。何似作何处。

笙歌醉乡。绮罗绚彩。粉黛吹香。业风人海波千丈。送尽春光。湖内外静悄悄六桥画舫。浙东西冷清清一道长□。休悲怆。自今日往。何物不兴亡。

笔花集长下虫蚀一字。雍熙乐府业风人海作湖风鼓起。送尽作潋滟。自六句起作。乱纷纷游人荡桨。闹攘攘潮子撑航。情怀放。花簪酒赏。时值暖天长。

代人寄书

端肃奉柬。拜违咫尺。似隔关山。少成欢会多离间。直恁艰难。又不是平地里情疏意懒。止不过暂时间书废琴闲。休凝盼。归期早晚。先此报平安。

雍熙乐府题作寄何斋长。不注撰人。○笔花集脱书废琴闲四字。兹从雍熙。雍熙拜作相。无又不是。止不过六字。休凝作时频。此报作报此。

〔正宫〕小梁州

别情代人作 其人姓刘

晚妆楼上醉离觞。月色苍苍。来时何暮去何忙。空惆怅。无计锁鸳鸯。〔幺〕残云剩雨阳台上。空赢得两袖馀香。则恐怕春夜长。东风壮。桃花飘荡。何处觅刘郎。

雍熙乐府卷二十列此曲于贯酸斋小梁州四首之末。疑误。○笔花集赢上脱空字。兹从雍熙。雍熙楼上作窗下。何暮去何作谁暮去何时。无则恐怕三字。壮作旺。

九日渡江二首

秋风江上棹孤舟。烟水悠悠。伤心无句赋登楼。山容瘦。老树
替人愁。〔么〕樽前醉把茱萸嗅。问相知几个白头。乐可酬。人
非旧。黄花时候。难比旧风流。

> 雍熙乐府此首及以下二首皆列于张小山小梁州中。钞本阳春白雪后集卷一亦以
> 次首为张小山作。○笔花集相知作相如。兹从雍熙。雍熙无句作有事。老树作
> 枫树。醉把作细把。难比旧作枉负晋。

秋风江上棹孤航。烟水茫茫。白云西去雁南翔。推篷望。清思
满沧浪。〔么〕东篱载酒陶元亮。等闲间过了重阳。自感伤。何
情况。黄花惆怅。空作去年香。

> 笔花集孤航作孤帆。失韵。推字虫蚀。兹俱从钞本阳春白雪及雍熙。两书清思
> 作情思。载酒作误约。无等闲间三字。

扬子江阻风

篷窗风急雨丝丝。闷撚吟髭。维扬西望渺何之。无一个鳞鸿至。
把酒问篙师。〔么〕他迎头儿便说干戈事。待风流再莫追思。塌
了酒楼。焚了茶肆。柳营花市。更说甚呼燕子唤莺儿。

> 笔花集首句脱一丝字。何之二字误倒。兹俱从雍熙。待字虫蚀左半后二笔。雍
> 熙闷撚作笑撚。维扬作淮阳。渺作路。无无一个三字。么篇首句作迎头便说兵
> 戈事。风流上无待字。末句作更呼甚燕子莺儿。

代人寄情

花下清歌月下弹。意惹情关。颠鸾倒凤数十番。从分散。情意
便阑珊。〔么〕我家私虽不比王十万。论声名索另眼儿相看。更
做道姐姐奸。恁须是婆婆惯。少甚么南来鱼雁。直不得两字问

平安。

上巳日登姚江龙泉寺分韵得暗字

天风吹我上巉岩。正值春三。残红飞絮点松杉。轻摇撼。无数落青衫。〔么〕登临未了斜阳暗。借白云半榻禅龛。发笑谈。论经谶。老龙惊惮。拖雨过江南。

咏雪效苏禁体作

天低风静日昏昏。一片同云。穿帘透幕舞纷纷。寒成阵。则索闭柴门。〔么〕陶学士满口誉清俊。邮亭中冻得来伤神。颠倒说老党村。诸般□。羊羔美酝。金帐里醉醺醺。黄昏微雨净尘沙。飞尽归鸦。斜飘乱撒扑窗纱。迷鸳瓦。一色净无瑕。〔么〕稜稜衾铁萧萧榻。问羊羔那里寻他。不由人狂兴发。把扁舟驾。向山阴直下。认不得戴逵家。

太　真

开元天子好奢华。太真妃选作浑家。东风吹动祸根芽。娘牵挂。没乱煞胖娃娃。〔么〕不隄防变却承平卦。闹渔阳一片胡笳。辞凤榻。迁鸾驾。马嵬坡下。踏碎海棠花。

丽　华

临风阁内俏人儿。天生得玉骨冰姿。承欢奉喜度芳时。多才思。举笔便题诗。〔么〕谁承望擒虎将军至。拥貔貅百万雄师。惊散了玉树歌。推上云阳市。黄天何事。流泪洒胭脂。

〔正宫〕脱布衫带小梁州

四景为储公子赋 凤阳人

春

问春来何处忘机。小奚奴相趁相随。傍柳行乌纱翠湿。踏花去马蹄香细。翠幄银屏锦绣围。莫放春归。人生七十古来稀。便做道一百岁。能几度醉如泥。〔么〕韶华迅速难拘系。杜鹃声只在楼西。北海樽。东山妓。春风天地。何日不寒衣。

夏

问夏来何处徜徉。闲遥遥傲煞羲皇。啜□碗清冰蔗浆。卧藤簟翠茵绡帐。细柳垂丝过粉墙。满地清凉。金河流水玉莲香。微风荡。香满看书窗。〔么〕离骚读罢空惆怅。叹独醒谁吊罗江。角黍盘。菖蒲酿。榴花亭上。来日庆端阳。

　　笔花集啜字虫蚀仅剩口➹。离骚原作离赏。

秋

问秋来何处盘游。醉乡中罗列珍羞。巨口鲈红姜素藕。团脐蟹锦橙黄柚。丹桂开花满树头。金粟娇柔。玎珰帘幕不垂钩。天香透。无地不风流。〔么〕亭台净扫无纤垢。胜当年庾亮南楼。传画烛。焚金兽。碧天如昼。今夜赏中秋。

　　笔花集纤下一字虫蚀迨尽。疑应作垢。姑补之。

冬

问冬来何处从容。千金裘五彩蒙茸。鱼游锦重衾密拥。驼绒毡软帘低控。搅碎银河战玉龙。鳞甲琮琮。楼台上下水晶宫。堪题咏。人在画图中。〔么〕昏昏一枕梅花梦。觉来嘱咐山童。柏叶杯。椒花颂。管弦齐动。明日送残冬。

〔双调〕沉醉东风

维扬怀古

锦帆落天涯那答。玉箫属江上谁家。空楼月惨凄。古殿风萧飒。
梦儿中一度繁华。满耳涛声起暮笳。再不见看花驻马。

　　　雍熙乐府卷十七不注撰人。○雍熙飒作洒。涛声作边声。

姑苏怀古

长洲苑花明剑戟。馆娃宫柳暗旌旗。颦眉不甚娇。尝胆何为计。
等闲间麋鹿奔驰。留得荒台卧断碑。再不见黄金范蠡。

　　　雍熙乐府不注撰人。○雍熙甚娇作甚奇。

钱唐怀古

锦灿烂六桥画舟。玉娉婷十里红楼。香浮玛瑙尘。泉迸珍珠溜。
记当年几度追游。一自苏林葬土丘。再不见寻花问柳。

　　　雍熙乐府不注撰人。○笔花集香浮二字虫蚀。雍熙灿烂作烂灿。画舟作彩舟。
　　　珍珠作珠玑。记作说。苏林作苏坡。寻花作寻梅。

燕山怀古

阿监泣清冰玉碗。老臣思丹荔金盘。穹庐蝶梦残。辇路銮音断。
望中天五云零乱。白草茫茫紫塞宽。再不见秦楼谢馆。

　　　雍熙乐府不注撰人。○笔花集监作尷。兹从雍熙。雍熙銮音作佳音。

书怀二首

金鹊镜三分鬓改。玉兔毫十载尘埋。但将志节□。不怕舌头坏。

等黄金再筑高台。博带峨冠道士来。错认我谁家剑客。

笔花集志节下原脱一字。道士原作道上。

凤凰去苍梧叶枯。蟪蛄啼紫荳花疏。风高渤澥秋。日落崦嵫暮。
望长安不知何处。诗自吟哦酒自酤。则我是新丰逆旅。

和陆进之韵

画阁深不听啼鸟。绿窗幽只许春知。象牙床蜀锦茵。鲛绡帐吴
绫被。串烟微帘幕低垂。受用煞春风玉一围。红日上三竿未起。

笔花集春风下原虫蚀两字。兹补玉一。

江村即事二首

抱瓮汲清泉灌圃。扶犁傍浅渚开渠。□□起辣风。绿橘流酸雾。
好风光最宜秋暮。有客携樽到隐居。活钓得鲈鱼旋煮。

笔花集起辣风上原脱两字。

拳来大黄皮嫩鸡。蜜般甜白水新醅。螯烹玉髓肥。鲙切银丝细。
是江乡几般滋味。醉了也疏狂竟不知。睡倒在葫芦架底。

适　意

破陆续青衫旋补。乱鬓松白发慵梳。心随张翰归。梦赴陶潜去。
悄不知故园风物。如此情怀懒看书。高枕着瑶琴听雨。

游龙泉寺

海眼灵泉滴沥。山腰空翠萋迷。王荆公七字诗。虞秘书千年记。
至于今草木光辉。昨夜神龙带雨归。清气满江南万里。

悼伶女四首

讣音至伤心万端。挽歌成离恨千般。蝶愁花事空。凤泣箫声断。

丽春园长夜漫漫。懊恨阎罗量不宽。偏怎教可意娇娥命短。

<blockquote>
雍熙乐府题作挽妓。不注撰人。北宫词纪外集卷六题作悼妓。彩笔情辞卷十二注元人辞。○雍熙挽歌作挽词。凤泣作凤起。懊恨作懊恼。量不作不量。教可意作把。情辞俱同。词纪外集挽歌作挽词。量不作不量。末句作便怎教可意的娇娥命短。
</blockquote>

铅华树春风甚早。蒺藜花暮雨难熬。楼空燕子飞。巷静鸡儿叫。问香魂何处飘飘。恨杀阎罗不忖度。偏怎教可意人儿命夭。

<blockquote>
笔花集树作谢。静作井。夭作短。兹俱从雍熙。雍熙甚早作太早。飘飘作归着。教可意人儿作把娇娥。情辞同雍熙。惟娇娥作佳人。
</blockquote>

檀板歇声沉鹧鸪。翠盘空香冷氍毹。娇莺唤不醒。杜宇催将去。锦排场等闲分付。多管是无常紧趁逐。都不由东君做主。

<blockquote>
雍熙乐府翠盘作舞盘。三句作莺儿唤不回。六句无是字。都不作竟不。情辞不由作不与。馀同雍熙。
</blockquote>

宝镜缺青鸾影孤。锦筝闲银雁行疏。拜辞了白面郎。抛闪下黑心母。一灵儿带将春去。从此阳台梦也无。更想甚朝云暮雨。

<blockquote>
笔花集宝镜作宝剑。兹从雍熙。雍熙三句无了字。四句无下字。更想作更愁。情辞俱同。北宫词纪外集宝镜作宝鉴。
</blockquote>

与友叙旧

三十年间故人。一千里外闲身。悠悠江海心。点点星霜鬓。对青灯片言难尽。君若攀龙上紫宸。容老夫丹山旧隐。

<blockquote>
雍熙乐府题作夜酌话旧。不注撰人。○笔花集闲身作闲心。兹从雍熙。雍熙君若上有但愿二字。
</blockquote>

梦后书

七尺低低板床。三椽窄窄书房。苇子帘。梅花帐。抵多少画阁兰堂。怪底西风一夜凉。酝酿出眠思梦想。

雍熙乐府题作梦后戏题。不注撰人。○雍熙三椽作数椽。三句起衬疏疏。四句
起衬淡淡。怪底作怪的是。眠思上有这字。

题元章折枝桃花

素质全胜艳姿。好春不在繁枝。疏花个个真。巧笔星星是。似
瑶池折来无二。王冕人称老画师。千载后风流在此。

人称原作仁称。

折枝梨花

浅淡粉匀施靓妆。玲珑□巧缀奇芳。云迷□□□。月惨东栏上。
冷清清过了韶光。为爱吹来白雪香。漠一□□窗觑赏。

笔花集玲珑下原脱一字。馀虫蚀。

客　怀

霜信促寒蛩近床。雁声随斜月穿窗。砧从耳畔敲。钟向心头撞。
不还乡有甚商量。我为甚收拾琴书端的荒。我则怕荐雷今冬
又响。

〔中吕〕普天乐

维扬怀古

问扬州紫怀抱。城开锦绣。花弄琼瑶。红楼百宝妆。翠馆千金
笑。一自年来烟尘闹。月明中声断鸾箫。绝了信音。疏了故旧。
老了英豪。

乐府群珠卷四连下三首总题怀古。○笔花集一自年来作百年来。兹从群珠。群
珠紫作索。鸾箫作笙箫。

金陵怀古

问钟陵纷纷事。衣冠似古。风物随时。台空江自流。凤去人不
至。晋阙吴宫梁王寺。费古今多少诗词。山围故国。歌残玉树。
香冷胭脂。

乐府群珠钟陵作金陵。

姑苏怀古

问姑苏繁华地。曾闻鹿走。谩说乌栖。黄金销范蠡身。花露滴
西施泪。一代英雄如昨日。卧麒麟高冢累累。长洲野草。孤城
流水。古殿残碑。

笔花集金销作今消。野草作楚草。脱古殿残碑句。兹俱从群珠。群珠乌栖作
龙飞。

钱唐怀古

问钱唐西湖路。几番有梦。十载无书。柳边苏小家。花下逋仙
墓。总是当年题诗处。料应来满目荒芜。亭台拽塌。笙歌静悄。
风物萧疏。

笔花集满目作论落。论疑沦之讹。亭台作高台。脱笙歌二字。兹俱从群珠。

别友人往陕西

有志在诗书。无计堪犁耙。十年作客。四海为家。休言许劭评。
不买君平卦。望长安咫尺青云下。路漫漫何处生涯。知他是东
陵种瓜。知他是新丰籴酒。知他是韦曲寻花。

乐府群珠题目友人下有陈孟颛三字。雍熙乐府卷十八题作别友赴陕。不注撰
人。○笔花集为家及何处四字虫蚀。群珠诗书作琴书。为家作无家。寻花作看
花。雍熙首句在作且。不买作不用。生涯作天涯。馀同群珠。

友人为人所诬赴杭

袖拂庾公尘。人上杨朱路。襟怀磊块。囊橐萧疏。应门无三尺
童。倚闾有七旬母。锦笺题到关情处。真乃是一般愁一样嗟吁。
去则去沧波中白鸥念侣。想则想瑶台畔青鸾寄语。盼则盼碧天
边紫凤衔书。

> 乐府群珠题目友人上有送字。雍熙乐府不注撰人。题作送韩伯庄被赴杭。被下
> 当脱诬字。○笔花集五句脱三字。群珠倚闾作倚庐。沧波作沧浪。雍熙磊块作
> 魄落。无真乃是三字。沧波作沧浪。念侣作伴侣。

送友回陕

书剑不求官。萍水常为客。嫌的是骑驴灞桥。喜的是走马章台。
生来解佩心。捏尽看花怪。短帽轻衫春风外。等闲间袖得香来。
青门绮陌。花营锦寨。谁不知宋玉多才。

> 乐府群珠题作送宋桓回陕。雍熙乐府题作友人回陕。不注撰人。○笔花集来解
> 作奉帏。看花作有花。等闲间作等闲常。群珠常为作曾为。捏作捉。雍熙常为
> 作曾为。生来作生成。捏尽作捏就。香来作春来。青门花营上俱有谁不知
> 三字。

送人迁居金陵

昨日武林春。明日阳关晚。鲲鹏路远。鸥鹭盟寒。羞将鲁酤斟。
笑把吴钩看。一札征书休辞惮。赤紧的五云深咫尺天颜。头颅
未斑。功名莫懒。富贵何难。

> 雍熙乐府题作徐仲杰徙居。不注撰人。○笔花集四句脱鹭字。八句脱五云深三
> 字。兹从群珠雍熙。群珠明日作今日。雍熙昨日作昨夜。明日作今日。云深作
> 云东。

眼落处是田园。脚到处为乡党。须开笑口。休断情肠。春风朱

雀桥。夜月乌衣巷。恰便是离却人间居天上。更三般儿绝胜钱唐。瞻九重乾坤荡荡。看六市人烟穰穰。听五更珂珮锵锵。

> 雍熙乐府题作述图。不注撰人。〇笔花集为乡党作有乡党。兹从乐府群珠。群珠居天作归天。雍熙田园作西园。乡党作朋党。休断情作撇下愁。桥作楼。无恰便是三字。更三般作三般。

芳草短长亭。流水东西渡。满怀怅怏。举步趑趄。非酬击楫歌。不献凌云赋。地阔天高金陵路。有纶竿何处无鱼。说甚么光阴迅速。愁甚么云山间阻。问甚么松菊荒芜。

> 雍熙乐府题作送友归隐。不注撰人。〇笔花集地阔作地远。脱末句。兹俱从群珠雍熙。

送丁起东回陕 斯人学煆炼

玉立照青春。金匮消白日。调和内景。运化玄机。虽无胶漆情。还有醇醪味。执手河梁君须记。再相逢何处追随。知他在华阳武夷。知他在丹山赤水。知他在玄圃瑶池。乐府群珠四

> 此曲不见笔花集。乐府群珠所收汤舜民小令。顶端俱注笔字。此曲亦然。当系见别本。群珠此曲列于书剑不求官。昨日武林春两首之间。

〔双调〕对玉环带清江引

四景题诗

郎上孤舟。片帆无计留。妾倚危楼。寸心无限愁。红雨打船头。苍烟迷渡口。眼底阳关。今宵何处宿。梦里阳台。此情何日休。这番相思直恁陡。名利相迤逗。未够两宵别。又早三分瘦。五花诰几时得到手。

> 雍熙乐府卷二十连下七首总题闺思。不注撰人。〇笔花集阳关作阳台。这番相思作相思这番。兹俱从雍熙。雍熙梦里下脱阳台二字。名利相作对景厮。又早作早有。几时作甚日。

江雨淋淋。梅垂无数金。庭树阴阴。蝉鸣不调琴。鹦鹉罢双斟。鸳鸯闲半枕。粉汗浸浸。碧筒羞自饮。神思沉沉。白头愁自吟。青鸾晓来传信音。昨夜灯花谶。且教宁耐些。别不叮咛甚。刚写道小生除翰林。

> 笔花集双斟作双歌。失韵。兹从雍熙。雍熙愁自作只自。末句作道小生恩承除翰林。

懒听笙歌。酒空金叵罗。倦对妆盒。尘蒙珠络索。眉黛扫青蛾。鬓云松翠螺。人在鸣珂。功名都蹭脱。路阻关河。音书越间阔。西风小亭黄叶多。镇日垂帘幕。鸾钗颠倒簪。鸳枕蹲跧卧。孤飞雁儿应似我。

> 笔花集蒙作濛。雁儿作燕儿。兹从雍熙。雍熙扫青作锁春。鬓云作鬅云。人在作人立。小亭作满庭。蹲作弯。

去岁观梅。折花亲赠君。今岁观梅。对花不见人。别处恋新婚。抛离美眷姻。使得囊空。心儿不自忖。寄得书来。话儿不甚准。秀才每则理会虚调文。就里没公论。不趁雨云期。只待风雷信。急回来土牛儿鞭罢春。

> 笔花集眷姻作姻眷。只待作直待。兹俱从雍熙。雍熙五句作图望小功勋。书来作书音。秀才下无每则二字。不趁作不赴。末句无儿字。

闺　怨

罗袖偷掩。泪珠凝粉腮。宝镜羞看。鬓云松玉钗。飞絮点香阶。落红铺翠苔。去了青春。青春不再来。巴到黄昏。黄昏怎地挨。推开绿窗邀月色。问月人何在。欢娱往日多。烦恼今番煞。将一片惜花心愁窨里埋。

> 笔花集月色作明月。兹从雍熙。雍熙偷掩作频淹。落红作落花。末句无里字。

香透帘栊。藕花风渐生。影上阑干。梧桐月正明。何处理银筝。谁家调玉笙。空有佳音。佳音不待听。料想归期。归期未有程。

他卖词章在柳营花阵里逞。不管人孤另。扯破紫香囊。摔碎青铜镜。西厢下再不和月等。

> 雍熙理作抚。调作吹。九十句作。料想归程。归程日未准。他卖词章在作卖诗编。扯作撕。再不作再休。

满泛霞杯。羞歌白苎词。浓蘸霜毫。倦题红叶诗。心绪乱如丝。人情薄似纸。待害相思。相思干害死。投至别离。别离何似此。恨天涯寡情游荡子。堕却青云志。烟花惹梦魂。风月关心事。便那里步蟾宫折桂枝。

> 笔花集如丝作于丝。兹从雍熙。雍熙待害作学害。似此作至此。下句作天涯寡情薄浪子。堕却作误却。梦魂作梦思。末句作那里也跳龙门折桂枝。

孔雀屏开。半遮银蜡光。翡翠衾寒。多薰宝篆香。枕剩绣鸳鸯。钗闲金凤凰。恨杀飘蓬。飘蓬薄倖郎。瘦损风流。风流窈窕娘。梅花影儿才上窗。越恁添愁况。砧声耳畔来。月色帘前晃。问离人断肠也不断肠。

> 雍熙飘蓬俱作飘零。瘦损作薄劣。砧声作钟声。

〔越调〕小桃红

琼花灯

谁将香雪制芳丛。表里清辉莹。照破扬州旧时梦。玉玲珑。粉溶酥暖丹心重。堂深夜永。影摇枝动。吹灭一帘风。

春　情

娇娥一捻粉团香。搭伏定牙床上。雨魄云魂恣飘荡。唤才郎。攻书独坐何情况。看看的月临绣窗。寒生罗帐。睡早些又何妨。

> 雍熙乐府卷十九题作咏美。共四首。此为末首。不注撰人。○雍熙一捻作一把。二句无上字。唤作问。独坐何情作坐到何时。六句作看看月上。末句作早

睡些何妨。北宫词纪外集卷六末句又作有。

姚江夜泊

江风吹雨响飕飗。寒渗青衫透。花烛银台玉虫瘦。数更筹。客窗正是愁时候。十年浪游。几家观□。□□□心头。

> 笔花集银台下原有月字。兹删去。心头上虫蚀字似到字。

姑苏感怀二首

孤城一带锁寒烟。芳草青青遍。闲煞谁家旧庭院。最凄然。飞飞总是南来燕。犹兀自垂杨路边。断桥前面。都缆着送穷船。

> 雍熙乐府题作悲世。共四首。此曲及次曲为后二首。不注撰人。〇笔花集末句着原作看。兹改正。雍熙孤作故。青青作萋青。闲煞作闷煞。南来作当时。无犹兀自三字。缆着作系。

姑苏台上望姑苏。一片青无数。小雨残红日将暮。接吾庐。白云不断愁来路。花间杜宇。天边孤鹜。脱板的望乡图。

> 笔花集无数作芜数。乡图作卿国。兹俱从雍熙。雍熙一片作一抹。小雨残红作淡雨残云。接作指。不断作遮断。脱板的作脱摸。

吴兴晚眺

夕阳楼阁蘸平湖。影浸粼粼绿。人在雕阑最高处。指城隅。浅山一簇浮寒玉。黄梅酿雨。白云笼树。一幅范宽图。

> 笔花集二句原作影浸粼绿。兹补一粼字。

〔越调〕柳营曲

途中春暮

岐路北。断桥西。滴溜溜酒帘茅舍低。柳暗疏篱。水浸平隄。

仿佛旧山溪。车儿马儿奔驰。莺儿燕儿悲啼。帽沾飞絮雪。衣染落花泥。知。何处度寒食。

> 雍熙乐府卷十八题作句容道中。不注撰人。○笔花集五句作将浸水隈。兹从雍熙。雍熙断桥作断路。酒帘作酒旗。疏篱作沿篱。絮雪作柳絮。无知字。末句作何处是寒食。

旅　次

归路杳。去程遥。谁不恋故乡生处好。粝饭薄醪。野蔌山肴。随分度昏朝。隔篱度犬嗷嗷。投林倦鸟嘈嘈。烟霞云黯淡。风雨夜萧骚。纱窗外有芭蕉。

> 雍熙乐府题作丹阳道中。不注撰人。○笔花集昏朝作花朝。纱窗作焦窗。兹俱从雍熙。雍熙粝作镴。度犬作犬吠。倦鸟作鸟叫。九十两句作。烟云黯淡淡。风雨夜潇潇。末句有作响。

春　思

鸦鬓松。凤钗横。碧窗梦回春昼永。离绪蒙茸。倦眼朦胧。清泪滴香容。恨东君多雨多风。盼王孙无影无踪。柳添新样绿。花减旧时红。尽在不言中。

> 雍熙乐府题作春女思图。不注撰人。○雍熙鬓作鬟。六句作情泪滴香绒。东君作东风。无踪作无形。柳作草。

薛琼琼弹筝图

玉雪颜。翠云鬟。昭阳殿里醉了几番。金袖翩翩。银甲珊珊。记天宝年间。哄的兵散潼关。忽的尘暗长安。风云都变改。日月自循环。闲写作画图看。

> 雍熙乐府题作薛姬弹筝。不注撰人。○笔花集三句殿作夜。兹从雍熙。雍熙醉了作醉。年作昔年。尘暗作尘蔽。变改作赫赫。自循环作正盘盘。末句作写在图画看。

听　筝

酒乍醒。月初明。谁家小楼调玉筝。指拨轻清。音律和平。一字字诉衷情。恰流莺花底叮咛。又孤鸿云外悲鸣。滴碎金砌雨。敲碎玉壶冰。听。尽是断肠声。

> 雍熙题作隔壁闻筝。不注撰人。○笔花集砌字虫蚀左半。右半作相字。兹从雍熙作砌。雍熙六句作字字诉真情。碎金作残琼。尽是作都是。

〔中吕〕谒金门

闻　嘲

你鸣珂巷艳娃。我梁园内社家。两下里名相亚。你知音律我撑达。不在双渐苏卿下。你歌舞吹弹。我琴棋书画。你放会顽我煞撒会耍。你恁般俊煞。我那般俏煞。也索向妳妳行陪些话。

客中戏示友人

羁愁扰扰。客窗悄悄。何事灯花爆。毳裘云落絮衾薄。不许愁人傲。巽二猖狂。滕六憷懜。透严威直到晓。剡溪无戴老。山阴无贺老。干惹得梅花笑。

落花二令

落花。落花。红雨似纷纷下。东风吹傍小窗纱。撒满秋千架。忙唤梅香。休教践踏。步苍苔选瓣儿拿。爱他。爱他。擎托在鲛绡帕。

> 雍熙乐府卷十八题作咏景。共四首。此首及次首为后二首。俱不注撰人。○雍熙三句无似字。傍小作透绿。撒作散。践作踏。选瓣儿拿作拾瓣花。

落红。落红。点点胭脂重。不因啼鸟不因风。自是春搬弄。乱撒楼台。低扑帘栊。一片西一片东。雨雨。风风。怎发付孤栖凤。

> 笔花集点点作默默。兹从雍熙。雍熙搬作般。雨雨风风作雨中雨中。

长亭道中

起初。看书。只想学干禄。误随流水到天隅。迷却长亭路。古灶苍烟。荒村红树。问田文何处居。老夫。满腹。都是登楼赋。

> 雍熙乐府题作谪官图。不注撰人。○笔花集天隅二字虫蚀。脱老夫二字。兹俱从雍熙。雍熙首三句作。罄田园买书。无昼夜诵书。早科甲干仕禄。误随作谪随。长亭作长安。古灶作古塞。田文作苏翁。

纳凉寓意

翠林。绿阴。喜把红尘禁。炎蒸从此去烦襟。毛骨如冰沁。七尺藤床。一枚石枕。听新蝉叶底吟。饥时节便湌。渴时节便饮。更待思量甚。

> 雍熙乐府题作村乐。不注撰人。○雍熙喜作都。炎蒸从此去作老夫从此豁。时节俱作时。湌作吟。

〔正宫〕醉太平

重九无酒

酿寒风似刮。催诗雨如麻。东篱寂寞旧栽花。上心来闷杀。孟参军整乌纱低首频嗟呀。陶县令掩柴扉缄口慵攀话。苏司业检奚囊弹指告消乏。白衣人在那答。

> 雍熙乐府卷十七题目重九作重阳。不注撰人。北宫词纪外集卷五题作重阳无酒自嘲。注元人作。○笔花集嗟呀作嗟吁。末句无人在二字。兹俱从雍熙及词纪外集。

约游春友不至效张鸣善句里用韵

芳尘滚滚。香雾氲氲。东风何地不精神。流莺也唤人。柳屯云护城闉两岸黄金嫩。杏酣春映山村万树胭脂喷。草铺茵绕湖滨一片绿绒新。不闲游是蠢。

> 雍熙乐府题作游春友不至。不注撰人。北宫词纪外集题作嘲友人游春不至。注元人作。○雍熙词纪外集滚滚俱作衮衮。雍熙护下衍锦字。茵作裀褥。词纪外集茵作裀。绒作茸。

又

轮蹄冗杂。罗绮交加。东风何地不繁华。庄农也戏耍。倚谺谻恶枒枒槎老树临溪汊。闹唧喳隔幽花好鸟鸣山凹。荡光滑乱明霞流水绕天涯。不闲游是傻。

> 笔花集倚下一字虫蚀。似作谻。傻作假。兹俱从雍熙乐府。雍熙何地作无地。幽花作山花。凹作窊。水绕作水接。

书所见

二八年艳娃。五百载冤家。海棠庭院靓韶华。无褒弹的俊雅。脸慵搽倚窗纱翠袖冰绡帕。步轻踏浣尘沙锦勒凌波袜。笑生花唤烹茶檀口玉粳牙。美人图是假。

> 雍熙乐府不注撰人。○笔花集沙锦勒三字虫蚀。粳上无玉字。假字虫蚀。仅馀亻旁。兹俱从雍熙。雍熙载作岁。庭院作亭畔。四句无的字。凌波作青绫。

闺　情

惜花人那厢。吹箫伴谁行。好春光翻做了恶风光。三般愁怎当。入兰房恰昏黄画角偏嘹喨。掩纱窗未思量杜宇先悲怆。上牙床正恓惶铁马儿越叮当。不伤心是谎。

雍熙不注撰人。○笔花集昏黄作黄昏。兹从雍熙。雍熙伴作侣。做了作做。先
作声。马儿作马。是作也是。

嘲秀才上花台

生居在孔门。供养甚花神。今年撞入翠红裙。被虔婆每议论。
星里来月里去又笑书生嫩。多则与少则许又骂酸丁吝。寝不言
食不语又道秀才村。我可甚文章立身。

风流士子

丢开了砚台。撇下了书册。向花街柳陌把身挨。兀的不俊哉。
将皂环绦拴一个合欢带。白罗袍绣一道开山额。素瑶琴雕一面
教坊牌。这的是顽顽秀才。北宫词纪外集五

〔双调〕风入松

寓　意

杜鹃啼过落花多。天气近清和。道人不管公家事。一樽酒抚掌
而歌。吞海壮怀寂寞。看山老眼摩挲。六龙飞去迅如梭。谁挽
鲁阳戈。百年半逐云飞尽。青山旧白发婆娑。但得石田茅屋。
休言金谷铜驼。

寻春不遇

洞房香冷辟寒犀。花压翠帘低。弱红娇黛春无力。素鸾鶼玉燕
斜飞。鸳枕雨云幽梦。鲛绡风月须题。一声啼鴂画楼西。屈指
又春归。等闲老却铅华粉。绿阴满青子累累。莫问刘晨去远。
可怜杜牧来迟。

笔花集绿阴上原有树字。疑衍。兹删去。

钱塘即景

乱云如叶雨如丝。梅子乍青时。小□□□□馀事。北窗下美酒
盈卮。翠碗蔗溶蜜汁。瓷□藕□□□。□□当户碧参差。掩映
万年枝。江南舶棹随风至。乌纱润白苎滋滋。未拟兰舟避暑。
且将纨扇题诗。

笔花集青时馀北藕映六字。虫蚀仅剩数笔。

题货郎担儿

杏花天气日融融。香雾蔼帘栊。数声何处蛇皮鼓。琅琅过金水
桥东。闺阁唤回幽梦。街衢忙杀儿童。矍然一叟半龙钟。知是
甚家风。担头无限□□物。希奇样簇簇丛丛。不见木公久矣。
可怜多少形容。

笔花集蛇字虫蚀仅馀右半。

〔商调〕望远行

四景题情

春

杏花风习习暖透窗纱。眼巴巴颙望他。不觉的月儿明钟儿敲鼓
儿挝。梅香。你与我点上银台蜡。将枕被铺排下。他若是来时
节。那一会坐衙。玉纤手忙将这俏冤家耳朵儿掐。嗏。实实的
那里行踏。乔才。你须索吐一句儿真诚话。

题目春字原无。兹补。笔花集他若是作他若。兹从北词广正谱及元明小令钞。
九宫大成卷五十九习习作飒飒。颙作盼。月儿上有南楼上三字。无梅香二字。
五句作你便将枕被儿铺排下。他若是作若是他。坐衙二字叠。将这作把那。耳

朵儿掐作的面皮挞。无嗦字。诚作实。

夏

藕花风拂拂爽透书斋。静揆揆门半开。不觉的伤人心动人情感人怀。梅香。我多管少欠他相思债。我则索咬定着牙儿耐。他若是来时节。那一会罪责。玉纤手忙将这俏冤家面皮儿掴。嗦。实实的要个明白。乔才。你莫不也受了王魁戒。

秋

桂花风萧萧响透帘箔。滴溜溜明月高。不觉的鸡声罢蛩声悲雁声高。梅香。□□着了□□□□。□□□□□。他若是来时节。那一会取招。玉纤手忙将这俏冤家□□□□。嗦。实实的犯法违条。乔才。你则索舍了命忙陪告。

冬

雪花风飘飘冷透屏帏。闷恹恹只自知。不觉的铜壶残银钉灭串烟微。梅香。他多管在柳陌花街内。每日家醺醺醉。他若是来时节。那一场省会。玉纤手忙将这俏冤家耳腮上锤。嗦。实实的那里着迷。乔才。你正是饱病难医治。

笔花集五句原只一醺字。一场上无那字。兹补。

〔中吕〕醉高歌带红绣鞋

客中题壁

落花天红雨纷纷。芳草坠苍烟衮衮。杜鹃啼血清明近。单注着离人断魂。深巷静凄凉成阵。小楼空寂寞为邻。吟对青灯几黄昏。无家常在客。有酒不论文。更想甚江东日暮云。

琴意轩

碧梧窗户生凉。琼珮帘栊振响。卜居似得灵墟上。稳栖老朝阳凤凰。酝酿出渊明情况。敷扬就叔度文章。兰雪纷纷散幽香。水云秋淡荡。风雨夜淋浪。问知音谁共赏。

送大本之任

荡悠悠万里云衢。明晃晃三秋月窟。攀蟾惯识攀蟾路。一鹗何劳荐举。老母亲剩飡天禄。新夫人稳坐香车。打叠了南阳旧草庐。宫袍金孔雀。书案玉蟾蜍。休忘了弹冠老贡禹。

〔中吕〕山坡羊

书怀示友人

田园荒废。箕裘陵替。桃源有路难寻觅。典鹑衣。举螺杯。酕醄醉了囫囵睡。啼鸟一声惊觉起。悲。也未知。喜。也未知。

雍熙乐府卷二十无题。不注撰人。下四首同。○笔花集前五句虫蚀。仅馀田园荒。箕裘。桃源。杯八字。兹从乐府群珠卷一补。雍熙有路作路渺。鹑作春。

二

驱驰何甚。乖离忒怎。风波犹自连头浸。自沉吟。莫追寻。田文近日多门禁。炎凉本来一寸心。亲。也自恁。疏。也自恁。

雍熙乐府自恁俱作在恁。

三

长江东注。夕阳西没。流光容易抛人去。莫嗟吁。任揶揄。老天还有安排处。踽踽客窗无伴侣。酒。花外沽。琴。灯下抚。

乐府群珠踽踽作萧萧。雍熙乐府同。雍熙末二句作。酒。也再沽。琴。也再抚。

四

羁怀萦挂。人情浇诈。相逢休说伤时话。路波踏。事交杂。秋光何处堪消暇。昨夜梦魂归到家。田。不种瓜。园。不灌花。

雍熙乐府浇作矫。伤时作妨时。踏作查。昨夜作昨日。末二句作。田。也无瓜。园。也无花。

中秋对月无酒

冰轮高驾。银河斜挂。广寒宫阙堪图画。对光华。恣欢洽。故人一夜团圞话。多情素娥吟笑咱。诗。也懵撒。酒。也懵撒。

笔花集驾作架。兹从雍熙。雍熙一夜作来说。七句作无情素娥吟咏咱。懵俱作孟。

〔双调〕庆东原

京口夜泊

故园一千里。孤帆数日程。倚篷窗自叹漂泊命。城头鼓声。江心浪声。山顶钟声。一夜梦难成。三处愁相并。

田家乐四首

黍稷秋收厚。桑麻春事好。妇随夫唱儿孙孝。线鸡长膘。绵羊下羔。丝茧成缲。人说仕途荣。我爱田家乐。

寒暑□□□。□□□□□。□□□□□□□。□□□□。□□酱爁。萝蔔□烧。人说仕途荣。我爱田家乐。

笔花集此首末二句仅存人说荣三字。兹据前后三首句式补。

东疃沽新酿。西村邀故交。麦场上醉倒呵呵笑。畔都摔腰。王
留上标。伴哥踏撬。人说仕途荣。我爱田家乐。

柳下三椽厦。门前独木桥。客来款曲谁家乐。浮瓜浸桃。蒸梨
酿枣。烙饼槌糕。人说仕途荣。我爱田家乐。

〔黄钟〕出队子

酒色财气四首

曲生堪爱。晕桃花上脸腮。百篇一斗恣开怀。谁承望捉月骑鲸
再不来。酒。则被你断送了文章李太白。

怜香惜玉。醉临春欢未足。开皇戈甲出江都。惊散金钗玉树曲。
色。则被你断送了聪明陈后主。

钱神涌论。攒家私多误身。东风吹堕画楼人。一夜香消金谷春。
财。则被你断送了奢华石季伦。

图王争帝。半乾坤心未已。鸿门会上失兵机。直杀得血溅阴陵
后悔迟。气。则为你断送了英雄楚项籍。

　　　　笔花集后悔原作悔后。兹改。

〔双调〕寿阳曲

题墨梅

王冕风流在。林逋音问远。叹西湖几翻更变。料得春光不似前。
憔悴了粉容娇面。

　　　　雍熙乐府卷二十题作墨梅。不注撰人。○雍熙音问作音信。几翻作几场。

蹴　踘

软履香泥润。轻衫香雾湿。几追陪五陵豪贵。脚到处春风步步

随。占人间一团和气。

梅女吹箫图

髻弹青螺小。钗横玉燕低。背东风为谁凝睇。闲拈凤箫不待吹。
恐梅花等闲飘坠。

〔越调〕天净沙

小　景

翠岩峣天近山椒。绿蒙茸雨涨溪毛。白霭碟云埋树腰。山翁一
笑。胜桃源堪避征徭。

闲居杂兴

近山近水人家。带烟带雨桑麻。当役当差县衙。一犁两耙。自
耕自种生涯。

题画上小景

绿杨枝底寻春。碧桃花下开樽。流水溪头问津。闲评闲论。吾
不是阮肇刘晨。

雍熙乐府题作野兴。不注撰人。○雍熙枝底作树底。吾不是作胜如。

〔商调〕知秋令

秋　夜

月晃银河淡。庭空珠露湿。天阔玉绳低。觱篥城头奏。蟋蟀阶下泣。络纬井边啼。一弄儿秋声闹起。

隐　居

户列青丝桧。庭栽玉枝兰。炉养紫金丹。书玩东西汉。诗吟大小山。名占古今间。高迈如袁安谢安。

〔双调〕鸿门凯歌

□　　□

□□□□□□□□□□□□□□□□□□□□□□□□□蓍。离糹乱荡□丝糹虫□糹夜孤鸾吊景□嗟宫好梦儿成（□事。相思。痴心直到死。

残　曲

〔仙吕〕点绛唇

四只粗蹄。……

〔混江龙〕怎做的追风骏骑。再不敢到檀溪。几曾见卷毛赤兔。凹面乌骓。美良涧怎敌胡敬德。虎牢关难战莽张飞。能食水草。不会奔驰。倦嘶喊。懒骈骤。曾几见西湖沽酒楼前系。怎消得绣毡蒙雨。锦帐遮泥。北词广正谱

北词广正谱此曲撰人原作汤舜卿。卿疑为民之讹。兹辑之。首曲原未书曲牌。
应是点绛唇。

杨　讷

　　讷字景贤。或作景言。号汝斋。初名暹。蒙古人。居钱塘。因从
姐夫杨镇抚。人以杨姓称之。善琵琶。好戏谑。乐府出人头地。永乐
初。与汤式并遇宠。后卒于金陵。著杂剧风月海棠亭。生死夫妻。刘
行首。西游记。前二种今佚。后二种今存。

小令

〔中吕〕红绣鞋

咏虼蚤

小则小偏能走跳。咬一口一似针挑。领儿上走到裤儿腰。眼睁
睁拿不住。身材儿怎生捞。翻个筋斗不见了。_{乐府群珠四}

　　乐府群珠于曲文作者姓名下大半注明所收曲数。原书于此首之后尚有松江道
中。题五伴昭氏凝翠楼。慨古。叹世四首。然因首曲杨景贤名下未明注曲数。
不能断定后四曲亦为杨作。故未收。

〔中吕〕普天乐

嘲汤舜民戏妓

宁可效陶潜。休要学双渐。觑了你腰驼背曲。说甚么撇正庞甜。
你拳如斩马刀。舌似吹毛剑。你将节风月须知权休念。三般儿
惹得人嫌。间花头发。烧葱醮鼻。和粉髭髯。_{乐府群珠四}

套数

〔商调〕二郎神

怨　别

景萧索。迤逦秋光渐老。隐隐残霞如黛扫。暮天阔烟水迢迢。数簇黄花开烂熳。败叶儿渐零零乱飘。无聊。绿依依翠柳。满目荒芜衰草。

〔梧叶儿〕凄凄凉凉恹渐病。悠悠荡荡魂魄消。失溜疏剌金风送竹频摇。渐渐的黄花瘦。看看的红叶老。题起来好心焦。恨则恨离多会少。

〔二郎神么篇〕记伊家幸短。枉着人烦烦恼恼。快快归来入绣幕。想薄情镇日魂消。乍离别难弃舍。索惹的恹恹瘦却。

〔金菊香〕多应他意重我情薄。既不是可怎生雁帖鱼缄音信杳。相别时话儿不甚好。恨锁眉梢。越思量越思想越添焦。

〔浪来里煞〕情怀默默越焦躁。冷冷清清更漏迢。盈盈业眼不暂交。画烛荧荧。他也学人那泪珠儿般落。畅道有几个铁马儿铎。琅琅的空聒噪。响珊珊梆梆的寒砧捣。呀呀的塞雁南飞。更和着那促织儿絮叨叨更无了。盛世新声申集　词林摘艳七　雍熙乐府一六　北词广正谱引二郎神二郎神么篇浪来里煞　九宫大成五九引二郎神梧叶儿二郎神么篇浪来里煞

　　盛世新声重增本内府本词林摘艳俱无题。与雍熙乐府皆不注撰人。雍熙题作秋恨。原刊本徽藩本摘艳题作怨别。与北词广正谱俱注杨景言作。○（二郎神）雍熙暮天阔作暮云凋。广正谱残霞作残山。荒芜作荒蒲。雍熙九宫大成绿依依上俱有那字。（梧叶儿）雍熙大成恹渐俱作淹煎。雍熙悠悠作攸攸。（二郎神么篇）盛世摘艳快快俱作漾漾。雍熙着人作教人。索作萦。却作怯。广正谱索惹作枉惹。大成幸短作行短。（金菊香）盛世摘艳别时俱作别是。添焦俱作添憔。

兹从内府本摘艳及雍熙。雍熙多应作多因。不是作不索。雁帖鱼缄作雁贴鱼沉。恨锁上有好着我三字。思量作凄凉。(浪来里煞)雍熙牌名作高平调尾。广正谱作上京马。以畅道以下为么篇。大成订正为金菊香。以畅道以下为另一首。兹仍从盛世多摘艳。雍熙默默作蓦蓦。业眼作夜眼。泪珠儿下无般字。琅琅作丁珰。更和作更合。絮叨叨更作叨叨的絮。广正谱暂交作曾交。五句作也学他那泪珠儿抛。琅琅的作琅琅。末句作更和那促织儿叨叨的絮无了。大成俱同广正谱。惟琅琅下仍有的字。

李唐宾

唐宾号玉壶道人。广陵人。生当元末明初。仕淮南省宣使。衣冠济楚。人物风流。文章乐府俊丽。著杂剧二种。梨花梦。梧桐叶。后者今存。

小令

〔商调〕望远行

闷拂银筝。暂也那消停。响瑶阶风韵清。忽惊起潇湘外寒雁儿叫破沙汀。支楞的泪湿弦初定。弦初定。银河淡月明。相思调再整。蓦感起花阴外那个人听。高力士诉与实情。金锣儿諕的人孤另。太和正音谱下　北词广正谱　九宫大成五九

九宫大成闷拂作漫抚。

套数

〔双调〕风入松

落花轻惹暖丝香。飞燕过东墙。重重帘幕闲清昼。金篆小烟缕初长。罗衣乍经春瘦。蛾眉慵扫残妆。
〔么〕几回寂寞怨东皇。独自暗情伤。振衣忽忆当时话。空低首

踏遍红芳。看到荼蘼卸也。玉骢何处垂杨。

〔夜行船〕暮雨朝云劳梦想。算却是几般情况。海阔相思。山高恩爱。都撮在这心上。

〔乔牌儿〕韩香空妄想。何粉怎承望。怪灵鹊不离花枝上。又来没事谎。

〔搅筝笆〕恰撇下心儿忘。才说着意儿谎。俺挨过恶诧风声。搜索遍风流伎俩。蓦忖量。猛参详。空将顺人情笔尖和泪染。怎诉衷肠。

〔月上海棠〕尘蒙金锁闲朱幌。泪湿香绒冷绣床。无语傍妆台。全不似旧时格样。慵游赏。忍见莺双燕两。

〔么〕无端云雨权收掌。谁说道阳台路凄怆。着意会鸾凰。稳把佳期盼。指望成来往。一任闲人讲。

〔赚煞〕挑灯织锦空劳攘。须跳出愁罗怨网。花压东墙。潜等待椷门儿月明下响。雍熙乐府一二　太和正音谱下引月上海棠　九官大成六五同

雍熙乐府不注撰人。太和正音谱引月上海棠一支。注李唐宾。兹据以辑之。○（月上海棠）正音谱莺双作莺三。（么）正音谱权作拳。四五句作。稳把佳期指望。成来往。末句讲作斗讲。九官大成盼指望作盼望。句断。讲作漫讲。

残曲

〔仙吕〕赏花时

百尺鳌山簇翠烟。万丈虹光散锦川。箫鼓庆华年。红绡巧剪。灯火内家传。

〔么〕车马迎来玉府仙。歌管吹开陆地莲。儿女六街喧。楼台近远。灯月共婵娟。太和正音谱下　九官大成五

（么）九官大成歌管吹作歌吹声。

王元和

生平不详。

套数

〔越调〕小桃红

题　情

暗思金屋配合春娇。是那一点花星照也。向这欢娱中深埋了祸根苗。我一从见了那个妖娆。他便和咱燕莺期。凤鸾交。鸳鸯侣。只引的蜂蝶儿闹也。恨不的折损柔条。谁承望五陵人。可早先能够了小蛮腰。

〔下山虎〕向这芙蓉锦帐配合春娇。说不尽忔憎处有万般小巧。割舍了叶损枝残。蕊开瓣雕。早一树烟华春事了。是咱思算少。又被傍人一觅里搅。猛可里袄神庙顿然火烧。险把蓝桥水淹倒。

〔山麻稭〕计痛喋低低道。你休得为我愁烦。因我煎熬。多娇。犹兀自恐咱憔悴潘安容貌。越着我气冲牛斗。恨填沧海。怒锁霞霄。

〔恨薄情〕为恩情。伤怀抱。追游宴赏情分少。朱颜镜里添老。书斋静悄。不敢展文公家教。但只是磨香翰。挽兔毫。才下笔了便写出风情。翰林旧稿。

〔四般宜〕织锦字。寄英豪。焚金鼎。谢青霄。端详了云翰墨。越着我恨难熬。全不写云期雨约。但只诉玉减香消。他道我风流性如竹摇。忔登的在咱心上。默地拴牢。

〔怨东君〕他那里红妆残顿忘了楚娇。咱这里青衫湿渐成沈腰。

他那里两泪揾鲛绡。咱这里行里坐里五魂缥缈。耽烦受恼。是
咱离多会少。莫不是普天下相思病。我共他占了。

〔江头送别〕腌臜闷腌臜闷甚时断绝。恹煎病恹煎病甚日医疗。
又不敢对着人明明道。只落的梦断魂劳。

〔馀音〕眠思梦想如花貌。这愁烦谁人知道。守着这一盏残灯昏
沉沉坐到晓。词林摘艳二　新编南九宫词　词林白雪三　吴歈萃雅元集　词林
逸响风卷　彩笔情辞八　吴骚合编三　南九宫谱南词新谱九宫正始俱引小桃红山麻
稭恨薄情怨东君江神子九宫正始又引江头送别　九宫大成引下山虎山麻稭四般宜
馀音

　　词林摘艳题作题情。注无名氏散套。新编南九宫词题作情。注旧词。词林白雪
　　属闺情类。吴歈萃雅词林逸响题俱作思忆春娇。与词林白雪并注陈大声作。惟
　　不见秋碧乐府。彩笔情辞题作怀美。吴骚合编题同摘艳。二书并注王元和作。
　　兹从之。九宫正始引此曲注明散套。○(小桃红)重增本摘艳暗思作暗想。南
　　九宫词那个作那。词林白雪首句作暗思昔日配春娇。是那作不知是那。向这作
　　向。深埋了祸作沉埋一段旧。下句作自从别了那多娇。他便和咱和咱有。只
　　引作直勾引。蝶下无儿字。末句五陵人作五灵神。无可早及了字。萃雅逸响同
　　词林白雪。惟仍作五陵人。情辞是那作不知是那。深埋作沉埋。我一从作从。
　　那个作那。他便和咱便知咱有。只引作直引。以下同萃雅。吴骚同萃雅。惟
　　自从别了作自从见了。南九宫谱南词新谱同萃雅。惟自从别了俱作从见了。五
　　陵俱作武陵。九宫正始蝶下无儿字。馀音同南九宫词。(下山虎)摘艳忆憎处
　　作忆憎迅。猛可里至水滠倒属下曲二犯斗宝蟾。重增本摘艳早一树作只一树。
　　南九宫词烟华作铅华。词林白雪首句作向芙蓉锦帐度春宵。忆憎处作跉踌踌
　　他。割舍了作怎割舍得。早一树句作早一树艳花逢春易老。一觅里搅作一谜
　　了。猛可里作猛可的。末句取次蓝桥又被水滠倒。萃雅忆憎处作跉踌踌处
　　他。早一树句作早一树铅华春易老。一觅里作一谜。馀同词林白雪。逸响同萃
　　雅。情辞首句作向芙蓉锦帐喜度春宵。憎作跭。小巧作俏巧。舍了作舍得。烟
　　华作铅华。一觅作一谜。以下同萃雅。吴骚首句无向这二字。配合春娇作喜度
　　春宵。以下同萃雅。惟易老作事了。九宫大成同萃雅。惟跉踌作铮铮。易老作
　　事了。(山麻稭)摘艳南九宫词牌名作二犯斗宝蟾。南九宫词痛喋作痛别。恐

咱作恐。词林白雪起作记痛别。你休得作休得要。犹兀自恐咱憔悴作又兀自怕瘦损了。末三句作。越教人闷填沧海。恨侵云汉。愁锁霞霄。萃雅逸响同词林白雪。情辞起作记痛别。恐咱作恐。末三句同词林白雪。惟越作好。吴骚俱同词林白雪。南九宫谱南词新谱同词林白雪。惟六句作犹兀自瘦损了潘安容貌。九宫正始着我作教我。馀同南九宫词。九宫大成俱同词林白雪。(恨薄情)词林白雪三四句作。追游玩赏同欢笑。早朱颜不觉镜中老。磨香翰作排香案。下笔了便作落纸。风情作离情。萃雅逸响同词林白雪。惟三句欢笑俱作欢乐。萃雅挽兔毫作浣兔毫。逸响作援兔毫。情辞情分作缘分。四句同词林白雪。下笔了作落纸。吴骚宴赏作玩赏。磨香翰作排香案。挽作浣。便写作写。馀同情辞。南九宫谱南词新谱磨香翰俱作排香案。馀同情辞。九宫正始便写出作但写出。(四般宜)摘艳忔登的作忔登迅。词林白雪谢作祷。端详了作端详。着我恨作教人闷。不写作不记。但只诉作只说是。他道我二句作。他道是风流汗湿主腰。忔踤踜在他心上拴牢。萃雅他道我作他说道。逸响他道我作他说道我。两书馀俱同词林白雪。情辞端详了作端详。不写作不记。忔登作忔踜。默地作蓦地。吴骚同词林白雪。惟他道是作他说道。忔踤踜作忔踜的。九宫大成同词林白雪。惟他道是作他道道。(怨东君)原刊摘艳两泪作五泪。内府本摘艳两泪作血泪。南九宫词两泪作血泪。词林白雪忘了楚娇作无楚腰。青衫作春衫袖。两泪揾作血泪滴。行里坐里作坐想相思。耽烦作他那里担烦。是咱作咱这里。相思下无病字。我共他作咱和伊都。萃雅同词林白雪。惟仍作行里坐里。逸响同词林白雪。惟仍作青衫。滴下有湿字。仍作行里坐里。情辞忘了楚娇作羞楚娇。两泪揾作血泪滴揾。馀同逸响。吴骚同逸响。惟无楚腰作怜楚腰。青衫作春衫。滴湿作滴揾。南九宫谱南词新谱忘了楚娇作添楚腰。两泪作血泪。无是咱二字。末二句俱同词林白雪。九宫正始两泪作血泪。(江头送别)内府本摘艳断绝作断勤。南九宫词又不敢对着作不敢对。词林白雪此支作。恹煎病恹煎病甚药医疗。相思害相思害甚时顿消。不敢与人分明道。只落梦断魂劳。萃雅逸响俱同词林白雪。惟顿消作断勤。只落作只落得。情辞甚日作甚药。吴骚同萃雅。九宫正始又不敢对着作不敢对。〔江神子〕摘艳无此支。南九宫词及情辞牌名作忆多娇。南九宫词曲文作。咱无缘福分少。老天断送凤友鸾交。长夜迢迢。形孤影吊。天若知时敢也和天瘦了。词林白雪曲文作。莫不是咱无缘福分少。莫不是命蹇相招。莫不是老天断续鸾交。天还知道怎寂寥。敢则是和天瘦了。萃雅逸响俱同词林白雪。惟无缘福分少作无福分消。相招作难招。萃雅命蹇上有我字。情辞同南九宫词。惟无缘作缘薄。长夜作良夜。吴骚同萃雅。南九宫谱南词新谱俱同逸响。惟鸾交作鸾胶。九宫正始同南九宫词。（馀音）词林白雪末二句作。这情况有谁知道。只有一盏孤灯昏沉沉伴到晓。萃雅同词林白雪。惟昏沉沉作昏昏的。逸响同萃雅。惟一盏上有这字。情辞末句同萃雅。吴骚俱同萃雅。九宫大成俱同逸响。

兰楚芳

楚芳西域人。江西元帅。丰神英秀。才思敏捷。与刘廷信在武昌赓和乐章。人多以元白拟之。兰一作蓝。兹从录鬼簿续编等书。

小令

〔南吕〕四块玉

风　情

斤两儿飘。家缘儿薄。积垒下些娘大小窝巢。蒿蔴稭盖下一座祆神庙。你烧时容易烧。我着时容易着。燎时容易燎。盛世新声戊集　词林摘艳一　乐府群珠二

盛世新声无题。○乐府群珠燎时作他燎时。

我事事村。他般般丑。丑则丑村则村意相投。则为他丑心儿真博得我村情儿厚。似这般丑眷属。村配偶。只除天上有。盛世新声戊集　词林摘艳一　乐府群珠二

盛世新声词林摘艳首句我作村。乐府群珠首句我作你。兹据第四句改。

意思儿真。心肠儿顺。只争个口角头不囫囵。怕人知羞人说嗔人问。不见后又嗔。得见后又忖。多敢死后肯。盛世新声戊集　词林摘艳一　乐府群珠二

双渐贫。冯魁富。这两个争风做姨夫。呆黄肇不把佳期误。一

个有万引茶。一个是一块酥。搅的来无是处。*盛世新声戌集　词林摘*
艳一　乐府群珠二

　　以上四首盛世新声不注撰人。词林摘艳于第一首下注兰楚芳。乐府群珠以四首
皆为兰作。

〔南吕〕骂玉郎过感皇恩采茶歌

闺　情

兰堂失却风流伴。倦刺绣懒描鸾。金钗不整乌云乱。情深似刀
刃剜。愁来似乱箭攒。人去似风筝断。口则说应举求官。多因
是买笑追欢。从今后鸳梦儿再休完。鱼书儿都休寄。龟卦儿也
休钻。离愁万般。心绪多端。芳草迷烟树。落花催雨点。香絮
滚风团。阳台上路盘桓。蓝桥下水弥漫。傍楼一傍一心酸。空
忆当时花烂熳。可怜今夜月团圞。*盛世新声戌集　词林摘艳一　乐府群珠*
二　元明小令钞

　　盛世新声乐府群珠俱不注撰人。词林摘艳于撰人所示不明确。元明小令钞以为
兰楚芳作。群珠有题目。兹从之。○群珠花烂熳作风烂熳。团圞作团圆。

〔双调〕沉醉东风

金机响空闻玉梭。粉墙高似隔银河。闲绣床。纱窗下过。佯咳
嗽喷绒香唾。频唤梅香为甚么。则要他认的那声音儿是我。*盛世*
新声戌集　词林摘艳一　元明小令钞

　　盛世新声不注撰人。词林摘艳于撰人所示不明确。兹姑据元明小令钞辑之。

〔双调〕折桂令

相　思

可怜人病里残春。花又纷纷。雨又纷纷。罗帕啼痕。泪又新新。

恨又新新。宝髻松风残楚云。玉肌消香褪湘裙。人又昏昏。天又昏昏。灯又昏昏。月又昏昏。<small>盛世新声戍集　词林摘艳一　乐府群珠三</small>

　　<small>此曲仅词林摘艳明注兰楚芳作　○群珠罗帕作袖搵。无天又昏昏四字。</small>

被东风老尽天台。雨过园林。雾锁楼台。两叶愁眉。两行愁泪。两地愁怀。刘郎去也来也那不来。桃花谢也开时节还开。早是难睡。恨杀无情。杜宇声哀。<small>盛世新声戍集　词林摘艳一　乐府群珠三</small>
<small>元明小令钞</small>

　　<small>此曲仅元明小令钞明注兰楚芳作。○盛世摘艳等去也下有那字。谢也作谢时节。兹从群珠。</small>

〔双调〕雁儿落过得胜令

相　思

丹枫叶上诗。白雁云中字。黄昏多病身。黑海心间事。月影转花枝。香篆袅金狮。翡翠衾寒处。鸳鸯梦觉时。嗟咨。悄悄人独自。相思。沉沉一担儿。<small>盛世新声戍集　词林摘艳一</small>

　　<small>盛世新声无题。不注撰人。兹从词林摘艳。两书牌名俱误作雁儿落。兹改正。○以上兰楚芳小令皆见摘艳。惟摘艳共选兰氏小令若干首。所示殊不明确。兹仅就各书明注兰作者辑之。</small>

套数

〔黄钟〕愿成双

春　思

春初透。花正结。正愁红惨绿时节。待鸳鸯冢上长连枝。做一段风流话说。

〔么篇〕融融日暖喷兰麝。倩东风吹与胡蝶。安排心事设山盟。准备着鲛绡搵血。

〔出队子〕青春一捻。奈何羞娇更怯。流不干泪海几时竭。打不破愁城何日缺。诉不尽相思今夜舍。

〔么篇〕看看的挨不过如年长夜。好姻缘恶间谍。七条弦断数十截。九曲肠拴千万结。六幅裙揽三四摺。

〔尾声〕三四摺裙揽且休藉。九回肠解放些些。量这数截断弦须要接。盛世新声戍集　词林摘艳九　北宫词纪六

盛世新声无题。不注撰人。○（愿成双么篇）内府本摘艳设山盟作说山盟。（出队子）词纪羞娇作娇羞。（么篇）摘艳词纪首句俱无看看的三字。

〔中吕〕粉蝶儿

思　情

他生的如月如花。荡湘裙一钩罗袜。宝钗横云鬓堆鸦。翠眉弯。樱唇小。堪描堪画。闲近窗纱。倚帏屏绣帘直下。

〔醉春风〕香细袅紫金炉。酒频斟白玉斝。银釭影里孲人娇。他生的可喜杀。杀。他生的宜喜宜嗔。便有那闲愁闲闷。见了他且休且罢。

〔迎仙客〕傍芝兰吸露花。游宇宙步云霞。我则见窄弓弓藕芽儿刚半扎。践香尘。踏落花。浅印在轻沙。印一对相思卦。

〔红绣鞋〕有他时一刻千金高价。有他时一世儿兴旺人家。有他时村的不村杀。临风三劝酒。对月一烹茶。说蓬莱都是假。

〔普天乐〕信步到海棠轩。闲行至荼䕷架。引的些蜂喧蝶攘。来往交加。粉脸衬桃杏腮。云鬓把花枝抹。袅袅婷婷花阴下。他若是不言语那里寻他。他比那名花解语。他比那黄金足色。他生的美玉无瑕。

〔耍孩儿〕透春情说几句知心话。则被你迤逗杀我心猿意马。寒

窗寂寞废琴书。苦思量晓夜因他。傲风霜分不开连枝树。宜雨露栽培出并蒂花。见一日买几遍龟儿卦。似这般短促促携云握雨。几时得稳拍拍立计成家。

〔二煞〕捧金杯劝醁醑。按银筝那玉马。似展开幅吴道子观音画。他那里倚栏翠袖凝秋水。映日红裙衬晓霞。但行处人惊讶。端的是沉鱼落雁。闭月羞花。

〔一煞〕笑一笑不觉的春自生。行一步看的人眼又花。十分爱常带着三分怕。爱的是风流旖旎娇千种。怕的是间阻飘零那半霎。天生下一虎口凌波袜。堪与那俏子弟寒时暖手。村郎君饱后挑牙。

〔尾声〕若要咱称了心。则除是娶到家。学知些柴米油盐价。恁时节闷减愁消受用杀。盛世新声辰集　词林摘艳三　雍熙乐府六　彩笔情辞一　吴骚合编四

盛世新声重增本内府本词林摘艳俱无题。与雍熙乐府皆不注撰人。雍熙题作题美人脚小。原刊本徽藩本摘艳题作思情。彩笔情辞题作赠美妓。吴骚合编题作赠妓。〇（粉蝶儿）内府本摘艳帏屏为围屏。雍熙情辞吴骚直下俱作低下。吴骚闲近作刚隔着碧。（醉春风）雍熙银釭作银灯。情辞吴骚同。雍熙便有那作便有他。吴骚他生的作更性儿。（迎仙客）雍熙半扎作半折。印在作印下。情辞吴骚云霞俱作烟霞。（红绣鞋）内府本摘艳一烹作一瓯。雍熙高价作无价。三句作有他时村沙的化的不村沙。一烹作一瓯。又与情辞吴骚一世儿俱作一生。（普天乐）内府本摘艳花阴上有立在二字。雍熙那里作无处。他比下俱无那字。名花作白花。情辞那里作何处。末三句作二句云。他比黄金足色。他比美玉无暇。吴骚袅袅上有看字。那里作何处。末三句作。他比黄金足色。明珠没价。美玉无瑕。（耍孩儿）雍熙四句作不由人晓夜思他。拍拍作便便。（二煞）雍熙倚栏作倚弯。惊讶作惊諕。末句作他生的闭月羞花。又与情辞吴骚行处俱作见处。（一煞）内府本摘艳眼又花作眼倦花。雍熙看的人作迓逗人。带着作垫着。风流作三分。又与情辞吴骚一笑俱作一面。眼又花俱作眼倦花。（尾声）雍熙若要咱作要教咱。

〔中吕〕粉蝶儿

骄马金鞭。自悠悠未尝心倦。正闲寻陌上花钿。过章台。临洛浦。与可憎相见。他恰正芳年。误沉埋舞裙歌扇。

〔醉春风〕螺髻绀云偏。蛾眉新月偃。樽前席上意相投。无半星儿显。显。姿色儿娇羞。语音儿轻俊。小名儿伶便。

〔迎仙客〕诗酒坛。绮罗筵。他举瑶觞笑将红袖卷。不由咱不留情。刚推的个酒量浅。似这般娇风雏鸾。争奈教不锁黄金殿。

〔石榴花〕知他是怎生来天对付好姻缘。昼同坐夜同眠。揾桃腮携素手并香肩。撒地殢腼腆。我索痛惜轻怜。常则是比翼鸟连理枝双飞燕。蜜和酥分外相偏。一扎脚住定无移转。他兜的拴意马我索锁心猿。

〔斗鹌鹑〕他爱我那表正容端。我爱他那香娇玉软。你看他那云髻金钗。英花翠钿。罗袜凌波底样儿浅。正少年。俺是那前世姻缘。非是今生偶然。

〔上小楼〕他衠一味温柔软善。无半点轻狂寒贱。常则是眼儿盼盼。脚儿尖尖。越着他那意儿悬悬。若是天可怜。得两全。成合姻眷。尽今生称了心愿。

〔么〕写情怀诗押便。闲嬉酬谭答禅。常记得那锦字机头。金缕声中。玉镜台前。日暖风和。柳媚花浓。深沉庭院。看时节小红楼当家儿欢宴。

〔满庭芳〕初来时争着与他锦缠。则为他那歌讴宛转。舞态翩跹。怜香心等闲间难窑变。着我怎不垂涎。你看他那稳稳重重那些儿体面。你看他那安安详详罪愆。似一个谪降下的玉天仙。

〔耍孩儿〕浮花浪蕊我也多曾见。不似这风流的业冤。似别人冷定热牙疼。从今后烧好香祷告青天。则愿的有实诚口吐芝兰气。

无亏缺心同碧月圆。我觑他似那张丽华潘妃面。虽不得朝朝玉树。也能够步步金莲。

〔一煞〕得成合好味况。乍离别怎过遣。有一日那扁舟水顺帆如箭。我则索盼长途日穷剩水残云外。你则索宿旅店肠断孤云落照边。我这般厮敬重偏心愿。只除是无添和知音的子弟。能主张敬思的官员。

〔二煞〕有一日泪汪汪把我扶上马。哭啼啼懒下船。我不学儒业你也休习针线。我便有那孙思邈千金方也医不可相思病。你便有那女娲氏五彩石也补不完离恨天。彻上下思量遍。你似一个有实诚的离魂倩女。我似那数归期泣血的啼鹃。

〔三煞〕到别州城不问二三。那谎勤儿敢有万千。那厮每饿肚皮干牛粪无分晓胡来缠。你也则索一杯闷酒樽前过。两叶愁眉时下展。称不的平生愿。你纵然有那千般巧计。也则索权结姻缘。

〔尾声〕你若是不忘了旧日情。常思着往日的言。你不忘旧情鱼雁因风便。你是必休辞惮江乡路儿远。盛世新声戌集　词林摘艳三　彩笔情辞四　北词广正谱引斗鹌鹑

盛世新声无题。不注撰人。词林摘艳及彩笔情辞题俱作赠妓。皆注兰楚芳作。北词广正谱引斗鹌鹑注刘庭信撰。○(粉蝶儿)情辞年作妍。(醉春风)情辞显显作险险。伶作灵。(迎仙客)情辞推的作推。(石榴花)摘艳撒地作他撒殢。情辞首句作怎生来天付好姻缘。撒地殢作他撒娇痴。常则是作常只似。一扎脚句作一相逢永矢无更变。他兜的作他。我索作我。(斗鹌鹑)盛世以首二句作石榴花末二句。兹从摘艳及情辞。摘艳首三句俱无那字。英花二字叠。内府本摘艳末句非是上有也字。情辞首二句无那字。你看他那作看。英花莺。样儿作样。正少年上有堪描画三字。俺是那作也是。非是作岂。广正谱首三句同摘艳。鬓作鬟。英作莺。非是上有也字。(上小楼)摘艳天可怜作得天可怜。内府本摘艳越着作越看。情辞软善作软款。越着他那作那更。(么)情辞情怀作幽怀。闲嬉作喜间。三句无那字。看时作有时。(满庭芳)摘艳罢您作谦逊词

言。下多笑一笑莺声转。不由人不爱怜两句。似作恰似。内府本摘艳着我作可
着我。情辞争着与他作争与。二句无那字。等闲间作等闲。稳稳重重作稳重。
末二句作四句云。那安详谦逊辞言。笑一笑莺声啭。这千般婉娈。似谪下的玉
天仙。(耍孩儿)摘艳圆作悬。情辞首句无我也二字。这风流的作您风流。圆
作悬。我觑他似那作觑他似。(一煞)盛世水顺作山顺。主张作生张。情辞离
别作别离。(二煞)情辞泪汪汪把我作把我泪汪汪。学儒业作业儒。休习作莫
拈。便有那俱作便有一个。有实诚作个诚实。泣血的作泣血。(三煞)内府本
摘艳下展作不展。盛世敢有作感有。情辞无干牛粪三字。你也作你。纵然有那
作纵有。(尾声)情辞往日的作往日。你不忘旧情作肯寻。你是必休辞作是
必休。

录鬼簿续编兰楚芳条。谓楚芳与刘婆惜联句。作落梅风金刀细。锦鲤肥一曲。
案此曲见阳春白雪。注李寿卿作。续编说似不足据。兹不收。

词林白雪卷一有倾杯玉芙蓉隔墙新月上梅花套数一套。卷四有一枝花轻柔缟淡
妆套数一套。俱注兰楚芳作。案前曲吴骚集。吴歈萃雅。乐府珊珊集。怡春锦
俱属杨升庵。吴骚合编属史考叔。后曲见汤舜民笔花集。北宫词纪。彩笔情辞
亦以之属舜民。兹俱不收。

李子昌

生平不详。

套数

〔正宫〕梁州令南

芳草长亭露带沙。盼游子来家。翠消红减乱如麻。隔妆台慵梳
掠掩菱花。

〔赛鸿秋北〕我这里望宾鸿目断夕阳下。盼情人独立在帘儿下。
夜香烧祷告在花阴下。喜蛛儿空挂在纱窗下。风儿渐渐吹。雨
儿看看下。我这里受凄凉独坐在孤灯下。

〔汲沙尾南〕云雨阻巫峡。伤情断肠人在天涯。锦字无凭虚度荏苒韶华。嗟呀。春昼永朱扉半椏。东风静湘帘低挂。黛眉懒画。髽宫鸦鬓边斜插小桃花。

〔脱布衫北〕我这里冷清清无语嗟呀。急煎煎情绪交杂。瘦伶仃宽褪了绛裙。病恹恹泪湿罗帕。

〔渔家傲南〕燕将雏逢初夏。梦断华胥。风弄檐马。空闲了刺绣窗纱。香消宝鸭。那人在何处贪欢耍。空辜负沉李浮瓜。寂寞。厌池塘闹蛙。庭院里昼长偏怜我。夜凉枕簟不见他。多娇姹。风流俊雅。倚栏干猛思容貌胜荷花。

〔小梁州北〕这些时云鬟髻松减了俊雅。玉肌削脂粉慵搽。上危楼盼望的我眼睛花。空一带山如画。不由人情思在天涯。

〔普天乐南〕景凄凉人潇洒。何日把双鸾跨。奈薄情不寄鸾笺。相思句尽诉与琵琶。弹粉泪湿香罗帕。暗数归期将这春纤掐。动离情征雁呀呀。无奈无奈心事转加。对西风病容消瘦似黄花。

〔伴读书北〕短命乔才辜负了咱。恨不的梦里寻他。他那里偎红倚翠笑欢洽。我这里情牵挂。不由人离恨泪如麻。

〔剔银灯南〕渐迤逦寒侵绣帏。早顷刻雪迷了鸳瓦。自恨今生分缘寡。红炉畔共谁人闲话。喏题罢。托香腮闷加。胆瓶中懒添温水浸梅花。

〔笑和尚北〕我我我起初时且是敬他。他他他间深也和咱罢。我我我离恨有天来大。他他他不足夸。我我我自详察。泪如麻。自嗟呀。他无半点儿真实话。

〔尾声南〕重相见两意佳。庆喜传杯弄斝。气命儿看承胜似花。盛世新声子集　词林摘艳六　雍熙乐府二　新编南九官词　南北词广韵选一三　北官词纪六　词林白雪二　吴歈萃雅元集　词林逸响风卷　吴骚合编一　怡春锦　曲谱引从略盛世新声重增本内府本词林摘艳俱无题。原刊本徽藩本词林摘艳题作四季。雍熙乐府题作四时思忆。新编南九宫词无题。南北词广韵选题作闺忆。北宫词纪题作四时怨别。词林白雪属闺怨类。吴歈萃雅词林逸响题作四时花怨。吴骚合编题作四时闺怨。原刊本徽藩本摘艳注元李子昌作。词纪注明李子昌作。词林白雪注李子昌而不书其时代。萃雅逸响怡春锦吴骚注刘东生作。馀书俱不注撰人。兹据摘艳属元人。广韵选萃雅吴骚只南曲。馀俱南北合套。○(梁州令南)盛世摘艳等牌名误作一翦梅。逸响作夜游湖。兹据词纪词林白雪。词纪词林白雪乱如俱作泪如。广韵选无此支。(赛鸿秋北)雍熙盼情人独立作我这里盼情人强立。三四两句易位。末句受作偏受。在孤灯作在灯儿。南九宫词逸响怡春锦俱同雍熙。惟南九宫词灯儿上无在字。词纪词林白雪独立作强立。三四两句易位。孤灯作灯儿。(汲沙尾南)盛世摘艳宫鸦俱作宫容。内府本摘艳半椏作半压。雍熙半椏作低闉。低挂作低下。髴宫鸦作睹宫额。南九宫词伤情作传情。半椏作低椏。低挂作低下。广韵选锦上有奈字。半椏作低亚。低挂作闲挂。词纪词林白雪逸响怡春锦吴骚南曲谱南词新谱九宫谱定俱同广韵选。惟逸响怡春锦亚作哑。(脱布衫北)雍熙三句作瘦裙腰宽褪了绛纱。湿作湿了。南九宫词词纪词林白雪逸响怡春锦俱同。(渔家傲南)内府本摘艳娇姹作娇娃。雍熙何处上无在字。无空辜负三句。昼长作日长。下句作枕席上夜凉不见了他。南九宫词牌名作锦缠道。空闲作闲扃。何处上无在字。庭院二句作。庭院日长谁怜我。枕簟上夜凉不见他。姹作叹。风流上有爱字。广韵选牌名作山渔灯犯。梦断作梦转。空闲作闲扃。庭院二句同南九宫词。惟不见作不见了。风流上有爱字。词纪牌名作虞美人犯。空闲作闲扃。昼长作日午。下句同雍熙。惟席作簟。风流上有爱字。词林白雪逸响怡春锦俱同词纪。惟逸响怡春锦庭院下无里字。吴骚牌名作山渔灯犯。注云。或作虞美人犯误。空闲作闲扃。庭院二句同南九宫词。惟谁作偏。风流上有爱字。南曲谱南词新谱九宫谱定梦断俱作梦转。馀同词纪。惟里日午偏作日长谁。(小梁州北)盛世原刊摘艳一带俱作一岱。内府本作一带。雍熙二句肌削作香消。三句作上危楼和泪步轻踏。末句作则我这离恨在天涯。南九宫词逸响怡春锦俱同雍熙。词纪词林白雪二句末句俱同雍熙。(普天乐南)盛世句作向。重增本摘艳脱牌名及笺字以上十八字。句作向。内府本摘艳将这作将。雍熙奈薄情作为薄情。句尽诉与作病尽诉。粉泪作情泪。六句作数归期暗将春纤掐。无奈不叠。心事作心思。消瘦作清减。

南九宫词诉与作续。馀同雍熙。广韵选双鸾作青鸾。奈薄情不寄作怨薄情空寄。诉与作续。将这春纤掐作在夕阳下。无奈不叠。词纪奈薄情作怨薄情。诉与作诉。将这作将。无奈不叠。词林白雪俱同词纪。逸响奈薄情以下全同广韵选。无奈不叠。吴骚鸾笺作鱼笺。消瘦作憔悴。馀同逸响。怡春锦南曲谱南词新谱九宫谱定俱同逸响。(伴读书北)盛世摘艳牌名俱作小梁州。内府本摘艳梦里作梦儿里。雍熙南九宫词词纪词林白雪逸响怡春锦寻俱作去寻。我俱作俺。末句俱作知他何处恋娇娃。南九宫词短命作知命。(剔银灯南)内府本摘艳帏作榻。雍熙帏作榻。畔共作伴。咭题作颠题。末句作翠瓶中旋添雪水浸梅花。南九宫词俱同。广韵选帏作榻。谁人作谁。咭题作咭啼。温水作雪水。词纪俱同广韵选。词纪迷了作迷。词林白雪吴骚俱同词纪。惟吴骚仍作迷了。逸响帏作桯。谁人作谁。咭题作颠涕。怡春锦俱同逸响。南曲谱南词新谱九宫谱定俱同吴骚。(笑和尚北)重增本摘艳他无作也无。雍熙首二句作。他他他且是敬咱。您您您日久也和咱罢。不足作不用。自嗟作暗嗟。半点儿作半点。南九宫词逸响怡春锦俱同雍熙。词纪末句作无半点真实话。馀同雍熙。词林白雪俱同词纪。(尾声南)雍熙两意佳作喜气加。庆喜作幸喜遇。末句作气命般看承敬重他。南九宫词俱同。词纪庆喜作一任。末句作断送了年华四季花。词林白雪俱同词纪。逸响佳作加。庆喜作忆昔。末句同词纪。惟无了字。怡春锦俱同逸响。吴骚庆喜作忆昔。末句同词纪。惟华作时。

胡用和

生平不详。据词林摘艳用和为天门山人。自其所作中吕粉蝶儿题金陵景套数观之。则当为由元入明之人。

套数

〔南吕〕一枝花

隐　居

左右依两壁山。横竖盖三间屋。高低田五六亩。周围柳数十株。

活计萧疏。偏容俺闲人物。两般儿亲自取。不用买江上风生。谁要请天边月出。

〔梁州第七〕兴到也吟诗数首。懒来时静坐观书。消闲几个知心侣。负薪樵子。执钓渔夫。烹茶石鼎。沽酒葫芦。崎岖山几里平途。萧疏景无半点尘俗。染秋光红叶黄花。铺月色清风翠竹。起风声老树苍梧。有如。画图。闲中自有闲中趣。看乌兔自来去。百岁光阴迅指无。甲子须臾。

〔尾声〕矮窗低屋随缘度。土炕蒲团乐有馀。散诞逍遥少荣辱。嗟吁叹吁。心足意足。伴着这松竹梅花做宾主。词林摘艳八

　　（一枝花）原刊本徽藩本数十株俱作数十行。失韵。兹从重增本内府本。（尾声）重增本矮窗作短窗。

〔中吕〕粉蝶儿

题金陵景

万里翱翔。太平年四方归向。定乾坤万国来降。谷丰登。民安乐。鼓腹讴唱。读书人幸遇尧唐。五云楼九重天上。

〔醉春风〕宫殿紫云浮。江上清气爽。把京都佳致略而间讲。讲。景物稀奇。凤城围绕。士民高尚。

〔朱履曲〕论富贵京都为上。数繁华海内无双。风流人物貌堂堂。云山迷远树。雪浪涌长江。暮追欢朝玩赏。

〔魔合罗〕东南佳丽山河壮。助千古京都气象。人稠物穰景非常。真乃是鱼龙变化之乡。山形盘踞藏龙虎。台榭崔巍落凤凰。堪崇尚。载编简累朝盛士。撼乾坤万代传扬。

〔十一煞〕景阳台名尚存。周处台姓且香。拜郊台古迹钟山上。乌龙潭雨至风雷起。白鹭洲潮回烟水茫。雨花台曾有天花降。

跃马涧烟笼曙色。钓鱼台月漾波光。

〔十煞〕南北干道桥。东西锦绣乡。四时歌管长春巷。峥嵘高阁侵云表。奇观层楼接上苍。清溪阁烟波荡。忠勤楼风云福地。尊经阁诗礼文场。

〔九煞〕朝天宫道友多。天界寺僧众广。天禧寺古塔霞光放。三山香火年年盛。十庙英灵世世昌。宝宁寺一境多幽况。鸡鸣山烟笼佛寺。神乐观云拥仙乡。

〔八煞〕香消脂井痕。歌残玉树腔。长干桥畔乌衣巷。高堂燕至思王谢。古甓蛩吟叹孔张。无一节添悲怆。若无酒兴。恼乱诗肠。

〔七煞〕山围龙虎国。城连锦绣乡。四时美景宜欢赏。春风桃李参差吐。夏日榴花取次芳。秋天菊绽冬梅放。歌岁稔风调雨顺。庆丰年国泰民康。

〔六煞〕到春来观音寺赏牡丹。拥翠园玩海棠。逍遥西圃名园广。怕花残朝朝携妓歌金缕。恐春去日日邀朋饮玉浆。有百千处堪游赏。泛轻舟桃叶渡观山玩水。跨蹇驴杏花庄拾翠寻芳。

〔五煞〕到夏来清凉寺暑气无。赏心亭夏日长。石头城烟雨风生浪。秦淮河急水龙舟渡。马公洞薰风菡萏香。翠微亭绿阴深处炎威爽。仪凤楼满窗江月。建龙关四壁山光。

〔四煞〕到秋来玄武湖碧水澄。青龙山翠色苍。携壶策杖登高赏。崇因寺内芙蓉绽。普照庵中桂子香。家家庭院秋砧响。水波涛江横白露。雁初飞菊吐新黄。

〔三煞〕到冬来助江天雪正飞。撼楼台风力狂。喜的是红炉画阁羊羔酿。霎时间银砌就钱婆岭。顷刻处玉妆成石子岗。动弦管声嘹喨。庆太平有象。贺丰稔时光。

〔二煞〕遗图古迹多。今朝事业昌。太平风景真佳况。诗人有意题难足。胜境无穷咏未详。曾到处闲中想。莺花世界。诗酒排场。

〔一煞〕陈钧佐才俊高。臧彦弘笔力强。缪唐臣慢调偏宜唱。章浩德能吟翰苑清诗句。谷子敬惯捏梨园新乐章。陈清简善画真容像。卢仲敬品玉箫寰中第一。冷起敬操瑶琴世上无双。

〔尾声〕歌楼对酒楼。山光映水光。倩良工写在帏屏上。留与诗人慢慢赏。词林摘艳三

　　(粉蝶儿)原刊本安乐作安业。兹从重增本。(醉春风)重增本清气作青气。内府本讲讲上有我与你三字。(魔合罗)重增本山形作山影。(八煞)各本古甓俱作古甃。兹从内府本。(一煞)内府本陈钧佐作陈王佐。

谷子敬

　　子敬金陵人。枢密院掾史。生于元末明初。明周易。通医道。口才捷利。乐府隐语。盛行于世。著杂剧五种。三度城南柳。卢生枕中记。雪恨闹阴司。借尸还魂。一门忠孝。三度城南柳今存。馀佚。

套数

〔黄钟〕醉花阴

豪　侠

殢酒簪花异乡客。花酒内淹留数载。花悦眼酒忘怀。酒酽花秾。举酒在花溪侧。忽顿觉数年来。将我这悒怏的心肠忽地改。

〔喜迁莺〕想当初狂态。醉乡中放浪形骸。吾侪。尽都是五陵豪迈。都是些阔论高谈梁栋材。一个个安邦定策。一个个剑挥星斗。一个个胸卷江淮。

〔出队子〕到春来东城南陌。信青骢踏绿苔。柳阴中打绕逞狂乖。

芳径内妆么衕意脉。粉墙上题诗思腻色。

〔刮地风〕到夏来绕定雕栏垂杨摆。绿阴庭槐。戗金船倚棹兰舟外。信意忘怀。听韵悠悠乐声一派。摇纨扇玉体相挨。有翡翠轩碧纱幮避暑楼台。捧瑶觞莫减侧。摆列着十二金钗。直喫的晚凉生日暮遥天外。共采莲人归去来。

〔四门子〕到秋来写长空寒雁儿堪人爱。霁一天秋月色。绿叶儿殷。黄菊儿开。效龙山落帽老秀才。直喫的脸晕红身子儿歪。娇滴滴玉人儿扶策。

〔古水仙子〕我我我自鉴戒。似似似锦阵里疏狂李太白。将将将宝剑共瑶琴。还还还花钱共酒债。我我我嫌天宽恨地窄。呀呀呀却原来冬景幽哉。看看看泻长空瑞雪风乱筛。见见见傲冰魂玉梅南轩外。馨馨馨时送将暗香来。

〔尾声〕倚翠偎红理当戒。乐琴书不出茅斋。似这般好光景我曾多见来。盛世新声丑集　词林摘艳九　雍熙乐府一

盛世新声重增本内府本词林摘艳俱无题。与雍熙乐府皆不注撰人。雍熙题作花酒还魂。原刊本词林摘艳题作豪侠。注谷子敬作。○(醉花阴)雍熙恁快下无的字。(喜迁莺)雍熙放浪作放荡。(出队子)盛世摘艳打绕俱作打遶。雍熙妆么作妆妖。(刮地风)内府本摘艳信意作尽意。雍熙二句作趁着这绿嫩苍苔。倚棹作一棹。信意作尽意。纱幮作水池。减侧作掩侧。共采作咱共采。(四门子)雍熙儿堪人作真堪。三句作红叶儿雕。菊儿作菊又。效龙山作笑龙山。脸晕作酒晕。身子儿作身子。玉人儿作玉人。(古水仙子)原刊摘艳泻长空作漫长空。雍熙共酒债作和酒债。五句我我我作俺俺俺。恨地作和地。原来作原来是。送将作送。(尾声)内府本摘艳我曾作我也曾。

〔商调〕集贤宾

闺　情

猛听的透帘栊卖花声唤起。将好梦却惊回。更和那迁乔木莺声

偏碎。上纱窗日影重移。暗沉吟失魄消魂。闷恹恹似醉如痴。
把重门紧紧深闭起。怕莺花笑人憔悴。离愁何日满。此恨有
谁知。

〔逍遥乐〕则为那无媒匹配。勾引起无倒断相思。染下这不明白
的病疾。眼睁睁的将我来抛离。泼乔才更狠似王魁。我这里骂
一声却又悔。空没乱怎地支持。则落的长吁短叹。倒枕垂床。
废寝忘食。

〔金菊香〕这些时龙涎香爇冷了金猊。雁足慵安生了绿绮。羊羔
懒斟闲了玉杯。觑了这一弄儿狼藉。不由人辗转越伤悲。

〔醋葫芦〕诗吟出锦绣文。字装成古样体。衣冠济楚俊容仪。酒
席间唱和音韵美。一团儿和气。论聪明俊俏有谁及。

〔梧叶儿〕刀搅也似柔肠断。爬推也似泪点垂。似醉有如痴。笔
砚上疏了工课。茶饭上减了饮食。针指上罢了心机。怎对人言
说这就里。

〔后庭花〕想着他身常爱红翠偎。心偏将香玉惜。面胜似何郎粉。
手能描京兆眉。闲时节笑相偎。恰便似鹣鹣比翼。翠裙腰掩过
半尺。搂胸带趱了一围。骨挨挨削了玉肌。瘦恹恹宽了绣衣。
乱鬅松云鬓堆。困腾腾秋水迷。命悬悬有几日。软怯怯无些
气力。

〔柳叶儿〕我可甚千娇百媚。全不似旧日容仪。阁不住两眼凄惶
泪。不能够同欢会。则有分各东西。想人生最苦是别离。

〔尾声〕常记得枕席间说的言。星月底设来的誓。谁想这辜恩薄
倖负心贼。自相别数年无信息。比及你登科及第。我则索上青
山化做望夫石。盛世新声申集　词林摘艳七　雍熙乐府一四

　　　盛世新声重增本内府本词林摘艳俱无题。与雍熙乐府皆不注撰人。雍熙题作春
　　思。原刊本徽藩本词林摘艳题作闺情。注谷子敬作。○(集贤宾)盛世摘艳偏

碎俱作偏翠。雍熙好梦作我这好梦。乔木上无迁字。日影作月影。失魄消魂作失魂忘魄。闭起作闭的。此恨作更和这别恨。（逍遥乐）内府本摘艳则为那作则为他。又悔作又先悔。雍熙则为那则为这。勾引作引。这不明白的作这场不明白。睁睁下无的字。骂一声作骂他一声。（金菊香）雍熙香蓺作倦袅。懒斟作怕饮。辗转作转转。（醋葫芦）盛世及原刊摘艳等牌名作浪来里。兹从内府本摘艳及雍熙。雍熙俊容仪作样样稀奇。和气作风流旖旎。（梧叶儿）盛世摘艳爬推俱作扒推。盛世及重增本摘艳末句俱作怎对人呵怎对人言说他这就里。兹从原刊摘艳。雍熙泪点垂作两泪垂。有如痴作也梦魂飞。说这作说来。（后庭花）原刊摘艳末句气力上无些字。内府本摘艳末句叠。雍熙首句作想着他心肠爱红翠帏。鹈鹕作天边。翠裙上有我这里三字。云鬓作云髻。腾腾作朦胧。（柳叶儿）内府本摘艳起句上有呀字。雍熙末句作单住着夫妇别离。（尾声）原刊摘艳设来的作设来。雍熙底设来作前说来。谁想这作谁想。数年无作二载无了。我则索作少不的我。化做作化做了。

词林摘艳卷六有端正好一声莺报上林春套数。原刊本徽藩本俱注谷子敬作。案北宫词纪亦收此套。注汤菊庄作。摘艳所收菊庄曲。作者姓氏几皆误注。词纪收菊庄曲颇多。见钞本笔花集者姓氏俱不误。兹从词纪属汤氏。

詹时雨

时雨随父宦游福建。因而家焉。为人沉静寡言。才思敏捷。乐府极多。杂剧有补西厢弈棋。或疑今题晚进王生撰之围棋闯局即时雨作。

套数

〔南吕〕一枝花

丽　情

银杏叶雕零鸭脚黄。玉树花冷淡鸡冠紫。红荳蔻啄残鹦鹉粒。碧梧桐栖老凤凰枝。对景嗟咨。楚江风霜剪鸳鸯翅。渭城柳烟笼翡翠丝。缀黄金菊露瀼瀼。碎绿锦荷花瑟瑟。

〔梁州〕叹落落情怀不已。恨匆匆岁月何之。拥并也似一片闲愁撺掇出伤心故事。往常时花笺写恨。红叶题诗。都做了风中飞絮。水上浮萍。痛杀杀玉连环掐的瑕疵。碜可可锦回纹揉的参差。瘦廉纤对妆奁金粉慵施。愁荏苒绣房中拈针慵使。病淹渐锦筝挡金柱慵支。念兹。对此。匆匆岁月三之二。恰初三早初四。呖呖风前孤雁儿。感起我一弄嗟咨。

〔尾声〕雁儿你写西风曲似苍颉字。对南浦愁如宋玉词。恰春归。早秋至。多寒温。少传示。恼人肠。聒人耳。碎人心。堕人志。雁儿则被你撺掇出无限相思。偏怎生不寄俺有情分故人书半纸。

盛世新声巳集　词林摘艳八　雍熙乐府九　词谑及南北词广韵选三俱引尾声

　　盛世新声重增本内府本词林摘艳俱无题。与雍熙乐府皆不注撰人。雍熙题作秋思。原刊本徽藩本词林摘艳题作丽情。注贯酸斋作。词谑南北词广韵选引词尾俱属刘庭信。兹据录鬼簿续编属詹时雨。○（一枝花）雍熙栖老作秋老。嗟咨作伤。烟笼作烟雕。末句碎作铺。花作盘。（梁州）盛世重增本摘艳揉的俱作探的。挡俱作筶。摘艳淹渐作恹恹。金柱作雁柱。一弄作一弄儿。雍熙叹落落作笑乐乐。三句作拥并也似一天愁撺断出伤心事。花笺作花前。红叶作叶上。可可作磕磕。揉的作到得。瘦廉纤上有这些时三字。房中拈针作帖内金线。淹渐作恹恹。挡作上。对此作在兹。孤雁作听雁。（尾声）盛世重增本内府本摘艳书半纸俱作书千纸。词谑你写作写。恰作正。早作又。志下无雁儿二字。广韵选曲似作乱似。馀同词谑。雍熙你写作你那里写。曲似作拙似。对作叫。温作湿。则被你作也则被这几般儿。末句无怎生分故四字。

张碧山

　　名见录鬼簿续编。词林摘艳以为元人。生平不详。

套数

〔双调〕锦上花

春 游

燕语莺啼。和风迟日。郊外踏青。禁烟寒食。拜扫人家。这壁共那壁。悲喜交杂。哭的共笑的。坟前列子孙。冢上卧狐狸。几处荒坟。半全共半毁。几陌银钱。半灰共半泥。几个相知。半人共半鬼。

〔清江引〕见了也泪淹衫袖湿。这的是傍州例。黄金少甚藏。白酒须当醉。浇奠杀九泉无半米。

〔碧玉箫〕寒暑相催。日月率风疾。名利驱驰。车辙涌潮退。省可里着气力。休则管里耽是非。饱暖肚皮。留取元阳真气。将一夥儿鼓笛。选一答儿清闲地。

〔尾声〕摆一个齐整欢筵会。做一段笑乐新杂剧。杂剧要旦末双全。筵席要水陆俱备。唱道趁着这美景良辰。请几个达时务英雄辈。劝你这知己的相识。知知不知在于你。盛世新声午集 词林摘艳五

题目及撰人皆从原刊本徽藩本词林摘艳。盛世新声重增本内府本摘艳俱无题。不注撰人。北词广正谱双调套数分题谓王元鼎有燕语莺啼套。所列牌名与此套全同。疑即指此曲。○(尾声)盛世及原刊本等摘艳要旦末上俱无杂剧二字。兹从内府本摘艳。末句知知不知内府本作知和不知。疑应作知和不知。

张 氏

元妓。

套数

〔南吕〕青衲袄_南

偷　期

蹙金莲双凤头。缠轻纱一虎口。我见他笑撚鲛绡过鸳鸯。敢眉下转将他心事留。占莺花第一俦。正芳年恰二九。恰二九。生的来体态轻盈。皓齿朱唇。不能够并香肩同携手。

〔骂玉郎_北〕娇娃俊雅天生就。腰似柳。袜如钩。湘裙微露金莲瘦。你看他宝髻堆。玉笋长。露出春衫袖。

〔大迓鼓_南〕相逢莺燕友。四眸相顾。两意相投。此情难消受。风流自古。偏惜风流。展转留情双凤眸。

〔感皇恩_北〕呀。指望待饱餍娇羞。谁承望各自分头。好教我恨天高。嫌地窄。怨人稠。指望待相随皓首。谁承望鬼病因由。不由人魂缈缈。体飘飘。魄悠悠。

〔东瓯令_南〕添疾病。减风流。废寝忘餐相应候。前生作下今生受。今不遂来生又。魂劳梦穰感离愁。都则为女娇羞。

〔采茶歌_北〕都则为女娇羞。端的是忒风流。闪的人不茶不饭几时休。何日相逢同配偶。甚时密约共绸缪。

〔赚_南〕计上心头。暗令家童私问候。休泄漏。何期两意同成就。为他憔瘦。

〔乌夜啼_北〕闪的我看看疾重。实实病久。为多情镇日空俾僽。呀。一会家近书斋想念无休。到黄昏愁云怨雨相拖逗。更阑也无限忧愁。夜深沉雨泪交流。想娇容直到五更头。我与你从头一一他行受。果然他心意坚。恩情厚。俺待要鸾交凤友。燕侣莺俦。

〔节节高南〕喜孜孜暗讨求。语相投。今宵暗约同成就。灵犀透。共焚香。齐言咒。日坠月上初沉漏。星移斗转三更候。潜踪蹑足近庭闱。轻移那步临门候。

〔鹌鹑儿北〕猛见了俊俏多情。我和他挨肩携手。悄悄的行入兰房。暗暗的同眠共宿。娇滴滴语颤声低。情未休。情未休。锦被蒙头。燕侣莺俦。旖旎温柔。受过了无限凄凉。谁承望今宵配偶。

〔尾声南〕多情此意难消受。书生切切在心头。受过凄凉一笔勾。

盛世新声巳集　词林摘艳八　彩笔情辞四

> 盛世新声重增本内府本词林摘艳俱无题。不注撰人。原刊本徽藩本词林摘艳题作偷期。注明张氏作。彩笔情辞作赠妓。注元张氏作。兹从情辞。○(青纳袄南)内府本摘艳携手作携素手。情辞将他作将也。恰二九三字不叠。(骂玉郎北)情辞金莲作鞋尖。(感皇恩北)盛世摘艳指望俱作止望。(东瓯令南)情辞梦穰作梦扰。(采茶歌)内府本摘艳同配作成配。(赚南)情辞同成就作难成就。(乌夜啼北)内府本摘艳他心意作是心意。俺待要作早成就。情辞四句无呀字。(节节高南)盛世摘艳庭闱俱作庭帏。内府本摘艳语相作两意相。情辞成就作欢媾。日坠作日沉。初沉作初声。三更候作三更后。轻移那作轻轻移。(鹌鹑儿北)盛世重增本摘艳颤俱作善。内府本摘艳受过作受用。情辞燕侣莺俦作罗袜轻兜。(尾声南)情辞受过上有把字。

云笼子

> 姓名待考。应为羽士。

小令

〔中吕〕迎仙客

混元珠。无价宝。赤水溪边收拾了。色浑浑。光皎皎。手中握

定。占断人间俏。<small>鸣鹤馀音七　乐府群珠四</small>

<small>鸣鹤馀音不注撰人。乐府群珠注云龚子。题作道情。○群珠浑浑作辉辉。握定作怕定。俏作妙。</small>

没机关。没做作。日月任催催不老。逆行船。翻拨棹。谁知这个。清净家风好。<small>鸣鹤馀音七　乐府群珠四</small>

<small>群珠翻作播。清净作清闲。</small>

水深清。山色好。天下是非全不到。竹窗幽。茅屋小。个中真乐。莫向人间道。<small>鸣鹤馀音七　乐府群珠四</small>

<small>群珠水深作水声。可从。茅屋作茅舍。</small>

竹风轻。花影重。酩酊一瓯琴三弄。露玄机。藏妙用。槐坛将相。看破浮生梦。<small>鸣鹤馀音七　乐府群珠四</small>

<small>群珠影重作影动。看破作勘破。</small>

柳阴边。松影下。竖起脊梁诸缘罢。锁心猿。擒意马。明月清风。共谁说长生话。<small>鸣鹤馀音七　乐府群珠四</small>

<small>群珠明月清风作清风明月。共谁说作独说。</small>

汉钟离。官极品。南柯梦断抛金印。草鞋轻。藜杖稳。笑携日月。独步长生境。<small>鸣鹤馀音七　乐府群珠四</small>

<small>群珠极品作一品。笑携作笑提。</small>

吕洞宾。超物外。神光照破三千界。弃功名。同草芥。龟毛拄杖。一击乾坤坏。<small>鸣鹤馀音七　乐府群珠四</small>

<small>鸣鹤馀音末句坏作碎。失韵。兹从群珠。</small>

混元初。张果老。白驴踏着虚空倒。紫云生。红雾绕。夜来一口。吞却蓬莱岛。<small>鸣鹤馀音七　乐府群珠四</small>

蓝采和。离世俗。手中拍板敲寒玉。摆天关。摇地轴。清风明月。独唱长生曲。<small>鸣鹤馀音七　乐府群珠四</small>

刘海蟾。燕宰相。梦回看破空花放。别人间。离海上。红炉片雪。打就黄金像。<small>鸣鹤馀音七　乐府群珠四</small>

群珠二句作梦回勘破虚花妄。离作归。

广成子。千二百。崆峒高卧寒云白。帝王师。天地宅。纵横自在。物外无名客。<small>鸣鹤馀音七　乐府群珠四</small>

群珠寒云作闲云。宅作窄。

范蠡翁。曾佐越。五湖独泛扁舟月。是非忘。名利绝。一声短笛。受用芦花雪。<small>鸣鹤馀音七　乐府群珠四</small>

群珠翁作公。

张子房。扶大汉。功名掉去青山伴。咽龙肝。吞凤卵。金丹养就。没底篮儿满。<small>鸣鹤馀音七　乐府群珠四</small>

群珠掉去作归去。龙肝作龙胎。

圃田公。列御寇。乘风一撞乾坤透。呼南辰。唤北斗。梦中得鹿。觉后还非有。<small>鸣鹤馀音七　乐府群珠四</small>

群珠梦中作夜来。

朗然子。居洛下。金蟾飞去皮囊化。鬼神惊。天地怕。本来面目。不许丹青画。<small>鸣鹤馀音七　乐府群珠四</small>

住华山。乐清闲。碧洞茅庵胡乱弯。日高时。造一餐。饱来藜杖。绕顶遥观看。<small>鸣鹤馀音七　乐府群珠四</small>

鸣鹤馀音弯作湾。群珠绕顶作绕定。

谁羡他。做高官。一任穿绯挂绿襕。心无忧。身自安。世间少有。这个奸俏汉。<small>鸣鹤馀音七　乐府群珠四</small>

群珠绿襕作紫襕。自安作得安。这个作这般。

世事休。甚清幽。无管无拘林下叟。翠岩前。风月友。狂歌醉舞。烂饮长生酒。<small>鸣鹤馀音七　乐府群珠四</small>

鸣鹤馀音醉舞作慥舞。群珠无管无拘作无拘无管。烂饮作懒饮。

醉时眠。醒扶头。倒在东西不识羞。亦无春。亦无秋。腾腾兀兀。且乐延年寿。<small>鸣鹤馀音七　乐府群珠四</small>

群珠眠作卧。亦无俱作也无。

采药归。白云飞。雾锁青山仙径迷。黑猿叫。青鸟啼。仙鹤前舞。引俺归洞里。_{鸣鹤馀音七　乐府群珠四}

到洞中。掩柴扉。唤得仙童对着棋。闷来时。饮数杯。草鞋绊倒。不脱和衣睡。_{鸣鹤馀音七　乐府群珠四}

　　鸣鹤馀音数杯作绿杯。群珠唤得作请个。

峭壁峰。甚希奇。桧柏青松四下围。悄无人。过客稀。寂寥潇洒。冷淡闲活计。_{鸣鹤馀音七　乐府群珠四}

　　群珠峭壁作峭碧。四下作四面。悄无人作独木桥。

面又酸。仓陈米。木碗缺唇破笊篱。又无盐。只有齑。甘心守分。胜如珍羞味。_{鸣鹤馀音七　乐府群珠四}

　　群珠酸作粗。

穿草履。系麻绦。披片蓑衣挂个瓢。半如渔。半如樵。蓬头垢面。一任傍人笑。_{鸣鹤馀音七　乐府群珠四}

笑我侨。俺知道。明月清风为故交。卧白云。吹玉箫。这般滋味。世上人难晓。_{鸣鹤馀音七　乐府群珠四}

　　群珠首句作笑则笑。这般作恁般。

　　右皆辑自元游山道士彭致中所编之鸣鹤馀音。金元两代。道教势盛。其徒往往藉词曲宣传长生久视。变化飞升。服食烧炼。保全真元等虚诞之说。以欺骗麻醉人民。鸣鹤馀音即采集此类歌辞而成者。本书既网罗元代所有散曲。其见于鸣鹤馀音者。亦姑辑之。供研究宗教学者引用批判。此外元人散曲宣扬道教思想者尚多。涵虚子定乐府体一十五家。其中即有所谓黄冠体。此类作品多为元曲中之糟粕。自不待言。

一顿饥。一顿饱。毡毯羊皮破衲袄。半头砖。一把草。横眠侧卧。惹得旁人笑。_{乐府群珠四}

笑则笑。俺知道。万贯家缘都弃了。细寻思。无烦恼。逍遥路上。舞个蓬莱岛。_{乐府群珠四}

徐 畈

字仲由。淳安（现在浙江省淳安县）人。明洪武初征秀才。至藩省辞归。元代最有名的南戏有荆刘拜杀四种。即荆钗记白兔记拜月亭杀狗记。徐畈为杀狗记之作者。他尝谓"吾诗文未足品藻。唯传奇词曲。不多让古人"。有巢松集。

小令

〔中吕〕满庭芳

乌纱裹头。清霜篱落。黄叶林邱。渊明彭泽辞官后。不事王侯。爱的是青山旧友。喜的是绿酒新笃。相迤逗。金樽在手。烂醉菊花秋。静志居诗话卷四

谢应芳

应芳字子兰。武进人。至正初。隐居白鹤溪。筑小室曰龟巢。因以为号。授徒讲学。先质后文。元末天下兵起。避地吴中。吴人争延致为弟子师。入明。徙居芳茂山。卒年九十七。有毘陵续志龟巢集等。

小令

〔中吕〕满庭芳

神仙有无。安居华屋。即是蓬壶。榴花也学红裙舞。燕雀喧呼。水晶盘馔供麟脯。珊瑚钩帘卷虾须。吹龙笛。击鼍鼓。年年初度。长日尽欢娱。善本书室钞本龟巢集

横山翠屏。藏龙古井。走马长汀。四时花竹多风景。胜似丹青。
好儿郎天生宁馨。好时节日见升平。氛埃静。年年寿星。光照
望云亭。_{善本书室钞本龟巢集}

王　玠

玠字道渊。号混然子。南昌修江人。有还真集。

小令

〔南吕〕金字经

一更无事坐灵台。塞兑垂帘八面开。开。清风入户来。调真息。
冲和气自回。_{还真集}
二更天静瓢真空。八极无尘月正中。中。西来一意通。金炉内。
霞光透鼎红。_{还真集}
三更鸡叫一阳生。月落寒潭斗柄横。横。泥牛海底惊。三车转。
黄河水倒行。_{还真集}
四更北斗西南看。火运周天透玉关。关。龙吟虎啸间。神丹结。
通身彻骨寒。_{还真集}
五更五气总朝元。种出黄金七朵莲。莲。花开带露鲜。天门破。
神光照大千。_{还真集}

以上金字经首句皆七字。不作五字五字两句。一字句皆叠第二句末字。疑此为
较早之一体。

〔商调〕挂金索

一更端坐。下手调元气。混沌无言。绝念存真意。呼吸绵绵。
配合居中位。拨转些儿。黍米藏天地。_{崔公入药镜注解}

二更清净。心要常虚守。默默回光。照见无中有。赶退群魔。
振地金狮吼。顷刻功成。便与天齐寿。<small>崔公入药镜注解</small>
三更鸡叫。冬至阳初动。取坎填离。直向泥丸送。火运周天。
炉内铅投汞。九转丹成。白雪飞仙洞。<small>崔公入药镜注解</small>
四更安乐。万事都无想。水满华池。浇灌灵根长。静里乾坤。
仙乐频频响。道大冲虚。名挂黄金榜。<small>崔公入药镜注解</small>
五更月落。渐觉东方晓。谷里真人。已见分明了。玉户鸾骖。
金顶龙蟠绕。打破虚空。万道金光皎。<small>崔公入药镜注解</small>

赵秉文

秉文(一一五九——一二三二)金朝滏阳(在现在河南省宝丰县
南)人。字周臣。号闲闲老人。大定进士。兴定初。累拜礼部尚书。
哀宗即位。改翰林学士。性好学。工书画诗文。有滏水文集等。

小令

〔小石调〕青杏儿

风雨替花愁。风雨过花也应休。劝君莫惜花前醉。今朝花谢。
明朝花谢。白了人头。
〔幺〕乘兴两三瓯。拣溪山好处追游。但教有酒身无事。有花也
好。无花也好。选甚春秋。<small>太和正音谱　北词广正谱　词综　坚瓠集五集</small>
<small>　　太和正音谱注无名氏。北词广正谱据正音谱。</small>
<small>　　金元是散曲产生和鼎盛的时期。唯金人散曲流传至今者不多。而北曲谱于青</small>
<small>　　杏儿一调。又多以此曲为范作。故辑此曲于此。于词。青杏儿即捉拍丑奴</small>
<small>　　儿也。</small>

无名氏

套数

自然集 道词

〔仙吕〕点绛唇

道妙玄微。先须要悟明心地。非容易。见放着古圣文书。内隐着真消息。

〔混江龙〕若说着胎元根蒂。只除是含光默默守虚极。去动中求静。静定是幽微。默坐忘言方是道。群居缄口是道根基。有一等明师。自高自大。狂言诈语。道听涂说。自把他元神昧。全不怕上天照察。也不怕六道轮回。

〔油葫芦〕道本无言行妙理。夺天地髓。就中只许自家知。无中生有人还会。玉炉内常把阴阳来配。要进火功。莫得迟。双关透入泥丸内。自然显光辉。

〔天下乐〕金液还丹下玉梯。烹煎。白雪飞。黄芽渐长生天地。质体内真。路不迷。化琼浆满玉池。

〔后庭花〕饥中饱饱后饥。饮醍醐滋肾水。将地户牢关闭。化真精吞玉蕊。吐虹蜺。黄庭内相会。见金公红了面皮。将婴儿和戊己。共元神相护持。

〔柳叶儿〕直赶到天宫里相会。有姹女雨泪悲垂。丁郎见了长吁气。配佳期。霎时间聚散分离。

〔金盏儿〕山头雪巽风吹。甘露降饮刀圭。调停火候功夫细。久全阴静养神龟。丹成金满屋。乌兔任东西。若是将坎离颠倒炼。

魂魄养胎基。

〔赏花时〕暂选一片白雪满地堆。运二气相交饮玉杯。三田内温习。四相和合体。五明宫守真实。

〔么〕炼六尺身躯修自己。变七朵金莲到处随。配八卦跨鸾归。至九霄云外。十分的显雄威。

〔煞尾〕十载苦修行。九陌为活计。八百行修成玉体。七星剑从来除下鬼。六合内参透希夷。唱道习五祖无为。四阖内功夫谁得知。养三田聚美。有二天神相济。现一轮明月照玄机。

〔南吕〕一枝花

自从俺学出家。偶然把明师遇。受辛勤十数载。无明夜办功夫。传的是道妙虚无。教我紧把丹田固。为残生作道术。行火候煆炼增加。入静定方为沐浴。

〔梁州〕寂然不动分毫志。炼金丹除了厄苦。离尘俗换了凡躯。忘言减语。片时间收敛铅汞聚。有根蒂伏朴归真。有志气腾云蹑雾。有缘分飞上天衢。初学笃志真言语。见世俗人贪财好慾。不顾残生一个个要攒金珠。大限到百事都无。费精神使得干枯。从今。至古。神仙本是凡人做。定浮沉认宾主。收汞收铅莫迟阻。自问他有有无无。

〔哭皇天〕化清香吹入中霄路。一时间造化须臾。舞翩翩海底寻鸥鹭。喜的是冷淡萧疏。弟子师徒。笑吟吟同步赴仙都。蓬莱三岛归家去。昼夜功夫无思虑。冥冥杳杳。恍恍惚惚。天门开放道清虚。地户牢关抽添无数。澄澄湛湛功程做。独坐忘言默语。驾河车上下宽舒。功成纯粹守。似有却如无。明明地不昧元来路。包含万象。体不挂丝铢。

〔乌夜啼〕运坤火乾天雾。要殷勤守玉炉。炼真汞成至宝。烹白雪似金珠。煅黄芽做地母。饮刀圭习真土。将龙虎来擒伏。呼风唤雨。

〔煞尾〕化金仙脱体乘风去。一道寒光满太虚。有婴儿有姹女。有黄婆配亲女。霎时间会云雨。众仙欢个个舞。出了世尘离爱欲。早则不回头。一心觅钟吕。直至蓬莱伴师祖。同共群仙一处宿。升降三宫到紫府。调息绵绵炼真土。收敛黄芽治龙虎。骑坐白鹤跨鸾辂。离却凡间登仙路。再共清风做伴侣。又共明月做道主。飞入天宫觐仙府。

（哭皇天）自然集曲牌原作告皇天。兹改。

〔双调〕新水令

我在这门中整穷究了数十年。才参透了圣人机变。定浮沉归妙理。进坤火炼丹田。先锁住意马心猿。更不把世俗缠。

〔驻马听〕行的是调息绵绵。呼吸风云有后先。比及得三宫升变。九还七返妙中玄。驾河车搬运走如烟。化清风直至金公院。若要道心坚。黄河浪滚泥丸转。

〔步步娇〕大道从来人难羡。有影无形现。壶中别有天。炼就金丹养胎仙。双关路上气连连。酝甘露频吞咽。

〔沉醉东风〕大限到来不选。也不论福富贵高官。直推到几时休几时休。每日价频发愿频发愿。今年推到来年。担阁修行行路儿远。生死轮回怎免。

〔雁儿落过得胜令〕俺也曾遇明师将真道传。指与无为传。教我少贪心少爱慾。教俺多办工夫多修善。教俺休把利名牵。教俺多看些古书篇。尽都是通玄处。教俺共真师子细研。若是俺功全。得造化无人见。正是心也坚。心坚得自然。

〔沽美酒〕将铅汞鼎内煎。炼至宝用乾乾。妙在前弦与后弦。分明有路显。引元神赴宫殿。妙用三关机变。一气来透彻三田。
九转炉中烟焰。龙虎龟蛇蟠旋。出于自然。自然。有一个无为
真人出现。

〔川拨棹〕好教我笑喧喧。共诸仙一处眠。也不索访道参禅。常
要默坐忘言。调真息若不气喘。有先天有后天。

〔殿前欢〕劝英贤。请君常看指玄篇。无为大道人都恋。要行满
功圆。跨鹤儿飞上天。方才入无为传。早则趁了修行愿。修一
个不来不去。谁肯恋在世长年。

〔鸳鸯煞〕这回再谁把世俗缠。超凡入圣随机变。道法双忘。紧
固抽添。唱道真至蓬莱阆苑。做下部自然集。早则是虚无篇。
愿心满。

> （沽美酒）自然集曲牌原作沽美酒。似应作沽美酒过太平令。曲文字句亦有讹
> 误。（鸳鸯煞）曲牌原作歇指调。应作鸳鸯煞。兹改正。唱道以下。似有脱误。

〔正宫〕端正好

谁知道我静中行。功劳大。这回早不染尘埃。幼年间曾把明师
拜。教俺跳出迷魂寨。

〔滚绣球〕办功夫定慧开。炼三皇结圣胎。婴儿猛然惊怪。须臾
间飞过灵台。到黄庭内院欢。动阳关将龙虎排。霎时间打成一
块。定浮沉煅炼三灾。三华聚顶泥丸路。五气朝元绕玉街。下
十二楼台。

〔倘秀才〕调和就铅汞冶。蓦见坎女离男打乖。自有金公一处埋。
成造化。笑诒诒。快哉。

〔迎仙客〕长将他玉炉关。须要这八门开。用坎离颠倒栽。驾河
车。牛旋买。搬载入宫来。收敛在三田外。

〔红绣鞋〕坐卧处阳升阴降。一窍开百窍齐开。九还七返定三灾。

呼吸开归妙道。调真息透盈腮。治精华归气海。

〔鲍老儿〕炼元神观自在。养胎仙笑颜开。三田气滚透胸怀。煅至宝功劳大。万语千言句句该。都出在道德阴符界。发动天关润九垓。采药物在乾坤外。白云堆里飞升快。变化累劫修来。

〔耍孩儿〕初学笃志真心爱。广看些经书注解。忽然间心地悟豁然开。自想往日沉埋。果然实有登仙路。任意纵横到处该。还了这冤家债。这回万缘齐断。不染千灾。

〔一煞〕静中功默默的行。点刀圭分皂白。灵台无物当宁耐。脱离生死修真路。倒把枯松日夜栽。权且将时光来待。咫尺的是功圆行满。独步上天台。

〔二煞〕也不索看三教书。也不索学七步才。只要昏昏默默将功程挨。炼成玉体乘风去。一道寒光入圣阶。做一个蓬莱客。全凭三千功行满。便要离俗骨得仙胎。

〔三煞〕任时节跨青鸾飞上天。驾白鹤复地来。飞升变化登仙界。黄芽渐长人难识。玉兔窝中好避乖。权且将时光待。咫尺的功圆行满。独步上天台。

〔煞尾〕有静功有定功。无罣碍无罣碍。这回还了人伦债。跳出迷魂是非海。

（端正好）自然集此支误列倘秀才之后。兹移为首曲。（鲍老儿）曲牌似误。

〔正宫〕端正好

撒了是和非。掉了争和斗。把俺这心猿意马牢收。我则待舞西风两叶宽袍袖。看日月搬昏昼。

〔滚绣球〕千家饭足可求。百衲衣不害羞。问是么破设设遮着皮肉。傲人间伯子公侯。我则待闲遥遥唱个道情。醉醺醺的打个稽首。抄化圣汤仙酒。藜杖瓢钵便是俺的行头。我则待今朝有酒今朝醉。明日无钱明日求。到大来散诞无忧。

〔倘秀才〕有一等积书与子孙未必尽收。有一等积金与子孙未必尽守。我劝你莫与儿孙作马牛。今日个云生山势巧。来日个霜降水痕收。怎敖得他乌飞兔走。

〔滚绣球〕恰才见元宵灯挑在手。又见清明门前插杨柳。正修禊传觞曲水。不觉的击鼍鼓竞渡龙舟。恰才是七月七。又早是九月九。咱能够几番儿欢喜厮守。都在烦恼中过了春秋。你见这纷纷的世事怎待要随缘过。都不顾急急光阴似水流。白了人头。

〔倘秀才〕有一等人造花园磨砖砌甃。有一等人盖亭馆雕梁画斗。费尽功夫得成就。今日做了张家地。明朝做了李家楼。刚一似翻手覆手。

〔滚绣球〕划荆棘做沼池。去蓬蒿广栽花柳。四时间如开锦绣。主人家能几遍价来往追游。俺这里亭台即渐衰。花木取次休。荆棘又还依旧。使行人叹源流。往常时奇花异卉千般绣。今日都做了野草闲花满地愁。这不是叶落归秋。

〔呆骨朵〕休言道尧舜和桀纣。则不如郝王孙谭马丘刘。他每是文中子门徒。亢仓子志友。休言为吏道张平叔。烟月的刘行首。则不如阐全真王祖师。道不如打回头马半州。

〔醉太平〕汉钟离本是个帅首。蓝采和是个俳优。悬壶子本不曾去沽酒。铁拐李火焚了尸首。贺兰仙引定个曹国舅。韩湘子会造逡巡酒。吕洞宾三醉岳阳楼。度了一株绿柳。

〔尾〕休言功行何时就。得到玄关便可投。人我场中枉驰骤。苦海波中早回首。四大神游。三岛十洲。神仙隐迹埋名。他则待目前走。

兹从太平乐府。(呆骨朵)烟原作偃。兹从太平乐府。

〔正宫〕端正好

我做的利己脱身术。恁做的害众成家活。恁道我风魔你更风魔。
俺这里无名无利都参破。你利害有他这天来大。
〔滚绣球〕俺这里。笑一合。利名场朗然识破。没来由为儿女劫
劫波波。便攒下不义财。积下些无用货。死临头怎生逃躲。少
不的打轮回作马骡。明放着天堂有路人行少。地狱无门去的多。
落落魄魄。以上自然集道词俱见道藏同字号

　自然集两支衔接。俱脱牌名。仅于首行前有又正宫三字。兹为补出牌名。滚绣
　球以下。应有脱文。

小令

〔黄钟〕红锦袍

那老子彭泽县懒坐衙。倦将文卷押。数十日不上马。柴门掩上
咱。篱下看黄花。爱的是绿水青山。见一个白衣人来报。来报
五柳庄幽静煞。太和正音谱上　北词广正谱　九宫大成三九　元明小令钞

　九宫大成坐衙作上衙。

〔黄钟〕贺圣朝

春夏间。遍郊原桃杏繁。用尽丹青图画难。道童将驴鞴上鞍。
忍不住只恁般顽。将一个酒葫芦杨柳上拴。太和正音谱上　北词广正
谱　九宫大成七九　元明小令钞

　太和正音谱北词广正谱元明小令钞郊原俱作郊园。

〔正宫〕叨叨令

黄尘万古长安路。折碑三尺邙山墓。西风一叶乌江渡。夕阳十

里邯郸树。老了人也么哥。老了人也么哥。英雄尽是伤心处。_梨
园乐府中

不思量尤在心头记。越思量越恁地添憔悴。香罗帕揾不住腮边
泪。几时节笑吟吟成了鸳鸯配。兀的不盼杀人也么哥。兀的不
盼杀人也么哥。咱两个武陵溪畔曾相识。梨园乐府中　雍熙乐府一九

雍熙乐府越恁地作陡恁。四句作几时得笑吟吟重赴鸳鸯会。末句无咱两个三
字。○本书所辑无名氏曲见于雍熙乐府及乐府群珠者皆未注作者时代。以下校
语从略。

绿杨隄畔长亭路。一樽酒罢青山暮。马儿离了车儿去。低头哭
罢抬头觑。一步步远了也么哥。一步步远了也么哥。梦回酒醒
人何处。梨园乐府中　雍熙乐府一九

雍熙离了作丢下。

溪边小径舟横渡。门前流水清如玉。青山隔断红尘路。白云满
地无寻处。说与你寻不得也么哥。寻不得也么哥。却原来侬家
鹦鹉洲边住。梨园乐府中　雍熙乐府一九

雍熙六句寻作觅。

则见淡烟笼罩西湖路。酒旗招飐垂杨树。画船儿刺在花深处。
煞强如侬家鹦鹉洲边住。兀底不快活也么哥。快活也么哥。抵
多少相逢不饮空归去。梨园乐府中　雍熙乐府一九

雍熙淡烟上无则见二字。儿刺在作斜刺。快活下俱有杀字。归去作回去。

则见青帘高挂垂杨树。朱帘暮卷西山雨。谁待向禁城狼虎<u>丛</u>中
去。我则待侬家鹦鹉洲边住。倒大来快活也么哥。快活也么哥。
抵多少梦回明月生南浦。梨园乐府中　雍熙乐府一九

雍熙青帘上无则见二字。谁待向作不向。我则待作只在。倒大来快活作兀的不
快活杀。

雍熙乐府于前三首后复有一首。似为一人作。曲云。锦帏不如新栽树。画阁何
堪旧苦庐。闲携猿鹤寻知故。谁似咱侬家鹦鹉洲边住。兀的不快活杀也么哥。

快活杀也么哥。再不向金门玉砌成名去。

〔正宫〕塞鸿秋

爱他时似爱初生月。喜他时似喜看梅梢月。想他时道几首西江月。盼他时似盼辰钩月。当初意儿别。今日相抛撇。要相逢似水底捞明月。<small>梨园乐府中</small>

一对紫燕儿雕梁上肩相并。一对粉蝶儿花丛上偏相趁。一对鸳鸯儿水面上相交颈。一对儿虎猫儿绣凳上相偎定。觑了动人情。不由人心儿硬。冷清清偏俺合孤另。<small>梨园乐府中</small>

分分付付约定偷期话。冥冥悄悄款把门儿呀。潜潜等等立在花阴下。战战兢兢把不住心儿怕。转过海棠轩。映着荼蘼架。果然道色胆天来大。<small>梨园乐府中</small>

<small>　　二句原脱一悄字。兹补之。</small>

腕肌消松了黄金钏。粉脂残淡了芙蓉面。紫霜毫点遍端溪砚。断肠诗懒写春罗扇。柳絮香衾绵。花落闲庭院。恨鸳鸯不锁黄金殿。<small>梨园乐府中　中原音韵</small>

<small>　　中原音韵题作春怨。〇音韵首句肌作冰。了作却。三句点遍作蘸湿。四至六句作。断肠词写在桃花扇。风轻柳絮天。月冷梨花院。</small>

影儿孤房儿静灯儿照。枕儿敧床儿卧帏屏儿上靠。心儿里思意儿里想人儿俏。不能够床儿上被儿里怀儿抱。怎生睚今宵。梦儿里添烦恼。几时睚得更儿尽月儿落鸡儿叫。<small>梨园乐府中</small>

山行警

东边路西边路南边路。五里铺七里铺十里铺。行一步盼一步懒一步。霎时间天也暮日也暮云也暮。斜阳满地铺。回首生烟雾。兀的不山无数水无数情无数。<small>雍熙乐府二〇　北宫词纪外集五</small>

北宫词纪外集此首及以下三首注元人作。

宴毕警

灯也照星也照月也照。东边笑西边笑南边笑。忽听的钧天乐箫韶乐云和乐。合着这大石调小石调黄钟调。银花遍地飘。火树连天照。喜的是君有道臣有道国有道。_{雍熙乐府二〇　北宫词纪外集五}

北宫词纪外集天照作天耀。

村夫饮

宾也醉主也醉仆也醉。唱一会舞一会笑一会。管甚么三十岁五十岁八十岁。你也跪他也跪恁也跪。无甚繁弦急管催。喫到红轮日西坠。打的那盘也碎碟也碎碗也碎。_{雍熙乐府二〇　北宫词纪外集五}

词纪外集题作村中饮。〇词纪外集四句作父也跪子也跪客也跪。红轮日西作碧汉红轮。

丹客行

朝烧炼暮烧炼朝暮学烧炼。这里串那里串到处都串遍。东家骗西家骗南北都诓遍。惹的妻埋怨子埋怨父母都埋怨。我问你金丹何日成。铅汞何日见。只落的披一片挂一片拖一片。_{雍熙乐府二〇　北宫词纪外集五}

词纪外集题作丹客警。〇词纪外集串遍作遍串。诓遍作诓骗。何日见作何时见。

〔正宫〕醉太平

堂堂大元。奸佞专权。开河变钞祸根源。惹红巾万千。官法滥刑法重黎民怨。人喫人钞买钞何曾见。贼做官官做贼混愚贤。

哀哉可怜。辍耕录二三　尧山堂外纪七四

讥贪小利者

夺泥燕口。削铁针头。刮金佛面细搜求。无中觅有。鹌鹑膆里
寻豌豆。鹭鸶腿上劈精肉。蚊子腹内刳脂油。亏老先生下手。词
谑　北宫词纪外集五

　　北宫词纪外集注元人作。○词纪外集老先生作哥哥。

叹子弟

寻葫芦锯瓢。拾砖瓦攒窑。暖堂院翻做乞儿学。做一个莲花落
训道。戴一顶十花九裂遮尘帽。穿一领千补百衲藏形袄。系一
条七断八续勒身绦。这的是子弟每下梢。盛世新声戌集　词林摘艳一
北宫词纪外集六

　　盛世新声词林摘艳无题。不注撰人。次首同。北宫词纪外集此二首题作叹子
　　弟。注元人作。词谑有嘲子弟醉太平一首。仅首二句及末句与此曲同。中间各
　　句俱异。

莲花落易学。桃李子难教。张打油啰啰连和得着。学不成打爻。
牵着个狗儿当街叫。提着个爽儿沿街调。拿着个鱼儿绕街敲。
这的是子弟每下梢。盛世新声戌集　词林摘艳一　北宫词纪外集六

〔正宫〕脱布衫过小梁州

美　妓

冰肌莹宝钏玲珑。藕丝轻环珮玎琤。樱桃小胭脂露浓。海棠娇
麝兰香送。玉颈圆搓粉腻红。恰便似映水芙蓉。犀梳斜坠鬓云
松。黄金凤。高插翠盘龙。〔幺〕凌波仙子生尘梦。向瑶台月下
相逢。酒晕浓。凡心动。夜凉人静。飞下水晶宫。雍熙乐府二○

彩笔情辞二

题从雍熙乐府。彩笔情辞题作赠美妓。注元人辞。

〔正宫〕叨叨令过折桂令

驮背妓　名陈观音奴

虾儿腰龟儿背玉连环系不起香罗带。脊儿高绞儿细绿茸毛生就
的王八盖。眼儿眍鼻儿凸驱处走了猢狲怪。嘴儿尖舌儿快洛伽
山怎受的菩萨戒。兀的不丑杀人也么哥。兀的不丑杀人也么哥。
钩儿形绦儿样烂茄瓜辱没杀莺花寨。莺花寨命里合该。一背儿
残疾。一世儿裁划。便道是倒凤颠鸾。莺俦燕侣。弯不刺怎么
安排。风月债休将人定害。俺则怕雨云浓厌杀乔才。你这形骸。
其实歪揣。调稍弓着不的扯拽。窍头船趁早儿撑开。雍熙乐府二〇

彩笔情辞一一

题从雍熙乐府。彩笔情辞题作嘲驼背妓陈观音奴。注元人辞。〇雍熙前一兀的
下脱不字。情辞驱处走了作驱劳处走出了。窍头作舰头。

〔仙吕〕游四门

野塘花落杜鹃啼。啼血送春归。花开不拼花前醉。醉里又伤悲。
伊。快活了是便宜。阳春白雪后集一　雍熙乐府二〇

雍熙乐府连下五首合题作自娱。

柳绵飞尽绿丝垂。则管送别离。年年折尽依然翠。行客几时回。
伊。快活了是便宜。阳春白雪后集一　雍熙乐府二〇

落红满地湿胭脂。游赏正宜时。呆才料不顾蔷薇刺。贪折海棠
枝。支。抓破绣裙儿。阳春白雪后集一　雍熙乐府二〇　北宫词纪外集六

元刊阳春白雪支作上。徐本作蛀。兹从钞本作支。雍熙支作嗤。宜时作直时。
北宫词纪外集作嗤。

海棠花下月明时。有约暗通私。不付能等得红娘至。欲审旧题诗。支。关上角门儿。<small>阳春白雪后集一　雍熙乐府二〇　北官词纪外集六北词广正谱　元明小令钞</small>

　　<small>雍熙词纪外集红娘俱作红儿。北词广正谱元明小令钞角俱作阁。</small>

前程万里古相传。今日果如然。烟波名利虽荣显。何日是归年。天。杜宇枉熬煎。<small>阳春白雪后集一　雍熙乐府二〇</small>

琴书笔砚作生涯。谁肯恋荣华。有时相伴渔樵话。兴尽饮流霞。喥。不醉不归家。<small>阳春白雪后集一　雍熙乐府二〇</small>

　　<small>雍熙喥作咱。归作回。</small>

〔仙吕〕寄生草

闲　评

问甚么虚名利。管甚么闲是非。想着他击珊瑚列锦帐石崇势。则不如卸罗襕纳象简张良退。学取他枕清风铺明月陈抟睡。看了那吴山青似越山青。不如今朝醉了明朝醉。<small>太平乐府五</small>

　　<small>元刊本瞿本次句甚么俱作甚莫。兹从何钞本。</small>

争闲气。使见识。赤壁山正中周郎计。乌江岸枉使重瞳力。马嵬坡空洒明皇泪。前人勋业后人看。不如今朝醉了明朝醉。<small>太平乐府五</small>

人百岁。七十稀。想着他罗裙窄地宫腰细。花钿渍粉秋波媚。金钗敲枕乌云坠。暮年翻忆少年游。不如今朝醉了明朝醉。<small>太平乐府五</small>

春

清明节。三月初。彩绳高挂垂杨树。罗裙低拂柳梢露。引王孙走马章台路。东君回首武陵溪。桃花乱落如红雨。<small>梨园乐府下</small>

夏

闲庭院。靠绿波。榴花烂熳如吐火。绿杨影里蝉声和。碧纱幮
里佳人卧。薰风楼阁夕阳斜。采莲谁驾兰舟过。<small>梨园乐府下</small>

秋

枯荷底。宿鹭丝。玉簪香惹胡蝶翅。长空雁写斜行字。御沟红
叶题传示。东篱陶令酒初醒。西风了却黄花事。<small>梨园乐府下</small>

冬

彤云布。瑞雪飞。乱飘僧舍茶烟湿。寒欺酒价增添贵。袁安紧
把柴门闭。暗香浮动月黄昏。梅花漏泄春消息。<small>梨园乐府下</small>

花影儿来来往往纱窗外。光皎洁明明朗朗月正斜。金炉中氤氤
氲氲香烬烟消灭。银台上昏昏惨惨忽地灯花谢。冷清清孤孤另
另怎生挨今夜。小梅香俄俄延延待把角门关。不剌。谎敲才更
深夜静须有个来时节。<small>梨园乐府下　雍熙乐府一九</small>

<small>　　梨园乐府氲字原不叠。兹依前后句句式改正。雍熙乐府此曲作。花影儿纱窗
　　外。明朗朗月儿斜。金炉氤氲香消灭。银台昏惨灯花谢。冷清清怎生挨今夜。
　　小梅香休把角门关。痴乔才须有来时节。</small>

他生的颜如玉。他生的脸衬霞。他生的腰肢一捻堪描画。朱唇
一点些娘大。金莲半折凌波袜。他生的庞儿丰韵可人憎。不剌。
你眉儿淡了教谁画。<small>梨园乐府下　雍熙乐府一九</small>

<small>　　雍熙乐府有寄生草一首。似即改此曲而成者。曲云。他生的颜如玉。颜如玉脸
　　衬霞。脸衬霞娇媚堪描画。堪描画檀口些娘大。些娘大紧衬凌波袜。凌波袜轻
　　踏淡春山。淡春山两道眉谁画。</small>

动不动人前骂。动不动脸上抓。一千般做小伏低下。但言便索
和咱罢。提着罢字儿奚落的人来怕。你这忘恩失义俏冤家。不

刺。你眉儿淡了教谁画。_{梨园乐府下　雍熙乐府一九}

> 雍熙乐府有寄生草相思四首。此其第三首。○雍熙人前作将人。二句动不动作
> 走将来。便索作语便道。下句作罢字儿说的人心怕。无你这及不刺你五字。

有几句知心话。本待要诉与他。对神前剪下青丝发。背爷娘暗
约在湖山下。冷清清湿透凌波袜。恰相逢和我意儿差。不刺。
你不来时还我香罗帕。_{梨园乐府下　雍熙乐府一九}

> 此为雍熙乐府寄生草相思四首之第四首。惟抄文较多。雍熙曲作。将我这知心
> 话。付花笺寄与他。当初结下青丝发。夜深潜立荼䕷下。露苔冰透凌波袜。今
> 朝果是负前盟。不来还我香罗帕。

宽了他罗裙带。淡了他桃杏腮。翠巍巍两叶眉儿窄。困腾腾每
日逐朝害。闷厌厌使我愁无奈。前生想是负亏他。今生还了你
相思债。_{梨园乐府下　雍熙乐府一九}

> 此为雍熙乐府寄生草相思四首之第一首。○雍熙宽了他作宽褪了。淡了他作清
> 减了。翠作淡。每日逐朝作一向相思。末二句作。前生负了锦鸳鸯。今朝空欠
> 相思债。

害的是相思病。灵丹药怎地医。害的是珊瑚枕上丁香寐。害的
是鸾凰被里鸳鸯会。害的是鲛绡帐里成憔悴。害的是敲才相见
又别离。害的是神前共设山盟誓。_{梨园乐府下}

情　叙

恰才个读书罢。窗儿外谁唤咱。原来是娇娃独立花阴下。露苍
苔湿透凌波袜。靠前来叙说昨宵话。我与你金杯打就凤凰钗。
你与我银丝撚做香罗帕。_{雍熙乐府一九　彩笔情辞四}

> 彩笔情辞注元人辞。

遇　美

猛见他朱帘下过。引的人没乱煞。少一枝杨柳瓶中插。少一串

数珠胸前挂。少一个化生儿立在傍壁下。人道是章台路柳出墙花。我猜做灵山会上活菩萨。雍熙乐府一九　彩笔情辞九

彩笔情辞注元人辞。

〔仙吕〕醉扶归

一点芳心碎。两叶翠眉低。薄倖檀郎尚未归。应是平康醉。不来也奴更候些。直等烛灭香消睡。梨园乐府下

锦瑟香尘昧。朱户绣帘垂。宝鉴从他落燕泥。陡恁慵梳洗。欲觅个团圆好梦。攲枕也难成寐。梨园乐府下

玉笋弹珠泪。银叶冷金猊。良夜迢迢玉漏迟。闷把帏屏倚。我又索先暖下纯绵被儿。来后教他睡。梨园乐府下

花影侵阶砌。月转小楼西。独倚屏山谩叹息。再把灯儿剔。自觑了孤栖影儿。咒罢也和衣睡。梨园乐府下

再把原作在把。〇以上四曲。梨园乐府牌名误作醉中天。兹改正。

〔仙吕〕醉中天

咏　鞋

料想人如画。三寸玉无瑕。底样儿分明印在沙。半折些娘大。着眼柳条儿比下。实实不耍。阴干时刻两个桃牙。钞本阳春白雪前集四

哀告花笺纸。嘱咐笔尖儿。笔落花笺写就词。都为风流事。寄与多情艳姿。既一心无二。偷功夫应付些儿。钞本阳春白雪前集四

欲回信难寻纸。就旧简写新词。两件儿都是牵情事。寄与风流秀士。咱一心无二。断肠人好处相思。钞本阳春白雪前集四

已冷金鸾帐。空暖玉莲汤。不忆宫中睡海棠。零落在嵬坡上。泪湿东君赭黄。环儿何在。马嵬千载尘乡。钞本阳春白雪前集四

粉面如花朵。云髻绾香螺。眉拂春山翠碧波。唇坠樱桃颗。一捻腰肢袅娜。宜行宜坐。强如月里姮娥。_{梨园乐府下}

酒饮葡萄酿。橙泛荔枝浆。烂醉佳人锦瑟傍。翠袖殷勤唱。十二金钗两行。风流情况。画堂别是风光。_{梨园乐府下}

书写鸳鸯字。专寄断肠词。付与多情美艳姿。表我心间事。梦想眠思为你。风流苏氏。为伊家瘦损庞儿。_{梨园乐府下}

老树悬藤挂。落日映残霞。隐隐平林噪晚鸦。一带山如画。懒设设鞭催瘦马。夕阳西下。竹篱茅舍人家。_{梨园乐府下}

泪溅端溪砚。情写锦花笺。日暮帘栊生暖烟。睡煞梁间燕。人比青山更远。梨花庭院。月明闲却秋千。_{北词广正谱}

身出昭阳瘦。娇入塞门羞。一望龙沙万里秋。风冷琵琶袖。怨煞毛延寿丹青画手。依旧。至今青冢云愁。_{北词广正谱}

〔仙吕〕一半儿

佳人才子共双双。纨扇轻摇玉体凉。荷钱贴水满池塘。拭罗裳。一半儿斜披一半儿敞。_{梨园乐府中}

南楼昨夜雁声悲。良夜迢迢玉漏迟。苍梧树底叶成堆。被风吹。一半儿沾泥一半儿飞。_{梨园乐府中}

见佳人缟素一身穿。阁着泪汪汪在坟墓前。哭着痛人天。一只手匙撩一半儿搴。_{梨园乐府中}

　　　此曲后半似有讹夺。

〔仙吕〕四季花

一年三百六十日。花酒不曾离。醉醺醺酒淹衫袖湿。花压帽檐低。帽檐低。喫了穿了是便宜。_{太和正音谱下　北词广正谱　九官大成五　元明小令钞}

〔仙吕〕锦橙梅

厮收拾厮定当。越拘束着越荒唐。入门来不带酒厮禁持。觑不得娘香胡相。恁娘又不是女娘。绣房中不是茶坊。甘不过这不良。唤梅香。快扶入那销金帐。<small>钞本阳春白雪前集四</small>

〔仙吕〕三番玉楼人

风摆檐间马。雨打响碧窗纱。枕剩衾寒没乱煞。不着我题名儿骂。暗想他。忒情杂。等来家。好生的歹斗咱。我将那厮脸儿上不抓。耳轮儿揪罢。我问你昨夜宿谁家。<small>太和正音谱下　词林摘艳一　北词广正谱　九官大成五　元明小令钞</small>

> <small>词林摘艳题作闺情。〇摘艳摆作摆动。不着作怎不着。题作题着。好生的作好生。那厮作他。九官大成不着作怎不教。歹斗咱作处分他。问你作问他。馀同摘艳。元明小令钞不着作怎不着。</small>

〔仙吕〕那吒令过鹊踏枝寄生草

青芽芽柳条。接绿茸茸芳草。绿茸茸芳草。间碧森森竹梢。碧森森竹梢。接红馥馥小桃。娇滴滴景物新。笑吟吟闲行乐。一步步扇面儿堪描。声沥沥巧莺调。舞翩翩粉蝶飘。忙劫劫蜂翅穿花。闹炒炒燕子寻巢。喜孜孜寻芳斗草。笑吟吟南陌西郊。曲弯弯穿出芳径。慢腾腾行过画桥。急飐飐酒旗儿斜刺在茅檐外挑。虚飘飘彩绳儿闲控在垂杨袅。韵悠悠管弦声齐和在花阴下闹。骨剌剌坐车儿碾破绿莎茵。吉蹬蹬马蹄儿踏遍红尘道。<small>梨园乐府下</small>

> <small>梨园乐府此三曲原各分标牌名。不作小令带过形式。兹改正。〇南陌上吟字原不叠。兹依前后句句式补一字。</small>

〔南吕〕金字经

学仙须学做天仙。修炼金丹性命全。全。羲皇画卦先。先天炁。
明师的诀传。鸣鹤馀音七

金丹大药不难求。家家有种可自修。修。休离丹灶头。无中有。
坎离颠倒收。鸣鹤馀音七

金丹妙道大神功。降收白虎摄赤龙。龙。烹煎玉鼎中。须臾用。
阴阳造化工。鸣鹤馀音七

黍珠饵罢罢雍雍。精调火候十月功。功。胎仙灵变通。婴儿踊。
万真朝绛宫。鸣鹤馀音七

慧光明彻本来宗。无边法界一性通。通。禅心空不空。如来共。
老君儒化同。鸣鹤馀音七

修真祖性复全真。自在逍遥物外人。人。无贪无恚嗔。长生事。
杏花枝上春。鸣鹤馀音七

善功八百行三千。四海遨游度有缘。缘。九重丹诏宣。乘鸾鹤。
班行列御前。鸣鹤馀音七

见闻知觉总休题。悟得真空及第归。归。勘破造化机。非难易。
永劫天地齐。鸣鹤馀音七

天机泄漏勉诸公。不是寻常干慧通。通。扫除叛正宗。勤修奉。
化行仙圣风。鸣鹤馀音七

〔南吕〕西番经

四海英雄汉。六合天地间。旧识荆州不信韩。干。破冠朝暮弹。
空长叹。牧童牛背山。梨园乐府下　乐府群珠二

　　群珠并下二首题作述怀。

醉鞭平康巷。少年长乐坊。乐府金钗十二行。狂。老来空断肠。

花溪上。梦中黄四娘。<small>梨园乐府下　乐府群珠二</small>

座上三台印。帐前十万军。半纸功名百战身。君。便合拂袖尘。
学韩信。不如林下人。<small>梨园乐府下　乐府群珠二</small>

〔南吕〕玉娇枝过四块玉

休争闲气。都只是南柯梦里。想功名到底成何济。总虚华几人
知。百般乖不如一就痴。十分醒争似三分醉。则这的是人生落
得。不受用图个甚的。赤紧的乌紧飞。兔紧追。看看的老来催。
人无百岁人。枉作千年计。将眉间闷锁开。休把心上愁绳系。
则这的是延年益寿的理。<small>太和正音谱下　乐府群珠二　九官大成五二　北词
广正谱元明小令钞俱收玉娇枝</small>

<small>　　太和正音谱牌名仅书玉娇枝。北词广正谱收首曲玉娇枝。注云。正音谱误以失
名混接。截之。九官大成首曲玉娇枝与次曲四块玉分列。谓旧谱二曲误连。今
案乐府群珠亦收此二曲。牌名同正音谱。而于此首以下。复收数曲。皆为玉娇
枝过四块玉。足证确有其体。兹仍正音谱之旧而正其牌名。○九官大成倒二句
作把心上愁绳解。</small>

〔南吕〕骂玉郎过感皇恩采茶歌

闲愁闲闷都在咱心上。我其实难割舍俊娇娘。想着咱同眠同宿
销金帐。今日个逢间阻。受坎坷。遭魔障。则为这板障娘娘。
两个怎生成双。生克支拆散鸾凰。猛可里分散莺燕。忽剌地打
散鸳鸯。想起长吁万声。不由人雨泪千行。闷厌厌倚着绣枕。
情脉脉靠着画屏。冷清清对着银釭。我欲待不思量。不思量那
娇娘。不思量除是铁心肠。想着每日欢娱嫌夜短。今宵寂寞恨
更长。<small>梨园乐府下　乐府群珠二</small>

<small>　　乐府群珠题作题情。○梨园乐府俊作后。群珠首句闲愁之旁。有这两日三小
字。同宿之下添一在字。两个之上添一咱字。</small>

昨宵共俺相逢处。心厮爱饮芳醑。轻怜痛惜花深处。本待效连理枝。成就了夫妇心。匹配了姻缘事。起初里似水如鱼。下场头感叹嗟吁。想俺这意中人。心上有。争奈眼前无。不争你花残月缺。显的我离恨心毒。担寂寞。受惨切。挨萧疏。等到二更初。负心的那寒儒。闪的我碧桃花下凤鸾孤。离恨人担离恨苦。断肠人送断肠书。<small>梨园乐府下　乐府群珠二</small>

　　群珠题作闺怨。

仙家道可道非常道。山涧下盖一座草团标。一任您龙争虎斗干戈闹。这个是白面猿。朱顶鹤。相随着。俺则待丫髻环绦。草履麻袍。闲时节摘藤花。掘竹笋。采茶苗。或时炉中炼丹。闲访渔樵。共知交。饮浊醪。乐陶陶。系一抹吕公绦。挂一个许由瓢。不强如乌靴象简紫罗袍。白发催人容易老。贵人头上不曾饶。<small>梨园乐府下　乐府群珠二</small>

　　群珠题作道情。〇群珠这个是作作伴的是。闲访上有闷时二字。

牛羊犹恐他惊散。我子索手不住紧遮拦。恰才见枪刀军马无边岸。諕的我无人处走。走到浅草里听。听罢也向高阜处偷睛看。吸力力振动地户天关。諕的我扑扑的胆战心寒。那枪忽地早刺中彪躯。那刀亨地掘倒战马。那汉扑地抢下征鞍。俺牛羊散失。您可甚人马平安。把一座介丘县。生纽做枉死城。却翻做鬼门关。败残军受魔障。德胜将马顽猙。子见他歪刺刺赶过饮牛湾。荡的那卒律律红尘遮望眼。振的这滴溜溜红叶落空山。<small>梨园乐府下　乐府群珠二</small>

　　群珠题作鏖兵。〇梨园乐府遮拦作邀拦。

东风常锁眉峰翠。烟淡淡绿依依。莺花不管人憔悴。罗带分。翠袖湿。金钗坠。央及煞蝶使蜂媒。嫩红娇翠。为春愁。因春瘦。怕春知。遗恨满天。芳草萋萋。粉墙低。红杏闹。费诗题。

雁来稀。音信迟。休教淡了远山眉。春色满帘入罗帏。不禁窗
外晓莺啼。梨园乐府下　乐府群珠二

　　群珠题作闺怨。○群珠遗恨作离恨。音信作信音。春色句作春色三分二分已。

妆台目断鳞鸿信。山隐隐水粼粼。方知人远天涯近。柳带愁。
花笑人。莺啼恨。断送残春。冷落芳樽。怨东风。飞暮雨。锁
春云。低垂绣帘。深掩朱门。绿窗寒。银烛暗。翠衾温。篆烟
分。蓺香熏。重教金鸭暖梅魂。准备新愁调玉轸。安排肠断待
黄昏。梨园乐府下　乐府群珠二

　　群珠题作离思。○群珠妆台作妆楼。

风光不管人憔悴。风淅沥雨霏微。伤时触景闲萦系。心似烧。
意似痴。情如醉。绣幕低垂。画阑空立。盼清明。巴上巳。过
寒食。庭院静悄。台榭狼藉。千红谢。万紫雕。绿阴肥。恨春
迟。早春归。春愁春恨锁双眉。鹧鸪飞来春事已。子规声断日
平西。梨园乐府下　乐府群珠二

　　群珠题作春闺怨。○梨园乐府触景作难景。

四时唯有春无价。尊日月富年华。垂杨影里人如画。锦一攒。
绣一堆。在秋千下。语笑忻恰。炒闹喧哗。软红乡。簇定个。
小宫娃。彩绳款拈。画板轻蹋。微着力。身慢举。拽裙纱。众
矝夸。是交加。彩云飞上日边霞。体态轻盈那闲雅。精神羞落
树头花。梨园乐府下　乐府群珠二

　　群珠题作春行即事。○梨园乐府绳字笔画讹误。

钱塘自古繁华胜。和靖咏子瞻评。西湖堪与西施并。浓淡妆。
昼夜观。俱相趁。宜雨宜晴。堪赏堪称。曲岸边草茸茸。高峰
畔云淡淡。断桥下水泠泠。临荷浦视鱼。傍柳岸闻莺。游竹院。
觑葛岭。压兰亭。云出岫罩南屏。日衔山遇西林。现出那雷峰
晚照似蓬瀛。九井三潭五云生。六桥烟柳胜丹青。梨园乐府下　乐

府群珠二

　　群珠题作西湖。○梨园乐府竹院作竹浣。

金山寺里诗为证。言心事诉离情。分明唤省临川令。空懊恼。谩哽咽。心无定。天地澄清。月华悬镜。唤梢公。疾解缆。莫消停。泠泠的露冷。淅淅的风生。齐摇棹。伊哑鸣。畅凄清。听江声。浪初平。一帆风送蓼花汀。没兴的双郎为苏卿。画船儿直赶到豫章城。梨园乐府下　乐府群珠二

　　群珠题作咏苏卿。

〔中吕〕迎仙客

十二月

头懒抬。眼慵开。花酒偶然都到来。酒浮香。花放彩。小玉前来。试演迎仙客。梨园乐府下　乐府群珠四

　　群珠题作一年欢。○群珠懒作倦。四五两句作。酒频釄。花谩采。试演作谩唱。

正　月

春气早。斗回杓。灯焰月明三五宵。绮罗人。兰麝飘。柳嫩梅娇。斗合鹅儿闹。梨园乐府下　乐府群珠四

　　群珠春气作节令。人作纷。梅作花。鹅作蛾。

二　月

春日暄。卖饧天。谁家绿杨不禁烟。闹花边。簇队仙。送起秋千。笑语如莺燕。梨园乐府下　乐府群珠四

　　群珠卖饧作艳阳。送起作逞蹴。

三　月

修禊潭。水如蓝。车马胜游三月三。晚归来。酒半酣。笑指西

南。月影蛾眉淡。<small>梨园乐府下　乐府群珠四</small>

<small>梨园乐府影蛾作印鹅。</small>

四　月

红渐稀。绿成围。串烟碧纱窗外飞。洒蔷薇。香透衣。煮酒青梅。正好连宵醉。<small>梨园乐府下　乐府群珠四</small>

<small>群珠串烟作沉烟。</small>

五　月

结艾人。赏蕤宾。菖蒲酒香开玉樽。彩丝缠。角粽新。楚些招魂。细写怀沙恨。<small>梨园乐府下　乐府群珠四</small>

<small>群珠赏作庆。粽作黍。</small>

六　月

庭院雅。闹蜂衙。开尽海榴无数花。剖甘瓜。点嫩茶。笋指韶华。又过了今年夏。<small>梨园乐府下　乐府群珠四</small>

<small>群珠尽海榴作遍海棠。点作烹。笋指作斩眼。斩应为转之讹。末句无又字。</small>

七　月

乞巧楼。月如钩。聚散几回银汉秋。遣人愁。何日休。织女牵牛。万古情依旧。<small>梨园乐府下　乐府群珠四</small>

<small>梨园乐府钩作舟。</small>

八　月

风露清。月华明。明月万家欢笑声。洗金觥。拂玉筝。月也多情。唤起南楼兴。<small>梨园乐府下　乐府群珠四</small>

<small>群珠三句脱明月二字。拂作拹。多情作关情。</small>

九　月

湘水长。楚山苍。染透满林红叶霜。采秋香。糁玉筯。好个重阳。落帽龙山上。<small>梨园乐府下　乐府群珠四</small>

十　月

万木枯。早梅疏。天气小春十月初。酒频沽。橙羹刬。暖阁红
炉。胜有风流处。<small>梨园乐府下　乐府群珠四</small>

<small>群珠羹刬作旋刬。暖作画。胜有作最好。</small>

十一月

暖律通。应黄钟。刺绣暗添一线功。小帘栊。斗帐中。玉软香
浓。醉枕梅花梦。<small>梨园乐府下　乐府群珠四</small>

<small>群珠暖律作律管。玉作酒。枕作里。</small>

十二月

春末回。雪成堆。新酿瓮头泼绿醅。恰传杯。人早催。赏罢红
梅。准备藏阄会。<small>梨园乐府下　乐府群珠四</small>

<small>群珠红梅作江梅。准备作又早。</small>

唤玉娥。捧金波。听遍四时行乐歌。得蹉跎。且快活。万事从
他。醉倒和衣卧。<small>梨园乐府下　乐府群珠四</small>

<small>群珠唤玉作呼翠。捧作劝。蹉跎作磨伲。万作世。末句作醉里乾坤大。</small>

〔中吕〕朝天子

尽教。便了。□尔纵横闹。纱笼影里马头高。早雪拥蓝关道。
休喜休欢。休烦休恼。只争个迟共早。比甘罗不小。比太公未
老。须有日应心道。<small>钞本阳春白雪前集四</small>

早霞。晚霞。妆点庐山画。仙翁何处炼丹砂。一缕白云下。客
去斋馀。人来茶罢。叹浮生指落花。楚家。汉家。做了渔樵话。
<small>中原音韵　词林摘艳一　尧山堂外纪七一　曲律四　元明小令钞</small>

<small>中原音韵题作庐山。不注撰人。词林摘艳等注无名氏。兹从之。尧山堂外纪谓
周德清作。参阅周曲校记。</small>

一悭。二奸。困煞英雄汉。陈抟占却一半山。不复梦周公旦。

雨笠烟蓑。星驰云栈。利和名自古难。这番。上杆。休□了梯
儿看。梨园乐府下

尽教。便了。彼各休相笑。正沙隄稳稳马头高。又贬上潮阳道。
休喜休欢。休烦休恼。只争个迟共早。比太公未老。比甘罗又
不小。此一梦何时觉。梨园乐府下

　　　此曲与前列钞本阳春白雪之一首文字略有不同。当为一人作。

杜康。醉乡。竹叶樽琼花酿。人生三万六千场。既有限谁无恙。
眨眼秋霜。飞来头上。趁春光倒玉觞。唤将。四娘。燕子舞莺
儿唱。梨园乐府下　　雍熙乐府一八

　　　雍熙二句作竹叶杯桃花酿。人生作百年。既有限作有恨。眨眼作不觉。趁春光
　　　作正春风。四娘作乐章。燕子作燕。

画堂。绮窗。玉错落金波酿。春风枉羡杜韦娘。试听宣娥唱。
月窟新声。云鬖宫样。怎禁他粉黛香。这场。醉乡。勒留住山
中相。梨园乐府下

　　　枉原作往。

楚阑。小蛮。锦瑟调银筝按。西园公子兴未阑。盏到休辞惮。
明月帘栊。疏星河汉。倚红楼十二阑。夜寒。烛残。酒尽后人
方散。梨园乐府下

　　　首句阑疑应作兰。六句月上原脱一字。兹补明字。

紫袍。战袍。送了些活神道。不比农夫有下梢。不识长安道。
耕种锄刨。无烦无恼。卧东窗日影高。芭棚下饭饱。麦场上醉
倒。快活煞村田乐。梨园乐府下

嘲妓家匾食

白生生面皮。软溶溶肚皮。抄手儿得人意。当初只说假虚皮。
就里多葱脍。水面上鸳鸯。行行来对对。空团圆不到底。生时

节手儿上捏你。熟时节口儿里嚼你。美甘甘肚儿内知滋味。雍熙
乐府一八　北宫词纪外集五

　　北宫词纪外集注元人作。题目无嘲字。兹从雍熙。○词纪外集假虚皮作烂
　　如泥。

嘲人穿破靴

两腮。绽开。底破帮儿坏。几番修补费钱财。还不彻王皮债。
不敢大步阔行。只得徐行短迈。怕的是狼牙石龟背阶。上台基
左歪右歪。又不敢着楦排。只好倒吊起朝阳晒。雍熙乐府一八　北宫
词纪外集五

　　北宫词纪外集注元人作。

志　感

不读书有权。不识字有钱。不晓事倒有人夸荐。老天只恁忒心
偏。贤和愚无分辨。折挫英雄。消磨良善。越聪明越运蹇。志
高如鲁连。德过如闵骞。依本分只落的人轻贱。雍熙乐府一七　北宫
词纪外集六

　　雍熙乐府此二首题作自述。北宫词纪外集注元人作。

不读书最高。不识字最好。不晓事倒有人夸俏。老天不肯辨清
浊。好和歹没条道。善的人欺。贫的人笑。读书人都累倒。立
身则小学。修身则大学。智和能都不及鸭青钞。雍熙乐府一七　北宫
词纪外集六

〔中吕〕满庭芳

霜天月满。渔歌江浦。鹤唳林峦。小舟尽日随烟爨。世味休干。
芦花被山中冷暖。芰荷裳身上衣冠。无人唤。鸡声不管。高枕
听鸣湍。阳春白雪前集五

疏林暮鸦。聚鱼远浦。落雁寒沙。青山隐隐夕阳下。远水蒹葭。鸭头绿一江浪花。鱼尾红几缕残霞。云帆挂。星河客槎。万里寄天涯。<small>阳春白雪前集五　梨园乐府中</small>

<small>　　阳春白雪聚鱼原作聚看。梨园乐府此句作聚鱼秋浦。兹据以改看为鱼。</small>

红消杏脸。欢娱渐少。愁闷重添。聊云雾雨恩情俭。断当着拘钤。成不成虚教人指点。是不是先巴馒伤廉。一做一个十分酽。他爱的便沾。我爱的俺娘嫌。<small>梨园乐府中</small>

无情妳妳。同心剪碎。连理截开。虚恩情分等儿秤盘着卖。乔商量的那顿抢白。做嘴脸是追魂的变态。冷鼻凹是板障的招牌。不拣谁难教赛。若是孔方兄到来。便禁住俺娘乖。<small>梨园乐府中</small>

牙恰母亲。吹回楚雨。喝退湘云。把丽春园扭做了迷魂阵。教别人进退无门。心恶叉偏毒最狠。性拗搜少喜多嗔。百般的都难亲近。除是邓通钱几文。便医治了俺娘哏。<small>梨园乐府中</small>

残红万点。春归愁在。钱苦情甜。契丹家擗绰了穷双渐。两下里心绪恹恹。气结就秋云冉冉。泪浑成暮雨纤纤。多半折裙腰掩。淹淹渐渐病染。都只为俺娘严。<small>梨园乐府中</small>

红儿侍寝。云窗共枕。月馆同衾。俺家里栾风卖雨无门禁。处了亲临。趱下百十笼轻罗异锦。藏下五七箱美玉良金。不干家呵图个甚。寒邪气不侵。才称了俺娘心。<small>梨园乐府中</small>

教人笑倒。身不闲扰扰。口不住嘲嘲。把粉红情骂做了鸦青钞。生拆散凤友鸾交。五代史般聒聒炒炒。八阳经般絮絮叨叨。动不动寻人闹。罗织人左错。谁不怕俺娘焦。<small>梨园乐府中</small>

腰如弱柳。稍添些憔悴。微减动风流。芙蓉娇艳经霜瘦。怕到深秋。我嫁了个攀蟾的配偶。他别无个接按的把头。除我外又无亲旧。若得个不恰好证候。我也替俺娘忧。<small>梨园乐府中</small>

花残暮春。芳心恨冗。眉黛愁新。幸然有个人存问。婆婆处分

特狠。许下物腾本的要稳。苦了钱然后成亲。转首便绝了情分。点茶汤也犯本。且陪笑俺娘嗔。_{梨园乐府中}

特狠原作特限。

芙蓉欲蕊。枫林未染。梧叶初飞。扶疏芳树知秋意。恨染沉疾。粉骷髅安了个嘴鼻。木胎儿画上片人皮。但见的道我哏憔悴。不嫁人等甚的。谁敢对俺娘题。_{梨园乐府中}

胜如继母。只贪财物。岂辨贤愚。白沾热噷强韬庮。偏嫌那者也之乎。将回文锦生抟做抹布。把义娼行白改做休书。普天下伤人的物。最哏的是噭狼饿虎。也不似俺娘毒。_{梨园乐府中}

婆婆最奸。鍮石镯钏。锡镴钗环。他道是锦衣裳到不如家常扮。妆点就孤寒。破鹤袖补衲的百般。旧裙腰台色到十番。袄儿碎裙儿烂。一身上破绽。出落着俺娘悭。_{梨园乐府中}

娘毒似蝎。无钱撒撇。有钞和协。突柱门不律头天生劣。不肯输半点儿亏折。才有钞不须用税说。但无钱枉废了唇舌。不见钱便无亲热。把冷鼻凹僻者。谁敢问俺娘赊。_{梨园乐府中}

枉乖柳青。贪食饿鬼。劫镘妖精。为几文口含钱做死的和人竞。动不动舍命亡生。向鸣珂巷里幽囚杀小卿。丽春园里迭配了双生。莺花寨埋伏的硬。但开旗决赢。谁敢共俺娘争。_{梨园乐府中}

尘蒙绣榻。香销罗帕。串冷金鸭。小牢诚近日铺谋大。今夜谁家。云去云来月华。窗明窗暗梅花。西厢下。眼睁睁望他。和泪倚琵琶。_{梨园乐府中}

花笺谩写。屏闲翡翠。梦冷胡蝶。青山两岸分吴越。盼杀人也。不厮见都无话说。既相逢怎忍离别。春寒夜。伤心那些。灯暗月儿斜。_{梨园乐府中}

功名路险。先寻个走智。休等人嫌。吕公绦已换了朱云剑。一笑掀髯。泛赤壁狂游子瞻。赋黄花归去陶潜。何处村醪酽。牧

童指点。柳外出青帘。梨园乐府中

乾坤草庐。些儿名利。如许头颅。为其中自有千钟禄。误嫌得
读书。龙泉剑结末了子胥。犊鼻裈蹭蹬杀相如。瓜田暮。不如
老圃。醉后赋闲居。梨园乐府中

风尘艳娃。堪题堪咏。堪羡堪夸。朱唇檀口些娘大。脸衬桃花。
理冰弦纤纤银甲。步香尘窄窄刀麻。天生下。温柔典雅。端的
玉无瑕。雍熙乐府一九 彩笔情辞五

　　彩笔情辞注元人辞。与雍熙乐府题俱作风月。

〔中吕〕红绣鞋

老夫人宽洪海量。去筵席留下梅香。不付能今朝恰停当。款款
的分开罗帐。慢慢的脱了衣裳。却原来纸条儿封了裤裆。残元本
阳春白雪二 钞本阳春白雪前集四 乐府群珠四

　　乐府群珠题作偷欢。〇钞本阳春白雪纸条儿作纸条来。群珠不付能作不能得。

掐掐拈拈寒贱。偷偷抹抹姻缘。幕天席地枕头儿砖。或是厨灶
底。马栏边。忍些儿却怕敢气喘。残元本阳春白雪二 钞本阳春白雪前集
四 乐府群珠四

　　钞本阳春白雪三句无儿字。

背地里些儿欢笑。手梢儿何曾汤著。只听得擦擦鞋鸣早来到。
又那里挨窗儿听。倚门儿瞧。把我一个敢心都諕了。残元本阳春白
雪二 钞本阳春白雪前集四 乐府群珠四

　　钞本阳春白雪手梢作手指。只听作那听。

不甫能寻得个题目。点银灯推看文书。被肉铁索夫人紧缠住。
又使得他煎茶去。又使得他做衣服。倒熬得我先睡去。残元本阳春
白雪二 钞本阳春白雪前集四 乐府群珠四

恰睡到三更前后。款款的擦下床头。不隄防饯酒夫人被窝儿里
搜。这场事无干净。这场事怎干休。諕得我摸盆儿推净手。残元

本阳春白雪二　乐府群珠四

　　残元本阳春白雪前后作归后。嬾酒作带酒。

手约开红罗帐。款抬身擦下牙床。低欢会共你著银釭。轻轻的鞋底儿放。脚不敢把地皮儿汤。又早被这告舌头门扇儿响。残元本阳春白雪二　钞本阳春白雪前集四　乐府群珠四

　　阳春白雪低作底。两本同。

款款的分开罗帐。轻轻的擦下牙床。栗子皮踏著不隄防。惊得胆丧。諕得魂扬。便是震天雷不恁响。残元本阳春白雪二　钞本阳春白雪前集四　乐府群珠四

虽是间阻了咱十朝五夜。你根前没半米儿心别。不甫能带酒的夫人睡著些。休死势。莫佯斜。直睡到他觉来时回去也。残元本阳春白雪二　钞本阳春白雪前集四　乐府群珠四

　　残元本阳春白雪回作悔。钞本阳春白雪睡作作睡得。

结斜里焦天撒地。横枝儿苫眼铺眉。吉料子三千般儿碎收拾。被窝儿里闲唧哝。枕头儿上冷禁持。又是那没前程的调泛你。残元本阳春白雪二　钞本阳春白雪前集四　乐府群珠四

　　两本阳春白雪冷禁持俱作令填持。钞本白雪吉料子作吉斜子。

背地里些儿欢爱。对人前怎敢明白。情性的夫人又早撞将来。拦著粉颈。落香腮。喫取他几下红绣鞋。残元本阳春白雪二　钞本阳春白雪前集四　乐府群珠四

　　钞本阳春白雪颈作头。群珠落香腮作托着香腮。

小妮子顽涎不退。老敲才饱病难医。做死的人前讳昧食。也不索便问事。也不索下钳锤。对我喫半碗带冰凌的凉酪水。残元本阳春白雪二　钞本阳春白雪前集四　乐府群珠四

　　两本阳春白雪难医俱作莫医。残元本白雪便问事作使问事。钞本白雪事作妻。索下作索索。

丽日和风柳陌。花开相间红白。见游人车马闹该该。王孙争蹴踘。仕女赌金钗。直喫得醉颜桃杏色。梨园乐府下　乐府群珠四

乐府群珠题作春游。

霜落荷枯柳败。风清天淡云白。靸西山拂袖步苍苔。黄花簪两
鬓。白酒晕双腮。直喫得醉颜红叶色。<small>梨园乐府下　乐府群珠四</small>

乐府群珠题作秋赏。

楚霸王休夸勇烈。汉高皇莫说豪杰。一个举鼎拔山一个斩白蛇。
汉陵残月照。楚庙暮云遮。二英雄何处也。<small>梨园乐府下　乐府群珠四</small>

<small>此首及次首乐府群珠题作慨古。</small>

搬兴废东生玉兔。识荣枯西坠金乌。富贵荣华待何如。斩白蛇
高祖胜。举鼎霸王输。都做了北邙山下土。<small>梨园乐府下　乐府群珠四</small>

<small>梨园乐府搬作般。兹从群珠。群珠白蛇作蛇。</small>

韩信机谋枉用。项羽争战无功。一般潇洒月明中。霸王刎乌江
岸。韩侯斩未央宫。都做了北邙山下冢。<small>乐府群珠四　雍熙乐府一八</small>

<small>乐府群珠次句作楚王争竞无功。下冢作一片冢。</small>

一个千钟美禄。一个石粟之储。天理如何有荣枯。三十二居陋
巷。二十四位中书。都做了北邙山下骨。<small>乐府群珠四　雍熙乐府一八</small>

<small>群珠千钟上有日请二字。石粟作家无儋石。荣枯作偏枯。四五句作。一个三十
二上居陋巷。一个二十四考做中书。骨作土。</small>

开放眼春风锦树。转回头暮景桑榆。富贵贫穷待何如。石崇曾
居金谷。阮籍曾哭穷途。都做了北邙山下土。<small>梨园乐府下　乐府群珠</small>
<small>四　雍熙乐府一八</small>

<small>雍熙乐府开放作开。转回作转。又与群珠哭俱作泣。</small>

岳王兴邦死狱。秦相废国居枢。两个兴废事何如。忠义祠神像。
奸宄杖身躯。都做了北邙山下骨。<small>雍熙乐府一八</small>

<small>前列四曲雍熙乐府题作叹世。不注撰人。其一至三首乐府群珠亦不注撰人。兹
以其第三首见梨园乐府。而自末句观之。四曲应为一人作。故全辑之。</small>

窗外雨声声不住。枕边泪点点长吁。雨声泪点急相逐。雨声儿
添凄惨。泪点儿助长吁。枕边泪倒多如窗外雨。<small>梨园乐府下　乐府群</small>

珠四

　　群珠题作离愁。

看黄卷消磨永夜。就银釭挑绣些些。倒在我怀儿里撒乜斜。见他将文册放。我索将女工叠。不良才又是也。_{梨园乐府下　乐府群}

珠四

　　群珠题作工馀乐事。

伸玉臂把才郎搂定。束纤腰不整乌云。美绀绀舌尖儿冷丁丁。低声叫。悄声应。咱两个亲的来不待亲。_{梨园乐府下}

这场怪其实难做。又不敢明白的扯拽揪摔。止不过背地里没人处说些言语。有人处偷睛儿看。看着他落声长吁。空教人眼欢娱心受苦。_{梨园乐府下　乐府群珠四}

　　此首及次首群珠题作恩情未偶。

我为你喫娘打骂。你为我弃业抛家。我为你胭脂不曾搽。你为我休了媳妇。我为你剪了头发。咱两个一般的憔悴煞。_{梨园乐府下　乐府群珠四　雍熙乐府一八}

　　群珠胭脂作脂粉。雍熙喫作受。弃业抛作折挫浑。胭脂作胭粉。四五句作。姊妹行担了些利害。姑嫂前受了些波查。一般作双双。群珠又有红绣鞋恩爱三首。其第三首与此曲极相类似。兹录于此。曲曰。你为我喫娘打骂。我为你弃了浑家。你为我脂粉不曾搽。我为你担些儿利害。受了些波查。下场头双双地憔悴杀。

强打叠精神怎过。思量的做不得生活。越思量越间阻越情多。思量的身憔悴。思量的似风魔。思量煞也怎奈何。_{梨园乐府下}

孤雁叫教人怎睡。一声声叫的孤凄。向月明中和影一双飞。你云中声嘹喨。我枕上泪双垂。雁儿我你争个甚的。_{梨园乐府下}

生来的千般娇态。柳眉杏脸桃腮。不长不短俏身才。高挽着乌云髻。斜插着凤头钗。窄弓弓红绣鞋。_{梨园乐府下}

一两句别人闲话。三四日不把门踏。五六日不来呵在谁家。七

八遍买龟儿卦。久已后见他么。十分的憔悴煞。<small>梨园乐府下 乐府群</small>
<small>珠四</small>

    <small>群珠题作忆情。</small>

又不是天魔鬼祟。又不是触犯神祇。又不曾坐筵席伤酒共伤食。
师婆每医的鬼祟。大夫每治的沉疾。可教我羞答答说甚的。<small>梨园</small>
<small>乐府下</small>

嘲妓刘黑麻

莫不是捧砚时太白墨洒。莫不是画眉时张敞描差。莫不是蜻蜓
飞上海棠花。莫不是玄香染。莫不是翠钿压。莫不是明皇妃坠
下马。<small>雍熙乐府一八 北宫词纪外集五 彩笔情辞一一</small>

    <small>北宫词纪外集彩笔情辞俱注元人作。</small>

手腕儿白似鹅翅。指头儿嫩似葱枝。玉抬盘捧定水晶卮。话儿
甜来尽让。意儿勤不推辞。把一个贾长沙险醉死。<small>雍熙乐府一八</small>
<small>彩笔情辞四</small>

    <small>彩笔情辞注元人辞。题作赠妓。雍熙乐府题作题情。○情辞抬作台。</small>

〔中吕〕普天乐

夜深沉。秋潇洒。风筛槛竹。雾锁窗纱。绣幕垂。朱扉扃。霜
落梧桐雕阑谢。月明天啼杀宫鸦。香销宝鸭。帘敲玉马。灯谢
瑶花。<small>残元本阳春白雪二 乐府群珠四</small>

    <small>乐府群珠题作秋夜闺思。○残元本阳春白雪及群珠扈俱作亚。兹从任校。白雪</small>
<small>雕阑谢作雕阑三。</small>

海棠娇。梨花嫩。春妆成媚色。玉揿就精神。柳眉颦翡翠弯。
杏脸腻胭脂晕。款步香尘双鸳印。立东风一片巫云。淹的转身。
嘻的暗哑。参的销魂。<small>残元本阳春白雪二 乐府群珠四</small>

    <small>群珠题作春闺思。○群珠改淹为厌。改参为划。片作朵。</small>

木犀风。梧桐月。珠帘鹦鹉。绣枕胡蝶。玉人娇一晌欢。碧酝酿十分悦。断角疏钟淮南夜。撼西风唤起离别。知他是团圆也梦也。欢娱也醉也。烦恼也醒也。<small>残元本阳春白雪二　乐府群珠四</small>

　　<small>群珠题作秋夜闺思。</small>

大德天寿贺词

凤凰朝。麒麟见。明君天下。大德元年。万乘尊。诸王宴。四海安然朝金殿。五云楼瑞霭祥烟。群臣顿首。山呼万岁。洪福齐天。<small>中原音韵琐非序</small>

嘲风情

楚台云。秦楼月。云生时月缺。月满处云遮。磨杆儿汤着折。炮架儿实难拽。柳宠花娇恩情热。识破也便是英杰。姐姐每将虾钓鳖。哥哥每撩蜂剔蝎。婆婆每打草惊蛇。<small>盛世新声戌集　词林摘艳一　乐府群珠四　北宫词纪外集五</small>

　　<small>乐府群珠题作咏妓家。北宫词纪外集题作嘲风情。连次曲共二首。外集注元人作。他书不注撰人。</small>

让与您。逞偻偻。轮到咱妆痴佤。酌别了浓妆艳裹。拜辞了妙舞清歌。暖烘烘热被窝。沉点点精银颗。又道孩儿是陪钱货。恨不的把黄金砌就鸣珂。姐姐每钻冰取火。婆婆每指山卖磨。哥哥每担雪填河。<small>盛世新声戌集　词林摘艳一　乐府群珠四　北宫词纪外集五</small>

　　<small>盛世新声词林摘艳乐府群珠轮到下俱无咱字。词纪外集咱作俺。佤作傗。</small>

〔中吕〕喜春来

潇潇夜雨滋黄菊。飒飒金风翦翠梧。青灯相伴影儿孤。闻禁鼓。长夜睡应无。<small>残元本阳春白雪二　乐府群珠一</small>

乐府群珠题作秋夜。

笔头风月时时过。眼底儿曹渐渐多。有人问我事如何。人海阔。
无日不风波。残元本阳春白雪二　乐府群珠一

金钗剪烛金莲冷。玉鼎添香玉笋轻。软红深处听莺声。良夜永。
樽有酒且消停。残元本阳春白雪二　乐府群珠一

伤心白发三千丈。过眼金钗十二行。老来休说少年狂。都是谎。
樽有酒且徜徉。残元本阳春白雪二　乐府群珠一

黄金转世人何在。白日飞升谁见来。刘晨再要访天台。休分外。
樽有酒且开怀。残元本阳春白雪二　乐府群珠一

江山不老天如醉。桃李无言春又归。人生七十古来稀。图甚的。
樽有酒且舒眉。残元本阳春白雪二　乐府群珠一

推回尘世光阴磨。织老愁机日月梭。得婆娑处且婆娑。休笑我。
樽有酒且高歌。残元本阳春白雪二　乐府群珠一

座间明月清风我。门外红尘紫陌他。闲评鼎鼐怎调和。皆未可。
樽有酒且高歌。残元本阳春白雪二　乐府群珠一

春方好处花将过。人到荣时发已皤。求田问舍待如何。皆未可。
樽有酒且高歌。残元本阳春白雪二　乐府群珠一

芝兰满种功难就。荆棘都除力未周。百年心事两眉头。除是酒。
消尽古今愁。残元本阳春白雪二　乐府群珠一

乐府群珠题作遣怀。

黄花篱下虽云乐。赤壁矶头气更豪。矶头篱下两相高。诗兴豪。
沉醉乐陶陶。残元本阳春白雪二　乐府群珠一

乐府群珠题作慨古。○残元本阳春白雪脱矶头篱下四字。兹从乐府群珠。

四　节

海棠过雨红初淡。杨柳无风睡正酣。杏烧红桃剪锦草揉蓝。三

月三。和气盛东南。太平乐府四　梨园乐府中　乐府群珠一

> 元刊本瞿本太平乐府揉俱作操。梨园乐府明大字本何钞本太平乐府俱作揉。梨
> 园红作林。剪作铩。

垂门艾挂狰狰虎。竞水舟飞两两凫。浴兰汤斟绿醑泛香蒲。五
月五。谁吊楚三闾。太平乐府四　乐府群珠一

天孙一夜停机暇。人世千家乞巧忙。想双星心事密话头长。七
月七。回首笑三郎。太平乐府四　乐府群珠一

> 元刊本瞿本太平乐府想作相。兹从明大字本何钞本太平乐府及群珠。何钞本暇
> 作杼。

香橙肥蟹家家酒。红叶黄花处处秋。极追寻高眺望绝风流。九
月九。莫负少年游。太平乐府四　乐府群珠一

海棠颜色娇宜雨。杨柳腰肢瘦怯风。樱唇一点吐微红。可喜种。
怎落在此门中。梨园乐府中　乐府群珠一

> 乐府群珠题作赠妓。○群珠末句无怎字。

有如杨柳风前瘦。恰似桃花镜里羞。嫩红娇绿已温柔。从别后。
虽瘦也风流。梨园乐府中　乐府群珠一

> 乐府群珠题作闺情。○群珠三句作娇红嫩绿寄温柔。别后作去后。

笔端写出苏黄字。才调吟成李杜诗。潘安容貌沈腰肢。可喜死。
是一个俊人儿。梨园乐府中　乐府群珠一

> 乐府群珠题作赠情人。

眼横秋水双波溜。眉耸春山八字愁。别来谁伴上妆楼。如转首。
庭树忽惊秋。梨园乐府中　乐府群珠一　雍熙乐府一九

> 乐府群珠题作离恨。雍熙乐府题作盼望。○群庭树作叶树。雍熙同。

玉鞭杨柳春风陌。绣毂梨花夜月阶。楚云湘雨梦阳台。休分外。
花柳暗尘埃。梨园乐府中　乐府群珠一　雍熙乐府一九

> 此曲为荆幹臣醉春风红袖霞飘彩套数之一支。各选本既以无名氏小令形式出
> 之。兹亦辑之。校记参阅荆幹臣曲。

锦堂帘幕香风细。兰柱秋千夜月低。此情惟有落花知。人未归。愁听杜鹃啼。_{梨园乐府中　乐府群珠一}

乐府群珠题作忆情。下列愁怀似织情如醉同题。○梨园乐府惟有作谁有。

淡烟微雨骊山晚。红叶黄花渭水寒。霓裳一曲破潼关。锦树残。闲煞玉阑干。_{梨园乐府中　乐府群珠一}

乐府群珠题作挽杨妃。

为闻金缕歌讴彻。不觉银瓶酒尽绝。管弦楼外月儿斜。沉醉也。不记玉人别。_{残元本阳春白雪二　梨园乐府中　乐府群珠一}

乐府群珠题作夜宴。○残元本阳春白雪为闻作才闻。歌讴作歌声。群珠俱同。

水光山色堪图画。野鸭河豚味正佳。竹篱茅舍两三家。新酒压。客至捕鱼虾。_{梨园乐府中　乐府群珠一}

乐府群珠题作田家。○群珠图画作描画。

湘裙半露金莲剪。翠袖轻舒玉笋纤。花钿宜点黛眉尖。可喜脸。争忍立谦谦。_{梨园乐府中　乐府群珠一　雍熙乐府一九}

乐府群珠题作佳遇。下列梦回酒醒初更过同题。雍熙乐府题作忆美。下列不能够欢会空能够看同题。○梨园乐府脸作敛。兹从群珠。群珠剪作褺。二句作锦袖微揸玉指纤。点黛作贴翠。雍熙剪作瓣。翠作锦。后三句作。粉面宜贴翠花钿。可喜娘。争笑色妍妍。

窄裁衫裉安排瘦。淡扫蛾眉准备愁。思君一度一登楼。凝望久。雁过楚天秋。_{梨园乐府中　乐府群珠一　雍熙乐府一九}

乐府群珠题作闺情。雍熙乐府题作盼望。○群珠裉作袖。末二句作音信杳。望断楚天秋。雍熙末二句同群珠。惟杳作久。

不能够欢会空能够看。没乱煞心肠受用煞眼。一番相见一番难。几步间。如隔万重山。_{梨园乐府中　乐府群珠一　雍熙乐府一九}

乐府群珠题作离恨。雍熙乐府题作忆美。○群珠煞眼作了眼。一番相见作一回相见。几步作数步。雍熙首二句作。不能欢会空偷看。费煞心肠受用眼。下二句同群珠。

梦回酒醒初更过。月转南楼二鼓过。玉人低唤粉郎呵。休睡波。

良夜苦无多。<small>梨园乐府中　乐府群珠一</small>

　　<small>乐府群珠题作佳遇。〇群珠南楼作廊西。三句作佳人伴笑问郎呵。波作么。</small>

愁怀似织情如醉。终日无心扫黛眉。良宵独自守孤帏。人未归。
愁听子规啼。<small>梨园乐府中　乐府群珠一</small>

冰肌自是生来瘦。那更分飞两下愁。别离情苦思悠悠。何日休。
似水向东流。<small>梨园乐府中　乐府群珠一</small>

　　<small>乐府群珠题作间阻。</small>

家家艾虎悬朱户。处处菖蒲泛绿醑。浴兰汤缠彩索佩灵符。五
月五。谁吊楚三闾。<small>梨园乐府中　乐府群珠一</small>

　　<small>梨园乐府此曲之前尚有咏上巳之海棠遇雨红初淡一首。曲文与太平乐府所收四
　　节第一首相同。已辑于前。两书端阳七夕重九三首颇有异文。兹视为另曲分别
　　辑之。不作校记。群珠此曲之前无咏上巳一首。此首题作端阳。</small>

银河耿耿无云翳。乌鹊哓哓不夜栖。合双星言密约会佳期。七
月七。回首泪沾衣。<small>梨园乐府中　乐府群珠一</small>

　　<small>乐府群珠题作七夕。</small>

紫萸荐酒人怀旧。红叶经霜蟹正秋。乐登高闲眺望醉风流。九
月九。莫负少年游。<small>梨园乐府中　乐府群珠一</small>

　　<small>乐府群珠题作重阳。</small>

芙蓉烛底花开锦。杨柳楼头日弄阴。象牙床鸳鸯枕凤凰衾。休
去寝。一片虎狼心。<small>梨园乐府中　乐府群珠一</small>

　　<small>乐府群珠题作风情。次首衔接。标一又字。</small>

冠儿褙子多风韵。包髻团衫也不村。画堂歌管两般春。伊自忖。
为烟月做夫人。<small>梨园乐府中　乐府群珠一</small>

两行带草连真字。四句尤云殢雨诗。东风吹与那人儿。他见时。
知我害相思。<small>乐府群珠一　雍熙乐府一九　彩笔情辞一一</small>

　　<small>雍熙乐府题作离思。彩笔情辞题作病思。注元人辞。</small>

〔中吕〕四换头

清明时候。才子佳人醉玉楼。纷纷花柳。飘飘襟袖。行歌载酒。花老人依旧。<small>梨园乐府下　乐府群珠一　雍熙乐府二〇</small>

<small>　　此首与下三首衔接。梨园乐府无题。乐府群珠题作一年景。雍熙乐府题作</small>
<small>　　四时。</small>

西湖烟岸。莲荡风生六月寒。邻船歌板。诗囊文翰。醉馀兴阑。悲有限欢无限。<small>梨园乐府下　乐府群珠一　雍熙乐府二〇</small>

<small>　　雍熙歌板作歌妓。</small>

江湖豪迈。为惜黄花归去来。名无言责。身无俗债。任家私偪窄。但醉里乾坤大。<small>梨园乐府下　乐府群珠一　雍熙乐府二〇</small>

<small>　　雍熙身无作利无。无任字。</small>

冲寒乘骑。信步孤山为访梅。溪桥流水。云林斜日。三花五蕊。漏泄了春消息。<small>梨园乐府下　乐府群珠一　雍熙乐府二〇</small>

<small>　　群珠雍熙漏泄俱作泄漏。</small>

两叶眉头。怎锁相思万种愁。从他别后。无心挑绣。这般证候。天知道和天瘦。<small>梨园乐府下　乐府群珠一　雍熙乐府二〇</small>

<small>　　梨园乐府与下二首衔接。无题。群珠雍熙并题作相思。〇雍熙这般作这般样。</small>
<small>　　知道作知也。</small>

从他别后。满眼风光总是愁。实心儿有。须索禁受。为他些证候。迤逗的人来瘦。<small>梨园乐府下　乐府群珠一　雍熙乐府二〇</small>

牵肠割肚。一自别来信也无。多情何处。教人思虑。凭阑伫目。空望断遥天暮。<small>梨园乐府下　乐府群珠一　雍熙乐府二〇</small>

<small>　　梨园乐府割作阁。雍熙阑伫作阑干触。</small>

东墙花月。好景良宵恁记者。低低的说。来时节。明日早些。不志诚随灯灭。<small>梨园乐府下　乐府群珠一</small>

<small>　　群珠题作约情。</small>

声说不的。满腹离愁诉与谁。负心天识。酪子里输了身起。呆
才好看。自做得不出气。<small>梨园乐府下</small>

言盟说誓。岂信闲人讲是非。忘餐失寐。形骸憔悴。猛然间想
起。落得声长吁气。<small>梨园乐府下　乐府群珠一　雍熙乐府二〇</small>

　　群珠此首及次首题作相思。〇雍熙得声作儿声。

佳人薄命。懊恼东君忒世情。风流心性。愁成病。知他是怎生。
不住口提名姓。<small>梨园乐府下　乐府群珠一　雍熙乐府二〇</small>

　　群珠佳人上有则是二字。雍熙首句作非咱薄倖。心性作情性。

题　情

堪描堪画。鬈绾乌鸦脸衬霞。灯儿直下。揪住了么。可喜的我
儿。说一句真实话。<small>雍熙乐府二〇　彩笔情辞四</small>

　　题从雍熙乐府。连次首。彩笔情辞题作丽情。注元人辞。〇雍熙了么作子么。

因咱闲暇。有个人儿来到家。帘儿直下。偷睛抹。牵情的我儿。
先打换香罗帕。<small>雍熙乐府二〇　彩笔情辞四</small>

〔中吕〕乔捉蛇

毒似两头蛇。狠如双尾蝎。闪的我无情无绪无归着。几时几时
挨得彻。愁一会闷一会。柔肠千万结。将耳朵儿撅了把金莲踏。
<small>太和正音谱下　乐府群珠一　北词广正谱　九宫大成一三　元明小令钞</small>

　　乐府群珠题作别恨。〇太和正音谱双尾作双烬。

〔中吕〕快活三过朝天子

芝兰种不生。荆棘乱纵横。偶因命快得个虚名。只管望前挣。
紧行。慢行。赶不上休击竞。干戈蛮触枉了战争。世事皆前定。
春水孤舟。秋风三径。也强如暮登台朝入省。三槐堂政声。五

柳庄暮景。有识见彭泽令。<small>梨园乐府下　乐府群珠一</small>

<small>乐府群珠题作知机。○群珠击竞作争竞。</small>

虽贫乐有馀。不义富何如。钟鸣漏尽强支吾。划地巴活路。逆取。顺取。一分也将不去。千间大厦驷马车。总不是安身处。蜀道铜山。石崇金谷。祸临身财未足。西州路痛哭。北邙山洞土。栽不迭白杨树。<small>梨园乐府下　乐府群珠一</small>

<small>乐府群珠题作叹世。○梨园乐府一分也三字模糊不可识。兹据群珠补。群珠活路作活计。</small>

身子儿似袅娜。美脸儿赛过姮娥。恰才相见便情合。离了他半霎儿应难过。想他。念他。镇日耽寂寞。恹煎成病怎生奈何。早晚着床卧。亲检名方。真诚修合。自炮爁自捣罗。若得我病可。除非是见他。药引子舌尖上唾。<small>梨园乐府下　乐府群珠一</small>

<small>乐府群珠题作题情。○梨园乐府我病可作成病可。群珠怎生作怎。</small>

抛离了花月朝。倚阁起凤鸾交。将缠头红锦换些柴烧。把买笑黄金塑。尽教。尽教。从他烈火烧了祅庙。蓝桥一任水迢迢。锹撅断阳台道。谢馆秦楼。翻成书阁。修文词攻武略。把锦套头放着。将磨杆儿撇却。教有力的姨夫闹。<small>梨园乐府下　乐府群珠一</small>

<small>乐府群珠题作妓家。○梨园乐府些柴。锹撅。谢。杆儿撇诸字俱模糊不可识。兹据群珠补。末句的作程。闹作阆。兹并从群珠。群珠塑作料。烧了作烧。</small>

〔中吕〕十二月过尧民歌

静惨惨烟霞岭外。响潺潺涧水桥西。光灿灿银河倒泻。高耸耸碧玉盘堆。满山满树幽微景致。锦模糊一带屏围。更有紫藤花青竹笋蕨芽肥。兀良只见黄芦岸白苹渡绿杨隄。香拂拂几株梅树傍疏篱。红灼灼数枝桃杏出柴扉。哎。云笛。云笛。闲拈月下吹。不羡他浮名利。<small>梨园乐府下　太和正音谱下　乐府群珠一　雍熙乐府二○　九宫大成一三　元明小令钞</small>

乐府群珠及雍熙乐府俱连下一首题作道情。梨园乐府及群珠以前四句为十二月。雍熙乐府合两曲标尧民歌。俱误。兹从太和正音谱九宫大成。○梨园灿灿作灿烂。太和正音谱惨惨作巉巉。外作北。银河作银江。满树作树。拂拂作馥馥。无哎字。末句无他字。雍熙首句同正音谱。哎。云笛。云笛。作吹云笛。吹云笛。九宫大成元明小令钞俱同正音谱。惟仍作银河。小令钞无兀良只见香馥馥红灼灼等字。

一个青鸦鸦门栽五柳。一个虚飘飘海内云游。一个翠巍巍深山隐迹。一个响潺潺渭水垂钓。都弃了金章紫绶。倒大来散诞逍遥。一个未央宫钝剑锯了咽喉。一个晋家宫分明五车休。一个乌江岸饮气自挥了头。一个大梁王彭越醢了尸首。公侯。功名甚日休。枉了干生受。梨园乐府下　乐府群珠一　雍熙乐府二○

梨园群珠垂钓俱作垂钓。兹从雍熙。雍熙逍遥作优游。自挥了头作刀挥首。枉作枉费。

看看的相思病成。怕见的是八扇帏屏。一扇儿双渐小卿。一扇儿君瑞莺莺。一扇儿越娘背灯。一扇儿煮海张生。一扇儿桃源仙子遇刘晨。一扇儿崔怀宝逢着薛琼琼。一扇儿谢天香改嫁柳耆卿。一扇儿刘盼盼昧杀八官人。哎。天公。天公。教他对对成。偏俺合孤另。梨园乐府下　乐府群珠一　雍熙乐府二○

群珠雍熙题俱作相思。○群珠昧作眛。雍熙昧作财。哎天公天公作教天公教天公。末句作怎偏俺何孤另。

〔中吕〕齐天乐过红衫儿

叹　世

茅庵草舍活计。直喫的醺醺醉如泥。喫的尽醉方归。咂清歌道童声齐。相随。乐乐跎跎。又不管是非。快活了一日。一朝便宜。闲时节看古书。闷把青山对。归去来兮。一带山如翠。牢把柴门闭。危来催。危来催。不恋荣华贵。不如饮金杯。饮金

杯。一世儿清闲落得。<small>梨园乐府下　乐府群珠一</small>

<small>梨园乐府饮金杯作歌金杯。</small>

幽　居

常笑屈原独醒。理论甚斜和正。浑清。争。一事无成。汨罗江倾送了残生。无能。我料这里直。难买人世情。顺时和光。倒得安宁。静处潜。深山里隐。且养疏慵。愿学陶渊明。卸印归三径。不争名。不争名。曾共高人论。且妆惛。且妆惛。识破南柯梦境。<small>梨园乐府下　乐府群珠一</small>

<small>梨园乐府愿原作厓。乐府群珠误此字为一旦二字。</small>

玩　世

秦宫汉阙豪奢。到如今实难曰。伤嗟。些。土尽灰竭。叹消磨多少贤哲。豪杰。百代功名。千年志节。半霎南柯。一梦胡蝶。尘外人。林中客。甘分闲也。弗使心饕餮。只要身常洁。且妆呆。且妆呆。静把柴门闟。晋朝耶。魏朝耶。指落花无言自说。

<small>梨园乐府下　乐府群珠一</small>

村　居

农家畏日炎天。避暑在黄芦堰。林泉。边。跣足而眠。有忘忧白鹭红鸳。堪怜。斗举香醪。齐歌采莲。悲意忘形。乐矣欣然。瓦缶斟。磁瓯里劝。邻叟相传。除此于飞愿。只此予终愿。更无言。更无言。盏盏干干咽。不留涓。不留涓。一饮一个前合后偃。<small>梨园乐府下　乐府群珠一</small>

<small>梨园乐府红鸳作红央。央即鸯之简体。兹据群珠。</small>

题　情

孤眠怎睡今宵。更那堪孤灯儿照。心焦。焦。宝鼎内香烧。画檐间铁马儿轻敲。风梢。一弄儿凄凉。都来的吵闹。促织儿纱窗。絮絮叨叨。想起来。添烦恼。不觉的斜月上花梢。天外宾鸿叫。有梦还惊觉。好心焦。好心焦。盛添十年老。畅难熬。畅难熬。断人肠金鸡报晓。梨园乐府下　乐府群珠一

乐府群珠纱窗下有外字。

闺　怨

孤眠冷冷清清。恰才则人初静。又被和风。风。吹灭残灯。不由的见景生情。伤心。暗想才郎。全无些志诚。月下星前。海誓山盟。想起来。添愁闷。不觉的倒枕翻衾。窗外寒风动。吹觉南柯梦。好伤情。好伤情。独自珊瑚枕。泪如倾。泪如倾。眼见的我今春瘦损。梨园乐府下

清字原不叠。星下原脱前字。兹补正。

〔中吕〕快活三过朝天子四换头

叹四美

良辰媚景换今古。赏心乐事暗乘除。人生四事岂能无。不可教轻辜负。唤取。伴侣。正好向西湖路。花前沉醉倒玉壶。香瀊雾红飞雨。九十韶华。人间客寓。把三分分数数。一分是流水。二分是尘土。不觉的春将暮。西园杖屦。望眼无穷恨有馀。飘残香絮。歌残白纻。海棠花底鹧鸪。杨柳梢头杜宇。都唤取春归去。太平乐府四　乐府群珠一　太和正音谱下引四换头　北词广正谱引同　九

官大成一三引同

忆　别

人去后敛翠颦。春归也掩朱门。日长庭静怕黄昏。又是愁时分。
新痕。旧痕。泪滴尽愁难尽。今宵鸳帐睡怎稳。口儿念心儿印。
独上妆楼。无人存问。见花梢月半轮。望频。断魂。正人远天
涯近。长空成阵。雁字行行点暮云。早是多离多恨。多愁多闷。
叮咛的嘱君。若见俺那人。早寄取个平安信。*太平乐府四　乐府群*
珠一

道　情

闲来时看古书。闷来时绕村沽。杖头不索挂葫芦。葫芦提大家
提将去。醉足。睡足。观满眼山无数。堆蓝叠翠列画图。隔断
红尘路。万里长江。烟波深处。但行人问所居。老夫。彼处。
向鹦鹉洲边住。无荣无辱。堪笑朝中都宰辅。韩信埋伏。萧何
法律。张良见世途。子不如闻早归山去。*梨园乐府下收朝天子　乐府群*
珠一

> 梨园乐府此曲仅收朝天子一支。乐府群珠有快活三过朝天子一首。题作乐闲。
> 为前二支。又有快活三过朝天子四换头一首。题作道情。即全曲。○梨园乐府
> 睡下脱足字。无观字。列作列着。里长作顷寒。烟波深处作孤舟横渡。但作
> 有。彼处作隐处。向作在。群珠乐闲一首不索挂作斜挑一。无大家提三字。观
> 作见。叠翠作拥翠。列作列着。隔断作阻隔了。烟波深处作孤舟横渡。但作
> 见。彼处作去处。向作只在。

〔大石调〕初生月儿

初生月儿悬太虚。恰似嫦娥鬓上梳。冰轮未满羡叹处。漫长吁。
离恨苦。冷清清凤只鸾孤。*钞本阳春白雪后集一　雍熙乐府二〇*

初生月儿一半弯。那一半团圆直恁难。雕鞍去后何日还。挨更阑。淹泪眼。虚檐外凭损阑干。<small>钞本阳春白雪后集一　雍熙乐府二〇</small>

　　<small>雍熙次句作一半团圆只恁难。虚檐作画檐。</small>

初生月儿明处少。又被浮云遮蔽了。香消烛灭人静悄。夜迢迢。难睡着。窗儿外雨打芭蕉。<small>钞本阳春白雪后集一　雍熙乐府二〇</small>

初生月儿一似弓。梦里相逢恩爱同。觉来时锦被一半空。去无踪。难再逢。窗儿外烛影摇红。<small>太和正音谱上　雍熙乐府二〇　北词广正谱　九官大成四五　元明小令钞</small>

〔大石调〕阳关三叠

渭城朝雨浥轻尘。更洒遍客舍青青。弄柔凝千缕。更洒遍客舍青青。弄柔凝翠色。更洒遍客舍青青。弄柔凝柳色新。休烦恼。劝君更尽一杯酒。人生会少。富贵功名有定分。休烦恼。劝君更尽一杯酒。旧游如梦。只恐怕西出阳关。眼前无故人。休烦恼。劝君更尽一杯酒。只恐怕西出阳关。眼前无故人。<small>太和正音谱上　北词广正谱　九官大成四五　元明小令钞</small>

〔小石调〕归来乐

罢罢耍耍。茫茫世界尽宽大。五斗米折不得彭泽腰。一碗饭受不得淮阴胯。种几亩邵平瓜。卜几文君平卦。哈哈。快活煞。心窝里无牵挂。耳跟厢没嘈杂。哈哈。世上人劳劳堪讶。

　　<small>清褚稼轩坚瓠集载此曲。谓元人作。共分为两阕。均自罢罢耍耍句起。曲牌作叨叨令带风入松。惟字句与谱不合。九官大成曲牌归来乐。共分五段。注云。归来乐系宋苏轼自度曲。传之已久。未注宫调。旧谱皆未载。今审其声调。旖旎妩媚。当归小石角。纳书楹曲谱从之。兹据九官大成辑录。〇坚瓠集卜作卖。心窝里作心坎上。耳跟厢作耳边。纳书楹曲谱卜作卖。</small>

你看那秦代长城替别人打。汉朝陵寝被偷儿挖。魏时铜雀台。

到如今无片瓦。哈哈。名利场最兜搭。班定远玉门关。枉白了
青丝发。马新息铜柱标。抵不得明珠价。哈哈。却更有几般
堪讶。

坚瓠集末句作。却更有一般堪诧。

动不动说甚么玉堂金马。虚费了文园笔札。只恐怕渴死了汉相
如。空落下文君再寡。哈哈。到头来都是假。总饶你事业伊周。
文章董贾。少不得北邙山下。哈哈。俺归去也呀。

坚瓠集五句哈哈作罢罢要要。总饶你作凭你。哈哈俺归去也呀作俺归去也。自
罢罢要要另成一阕。纳书楹曲谱末句无俺字。

身不关陶唐禹夏。梦不想谋王定霸。容膝的是竹椽茅檐。点景
的是琴棋书画。忘机的是鸥鱼凫鸭。更有那橘柚园遮周匝。兰
地平坡凸凹。俺可也不痴又不呆。不聋又不哑。谁肯把韶光来
虚那。哈哈。俺归去也呀。

坚瓠集谋王作争王。是竹椽茅檐作竹篱茅舍。点景的是作忙手的。忘机的下无
是字。凫鸭以下作。适口的淡饭粗茶。槛外蔷薇高架。庭前兰蕙初卸。俺也不
聋不哑。谁肯把韶光虚谢。纳书楹曲谱兰地平坡作兰蕙坡平。

从负郭问桑麻。遇邻翁数花甲。铁笛儿在牛角上挂。酒瓢儿在
渔竿上插。诗囊儿在驴背上跨。眼底事抛却了万万千千。杯中
物直饮到七七八八。欢百岁谁似咱。哈哈。要罢便罢。分付与
风月烟霞。准备着归家来耍耍。以上五曲见坚瓠集　九宫大成三九　纳书
楹曲谱正集三

坚瓠集从负郭上有闲时节三字。花甲下有哈哈二字。末五句作。醉中日月真无
价。哈哈。要罢就罢。浓睡在十里松阴下。一任黄鹂骂。

〔商调〕梧叶儿

庐山寺

瀑布倒银汉。诸山捧墨池。九江郡一盘棋。金额元章字。白莲

陶令□。珠玉谪仙题。信天下庐山第一。_{梨园乐府中}

　　陶令下原字模糊。疑应作诗。

蒋山寺

宝地华严藏。金陵古道场。传栋宇自齐梁。杨柳千岩露。莲花
一界香。芦苇万林霜。无日不达摩过江。_{梨园乐府中}

金山寺

江底龙宫近。山高宝殿高。僧老跨金鳌。问今古团圆月。朝夕
喜怒涛。兴废往来潮。何处也扬州玉箫。_{梨园乐府中}

焦山寺

海窟常闻磬。风波不得僧。江月夜传灯。禅性水朝朝净。佛头
山日日青。人立在吸江亭。看不足夕阳画屏。_{梨园乐府中}

甘露寺

风雨西津渡。江山北固楼。先得海门秋。手掌里金山寺。脚跟
下铁瓮州。翻滚滚水东流。一线系三江夏口。_{梨园乐府中}

惠山寺

梅竹歧通县。伽蓝屋傍崖。泉水篆闲阶。印月曹溪派。松风雪
浪斋。童子扫莓苔。怕七碗卢仝到来。_{梨园乐府中}

鹤林寺

石泉细。竹院深。千古记九皋禽。酌壶酒携藜杖。焚炉香拂操
琴。人白发乐山林。谁更有长安那心。_{梨园乐府中}

灵岩寺

丹青寺。水墨图。看麋鹿走姑苏。南通越。北望吴。洞庭湖。龙也问山僧借雨。_{梨园乐府中}

天平寺

金色三千界。瑶台十二重。楼阁半天中。西子送吴王去。残花逐落日红。若当日在玄宗。游甚么姮娥月宫。_{梨园乐府中}

虎丘寺

塔影佛留像。山形虎踞威。云锦树高低。幽鸟鸣僧舍。寒藤琐剑池。游客看山回。花上雨菩提净水。_{梨园乐府中}

灵隐寺

九里青松路。千家碧玉泉。佛国绮罗边。洞口山如甸。湖中水似天。空缆打鱼船。一个个呆㑐看猿。_{梨园乐府中}

茅山观

烟霞地。锦绣川。人不见月常圆。炉炼灵丹药。山围小洞天。是大罗仙。别觅甚蓬莱阆苑。_{梨园乐府中}

　　六句疑脱一字。

天台洞

玄圃山前道。红云岛外村。一壶景四时春。夕有猿敲户。朝无客扣门。见几个捕鱼人。犹自向山中避秦。_{梨园乐府中}

长亭畔。小酌间。和泪唱阳关。人又去。酒又阑。跨雕鞍。好

教人千难万难。_{梨园乐府中}

人南去。雁北来。无一人不伤怀。香肌瘦。潘鬓改。好难睚。
旅馆内愁山闷海。_{梨园乐府中}

秋来到。渐渐凉。寒雁儿往南翔。梧桐树。叶又黄。好凄凉。
绣被儿空闲了半张。_{梨园乐府中　雍熙乐府一七}

　　雍熙乐府渐渐作即渐。三句作寒雁返南乡。叶又作叶儿。末句作锦被空闲
　　半床。

腰肢瘦。眉黛愁。销减了旧风流。嫌人问。对镜羞。睡来休。
敢是些相思证候。_{梨园乐府中}

秋天净。江月开。悄悄诉情怀。休等待。双秀才。快摇开。怕
酒醒冯魁觉来。_{梨园乐府中}

　　悄悄原作消消。

青铜镜。不敢磨。磨着后照人多。一尺水。一丈波。信人唆。
那一个心肠似我。_{梨园乐府中}

灯相照。谩懊恼。掩泪眼揾鲛绡。初更罢。二鼓交。好心焦。
几声儿长吁到晓。_{梨园乐府中}

十二月

正　月

年时节。元夜时。云鬓插小桃枝。今年早。不见你。泪珠儿。
滴满了春衫袖儿。_{梨园乐府下}

二　月

踏青去。二月时。则不肯上车儿。强那步。困又止。脱鞋儿。
要人兜凌波袜儿。_{梨园乐府下}

三　月

春三月。花满枝。秋千惹绿杨丝。才蹴罢。舒玉指。摸腰儿。

谁拾得鲛绡帕儿。_{梨园乐府下}

四　月

清和节。近洛时。寻思了又寻思。新荷叶。浑厮似。面花儿。
贴在我芙蓉额儿。_{梨园乐府下}

五　月

曾齐唱。端午词。香艾插交枝。琼酥腕。系彩丝。酒浓时。压
匾了黄金钏儿。_{梨园乐府下}

六　月

炎天热。无限时。香汗湿凝脂。谁如我。看定你。睡着时。才
敢住了白纨扇儿。_{梨园乐府下}

七　月

金风动。玉露滋。牛女会合时。人别后。无意思。折花枝。闲
倚定桐梧树儿。_{梨园乐府下}

八　月

中秋夜。饮玉卮。满酌不须辞。沉醉后。仰望时。月明儿。便
似个青铜镜儿。_{梨园乐府下}

九　月

重阳节。秋暮时。为折傲霜枝。归兰舍。忆旧时。梦魂儿。飞
入销金帐儿。_{梨园乐府下}

十　月

长思虑。长叹咨。烟外碧参差。或时诗句。或时词。写相思。
无一个胭脂叶儿。_{梨园乐府下}

十一月

香闺静。憔悴死。玉壶内结冰澌。沉烟细。袅碧丝。断肠时。

纱窗印梅花月儿。_{梨园乐府下}

十二月

十二月。十二时。无一刻不嗟咨。他来后。方则是。一团儿。
香满了青绫被儿。_{梨园乐府下}

嘲女人身长

身材大。膊项长。难匹配怎成双。只道是巨无霸的女。原来是
显道神的娘。我这里细端详。还只怕你明年又长。_{雍熙乐府一七}
_{北宫词纪外集五}

　　北宫词纪外集注元人作。题作嘲长妇。○词纪外集末句无还字。

嘲人桌上睡

难挂芙蓉帐。休题锦绣帏。误了他摆筵席。蟠蟠睡。款款偎。
高卧得便宜。上台盘的先生是你。_{雍熙乐府一七}　_{北宫词纪外集五}

　　北宫词纪外集注元人作。

嘲谎人

东村里鸡生凤。南庄上马变牛。六月里裹皮裘。瓦垄上宜栽树。
阳沟里好驾舟。瓮来大肉馒头。俺家的茄子大如斗。_{雍熙乐府一七}
_{北宫词纪外集五}

　　北宫词纪外集题作嘲人说谎。注元人作。

贪

一夜千条计。百年万世心。火院有海来深。头枕着连城玉。脚
踏着遍地金。有一日死来临。问贪公那一件儿替得您。_{雍熙乐府一}
_{七　北宫词纪外集六}

北宫词纪外集此首及以下五首注元人作。以贪嗔痴为一题。戒定慧为一题。

嗔

怒纷纷心肠恶。气昂昂胆量粗。动不动撒无徒。忒嫉妒更狠毒。有一日命遭诛。那其间谁来救苦。<small>雍熙乐府一七　北宫词纪外集六</small>

痴

不知无常路。不识有限身。恰便似睡馄饨。东走投西去。南行却北奔。枉做世间人。比贪嗔颠倒又蠢。<small>雍熙乐府一七　北宫词纪外集六</small>

戒

莫作亏心事。休寻舍命因。难再得人身。问甚么腥和肉。管甚么素与荤。只要你认天真。一步步前程息稳。<small>雍熙乐府一七　北宫词纪外集六</small>

雍熙乐府题作嫉。案戒定慧见楞严经。

定

静里休作观。光中不见明。杳杳复冥冥。闻香不知异。对乐不听声。放下两无情。才是个真常小境。<small>雍熙乐府一七　北宫词纪外集六</small>

慧

看破无生事。参透悄然机。从些兔狐栖。大则瞒天地。小则入细微。除是自家知。使唤的泥牛下水。<small>雍熙乐府一七　北宫词纪外集六</small>

叹　世

叹贫富十年运。看兴亡一着棋。昨朝是今日非。绿草随春变。青

山不改移。白发故人稀。恰便似黄叶落东流逝水。<small>雍熙乐府一七　北</small>
<small>宫词纪外集六</small>

<small>雍熙乐府无题。北宫词纪外集此首连下二首题作叹世。注元人。○词纪外集四</small>
<small>五句作岁岁青山旧。年年绿草齐。</small>

日月双飞箭。光阴一掷梭。尘事暗消磨。轻似花梢露。浮如水
上波。贫富待如何。且放开眉间双锁。<small>雍熙乐府一七　北宫词纪外集六</small>

<small>雍熙浮如作痴如。</small>

过一日无一日。度一年少一年。又何必苦熬煎。论甚么贫和富。
管甚么愚共贤。头直上有青天。不觉的夕阳又转。<small>雍熙乐府一七</small>
<small>北宫词纪外集六</small>

嘲贪汉

一粒米针穿着吃。一文钱剪截充。但开口昧神灵。看儿女如衔
泥燕。爱钱财似竞血蝇。无明夜攒金银。都做充饥画饼。<small>雍熙乐</small>
<small>府一七　北宫词纪外集六</small>

<small>北宫词纪外集题作欲贪夫。注元人。○词纪外集首句无着字。钱财作赀财。攒</small>
<small>金银作总营营。</small>

题　情

解不开同心扣。摘不脱倒须钩。糖和蜜搅酥油。活摆布千条计。
死安排一处休。恁两个忒风流。死共活休要放手。<small>雍熙乐府一七</small>
<small>北宫词纪外集五　彩笔情辞五</small>

<small>题从雍熙乐府。连下共四首。彩笔情辞于第一二四首题作风情。于第三首题作</small>
<small>失欢。并注元人辞。北宫词纪外集收第一二首。题作风情。注元人。○词纪外</small>
<small>集摘作挣。</small>

惹离恨香罗袖。送愁闷白玉瓯。花和月两风流。闹攘攘莺花市。
乱纷纷燕子楼。似这般几时休。憔悴了方才罢手。<small>雍熙乐府一七</small>

北宫词纪外集五　　彩笔情辞五

　　词纪外集愁闷作愁思。情辞作愁情。

模样儿还依旧。心肠儿转换别。全不似旧时节。海誓都不应。
山盟空自说。想起来暗伤嗟。好恩情不觉的罢也。_{雍熙乐府一七}

彩笔情辞六

泪滴湿香罗袖。泪湮透白苎衫。娇士女俊儿男。一个心肠热。
一个眼脑馋。便死也心甘。俺为他他为俺。_{雍熙乐府一七　彩笔情辞五}

　　雍熙儿男作儿郎。情辞滴湿作点滴。湮透作痕湮。为俺上有还字。

情如诉。心似许。萦系杀病相如。人如玉。花解语。更通疏。
知道俺风流受苦。_{雍熙乐府一七　彩笔情辞一一}

　　雍熙乐府彩笔情辞题俱作题情。连次首。彩笔情辞注元人辞。○雍熙萦系作萦丝。

桃腮嫩。杏脸舒。红紫间锦模糊。春将暮。风乱鼓。落红疏。
谁肯与残花做主。_{雍熙乐府一七　彩笔情辞一一}

观白鹭。看乌鸦。水底摸鱼虾。莺穿柳。蝶恋花。景幽雅。若
非云门莫夸。_{鸣鹤馀音六}

想林济。大慈悲。究竟作根基。打一棒。去片皮。好呆痴。痛
痒犹然不知。_{鸣鹤馀音六}

龟毛拂。兔角锥。虾蟆扑天飞。泥牛吼。木马嘶。少人知。俯
仰泄漏天机。_{鸣鹤馀音六}

麦有面。粟有米。布袄里更有腿。山有石。海有水。语真实。
洞霞无极立基。_{鸣鹤馀音六}

擒意马。锁心猿。神气养交全。非扭捏。合自然。体幽玄。法
眼超过大千。_{鸣鹤馀音六}

玄妙塞。化城关。一脚□蹬翻。花红处。柳绿间。没遮栏。处
处仙佛面颜。_{鸣鹤馀音六}

　　三句应脱一字。

天边月。月正圆。掘地去寻天。有无有。颠倒颠。妙玄玄。正道须当要口传。<small>鸣鹤馀音六</small>

天边月。月上弦。卯酉不虚传。八两汞。八两铅。一斤全。照破了三千及大千。<small>鸣鹤馀音六</small>

天边月。月应弓。真道妙无穷。龙擒虎。虎擒龙。两相逢。结一朵金花弄风。<small>鸣鹤馀音六</small>

天边月。月正南。前后各三三。离是女。坎是男。妙玄谈。不说破教人家怎参。<small>鸣鹤馀音六</small>

天边月。月应炉。铅汞鼎中居。金凭火。炼就珠。一葫芦。三百八十四铢。<small>鸣鹤馀音六</small>

〔商调〕望远行

紫燕金莺弄也喉舌。我这里妆点得。西园内红英儿翠重叠。梅香你与我掩上门儿着。瘦庞儿不耐春风烈。霎时间花初谢。这凄凉怎生受也。怕的是灯儿昏月儿暗雨儿斜。愁则愁到晚时节。没划地又早是黄昏夜。<small>北词广正谱　元明小令钞</small>

〔商调〕玉抱肚

休来这里闲嗑。俺奶奶知道骂我。逞甚么娄罗。当初有个郑元和。早收心休恋我。<small>太和正音谱下　北词广正谱　九官大成五九　元明小令钞</small>

〔商调〕挂金索

我爱闲居。心镜常皎洁。境灭情忘。自然无分别。云散长空。露出清霄月。此个家风。有口难分说。<small>鸣鹤馀音六</small>

一更里澄心。下手端然坐。赶退群魔。队队白羊过。剔起心灯。

照见元初我。方寸玲珑。宝珠悬一颗。鸣鹤馀音六

二更里人静。万事都无染。一对金蟾。上下来盘旋。吓退三尸。
奔走如雷电。白雪漫漫。降下瑶花片。鸣鹤馀音六

三更里阳生。子母朝金阙。海底灵龟。吸尽金乌血。一气绵绵。
三关都透彻。万道霞光。捧出西江月。鸣鹤馀音六

四更里无事。四边都宁静。内放心花。赏玩长春景。戊己门开。
有个真人进。一粒金丹。运上昆仑顶。鸣鹤馀音六

五更里天明。还了修行愿。龙虎相交。倒把黄河卷。半空里雷
声。鬼神难测辩。认得元初。本来真头面。鸣鹤馀音六

斋罢闲行。独唱无人和。山里樵夫。也唱哩喻啰。上了一个坡。
下了一个坡。便做高官。也只不如我。鸣鹤馀音六

过了一年。又是添一岁。每日随缘。争甚闲和气。可怜韶华。
奔走如撚指。莫待临头。腊月三十日。鸣鹤馀音六

奉劝人人。一一听分诉。不晓阴阳。怎知修行路。始初下手。
炼就铅汞体。自有龟蛇。引入曹溪路。鸣鹤馀音六

聪明君子。一一听分诉。甲子六年。看看降真数。跳出凡笼。
一个长生路。免教阎王。鬼使来勾取。鸣鹤馀音六

〔越调〕小桃红

情

断肠人寄断肠词。词写心间事。事到头来不由自。自寻思。思
量往日真诚志。志诚是有。有情谁似。似俺那人儿。中原音韵　雍
熙乐府一九　元明小令钞

　　雍熙乐府题作别忆。○雍熙词写作词诉。是有作人有。谁似作难似。末句作似
　　恁俊男儿。

咏　美

压尽杨妃上马娇。倾国倾城貌。愿得今生不相抛。自评跋。姻缘
有分谁知道。平生愿足。相随相趁。成就凤鸾交。_{雍熙乐府一九　彩}
_{笔情辞三}

　　　题从雍熙乐府。彩笔情辞题作丽情。注元人辞。○情辞评跋作评度。

一自相逢便情舒。无些褒谈处。两意浓如水接鱼。得欢娱。痛惜
轻怜心无足。相偎相抱。尤云殢雨。谐老做妻夫。_{雍熙乐府一九　彩}
_{笔情辞三}

〔越调〕天净沙

长途野草寒沙。夕阳远水残霞。衰柳黄花瘦马。休题别话。今
宵宿在谁家。_{梨园乐府中}

瘦皆因凤只鸾单。病非干暑湿风寒。空服了千丸万散。恹恹情
绪。立斜阳目断巫山。_{梨园乐府中}

上官有似花开。下官浑似花衰。花谢花开小哉。常存根在。明
年依旧春来。_{梨园乐府中}

江南几度梅花。愁添两鬓霜华。梦儿里分明见他。客窗直下。
觉来依旧天涯。_{梨园乐府中}

今生或少或多。功名一枕南柯。富贵荣华快活。今朝已过。不
知明日如何。_{梨园乐府中}

生红闹簇枯枝。只愁吹破胭脂。说与莺儿燕子。东君知道。杏
花不耐开时。_{梨园乐府中}

西风渭水长安。淡烟疏雨骊山。不见昭阳玉环。夕阳楼上。无
言独倚阑干。_{梨园乐府中}

东邻多病萧娘。西邻清瘦刘郎。被一堵无端粉墙。将人隔断。

抵多少水远山长。梨园乐府中

枯藤老树昏鸦。小桥流水人家。古道西风瘦马。夕阳西下。断
肠人在天涯。梨园乐府等

　　尧山堂外纪以此首为马致远作。他书俱属无名氏。兹重出于此。校记及出处详
　　马曲。

平沙细草斑斑。曲溪流水潺潺。塞上清秋早寒。一声新雁。黄
云红叶青山。庶斋老学丛谈　词综三〇　历代诗馀一

西风塞上胡笳。月明马上琵琶。那抵昭君恨多。李陵台下。淡
烟衰草黄沙。庶斋老学丛谈　词综三〇　历代诗馀一

　　庶斋老学丛谈于以上三曲之前序云。北方士友传沙漠小词三阕。颇能状其
　　景。○历代诗馀胡作芦。

〔越调〕柳营曲

范　蠡

一叶舟。五湖游。闹垓垓不如归去休。红蓼滩头。白鹭沙鸥。
正值着明月洞庭秋。进西施一捻风流。起吴越两处冤雠。趁西
风闲袖手。重整理钓鱼钩。看。一江春水向东流。太平乐府三

子　陵

达圣颜。布衣间。中兴暗宣三四番。列在朝班。故友相看。他
道是名利不如闲。脱乌靴弃却罗襕。披羊裘执定纶竿。钓苍烟
七里滩。耕白云富春山。强如宰相五更寒。太平乐府三

李　白

捧砚底娇。脱靴的焦。调羹的帝王空懊恼。玉带金貂。宫锦仙
袍。常则是春色宴蟠桃。赫蛮书醉墨云飘。秦楼月诗酒风骚。

鲍参军般俊逸。庾开府似清高。沉醉也把明月水中捞。<small>太平乐府三</small>

风月担

倚仗他性儿谦。鲍儿甜。曲弓弓半弯罗袜纤。统馒情忺。爱钱
娘严。少不得即里渐里病厌厌。后来肉膘胶大虫翼难粘。蝎钩
子野味儿难签。火烧残桑木剑。水湿破纸糊枕。自砍得风月担
儿尖。<small>太平乐府三　盛世新声戌集　词林摘艳一</small>

　　词林摘艳以此首及以下驼汉精沉默默二首俱为刘庭信作。兹据太平乐府重出于
　　此。校记从略。参阅刘曲。

驼汉精。陷人坑。纸汤瓶撞着空藏瓶。可怜苏卿。不识双生。
把泰行山错认做豫章城。谎郎君引着火穷兵。呆贱人劫着空营。
达达搜无四两。呈呈翅赤零丁。舍性命将风月担儿争。<small>太平乐府三</small>
<small>盛世新声戌集　词林摘艳一</small>

李亚仙。郑元和。风流的古今谁似他。相会情多。一见脾和。
却撞着个能狡狯的母阎罗。倒施计搬尽他家火。后来卑田院乞
化为活。辇车前唱挽歌。冻的来打孩歌。再谁将风月担儿拖。<small>太</small>
<small>平乐府三</small>

　　卑田院原作陂田院。兹改。明大字本倒施作倒拖。

花月妆。绮罗香。思量到头都是谎。多病襄王。窈窕情娘。如
今烟水两茫茫。分飞了锦帐鸾凰。拆散了金殿鸳鸯。不是咱情
分寡。说着他话儿长。我磨擦的条风月担儿光。<small>太平乐府三　北宫词</small>
<small>纪外集五</small>

　　元刊太平乐府鸾凰作鸾凤。兹从瞿本太平乐府及北宫词纪外集。

花共酒。几时休。惜花人近新来权袖手。舞态歌喉。燕侣莺俦。
我无语懒凝眸。勤儿每正鼓脑争头。斗喧呼谢馆秦楼。保儿心
雄纠纠。撅丁脸冷飕飕。且将我这风月担儿收。<small>太平乐府三</small>

沉默默。冷丁丁。绿豆石磨儿不甚轻。自己曾评。秤儿上曾称。

端的一分钞一分情。丽春园惯战的双生。豫章城豹子苏卿。新油
来的红闷棍。恰掘下的陷人坑。谁将这风月担儿争。<small>太平乐府三 盛
世新声戍集 词林摘艳一 北宫词纪外集五</small>

桃脸艳。柳腰纤。窄弓弓半弯罗袜尖。眼角眉尖。意顺情忺。
且是可意娘鲍儿甜。虚飘飘胡厮揪捨。实丕丕响钞精蟾。罢字
儿心上有。嫁字儿口头喢。再谁将风月担儿拈。<small>太平乐府三</small>

题章宗出猎

白海青。皂笼鹰。鸦鹊兔鹘相间行。细犬金铃。白马红缨。前
后御林兵。喊嘶嘶飞战马蹄轻。雄纠纠御驾亲征。厮琅琅环辔
响。吉丁铛镫敲鸣。呀剌剌齐和凯歌行。<small>梨园乐府下</small>

红锦衣。皂雕旗。银盘也似脸儿打着练搥。鹰犬相随。鞍马如
飞。排列的雁行齐。围子首凤翅金盔。御林军箭插金铊。剔溜
秃鲁说体例。亦溜兀剌笑微微。呀剌剌齐和凯歌回。<small>梨园乐府下</small>

<small>此首末句剌字原不叠。兹据前后两首句式补</small>

晋王出寨

打着一面云月旗。厌的转山坡。立唐朝功劳全是我。他铁马金
戈。打着骆驼。一火闹和朵。众儿郎五百馀多。簇捧着个醺酒
沙陀。众番官齐打手。众侍女捧金波。呀剌剌齐和太平歌。<small>梨园
乐府下</small>

他为我。我因他。不图志诚图甚么。陪酒陪歌。受诓承科。引
的人似风魔。好姻缘不肯成合。业身己合受耽阁。别人家取快
活。望夫石我如何。好也啰。真个负心呵。<small>梨园乐府下</small>

鸳帐里。梦初回。见狞神几尊恶像仪。手执金槌。鬼使跟随。
打着面独脚皂纛旗。犯由牌写得精细。廷先里拿下王魁。省会

了陈殿直。李勉那厮也听者。奉帝敕来斩你火负心贼。_{梨园乐府下}

便做道负桂英。直怎么海神灵。想当初嫁冯魁也曾不志诚。天地行言诚。海誓山盟。可怎先走到豫章城。做的来失尽人情。画船儿干撇下双生。果然是有报应。端的有灵神。疋头里先剐了哏苏卿。_{梨园乐府下}

小厮才恰做人。没拘束便胡行。东堂老劝着全不听。信人般弄。家私儿掀腾。便似火上弄冬凌。都不到半载期程。担荆筐卖菜为生。逐朝忍冻饿。每日在破窑中。再不见胡子传柳隆卿。_{梨园乐府下}

有钱时唤小哥。无钱也失人情。好家私伴着些歹后生。卖弄他聪明。一哄的胡行。踢气球养鹌鹑。解库中不想管生。包服内响钞精钞。但行处十数个。花街里做郎君。则由他胡子传柳隆卿。_{梨园乐府下}

    管生疑应作营生。

暮雨收。楚天秋。看夕阳古冢隄畔头。伴哥又挡搜。待打王留。扯碎布留毹。沤麻坑斗摸泥鳅。见棠梨棒打鞭毹。偷甜瓜香喷喷。折酸枣醋留留。牧童儿归去倒骑牛。_{梨园乐府下}

〔越调〕凭阑人

风烛功名鱼上竿。石火光阴船下滩。万钟夺命舟。得全忠孝难。_{梨园乐府中}

休笑孙庞恶战憨。且论苏张能剧谈。片言封相衔。谩劳从仕衫。_{梨园乐府中}

簇簇攒攒圈柳葩。草稕斜签门外插。五七枝桃杏花。柳阴中三四家。_{梨园乐府中}

开彻南枝枝上春。香满清江江上村。那些儿堪可人。水边新月

痕。<small>梨园乐府中</small>

千里关河音问疏。斜月阑干人影孤。隔帘呼玉奴。雁来曾寄书。
<small>梨园乐府中</small>

明月窥人穿绣帘。酒醒香消愁越添。玉簪谁再掭。锦笺无意拈。
<small>梨园乐府中</small>

章台行

花阵赢输随馒生。桃扇炎凉逐世情。双郎空藏瓶。小卿一块冰。
<small>中原音韵</small>

〔双调〕沉醉东风

罗绮散香风玉街。管弦喧夜月楼台。春鹅鬓上飞。春燕钗头带。
约黄昏月圆人在。何处闻灯不看来。多则为盟山誓海。<small>梨园乐府中</small>

羊羔酒香浮玉杯。凤团香冷彻金猊。锦儿掌上珍。红袖楼前立。
画堂深醉生春意。一任门前雪片飞。飘不到销金帐里。<small>梨园乐府中</small>

妙舞裙拖绛纱。轻敲板撒红牙。玉有香。春无价。待相逢放他
不下。遥认青旗那一家。常向垂杨下系马。<small>梨园乐府中</small>

画楼上谁横玉管。碧天边独跨苍鸾。轻轻檀板敲。滟滟金橙满。
对西风放怀吟盏。银汉无声转玉盘。恨煞今宵夜短。<small>梨园乐府中</small>

红烛下斜倚绣枕。绿窗前向怯罗衾。攒成翡翠纱。织就鸳鸯锦。
度春宵少年图甚。花有清香月有阴。少一个人人共寝。<small>梨园乐府中</small>

饮竹叶金杯兴阑。咏桃花彩扇诗悭。声闲碧玉箫。歌歇红牙板。
宴西园五陵人散。海马春愁压绣鞍。自恨寻芳较晚。<small>梨园乐府中</small>

安排下歌喉舞腰。准备着月夕花朝。恨春过。伤春早。且休教
燕莺知道。春色三分二分了。莫惜花前醉倒。<small>梨园乐府中</small>

闲锦瑟慵舒玉纤。傍鸾台懒对妆奁。一春绣被闲。尽日香闺掩。

盼才郎镇长作念。眉淡春山不喜添。泪揾湿残红万点。梨园乐府中
睡起来情怀懊恼。绣针儿不待汤着。困人时。春天道。落花飞
红雨潇潇。蝶粉蜂黄已过了。便瘦损他来看好。梨园乐府中
俺三竿日身披衲甲。恁五更寒帽裹乌纱。俺耕耘阔角牛。恁嘶
月高头马。俺打勤劳不羡荣华。恁苦战垓心血染沙。俺老瓦盆
边醉煞。梨园乐府中
闻晓露藤摘紫花。听春雷茶采萌芽。挑蕨羹煮羹。钓鲤新为鲊。
早食罢但得些闲暇。自锄了青门半亩瓜。老瓦盆边醉煞。梨园乐
府中

僧犯奸得马表背救

对人前敲禅板谈经说法。背地里跳墙头恋酒贪花。你虽是千般
智量高。他又早十面埋伏下。吓的他赤条条东躲西扒。这耳朵
今番轮到他。亏了个救命王菩萨姓马。雍熙乐府一七　北宫词纪外集五
　北宫词纪外集注元人作。题目表背作裱褙。

咏相棋

两下里排开阵角。小军卒守定沟壕。他那里战马攻。俺架起襄
阳炮。有士相来往虚嚣。定策安机紧守着。生把个将军困倒。雍
熙乐府一七　北宫词纪外集五
　北宫词纪外集注元人作。○词纪外集三句作他驱着井径车。有士相作象与马。
六句作谋士虽然防护牢。

〔双调〕蟾宫曲

酒

酒能消闷海愁山。酒到心头。春满人间。这酒痛饮忘形。微饮

忘忧。好饮忘餐。一个烦恼人乞惆似阿难。才吃了两三杯可戏如潘安。止渴消烦。透节通关。注血和颜。解暑温寒。这酒则是汉钟离的葫芦。葫芦儿里救命的灵丹。太平乐府一

赞西域吉诚甫

酌西凉万斛葡萄。喜有知音。助我诗豪。壮士夺旗。忠臣锁树。逐客吹箫。检旧曲梨园架阁。举新声乐府勾销。胆落儿曹。水倒词源。雷吼江潮。乐府群珠三

乐府群珠此曲之前有咏西域吉诚甫蟾宫曲各一首。为钟继先及任则明作。此曲注无名氏。据题目应出元人。故辑之。

归　隐

问天公许我闲身。结草为标。编竹为门。鹿豕成群。鱼虾作伴。鹅鸭比邻。不远游堂上有亲。莫居官朝里无人。黜陟休云。进退休论。买断青山。隔断红尘。雍熙乐府一七　曲藻　尧山堂外纪六八

曲藻及尧山堂外纪以此曲为元人作。

〔双调〕折桂令

浪花中一叶扁舟。拣溪山好处追游。遣兴忘怀。醉乡中问甚春秋。学洗耳溪边许由。笑胡蝶梦里庄周。茅舍清幽。衲被蒙头。红日三竿。高枕无忧。鸣鹤馀音八

到大来散诞逍遥。园林成趣。独木为桥。你便禄重官高。是非海万顷风涛。不如俺绝利名麻鞋布袄。少忧愁鬖髻镮绦。兴饮浊醪。醉赴蟠桃。闲步云山。闷访渔樵。鸣鹤馀音八

人生如落叶辞柯。百岁光阴。暗里消磨。信蹉跎世人。看便似风魔。叹富贵如披麻救火。功名似暴虎冯河。白甚张罗。日月

如梭。十载生涯。一枕南柯。<small>鸣鹤馀音八</small>

子是虚飘飘水上浮沤。不如谷口烟霞。独乐深耕。为国求兵。
笑包胥哭倒秦亭。试看青门外锄瓜邵平。东篱下栽菊渊明。午
醉初醒。独坐茅亭。打一会简子渔鼓。诵一篇道德黄庭。<small>鸣鹤馀</small>
<small>音八</small>

〔双调〕清江引

黄阁百年如梦里。弃却三公位。妻子不属官。得觉囫囵睡。虚
檐外日高犹未起。<small>梨园乐府下</small>

楼头柳丝风力软。寂寞闲庭院。独自倚阑干。落尽桃花片。青
山不知郎近远。<small>梨园乐府下</small>

双双月下重相会。鸾凤成佳配。笙歌出入随。珠翠添娇媚。劝
君莫惜花前醉。<small>梨园乐府下</small>

婆娑一庭虽是小。未若贫而乐。放将云归去。唤得鹤来到。和
一座好山都占了。<small>梨园乐府下</small>

　　　　来原作未。

小梅香走将来吹灭灯。搅了读书兴。腌臜小贱人。传着姐姐夫
人命。教哥哥睡去来他独自冷。<small>梨园乐府下</small>

残妆儿匀佛髻儿歪。越显的多娇态。十指露春纤。款解香罗带。
凌波袜儿刚半折。<small>梨园乐府下</small>

敲才陡恁的欺负咱。几夜不来家。刚道不思量。争奈情牵挂。
何处绿杨闲系马。<small>梨园乐府下</small>

九　日

萧萧五株门外柳。屈指重阳又。霜清紫蟹肥。露冷黄花瘦。白
衣不来琴当酒。<small>中原音韵</small>

讥士人

皂罗辫儿紧扎捎。头戴方檐帽。穿领阔袖衫。坐个四人轿。又是张吴王米虫儿来到了。归田诗话下 尧山堂外纪七四

归田诗话尧山堂外纪皆未书牌调。应是清江引。题目据本事新拟。

赠莺儿 妓名

迁乔便寻同志友。处处啼春昼。揎花锦杼鸣。掷柳金梭斗。弹丸儿那一个先下手。雍熙乐府一九 北宫词纪外集五 彩笔情辞二

题从雍熙乐府。北宫词纪外集题目赠作咏。彩笔情辞题作赠妓莺儿。后二书皆以为元人作。

刘春景 妓名

落红满地谁是主。送得春归去。有意惜花残。无计留春住。楚阳台梦儿中云共雨。雍熙乐府一九 彩笔情辞二

题从雍熙乐府。彩笔情辞题作赠妓刘春景。注元人辞。

咏所见

后园中姐儿十六七。见一双胡蝶戏。香肩靠粉墙。玉指弹珠泪。唤丫鬟赶开他别处飞。北宫词纪外集五

酸斋降笔作清江引一阕赠铁笛道人

铁笛一声江月晓。催上长安道。金带紫罗袍。象简乌纱帽。谁不说玉堂春事好。珊瑚木难四

此曲当为元末无名氏作。

〔双调〕步步娇

不带酒番番佯推醉。擎着个笑脸儿将人瞞。我知就里。不放了
牢成可憎贼。休恁厮禁持。直等我绣了鞋儿呵睡。<small>梨园乐府下　雍</small>
<small>熙乐府二〇</small>

<small>　　梨园乐府此曲前后所列两曲。据阳春白雪等皆商挺作。雍熙乐府有步步娇期会</small>
<small>　　四首。不注撰人。其第一首与梨园乐府此首之前一首同。即商挺作。此其第二</small>
<small>　　首。疑亦商挺作。〇雍熙首句作几番家佯推醉。二句无擎着个三字。我知作我</small>
<small>　　知道你。无可憎二字。无呵字。</small>

二八娇娥天生秀。鸦鬓堆云厚。金莲藏玉钩。杨柳腰肢忒温柔。
那的是最风流。娇滴滴地两点秋波溜。<small>梨园乐府下　雍熙乐府二〇</small>

<small>　　雍熙首句作天生的娇娃秀。腰肢下有瘦字。句断。与谱不合。地两点作两眼。</small>

杨柳枝头黄昏月。一半儿梨花谢。长叹嗟。恰似情人两离别。
密云遮。须有个团圆夜。<small>梨园乐府下　雍熙乐府二〇</small>

<small>　　雍熙枝作梢。一半儿作太半。长作无言自。恰作却。密云上有明月二字。末句</small>
<small>　　无须字。</small>

不得温存心儿强。冷落了销金帐。直恁的针线忙。独宿鸳帏甚
情况。疾睡来么娘。百忙里铰甚么鞋儿样。<small>梨园乐府下　雍熙乐府</small>
<small>二〇　彩笔情辞四</small>

<small>　　彩笔情辞题作丽情。〇雍熙不得作不。冷落下无了字。末二句作。疾忙睡也么</small>
<small>　　儿。且缴甚鞋儿样。情辞帏作衾。末二句作。疾须睡也么娘。休缴鞋儿样。馀</small>
<small>　　同雍熙。</small>

得得他来三更至。有甚忙公事。醺醺来到时。且向灯前看诗词。
疾快睡来么儿。百忙里检甚闲文字。<small>梨园乐府下　雍熙乐府二〇</small>

<small>　　雍熙得得他作等闲。醺醺上有醉字。疾快作疾忙。末句作检甚的闲文字。</small>

〔双调〕寿阳曲

胡来得赛。热莽得极。明明的抱着虎睡。恼翻小姐挝了面皮。

见丈人来怎生回避。阳春白雪前集三

全无思娘意。却有爱女心。不似您鲁秋胡忒恁。见个采桑妇人与了一锭金。你见那姓白的牡丹使甚。阳春白雪前集三

酒醒后离书舍。沉醉也上钓舟。捧金钟把月娥等候。广寒宫玉蟾捞不在手。水晶宫却和龙斗。阳春白雪前集三

逢着的咽。撞着的撑。不似您秀才每水性。问婷婷谒浆到十数升。干相思变做了渴证。阳春白雪前集三

袄庙内。盼艳冶。不觉的怪风火烈。把才郎沈腰烧了半截。谁似你做得来特热。阳春白雪前集三

一个诸般韵。一个百事通。小书生玉人情重。鼓三更烛灭黑洞洞。你道是不曾时说梦。阳春白雪前集三

一个单身汉。一个寡妇人。夜深沉洞房随顺。放入来你却守定门。这言语好难准信。阳春白雪前集三

　　元刊本洞房作沉房。兹从钞本。

诳楚霸。成汉业。鸾鸮禄尽衣绝。一把火焚烧得烟焰烈。楚重瞳待你不热。阳春白雪前集三

　　三句应脱一字。元刊本你作尔。兹从残元本及钞本。

金钗坠。云鬟斜。歌舞罢彩云消灭。今宵酒醒何处也。杨柳岸晓风残月。阳春白雪前集三　雍熙乐府二〇

　　雍熙乐府前三句作。阳关别。千里叠。再相逢甚年时节。案千里应为千万之讹。何处也雍熙作何处歇。

别离恨。心受苦。知他是几时完聚。泪点儿多如秋夜雨。烦恼似孝今起序。阳春白雪前集三

　　知他原作他知。兹从任校。秋夜雨元刊本作秋雨夜。兹从钞本。钞本孝今作孝经。此句待校。

羞花貌。闭月容。恰相逢使人心动。娇的的可人风韵种。也消得俺惜花人团弄。阳春白雪前集三

装呵欠把长吁来应。揩眼疼把珠泪掩。佯咳嗽口儿里作念。将
他讳名儿再三不住的咭。思量煞小卿也双渐。<small>阳春白雪前集三</small>

杯擎玉。泪阁珠。心间事尽情儿倾诉。似梨花一枝春带雨。怕
东君俨然辜负。<small>阳春白雪前集三</small>

帏屏靠。珊枕敧。泪和愁酿成春睡。绣帘不教高挂起。怕莺花
笑人憔悴。<small>阳春白雪前集三</small>

陶元亮。楚大夫。醉和醒怎生做一处。恰似杜鹃和鹧鸪。行不
得却道不如归去。<small>梨园乐府中　雍熙乐府二〇</small>

　　<small>雍熙乐府怎生作怎。恰作恰便。末句作声声道不如归去。</small>

江天暮雪

彤云布。瑞雪飘。爱垂钓老翁堪笑。子猷冻将回去了。寒江怎
生独钓。<small>梨园乐府中</small>

潇湘夜雨

潇湘夜。雨未歇。响萧萧满川红叶。细听来那些儿情最切。小
如萤一灯茅舍。<small>梨园乐府中</small>

　　<small>梨园乐府有落梅风八景小令八首。以之与阳春白雪所收马致远同牌调之八景曲</small>
　　<small>相校。有六首皆有相同之文句。可视为马致远作。异文已详马曲校记。馀二首</small>
　　<small>曲文全异。兹辑于此。</small>

妓刘春景

留春住。春怎留。燕莺啼落风时候。听道去也真个愁。想着那
暖温温要人消受。<small>雍熙乐府二〇　彩笔情辞二</small>

　　<small>题从雍熙乐府。彩笔情辞题作赠妓刘春景。注元人辞。</small>

妓张五儿

本儿五。利五张。不比那贩茶船纸糊的屏障。得他来买纸风月乡。爱的是脸儿红那些模样。_{雍熙乐府二〇 彩笔情辞二}

题从雍熙乐府。彩笔情辞题作赠妓张五儿。注元人辞。

比 妓

桃千树。梅一株。是东君特留心处。无商量满天风共雨。怎教惜花人遮护。_{雍熙乐府二〇 彩笔情辞六}

题从雍熙乐府。连次首。彩笔情辞题作咏花嘱妓。注元人辞。〇情辞惜花人作人惜花。

闲花草。临路开。娇滴滴可人怜爱。几番要移来庭院栽。恐出墙性儿不改。_{雍熙乐府二〇 彩笔情辞六}

〔双调〕庆宣和

太华峰高天地窄。翠满云台。好打睡先生枕头归。去来。去来。_{梨园乐府中}

七里滩边古钓台。老树苍苔。要听渔樵话成败。去来。去来。_{梨园乐府中}

烟水茫茫东大海。望见蓬莱。八个神仙肯拖戴。去来。去来。_{梨园乐府中}

锦片桃花绕洞开。流水天台。不见刘郎玉真怪。去来。去来。_{梨园乐府中}

五柳庄头陶令宅。大似彭泽。无限黄花有谁戴。去来。去来。_{梨园乐府中 中原音韵}

中原音韵题作五柳庄。〇音韵庄头作庄前。

花过清明也是客。客更伤怀。杜宇声三更里破窗外。去来。去

来。_{梨园乐府中}

扪月清江李太白。可惜高才。一步青山谢公宅。去来。去来。_{梨园乐府中}

千亩青林七个客。无点尘埃。卖酒人家瓮初开。去来。去来。_{梨园乐府中}

投至侯门深似海。日转千阶。和尚在知他是钵盂在。去来。去来。_{梨园乐府中}

充腹黄粮暖炕柴。送老山斋。枸杞茶甜如蕨薇菜。去来。去来。_{梨园乐府中}

寄语寒窗老秀才。一经头白。更等甚三年选场开。去来。去来。_{梨园乐府中}

倚遍阑干十二曲。短叹长吁。望断行皋碧云暮。几声。杜宇。_{梨园乐府中}

暗想人生能几何。枉了张罗。七十岁光阴五旬过。着甚不。快活。_{梨园乐府中}

〔双调〕水仙子

杂　咏

丽春园苏氏弃了双生。海神庙王魁负了桂英。薄倖的自古逢着薄倖。志诚的逢着志诚。把志诚薄倖来评。志诚的合天意。薄倖的逢着鬼兵。志诚的到底有个前程。_{太平乐府二}

　　元刊本六句的作底。兹从瞿本。

遣　怀

百年三万六千场。风雨忧愁一半妨。眼儿里觑心儿上想。教我鬓边丝怎地当。把流年子细推详。一日一个浅斟低唱。一夜一

个花烛洞房。能有得多少时光。_{太平乐府二}

春

香车宝马出城西。淡淡和风日正迟。管弦声里游人醉。尽生前有限杯。秋千下翠绕珠围。绿柳中黄鹂啭。朱栏外紫燕飞。尽醉方归。_{梨园乐府中}

夏

画船深入小桥西。红翠乡中列玳席。南薰动处清香递。采莲歌腔韵宜。效红鸳白鹭忘机。细切银丝鲙。浅斟白玉杯。尽醉方归。_{梨园乐府中}

秋

萧萧红叶带霜飞。黄菊东篱雨后肥。想人生莫负登高会。且携壶上翠微。写秋容雁字行稀。烹紫蟹香橙醋。荐金英绿醸醅。尽醉方归。_{梨园乐府中}

冬

彤云密布雪花飞。暖阁毡帘簌地垂。忆当时扫雪烹茶味。争如饮羊羔潋滟杯。胆瓶中温水江梅。试宛转歌金缕。按蹁跹舞玉围。尽醉方归。_{梨园乐府中}

随时达变变峥嵘。混俗和光有甚争。只不如胡卢蹄每日相逐趁。到能够喫肥羊饮巨觥。得便宜是好好先生。若要似贾谊般般正。如屈原件件醒。到了难行。_{梨园乐府中}

你强我弱我便宜。人善人欺天不欺。墙板般世事无碑记。料想来争甚的。则争个来早来迟。由你待夸强说会。我则待随高就

低。厌厌的日早平西。梨园乐府中

命非由己不由他。进舍行藏须在我。用时节与他行些个。舍之则藏亦可。待刚行半步难那。孔子遭阳货。臧仓毁孟轲。量我待如何。梨园乐府中

知分限识进退决嫌疑。傲富贵甘清贫绝是非。看诗书温语孟鸣周易。见天心察地理。住宅儿水绕山围。卧东窗三竿日。灌西园二亩畦。最相亲稚子山妻。梨园乐府中

退毛鸾凤不如鸡。虎离岩前被兔欺。龙居浅水虾蟆戏。一时间遭困危。有一日起一阵风雷。虎一扑十硕力。凤凰展翅飞。那其间别辨高低。梨园乐府中

　　　别辨原作别卞。

爱我时沉香亭畔击梧桐。爱我时细看华清出浴容。到如今病着床害的十分重。划地更盼羊车信不通。度春宵帐冷芙蓉。恁占着长生殿。撇我在兴庆宫。唱好是下的也玄宗。梨园乐府中

爱我时长生殿对月说山盟。爱我时华萼楼停骖缓辔行。爱我时沉香亭比并着名花咏。爱我时进荔枝浆解宿酲。爱我时浴温泉走辇飞鸠。爱我时赏秋夜华清宴。爱我时击梧桐腔调成。爱我时为颜色倾城。梨园乐府中

明妃万里出长安。和泪琵琶马上弹。意迟迟盼煞南来雁。雁还时人未还。塞途赊沙草斑斑。过了些乞留曲吕涧。重重叠叠山。扑簌簌泪滴雕鞍。梨园乐府中

打着面皂雕旗招飐忽地转过山坡。见一火番官唱凯歌。呀来呀来呀来呀来齐声和。虎皮包马上驼。当先里亚子哥哥。番鼓儿劈飑扑桶擂。火不思必留不剌扑。簇捧着个带酒沙陀。梨园乐府中

青山隐隐水茫茫。时节登高却异乡。孤城孤客孤舟上。铁石人也断肠。泪涟涟断送了秋光。黄花梦。一夜香。过了重阳。梨园

乐府中

满城风雨送重阳。与客登临醉一场。东篱虽少个陶元亮。有黄
花三径芳。酌浊醪满泛橙香。准备着樽前唱。安排着席上狂。
不到底辜负了秋光。<small>梨园乐府中</small>

夕阳西下水东流。一事无成两鬓秋。伤心人比黄花瘦。怯重阳
九月九。强登临情思悠悠。望故国三千里。倚秋风十二楼。没
来由惹起闲愁。<small>梨园乐府中</small>

烟笼寒水月笼沙。江上行人陌上花。兰舟夜泊青山下。秋深也
不到家。对青灯一曲琵琶。我这里弹初罢。他那里作念煞。知
他是甚日还家。<small>梨园乐府中</small>

常记的离筵饮泣饯行时。折尽青青杨柳枝。欲拈斑管书心事。
无那可乾坤天样般纸。意悬悬诉不尽相思。谩写下鸳鸯字。空
吟就花月词。凭何人付与娇姿。<small>梨园乐府中</small>

雕鞍一自两别离。不待梳妆懒画眉。歹浑家就里无别意。亲心
儿嘱付你。嘱付你休恋酒贪杯。到那里识些廉耻。休惹人闲是
非。好觑当身己。<small>梨园乐府中</small>

临行愁见整行李。几日无心扫黛眉。不如饮的奴先醉。他行时
我不记的。不强似眼睁睁两下分离。但去着三年五岁。更隔着
千山万水。知他甚日来的。<small>梨园乐府中</small>

一春鱼雁杳无闻。千里关山劳梦魂。数归期屈指春纤困。结灯
花犹未准。叹芳年已过三旬。退莲脸消了红晕。压春山长出皱
纹。虚度了青春。<small>梨园乐府中</small>

凤凰台上月儿明。恰似团圆云雾生。正遮了北斗杓儿柄。这凄
凉有四星。睡魂儿水底飘零。他那里人初静。我这里酒半醒。
空点着半盏儿残灯。<small>梨园乐府中</small>

丝丝梅雨透窗寒。苒苒离愁魂梦间。隔云山万里空长叹。要相

逢难上难。望天涯倚遍阑干。咱本是英雄汉。尚兀自把泪弹。
他那里怎生般消瘦了容颜。梨园乐府中

画桥斜映钓鱼舟。撒网攀罾不暂收。西湖南浦天然秀。古范蠡
何处有。今人不饮时干休。船刺在荷花荡。马拴在金线柳。直
喫的尽醉方归。梨园乐府中

火烧祆庙枉留情。水淹蓝桥空至诚。一个鱼沉一个雁杳无音信。
困书生憔悴损。想起来苦痛伤心。支楞的瑶琴上弦断。吉丁的
掂折玉簪。扑通的井坠银瓶。梨园乐府中

恰才相见玉簪折。才得欢娱弦断也。我无缘共寝秦楼月。不相
逢时容易舍。既相逢争忍离别。昨日个舞榭歌台。今日个花残
月缺。明日个烟水重叠。梨园乐府中

我正山长水远忆佳期。传与个瓶坠簪折歹信息。我自索酹子里
自揾了相思泪。梦回时想念谁。干休了废寝忘食。再休想团圆
日。从今后不见伊。道别离真个别离。梨园乐府中

暗香浮动月黄昏。骨格精神画不真。倩东风吹上何郎鬓。比江
头别是春。好教人怨杀东君。香馥馥花心嫩。娇滴滴玉蕊新。
可惜了寂寞在前村。梨园乐府中

　　　东君原作东风。失韵。兹改。

罗围宽褪瘦了腰肢。美饭刚推三四匙。困腾腾睡摺裙儿裎。闷
厌厌憔悴死。泪珠儿界破胭脂。想着他温温存存事。欢欢喜喜
时。因此上染做了相思。梨园乐府中

转寻思转恨负心贼。虚意虚名歹见识。只被他沙糖口啜赚了鸳
鸯会。到人前讲是非。咒的你不满三十。再休想我过从的意。
我今日悔懊己。先输了花朵般身已。梨园乐府中

常想着绿窗前云雨那时节情。都做了风里杨花水面上萍。自从
当日分开鸾镜。好教我乍孤眠梦不成。想起来忽地心疼。虽不

是我先薄倖。又不是我不志诚。空说下海誓山盟。<small>梨园乐府中</small>

娘心里烦恼怎儿知。伏不定床前忙跪膝。是昨宵饮得十分醉。一时错悔是迟。由妳妳法外凌迟。打时节留些游气。骂时节存些面皮。可怜见俺是儿女夫妻。<small>梨园乐府中</small>

　　二句定原作是。兹改。

不思量大管是痴呆。俏俊冤家怎地舍。痛关情且是着疼热。俺娘却教我远离者。几时是那自在时节。但守的三朝五夜。才撇下十朝半月。娘呵。只被你间阻煞人也。<small>梨园乐府中</small>

后花园里等才郎。相抱相偎入绣房。笑吟吟先倒在牙床上。羞答答怎对当。不由人脱了衣裳。锦被里翻了红浪。玉腕上金钏响。恰便似戏水鸳鸯。<small>梨园乐府中</small>

夕阳西下意徘徊。今夜新郎又是谁。口儿里不住长吁气。好教我惮梳妆画眉。担阁了少年身己。他又不和我温温存存睡。又不是才钱娶到妻。从黄昏到晓早分离。<small>梨园乐府中</small>

喻　镜

同心结义数年过。陡恁如今昏暗多。不明白抛闪人寂寞。想前生注定我。恰团圆又早离合。打照面关情意。急回头不见他。好姻缘暗里消磨。<small>梨园乐府中</small>

　　陡恁原作徒您。

喻　敌

军多将广有埋伏。得胜姨夫且占取。卷旗旛到褪咽喉路。不筛锣不擂鼓。权做个诈败佯输。等得你不来不去。心足意足。那其间再做个姨夫。<small>梨园府乐中</small>

喻双陆

风流局面实堪夸。有色教人心爱煞。间深里谁肯轻抛下。等闲时须下马。试将门儿开咱。分付孩儿话。迟疾早到家。休想我半步那差。<small>梨园乐府中</small>

喻纸鸢

丝纶长线寄天涯。纵放由咱手内把。纸糊披就里没牵挂。被狂风一任刮。线断在海角天涯。收又收不下。见又不见他。知他流落在谁家。<small>梨园乐府中</small>

钟　离

超凡入圣汉钟离。沉醉谁扶下玉梯。扇圈一部胡须力。绛云般红肉皮。做伴的是茶药琴棋。头绾著双髽髻。身穿著百衲衣。曾赴阆苑瑶池。<small>鸣鹤馀音八</small>

吕洞宾

醉魂别后广寒宫。飞下瑶台十二峰。只因一枕黄粱梦。得神仙造化功。左右列玉女金童。采仙药千年寿。炼丹砂九转功。每日价伏虎降龙。<small>鸣鹤馀音八</small>

蓝采和

西风宽舞绿罗袍。每日阶前沉醉倒。头边歪裹乌纱帽。金钱手内抛。斗争夺忙杀儿曹。狂歌唱檀板敲。子是待要乐乐淘淘。<small>鸣鹤馀音八</small>

徐神翁

不为贼盗恋妻奴。独向烟霞冷淡居。金银财宝无心顾。浑身上破落索。繿繿缕缕衣服。冷清清为活路。闲逍遥走世途。脊梁上背定葫芦。鸣鹤馀音八

张果老

驼腰曲脊六旬高。皓首苍髯年纪老。云游走遍红尘道。驾白云驴驮高。向赵州城压倒石桥。柱一条斑竹杖。穿一领粗布袍。也曾醉赴蟠桃。鸣鹤馀音八

曹国舅

玉堂金马一朝臣。翻作昆仑顶上人。腰间不挂黄金印。闲随着吕洞宾。林泉下养性修真。金牌腰中带。笊篱手内存。更不做国戚皇亲。鸣鹤馀音八

李　岳

笔尖吏业不侵夺。跳入长生安乐窝。绅衫身上都穿破。铁拐向手内拖。乱哄哄发似松科。岂想重茵卧。不恋皓齿歌。每日价散诞蹉跎。鸣鹤馀音八

韩湘子

药炉经卷作生涯。不恋王侯宰相家。乱纷纷瑞雪蓝关下。冻伤韩相马。半空中乱糁长沙。黑腾腾彤云布。冷飕飕风又刮。山顶上开花。鸣鹤馀音八

〔双调〕庆东原

花阴话。柳影歌。世不曾口绽些儿个。行院每炒傅。姨夫每恼
聒。妳妳行收撮。落得个担儿沉。又惹得风声大。_{梨园乐府中}

难收救。怎结煞。小恩情播弄得天来大。顽涎儿按捺。私情儿
拽塌。好话儿填扎。犹兀自保儿嗔。断不了姨夫骂。_{梨园乐府中}

弹初罢。酒乍醒。揾冰纨笑把雕阑凭。林梢雨晴。花前月明。
席上风生。贺老鉴湖秋。庾亮南楼兴。_{梨园乐府中}

奇　遇

参旗动。斗柄挪。为多情揽下风流祸。眉攒翠蛾。裙拖绛罗。
袜冷凌波。耽惊怕万千般。得受用些儿个。_{中原音韵}

〔双调〕春闺怨

绛蜡高烧。银屏倦倚。沉香火暖翠帘低。樽前冷落藏阄戏。人
未回。何处寻梅。风雪画桥西。<sub>太和正音谱下　北词广正谱　九宫大成五
九　元明小令钞</sub>

　　北词广正谱末句脱雪字。

〔双调〕对玉环

歌舞婵娟。风流胜玉仙。拆散姻缘。柳青忒爱钱。佳人蓦上船。
书生缘分浅。几句新诗。金山古寺边。一曲琵琶。长江秋月圆。
_{太和正音谱下　北词广正谱　九宫大成六六}

　　此曲太和正音谱注小令。北词广正谱注套数。

〔双调〕殿前欢

郑元和。郑元和打瓦罐到鸣珂。保儿骂我做陪钱货。我为是未

穷汉身上情多。可怜见他灵车前唱挽歌。打从我门前过。我也曾提破。知他是元和爱我。我爱元和。_{残元本阳春白雪二}

> 残元本阳春白雪并次首俱误属普天乐。兹改正。〇罐原作甋。兹从任校。骂我原作为我。

忆多情。忆多情直赶到豫章城。贩茶船险逼煞冯魁命。兀的不见浪子苏卿。他不由瓶娘劣柳青。无媒证。直嫁与个临川令。知他是双生爱我。我爱双生。_{残元本阳春白雪二}

共他个女妖娆。早成就碧桃花下凤鸾交。海棠花不奈东风恶。真乃是百媚千娇。雨云收汗未消。半霎儿同欢笑。又设下山盟约。若得他团圆到老。把他在手掌里擎着。_{梨园乐府中}

暗嗟咨。不茶不饭害相思。绣帏中冷落人独自。独自个抹泪揉眵。则为海棠花女艳姿。勾起黄花事。遂了题桥志。若能够新婚燕尔。真乃是海上方儿。_{梨园乐府中}

> 上字原空格。案阳春白雪吕止轩醉扶归云。若得相思海上方。兹据以补之。

翠屏空。恰早月移花影上帘栊。泪行儿乱撒似真珠迸。愁对着烛影摇红。断肠书洒泪封。鸳枕儿和谁共。锦被儿和谁拥。不见他桃花艳质。空想他今日门中。_{梨园乐府中}

此门中。桃花依旧笑春风。去年艳质成前梦。不能够倚翠偎红。枕头儿一半空。甚时得一对儿谐鸾凤。空教我两叶眉儿筝。写下个传情简帖。知他何日相逢。_{梨园乐府中}

小冤家。一天月色满庭花。不惚宽云雨些儿罢。早归去孩儿。其实来我共他。湖山下。说两句知心话。今宵去后。明夜来么。_{梨园乐府中}

> 早归去孩儿句有讹误。待校。

不来也。空教人直等到月儿斜。冷清清怎生睡今夜。兀的不担阁杀人也。把银釭儿点上者。休吹灭。他须有一个来时节。来

时节把耳朵儿扯者。我根前从头儿慢慢地分说。_{梨园乐府中}

信音稀。愁只愁凤凰帏。恨只恨冷落了鸳鸯被。愁恨千堆。近新来减了饮食。宽了衣袂。到赚得人憔悴。忘餐废寝。都为别离。_{梨园乐府中}

马嵬坡。想明皇当日泪痕多。海棠正好东风恶。无奈愁何。幸西蜀受坎坷。渔阳祸。一曲霓裳破。十年雨露。千丈风波。_{梨园乐府中}

夜如何。正梨花枝上月明多。谁家见月明多谁家见月能闲坐。我正婆娑。对清光发浩歌。无人和。和影都三个。姮娥共我。我共姮娥。_{梨园乐府中}

　　三句明多谁家见月六字疑因上文衍。

〔双调〕快活年

袅袅婷婷似观音。则少个净瓶。玉笋轻舒整乌云。宝髻偏相美。脸儿多风韵。多风韵。_{梨园乐府下}

　　四句美字疑应作弄。

款撒金莲懒抬头。直恁么害羞。小小鞋儿四季花头。缠得尖尖瘦。推把衫扣。把衫扣。_{梨园乐府下}

　　五句按谱应五字。疑衫下脱儿字。

眼角眉尖送春情。直恁志诚。款步轻移暗传情。不能够相侵近。两下里成孤令。成孤令。_{梨园乐府下}

暗想多情不良才。风流般相态。病枕着床几时和谐。天若知其爱。敢也和天害。和天害。_{梨园乐府下}

雁字长空点残云。绝无个信音。到秋深不想早回程。合寄纸平安信。直恁心肠硬。心肠硬。_{梨园乐府下}

独宿孤眠几时休。心中是有。眼趁上姻缘不能成就。害得厌厌

瘦。永夜如何守。如何守。<small>梨园乐府下</small>

次句应脱一字。

寸禄沾身有赏罚。我其实怕他。损人安己要成家。一个个违王法。天理难容纳。不是耍。<small>梨园乐府下</small>

贪饕贿赂显荣华。似镜中看花。浮名浮利不贪他。万事无牵挂。一笔都勾罢。散诞煞。<small>梨园乐府下</small>

利名两字不坚牢。参透也弃了。紫袍不恋恋麻袍。其实心儿好。乐者为之乐。愁较少。<small>梨园乐府下</small>

〔双调〕新时令

郑元和。当初有家缘。骑骏马。来过粉墙边。一段风流。佳人二八年。四目相窥。才郎三坠鞭。心坚石也穿。如鱼似水效鹣鹣。郎君梦撒毡。鸨儿苦爱钱。瓦罐爻槌。凄凉受了万千。夜宿卑田。则为李亚仙。<small>太和正音谱下　北词广正谱　九宫大成六六　元明小令钞</small>

太和正音谱北词广正谱卑田俱作悲田。

〔双调〕十棒鼓

将家私弃了。向山间林下。竹篱茅舍。看红叶黄花。待学那邵平。邵平多种瓜。闷采茶芽。闲看青松猿戏耍。麋鹿衔花。舟横在古渡。古渡整钓槎。夕阳西下。把黄庭道德都看罢。别是生涯。<small>梨园乐府中</small>

将茅庵盖了。独木为桥。提一壶好酒。闲访渔樵。洞门儿半掩。半掩无锁钥。白云笼罩。香风不动松花落。平生欢笑。松林下饮酒。饮得沉醉倒。山声野调。衲被蒙头直到晓。有甚烦恼。<small>梨园乐府中　太和正音谱下　北词广正谱　九宫大成六六　元明小令钞</small>

太和正音谱提作携。洞门下无儿字。落作老。欢笑作吟笑。下两句作。青松影
里。影里沉醉倒。山声上有唱字。北词广正谱欢笑作冷笑。馀同正音谱。九宫
大成同广正谱。惟八句末字仍作落。山声作山歌。元明小令钞同正音谱。惟山
声作山歌。

不贪名利。休争闲气。将襕袍脱下。宣敕收拾。金银垛到。垛
到北斗齐。都成何济。过了一日无一日。谁落便宜。有钱不使。
不使图甚底。谁是呆痴。儿孙自有儿孙力。悔后应迟。梨园乐府中
将簪冠戴了。麻袍宽超。拖一条藜杖。自带椰瓢。沿门儿花得。
花得皮袋饱。傍人休笑。甘心守分学修道。乐乐陶陶。春花秋
月。秋月何时了。心中欢乐。且自清闲直到老。散诞逍遥。梨园
乐府中

〔双调〕秋江送

财和气。酒共色。四般儿狠利害。成与败。兴又衰。断送得利
名人两鬓白。将名缰自解。利锁顿开。不索置田宅。何须趱金
帛。则不如打稽首疾忙归去来。人老了也。少不的北邙山下丘
土里埋。太和正音谱下　北词广正谱　九宫大成五九　元明小令钞
　　九宫大成末句丘土作土丘。

〔双调〕祆神急

珠帘闲玉钩。宝篆冷金兽。银筝锦瑟。生疏了弦上手。恩情如
纸叶薄。人比花枝瘦。雕鞍去。眉黛愁。数归期三月三。不觉
的又过了中秋。太和正音谱下　北词广正谱　九宫大成五　元明小令钞
　　九宫大成纸叶作纸样。

〔双调〕青玉案

插宫花饮御酒同欢乐。功劳簿上写上也么哥。万载标名麒麟阁。

封妻荫子。进禄加官。想人生一世了。<small>太和正音谱下　北词广正谱　九宫大成三九　元明小令钞</small>

　　九宫大成写上作写着。

〔双调〕皂旗儿

炕暖窗明草舍低。谁及。周公枕上梦初回。呀。直睡到上三竿红日。<small>太和正音谱下　北词广正谱　九宫大成六六　元明小令钞</small>

　　北词广正谱呀字下叠周公枕上梦初回一句。直睡上有喋字。九宫大成末句无上字。元明小令钞同广正谱。

〔双调〕拨不断

老书生。小书生。二书生坏了中枢省。不言不语张左丞。铺眉搋眼董参政。也待学魏徵一般俸请。<small>山居新语</small>

〔双调〕阿纳忽

双凤头金钗。一虎口罗鞋。天然海棠颜色。宜唱那阿纳忽修来。<small>太平乐府二</small>

人立在厅阶。马控在瑶台。娇滴滴玉人扶策。宜唱那阿纳忽修来。<small>太平乐府二</small>

　　瞿本厅阶作亭阶。

逢好花簪带。遇美酒开怀。休问是非成败。宜唱那阿纳忽修来。<small>太平乐府二</small>

花正开风筛。月正圆云埋。花开月圆人在。宜唱那阿纳忽修来。<small>太平乐府二　北词广正谱　九宫大成六六　元明小令钞</small>

越范蠡功成名遂。驾一叶扁舟回归。去弄五湖云水。倒大来快活便宜。<small>太和正音谱下　九宫大成六六　元明小令钞</small>

　　太和正音谱元明小令钞名遂俱作名退。

〔双调〕一锭银

昨日东周今日秦。旧冢新坟。转首三年一闰。抱官囚痴人。<small>梨园乐府下</small>

座上花枝袖里金。朋盏簪。不醉青春图甚。再难来也光阴。<small>梨园乐府下</small>

　　　按谱第二句为四字。此处应脱一字。

富贵常教造物瞒。达者休官。傀儡棚当时火伴。鼓儿笛儿休撺断。<small>梨园乐府下</small>

叹惜光阴落叶柯。会少离多。好景良辰虚过。富似石崇待如何。<small>梨园乐府下</small>

欲卜终焉力不加。囊箧俱乏。等赛了儿婚女嫁。却归来林下。<small>梨园乐府下</small>

　　　此为马致远新水令四时湖水套之一支。梨园乐府既又列入小令。兹亦重出于
　　　此。参阅马曲校记。

汉室张良有见识。早纳了朝衣。深山埋名隐迹。无是非快活了便宜。<small>梨园乐府下</small>

范蠡归湖识进退。见越主昏迷。一叶扁舟活计。无是非快活了便宜。<small>梨园乐府下</small>

渊明篱下饮菊杯。全不想彭泽。每日醺醺沉醉。无是非快活了便宜。<small>梨园乐府下</small>

常想贪花残酒杯。怕老限相催。一生不贪名利。无是非快活了便宜。<small>梨园乐府下</small>

堆金积玉北斗齐。合眼后属谁。富贵一场儿戏。无是非快活了便宜。<small>梨园乐府下</small>

金银堆到北斗齐。家有个贤妻。儿女成人长立。无是非快活了便宜。<small>梨园乐府下</small>

欲待归去力不加。有玉锁金枷。儿女成人长大。无是非早归那
林下。<small>梨园乐府下</small>

洞宾钟离喜笑哗。叹尘世王法。笞杖徒流不怕。更想着害众人
成家。<small>梨园乐府下</small>

〔双调〕胡十八

吹箫的楚伍员。乞食的汉韩信。待客的孟尝君。苏秦原是旧苏
秦。买臣也曾负薪。负薪的是买臣。你道我穷到老。我也有富
时分。<small>太和正音谱下　九宫大成六六　元明小令钞</small>

〔双调〕山丹花

昨朝满树花正开。胡蝶来。胡蝶来。今朝花落委苍苔。不见胡
蝶来。胡蝶来。<small>太和正音谱下　北词广正谱　九宫大成六六　元明小令钞</small>
　　<small>九宫大成删去末句胡蝶来三字。谓此三字不应叠。</small>

〔双调〕鱼游春水

角门儿关。夜香残。空着人直等到更阑。他今夜不来呵咱身上
慢。闪的我孤单。孤单不曾惯。鲛绡泪不干。<small>太和正音谱下　词林摘</small>
<small>艳一　北词广正谱　九宫大成三九　元明小令钞</small>
　　<small>词林摘艳题作闺怨。○摘艳角门上有呀的把三字。着人作教人。等到作等的。
　　五句作孤也波单。鲛绡上有透字。不干作未干。九宫大成俱同。惟等的作等
　　到。末句叠。</small>

〔双调〕雁儿落过得胜令

燕琯琯莺语喧。媚景致真堪羡。梨花开白玉蕊。杨柳吐黄金线。
人醉杏花天。仕女戏秋千。四季春为贵。风流除禁烟。思贤。

幸遇重相见。姻缘。心坚石也穿。_{梨园乐府下}

正炎天暑气暄。近石枕藤床簟。喜浮瓜沉李香。堪散发摇纨扇。
避暑赏荷莲。时遇太平年。柳外兰舟过。鸳鸯绿水边。思贤。
幸遇重相见。姻缘。心坚石也穿。_{梨园乐府下}

景清幽图画妍。山翠色更经变。金风吹梧叶雕。促织儿声相怨。
时遇晓霜天。黄菊绽金钱。红叶胭脂染。黄花山径边。思贤。
幸遇重相见。姻缘。心坚石也穿。_{梨园乐府下}

雾沉沉瑞霭偏。昏惨惨寒云战。滚团团柳絮飞。斗纷纷梨花片。
正是风雪酒家天。宝鼎内爇龙涎。暖阁红炉坐。金杯捧玉船。
思贤。幸遇重相见。姻缘。心坚石也穿。_{梨园乐府下}

青旗绕画竿。玉臂鸣牙板。花藏卖酒家。烟锁垂杨岸。紫燕语
声喧。黄鹂韵绵蛮。唤觉东君梦。春光图画看。春残。酿酒无
何限。对狼山。乾坤一醉间。_{梨园乐府下}

榴花红照眼。杨柳青迷岸。荷舒翡翠盘。梅结黄金弹。避暑画
楼间。纨扇葛巾单。陌上锄田汉。檐花背上干。清闲。时复衣
沾汗。对狼山。松风六月寒。_{梨园乐府下}

西风落日寒。老树昏鸦晚。白苹古渡湾。衰草黄芦岸。归雁落
沙滩。天边断云残。剑锋齐排绿。枫林遍染丹。凭栏。莫向江
桥看。对狼山。描来图画间。_{梨园乐府下}

冬深草木干。云冷江天晚。一天玉树残。六出琼花散。何处觅
蓝关。低压暮城寒。玉琢峰高下。良工画笔难。云间。剑插银
光灿。对狼山。偏宜雪里看。_{梨园乐府下}

叹光阴似水流。看日月如翻手。论颜回岂少年。算彭祖非长寿。
恰才风雨替花愁。今日早霜降水痕收。撚指冬临夏。须臾春又
秋。凝眸。尧舜殷汤纣。回头。梁唐晋汉周。_{梨园乐府下}

指　甲 摘

宜将斗草寻。宜把花枝浸。宜将绣线寻。宜把金针纴。宜操七弦琴。宜结两同心。宜托腮边玉。宜圈鞋上金。难禁。得一掐通身沁。知音。治相思十个针。_{中原音韵　尧山堂外纪六八}

　　尧山堂外纪绣线寻作绣线匀。

想赴蟠桃玳瑁筵。休享御酒琼林宴。息争名夺利心。发养性修真愿。　争如纸被裹云眠。茶药倚炉煎。看峻岭衔花鹿。使巅峰献果猿。朝元。在金阙寥阳殿。安然。蓬莱洞里仙。_{鸣鹤馀音八}

为浮生两鬓白。观镜里朱颜迈。忙辞了白象简。紧纳了金鱼带。　绿柳倚门栽。金菊映篱开。爱的是流水清如玉。那里想侯门深似海。幽哉。袖拂白云外。彭泽。清闲归去来。_{鸣鹤馀音八}

光阴似流水。日月搬昏昼。尘俗一笔勾。世事都参透。　睡来时高枕一无忧。闷来时拄杖半过头。饥来时一钵千家饭。闲来时孤身万里游。盈眸。阆苑风光秀。抬头。蓬莱景物幽。_{鸣鹤馀音八}

荣华似风内灯。富贵如槐安梦。恰六朝贺太平。十二国干戈动。　人海混鱼龙。浮世隐英雄。收楚韩元帅。兴周的姜太公。功名。到底成何用。悉是。南柯一梦中。_{鸣鹤馀音八}

〔双调〕水仙子过折桂令

行　乐

一春长费买花钱。每日花边一醉眠。喜春来百花都开遍。任簪花压帽偏。花间士女秋千。红相映桃花面。人更比花少年。来寻陌上花钿。来寻陌上花钿。正是那玉楼人醉杏花天。常言道

惜花早起。爱月夜眠。花底相逢少年。赴佳期梨花深院。约定
在花架傍边。柳影花阴。兀的是月下星前。_{太平乐府二}

瞿本来寻作更寻。瞿本旧校改红相映作红妆掩映。改夜眠作迟眠。

饮　兴

小槽新酒滴珍珠。醉倒黄公旧酒垆。酒旗儿飘飐在垂杨树。常
想着花间酒一壶。酒中多少名儒。漉酒的陶元亮。当酒的唐杜
甫。更有个涤酒器的司马相如。涤酒器的是司马相如。伴着个
俊俏文君。卖酒当垆。有的是当酒环绦。换酒金鱼。酒馆中有
神仙伴侣。酒楼上红粉娇姝。常揣着买酒青蚨。不喫酒的愚夫。
敢参不透这野花村务。_{太平乐府二}

元刊本神仙伴侣作神伴侣。兹从瞿本及明大字本。

秋　景

一川红叶火龙鳞。满地黄花锦兽睛。蓦听得山寺钟声动。骑驿
马的不暂停。连云栈山路难行。头直上淅零淅零雨。半空里赤
溜束刺风。风吹得败叶儿飘零。风吹得败叶飘零。则见老树苍
烟。远水寒汀。怎得个妙手丹青。却与我画作帏幭。正撞着客
侣中三秋暮景。天涯千里途程。衰草长亭。流水孤村。问甚么
枕剩衾馀。烟冷灯昏。_{太平乐府二}

明大字本锦兽作金兽。淅零淅零作淅零零。败叶飘零作败叶儿飘零。

老先生空恋锦堂娇。滑弹子难粘凤嘴胶。劣厥丁使不透鸦青钞。
把一片惜花心空费了。引的人梦断魂劳。迷魂阵折了一阵。琉
璃井擦了几交。莺花寨串到有千遭。莺花寨串到有千遭。怎能
够热气儿相呵。只落的冷眼儿偷瞧。他如今翠绕珠围。别就了
莺俦燕侣。凤友鸾交。你根前黑洞洞云迷了楚山。白茫茫水潾

了蓝桥。恨满归桡。泪湿征袍。看了他有分相逢。无福难消。雍
熙乐府二〇　彩笔情辞六

　　彩笔情辞注元人辞。○情辞楚山作楚岫。

〔双调〕沽美酒过太平令

花奴将羯鼓催。宁王把玉笛吹。御手亲将桐树击。郑观音琵琶
韵美。簇捧定个太真妃。丹脸上胭脂匀腻。翠盘中彩袖低垂。
宝髻上金钗斜坠。霞绶底珍珠珞臂。见娘行舞低。羽衣。整齐。
欢喜煞唐朝皇帝。阳春白雪前集四　北词广正谱引太平令　元明小令钞同

　　阳春白雪曲牌原作沽美酒。兹改正。

画梁间乳燕飞。绿窗外晓莺啼。红杏枝头春色稀。芳树外子规
啼。声声叫道不如归。雨过处残红满地。风来时落絮沾泥。酝
酿出困人天气。积趱下伤心情意。怕的是日迟。柳阴。影里。
沙暖处鸳鸯春睡。阳春白雪前集四

　　任校阳春白雪改柳阴作柳丝。

灯直下靠定壁衣。忙簌下素罗帏。拂掉牙床铺开绣被。彩云。
我这里低声儿问你。你一头睡两头睡。情浓也如痴如醉。情浓
也语颤声低。情兴也蛾眉紧系。情急也星眸紧闭。撒些儿殢死
则那会。况味。最美。不枉了颠狂一会。梨园乐府下

休休休说甚的。罢罢罢再休题。心坎上如同刀刃刺。寻思起就
里。泪珠儿似爬推。管是俺前缘前世。好看待一年一日。陪了
铁板儿般缠般费。坏了铜斗儿家缘家计。我怎知。那逆贼。划
地怎地下的。倒骂我柳陌花街娼妓。梨园乐府下　雍熙乐府一一

　　此曲于雍熙乐府中为尚仲贤王魁负桂英杂剧之两支。然既见梨园乐府。仍应录
　　之。○梨园乐府甚的作甚底。兹从雍熙。雍熙心坎上有题起来三字。寻思上有
　　我这里三字。爬作扒。管是俺作也是我。好看待作看承你。陪了句以下作。使
　　了我铜斗儿家缘家计。万贯盘缠盘费。猛可里想起。所为。畅好是下的。他道

　　骂我柳陌花街娼妓。

得笑处且笑咱。知好弱识高下。将意马心猿自捉拿。住茅庵草厦。趓人事避喧哗。持不语随缘抄化。叹尘世有似嚼蜡。利和名从今都罢。身外事咱无牵挂。闲来时睡咱。坐咱。得耍处且耍。无是非山间林下。_{太和正音谱下}

〔双调〕沽美酒过快活年

黄超斯恋缠。冯魁又倚着家缘。俺软弱双郎又无甚钱。苏卿这里频频的祝愿。三件事告神天。只愿的霹雳火烧了丽春园。天索告圣贤。圣贤。浪滚处冲翻了贩茶船。休惊着双知县。称了平生愿。深谢天。_{梨园乐府下}

　　冲翻原作充番。兹改。

冯魁又酒未醒。唤梅香点上银灯。俺软弱双郎何处等。唤梢公解开缆绳。早行过豫章城。只听得江水潺潺月儿明。听恰才敲二更。二更。手按着银筝盼多情。更阑人初静。赶不上临川令。苏小卿。_{梨园乐府下}

　　赶不下原脱上字。

〔双调〕一锭银过大德乐

咏时贵

吉登登金鞍玉勒马。宝镫斜踏。急彪彪三檐伞下。摆列着两行价头踏。使婢驱奴坐罢衙。闲逐东风。纷飞看落花。明明的立赏罚。暗暗的体察。居民百姓夸。私心无半掐。策马还家。银灯射绛纱。象板琵琶。开怀飞玉斝。_{太平乐府三}

双　姬

珍珠包髻翡翠花。一似现世的菩萨。绣袄儿齐腰撒跨。小名儿
唤做茶茶。对月临风想念着他。想着他浅画蛾眉。乌云䰄鬓鸦。
仙肌香胜雪。娇容美赛花。时时将简帖。暗暗寄与咱。拘束得
人怕。章台曾系马。更敢胡踏。茶房酒肆家。_{太平乐府三}

　　瞿本茶房作茶坊。

翠袖殷勤捧玉觞。浅斟低唱。便是个恼乱杀苏州小样。小名儿
唤做当当。弄粉调朱试罢晓妆。潇洒似江梅。妖娆胜海棠。风
光满画堂。肌肤白雪香。穿针刺绣床。时闻金钏响。春笋纤长。
题诗写乐章。真谨成行。是他功名纸半张。_{太平乐府三　太和正音谱}
下引大德乐　北词广正谱　九宫大成六六同　元明小令钞同

　　太平乐府试作拭。太和正音谱北词广正谱九宫大成元明小令钞末句俱无是他二
字。明大字本太平真谨作珍锦。大成调朱作调脂。真谨作真草。

〔双调〕殿前喜过播海令大喜人心

谪仙醉眼何曾开。春眠花市侧。伯伦笑口寻常开。荷锸埋。妨
何碍。糟丘高垒葬残骸。先生也快哉。乌帽歪。醉眼开。心快
哉。想贤愚今何在。云遮了庾亮楼。尘生满故国台。幸有金樽
解愁怀。高歌归去来。诗书诗书润几斋。任落魄任落魄无妨碍。
脱利名浮云外。俺窝中好避乖。_{太和正音谱下　北词广正谱　九宫大成六}
六　元明小令钞收殿前喜

　　太和正音谱三首俱注无名氏小令。今案三首同用一韵。词意亦复相属。似为一
曲。正音谱既注小令。则或为带过之曲。惟小令中又未见有殿前喜过播海令大
喜人心者。北词广正谱据正音谱征引此三首。于殿前喜一首注小令。于他二首
改注套数。九宫大成亦征引此三首。于殿前喜一首后有附注。谓此曲无原套可
查。则亦认为系套数。兹姑据正音谱列于小令。○九宫大成何曾作何时。

〔不知宫调〕甜水令

麻绦草履风袍袖。名利不刚求。蓑笠纶竿钓鱼钩。绿水东流。_鸣
鹤馀音八

炉中炼出灵丹药。雷震采茶苗。明月清风杖头挑。不挂椰瓢。_鸣
鹤馀音八

看看又早中年过。白发鬓边多。积玉堆金大如何。梦里存活。_鸣
鹤馀音八

把心猿意马方拴定。为甚不争名。便得象简金鱼做公卿。白马
红缨。鸣鹤馀音八

以上四首应为散曲小令。但与双调甜水令牌名虽同。格律则异。不知属何
宫调。

失宫调牌名

月　蚀

前年蚀了。去年蚀了。今年又蚕来了。姮娥传语这妖蟆。逞脸
则管不了。锣筛破了。鼓擂破了。谢天地早是明了。若还到底
不明时。黑洞洞几时是了。静斋至正直记三

大　雨

城中黑潦。村中黄潦。人都道天瓢翻了。出门溅我一身泥。这
污秽如何可扫。东家壁倒。西家壁倒。窥见室家之好。问天工
还有几时晴。天也道阴晴难保。静斋至正直记三

静斋至正直记谓是江西士人所作。忘某调。又云。非深于今乐府者。不能作
也。案此二曲颇似词中之鹊桥仙。

套数

〔黄钟〕醉花阴

怨　恨

岁月匆匆易伤感。触目处红愁绿惨。杨柳嫩海棠酣。景物尴尬。离恨何时减。紫燕又呢喃。来往风前如诉俺。

〔喜迁莺〕关河边站。漾离怀野水柔蓝。晴岚。乱峰似玉瓮。看一片白云锁翠岩。写不够诗半缄。愁结成濛濛晓雾。泪滴就点点春潭。

〔出队子〕则被这薄情啜赚。不明白事怎谙。恹恹的绿云松亸坠琼簪。瘦怯怯玉体香消褪绿衫。薄设设翠被生寒侵卧毯。

〔刮地风〕不觉的滚滚杨花帘外糁。却又早春老江南。问东君未语心先憾。信断音缄。只见他愿祷经函。鸾镜缺何时闻勘。凤钗折甚日重簪。连理分被刀砍。不由人梦断春酣。恨薄倖陡恁的将名利贪。敢心如痴意似憨。

〔四门子〕约重阳回首无停暂。到如今三月三。偷香的胆谁人更敢。实丕丕已将风月担。据着你动静又恬。才貌又堪。则将那莺花占揽。

〔古水仙子〕他他他殢红妆事已憨。是是是弃了千金觅笑谈。呀呀呀翠红乡无倒断欢娱。看看看琉璃井有一日坑陷。恁恁恁瘦身躯尽意贪。罢罢罢说来的话儿虚又谗。来来来瞒不过上苍清湛湛。休休休亏心的自有神明鉴。我我我颠不刺情理是难甘。

〔赛儿令〕偏咱偏咱憔悴症候忒腌。满怀愁端的为谁耽。衔冤去投谢氏。无计去问巫咸。自叹息。自包含。

〔神仗儿〕黑漫漫相思海。忽刺的更潸。翠巍巍离恨天。没揣的

又险。最苦是黄昏。月又斜灯儿惨。孤帏里悄悄愁成暗。暗暗
不能够歌声唉。只落得枕上泪痕揾。

〔尾声〕才郎直恁忒渔滥。设下誓神灵恁甘。哎。你个再出世的
狠王魁怎下的辜负俺。雍熙乐府一　南北词广韵选一八

　　题从雍熙乐府　南北词广韵选题作闺恨。注元无名氏作。○（醉花阴）广韵选
　　红愁绿惨作绿愁红惨。（刮地风）广韵选闻勘作开勘。敢心如痴作心如醉。（四
　　门子）广韵选动静又恬作言语又踮。（古水仙子）广韵选是难甘作式难甘。（赛
　　儿令）广韵选症候忒腌作症忒恁腌。端的作滞的。谢氏作海庙。（神仗儿）广韵
　　选无暗暗不能够歌声唉一句。（尾声）广韵选恁甘作怎甘。

　　案：南北词广韵选所收注元人或元无名氏之散套。多有不足据者。本书（第二
　　一三一页）所举该书以明人之作属元人。以剧曲为散套之套数十一套。可为例
　　证。右黄钟醉花阴"岁月匆匆易伤感"套及以下正宫端正好翠红乡莺花寨。南
　　吕一枝花风尘素净身。莺眠柳嵌金。梨云梦渺漫。难摘镜里花。黄金罢酒筹。
　　公行天理明。中吕粉蝶儿花落春残。越调斗鹌鹑送玉传香。本书编辑时仅根据
　　广韵选一书所注作者时代为元而辑入之。实则未必皆属元人。亦未必皆为散
　　曲。元明曲书散佚者多。今既无足以发覆之佐证。只可姑辑之矣。

思　忆

雪月风花共裁剪。云雨梦香娇玉软。花正发月初圆。雪压风颠。
正比人天涯远。欲寄断肠篇。争奈这无边岸相思。好教我难
运转。

〔喜迁莺〕指沧溟为砚。管城毫健笔如椽。松烟。将太行山做墨
研。把万里青天为锦笺。都做了草圣传。我欲待要书。书不尽
心事。一会家诉。诉不尽熬煎。

〔出队子〕记当初相见。见俺那风流的小业冤。两心中便结死生
缘。一载间浑如胶漆坚。谁承望半路里翻腾做离恨天。

〔么篇〕二三朝不见。浑如隔了十数年。无一顿茶饭不萦牵。无

一刻光阴不怅念。无一个更儿里将他不梦见。

〔刮地风〕无一个来人行不问遍。害的我有似风颠。相识每见了重还劝。不由人不挂牵。思量的眼前活现。作念的口中粘涎。襟领前。袖口边。泪痕湮遍。想从前语在先。那时节他娇小我当年。论聪明贯世何曾见。他敢真诚处有万千。

〔四门子〕于咱家为他心无倦。气相和情缱恋。俺也曾坐并膝。语并肩。俺也曾芰荷香效他交颈鸳。俺也曾把手儿行。共枕儿眠。哎天也是我缘薄分浅。

〔水仙子〕非干是我自专。直觅得鸾胶续断弦。记枕上盟言。念神前心愿。我心坚石也穿。暗暗的祷告青天。若咱家少他前世冤。俏冤家不称今生愿。俺俺俺俺那世里再团圆。

〔尾声〕嘱付你衷肠莫更变。再相逢不知是动岁经年。则要你身去远莫教心去远。盛世新声丑集　词林摘艳九　雍熙乐府一　彩笔情辞一〇

此套盛世新声及词林摘艳两书皆不注撰人。盛世新声无题。词林摘艳题作思情。曲文校勘从略。题从雍熙乐府。彩笔情辞题作题情。注元人辞。〇(醉花阴)情辞正比人作人比。难运转作空辗转。(出队子)情辞当初相见作当时初见。(么篇)情辞二三作两三。隔了作隔。末句无里将他三字。(四门子)情辞缱作卷。无哎字。(水仙子)情辞青天作苍天。少他前世冤作负他前世缘。少一俺字。(尾声)情辞不知是作只除是。

〔黄钟〕愿成双

香共爇。誓共说。美姻缘永不离别。为功名两字赴长安。阻隔烟水云山万叠。

〔么〕辜恩一去成抛撇。他无情俺倒心呆。悔当时恨不锁雕鞍。扑倒得人香肌褪雪。

〔出队子〕柔肠千结。算今番愁又别。长吁短叹不宁贴。泪眼愁眉怎打叠。若见他家亲自说。

〔么〕玉簪折怎得鸾胶接。见无由成间别。你不来人道你心邪。我先死天教我业彻。欲寄平安怎地写。

〔尾〕若把我双郎见时节。向三婆行诉不尽喉舌。则道是思量得小卿成病也。阳春白雪后集五　雍熙乐府一　九宫大成七九引愿成双

雍熙乐府题作苏卿。○(愿成双)雍熙共爇作共撚。九宫大成同。(么)雍熙扑倒作折倒。(出队子)雍熙他家作伊家。(么)阳春白雪心邪作心斜。雍熙怎地作怎生。

鸳鸯对。鸾凤鸣。恰寻着美满前程。团香惜玉好恩情。忽变做了充饥画饼。

〔么〕吉丁的分破菱花镜。扑鼛的井坠银瓶。指山卖磨爱钱精。送得我离乡背井。

〔出队子〕佳人薄倖。没福消双县令。老娘无赖。放过书生。秀士多魔。遇着柳青。妾守冯魁。似胲下瘿。

〔么〕到如今划地无形影。教奴家愁越增。半江秋影月偏明。满腹愁烦心自哽。一雁哀鸣水云冷。

〔尾〕传示你个双生莫僽倖。休埋怨这不得已苏卿。先向豫章城下等。阳春白雪后集五　雍熙乐府一

雍熙乐府题作苏卿。○(愿成双)雍熙鸣作群。团作抟。末句无了字。(么)元刊阳春白雪二句脱井字。兹从钞本白雪及雍熙。(出队子)元刊白雪瘿作瘦。兹从钞本白雪及雍熙。雍熙守作守着。胲作颏。(么)雍熙烦作怀。(尾)元刊白雪首句传作。示字残缺。兹从钞本白雪。雍熙首句作不是你双生多僽倖。不得已下有的字。

如病弱。似醉酣。鬓髾松鬈弹金簪。锦衣宽褪瘦岩岩。残粉泪香消玉减。

〔么〕恨东君不管人情淡。绽芳丛缬锦争揽。旧游园圃见停骖。思往事离愁越感。

〔出队子〕慵临鸾鉴。瘦容颜影自惨。邻姬问我似痴憨。欲语无

言心自憯。似恁熬煎可惯耽。

〔么〕看时节梦儿里将人赚。闪得奴恨不甘。山盟海誓我心贪。负德辜恩他意敢。悔恨当初我自揽。

〔尾〕留恋你个三婆等时暂。则这几行书和泪封缄。写着道意不过呵肯来看探俺。阳春白雪后集五　雍熙乐府一　北词广正谱引愿成双

（愿成双）北词广正谱弹作耽。（么）钞本阳春白雪搀作揽。兹从元刊白雪及雍熙等。白雪雍熙淡俱作似。兹从广正谱。雍熙缠作夺。（出队子）雍熙心自憯作自懒。末句恁作恁般。（么）元刊白雪恨不甘作哏不甘。兹从钞本白雪及雍熙。白雪闪作闷。兹从雍熙。（尾）雍熙你个作恁。无呵字。看探作相探。

〔正宫〕端正好

本是对美甘甘锦堂欢。生纽做愁切切阳关怨。恰离了莺花寨。早来到野水平川。急煎煎千里把程途践。景萧萧宜写在帏屏面。

〔滚绣球〕动羁怀的是浙零零暮雨晴。恼人肠的是日迟迟春昼暄。感离情的是娇滴滴弄喉舌啼莺语燕。舞飘飘乱纷纷柳絮飞绵。叹浮生的是草萋萋际碧天。绿茸茸柳带烟。流尽年光的是兀良响潺潺碧澄澄皱玻璃楚江如练。断送行人的是忔登登鞭羸马行色凄然。猛想起醉醺醺昨宵欢会知多少。陡恁的冷清清今日凄凉有万千。情默默无言。

〔倘秀才〕莫不是黄司理缘薄分浅。多管是双通叔时乖运蹇。小卿你再不向秦楼动管弦。彩鸾回舞镜。青鸟罢衔笺。兀良不远。

〔脱布衫〕不行动则管里熬煎。休停待莫得俄延。侧着耳听沉沉半响。諕得我那胆寒心战。

〔醉太平〕原来是昏鸦噪暮天。落雁叫沙边。猛听得隔江人唤渡头船。啼红的是杜鹃。我则见扑簌簌泪湿残妆面。将风流秀士莫留恋。生忔察拆散了并头莲。则为他多情的业冤。

〔尾〕三杯别酒肝肠断。一曲阳关离恨添。我上车儿倦向前。他上雕鞍懒赠鞭。比各无言两泪涟。各办坚心石也穿。两处相思情意牵。遥望见车儿渐渐的远。<small>阳春白雪后集三　词林摘艳六　雍熙乐府</small>

二　北词广正谱引尾

<small>词林摘艳题作送别。雍熙乐府题作赶苏卿。〇(端正好)摘艳雍熙愁切切俱作悲切切。千里下俱无把字。(滚绣球)阳春白雪渐作昔。摘艳前三句及第五句内皆无的是二字。浮生作浮世。带烟作吐烟。无响潺潺上八字。断送作断送了。无行色凄然上六字。无猛想起。陡恁的诸字。末句作空着我无语无言。雍熙雨晴作雨声。飞绵下增嬉游玩赏无穷尽。畅饮开怀乐自然。此景堪怜。共三句。析以下为么篇。与谱不合。又。浮生的是作浮世的。(倘秀才)摘艳小卿你作我可也。动管弦作列管弦。舞镜作镜舞。兀良下有他去的三字。雍熙动作列。舞镜作舞袖。此调之后。脱布衫之前。摘艳雍熙皆另有叨叨令一支。摘艳云。不思量心上由作念。越思量越恁的添劳倦。意迟迟欲把他留恋。再几时能够成莺燕。他原来去了也么哥。他原来去了么哥。可着我减香肌腕松了黄金钏。雍熙末句无可着我腕四字。(脱布衫)阳春白雪熬煎作懊煎。摘艳雍熙沉沉俱作沉了。末句俱无那字。雍熙不行动作行不动。(醉太平)摘艳雍熙俱无我则见三字。莫留恋俱作难留恋。摘艳落雁叫作孤雁落。忔察拆散了作扢扎折下。末句他作俺。无的字。雍熙忔察作忔憎。末句他作我。(尾)元刊白雪两泪作雨泪。摘艳作语泪。兹从钞本白雪雍熙及广正谱。摘艳雍熙比各俱作彼各。坚心俱作心坚。摘艳添作天。上车作懒载车。他上作他怕上。的远作去的远。雍熙赠鞭作增鞭。末句无的字。</small>

豪放不羁

翠红乡莺花寨。占春风歌舞楼台。酒肠宽嫌杀金杯窄。会受用文章伯。

〔滚绣球〕都将着玉与帛。换做酒共色。尽教咱百年欢爱。管甚么万贯资财。鬓发白。容貌改。物和人知他谁在。青春去再不回来。一任教佳人宛转歌金缕。醉客佯狂饮绣鞋。便是英才。

〔倘秀才〕虽无那夺利争名手策。殢酒簪花的气概。风月所施呈七步才。花营中将愁解。酒部内把头抬。快哉。

〔醉太平〕会三千剑客。列十二金钗。绮罗丛里玳筵开。俊娇娥侍侧。金莲款步香尘陌。春葱慢折花枝带。玉簪斜插鬓云歪。是风流腻色。

〔尾声〕香焚宝鼎沉烟霭。酒泛金杯浮琥珀。银烛辉煌那光彩。翠袖殷勤捧玉台。对舞春风翠盘窄。合唱笙箫音吕谐。一对佳人醉扶策。两个纱笼引下阶。快活煞长安少年客。　雍熙乐府二　南北词广韵选六　彩笔情辞五

题从雍熙乐府。南北词广韵选题作豪放。注元人作。彩笔情辞题作放怀。注明古辞。曲文校勘从略。○(滚绣球)广韵选首句无着字。(倘秀才)广韵选二句无的字。

相　忆

常想着狎粉席绮罗香。犹记得照醉眼红妆艳。殢春娇恣意相瞻。温柔典雅则着人频作念。撇不下心常慊。

〔滚绣球〕溜秋波情意饮。并香肩语话儿甜。你为我鸳鸯债此生少欠。我为你风月担尽力粘拈。我因你鱼书儿修了又修。你为我龟卦儿占了又占。想则想争想似更风流昔年双渐。猜则猜休猜做没出活今日江淹。则为这蝇头蜗角频勾引。非是这风友鸾交厮弃嫌。辜负了等等潜潜。

〔倘秀才〕一个风流如高才子瞻。一个聪明如能文蔡琰。似这等女貌郎才厮并兼。娇羞甜腻腻。君子美谦谦。非是俺将言词故谄。

〔滚绣球〕翠裙宽腰更纤。绿云松鬓乱䰐。这相思更危如五更灯焰。这忧愁争险似万仞峰尖。怎肯将玉胡蝶花下撺。锦鸳鸯手

内挦。我其实怕叩海神那一场灵验。我其实怕赚苏卿一命增添。也是你安分福花台上注。以此上月老姻缘玉簿上佥。任违了父教师严。

〔倘秀才〕莫说道唤不醒呆庄周胡蝶梦甜。争知道医不可痴情女揶揄病染。休猜俺山海恩情似水底盐。鸳帏闲凤枕。鸾镜暗雕奁。流不尽腮边泪点。

〔叨叨令〕风月情待把青楼占。慷慨情不把黄金俭。锦绣肠堪把秋娘赡。花月貌争把檀郎验。想杀人也么哥。想杀人也么哥。娇滴滴美玉无瑕玷。

〔倘秀才〕寂寞了银屏翠帘。憔悴了桃腮杏脸。都分付雁帖鱼缄劳笔铦。你那里歌台闲舞袖。我这里书架乱牙签。间别来光阴荏苒。

〔脱布衫〕常想着接谈间爇龙香轻散雕檐。常想着遣兴时品鸾箫畅对银蟾。常想着挵蒲罳醉琼姬喜设玳筵。常想着踏花归并青骢款揾金粘。

〔小梁州〕妙舞清歌近绣幨。不由人一笑掀髯。惜香怜玉那情忺。端的是心无厌。锦帐内效鹣鹣。

〔么篇〕一钩罗袜金莲蔹。引的人心儿散不受拘钤。缠头锦怀内揣。买笑金囊中检。也不索遮遮掩掩。一任教佳友话儿噤。

〔尾声〕休猜做瓶沉簪折遭抛闪。一任教燕聒莺煎暗搊醃。月户云窗紧护苫。粤女吴男有耻廉。心㦬眉频愁未敛。玉软香娇情厮粘。坐则思量立则念。生则同衾死同殓。雨涩云悭梦中魇。月下星前意自恬。落雁沉鱼谁不忺。击玉敲金才不忝。脸晕桃花铺笑靥。口唾丁香搵舌尖。心上频恮。舌上频嗛。恨不得倩一个毛延寿人儿将恁那俊庞儿点。雍熙乐府三　彩笔情辞一〇　南北词广韵选一九引滚绣球倘秀才题从雍熙乐府。南北词广韵选引滚绣球倘秀才谓元词。彩笔情辞题作题情。亦注元人辞。○(端正好)雍熙恣意作姿意。情辞则着人作教人。慊作歉。(滚绣球)广韵选粘拈作拈黏。出活作出豁。是这作干是。情辞语话下无儿字。为我龟卦作因我龟卦。出活作出豁。这凤友作那凤友。(滚绣球)情辞八句其实上无我字。安分福作安全分福。以此上作因此上。(叨叨令)情辞慷慨情作慷慨怀。(脱布衫)情辞二句四句俱无常想着三字。粘作鞊。(么篇)情辞任教作任他。(尾声)情辞任教作任他。吴男有耻廉作吴儿快远嫌。谁不忺作谁不欢。口唾作口吐。

〔正宫〕月照庭

老足秋容。落日残蝉暮霞。归来雁落平沙。水迢迢。烟淡淡。露湿兼葭。飘红叶。噪晚鸦。

〔么〕古岸苍苍。寂寞渔村数家。茶船上那个娇娃。拥鸳衾。敲珊枕。情绪如麻。愁难尽。闷转加。

〔六么序〕记当时。枕前话。各指望永同欢洽。事到如今两离别。褪罗裳憔悴因他。休休自家缘分浅。上心来泪揾湿罗帕。想薄情镇日迷歌酒。近新来顿阻鳞鸿。京师里恋烟花。

〔么〕哭啼啼自咒骂。知他是忆念人么。蓦闻船上抚琴声。遣苏卿无语嗟呀。分明认得双解元。出兰舟绣鞋忙屧。乍相逢欲诉别离话。恶恨酒醒冯魁。惊梦杳无涯。

〔鸳鸯儿煞〕觉来时痛恨半霎。梦魂儿依旧在篷窗下。故人不见。满江明月浸芦花。阳春白雪后集三　太和正音谱上引月照庭六么序　北词广正谱引月照庭　九宫大成三三引月照庭六么序

　(月照庭)太和正音谱老足作老尽。三句作归来时雁宿平沙。北词广正谱雁落作雁宿。九宫大成俱同正音谱。(么)阳春白雪古岸作右岸。正音谱大成那个俱作年小的。(六么序)正音谱记作记得。首二句作一句。又与大成七句俱无揾字。八句俱无想字。

〔正宫〕货郎儿

静悄悄幽庭小院。近花圃相连着翠轩。仕女王孙戏秋千。板冲开红杏火。裙拂散绿杨烟。

〔脱布衫〕见金莲紧间金莲。胸前紧贴胸前。香肩齐并玉肩。宝钏压着金钏。

〔醉太平〕那两个云游在半天。恰便似平地上登仙。晚来无力揽红绵。下秋千困倦。慢腾腾倚定花枝颤。汗漫漫湿透芙蓉面。金钗不整鬓云偏。吁吁气喘。

〔货郎煞〕倒摺春衫做罗扇搧。<small>梨园乐府下</small>

<small>梨园乐府列此四曲于小令醉太平诸曲之末。然自曲文观之。实为套数。惟今所见元人套数。又无以货郎儿作起调者。疑有脱误。末支仅一句。亦有阙文。</small>

〔正宫〕汲沙尾<small>南</small>

四　景

金殿锁鸳鸯。何时重会情娘。间阻佳期。咫尺雾迷云障。思量。常想那樽前席上。多丰韵容貌非常。风流艳妆。自古道淑女堪配才郎。

〔脱布衫带过小梁州<small>北</small>〕歌白雪馀韵悠扬。红牙撒尽按宫商。品玉箫鸾鸣凤叶。舞霓裳翠盘宫样。解语知音所事强。端的是世上无双。冰弦慢拨趁奇腔。声嘹喨。口喷麝兰香。轻清韵美低低唱。启朱唇皓齿如霜。穿一套缟素衣。尽都是依宫样。又不是悲秋宋玉。可着我想像赋高唐。

〔渔家傲<small>南</small>〕到春来和风荡。喷火夭桃。正宜玩赏。闲游戏拾翠寻芳。正春光艳阳。雕梁乳燕呢喃两。游蜂趁蝶舞飞扬。正清和气爽。踏青载酒吟诗赋。斗草藏阄云锦乡。添情况。满斟着玉觞。遇韶华休负了好时光。

〔醉太平北〕喜炎天昼长。避暑纳新凉。浮瓜沉李饮琼浆。听蝉鸣绿杨。榴花喷火争开放。葵花向日玻璃漾。荷花云锦满池塘。直喫的乐醄醄入醉乡。

〔普天乐南〕酏中秋明月朗。登高在楼台上。东篱下菊蕊含金。正消磨暑气秋光。捧玉觞。葡萄酿。酒友诗朋齐歌唱。玉山颓沉醉何妨。朱扉绿窗。任风吹落帽龙山赏重阳。

〔伴读书北〕布彤云迷四方。朔风凛毡帘放。暖阁围炉频醄荡。正歌楼酒力添欢畅。我则见多娇语笑樽席上。引的人腹热肠狂。

〔笑和尚北〕我将慢徐徐语话讲。成就了风流况。共寝在绡金帐。诉衷情到耳傍。尽今生永成双。选良时配鸾凰。捧瑶觞赛神羊。将往时苦都撇漾。

〔馀音南〕姻缘事非计量。尽老团圆寿命长。办炷明香拜上苍。盛

世新声子集　词林摘艳六　雍熙乐府二　新编南九宫词　彩笔情辞九

　　盛世新声无题。词林摘艳题作四景。雍熙乐府题作四时欢畅。新编南九宫词无题。俱不注撰人。彩笔情辞题作怀美。注元人辞。南九宫词无北曲。〇（汲沙尾南）雍熙重会作重配。古道作古来。才郎作情郎。南九宫词俱同。情辞想作记。（脱布衫带过小梁州北）盛世原刊本徽藩本摘艳解语俱作解似。兹从内府本摘艳。雍熙红牙撒作撒红牙。三句作吹玉箫鸾鸣翠竹。宫样作新样。解语作谐吕。尽都是作端的。赋作赴。情辞宫样作摇荡。解语作解吕。尽都是作裁。（渔家傲南）原刊本徽藩本摘艳及雍熙休负了俱作休负。雍熙喷火作烂熳。正春光作春光。呢喃两作呢喃两两。清和作遇着清和。南九宫词俱同雍熙。惟休负作休负了。情辞风荡作风飏。遇韶华作对韶华。馀俱同雍熙。惟仍作呢喃两。（醉太平北）雍熙蝉鸣作蝉声。荷花云作绿荷绽。无直喫的三字。（普天乐南）情辞龙山赏作庆赏。（伴读书北）雍熙围炉作红炉。笑樽作话临。引作引惹。狂作荒。（笑和尚北）盛世摘艳情辞往时俱作往事。雍熙到耳作付耳。永成作成作。（馀音南）雍熙姻缘事作姻缘是。又与南九宫词寿命俱作寿。办炷

俱作满捧。情辞办炷明作满爇盟。

〔仙吕〕赏花时

卧枕着床染病疾。梦断魂劳怕饮食。不索请名医。沉吟了半日。
这证候儿敢跷蹊。

〔么〕参的寒来恰禁起。忽的浑身如火气逼。厌的皱了双眉。豁
的一会价精细。烘的半晌又昏迷。

〔煞尾〕减精神。添憔悴。把我这瘦损庞儿整理。对着那镜儿里
容颜不认得。呆答孩转转猜疑。瘦腰围。宽尽罗衣。一日有两
三次频将带缂儿移。觑了这淹尖病体。比东阳无异。不似俺害
相思出落与外人知。阳春白雪后集二　雍熙乐府五

　　（赏花时）元刊阳春白雪名作客。钞本作召。兹从雍熙乐府。雍熙末句无儿字。
　　（么）元刊白雪烘下衍一半字。晌作饷。钞本白雪不误。雍熙参作俺渗。火气
　　作火。（煞尾）钞本白雪缂作绩。兹从元刊本。雍熙那镜儿里作镜里。转转作
　　展转。瘦作瘦损。带缂作扣缝。淹尖作淹煎。末句俺作你。与作的。

只为多情忒俊雅。月下星前迤逗煞。掩映着牡丹花。潜潜等等。
不见劣冤家。

〔么〕今夜相逢打骂咱。忽见人来敢是他。只恐有争差。咨咨认
了。正是那娇娃。

〔煞尾〕悄悄吁。低低话。厮抽抒粘粘掐掐。终是女儿家不惯耍。
庞儿不甚挣达。透轻纱。双乳似白牙。插入胸前紧紧拿。光油
油腻滑。颤巍巍拿罢。至今犹自手儿麻。阳春白雪后集二　雍熙乐府五
　　雍熙乐府题作扪乳。○（赏花时）雍熙煞作咱。（么）雍熙咨咨作孜孜。（煞尾）
　　雍熙粘粘作拈拈。是女儿作个女孩儿。庞儿上有嫩字。挣作撑。轻纱作纱
　　窗。插作持。滑作滑滑。

春夜深沉庭院幽。偷访吹箫鸾凤友。良月过南楼。昨宵许俺。
今夜结绸缪。

〔么〕两处相思一样愁。及至相逢却害羞。则是性儿柔。百般哀告。腼腆不抬头。

〔煞尾〕你温柔。咱清秀。本是一对儿风流配偶。咫尺相逢说上手。紧推辞不肯成头。又不敢久迟留。只怕姊母追求。料想伊家不自由。空耽着闷忧。虚陪了消瘦。不承望刚做了个口儿休。

阳春白雪后集二　雍熙乐府五

(赏花时)钞本阳春白雪结作话。雍熙乐府深沉作沉沉。(煞尾)钞本白雪姊作你。元刊白雪消瘦作消息。兹从钞本。雍熙成头作承头。姊母作老母亲。闷忧作闷愁。消瘦作伺候。不承望作谁承望。口作嘴。

〔仙吕〕点绛唇

问柳寻芳。惜花怜月。心狂荡。名姓高扬。处处人瞻仰。

〔混江龙〕樽前席上。偶然相遇俏萧娘。闲通局肆。善晓宫商。樊素口偏宜歌白雪。小蛮腰遍称舞霓裳。妖娆相。花无宿艳。玉无温香。

〔醉中天〕行院都皆赏。女伴每尽伏降。宝髻钗攒金凤凰。万种风流相。一见了教人断肠。可憎模样。宜梳宜画宜妆。

〔金盏儿〕性温良。貌非常。晓诗书通合剌知棋象。兰心蕙性世无双。蛾眉频扫黛。宫额淡涂黄。半弯罗袜窄。十指玉纤长。

〔后庭花煞〕有精神有伎俩。诸馀里忒四行。出格心肠俏。过人手段强。细思量。风流模样。少个的亲心爱画眉郎。梨园乐府上

(混江龙)樊素原作繁素。兹改。

赠　妓

淡扫蛾眉。粉容香腻。娇无力。绿鬓云垂。旖旎腰肢细。

〔混江龙〕性资聪慧。对着这风花雪月有新题。金箆击节。翠袖

擎杯。妙舞几番银烛暗。清歌一曲彩云低。朝朝宴乐。夜夜佳期。偎红倚翠。绣幌罗帏。生在这锦营花阵繁华地。逞风流在销金帐里。叙幽情在燕子楼西。

〔油葫芦〕则这送旧迎新有尽期。少年时能有几。我则怕镜中白发老来催。有一日花残色改容颜退。到头来怎是你终身计。床头又囊箧乏。门前又鞍马稀。趁青春若得个良人配。怎做得张郎妇李郎妻。

〔天下乐〕引的些俊俏郎君着意迷。使了虚脾。小见识。陷人坑尽深难见底。惹得人父母嫌。搬得人妻子离。便趱得钱财多有甚奇。

〔那吒令〕盈斟着酒杯。则不如桑麻纺织。轻罗细丝。则不如荆钗布衣。珍馐美味。则不如家常饭食。免得弃旧人迎新婿。到大来无是无非。

〔鹊踏枝〕昨日个叙别离。今日个待相识。眼面前秋月春花。头直上兔走乌飞。叹光阴白驹过隙。我则怕下场头乐极生悲。

〔寄生草〕早寻个归秋日。急回头也是迟。谁待要陪狂伴醉筵间立。谁待要迎妍卖俏门前倚。谁待要打牙讪口闲淘气。少不得花浓酒酽有时休。那其间东君不管人憔悴。

〔金盏儿〕费追陪。笑相随。东家会了西家会。每日家逢场作戏强支持。擎杯淹翠袖。翻酒污罗衣。抵多少惜花春起早。爱月夜眠迟。

〔后庭花〕唤官身无了期。做排场抵暮归。则待学不下堂糟糠妇。怎做得出墙花临路岐。使了些巧心机。那里有真情实意。迷魂汤滋味美。纸汤瓶热火煨。初相逢一面儿喜。才别离便泪垂。

〔青歌儿〕趱下些家缘家计。做不着盘缠盘费。不问生熟办酒食。他便要弄盏传杯。说是谈非。斜眼相窥。口角涎垂。喫得来东倒西歪醉淋漓。受不得腌臜气。

〔尾声〕跳不出引魂灵的绮罗丛。迷子弟莺花队。费精神花朝月夕。醉舞狂歌供宴集。樽席上做小伏低。敛愁眉强整容仪。你便是法酒肥羊不甚美。子不如绩麻撚絮。随缘活计。那其间方是得便宜。雍熙乐府四　彩笔情辞六

题从雍熙乐府。彩笔情辞题作劝妓。注元人辞。○(混江龙)雍熙锦营作锦林。情辞绣幌作绣。(油葫芦)情辞色改作月缺。来怎是你作怎是。怎做得作怎做那。(寄生草)情辞也是作已是。(青歌儿)情辞家缘盘缠俱叠二字。(尾声)情辞子弟下有的字。

〔仙吕〕村里迓鼓

四季乐情

正值着丽人天气。可正是赏花赏花的这时候。你看那花红和这柳绿。绕着这舍南舍北。庄前庄后。则见那柳飞绵。花似锦。江山清秀。他每都携着美酝。穿红杏。摇翠柳。我直喫的笑吟吟醺醺带酒。

〔元和令〕锦模糊江景幽。翠峻嶒远山秀。正值着稻分畦蚕入簇麦初熟。太平人闲袖手。趁着这古隄沙岸绿阴稠。缆船儿执着钓钩。缆船儿执着钓钩。

〔上马娇〕我将这锦鲤兜。网索来收。村务内酒初熟。恰归来半醉黄昏后。暮雨收。牧童儿归去倒骑牛。

〔游四门〕正是枫林梧叶报新秋。呀呀的寒雁过南楼。正遇着鸡肥蟹壮秋收候。霜降水痕收。朋友每留。乘兴饮两三瓯。

〔胜葫芦〕正值着浅碧的这粼粼露远洲。赏红叶一枝秋。我则见三径黄花景物幽。正值着丰年稔岁。太平箫鼓。酒醒时节再扶头。

〔后庭花〕我则待寻梅访故友。踏雪沽醅酒。宝篆焚金鼎。浊醪
饮巨瓯。只喫的醉了时休。酒杯中不够。村务内将琴剑留。仓
廒中将米麦收。浑酸醋瓮底笃。再邀住林下叟。

〔柳叶儿〕我直喫到二更的时候。正喧哗交错觥筹。一任教月移
梅影横窗瘦。心相爱。意相投。醉时节纳被蒙头。盛世新声卯集
词林摘艳四　雍熙乐府四　北曲拾遗　太和正音谱下引村里迓鼓至胜葫芦五支及柳
叶儿　北词广正谱引村里迓鼓后庭花　九宫大成五引后庭花柳叶儿

　　盛世新声重增本内府本词林摘艳雍熙乐府北曲拾遗俱无题。原刊本徽藩本词林
摘艳题作四季乐情。皆不注撰人。兹以太和正音谱及北词广正谱征引之。而未
注为明人作。故以之属元无名氏。正音谱广正谱皆以此曲为套数。惟无名氏海
门张仲村村乐堂杂剧第一折内亦有此套。后者校语从略。○(村里迓鼓)太和正
音谱此支作。正值着丽人天气。禁烟时候。花红柳绿。舍南舍北。庄前庄后。
更有拜扫男。归宁女。游春叟。携美酝。步绿苔。穿红杏。握翠柳。直喫得驴
背上醺醺带酒。盛世摘艳舍南舍北俱作社南社北。内府本摘艳二句时候上无的
这二字。雍熙二句作却正是赏花时候。无和这二字。则见那作我则见这。穿字
摇字下并有着字。末句我直作呀只。北曲拾遗二句少赏花的这四字。三句无和
这二字。则见那柳飞绵作只见这柳絮飞。穿作穿着。摇作约着。我直作呀只。
北词广正谱同正音谱。惟无更有二字。驴背作蹇驴。带作殢。广正谱注云。正
音谱收此。舍南舍北变四字。多步绿苔一句。群珠原无。(元和令)盛世摘艳
嶒俱作层。入俱作齐。兹从正音谱。正音谱无正值着三字。初熟作初收。太平
人作老人家。无趁着这三字。缆船儿作缆船人。无叠句。雍熙入簇作弃簇。执
着作抛着。无叠句。北曲拾遗嶒作层。入作齐。趁着这作趁着。末句作着钓钩
三字。疑作缆船儿执四字。(上马娇)正音谱我将这作将。来收作收。村务内
作兀良村务。无恰字。半醉作醉饱。末句无儿字。雍熙兜作来兜。来收作收。
无内字及恰字。半醉作醉也。又与北曲拾遗末句俱无儿字。(游四门)盛世脱
牌名。摘艳惟内府本未脱牌名。馀本亦脱。正音谱此支作。芰荷平野正穷秋。
听呀呀新雁过南楼。荷枯柳败芙蓉瘦。鸥鹭立溪头。幽。霜降水痕收。雍熙正
是作却又早。饮作饮了。北曲拾遗二句无的字。朋友每作朋友。饮作饮了。
(胜葫芦)盛世脱牌名。摘艳惟内府本未脱牌名。馀本亦脱。正音谱此支作。

浅碧粼粼露远洲。红叶一林秋。明日黄花蝶也愁。孟嘉宅上。渊明篱畔。醒后
再扶头。内府本摘艳首句无的这二字。时节作时。雍熙首句作我则见那浅碧粼
粼露远洲。值着作遇着。北曲拾遗首句无着及的这三字。三句无我则见三字。
四句正值着作趁着这。(后庭花)盛世摘艳酒杯俱作酒还。兹从雍熙北曲拾遗
等。雍熙则待作这里。梅作梅花。雪作冻雪。宝篆句作宝鼎内焚香串。醉了作
醉。廒作库。再作旋。北曲拾遗梅访作梅花邀。醉了作醉。务内将作坞内。广
正谱无我则待三字。访作边。只喫至琴剑留作。意相投。酒还筲。不向村务里
将琴剑留。将米作把米。邀住作迎住。九宫大成俱同雍熙。惟宝篆句同此。
(柳叶儿)正音谱无我字。的时候作前后。正喧哗作闹喧呼。末三句作。醒时
醉。醉时休。黑喽喽衲被蒙头。雍熙首句无的的字。北曲拾遗同。雍熙一任教作
直喫的。九宫大成喫到作喫得。馀同雍熙。

〔仙吕〕八声甘州

杯中酒冷。鼎内香消。台上灯昏。夜间人静。书斋中半掩重门。
愁靠芙蓉绣枕边。闷拥鲛绡锦被。空思想意中人。年少芳温。
〔醉中天〕一点朱唇嫩。八字柳眉鬒。宝髻高梳楚岫云。莲脸施
朱粉。包弹处全无半分。可人意风韵。见他时忽的销魂。
〔赚尾〕为他娇。因他俊。迤逗的俺行痴立盹。便得后冤家行频
觑付。偷工夫短命行温存。是费了些精神。一夜欢娱正了本。
他于咱意亲。俺于他心顺。不由人终日脚儿勤。　　　　阳春白雪后集二　雍
熙乐府五

　　(八声甘州)钞本阳春白雪半掩作早掩。枕下无边字。兹从元刊白雪及雍熙乐
　　府。白雪年少作年小。雍熙夜间作夜阑。枕边作枕闲。芳温作芳卿。此曲锦被
　　下应漏一字。如于空字断句则失韵。(赚尾)钞本白雪觑付作觑恃。疑应作觑
　　侍。雍熙三句无的字。立作坐。便得作便约。觑付作嘱咐。费上无是字。他于
　　二句作。他于咱亲。咱于他顺。

芳菲过眼。向玉砌雕阑。翠落红翻。都来一段。新愁旧恨相烦。
帘垂永日人乍别。门掩东风花又残。无语问春归。天上人间。

〔六么遍〕恨归期晚。寻芳懒。倚遍阑干。盼煞雕鞍。佳音越悭。啼泪不干。生瞇厌厌相思恨。愁烦。闷来独把绣床攀。

〔元和令〕谩将龟卦揭。空把雁书盼。料他云雨兴阑珊。天涯何日还。重衾犹怯五更寒。闷愁心上攒。

〔后庭花〕瘦来金缕宽。空将宝镜看。髻绾双鬟乱。眉颦八字弯。最心烦。花开庭院。子规啼数番。

〔尾〕问长安。隔关山。别郎容易见郎难。清明过也。鹧鸪声里画楼闲。阳春白雪后集二 雍熙乐府五

（六么遍）钞本阳春白雪生瞇作坐睡。雍熙乐府啼泪作啼痕。生瞇作挣挨。相思恨恨字失韵。疑应作限。（元和令）雍熙揭作卜。兴阑珊作阻关山。（后庭花）元刊白雪花开作花间。兹从钞本及雍熙。雍熙三句作髻绾双鸦乱。花开庭院作闲庭院。

〔南吕〕一枝花

鬓鬟梳绿云。肌瘦消红玉。蛾眉颦翠黛。粉脸堕珍珠。遍洒东风。乱落梨花雨。低头长叹吁。长叹罢罗帕频淹。都揾尽千丝万缕。

〔梁州〕愁怨恨还如堆积。旧精神不似当初。自从万里人南去。尘濛锦瑟。帐漫流苏。香焚宝鼎。酒冷金壶。对青鸾不待妆梳。到黄昏着甚支吾。怕的是照闲庭月色朦胧。倦的是透珠帘花香馥郁。愁的是印纱窗竹影扶疏。自心。黯忖。悔当时错发送上阳关路。听唱到第三句。总是离人断肠曲。搔首踟蹰。

〔梧桐树〕刚道声才郎身去心休去。他揽与俺回挽得千条柳难系雕鞍住。到如今百草枯风吹得红叶舞。正值着秋天暮。

〔感皇恩〕呀。骨刺刺风透纱帱。吉丁当漏滴铜壶。薄设设被儿单。昏昏惨惨灯儿暗。瘦厌厌影儿孤。思伊受苦。偏俺负你何

辜。从春去。因应举。恋皇都。

〔采茶歌〕他去了半年馀。闪得我受孤独。罗帏寂寞故人无。寒雁来时音信杳。雁去归去亦无书。

〔尾〕知他是谁家月馆风亭宿。何处山村野店居。锦堂春翻做阳关路。多情弄玉。若见吹箫伴侣。慢慢的说俺从前受过的苦。钞本阳春白雪后集三　罗本阳春白雪

罗本阳春白雪署奥敦周卿作。〇（梧桐树）原作感皇恩。兹改正。（感皇恩）原作骂玉郎。兹改正。四句疑衍一昏字。

嘲黑妓

脸如百草霜。唇注松烟墨。眼横潭底水。牙染连金泥。乌玉如肌。眉不显春山翠。似葡萄好乳垂。若不是薄荷煎每日充饥。渎牙药逐朝漱洗。

〔梁州〕我子道克剌张回回姊妹。却原来是大洪山三圣姨姨。猛回头错认做砂锅底。只合去烧窑淘炭。漆碗熏杯。怎生去迎新送旧。卖笑求食。便是块黑砂糖有甚希奇。便是块试金石难辨高低。莫不寨儿中书下的灵符。莫不是房儿中描来的黑鬼。莫不是酒楼前贴下钟馗。这妮子幼年间充着壬癸。生长在乌衣国。靠定门帘不动衣。百般的辨不得容仪。

〔尾〕不索你分星擘两显名儿唤。路上行人口胜碑。这娘子骂得他都易。泪滴下些黑汁。脚踢起些炭气。吁得青铜镜儿黑。钞本阳春白雪后集三

（一枝花）四句原脱一字。慈臆补连字。若不是疑应作莫不是。（梁州）莫不寨儿中不下疑脱是字。

惜　春

春阴低画阁。梅瓣琼英落。晓光浮绿野。草色翠纱娇。莺语般

挑。断送得风光好。隔墙声尤自巧。道游人莫惜千金。春色渐三分过了。

〔梁州〕海棠睡娇容似醉。柳风轻绿线如缫。轮蹄碾破青青草。酒家何处。沽旆招摇。画船无数。舞袖翩跹。风流杀凤管鸾箫。多情杀翠髻云翘。梨花院爱月眠迟。杏花楼惜花起早。桃花庄觅句相嘲。鬓角。二毛。晓来镜里都知道。忽忽地又过了年少。苦雨酸风昨夜恶。恐一片花飘。

〔尾〕绿阴繁渐渐春风老。玉壶暖迟迟夜月高。九十日光阴能有几日笑。朱帘下着。低垂绣幄。休放那搅春梦呢喃燕来了。太平乐府八 雍熙乐府一〇 南北词广韵选一一

（一枝花）雍熙乐府首句作春云画阁低。翠纱娇作翠盈郊。般挑作般调。断送下无得字。南北词广韵选般作搬。尤自作兀自。馀俱同雍熙。（梁州）雍熙广韵选苦雨酸风俱作苦风骤雨。广韵选翩跹作飘飘。庄作坞。（尾）太平乐府能有作有能。明大字本太平乐府光阴作春光。雍熙春风作春光。下着作放下着。低垂绣幄作绣幕垂低着。休放作休教。春梦下有的字。广韵选俱同雍熙。

夏 景

池塘睡锦鸳。楼阁飞双燕。红榴招戏蝶。绿柳噪新蝉。葵火阶前。竹笋侵墙串。泉流草径边。绿茸茸蓑展青毡。密匝匝苔铺翠藓。

〔梁州〕荼䕷架阴稀日转。木香棚影密风搧。消磨暑气把香醪劝。冰沉果木。香爇龙涎。风骚朋友。歌舞婵娟。尽开怀语笑声喧。任披襟散发掀髯。引蜻蜓菡萏初开。隐游鱼浮萍乍展。托青蛙荷叶才圆。登临。画船。趁薰风撑近垂杨院。对此景果堪羡。慢酌金樽浅浅斟。盏盏垂莲。

〔隔尾〕一弯新月添诗卷。十里香风助酒筵。向晚归来小庭院。簟纹铺水渊。纱幮挂雾烟。一枕珊瑚梦魂远。太平乐府八

（一枝花）瞿本旧校改袭作莎。（梁州）元刊本等乍作怎。兹从何钞本。（隔尾）庭原作亭。兹从瞿本旧校。

春　雪

和风动草芽。暖日催花萼。桃腮生红脸。柳眼发青胞。卷地风号。扑面梨花落。抵多少彤云埋树梢。我则见千百片柳絮飞扬。恰便似万万队蛾儿乱搅。

〔梁州第七〕担阁了闺院女西园斗草。误了你也富贵郎南陌东郊。只见白茫茫迷却前村道。那里也游蜂采蕊。那里也紫燕寻巢。那里也莺声恰恰。那里也蝶翅飘飘。洒歌楼酒力微消。望江天万里琼瑶。恰便似银砌就枯木寒鸦。玉琢就冰枝冻雀。粉妆成野杏山桃。浅桥。填了。负薪樵子归岩峤。渔翁冷怎垂钓。古寺里山僧煮茗瀹。对景寂寥。

〔尾〕寒凝冷透乌纱帽。料峭寒侵粗布袍。引着仆僮儿可堪笑。酒葫芦杖挑。诗卷儿袖着。便有杜甫驴儿也冻倒。梨园乐府上

（尾）首句冷原作令。兹改正。

妓名张道姑

风尘素净身。烟月清闲字。莺花坛上友。歌舞洞中师。积善因慈。守一点全真志。扣玄关仗力持。用偎红倚翠工夫。受惜玉怜香篆旨。

〔梁州〕演步虚轻敲檀板。炼华池净洗胭脂。入山林远闺阁和街市。不跨鹤超凡小小。不乘鸾得道师师。惯弃俗缠头红锦。惯出家买笑金赀。风流客普化相思。疏狂士稽首相辞。碧玉簪芙蓉冠新入个名流。青霞帔逍遥服新裁个样子。黄金钟蕊珠经另打个腔儿。念兹。在兹。心中猿意内马情无二。多财舍有缘施。

谁种红莲火里枝。朵朵灵芝。

〔尾〕参礼透朝云暮雨情如纸。戒得断酒病花愁气似丝。修养出丰标更谁似。蓬莱山降赐。蟠桃会宴侍。再谪下个神仙度脱你。

雍熙乐府八　南北词广韵选三　彩笔情辞二

　　　题从雍熙乐府。南北词广韵选题作妓女入道。注元无名氏作。彩笔情辞题作赠张姬名道姑。注明古辞。兹据广韵选辑之。○（梁州）雍熙三句作远山林隐阁闺知街市。新裁作别生。情辞三句作远山林隐闺阁如街市。新裁作别裁。

莺眠柳嵌金。蝶宿梨藏玉。草泥迷燕嘴。花蕊上蜂须。春雨如酥。妆点繁华富。寻芳上苑初。花圃内蝶戏蜂游。柳塘边莺啼燕语。

〔梁州〕花似锦满枝开放。草如烟遍野均铺。海棠娇滴胭脂露。王孙宝马。仕女香车。踏青南陌。载酒西湖。一弄儿景致非俗。三般儿巧笔堪图。草如烟翠锦笼纱。梨花月琼林捧玉。杨柳露绿线穿珠。自想。老夫。依家鹦鹉洲边住。那的是快活处。钓得鱼来卧看书。酒满葫芦。

〔尾〕绿杨影里鸠啼妇。红杏枝头燕引雏。锦片也似园林无半答儿空闲处。似邵平杜甫。仆僮共蹇驴。游遍春光看不足。雍熙乐府八　南北词广韵选五引句

　　　南北词广韵选引梁州芳草烟翠锦笼纱三句。引尾绿杨影里鸠鸣妇二句谓元人作。兹据此自雍熙乐府辑出全套。○（梁州）广韵选草如烟作芳草烟。（尾）广韵选啼妇作鸣妇。

香　绵

梨云梦渺漫。柳絮春零乱。轻盈怜鲁缟。皎洁胜齐纨。雾霭雕盘。韩寿衣沾爨。风流引俊潘。蜘蛛丝晓挂雕檐。胡蝶粉时飘谢馆。

〔梁州第七〕撚纤缕络成䌷段。擘轻绒织做丝鬐。温柔堪作飞琼

伴。枝牵连理。扣扭合欢。明如雪块。静似酥团。纳儒衣蔽尽
寒酸。做道袍睡煞陈抟。逐歌尘微飏珠帘。题彩扇轻粘翠管。
傍妆台乱拂青鸾。顿觉。放短。丝来线去相萦绊。拧不开。挽
不断。若比芦花一例观。人眼难瞒。

〔尾〕揭鹅脂铺锦被鸳鸯交颈三千段。分茧套办妆奁翡翠笼欢一
万端。遮莫黑雪乌风夜将半。将着这几般。床儿上垛满。用意
温存正睡得暖。雍熙乐府九　南北词广韵选九

南北词广韵选注元人作。○（梁州第七）广韵选织做作织就。静似作滑似。珠
帘作梁端。（尾）广韵选遮莫作遮莫是。床儿上有向字。

盼 望

难摘镜里花。怎捞江心月。空闻三足乌。不识两头蛇。四件情
节。堪比虚疼热。听叮咛仔细说。谎恩情如炭火上消冰。虚疼
热似滚汤中化雪。

〔梁州〕情浓时热烘烘买笑追欢。兴阑也冷冰冰意断恩绝。不由
我蘸霜毫搜巧句闲编捏。怎当他老虔婆撒褪。小猱儿妆呆。村
姨夫强买。俏子弟干趓。运去也花神照左和右绿映红遮。命通
时福星临前和后富贵骄奢。再休题眼角泪一哭一个昏迷。舌尖
话一说一个软怯。手梢情一扑一个匕斜。今番。记者。我去那
海神前告一纸殢雨尤云赦。你想道再相会。再欢悦。折末你到
贴鸦青全放赊。也索离别。

〔尾〕晓行藏知起倒翻身跳出鸳鸯社。能进退识高低大步冲开狼
虎穴。暗想人儿性薄劣。再休寄陷郎君的缄帖。赚孤老的话啜。
则今番辞了莺花路儿也。雍熙乐府八　南北词广韵选一四

南北词广韵选注元无名氏作。○（一枝花）雍熙乐府乌作鸟。（梁州）雍熙买笑
作买俏。骄奢作娇奢。

棋

黄金罢酒筹。彩笔停诗兴。青云盈座榻。红日满檐楹。闲展楸
枰。初布势求全胜。后分途起战争。保无虞端可藏机。观有衅
方堪入境。

〔梁州〕响铮铮交锋递子。密匝匝彼此排兵。王质斧烂腰间柄。
机深脱骨。智浅逢征。坚牢正走。取败斜行。势将颓锐意侵陵。
局已胜专保求生。两家持各指鸿沟。几番诈宵奔马陵。数重围
夜遁平城。猛听。一声。盘中子落将军令。黑白满势才定。紧
紧收拾未见赢。怎敢消停。

〔尾声〕壮如霸王来扛鼎。险似韩侯出井陉。悬权岂敢轻相应。
切勿食饵兵。更休图小成。细看来孙武权谋其实的细相等。雍熙
乐府八　南北词广韵选一五

题从雍熙乐府。南北词广韵选题作弈棋。注元人作。〇（梁州）广韵选才定作
难定。（尾声）雍熙霸王作霸主。兹改。广韵选霸王作楚羽。悬权作低昂。

道　情

公行天理明。私意人心暗。古书读未了。世事饱经谙。图甚么
贪婪。名利境多坑陷。羡青门瓜正甘。园林茂堪置幽居。山水
秀真为胜览。

〔梁州〕流水绕一村桑柘。乱山围四壁烟岚。颠峰倒影澄波蘸。
遥岑叠翠。远水揉蓝。鸢飞鹭落。鱼跃深潭。偃怡场水府山岩。
安乐窝土洞石龛。景不嫌物少人稀。食不厌茶浑酒淡。家不离
水北山南。有何。不堪。篮舆到水轻舟泛。稼穑外得时暂。闲
饮渔樵酒半酣。阔论高谈。

〔三煞〕乾坤向渔父波中滉。日月在樵夫肩上担。处羲皇已上有

何惭。将万物包函。至潦倒终身无憾。与时辈作龟鉴。晦迹韬光茧内蚕。再不开缄。

〔二煞〕昆岗隐玉石中嵌。蛤蚌含珠水底渰。樊笼得脱再谁监。一味清闲。虽楚汉应难摇撼。懒子懒。不愚滥。把道潜心静里参。乐及妻男。

〔尾〕岩穴中虎恶由人探。饱暖外身轻体自安。我将智养做愚。饥忍住饿。携酒一壶。提果半篮。引的诗兴浓。味得酒德憨。教野叟扶。命稚子搀。倚松立绝顶巉岩。开醉眼看人呆大胆。雍熙乐府一〇 南北词广韵选一八引梁州

南北词广韵选引梁州及三煞数句谓元人咏闲居。兹据此自雍熙乐府辑出全套。〇(梁州)广韵选舟泛作舟溢。

〔中吕〕粉蝶儿

男子当途。受皇恩稳食天禄。凭着济世才列郡分符。事君忠。于亲孝。下安黎庶。驷马高车。正清朝太平时世。

〔醉春风〕娶一个鸳帐凤帏人。一个雾鬓云鬟女。退□时开宴后堂中。此心是足。足。一个吴越妖娆。一个幽燕佳丽。都有那可人情绪。

〔迎仙客〕一个带玉钗。一个插犀梳。天然一双美艳姝。一个是晓莺啼。一个是雏凤语。一个生长在皇都。一个妾本钱塘住。

〔红绣鞋〕一个看白草风吹北固。一个赏红莲烟水西湖。眼落处逢场取欢娱。向南来乘著画舸。投北去载着香车。同居深院宇。

〔石榴花〕停头的和顺做妻夫。则要你休争竞厮宾伏。两间罗幕碧纱幮。收拾着睡处。准备活路。樽前席上同完聚。醉时节左右相扶。宴阑时各自归房去。同欢庆不偏辜。

〔斗虾蟆〕一个到月白三更。一个在清清如酒。爇金猊静烧画烛。

权夜起披衣廝应付。怎肯教有共无。都做了惜玉怜香。尤云
殢雨。

〔普天乐〕共衾裯。同茵褥。轻偎柳腰。款衬胸酥。皆袅娜。情
和睦。一个夜静罗帏山盟处。一个日三竿晓镜妆梳。一个引丫
鬟使数。一个将梅香小玉。都罗绮金珠。

〔耍孩儿〕桃腮杏脸娇人物。五百年姻缘眷属。一个入时颜色动
京师。一个繁华南国娇姝。一个道杜鹃声里奴宅舍。一个道朝
马尘中妾祖居。彼各夸乡故。一个道瓶日华五云楼观。一个道
看潮鸣八月江湖。

〔四煞〕一个启樱唇香点匀。一个扫蛾眉翠黛舒。汉宫妆淡洒蔷
薇露。一个红吊襪绣履十分瘦。一个锦勒袜钩四寸馀。同观觑。
一个冠儿上剩铺广翠。一个头袖上多缀珍珠。

〔三煞〕仙衣观剪裁绮罗。新制出一个绣援蓝衫子拖他绿。一个
白罗帕兜映遮尘笠。一个乌云髻斜簪压鬓梳。一个赴筵会娇乘
翠辇。一个随人情稳坐肩舆。

〔二煞〕一个要白熟饼烂煮羊。一个要炊香秔辣燖鱼。同茶同饭
同樽俎。醉来时枕遍黄金串。情极处亲偎白玉肤。相怜处。到
夏里洒扫净凉亭水阁。到冬来安排着暖阁红炉。

〔一煞〕一个休寻常看侍妾。一个莫等闲抛调奴。把凭似玉天仙
手掌擎心肝般戏。一个演习那渐间言语呼郎婿。一个撇着些都
下乡音唤丈夫。休相妒。你莫琴书上意懒。你休针线上清疏。

〔尾〕一般儿难主张。两下里自暗忖。五花诰使不得人情与。看
那一个娇羞做得主。钞本阳春白雪后集四

阅　世

自叹浮生。怎生来恁般薄命。从幼年间踢透聪明。折末作文章。

通经史。诗词歌咏。今日长达刑名。颇谙知古今律令。

〔醉春风〕折末围棋赶个相知。打双陆攀个门庭。折末妆跷小踢赛个输赢。不是我逞。逞。逞。折末共释道清谈。渔樵闲话。我可也略通蹊径。

〔剔银灯〕折末道谜续麻合笙。折末道字说书打令。诸般乐艺都曾领。向人前举目回情。疏狂性。湖海情。更爱的是弟兄。

〔蔓青菜〕脚到处人相敬。都为我忔惺惺。倒担阁了半生。几番待发志气修身干功名。争奈一缕顽涎硬。

〔石榴花〕一片惜花心常是引了人魂灵。但沾着便留情。玉箫檀板紫鸾笙。向花阵锦营。燕燕莺莺。悲欢聚散常无定。落得去秦楼谢馆贪滥风声。好光阴过眼如翻饼。到担阁了锦片也似好前程。

〔斗鹌鹑〕常想着桃李春风。怎知有桑榆暮景。少年排场。都做了老来罪名。一件件从头自三省。都便似梦乍惊。看别人去云路里飞腾。我到老划地在湫洼中坐静。

〔满庭芳〕屈指数班行后生。少甚么无才无德。无义无能。一跳身平步登台省。一个头角峥嵘。更做八字拙难和我命争。怎生二十年一事无成。我这里羞临镜。我呆心儿自惊。又早白发鬓边生。

〔耍孩儿〕叹荣枯得失皆前定。富贵由人生五行。花花草草煞曾经。不恋他薄利虚名。则不如盖三间茅舍埋头住。买数亩荒田亲自耕。或临溪崖。或是环山径。受用些竹篱茅舍。拜辞了月馆风亭。

〔二〕傀山边建草堂。临江滨买只钓艇。我和樵夫渔父相随趁。说今来古往非和是。讲沧海桑田废与兴。耳畔常清净。无来无往。无送无迎。

〔三〕新茅柴沽满瓶。活鲜鱼旋煮铛。粗衣淡饭无监禁。闷来时看四围翠岫烟霞景。闲来时诵一卷黄庭道德经。倒大来身心静。非是无钱断酒。临老修行。

〔四〕叹人生似水上萍。富贵如风里灯。出门来一步一个风光景。量着六斗米司吏何足数。便陞做千两俸人员有甚荣。图个甚闲争竞。想十大功韩信。到不如五斗酒刘伶。

〔尾〕说着做郎君脸上羞。干功名脑袋疼。丽春园子弟埋名姓。邯郸道先生这回省。太平乐府八　雍熙乐府六　太和正音谱下引剔银灯蔓青菜　乐府群珠一引剔银灯蔓青菜　九宫大成一三引剔银灯蔓青菜石榴花

（粉蝶儿）明大字本太平乐府幼年间作幼年。踢作剔。雍熙乐府长达作掌达。（醉春风）雍熙少叠一逞字。（剔银灯）太平乐府续麻作绩麻。向人作何人。太和正音谱道谜作商谜。诸般作诸般儿。乐府群珠以此支及下支蔓青菜作小令。题目并作述怀。曲文同正音谱。九宫大成首二句俱无折末二字。道谜作猜谜。（石榴花）太平乐府常无定作长无定。贪滥作余滥。（斗鹌鹑）乍惊原作个惊。兹从瞿本太平乐府旧校。（耍孩儿）明大字本太平乐府茅舍作茅屋。溪崖作溪岸。（二）太平乐府樵夫作渔夫。瞿本太平乐府买只作置只。（三）元刊太平乐府翠岫作翠袖。修行作修身行。兹从明大字本及雍熙。元刊八卷本瞿本太平乐府亦俱作翠岫。雍熙监禁作拘禁。

思　情

花落春残。舞东风乱红飘散。黛眉颦宝鉴空闲。似这般苦相思。活地狱。几曾经惯。隔天涯何处雕鞍。望关河杳无鱼雁。

〔醉春风〕粉脸带胭憔。香魂和梦返。一天风月冷阳关。畅好是懒。懒。看了这锁径苍苔。扑帘柳絮。绕栏花瓣。

〔迎仙客〕淹泪眼。锁愁颜。青丝半堆云乱挽。我则道歇秋千。闲画板。不能够遣兴消烦。则落的一口儿长吁叹。

〔红绣鞋〕盼子盼佳期枉盼。难应难要见应难。信音悭端的是信

音悭。骂子骂谁行骂。还子还几时还。挨子挨挨不得恹恹红日晚。

〔十二月〕莺慵燕懒。凤只鸾单。似这般云酸雨涩。端的是蝶乱蜂烦。霎时间香消篆冷。挨不过夜静更阑。

〔尧民歌〕呀。好着我月下闻筝绣衣寒。吹箫台上彩云残。香罗犹带泪痕斑。琵琶尘暗不曾弹。愁烦。愁烦。朱门紧闭关。风弄的银釭灿。

〔耍孩儿〕金针绣作皆疏懒。方胜同心倦挽。回纹织锦断肠诗。无青鸾寄不到云间。屏闲孔雀金翎断。衾剩鸳鸯翠羽寒。倚枕春魂散。梦中唤觉。万水千山。

〔尾声〕离恨多。离恨多。相思罕。相思罕。乍相逢使不得娇妆扮。只除是锦被里朦胧再合眼。雍熙乐府六 南北词广韵选八

南北词广韵选注元人作。○(十二月)广韵选霎时间作霎时。(尧民歌)广韵选愁烦不叠。(尾声)广韵选离恨多相思罕皆不叠。无乍字。娇妆作娇痴。末句无里字。

〔般涉调〕耍孩儿

拘刷行院

昨朝有客来相访。是几个知音故友。道我数载不疏狂。特地来邀请闲游。自开宝匣抬乌帽。遂掇雕鞍辔紫骝。联辔儿相驰骤。人人济楚。个个风流。

〔十三煞〕穿长街蓦短衢。上歌台入酒楼。忙呼乐探差祗候。众人暇日邀官舍。与你几贯青蚨唤粉头。休辞生受。请个有声名旦色。迭标垛娇羞。

〔十二〕霎儿间羊宰翻。不移时雁煮熟。安排就。玉天仙般作念到三千句。救命水似连吞了五六瓯。盼得他来到。早涎涎澄澄。

抹抹彪彪。

〔十一〕待呼小卿不姓苏。待唤月仙不姓周。你桂英性子实村纣。施施所事皆无礼。似盼盼多应也姓刘。满饮阑门酒。似缐牵傀儡。粉做骷髅。

〔十〕黑鼻凹扫得下粉。歪鬓子扭得出油。胭脂抹就鲜红口。摸鱼爪老粗如扒齿。担水腰肢脐似碌轴。早难道耽消瘦。不会投壶打马。则惯拨麦看牛。

〔九〕有玉箫不会品。有银筝不会挡。查沙着一对生姜手。眼刬间准备钳肴馔。酪子里安排㧅按酒。立不住腔腔嗽。新清来的板齿。恰刷起黄头。

〔八〕青哥儿怎地弹。白鹤子怎地讴。燥躯老第四如何纽。恣胸怀休想我一缕儿顽涎退。白珠玉别得他浑身拙汗流。倒敢是十分丑。匾扑沙拐孤撇尺。光笃鹿瓠子髑髅。

〔七〕家中养着后生。船上伴着水手。一番唱几般偷量酒。对郎君划地无和气。背板凳天生忕惯熟。把马的都能够。子宫久冷。月水长流。

〔六〕行咽作不转睛。行交谈不住手。颠倒酒淹了他衫袖。狐朋狗党过如打㧛。虎咽狼飡胜似趁熟。嚾得十分透。鹅脯儿砌末包裹。羊腿子花篓里忙收。

〔五〕张解元皱定眉。李秀才低了头。不隄防这样俺傒倖。他做女娘尽世儿夸着嘴。俺做子弟今番出尽丑。则索甘心受。落得些短吁长叹。怎能够交错觥筹。

〔四〕忍不得腹内饥。揩不得脸上羞。休猜做饱谙世事慵开口。俺座间虽无百宝妆腰带。您席上怎能够真珠络臂韝。闻不得腥臊臭。半年两番小产。一日九遍昏兜。

〔三〕江儿里水唱得生。小姑儿听记得熟。入席来把不到三巡酒。

索怯薜侧脚安排趄。要赏钱连声不住口。没一盏茶时候。道有教坊散乐。拘刷烟月班头。

〔二〕提控有小朱。权司是老刘。更有那些随从村禽兽。諕得烟迷了苏小小夜月莺花市。惊得云锁了许盼盼春风燕子楼。慌煞俺曹娥秀。抬乐器眩了眼脑。觑幅子叫破咽喉。

〔一〕上瓦里封了门。下瓦里觅了舟。他道眼睁睁见死无人救。比怕阎罗王罪恶多些人气。似征李志甫巡军少个犯由。恰便似遭遗漏。小王抗着毡缕。小李不放泥头。

〔尾〕老卜儿藉不得板一味地赳。狠撅丁夹着锣则顾得走。也不是沿村串瞳钻山兽。则是暗气吞声丧家狗。太平乐府九　雍熙乐府七　雍熙乐府题目拘刷作稍刷。○(耍孩儿)雍熙知音作知心。(十三煞)雍熙蓦作迈。休辞作你休要辞。(十二)雍熙霎儿作霎时。澄澄作偬偬。(十一)太平乐府村纣作材纣。雍熙施施上有似字。可从。盼盼上无似字。阑门作阑门。(十)雍熙黑鼻上有他字。脐似碌轴作莽如陆轴。拨作泼。(九)何钞太平乐府钳作甜。雍熙眼剗作眼错。(八)太平頑涎下无退字。(七)雍熙儿般作几番。(六)元刊太平转晴作转暗。羊腿作手腿。忙收作地收。兹从瞿本太平及雍熙。雍熙行咽作行艳。曈作漼。砌末作窈摸。元刊太平及雍熙篓俱作蒌。兹从何钞太平。(五)元刊太平短吁作短叹。兹从瞿本太平及雍熙。雍熙俺作淹。落得作落的。(三)雍熙教坊下有司字。(二)何钞太平小朱作小孙。(一)元刊太平抗着毡缕作亢着毡楼。瞿本同。惟楼作缕。兹从雍熙。瞿本巡军作逃军。(尾)雍熙卜儿作鸨儿。则顾得作则得。

〔商调〕集贤宾

彩云收凤台秋露冷。人去远隔蓬瀛。麝兰香悠悠荡荡。环珮声杳杳冥冥。想当初打哄儿说了个别离。作要儿真果行程。鬼败口话儿只恁般灵。喫紧的唱阳关不肯消停。西风南北路。落日短长亭。

〔逍遥乐〕我从来眼硬。不由人对景伤情。一哭一个放声。想当初又不曾约定离情。常言道乐极悲生。伴吹箫玉人不见影。洞房中冷冷清清。空闲了罗帏锦帐。绣枕鸳衾。翠榻银屏。

〔金菊香〕虚飘飘幽梦盼着难成。静悄悄孤眠睡着又醒。瘦怯怯身躯温着又冷。夜迢迢挨不到天明。料应来司天台上多打二三更。

〔梧叶儿〕问明月浑无语。唤梅花不肯应。长叹倚空庭。何处品青鸾管。谁家奏彩凤笙。都吹出断肠声。不管离人怕听。

〔醋葫芦〕几番上危楼将曲槛凭。不承望愁先在楼上等。望不见娇滴滴天上董双成。泻长空苍苍烟树暝。残霞掩映。江上数峰青。

〔么〕他生的玉容倾国又倾城。俊的嗻哰俏的疼。一笑春风百媚生。等闲间不敢打园内行。羞的那花朵儿飘零。牡丹愁芍药怕海棠惊。

〔么〕论文学不甚么明。论江湖不甚么省。则我这粗贱才堪配玉娉婷。我将这女娘行恩情在等秤上称。称了时和咱比并。十分情重全无有半星儿轻。

〔后庭花〕丽春园曾惯经。教坊司也惯行。人都说金钗客无缘分。我只道玉天仙有眼睛。他将我好看承。我将他心窝里相敬。扯膝儿不手生。跄跪儿不腿疼。常将笑脸儿迎。勤把热气儿腾。活观音额上顶。夜明珠掌上擎。夜明珠掌上擎。

〔青歌儿〕呀。他是我今生今生性命。那世那世魂灵。一去教人不快情。遮莫有锦阵花营。酒友诗朋。象板银筝。歌舞吹笙。花朵人儿将玉杯擎。我只是无情兴。

〔柳叶儿〕呀。我这里担着寂寞。不知你在那搭儿里泪眼盈盈。离恨天高越显的人孤另。则我这相思病。诉与天听。连天也瘦的来伶仃。

〔尾声〕他忧时为我忧。我病时因他病。我为了他害杀了有甚么不相应。有一日再团圆画堂春自生。紧紧的将他搂定。我将这满怀愁尽向他耳朵儿里倾。词谱　北宫词纪六　彩笔情辞一○

<small>　　词谱谓王渼陂云。此曲为元末明初临清人作。北宫词纪注元末人作。彩笔情辞题作忆美。注元人辞。○(集贤宾)情辞说了个作说了。只惩般作只惩。(逍遥乐)词纪绣枕作绣被。情辞同。(金菊香)词纪情辞盼着俱作睡着。情辞料应来作料应是。(醋葫芦)情辞江上有淡蒙蒙三字。(幺)情辞嗤咔作咔嗤。(幺)词纪情辞粗贱才俱作风流才。情辞等秤作秤。全无有作全没。(后庭花)词纪心窝作心窝儿。勤把作动把。腾作腾。情辞勤把作动把。末句不叠。(青歌儿)词纪人儿作儿人。情辞同。(柳叶儿)词纪牌名误作梧叶儿。情辞首句无呀字。二句在那搭儿里作那搭儿。(尾声)词纪为了作为。耳朵下无儿字。情辞俱同。</small>

喜相逢并头花下友。天配偶两娇羞。一对儿冤家合欠。还今生谐老鸳俦。意相投似漆如胶。契相合万种绸缪。画堂前满斝香糯酒。喜孜孜共饮金瓯。则噢的天边明月转。楼上换更筹。

〔字字锦<small>南</small>〕瑶阶羡晚游。闲行携素手。金莲款款移。细柳腰肢瘦。看花楼。抚景偏优。笑吟吟转过。见新月一钩。休辜负好景。香醪再酬。低低悄语私情授。向兰房锦鸾早俦。慢松丁香细钮。香散绣帏。娇滴滴温柔玉体。非宿世怎生消受。

〔醋葫芦<small>北</small>〕温柔谁并肩。风流为世首。弹弦品竹最精熟。吟诗作赋时下有。一团儿玲珑剔透。天生的秀气。他两个总全周。

〔字字锦<small>南</small>〕山盟海誓留。休忘神前口。辜恩自有天。负德神不祐。倚妆楼。诉尽缘由。多情休得。相弃两头。优。同眠绣衾。鸾凰共俦。心中紧记休忘旧。好姻缘喜今早周。赠新诗数首。鲛绡半幅。上有那鸳鸯双绣。

〔醋葫芦<small>北</small>〕姊妹每一个所事全。一个件件周。好似那二乔镜像影儿留。占梨园委实无对手。常想着欢娱时候。我和他契相合情相好意相投。

〔皂罗袍南〕美满恩深情厚。愿百年谐老。共守白头。相逢谁似恁风流。终朝弦管笙歌奏。池亭东畔。湖山西首。金杯慢举佳肴广。有蓬莱仙境无如右。

〔浪里来煞北〕他存心意最真。我留情非虚谬。休教那燕莺参透两心头。凤鸾交美甘甘共厮守。常祷告神天加祐。子愿的襄王云雨万年稠。雍熙乐府一四　彩笔情辞三

雍熙乐府无题。彩笔情辞题作欢偶。注元人辞。○(集贤宾北)情辞还今生作遂今生。契作志。(字字锦南)情辞优作幽。笑吟吟转过见作对着。休辜上有凝眸二字。下无负字。酬作浮。悄语作笑语。慢松作解。散绣帏作笼绣幄。(醋葫芦北)情辞温柔作妖娆。风流作娉婷。末句作天生的两个总堪褒。(字字锦南)情辞多情至共俦作。是必多情。耐久悠悠。春生翠衾。云迷锦貌。早周作早酬。末句作上绣着鸳鸯交颈常似恁并飞双宿。(醋葫芦北)情辞件件作百件。镜像影儿作遗像镜中。末句作我和他情怀相契话相投。(皂罗袍南)雍熙笙歌作笛歌。肴作饰。如作加。(浪里来煞北)情辞意作果。

秋　怀

战芭蕉数声秋夜雨。正珊枕梦回初。盼望杀多情宋玉。打熬成渴病相如。恰伤春媚杏繁桃。早悲秋败柳雕梧。一灯儿强将花穗吐。似笑人形影孤独。又被这露凉蛩韵巧。云冷雁声疏。

〔逍遥乐〕非是把盟言辜负。多应是身事牵萦。致令的佳期间阻。抛撇下红粉娇姝。自别来消息全无。怎能够萧娘一纸书。多应是水底沉鱼。好教我难挨白昼。最怕黄昏。几遍嗟吁。

〔金菊香〕无奈这逼人富贵太拘束。撚指光阴忒迅速。一树红芳替他难做主。等闲间减翠消绿。却教我感时抚景怎支吾。

〔醋葫芦〕腌臢气怎地消。淹煎病何日愈。常记得牡丹亭畔共欢娱。对苍天曾把心事许。便拚着百年完聚。今日个千言万语总

成虚。

〔么〕我也曾絮叨叨讲口舌。实丕丕倾肺腑。下了些调风弄月死工夫。想章台是一条直路途。被谁拦住。莫不是姻缘簿上把我姓名除。

〔么〕我和他受孤凄有业缘。永团圆无分福。断弦破镜怎接续。枉自求神与问卜。莫逃天数。料孤辰寡宿单照我身躯。

〔么〕我似那鸳鸯怕自飞。我似那鸾鹤该并舞。由来天性怎生拂。我和他久交欢乍知离别苦。百无是处。眼睁睁伶俐变糊突。

〔梧叶儿〕相思病何时退。睡魔神镇日侮。害的我忒茶毒。刁骚了双蓬鬓。扑簌的两泪珠。缑山岭恁崎岖。隔断了吹箫伴侣。

〔后庭花〕这些时捻霜毫懒写摸。理冰弦乖律吕。倦开眼亲黄卷。怎舒情倒玉壶。天气更萧肃。你便是铁石人也耽不去。妒黄花金色铺。泣丹枫血泪枯。望空江练一幅。对遥山青儿蠢。别离怀容易触。别离人生怕睹。

〔青哥儿〕呀。自别了风流风流人物。终须是有日有日欢娱。对付我心肠谅不殊。且看他俊俏规模。香软肌肤。巧妙妆束。耍笑喧呼。行行步步紧随逐。谩把流年度。

〔浪来里煞〕杜少陵秋兴诗。欧阳子秋声赋。都对不着我的题目。大都来一见他万事足。别无甚忧虑。成就了碧桃花下凤鸾雏。雍熙乐府一四　彩笔情辞九

　　　彩笔情辞注元人辞。○〔逍遥乐〕情辞牵萦作萦牵。多应是作料应他。〔么〕情辞自飞作独飞。

佳　遇

记当年宴青楼初见影。兜的就飞去了俏魂灵。只疑是玉天仙空中谪降。又猜做美嫦娥月里相迎。猛可里翠屏帏密转秋波。没

揣的绿纱窗暗恼春情。感承他会佳期预先花下等。成就了片霎
儿前程。也不让人间秦弄玉。天上许飞琼。

〔逍遥乐〕多管是三生有幸。便拚下紫锦千机。黄金数饼。难买
真情。正相宜手掌儿奇擎。多管是标致双郎正逢着苏小卿。玉
簿上婚姻已定。受用足樽前弄斝。花外闻韶。月底吹笙。

〔金菊香〕往常时追欢谢馆可曾经。今日个买笑章台惯索行。几
番家静守幽居深自省。天与娉婷。刚道喜又还惊。

〔醋葫芦〕喜呵。好姻缘成的未深。惊呵。歹离别来的最灵。都
只为阻蓝桥如间阻百重城。咫尺间地北天南分风颈。不能够相
偎相并。把一场好恩情分付在短长亭。

〔么〕我为他枕边厢洒了泪痕。他为我被窝中劳了些梦境。谁承
望胶漆的恩爱半途坑。几回家望断孤鸿楼外影。都只是天高云
迥。闪的个美幽欢生做了断肠声。

〔么〕想着我朋友上费了些抢白。想着他母亲行受了些撞挺。我
也曾霎时间不见便心惊。他为我闷守香闺金钏冷。赤紧的衾馀
枕剩。到如今恨如芳草刬还生。

〔么〕我将他并不曾冷气呵。他见我常时把热脸儿迎。他也曾画
堂春排宴请高朋。听了些一曲新腔音调整。助了些诗人高兴。
俺也曾厌厌夜饮到更深。

〔么〕想着他和明月品着玉箫。唱阳春奏着锦筝。想着他纤纤素
手进瑶觥。他也曾醉舞霓裳娇态逞。出落的十分端正。他比那
海棠花睡起更轻盈。

〔么〕曾和他坐幽闺将螺髻盘。傍妆台将雅鬓整。你看他绿云扰
扰玉钗横。谁似他占断排场风月景。若写入丹青图帡。纵寻得
画昭君妙笔画难成。

〔么〕他也曾斗娇姿花外游。他也曾叙幽情月底行。他和我唱新

词曾把字儿评。我与他立尽花梢明月影。遂了这风流佳庆。曾说的楼头北斗柄儿横。

〔梧叶儿〕今日个盼仙苑人何在。恨巫山梦不成。情默默已吞声。他枕冷宵听漏。我屏寒夜掩灯。酒醒后月三更。何日把新愁再醒。雍熙乐府一四　彩笔情辞九

题从雍熙乐府。彩笔情辞题作怀美。注元人辞。○(集贤宾)情辞猛可里作猛可的。屏帏作帏屏。感承作恰承。(逍遥乐)情辞奇擎作欹擎。正逢作逢。(醋葫芦)情辞成的作成。来的作来。无都只为三字。分付在作分付。()情辞洒了作渍。劳了些作劳。都只是作却只是。(么)情辞我也曾霎时间作我为他霎时。(么)情辞助了些作助。到更深作醉还醒。(么)情辞品着作品。奏着作奏。态逞作逞。(么)情辞无你看他三字。(么)情辞曾把作细把。佳庆作嘉庆。(梧叶儿)情辞默默作脉脉。再醒作却偋。〔浪来里煞〕情辞最后多此支。曲云。只落得尘蒙玉轴编。香消金兽鼎。把一个汉相如终日思瞢瞜。染霜毫漫将离恨省。奈我的寸肠难罄。只将这一篇词倩雁付卿卿。

忆佳人

客窗寒夜长更漏永。听何处起秋风。悬明镜月华精彩。撒残棋星斗斜横。绿阶前促织悲鸣。雕檐外铁马玎璫。想情人满眶情泪涌。知他是何日相逢。异乡情耿耿。孤馆恨匆匆。

〔逍遥乐〕自从钗分金凤。止不过数日程途。阻隔着云山万重。走红尘萍梗飘蓬。叹青春湖海西东。几番家恼人愁越重。一声声风送帘栊。猿啼峻岭。雁过南楼。鹤唳高松。

〔金菊香〕瑶琴闲挂锦囊中。宝剑慵弹锦袋中。翠衾倦铺锦帐空。砚匣尘蒙。都是一般潇洒月明中。

〔醋葫芦〕别离了云雨乡。生疏了风月功。闷恹恹终日鬓鬅松。往时节美甘甘席上夸爱宠。湘帘高控。闪的那半窗凉月困朦胧。

〔梧叶儿〕愁填满东洋海。闷弥高太华峰。愁和闷锁眉丛。这些

时笔砚无心近。经史不待攻。我这里怨天公。几时得凄凉卷终。

〔后庭花〕想则想蹴金莲三寸弓。启樱桃半点红。想则想整酥体
一团玉。露春纤十指葱。透酥胸。麝兰香送。傍妆台整玉容。
列华筵捧玉钟。按红牙思转浓。拨银筝兴不穷。望瑶池云乱封。
盼青鸾信不通。

〔柳叶儿〕呀。想着俺多娇情重。更那堪剔透玲珑。路迢迢雾锁
桃源洞。团圆梦总成空。楚阳台云雨无踪。

〔尾〕越思量越惨凄。转伤悲转疼痛。几宵魂梦与伊同。往常时
醉归来画堂红袖拥。到如今有谁人陪奉。都做了断肠词权写付
云鸿。雍熙乐府一四　彩笔情辞一〇

题从雍熙乐府。彩笔情辞题作旅思。注元人辞。〇（集贤宾）。雍熙乡作香。
兹从情辞。情辞此句作乡心耿耿。（金菊香）雍熙此支曲文与下支易位。此
支牌名误作醋葫芦。下支误作金菊香。兹从情辞。情辞囊中作囊笼。袋中作袋
封。翠衾倦铺作翠被羞舒。（醋葫芦）情辞往时节作往常时。（后庭花）情辞整
酥体作祖春衫。玉容作艳容。（尾）情辞二句作转踌躇转悲痛。谁人作谁。

夜深沉画堂门半掩。正明月转雕檐。响珊珊竹声幽院。颤巍巍
花影重檐。酒才醒幽思沉沉。漏初分凉夜厌厌。早秋天万般愁
闷添。更凄凉风景相兼。旧愁深肺腑。新恨上眉尖。

〔逍遥乐〕玉容娇艳。记当时柳画宫眉。花明笑靥。尽欢娱无甚
拘钳。似于飞燕燕鹣鹣。微利驱人成弃闪。走天涯旅邸顿淹。
肠如线结。心如锥剜。肉似刀签。

〔金菊香〕早鸦灵鹊不须占。蓍草金钱徒自检。灯花喜蛛都是谄。
无准信龟卦神签。更那堪半衾幽梦睡初忺。

〔么〕凤凰翅活不刺手中揸。鸳鸯弹圆滴溜石上掂。翡翠羽恶支
沙泥内染。连理枝雪虐霜严。好花开处雨纤纤。

〔醋葫芦〕彩云深白雁稀。碧波寒锦鳞潜。素书银字不曾瞻。隔

云山万重天路险。旧恩情不堪追念。都做了镜中花影水中盐。

〔么〕择兔毫斑管拈。洒鸾笺香墨染。写平安端肃更谦谦。诉离怀半缄情越歉。从别后绝无瑕玷。封皮儿上两行情泪带愁粘。

〔尾〕则要你守香闺记旧盟。不要你揾香罗掩泪点。指归期七夕免猜嫌。果实诚见时名自检。凭着俺画眉手惭。恁时节小红楼上对妆奁。　雍熙乐府一四　南北词广韵选一九　彩笔情辞一二

　　南北词广韵选题作有怀。注元无名氏。彩笔情辞题作寄情。注元人辞。○(集贤宾)广韵选重檐作重帘。凉夜作良夜。情辞重檐作重栏。深肺腑作镌肺腑。(逍遥乐)广韵选拘钳作拘铃。微利作名利。锥剜作锥刺。情辞心如作心若。末句作腹似针签。(金菊香)广韵选早鸦作神鸦。(么)情辞雪虐作雪压。(醋葫芦)雍熙万重作万种。广韵选波寒作波冷。又与情辞锦鲜俱作锦鳞。(么)情辞半缄情越歉作半函情自歉。封皮儿作封皮。(尾)广韵选四句作果诚实见时只荏苒。五句作凭着我画眉笔剜。情辞掩泪作淹泪。名自作须自。惭作堑。

〔越调〕斗鹌鹑

元　宵

圣主宽仁。尧民尽喜。一统华夷。诸邦进礼。雨顺风调。时丰岁丽。元夜值。风景奇。闹穰穰的迓鼓喧天。明晃晃金莲遍地。

〔紫花儿序〕香馥馥绮罗还往。密匝匝车马喧阗。光灼灼灯月交辉。满街上王孙公子。相携着越女吴姬。偏宜。风烛高张照珠履。果然豪贵。只疑是洞府神仙。闲游在阆苑瑶池。

〔小桃红〕归来梅影小窗移。兰麝香风细。翠袖琼簪两行立。捧金杯。绛绡楼上笙歌沸。冰轮表里。通宵不寐。是爱月夜眠迟。

〔金蕉叶〕拚沉醉频斟绿蚁。恣赏玩朱帘挂起。歌舞动欢声笑喜。一任铜壶漏滴。

〔尾〕须将酩酊酬佳致。乐意开怀庆喜。但愿岁岁赏元宵。则这

的是人生落得的。阳春白雪后集四　盛世新声未集　词林摘艳一〇　雍熙乐府一三

钞本阳春白雪目录以此套属吴仁卿。但于正文未明注撰人。元刊白雪无目录。正文亦未注撰人。盛世新声词林摘艳（原刊摘艳未收）雍熙乐府皆不注撰人。无题。〇（斗鹌鹑）盛世摘艳尧民尽喜俱作尧年舜日。诸邦俱作千邦。岁丽俱作岁庶。奇俱作希奇。内府本摘艳作奇不作希奇。雍熙乐府岁丽作岁稔。（紫花儿序）阳春白雪相携着作相携看。偏宜作倘宜。元刊白雪公子作贵子。兹从钞本白雪。盛世还往作齐列。喧阗作喧天。公子作仕子。高张照珠履作高烧晃玉堰。豪贵作为最。无闲游在三字。摘艳俱同。雍熙喧阗作阗阗。公子作贵子。珠履作珠翠。（小桃红）盛世梅影作月影。表里作似水。不寐作无寐。末句是作可正是。摘艳俱同。雍熙末句同盛世摘艳。（金蕉叶）盛世朱作珠。一任作一任教。滴作催。摘艳俱同。雍熙一任作一任他。馀同盛世摘艳。（尾）盛世庆喜作宴席。但愿下有得字。末句无则字。摘艳俱同。内府本摘艳但愿作愿。落得作落下。雍熙赏作庆。是人生作人生。馀同盛世摘艳。

绿柳雕残。黄花放彻。塞雁声悲。寒蛩韵切。旧恨千般。新愁万叠。正美满。忍间别。雨歇云收。花残月缺。

〔紫花儿序〕摘楞的瑶琴弦断。不通的井坠银瓶。吉丁的碧玉簪折。音书难寄。去路遥赊。伤嗟。目断云山千万叠。最苦是离别。鸳被空舒。凤枕虚设。

〔金蕉叶〕那的是情牵恨惹。那的是肠荒腹热。怕的是纱窗外风飘败叶。又听的铁马儿丁当韵切。

〔调笑令〕把眉峰暗结。最苦是离别。不烦恼除非心似铁。冷清清挨落西楼月。又听得戍楼上画角鸣噎。奏梅花数声砧韵切。业心肠越不宁贴。

〔秃厮儿〕正欢悦谁知间别。才美满又早离别。俺两个云期雨约难弃舍。似团圆一轮月。被云遮。

〔圣药王〕好教我愁万结。恨万叠。满怀愁闷对谁说。成间别。时运拙。气长吁多似篆烟斜。和绛蜡也啼血。

〔鬼三台〕也是我前生业。今世里填还彻。一寸愁肠千万结。想啼痕一点点尽成血。越教人哽噎。本待要宁宁帖帖刚睡些。怎禁那啾啾唧唧蛩韵切。觉来时宝鼎烟消。铜壶漏绝。

〔紫花儿序〕惊好梦儿声儿寒雁。伴人愁的一点孤灯。照离情半窗残月。临歧执手。不忍分别。只待稳步蟾宫将仙桂折。到如今暮秋时节。他只待金榜名标。那里问玉箫声绝。

〔尾〕受凄惶甚识分明夜。把挨过的凄凉记者。来时节一句句向枕头儿上言。一星星向被窝儿里说。阳春白雪后集四　盛世新声未集词林摘艳一〇　雍熙乐府一三　南北词广韵选一四　九官大成二七引秃厮儿

钞本阳春白雪目录以此套及以下玉笛愁闻共六套俱属王伯成。惟钞本及元刊本阳春白雪正文皆不注撰人。盛世新声无题。词林摘艳题作怨别。雍熙乐府题作离思伤秋。三书俱不注撰人。南北词广韵选题作伤秋。注元人作。〇（斗鹌鹑）盛世摘艳千般俱作千场。雍熙广韵选千般俱作千端。间别俱作见别。广韵选韵切作吟切。（紫花儿序）盛世摘楞作支楞。不通作扑擎。音书二句作。临行携手。不忍分别。摘艳雍熙俱同。雍熙吉丁作击丁。最苦下无是字。广韵选不通作扑通。去路遥赊作不忍离别。馀同雍熙。（金蕉叶）钞本白雪恨惹作意惹。铁马下无儿字。兹从元刊本。盛世摘艳雍熙广韵选均阙此支。（调笑令）盛世三句句首有呀字。又与摘艳烦恼除非俱作思量除非是。冷清清上俱有我这里三字。雍熙同盛世。惟除非下无是字。盛世摘艳落俱作落了。数声砧韵俱作几声音韵。业心肠上俱有和我这三字。内府本摘艳和我这作我和这。雍熙眉峰作愁眉。落作下。奏梅花作秦楼。业心肠作我和这粗心肠。广韵选同雍熙。惟无我这里三字。（秃厮儿）盛世欢悦作欢娱。俺作咱。月作明月。被作又被。摘艳雍熙俱同。内府本摘艳及雍熙团圆俱作团圞。雍熙间别作间隔。广韵选九宫大成俱同雍熙。（圣药王）盛世摘艳首二句俱作。愁万叠。恨万结。愁闷俱作离恨。盛世重增本内府本摘艳绛蜡俱作银釭。原刊摘艳绛蜡作银烛。雍熙首句教作著。愁恨二字易位。愁闷作离恨。斜作趓。啼作流。广韵选俱同雍熙。（鬼三台）钞本白雪愁肠作柔肠。兹从元刊本。此支及下支紫花儿序盛世摘艳雍熙广韵选俱阙。（尾）盛世摘艳雍熙挨过俱作受过。末二句俱无向字。盛世摘艳甚识分俱作怎生挨。雍熙凄惶作凄凉。甚识分作甚时挨。广韵选俱同

雍熙。

半世飘蓬。闲茶浪酒。十载追陪。狂朋怪友。倚翠偎红。眠花卧柳。怪胆儿聪。耍性儿柔。成会了心厮爱夫妻。情厮当配偶。

〔紫花儿序〕受用春风谢馆。晓日章台。夜月秦楼。向红裙中插手。锦被里舒头。风流。不许傍人下钓钩。燕侣莺俦。百亾酬歌。红锦缠头。

〔金蕉叶〕寨儿里相知是有。一见咱望风举手。若论着点砌排科惯熟。敢教那罢剪嘴姨夫闭口。

〔调笑令〕声名儿岁久。急难收。则恐怕扶侍冤家不到头。风月脚到处须成就。誓不曾落人机彀。搬的他燃香剪发百事有。虚心冷气。使尽刚柔。

〔秃厮儿〕爱杨柳楼心殢酒。喜芙蓉帐里藏阄。美孜孜翠鬟排左右。歌白雪。捧金瓯。温柔。

〔圣药王〕春事休。夏当游。向芰荷香里泛兰舟。到中秋。月色幽。醉醺醺无日不登楼。兀剌抵多少风雨替花愁。

〔尾〕花阴柳影。霎时驰骤。急回首三匈左右。罢却爱月惜花心。闲着题诗画眉手。阳春白雪后集四 雍熙乐府一三 彩笔情辞五

彩笔情辞题作自省。〇（斗鹌鹑）钞本阳春白雪聪作惺忪。成会作成合。兹从元刊本。雍熙乐府情辞聪俱作劣。成会了俱作成了些。（紫花儿序）元刊阳春白雪谢馆作射馆。兹从钞本。雍熙作妓馆。情辞作楚馆。俱非。雍熙受用作受用了些。情辞受用了。（金蕉叶）雍熙情辞论著俱作论咱。排科俱作挑科。末句俱作敢教能尖嘴姨夫闭口。（调笑令）白雪扶侍作伏侍。誓作试。彀作勾。燃作然。兹俱从雍熙及情辞。白雪搬原作般。兹改正。雍熙情辞声名下俱无儿字。须俱作都。搬的他俱作弄得人。雍熙有作的有。虚心冷气作冷气虚心。情辞末二句作使虚心无限绸缪一句。（秃厮儿）雍熙情辞帐里俱作帐底。（圣药王）元刊本钞白雪无日俱作无月。兹从徐刻本。抵作底。兹从雍熙情辞。雍熙首二句事作才。当作又。三句无向字。无日作无夜。情辞俱同。雍熙兀剌

兀良。情辞无此二字。(尾)雍熙首二句作花阴柳影闲驰骤一句。左右作又九。
罢却下有了字。情辞俱同。雍熙闲著作闲袖了。情辞作紧袖了。

媚媚姿姿。淹淹润润。袅袅婷婷。风风韵韵。脸衬朝霞。指如
嫩笋。一搦腰。六幅裙。万种妖娆。千般可人。

〔紫花儿序〕曲弯弯蛾眉扫黛。慢松松凤髻高盘。高耸耸蝉鬓堆
云。一团儿旖旎。百倍儿精神。超群。越女吴姬怎生衬。席上
殷勤。百媚庞儿。端的一笑风生。

〔秃厮儿〕瘦怯怯金莲窄稳。娇滴滴皓齿朱唇。肌如美玉无玷损。
但见了。总消魂。绝伦。

〔圣药王〕酒半醺。更漏分。画堂银烛照黄昏。枕上恩。被底亲。
丁香笑吐兰麝喷。灯下看佳人。

〔尾〕好姻缘休到别离恨。只恐怕两下里魂牵梦引。我罗衫裉儿
宽。你唐裙带儿尽。阳春白雪后集四　盛世新声未集　词林摘艳一〇　雍熙
乐府一三　北词广正谱引斗鹌鹑

原刊本徽藩本词林摘艳题作风情。雍熙乐府题作美眷。(斗鹌鹑)盛世摘艳雍
熙风风俱作丰丰。又与北词广正谱搦俱作捻。(紫花儿序)盛世摘艳怎生俱作
怎相。末句俱作端的是一笑生春。雍熙百倍作百般。怎生衬作怎相趁。末句作
一笑生春。(秃厮儿)盛世摘艳窄稳俱作步稳。但见了总俱作一见了便。雍熙
玷损作瑕损。(圣药王)盛世亲情作情情。兰麝作麝兰。末句起衬自古道三字。摘
艳俱同。雍熙被底作被里。兰麝作麝兰。(尾)盛世休到作休道。魂牵作魂劳。
我作试。末句作和你那绣裙带儿来尽。摘艳俱同。雍熙休到作休要。我作则我
这。你作则您那。唐作绣。

雪艳霜姿。香肌玉软。杏脸红娇。桃腮粉浅。金凤斜簪。云鬟
半偏。插玉梳。贴翠钿。舞态轻盈。歌喉宛转。

〔紫花儿序〕他有苏卿般才貌。我学双渐真诚。望博个美满姻缘。
俳优体样。乐府梨园。天然。不若如桃源洞里仙。可爱堪怜。
一搦腰肢。半折金莲。

〔小桃红〕初出兰堂立樽前。似月里嫦娥现。一撮精神胜飞燕。正当年。柳眉星眼芙蓉面。绛衣缥缈。麝兰琼树。花里遇神仙。

〔天净沙〕初相逢恨惹情牵。间深里都受熬煎。各办着心真意坚。有时得便。赴佳期月底星前。

〔尾〕狠毒娘间阻得难相见。统镘的姨夫恋缠。我为甚着探脚儿勤。只恐怕离别路儿远。阳春白雪后集四　雍熙乐府一三　九宫大成引天净沙

(斗鹌鹑)雍熙乐府舞态作体态。(紫花儿序)雍熙苏卿下无般字。博作得。不若作不弱。搦作捻。(小桃红)雍熙嫦娥作姮娥。(天净沙)白雪心真作真心。有时作着时。兹从雍熙。惟雍熙有时下有节字。又雍熙间深里都作间别来却。九宫大成俱同雍熙。(尾)着探疑应作看探。雍熙间阻作阻隔。着探脚作探望的脚步。怕离别作离别的。

雨意云情。十朝五朝。霜艳天姿。千娇万娇。凤髻浓梳。蛾眉淡扫。樱桃口。杨柳腰。玉笋纤纤。金莲小小。

〔紫花儿序〕歌骊珠一串。舞瑞雪千回。无福也难消。超群旖旎。出格妖娆。风流。一笑千金价不高。世间绝妙。特意厚情深。引得人梦断魂劳。

〔秃厮儿〕阇儿中眉尖眼角。寨儿中口强心乔。谢琼姬不嫌王子高。同跨凤。宴蟠桃。吹箫。

〔尾〕不隄防侧脚里姨夫每闹。全在你个有终始冤家不错。我身上但留心。偷方便应付了。阳春白雪后集四　雍熙乐府一三

(斗鹌鹑)雍熙乐府霜艳作雪艳。玉笋作玉蕊。(紫花儿序)雍熙出格作出众。风流作风标。末二句无特字。无人字。(秃厮儿)钞本阳春白雪王子高作王子乔。兹从元刊本白雪及雍熙。钞本白雪阇儿作阆儿。兹从元刊本。雍熙阇儿作席儿前。心乔作心矫。(尾)雍熙不错作自保。

玉笛愁闻。妆奁倦开。鬓嚲乌云。眉颦翠黛。慵转歌喉。羞翻舞态。闷填胸。泪满腮。常记得锦字偷传。香囊暗解。

〔小桃红〕倚阑无语忆多才。往事今何在。玉体厌厌为谁害。瘦形骸。今春更比前春赛。雕阑玉砌。绿窗朱户。深院锁苍苔。

〔醉扶归〕松却香罗带。慵整短金钗。无语无言闷答孩。不厌倦衫儿窄。几度将龟儿卦买。何日佳期再。

〔天净沙〕也是咱运拙时乖。致令得雨杳云埋。侧脚里相知不该。胡喧乱讲。纸糊锹怎撅得倒阳台。

〔尾〕把一片偷香窃玉心宁耐。暗气吞声慢挨。怕甚风月闷愁乡。烟波是非海。阳春白雪后集四　词谑　雍熙乐府一三　北词广正谱引天净沙九宫大成二八引全套

词谑云。此词不知元何人作。或云王伯成。○（小桃红）雍熙玉体作病体。砌上无玉字。九宫大成俱同。惟雕阑砌绿窗朱户作一句。（醉扶归）阳春白雪等三书曲牌俱作醉中天。兹据九宫大成改正。词谑衫儿作衫袖。雍熙大成闷答孩俱作呆打孩。（天净沙）词谑雨杳作雾锁。雍熙撅得倒作撅得。大成二句作致令雨杳香埋。末句同雍熙。（尾）词谑无窃玉二字。慢作慢慢。雍熙大成把俱作他。

妓好睡

莫不是陈抟的姨姨。庄周的妹妹。宰予的家属。谢安的亲戚。华胥梦里姻缘。邯郸道上配偶。两件儿。试问你。可甚爱月迟眠。惜花早起。

〔紫花儿〕西厢底莺莺立睡。茶船上小卿着昏。东墙下秀英如痴。真乃是弃生就死。便休想废寝忘食。休题。除睡人间总不知。正是困人天气。啼杀流莺。叫死晨鸡。

〔幺〕推着倒鸾交凤友。倩人扶燕侣莺俦。合着眼蝶使蜂媒。绣衾未展。玉山先颓。其实。倒枕着床是你记得的。胡突了一世。恰便似楚阳台半死的梅香。兰昌宫殉葬的奴婢。

〔小桃红〕莫不是离魂倩女醉杨妃。是个有觉的平康妓。难道娇

娥不出气。懵憧的最怜伊。颠鸾倒凤先及第。直压的珊瑚枕低。黄金钏碎。平地一声雷。

〔秃厮儿〕祆庙火烧着不知。蓝桥水渰死合宜。绝缨会上难侍立。才烛灭。早魂魄。昏迷。

〔圣药王〕子弟每。做伴的。安排着好梦做夫妻。你也休问谁。我也不答你。陷人坑上被儿里。直挺着块望夫石。

〔尾〕对苍天曾说牙疼誓。直睡到红日三竿未起。若要战退睡魔王。差三千个追魂大力鬼。太平乐府七 雍熙乐府一三 南北词广韵选四 彩笔情辞一一

南北词广韵选彩笔情辞题俱作嘲好睡妓。○(斗鹌鹑)太平乐府首句的作底。雍熙乐府广韵选情辞配偶俱作配匹。瞿本太平乐府邯郸道作邯郸路。(紫花儿)广韵选着昏作著迷。无休题二字。情辞便休想作怎能够。正是作好似。(么)何钞太平乐府兰昌作连昌。情辞你记得作记得。(秃厮儿)明大字本太平乐府广韵选绝俱作撅。情辞魄作迷。昏迷作堪噎。(尾)瞿本太平大力作大刀。广韵选末句差上有除非二字。情辞三千个作三千。

离　恨

送玉传香。撩蜂拨蠍。病枕愁衾。寻毒觅螫。掷闷果的心劳。画鸾眉的手拙。恨岳高。泪海竭。难凭信鹊验龟灵。无定准鱼封雁帖。

〔紫花儿序〕莫不是金华字减消了官诰。芙蓉翠低小了云冠。鲛绡盖乍窄了香车。闷弓儿常拽。愁窖儿频掘。伤嗟。一纳头相思害不彻。赤紧的俏心儿先热。无倒断暮雨朝云。无拘束粉祟胭邪。

〔小桃红〕锦笺和泪寄离别。好事成抛撤。恨杀梅香性偏劣。闭喉舌。今番瘦损罗裙褶。他把那游蜂儿蜜劫。粉蝶儿香卸。生撅的风月担儿折。

〔金蕉叶〕我则见春雨过残花乱莛。芳尘静珠帘骤揭。绣帏悄银釭半灭。冰弦断瑶琴乍歇。

〔调笑令〕我恰待睡些。不宁贴。熏金炉引梦赊。破题儿告一纸相思敕。楚巫娥不顺关截。恰相逢陡恁般厮间别。望阳关水远山叠。

〔秃厮儿〕啼杜宇枝头泪血。惊庄周枕上残蝶。追魂数声檐外铁。这凄凉几时绝。堪嗟。

〔圣药王〕伴着这灯影昏。月影斜。隔纱窗花影乱重叠。钟韵凄。鼓韵切。听楼头角韵尚悠噎。似这般离恨怎拦遮。

〔麻郎儿〕病沉也相思赌懒。愁深也沈约搬舌。薄设设青铜镜缺。颤巍巍连理枝截。

〔幺篇〕好着我想者。念者。怎舍。心儿里似醉如痴。辜负了星前誓设。冷落了神前香爇。

〔络丝娘〕心头事十强九怯。眉尖恨千结万结。盼的团圆向明月。空立遍露零花谢。

〔尾声〕闷恹恹好似如年夜。常记的相思那些。题起那眉尖恨恰舒开。心儿疼又到也。雍熙乐府一三　南北词广韵选一四

南北词广韵选云元人作。又谓酷似马东篱口吻。〇(紫花儿序)雍熙乐府窄了作窄窄。(调笑令)雍熙熏作重。

〔双调〕新水令

大明开放九重天。拜紫宸玉楼金殿。红摇银烛影。香袅御炉烟。奏凤管冰弦。唱大曲梨园。列文武官员。降玉府神仙。齐贺太平年。

〔庆东原〕遣奉使传丹诏。赈饿贫审滞冤。黜贪邪访民瘼巡行遍。陛下恩极四边。祥开万年。和应三元。选人物治朝纲。取进士

登科选。

〔雁儿落得胜令〕朝廷德化宣。台察清风宪。都堂有政声。枢府无征战。四海永安然。诸邦尽朝献。武将每黄阁麒麟上。宰相每青霄日月边。仰洪福齐天。无东面征西夷怨。君贤臣贤。庆吾皇泰定年。

〔鸳鸯煞〕万万载户口增田畴辟民归善。民归善省刑罚薄税敛差徭免。差徭免日月同明。日月同明嵩岳齐肩。唱道唱道虎据中原。虎据中原龙飞九天。龙飞九天雨顺风调合天意随人愿。随人愿照百二山川。照百二山川一点金星瑞云里现。阳春白雪后集五　雍熙乐府

一二　北词广正谱引新水令

(新水令)北词广正谱御炉作玉炉。(庆东原)钞本阳春白雪遭作遐。元刊本与雍熙乐府合。雍熙饿贫作饿莩。无祥字。(雁儿落得胜令)雍熙台察作台省。武将下无每字。宰相每作文官。君贤作君圣。泰定作万万。(鸳鸯煞)雍熙首句无载字。畴作野。以下民归善等皆不作叠。齐肩作齐坚。虎据上有是字。龙飞上有齐拜贺三字。

闲争夺鼎沸了丽春园。欠排场不堪久恋。时间相敬爱。端的怎团圆。白没事教人笑惹人怨。

〔驻马听〕锦阵里争先。紧卷旗旛不再展。花营中挑战。劳拴意马与心猿。降书执写纳君前。唇枪舌剑难施展。参破脱空禅。早抽头索甚他人劝。

〔乔牌儿〕都将咱冷句咭。心儿里岂不嫌。屯门塞户衡刚剑。纸糊锹怎地展。

〔天仙子〕从今后。识破野狐涎。红粉无情。灾星不现。村酒醁野花浓。再不粘拈。当时话儿无应显。好事天悭。

〔尾〕料应也不得为姻眷。有了神前咒怨。为甚脚儿稀。尺紧得阳台路儿远。阳春白雪后集五　北词广正谱引新水令　九宫大成六五同

钞本阳春白雪目录以此套及下三套俱属关汉卿。似可信。○(乔牌儿)元刊白

雪冷句作吟句。兹从钞本。钞本衡字作行。〔天仙子〕元刊白雪酽作酿。

搅闲风吹散楚台云。天对付满怀愁闷。您那里欢娱嫌夜短。俺寂寞恨长更。恰似线断风筝。绝鱼雁杳音信。

〔驻马听〕多绪多情。病身躯憔悴损。闲愁闲闷。将柳带结同心。瘦岩岩宽褪了绛绡裙。羞答答恐怕他邻姬问。若道伤春。今年更比年时甚。

〔沉醉东风〕莲脸上何曾傅粉。鬓髟松不整乌云。口儿唗心儿里印。挨一宵胜似三春。怕的是黄昏点上灯。照见俺孤凄瘦影。

〔么〕早是我愁怀闷哽。更那堪四扇帏屏。遣人愁添人恨。无端怨煞丹青。画得来双双厮配定。做得伤情对景。

〔天仙子〕一扇儿画着双通叔和苏氏到豫章城。一扇儿是司马文君。一扇儿是王魁桂英。画的来厮顾盼厮温存。比各青春。这一扇儿比他每情更深。是君瑞莺莺。

〔随煞〕您团圆偏俺成孤另。拥被和衣坐等。听鼓打四更过。搭伏定鸳鸯枕头儿等。阳春白雪后集五　北词广正谱引驻马听　九宫大成六五同
（驻马听）北词广正谱九宫大成若道俱作苦道。

寨儿中风月煞经谙。收心也合搠淮。再不缠头戴蜀锦。沽酒典春衫。心如柳絮粘泥。狂风过怎摇撼。

〔乔牌儿〕这番天对勘。非是俺愚滥。相知每侧脚里来轰减。盖因他酒半酣。

〔夜行船〕又引起往前风月胆。今番做得尴尬。且休说久远当来。奈何时暂。这些时陡羞惨。

〔天仙子〕咱非参。坏怪斗来揿。怎肯祆庙火绝。蓝桥水渰。难掩盖泼风声。被各俱耽。怎只凭两下里阻隔情分减。面北眉南。

〔离亭宴煞〕你休起风波刹断渔舟缆。得团圆摔破青铜鉴。冤家行再三。再三嘱付勤相探。常将好事贪。却休教花星暗。万一

问休将人倒赚。眼剿了可憎才。心疼煞志诚俺。阳春白雪后集五

（新水令）元刊阳春白雪煞经谙作钞经谙。徐刻本改钞为早。兹从钞本。（离亭
宴煞）元刊本嘱付作祝付。万一问作万一间。兹从钞本。

凤凰台上忆吹箫。似钱塘梦魂初觉。花月约。凤鸾交。半世疏
狂。总做了一场懊。

〔驻马听〕黄诏奢豪。桑木剑熬乏古定刀。双郎穷薄。纸糊锹撅
了点钢锹。怕不待争锋取债恋多娇。又索书名画字寻人保。枉
徒劳。供钱买笑教人笑。

〔落梅风〕姨夫闹。咱便烧。君子不夺人之好。他揽定磨杆儿夸
俏。推不动磨杆上自吊。

〔步步娇〕积趱下三十两通行鸦青钞。买取个大笠子粗麻罩。妆
甚腰。眼落处和他契丹交。虽是不风骚。不到得着圈套。

〔离亭宴带歇指煞〕佳人有意郎君俏。郎君没钞莺花恼。如今等
惜花人弄巧。止不过美话儿排。虚科儿套。实心儿少。想着月
下情。星前约。是则是花木瓜儿看好。李亚仙负心疾。郑元和
下番早。阳春白雪后集五　雍熙乐府一一

（新水令）雍熙乐府约作友。（驻马听）元刊阳春白雪桑作叶。钞本白雪与雍熙
合。元刊本钞本白雪钢锹俱作铜银。兹据雍熙作刚锹改正。（落梅风）雍熙烧
作晓。俏作俊俏。末句杆作杆儿。（步步娇）钞本阳春白雪甚腰作甚么。兹从
元刊本。各本白雪不风骚俱作下风骚。雍熙妆甚腰作每日妆甚么。落处作见
的。无他字。（离亭宴带歇指煞）牌名原作甜水令。兹改正。白雪少作老。兹
从雍熙。白雪雍熙止不过俱作指不过。兹从任校。雍熙没钞作无钞。如今等作
如今的。末二句疾字早字上各衬的字。

暮春天气正愁人。对东风乱红成阵。愁白昼。恨黄昏。旧恨新
愁。都在这时分。

〔夜行船〕望断归鸿共锦鳞。不传织锦回文。多病身躯。怯春方
寸。谩赢得沈腰潘鬓。

〔步步娇〕劣性儿从前人难奔。何下手咱行顺。谩着外人。忙里偷闲厮温存。想着那些儿恩。教俺几世儿填还尽。

〔拨不断〕苦伤神。谩销魂。瘦来生怕旁人问。司马空怜多病身。文君不寄平安信。可知道一亲一近。

〔离亭宴煞〕有百十年伴老眉尖恨。有一千般不记得心头闷。腰围自忖。近新来陡觉罗衣褪。可喜娘心头印。眼见的东阳瘦损。喓落美满再团圆。受过的相思正不得本。梨园乐府上

（新水令）三句原脱一字。兹补白字。

玉堂春色一更初。绣帘桃绿窗朱户。银台烧画烛。金鼎串烟浮。翠画屏舒。一划地绣茵褥。

〔驻马听〕佳丽欢娱。龟背帘前听笑语。夜筵摆列。银缸高点照娇姝。玉瓶插紫珊瑚。金樽潋滟葡萄绿。不寻俗。笙箫厌倦讴新曲。

〔步步娇〕宝髻高盘堆云雾。钗插荆山玉。离洛浦。天赐仙姿出尘俗。更通疏。无半点儿包弹处。

〔落梅风〕宜观觑。堪画图。可人意更知音律。凌波半弯踅衬足。荡湘裙款移莲步。

〔拨不断〕美妻夫。笑相呼。珠围翠绕今年福。红粉殷勤捧绿醑。桃花扇底歌金缕。不堪消喻。

〔离亭宴煞〕直喫到落花风散笙歌住。朦胧月转西楼去。舒翡翠被儿中眠。鸳鸯帐儿里宿。梨园乐府上

（驻马听）五句插上应脱一字。（离亭宴煞）眠原作眼。兹改正。此支似有脱句。

思　情

碧梧天静暮云收。入罗衣晚风凉透。屏开闲孔雀。帘簌控金钩。懒上危楼。书慵寄雁来候。

〔驻马听〕鬼病淹留。白发相如岂耐愁。泪痕依旧。青衫司马不禁秋。锦橙香绽露金柔。丹枫叶落霜红皱。俺倦凝眸。别离咫尺重阳又。

〔乔牌儿〕喜字儿不应口。肯字儿枉迤逗。相思眼底成消瘦。为他时出尽丑。

〔雁儿落〕宽褪了联诗宫锦裘。酒社天香袖。剑慵看玉兔秋。笔倦扫苍龙溜。

〔得胜令〕呀。思量来端的没来由。和您娘无事做敌头。不是这掷果的潘安俏。都则为当垆的卓氏羞。休忧。有日还成就。娇柔。忽的心上有。

〔甜水令〕猛想起那可意人儿。丰丰韵韵。忘昏失昼。情易舍业难酬。空着我见后思量。片时作念。独自僝僽。闷字儿常在心头。

〔折桂令〕将一朵并头莲翠捻红揉。抵多少月下弯箫。花底同游。闷恹恹似黑海东流。没情没绪。无了无休。投至得简帖儿央及成配偶。敢和这卦钱儿僝落做冤雠。琴断绒簧。拆散绸缪。实丕丕似井底瓶沉。眼睁睁似石上簪投。

〔尾声〕驾车的痛饮临行酒。抵多少停眠整宿。怎肯辜负了有疼热的惜花心。生疏了没褒弹画眉手。 _{盛世新声午集 词林摘艳五 雍熙}
_{乐府一二 彩笔情辞七}

盛世新声重增本内府本词林摘艳及雍熙乐府俱无题。不注撰人。原刊本徽藩本词林摘艳题作思情。注无名氏作。彩笔情辞题作别思。注元人辞。○（新水令）四句据内府本摘艳。盛世及他本摘艳蔌作籔。疑误。雍熙静作净。次句作怯罗衣纸窗隙透。闲孔作金瑞。四句作帘卷翠银钩。懒上作独倚。慵寄作重寄。候作后。情辞俱同。惟纸窗隙作晚凉风。末句仍作慵寄。（驻马听）盛世及原刊本等摘艳淹留俱作淹流。耐愁俱作耐秋。兹从内府本摘艳。雍熙耐愁亦作耐秋。禁秋作禁愁。叶落作叶老。无俺字。情辞俱同雍熙。（乔牌儿）雍熙

肯字作顺字。又与情辞为他时俱作病恹恹。(雁儿落)雍熙带过次曲得胜令。又与情辞联诗俱作占诗坛。酒社上俱有淹字。溜俱作骤。(得胜令)雍熙此支全异。曲作。香冷炉韩偷。粉淡解何羞。问月襟怀另。看花梦境熟。难休。玉镜台着瘦。空留。紫香囊担愁。情辞同。(甜水令)雍熙首二句作。蓦想起可意情怀。彪彪擸擸。忘昏作迷昏。情作魂。着我作赢得。片时作行时。字儿常在作钩儿摘不下。情辞俱同。惟彪彪作肜肜。雍熙难酬作难修。(折桂令)盛世摘艳红揉俱作红柔。丕丕俱作坏坏。兹从内府本摘艳及雍熙等。雍熙将一作生将。捻作捏。花底同游四字作花下渔舟。无绪无由八字。无没情没绪。无了无休八字。和这作只将。拆散绸缪作书刮牙筹。井上无似字。末句无眼睁睁似四字。情辞俱同。又雍熙投至作没至。篝作钩。闷恹恹似作恨恹恹。情辞此四字作离恨绵绵。(尾声)雍熙首二句作。若赢得驾车勒索饮临邛酒。填还与愁眠怨宿。辜负作憔悴。热的作热。情辞同。惟首句勒作的的。雍熙末句无没字。

〔双调〕夜行船

院宇深沉人静悄。冷清清宝兽烟消。四壁秋虫。一帘疏雨。两般儿斗来相恼。

〔么〕一夜先争十岁老。闷厌厌情绪无聊。都为些子欢娱。霎时恩爱。惹一场梦魂颠倒。

〔挂玉钩序〕意厮投。心相乐。瞒昧爷娘。准备下窝巢。月下期。星前约。两遍三遭。人憔。女伴哄。闲家哨。柳青行冷句儿般调。不隄防烈火烧祆庙。阻断佳期。拆散鸾交。

〔么〕难熬。目下别离。时间阻隔。心上思量。口内喏着。受惨切。怀忧抱。日日朝朝。娘嗔。觅殴寻争叫。把少年身分与才料。得个妇名儿胜似闲花草。怕不待寻个久远前程。恐不坚牢。

〔尾声〕两三番个嫁字儿看看道道。来到口角头连忙咽了。今世里离散买休多。欢娱的到头少。梨园乐府上　雍熙乐府一二　北词广正谱引挂玉钩序　九宫大成六五同

　　雍熙乐府题作间阻。〇(夜行船)梨园乐府悄作俏。雍熙宝兽作宝鼎。两般作

几般。(么)雍熙都为些子作些小。(挂玉钩序)梨园祆庙作妖庙。雍熙心相作
心厮。昧爷作着爹。下句无准字。两遍三遭作两次三回。闲家下有每字。柳青
行作柳青娘。般调作搬调。阻断作阻隔。北词广正谱人憔作人瞧。般调作撇
调。九宫大成同雍熙。惟三回作三遭。闲家下无每字。(么)梨园目下作日下。
觅殴作觅呕。兹从广正谱。雍熙并前三句为两句。作。难熬月下。别离时少。
咶着作咶道。觅殴作觅合炒。分与作分付。得个作立一个。下句无怕不二字。
大成同雍熙。惟仍有怕不二字。(尾声)雍熙个嫁作把嫁。道道作道。无来到
二字。连忙作重还。买作实。末句无的字。

纵有阳台无故人。空闲了雨雨云云。彩凤空闲。玉箫声尽。风
月数载绝伦。

〔么〕多绪多情病身。今番又索着昏。眼角排情。眉尖传信。谁
当得恁般丰韵。

〔乔牌儿〕至如于俺亲。怎敢对人问。惯曾经过莺花阵。这番愁
又新。

〔么〕未得一夜恩。先信了满怀闷。十分模样十分俊。料应不
会村。

〔尾声〕求知人意相随顺。简帖儿须当再本。口儿里不抢白。心
儿里便是肯。梨园乐府上　北词广正谱引夜行船乔牌儿　九宫大成六六引夜
行船

　　(夜行船么)北词广正谱多绪作多情。九宫大成同。

〔双调〕风入松

翠楼红袖倒金壶。春色满皇都。夜阑划地烧银烛。那其间多少
欢娱。薄利虚名间阻。俏风格以此消疏。

〔乔牌儿〕这番本实虚。不合惹题目。俊禽着网惜翎羽。忍不住
自暗咐。

〔天仙子〕棘里兔。难配扑天鹘。馋眼痴心。看之不足。猛可里

见姨夫。败坏风俗。好花怎教他做主。不辨贤愚。

〔离亭宴煞〕锦笺空写多情句。枉可惜口谈珠玉。假做苏卿伴侣。被冯魁已早图谋。使尽心。才得悟。则不如将取字兰便数。咱看上脸儿甜。止不过钞儿苦。阳春白雪后集五　雍熙乐府一二　北词广正谱引天仙子

> 阳春白雪此套在吕止轩风入松半生花柳套后。失注撰人。雍熙乐府同。白雪此套之后。即接夜行船颜色天然套。北词广正谱以夜行船套属止轩。以此套属无名氏。兹从之。惟钞本阳春白雪目录以此套及夜行船套俱属止轩。未知孰是。○(风入松)雍熙风格以此作风声因此。(乔牌儿)钞本白雪暗咐作暗忖。雍熙作暗付。兹从元刊白雪。(天仙子)白雪兔作泥。兹从雍熙及广正谱。雍熙痴心作疾心。

楚阳台远暮云遮。烟水恨连叠。沈郎多病腰肢怯。喜相逢可惯离别。悄悄鸳帏惭冷。薄怯怯绣衾空设。

〔乔牌儿〕雁声不断绝。砧韵无休歇。戍楼残角声凄切。品梅花三弄彻。

〔新水令〕兽炉香冷篆烟斜。对银釭半明不灭。愁万种。恨千叠。几口儿长吁。怎支吾这一夜。

〔搅筝琶〕空摧撅。直恁信音绝。欲寄相思。凭谁人话说。除纸笔。带喉舌。短叹长嗟。不流泪料来心似铁。寸肠千结。

〔离亭宴煞〕难睡漏永如年夜。正值着暮秋时节。坐不稳自敧自焦。睡不着不宁不帖。寒雁哀。寒蛩切。忽聚散阶前落叶。却是那透户一帘风。穿窗半弯月。梨园乐府上

> (风入松)悄悄上应脱一字。

夜阑深院暮寒加。愁听漏声多。银台画烛烧残蜡。伴离人心绪杂咱。有分红愁绿惨。无心赏白酒黄花。

〔搅筝琶〕阳关罢。香脸褪残霞。针线慵拈。匙杓倦把。和泪盼雕鞍。目断天涯。幽雅。离添病人憔悴煞。瘦得来不似人家。

〔乔牌儿〕料应薄倖他。别却志诚话。俺看他歹处无纤恰。他于人情分寡。

〔沉醉东风〕全不想对月燃香剪发。指神誓奠酒浇茶。信口开。连心耍。向娟门买行踏。但有半句儿真诚敬重咱。无样般相思报答。

〔离亭宴煞〕早是可曾经心绪愁牵挂。又逢暮秋潇洒。恰不听寒蛩唧唧。又听的寒雁哑哑。傍枕衾。临床榻。暂合眼一时半霎。又听的疏雨洒窗纱。西风弄檐马。梨园乐府上　雍熙乐府一二　九官大成六六引风入松

雍熙乐府题作触景。○（风入松）雍熙杂咱作交杂。九官大成同。（揽筝琶）梨园乐府褪作腿。幽雅作幽鸦。雍熙匙杓作匙箸。离添作杂添。（乔牌儿）雍熙料应下有是字。别却下有了字。歹处作万处。（沉醉东风）雍熙买作买笑。（离亭宴煞）雍熙暂作才。一时下有儿字。西风作秋风。

离　情

万金良夜霎时欢。犹恨不松宽。停延初试春风面。便安排病沈愁潘。从寄巧歌金缕。娇羞半掩霜纨。

〔新水令〕乐昌妆镜破双鸾。今古恨短长亭畔。两下里几多般。受过的凄凉被俏萦占。分明少个莺花伴。奈今生缘分浅。凉打叠起更休算。

〔揽筝琶〕夕阳外。山隐隐水漫漫。似恁的凄凉。如何倒颠。终有日相逢。心苦眉攒。憔悴了玉容谁是管。越不成烟爨。

〔离亭宴煞〕后期远约今秋判。那其间甚娘情款。受几度枕冷衾寒。挨几宵月苦风酸。酒满斝。他亲劝。先摘得都无少半。本待一饮不留残。到被别离泪添满。雍熙乐府一二　彩笔情辞七

彩笔情辞注元人辞。○（风入松）雍熙良夜作凉夜。情辞从寄作为记。（新水令）情辞受过的作受。无分明少个莺花伴七字。奈今生句作奈分浅缘

悭。（搅筝琶）雍熙有日作日有。情辞首句作夕阳畔。（离亭宴煞）雍熙枕冷作枕。

〔双调〕珍珠马南

情

箫声唤起瑶台月。独倚阑干情惨切。此恨与谁说。又值那黄昏时节。花飞也。一点点似离人泪血。

〔步步娇南〕暗想当年。罗帕上把新诗写。偷绾同心结。心猿乖。意马劣。都将软玉温香。嫩枝柔叶。琴瑟正和协。不觉花影转过梧桐月。

〔雁儿落北〕不觉的梧桐月转过西银台上。昏惨惨灯将灭。怎禁他纱窗外铁马儿敲。这些时一团娇香肌瘦怯。

〔沉醉东风南〕一团娇香肌瘦怯。半含羞翠钿轻贴。微笑对人悄说。休负了今宵月。等闲间将海棠偷折。山盟共设。不许暂时少撒。若有个负心的教他随灯儿便灭。

〔得胜令北〕呀。若有一个负心的教他随灯灭。惨可可山盟海誓对谁说。海神庙现放着勾魂帖。那神灵仔细写。你休要心斜。非是俺难割舍。你休要痴呆。殷勤将春心漏泄。

〔忒忒令南〕他殷勤将春心漏泄。我风流寸肠中热。因此上楚云深锁黄金阙。休把佳期暂撒。燕山绝。湘江竭。断鱼封雁帖。

〔沽美酒北〕湘江断鱼雁帖。他一去了信音绝。想着他负德辜恩将谎话说。眼见的花残月缺。自别来甚时节甚时节。

〔好姐姐南〕自别。逢时遇节。冷淡了风花雪月。奈愁肠万结。怎禁窗外铁无休歇。一似珮环摇明月。又被西风将锦帐揭。

〔川拨棹北〕又被西风将锦帐揭。倚帏屏情惨切。这些时信断音绝。眼中流血。心内刀切。泪痕千叠。因此上渭城人肌肤瘦怯。

〔桃红菊南〕渭城人肌肤瘦怯。楚天秋应难并叠。停勒了画眉郎
京尹。补填了河阳令满缺。

〔七弟兄北〕补填了河阳令满缺。一片似火也。心间事与谁说。
好教我行眠立盹无明夜。今日个吹箫无伴彩云赊。闻筝的月下
疏狂劣。画眉郎手脚拙。窃玉的性别劣。把好梦成吴越。

〔川拨棹南〕成吴越。怎禁他巧言搬斗喋。平白地送暖偷寒。平
白地送暖偷寒。猛可的搬唇递舌。水晶丸不住撒。点钢锹一
味撅。

〔梅花酒北〕他将那点钢锹一迷里撅。劈贤刀手中撇。打捞起块
丹枫叶。鸳鸯被半床歇。胡蝶梦冷些些。破香囊后成血。楚馆
着火焚者。

〔锦衣香南〕他将那楚馆焚。秦楼来拽。洛浦填。泾河截。梅家
庄水罐汤瓶打为磁屑。贾充宅守定粉墙缺。武陵溪涧花儿钉了
桩橛。楚襄王梦惊回者。汉相如赶翻车辙。深锁芙蓉阙。紫箫
吹裂。碧桃花下凤凰将翎毛生扯。

〔收江南北〕呀。你敢在碧桃花下将凤毛扯。人生最苦是离别。
山长水远路途赊。何年是彻。响当当菱花镜碎玉簪折。

〔浆水令南〕响当当菱花镜碎撅。支楞楞瑶琴弦断绝。革支支同
心绾带扯。击玎珰宝簪儿坠折。采莲人偏把并头折。比目鱼就
池中冷水烧热。连枝树生砍折。打捞起御水流红叶。蓝桥下翻
滚滚波浪卷雪。祆神庙祆神庙焰腾腾火走金蛇。

〔尾声南〕饶君巧把机谋设。止不住负心薄劣。梦儿里若见他俺与
他分说。<small>盛世新声酉集　词林摘艳二　雍熙乐府一二　新编南九宫词　南北词广韵
选一四　南宫词纪一　吴歈萃雅元集　词林逸响风卷　吴骚集三　吴骚合编四　乐府
珊珊集　曲谱征引从略</small>

题从新编南九宫词。盛世新声重增本内府本词林摘艳雍熙乐府及吴骚集俱无题。原刊本徽藩本词林摘艳题作怨别。南北词广韵选题作离恨。南宫词纪题作大揭帖。吴歈萃雅乐府珊珊集词林逸响题作阻欢。吴骚合编题作闺怨。盛世摘艳雍熙新编南九宫词旧编南九宫谱南曲谱及南词新谱于此曲俱不注时代与作者。王世贞等谓此套元人作。广韵选注元。吴骚合编注元词。九宫正始征引各支俱注元散套。萃雅珊珊集俱注高东嘉作。南宫词纪词林逸响俱注郑虚舟作。吴骚集注王百谷作。兹姑属元无名氏。新编南九宫词雍熙萃雅珊珊集逸响俱为南北合套。摘艳广韵选词纪吴骚集吴骚合编只有南曲而无北曲。曲数皆不同。广韵选云。查北词内语多重复。箫声唤起阕亦疑是后人增入。故不录。九宫大成云。此套北曲体多有牵强推凑。因欲合下文作续麻体。以致结句皆与正体有乖。况与南曲迥然出乎二手。想后人因有南曲。而作此以杂之耳。案此套见于各选本者。以盛世新声为最早。惟盛世只南曲。兹改据南九宫词。○（珍珠马南）盛世摘艳广韵选词纪萃雅珊珊集吴骚集吴骚合编俱无此支。九宫正始谓此曲确南词非北词。雍熙值那作那堪。一点点似作好似。词纪以此支为北词。谓雍熙乐府载北珍珠马起。但北语重复不驯。诸刻俱删。逸响与谁作和谁。又值作正值。大成引逸响又值那作那更。一点点作点点。南曲谱俱同大成。正始与谁作凭谁。一点点似作点点是。〔新水令北〕逸响于上曲后有此支。他本无。曲云。离人点点泪流血。倚阑干闷怀凄切。多情难割舍。无语自伤嗟。暗想当年。暗想当年罗帕上曾把新诗写。大成引逸响暗想当年四字不重。（步步娇南）盛世写作曾写。同心作下鸳鸯。心猿上有他那二字。六句作都将他那软玉娇香。协作谐。不觉作不觉的。摘艳俱同。雍熙四五句作。他那里心猿乖。我这里走马劣。都将作都将那。花影作花阴。馀同盛世摘艳。广韵选俱同雍熙。惟花阴作花影。词纪把作曾把。绾作绾着。嫩枝柔叶作翠拥红遮。萃雅珊珊集逸响大成俱同词纪。吴骚集温香作娇香。花影作花阴。吴骚合编嫩枝柔叶作翠拥红遮。花影作花阴。正始引此曲首句俱作暗想当时。（雁儿落北）雍熙西作些。一团上有教我二字。（沉醉东风南）南九宫词贴作帖。盛世香肌瘦怯作冰肌困歇。翠钿作粉容。负了今宵月作忘了今夜。海棠上无将字。暂时少撇作片时暂歇。有个作有一个。教他随灯儿作着他随灯。各本摘艳俱同盛世。盛世重增摘艳俱无共字。原刊本徽藩本摘艳共设俱作共誓。雍熙广韵选香肌俱作冰肌。雍熙负了作忘了。等间上有则俺这三字。将海棠作海棠花。少撇作歇。灯儿作灯。词纪翠钿作粉容。负了今宵月作忘了今夜。偷折作开彻。山盟上有把字。暂时少作片时弃。萃雅珊珊集逸响大成俱同词纪。惟萃雅珊珊集暂时少作暂时弃。大成开彻作偷折。吴骚集翠钿作粉容。四句作休忘了今夜里。偷折作花开彻。山盟上有把字。暂时少作你片时抛。吴骚合编暂时少作暂时弃。末句无若字。馀同词纪。（得胜令北）南九宫词现放作闲放。兹从萃雅珊珊集逸响。雍熙灯作灯儿便。现放作见放。仔细上有他明明三字。俺作我。萃雅珊珊集逸响大成一个俱作个。殷勤上有他字。萃雅珊珊集你休要俱作休道俺。（忒忒令南）盛世漏作露。肠中热作心终拙。黄金阙作巫山缺。下二句作。休得后期暂别。烟山截。竭作隔。鱼封作鱼音。摘艳俱同。雍熙作心终拙。巫山缺。休得后期暂别。与盛世摘艳同。因此上三字叠。绝作截。江竭作水歇。鱼封作鱼缄。广韵选肠作心。撇作歇。绝作截。词纪风流下有迷了二字。佳期暂作后期顿。下二句作。湘江竭。燕山截。萃雅珊珊集逸响大成俱同词纪。惟萃雅珊珊集后期作佳期。珊珊集末句断作断。大成黄金阙作巫山缺。鱼封作鱼沈。逸响首字他作也。疑系他字漫漶。吴骚集吴骚合编暂撇俱作顿撇。合编下二句同词纪。吴骚集亦同词纪。惟截作绝。（沽美酒北）雍熙湘下脱江字。鱼作鱼缄。去了下有便字。将谎话说作心似铁。花残下有来字。甚时节不叠。萃雅珊珊集湘江断鱼雁帖作湘江竭燕山截湘江竭燕山截。将作到将。逸响大成俱同萃雅等。惟仍作将。（好姐姐南）盛世愁肠作柔肠。一似作好一似。锦帐上无将字。摘艳俱同。雍熙自别作自别来。怎禁下有那字。一似作好一似。西风上有这字。词纪萃雅珊珊集逸响大成吴骚集吴骚合编愁肠俱作柔肠。萃雅珊珊集吴骚珮环俱作环珮。（川拨棹北）雍熙西风上有这字。情惨切三字叠。萃雅珊珊集逸响牌名俱误作七弟兄。西风上俱有那字。刀切俱作刀割。大成与广正谱牌名不误。曲文同萃雅逸响。（桃红菊南）南九宫词牌名误作园林好。盛世摘艳勒俱作隔。河阳令俱作东阳岭。盛世重增本摘艳秋俱作愁。雍熙渭城上有因此上三字。秋作愁。勒作隔。京尹作京兆尹。河阳作东阳。广韵选停勒句叠。词纪应难并作难禁病。停勒句叠。萃雅珊珊集逸响大成吴骚合编俱同词纪。吴骚集应难并作难禁病。停勒作勒定。满缺作漏缺。逸响吴骚集牌名误作嘉庆子。（七弟兄北）牌名从大成及广正谱。南九宫词雍熙俱作川拨棹。萃雅珊珊集逸响俱作梅花酒。广正谱考订牌名。云。谬增呀以下。是预支梅花酒。恐无此体。又云。作词者非敢以梅花酒作两截也。北教师类不知牌名。不分断落。其

谁知七弟兄于何句止。梅花酒于何句起。作者想为别一词所眩。故七弟兄则合
二调为一。梅花酒则分一调为二耳。雍熙首句作东阳令满缺。似火作事火。疏
狂劣作一包血。郎手脚拙作的手吊者。性情則作下斜。下多偷香的你宅一句。
末句把作将。萃雅珊珊集一片似火也作忍连枝带叶。吹箫至月下作楚阳台被却
云遮。寻思与您。画眉上有呀字。逸响似火作心似火烧。赊作遮。画眉上有呀
字。末句作把欢娱成叹嗟。大成俱同逸响。惟无烧字。广正谱一片似作似一
片。画眉上有呀字。〔双胡蝶南〕词纪萃雅吴骚集珊珊集于桃红菊后。逸响于
上曲后。俱有此支。盛世摘艳雍熙南九宫词广韵选吴骚合编皆无。牌名原作豆
叶黄。大成改正为双胡蝶。吴骚集作桃红菊。南曲谱引此曲亦作豆叶黄。注
云。雍熙乐府载暗想当年南北一套。原无此曲。今人单唱南曲者始有之。疑是
后人增入。或误其名耳。不然与前一曲豆叶黄何绝不同也。南词新谱引此曲。
牌名作别体豆叶黄。注语同南曲谱。广韵选亦谓后人增入。故不录。但附于曲
文之末。词纪曲文作。叹嗟。欢娱事能几些。痛切。相思病无了绝。朋友们知
疼热。负心的早回宁贴。待舍。想着你娇模样教我怎生样舍。待撇。想着你至
诚心教我怎生样撇。萃雅珊珊集逸响娇模样与至诚心易位。吴骚集早回上有教
他二字。此句以下作。待撇。想着他至诚心怎生样撇。待舍。想着他娇模样教
我怎生样舍。大成南曲谱南词新谱俱同词纪。〔阿纳忽北〕逸响于上曲后有此
支。他本俱无。牌名原作脱布衫。大成改正为阿纳忽。曲文云。想着你至诚心
教我怎生样撇。空守着如年夜。枉担了雪月风花。也伤我连枝带叶。〔园林好
南〕盛世摘艳雍熙广韵选吴骚合编俱于桃红菊后即接此曲。词纪萃雅吴骚集珊
珊集列于双胡蝶后。逸响列于阿纳忽后。惟南九宫词无之。盛世摘艳曲文俱
作。也伤我连枝带叶。致令得狂蜂浪蝶。炒闹起歌台舞榭。回首处楚云遮。堪
叹处彩云赊。雍熙曲文同。惟脱去牌名。广韵选炒闹作闹炒。词纪致令作勾
引。炒闹作闹炒。彩云作水痕。萃雅珊珊集逸响大成俱同词纪。吴骚集伤我作
伤残。致令得勾引动。炒闹作闹炒。楚云作暮云。彩云作路途。吴骚合编伤
我作伤残。馀同词纪。〔夜行船北〕逸响于上曲后有此支。他本俱无。牌名原
作俏秀才。大成改正为夜行船。曲云。堪叹处水痕赊。何日里共欢悦。当初指
望。美满前程。到如今翻成吴越。(川拨棹南)盛世二句作怎禁被人斗跌。平
白地句不叠。猛可的作猛可里。摘艳俱同。雍熙首二句作。将好梦成吴越。怎
禁被人斗喋。平白地句不叠。词纪点作蘸。味作谜。萃雅递舌作弄舌。点作

蘸。逸响大成俱同萃雅。萃雅一味作一谜。珊珊集俱同萃雅。吴骚集搬閛喋作相斗叠。递舌作弄舌。点作蘸。吴骚合编搬斗喋作开间谍。一味作一谜。馀同逸响。正始引此曲第二句作怎禁他人斗迭。(梅花酒北)雍熙将那作将这。劈贤上有呀字。萃雅牌名误作川拨棹。首二句作。他将那点钢锹一谜掘。劈铅刀在手中撇。后作覆。末句作楚馆焚秦楼拽。珊珊集逸响俱同萃雅。唯逸响点作蘸。谜作味。大成改正牌名。曲文同逸响。(锦衣香南)盛世来拽作拽。无回者二字。车辙作车车。阙作缺。摘艳俱同。雍熙焚作来焚。阙作关。广韵选词纪首二句俱无那字来字。词纪截作竭。守定作守。回者作胡蝶。深锁作紧闭。吹作声。将作把。萃雅珊珊集逸响大成吴骚合编俱同词纪。惟五书花儿上俱有把字。萃雅珊珊集吴骚合编仍作守定。逸响大成仍作吹裂。大成仍作深锁。吴骚集首二句无那字来字。截作绝。回者作胡蝶。吹作声。将作把。正始起作将楚馆焚秦楼拽。截作绝。无回者二字。深锁作深闭。将翎毛作把翎儿。(收江南北)雍熙在作在那。菱花作菱。萃雅逸响大成何年俱作何年上。当当俱作叮当将。萃雅玉簪折作粉跌。珊珊集俱同萃雅。(浆水令南)盛世镜碎摠作碎跌。楞楞瑶琴作楞争馀。革作忔。同心绾作也同心。击作珤。簪儿坠作簪断。红叶作叶。摘艳俱同。盛世摘艳雍熙广韵选词纪正始等袄神庙三字俱不叠。内府本摘艳同心上无把字。叶上有红字。雍熙坠折作断折。广韵选摠作跌。词纪首四句作响叮当将菱花碎跌。侧稜争冰弦断绝。喜孜孜将同心带扯。咭叮当宝簪坠折。冷水烧热作将水车竭。波浪作波涛。萃雅珊珊集逸响大成吴骚合编俱同词纪。惟萃雅珊珊集四句作扑擎地宝簪坠折。逸响大成冰弦上有把字。宝簪上有将字。大成喜孜孜作意孜孜。吴骚合编四句同萃雅。砍折作砍截。吴骚集首三句同词纪。四句作扑擎擎宝簪坠折。冷水烧热作将水车竭。翻作浪。波浪作波涛。袄神庙不叠。正始当当作叮当。镜碎摠作碎跌。支作则。瑶琴作丝。三句作咭孜孜同心扯裂。击作咭。儿坠作断。偏拍作偏拣。连枝作连理。波浪作波涛。(尾声南)盛世巧把作使尽。住负心作过负心的。末句作梦儿里见他分说。摘艳俱同。雍熙巧把作使尽。词纪巧把作作总把。止不住作怎禁那。末句作一一向梦儿中对他分说。萃雅珊珊集逸响大成吴骚集吴骚合编俱同词纪。惟吴骚集一字不叠。正始同盛世摘艳。惟二句无的字。末句见作对。

残曲

〔双调〕清江引

拍拍满怀都是春。<small>中原音韵作词十法</small>

失牌名

故国观光君未归。<small>中原音韵作词十法</small>

<small>康海刻太和正音谱君未归作君倦归。</small>

〔中吕〕粉蝶儿

您为衣食。<small>北词广正谱</small>

〔斗鹌鹑〕我想这醋淡薄梨。你看承似龙肝凤髓。尽意儿盛添。有半停来下水。抑而十分的取了利息。损人安己。喫酒的问甚么九担十瓶。似恁钱东物西。<small>北词广正谱</small>

〔般涉调〕

〔墙头花〕官桥野渡。多少梅花树。疏影横斜暗香浮。林间听鹤唳猿啼。树下看鸾飞凤舞。<small>太和正音谱下　九宫大成七三</small>

〔么篇〕使玉环更采莲。教小红莫摇橹。悠悠然放自流。趁浪逐波到几处。三贤堂刻栋丹楹。四圣观雕梁峻宇。<small>太和正音谱下　九宫大成七三</small>

<small>太和正音谱以次阕作急曲子。九宫大成考订为么篇。兹从大成改正。</small>

〔越调〕南乡子

乌兔似飞梭。岁月催人东注波。浮世百年如过梦。消磨。浑是欢娱得几何。<small>太和正音谱下　北词广正谱</small>

〔天净沙〕北词广正谱

〔古竹马〕月娥。音容杳杳。别来似隔关河。怎知于此间。云窗月牖。依然牢落。偶因相会东湖上。遣人无那。时得眉眼偷睃。莫怪沉吟。见人佯羞不忍呵。红尘满面。绿鬓双幡。北词广正谱 九宫大成二七

〔天净沙煞〕不避目下风波。使人教方便提掇。都将雨迹云踪说似破。若还他不忘。日后多应记得我。北词广正谱 九宫大成二七

（天净沙煞）北词广正谱若还他作还他若。

〔双调〕夜行船

一片花飞春意减。休直到绿愁红惨。夜拥鸳衾。晓临鸾鉴。病恹恹粉憔胭淡。北词广正谱

〔阿纳忽〕才见了明暗。且做些搠淆。倘或间被他啜赚。那一场羞惨。北词广正谱

〔双调〕

撒竹分茶北词广正谱

〔天仙子〕添潇洒。朝暮是甚生涯。女仗唇枪。娘凭嘴马。寻缝儿觅撒花。早索与他异锦轻纱。动不动五奴闲坐衙。知他是理会甚么官法。北词广正谱

案：南北词广韵选所收元无名氏散套。其中有十套。或非散曲。或为明人作。兹说明之。一。广韵选卷四之点绛唇花信风微套。据词林摘艳卷四为刘东生月下老杂剧。二。卷五之醉花阴窗外芭蕉战秋雨套。见陈铎之梨云寄傲（汪廷讷订）。词林摘艳卷九北宫词纪卷六亦收之。并注陈作。三。卷六之夜行船缺月风帘碎影筛套。见陈铎之月香亭稿。北宫词纪卷六亦收之。注陈作。四。卷七之一枝花不沾朝野名套。见月香亭稿。北宫词纪卷三亦收之。注陈作。五。卷八之新水令枕痕一线粉香残套。见梨云寄傲。北宫词纪卷六亦收之。注陈作。

六。卷八之一枝花瑶池淡粉妆套。见朱有燉之诚斋乐府。七。卷十二之醉花阴杨柳横塘淡烟锁套。见梨云寄傲。词林摘艳卷九北宫词纪卷一亦收之。并注陈作。八。卷十三之粉蝶儿三弄梅花套。见梨云寄傲及秋碧乐府。九。卷十四之一枝花草堂外岚光映日妍套。见月香亭稿。北宫词纪卷一亦收之。注陈作。十。卷十九之醉花阴羞对莺花绿窗掩套。据词林摘艳卷九为无名氏鸳鸯冢杂剧。又。卷四之新水令碧纱窗外晓莺啼套。注元毛舜臣号双峰作。案。舜臣名良。明人。

北宫词纪外集卷五有普天乐问春梅何时放一首。注元人作。又有水仙子陷人坑土窖般暗开掘一首。注张云庄作。案前曲见朱有燉诚斋乐府卷一。兹不收。后曲见汤舜民笔花集。兹列汤曲中。

彩笔情辞所收散曲之注元人辞者。有二十首皆见朱有燉诚斋乐府。本书未收。曲为卷二之醉太平花衢中占场等小令二首。卷三之脱布衫付小梁州乐繁华倚翠偎红小令一首。卷四之红绣鞋性格儿玲珑剔透等小令三首。卷五之寨儿令风月干雨云慳等小令四首。醉太平越罗衾熨贴等小令四首。满庭芳风情热沾等小令三首。卷十二之醉太平贞烈似王凝妻性格小令一首。卷一之点绛唇月令随朹套数一套。卷六之一枝花温柔窈玉心套数一套。

无名氏南曲

小令

〔南吕〕七贤过关

四时思情

春风花草香。迟日江山丽。万紫千红。总是伤情处。恹恹为伊。愁怀为伊。只听得管声管声喧天地。总有笙歌不入愁耳。见莺花憔悴。杜鹃语声悲。梅子心酸柳皱眉。一春鱼雁无消息。闪得似雨打梨花珠泪垂。空房独守。此情为谁。冷落闲庭院。暮

雨潇潇郎未归。<small>雍熙乐府一五 吴歈萃雅亨集 词林逸响花卷 吴骚合编四</small>
<small>南曲九官正始</small>

<small>雍熙乐府不注撰人。题作四时思情。共春夏秋冬四首。吴歈萃雅词林逸响选第</small>
<small>一首。俱注刘东生作。吴骚合编自雍熙选录第一首。注元词。兹据吴骚辑之。</small>
<small>并辑雍熙之后三首。南曲九官正始引春夏二首又注明小令。</small>

炎天夏日长。渐觉熏风细。避暑凉亭。闷把阑干倚。游鱼顺水。
鸳鸯戏水。鸳鸯本是本是飞禽性。养杀终须不到奴根底。好难
消遣。闷下几盘棋。强饮消愁酒数杯。一时饮得醺醺醉。尤恐
灯昏郎未归。瑶琴再理。知音有几。欲抚相思调。叶满池塘夏
至时。<small>雍熙乐府一五 南曲九官正始</small>

金风暑渐消。不觉新秋至。掇起酒钟儿。少个人陪侍。君家命
里。奴家命里。促织聒得聒得奴心碎。一迷埋怨到说奴不是。
把情书来写。寄与我郎知。休负橙黄橘绿时。一秋好景君须记。
闪得似南来孤雁飞。闲愁闲闷。管他甚的。最苦伤情处。雨打
梧桐叶落时。<small>雍熙乐府一五</small>

朔风早凛冽。欲把寒衣寄。寄与远征郎。恐不到根底。君冷自
知。奴冷自知。雪花下得下得纷纷细。冻损儿夫谁与奴为美。
画堂人静。数尽更移。拨尽寒炉一夜灰。冷清清不见郎回日。
忽听得门外轻敲骏马嘶。多情来至。心欢意喜。欲把银釭照。
尤恐相逢是梦里。<small>雍熙乐府一五</small>

套数

〔仙吕〕小醋大

情

暗潮拍岸。断江风扫芦花。鸥鹭破烟飞落汀沙。见渔舍两三家。
在夕阳下。一簇晚景堪画。闷无语时将珠泪洒。愁转加。瘦损

丰标只为他。事萦心鬓添白发。蹉跎负却年华。

〔不是路〕暗忆秦楼。暗忆秦楼。一别后蛾眉谁与画。沉吟久。
徘徊无语自嗟呀。恨无涯。强和哄时把芳樽饮。离绪共别情酒
怎哑。霍索杀千般烦恼萦心下。好难捱呐。好难捱呐。

几回按下身心。尤兀自喃喃念诵他。一夜加两只业眼怎睁着。
恨无眠。酒乍醒敧枕衾衣冷。梦初断篷窗月影斜。看看晓那堪
迤逦兰舟驾。事冗如麻。事冗如麻。

〔长拍〕叠叠离情。叠叠离情。重重忧恨。羁旅怎生禁加。家乡
遥远。楚水汹涌。阔迢迢去程无涯。斜日映红霞。望水村深处。
酒旗高挂。浅水滩头有鹭立。枯树上噪寒鸦。来往橹声呀哑。
正野塘水涨。浪激汀沙。

〔短拍〕芳草渡口。芳草渡口。白苹岸侧。曲弯弯水绕人家。还
自赴京华。说不尽许多潇洒。异日图将此景。俺只待归去凤
城夸。

〔尾声〕烟光淡。斜阳下。渐觉荒村暮也。借旅邸今宵一睡呵。_新
编南九宫词　吴歈萃雅元集　词林逸响风卷　吴骚合编四　南曲九宫正始引小醋大
长拍短拍

　　新编南九宫词题作情。注古词。吴歈萃雅曲前题作途中忆别。目录题作江村风
　　景。注罗钦顺作。词林逸响同萃雅。吴骚合编曲前题作旅思。注旧词。目录注
　　古调。九宫正始所引诸曲。俱注元散套。

〔正宫〕白练序

春　愁

沉吟久。奈何事从来不自由。芙蓉帐未暖又还分手。别后万种
愁。叹晓梦高唐一旦休。添僽僽。梨花细雨。燕子空楼。

〔太平令〕消瘦纤腰似柳。近日绛裙罗带频收。闲衾易冷。人在

小小云兜。堪羞。凄凄孤影伴灯篝。倚窗下倦听银漏。这般时候。三更酒醒。满枕春愁。

〔捣白练〕绸缪。两配偶。思量起故友。在花阴下同欢会。燕侣鸾俦。无由愿再酬。恨飞絮飘香逐水流。成迤逗。钗分凤折。线断银钩。

〔太平令〕悠悠。青霄路有。绣鞍归晓。山盟虚缪。分开美玉连环结。未能够两情依旧。频修银笺锦字到皇州。每一字字泪痕湮透。甚时相守。金杯满酌。艳曲低讴。

〔十二拍尾〕情思恹恹如病酒。房栊静悄忆凤俦。十二珠帘懒上钩。雍熙乐府一六　新编南九宫词　南宫词纪一　吴骚合编一　南曲九宫正始引白练序捣白练太平令

雍熙乐府不注撰人。新编南九宫词录自雍熙。南宫词纪题作别情。注无名氏。吴骚合编题作春闺。注关九思作。九宫正始所引诸曲皆注元散套。

〔南吕〕十样锦

〔破挂真〕引子忆别娇容情分浅。终朝废寝忘餐。○离绪恹恹。情怀攘攘。别后又添悒怏。

〔绣带宜春令〕十样锦　过白练序　转调黄钟幽窗下沉吟半晌。追思俏的娇娘。娉婷处不弱似莺莺。妖娆处可比双双。非奖。最堪夸他性格儿温柔。难描他身材儿生得停当。说不尽风流可喜。万般模样。

〔太平白练序〕醉太平头　白练序尾想当日月下星前。吐胆倾心。把誓盟深讲。行思坐想。望尽老今生。同傚鸾凰。○谁想。蓦然平地浪波生。怎知道祸从天降。雾迷云障。被鸨母苦死打开鸳鸯。

〔浣溪啄木儿〕浣溪沙头　啄木儿尾情惨凄。添悒怏。阁不住泪珠汪

汪。劳神役志镇端详。寻思那人情怎忘。设计施方。要见他除非是梦儿里来到我行。○怜香惜玉相偎傍。尤云殢雨生悲怆。被数声疏雨敲窗。散高唐春心荡漾。

〔三段鲍老催〕三段子头　鲍老催尾此情怎当。罗衣尚存兰麝香。鸾笺仗托纸半张。人何在。谩叹息。空惆怅。○恼得潘郎两鬓似霜。

〔出队莺乱啼〕出队子头　莺乱啼尾咱这里因因他来狂荡。他因咱痛感伤。几番欲待不思量。不思量以后怎做得铁打心肠。○江淹闷。韩生忿。怎比得咱家闷。千般恨才离了心上。又早来蹙在眉尖。天还可怜。便霎时相见又且何妨。

〔馀音〕情人早得同鸳帐。免使我心劳意攘。爇炷名香答谢上苍。

旧编南九宫谱　盛世新声酉集　词林摘艳二　雍熙乐府一六　吴歈萃雅元集　词林逸响花卷　彩笔情辞八　吴骚合编二　乐府珊珊集

　　此曲旧编南九宫谱有全套。盛世新声词林摘艳皆无题。雍熙乐府题作有所思。俱不注撰人。吴歈萃雅乐府珊珊集题俱作青楼离恨。注高东嘉作。词林逸响题同萃雅。注祝枝山作。未必可信。彩笔情辞题作怀旧。注元人辞。吴骚合编题作惜别。注元辞。兹据以属元无名氏。牌名曲文全从旧编南九宫谱。

〔南吕〕香遍满

闺　情

鸾凰同聘。寻思那时忒志诚。谁信今番心不定。顿将人来薄倖。可怜无限情。也似纸样轻。把往事空思省。

〔懒画眉〕花开花谢闷如醒。日远日疏冷似冰。眼前光景总凄清。漫水流花径。庭院黄昏门半扃。

〔挂梧桐〕谩教人忆茂陵。调琴谁共听。少个知音。斗帐沉烟冷。孤眠最苦。怕良宵永。这样凄凉如何教我挨到明。心肠纵然如铁硬。苦也思量。扑扑簌簌泪倾。

〔浣溪沙〕谁惯经。害相思病。怨只怨枕闲衾剩。两三杯酒全无兴。空教我十二栏干独自凭。心耿耿。想起虚脾情。耳边言。那取真本兰亭。

〔刘泼帽〕对景对景无心咏。倦时闻枝上流莺。如何唤的春愁醒。羞对画屏。花间翡翠双双并。万虑生。独守着房栊静。

〔秋夜月〕思饯行。思饯行。亲把香醪赠。一曲琵琶阳关令。春衫上泪湿君曾揾。番成做画饼。似银瓶坠井。

〔东瓯令〕人何在。梦难成。水远山遥不计程。雕鞍宝马无踪影。他那里胡行径。朱颜绿鬓易凋零。无奈痛伤情。

〔金钱花〕想你掩耳偷铃。为你缄口如瓶。待君归兮细评论。夫妻债雁同鸣。欢会事凤和鸣。

〔尾〕金钗钿盒重新整。翠被香温叙旧情。鲛绡带绾重再整。_{词林}
^{摘艳二　雍熙乐府一六　吴歈萃雅元集　南曲九宫正始引香遍满挂梧桐浣溪沙刘泼帽}

　　词林摘艳注无名氏作。雍熙乐府不注撰人。吴歈萃雅注王渼陂作。九宫正始所引诸曲皆注元散套。

四时思慕

柳径花溪。梅梢褪粉丽日迟。桃杏芬芳蜂媒蝶使。树拖烟笼绿柳。柳花绵片片飞。为咱思念伊。恐怕春又归。

〔东瓯令〕花容貌。柳䁖眉。云鬓堆鸦。温柔旖旎。方才款步我这金莲浸罗袜冷。腾腾困困娇无力。雕栏曲槛。游蜂粉蝶飞。婷婷袅袅欲缓迟。

〔四团花〕懒懒愁画眉。看看身渐赢。情书欲写无凭寄。不见才郎。何时归至。把阑干遍倚。将花头倦折。莺声呖呖。芳心自知。

〔东瓯令〕薰风至。火云飞。则见那萱草葵榴初绽蕊。炎天酷暑浑无寐。迷迷闷闷醒如醉。自怜月下月下影儿随。悒悒怏怏懒入罗帏。

〔梧桐树〕泪暗垂。添憔悴。渐渐的这腰肢掩过裙儿胫。一声一声塞雁塞雁伤泪滴。远望云山。信杳音稀。未知多情把奴山盟记。莫得要再求。再求新亲配美。

〔东瓯令〕梧桐叶。晚风吹。则这无限的离情我便分付与谁。蓦听的阶下数声寒蛩叫。扑扑簌簌红叶儿坠。碧天寒雁听了感伤悲。凄凄凉凉越添病疾。

〔浣溪沙〕雪片飞。寒风起。闷恹恹自守孤帏。薄衾寒浸透香肌。盼情人阻隔何日归。戍楼悠悠三弄品。气丝丝废寝忘食。鸾笺锦字诉与别离。痛伤情泪痕浥透湿。

〔东瓯令〕朔风紧。冻云垂。灵鹊儿檐间喳喳的来报喜。不承望今夜画堂里刚刚的重完会。双双共入罗帏里。欢娱无奈被这晓鸡啼。咕咕聒聒好梦惊回。

〔尾声〕想才郎难相会。关山遥遥几时回。眼望天涯身化灰。<small>盛世新声酉集　雍熙乐府一六　南曲九宫正始引东瓯令四团花浣溪沙</small>

　　盛世新声雍熙乐府俱不注撰人。盛世无题。雍熙题作四时思慕。九宫正始引东瓯令浣纱溪（即浣溪沙）注元散套。引满园春（即四团花）又注明散套。兹姑辑之。

〔商调〕字字锦

群芳绽锦鲜。香逐东风软。莺簧转巧声。题起伤春怨。睹名园。杏障桃屏。桃屏上映着柳眉翠钿。天天。桃花窨约。恰似去年。因何去年去年人不见。空蹙破两眉翠尖。奈奈山长水远。他在那里和谁两个欢欢喜喜。咱这思思想想。寻寻觅觅。欲待见他一面。

〔赚〕离绪恹恹。奈少个人儿在眼前。空嗟怨。不知何日再团圆。泪涟涟。极目关山隔雾前。写下花笺谁与传。心事无告托。冤家直恁误人方便。怎生消遣。

〔满园春〕南楼外雁翩翩。悄没个音信传。长空败叶飘飘舞。金风动。铁马儿声喧。纱窗外透银蟾。想杀人也天。盼杀人也天。短命冤家。音稀信杳。莫不误约盟言。

〔么篇〕彤云布。朔风起。遍长空柳花飘棉。几朵早梅开放蕊。销金帐共谁两个欢宴。独自个守炉边。想杀人也天。盼杀人也天。短命冤家。音稀信杳。莫不误约盟言。

〔馀音〕终须有日重相见。相见后依然欢宴。办炷明香谢天。<small>盛世新声西集　词林摘艳二　雍熙乐府一六　新编南九宫词　吴歈萃雅元集　词林逸响风卷　乐府珊珊集　吴骚集四　吴骚合编三　南曲九宫正始引字字锦赚</small>

<small>盛世新声重增本内府本词林摘艳俱无题。不注撰人。原刊本徽藩本词林摘艳题作四季闺情。注无名氏散套。雍熙乐府题作误约。新编南九宫词题作情。俱不注撰人。吴歈萃雅词林逸响乐府珊珊集题俱作四时闺怨。注高东嘉作。吴骚集注沈青门作。吴骚合编题作闺思。注杨彦华作。九宫正始引此曲首句注元散套。但引字字锦及赚又注明散套。兹姑辑之。</small>

〔双调〕一机锦

离　思

宝钗分。鸾镜缺。瓶坠簪断折。三叠阳关争忍别。心儿里痛哽咽。眼儿里弹泪血。空教我撧耳揉腮。执手和伊相看。也没一句话儿说。

〔锦上花〕初相见。誓盟设。空教我暗伤嗟。恨千叠。难割难舍。

他把奴全然不藉。直恁的信音绝。谁知你到今心性别。琀玎的
玉簪折。支楞的弦断绝。盼的痴呆。我则想尽老同欢。弄巧翻
做了拙。

〔江儿水〕又早三秋至。寒雁飞。牛星女宿重相会。只听的捣砧
声透入在罗帏内。景凄凉阶下寒蛩唧。桂子飘香拂鼻。叶落丹
枫。满目黄花铺地。

〔尾〕裁冰剪雪呈祥瑞。饮羊羔共同欢会。端的是翠绕红围。雍熙

乐府一六　新编南九宫词　南曲九宫正始引一机锦锦上花

雍熙乐府不注撰人。新编南九宫词录自雍熙。九宫正始引一机锦锦上花注元
散套。

九宫正始引仙吕八声甘州如醉如痴套之八声甘州二句及孤飞雁。告雁儿。醉雁
儿三曲。俱注元散套。案此套见吴歈萃雅亨集及词林逸响风卷。俱注沈青门
作。萃雅逸响所注作者固不尽可信。惟此套曲文与九宫正始所引数曲已颇有差
异。疑经后人大改。兹舍之。九宫正始又引中吕石榴花教人对景无言终日减芳
容一支。引同套之渔家灯几番欲把金钱问一支。一注元散套。一注明散套。而
此套于吴歈萃雅亨集及词林逸响风卷又俱注郑虚舟作。兹亦不收。

作家姓名别号索引

A

阿里西瑛　　　　231
阿里耀卿　　　　199
阿鲁威（叔重，东泉）
　　　　　　　　468
□爱山　　　　　827
奥敦周卿（敦或作屯）
　　　　　　　　101

B

白贲（无咎）　　308
白朴（仁甫，太素，兰谷）
　　　　　　　　131
班惟志（彦功，恕斋）
　　　　　　　　934
邦哲　　　　　　891
抱素　　见钱霖
抱遗老人　　见杨维桢
冰壶　　见范居中
字罗御史　　　　368
伯和　　见夏庭芝
伯机　　见鲜于枢
伯坚　　见贾固

伯生　　见虞集
伯颜　　　　　　48
伯雨　　见张雨
伯远　　见张可久
逋斋　　见刘时中
不忽麻　　见不忽木
不忽木（不忽麻，时用，
　用臣）　　　　49

C

菜根道人　　见高明
沧浪漫士　　见倪瓒
藏春散人　　见刘秉忠
曹德（明善）　　747
柴野愚　　　　　920
陈草庵　　　　　95
陈德和　　　　　910
陈进之　　见康进之
陈克明　　　　1015
陈子厚　　　　　793
程景初　　　　　849
丑斋　　见钟嗣成
处道　　见卢挚

D

大痴道人　　见黄公望
大食惟寅　　　　774
澹斋　　见杨朝英
道原　　见舒頔
道园　　见虞集
得之　　见蒲道源
德辉　　见郑光祖
德可　　见徐再思
德善　　见邵元长
邓学可　　　　　478
邓玉宾　　　　　209
邓玉宾子　　　　274
狄君厚　　　　　315
东篱　　见马致远
东泉　　见阿鲁威
董君瑞　　　　　766
杜仁杰（仲梁，止轩，善
　夫）　　　　　21
杜遵礼　　　　　856
端甫　　见刘敏中
端甫　　见姚燧

F

范居中(子正,冰壶)　　366

范康(子安)　　320

方伯成　　921

风月主人　见倪瓒

冯子振(海粟)　　232

复孺　见邵亨贞

G

溉之　见李洞

高安道　　768

高克礼(敬臣,秋泉)　　750

高明(则诚,菜根道人)　　1011

高栻　　709

高文秀　　149

艮斋　见侯克中

勾曲先生　见张雨

谷子敬　　1139

顾德润(君泽,或均泽；九山,或九仙)　　742

关汉卿(己斋叟)　　103

观梦道士　见邾经

贯石屏　　266

贯云石(小云石海涯,酸斋)　　244

H

海粟　见冯子振

和甫　见沈和

盍西村　　36

盍志学　　35

褐夫　见曾瑞

黑老五　　970

黑刘五　见刘庭信

弘道　见廖毅

侯克中(正卿,艮斋)　　193

胡用和　　1136

胡祗遹(绍开,紫山)　　44

黄公望(子久,大痴道人)　　712

J

吉甫　见乔吉

吉甫　见庾天锡

己斋叟　见关汉卿

季子安　　1009

继先　见钟嗣成

嘉贤　见睢景臣

贾固(伯坚)　　922

荆幹臣(荆或作京)　　92

景贤　见睢景臣

景贤　见杨讷

景言　见杨讷

景元启　　795

敬臣　见高克礼

敬甫　见王爱山

九皋　见薛昂夫

九山　见顾德润

九仙　见顾德润

久可　见张可久

菊庄　见汤式

均泽　见顾德润

君美　见施惠

君泽　见顾德润

K

阙志学　　39

康进之(一作陈进之)　　313

亢文苑　　774

克斋　见吴弘道

孔文卿　　362

孔文升(退之)　　91

苦斋　见鲜于必仁

L

兰楚芳　　1126

兰谷　见白朴

李爱山　　822

李邦基　　794

李邦祐　　1005

李伯瑜　　847

李伯瞻(名屺,熙怡)　　892

李德载　　847

李好古　　222

李洞(溉之)　　480

李茂之　　786

李齐贤(仲思,益斋)　　746

李屺　见李伯瞻

李寿卿　　205

李唐宾(玉壶道人)　　1121

李文蔚　　193

李致远　　863

李子昌 1133
李子中 312
廉夫 见杨维桢
梁寅(孟敬) 1007
廖毅(弘道) 307
刘秉忠(仲晦,藏春散
　人,刘太保) 8
刘伯亨 972
刘敏中(端甫) 148
刘婆惜 977
刘时中(逋斋) 445
刘太保 见刘秉忠
刘唐卿 316
刘庭信(黑刘五) 985
刘因(梦吉) 48
卢挚(处道,疏斋,莘老,
　嵩翁) 67
鲁瞻 见赵岩
陆登善(仲良) 752
吕济民 800
吕侍中 799
吕天用 877
吕止庵(止轩) 777

M

马昂夫 见薛昂夫
马谦斋 513
马彦良(天骥) 100
马致远(东篱) 157
梅花道人 见吴镇
梦符 见乔吉
梦吉 见刘因
梦卿 见商挺

孟昉(天暐) 968
孟敬 见梁寅
孟卿 见商挺
明善 见曹德
牧庵 见姚燧

N

南斋 见王晔
倪瓒(元镇,风月主人,云
　林子,沧浪漫士) 981

P

彭寿之 58
蒲察善长 771
蒲道源(得之,顺斋)
　 735

Q

钱霖(子云,抱素,素庵,
　泰窝道人) 713
乔吉(吉甫,梦符,惺惺
　道人) 391
秦竹村 862
清溪 见邵亨贞
丘士元 912
秋涧 见王恽
秋泉 见高克礼
仇州判 497
去矜 见鲜于必仁
全普庵撒里 977

R

仁甫 见白朴

仁卿 见吴弘道
任昱(则明) 697
日华 见王晔
容斋 见徐琰
汝斋 见杨讷
瑞卿 见曾瑞

S

萨都剌(天锡,直斋)
　 479
沙正卿 875
善夫 见杜仁杰
商衢(正叔,政叔) 11
商挺(孟卿,梦卿,左山)
　 41
邵亨贞(复孺,清溪)
　 1006
邵元长(德善) 951
绍开 见胡祗遹
莘老 见卢挚
沈和(和甫) 364
沈禧(廷锡) 693
施惠(君美) 367
石子章 314
时用 见不忽木
史骡儿 274
士凯 见朱凯
叔重 见阿鲁威
舒頔(道原) 1008
疏斋 见卢挚
恕斋 见班惟志
顺斋 见蒲道源
舜民 见汤式

松雪　见赵孟頫
嵩翁　见卢挚
宋方壶(名子正)　902
宋褧(显夫)　741
宋子正　见宋方壶
苏彦文　444
素庵　见钱霖
酸斋　见贯云石
睢景臣(景贤,或作嘉贤)
　　　　　370
睢玄明　374
孙季昌　857
孙梁(正卿)　3
孙叔顺　788
孙周卿　736

T

太初　见魏初
太素　见白朴
泰窝道人　见钱霖
汤式(舜民,菊庄)　1017
唐毅夫　821
滕斌(玉霄,斌一作宾)
　　　　　205
天福　见庚天锡
天骥　见马彦良
天暐　见孟昉
天锡　见赵禹圭
天锡　见萨都剌
甜斋　见徐再思
铁笛道人　见杨维桢
铁崖　见杨维桢
廷锡　见沈禧

挺斋　见周德清
童童学士　873
退之　见孔文升

W

玩斋　见邾经
晚进王生?　见詹时雨
汪元亨　952
王爱山(敬甫)　825
王伯成　222
王大学士　894
王德信(实甫)　200
王和卿　28
王嘉甫　60
王玠　1151
王举之　914
王实甫　见王德信
王氏　881
王廷秀(廷或作庭)　218
王修甫　20
王晔(日华,南斋)　753
王元鼎　472
王元和　1123
王恽(仲谋,秋涧)　61
王仲诚　791
王仲元　759
卫立中　815
魏初(太初)　59
文宝　见赵善庆
吴昌龄　199
吴弘道(仁卿,克斋)
　　　　　497
吴西逸　806

吴镇(仲圭,梅花道人)
　　　　　712
无咎　见白贲
无名氏　1153
武林隐　814

X

西庵　见杨果
西清居士　见邾经
希孟　见张养浩
熙怡　见李伯瞻
夏庭芝(伯和,雪蓑,雪
　蓑钓隐,雪蓑渔隐)
　　　　　984
鲜于必仁(去矜,苦斋)
　　　　　268
鲜于枢(伯机)　57
显夫　见宋褧
萧德润　978
小山　见张可久
小云石海涯　见贯云石
谢应芳　1150
惺惺道人　见乔吉
徐琰　1150
徐琰(子方,容斋,养斋)
　　　　　52
徐再思(德可,甜斋)715
薛昂夫(马昂夫,九皋)
　　　　　481
学村　见赵显宏
雪蓑　见夏庭芝
雪蓑钓隐　见夏庭芝
雪蓑渔隐　见夏庭芝

Y

严忠济（紫芝）　47
彦功　见班惟志
杨朝英（澹斋）　897
杨果（正卿,西庵）　4
杨景华　1011
杨立斋　879
杨讷（景贤,景言,汝斋）
　1119
杨舜臣　893
杨维桢（廉夫,铁崖,铁
　笛道人,抱遗老人）
　979
养斋　见徐琰
姚守中　219
姚燧（端甫,牧庵）　141
一分儿　976
遗山　见元好问
益斋　见李齐贤
用臣　见不忽木
于伯渊　215
于志能　920
虞集（伯生,道园）　476
庾天锡（吉甫,天锡或作
　天福）　152
玉壶道人　见李唐宾
玉霄　见滕斌
裕之　见元好问
元好问（裕之,遗山）　1
元镇　见倪瓒
云氄子　1146
云林子　见倪瓒

云庄　见张养浩

Z

则诚　见高明
则明　见任昱
曾瑞（瑞卿,褐夫）　322
查德卿　801
詹时雨（晚进王生?）
　1142
张碧山　1143
张弘范（仲畴,张九元帅）
　40
张九元帅　见张弘范
张可久（久可,小山,伯
　远,仲远）　517
张鸣善　885
张氏　1144
张彦文　919
张养浩（希孟,云庄）
　275
张怡云　198
张雨（伯雨,贞居,勾曲
　先生）　476
张玉莲　976
张子坚　709
张子益　27
张子友　774
赵秉文　1152
赵君祥　1004
赵孟頫（子昂,松雪）
　197
赵明道　228
赵善庆（文宝）　506

赵显宏（学村）　815
赵岩（鲁瞻）　92
赵彦晖　850
赵莹　891
赵雍（仲穆）　312
赵禹圭（天锡）　389
贞居　见张雨
真氏　794
正卿　见侯克中
正卿　见孙梁
正卿　见杨果
正叔　见商衟
政叔　见商衟
郑光祖（德辉）　317
郑庭玉（庭或作廷）　151
直斋　见萨都剌
止轩　见杜仁杰
止轩　见吕止庵
钟嗣成（继先,丑斋）935
仲彬　见周文质
仲畴　见张弘范
仲圭　见吴镇
仲晦　见刘秉忠
仲良　见陆登善
仲梁　见杜仁杰
仲谋　见王恽
仲穆　见赵雍
仲思　见李齐贤
仲谊　见郑经
仲远　见张可久
周德清（挺斋）　923
周浩　951
周文质（仲彬）　376

朱凯(士凯)　　　758
朱庭玉(庭或作廷)　828
郑经(仲谊,玩斋,观梦
　道士,西清居士)　952
珠帘秀　　　　　242

子安　见范康
子昂　见赵孟𫖯
子方　见徐琰
子久　见黄公望
子云　见钱霖

子正　见范居中
紫山　见胡祗遹
紫芝　见严忠济
左山　见商挺

作家曲牌索引

一　画

一半儿

王和卿　29
胡祇遹　45
关汉卿　104
周文质　378
张可久　559、627
徐再思　717
查德卿　802
宋方壶　902
王举之　914
无名氏　1169

一机锦

无名氏　1319

一枝花

商衟　13
王和卿　33
徐琰　55
马彦良　100
奥敦周卿　102
关汉卿　114
高文秀　150
马致远　175

邓玉宾　213
贯云石　259
张养浩　306
曾瑞　348
孔文卿　363
施惠　368
李罗御史　369
睢景臣　373
乔吉　436
刘时中　465
萨都剌　480
薛昂夫　496
张可久　686
沈禧　693
任昱　708
陆登善　752
亢文苑　775
孙叔顺　789
赵显宏　820
唐毅夫　822
朱庭玉　833
赵彦晖　855
李致远　869
沙正卿　875

吕天用　877
宋方壶　907
张彦文　919
周德清　930
班惟志　934
钟嗣成　949
汪元亨　967
刘庭信　995
汤式　1039
胡用和　1136
詹时雨　1142
无名氏　1154、1265

一锭银

无名氏　1239

一锭银过大德乐

无名氏　1245

二　画

二郎神

高明　1012
杨讷　1120

十二月兼尧民歌

王德信　201

张养浩　288
无名氏　1194

十样锦
无名氏　1315

十棒鼓
无名氏　1236

七贤过关
无名氏　1312

人月圆
元好问　1
刘因　48
魏初　59
赵孟頫　198
赵雍　312
张可久　518、586
徐再思　716
蒲道源　736
宋褧　741
李齐贤　746
倪瓒　982
梁寅　1007

八声甘州
王修甫　20
鲜于枢　57
彭寿之　58
王嘉甫　60
石子章　314
无名氏　1264

三　画

三棒鼓声频
曹德　750

三番玉楼人
无名氏　1170

干荷叶
刘秉忠　9

大德歌
关汉卿　111

上小楼
贯云石　249
吴弘道　500
张可久　654、679
任昱　699
景元启　796
王爱山　825

小妇孩儿
张怡云　199

小桃红
杨果　4
王和卿　30
盍西村　36
卢挚　72
白朴　133
马致远　164
周文质　378
乔吉　401
刘时中　452
赵善庆　509
张可久　543、577、611、
　　642、682
任昱　702
徐再思　723
□爱山　828
李伯瑜　847

李致远　865
杨朝英　898
倪瓒　982
汤式　1105
王元和　1123
无名氏　1210

小梁州
贯云石　245
张可久　583、631、679
任昱　697
曹德　747
汤式　1093

小醋大
无名氏　1313

山丹花
无名氏　1240

山坡羊
陈草庵　96
张养浩　298
曾瑞　336
乔吉　399
刘时中　450
薛昂夫　486
赵善庆　508
张可久　560、629、645
宋方壶　903
汤式　1114

山坡羊过青哥儿
曾瑞　340

女冠子
马致远　191

四　画

丰年乐

乔吉　434

天净沙

商衢　11

王和卿　31

张弘范　41

严忠济　47

白朴　134

马致远　164

张养浩　302

乔吉　405

张可久　550、579、620、651、674

徐再思　724

吕止庵　781

吴西逸　808

朱庭玉　828

李致远　866

王举之　916

周德清　927

孟昉　968

汤式　1117

无名氏　1211

天香引

汤式　1084

太常引

张可久　647

水仙子

马致远　192

贯云石　255

张养浩　282

周文质　382

乔吉　419

张雨　477

赵善庆　511

马谦斋　516

张可久　521、571、587、639、679

任昱　707

徐再思　732

孙周卿　738

王晔·朱凯　754、755、756

吴西逸　812

王爱山　826

李致远　868

张鸣善　887

杨朝英　899

宋方壶　904

王举之　919

于志能　920

倪瓒　983

夏庭芝　985

刘庭信　992

无名氏　1225

水仙子过折桂令

无名氏　1242

水仙操

刘时中　455

月照庭

商衢　12

无名氏　1256

风入松

商衢　18

赵禹圭　390

张可久　582

吕止庵　785

汤式　1026、1111

李唐宾　1121

无名氏　1301

六么令

吕侍中　800

六国朝

睢景臣　370

文如锦

王和卿　35

斗鹌鹑

王修甫　21

关汉卿　120

王伯成　227

赵明道　228

贯云石　263

曾瑞　360

周文质　384

乔吉　440

苏彦文　444

吴弘道　504

王仲元　765

王仲诚　792

李邦基　794

童童学士　873

沙正卿　876

宋方壶　908

周德清　930

无名氏　1286

忆王孙

赵善庆　507

双鸳鸯

王恽 61

五 画

玉交枝

乔吉 393

玉抱肚

商衟 19

无名氏 1209

玉娇枝过四块玉

无名氏 1172

甘草子

薛昂夫 482、497

古调石榴花

关汉卿 117

节节高

卢挚 68

平湖乐

王恽 64

归来乐

无名氏 1199

叨叨令

邓玉宾 209

周文质 377

杨朝英 897

无名氏 1159

叨叨令过折桂令

无名氏 1164

四块玉

关汉卿 105

马致远 159

王德信 203

曾瑞 323

乔吉 393

刘时中 445

赵善庆 507

张可久 566、634、674

□爱山 827

兰楚芳 1126

四季花

无名氏 1169

四换头

无名氏 1192

白练序

无名氏 1314

白鹤子

关汉卿 104

汉东山

张可久 585

出队子

汤式 1116

对玉环

无名氏 1233

对玉环带清江引

汤式 1103

六 画

西番经

张养浩 302

无名氏 1171

百字折桂令

白贲 309

百字知秋令

王和卿 30

朱履曲

卢挚 69、91

张养浩 286

张可久 670

乔木查

白朴 141

乔捉蛇

无名氏 1193

乔牌儿

杜仁杰 27

关汉卿 128

马致远 185

乔吉 442

后庭花

王恽 64

赵孟頫 198

吕止庵 777

邵亨贞 1007

后庭花破子

元好问 2

孙梁 4

行香子

高文秀 149

马致远 190

曾瑞 361

乔吉 443

李茂之 786

朱庭玉 844

秦竹村 862

庆东原

白朴 136

马致远 171

张养浩 277

周文质 382

乔吉 430

刘时中　457
薛昂夫　489
赵善庆　512
张可久　553、644、672
任昱　708
曹德　750
王晔·朱凯　753
查德卿　806
丘士元　914
汤式　1115
无名氏　1233
　　　庆宣和
张养浩　277
张可久　637
无名氏　1224
　齐天乐过红衫儿
张可久　569、681
无名氏　1195
　　　字字锦
无名氏　1318
　　　江儿水
王仲元　761
　　　汲沙尾
无名氏　1257
那吒令过鹊踏枝寄生草
无名氏　1170
　　　阳关三叠
无名氏　1199
　　　阳春曲
王和卿　30
胡祗遹　45

白朴　132
姚燧　143
王伯成　222
贯云石　250
薛昂夫　485
仇州判　497
徐再思　721
李德载　848
杨朝英　898
周德清　926
　　　好观音
贯云石　262
　　　红绣鞋
冯子振　242
贯云石　249
张养浩　304
曾瑞　330
乔吉　398
刘时中　449
张可久　546、578、615、
　　643
任昱　700
徐再思　719
吴西逸　806
李致远　864
宋方壶　902
王举之　915
周德清　926
杨讷　1119
无名氏　1182

红锦袍
徐再思　716
无名氏　1159

　　七　画
　　　寿阳曲
严忠济　47
卢挚　87
姚燧　145
马致远　166
李寿卿　205
珠帘秀　243
贯云石　255
阿鲁威　472
徐再思　731
吴西逸　811
李爱山　823
邦哲　891
汤式　1116
无名氏　1221
　　　折桂令
孔文升　91
鲜于必仁　270
张养浩　291
曾瑞　341
周文质　380
乔吉　408
刘时中　453
王元鼎　473
虞集　476
赵善庆　510
张可久　524、573、591、

639、663
任昱　705
曹德　748
王晔·朱凯　753、755、756
李致远　866
丘士元　913
王举之　916
钟嗣成　942
汪元亨　960
张玉莲　977
倪瓒　983
刘庭信　989
梁寅　1008
舒頔　1009
兰楚芳　1127
无名氏　1218

折桂回
张可久　648

村里迓古
邓玉宾　211

村里迓鼓
贯石屏　266
无名氏　1262

步步娇
无名氏　1221

时新乐
周文质　383

皂旗儿
无名氏　1238

迎仙客
曾瑞　329
张可久　555、644、675

李致远　864
王举之　915
云龛子　1146
无名氏　1175

沉醉东风
胡祗遹　46
徐琰　52
卢挚　73
关汉卿　109
白朴　136
冯子振　242
张养浩　285
乔吉　407
赵善庆　510
马谦斋　515
张可久　549、578、618、643
任昱　703
徐再思　726
孙周卿　736
曹德　748
周德清　928
钟嗣成　942
汪元亨　958
一分儿　976
汤式　1097
兰楚芳　1127
无名氏　1216

快活三过朝天子
胡祗遹　46
曾瑞　338
张可久　674
无名氏　1193

快活三过朝天
子四换头
无名氏　1197

快活三过朝天
子四边静
马谦斋　513

快活年
盍西村　39
无名氏　1235

初生月儿
无名氏　1198

阿纳忽
无名氏　1238

八　画

青玉案
无名氏　1237

青杏儿
赵秉文　1152

青杏子
关汉卿　119
白朴　139
马致远　177
曾瑞　350
周文质　383
吴弘道　503
朱庭玉　836

青衲袄
张氏　1145

青哥儿
马致远　157

拨不断

王和卿　31

姚燧　146

马致远　172

吴弘道　503

张可久　638

李致远　868

无名氏　1238

卖花声

乔吉　432

张可久　567

徐再思　735

李致远　865

转调淘金令

李邦祐　1006

知秋令

吕止庵　781

汤式　1118

刮地风

赵显宏　815

侍香金童

关汉卿　113

凭阑人

姚燧　144

贯云石　250

乔吉　406

王元鼎　473

赵善庆　510

张可久　556、623、652、682

徐再思　725

吴西逸　809

倪瓒　982

邵亨贞　1007

无名氏　1215

货郎儿

无名氏　1257

金字经

卢挚　69

马致远　162

贯云石　248

刘时中　447

吴弘道　498

张可久　563、584、632、646、651、677、680

任昱　698

吴镇　712

王举之　915

王玠　1151

无名氏　1171

金络索挂梧桐

高明　1012

金殿喜重重

范居中　366

金蕉叶

张鸣善　890

鱼游春水

无名氏　1240

夜行船

商衟　17

马致远　185

赵明道　230

狄君厚　315

李洞　481

吕止庵　784

朱庭玉　842

萧德润　978

杨维桢　980

刘庭信　1003

汤式　1024

无名氏　1300、1311

沽美酒过快活年

无名氏　1245

沽美酒兼(过)太平令

张养浩　275

无名氏　1244

河西六娘子

柴野愚　921

河西后庭花

王元鼎　474

泣颜回

朱庭玉　846

定风波

庾天锡　155

袄神急

白贲　310

朱庭玉　831

无名氏　1237

驻马听

白朴　135

驻马听近

郑光祖　319

九　画

春从天上来

王伯成　223

春闺怨

乔吉　430

无名氏　1233

珍珠马

无名氏　1304

挂金索

王玠　1151

无名氏　1209

胡十八

张养浩　276

无名氏　1240

南乡子

无名氏　1310

枳郎儿

柴野愚　920

柳营曲

乔吉　406

马谦斋　514

张可久　667

徐再思　725

查德卿　805

吴西逸　808

周德清　928

汤式　1106

无名氏　1212

耍孩儿

杜仁杰　22

马致远　180

睢玄明　374

无名氏　1276

点绛唇

不忽木　50

白朴　138

于伯渊　215

贯云石　258

张可久　684

顾德润　745

孙叔顺　788

朱庭玉　829

赵彦晖　851

孙季昌　859

杨舜臣　893

王大学士　894

汤式　1118

无名氏　1153、1260

骂玉郎带感皇恩采茶歌

曾瑞　327

张可久　570、656

孙周卿　740

顾德润　742

钟嗣成　936

兰楚芳　1127

无名氏　1172

香罗带

景元启　797

香遍满

无名氏　1316

秋江送

无名氏　1237

恼煞人

白朴　140

昼夜乐

赵显宏　817

贺圣朝

无名氏　1159

十　画

秦楼月

张可久　585

桂枝香

关汉卿　129

哨遍

关汉卿　130

马致远　179

王伯成　223

曾瑞　351

睢景臣　371

钱霖　714

董君瑞　766

高安道　768

朱庭玉　840

杨立斋　879

汤式　1035

钱丝泫

乔吉　430

凌波仙

钟嗣成　943

凉亭乐

阿里西瑛　231

阅金经

鲜于必仁　268

乔吉　394

徐再思　717

粉蝶儿

马致远　176、191

邓玉宾　213

王廷秀　218

姚守中　219

贯云石　260
张可久　690
王仲元　762
孙叔顺　790
王仲诚　792、793
孙季昌　861
李致远　870
王氏　881
张鸣善　888
黑老五　970
刘庭信　1000
季子安　1009
陈克明　1015
兰楚芳　1129、1131
胡用和　1137
无名氏　1272、1310

酒旗儿
乔吉　405

十一画

黄莺儿
庾天锡　154
睢景臣　373

黄蔷薇过庆元贞
顾德润　744
高克礼　751

菩萨蛮
侯克中　196

梧叶儿
卢挚　71
关汉卿　109
曾瑞　340

乔吉　401
张雨　477
吴弘道　502
赵善庆　508
张可久　560、582、629、
　681
徐再思　722
吴西逸　807
李致远　865
杨朝英　898
宋方壶　903
无名氏　1200

梧桐树
郑光祖　318

梅花引
吴弘道　505

啄木儿
高文秀　151

甜水令
无名氏　1247

得胜令
张养浩　283
张可久　682
张子坚　709
景元启　796
杨朝英　899

得胜乐
白朴　137

脱布衫
盍西村　39

脱布衫带小梁州
张鸣善　885
汤式　1096

无名氏　1163

望远行
汤式　1112
李唐宾　1121
无名氏　1209

清江引
马致远　165
贯云石　252
张养浩　280
周文质　381
乔吉　418
刘时中　455
张可久　541、576、609、
　641、652、675
任昱　706
钱霖　713
徐再思　730
曹德　749
吴西逸　811
赵显宏　819
李致远　867
杨朝英　899
宋方壶　903
丘士元　913
钟嗣成　942
全普庵撒里　977
刘婆惜　978
无名氏　1219、1310

鸿门凯歌
汤式　1118

梁州令
李子昌　1133

梁州第七

商衟　14

乔吉　438

朱庭玉　834

寄生草

白朴　131

范康　320

查德卿　802

无名氏　1165

谒金门

汤式　1108

绿幺遍

乔吉　393

十二画

喜春来

元好问　2

张弘范　41

伯颜　49

卢挚　71

马致远　163

张养浩　283

曾瑞　332

乔吉　399

张雨　477

张可久　566

曹德　747

李致远　865

无名氏　1187

喜春来过普天乐

赵岩　92

落梅风

周文质　381

赵善庆　511

张可久　557、581、624、

　　645、671、682

李致远　868

陈德和　911

丘士元　913

落梅引

张养浩　283

朝天子

关汉卿　106

张养浩　303

周文质　378

乔吉　395

刘时中　447

赵善庆　507

张可久　545、577、612、

　　642、673

任昱　699

徐再思　718

李致远　864

周德清　924

汪元亨　955

夏庭芝　984

刘庭信　986

舒頔　1008

无名氏　1177

朝天曲

张养浩　294

薛昂夫　483

朝元乐

刘伯亨　972

雁儿落过得胜令

杜仁杰　22

庾天锡　153

邓玉宾子　274

张养浩　279

乔吉　433

刘时中　458

赵善庆　512

高克礼　751

吴西逸　813

杨朝英　902

宋方壶　905

汪元亨　964

刘庭信　993

兰楚芳　1128

无名氏　1240

雁儿落过清江

引碧玉箫

赵禹圭　390

雁儿落兼清江引

张养浩　278

雁传书

王元鼎　475

赏花时

杨果　5

阚志学　40

马致远　173

李子中　312

沈和　364

乔吉　434

高安道　768

汤式　1036

李唐宾　1122

无名氏　1259

最高歌兼喜春来

张养浩　277

黑漆弩

王恽　63

卢挚　68

姚燧　146

刘敏中　148

张可久　657

集贤宾

杜仁杰　24

马致远　182、192

王德信　201

曾瑞　358

乔吉　439

高栻　710

吕止庵　782

李爱山　823

汤式　1032

谷子敬　1140

无名氏　1278

普天乐

卢挚　70

关汉卿　106

姚燧　142

滕斌　206

鲜于必仁　268

张养浩　289

赵善庆　507

张可久　534、574、599、
　　667

任昱　701

徐再思　720

王仲元　759

查德卿　804

张鸣善　885

丘士元　912

杨维桢　981

汤式　1100

杨讷　1119

无名氏　1186

湘妃引

汤式　1077

湘妃曲

邵元长　951

湘妃怨

卢挚　88

马致远　170

阿鲁威　472

薛昂夫　489

张可久　647、657、683

湘妃游月宫

汤式　1089

游四门

无名氏　1164

十三画

蓦山溪

王和卿　34

楚天遥过清江引

薛昂夫　492

锦上花

张碧山　1144

锦橙梅

张可久　680

无名氏　1170

解三酲

真氏　794

新水令

元好问　3

商衟　15

关汉卿　122、123

姚燧　147

马致远　183

李好古　222

贯云石　264

张养浩　305

白贲　310

康进之　313

范康　321

周文质　387

乔吉　441

刘时中　467

王晔　757

蒲察善长　771

景元启　798

程景初　849

李致远　872

童童学士　874

刘庭信　1001

赵君祥　1004

汤式　1018

无名氏　1155、1294

新时令

无名氏　1236

满庭芳

姚燧　142

乔吉　395

刘时中　449
张可久　531、574、597、640、649、661
任昱　700
徐再思　719
赵显宏　818
丘士元　912
王举之　915
周德清　925
汤式　1092
徐㫰　1150
谢应芳　1150
无名氏　1179

塞鸿秋

贯云石　245
张养浩　293
郑光祖　317
薛昂夫　482
张可久　636
赵莹　891
周德清　924
刘庭信　985
汤式　1074
无名氏　1161

殿前欢

张弘范　41
卢挚　89
阿里西瑛　232
贯云石　256
史骡儿　274
张养浩　278
乔吉　431
刘时中　457

张雨　477
薛昂夫　490
张可久　540、576、607、641
高栻　710
徐再思　734
孙周卿　740
王晔·朱凯　754
景元启　797
吴西逸　812
卫立中　815
赵显宏　819
唐毅夫　821
李伯瞻　892、893
杨朝英　901
倪瓒　984
无名氏　1233

殿前喜过播海令大喜人心

无名氏　1246

十四画

碧玉箫

关汉卿　110

愿成双

曾瑞　344
顾德润　744
兰楚芳　1128
无名氏　1250

端正好

吴昌龄　199
邓玉宾　209

曾瑞　345
刘时中　459
邓学可　478
薛昂夫　492
张可久　683
孙季昌　857
方伯成　921
刘庭信　994
汤式　1027
无名氏　1156、1157、1252

塞儿令

鲜于必仁　270
张养浩　296
周文质　379
刘时中　452
赵善庆　509
张可久　536、574、601、640
任昱　703
刘庭信　986

翠裙腰

杨果　8
关汉卿　114
朱庭玉　831

翠裙腰缠令

吕止庵　782

十五画

醉太平

阿里耀卿　199
贯云石　247

曾瑞 323
乔吉 392
王元鼎 472
张可久 554、580、622
查德卿 803
程景初 849
钟嗣成 935
汪元亨 953
刘庭信 985
汤式 1109
无名氏 1162

醉中天
王和卿 28
白朴 132
刘时中 445
黄公望 713
赵彦晖 850
杜遵礼 857
无名氏 1168

醉西施
珠帘秀 243

醉扶归
王和卿 28
关汉卿 104
刘时中 445
吕止庵 780
无名氏 1168

醉花阴
荆幹臣 93
侯克中 194
白贲 309、311
曾瑞 342
陈子厚 793

宋方壶 905
汤式 1031
谷子敬 1139
无名氏 1248

醉春风
荆幹臣 95
贯云石 265
曾瑞 349

醉高歌
姚燧 143
吴弘道 501

醉高歌过喜春来
贯云石 250
顾德润 743

醉高歌过摊破喜春来
顾德润 743

醉高歌带红绣鞋
贯云石 250
顾德润 743
贾固 923
汤式 1113

蝶恋花
杜仁杰 26
曾瑞 361
周文质 388

潘妃曲
商挺 42

十六画

燕引雏
张可久 650、666
大食惟寅 774

鹦鹉曲
冯子振 233
白贲 308
吕济民 800

鹧鸪天
张子益 27

十七画

霜角
张可久 653

骤雨打新荷
元好问 3

十九画

蟾宫曲
刘秉忠 10
盍志学 36
徐琰 53
卢挚 75
奥敦周卿 101
姚燧 145
庚天锡 152
马致远 165
贯云石 251
刘唐卿 316
郑光祖 318
赵禹圭 389
阿鲁威 469
薛昂夫 488
徐再思 727
孙周卿 737

张子友　774
吕济民　801
查德卿　805
吴西逸　809
武林隐　814
周德清　929
周浩　951
郑经　952

汤式　1089
无名氏　1217

失宫调牌名

侯克中　197
张鸣善　888
周德清　933
张玉莲　977

失牌名

关汉卿　130
郑庭玉　152
王德信　204
赵明道　231
廖毅　308
周德清　933
无名氏　1310、1311